霍松林

历代好诗诠评

霍松林 著

陕西师范大学出版总社

图书代号　SK18N0105

图书在版编目（CIP）数据

霍松林历代好诗诠评/霍松林著.—西安:陕西师范大学
出版总社有限公司，2018.1
ISBN 978-7-5613-9790-9

Ⅰ.①霍…　Ⅱ.①霍…　Ⅲ.①古典诗歌—鉴赏—
中国　Ⅳ.①I207.22

中国版本图书馆CIP数据核字（2018）第020720号

霍松林历代好诗诠评
HUO SONGLIN LIDAI HAO SHI QUAN PING

霍松林　著

责任编辑　谢勇蝶
责任校对　雷亚妮
出版发行　陕西师范大学出版总社
　　　　　　（西安市长安南路199号　邮编 710062）

网　　址	http://www.snupg.com	
印　　刷	西安市建明工贸有限责任公司	
开　　本	710mm×1030mm　1/16	
印　　张	42.25	
插　　页	4	
字　　数	708千	
版　　次	2018年1月第1版	
印　　次	2018年1月第1次印刷	
书　　号	ISBN 978-7-5613-9790-9	
定　　价	360.00元	

读者购书、书店添货或发现印刷装订问题，请与本公司营销部联系、调换。
电话：（029）85307864　85303629　传真：（029）85303879

序

中华素有"诗园"的美誉。中华诗歌，更早的且不去说，只从《诗经》算起，至今已有三千多年的光辉历史。在这三千多年的历史长河中，论诗人则名家辈出、灿若群星；论诗作则名篇纷呈，争奇斗丽。其中的无数优秀篇章，具有永恒的艺术魅力，至今脍炙人口，成为中国人民乃至全世界人民的精神财富。

中国诗论家早就提出了"诗言志"、"诗缘情"的主张。"言志"，要求表现崇高的志；"缘情"，要求抒发真挚的情。中国的方块汉字，一字一音而音有平仄，通过协调平仄可以使诗的语言具有独特的音乐美。用具有音乐美的语言抒写崇高真挚的情志，就能创作出"声情并茂"的诗章。"声情并茂"，这是中华诗歌最根本的审美因素。再加上其他审美因素，诸如语言的精练、生动、形象，赋、比、兴和象征、拟人、烘托、暗示、跳跃等手法的运用，炼字、炼句与炼意的统一，对偶与散行的综错，章法结构的谨严与变化，以及情景交融、象外有象的意境创造等等，就使得中华诗歌具有极高的审美价值和强烈的艺术感染力，既有德育、智育功用，又有美育功用，使读者于审美愉悦中陶冶性情，潜移默化，提高认识水平和精神境界。

屈原以来的历代杰出诗人都是民族精英。经邦济世，富民强国，乃是他们的共同职志。因而表现于不同诗篇的不同主题，诸如忧民忧国、匡时淑世、针砭时弊、关怀民瘼、抨击强暴、抵御外侮、力除腐恶、崇尚廉明、反对守旧、要求变革、追求富强康乐、向往和平幸福、赞颂美好的山光水色民风、抒发纯真的乡情亲情友情，以及公而忘私、国而忘家、捐躯报国、舍生取义等等，无不凝聚着中华民族精神，闪耀着爱国主义光芒。三千多年的中华诗歌，既是三千多年的中华诗史，又是中华民族的社会史、文化史、心灵史。从童年开始长期受中华诗歌熏陶的人，中华民族精神必然饱和于他的全身血液，不论在什么时候、什么地方、什么情况下都关心国家的前途和民族的命运，以高度的责任感和使命感保卫祖国、建设祖国、报效祖国。这充分说明：对于学习任何专业、从事任何工作的中国人来说，都有必要读一些中华诗歌。

中华诗歌浩如烟海，怎能遍读？这就需要适于今人阅读的选本。我这个选本选诗的标准是：好！白居易《读李杜诗集，因题卷后》的最后两句是：

天意君须会：人间要好诗！

的确，"人间要好诗！"我从这个"要"字着眼，力图选出时代需要的、有高度审美价值的好诗,使读者于艺术享受中美化心灵,提高人文素质,从而振奋民族精神,培养爱国情操,弘扬民族正气,为实现中华民族的伟大复兴而奉献聪明才智。

有些好诗明白如话,人人都觉得好。但如果进一步追问为什么好,好在何处,就不一定都能回答。如果这首好诗还有深层意蕴或象外之象、言外之意,那就更需要诠释、品评。另一些好诗,或有文字障碍,或有特定的社会背景,或与作者的特殊经历和创作心态有关,或有意义空白,或正话反说、反话正说,言在此而意在彼,如果没有准确的诠释和精当的品评,那就很难充分领会它们的好处。而只有充分领悟作品的好处,才能获得美感,吸取精神营养。因此,我对所选的好诗根据自己的体会作了必要的诠评,希望对读者有所助益。

 目 录

宋　诗

汉诗

项 籍

项籍（前232—前202），字羽，一字子羽，下相（今江苏宿迁西南）人。秦末农民起义军领袖。秦二世元年（前209），从叔父项梁在吴（今江苏苏州）起义反秦，在巨鹿（今河北平乡县）一战中击溃秦军主力，扭转了起义局势，建立了卓越功勋。秦亡后，自立为西楚霸王，并大封诸侯王。在以后的五年中，他与汉刘邦争天下，屡败刘邦，但最后在垓下（在今安徽灵璧县东南）一战中全军覆灭，突围走乌江（今安徽和县东北），自杀。

垓 下 歌①

力拔山兮气盖世。时不利兮骓不逝②，骓不逝兮可奈何？虞兮虞兮奈若何③？

①垓下歌：见《史记·项羽本纪》和《汉书·项籍传》，《乐府诗集》收入《琴曲歌辞》，题为《力拔山操》。②骓：青白杂毛的马，为项籍所乘。逝：行走。不逝：此处言困在重围，不能突围出去。③虞：项籍宠姬名。若：你。奈若何：把你怎样安排。

这是"霸王别姬"时唱的歌。《史记·项羽本纪》载："项王军壁垓下，兵少食尽，汉军及诸侯兵围之数重。夜闻汉军四面皆楚歌，项王乃大惊曰：'汉皆已得楚乎？是何楚人之多也！'项王则夜起，饮帐中。有美人名虞，常幸从，骏马名骓，常骑之。于是项王乃悲歌慷慨，自为诗曰……歌数阕，美人和之。项王泣数行下，左右皆泣，莫能仰视。"短短四句诗，既表现了以往所向无敌的战功与盖世的英雄气概，又表现了英雄末路的悲哀与不忍诀别虞姬的深情。情真意切，十分感人。沈德潜评云："'可奈何'，'奈若何'，呜咽缠绵，从古英雄，必非无情者。"（《古诗源》）

刘 邦

刘邦（前256—前195），即汉高祖，字季，沛县丰邑（今江苏丰县）人。与项羽共击秦，并约定"先入关者王之"。公元前206年，邦首先破咸阳灭秦，项羽因之立他为汉王。后复与项羽展开战争，于公元前202年垓下一战灭项羽，统一中国。建国后，在政治、经济上采取了许多进步的措施，建立了中央集权，推动了历史向前发展。有《大风歌》和《鸿鹄歌》传世。

大 风 歌①

大风起兮云飞扬②，威加海内兮归故乡③，安得猛士兮守四方④！

①大风歌:见《史记·高帝本纪》和《汉书·高帝纪》,汉人称为《三侯之章》,《艺文类聚》始称《大风歌》,《乐府诗集》收入《琴曲歌辞》,题为《大风起》。②兮:语助词,无实义,犹今口语中"啊"字。③加:凌驾。海内:四海之内,犹言天下。古人以天下为一大块陆地,四面环海。④安得:怎样得到。

公元前 195 年秋,淮南王黥布叛,刘邦亲自率军东征,十月,黥布败绩,刘邦令别将追击,自己先返长安。路经家乡沛丰,置酒沛宫,邀集故人、父老、子弟宴饮,酒酣击筑作此歌,"慷慨伤怀,泣数行下"(《史记·高祖本纪》)。

第一句以"风"喻己、以"云"喻从臣,用比兴手法渲染、描状刘邦及其从臣乘时崛起、所向披靡的磅礴气势,第二句继之以"威加海内",有水到渠成之妙。刘邦作此诗时,帮他打天下的韩信、彭越等功臣已被他诛杀,在破项羽于垓下的战斗中立下赫赫战功的黥布因韩、彭被诛而惧祸及己,举兵反叛,刘邦在平叛中身中流矢,带着疮伤回到故乡。这时他已六十二岁,太子(后来的惠帝)懦弱无能,想反叛的功臣还大有人在。他因而"慷慨伤怀",发出了"安得猛士兮守四方"的感叹。

这首诗,后人评价很高。朱熹云:"千载以来,人主之词,亦未有若是壮丽奇伟者也。呜呼,雄哉!"(《楚辞后语》)陈岩肖云:"不事华藻,而气概远大,真英主也。"(《庚溪诗话》)锺惺云:"妙在杂霸习气一毫不讳,便是真帝王、真英雄。"(《古诗归》)

刘　彻

刘彻(前 156—前 87),即西汉武帝。景帝中子,在位五十四年。他继承景帝的政策,对内在政治上、经济上实行一些重要的改革措施,完成了真正的国家统一;对外则北击匈奴,西通西域,南服滇、黔、粤、桂,声威远播,使汉朝的文治武功都达到了前所未有的高度,是一位有雄才大略的君主。他设立乐府,使之掌管宫廷音乐,并仿效古代的采诗制度,采集民间歌谣和乐曲加以演唱,这对乐府诗的发展起了一定的推动作用。能诗,有《瓠子歌》二首、《秋风辞》、《西极天马歌》、《李夫人歌》、《落叶哀蝉曲》、《柏梁诗》各一首。亦能赋,有《悼李夫人赋》。

秋 风 辞①

秋风起兮白云飞,草木黄落兮雁南归。兰有秀兮菊有芳②,怀佳人兮不能忘③。泛楼船兮济汾河④,横中流兮扬素波⑤。箫鼓鸣兮发棹歌⑥,欢乐极兮哀情多⑦。少壮几时兮奈老何!

①秋风辞:这首歌辞载《汉武帝故事》。②秀:植物开的花,这里比佳人颜色。芳:香气,比佳人香气。"兰有秀"与"菊有芳",互文见义,意为兰和菊均有秀、有芳。③佳人:这里指想求得的贤才。④泛:浮。楼船:有楼的大船。泛楼船:即乘楼船。济:横渡。汾河:源出山西省宁武县管涔山,西南流纵贯全省,于河津县流入黄河。⑤中流:中央。扬素波:激起白色的浪花。⑥棹(zhào 照)歌:划船时唱的歌。棹:船桨。⑦极 :顶点。

据《汉武帝故事》载:汉武帝巡幸河东,祭祀后土(土神),横渡汾河,在舟中与群臣宴饮,"顾视帝京",欣然而作此诗。首二句写秋景如画,三、四句以兰、菊起兴,融悲秋与怀人为一。以下各句写舟中宴饮,乐极生哀,而以人生易老的慨叹作结。全诗比兴并用、情景交融,是我国文学史上"悲秋"的名作。胡应麟评为"帝王诗歌之美者,非当时臣下所及"(《诗薮·外编》卷一)。鲁迅也有"缠绵流丽,虽词人不能过也"(《汉文学史纲要》)的评论。

梁 鸿

梁鸿(生卒年不详),字伯鸾,扶风平陵(今陕西省咸阳市西北)人。东汉隐士。尝受业于太学。家贫好学,崇尚气节,与妻孟光隐居霸陵山中,以耕织为业。曾因事出关,过洛阳,作《五噫歌》,引起汉章帝不满,令搜捕他。遂改姓运期,更名耀,字侯光,东逃齐、鲁之间。后又往吴依皋伯通,为人佣工舂米,不久病死。著书十余篇,今不传。诗作除《五噫歌》外,尚有《思友诗》和《适吴诗》,均见《后汉书·梁鸿传》。

五噫歌①

陟彼北芒兮②,噫!顾览帝京兮③,噫!宫阙崔嵬兮④,噫!民之劬劳兮⑤,噫!辽辽未央兮⑥,噫!

①五噫歌:原载《后汉书·梁鸿传》,《乐府诗集》收入《杂歌谣辞》。②陟:登。北芒:一作"北邙",又称芒山或北山,在今洛阳城东北。③顾览:回头看。一作"顾瞻"。④宫阙:宫殿。崔嵬:高耸貌。⑤劬(qú 渠)劳:劳苦。⑥辽辽:远,这里指"劬劳"的时间漫长。未央:无穷无尽。

作者登上洛阳城东北的北芒山,回头俯瞰洛阳城,由于看到宫阙的豪华,便联想到人民所受的深重苦难,因之字里行间便充满了对统治者穷奢极欲的谴责和对人民的同情,发出深深的感喟。张玉穀评云:"无穷悲痛,全在五个'噫'字托出,真是创体。"(《古诗赏析》)

张　衡

张衡(78—139),字平子,南阳西鄂(今河南省南阳市北)人。历任南阳主簿、太史令、侍中、河间王相,后征拜尚书,卒年六十二。他是伟大的科学家,创造了世界上最早的用水力推动的浑天仪和测定地震方向的候风地动仪。著有《灵宪论》和《浑天仪图注》,是天文学的重要文献。他也是文学家,大赋《西京赋》、《东京赋》虽模拟班固《两都赋》,但结构更宏阔,艺术上亦自具特色;小赋《归田赋》,对后世抒情小赋的发展较有影响。诗歌传者有四言诗《怨篇》、五言诗《同声歌》和七言诗《四愁诗》。原有集,已佚,明人辑有《张河间集》。

四　愁　诗

我所思兮在太山①,欲往从之梁父艰②,侧身东望涕沾翰③。美人赠我金错刀④,何以报之英琼瑶⑤。路远莫致倚逍遥⑥,何为怀忧心烦劳?

我所思兮在桂林⑦,欲往从之湘水深⑧,侧身南望涕沾襟。美人赠我琴琅玕⑨,何以报之双玉盘。路远莫致倚惆怅,何为怀忧心烦伤?

我所思兮在汉阳⑩,欲往从之陇阪长⑪,侧身西望涕沾裳。美人赠我貂襜褕⑫,何以报之明月珠。路远莫致倚踟蹰⑬,何为怀忧心烦纡⑭?

我所思兮在雁门⑮,欲往从之雪纷纷,侧身北望涕沾巾。美人赠我锦绣段⑯,何以报之青玉案⑰。路远莫致倚增叹,何为怀忧心烦惋⑱?

①太山:即泰山,在今山东省泰安县北。②从之:跟随他。梁父:又作"梁甫",泰山南面的一座小山。③翰:衣襟。④错:镀金。金错刀:用黄金镀过刀环或刀把的佩刀。⑤英:"瑛"的假借字,指玉的光辉。琼瑶:琼和瑶,皆美玉。⑥莫致:无法送达。倚:通"猗",犹今"啊"字,语助词,无意义。下仿此。逍遥:彷徨不安。⑦桂林:秦代郡名,治所在今广西桂平县西南。⑧湘水:源出广西灵川县东海洋山,东北流入湖南省境,至岳阳市入洞庭湖。⑨琴琅玕:琴上用琅玕装饰。琴,一作"金"。琅玕:似玉的美石。⑩汉阳:东汉明帝时改天水郡为汉阳郡,治所在冀县,在今甘肃甘谷县南。⑪陇阪:即陇山,在今陕西陇县西北。⑫襜褕(chān yú 挟鱼):直襟,代指直襟的衣服。⑬踟蹰:徘徊不进。⑭烦纡:烦闷。⑮雁门:在今山西代县西北。⑯锦绣段:成段的锦绣。⑰青玉案:放食器的小几,有如今日有小脚的托盘。一说,"案",古"椀"(碗)字。增叹:一再叹息。⑱惋:惆怅。

本诗初见于《文选》,分四章,写怀人的愁思。前有短序,大意说张衡做河间王相时,感到天下渐弊,郁郁不得志,于是"效屈原以美人为君子,以珍宝为仁义,以水深雪雾为小人。思以道术相报,贻于时君,而惧谗邪不得通"。但据近人考订,《四愁诗》序文是后人编辑张衡诗文集时增删有关史料写成的,非其亲作,所以分析本诗时只可作为参考。全诗借抒写怀人的愁思,用比兴的手法,以寄托伤时忧世之情,显然受了屈原《离骚》的影响;用重章叠句、反复咏叹的格调以突出主题,加强抒情气氛,又显然受到《诗经》民歌的启发。各章采用上四下三的七字句式,尽管有些句子中加了"兮"字,但仍可视为七言诗雏形,对我国七言诗的形成有重要作用。

赵 壹

赵壹(生卒年不详),字元叔,汉阳西县(今甘肃天水市西南)人。灵帝光和元年(178)为郡吏,上计洛阳,司徒袁逢、河南尹羊陟为之延誉,名动京师。旋西归,公府十征皆不就。恃才傲物,曾几度遭诬陷濒于死,赖友人拯救得免,因作《刺世疾邪赋》。此外尚有《穷鸟赋》、《疾邪诗》等。原有集二卷,已佚。

疾邪诗二首

河清不可俟,人命不可延①。顺风激靡草,富贵者称贤②。文籍虽满腹③,不如一囊钱④。伊优北堂上⑤,肮脏依门边⑥。

势家多所宜,欬唾自成珠⑦。被褐怀金玉,兰蕙化为刍⑧。贤者虽独悟,所困在群愚⑨。且各守尔分⑩,勿复空驰驱⑪。哀哉复哀哉,此是命矣夫!

①河:黄河。河清:语出《左传·襄公八年》:"俟河之清,人寿几何?"古人认为黄河一千年清一次,是将出现清明政治的征兆。俟:等待。二句谓人的寿命短暂,无法等到乱世澄清之日。②激:猛吹。靡草:柔弱的草。二句谓顺风猛吹柔弱的草,它便随风朝一边倒下,富贵的人,便被众人抬举为贤良的人。③文籍:文章书籍。④囊:袋。⑤伊优:卑躬屈节的样子,此指逢迎谄媚的人。北堂:官厅。⑥肮脏:高亢刚直的样子。二句谓谄媚的人被人亲近,刚直的人受到排斥。⑦势家:有权势的人家。多所宜:无所不宜。二句说有权势的人家干什么都有理,连咳嗽的唾沫都被视为珍珠。⑧被:披。褐:粗布衣,指穷人。兰蕙:两种香草。刍:饲草。二句说穷人虽有美好的才德,亦不被人重视,就像兰蕙被视为刍草。⑨独悟:犹独醒。《楚辞·渔父》:"众人皆醉我独醒。"二句谓贤者虽有远见卓识,但被愚昧的人群包围,仍不得不受困。⑩尔分:你的本分。尔:你,指贤者。⑪空驰驱:白奔走。

赵壹《刺世疾邪赋》揭露了东汉政治黑暗的许多方面,诸如门阀擅权,外戚、宦官当政,贿赂公行,谄媚成风,卖官鬻爵,用人惟亲,贤人受压等等,具有高度的真实性。这两首诗是赋的结尾部分,前一首托为秦客"为诗",后一首托为鲁生"作歌",意在概括全赋主旨,相当于前此辞赋结尾的"乱曰"、"讯曰"。

此后的许多赋,如鲍照的《芜城赋》、江淹的《恨赋》等等,都仿效《刺世疾邪赋》的形式,以诗结尾。庾信的《春赋》,更在赋中杂以五七言诗句,使赋体趋于诗化。

辛延年

爵里事迹不详,《书抄》作"辛延寿",《后村诗话》作"后汉李延年"。

羽林郎①

昔有霍家奴②,姓冯名子都③。依倚将军势④,调笑酒家胡⑤。胡姬年十五,春日独当垆⑥。长裾连理带⑦,广袖合欢襦⑧。头上蓝田玉⑨,耳后大秦珠⑩。两鬟何窈窕⑪,一世良所无⑫。一鬟五百万,两鬟千万馀⑬。不意金吾子⑭,娉婷过我庐⑮。银鞍何煜爚⑯,翠盖空踟蹰⑰。就我求清酒,丝绳提玉壶。就我求珍肴,金盘脍鲤鱼⑱。贻我青铜镜,结我红罗裾⑲。不惜红罗裂,何论轻贱躯⑳!男儿爱后妇,女子重前夫。人生有新故,贵贱不相逾㉑。多谢金吾子㉒,私爱徒区区㉓。

①羽林郎:本诗最早见于《玉台新咏》,《乐府诗集》收入《杂曲歌辞》。羽林,为汉武帝时所设禁卫军,羽林郎是禁卫军中的武官名。乐府诗常用旧题咏新事。②霍:指霍光,西汉昭帝时的大将军。③冯子都:据《汉书·霍光传》:冯子都,名殷,是霍光家的大总管,奴才头子,很受宠幸。④依倚:依仗倚靠。⑤酒家胡:卖酒的胡女。汉朝多有西域人在长安经商。⑥垆:放酒缸的土台。当垆:站柜台卖酒。⑦裾:衣服的前襟。连理带:系结衣襟的两条带子。古时无纽扣,两边衣襟用带子结住。⑧广袖:宽袖子。合欢:一种开花的木本植物,采用这种花纹作图案,有象征男女和合欢乐之意。襦:短袄。合欢襦:一种绣有合欢花图案的短袄。⑨蓝田:山名,产美玉,在今陕西省蓝田县东三十里。⑩大秦:即罗马帝国。这句谓胡姬耳后戴的发簪两端垂着大秦的宝珠。⑪鬟:环形的发髻。窈窕:美好。⑫良所无:确实没有。⑬五百万、千万馀:指头上所戴首饰之贵重。⑭金吾子:金吾本为两头镀金的铜棍,汉代禁军军官手执这种武器巡夜,故称这种军官为"执金吾"。这里称金吾子,是胡姬对官家豪奴的一种敬称。⑮娉婷(pīng tíng乒亭):美好貌。这里作"嬉皮笑脸"讲。我:胡姬自指。⑯煜爚(yù yuè玉月):银光耀眼貌。⑰翠盖:饰有翠色羽毛的车盖。空踟蹰:无故停留。⑱脍:细切的肉。这里用如动词,细切。⑲贻:赠送。结:系。二句谓冯子都赠送给胡姬一面镜子,还要将它系在胡姬穿的红罗袄前襟上。⑳何论:更不消说。二句说霍家奴赠镜系在我的衣襟上,我都不惜割断衣襟抗争,更不消说想侮辱我的身躯了。㉑"人生"二句:谓一个人对待爱情是不能以旧易新的,更何况我是民家女,不愿高攀你做官的。不相逾:谓贵贱各有界限,不相逾越。㉒多谢:郑重告诉。㉓私爱:单方面的爱。徒区区:白献殷勤。《广博》:"区区,爱也。"

此诗始见于南朝梁、陈时人徐陵所编《玉台新咏》卷一,用乐府旧题反映时事。东汉和帝时,外戚窦宪任大将军,一门骄横,其弟执金吾窦景掌管羽林军,纵容下属强夺民财,掳掠民女。此诗塑造了一位纯洁高尚的妇女形象,义正词严地抗拒来自豪门的侮辱,可能是针对窦氏豪奴而发,但在客观上有更普遍的现实意义。

宋子侯

宋子侯,生平事迹不详,东汉人。

董娇饶①

洛阳城东路②,桃李生路旁。花花自相对,叶叶自相当③。春风东北起,花叶正低昂④。不知谁家子⑤,提笼行采桑⑥,纤手折其枝,花落何飘飏⑦。请谢彼姝子:"何为见损伤⑧?""高秋八九月,白露变为霜。终年会飘堕,安得久馨香⑨?""秋时自零落,春月复芬芳。何如盛年去,懽爱永相忘⑩?"吾欲竟此曲,此曲愁人肠。归来酌美酒,挟瑟上高堂⑪。

①董娇饶:女子名,在唐诗中常用以指代美女,疑是东汉时的著名歌姬,这里已变成乐府旧题。此诗始见于《玉台新咏》,《乐府诗集》收入《杂曲歌辞》。②洛阳:东汉京城。③"花花"二句谓桃李盛开,花叶掩映,十分绚丽。"对"和"当"为同义词,是"相辉映"的意思。④低昂:这里指花叶在风中高低摇荡。⑤子:《正字通》:古时"女子亦称子"。⑥行:将要。⑦飘飏:四散飞落。⑧请谢:请问。彼姝子:那位漂亮的女子。"请谢"二句为花诘责女子为何攀折它。⑨"高秋"四句为女子答花的提问,言秋天来了以后,你反正要飘落的,怎能终年馨香。高秋:秋天天高气爽,故称高秋。安得:怎能。⑩"秋时"四句是花答女子之话,说拿我的命运和你比较,我今年落了,明年还会重开,不像你盛年一去,就再也不被人喜爱了。言外之意,女子的命运比花还苦。懽:同"欢"。⑪最后四句是作者出面作结,说:我本想唱完这支曲子,只是曲中提到人的盛年不能再来这件事,使人太难受了,破愁之法,只有饮酒作乐。竟:尽、终。

盛年易去,欢爱不常,这是一个带有普遍性的主题。作者在诗的结尾用"吾欲竟此曲,此曲愁人肠"表明他写这首诗正是要表现这个"愁人"的主题。值得珍视的是:此诗不仅表现了这个有普遍意义的主题,而且表现手法极新颖:将花拟人化,通过花与折花女子的问答,以花之"秋时自零落,春月复芬芳"反衬女子"盛年"一去、"欢爱"即休,令人慨叹不已。沈德潜评云:"婀娜其姿,无穷摇曳。"(《古诗源》)在汉乐府诗中,这首诗的艺术水平是比较高的。

蔡琰

蔡琰(生卒年不详),字文姬,又字昭姬,陈留圉(今河南杞县南)人。汉末女诗人,著名学者蔡邕之女,博学多才,通音律。初嫁卫仲道,夫亡,归母家。董卓之乱,蔡琰为卓部下所掳,辗转流入南匈奴,适南匈奴左贤王。居十二年,生二子。曹操与蔡邕交谊甚厚,以金璧赎归,再嫁董祀。今传《悲愤诗》五言、骚体各一首。另有《胡笳十八拍》一篇,多数研究者疑为后人依托。

悲愤诗

汉季失权柄[①],董卓乱天常[②],志欲图篡弒[③],先害诸贤良[④]。逼迫迁旧邦[⑤],拥主以自强。海内兴义师[⑥],欲共讨不祥[⑦]。卓众来东下,金甲耀日光。平土人脆弱[⑧],来兵皆胡羌[⑨]。猎野围城邑[⑩],所向悉破亡。斩截无孑遗[⑪],尸骸相掌拒[⑫]。马边悬男头,马后载妇女。长驱西入关[⑬],迥路险且阻[⑭]。还顾邈冥冥,肝脾为烂腐。所略有万计[⑮],不得令屯聚[⑯]。或有骨肉俱,欲言不敢语。失意几微间[⑰],辄言"毙降虏。要当以亭刃[⑱],我曹不活汝[⑲]"。岂复惜性命,不堪其詈骂。或便加棰杖,毒痛参并下[⑳]。旦则号泣行,夜则悲吟坐,欲死不能得,欲生无一可。彼苍者何辜[㉑]? 乃遭此厄祸!

边荒与华异[㉒],人俗少义理。处所多霜雪,胡风春夏起。翩翩吹我衣,肃肃入我耳[㉓]。感时念父母,哀叹无穷已。有客从外来,闻之常欢喜。迎问其消息,辄复非乡里。邂逅徼时愿[㉔],骨肉来迎己。已得自解免,当复弃儿子。天属缀人心[㉕],念别无会期。存亡永乖隔[㉖],不忍与之辞。儿前抱我颈,问母"欲何之? 人言母当去,岂复有还时! 阿母常仁恻[㉗],今何更不慈? 我尚未成人,奈何不顾思!"见此崩五内[㉘],恍惚生狂痴。号泣手抚摩,当发复回疑[㉙]。兼有同时辈[㉚],相送告离别。慕我独得归,哀叫声摧裂。马为立踟蹰,车为不转辙。观者皆欷歔,行路亦呜咽。

去去割情恋,遄征日遐迈[㉛]。悠悠三千里,何时复交会? 念我出腹子,胸臆为摧败。既至家人尽,又复无中外[㉜]。城郭为山林,庭宇生荆艾。白骨不知谁,从横莫覆盖[㉝]。出门无人声,豺狼号且吠。茕茕对孤景[㉞],怛咤糜肝肺[㉟]。登高远眺望,魂神忽飞逝。奄若寿命尽[㊱],旁人相宽大[㊲],为复强视息[㊳],虽生何聊赖[㊴]? 托命于新人[㊵],竭心自勖厉[㊶]。流离成鄙贱,常恐复捐废[㊷]。人生几何时,怀忧终年岁[㊸]。

①汉季:汉末。失权柄:指皇帝失去统治力量。②董卓:大军阀。灵帝时,皇权被外戚、宦官争相把持。宦官杀大将军何进。董卓领兵入京杀宦官,废少帝,旋杀之,毒死何太后,立献帝。袁绍等起兵讨卓,卓遂烧洛阳,挟持献帝西迁长安。天常:天之常理。此指正常的封建关系。③图篡弑:计划夺位杀君。臣杀君曰"弑"。④诸贤良:指反对董卓挟持献帝西迁长安而被害的周珌、伍琼等。⑤旧邦:长安是西汉首都,所以说"旧邦"。⑥兴义师:指以袁绍为盟主起来讨伐董卓的各路兵马。⑦不详:不善,指董卓。⑧平土:平原。⑨胡羌:指董卓部队中杂有胡、羌等少数民族。⑩猎野:指在郊外杀戮掠夺。⑪孑(jié节):独。无孑遗:一个也不留。⑫掌:同"撑"。相掌拒:互相支撑着。⑬关:指函谷关。⑭迥路:遥远的路。⑮略:掳掠。⑯令屯聚:使聚集在一块。⑰失意几微间:谓做事稍稍不合他们的心意。⑱亭:通"停"。亭刃:刀加在身上,即杀害之意。⑲我曹:我们,这里是匪军自指。不活汝:不叫你活。汝:指俘掳的老百姓。⑳参:兼。参并下:交并下,一齐到来。㉑苍:苍天。彼苍者:呼天。辜:罪。㉒边荒:边远地区。这里指蔡琰在南匈奴所居的地方。华:中华。㉓肃肃:风声。㉔邂逅:不期而遇,意外地。微时愿:微幸实现平时的愿望。㉕天属:天然的亲属,这里指母子关系。缀:联系。㉖乖隔:分隔。㉗仁恻:仁爱慈悲。㉘五内:五脏。㉙复回疑:又迟疑不决。㉚同时辈:谓同时被掳去的人。㉛遄(chuán船)征:疾行。日遄迈:一天一天地离得远了。㉜中外:"中"指舅父的子女,"外"是姑母的子女,统称中表亲戚。㉝莫覆盖:没有掩埋。㉞茕茕:孤独。景:即"影"。㉟怛咤(dá zhà达乍):悲痛的惊叫。糜:烂。㊱奄若:忽然的样子。㊲相宽大:相与劝解。㊳强视息:勉强睁开眼喘出气来。㊴何聊赖:有什么乐趣。㊵托命于新人:指再嫁董祀。㊶勖(xù畜)厉:勉励。㊷复捐废:再被遗弃。㊸终年岁:直到死亡。

这首《悲愤诗》载于《后汉书·董祀妻传》,是我国诗史上第一首文人创作的自传体长篇叙事诗。共 108 句,540 字,真实、沉痛地自叙十多年的悲惨遭遇,也写出了被掳者的血泪,是汉末社会动乱和人民苦难的实录,具有史诗规模和悲剧色彩。中间写母别子的惨痛场景以及回乡后怀念弃子,"登高远眺望,魂神忽飞逝"的情态,尤令人不忍卒读。由于其事甚惨,又出于切身经历,故自叙其事,字字带血,句句含泪,既是真实感极强的叙事诗,又是动人心魄的抒情诗。之所以能动人心魄,"由情真,亦由情深也"(沈德潜《古诗源》)。

《悲愤诗》上承《十五从军征》、《孤儿行》等汉乐府叙事诗,下启杜甫的《北征》及《咏怀五百字》,与《焦仲卿妻》堪称建安时期叙事诗的双璧。

汉乐府

有 所 思①

有所思,乃在大海南②。何用问遗君③,双珠玳瑁簪④,用玉绍缭之⑤。闻君有他心⑥,拉杂摧烧之⑦。摧烧之,当风扬其灰⑧。从今以往⑨,勿复相思!相思与君绝⑩!鸡鸣狗吠,兄嫂当知之⑪。妃呼豨⑫!秋风肃肃晨风飔,东方须臾高知之⑬。

①有所思:汉乐府《鼓吹曲词·饶歌》十八首之一。②首二句谓:我所思念的男子,住在大海的南边。③何用:用什么。"问"与"遗"(wèi 位)同义,都是馈赠的意思。④玳瑁(dài mào 代冒):龟属,其甲光滑而多文彩,可做装饰物。簪:针状物。古人头髻上加冠,用簪横插过冠和发髻,将冠固定在头上。簪的两端露出头,坠有饰物,此处谓用玳瑁饰簪的两端。⑤绍缭:缠绕。之:指簪。⑥他心:二心,另有所爱。⑦拉杂:乱堆集在一起。摧烧:毁坏焚烧。⑧当风:迎风。⑨以往:以后。⑩相思与君绝:谓对你的相思断绝了。⑪"鸡鸣"二句:回忆过去两人幽会,引起鸡鸣狗吠,兄嫂知道我们的事情,今天决绝,恐怕会引起兄嫂的议论。因此又动摇了。⑫妃呼豨:象声词,无义,"但补乐中之音"。一说,长叹声。⑬"秋风"二句:肃肃:即"飕飕",风声。晨风:鸟名,即鹯,常在黎明时啼叫求偶。飔:是"思"的讹字。须臾:一会儿。高:同"皜",天亮。这两句谓秋风飕飕,鸟鸣嘤嘤,我的心情烦乱极了,待过一会天亮以后,我就会知道该怎么办了。

此诗以一位年轻女子自述的口吻表现她在经历爱情波折前后的情感变化。开头数句写热恋,具体体现在精心制作爱情信物——"双珠玳瑁簪,用玉绍缭之",将寄赠她相思的远在大海南的情人。中间数句写失恋,忽然听说情人有"他心",便摧毁、焚烧爱情信物,还要扬其灰,以表示一刀两断。怨之切,正表明爱之深。结尾数句,表现稍稍冷静之后,"与君绝"之念逐渐动摇。闻"晨风"求偶之音而说她如何解决这一难题,天亮以后便会知道,从而给读者留下悬念。

上　邪

上邪①!我欲与君相知,长命无绝衰②。山无陵,江水为竭,冬雷震震,夏雨雪,天地合,乃敢与君绝!③

①上:天。邪:同"耶"。上邪:犹言"天哪"。②"我欲"二句:谓我愿与你相爱,永远使我们的爱情不断绝不衰退。相知:相爱。命:令,使。③"山无"六句:谓除非高山变平地,江水流干,冬天雷声震震,夏天下雪,天地合并,不可能有的事都发生了,我才会和你断绝。陵:山峰。竭:干涸。震震:雷鸣声。雨(yù 玉):降。天地合:天地合并为一。乃敢:才敢。

《有所思》结尾留下的悬念似乎应作解答,因而有些学者推测,那解答便是《上邪》。就是说,《有所思》后接上《上邪》,合成一篇诗,通篇"皆女子之辞,弥觉曲折反复,声情顽艳"(闻一多《乐府诗笺》)。汉乐府中本来就有一首诗被割成两首的例子,如《薤露》和《蒿里》原是一首挽歌,汉武帝时被李延年分为二曲。《有所思》与《上邪》的情况,可能与此类似。

《上邪》以呼喊老天爷开始,全是女子对情人表示坚贞不渝的爱情誓言。先正面表明心迹,然后列举根本不可能出现的五件事,从反面说明根本不可能"与君绝"。清人张玉穀云:"首三正说,言意已尽;后五反面竭力申说,如此然后敢绝,是终不可绝也。迭用五事,两就地维说,两就天时说,直说到天地混合,一气赶落,不见堆垛,局奇笔横。"(《古诗赏析》卷五)解释得很中肯。

敦煌曲子词中的《菩萨蛮》很可能受到《上邪》的启发:"枕前发尽千般愿:要休且待青山烂。水面上秤锤浮,直待黄河彻底枯。白日参辰现,北斗回南面。休即未能休,且待三更见日头。""要休"以下连举六事从反面申说,与《上邪》"山无陵"以下诸句相类。两相比较,"山无陵"以下全用短句,一句一顿,声情迫促,更有力地表现了少女急于坦露赤诚的激情。

江 南

江南可采莲,莲叶何田田①。鱼戏莲叶间。鱼戏莲叶东,鱼戏莲叶西,鱼戏莲叶南,鱼戏莲叶北。

①何:何等,多么。田田:莲叶浮水,片片碧绿。

这首民歌最早见于《宋书·乐志》,《乐府诗集》收入《相和歌辞·相和曲》。《乐府解题》云:"《江南》,古辞,盖美芳晨丽景,嬉游得时也。"这是一首描写江南劳动人民采莲时欢乐心情的民歌,这种心情,是通过描绘水上生意盎然的莲叶和水下自由嬉游的鱼儿透露出来的。这首歌,分"唱"、"和"两个部分。前三句,是采莲人"唱"的;后四句,紧接"唱",群起而"和"之,一派欢乐景象。

陌上桑

日出东南隅①,照我秦氏楼。秦氏有好女②,自名为罗敷③。罗敷喜蚕桑④,采桑城南隅。青丝为笼系⑤,桂枝为笼钩⑥。头上倭堕髻⑦,耳中明月珠⑧。缃绮为下裙⑨,紫绮为上襦⑩。行者见罗敷,下担捋髭须⑪。少年见罗敷,脱帽著帩头⑫。耕者忘其犁,锄者忘其锄,来归相怨怒,但坐观罗敷⑬。一解

使君从南来⑭,五马立踟蹰⑮。使君遣吏往,问是谁家姝⑯?"秦氏有好女,自名为罗敷。""罗敷年几何?""二十尚不足,十五颇有馀。"使君谢罗敷⑰:"宁可共载不⑱?"罗敷前置辞⑲:"使君一何愚⑳!使君自有妇,罗敷自有夫。"二解

"东方千馀骑,夫婿居上头㉑。何用识夫婿㉒?白马从骊驹㉓,青丝系马尾,黄金络马头㉔;腰中鹿卢剑㉕,可值千万馀。十五府小吏,二十朝大夫,三十侍中郎,四十专城居㉖。为人洁白晳㉗,鬑鬑颇有须㉘。盈盈公府步,冉冉府中趋㉙。坐中数千人,皆言夫婿殊㉚。"三解

①隅:方。春天日出稍偏南,即东南方。②好女:美女。③自名:本名。一说"自道姓名"。④蚕桑:名词动用,是养蚕采桑的意思。⑤"青丝"句:谓用青丝绳做篮子的提绳。笼:篮子。⑥笼钩:篮子上的提柄。⑦倭堕髻:即堕马髻。其髻偏于一侧,作欲堕之状,故名。是东汉时流行的一种发式。⑧明月珠:《后汉书·西域传》说:大秦国(古罗马)产明月珠。⑨缃绮:浅黄色丝织品。帬:同"裙"。⑩襦(rú 儒):短袄。⑪捋(lǚ 吕):用手顺着抚摩。髭:口上面的胡子。须:颊颔下面的胡子。⑫著:显露。帩(qiào 俏)头:同"绡头",古人束发用的纱巾。这句连上句谓少年们看见美丽的罗敷,忘了形,将帽子脱下拿在手中,头上露出绡头。⑬来归:回家。但:只是。坐:由于、因为。以上四句说耕者、锄者忘了时间和工作,回家后彼此抱怨,只是由于贪看罗敷的缘故。⑭使君:东汉人对太守、刺史的称呼。⑮五马:闻人倓《古诗笺》说:汉制"太守驷马而已,其有加秩中二千石,乃右骖(即右边再加一骖马)。故以'五马'为太守美称"。踟蹰:徘徊不前貌。⑯姝:美女。⑰谢:问。⑱宁可:犹言"情愿"。《说文》徐锴注云:"今人言宁可如此,是愿如此也。"⑲前:上前。置辞:同"致辞",即"答话"。⑳一:语助词。一何:多么、何等。㉑上头:行列的前面。㉒何用:凭什么。㉓"白马"句:谓骑白马的便是我的丈夫,后面跟随着一些骑小黑马的随从。从:跟随。骊:深黑色的马。驹:两岁的马。㉔"黄金"句:谓用金丝绳结为羁辔套在马头上。络:以绳相套。㉕鹿卢:同"辘轳",乃缠井绳的绞盘。古人将剑柄端做成辘轳形,镶嵌以玉,称辘轳宝剑。㉖"十五"四句:是罗敷夸其夫官运亨通,步步高升。府小吏:太守府中卑微的小官吏。朝大夫:任朝廷大夫。侍中郎:出入宫廷的侍卫官。在汉朝侍中是加官,就是在原官品级上特加的荣衔。专城居:专主一城的大员,如太守之类。专:独占。㉗为人:长相。洁白皙:皮肤白净。㉘鬑(lián 廉)鬑:胡须稀疏而长。㉙"盈盈"二句:谓(丈夫)在官府中不管是慢步还是快步都显出从容不迫的气派。盈盈、冉冉:形容行动从容不迫。步:慢步。趋:快步。㉚殊:人才出众。

《陌上桑》一名《艳歌罗敷行》,最早见于《宋书·乐志》,属汉乐府《相和歌》古辞。共分三解。"解"是乐府诗的段落,相当于"章"。第一解先从日照秦楼的美好环境引出"好女"罗敷,然后从她所携劳动工具的华美,从她首饰、服装的高贵等方面渲染她的美丽。以下各句,是著名的善用侧面烘托的例子:行者、少年、耕者、锄者都被罗敷的美貌惊得忘乎所以,那么,罗敷多美,便可以想见了。第二解写罗敷与使君的斗争,表现了使君的卑污、愚蠢,赞美了罗敷的高尚品德。第三解十八句写罗敷夸婿,面对使君,先夸夫婿之贵,次夸官职之高,三夸容貌之美,最后以众人争夸作结。夸夫君便是羞使君。使君不等听完,大约已败兴而返了。第一解用侧面烘托手法赞罗敷,第三解用夸张、虚构手法夸夫婿,都写得异常幽默而生动,而罗敷美丽、纯洁、聪明、机智的形象也浮现于读者面前,与使君的愚蠢、丑恶形成鲜明的对照。

东门行

出东门,不顾归①;来入门,怅欲悲。盎中无斗米储②,还视架上无悬衣③。拔剑东门去,舍中儿母牵衣啼④:"他家但愿富贵⑤,贱妾与君共铺糜⑥。上用仓浪天故⑦,下当用此黄口儿⑧。今非⑨!""咄⑩!行⑪!吾去为迟,白发时下难久居⑫。"

①顾:思,考虑。②盎:一种肚大口小的瓦罐。斗米储:一斗米的存粮。③还视:回头看。悬衣:挂着的衣服。④儿母:孩子他妈,即主人公的妻子。⑤他家:别人家。⑥贱妾:妻子的谦称。君:妻子对丈夫的尊称。铺:吃。糜:粥。⑦用:因。仓浪天:苍天。仓浪,为叠韵连绵字,青色。⑧黄口儿:幼儿。⑨今非:谓现在出门去铤而走险不对。⑩咄(duō 多):呵叱声,为丈夫因妻子劝阻时所发。⑪行:走啦。⑫"白发"句:谓我头上的白发,不时地掉下,实在难在家中久待了!

《东门行》为汉乐府古辞,属《相和歌·瑟调曲》。写一个被剥削、压榨得无以为生的城市贫民不顾妻子的劝阻,拔剑而去,铤而走险。妻子悲惨的劝阻之言,丈夫斩钉截铁的告别之语,读之如闻其声,如见其人。

孤儿行

孤儿生,孤子遇生,命独当苦①。父母在时,乘坚车,驾驷马②。父母已去③,兄嫂令我行贾④。南到九江⑤,东到齐与鲁⑥。腊月来归⑦,不敢自言苦。头多虮虱⑧,面目多尘⑨。大兄言办饭⑩,大嫂言视马⑪。上高堂⑫,行取殿下堂⑬,孤儿泪下如雨。

使我朝行汲,暮得水来归。手为错⑭,足下无菲⑮。怆怆履霜⑯,中多蒺藜⑰;拔断蒺藜肠肉中⑱,怆欲悲。泪下渫渫⑲,清涕累累⑳。冬无复襦㉑,夏无单衣。居生不乐㉒,不如早去㉓,下从地下黄泉㉔。

春气动,草萌芽,三月蚕桑,六月收瓜。将是瓜车㉕,来到还家㉖。瓜车反覆,助我者少,啗瓜者多㉗。"愿还我蒂,兄与嫂严,独且急归,当与校计㉘。"

乱曰㉙:里中一何譊譊㉚!愿欲寄尺书㉛,将与地下父母㉜,兄嫂难与久居。

①"孤儿"三句:谓孤儿偶然生下来,数他的命独苦。孤子:指孤儿。遇:遭遇。②驷马:用四匹马驾的车。③已去:已死。④行贾:外出做生意。行贾是贱业,汉代贱经商,当时经商的人有些就是富贵人家的奴隶。⑤九江:即九江郡,治所在寿春(今安徽寿县)。⑥齐:西汉置齐郡,东汉为齐国,治所在临淄(今山东临淄市北)。鲁:汉县名(即今山东曲阜)。⑦腊月:农历十二月。⑧虮:虱的卵。⑨"尘"后宜有"土"字,才好与前面的"苦"押韵。⑩办饭:做饭。⑪视马:照看骡马。⑫高堂:正屋大厅。⑬行:又。取:通"趋",急走。殿下堂:高堂下面的堂屋。⑭错:"皵"(què 鹊)的假借字,皮肤皴裂。⑮菲:通"扉",草鞋。⑯怆(chuàng 创)怆:悲痛的样子。⑰中:道路中。蒺藜:一种蔓生的草,子有刺。⑱肠:即腓肠,小腿后面的肉。

⑲渫(dié碟)渫:泪流不止貌。⑳涕:鼻涕。累累:不断。㉑复襦:夹袄。㉒居生不乐:活在世上无乐趣。㉓早去:早死。㉔"下从"句:谓到地下去跟随父母。黄泉:地下。㉕将是瓜车:推着这瓜车。将:推。是:此、这。㉖来到还家:谓走在回家的路上。㉗啗(dàn但):同"啖",吃。㉘蒂:瓜和藤相连接的部分,即瓜把儿。独且:据王引之说,"独"犹"将"。"且",句中语助词。校计:计较,引申为"麻烦"。四句谓将赶快回去,兄嫂见瓜少,又要惹出麻烦了。㉙乱:音乐最后的一段,可能为合唱,下面四句是乱辞。㉚里中:这里指孤儿家中。谈谈:吵闹声。这里指兄嫂在家中的叫骂声。㉛尺书:书信。古人无纸,将信写在一尺一寸长的绢帛上,故叫"尺书"。㉜将与:捎给。

　　《孤儿行》一名《孤子生行》,又名《放歌行》,是一个备受兄嫂虐待、奴役而痛不欲生的孤儿的血泪控诉书,具有暴露封建宗法社会残酷无情的普遍意义。

饮马长城窟行

　　青青河边草,绵绵思远道①。远道不可思②,宿昔梦见之③。梦见在我傍,忽觉在他乡④。他乡各异县⑤,展转不可见⑥。枯桑知天风,海水知天寒⑦。入门各自媚,谁肯相为言⑧!

　　客从远方来,遗我双鲤鱼⑨。呼儿烹鲤鱼,中有尺素书。长跪读素书⑩,书中竟何如⑪?上言加餐饭,下言长相忆⑫。

　　①"青青"二句:以歌咏河边青草起兴,引发出怀念远方亲人的情思。绵绵:连绵不断之意,这里语义双关,既指芳草绵延天涯不断,兼指怀念远方亲人的情思不断。远道:远方。②不可思:是无可奈何的反语。意谓想也是白想,反正亲人他在远方。③宿昔:同"夙昔",昨夜。《广雅》:"昔,夜也。"④忽觉:忽然醒来。⑤异县:异地。各异县:各自一方,互相远离。⑥展转:同"辗转"。这里形容思妇醒后,在床上翻来覆去难以入睡的情景。⑦"枯桑"二句:闻一多《乐府诗笺》云:"喻夫妇久别,口虽不言而心自知苦。"是犹枯桑,尚知天在刮风,海水不结冰,还会感到天寒。⑧"入门"二句:谓别人回到家里,都只顾与自己家里人相亲相爱,有谁肯来安慰我呢? 媚:爱。言:问讯。⑨双鲤鱼:指信。古人将信用两块木板夹着,木板上刻有双鲤鱼图案,故称信为"双鲤鱼"。⑩长跪:古人常是席地而坐,两膝着地,臀部落在脚跟上。"长跪"就是臀部离开脚跟而将腰身挺直,以表示敬重。⑪竟何如:究竟说什么。⑫"上言"二句:上、下:指前、后。谓前边劝妻子多吃些饭,后面说自己长久地想念妻子。

　　《饮马长城窟行》又名《饮马行》,乃汉乐府古辞。前段写一位闺妇因丈夫久出不归而无限思念,形诸梦寐。后段写丈夫忽然来信,但信中只有劝慰之辞,并未说明他何时归来,其始而欢喜、继而惆怅的心情,不难想象。沈德潜评云:"缠绵宛转,篇法极妙。前面一路换韵,联折而下,节拍甚急。'枯桑'二句,忽用排偶承接,急者缓之,最是古人神妙处。"(《古诗源》)

悲　歌

悲歌可以当泣,远望可以当归①。思念故乡,郁郁累累②。欲归家无人,欲渡河无船。心思不能言③,肠中车轮转④。

①可以:作"聊以"解。当:当做。②郁郁:忧愁貌。累累:思绪杂乱貌。③"心思"句:谓心中悲切,有说不出来的滋味。思:作"悲切"讲。④"肠中"句:谓悲愁在肠中,有如车轮转动,滚来滚去。

《悲歌》为汉乐府古辞,《乐府诗集》收入《杂曲歌辞》,又名《怨歌行》。写一位游子思念故乡,而"欲归家无人,欲渡河无船",只有悲歌当泣,望远当归。社会动乱、人民流离之意,见于言外。

十五从军征

十五从军征,八十始得归。道逢乡里人①:"家中有阿谁②?""遥看是君家,松柏冢累累③。"兔从狗窦入④,雉从梁上飞⑤,中庭生旅谷⑥,井上生旅葵⑦。舂谷持作饭⑧,采葵持作羹⑨。羹饭一时熟,不知贻阿谁⑩。出门东向看,泪落沾我衣。

①乡里人:家乡人。②阿谁:谁。"阿",发语词,无义。③冢:高坟。累累:一个接一个。④狗窦:狗出入的洞。⑤雉:野鸡。梁:屋脊。⑥中庭:院子。旅谷:野生的谷。《后汉书·光武纪》李贤注:"旅,寄也,不因播种而生,故曰旅。"⑦葵:一名冬葵菜,其嫩叶可吃。⑧舂:用石臼捣米。⑨羹:汤。⑩贻:送给。

自述遭遇,极凄凉,极惨痛,是对不合理的兵役制度的血泪控诉。

焦仲卿妻 并序

汉末建安中①,庐江府小吏焦仲卿妻刘氏②,为仲卿母所遣③,自誓不嫁。其家逼之④,乃投水而死。仲卿闻之,亦自缢于庭树⑤。时人伤之⑥,而为此辞也⑦。

孔雀东南飞,五里一徘徊⑧。"十三能织素⑨,十四学裁衣,十五弹箜篌⑩,十六诵诗书。十七为君妇,心中常苦悲。君既为府吏,守节情不移⑪。鸡鸣入机织,夜夜不得息。三日断五匹⑫,大人故嫌迟⑬。非为织作迟,君家妇难为。妾不堪驱使,徒留无所施⑭。便可白公姥⑮,及时相遣归⑯。"

府吏得闻之,堂上启阿母⑰:"儿已薄禄相⑱,幸复得此妇,结发同枕席⑲,黄泉共为友⑳。共事二三年,始尔未为久㉑。女行无偏斜㉒,何意致不厚^㉓?"阿母谓府吏:"何乃太区区^㉔! 此妇无礼节,举动自专由^㉕,吾意久怀忿,汝岂得自由! 东家有贤女,自名秦罗敷,可怜体无比,阿母为汝求。便可速遣之,遣去慎莫留!"府吏长跪告:"伏惟启阿母^㉖,今若遣此妇,终老不复取^㉗!"阿母得闻之,槌床便大怒^㉘:"小子无所畏,何敢助妇语! 吾已失恩义,会不相从许^㉙!"

府吏默无声,再拜还入户。举言谓新妇,哽咽不能语:"我自不驱卿^㉚,逼迫有阿母。卿但暂还家,吾今且报府^㉛。不久当归还,还必相迎取。以此下心意^㉜,慎勿违吾语。"新妇谓府吏:"勿复重纷纭^㉝! 往昔初阳岁^㉞,谢家来贵门。奉事循公姥,进止敢自专^㉟? 昼夜勤作息,伶俜萦苦辛^㊱。谓言无罪过,供养卒大恩^㊲;仍更被驱遣,何言复来还! 妾有绣腰襦^㊳,葳蕤自生光^㊴;红罗复斗帐^㊵,四角垂香囊;箱帘六七十^㊶,绿碧青丝绳,物物各自异,种种在其中。人贱物亦鄙,不足迎后人^㊷,留待作遗施,于今无会因^㊸。时时为安慰,久久莫相忘!"

鸡鸣外欲曙,新妇起严妆^㊹。著我绣夹裙,事事四五通^㊺。足下蹑丝履,头上玳瑁光。腰若流纨素^㊻,耳著明月珰^㊼。指如削葱根^㊽,口如含朱丹。纤纤作细步^㊾,精妙世无双。上堂谢阿母,母听去不止^㊿。"昔作女儿时,生小出野里,本自无教训,兼愧贵家子⁽⁵¹⁾。受母钱帛多,不堪母驱使。今日还家去,念母劳家里。"却与小姑别⁽⁵²⁾,泪落连珠子。"新妇初来时,小姑始扶床,今日被驱遣,小姑如我长。勤心养公姥,好自相扶将⁽⁵³⁾。初七及下九⁽⁵⁴⁾,嬉戏莫相忘。"出门登车去,涕落百馀行。

府吏马在前,新妇车在后,隐隐何甸甸⁽⁵⁵⁾,俱会大道口。下马入车中,低头共耳语:"誓不相隔卿⁽⁵⁶⁾,且暂还家去;吾今且赴府,不久当还归⁽⁵⁷⁾,誓天不相负!"新妇谓府吏:"感君区区怀⁽⁵⁸⁾! 君既若见录⁽⁵⁹⁾,不久望君来。君当作磐石⁽⁶⁰⁾,妾当作蒲苇⁽⁶¹⁾,蒲苇纫如丝⁽⁶²⁾,磐石无转移。我有亲父兄,性行暴如雷,恐不任我意,逆以煎我怀⁽⁶³⁾。"举手长劳劳⁽⁶⁴⁾,二情同依依⁽⁶⁵⁾。

入门上家堂,进退无颜仪⁽⁶⁶⁾。阿母大拊掌⁽⁶⁷⁾:"不图子自归! 十三教汝织,十四能裁衣,十五弹箜篌,十六知礼仪,十七遣汝嫁,谓言无誓违⁽⁶⁸⁾。汝今无罪过,不迎而自归?"兰芝惭阿母⁽⁶⁹⁾:"儿实无罪过。"阿母大悲摧⁽⁷⁰⁾。

还家十馀日,县令遣媒来。云有第三郎,窈窕世无双,年始十八九,便言多令才⁽⁷¹⁾。阿母谓阿女:"汝可去应之。"阿女衔泪答:"兰芝初还时，府吏见丁宁，结誓不别离。今日违情义，恐此事非奇⁷²。自可断来信，徐徐更谓之⁷³。"阿母白媒人："贫贱有此女，始适还家门⁷⁴。不堪吏人妇，岂合令郎君？幸可广问讯⁷⁵，不得便相许。"

媒人去数日，寻遣丞请还⁷⁶，说有兰家女，承籍有宦官。云有第五郎，娇逸未有婚。遣丞为媒人，主簿通语言⁷⁷。直说太守家，有此令郎君。既欲结大义，故遣来贵门⁷⁸。

阿母谢媒人："女子先有誓，老姥岂敢言！"阿兄得闻之，怅然心中烦。举言谓阿妹⁷⁹："作计何不量⁸⁰！先嫁得府吏，后嫁得郎君。否泰如天地⁸¹，足以荣汝身。不嫁义郎体，其往欲何云⁸²？"兰芝仰头答："理实如兄言。谢家事夫婿，中道还兄门。处分适兄意⁸³，那得自任专！虽与府吏要⁸⁴，渠会永无缘⁸⁵。登即相许和，便可作婚姻。"媒人下床去，诺诺复尔尔⁸⁶。还部白府君⁸⁷："下官奉使命，言谈大有缘。"府君得闻之，心中大欢喜。视历复开书⁸⁸，便利此月内，六合正相应⁸⁹。良吉三十日，今已二十七，卿可去成婚⁹⁰。交语速装束，络绎如浮云。青雀白鹄舫，四角龙子幡，婀娜随风转。金车玉作轮，踯躅青骢马，流苏金镂鞍。赍钱三百万，皆用青丝穿。杂绾三百匹，交广市鲑珍。从人四五百，郁郁登郡门⁹¹。

阿母谓阿女："适得府君书，明日来迎汝。何不作衣裳？莫令事不举⁹²！"阿女默无声，手巾掩口啼，泪落便如泻。移我琉璃榻⁹³，出置前窗下。左手持刀尺，右手执绫罗。朝成绣夹裙，晚成单罗衫。晻晻日欲暝⁹⁴，愁思出门啼。

府吏闻此变，因求假暂归。未至二三里，摧藏马悲哀⁹⁵。新妇识马声，蹑履相逢迎。怅然遥相望，知是故人来。举手拍马鞍，嗟叹使心伤："自君别我后，人事不可量⁹⁶。果不如先愿，又非君所详⁹⁷。我有亲父母，逼迫兼弟兄，以我应他人，君还何所望！"府吏谓新妇："贺卿得高迁！磐石方且厚⁹⁸，可以卒千年⁹⁹；蒲苇一时纫，便作旦夕间。卿当日胜贵¹⁰⁰，吾独向黄泉！"新妇谓府吏："何意出此言！同是被逼迫，君尔妾亦然¹⁰¹。黄泉下相见，勿违今日言！"执手分道去，各各还家门。生人作死别，恨恨那可论¹⁰²？念与世间辞，千万不复全¹⁰³。

府吏还家去，上堂拜阿母："今日大风寒，寒风摧树木，严霜结庭兰，儿今日冥冥¹⁰⁴，令母在后单。故作不良计¹⁰⁵，勿复怨鬼神！命如南山石，四体康且直¹⁰⁶。"

阿母得闻之，零泪应声落："汝是大家子，仕宦于台阁¹⁰⁷，慎勿为妇死，贵贱情何薄⑱！东家有贤女，窈窕艳城郭⑲，阿母为汝求，便复在旦夕。"府吏再拜还，长叹空房中，作计乃尔立⑳。转头向户里，渐见愁煎迫。

其日牛马嘶，新妇入青庐⑪。奄奄黄昏后⑫，寂寂人定初⑬。"我命绝今日，魂去尸长留！"揽裙脱丝履，举身赴清池。府吏闻此事，心知长别离，徘徊庭树下，自挂东南枝。

两家求合葬，合葬华山傍⑭。东西植松柏，左右种梧桐。枝枝相覆盖，叶叶相交通⑮。中有双飞鸟，自名为鸳鸯，仰头相向鸣，夜夜达五更。行人驻足听，寡妇起彷徨。多谢后世人⑯，戒之慎勿忘⑰！

①建安：东汉献帝的年号(196—220)。②庐江：汉郡名，在今安徽省潜山县一带。府：郡衙。小吏：低级官员。③遣：古代妇女被婆家休弃叫"遣"。④其家：刘氏娘家。⑤自缢：上吊自杀。⑥伤：哀伤。之：指这个婚姻悲剧。⑦为此辞：作这首诗。⑧"孔雀"二句：为全诗起兴。古人作夫妇离别诗，喜用鸟起兴。孔雀：鸟名，产于印度，传说是鸾鸟的配偶。⑨素：白色丝绢。从这句到"及时相遣归"十八句为第一大段，都是刘兰芝向焦仲卿说的话。⑩箜篌(kōng hóu 空侯)：古代弦乐器，形似筝、瑟，二十三弦或二十五弦。⑪"君既"二句：谓你既做官，自当忠于职守，不为夫妇之情所转移。《玉台新咏》本在此句下尚有"贱妾留空房，相见常日稀"二句，如补上，诗意更完美。⑫断：把织成的布从机上割下来。匹：同"疋"，汉制，布帛幅宽二尺二寸，长四丈为一匹。⑬大人：这里指婆母。故：故意。⑭徒：空。无所施：没什么用处。⑮白公姥(mǔ 母)：禀告婆母。公姥，本为公公、婆婆，焦仲卿似已无父，所以这里"公姥"作偏义复词，即婆母。⑯及时：赶快。遣归：打发回去，即休弃。⑰启：禀告。⑱薄禄相：穷相。古人迷信相术，认为从人的骨相中可以看出他一生的富贵寿考。这句意为"我生就一副穷相"。⑲结发：束发。古制，男子二十而冠，女子十五而笄，即把头发扎起来，表示已成年。⑳黄泉：地下。这句说：即使死了两人也要在一块。㉑"共事"二句：谓我们结婚才二三年，婚后生活才算开始，不能算久。㉒偏斜：不正。㉓何意：想不到。致不厚：招到不喜爱。㉔区区：拘束愚蠢。㉕自专由：自作主张，不服管教。㉖伏惟：说话时表示卑躬谦虚的发语词。㉗取：同"娶"。㉘槌：同"捶"。槌床：拍打着床。㉙"吾已"二句：谓我与兰芝已恩断义绝，决不允许你们再在一块儿。㉚卿：丈夫对妻子亲昵的称呼。㉛报府：赴府，回府去。㉜下心意：受一下委屈。㉝重纷纭：再找麻烦。㉞初阳岁：冬末春初的季节。"冬至一阳生"，故冬至后称"初阳岁"。㉟"进止"句：谓一切行动都不敢自作主张。㊱伶俜(pīng 乒)：孤独的样子。萦：缠绕。㊲卒大恩：尽量报答她（婆母）对我的大恩。卒：尽。㊳绣腰襦：绣花短袄。㊴葳蕤(ruí 绥)：本指草木茂盛的样子，这里指所绣之花闪闪发光。㊵复斗帐：一种上窄下宽如斗形的夹层帐子。㊶箱帘：箱子和镜奁。帘：又作"奁"，梳妆盒。㊷后人：指仲卿再娶的新妻子。㊸无会因：无会面的机会。㊹严妆：郑重的梳妆。㊺通：遍。㊻"腰若"句：谓腰际纨和素的光彩像水流动。"若"或疑为"著"之误。㊼明月珰：明月珠做的耳珰。㊽削葱根：削尖了的葱白。㊾纤纤：细小。㊿"母听"句：婆母听其回去，不加劝阻。51兼：加上。贵家子：指仲卿。52却：退下来。53扶将：照应。"好自"句：好好地照看自己。54初七：七月初七是七夕，古时妇女在这天晚上要供祭织女、乞巧。下九：每月十九日是下九，此日妇女停止针黹，聚会在

一起游玩。(55)隐隐、甸甸：皆是车声。何：语助词。(56)隔：断绝。(57)不久当还归：接兰芝回家。(58)区区：犹“拳拳”，忠爱。“感君”句：感谢你对我的忠爱。(59)录：收留。(60)磐石：大石，比喻坚定不移。(61)蒲苇：蒲草和苇子，性柔韧，比喻爱情的坚贞。(62)纫：当作“韧”，柔韧折不断。(63)“逆以”句：恐违背我的意志，令我内心痛苦。逆：违背。(64)举手：挥手告别。劳劳：忧伤的样子。(65)依依：依依不舍。(66)无颜仪：脸上没有光彩。(67)拊掌：拍手。这里表示惊骇。(68)誓：是“諐”之误。“諐”是古“愆”字。愆违，过失。(69)惭阿母：惭愧地对母亲说。(70)悲摧：忧伤。(71)便言：善于辞令。便：同“辩”。令：美好。(72)非奇：不佳。(73)“自可”二句：谓还是回绝了媒人，慢慢再说。断：回绝。信：信使，指媒人。徐徐：慢慢地。之：语末助词。(74)始适：刚出嫁。适：出嫁。(75)广问讯：多方打听。(76)寻遣丞请还：不久，县令派往太守处请示工作的县丞回来。(77)“说有”六句是县丞转述太守的话给县令听。兰家女：应作“刘家女”，指兰芝。承籍：继承祖先官籍。有宦官：现有做官的人。娇逸：美丽风流。主簿：府、县中掌管文书档案的官员。这六句说：太守了解到有位刘姓姑娘，出身世宦，他有位五公子，生得美丽风流，现在还未结婚，派我去说亲，太守打发主簿向我表明了这一意向。(78)“直说”四句是县丞到刘家去说亲讲的话。直说：直截了当地说。结大义：做亲家。(79)举言：高声说话。(80)作计：打主意。何不量：为什么不好好衡量。(81)否(pǐ 痞)：坏运。泰：好运。如天地：有天渊之别。(82)“不嫁”二句：谓不嫁太守的儿子，你以后打算怎么办。(83)处分：作决定。适：顺从。(84)要(yāo 腰)：约。(85)渠：他。渠会：与他相会。(86)诺诺：犹今说“好好”。尔尔：犹今说“就这样”。(87)部：衙门。白：禀报。府君：太守。(88)视历、开书：为互文。古人结婚，必须打开历书挑选吉日成婚。《六合婚嫁历》、《阴阳婚嫁书》便是这类历书。(89)六合：挑选结婚的吉日，应是月建和日辰相合，即子与丑合，寅与亥合，卯与戌合，辰与酉合，巳与申合，午与未合。如六合相应就吉利。(90)“良吉”三句是太守吩咐县丞的话。卿：太守称县丞。成婚：说亲。(91)“交语”以下十四句铺叙太守对儿子婚事准备得豪华和隆重。交语速装束：太守下达命令赶快置办结婚用品。络绎：指为婚事操劳的人来往不绝。青雀、白鹄：指船头上的图画。舫：船。幡：旗。婀娜：轻盈的样子。转：晃动。踯躅(zhí zhú 直竹)：欲进却止。青骢马：青白毛相杂的马。流苏：用五彩羽毛做的穗子。金镂鞍：用金属雕镂的马鞍。赍(jī 基)：赠送。交广：交州和广州。市：购买。鲑(guī 归)珍：山珍海味。鲑：鱼类菜的总名。郁郁：众多貌。登：聚集。一谓“登”当作“发”，即从郡门出发去迎亲。(92)不举：办不成。(93)琉璃榻：镶嵌琉璃的榻。榻：坐具。(94)晻(àn 暗)晻：日色昏暗。暝：天黑。(95)摧藏：或疑“悽怆”之转。一说“藏”同“脏”，“摧藏”即摧挫肝脏。(96)可量：预料。(97)详：尽知。(98)方且厚：方正和厚重。(99)卒：保持。(100)日胜贵：一天胜似一天地富贵。(101)尔：如此。然：这样。(102)“恨恨”句：痛苦愤恨之情无法形容。(103)“千万”句：谓坚决不再活下去了。(104)日冥冥：日暮，说生命就要结束了。(105)不良计：不好的打算，指自杀。(106)“命如”二句为仲卿对母亲最后的祝福。南山石：喻寿命如南山之高，如石之坚。四体：四肢、身体。直：顺适、挺健。(107)“仕宦”句：谓将来还要进尚书台做官呢。台：尚书台。台阁：尚书台的官署。(108)“贵贱”句：你贵她贱，你休弃她不能算薄情。(109)艳城郭：漂亮冠于全城。(110)乃尔：就这样。立：决定。(111)青庐：以青布幔为屋，行婚礼时用。(112)奄奄：通“晻晻”，日无光貌。(113)人定初：入夜人们安静下来时。(114)华山：应是庐江郡的一个小山。(115)相交通：连接在一起。(116)多谢：敬告。(117)戒之：以这件事为教训。

此诗始载徐陵《玉台新咏》卷一，题为《古诗无名人为焦仲卿妻作(并序)》。郭茂倩《乐府诗集》、左克明《乐府录》俱题为《焦仲卿妻》。或取其首句,题为《孔雀东南飞》。写焦仲卿与刘兰芝的爱情悲剧,对受父母兄弟支配而当事人不能自主的婚姻制度进行了控诉,是我国第一首长篇叙事诗。陈祚明《采菽堂古诗选》评云:"历述十许人口中语,各各肖其性情,神化之笔也。"沈德潜《说诗晬语》评云:"共一千七百四十五言,杂述十数人口中语,而各肖其声口性情,真化工笔也。中别小姑一段,悲怆之中,自足温厚。"

古诗十九首（录五）

行行重行行

　　行行重行行①,与君生别离②。相去万馀里,各在天一涯③。道路阻且长④,会面安可知? 胡马依北风,越鸟巢南枝⑤。相去日已远⑥,衣带日已缓⑦。浮云蔽白日,游子不顾返。思君令人老,岁月忽已晚。弃捐勿复道⑧,努力加餐饭⑨。

　　①行行:犹说"走啊,走啊"。重:又。②生别离:活生生地分别。③一涯:一方。④阻:艰险。⑤"胡马"二句是当时常用的比喻,意谓鸟兽尚知恋故乡,何况人。胡马:北方所产的马。越鸟:南方所产的鸟。⑥日已远:一天比一天远。⑦"衣带"句:谓因相思而变得一天比一天消瘦,致使衣带宽松。⑧弃捐:犹"抛弃"。⑨"努力"句:只希望你在外努力加餐,以保重身体。

　　梁萧统《文选》卷二九杂诗类收最早的五言古诗,总题为《古诗十九首》。这十九首诗,都是文人的作品,大约作于东汉末年,是建安诗的前驱。其作者、题目俱已失传,今以每首第一句为题。
　　《行行重行行》是乱离时代的恨别伤离之歌。全诗以淳朴清新的语言,复沓咏叹的形式,形象恰切的比喻,抒写女主人公对于离家远行的丈夫的刻骨相思,"情真、景真、事真、意真"(陈绎曾《诗谱》),真可谓"惊心动魄"、"一字千金"(锺嵘《诗品》卷上)。

青青河畔草

　　青青河畔草,郁郁园中柳①。盈盈楼上女②,皎皎当窗牖③。娥娥红粉妆④,纤纤出素手⑤。昔为倡家女⑥,今为荡子妇⑦。荡子行不归,空床难独守。

　　①郁郁:浓密茂盛貌。②盈盈:仪态娇美貌。③皎皎:白皙洁净。牖(yǒu 有):窗。④娥娥:美好。⑤纤纤:细。素手:白嫩的手。⑥倡:以歌舞为职业的女演员。⑦荡子:指在外长期

漫游不思归家的人,与不务正业的浪荡子弟不同。

前六句连用六个叠词,由春光的明丽写到思妇的美艳,反跌结尾的"空床难独守"。汉代的"倡家女"是以歌唱为职业的艺人,即歌伎。诗中的女主人公曾以歌舞娱人消磨了青春,嫁人是为了能过正常人的美好生活,不料却嫁了"荡子"!"昔为倡家女,今为荡子妇"的不幸遭遇及其生动的艺术表现,构成了这首诗的永恒魅力,至今读之,犹动人心魄。

涉江采芙蓉

涉江采芙蓉①,兰泽多芳草②。采之欲遗谁?所思在远道③。还顾望旧乡④,长路漫浩浩⑤。同心而离居⑥,忧伤以终老。

①芙蓉:即荷花。②兰泽:长有兰草的沼泽。③远道:远方。④还顾:回头看。旧乡:故乡。⑤漫:犹"漫漫"。漫浩浩:形容归路的遥远和无尽头。⑥同心:指夫妇之间情投意合。

比兴并用,步步深入,写"同心而离居"的"忧伤",真切感人。

迢迢牵牛星

迢迢牵牛星①,皎皎河汉女②。纤纤擢素手③,札札弄机杼④。终日不成章⑤,泣涕零如雨⑥。河汉清且浅,相去复几许⑦?盈盈一水间⑧,脉脉不得语⑨。

①迢迢:远貌。牵牛星:在银河南,是天鹰星座的主星,俗称"牛郎星"。②河汉:银河。河汉女:指织女星,在银河北,是天琴座主星,和牛郎星相对。③擢(zhuó啄):摆动。④札札:织布机声。杼(zhù助):梭子。⑤章:指布帛的经纬纹理。不成章:指织女无心织布。⑥零:落。⑦相去:犹言"相距"。几许:犹言"几何"。⑧盈盈:形容水清。⑨脉脉:同"眽眽",含情相视貌。

"相去万馀里,各在天一涯",固可悲;"盈盈一水间,脉脉不得语",尤可哀。通篇写牛、女分居之苦;而仰视碧天、注目银汉的怨女形象,亦浮现纸上。叠字的运用,可与《青青河畔草》争胜。清人张庚《古诗十九首解》云:"'青青'章双叠字六句,连用在前;此章双叠字亦六句,却有二句在结处,遂彼此各成一奇局。"

明月何皎皎

明月何皎皎,照我罗床帏①。忧愁不能寐②,揽衣起徘徊③。客行

022

虽云乐,不如早旋归④。出户独彷徨,愁思当告谁?引领还入房⑤,泪下沾裳衣⑥。

①罗床帏:用绫罗做的床帐。②寐:入睡。③揽衣:披衣。④旋归:回归。旋:转。⑤引领:伸长颈项。这里是"抬头仰望"的意思。⑥裳衣:一作"衣裳"。

此诗所写,历来有游子思归与闺中望夫两说,细玩诗意,当以前说为是。全诗重心在"客行虽云乐,不如早旋归"两句。饶学斌《月午楼古诗十九首详解》云:"'客行'二句,妙在用'虽'字着力一翻,谓客行即使甚乐,尚不如早旋归,而况我之不乐实甚乎?"全篇诗都围绕不乐、思归层层叙写,如清人张庚《古诗十九首解》所说:"因'忧愁'而'不寐',因'不寐'而'起',因'起'而'徘徊',因'徘徊'而'出户',因'出户'而'彷徨',因'彷徨'无告而仍'入房',十句中层次井井,而一节紧一节,直有千回百折之势,百读不厌。"

魏晋诗

曹操

曹操(155—220)，即魏武帝，字孟德，小名阿瞒，沛国谯县(今安徽亳县)人。东汉末年举孝廉，任洛阳北部尉、顿丘令，后拜骑都尉。献帝初，起兵讨董卓。初平三年(192)，参加镇压黄巾起义军，建立了"青州兵"。建安元年(196)，迎献帝都许(今河南许昌东)，"挟天子以令诸侯"，由是坐大，打败了其他地方割据势力，统一北方，与蜀、吴三国相鼎立。他崇尚刑名，用人唯才，抑制豪强，兴修水利，发展农业生产，对当时中原的经济发展起了促进作用。诗现存二十余首，继承汉代乐府民歌传统，反映当时社会动乱，慷慨悲壮，开创了建安诗坛新局面。文章也一变东汉以来的典雅繁缛，出之以"清峻通侻"，被鲁迅誉为"改造文章的祖师"。有辑本《曹操集》和黄节的《魏武帝诗注》。

蒿里行

关东有义士①，兴兵讨群凶②。初期会盟津，乃心在咸阳③。军合力不齐，踌躇而雁行④。势利使人争，嗣还自相戕⑤。淮南弟称号⑥，刻玺于北方⑦。铠甲生虮虱⑧，万姓以死亡。白骨露于野，千里无鸡鸣。生民百遗一⑨，念之断人肠。

①关东：指函谷关以东地区。义士：指以袁绍为盟主举义兵讨伐董卓、兴复汉室的各路将领，如袁术、韩馥、刘岱、张邈等人；当时曹操为奋威将军，亦参与讨卓。②讨群凶：指袁绍所领联军，讨伐董卓及其婿牛辅，其部将李傕、郭汜等恶人。③盟津：亦作"孟津"，在今河南省孟县南，相传周武王伐纣时和各路诸侯在此地会盟。咸阳：地名，在今陕西省咸阳市东。乃心：他们的心。"初期"二句：谓开头期望像周武王那样在孟津大会诸侯，然后他们同心协力像刘邦、项羽攻入秦的首都般地攻入洛阳，直讨董卓。这里"盟津"、"咸阳"都是用典，非实指。④"军合"二句：齐：一致。踌躇：徘徊观望。雁行(háng 杭)：雁飞行时整齐的行列。谓各路联军集结以后，不齐心讨伐董卓，却彼此观望，犹如飞雁排成整齐的行列，谁都不敢率先进军。⑤"势利"二句：谓由于争势夺利，很快各路军马便互相残杀起来。嗣还(xuán 旋)：随即。戕(qiāng 枪)：残害。⑥淮南弟称号：指建安二年(197)袁绍之弟袁术在淮南寿春(今安徽寿县)称帝。⑦刻玺于北方：指初平二年(191)袁绍等私刻皇帝印玺，欲废汉献帝另立刘虞为帝的事。当时袁绍屯兵河内(今河南沁阳)，与淮南对举，故曰"北方"。玺：皇帝的印。⑧铠甲：将士护体的战服。金属制的称"铠"，皮革制的称"甲"。⑨百遗一：百个剩一个。

《蒿里行》属汉乐府《相和歌·相和曲》，是送葬时所唱的挽歌，古辞犹存。曹操此诗借古题写时事，反映了群雄争势、人民受难的历史真实。锺惺云："老瞒生汉末，无坐而臣人之理，然其发念起手，亦自以仁人忠臣自负，不肯便认作奸雄。如'瞻彼洛城郭，微子为哀伤'，'生民百遗一，念之断人肠'……亦是真心真话，不得概以'奸'之一字抹杀之。"(《古诗归》卷七)

步出夏门行①（录二章）

观 沧 海

东临碣石②，以观沧海。水何澹澹③，山岛竦峙④。树木丛生，百草丰茂。秋风萧瑟⑤，洪波涌起。日月之行，若出其中；星汉灿烂⑥，若出其里。幸甚至哉，歌以咏志⑦。

①《步出夏门行》：一名《陇西行》。②临：登临。碣石：指今河北省昌黎县的碣石山。③澹澹：水波摇荡貌。④竦：同"耸"。竦峙：高耸挺拔。⑤萧瑟：秋风声。⑥星汉：银河。灿烂：光泽耀眼。⑦幸：幸运。至：极。志：思想感情。此二句是乐工合乐时加上去的，非作者所写。

《步出夏门行》，属汉乐府《相和歌·瑟调曲》。曹操用旧题写新诗，共四章，前有"艳"（序歌），《观沧海》是第一章。建安十二年（207）曹操出征乌桓，七月出卢龙塞，八月大破乌桓于柳城（今辽宁省兴城县西南）。九月胜利回师，途中东临碣石，作此诗。诗以"以观沧海"领起，写海岛景物及大海气势极壮阔。"日月之行，若出其中；星汉灿烂，若出其里"数句，融入作者的想象和夸张，有"吞吐宇宙气象"（沈德潜《古诗源》）。

龟 虽 寿

神龟虽寿①，犹有竟时②。腾蛇乘雾③，终为土灰。老骥伏枥④，志在千里；烈士暮年⑤，壮心不已。盈缩之期⑥，不但在天；养怡之福，可得永年⑦。幸甚至哉，歌以咏志。

①神龟：通灵的龟，活的时间最长。②竟：终了，指死。③腾蛇：同"螣蛇"，传说中的神物，类龙，能兴云驾雾。④骥：良马。枥：马棚。⑤烈士：有志建功立业的人。暮年：晚年。⑥盈：满，长。缩：短。盈缩之期：这里指人的寿命长短。⑦"养怡"二句：谓身心修养得法，也可以延年益寿。养怡：犹"养和"。永年：长寿。

《龟虽寿》是《步出夏门行》的第四章，以长寿的神龟、腾蛇作铺垫，宣扬了自强不息、老当益壮、养怡延年的积极进取的人生观。"老骥伏枥，志在千里；烈士暮年，壮心不已"四句，千百年来广为传诵，有极大的鼓舞作用。

短 歌 行

对酒当歌，人生几何？譬如朝露，去日苦多①。慨当以慷②，忧思难忘。何以解忧？唯有杜康③。青青子衿④，悠悠我心⑤。但为君故，沉吟至今⑥。呦呦鹿鸣，食野之苹。我有嘉宾，鼓瑟吹笙⑦。明明如月，何时可掇？忧从中来，不可断绝⑧。越陌度阡⑨，枉用相存⑩。契阔谈讌⑪，心念旧恩⑫。月明星稀，乌鹊南飞。绕树三匝，何枝可依⑬？山不厌高，海不厌深⑭。周公吐哺⑮，天下归心。

①"对酒"四句：谓面对美酒时就应当歌唱，因为人生太短暂。我们就像早晨的露水，日出就干，逝去的日子已经太多。去日：已逝去的日子。苦多：恨多。②慨当以慷：当慷慨高歌。以：同"而"。③杜康：相传是酿酒技术的创始人，这里代指酒。④青衿：是周代学子的服装，这里指"贤才"。子：你。衿：衣领。⑤"悠悠"句：谓心中长久地思慕贤才。⑥沉吟：低吟，表示对贤才思念之深切。⑦"呦呦"四句：语出《诗经·小雅·鹿鸣》。这里借《诗经》的成句表示自己礼遇贤才。呦呦：鹿鸣声。苹：艾蒿。鼓：弹奏。瑟、笙：两种乐器名。⑧"明明"四句：用月亮不可能停止运行，来比拟求贤未得的忧思不能断绝。⑨越陌度阡：古谚："越陌度阡，更为客主。"这里是说贤士远道来访。⑩枉用相存：谓贤士们屈尊来光顾我。枉：枉驾，屈尊。存：问候。⑪契阔谈讌：谓朋友别后复聚在一起谈心宴饮。契：聚、合。阔：散、离。⑫旧恩：往日的友谊。⑬"乌鹊"三句：以乌鹊喻贤士，谓乌鹊留在中原尚有栖身之处，若南飞便绕树无枝可依了。曹操此语，针对当时有些贤士南下依托刘表、孙权而发。匝：圈。⑭"山不"二句：喻执政者能容纳各种人才，语出《管子·形势解》："海不辞水，故能成其大；山不辞土石，故能成其高；明主不厌人，故能成其众。"⑮吐哺：吐出口里正吃的东西。据说周公"一沐三握发，一饭三吐哺，犹恐失天下之士"（《韩诗外传》）。

《短歌行》属汉乐府《相和歌·平调曲》，曹操借旧题写新诗，成功地运用四言形式，或四句换韵，或八句换韵，统写景、叙事、说理于抒情，从慨叹时光易逝开始，继写借酒解忧、怀念朋友、感伤乱离，而归结为广揽贤才，共图大业。看似凌乱，实则统一。"言当及时为乐"（吴兢《乐府古题要解》卷上）之类的理解都不确切，而"此叹流光易逝，欲得贤才以早建王业之诗"（张玉穀《古诗赏析》）的阐释是符合诗意的。

曹 丕

曹丕（187—226），字子桓，沛国谯县（今安徽亳县）人。曹操次子。操死，袭位为魏王。维护豪族利益，行九品中正制。不久代汉称帝，成为"三国"时魏国之建立者，都洛阳。喜爱文学，是建安时期文学方面的积极创作者和提倡者。诗内容多悲婉凄清，形式颇受民歌影响。其《燕歌行》是现存最早的文人七言诗。另有《典论·论文》，是我国文学批评史上最早的专篇著作。有《魏文帝集》，诗歌注本有黄节《魏文帝诗注》。

燕歌行

秋风萧瑟天气凉①，草木摇落露为霜。群燕辞归鹄南翔②，念君客游多思肠③。慊慊思归恋故乡④，何为淹留寄他方⑤？贱妾茕茕守空房⑥，忧来思君不敢忘，不觉泪下沾衣裳。援琴鸣弦发清商⑦，短歌微吟不能长。明月皎皎照我床，星汉西流夜未央⑧。牵牛织女遥相望，尔独何辜限河梁⑨。

①萧瑟：风声。②鹄（hú 胡）：天鹅。一作"雁"。③多思肠：一作"思断肠"。④慊（qiàn 欠）慊：恨，不平的样子。此为其妻想象其夫在外的情感。⑤何为：一作"君何"。⑥贱妾：古时女子自称的谦词。茕（qióng 穷）茕：孤独。⑦援：取。清商：乐曲名，其音悲惋。⑧星汉：天河。西流：西转。未央：未尽。⑨"牵牛"二句：谓牵牛织女隔河相望，你们到底犯有什么罪过竟被隔在河的两边呢？牵牛织女：二星名。何辜：有何罪过。

《燕歌行》属《相和歌·平调曲》，曹丕所作共两首，这是第一首，写女子在深秋之夜思念在远方作客的丈夫，语言清丽，音韵和谐，情思缠绵，凄婉动人。王夫之赞为"倾情、倾度、倾色、倾声，古今无两"（《船山古诗评选》）。胡应麟更说："子桓《燕歌》二首，开千古妙境。"（《诗薮·内编》卷三）

曹　植

曹植（192—232），世称陈思王。字子建，沛国谯县（今安徽亳县）人。曹操第三子。早年曾以才学见重于操，几度欲立为世子，终以"任性而行，饮酒不节"而罢。及曹丕与其子曹叡相继为帝，遂对植进行迫害，致令郁郁而死。诗以曹丕称帝划分前后期：前期多写自己政治上的雄心壮志和对建功立业的渴望，后期大都抒发受迫害的愤懑和得到解脱的希求。《诗品》评其诗"骨气奇高，词采华茂，情兼雅怨，体被文质"。亦为最早注意诗的声律的人。沈德潜称"子建诗五色相宣，八音朗畅"。对五言诗的发展起了极大的推动作用。现存诗八十多首。亦善赋，《洛神赋》较著名。宋人辑有《曹子建集》。近人黄节《曹子建诗注》较详备。

白马篇

白马饰金羁①，连翩西北驰②。借问谁家子，幽并游侠儿③。少小去乡邑，扬声沙漠垂④。宿昔秉良弓⑤，楛矢何参差⑥。控弦破左的⑦，右发摧月支⑧。仰手接飞猱⑨，俯身散马蹄⑩。狡捷过猴猿，勇剽若豹螭⑪。边城多警急，虏骑数迁移。羽檄从北来，厉马登高堤⑫。长驱蹈匈奴⑬，左顾凌鲜卑⑭。弃身锋刃端，性命安可怀？父母且不顾，何言子与妻？名编壮士籍⑮，不得中顾私⑯。捐躯赴国难，视死忽如归。

①金羁(jī基)：黄金饰的马笼头。②连翩：轻捷矫健貌。③幽并：古代二州名。幽州相当于今河北北部和北京市一带。并州相当于今山西中部、北部一带。④垂：同"陲"，边地。⑤宿昔：向来。秉：持、拿。⑥楛(hù)矢：用楛木做箭杆的箭。参差：本指长短不齐，这里形容箭之多。⑦控弦：拉弓。的：箭靶。⑧月支：一种箭靶的名字。⑨接：《文选》李善注："凡物飞，迎前射之曰接。"猱：猿类，体矮小，善攀缘树木，轻捷如飞。⑩马蹄：一种箭靶的名字。散：打烂。⑪剽(piāo漂)：轻疾。螭(chī痴)：传说中的一种龙属动物。⑫厉马：策马、催马。⑬蹈：践踏。匈奴：古代活动于我国北方的少数民族名。⑭凌：冲击。鲜卑：古代活动于我国东北的少数民族名。⑮籍：名册。⑯顾私：考虑个人或家庭的事。

《白马篇》一名《游侠篇》，词采赡丽，音韵铿锵，塑造了一位武艺精熟、为国献身、视死如归的侠士形象，寄托了作者建功立业的壮志豪情。清人朱乾云："此寓意于幽并游侠，实自况也。……篇中所云'捐躯赴难，视死如归'，亦子建素志，非泛述矣。"(《乐府正义》卷一二)

赠白马王彪 并序

序曰：黄初四年五月①，白马王、任城王与余俱朝京师②，会节气③，到洛阳，任城王薨④。至七月，与白马王还国，后有司以二王归藩⑤，道路宜异宿止⑥。意毒恨之。盖以大别在数日，是用自剖⑦，与王辞焉。愤而成篇。

谒帝承明庐⑧，逝将归旧疆⑨。清晨发皇邑⑩，日夕过首阳⑪。伊洛广且深⑫，欲济川无梁。泛舟越洪涛，怨彼东路长⑬。顾瞻恋城阙，引领情内伤⑭。

太谷何寥廓⑮，山树郁苍苍。霖雨泥我涂，流潦浩纵横⑯。中逵绝无轨⑰，改辙登高冈。修坂造云日⑱，我马玄以黄⑲。

玄黄犹能进，我思郁以纡。郁纡将何念，亲爱在离居⑳。本图相与偕，中更不克俱。鸱枭鸣衡轭㉑，豺狼当路衢。苍蝇间白黑㉒，谗巧令亲疏。欲还绝无蹊㉓，揽辔止踟蹰。

踟蹰亦何留？相思无终极。秋风发微凉，寒蝉鸣我侧。原野何萧条，白日忽西匿。归鸟赴乔林，翩翩厉羽翼㉔。孤兽走索群，衔草不遑食㉕。感物伤我怀，抚心长太息。

太息将何为？天命与我违。奈何念同生㉖，一往形不归㉗。孤魂翔故域㉘，灵柩寄京师。存者忽复过，亡没身自衰㉙。人生处一世，去若朝露晞㉚。年在桑榆间㉛，影响不能追㉜。自顾非金石，咄唶令心悲㉝。

心悲动我神，弃置莫复陈。丈夫志四海，万里犹比邻㉞。恩爱苟不亏，在远分日亲。何必同衾帱，然后展殷勤？忧思成疾痟㉟，无乃儿女仁。仓卒骨肉情，能不怀苦辛？

苦辛何虑思？天命信可疑㊱。虚无求列仙，松子久吾欺㊲。变故在斯须㊳，百年谁能持㊴。离别永无会，执手将何时？王其爱玉体，俱享黄发期㊵。收泪即长路㊶，援笔从此辞㊷。

①黄初：魏文帝曹丕的年号，黄初四年即公元223年。②白马王：指曹彪，曹植的异母弟。白马在今河南滑县东。任城王：指曹彰，曹植的同母兄。任城在今山东济宁市。时曹植为鄄城王，鄄城在今山东濮县东。京师：指洛阳。③会节气：魏制，每年立春、立夏、立秋、立冬四个节气之前，诸侯藩王都须来京师行迎节气之礼，名曰"会节气"。这年立秋为六月二十四日，依制要在立秋十八天前"迎气"，故曹植等必须于五月即来京。④薨（hōng 轰）：诸侯死。据《世说新语》载：任城王曹彰是吃了曹丕放了毒的枣子暴死的，因曹丕忌曹彰骁壮。⑤有司：指监国使者灌均。归藩：即还国，指回到自己的封地。⑥异宿止：不得结伴同行。⑦大别：永别。自剖：表白心迹。⑧谒：朝见。承明庐：汉宫殿名，这里代指魏国官殿。⑨逝：发语词，无义。旧疆：指曹植的封地鄄城。⑩皇邑：指洛阳。⑪首阳：山名，在洛阳东北。⑫伊洛：二水名。伊水源出河南熊耳山。洛水源出陕西冢岭山，到河南巩县入黄河。⑬东路：曹植从洛阳回鄄城的路。⑭引领：伸长脖子。⑮太谷：山名，在洛阳城东五十里。寥廓：空虚宽广貌。⑯潦（lǎo 老）：路上积水。⑰逵（kuí 奎）：九达之道，这里指路。⑱修坂：长的斜坡。造：至。⑲玄以黄：马病。《诗经·周南·卷耳》"我马玄黄"，郑玄注："玄马病则黄。"⑳亲爱在离居：谓即将与白马王分手。㉑鸱枭（chī xiāo 吃消）：猫头鹰。衡：车辕前的横木。轭：衡两边下面扼马颈的曲木。乘舆衡上本系有鸾铃作响，现在却代之以鸱枭恶鸟之声。此句的"鸱枭"和下句的"豺狼"都是用以比喻小人的。㉒"苍蝇"句：《诗经·青蝇》："营营青蝇，止于樊。"郑玄注："蝇之为虫，污白使黑，污黑使白。"这里谓小人像苍蝇般颠倒黑白，故下句说：用谗言巧语挑拨得兄弟都变疏远了。㉓还：指再来京师。蹊：道路。㉔厉：振奋。㉕不遑：无暇，没有工夫。㉖同生：这里指同胞兄弟。曹丕、曹彰、曹植皆卞太后所生。㉗一往：指去洛阳。㉘故域：指曹彰的封地任城。㉙自衰：自行腐烂毁灭。㉚晞：干。㉛桑榆：二星名，在西方。太阳行至桑、榆之间，就将天黑，故古人用"桑榆"比喻人的晚年。㉜影：日影。响：声音。不能追：无法追赶。㉝咄喈（duō jiē 多借）：叹息声。㉞比邻：近邻。比：古五家为"比"，也叫"邻"。㉟痟（chèn 趁）：热病。㊱信：确实。㊲松子：赤松子，传说中的古代神仙。㊳斯须：片刻之间。㊴持：把握。㊵黄发期：指高寿。人老发黄，故称老龄人为"黄发"。㊶即长路：登上远行的路。㊷援笔：指拿起笔作诗。从此辞：从此告别。

曹丕即位，命兄弟诸王各回封国，并派"监国使者"监督。黄初四年（223）五月，曹植与诸王进京参加"迎节气"的例会。在京期间，曹植同母兄任城王曹彰被曹丕毒死。七月，曹植与异母弟白马王曹彪结伴返国，而曹丕的爪牙灌均竟强迫他们分道而行，曹植悲愤不已而作此诗。诗共七章，采取首尾蝉联的形式，抒写悲痛与愤激交织的复杂情绪。或比兴寓托，或即景抒情，或悲泣哽咽，或激烈控诉,读之动人心魄。如方东树所评:"此诗气体高峻雄浑,直书见事,直书目前,直书胸臆,沉郁顿挫,淋漓悲壮。"(《昭昧詹言》卷二)

王 粲

王粲(177—217),字仲宣,山阳高平(今山东邹县西南)人。祖畅,官司空。父谦,为长史。董卓之乱,粲以刘表曾受学祖父王畅,故南下荆州依刘表。表败后归曹操,历丞相掾、军谋祭酒、侍中等职。粲遭世乱离,故其诗赋多情调悲凉,能较深刻地反映当时社会动乱和人民疾苦。《七哀》诗与《登楼赋》最有名。刘勰《文心雕龙·才略》称之为建安"七子之冠冕"。有辑本《王侍中集》行世。

七 哀

西京乱无象[1],豺虎方遘患[2]。复弃中国去[3],委身适荆蛮[4]。亲戚对我悲,朋友相追攀[5]。出门无所见,白骨蔽平原。路有饥妇人,抱子弃草间。顾闻号泣声,挥涕独不还。"未知身死处,何能两相完[6]?"驱马弃之去,不忍听此言。南登霸陵岸[7],回首望长安,悟彼下泉人[8],喟然伤心肝[9]。

①西京:指长安。乱无象:社会紊乱无秩序。②豺虎:指董卓部将李傕、郭汜。初平元年(190)董卓作乱,劫持汉献帝从洛阳迁长安。初平三年(192)四月,吕布杀董卓,六月,李傕、郭汜复在长安作乱,大肆烧杀掳掠。遘:同"构",造、作。患:祸患。③中国:中原地区。古以黄河流域长安、洛阳一带为中原地区。④委身:托身。适:往。荆蛮:古人称南方民族为蛮,荆州在南方,故曰"荆蛮"。⑤追攀:送别时依依不舍的情景。⑥完:全。谓母子两相保全。这是妇人对诗人诉说听到孩子啼叫,仍挥涕不顾的痛苦心情。⑦霸陵:汉文帝刘恒的墓葬,在长安县东。岸:高地。⑧下泉:《诗经·曹风》中的篇名。毛《序》说:"《下泉》,思治也,曹人……思明王贤伯也。"⑨喟(kuì 愧)然:伤心的样子。

《七哀》共三首,这是第一首。初平三年六月,董卓部将李傕、郭汜在长安一带作乱,"放兵劫略,攻剽城邑,人民饥困,相啖食略尽"(《三国志·董卓传》)。王粲当时十六岁,赴荆州避难。此诗写初离长安时的见闻和感受,形象地反映了军阀混战所造成的悲惨景象,对人民苦难深表同情,悲凉沉痛,真切动人。吴淇云:"'出门'以下,正云'乱无象'。兵乱之后,其可哀之事,写不胜写,但用'无所见'三字括之,则城郭人民之萧条,却已写尽。复于中单举妇人弃子而言之者,盖人当乱离之际,一切皆轻,最难割者骨肉,而慈母于幼子尤甚,写其重者,他可知矣。"(《六朝选诗定论》卷六)张玉穀云:"'出门'十句,叙在途饥荒之景,然胪陈不尽,独就妇人弃子一事,备极形容,而其他之各不相顾,塞路死亡,不言自显。……末曰'南登'、'回首',兜应首段。'伤心'、'下泉',缴醒中段,收束完密,全篇振动。"(《古诗赏析》卷九)这首诗,历来评价极高,方东树评为"冠古独步"(《昭昧詹言》卷二)。

阮　籍

　　阮籍(210—263),字嗣宗,陈留尉氏(今河南尉氏县)人。父瑀为"建安七子"之一。与嵇康、山涛等被称为"竹林七贤"。因曾为步兵校尉,世称阮步兵。对"礼俗之士",常作白眼。本有济世之志,但处魏、晋易代之际,"天下多故,名士少有全者,籍由是不与世事,遂酣饮为常"。每驾车出游,不循径而行,途穷便恸哭而返。文章代表作有《大人先生传》、《达庄论》等。诗歌主要为五言,有《咏怀》诗八十二首。有辑本《阮步兵集》。近人黄节《阮步兵咏怀诗注》较详备。

咏　　怀 (录三)

　　夜中不能寐,起坐弹鸣琴。薄帷鉴明月①,清风吹我襟。孤鸿号外野②,翔鸟鸣北林③。徘徊将何见,忧思独伤心。

　　①薄帷鉴明月:谓明月照在薄帷上。鉴:照。②孤鸿:失群的大雁。外野:即野外。③翔鸟:飞翔盘旋的鸟。

　　《咏怀》是阮籍生平诗作的总题,五言八十二首,并非一时所作。因处魏、晋易代之际,政治黑暗,"身仕乱朝,常恐罹谤遇祸,因兹发咏,故每有忧生之嗟。虽志在刺讥,而文多隐避,百代之下,难以情测"(《文选》卷二三《咏怀》李善注)。所以只能"粗明大意"而"略其幽旨"。清代学者往往征引史实以作详解,只可作为参考。沈德潜的见解较可取,他说:"阮公咏怀,反复零乱,兴寄无端,和愉哀怨,杂集于中,令读者莫求归趣,此其为阮公之诗也。必求时事以实之,则凿矣。"(《古诗源》卷六)

　　"夜中不能寐"一首原列第一,清人方东树云:"此是八十一首发端,不过总言所以咏怀不能已于言之故。"

　　嘉树下成蹊①,东园桃与李。秋风吹飞藿②,零落从此始。繁华有憔悴,堂上生荆杞③。驱马舍之去,去上西山趾④。一身不自保,何况恋妻子⑤。凝霜被野草⑥,岁暮亦云已⑦。

①嘉树:指桃李。蹊:路。《史记·李广传》:"桃李不言,下自成蹊。"谓桃李花开,引得游人前来欣赏,桃李树下自然踏出一条小路。②藿:豆叶。③荆杞:两种灌木名。④西山:指首阳山,相传是伯夷、叔齐隐居处。趾:山脚下。⑤何况:何能。⑥凝霜:严霜。被:覆盖。⑦已:止。李善注:"繁霜已凝,岁已暮止,野草残悴,身亦当然。"

此首原列第三,当作于司马氏骄横残暴、曹魏将亡之时。从秋风劲吹、桃李零落,写到"繁华有憔悴,堂上生荆杞",人世剧变,令人触目惊心。于是感物兴怀,转入如何自处的思考,情词危迫,远祸惟恐不速。

　　驾言发魏都①,南向望吹台②。箫管有遗音③,梁王安在哉④!战士食糟糠,贤者处蒿莱。歌舞曲未终,秦兵已复来。夹林非吾有⑤,朱宫生尘埃⑥。军败华阳下⑦,身竟为土灰⑧。

①驾言发魏都:谓驾车从魏都出发。魏都:战国时魏国的都城大梁,即今河南开封市。言:语助词,无义。②吹台:亦称繁台、范台。相传魏王婴曾在这里宴客,遗址在今开封市东南。③遗音:指魏王当年宴客时所奏的乐曲尚存下来的。④梁王:即魏王,因他都大梁,故又称他梁王。⑤夹林:地名,魏王常游览处。⑥朱宫:指魏王居住的宫殿。⑦华阳:地名,在今河南新郑东。魏安釐王四年(前273),秦将白起破魏军于此处,斩首十余万,是秦灭魏的重要战役之一。⑧身竟:身死。

此诗原列第三十一,由"望吹台"而想到战国时魏国的史事:一方面是歌舞享乐;另一方面是"战士食糟糠,贤者处蒿莱"。其后果是国亡身死,只留下"吹台"遗迹。通篇吊古,而引古鉴今之义自在言外。

嵇　康

嵇康(223—262),字叔夜,谯郡(今安徽宿县西)人。曾为中散大夫,世称嵇中散。与阮籍、刘伶等为友,人称"竹林七贤"。为人刚直简傲,蔑视礼法:"非汤武而薄周孔",崇尚老庄,好言服食养生之事。"言论放荡,非毁典谟",被司马氏杀害。精通音乐,以善奏《广陵散》著称,有《琴赋》、《声无哀乐论》等论著,以《与山巨源绝交书》、《唯自然好学论》为代表作。诗长于四言,风格清峻,《幽愤诗》较有名。有《嵇中散集》,戴名扬《嵇康集校注》较详备。

赠秀才入军①(录二)

良马既闲②,丽服有晖③。左揽繁弱④,右接忘归⑤。风驰电逝,蹑景追飞⑥。凌厉中原⑦,顾盼生姿⑧。

①秀才:指嵇喜,字公穆,曾举秀才,是嵇康的哥哥。②闲:熟习,训练得很好。③丽服:美丽的衣服。晖:光彩。④繁弱:古代良弓名。⑤接:搭上。忘归:箭名。⑥蹑景追飞:谓可以追上掠过的影子和飞过的鸟。蹑:追。景:同"影"。⑦凌厉:奋勇直前。中原:原野。⑧盼:看。姿:英姿。生姿:英姿焕发。

《赠秀才入军》是嵇康送哥哥嵇喜从军的组诗,四言十八首,五言一首,共十九首。此首原列第九,写跃马弯弓、驰骋中原的豪气英风,出于想象,意在鼓舞其兄。

息徒兰圃①,秣马华山②。流磻平皋③,垂纶长川④。目送归鸿,手挥五弦⑤。俯仰自得⑥,游心太玄⑦。嘉彼钓叟⑧,得鱼忘筌⑨。郢人逝矣⑩,谁与尽言。

①息:休息。徒:步兵。兰圃:长满香草的野地。②秣马:喂马。华山:长满鲜花的山。③磻(bō 波):用系生丝绳的箭射鸟,为防止鸟带走箭和绳,在绳的另一端系一石块,这块石叫"磻"。流磻:射箭。皋:水边地。④纶:钓丝。垂纶:钓鱼。⑤五弦:指琴。⑥俯仰:意谓随时随地。⑦游心太玄:神游于大道之中。⑧嘉:赞美。⑨得鱼忘筌:《庄子·外物》:"筌者所以在鱼,得鱼而忘筌。……言者所以在意,得意而忘言。"这里借钓叟"得鱼忘筌"事例,以喻嵇喜不为形迹束缚,与自然契合,神游于天地大道之中。筌:捕鱼的竹器。⑩郢:春秋时楚国都城名。《庄子·徐无鬼》谓郢人鼻上粘了点白灰,薄得像苍蝇的翅膀。叫匠石用斧替他削掉,匠石挥斧成风,把白灰削干净了。郢人的鼻子没有受伤,站在那里脸不改色。郢人死,匠石再无法表演这种技艺,因已找不到郢人那样的配合者。这里嵇康引用"郢人"事,是慨叹嵇喜走后,他再也找不到可与谈话的人。

此首原列第十四,写嵇喜行军各地,休息时领略山水情趣的自得情景,亦出于想象。"目送归鸿,手挥五弦"是传诵名句。

左 思

左思(250?—305?),字太冲,齐国临淄(今山东临淄县)人。妹左芬,以才名被选入宫,于是举家迁入洛阳。官秘书郎。思貌寝口讷,不好交游,在严酷的门阀制度排斥下,仕进很不得意。能文章,曾以十年写成《三都赋》,"豪贵之家,竞相传写,洛阳为之纸贵"。其诗除反映居下位的寒门知识分子和门阀士族之间的矛盾外,同时也表达出自己想建功立业的愿望。笔力雄健、情调高亢。《咏史》为其代表作。《娇女》亦有名。原有集,已佚,后人辑有《左太冲集》。

咏　史（录二）

弱冠弄柔翰①,卓荦观群书②。著论准过秦,作赋拟子虚③。边城苦鸣镝,羽檄飞京都④。虽非甲胄士⑤,畴昔览穰苴⑥。长啸激清风⑦,志若无东吴⑧。铅刀贵一割⑨,梦想骋良图。左眄澄江湘⑩,右盼定羌胡⑪。功成不受爵⑫,长揖归田庐⑬。

①弱冠:古时男子二十岁行冠礼,表示成人,但身体尚未壮实,故称"弱冠"。柔翰:毛笔。弄柔翰:指写文章。②卓荦:特异,这里指才能出众。观群书:博览群书。③过秦:即汉贾谊所作的《过秦论》。子虚:即汉司马相如所作的《子虚赋》。准、拟:以此为法则。④鸣镝:响箭,古代发射它作为战斗的信号。羽檄:见曹植《白马篇》注。二句说:边疆发生战争,飞向京师报告。⑤甲胄:铠甲和头盔。甲胄士:武士。⑥畴昔:往时、过去。穰苴:春秋时齐国人,姓田,官大司马,善治兵。后齐威王整理古司马兵法,把穰苴的兵法附在书中,称为《司马穰苴兵法》。这里"穰苴"代兵书。⑦啸:撮口呼叫。⑧无东吴:不把东吴放在眼里。东吴:三国时吴国。⑨铅刀一割:后汉班超上疏有"臣秉圣汉神威,冀效铅刀一割之用"语。铅刀:钝刀,一割之后,再难使用。这里诗人以为铅刀如有一割的机会,就很可贵,表现了自己欲为国效力,求试才能的愿望。⑩眄(miǎn 勉):看。澄:澄清。江湘:指长江中下游地区和湘水流域。⑪羌胡:指羌族。⑫爵:爵位。不受爵:不要封赏。⑬长揖:行拱手礼。归田庐:回家,指归隐。

《咏史》共八首,除第一首外,其他各首多借古人古事以抒怀抱。胡应麟《诗薮》云:"'咏史'之名,起自孟坚(班固),但指一事。魏杜挚《赠毋丘俭》,叠入古人名,堆垛寡变。太冲题实因班,体亦本杜,而造语奇伟,创格新特,错综震荡,逸气干云,遂为古今绝唱。"

"弱冠弄柔翰"是组诗的第一首,未入古人古事而直吐胸臆。前半自叙才能、怀抱,后半抒写建功立业的雄心和不慕荣利、功成身退的志趣。可视为组诗的序诗。

皓天舒白日①,灵景耀神州②。列宅紫宫里,飞宇若云浮③。峨峨高门内,蔼蔼皆王侯④。自非攀龙客⑤,何为欻来游⑥? 被褐出阊阖⑦,高步追许由⑧。振衣千仞冈,濯足万里流⑨。

①皓天:明亮的天。舒:展现。②灵景:日光。神州:指中国。③紫宫:即紫微星,这里指皇城。飞宇:房屋的飞檐。④峨峨:高貌。蔼蔼:众多貌。⑤攀龙客:追随皇帝以求取富贵的人。⑥何为:为什么。欻(xū 虚):忽。⑦被褐:穿着粗布衣。阊阖:宫门。⑧高步:高蹈,喻隐居。许由:高士。传说尧让帝位给他,他不接受,逃去箕山下隐居躬耕。⑨仞:度量名,古七尺为一仞。濯足:洗脚。

此首原列第五。前半写京城宫室的壮丽;后半自明素志:摒弃荣华富贵,追慕隐居高蹈。通篇气势豪迈,情感激扬。"振衣千仞冈,濯足万里流"尤为传诵佳句。前半所写的宫殿林立、飞宇云浮、高门峨峨,悉为结尾的自画像所压倒,真可"俯视千古"(沈德潜《古诗源》卷七)。

娇女诗

吾家有娇女,皎皎颇白皙①。小字为纨素②,口齿自清历③。鬒发伏广额④,双耳似连璧。明朝弄梳台⑤,黛眉类扫迹⑥。浓朱衍丹唇⑦,黄吻澜漫赤⑧。娇语若连琐,忿速乃明懂⑨。握笔利彤管⑩,篆刻未期益⑪。执书爱绨素⑫,诵习矜所获⑬。其姊字惠芳,面目粲如画⑭。轻妆喜楼边⑮,临镜忘纺绩。举觯拟京兆⑯,立的成复易⑰。玩弄眉颊间,剧兼机杼役⑱。从容好赵舞,延袖像飞翮⑲。上下弦柱际,文史辄卷襞⑳。顾眄屏风画,如见已指摘㉑。丹青日尘暗㉒,明义为隐赜㉓。驰骛翔园林㉔,果下皆生摘。红葩缀紫蒂㉕,萍实骤抵掷㉖。贪华风雨中㉗,眒忽数百适㉘。务蹑霜雪戏㉙,重綦常累积㉚。并心注肴馔㉛,端坐理盘槅㉜。翰墨戢闲案㉝,相与数离逖㉞。动为垆钲屈㉟,屣履任之适㊱。止为茶荈剧,吹嘘对鼎䥶㊲。脂腻漫白袖㊳,烟薰染阿锡㊴。衣被皆重地㊵,难与沉水碧㊶。任其孺子意,羞受长者责。瞥闻当与杖㊷,掩泪俱向壁㊸。

①皎皎:光洁。白皙:面皮白净。②小字:乳名。纨素:左思次女名。左思有二女,长名惠芳,次名纨素。③清历:分明、清楚。④伏广额:覆盖着宽广的额头。⑤明朝:清晨。弄梳台:在梳妆台前打扮。⑥黛:墨绿色。类扫迹:像扫帚扫过一样。⑦浓朱:深红。衍丹唇:口红涂抹到口唇外边。衍:漫延。⑧黄吻:即黄口,指小孩。这里指小孩的嘴唇。澜漫:淋漓貌。黄吻澜漫赤:嘴唇涂得红彤彤的。⑨连琐:连续不断。忿速:恼怒急了。懂(huò或):乖戾。明懂:干脆顽强。⑩利:爱。彤管:红漆管的笔,指好笔。⑪篆刻未期益:写字并不期望写好。⑫绨(tí提):厚缯。素:白色生绢。古人用绢帛写书。这句说喜爱绢素才拿起书。⑬矜:夸耀。⑭粲:美好貌。⑮轻妆:淡妆。⑯觯:疑当作"觚"(gū孤),一种写字用的笔。京兆:传汉宣帝时京兆尹张敞为妻画眉。拟京兆:模仿张敞画眉。⑰的:古时女子的一种面额妆饰,用朱色点成。成复易:是说点成了,又抹去重点。⑱二句谓玩弄着妆饰面容,又忙着学织布。剧:疾速。⑲从容:舒缓不迫的样子。赵舞:赵国的舞。延袖:长袖。翮:鸟的翅膀。延袖像飞翮:跳起舞来两只长袖像鸟翅膀一样。⑳柱:琴瑟上的木柱。襞(bì毕):折叠。㉑如见:好像见,但未看真切。指摘:指点批评。㉒丹青:画。尘暗:为灰尘所覆盖。㉓赜(zé责):深隐难见。㉔驰骛:乱跑乱跳。翔:飞奔。㉕红葩:红花。蒂:花和茎相连的部分,即花把儿。㉖萍实:一种果实,楚昭王渡江时所见,见《孔子家语·致思》。骤:频繁。抵掷:投掷。㉗贪华:喜爱花。㉘眒(shēn慎)忽:一作"倏忽",快疾。适:往。㉙蹑:踏。㉚綦(qí棋):

037

系鞋的带子。常累积：这是指重叠系上几对鞋带。㉛并心：全心。注：注视。肴馔：熟食的鱼肉叫"肴"，酒、牲、脯醢叫"馔"。㉜楅：同"核"，指果品。"端坐"句：谓端坐在那里吃盘中的果品。㉝翰墨：笔墨。戢：收在一起。闲：一作"函"，盒子。案：几桌。这句说小姊妹常把笔墨收起装到盒子里放到桌上。㉞遒：远离。㉟垆：缶，古人用作乐器。钲：乐器名。屈：屈服，吸引。㊱屣(xǐ喜)履：拖着鞋。之：指鞋。适：往。"屣履"句：谓拖着鞋就往外跑。㊲荈(chuǎn 喘)：晚采的茶。剧：急速。钖(lì 力)：即鬲，空足的鼎。"止为"句：说她们急着煮饮料，还对着鼎钖不断吹火。㊳漫：污染。㊴锡：与"緆"通，细布。烟熏染阿锡：阿锡被烟熏黑了。㊵衣被：指衣服。地：质地。重地：言衣上花纹的底子被油污烟熏，不止一色。㊶水碧："碧水"的倒文。这句说：难于下水洗濯。㊷瞥：见。闻：听。当与杖：要挨打。㊸"掩泪"句：都面对着墙壁掩面哭泣。

　　左思的《娇女诗》题材新颖，描写生动，是一篇颇有影响的名作。作者以慈父特有的半嗔半喜、亦嗔亦喜的口吻，准确地描绘了两个年龄不同的小女儿的种种娇憨情态，同中有异，个性分明。谭元春评云："字字是女，字字是娇女，尽情尽理尽态。"锺惺评云："通篇描写娇痴游戏处不必言，如握笔、执书、纺绩、机杼、文史、丹青、盘楅等事，都是成人正经事务，错综穿插，却妙在不安详，不老成，不的确，不闲整，字字是娇女，不是成人。而女儿一段聪明，父母一段矜惜，笔端言外，可见可思。"（俱见《古诗归》）
　　以小儿女为集中描写对象的诗，这是第一篇。此后，类似的诗便逐渐出现，如陶潜的《责子》，李商隐的《骄儿诗》，卢仝的《寄男抱孙》，孔平仲的《代小子广孙寄翁翁》等，以及杜甫《北征》中写"痴女"的片段，尽管各有特色，但都受到左思《娇女诗》的启发。

陆　机
　　陆机(261—303)，字士衡，吴郡华亭(今上海市松江)人。祖逊，为吴丞相。父抗，为吴大司马。机少时任吴牙门将。吴亡，家居勤学。太康末，与弟云入洛阳，文章为当时士大夫所推重，时称"二陆"。辟为祭酒，累迁太子洗马等职。惠帝太安初，成都王颖与河间王颙起兵讨长沙王乂，以机为后将军、河北都督。兵败遭陷，为颖所杀。善骈文，《辨亡论》、《吊魏武帝文》等较有名。所作《文赋》，为重要的文学理论著述。诗现存一〇四首，重藻绘和排偶，且多拟古之作，实开宋、齐以来形式主义诗风。后人辑有《陆士衡集》。近人郝立权有《陆士衡诗注》。

赴洛道中作
　　远游越山川，山川修且广①。振策陟崇丘②，案辔遵平莽③。夕息抱影寐④，朝徂衔思往⑤。顿辔倚嵩岩⑥，侧听悲风响。清露坠素辉⑦，明月一何朗！抚枕不能寐,振衣独长想⑧。

①修:长。②策:马鞭。振策:挥鞭。陟(zhì 治):登上。崇丘:高山。③案:同"按"。辔:马嚼子和马缰绳。案辔:手按缰绳,任马缓慢行走。遵:循。平莽:草原。④夕息:夜晚休息。抱影寐:和自己的影子入睡,极言孤独。⑤徂:往。朝徂:早晨出发。衔思:含悲。⑥顿:止。顿辔:驻马。嵩:高。⑦素辉:皎洁的光辉。⑧振衣:抖一抖衣服,这里指穿衣。结尾两句是说离家入洛,思绪纷乱。一夜睡不好觉,便穿衣而起,独自思量许多问题。

原诗二首,这是第二首,作于入洛途中,写旅途情景及感触,后数句较流畅、生动。

赠尚书郎顾彦先①

朝游游层城②,夕息旋直庐③。迅雷中宵激④,惊电光夜舒⑤。玄云拖朱阁⑥,振风薄绮疏⑦。丰注溢脩霤⑧,黄潦浸阶除⑨。停阴结不解⑩,通衢化为渠⑪。沉稼湮梁颍⑫,流民泝荆徐⑬。眷言怀桑梓⑭,无乃将为鱼⑮!

①顾彦先:名荣,字彦先,吴郡人。时与陆机同官洛阳,为尚书郎。②层城:据传昆仑山上有层城,为天帝所居。此借指京城洛阳。③旋:回。直:同"值"。直庐:值班室。④中宵:半夜。激:震荡。⑤舒:伸展。⑥玄云:黑云。拖:曳走。⑦振风:迅猛的风。薄:迫近。绮疏:刻有文彩的窗子。⑧丰注:大雨。脩:同"修",长。霤(liù 六):屋檐下接水的水槽。⑨黄潦:杂有黄泥的积水。阶除:台阶的边沿上。⑩停阴:聚集的浓云。⑪通衢:大路。⑫湮:没。梁:今河南开封一带。颍:今河南许昌一带。⑬泝:逆流而上。荆:今湖北荆州一带。徐:徐州,今江苏北部地区。⑭眷:顾念。言:语助词,无义。⑮无乃:只怕。将为鱼:指人民将被洪水淹没。

原诗共二首,这是第二首,写半夜雷电交加,大雨倾泻,洛阳一带的灾民逃向荆、徐,因而担心故乡将为洪水淹没,表现了诗人对于人民命运的关切。

刘 琨

刘琨(271—318),字越石,中山魏昌(今河北无极)人。晋惠帝时,封广武侯。怀帝时任并州刺史。愍帝初任大将军,都督并州诸军事。曾遣长史温峤至建康,向元帝劝进,迁侍中太尉。多次与刘聪、石勒作战,因孤悬河北,终为石勒所败。遂与幽州刺史鲜卑人段匹磾联合共讨石勒,后为段匹磾所杀。其诗现仅存《扶风歌》、《答卢谌》、《重赠卢谌》三首,皆抒写壮志未酬的感慨,格调悲壮。原有集,已佚,明人辑有《刘越石集》。

扶风歌①

朝发广莫门②,暮宿丹水山③。左手弯繁弱④,右手挥龙渊⑤。顾瞻望宫阙,俯仰御飞轩⑥。据鞍长叹息,泪下如流泉。系马长松下,发鞍高岳头⑦。烈烈悲风起⑧,泠泠涧水流⑨。挥手长相谢⑩,哽咽不能言⑪。浮云为我结⑫,归鸟为我旋。去家日已远,安知存与亡?慷慨穷林中,抱膝独摧藏⑬。麋鹿游我前,猿猴戏我侧。资粮既乏尽,薇蕨安可食⑭?揽辔命徒侣⑮,吟啸绝岩中⑯。君子道微矣,夫子故有穷⑰。惟昔李骞期,寄在匈奴庭。忠信反获罪,汉武不见明⑱。我欲竟此曲⑲,此曲悲且长。弃置勿重陈⑳,重陈令心伤。

①扶风:郡名,郡治在今陕西泾阳县。②广莫门:晋都洛阳城北门。③丹水山:即丹朱岭,丹水发源处,在今山西高平县北。丹水由此东南流经晋城,入河南沁阳县,南注沁河。时琨为并州刺史,赴任,丹水为必经之地。④弯:拉弓。繁弱:古良弓名。⑤龙渊:古宝剑名。⑥御飞轩:驾着飞奔的车子。⑦发鞍:卸下马鞍。⑧烈烈:风声。⑨泠泠:水声。⑩谢:辞别。⑪哽咽:悲伤到气憋咽塞。⑫结:凝聚。⑬摧藏:即"凄怆"一声之转,为感叹伤心的样子。⑭薇蕨:一种野菜,嫩时可吃。⑮揽辔:牵住马缰绳。徒侣:指随从。⑯吟啸:吟诗高歌。绝岩:断岩绝壁。⑰微:衰落。夫子:指孔子。《论语·卫灵公》载:孔子在陈国断了粮食,子路问:"君子亦有穷乎?"孔子说:"君子固穷,小人穷斯滥矣!""君子"二句说:君子之道衰微,像孔子这样的人也有穷困的时候。这里用以比喻自己困难的处境。⑱"惟昔"四句:李:指李陵。骞期:愆期,行军错过约定日期。骞:通"愆"。《史记·李将军列传》载:李陵于汉武帝天汉二年(前99)率步兵五千人出塞,和匈奴主力八万人遭遇,战败降敌,武帝诛其母、妻、子。又司马迁《报任安书》以为李陵"身虽陷败彼,观其意,且欲得其当而报于汉"。这几句说:李陵征匈奴虽过期未能回来,心还是忠于汉的,汉武帝不明察,断了他的归路。⑲竟:结束。此曲:指扶风歌。⑳弃置:丢在一边。陈:述说。

刘琨于晋怀帝永嘉元年(307)被任命为并州刺史,九月末自京城洛阳前往并州治所晋阳(今山西太原),途中作此诗。当时黄河以北已成为匈奴、羯等少数民族争夺的战场,刘琨"冒险而进,顿伏艰危,辛苦备尝"(《晋书·刘琨传》)。诗中充分表现了旅途的艰辛和报国的忠愤,苍凉悲壮,风骨凛然。

郭 璞

郭璞(276—324),字景纯,河东闻喜(今属山西)人。随晋室南渡。东晋初任著作佐郎,后王敦辟为记室参军。敦欲谋反,命其卜筮,璞谓其必败,因为敦所杀。王敦平,追赠弘农太守。博学有高才,好经术,通古文字,又喜五行天文卜筮之术。曾注《尔雅》、《方言》、《穆天子传》、《山海经》、《楚辞》等书。辞赋为东晋之冠,《江赋》较有名。诗今存二十二首,以《游仙诗》最有名。《诗品》谓"词多慷慨,乖远玄宗……乃是坎壈咏怀,非列仙之趣也"。明人辑有《郭弘农集》。

游 仙 诗

京华游侠窟①,山林隐遁栖②。朱门何足荣③,未若托蓬莱④。临源挹清波⑤,陵冈掇丹荑⑥。灵溪可潜盘⑦,安事登云梯⑧?漆园有傲吏⑨,莱氏有逸妻⑩。进则保龙见⑪,退为触藩羝⑫。高蹈风尘外⑬,长揖谢夷齐⑭。

①京华:京师。游侠窟:游侠出没的地方。②隐遁:隐居避世的人。栖:居住。③朱门:指豪贵之家。④莱:应是"藜"之误。藜与栖、荑、梯、齐等为韵,古音属脂韵。这句说,不如隐居草野。⑤源:指水。挹:舀。⑥陵冈:登上山冈。掇:采拾。丹荑:初生的赤芝草。⑦灵溪:水名。庾仲雍《荆州记》载:"大城西九里有灵谿水。"潜盘:隐居盘桓。⑧安事:何必从事。登云梯:指登仙。云梯:仙人升天因云而上,所以叫云梯。⑨漆园有傲吏:指庄周。《史记·老庄申韩列传》:"庄子尝为漆园吏,楚威王闻庄周贤,使使厚币迎之,许以为相,周笑谓楚使者曰:'子亟去,无污我。'"⑩莱氏:指老莱子。《列女传》载老莱子逃世,耕于蒙山之阳。有人告诉楚王,楚王遂驾至老莱子之门,请其出仕。老莱许诺。"妻曰:'……今先生食人酒肉,受人官禄,为人所制也。能免于患乎?妾不能为人所制。'投其畚而去。老莱乃随而隐。"⑪进:指避世更远。保:保有。《周易·乾》:"九二,见龙在田。"《文言》:"子曰:'龙德而中正者也。'"谓像老莱子妻进一步退隐可以保持中正的美德。⑫退:退出,即不隐逸。触藩羝:角撞到藩篱上不能自拔的公羊。《周易·大壮》"上六,羝羊触藩,不能退,不能遂"⑬高蹈:远去、远行。风尘:人间、凡尘。⑭长揖:深深地拱手作揖。谢:辞。夷齐:伯夷、叔齐,商朝孤竹君的二子,曾互相推让王位。又义不食周粟,逃到首阳山,采薇而食,结果饿死在山上。"长揖"句:是说自己的隐逸,比伯夷、叔齐更超脱更远离风尘人世。

《游仙诗》共十四首,这是第一首。以游仙之高超否定"朱门"之荣华,而诗中所写之游仙,其实是归隐山林。陈祚明云:"景纯本以仙姿游于方内,其超越恒情,乃在造语奇杰,非关命意。《游仙》之作,明属寄托之词,如以'列仙之趣'求之,非其本旨矣。"(《采菽堂古诗选》卷二○)

陶渊明

陶渊明(365—427),一名潜,字元亮,私谥靖节,后世称靖节先生。浔阳柴桑(今江西九江市西南)人。曾任江州祭酒、镇军参军、彭泽令等职。因不满当时政治黑暗,不愿同流合污,在任彭泽令仅八十余日后弃官归隐,终身不仕。诗、文、辞赋俱为晋代大家。赋以《归去来兮辞》、《闲情赋》,文以《五柳先生传》、《桃花源记》最有名。诗现存百二十余首,多描绘自然景色及田园生活,被后人尊为"田园诗"之祖。但对世事并未完全遗忘和冷淡,亦有金刚怒目之作如《读山海经》、《咏荆轲》、《咏三良》等。诗风平淡自然,语言简洁含蓄,浑厚而富意境,备受唐、宋诗人推重。有《陶渊明集》。

归园田居(录二)

少无适俗韵①,性本爱丘山。误落尘网中②,一去三十年③。羁鸟恋旧林,池鱼思故渊④。开荒南野际⑤,守拙归园田⑥。方宅十馀亩⑦,草屋八九间。榆柳荫后檐,桃李罗堂前。暧暧远人村⑧,依依墟里烟⑨。狗吠深巷中,鸡鸣桑树颠。户庭无尘杂⑩,虚室有馀闲⑪。久在樊笼里⑫,复得返自然⑬。

①适俗:适应世俗。韵:气质、情调。②尘网:指尘世。言官场生活污浊而又拘束,有如网罗。③三十年:当作"十三年"。渊明自太元十八年(393)为江州祭酒,至义熙元年(405)归隐的次年写此诗,刚好是十三年。④羁鸟:笼中之鸟。池鱼:池塘之鱼。鸟恋旧林,鱼思故渊,借喻自己思恋旧居,不乐在外做官。⑤南野:一作"南亩"。际:间。⑥拙:指不善于逢迎取巧。⑦方:傍。这句谓傍宅有十多亩地。⑧暧暧:昏暗貌。⑨依依:轻柔貌。墟里:村庄。⑩尘杂:指尘世杂事。⑪虚室:静室。馀闲:空闲。⑫樊笼:关鸟的笼子,比喻官场。⑬返自然:指归耕田园。

《归园田居》共五首,这是第一首,叙述归田的原因和归田后的愉快生活。张戒云:"诗者志之所之也,情动于中而形于言,岂专意于咏物者。……渊明'狗吠深巷中,鸡鸣桑树颠',本以言郊居闲适之趣,非以咏田园,而后人咏田园之句,虽极工巧,终莫能及。"(《岁寒堂诗话》卷上)都穆云:"如《归园田居》云:'暧暧远人村,依依墟里烟。狗吠深巷中,鸡鸣桑树颠。'东坡谓如大匠运斤,无斧凿痕。"(《南濠诗话》)

野外罕人事①,穷巷寡轮鞅②。白日掩荆扉③,虚室绝尘想④。时复墟曲中⑤,披草共来往⑥。相见无杂言,但道桑麻长。桑麻日已长,我土日已广⑦。常恐霜霰至⑧,零落同草莽⑨。

①罕:少。人事:人际交往之事。②穷巷:僻巷。寡:少。鞅:驾车用的皮带。轮鞅:代指车马。寡轮鞅:少有客人乘车来往。③白日:白天。荆扉:柴门。④尘想:世俗的欲念。⑤墟曲:乡野。⑥披草:拨开野草。共来往:和村里人来往。⑦我土日已广:指垦荒种植的田地日渐增多。⑧恐:担心。霰(xiàn现):小雪粒。⑨零落:指所种桑麻凋零枯落。草莽:野草。

此首写归田后没有世俗的交往与杂念,与农民往来,只谈论庄稼的长势如何。冲淡淳朴,得田园之乐。

饮　酒 并序（录二）

余闲居寡欢,兼比夜已长①,偶有名酒,无夕不饮。顾影独尽,忽焉复醉。既醉之后,辄题数句自娱;纸墨遂多,辞无铨次②。聊命故人书之,以为欢笑尔。

结庐在人境③,而无车马喧。问君何能尔④,心远地自偏⑤。采菊东篱下,悠然见南山⑥。山气日夕佳⑦,飞鸟相与还⑧。此中有真意,欲辨已忘言⑨。

①比:近来。②铨次:选择和编排次序。③结庐:建构房屋。人境:人们居住的地方。④尔:如此。⑤心远地自偏:此心远离尘俗,虽处喧嚣之地,也如同居住在僻静处。⑥悠然:自得的样子。南山:庐山。⑦日夕:傍晚。⑧相与:结伴。⑨"此中"二句:谓此时此地的情和景,使人领悟到人生的真意,不可言说,也无须言说。

《饮酒》诗共二十首,这是第一首,写归田后悠然自得的心态,融情入景,构成完美的艺术境界,令人神往。严羽云:"汉魏古诗,气象浑沌,难以句摘,晋以还方有佳句,如渊明'采菊东篱下,悠然见南山',谢灵运'池塘生春草'之类。谢所以不及陶者,康乐之诗精工,渊明之诗质而自然耳。"(《沧浪诗话》)都穆云:"'结庐在人境,而无车马喧。问君何能尔,心远地自偏',王荆公谓诗人以来,无此四句。"(《南濠诗话》)

清晨闻叩门,倒裳往自开①。问子为谁与②,田父有好怀③。壶浆远见候④,疑我与时乖⑤。"襤褛茅檐下⑥,未足为高栖⑦。一世皆尚同⑧,愿君汩其泥⑨。"深感父老言,禀气寡所谐⑩。纡辔诚可学⑪,违己讵非迷⑫! 且共欢此饮,吾驾不可回。

①倒裳:颠倒衣裳。形容急迫迎客。②子:你,即田父。与:通"欤",疑问语气词。③田父有好怀:是位好心的田父。④壶浆:用壶装的酒。远见候:老远到来问候。⑤疑:怪。乖:合不来。⑥襤褛:衣服破烂。茅檐下:茅屋中。⑦高栖:指高人隐士的住处。⑧一世:整个社会。尚同:言以同于世俗为贵。⑨汩（gǔ古）:同"淈",搅混。汩其泥:把泥水搅混,意即与世俗同流合污。语出《楚辞·渔父》:"世人皆浊,何不淈其泥而扬其波。"⑩禀气:天生的脾气。寡所谐:很少能和世俗合得来。⑪纡辔:回车,走回头路。言改变隐居初衷复出做官。⑫违己:违背自己的本意。讵非迷:岂不是又入了迷途。

此首原列第九,设为问答,表示不再出仕的决心。方东树云:"又幻出人

来,较之就物言,更易托怀抱矣。此诗夹叙夹议,托为问答,屈子《渔父》之旨也。"(《昭昧詹言》卷一)

读山海经

　　精卫衔微木,将以填沧海①。刑天舞干戚,猛志故常在②。同物既无虑③,化去不复悔④。徒设在昔心⑤,良辰讵可待⑥!

　　①精卫:鸟名。《山海经·北山经》载:炎帝少女,名女娃,游于东海,溺死后化为鸟,名精卫。常衔西山木石以填东海。微木:细木。沧海:大海。②刑天:《山海经·海外西经》载:有兽名刑天,与帝争神,帝断其首,乃以乳为目,以脐为口,操干戚以舞。干:盾。戚:大斧。猛志:勇猛的斗志。③同物:言由一有生命之物,幻化成另一物,物物同类。既无虑:言无所顾虑。④化去:指物化,这里指精卫、刑天死而化为异物。⑤"徒设"句:谓徒然具备昔日的雄心,指填沧海、舞干戚。⑥良辰:指实现雄心壮志的时候。讵:岂。

　　《读山海经》共十三首,这是第十首,歌颂了精卫与刑天的顽强斗志,寄托了诗人慷慨不平的情怀。

南北朝诗

谢灵运

谢灵运(385—433),幼时寄养于外,族人因呼为客儿,世称谢客。谢玄之孙。晋时袭封康乐公,故又称谢康乐。陈郡阳夏(今河南太康县)人,移籍会稽。入宋,降公爵为侯,历永嘉太守、侍中、临川内史等职。以恣游废政,为吏所劾,被杀。其诗大抵刻画山水名胜,造句往往工妙,扭转了东晋以来玄言诗风,开文学史上山水诗一派。明人焦竑辑有《谢康乐集》。近人黄节有《谢康乐诗注》。

登池上楼

潜虬媚幽姿①,飞鸿响远音②。薄霄愧云浮,栖川怍渊沈③。进德智所拙④,退耕力不任⑤。徇禄及穷海⑥,卧痾对空林⑦。衾枕昧节候⑧,褰开暂窥临⑨。倾耳聆波澜⑩,举目眺岖嵚⑪。初景革绪风⑫,新阳改故阴⑬。池塘生春草,园柳变鸣禽⑭。祁祁伤豳歌⑮,萋萋感楚吟⑯。索居易永久,离群难处心⑰。持操岂独古⑱,无闷征在今⑲。

①虬(qiú球):长角的小龙。潜虬:即潜龙。媚:自我欣赏。幽姿:深潜水中的美丽姿态。②鸿:大雁。响远音:鸣声在高空中传得很远。③薄:通"泊",止。愧:惭愧。云浮:云在天际飘浮。栖川:栖息在水中。④进德:提高道德修养。智所拙:智力达不到。拙:愚笨。⑤退耕:退隐从事耕种。力不任:力量不能胜任。⑥徇禄:追求俸禄。及穷海:到边远的海滨。这里指出守永嘉。⑦痾(ē阿):病。空林:干枯的树林。⑧昧:不明白。昧节候:不知道季节的变化。⑨褰(qiān千):揭开。暂窥临:暂且看一下楼外景色。⑩倾耳:侧耳。聆(líng零):听。⑪岖嵚(qū qīn区钦):山高貌。⑫初景:初春的阳光。革:清除。绪风:余风,指冬天剩下的寒风。⑬新阳:春天。故阴:去冬的余寒。⑭"园柳"句:谓园中柳树上各种鸟轮番啼叫。⑮祁祁:众多的样子。豳歌:指《诗经·豳风·七月》"春日迟迟,采蘩祁祁,女心伤悲,殆及公子同归"。伤豳歌:因见春草想到豳歌,引起思归情绪,内心感到悲伤。⑯萋萋:草茂盛的样子。楚吟:指《楚辞·招隐士》:"王孙游兮不归,春草生兮萋萋。"本句与上句意同。⑰索居:独居。易永久:容易感到日子过得太久。难处心:难于安心自处。⑱持操:坚持操守。岂独古:难道只有古人才行。⑲无闷:《易·乾卦》:"遁世无闷。"谓隐逸之人,避世无闷。征:验。征在今:今天在我这里已得到证验。全句谓,今天我已证验,只有隐居避世,才可以无烦闷。

池上楼,在永嘉郡(今浙江温州)西北三里积谷山之东,后称谢公楼。谢灵运于永初三年(422)秋至景平元年(423)秋任永嘉太守,此诗当作于景平元年春。诗的前半抒发官场失意的感慨,中间写登楼"窥临",满目春光,然后以触景伤情,决意归隐作结。这是谢灵运的佳作之一,"池塘生春草"一句,由于作者曾说是梦见其弟惠连后脱口吟成,"有神助,非吾语也",故引起后人重视,或说甚佳,或说"反复求之,终不见此句之佳",争论不休(见王若虚《滹南诗话》

卷一）。胡应麟云："'池塘生春草'，不必苦谓佳，亦不必谓不佳。灵运诸佳句，多出深思苦索，如'清晖能娱人'之类，虽非锻炼而成，要皆真积所致。此却率然信口，故自谓奇。"(《诗薮·外编》)评论较中肯。

石壁精舍还湖中作

昏旦变气候，山水含清晖①。清晖能娱人，游子憺忘归②。出谷日尚早③，入舟阳已微④。林壑敛暝色⑤，云霞收夕霏⑥。芰荷迭映蔚⑦，蒲稗相因依⑧。披拂趋南径⑨，愉悦偃东扉⑩。虑澹物自轻⑪，意惬理无违⑫。寄言摄生客⑬，试用此道推⑭。

①清晖：清光。晖，同"辉"。②憺(dàn 淡)：安闲舒适。③出谷：从石壁精舍山间出来。④入舟：回到巫湖。阳：日光。微：昏暗。⑤林壑：树林和山谷。敛暝色：聚集着暮色。⑥夕霏：晚霞余辉。全句谓晚霞的光芒已完全隐没。⑦芰荷：菱与莲。映蔚：绿叶繁盛，互相映照。⑧蒲稗(bài 败)：菖蒲和稗草。相因依：杂生一起，互相依倚。⑨披拂：用手拨开草木。⑩愉悦：愉快。偃：卧。扉：门。东扉：东轩。⑪虑澹：思想恬淡。物：身外之物。自轻：自然看轻。⑫意惬(qiè 窃)：心满意足。理无违：自然不会违背万物的常理。⑬摄生客：探求养生之道的人。⑭此道：指上述"虑澹"、"意惬"之理。推：推求。

景平元年(423)秋，谢灵运托病辞职，回故乡会稽始宁(今浙江上虞)的庄园，石壁精舍是他的书斋。此诗当作于回到故乡的第二年(424)，乃谢灵运山水诗的代表作。全诗历叙自石壁出发、山行出谷、入舟泛湖、舍舟登岸的一整天游赏活动，层次分明。重点描绘傍晚湖景，清幽秀逸，生意流转。如王夫之所评，"谢诗……情不虚情，情皆可景；景非滞景，景总含情"(《古诗选评》)。结尾的议论，也是"愉悦"之情的升华。

刘勰《文心雕龙·明诗》云："宋初文咏，体有因革，老庄告退，而山水方滋。俪采百字之偶，争价一句之奇；情必极貌以写物，辞必穷力而追新。"此诗模山范水，讲究对偶，刻意炼句，恰恰体现了这些特色，颇为后代诗人所取法。李白《酬殷明佐见赠五云裘歌》云："故人赠我我不违，著令山水含清辉。顿惊谢康乐，诗兴生我衣。襟前林壑敛暝色，袖上云霞收夕霏。"其影响可见一斑。

鲍 照

鲍照(约414—466)，字明远，东海(今江苏连云港市东)人。出身寒微，献诗临川王刘义庆，甚受赏识，擢为国侍郎。后迁秣陵令，入为中书舍人。临海王刘子顼镇荆州，任照为前军参军，世称鲍参军。子顼作乱，照为乱兵所杀。他是我国文学史上的杰出诗人之一，与谢灵运、颜延之同以诗著称，合称"元嘉三大家"，其成就高于谢、颜。长于乐府歌行，富于浪漫主义激情，沈德潜谓"如五丁凿山，开人世所未有"（《古诗源》）。对唐代李白等诗人颇有影响。有《鲍参军集》，近人黄节《鲍参军诗注》较详备。

拟行路难

对案不能食①，拔剑击柱长叹息。丈夫生世会几时②，安能蹀躞垂羽翼③？弃置罢官去，还家自休息。朝出与亲辞，暮还在亲侧。弄儿床前戏④，看妇机中织。自古圣贤尽贫贱，何况我辈孤且直⑤！

①案：放食器的小几。又通"椀（碗）"。②会：能。③蹀躞（dié xiè 叠谢）：小步走路的样子。垂羽翼：下垂翅膀，不能展翅高飞。④弄儿：逗小孩玩。⑤孤且直：孤高而且耿直。

《行路难》属乐府《杂曲歌辞》，多述世路艰难及离别悲伤之意。鲍照《拟行路难》共十八首，多针对封建士族社会的不合理现象抒发愤激之情。这是第六首，为备受压抑、有志难展的寒士鸣不平，俊逸豪迈，体现了鲍照乐府歌行的本色。

赠傅都曹别

轻鸿戏江潭①，孤雁集洲沚②。邂逅两相亲③，缘念共无已④。风雨好东西，一隔顿万里⑤。追忆栖宿时⑥，声容满心耳⑦。落日川渚寒⑧，愁云绕天起。短翮不能翔⑨，徘徊烟雾里。

①轻鸿：轻捷善飞的鸿，比喻傅都曹。潭（xún 寻）：水边。②孤雁：作者自喻。集：止，停留。沚：水中小洲。③邂逅：不期而遇。④缘念：情缘和眷念，指友好情谊。已：终了。⑤好（hào 耗）：喜好。顿：忽然。这句本于《尚书·洪范》"星有好风，星有好雨"。《洪范》注："箕星好风，毕星好雨。"箕是东方的木宿，毕是西方的金宿。"风雨"二句，谓两人像"好风雨"的箕星毕星，忽然要东西分离，相隔万里了。⑥栖宿时：相聚时。⑦声容：声音和容貌。⑧渚：小洲。⑨翮（hé 河）：鸟的翎管，这里指翅膀。短翮：比喻自己的才能有限。

这是一首赠别诗，以"轻鸿"比傅都曹，以"孤雁"自比，抒写聚散之情。张玉穀云："诗分三层看：前四，追念前日之偶聚契合；中四，正叙目前之忽散系思；后四，遥计后日之独居难聚。纯以鸿雁为比（以鸿喻傅，以雁自喻），犹是古格。"（《古诗赏析》）

谢　朓

谢朓（464—499），字玄晖，陈郡阳夏（今河南太康）人。出身贵族，母为宋长城公主。入齐，曾任竟陵王萧子良幕下功曹，以文学见赏，为"竟陵八友"之一。又因曾任宣城太守，世称谢宣城。永元（499—501）初，被始安王萧遥光诬陷，下狱死。诗与沈约、王融等人之作均注重声律，时称"新体诗"，因形成于南齐永明（483—493）时，亦称"永明体"。多山水诗，诗风秀逸。原有集，已佚，明人辑有《谢宣城集》。

暂使下都夜发新林至京邑赠西府同僚[①]

大江流日夜，客心悲未央[②]。徒念关山近，终知返路长[③]。秋河曙耿耿，寒渚夜苍苍[④]。引领见京室，宫雉正相望[⑤]。金波丽鳷鹊[⑥]，玉绳低建章[⑦]。驱车鼎门外[⑧]，思见昭丘阳[⑨]。驰晖不可接，何况隔两乡[⑩]？风云有鸟路，江汉限无梁[⑪]。常恐鹰隼击，时菊委严霜[⑫]。寄言蒻罗者，寥廓已高翔[⑬]。

①暂使：指奉命出朝短暂任藩国的僚属。下都：指荆州。时荆州是随王萧子隆藩国的都城，故称下都。新林：在今南京市西南。京邑：指齐都城建康（今南京市）。②大江：长江。客：作者自指。未央：未尽、不止。③"徒念"二句：指到京城已是很近，但返回荆州却遥远。关山：这里指建康附近的关隘。④河：天上的银河。耿耿：天微明的样子。渚：水中沙洲。苍苍：深青色。⑤引领：伸长脖子。京室：京城官室。宫雉：宫墙。雉：雉堞，即城上的矮墙。⑥金波：月光。丽：作动词用，意为"照在"。鳷（zhī 支）鹊：汉代观名，这里借指齐官观。⑦玉绳：星名。低：低回，徘徊。建章：汉宫名，这里借指齐官殿。⑧鼎门：指建康的南门。《文选》李善注引《帝王世纪》："成王定鼎于郏鄏，其南门名定鼎门。"后世遂以"鼎门"称"南门"。⑨昭丘：楚庄王墓，在荆州当阳郊外。这里以昭丘代荆州。丘阳：《方言》："冢大者为丘，丘南为阳。"此句连上句说：驱车到了都门，心中想念的仍是荆州。⑩驰晖：指太阳。接：近。两乡：两地，这里指荆州和建康。二句谓眼见运行的太阳，尚且不能接近，何况隔在两乡的人呢？⑪"风云"二句：谓天空风云变幻，仍有鸟道可以通行；长江和汉水，限于没有桥梁，便没法通过。这里指自己难于再回荆州。⑫隼（sǔn 损）：比鹰稍小。鹰隼：两种猛禽，常以弱小的鸟为食。这里用以比喻谗邪恶人。委：委弃。二句谓自己常怕谗邪中伤，如小鸟怕鹰隼击杀，如秋菊怕严霜摧残。⑬蒻（wèi 尉）罗：两种捕鸟的网。寥廓：空阔。二句谓告诉你们这些设计害人的人（指王秀之），我已远走高飞，你们休想再害我。

《南齐书·谢朓传》载：谢朓为随王萧子隆文学，子隆好诗赋，朓以文才尤被赏爱，"流连晤对，不舍日夕"，引起长史王秀之的嫉妒，向齐武帝进谗，于是齐武帝令朓还都。朓于还京途中作此诗寄西府同僚。西府，即荆州随王府。诗中通过景物描写，展现离荆州、返建康的复杂心态，"大江流日夜，客心悲未央"是传诵名句，也是谢朓"工于发端"的范例。

之宣城郡出新林浦向板桥[①]

江路西南永，归流东北骛[②]。天际识归舟[③]，云中辨江树[④]。旅思倦摇摇,孤游昔已屡⑤。既欢怀禄情,复协沧洲趣⑥。嚣尘自兹隔⑦,赏心于此遇。虽无玄豹姿,终隐南山雾⑧。

①宣城郡:治所在今安徽宣城县。新林:注见前。板桥:即板桥浦,在新林浦南。水上南北结浮桥渡水,故称板桥浦。②江:长江。永:长。归流:江以流向大海为归。骛:奔驰。作者从建康去宣城,为西南逆流上行,故觉水路长。江水向东北奔驰入海,则很快。③归舟:指驶回京城建康的船。④"云中"句:言透过江上云雾,还依稀能辨认出江边的树。⑤摇摇:心神恍惚貌。孤游昔已屡:孤身旅行,已有多次。屡:多次。⑥怀禄:想得官禄。协:适合。沧洲:滨水幽僻的地方,为隐者所居。二句谓既得官禄,又适合自己幽隐的情趣。⑦嚣尘:嘈杂喧扰的尘世。兹:此。⑧"虽无"二句:《列女传·贤明》:"陶答子治陶三年,名誉不兴,家富三倍。其妻独抱儿而泣。姑怒,以为不祥。妻曰:'妾闻南山有玄豹,隐雾而七日不食,欲以泽其衣毛而成文章,故藏而远害。'"二句谓自己虽无玄豹的丰姿,但也可以像玄豹那样,栖隐在南山雾中,避祸而远害。

此诗作于出任宣城太守途中,先写江行所见之景;后写出仕外郡,既可得俸禄,又可远隔尘嚣,远害全身。"天际识归舟,云中辨江树"是传诵名句。胡应麟云:"六朝句于唐人,调不同而语相似者:'馀霞散成绮,澄江静如练',初唐也;'金波丽鳷鹊,玉绳低建章',盛唐也;'天际识归舟,云中辨江树',中唐也;'鱼戏新荷动,鸟散馀花落',晚唐也。俱谢玄晖诗也。"(《诗薮·外编》)王夫之云:"'天际识归舟,云中辨江树',隐然一含情凝睇之人,呼之欲出。如此写景,乃为活景。"(《古诗选评》卷五)

晚登三山还望京邑①

灞涘望长安②,河阳视京县③。白日丽飞甍,参差皆可见④。馀霞散成绮,澄江静如练⑤。喧鸟覆春洲,杂英满芳甸⑥。去矣方滞淫,怀哉罢欢宴⑦。佳期怅何许,泪下如流霰⑧。有情知望乡,谁能鬒不变⑨?

①三山:在今南京市西南长江南岸,上有三峰,南北相连。京邑:指建康(今南京市)。②灞涘:灞水的河岸上。涘(sì 四):河岸边。灞水流经长安。③河阳:县名,故址在今河南孟县西。京县:指洛阳。这里以灞涘、河阳代三山、长安。京县,借指建康。④丽飞甍:照耀在飞甍的屋檐。参差:高低不齐。⑤绮:锦缎。练:白色绸子。⑥覆:盖。杂英:杂花。芳甸:芳草遍布的郊野。⑦方:将。滞淫:久留。怀哉:怀念。罢欢宴:罢去欢宴。⑧佳期:指还乡之日期。怅:惆怅。何许:何时。霰:雪珠。⑨鬒(zhěn 诊):黑发。变:指变白。

前段写"望京邑"所见春景,后段即景抒情,缅怀故乡。景中含情,情因景发,造语精丽,风华映人。"馀霞散成绮,澄江静如练"两句,写景如画,脍炙人口。李白

《金陵城西楼月下吟》云："解道'澄江静如练',令人长忆谢玄晖。"

沈 约

沈约（441—513），字休文，吴兴武康（今浙江武康县）人。历仕南朝宋、齐、梁三代。在齐以文学游竟陵王萧子良门下，为"竟陵八友"之一。后助梁武帝萧衍即帝位，封建昌县侯。终尚书令兼太子少傅，卒谥隐。世称沈隐侯。幼孤贫，笃志好学，博览群书，为齐、梁文坛领袖，创"四声八病"之说，和谢朓、王融等人创作新体诗，时号"永明体"。对五言诗向近体诗发展起了一定的促进作用。著作多散佚，今唯存《宋书》一〇〇卷。明人辑有《沈隐侯集》。

别范安成①

生平少年日，分手易前期②。及尔同衰暮，非复别离时③。勿言一樽酒，明日难重持④。梦中不识路，何以慰相思⑤？

①范安成：范岫，字茂宾，仕齐为安成内史，故称范安成。②前期：离别时预定的来日重见之期。二句说，已和范岫年轻时离别，那时都把重逢看得很容易。③非复：不再。"及尔"二句：谓我现在和你都已衰老，不再是可以随便别离的时候了。④"勿言"二句：不要以为眼前一杯酒微不足道，以后恐怕难得在一起把杯共饮了。⑤"梦中"二句：谓梦中想寻你，又会迷路找不着你，那将用什么来安慰我对你的思念之情呢？《韩非子》载：战国时张敏与高惠友善，张敏思念高惠，于梦中往寻，中途迷路而回。"梦中"二句本此。

前四句写少年离别之"易"，后四句写老年离别之"难"，俱入情入理，概括了所有人的共同体验。在章法上，又以"易"衬"难"，突出了眼前的离别之苦，读之令人酸鼻。

何 逊

何逊（？—518），字仲言，东海郯（今山东郯城）人。八岁能赋诗。弱冠，州举秀才，为范云赏识，结为忘年交。天监中为奉朝请，迁中卫建安王水曹参军兼记室。九年，随府迁江州，还，为安成王安西参军，兼尚书水部郎。其诗多为酬唱及纪行之作，较长于写景及炼字。山水诗和抒情小诗格调清新，颇有谢朓风致。原有集，已佚。明张溥辑有《何水部集》。

临行与故游夜别

历稔共追随，一旦辞群匹①。复如东注水，未有西归日。夜雨滴空阶,晓灯暗离室。相悲各罢酒,何时同促膝②。

①稔(rěn忍):谷成熟,谷一年一熟,故称"年"为"稔"。历稔:历年。群匹:众朋友。
②促膝:古代人席地或据榻而坐,对坐时,膝相接近,叫"促膝"。

诗题一作《从政江州与故游别》,何逊为庐陵王记室,军府在江州(今江西九江市),此诗写赴江州时告别朋友、依恋难分的情景,真切生动。中间四句,比拟烘托,情景交融,尤为传诵佳句。

阴　铿

阴铿(生卒年不详),字子坚,武威姑臧(今甘肃武威)人。梁时任湘东王萧绎法曹参军。入陈,为始兴王府录事参军。历官晋陵太守、散骑常侍。善为五言诗,炼字造句极意精工,风格俊逸清丽,颇似何逊,故"阴何"并称。杜甫自谓"颇学阴何苦用心",又赞李白"李侯有佳句,往往似阴铿",可见其成就之高。讲究声律,不少诗已接近唐代律诗,开初唐沈宋体先河。原有集,已佚,明人辑有《阴常侍集》。

江津送刘光禄不及①

依然临江渚,长望倚河津②。鼓声随听绝③,帆势与云邻④。泊处空馀鸟,离亭已散人⑤。林寒正下叶,钓晚欲收纶⑥。如何相背远,江汉与城闉⑦。

①江津:长江渡口。光禄:官名,即光禄大夫。刘光禄:其人不详。不及:送行没有赶上。②依然:依恋的样子。渚:水中小洲。长望:遥望。③鼓声:古时开船,打鼓为号。④"帆势"句:言船去渐远,船帆高与天接、与云为邻了。⑤离亭:供人送行用的亭子。⑥纶:钓丝。⑦闉(yīn因):城曲重门。城闉:即城门。二句谓:为什么君去江汉,我回城里,各向相背的方向走,越来越远呢?

首二句写赶到渡头,友人所坐的船早已远去,于是临河"长望"。中间六句,写"长望"所见的情景:开船的鼓声已绝,孤帆已远在云际,原来泊船的地方只有几只鸟,离亭上饯行的亲友早已散尽,岸边的树林飘落黄叶,钓鱼的人正收拾他的钓鱼工具。这一切,都只写景,而送友"不及"的怅惘之情,俱从景中溢出,于是以"相背远"的慨叹收束全诗。陈祚明称其"声调既亮,无齐梁晦涩之习;而琢句抽思,务极新隽,寻常景物,亦必摇曳出之,务使穷态极妍,不肯直率"(《采菽堂古诗选》卷二九),并非虚誉。

庾 信

庾信(513—581),字子山,南阳新野(今属河南)人。幼聪慧,博览群书。年十五,任梁昭明太子萧统东宫讲读。梁元帝时,奉命出使西魏,被留长安。不久梁亡,从此流寓北方。西魏亡,仕北周,官至骠骑大将军、开府仪同三司,世称庾开府。在南朝时,与徐陵同为宫廷文学代表作家,善诗赋、骈文,风格绮丽。其后流寓北朝,怀乡念土,风格一变,杜甫称扬"庾信文章老更成"、"暮年诗赋动江关"。原有集,已佚。后人辑有《庾子山集》。

拟咏怀

榆关断音信,汉使绝经过①。胡笳落泪曲,羌笛断肠歌②。纤腰减束素,别泪损横波③。恨心终不歇,红颜无复多。枯木期填海,青山望断河④。

①榆关:犹"榆塞",泛指北方边塞。汉使:汉朝的使臣。二句谓诗人伤自己流寓北方,与南朝家国音书断绝。②胡笳、羌笛:二者为西北少数民族的乐器。③纤腰:细腰。减束素:腰部渐渐细瘦。横波:指眼睛。二句谓身体消减,眼睛哭坏。④"枯木"二句:意谓自己期望回到南朝,就像精卫期望用枯木填海、青山期望断河那样难于实现。填海:见前陶渊明《读山海经》注。断河:《水经注》卷四《河水注》谓华、岳二山本来是一座山,河神巨灵手荡脚踢,开而为两,黄河才从中间通过。"青山望断河"的意思是,期望填断黄河,使两山仍合为一。

庾信《拟咏怀》共二十七首,虽角度不同、取材有异,但其基本内容都是抒写羁留北方、不得南归的苦闷,辞旨与《哀江南赋》略同。这是第七首。

南朝乐府民歌

读曲歌

打杀长鸣鸡,弹去乌臼鸟①。愿得连冥不复曙,一年都一晓②。

①弹:指用弹丸射击。乌臼:即鹎鸠,又名鸦臼,比鸡叫得还早。吴融《富春诗》:"五更鸦臼最先啼。"②冥:黑暗。曙:晓,指天亮。都:总共。

《乐府诗集》收《读曲歌》八十九首,这里选其中的一首。男女相会,希望夜长而生怕天亮,自是常情;而诗中主人公却把天亮归咎于长鸣鸡和乌臼鸟,竟要打杀、弹去,满以为鸡不叫、鸟不啼,天就永远不亮了! 愈痴心妄想,愈见情真、情深。

子夜歌

始欲识郎时,两心望如一①。理丝入残机②,何悟不成匹③!

①两心如一:喻爱情的专一和坚贞。②丝:谐"情思"的"思"。残机:残破的织布机。③何悟:怎么料到。匹:布匹,谐"匹配"的"匹"。

《子夜歌》,相传为晋代女子名子夜者所作,《乐府诗集》归入《清商曲·吴声歌曲》,共收四十二首,皆男女恋歌,这里选一首。谐音、双关,民歌中惯用的手法,这首歌都用上了。织布是女子的日常工作,故从织布生发,以"丝"谐"思",以丝织品匹段之"匹"双关男女匹配之"匹",委婉含蓄地表现了女主人公的情思。

子夜四时歌

春林花多媚①,春鸟意多哀②。春风复多情,吹我罗裳开。

①多媚:十分艳丽,惹人喜爱。②"春鸟"句:春鸟求偶未得,鸣声悲切。

《乐府诗集》收《子夜四时歌》晋、宋、齐辞七十五首,其中《春歌》二十首、《夏歌》二十首、《秋歌》十八首、《冬歌》十七首。这里选《春歌》一首。这首歌表现一位女子的春思,第三句"春风复多情"用一"复"字,则一、二句的"春花"、"春鸟"对女主人公来说,也是"多情"的。那么,"春花"、"春鸟"、"春风"的"多情",使她产生什么感触呢? 含而不露,引人寻思。

那 呵 滩

闻欢下扬州①,相送江津弯②。愿得篙橹折③,交郎到头还④。

①欢:民歌中对心爱的人的称呼。②江津:在今湖北江陵县。③篙:竹篙,撑船用。橹:桨,划船用。④交:同"教"。到:同"倒",倒头,回头。

《乐府诗集》引《古今乐录》云:"《那呵滩》,旧舞十六人,梁八人。其和云:'郎去何当还!'多叙江陵及扬州事。那呵,盖滩名也。"这里所选的一首是女方送行之诗。听说心爱的人要到扬州去,便赶到江津弯来送行。想留留不住,就希望船开不久,篙橹断折,她心爱的人倒头回来。这便是所谓"痴情",愈"痴"愈真挚。

北朝乐府民歌

折杨柳歌辞（录二）

上马不捉鞭，反折杨柳枝。蹀坐吹长笛①，愁杀行客儿。

腹中愁不乐，愿作郎马鞭。出入擐郎臂②，蹀坐郎膝边。

①蹀（dié 叠）：行。②擐（huàn 换）：贯、挂。

《乐府诗集》收《折杨柳歌辞》五首，这里选两首。前一首，乃行者之诗。已经上马，却不挥鞭出发，反而折柳以赠送者。"柳"谐"留"，恋恋不忍去之意已从折柳的动作中表现出来。《折杨柳》属汉乐府《横吹曲》，用笛子吹奏。这时候行者、坐者都吹起《折杨柳》曲，便令行客愁杀。

后一首乃送者之诗。郎要走，留不住，便想变成郎的马鞭子，出、入、行、坐，都和郎在一起。这也表达了一种"痴情"，愈痴愈纯真。

木兰诗

唧唧复唧唧，木兰当户织①。不闻机杼声②，唯闻女叹息。问女何所思，问女何所忆。女亦无所思，女亦无所忆。昨夜见军帖③，可汗大点兵④，军书十二卷⑤，卷卷有爷名⑥。阿爷无大儿，木兰无长兄，愿为市鞍马⑦，从此替爷征。

东市买骏马，西市买鞍鞯，南市买辔头⑧，北市买长鞭。旦辞爷娘去，暮宿黄河边。不闻爷娘唤女声，但闻黄河流水鸣溅溅⑨。旦辞黄河去，暮至黑山头⑩，不闻爷娘唤女声，但闻燕山胡骑鸣啾啾⑪。

万里赴戎机⑫，关山度若飞。朔气传金柝，寒光照铁衣⑬。将军百战死，壮士十年归。

归来见天子，天子坐明堂⑭。策勋十二转⑮，赏赐百千强⑯。可汗问所欲，木兰不用尚书郎⑰。愿驰明驼千里足⑱，送儿还故乡⑲。

爷娘闻女来，出郭相扶将⑳。阿姊闻妹来，当户理红妆㉑。小弟闻姊来，磨刀霍霍向猪羊㉒。开我东阁门，坐我西阁床。脱我战时袍，著我旧时裳。当窗理云鬓，对镜帖花黄㉓，出门看伙伴，伙伴皆惊忙㉔。同行十二年，不知木兰是女郎。

雄兔脚扑朔㉕，雌兔眼迷离㉖，双兔傍地走㉗，安能辨我是雄雌？

①唧唧：叹息声。当户：对着窗户。②机杼声：织布时织布机和梭子发出的声音。杼：梭子。③军帖：征兵的文书、名册。④可汗(kè hán 克含)：古代西北地区各少数民族对君主的称呼。大点兵：大规模征兵。⑤军书：即前面的军帖。十二卷：极言其多，非实指。⑥爷：父亲。⑦市：购买。⑧鞯(jiān 坚)：马鞍下的垫子。辔(pèi 配)头：马嚼子、马笼头和缰绳。⑨溅(jiān 尖)溅：激浪声。⑩黑山：即杀虎山，蒙古语为阿巴汉喀喇山，在今呼和浩特市东南百里。⑪燕山：指燕然山，即今蒙古人民共和国境内的杭爱山。胡骑(jì 寄)：胡人的战马。鸣：一作"声"。啾啾：马叫声。⑫赴戎机：指奔赴战场参加军事机要行动。⑬朔气：北方的寒风冷气。朔：北方。金柝(tuò 唾)：刁斗。一种军用的铜器皿，白天当锅烧饭，晚上当梆子打更。铁衣：战士穿的铁甲战袍。⑭明堂：皇帝祭祀、听政、选士的地方。⑮策勋：记功。军功每加一等，官爵随升一级，叫做"一转"。十二转：极言官爵之高。⑯强：有余。⑰尚书郎：官名。汉以后尚书台(省)下分设若干曹(部)，任曹务者谓之尚书郎。⑱愿驰：一作"愿借"。明驼：《酉阳杂俎》："驼卧腹不帖地，屈足漏明，则行千里。"但据内蒙古人民传说，是一种用于喜庆佳节的精壮骆驼。⑲儿：木兰自指。⑳郭：外城。将：也是扶的意思。㉑理红妆：梳妆打扮。㉒霍霍：磨刀声。㉓帖花黄：古代女子在额上贴上或涂上黄色山、月、花、鸟等形状的妆饰物。㉔忙：一作"惶"。㉕脚扑朔：脚乱蹦乱跳。㉖眼迷离：眼神游疑不定。㉗傍地走：在地上跑。

《木兰诗》最早著录于陈释智匠《古今乐录》，可证其产生之时代不晚于陈。诗称天子为"可汗"，征战地在"黑山"、"燕山"，可证此诗为北朝民歌，所反映的是北魏与柔然之间的战争。柔然是北方游牧族大国，立国158年（394—552），曾与北魏、东魏、北齐发生过多次战争，其主要战场正在黑山、燕山一带。

《木兰诗》是北朝民歌之绝唱，诗中塑造的替父从军的女英雄形象，兼有女性特点与英雄品格。对父母、对祖国的热爱与献身精神，使这位女英雄形象闪耀着永恒的光辉，至今仍是人们学习的榜样。全诗充分发挥了民歌的特长。设问、比喻、排比、对偶、复叠、象声、悬念等表现手法的突出运用，对于渲染气氛、塑造人物起到了极大的作用。这篇叙事诗在长期流传过程中经过许多人的加工，包括文人的加工，因而在艺术上更趋完美，也留下一些矛盾，如"壮士十年归"与"同行十二年"的时间不一致等等，但都是枝节问题，无损于女英雄的感人形象，无损于全诗的高度艺术成就。

敕勒歌

敕勒川①，阴山下②。天似穹庐③，笼盖四野④。天苍苍，野茫茫，风吹草低见牛羊⑤。

①敕勒：为匈奴族的一部，初号狄历，又名高车、丁零，隋唐时叫铁勒。北齐时居住于朔州（今山西北部和内蒙古交界地区）一带。敕勒川：因敕勒部族居住其地而得名。川：平原。②阴山：起于河套西北，绵亘于今内蒙古南部。③穹(qióng 穷)庐：毡帐、蒙古包。④笼盖：笼罩。⑤见：同"现"，露出、出现之意。

这是敕勒族的民歌,《乐府诗集》收入《杂歌谣辞》,并引录《乐府广题》中关于斛律金唱《敕勒歌》的记载,说明此歌原用鲜卑语,斛律金歌唱时译为齐语,"故其句长短不齐"。

此歌表现辽阔的草原及其独特景色:天,像一个巨大的蒙古包笼盖整个大草原,天地苍茫无际,长风吹过,茂密的、碧绿的、一望无边的牧草随风倾斜,原来淹没于草中的羊群、牛群,这才显露出来,一片雪白,一片金黄。寥寥数语,写景何等传神,意境何等开阔!

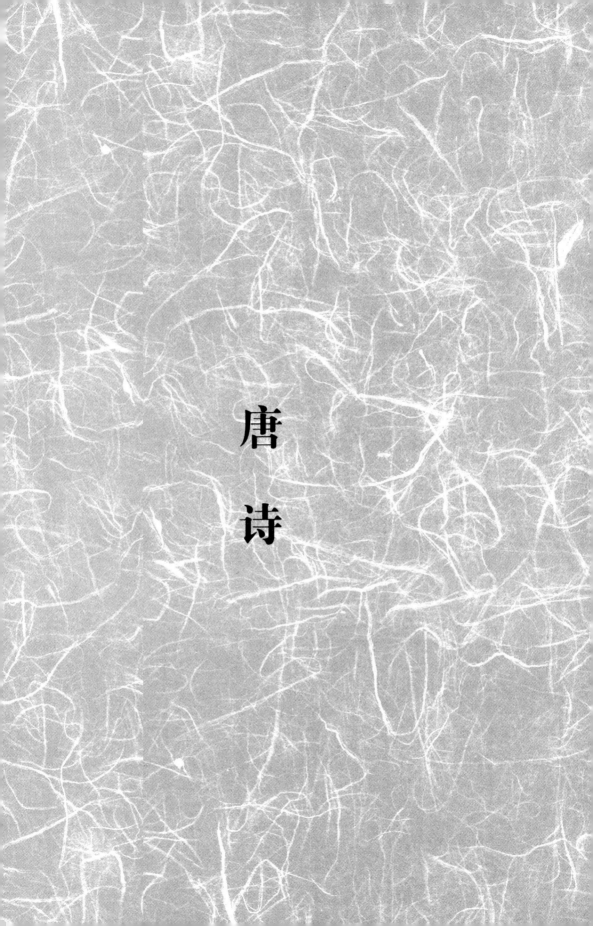

唐

诗

李世民

李世民（599—649），即唐太宗，李渊次子。祖籍陇西成纪（今甘肃秦安），徙居长安（今西安市）。隋末劝其父起兵反隋。唐高祖武德元年（618）为尚书令，进封秦王。九年（626）六月，发动玄武门之变，杀太子建成、齐王元吉，立为太子。八月继位，次年改元贞观。卒于贞观二十三年，谥曰文，庙号太宗。在位期间，推行均田制、租庸调法和府兵制，发展科举制度，励精图治，任贤纳谏，政治修明，国力强盛，社会经济得到恢复和发展，史称"贞观之治"。其开明的文化政策和自己提倡并从事诗歌创作，对唐诗的繁荣有积极影响。《全唐诗》存诗一卷，《帝京篇》、《还陕述怀》、《经破薛举战地》等是其代表作。"雪耻酬百王，除凶报千古"、"昔乘匹马去，今驱万乘来"、"一朝辞此去，四海遂为家"诸句，词气壮伟；"林黄疏叶下，野白曙霜明"、"笑树花分色，啼枝鸟合声"、"出红扶岭日，入翠贮岩烟"诸句，又构思精巧。徐献忠《唐诗品》称其"延揽英贤，流徽四座。其游幸诸作，宫徵铿然，六朝浮靡之习，一变而唐；虽绮丽鲜错，而雅道立矣。其为一代之祖，又何疑焉"。

赐 房 玄 龄①

太液仙舟迥②，西园引上才③。未晓征车度，鸡鸣关早开④。

①房玄龄（579—648）：齐州临淄（今属山东）人。与魏徵、杜如晦等同为唐太宗的重要助手。任宰相十五年，求贤若渴，量才任用，史称贤相。②"太液"句：汉、唐京城都有太液池，像蓬莱仙境，故称池中"舟"为"仙舟"。迥（jiǒng 窘）：远。③西园：指西苑。房玄龄贞观初任中书令，中书省靠近西苑。引：《全唐诗》作"隐"，与下两句不连贯，据《万首唐人绝句》改。④"鸡鸣"句：《史记·孟尝君传》载函谷关鸡鸣开关放行，此句可能用此典；但"关"不限于函谷关。从泛指的、象征的意义上理解，能从更深的层次上把握全诗的意境美。

此诗意在嘉勉房玄龄为国求贤。首句从反面落墨，用一"迥"字，表明房玄龄与"太液仙舟"距离甚远，以见其无暇游乐、无意求仙。次句从正面着笔，点明他正忙于"引上才"。三、四两句，以形象而有象征意味的笔墨写"引上才"的措施和效果。唐京长安居四关之中，如果闭关拒才，谁能进来？而如今呢？雄鸡初唱、关已早开，所以天未破晓，不远千里而来的英雄豪杰已经驱车入关，向长安进发。而贤明的宰相，正在"西园"忙于援引他们呢！四句诗，写得兴会淋漓，其求贤望治之意，溢于言表。

魏 徵

魏徵（580—643），字玄成，馆陶（今属河北）人。唐初著名政治家。少时家贫,好读书。隋末随李密参加瓦岗起义军,失败后降唐。辅佐李渊、李世民,拜谏议大夫,以直言敢谏著名,前后陈谏二百余事。贞观三年(629)任秘书监,主持《隋书》、《群书治要》编撰;《隋书》总序及《梁书》、《陈书》、《齐书》总论,皆出其手,世称良史。官至太子太师,进封郑国公。卒谥文贞。新、旧《唐书》有传。《全唐诗》存诗一卷。

述　怀

　　中原初逐鹿①,投笔事戎轩②。纵横计不就③,慷慨志犹存④。杖策谒天子⑤,驱马出关门⑥。请缨系南越⑦,凭轼下东藩⑧。郁纡陟高岫⑨,出没望平原⑩。古木鸣寒鸟,空山啼夜猿。既伤千里目⑪,还惊九逝魂⑫。岂不惮艰险⑬?深怀国士恩⑭。季布无二诺⑮,侯嬴重一言⑯。人生感意气,功名谁复论⑰。

①中原:指天下。逐鹿:比喻夺取政权。这句指隋末动乱中群雄争夺天下的战争。②投笔:用东汉班超投笔从戎的典故。戎轩:战车,这里指战争。以上两句追叙自己弃文就武的经历。③纵横:合纵连横,可以引申为计谋、策略。不就:不成。这句是说,自己曾向李密献计献策,但不被采纳。④慷慨:指救济天下的不平凡的抱负。⑤策:古代赶马用的棍子。杖策:拿策赶马。谒:拜见。天子:指高祖李渊。这句写自己在戎马之中投归李渊。⑥关:指潼关。出关门:离开长安,出关东行。⑦"请缨"句:武帝时,终军自请安抚南越,临行前对武帝说:"愿请长缨(绳),必羁南越王而致之阙下。"意思是说:只要用一根绳子就能将南越王牵来归顺朝廷。终军果然说服了南越王归汉。⑧轼:车前的横木。凭轼:指乘车出使。下:说服。东藩:东方的属国。这句用西汉郦食其(lì yì jī 丽意基)的典故。汉高祖时,郦食其曾自请出使齐国,说服了齐王田广,齐国终于成为汉朝在东方的属国。以上两句以终军和郦食其自比,表示这次出关定要说服李密的旧部归顺唐朝。⑨郁纡:指山路萦回曲折。陟(zhì 制):登高。岫(xiù 秀):山峰。⑩"出没"句:由于山路高低不平,视线有时受到阻隔,俯视平原也是时出时没。⑪"既伤"句:《楚辞·招魂》:"目极千里兮伤春心。"这句是说,极目千里中原,看到战乱中的荒凉景象,感到痛心。⑫"还惊"句:《楚辞·抽思》:"惟郢路之辽远兮,魂一夕而九逝。"⑬惮:怕。⑭国士恩:以国士相待之恩。国士:一国之内的英杰。魏徵曾说:"主上既以国士见待,安可不以国士报之乎?"(《旧唐书·魏徵传》)⑮季布:楚汉间人,以守信著名。《史记·季布传》引楚谚:"得黄金百斤,不如得季布一诺。"⑯侯嬴:战国魏信陵君的门客。信陵君救赵,侯嬴年老不能随行,自言必杀身以报,果践其言。⑰"人生"二句:言重意气而轻功名。意气:即前面所讲的有诺必践、有恩必报的豪侠气度。

　　诗题一作《出关》,自请出关劝降李密旧部,作此诗以述怀抱。魏徵之诗,多为郊庙乐章及应制之作,唯此篇气势雄浑,风骨遒劲,在初唐诗中独放异彩。徐增《而庵说唐诗》云:"此唐发始一篇古诗,笔力遒劲,词采英毅,领袖一代诗人。"沈德潜《唐诗别裁集》云:"气骨高古,变从前纤靡之习。盛唐风格,发源于此。"叶羲昂《唐诗直解》云:"此已具盛唐之骨,离却陈隋滞靡,想见其人。"

王 绩

王绩(590—644),字无功,号东皋子。绛州龙门(今山西河津)人,大儒王通之弟。隋大业中(605—617),举孝悌廉洁科,授秘书省正字,出为六合丞。简傲嗜酒,屡被勘劾。时天下已乱,遂托病还乡。其后浪迹中原、吴、越间。唐武德五年(622),以前官待诏门下省,特判日给斗酒,时称"斗酒学士"。贞观四年(630),因其兄王凝得罪朝廷大臣,王氏兄弟皆受排抑,遂托疾归里。十一年(637),以家贫赴选,为大乐丞。未两年,又弃官归田,躬耕东皋。其后自撰墓志,忧愤而卒。其诗多写田园山水,淳朴自然,无齐梁藻丽雕琢之习,对唐诗的健康发展有一定影响。杨慎《升庵诗话》卷二云:"王无功隋人入唐,隐节既高,诗律又盛,盖王、杨、卢、骆之滥觞,陈、杜、沈、宋之先鞭也。"

在京思故园见乡人问

旅泊多年岁①,老去不知回。忽逢门前客,道发故乡来。敛眉俱握手②,破涕共衔杯。殷勤访朋旧③,屈曲问童孩④。衰宗多弟侄⑤,若个赏池台? 旧园今在否? 新树也应栽? 柳行疏密布? 茅斋宽窄裁? 经移何处竹? 别种几株梅? 渠当无绝水? 石计总生苔? 院里谁先熟? 林花那后开? 羁心只欲问⑥,为报不须猜。行当驱下泽⑦,去剪故园莱⑧。

①旅泊:滞留他乡。泊:留止。②敛眉:皱眉。③访:询问。④屈曲:委曲周详。⑤衰宗:衰微的宗族,是一种自谦的说法,犹言"寒家"。⑥羁心:羁旅的情怀。⑦下泽:车名,是一种适于沼田行驶的短毂车。⑧莱:即"藜",其嫩叶可食用。

久客京城,思念故园而未能回去,忽然遇见刚从家乡来的乡亲,不禁破涕为笑,握手、衔杯,询问朋旧、孩童们的情况,此乃人之常情。然而连发十余问而不写对方的回答,既表现了急于了解一切的心情,又给读者留有想象、回味的余地,却是一种创格。

王维《杂诗》三首之二云:"君自故乡来,应知故乡事。来日绮窗前,寒梅著花未?"这当然是一首好诗。但有人认为王维此诗只发一问,以少总多,余味无穷,而王绩连发十余问,反而味短,却是不够全面的。王维诗是一首五绝,应该而且适于表现悠扬不尽之致,王绩诗则是一首长达二十多句的五古,其风格上的特点自与五绝不同;而且,王绩之所以写了二十多句,不是由于不善剪裁,而是由于的确有许多话要说、要问,其特点和优点不在于"不尽",而在于

"尽"。而只写问、不写答,让读者去想象,"尽"中又含"不尽"。最后四句,"羁心只欲问,为报不须猜",真切地展示了连发十余问的心理根据;"行当驱下泽,去剪故园莱"则表明他急于了解故园近况,乃是由于厌居京城,渴望回到故乡。读诗至此,如果熟读过陶渊明的《归去来辞》,那么,"田园将芜,胡不归""悟已往之不谏,知来者之可追"等句,必将脱口而出,从而想到更多的东西。应该说,这首五古和王维的那首五绝,各有创造性,都是佳作。

野 望

东皋薄暮望①,徙倚欲何依②!树树皆秋色,山山唯落晖。牧人驱犊返,猎马带禽归。相顾无相识,长歌怀采薇③。

①东皋:皋,水边地。王绩称他在故乡的躬耕、游息之地为东皋。薄暮:日将落之时。②徙倚:犹"徘徊"、"彷徨"。③"长歌"句:薇,羊齿类草本植物,其嫩叶可食。或以为此句诗意,乃作者联想到《诗经》中有关"采薇"的片段,长歌以抒苦闷。或以为此句诗意,即长歌《采薇歌》,怀念伯夷、叔齐。从作者心态和全诗脉络看,前解较切。

望山野秋景而生感慨,情景交融,清新淡远,是王绩的代表作,"为世传诵"(《四库全书总目》)。

首联叙事兼抒情,总摄以下六句。首句给中间两联的"望"中"野"景投入薄薄的暮色;次句遥呼尾句,使全诗笼罩着淡淡的哀愁。颔联写薄暮中的秋野静景,互文见义,山山,树树,一片秋色,一抹落晖,触发诗人彷徨无依之感。颈联写秋野动景,于山山、树树、秋色、落晖的背景上展现"牧人驱犊返,猎马带禽归"的画面。用"返"、用"归",其由远而近,向村庄走来的动态跃然纸上。这些牧人、猎人,如果是老相识,与他们"言笑无厌时"(陶潜《移居》),该多好!可是并非如此,这就引出尾联:"相顾无相识",只能长歌以抒苦闷。王绩追慕陶潜,但他并不像陶潜那样能够从田园生活中得到慰藉,故其田园诗时露彷徨、怅惘之情。

此诗一洗南朝雕饰华靡之习,却发展了南齐永明以来逐渐律化的新形式,已经是一首比较成熟的五律。沈德潜云:"五言律前此失严者多,应以此首为首。"(《唐诗别裁集》卷九)

王 勃

王勃(650—675),字子安,绛州龙门(今山西河津)人。隋末大儒王通之孙。早慧好学,高宗麟德三年(666)应幽素科举,对策高第,拜朝散郎。后为沛王府侍读,时诸王斗鸡,因戏作《檄英王鸡文》,为高宗所恶,被逐出府。总章二年(669)漫游蜀中,诗文大进。后为虢州参军,恃才傲物,为同僚所嫉。咸亨五年(674),因匿杀官奴曹达犯死罪,遇赦免职。其父王福畤官雍州司户参军,受株连贬为交趾令。上元二年(675)赴交趾省亲,经南昌时作《滕王阁序》。自交趾归,渡海溺水,惊悸而卒。善属文,杨炯称其"壮而不虚,刚而能润"(《王勃集序》)。尤擅诗歌,胡应麟称其"兴象婉然,气骨苍然,实首启盛、中妙境"(《诗薮》)。与杨炯、卢照邻、骆宾王齐名,被称为"初唐四杰"。其五律、五绝及七言歌行,在"四杰"中最为杰出,对五律的建设和歌行的提高尤有贡献。有《王子安集》,《全唐诗》存诗二卷。《旧唐书》卷一九〇、《新唐书》卷二〇一均有传。

送杜少府之任蜀川①

城阙辅三秦②,风烟望五津③。与君离别意,同是宦游人。海内存知己,天涯若比邻。无为在歧路④,儿女共沾巾。

①杜少府:名不详,少府,是当时对县尉的通称。之任:赴任。蜀川:犹言"蜀地"。②城阙:指长安的城郭宫阙。三秦:项羽分秦地为雍、塞、翟三国,合称三秦。此泛指关中一带。全句意为长安以三秦为辅。③五津:蜀中岷江的五个渡口,即白华津、万里津、江首津、涉头津、江南津。此泛指蜀川。④歧路:分路。古代送行,至分路处告别。

这是一首别开生面的送行诗。首联上句写送行之地,下句写被送者即将远去之处。自长安"城阙"遥望"蜀川"五津,视线为"风烟"所遮,已露伤别之意,摄下文"离别"、"天涯"之魂。"与君离别意"紧承首联,写惜别之情,妙在欲吐还吞。"离别意"究竟如何,不正面明说,而改口用"同是宦游人"宽慰和鼓励对方:你和我既然同是出门做官、想干一番事业的人,那就免不了各奔前程,哪能没有分别呢?三联推开一步,奇峰突起。从构思方面说,很可能受了曹植《赠白马王彪》"丈夫志四海,万里犹比邻。恩爱苟不亏,在远分日亲"的启发;但高度概括,自铸伟词,情调又积极乐观,能给人以鼓舞力量,故千百年来传诵不衰。张九龄《送韦城李少府》中的"相知无远近,万里尚为邻",高适《别董大》中的"莫愁前路无知己,天下谁人不识君",都从此脱胎。

全诗一洗向来送行诗的悲凉情境,风格爽朗,意象雄阔,为此后创作送人赴任、从军、出使等等的诗开拓了新领域。

早春野望

江旷春潮白,山长晓岫青①。他乡临睨极②,花柳映边亭。

①晓岫(xiù 秀):天刚亮时候的山。②临睨(nì 逆)极:望到视力所能达到的最远的

地方。

　　此诗当作于高宗乾封年间(666—667)客居巴蜀时。早春野望,触景而生怀旧之情,妙在只写景而情寓景中,耐人寻味。黄叔灿《唐诗笺注》云:"上二句是景,下二句是景中情。'花柳'三春,故园心动,却着'边亭'二字,连上二句,有不堪临睨之悲。二十字中,极炉锤之妙。"说此诗'极炉锤之妙',当然不错;但说"上二句是景",却不确切。上二句是景,却是诗人"野望"所见,"旷"字、"长"字,已带抒情色彩。其炉锤之妙在于先写望中景,然后才点明"望"("睨")的立足点乃"他乡"的"边亭"。"边亭"已映"花柳",故乡自然春色渐浓,可是还滞留"他乡",无法回去!屈原《离骚》云:"陟升皇之赫戏兮,忽临睨夫旧乡!""临睨",俯瞰也。王勃此诗第三句,即用屈原望故乡之意。临"边亭"而遥望故乡,只见"潮白"、"岫青"、"江旷"、"山长",望到"极"处,也还不是故乡的山水啊!句句是景,句句是情。

山　中

长江悲已滞,万里念将归。况复高风晚①,山山黄叶飞。

　　①况复:一作"况属"。况:何况。复:又。属:遇到。高风:实指秋风。张协《七命》:"高风送秋。"

　　因行踪留滞于长江之侧而感到"悲";渴望归去,而归途有"万里"之遥,更感到"悲"。接着用"况复"逼进一层,不言"悲"情,只写"悲"景:秋风萧瑟,山山黄叶乱飞。客子睹此秋景,何以为怀!题为"山中",当是目睹"山山黄叶飞"而动思乡之情,却写得何等曲折。黄叔灿《唐诗笺注》云:"上二句悲路遥,下二句伤时晚。分两层写,更觉萦纡,黯然魂断。"其实不仅两层,而是三层。伤滞、念归、悲秋,既层层逼进,又融合无间,故行文纡曲而蕴含深广。

骆宾王

　　骆宾王(627?—684?),字观光,婺州义乌(今属浙江)人。七岁能诗。高宗显庆(656—661)时供职道王府。其后闲居齐鲁多年,入京对策中试,授奉礼郎。因事被谪,从军西域,调赴姚州平叛。奉使入蜀,与卢照邻酬唱。返京历任武功、长安主簿,迁侍御史。因上书论朝政触怒武后,谪临海丞。光宅元年(684),徐敬业起兵讨武则天,军中书檄,皆出其手。兵败被杀(一说逃亡后落发为僧)。善骈文,其《为徐敬业讨武曌檄》,历代传诵。其诗长于歌行,"《畴昔》、《帝京》二作,不独富丽华藻、极掞天下之才,而开合曲折,尽神工之致。

莫言中、晚,即盛唐罕有与敌"(周敬、周珽《唐诗选脉会通评林》)。五律亦有佳作。《全唐诗》存其诗三卷,诗集以清咸丰间陈熙晋《骆临海集笺注》最通行。其生平事迹见新、旧《唐书》本传。

在 狱 咏 蝉

西陆蝉声唱①,南冠客思侵②。那堪玄鬓影③,来对白头吟④。露重飞难进,风多响易沉⑤。无人信高洁,谁为表余心⑥!

①西陆:《隋书·天文志》:"日循黄道东行,一日一夜行一度,三百六十五日有奇而周天。行东陆谓之春,行南陆谓之夏,行西陆谓之秋,行北陆谓之冬。"故以"西陆"指秋季。②南冠:指囚徒。《左传·成公九年》:"晋侯观于军府,见钟仪,问之曰:'南冠而系者谁也?'有司对曰:'郑人所献楚囚也。'"后遂以"南冠"为囚徒的代称。③玄鬓:古代妇女把两鬓发型梳得像蝉翼,叫"蝉鬓"。玄:黑色。这里反过来以"玄鬓"指蝉翼,以部分代整体,实指蝉。④白头吟:乐府《相和歌》有《白头吟》,曲调哀怨。但这里的"白头"乃作者自指,"吟"则指蝉的哀鸣。"那堪"两句是流水对,一气贯串,大意是:我这个坐牢的"白头"人,哪能禁受这寒蝉对我哀鸣呢?⑤"露重"两句:写秋蝉因露水太重而难飞进,因秋风凄紧而鸣声低沉,用以比喻自己身陷牢狱,有冤难伸。⑥"无人"两句:蝉栖高树,吸风饮露,可谓"高洁",可是无人相信它高洁啊!由此联想到自己也很高洁,可是又有谁相信我高洁,替我鸣冤雪谤呢?

高宗仪凤三年(678),作者因上疏论朝政触怒武后,被诬以贪赃罪下御史台狱,于狱中作此诗。诗前有长序云:"……秋蝉疏引,发声幽息……声以动容,德以象贤。故洁其身也,禀君子达人之高行;蜕其皮也,有仙都羽化之灵姿;候时而来,顺阴阳之数;应节而变,审藏用之机;有目斯开,不以道昏而昧其视;有翼自薄,不以俗厚而易其真。吟乔树之微风,韵资天纵;饮高秋之坠露,清畏人知……"说明这首咏蝉诗意在因蝉寄慨,自写遭遇及怀抱。前四句叙狱中对蝉,后四句以蝉喻己,贴切自然,是咏物诗的上乘。

易 水 送 人①

此地别燕丹②,壮士发冲冠。昔时人已没,今日水犹寒③。

①易水:在今河北省西部,源出易县。②此地:指易水。③"昔时"两句:从陶潜《咏荆轲》"其人虽已没,千载有馀情"化出,而不用"有馀情"之类的抽象陈述,却以"水犹寒"兼摄今昔,展示视觉、触觉、听觉形象,涵盖深广,余味无穷。

作者因临易水而想到荆轲于此地别燕丹的往事,作此诗。《史记·刺客列传》载:战国时,燕太子丹派遣荆轲刺秦王,荆轲出发,"太子及宾客知其事者,皆白衣冠以送之。至易水之上,既祖(钱别),取道,高渐离击筑,荆轲和而歌,为变徵之声,士皆垂泪涕泣。又前而为歌曰:'风萧萧兮易水寒,壮士一去兮不复还!'复为羽声慷慨,士皆瞋目,发尽上指冠。于是荆轲就车而去"。此诗前两句撮述其事,而以"此地"领起,无限凭吊之意见于言外。后两句从"风萧萧兮易水寒"翻出,以"昔时人已没"反衬"今日水犹寒",既表现人虽已没,而英风侠气至今凛然,又表现"壮士一去不还",易水寒声,至今犹呜咽不已。寥寥二十字,吊古伤今,苍凉悲壮。

在军登城楼

城上风威冷,江中水气寒[1]。戎衣何日定[2],歌舞入长安。

[1]江:指长江。扬州南距长江不远。[2]"戎衣"句:《尚书·武成》:"一戎衣,天下大定。"是说武王一穿上戎衣,便灭掉纣王而使天下大定。"戎衣"句由此化出,大意是:我如今已穿戎衣,可是何时才能像武王灭纣那样灭掉武则天,使天下大定呢?

徐敬业于光宅元年(684)九月在扬州起兵讨武则天,先胜后败,至十一月被镇压。骆宾王在徐敬业军中任艺文令,此诗当作于初起兵登扬州城楼之时。前两句写登城感受,后两句展望未来。吴烶《唐诗直解》云:"徐敬业起兵,正秋风肃杀,故曰'风威冷';冬日水面有气,故曰'水气寒'。'戎衣定'、'入长安','歌舞'以庆太平也。"黄叔灿《唐诗笺注》:"只着'歌舞'句,而在军之苦俱从反面托出矣,五字是何等气魄!"

卢照邻

卢照邻(634?—686?),字升之,号幽忧子,幽州范阳(今河北涿县)人。十余岁即博学善文,二十岁时为邓王府典签,总揽书记,颇受爱重。龙朔中,调益州新都尉。秩满,流连蜀中,放旷诗酒,与王勃酬唱。后离蜀入洛阳,咸亨三年(672)染风疾。入长安,从孙思邈问医道。上元二年(675)前后,入太白山,服药中毒,遂得痼疾。永隆二年(681),转洛阳东龙门山学道服饵,与朝士名流书信往来,乞服用、药饵之资。垂拱元年(685),移居阳翟具茨山下,预为墓。终因不堪病痛折磨,自投颍水而死。工骈文、诗歌,为"初唐四杰"之一。其诗歌题材,"从宫廷走到市井"(闻一多《唐诗杂论·四杰》),扩大了创作视野。擅长歌行,与骆宾王等引进六朝辞赋的表现手法,四句或八句换韵,上下蝉联,对偶工丽,音调和谐,词采富艳,于排比铺张中见婉转流动之致,《长安古意》即其代表作。七绝亦有佳作,为李、杜所宗。有《卢照邻集》,《旧唐书》卷一九〇、《新唐书》卷二〇一有传。

长安古意①

长安大道连狭斜②，青牛白马七香车③。玉辇纵横过主第④，金鞭络绎向侯家。龙衔宝盖承朝日⑤，凤吐流苏带晚霞⑥。百丈游丝争绕树⑦，一群娇鸟共啼花。游蜂戏蝶千门侧，碧树银台万种色。复道交窗作合欢⑧，双阙连甍垂凤翼⑨。梁家画阁中天起⑩，汉帝金茎云外直⑪。楼前相望不相知，陌上相逢讵相识⑫？借问吹箫向紫烟⑬，曾经学舞度芳年。得成比目何辞死⑭，愿作鸳鸯不羡仙。比目鸳鸯真可羡，双去双来君不见？生憎帐额绣孤鸾⑮，好取门帘贴双燕。双燕双飞绕画梁，罗帏翠被郁金香⑯。片片行云着蝉鬓⑰，纤纤初月上鸦黄⑱。鸦黄粉白车中出，含娇含态情非一。妖童宝马铁连钱⑲，娼妇盘龙金屈膝⑳。御史府中乌夜啼㉑，廷尉门前雀欲栖㉒。隐隐朱城临玉道，遥遥翠幰没金堤㉓。挟弹飞鹰杜陵北㉔，探丸借客渭桥西㉕。俱邀侠客芙蓉剑㉖，共宿娼家桃李蹊㉗。娼家日暮紫罗裙，清歌一啭口氛氲㉘。北堂夜夜人如月㉙，南陌朝朝骑似云。南陌北堂连北里㉚，五剧三条控三市㉛。弱柳青槐拂地垂，佳气红尘暗天起。汉代金吾千骑来㉜，翡翠屠苏鹦鹉杯㉝。罗襦宝带为君解㉞，燕歌赵舞为君开。别有豪华称将相，转日回天不相让㉟。意气由来排灌夫㊱，专权判不容萧相㊲。专权意气本豪雄，青虬紫燕坐春风㊳。自言歌舞长千载，自谓骄奢凌五公㊴。节物风光不相待，桑田碧海须臾改㊵。昔时金阶白玉堂，即今惟见青松在。寂寂寥寥扬子居㊶，年年岁岁一床书。独有南山桂花发㊷，飞来飞去袭人裾㊸。

①古意：谓拟古、仿古，但实际是托古咏今。②狭斜：小巷。③七香车：用多种香木制成的车。④玉辇：皇帝乘车名，这里泛指贵人所乘的车。主第：公主家。皇帝赐的宅有甲乙等第之分，故称宅为"第"。⑤龙衔宝盖：车上装的华贵的伞盖，用雕有龙形的柱子支撑着，好像口衔着伞盖。⑥凤吐流苏：车盖上装饰的立凤，嘴端挂着流苏。流苏，一种彩色的球状物，底部缀有下垂的丝缕。⑦游丝：虫类吐在空中飘扬的丝。⑧复道：架在空际用以连接楼阁的通道。交窗：花格子窗。合欢：又叫夜合花、马缨花，这里指的是窗格子上的图案花形。⑨阙：宫门前的望楼。汉未央宫前有东阙、北阙双阙。甍（méng 萌）：屋脊。垂凤翼：双阙上有双铜凤，故亦称双阙为"双凤阙"。⑩梁家：东汉顺帝时，外戚梁冀在洛阳大造第宅，豪华绝伦。这里借指长安达官贵人所起的宅第。中天：极言其高。⑪金茎：铜柱。汉武帝刘彻在建章宫中立铜柱，上置铜盘，名仙人掌，以承天露。云外直：形容铜柱高。⑫讵：岂。⑬吹箫：传说春秋时秦穆公有女弄玉，嫁善吹箫的萧史学吹箫，后夫妻乘凤凰双双仙去。紫烟：云。向紫烟：指飞升。⑭比目：鱼名。《尔雅·释地》："东方有比目鱼焉，不比不行，其名谓之鲽。"⑮生憎：最厌恶。帐额：帐檐。鸾：传说中凤一类的神鸟。⑯翠被：用翠鸟羽毛织成的被。郁金香：传说出自大秦国（即古罗马帝国），我国今已广为种植，为香料作物。"罗帏"句：谓以郁

金香薰帐子和被褥。⑰行云:形容女子鬓发飞动,有如缥缈的云片。蝉鬓:将鬓发梳得形似蝉翼。⑱纤纤初月:即涂作窄窄的月牙形。鸦黄:嫩黄色,又名额黄。六朝和唐代妇女喜在额上涂鸦黄色,以为装饰。⑲妖童:指豪强人家蓄的衣着华丽的少年随从。铁连钱:有圆斑的青色马。⑳娼妇:指豪贵人家蓄的歌舞妓。盘龙金屈膝:饰有盘龙纹的金属阖叶,用于车门接着处的零件。此处以部分代整体,指车。㉑"御史"句:指长安权贵横行,执法机关不敢干预,虚设御史府,只是乌鸦栖息的地方。御史:掌弹劾的官。乌夜啼:《汉书·朱博传》:"(御史)府中列柏树,常有野乌数千栖宿其上,晨去暮来,号曰'朝夕乌'。"㉒"廷尉"句:与上面"御史"句对仗而意思亦同,也是形容执法机关无法履行职责,门前冷落的景象。廷尉:司法官。雀欲栖:《史记·汲黯列传》:"始翟公为廷尉,宾客盈门,及废,门外可设雀罗。"㉓翠幰:车上青色的帷幔。金堤:坚固的堤。㉔杜陵:汉宣帝陵墓,在长安东南。㉕探丸:汉时长安少年有一种专门谋杀官吏的组织,事前设赤、白、黑三种丸,参加者探取,摸得赤丸的杀武官,摸得黑丸的杀文官,摸得白丸的负责为刺杀中死去的人料理丧事。借客:助人报仇。渭桥:在今西安西北渭河上。㉖芙蓉剑:宝剑名。春秋时,越王允常请欧冶子所铸。㉗桃李蹊:《史记·李将军列传》:"桃李不言,下自成蹊。"此指人多去的热闹场所。蹊,小路。㉘氤氲(yūn 晕):香气四溢。㉙北堂:古代妇女居住的地方。此处指娼家住的地方。人如月:指娼家貌美。㉚北里:即平康里,亦称平康坊,唐时妓女聚居的地方。㉛五剧:多条道路交错。三条:三面相通的道路。控:贯通。三市:每天三次集市。一说长安有九市,道东有三市。按,这里"五剧"、"三条"、"三市"为袭用成语,泛指北里附近有市场和许多纵横交错的街道。㉜金吾:即执金吾,掌管京师的治安。㉝翡翠:这里指酒泛绿色。屠苏:美酒名。鹦鹉杯:用鹦鹉螺制成的杯。㉞襦:短袄。㉟转日回天:形容权力之大。㊱排:不相让。灌夫:汉武帝时的将军,好使酒负气,后被丞相田蚡杀害。㊲判:绝对。萧相:指萧望之,在宣帝、元帝朝皆为显宦,后为石显等所陷害,入狱,自杀。㊳青虬、紫燕:皆良马名。坐春风:在春风中驰骋。㊴凌:压倒、超过。五公:指汉代张汤、杜周、萧望之、冯奉世、史丹五个权贵。㊵桑田:《神仙传》卷五:"麻姑谓王方平曰:接待以来,见东海三为桑田。"㊶扬子:指汉代扬雄,因仕宦不得意,闭门著《太玄》《法言》。人很少去他家。这里作者以扬雄自比。㊷南山:终南山,在长安南。㊸袭人裾:飘到人的衣前襟上。

　　以"长安古意"为题,借汉都长安人物写唐都长安现实,极富批判精神。

　　自开篇至"娼妇盘龙金屈膝",铺写统治集团上层人物寻欢作乐、穷奢极欲的生活情景。从"别有豪华称将相"至"即今惟见青松在",写权臣倾轧,得意者横行一时,有"转日回天"之力,自以为荣华永在,但不久即灰飞烟灭。在长安还有与上述人物不同的另一类人物,那便是失意的知识分子。作者本人,正是这类人物的代表,于是以穷居著书的扬雄自况,结束全篇。

　　全诗长达六十八句,以多姿多彩的笔触勾勒出京城长安的全貌。抑扬起伏,悉谐宫商;开合转换,咸中肯綮。既体现了大唐帝国的繁荣昌盛,又暴露了长安这座繁华都市肌体中的脓疮。在同类题材的作品中,不仅左思的《咏史(济济京城内)》、唐太宗的《帝京篇》无法比拟,就是骆宾王的《帝京篇》和王勃的《临高台》,在思想性和艺术性上也略逊一筹。可说是初唐划时代的力作。胡应麟极口称赞:"七言长体,极于此矣!"(《诗薮》内编卷三)贺裳也倍加赞美:"卢之音节颇类于杨,《长安古意》一篇,则杨所无。写豪狞之态,如'意气由来排灌夫',尚不足奇;'专权判不容萧相',虽萧无此事,俨然如见霍氏凌蔑车千秋、赵广汉突入丞相府召其夫人跪庭下。至摹写游冶,'北堂夜夜人如月,南陌朝朝骑似云',亦为酷肖。自寄托曰:'寂寂寥寥扬子居,年年岁岁一床书。独有南山桂花发,飞来飞去袭人裾。'不惟视《帝京篇》结语蕴藉,即高达夫'有才不肯学干谒',亦逊其温柔敦厚矣。"(《载酒园诗话》又编)

曲池荷

浮香绕曲岸①,圆影覆华池②。常恐秋风早,飘零君不知。

①浮香:指飘浮在池上的荷花香。曲岸:即唐京长安著名的风景区曲江池岸。②圆影:指映于池面的荷叶影子。

此诗写曲江池中的荷花,分明有寓意。其寓意何在,历来有不同理解。一是感叹自我:如吴昌祺《删订唐诗解》云:"照邻当武后时不见用,故以荷之芳洁比己之才美,又恐早落而不为人知也。"吴烶《唐诗直解》云:"'香'在水上曰'浮','影'照水下曰'覆'。秋风起则莲坠粉红,随风飘流矣。此喻己之美才如荷之芳香清洁,秋风零落,恐武后不用正人而为所废弃。"二是讽喻别人:如俞陛云《诗境浅说续编》云:"借落花以书感,人所恒有;此独咏曲江花者,以曲江地邻禁苑,为冠盖荟萃之地,当有朝贵恋青紫功名、不知早退者,此诗特讽喻之,勿待素秋肃杀而始叹飘零。明哲保身之义,非泛咏落花也。"这两种理解都从作品本身出发,各有根据,可以并存。凡通过物象描绘寄寓主观情志的诗大都有含蓄美和多义性,这首诗便可作为例证。

杨 炯

杨炯(650—693?),华州华阴(今属陕西)人,排行七。十岁举神童,待制弘文馆。上元三年(676),应制举登科,授校书郎。永淳元年(682)任太子李显詹事司直,充崇文馆学士。垂拱元年(685),出为梓州司法参军。天授元年(690)与宋之问同直习艺馆,后为婺州盈川令,世称杨盈川。长寿二年(693)以后,卒于任所。《旧唐书》本传云:"炯与王勃、卢照邻、骆宾王以文词齐名海内,称为'王、杨、卢、骆',亦号为'四杰'。炯闻之,谓人曰:'吾愧在卢前,耻居王后',当时议者亦以为然。"张逊业《唐八家诗·杨炯集序》云:"(炯)五言律工致而得明淡之旨,沈、宋肩偕。开元诸人去其纤丽,盖启之也。"胡应麟《诗薮》内编卷四云:"盈川近体,虽神俊输王,而整肃雄浑,究其体裁,实为正始。"从现在所存作品看,他长于五律,颇多对仗工稳的佳联。其总体成就,实逊于王勃、卢照邻。原有文集三〇卷,已佚。明人童珮辑有《盈川集》一〇卷,附录一卷,有中华书局校点本。《旧唐书》卷一九〇有传,闻一多有《杨炯年谱》。

从军行①

烽火照西京②,心中自不平。牙璋辞凤阙③,铁骑绕龙城④。雪暗凋旗画⑤,风多杂鼓声。宁为百夫长⑥,胜作一书生。

①从军行:乐府《相和歌·平调曲》旧题。②"烽火"句:化用《汉书·匈奴传》"烽之通于甘泉、长安数月"语意。西京:指长安。③牙璋:调兵的符信,分两块,合处凸凹相连,叫做"牙",分别掌握在朝廷和主将手中,调兵时以此为凭。凤阙:指长安宫阙。《史记·封禅书》:"建章宫其东则凤阙,高二十馀丈。"④龙城:匈奴的名城,借指敌方地区。⑤凋:此处意为"使脱色"。旗画:军旗上的彩画。⑥百夫长:指下级军官。

初唐四杰的从军、出塞之诗,表现知识分子立功边陲的壮志豪情,慷慨雄壮,令人振奋,对盛唐边塞诗的高度繁荣与成熟有积极影响。杨炯的这首《从军行》是代表作之一。据《旧唐书·高宗纪》:永隆二年(681)突厥入侵固原、庆阳一带,裴行俭奉命出征。杨炯此诗当作于此时。以"烽火照西京"开头,起势警竦,自然引出"心中自不平",其"从军"保卫祖国的渴望已跃然纸上。第二联写从军,"牙璋"才"辞凤阙","铁骑"已"绕龙城",词采壮丽,对偶精整,又一气直贯,声势逼人。三联反跌尾联:尽管风雪苦寒,战斗激烈,仍然"宁为百夫长",为保卫祖国效力。首尾呼应,完美地表现了"从军"主题。贺裳《载酒园诗话又编》谓:"'宁为百夫长,胜作一书生',是愤语,激而能壮。"这是从另一角度领会的,也是诗的内涵之一。

苏味道

苏味道(648—705),赵州栾城(今属河北)人。九岁能文,弱冠登进士第,累转咸阳尉。裴行俭征突厥,奏为掌书记。历任吏部员外郎、考功郎中。延载元年(694),以凤阁舍人、检校侍郎、同凤阁鸾台平章事,寻加正授。翌年贬为集州刺史,又召为天官侍郎。圣历元年(698),复以凤阁侍郎同凤阁鸾台三品。长安四年(704),贬坊州刺史,进益州长史。神龙(705—707)初,以阿附张易之贬郿州刺史,卒于贬所。前后两度为相,苟合取容,处事圆滑,人称"苏模棱"。与同乡李峤以文辞出名,合称"苏李"。又与李峤、崔融、杜审言合称"文章四友"。多应制之作,用事典雅,后遂成"馆阁体"。《新唐书·艺文志》著录其文集十五卷,已佚,《全唐诗》存诗一卷,《旧唐书》卷九四有传。

正月十五夜①

火树银花合②,星桥铁锁开③。暗尘随马去,明月逐人来。游伎皆秾李④,行歌尽落梅⑤。金吾不禁夜,玉漏莫相催⑥。

①正月十五:古称"上元",即后来的元宵。②火树银花:形容灯火、焰火的绚丽。合:连成一片。③"星桥"句:城河桥上,灯如繁星,关锁尽开,任人通行。④游伎:参加灯会演出的歌女。⑤落梅:《梅花落》歌曲。⑥金吾:即执金吾,官名,掌管京城治安。玉漏:古代计时仪器。"玉漏莫相催",是切盼计时器失灵,天不再亮,好玩个痛快。"金吾"二句:京城中常年宵禁,只有正月十五夜特许狂欢达旦,所以只怕玉漏报晓。

唐人写节令、民俗的诗很多,这是其中的名作之一。刘肃《大唐新语·文章》云:"神龙之际,京城正月望日盛饰灯影之会,金吾弛禁,特许夜行。贵族戚属及下隶工贾,无不夜游。车马骈阗,络绎不绝,人不得顾。王主之家,马上作乐,以相夸竞。文士皆赋诗一章以纪其事,作者数百人,惟中书侍郎苏味道、吏部员外郭利贞、殿中侍御史崔液三人为绝唱。"郭利贞诗云:

> 九陌连灯影,千门遍月华。倾城出宝马,匝路转香车。烂熳惟愁晓,周游不问家。更逢清管发,处处落梅花。

崔液诗云:

> 玉漏铜壶且莫催,铁关金锁彻明开。谁家见月能闲坐?何处闻灯不看来?

这三首咏唐京长安元宵节的诗,尽管同被称为绝唱,但互相比较,自以苏味道的一首为优。首联写灯火盛况如在目前;次联写游人潮涌,灯月相辉;三联写灯会演出,歌女如花,歌声婉转;尾联与"打杀长鸣鸡"异曲同工。全诗律对精切,风调清新,是初唐比较成熟的五律。宋育仁《三唐诗品》称"火树银花,时留俊赏",是符合实际的。

沈佺期

沈佺期(656—715),字云卿,排行三,相州内黄(今属河南)人。高宗上元二年(675)进士及第,任协律郎。圣历(698—700)中,参修《三教珠英》。大足元年(701)《三教珠英》修成,迁考功员外郎。长安二年(702)迁给事中。四年(704),因受贿入狱,不久获释。神龙元年(705),因谄附张易之,流放驩州,历两年遇赦北返。迁台州录事参军。景龙(707—710)中,以起居郎兼修文馆直学士,历中书舍人,终太子詹事,世称沈詹事。与宋之问齐名,合称"沈宋",对五律的定型和七律的创建多有贡献。刘𫫇《隋唐嘉话》卷下云:"沈佺期以工诗著名,燕公张说尝谓之曰:'沈三兄诗,直须还他第一。'"其在当时诗名之重,于此可见。其诗初多奉和应制之作,南贬以后,题材扩大,情感真切,诗风一变,下启张说,开盛唐先声。原有集十卷,久佚。明人王廷相辑为《沈詹事诗集》七卷,《全唐诗》存诗三卷。《新唐书》有传。

独 不 见[①]

卢家少妇郁金堂[②],海燕双栖玳瑁梁[③]。九月寒砧催木叶[④],十年征戍忆辽阳[⑤]。白狼河北音书断[⑥],丹凤城南秋夜长[⑦]。谁谓含愁独不见,更教明月照流黄[⑧]。

①独不见:《才调集》题作《古意呈乔补阙知之》。②"卢家"句:梁武帝萧衍《河中之水歌》:"河中之水向东流,洛阳女儿名莫愁。……十五嫁为卢家妇,十六生儿字阿侯。卢家兰室桂为梁,中有郁金苏合香。"首句语意本此。郁金:芳香植物。郁金堂:指以郁金香涂壁的堂屋。③玳瑁梁:指以玳瑁(水产动物,其甲光滑有文彩)装饰的屋梁。④砧(zhēn 真):捣衣用的工具。⑤辽阳:今辽宁省一带。⑥白狼河:又名大凌河,在今辽宁省南部。⑦丹凤城:指长安帝城。因其中有凤阙,又有丹凤门,故名。⑧流黄:黄紫色的绢,此指帷帐。

《独不见》为乐府旧题,属《杂曲歌辞》。诗题一作《古意呈乔补阙知之》。乔知之于武则天万岁通天元年(696)以左补阙随武攸宜北征契丹,次年得胜回朝,因爱妾碧玉事为武承嗣所杀。此诗当是乔知之出征之时,作者以碧玉口吻代赠之作,与骆宾王《代王灵妃赠道士李荣》相类。生动地表现了少妇思念征夫的典型情绪,在客观上具有普遍意义。

此诗起、结警挺,中间两联对仗工丽,通篇色彩鲜妍,气势飞动,情景交融,声韵和谐,是七律初创阶段出现的最佳作品,有示范意义。胡应麟认为它是"初唐七律之冠"(《诗薮》内篇),何景明、薛蕙均推为唐人七律第一(杨慎《升庵诗话》卷一),沈德潜称它"骨高,气高,情韵俱高"(《说诗晬语》),姚姬传甚至认为它"高振唐音,远包古韵,此是神到之作,当取冠一朝矣"(《五七言今体诗钞》)。

杂 诗

闻道黄龙戍[①],频年不解兵[②]。可怜闺里月,长在汉家营[③]。少妇今春意,良人昨夜情[④]。谁能将旗鼓[⑤],一为取龙城[⑥]。

①黄龙:即黄龙冈,在今辽宁省开原县西北。戍:防守,这里指驻兵防守的要地。②频年:连年。解兵:罢兵。③"可怜"两句,是流水对,一气贯串,意谓天空的明月,本来应该照耀

夫妻同在闺中过团圆美满的爱情生活，可是它却长照军营中的丈夫，夫妻只能两地望月，互相思念，多么可怜！④"少妇"两句：互文见意，意谓夫妻不论是"今春"还是"昨夜"，一年四季，日日夜夜，都在互相思念。良人：古代妻子对丈夫的尊称。⑤将旗鼓：挥旗击鼓。将，动词，相当于"持"、"拿"。⑥一为：一举。龙城：原址在今蒙古人民共和国，本是匈奴祭天处，这里泛指敌方地区。

　　"杂诗"是汉魏以来诗人们常用的诗题，一般一题多首甚至数十首（如杜甫《秦州杂诗二十首》），属于"组诗"性质，但各首之间并无必然的联系，与表现同一主题的"连章诗"（如《秋兴》八首）不同，因为它"杂"。

　　沈佺期的这一首写闺中少妇与征夫彼此相思之苦而寄希望于消除边患、共享和平生活。情思凄婉，一气转折，是历代传诵的五律名篇。

杜审言

　　杜审言（645？—708），字必简，原籍襄阳（今属湖北），从祖父起，迁居巩县（今属河南）。咸亨元年（670）登进士第，历任隰城尉、洛阳丞。武周圣历元年（698），贬为吉州司户参军。因与州僚不和，被诬陷下狱，将被杀。其子杜并年十八，刺杀仇家，被杀。武后闻之，甚叹异，召见审言，授著作佐郎，继迁膳部员外郎。神龙元年（705），因谄附张易之兄弟，被中宗流放峰州。不久召还，为国子监主簿、修文馆直学士。其生平事迹，见《旧唐书》卷一九〇、《新唐书》卷二〇一及《唐才子传》卷一。青年时代与崔融、李峤、苏味道齐名，时称"文章四友"。晚年与沈佺期、宋之问唱和，对近体诗的形成颇有贡献。胡应麟《诗薮》内编卷四云："初唐无七言律，五言亦未超然。二体之妙，杜审言实为首倡。"五言则"行止皆无地"、"独有宦游人"，排律则"六位乾坤动"、"北地寒应苦"，七言则"季冬除夜"、"毗陵震泽"，"皆极高华雄整"。许学夷《诗源辩体》卷一三云："五言律体实成于杜、沈、宋，而后人但言成于沈、宋，何也？审言较沈、宋复称俊逸，而体自整栗，语自雄丽，其气象风格自在，亦是律诗正宗。"审言是杜甫的祖父，杜甫曾说"吾祖诗冠古"、"诗是吾家事"，其诗律、句法，深受审言影响。如胡应麟所说："少陵继起，百代模楷，有自来矣。"今存宋本《杜审言集》一卷，《全唐诗》存诗一卷。

和晋陵陆丞早春游望

　　独有宦游人，偏惊物候新①。云霞出海曙，梅柳渡江春。淑气催黄鸟，晴光转绿蘋②。忽闻歌古调，归思欲沾巾③。

　　①"独有"两句：只有离家做官的人，才对节令、气候的变化特别敏感，刚有一点春天的

气息，便感到惊异。"物候新"，扣题目中的"早春"。②"云霞"四句：写于晋陵游望时所见的"物候新"。晋陵距东海不远，在长江以南。望见东海升起云霞，便知红日将升，天已破晓；江南春早，因而梅柳一过长江，便换上了春妆。"淑气"指春风，春风一吹，便催得黄莺歌唱。"晴光"指阳光，阳光照射水面，水中的蘋草便逐渐转绿。③"忽闻"两句："古调"，指陆丞的《早春游望》诗。陆丞离家宦游，在诗中大概流露了思家怀归的情绪，作者也是宦游人，所以读完陆丞的诗，便唤起了怀归之情，而且几乎要流出眼泪。"归思"的"思"是名词，读去声。

晋陵，唐县名，即今江苏常州。丞，官名，从八品下。晋陵县丞陆某作了一首《早春游望》诗，审言作了这首和诗，兴象超妙，历代传诵。其首联，纪晓岚评云："起句警拔，入手即撇过一层，擒题乃紧，知此自无通套之病。"吴北江评云："起句警矫不群。"其次联，吴北江评云："华妙。"其尾联，纪晓岚评云："末收'和'字亦密。"（评语俱见高步瀛《唐宋诗举要》）

渡湘江

迟日园林悲昔游①，今春花鸟作边愁②。独怜京国人南窜，不似湘江水北流。

①迟日：春日。《诗经·豳风·七月》："春日迟迟。"悲昔游：审言曾由洛阳丞贬为吉州司户参军，吉州治庐陵（今江西吉安），由洛阳赴庐陵，经过湖南，"昔游"指此。因在被贬途中，故可"悲"。②边愁：流放到边远地方去，故见花鸟也生愁。

杜审言于神龙元年（705）流放峰州（属安南都护府，在今越南境内），途经湘江时作此诗。胡应麟《诗薮》内编云："初唐七言变梁、陈，音律未谐，韵度尚乏。惟杜审言《渡湘江》、《赠苏绾》二首，结皆作对，而工致天然，风味可掬。"黄叔灿《唐诗笺注》云："通首意有两层：上二句悲异时，下二句悲异地。'作边愁'字妙。"沈德潜《唐诗别裁集》云："北人南窜，归日无期，惟湘江流向北为可羡也。"

宋之问

宋之问（656—713），一名少连，字延清，虢州弘农（今河南灵宝）人，一说汾州西河（今山西汾阳）人。高宗上元二年（675）登进士第。武周天授元年（690）与杨炯并以学士分直习艺馆。后授洛州参军，迁上方监丞，参修《三教珠英》，迁左奉宸内供奉。神龙元年（705）中宗复辟，以谄附张易之贬泷州参军。次年春，逃归洛阳，匿张仲之家，令兄子告发仲之谋杀武三思，升鸿胪主簿，转户部员外郎，兼修文馆直学士，再转考功员外郎。三年（707），知贡举贪贿，贬越州长史。景云元年(710)，以曾谄事张易之、武三思，流徙钦州，后赐死。事迹见新、旧《唐书》本传，《唐才子传》卷一。其诗以对偶精工、音韵谐调的特色与沈佺期齐名，号"沈宋体"，对初唐律体的完善颇有贡献。尤擅长五律，流贬中所作，言浅情深，真切感人。五言排律、五言绝句、七言古诗等俱有佳作。原有集十卷，其友人武平一辑，久佚。今传《四部丛刊续编》本《宋之问集》，乃后人所辑。《全唐诗》存诗三卷。

度大庾岭①

度岭方辞国②，停轺一望家③。魂随南翥鸟④，泪尽北枝花⑤。山雨初含霁，江云欲变霞。但令归有日，不敢怨长沙⑥。

①大庾岭：在今江西大庾县，为五岭之一，因岭上多梅花，也称"梅岭"。②国：指京城长安。③轺(yáo 姚)：一种轻便的马车。④翥(zhù 著)：飞。⑤北枝花：古人认为大庾岭中分南北，岭南暖，梅花早开；岭北寒，梅花迟开。作者要度岭南下，故"魂随南翥鸟"；看见岭北梅花已开而北望家乡，迟迟不忍离去，故"泪尽北枝花"。⑥"但令"两句：《史记·屈原贾生列传》载：贾谊被贬到长沙，因地气潮湿、"寿不得长"而怨嗟。作者化用其意：只要将来能够回来，就不敢怨恨贬地卑湿。以委婉的措词，表达了渴望生还的心情。

武周长安五年(705)，武则天病危，大臣张柬之等逼她退位，中宗李显重新执政，则天的宠臣张易之等被杀。宋之问因谄事张易之被贬为泷州(治所在今广东罗定县东)参军，途经大庾岭作此诗以抒发依恋京城、渴望生还的情怀。平仄协调，对仗工稳，情景交融，委婉深曲，标志着五言律诗的成熟。

题大庾岭北驿①

阳月雁南飞，传闻至此回。我行殊未已，何日复归来②。江静潮初落，林昏瘴不开。明朝望乡处，应见陇头梅③。

①驿：驿舍、驿亭，古代官办的交通站。②前四句：传说大雁南飞，到了大庾岭便折回，而我到了大庾岭还得南去，行程远远没有终止，哪一天才能回来呢！四句诗一气旋转，曲尽情理。阳月：阴历十月。殊未已：远远没有终止。③陇头梅：沈德潜云："'陇头'疑是'岭头'。"按，"陇"是"山陇"之"陇"，即指"岭"，非"秦陇"之"陇"，作"陇头"不误。作者住在岭北驿站，预想明朝登上大庾岭的顶峰北望故乡，大概可以见到那里已有梅花开放吧！或用陆凯赠范晔诗"折梅逢驿使，寄与陇头人"作解释，似不切。

《旧唐书》卷一九〇《宋之问传》云："之问再被窜谪，途经江岭，所有篇咏，传布远近。"此首与前一首，便是其中的代表作。

渡汉江①

岭外音书断,经冬复历春②。近乡情更怯,不敢问来人。

①汉江:即今汉水中游的襄河。②"岭外"两句:自神龙元年(705)被贬至第二年逃归,经过了冬季和春季,与家中一直未通音信,不知家中是否受到株连,所以当"渡汉江",近家乡时,有后两句所表现的忐忑心情。

一作李频诗,误。宋之问于神龙二年(706)由泷州贬所逃归洛阳,途经汉江时作此诗。"近乡情更怯,不敢问来人"真切地表现了既渴望了解家中近况、又害怕听到家中近况的特殊心境,是历代传诵的名句。杜甫《述怀》"反畏消息来,寸心亦何有",当从此化出。

张若虚

张若虚(660?—720?),扬州(今属江苏)人。曾官兖州兵曹。中宗神龙(705—707)中,与贺知章、万齐融、邢巨、包融等以"文词俊秀"而扬名京城。又与贺知章、包融、张旭友善,俱以能诗名著当时,号"吴中四士"。其诗多散佚,《全唐诗》仅存诗二首。其一为《代答闺梦还》,写闺情,未脱齐梁诗风,无鲜明个性特色。其一为《春江花月夜》,"孤篇横绝","竟为大家"(王闿运《王志·论唐诗诸家源流》)。其事迹见《旧唐书》卷一九〇《贺知章传》、《新唐书》卷一四九《刘宴传》附《包佶传》及《唐诗纪事》卷一七。

春江花月夜①

春江潮水连海平,海上明月共潮生。滟滟随波千万里②,何处春江无月明。江流宛转绕芳甸③,月照花林皆似霰④。空里流霜不觉飞,汀上白沙看不见⑤。江天一色无纤尘,皎皎空中孤月轮。江畔何人初见月?江月何年初照人?人生代代无穷已,江月年年只相似。不知江月照何人,但见长江送流水。白云一片去悠悠,青枫浦上不胜愁。谁家今夜扁舟子,何处相思明月楼?可怜楼上月徘徊,应照离人妆镜台。玉户帘中卷不去,捣衣砧上拂还来。此时相望不相闻,愿逐月华流照君。鸿雁长飞光不度,鱼龙潜跃水成文。昨夜闲潭梦落花,可怜春半不还家。江水流春去欲尽,江潭落月复西斜。斜月沉沉藏海雾,碣石潇湘无限路⑥。不知乘月几人归,落月摇情满江树。

①春江花月夜:乐府《清商曲·吴声歌》旧题,创始于陈后主,现存歌辞,最早的有隋炀

帝所作二首,乃五言二韵小诗。②潋潋:波光闪灼貌。③芳甸:杂花飘香的原野。④霰(xiàn线):雪珠。⑤汀(tīng 听):河滩。⑥碣石:山名,在今河北昌黎。潇湘:二水名,均在今湖南。

　　《春江花月夜》原为乐府旧题,现存隋炀帝二首,不过短篇写兴,即席口占。而张若虚的这一首,却扩为长歌,进行了全新的艺术创造。全诗兼写春、江、花、月、夜及与其相关的各种景色,而以月光统众景,以众景含哲理、寓深情,构成朦胧、深邃、奇妙的艺术境界,令人探索不尽,玩味无穷。全诗三十六句,每四句换韵,平、上、去相间,抑扬顿挫,与内容的变化相适应,意蕴深广,情韵悠扬。

　　这篇诗受到明清以来诗论家的高度赞扬。胡应麟《诗薮》内编云:"张若虚《春江花月夜》流畅婉转,出刘希夷《白头翁》上。"锺惺《唐诗归》云:"将春、江、花、月、夜五字炼成一片奇光,真化工手!"陆时雍《唐诗镜》云:"微情渺思,多以悬感见奇。"毛先舒《诗辨坻》云:"张若虚'春江潮水'篇,不着粉泽,自有腴姿,而缠绵酝藉,一意萦纡,调法出没,令人不测,殆化工之笔哉!"王尧衢《古唐诗合解》云:"情文相生,各各呈艳,光怪陆离,不可端倪,真奇制也。"闻一多《宫体诗的自赎》更誉为"诗中的诗,顶峰上的顶峰"。

贺知章

　　贺知章(659—744),字季真,排行八,越州永兴(今浙江萧山)人,早年移居山阴(今浙江绍兴)。少以文辞知名,后以"清谈风流"为人倾慕。武后证圣元年(695)登进士第,因陆象先引荐,授国子四门博士,后迁太常博士。玄宗开元十年(722)因张说推荐,入丽正院书院修书,同撰《六典》和《文纂》。十三年(725)迁礼部侍郎,累迁秘书监,世称贺监。为人放达不拘礼法,自号"四明狂客"。天宝初,归隐镜湖,不久病卒。生平事迹见新、旧《唐书》本传。其诗大多散佚,《全唐诗》仅收十九首,《全唐诗外编》、《全唐诗续拾》补收诗二首,大抵清新隽永,时有新意。

咏　　柳

　　碧玉妆成一树高①,万条垂下绿丝绦②。不知细叶谁裁出?二月春风似剪刀。

①碧玉:指柳条、柳叶。②丝绦(tāo 滔):用丝编织的带子,形容低垂摇曳的柳条。

　　第一句总写,第二句写柳条,三、四两句写柳叶而别出心裁,命意措辞皆新颖可喜。宋人梅尧臣《东城送运判马察院》"春风骋巧如剪刀,先裁杨柳后杏桃",清人金农《柳》"千丝万缕生便好,剪刀谁说胜春风",皆从此化出。

回乡偶书二首

少小离家老大回,乡音无改鬓毛衰①。儿童相见不相识,笑问客从何处来。

离别家乡岁月多,近来人事半消磨。惟有门前镜湖水②,春风不改旧时波。

①衰:一作"摧"。②镜湖:在今浙江绍兴市南。

贺知章于天宝二年(743)上表求还乡里,次年正月离长安,玄宗作诗送行,一时文士皆有赠诗。还乡不久而卒,年八十六。《回乡偶书》两首,作于抵家之时。诗似信口说出,讲心中事、眼前景,而无限经历、无穷感慨,即蕴含其中,足以激发一切游子的情感共鸣。第一首尤传诵不衰。唐汝询《唐诗解》云:"描写久客之感,最为真切。"宋宗元《网师园唐诗笺》云:"情景宛然,纯乎天籁。"

陈子昂

陈子昂(661—702),字伯玉,梓州射洪(今属四川)人。家世富豪,少年时任侠使气,至十八岁始发愤治学,博览群书。文明元年(684)登进士第,诣阙献书,武则天召见金华殿,授麟台正字。垂拱二年(686),随左补阙乔知之北征,至张掖而返。补右卫胄曹参军。因母丧返里。服满,拜右拾遗,直言敢谏,被构陷入狱经年,免罪复官。万岁通天元年(696),随建安郡王武攸宜北征契丹,参谋军事。因意见不合,徙为军曹。军还,仍任拾遗。圣历元年(698),以其父年老解职回乡。后为县令段简陷害,死于狱中(沈亚之《上九江郑使君书》,以为段简害陈子昂,系受武三思指使)。因官终右拾遗,故世称陈拾遗。子昂首倡汉魏风骨,力矫齐梁靡丽。五古风格高峻,其《感遇》组诗三十八首,上追阮籍《咏怀》,历来为诗论家所称道。五律亦有佳作,如《白帝城怀古》,可与沈佺期、宋之问五律名篇媲美。杜甫称赞他"有才继骚雅","名与日月悬";韩愈也说"国朝盛文章,子昂始高蹈",可见其影响之巨。其诗文集以《四部丛刊》本《陈伯玉集》最通行,以今人徐鹏校点之《陈子昂集》最完备。生平事迹见卢藏用《陈氏别传》、赵儋《故右拾遗陈公旌德碑》及新、旧《唐书》本传。近人罗庸有《陈子昂年谱》。

感　遇

圣人不利己①，忧济在元元②。黄屋非尧意③，瑶台安可论④？吾闻西方化⑤，清净道弥敦⑥。奈何穷金玉，雕刻以为尊⑦？云构山林尽⑧，瑶图珠翠烦⑨。鬼工尚未可，人力安能存⑩？夸愚适增累，矜智道逾昏⑪。

①圣人：指理想的贤君。②忧济：关心和救济。元元：老百姓。③黄屋：古代帝王的车子，车盖的里子用黄色缯缎缝制，很豪华。④瑶：用美玉建造的楼台，《淮南子·本经训》载：商纣王曾筑瑶台。这两句是说：皇帝坐黄屋，已不合帝尧尚俭的本意，像纣王那样筑瑶台劳民伤财，就更不值得评论了。⑤西方化：指佛教教义。⑥清净：道家以"无为"为清净，佛家以远离一切罪恶烦恼为清净。道弥敦：道，指"清净"之道；弥，愈加；敦，厚、重。意谓"清净"之道愈来愈受到重视。⑦"奈何"二句：为什么要搜尽金玉，雕刻佛像，才算是对佛的尊崇呢？⑧云构：指高耸入云的佛寺建筑。⑨瑶图：指装饰精美的佛塔。这两句是说建筑佛寺、佛塔，砍光了山林，用尽了珍宝。烦，多。⑩"鬼工"二句：建造如此华丽、精巧的佛寺、佛塔，即使用"鬼"施工，也难胜任，人力更无法完成。⑪"夸愚"二句：夸耀大造佛像、佛寺、佛塔以劳民伤财的愚蠢做法，实际上违背了"清净"之理，增加了佛家所要避免的"物累"；把这样愚蠢的做法当做"智"巧来矜夸，就使得佛教的教义更加昏暗不明。武则天执政以后，指使薛怀义和僧人法明等伪撰《大云经》，说她是弥勒佛转世，应代唐王朝君临天下，同时"敕两京诸州各置大云寺一区，藏《大云经》"。造"夹纻大像，其小指中犹容数十人"。造佛寺"日役万人，采木江岭，数年之间，所费以万亿计，府藏为之耗竭"（见《资治通鉴》卷二〇四至二〇五）。张廷珪曾上书劝谏说："以释教论之，则宜救苦厄、灭诸相、崇无为。伏愿陛下察臣之愚，行佛之意，务以理为上。"（《旧唐书·张廷珪传》）其立论正与陈子昂的这首诗类似。

《新唐书》卷一〇七《陈子昂传》云："唐兴，文章承徐、庾馀风，天下祖尚，子昂始变雅正。初为《感遇诗》三十八章，王适曰：'是必为海内文宗。'乃请交。"可见《感遇》一脱稿即引起重视。这一首，以"圣人不利己，忧济在元元"领起，义正词严，对武则天广建佛寺、不恤民力进行了深刻的批评，极有现实意义。

燕昭王①

南登碣石馆②，遥望黄金台③。丘陵尽乔木，昭王安在哉？霸图今已矣，驱马复归来④。

①燕昭王：姓姬名平，战国时燕国的中兴之主，事迹见《史记·燕召公世家》。②碣石馆：即碣石宫。《史记·孟子荀卿列传》载：邹衍到燕国，昭王为他筑碣石宫，拜他为师。③黄金台：燕昭王筑台置千金于其上以召贤士，后人因称此台为黄金台。④"霸图"两句：成就霸业的雄图大略现在已经完了，还是驱马回去吧！作者以国士自命而得不到重用，吊古伤今，发

此慨叹,如沈德潜所指出:"言外见无人延国士也。"(《唐诗别裁集》卷一)

这是《蓟丘览古赠卢居士藏用七首》的第二首。作者随武攸宜北征契丹,先头部队大败,驻军渔阳(今河北蓟县)的武攸宜闻讯震恐,不敢进军。作者屡提建议,并请自领万人冲锋,却不但未被采纳,反而受到降职处分。他满腔悲愤,出蓟门,登燕台,有感于燕昭王"卑身厚币以召贤者",乐毅等"争趋燕",因而转败为胜的往事,作了这首诗。

登幽州台歌①
前不见古人,后不见来者②。念天地之悠悠,独怆然而涕下!

①幽州:郡名,唐属河北道,治蓟,故城在今北京市西南。幽州台:即蓟丘、燕台。因燕昭王置金于台延天下士,又称黄金台,故址在今北京德胜门外。②者:古音"诈",与"下"押韵。

此诗作于《燕昭王》之后。"幽州台"即"黄金台",由"遥望黄金"而登上黄金台,则《燕昭王》一诗的内涵,正是引发《登幽州台歌》的契机,但后者的雄阔境界和深远意蕴,远非前者可比。诗人立足于幽州台这个时间与空间的交汇点,眼观天地,空间无边无际,而个人何其渺小!神游古今,时间无始无终,而一生何其短暂!如何变渺小为伟大、化短暂为永恒,这正是诗人所感"念"的人生哲理。然而放眼历史长河:朝前看,包括燕昭王、乐毅等在内的一切明君贤臣、英雄豪杰已一去不返,追之不及,望而不见;向后看,像燕昭王、乐毅那样的一切明君贤臣、英雄豪杰尚未出现,盼望不及,等待不来。于是一种沉重的孤立无援、独行无友的孤独感袭上心头,不禁怆然而涕下。

《登幽州台歌》是体现陈子昂诗歌主张的代表作。它的出现,标志着齐梁浮艳诗风的影响已一扫而空,盛唐诗歌创作的新潮即将涌现。明人胡震亨以陈涉比陈子昂:"大泽一呼,为众雄驱先。"(《唐音癸签》卷五)这是很有见地的。

送魏大从军①
匈奴犹未灭②,魏绛复从戎③。怅别三河道④,言追六郡雄⑤。雁山横代北⑥,狐塞接云中⑦。勿使燕然上⑧,唯留汉将功。

①魏大:生平不详,因在兄弟中排行老大,故称魏大。②"匈奴"句:用霍去病"匈奴未灭,无以家为也"语意。匈奴:泛指边地入侵内地的少数民族。③魏绛:春秋时晋国大夫,曾向晋悼公建议联合晋国附近的少数民族,认为"和戎有五利",悼公便"使魏绛盟诸戎"。这里以魏绛指魏大,因其姓相同,古诗中常用此法。④三河:指河(黄河)东、河内、河南。《史记·货殖列传》:"三河在天下之中。"即黄河中游平原地区。⑤言:语首助词。六郡:金城、

陇西、天水、安定、北地、上郡。《汉书·赵充国传》载赵充国为"六郡良家子",汉武帝时"从李贰师将军击匈奴,官至后将军"。这一句是勉励魏大上追赵充国,为国立功。⑥雁山:指雁门山,在今山西代县西北。代:代州,今山西代县。⑦狐塞:即飞狐塞,在今河北涞源县北。云中:郡名,在今山西境内。⑧燕(yān 烟)然:山名,即杭爱山,在今蒙古人民共和国境内。《后汉书·窦宪传》:窦宪大破北单于,"登燕然山……刻石勒功,记汉威德,令班固作铭"。

送友人从军,劝勉他为国立功,从而抒发了作者保卫祖国的豪情壮志。沈德潜云:"绛本和戎,今曰'从戎',此活用之法。一结雄浑。"(《唐诗别裁集》卷九)

张 说

张说(667—730),字道济,一字说之,洛阳人。武后时中贤良方正科第一,授太子校书郎。转右补阙,参修《三教珠英》,累迁太子舍人。为人刚正,因不附和张易之兄弟,触忤武后,流放钦州。中宗即位,召还,任兵部侍郎,累迁工部、兵部侍郎,兼修文馆学士。睿宗景云二年(711),任宰相,监修国史。玄宗即位,因决策诛太平公主有功,封燕国公,任中书令。因与宰相姚崇不和,出为相州、岳州刺史。开元九年(721),召为兵部侍郎,同中书门下三品,迁中令书,授右丞相、尚书左丞相。前后三度任宰相,掌文学之任三十年。其文有意矫正陈隋以来浮靡之风,讲究实用,重视风骨,刚健朗畅,与许国公苏颋齐名,时号"燕许大手笔"。朝廷重要文诰多出其手,尤长于碑文墓志。诗多应制之作,贬岳州之后,诗风一变,怀人寄言,托物写心,凄婉动人。辛文房《唐才子传》卷一称其"诗法特妙,晚谪岳阳,诗益凄婉,人谓得江山之助"。屠隆《唐诗类苑序》也说:"燕公流播,其诗凄婉。"喜提拔后起之秀,张九龄、贺知章、王翰、王湾等二十余人,都受其奖掖,对盛唐文学的繁荣颇有影响。生平事迹见张九龄所撰《燕国公赠太师张公墓志铭》、《旧唐书》卷九七、《新唐书》卷一二五本传,今人陈祖言有《张说年谱》。其《张燕公集》三十卷;有蜀刻本。《全唐诗》存诗五卷。

幽州夜饮①

凉风吹夜雨,萧条动寒林。正有高堂宴,能忘迟暮心②? 军中宜剑舞③,塞上重笳音④。不作边城将,谁知恩遇深?

①幽州:郡名,唐属河北道,治所在今北京市大兴县。②迟暮心:已到老年的感慨。屈原《离骚》云:"恐美人之迟暮。"③"军中"句:军中缺乏文娱活动,只能以舞剑为乐。《史记·项羽本纪》项庄曰:"军中无以为乐,请以剑舞。"④"塞上"句:边塞上受人重视的音乐,只有吹笳。

《新唐书》卷一二五《张说传》载：张说被贬岳州，心怀忧惧。他素与苏颋之父友善，而苏颋正在相位，因作《五君咏》献颋。其中有一首写苏颋的亡父。颋读诗呜咽，便在皇帝面前陈述张说为人忠直，且有功勋，应该重用，于是调任荆州长史。不久，又以右羽林将军检校幽州都督。这首《幽州夜饮》即作于任幽州都督之时。首句挺拔；尾联本意是：与朝臣相比，边将生活异常艰苦。却不这样直说，而说如果不做边将，那怎么能够领会在京城做官时所受到的皇恩之深呢？托意深婉，耐人寻思。沈德潜评云："此种结，后惟老杜有之，远臣宜作是想。"（《唐诗别裁集》卷九）

蜀 道 后 期①

客心争日月②，来往预期程③。秋风不相待④，先到洛阳城。

①后期：落在预计的日期之后。②争日月：与日月争速度。③预期程：预定哪一天赶到，每天赶多少路程。④不相待：不肯等待。

新、旧《唐书》都未记载张说曾入蜀，但其集中有《过蜀道山》、《蜀路》、《再使蜀道》、《被使在蜀》等诗，编于广州、钦州诗前，可证张说曾两度使蜀，其时间，当在武后掌权之际。这一首，写从蜀中回洛阳，预定于秋前赶到，却因旅途延误，未能如期到家，构思措语，极其精妙。黄叔灿《唐诗笺注》云："'争'字妙，是'不相待'三字之魂。下半托出'争'字意，而客心倍觉萦纡。"杨逢春《唐诗偶评》云："首二句，言己不肯后期，作反跌之势；三、四句落到后期意，却只从对面托醒，绝不使一直笔，体格奇而肌理细，的是老手。"吴烻《唐诗直解》云："日月相催甚速，而客心更速，是与日月争也。"沈德潜《唐诗别裁集》云："以秋风先到，形出己之后期，巧心浚发。"

苏 颋

苏颋（670—727），字廷硕，京兆武功（今属陕西）人。武后朝进士，授乌程尉，累迁右台监察御史。中宗时历任给事中、修文馆学士、中书舍人。睿宗时，擢工部侍郎，袭父苏瓌爵许国公，世称苏许公。玄宗朝居宰相位四年，与宋璟共理朝政。后转礼部尚书，又出为益州大都督府长史。新、旧《唐书》有传。苏颋工文辞，朝廷制诰多出其手，与燕国公张说齐名，并称"燕许大手笔"。亦工诗，李因培称"苏公诗气味深醇，骨力高峻，想其落纸时总不使一直笔，故能字字飞动，而无伤于浑雅"（《唐诗观澜集》）。唯应制之作文浮于质，且比例甚大，故佳作流传不多。有《苏廷硕集》，《全唐诗》存诗二卷。

夜宿七盘岭

独游千里外①,高卧七盘西。晓月临窗近,天河入户低②。芳春平仲绿③,清夜子规啼④。浮客空留听⑤,褒城闻曙鸡⑥。

①游:这里指流放。②天河:即银河。③平仲:木名,即银杏,俗称白果树。④子规:即杜鹃鸟。⑤浮客:作者被流放,前途迷茫,故自称浮客。浮,飘浮不定。⑥曙鸡:报明的鸡啼声。

此诗乃南流骧州途中所作。七盘岭在今陕西褒城县北,极险要。"晓月"一联描状山岭高峻,颇有气势。

汾上惊秋①

北风吹白云,万里渡河汾②。心绪逢摇落③,秋声不可闻。

①汾:汾水,在今山西境。②河汾:指汾水流经今山西西南入黄河的一段。③摇落:宋玉《九辩》:"悲哉秋之为气也!萧瑟兮草木摇落而变衰。"

此诗当是苏颋罢相后所作。北风劲吹,草木摇落,故有"秋声"。今不说北风吹草木,而说北风吹白云,既兴象超妙,又涵盖吹草木。第三句心、物兼写,言心绪已自不佳,又逢草木摇落,故闻秋声而惊秋气之已至也。沈德潜《唐诗别裁集》云:"一气流注中仍复含蓄,五言佳境。"吴昌祺《删订唐诗解》云:"急起急收,而含蕴不尽,五绝之最胜者。"

张九龄

张九龄(678—740),字子寿,韶州曲江(今广东韶关市)人。武周神功元年(697)登进士第,授校书郎。神龙三年(707),中材堪经邦科,始调校书郎。玄宗先天元年(712),中道侔伊吕科,授左拾遗。秩满,去官归养,奉诏开大庾岭。开元六年(718)迁左补阙。其后历礼部员外郎、司勋员外郎、中书舍人、太常少卿、洪州刺史、桂州刺史、工部侍郎、中书侍郎等职。开元二十一年(733)拜中书侍郎同中书门下平章事,明年,迁中书令,兼集贤学士知院事、修国史。二十四年(736),受李林甫排挤,改尚书右丞相。明年,贬荆州长史,二十八年病卒。

张九龄是著名开元贤相,在朝直言敢谏。玄宗宠信安禄山,他指出禄山狼子野心,其后必叛。玄宗欲任李林甫为相,他指出倘任此人为相,将来必"祸延宗社"。玄宗皆不听,果酿成大患。其诗早年有台阁习气,后来大变诗风,寄兴深婉,洗尽六朝铅华。杜甫《八哀》评其诗"诗罢地有馀,篇终语清省。自成一家则,未缺只字警",指出了主要特色。今存《张曲江先生文集》二十卷,《全唐诗》存诗三卷。其事迹见新、旧《唐书》本传及近年韶关发现的《张九龄墓志铭》。

感　遇

江南有丹橘①,经冬犹绿林。岂伊地气暖? 自有岁寒心②。可以荐嘉客③,奈何阻重深④? 运命惟所遇,循环不可寻⑤。徒言树桃李,此木岂无阴⑥?

①丹橘:红橘。②"岂伊"二句:橘树经冬犹绿,哪里是由于江南地气温暖,那是由于它本身具有耐寒的特性。伊:助词。岁寒心:自《论语·子罕》"岁寒然后知松柏之后凋也"化出。③荐嘉客:奉献给嘉宾。④阻重深:为山重水深所阻。这两句是说,丹橘本来可以奉献给嘉宾,但被重山深水所阻,有什么办法? ⑤"运命"二句:命运好坏,只看遭遇如何,而遭遇或好或坏的原因何在,却像绕着一个圆环摸索,总摸不清楚。⑥"徒言"二句:《韩诗外传》载赵简子语云:"春树(栽)桃李,夏得阴其下。"作者则从赞颂丹橘着眼,反问道:人们光说栽桃李可以遮荫,难道橘树下面就没有阴凉吗?

张九龄《感遇》十二首,乃谪居荆州时所作,含蓄蕴藉,寄托遥深,历来受到诗论家的重视。如高棅《唐诗品汇》云:"张曲江公《感遇》等作,雅正冲淡,体合风骚,骎骎乎盛唐矣。"贺贻孙《诗筏》云:"张曲江《感遇》,语语本色,绝无门面,而一种孤劲秀淡之致,对之令人意消。盖诗品也,而人品系之。"这里所选的第七首,以傲冬之"丹橘"不为世用比自己之遭谗罢相,以媚时之桃李备受栽培比李林甫等奸邪小人受宠得志,而又含而不露,耐人寻味。

望月怀远

海上生明月,天涯共此时①。情人怨遥夜②,竟夕起相思③。灭烛怜光满④,披衣觉露滋⑤。不堪盈手赠,还寝梦佳期⑥。

①"海上"二句:明月从东海上升起,远在天涯的情人此时此刻,一定与我同时仰望明月。②遥夜:长夜。③竟夕:整夜。④"灭烛"句:灭掉烛光,爱惜那月光满室。⑤"披衣"句:披衣出户,久久地望月怀人,感到衣服被露水浸湿。⑥"不堪"二句:想掬一把月光遥赠远人,可是那月光掬不满手,还是回到室内就寝,也许能梦见与情人相会吧! 不堪:不能够。佳期:美好的约会。

以"望月怀远"为题,每一联写望明月,每一联写怀远人,情景交融,缠绵深婉。

自君之出矣

自君之出矣,不复理残机①。思君如满月,夜夜减清辉②。

①"不复"句:不再把织布机上未织成匹的布织完。乐府《子夜歌》:"理丝入残机,何悟不成匹。"以织丝不成匹段,暗喻情人不能匹配。张九龄巧用此意。②"思君"两句:"满月"就是阴历十五夜的圆月,"月"一"满",便"夜夜减清辉"。用一"如"字,形象地表现了因"思君"而面容消瘦、红颜凋谢的苦况。

《自君之出矣》属于乐府《杂曲歌辞》。建安诗人徐干有《室思》五章,其第三章云:"自君之出矣,明镜暗不治。思君如流水,无有穷已时。"后人便以"自君之出矣"命题。张九龄的这一首是万口传诵的名作,锺惺《唐诗归》云:"从'满'字生出'减'字,妙想。此题古今作者,毕竟此首第一。"唐汝询《唐诗解》云:"不理残机,见心绪之已乱;思如满月,见容华之日凋。"贺贻孙《诗筏》云:"'满'字'减'字,纤而无痕,殊近乐府,此题第一首诗也。"李锳《诗法易简录》云:"诗题原本六朝,而特出巧思,亦得《子夜》诸曲之妙。若直言消减容光,便平直少味,借满月以写之,新颖绝伦。其思路之巧,全在一'满'字。"宋顾乐《〈唐人万首绝句选〉评》云:"语工意深,此题得此作,真是超前绝后。"

张 旭

张旭(675?—750?),字伯高,排行九,吴(今江苏苏州)人。曾官常熟(今属江苏)尉、金吾长史,世称张长史。他是盛唐时代著名书法家,工草书,性嗜酒,常于醉后呼叫狂走,然后落笔作狂草,时称"张颠",亦称"草圣"。其草书与李白诗、斐旻剑舞齐名,时号"三绝"。与贺知章、包融、张若虚合称"吴中四士",又与高适、李颀友善,有诗赠答。生平事迹见张怀瓘《书断》卷三、僧适之《金壶记》卷中及《新唐书》本传。其诗多描写山水景物,抒发自由洒脱的思想情趣,清迥超妙,别饶神韵。明人锺惺云:"张颠诗不多见,皆细润有致。乃知颠者不是粗人,粗人颠不得也。"(《唐诗归》卷一三)《全唐诗》存其诗六首、《全唐诗续拾》补诗四首。

清溪泛舟

旅人倚征棹①,薄雾起劳歌②。笑揽清溪月③,清辉不厌多。

①倚征棹:靠着船桨。②劳歌:船工们唱的歌。③揽:兜取。清溪月:指水中的月影。

写月夜清溪泛舟情景。"笑揽清溪月",狂放之态可掬。而"笑揽清溪月"

的原因,则在于"清辉不厌多",寓意深微,故有韵味。

桃花溪

隐隐飞桥隔野烟[①],石矶西畔问渔船[②]。桃花尽日随流水,洞在清溪何处边?

①飞桥:架在高处的桥。②矶:水边突出的岩石。

《清一统志》:"常德府桃源县有桃花洞,洞北有桃花溪。"陶潜《桃花源记》:"晋太元中,武陵(郡名,辖桃源县)人捕鱼为业,缘溪行,忘路之远近,忽逢桃花林,夹岸数百步,中无杂树,芳草鲜美,落英缤纷。"张旭即以此为题材驰骋想象,成此名篇。"桃花源"本是虚构的理想境界,故诗以"隐隐"发端,而以"洞在何处"收尾,渲染出美好而又隐约飘忽的意境,强化了诱人的艺术魅力。孙洙评云:"四句抵得一篇《桃花源记》。"(《唐诗三百首》)

山中留客[①]

山光物态弄春辉,莫为轻阴便拟归[②]。纵使晴明无雨色,入云深处亦沾衣[③]。

①山中:一作"山行"。②便拟归:就打算回去。③"入云"句:云,实际指雾气、烟霭。从上句"晴明"看,并非指真正的云。

客人来游山,因见天气转阴,怕下雨,便想回去。诗人作此诗挽留,理由是:"山光物态弄春辉",多可爱! 还没游就走掉,太亏了! 如果说怕下雨的话,那么这山里林木葱郁、翠霭迷濛,即使晴明无雨,走进去也会沾湿衣裳的啊! 本写山中美景,却不正面落墨,而借"留客"来表现,构思措语,何等灵妙! 首句着一"弄"字,极写春色宜人,用以反跌下文。"纵使"二句与王维《山中》"山路元无雨,空翠湿人衣"写景类似,而风神摇曳,更饶韵致。宋顾乐评云:"清词妙意,令人低徊不止。"(《〈唐人万首绝句选〉评》)黄生评云:"长史不以诗名,三绝(指此首及另两首)恬雅秀润,盛唐高手无以过也。"(《唐诗摘抄》)

祖 咏

祖咏(生卒年不详),排行三,洛阳(今属河南)人。开元十二年(724)登进士第。曾任何官,已不可考。与王维交谊颇深,多有酬唱之作。又与卢象、储光羲、王翰、丘为等为友,互有赠答。约于开元十三年冬离京,移家汝坟(今河南汝阳、临汝间），以农耕、渔樵自给。其生平事迹见《唐诗纪事》、《唐才子传》。其诗多写山水景物，属山水诗派。殷璠评其诗"剪刻省净，用思尤苦，气虽不高，调颇凌俗"（《河岳英灵集》卷下）。严羽将他与王维、韦应物等并列，称为"大名家"（《沧浪诗话》）。其诗文集已佚，《全唐诗》存其诗一卷。

望蓟门

燕台一望客心惊，笳鼓喧喧汉将营。万里寒光生积雪，三边曙色动危旌①。沙场烽火连胡月，海畔云山拥蓟城②。少小虽非投笔吏，论功还欲请长缨③。

①三边：汉代以幽、并、凉三州为三边。蓟门为幽州首府，是三边之一。危旌：在高竿上飘扬的军旗。②蓟城：唐蓟州州治，在渤海西畔，即今河北蓟县。③"少小"二句：东汉班超家贫，为官府钞书以养母，曾投笔而叹："大丈夫无它志略，当效傅介子、张骞，立功异域以取封侯，安能久事笔砚间乎！"后果然出使西域，以功封定远侯。西汉终军为汉武帝所遣，说南越王入朝，自请曰："愿受长缨，必羁南越王而致之阙下。"此二句意谓年少时虽未投笔从戎，但现在却怀着请缨的壮志。

蓟门，现名土城关，在今北京市德胜门外，是唐代东北边防要地。燕台，即燕昭王置黄金其上以求贤才的黄金台。首句写从燕台遥望蓟门而客心惊，领起以下各句。二、三、四、五、六各句所写的"笳鼓喧喧"、"沙场烽火"及相关景象，表明边防并不宁静，正是"客心惊"的原因。结尾欲"请缨"报国，亦即由此引出。通篇雄浑健举，高棅《唐诗品汇》卷八三列入七律"正宗"。

终南望馀雪①

终南阴岭秀，积雪浮云端。林表明霁色，城中增暮寒。

①终南：即终南山，在长安城南三十余里处。

据《唐诗纪事》卷二〇记载：这是祖咏在长安应试的作品。按规定，应作成一首六韵十二句的排律，但他只"赋四句，即纳于有司。或诘之，曰：'意尽。'"题目要求写出从长安遥望终南馀雪的情景，关键要写好"馀"字。首句表现终南高寒，"阴岭"更寒，故他处雪消，此处尚有馀雪，因而以"积雪浮云端"作正面描写。"林表明霁色"写天已放晴，既表现"终南馀雪"在阳光照射下寒光闪闪，使长安城中人望而生寒；又表现在阳光照耀下"终南阴岭"以外的雪都在融化，吸收了大量的热，出现了"下雪不冷消雪冷"的现象。写望终南馀雪而以"城中增暮寒"收尾，的确把题意写"尽"了，何必死守程式，再凑八句呢！王士禛把这首诗与陶潜、王维的几句诗并列,称为咏雪的"最佳"作(见《渔洋诗话》卷上),不算过誉。

王之涣

　　王之涣(688—742),字季凌,郡望晋阳(今山西太原),北魏时五世祖王隆之任绛州刺史,遂居绛州,其后世为绛州人。之涣以门荫补冀州衡水主簿,因受人诬谤,拂衣去官,优游山水,足迹遍黄河南北数千里,然后家居十余年。开元二十年(732)前后游蓟门,与诗人高适相遇,适有赠诗。晚年经亲友劝说,出任莫州文安县(今属河北)尉,清廉公正,颇受好评。天宝元年(742)二月卒于任所。之涣倜傥有才,漫游边塞,以善作边塞诗享盛名。其诗"歌从军,吟出塞,皎兮极关山明月之思,萧兮得易水寒风之声,传乎乐章,布在人口"(靳能《唐故文安郡文安县太原王府君墓志铭并序》),是唐代杰出的边塞诗人之一。曾与王昌龄、高适、崔国辅等著名诗人"联吟迭和,名动一时",有"旗亭画壁"故事流传(见薛用弱《集异记》卷二)。生平事迹,散见于靳能所撰墓志(见《曲石精庐藏唐墓志》)及《唐诗纪事》卷二十六、《唐才子传》卷三。《全唐诗》仅存绝句六首,皆历代传诵名篇。

登 鹳 雀 楼①
白日依山尽,黄河入海流。欲穷千里目,更上一层楼。

　　①鹳雀楼:在蒲州(今山西永济)城西南黄河中高阜处,时有鹳雀栖其上,故名。此楼后为河水冲没,因于城角楼为圖以存其迹。后人或以王之涣所咏鹳雀楼即蒲州城西南角楼,殊误。

　　此诗芮挺章《国秀集》、锺惺《唐诗归》皆归于朱斌名下;《文苑英华》、《唐诗品汇》则认为是王之涣所作。宋人沈括《梦溪笔谈》卷十五云:"河中府鹳雀楼高三层,前瞻中条,下瞰大河,唐人留诗者甚多,惟李益、王之涣、畅当三篇能状其景。"三篇之中,王之涣的这一篇尤其脍炙人口。寥寥二十字,既写景,又抒情,情由景生,景以情显,给人以尺幅万里、意境壮阔的感受,使人于美的享受中开拓心胸,得到哲理启示,受到精神鼓舞。吴烶《唐诗直解》云:"身愈高则视愈远,'千里',极言其远,有海阔天空之怀,方能道此旷达之句,李益、畅当皆不及。"沈德潜《唐诗别裁集》云:"四句皆对,读去不嫌其排,骨高故也。"

凉 州 词
黄河远上白云间,一片孤城万仞山。羌笛何须怨杨柳①,春风不度玉门关②。

①"羌笛"句：北朝乐府《鼓角横吹曲》有《折杨柳》，歌词云："上马不捉鞭，反折杨柳枝。下马吹长笛，愁杀行客儿。"②玉门关：在今甘肃省敦煌县西。

《凉州词》属于乐府《近代曲词》，其曲为开元西凉都督郭知运所进。唐人作《凉州词》多反映边塞生活，王翰的"蒲桃美酒夜光杯，欲饮琵琶马上催。醉卧沙场君莫笑，古来征战几人回"和王之涣的这一首，都是以《凉州词》为题的名作。《集异记》卷二云："开元中，诗人王昌龄、高适、王之涣齐名，共诣旗亭贳酒。忽有伶官十数人会讌，三人因私约曰：'我辈各擅诗名，今观诸伶讴，若诗入歌辞多者为优。'俄一伶唱'寒雨连江夜入吴'，昌龄引手画壁曰：'一绝句。'又一伶讴'开箧泪霑臆'，适引手画壁曰：'一绝句。'寻又一伶讴'奉帚平明金殿开'，昌龄又画壁曰：'二绝句。'之涣因指诸伎中最佳者曰：'此子所唱如非我诗，终身不敢与争衡矣。'须臾，双鬟发声，则'黄河远上白云间'，之涣揶揄二子曰：'田舍奴，我岂妄哉？'因大谐笑，饮醉竟日。"之涣此诗，诗论家备极推崇，黄生《唐诗摘抄》云："王龙标'更吹羌笛关山月，无那金闺万里愁'，李君虞'不知何处吹芦管，一夜征人尽望乡'，与此并同一意，然不及此作，以其含蓄深永，只用'何须'二字略略见意故耳。"李锳《诗法易简录》云："神韵格力，俱臻绝顶。不言君恩之不及，而托言春风之不度，立言尤为得体。"管世铭《读雪山房唐诗钞凡例》云："摩诘、少伯、太白三家，鼎足而立，美不胜收；王之涣独以'黄河远上'一篇当之。彼不厌其多，此不愧其少，可谓拔戟自成一队。"

孟浩然

孟浩然（689—740），襄州襄阳（今属湖北）人，世称孟襄阳。早年在家乡读书，后隐居于鹿门山，又隐居于故乡田园。开元十六年（728）赴长安应举，游秘书省，与诸名士赋诗，有"微云淡河汉，疏雨滴梧桐"之句，一座赞其清绝，为之搁笔。翌年，落第还襄阳。十八年（730）漫游吴越等地，与张子容、崔国辅等诗人交游，前后三年。开元二十五年（737），张九龄被贬为荆州长史，浩然往谒，被署为从事，曾随九龄巡游各地，相与唱和。二十七年（739），因病返襄阳疗养。第二年，王昌龄游襄阳，与孟浩然共饮甚欢。当时孟浩然患疹疾将愈，因食鲜饮酒而复发，病逝于冶城南园。孟浩然当时已负盛名，李白以"红颜弃轩冕，白首卧松云"，"高山安可仰，徒此揖清芬"（《赠孟浩然》）赞其人品，杜甫以"赋诗何必多，往往凌鲍谢"（《遣兴五首》之五）、"清诗句句尽堪传"（《解闷》十二首之六）赞其诗歌。王维过郢州，画浩然像于刺史亭，世称"孟亭"。他与王维同为盛唐田园山水诗派的代表诗人，世称"王孟"。其生平事迹见

《旧唐书》卷一九〇、《新唐书》卷二〇三本传。死后不到十年,其诗集便两经编定,并送到"秘府"保存。今传宋蜀刻本《孟浩然诗集》三卷,明人有所增补,分为四卷。校注本有李景白《孟浩然诗集校注》。《全唐诗》存诗二卷。

望洞庭湖赠张丞相①

八月湖水平,涵虚混太清②。气蒸云梦泽,波撼岳阳城③。欲济无舟楫④,端居耻圣明⑤。坐观垂钓者,徒有羡鱼情⑥。

①张丞相:即张九龄。②平:指水与岸平。虚:指元气。太清:指天空。③"气蒸"两句:云梦本为二泽,在今湖北省安陆县、云梦县以南,湖南省华容县、岳阳县以北地区,方圆九百里。后来大部分淤成陆地,便合称云梦泽。宋人范致明《岳阳风土记》:"孟浩然洞庭诗有'波撼岳阳城',盖城据湖东北,湖面百里,常多西南风,夏秋水涨,涛声喧如万鼓,昼夜不息。"④"欲济"句:想渡洞庭,却无舟楫。暗示欲出仕济世,却无人援引。⑤端居:独处、闲居。耻圣明:有愧于圣明之世。⑥垂钓者:比执政者,指张丞相。徒有:空有。羡鱼情:比喻希望出仕的心情。

题中的"张丞相"指曾任宰相、后任荆州长史的张九龄。历来投赠达官的诗,多有乞求之意,甚至摇尾乞怜。此诗实有乞求,却以"望洞庭"托意,不露痕迹。前半篇写"望洞庭";后半篇转入"赠张丞相"而"欲济"、"舟楫"、"垂钓"、"羡鱼",皆就洞庭湖生发,与前半篇一脉相承,比兴互陈,语意双关,含蓄地表达了不甘闲居、出仕济世的愿望。孟浩然长于五律,其主要风格是清幽、隽永、冲淡、高旷;这一首,却气象峥嵘,意境雄阔,别具一格。"气蒸云梦泽,波撼岳阳城",尤为咏洞庭湖名句,与杜甫"吴楚东南坼,乾坤日夜浮"并传。

过故人庄

故人具鸡黍①,邀我至田家。绿树村边合,青山郭外斜。开轩面场圃②,把酒话桑麻③。待到重阳日④,还来就菊花⑤。

①故人:老朋友。鸡黍:泛指待客的普通饭菜。《论语·微子》:"子路从而后,遇丈人……止子路宿,杀鸡为黍而食之。"②轩:这里指窗。面:动词,面对。场:农家打谷、晒稻的场地。圃:菜园。③把酒:端着酒杯。话桑麻:谈论农事。陶潜《归园田居》:"相见无杂言,但道桑麻长。"④重阳:阴历九月九日,是赏菊花、登高的佳节。古代民俗,这一天饮菊花酒。⑤就:接近。就菊花:指赏菊、饮菊花酒。

这是一首田园诗,通体清妙。

孟浩然有济世之志而不得实现,所以虽以隐逸自高,而其孤独郁抑乃至愤激不平的情怀时露于诗章。这一首却是难得的例外,"绿树"、"青山"、"鸡黍"、"场圃",一派田园风光;把酒共话,不离"桑麻",忘掉了名利,得到了欢乐,找到了心灵的归宿,因而留恋田园,皈依田家。全诗任意挥洒,浑然天成,却把宁静优美的田园风光和纯真深厚的故人情谊融为一体,诗意盎然。

春　晓

春眠不觉晓①,处处闻啼鸟②。夜来风雨声,花落知多少③。

①"春眠"句:结合后两句看,前半夜因闻窗外风雨声大作,生怕盛开的百花横被摧残而未能入睡,后半夜才睡着,不久便被鸟声唤醒,天已亮了。黄叔灿《唐诗笺注》认为诗人"一夜无眠,方睡达晓,故有'夜来风雨声'之句,乃倒装句法",讲得很中肯。②"处处"句:东西南北,"处处"都是鸟叫声,这是在床上"闻"到的。③"夜来"两句:天晓醒来之后,追想夜间风雨交加,便想知道花儿究竟落了多少。用疑问语气生动地表现了担心花儿落得太多,又希望落得很少的复杂心情。

写春天破晓时的感受和心理活动,惟妙惟肖,而惜春惜花之意,见于言外。李攀龙《唐诗训解》云:"首句破题,次句即景,下联有惜春之意。昔人谓诗如参禅,如此等语,非妙悟者不能道。"吴山《唐诗选附注》云:"夜间风雨,不寐可知,又闻鸟声而思落花,无限摧残之感。"

宿建德江

移舟泊烟渚①,日暮客愁新。野旷天低树②,江清月近人③。

①烟渚:暮烟笼罩的江中小洲。②"野旷"句:原野辽阔,遥望远方,天空反而低于树木。③"江清"句:江水澄清,月映水面,好像有意来和旅人亲近。王尧衢《古唐诗合解》:"江头夜泊,但见清波明月为我之伴,是'月近人'也。即此孤寂,便是'客愁'。"

建德,唐县名,在今浙江建德县西。建德江,即流经建德的新安江。宿,住宿,从第一句看,作者是"宿"在"舟"上的。此诗当是漫游吴越时所作,夜泊烟渚,独宿孤舟,触景生情,满目客愁,只以二十字表现之,令人品味不尽。杨逢春《唐诗偶评》云:"首点题,二领客愁,三、四即景含情。望远极目,不觉天低于树;孤舟独宿,惟有月来依人,不言愁而愁字之神已摄。"罗大经《鹤林玉露》云:"孟浩然诗曰:'江清月近人。'杜陵诗曰:'江月去人只数尺。'浩然之句浑涵,子美之句精工。"

李　颀

李颀(690? —754?),郡望赵郡(今河北赵县),居颍阳(今河南登封)颍水支流东川旁,后人因称李东川。玄宗开元二十三年(735)进士及第,曾官新乡尉,后人因称李新乡。早年出入洛阳、长安,结交权贵,以求大用而未能如愿,乃闭户读书十余年。出仕后沉沦下僚,久不得调,又愤而归隐。与同时著名诗人王昌龄、崔颢、綦毋潜、岑参、王维、高适、皇甫曾、朱放等皆有交往,诗名颇盛。殷璠评其诗"发调既清,修辞亦秀,杂歌咸善,玄理最长"(《河岳英灵集》卷上)。尤擅七古歌行与七律。七古歌行"善写边朔气象"(徐献忠《唐诗品》),"开阖转接奇横,沉郁之思,出以明秀,运少陵之坚苍,合高、岑之浑脱,高音古色,冠绝后来"(宋育仁《三唐诗品》)。七律仅存七首,皆诗格清炼,流丽婉润,《送魏万之京》一首尤佳。明七子学其七律而取貌遗神,故潘德舆评云:"李东川七律为明七子之祖,究其容貌相似,神理犹隔一黍。"(《批唐贤三昧集》)《全唐诗》存诗三卷。其生平事迹见《唐才子传》及今人谭优学《李颀行年考》(收入《唐诗人行年考》)。

古从军行

白日登山望烽火,黄昏饮马傍交河[①]。行人刁斗风沙暗[②],公主琵琶幽怨多[③]。野云万里无城郭[④],雨雪纷纷连大漠。胡雁哀鸣夜夜飞,胡儿眼泪双双落。闻道玉门犹被遮[⑤],应将性命逐轻车[⑥]。年年战骨埋荒外,空见蒲桃入汉家[⑦]。

①交河:在今新疆维吾尔自治区吐鲁番县。因河水交流城下,故名(见《汉书·西域传》)。②刁斗:军中巡夜报更用的铜器,形似锅,白天做炊具。③"公主琵琶"句:言边地荒凉,使人愁惨。《宋书·乐志》引傅玄《琵琶赋》:"汉遣乌孙公主嫁昆弥,念其行道思慕,故使工人裁筝筑,为马上之乐。欲从方俗语,故名曰琵琶,取其易传于外国也。"④云:一作"营"。⑤"闻道"句:汉武帝命李广利攻大宛(西域国名),期至贰师城取良马,号之为贰师将军。作战经年,死伤过多。广利上书请班师,徐图再举。武帝大怒,发使遮玉门关,曰:"军有敢入,斩之!"(见《汉书·李广利传》)遮,拦阻。玉门关,在今甘肃敦煌县。⑥逐轻车:跟着将军作战。轻车:战车的一种,这里指汉武帝时的轻车将军李蔡。⑦"年年"二句:荒外,即边地。蒲桃,同"葡萄"。《汉书·西域传》:"宛王蝉封与汉约,岁献天马二匹,汉使采蒲陶、苜蓿种归。天子以天马多,又外国使者众,益种蒲陶、苜蓿离宫馆旁。"蒲陶,亦同"葡萄"。

此诗约作于玄宗天宝年间。《从军行》乃乐府《相和歌·平调曲》旧题,此诗借汉武帝开边"古"事以讽今,故于"从军行"前加一"古"字。全诗篇幅极短而大气盘旋,雄奇郁勃,前面极写边地之苦、战斗之惨,结句忽以"空见蒲桃入汉家"与"年年战骨埋荒外"作强烈之对照,而开边之有害无益,已见于言外。天宝年间,玄宗长期对吐蕃用兵,给战士和人民带来深重苦难,此诗当为此而发,可与杜甫《兵车行》共读。沈德潜云:"以人命换塞外之物,失策甚矣。为开边者垂戒,故作此诗。"(《唐诗别裁集》卷五)所见极是。

别梁锽

梁生倜傥心不羁[1]，途穷气盖长安儿。回头转眄似雕鹗[2]，有志飞鸣人岂知[3]！虽云四十无禄位，曾与大军掌书记[4]。抗辞请刃诛部曲[5]，作色论兵犯二帅[6]。一言不合龙额侯[7]，击剑拂衣从此弃[8]。朝朝饮酒黄公垆[9]，脱帽露顶争叫呼[10]。庭中犊鼻昔常挂[11]，怀里琅玕今在无[12]？时人见子多落魄[13]，共笑狂歌非远图。忽然遣跃紫骝马，还是昂藏一丈夫[14]。洛阳城头晓霜白，层冰峨峨满川泽[15]。但闻行路吟新诗[16]，不叹举家无担石[17]。莫言贫贱长可欺，覆篑成山当有时[18]。莫言富贵长可托，木槿朝看暮还落[19]。不见古时塞上翁，倚伏由来任天作[20]？去去沧波勿复陈，五湖三江愁杀人[21]。

[1]倜傥：爽朗、豪放。不羁：不受拘束。[2]雕鹗：两种猛禽。此句以雕鹗为喻，与上句"倜傥"、"不羁"，下句"有志飞鸣"相互补充。[3]飞鸣：指有远大志向。《史记·滑稽列传》："此鸟不飞则已，一飞冲天；不鸣则已，一鸣惊人。"[4]掌书记：唐代节度使及军帅幕府中均设有掌书记一人，主管军中文书。梁锽为大军掌书记事不可考。从上句所云"无禄位"，知他是以布衣的身份参加幕府的。[5]抗辞：抗直地向主帅陈辞。请刃：请求给予执行军令之权。诛部曲：意指对违令者处以军法。古大将军营有五部，部下有曲。（见《后汉书·百官志》）后通称部下为"部曲"。[6]作色：变色，指意气激昂。[7]龙额侯：借指当时军帅。汉韩说以校尉击匈奴，封龙额侯。[8]拂衣：表示决绝。弃：弃之而去。[9]黄公垆：即黄公酒垆。晋王戎常与嵇康、阮籍饮酒于此。（见《晋书·王戎传》）这里借指酒家。[10]"脱帽"句：言醉后放浪形骸，不拘礼法。[11]"庭中"句：言生活贫困。《世说新语·任诞》："阮仲容步兵居道南，诸阮居道北。北阮富，南阮贫。七月七日，北阮盛晒衣，皆纱罗锦绮，仲容以竿挂大布犊鼻裈于中庭。人或怪之，答曰：'未能免俗，聊复尔耳。'"犊鼻裈，劳作时用，相当于后来的围裙。[12]琅玕：一种似珠的宝石。《老子·第七十章》："知我者希，则我者贵，是以圣人被褐怀玉。"语本此。[13]落魄：不得意貌。[14]昂藏：气度出群貌。[15]峨峨：高峻貌。形容冰块积累堆叠。[16]"但闻"句：梁锽是诗人，现存诗十五首（见《全唐诗》卷二〇二）。[17]举家无担石：言略无粮食储存。《后汉书·明帝纪》："生者无担石之储。"百斤为担，十斗为石。举家：全家。[18]覆篑(kuì 匮)：把一篑一篑的土覆在地上，不断堆积，定有成山之时。比喻贫士也会有得志的一天。《尚书·旅獒》："为山九仞，功亏一篑。"这里化用其意。篑：盛土的竹器。[19]木槿：锦葵科植物。花生在短柄上，有红、紫、白等色，朝开暮萎。[20]"不见"二句：《淮南子·人间训》："近塞上之人有善术者，马无故亡而入胡。人皆吊之。其父曰：'此何遽不为福乎？'居数月，其马将胡骏马而归。人皆贺之。其父曰：'此何遽不能为祸乎？'家富良马，其子好骑，堕而折其髀。人皆吊之。其父曰：'此何遽不为福乎？'居一年，胡人大入塞，丁壮者引弦而战，近塞之人，死者十九，此独以跛之故，父子相保。故福之为祸，祸之为福，化不可极。"《老子》："福兮祸之所倚，祸兮福之所伏。"[21]"去去"二句：意谓梁锽去到东南方，五湖三江，烟波浩渺，总不免引起客愁。勿复陈：别再说下去了。陈：陈说。沈德潜云："结有世路风波意，非专言江湖难涉也。"（《唐诗别裁集》卷五）

这是一首赠别诗,作年无考。作者与梁锽同怀壮志而遭逢不偶,故于送别之时,发此浩歌。前四句总写其虽处穷途,而仍气盖长安、志在千里。以下从不同侧面刻画渲染,为梁锽传神写照,使其豪迈气概与倜傥心性跃然纸上。全诗或四句换韵,或六句换韵,或八句换韵,或两句换韵,抑扬顿挫,波澜起伏,读之令人心神震荡,有极强的艺术感染力。

送陈章甫[①]

四月南风大麦黄,枣花未落桐阴长。青山朝别暮还见,嘶马出门思旧乡。陈侯立身何坦荡,虬须虎眉仍大颡[②]。腹中贮书一万卷,不肯低头在草莽。东门酤酒饮我曹,心轻万事如鸿毛。醉卧不知白日暮,有时空望孤云高[③]。长河浪头连天黑[④],津口停舟渡不得。郑国游人未及家,洛阳行子空叹息[⑤]。闻道故林相识多,罢官昨日今如何[⑥]?

①陈章甫:盛唐时代作家。《全唐文》卷三七三载其文。高适在《同观陈十六史兴碑》诗中称赞其碑文"佳句悬日月"。陈章甫排行十六,故诗题中称他为"陈十六"。②大颡:宽额头。③"有时"句:通过描写陈章甫昂首望云的神态来表现他傲岸的性格。④长河:黄河。⑤郑国游人:作者自指,他的家在颍阳,古为郑国之地。洛阳行子:指陈章甫,当时正旅寓洛阳。⑥故林:故园。这两句意为:听说你在故乡朋友不少,你罢官回乡之后,他们会如何看待你呢?

陈章甫,江陵(今属湖北)人,开元进士,曾官太常博士。尝隐居嵩山二十余年,与李颀所居颍阳相隔不远,时相往来,相知甚深。罢官回乡,李颀作此诗送行。开头先写其故乡的一派田园风光,以引起"思旧乡"之情。中间描状其心胸、气度、学识和遭遇,而以悬念其还乡后的处境收束全诗,与《别梁锽》同为描写人物的佳作。方东树《昭昧詹言》称其开头两句"奇景涌出",赞其全诗"何等警拔!便似嘉州(岑参)、达夫(高适)"。

听董大弹胡笳弄兼寄语房给事[①]

蔡女昔造胡笳声,一弹一十有八拍。胡人落泪沾边草,汉使断肠对归客[②]。古戍苍苍烽火寒,大荒沉沉飞雪白。先拂商弦后角羽[③],四郊秋叶惊摵摵[④]。董夫子,通神明,深山窃听来妖精[⑤]。言迟更速皆应手,将往复旋如有情。空山百鸟散还合,万里浮云阴且晴。嘶酸雏雁失群夜,断绝胡儿恋母声[⑥]。川为净其波,鸟亦罢其鸣。乌孙部落家乡远[⑦],逻娑沙尘哀怨生[⑧]。幽音变调忽飘洒[⑨],长风吹林雨堕瓦。迸泉飒飒飞木末[⑩],野鹿呦呦走堂下[⑪]。长安城连东掖垣,凤凰池对青琐门⑫。高才脱略名与利⑬,日夕望君抱琴至⑭。

①胡笳弄:琴曲名,蔡琰(蔡文姬)被掠入南匈奴,翻笳调入琴曲,即为《胡笳十八拍》。②汉使:指建安十二年(207)曹操派往南匈奴赎蔡琰的使者。归客:指蔡琰。这两句是说蔡琰弹《胡笳十八拍》使胡人和汉使感到悲伤。③"先拂"句:从此句开始转入直接描写董庭兰的弹琴。商、角、羽:古代音乐术语,代表三个音阶。古琴七弦,配七音,据《三礼图》说琴第一弦为宫,依次为商、角、羽、徵(zhǐ 纸)、少宫、少商六个音阶。④摵摵:即瑟瑟,落叶声。⑤窃听来妖精:意为妖精来听琴,犹如"动鬼神"。⑥"嘶酸"二句:是说董的琴声再现了蔡琰的生活和感情。蔡琰的《悲愤诗》曾写到她归汉时和她所生的"胡儿"的痛苦诀别。⑦乌孙部落:指汉时西域乌孙国。汉王朝曾以江都王刘建女儿细君嫁给乌孙国王昆莫。这句意为琴声好像表达了"乌孙公主"思念家乡的感情。⑧逻娑:唐时吐蕃都城,即今西藏拉萨。唐代先后有文成、金城公主嫁给吐蕃王。这句说琴声也似有唐公主的"哀怨"之情。⑨幽音:幽咽哀怨之音。飘洒:飘逸洒脱。⑩迸泉:喷泉。木末:树梢。全句是说高峰的喷泉从树梢飞洒而下,发出"飒飒"的声响。⑪呦呦:鹿鸣声。摹拟琴声。⑫"长安"两句:写房琯的居室。给事中属门下省,唐代门下省在禁中东掖。凤凰池:指中书省所在。青琐门:宫门名。⑬高才:指房琯。脱略名与利:不受名缰利锁的羁绊。⑭君:指董庭兰。结尾两句,既称赞董庭兰琴艺超群,能够赢得房琯的赏识;又称赞房琯淡于名利,精谙音乐,是董庭兰的知音。

李颀擅长以诗歌描写音乐,这一首与《听安万善吹觱篥歌》是其代表作。题目中的"董大"即董庭兰,是著名的琴师,房琯门客;"房给事"指房琯,肃宗时任宰相。此诗当作于玄宗天宝五载(746),房琯时任给事中。董庭兰所奏,是由胡笳声调翻成的琴曲,故诗先从东汉蔡文姬《胡笳十八拍》写起,然后转入董庭兰的弹奏,用各种视觉形象形容听觉形象,又从各种听觉形象化出视觉形象,把看不见、摸不着的音乐旋律和听众的感受描绘得有声有形有色。与此后韩愈的《听颖师弹琴》、白居易的《琵琶行》及李贺的《箜篌引》,同为写音乐的名作。

送刘昱

八月寒苇花,秋江浪头白。北风吹五两①,谁是浔阳客②?鸬鹚山头微雨晴③,扬州郭里暮潮生④。行人夜宿金陵渚⑤,试听沙边有雁声。

①五两:占风向的旗上的羽毛。又名统(huán 还)。刘昱走水路,故须看五两以观风向。②"谁是"句:意谓刘昱将溯江而上,远客浔阳。唐江州浔阳郡治浔阳,在今江西省九江市。下文的"鸬鹚山"、"扬州郭"、"金陵渚"都是刘昱途中必经之地。③鸬鹚山:皎然《买药歌送杨山人》:"夜惊潮没鸬鹚埭,朝看日出芙蓉楼。摇荡春风乱帆影,片云无数是扬州。"据此可知鸬鹚山与芙蓉楼相连,距扬州(今江苏省扬州市)不远。芙蓉楼故址在旧镇江(今江苏省镇江市)府城上西北角。④"扬州"句:李绅《入扬州郭序》:"潮水旧通扬州郭内。大历以

后,潮信不通。"⑤金陵渚:金陵(今江苏省南京市)江边的洲渚。

这是送友人刘昱经扬州、金陵去浔阳的诗。浔阳在长江边,开头写秋江景物,落到"浔阳客",乃是通过想象展现刘昱作客之地的凄凉环境。后四句,回过头写刘昱沿途必经之地的景物,也出于想象。结句要刘昱夜宿金陵渚时"试听沙边有雁声",又于凄清景色中寓惜别之意。如唐汝询所说:"雁集必有俦侣,故离别者兴思焉。"(《唐诗解》卷一七)全诗构思新颖,情景交融,别饶神韵。方东树《昭昧詹言》赞其"天地间别有此一种情韵"。

望秦川

秦川朝望迥,日出正东峰。远近山河净,逶迤城阙重①。秋声万户竹,寒色五陵松②。客有归欤叹,凄其霜露浓③。

①逶迤:蜿蜒。城阙:指长安城和城内的宫阙。"城阙九重门",故用"重"形容。②五陵:指长安城北、东北、西北汉代五个皇帝的陵墓:长陵(高祖)、安陵(惠帝)、阳陵(景帝)、茂陵(武帝)、平陵(昭帝)。③归欤:用《论语》成语,意为"回去吧!"凄其:凄然。《礼记·祭义》:"霜露既降,君子履之必有悽怆之心。"这两句曲折地表达了仕途失意的感慨。

这首诗以"秦川朝望迥"领起,写深秋朝日初升之时望中所见的秦川景色,而以"归欤"之叹收尾,风格高澹,是李颀五律名篇。

送魏万之京

朝闻游子唱离歌①,昨夜微霜初渡河。鸿雁不堪愁里听,云山况是客中过②。关城树色催寒近,御苑砧声向晚多③。莫见长安行乐处,空令岁月易蹉跎。

①离歌:亦作"骊歌",离别时唱的歌。②过(guō锅):读平声,"经过"之意。③砧声:捣衣声。

魏万,名颢,居王屋山,肃宗上元(760—761)初登进士第,是李颀的晚辈。之京,往京城长安。天宝十三载(754),魏万往东南一带寻访李白,李白极赏识,作《送王屋山人魏万》诗赠别。可能他辞别李白之后即赴长安,途经洛阳时与李颀相会,颀作此诗送行。前四句写离别情景;五、六两句写渐行渐到长安;结尾两句勉其立身立名,勿见长安行乐之地便亦一味行乐而蹉跎岁月,可谓情深意厚、语重心长。胡应麟说此诗乃"盛唐脍炙佳作"(《诗薮》内编卷五)。方东树谓开头两句"言'昨夜微霜',游子今朝'渡河'耳,却炼句入妙",又谓"中四情景交写,而语有次第:三、四送别之情,五、六渐次至京"(《昭昧詹言》卷一六)。评析极中肯。

王昌龄

王昌龄(698—757?),字少伯,郡望琅玡,京兆万年(今陕西西安市)人。早年似曾到过西北边地。开元十五年(727)进士及第,补秘书省校书郎。二十二年(734)登博学宏词科,超绝群类,授汜水尉。二十七年(739)以故贬岭南,第二年北归经襄阳,与孟浩然相会。冬,改授江宁丞。天宝时,以"不护细行"贬龙标尉。安史乱时,避乱江淮一带,为亳州刺史闾丘晓所杀。因曾为江宁丞、龙标尉,世称王江宁、王龙标。与李白、王维、李颀、王之涣、崔国辅、高适诸人交游酬唱,诗名动一时。擅长绝句,其边塞军旅、宫怨闺情及送别之作,深厚婉丽,风神摇曳,被尊为"开(元)、天(宝)圣手"、"诗家天子"。黄克缵《全唐风雅》云:"唐七言绝句当以龙标为第一,以其比兴深远,得风人温柔敦厚之体,不但词语高古而已。"胡应麟《诗薮》内编云:"江宁《长信词》、《西宫曲》、《青楼曲》、《闺怨》、《从军行》皆优柔婉丽,意味无穷,风骨内含,精芒外隐,如清庙朱弦,一唱三叹。"沈德潜《唐诗别裁集》云:"龙标绝句,深情幽怨,音旨微茫,令人测之无端,玩之无尽。"原有集五卷,久佚。《全唐诗》存诗四卷。生平事迹见《旧唐书》卷一九〇、《新唐书》卷二〇三本传及《唐才子传》卷二、《唐诗纪事》卷二四。

从军行二首

青海长云暗雪山①,孤城遥望玉门关②。黄沙百战穿金甲,不破楼兰终不还③。

大漠风尘日色昏,红旗半卷出辕门④。前军夜战洮河北⑤,已报生擒吐谷浑⑥。

①青海:即青海湖,在今青海省西宁市西,唐和吐蕃常在这一带发生战争。②"孤城"句:为调平仄而词序倒装,其意为:自青海回头遥望玉门关孤城,与第四句"还"字呼应。俞陛云《诗境浅说续编》云:"首二句乃逆挽法,从青海回望孤城,见去国之远也。"所见极是。③楼兰:汉西域部族名,所居故地在今新疆维吾尔自治区鄯善县东南一带。汉武帝派使臣通西域,楼兰王与匈奴勾结,屡次击杀汉使。昭帝元凤四年(前77),大将军霍光派傅介子至楼兰,斩其王。此处借汉喻唐,指侵扰西北的敌人。④辕门:古代行军扎营,以车环卫,出入处以两车之辕相向竖起,对立如门,故称辕门。⑤洮河:在今甘肃西部。⑥吐谷浑(tǔ yù hún 突浴魂):本辽东鲜卑族。魏晋之际,其酋吐谷浑率部西徙阴山。其子孙建国于洮河西,以吐

谷浑为国名,时扰边境。初唐时被唐军击败,称臣内附。此泛指敌酋。

《从军行》为乐府歌曲,属《相和歌曲·平调曲》。《乐府解题》曰:"《从军行》皆军旅辛苦之辞。"王昌龄所作共七首,这里仅选两首。前一首,沈德潜《唐诗别裁集》云:"作豪语看亦可,然作归期无日看,倍有意味。"后一首,刘永济《唐人绝句精华》云:"但写边军战胜之事。"宋顾乐《〈唐人万首绝句选〉评》总评《从军行》组诗云:"《从军》诸作,皆盛唐高调,极爽朗,却无一直致语。"

出　　塞

秦时明月汉时关①,万里长征人未还。但使龙城飞将在②,不教胡马度阴山③。

①秦时明月、汉时关:互文见义,意为秦汉时的明月和雄关。②龙城:指卢龙城,在今河北省喜峰口附近一带,为汉代右北平郡所在地。《史记·李将军传》:"(李)广居右北平,匈奴闻之,号曰汉之飞将军,避之数岁,不敢入右北平。"③阴山:在今内蒙古自治区中部。

《出塞》乃乐府《横吹曲辞·汉横吹曲》旧题。开元年间,受唐王朝册封的奚和契丹不时侵扰,唐王朝亦处置失当,故征战不休。王昌龄此诗,亦有为而发,用旧题以抒今情。沈德潜《说诗晬语》云:"'秦时明月'一章,前人推重之而未言其妙,盖言劳师力竭而功不成,由将非其人之故,得飞将军备边,边烽自熄,即高常侍《燕歌行》归重'至今人说李将军'也。"施补华《岘佣说诗》云:"'秦时明月'一首,'黄河远上'一首,'天山雪后'一首,皆边塞名作,意态雄健,音节高亮,情思悱恻,令人百读不厌也。"

采 莲 曲

荷叶罗裙一色裁①,芙蓉向脸两边开。乱入花中看不见,闻歌始觉有人来。

①一色裁:用同一种颜色的材料剪裁而成。"荷叶"是翠绿色,"罗裙"与"荷叶"同色。

《采莲曲》属乐府旧题,《江南弄》七曲之一。此篇写采莲人罗裙与荷叶同色,容颜与荷花争艳,故"乱入花中看不见"而"闻歌始觉有人来",表现手法极新颖。锺惺《唐诗归》云:"从'乱'字、'看'字、'觉'字耳、目、心三处参错说出情来,若直以衣服、容貌相夸示,则失之远矣。"黄叔灿《唐诗笺注》云:"'向脸'二字却妙,似花亦有情。"

长信秋词

奉帚平明秋殿开[①]，且将团扇暂徘徊[②]。玉颜不及寒鸦色，犹带昭阳日影来[③]。

①奉帚：持帚洒扫。《汉书·班婕妤传》载：班婕妤失宠，退居长信宫，作《自悼赋》，有"供洒扫于帷幄兮，永终死以为期"之句。吴均《行路难》云："班姬失宠颜不开，奉帚供养长信台。"②"且将"句：《玉台新咏》载班婕妤《怨诗》云："新裂齐纨素，皎洁如霜雪。裁成合欢扇，团团如明月。出入君怀袖，动摇微风发。常恐秋节至，凉飙夺炎热。弃捐箧笥中，恩情中道绝。"扇子是炎夏用的，入秋便被弃捐。以秋扇之命运喻自己之失宠。失宠之人而犹持秋后之扇暂徘徊，其心态自可想见。将，持也；"团扇"承"秋"字。何焯《〈三体唐诗〉评》云："'平明'二字中便含'日影'，'秋'字起'团扇'，'寒鸦'关合'平明'，'寒'字仍有'秋'意，诗律之细如此。"③昭阳：汉宫殿名，赵飞燕之妹昭仪所居。班婕妤于汉成帝时选入后宫，曾得宠。后成帝纳赵飞燕姊妹，遂见疏，乃求供养太后，居长信宫。

《长信秋词》，《乐府诗集》题为《长信怨》，属《相和歌辞·楚调曲》，咏班婕妤故事。唐人作宫怨诗，多用此题，王昌龄的五首是其中的代表作。王昌龄善以七绝写宫怨，如《西宫春怨》、《西宫秋怨》、《春宫曲》、《长信秋词》等，都缠绵婉丽，历代传诵，这里选一首以见一斑。沈德潜《唐诗别裁集》云："昭阳宫，赵昭仪所居，宫在东方，寒鸦带东方日影而来，见己之不如鸦也。优柔婉丽，含蕴无穷，使人一唱而三叹。"李锳《诗法易简录》云："不得承恩意，直说便无味，借'寒鸦'、'日影'为喻，命意既新，措辞更曲。"朱庭珍《筱园诗话》评"玉颜"两句云："用意全在言外，而措词微婉，浑然不露，又出以摇曳之笔，神味不随词意俱尽，所以入妙，非但以风调见长也。"

闺 怨

闺中少妇不知愁，春日凝妆上翠楼[①]。忽见陌头杨柳色，悔教夫婿觅封侯[②]。

①凝妆：盛妆、着意装束，与上句"不知愁"相应。②觅封侯：指从军。

"闺"指妇女的卧室，"闺怨"是妇女不能与丈夫团聚的怨情。王昌龄善写从军、出塞，也善从征人的家属方面写闺怨，这一首与《青楼怨》是其代表作。唐汝询《唐诗解》云："唐人闺怨，大抵皆征妇之辞也。一见柳色而生悔心，功名之望遥、离索之情极也。"顾璘《批点唐诗正音》云："宫情闺怨作者多矣，未有如此篇与《青楼怨》二首雍容浑含、明白简易，真有雅音，绝句中之极品也。"

青楼怨

香帏风动花入楼,高调鸣筝缓夜愁①。肠断关山不解说②,依依残月下帘钩。

①高调(tiáo条):调弦升高音调(diào掉)。鸣筝:即筝,一种弦乐器。缓夜愁:宽解夜间思念丈夫的愁绪。②"肠断"句:鸣筝不能传出思念征人之情。此是倒装句,顺说,即"(鸣筝)不解说肠断关山"。

青楼,指显贵人家之闺阁。青楼怨,即贵家少妇思念丈夫、怨恨离别的情绪。顾璘《批点唐诗正音》云:"此是拗体,音律凄婉清畅。"宋顾乐《〈唐人万首绝句选〉评》云:"此首落句与'高高秋月照长城'一法,但彼通首用峻调,此通首用缓调。一肖军壮之情,一肖闺房之态。"

芙蓉楼送辛渐

寒雨连江夜入吴,平明送客楚山孤①。洛阳亲友如相问,一片冰心在玉壶②。

①"寒雨"两句:吴、楚皆指送别之地润州,其地古时先属吴、后属楚。"入吴"的主语是"寒雨",寒雨夜入吴而平明送客。②"一片"句:鲍照《白头吟》"清如玉壶冰",姚崇《冰壶诚》"内怀冰清,外涵玉润,此君子冰壶之德也"。昌龄同时人殷璠说昌龄"晚节不矜细行,谤议沸腾"(《河岳英灵集》卷中)。"冰心玉壶"之喻,正是作者针对"谤议"向亲友自明心迹。

芙蓉楼在唐润州(今江苏镇江市)城上西北角,王昌龄被贬为江宁丞时,于此楼送友人辛渐去洛阳而作此诗。前两句,以寒雨入吴、楚山孤寂烘托离愁;后两句,托辛渐告慰洛阳亲友;虽被贬谪,而品格高洁,问心无愧。俞陛云《诗境浅说续编》云:"借送友以自写胸臆,其词自潇洒可爱。"

储光羲

储光羲(706?—763),排行十二,润州延陵(今江苏丹阳)人。玄宗开元十二年(724),与丁仙芝同为太学诸生。十四年登进士第,与綦毋潜、崔国辅同榜。释褐为冯翊县佐官,其后又历任安宜、下邽、汜水等县尉。二十一年(733)辞官还乡。开元、天宝之际,隐居于终南山。天宝六、七年间(747—748)出任太祝,世称储太祝。九载前后,迁监察御史,尝出使范阳,时安禄山兼任范阳、平卢、河东三镇节度使,蓄谋叛乱,光羲作《效古》、《观范阳递俘》等诗,忧心时局,语意深切。安史叛军陷长安,光羲被俘,受伪职。后脱身还朝,贬谪南方。

代宗宝应元年（762）五月遇赦，未及归，卒于贬所。其生平事迹见顾况《监察御史储公集序》及《唐诗纪事》、《唐才子传》。储光羲是盛唐山水田园诗派重要诗人，与王维、孟浩然等往来酬唱。殷璠称其诗"格高调逸，趣远情深，削尽常言，挟风雅之迹，浩然之气"（《河岳英灵集》）。有《储光羲集》五卷，《全唐诗》存其诗四卷。

效 古

晨登凉风台，暮走邯郸道①。曜灵何赫烈②，四野无青草。大军北集燕③，天子西居镐④。妇人役州县，丁壮事征讨。老幼相别离，哭泣无昏早。稼穑既殄灭，川泽复枯槁。旷哉远此忧，冥冥商山皓⑤。

①凉风台：汉时长安有凉风台，在建章宫北，这里用以指代长安。开头两句是说从长安出发走上通往邯郸的大道，即出使范阳。②曜灵：太阳。赫烈：炎热。③燕：指安禄山军所驻范阳（即幽州，治所在今北京市大兴）一带。这句暗示安禄山拥重兵谋叛。④镐：西周故都，在今陕西省西安市西南。这里借指当时的京城长安，暗示皇帝深居京师，不了解外面的情况。⑤末两句言只有那些不关心时事的隐士才能排除这种忧愁。旷：远。冥冥：昏昧。商山皓：秦汉之际有东园公、绮里季、夏黄公、甪里先生四人隐居商山，因皆须眉皓白，时称"商山四皓"。

此诗作于出使范阳途中，原二首，这是第一首。托为"效古"，实则伤今，真切地表现了沿途所见的人民群众苦于旱灾、兵役的惨象和作者忧国忧民的情怀，令人预感到安史之乱一触即发。

同王十三维《偶然作》

野老本贫贱，冒暑锄瓜田。一畦未及终，树下高枕眠。荷莜者谁子①，皤皤者息肩②。不复问乡墟③，相见但依然④。腹中无一物，高话羲皇年⑤。落日临层隅⑥，逍遥望晴川。使妇提蚕筐，呼儿榜渔船⑦。悠悠泛绿水，去摘浦中莲⑧。莲花艳且美，使我不能还。

①莜（diào 掉）：古代除草用的农具。荷莜者：指肩扛农具的人。②皤皤者：指老农。皤（pó 婆）皤：白头的样子。息肩：休息。③乡墟：乡里。④依然：即依然如故，好像早已相识。⑤高话：大声谈话。羲皇：指伏羲氏。古人想象伏羲以前的人，无忧无虑，生活闲适。羲皇年：即太古时代。⑥层隅：水边。⑦榜：船桨。这里作动词用，指摇橹开船。⑧浦：这里指水塘。

王维作《偶然作六首》，储光羲也作了六首，这是其中的第三首。诗中描写的那位"野老"栖身田园，自得其乐，显然寄托了作者的人生理想。

田家杂兴

众人耻贫贱,相与尚膏腴①;我情既浩荡,所乐在畋渔②。山泽时晦暝③,归家暂闲居。满园植葵藿,绕屋树桑榆。禽雀知我闲,翔集依我庐。所愿在优游,州县莫相呼④;日与南山老⑤,兀然倾一壶⑥。

①尚膏腴:追求奢侈的生活享受。②畋渔:打猎和捕鱼。③"山泽"句:以山泽晦暝象征时局混乱黑暗。④"所愿"二句:意谓自己乐于优游林泉,并无入仕之意,州县官不要向朝廷推荐。唐代士人仕宦失意,多隐居京城以南的终南山,沽名以待朝廷征召。司马承祯曾说终南是"仕宦之捷径"。(见《新唐书·卢藏用传》)朝廷起用在野人才,多半通过州县官荐送,故以"州县莫相呼"表示无意出仕。⑤南山老:终南山中的隐士。⑥兀然:得意忘形貌。

这是储光羲于开元、天宝之际隐居终南山时的作品,原诗八首,这里选其第二首。《田家杂兴》组诗与《同王十三维〈偶然作〉》组诗,是储光羲田园诗的代表作。锺惺《唐诗归》云:"储诗清骨灵心,不减王、孟……寄兴入想,皆高一层、厚一层、远一层,《田家》诸诗皆然。"周敬、周珽《唐诗选脉会通评林》云:"大抵储诗冲淡中涵深厚,幽细中见高壮,每多道气语,如《田家》与《王十三偶然作》等篇,名理悟机,跃跃在前。锺伯敬谓其极厚、极细、极和,乃从平出,此储诗之妙,亦须平气读之。不知惟平,故成其为奇;不善奇者,必不能平。平,正所以近乎陶也。"

钓鱼湾

垂钓绿湾春,春深杏花乱①。潭清疑水浅,荷动知鱼散。日暮待情人②,维舟绿杨岸③。

①杏花乱:杏花飘落。②情人:指一切有情的人,不限于女性。③维舟:系舟。

这是《杂咏五首》的第四首。一、二两句写垂钓的环境及时令:河湾绿遍、杏花乱落、春色已深,未言情而无限期待之情已蕴含其中。三、四两句并未写钓鱼:看那潭水清澈澄明,便怀疑水浅无鱼;及至看见碧荷摇动,才知道荷叶下面原来有不少鱼,可现在都散开了,不知去向了。这种细致的观察和微妙的心理变化,都表明垂钓者本来不是要钓鱼,而是心有所思,意有所待。结尾两句是点睛之笔:垂钓者徘徊绿湾,日暮犹系舟绿杨岸而不肯归去,原来是等待"情人"啊!六句诗写得风神摇漾,含情无限。

江 南 曲

日暮长江里,相邀归渡头。落花如有意,来去逐船流①。

①"来去"句：船来船去,落花皆追随不舍。

《江南曲》乃乐府《相和歌辞》旧题,多写江南水乡风俗及男女爱情。储光羲作共四首,这是其中的一首。唐汝询《唐诗解》云:"日暮相邀,人既多情;花之逐船,亦觉有意。"俞陛云《诗境浅说续编》云:"此诗与崔国辅之《采莲曲》、崔颢之《长干曲》皆有盈盈一水,伊人宛在之思;但二崔之诗皆着迹象,此诗则托诸花逐船流,同赋闲情,语尤含蓄。"

王 维

王维(700—761),字摩诘,排行十三。祖籍太原祁(今山西祁县),其父迁居于蒲(今山西永济),遂为河东人。开元九年(721)进士。初为太乐丞,因令人舞黄狮子坐罪,贬济州司仓参军。张九龄为相,擢为右拾遗,后转监察御史,累官至给事中。安禄山陷长安,被执,受伪职。乱平论罪,以曾作《凝碧池》诗思念王室,其弟缙又请削己官为他赎罪,责授太子中允。后为尚书右丞,世称王右丞。晚年隐居蓝田辋川,以禅悟诗,故有"诗佛"之称。与孟浩然并称"王孟",乃盛唐山川田园诗派杰出代表。早岁边塞诗沉雄慷慨,意气飞动。山水田园诗或壮丽雄阔,或清幽恬澹,"诗中有画"。五绝绘景传神,超妙自然,七绝语近情遥,风神摇曳,与李白同擅胜场。其人多才多艺,诗歌而外,兼擅散文、音乐、书法、绘画,相互影响,故其"诗中有画,画中有诗",而其诗歌也富有音乐性。尤以诗、画见长,自称"宿世谬词客,前身应画师"(《偶然作》),其诗拓田园山水派疆域,其画以"破墨"山水见长,被推为"南宗"山水画之祖。如晁补之所指出:"右丞妙于诗,故画意有馀;右丞精于画,故诗体转工。"(刘士镂《文致》引)对他的诗及他在唐代诗人中的地位,历代评论者甚众。如何良俊《四友斋丛说》云:"五言绝句,当以王右丞为绝唱。"许学夷《诗源辩体》云:"摩诘……五言律有一种整栗雄丽者,有一种一气浑成者,有一种澄淡精致者,有一种闲淡自在者。""摩诘七言律亦有三种,有一种宏赡雄丽者,有一种华藻秀雅者,有一种淘洗澄净者。""摩诘五言绝意趣幽玄,妙在文字之外。"施补华《岘佣说诗》云:"摩诘五言古,雅淡之中,别饶华气。""摩诘七古,格整而气敛,虽纵横变化不及李、杜,然使事典雅,属对工稳,极可为后人学步。"姚鼐《惜抱轩今体诗抄序目》云:"右丞七律,能备三十二相,而意兴超远……宜独冠盛唐诸公。"贺裳《载酒园诗话又编》云:"唐无李、杜,摩诘便应首推。"有集一〇卷,清赵殿成《王右丞集笺注》最通行。《全唐诗》存诗四卷。生平事迹见《旧唐书》卷一九〇、《新唐书》卷二〇二本传、《唐诗纪事》卷一六、《唐才子传》卷二及年谱多种。

渭川田家①

斜光照墟落②,穷巷牛羊归③。野老念牧童,倚杖候荆扉④。雉雊麦苗秀⑤,蚕眠桑叶稀⑥。田夫荷锄至⑦,相见语依依。即此羡闲逸,怅然吟式微⑧。

①渭川:渭水。②斜光:夕阳的余辉。墟落:村庄。③穷巷:深巷。④候荆扉:在柴门外等候。⑤雉雊(gòu 够):野鸡鸣叫。麦苗秀:麦苗扬花。⑥蚕眠:蚕蜕皮时,不食不动,状如睡眠。三眠后吐丝作茧。⑦荷(hè 贺):负荷,动词。⑧式微:《诗经·邶风》篇名,有"式微,式微,胡(何)不归"之句。

《旧唐书·文苑传》云:"维得宋之问蓝田别墅在辋口,辋水周于舍下,别涨竹洲花坞,与道友裴迪浮舟往来,弹琴赋诗,啸咏终日。"辋水入渭水,诗题"渭川田家",当即王维辋川别墅附近的田家。王维于开元二十九年(741)至天宝三载(744),由殿中侍御史改官左补阙。当时张九龄罢相,李林甫专权,王维进退维谷,亟思避世,故亦官亦隐,多居辋川,这首诗当是这一时期的作品。全诗以田家的"闲逸"反衬官场的惊涛骇浪,以"牛羊归"、田夫归引出自己的"胡不归",景中含情,言外有意。如果仅认为写出了田园风俗画、或指责未表现田家受剥削压迫的种种痛苦,便失之肤浅了。

洛阳女儿行

洛阳女儿对门居①,才可容颜十五馀。良人玉勒乘骢马,侍女金盘脍鲤鱼②。画阁朱楼尽相望③,红桃绿柳垂檐向。罗帷送上七香车,宝扇迎归九华帐④。狂夫富贵在青春,意气骄奢剧季伦⑤。自怜碧玉亲教舞,不惜珊瑚持与人⑥。春窗曙灭九微火,九微片片飞花琐⑦。戏罢曾无理曲时,妆成只是熏香坐⑧。城中相识尽繁华,日夜经过赵李家⑨。谁怜越女颜如玉,贫贱江头自浣沙⑩。

①对门居:作者与她对门而居,故对她的一切了解得很清楚,意在强调下文描写的真实性。②良人:丈夫。玉勒:带玉饰的马笼头。骢马:毛色黑白相间的马。脍:细切的鱼肉。③画阁朱楼:经过彩绘油漆的楼阁。④罗帷:用丝织品缝成的帷帐。七香车:用多种香料涂饰过的车子。宝扇:指饰有珍宝的羽扇。九华帐:最富丽华美的帷幕。⑤狂夫:即前面所说的"良人",因其骄纵,所以这样称呼他。青春:年少。意气:任性。剧:烈于,胜于。季伦:晋代石崇字季伦,以奢侈著称。这两句写"良人"正当少年,又有高官厚禄,极其骄奢。⑥怜:爱。碧玉:汝南王的宠妾,这里借指"良人"的爱妾。珊瑚持与人:用石崇的典故。《世说新语》说石崇与王恺斗富,王恺是贵戚,皇帝暗中支持他,让他将宫中一株三尺高的珊瑚带去比富。石崇故意打碎它,然后取出自己的珊瑚来赔偿,他的任何一株都比皇帝的高大。

⑦曙:天亮。九微:灯名。《汉武内传》写汉武帝在宫中点燃"九光九微"灯以恭候西王母。飞花琐:(灯花)溅落在窗前。花琐:窗户的花格子。这两句写洛阳女儿的贵妇生活。⑧理曲:温习歌曲。熏香:坐在熏炉旁,让衣服熏上香味。熏炉,古代特制来熏香和取暖的炉子,燃料中可以加檀香等香料。⑨繁华:指繁华之家,即富贵人家。赵李:指贵戚。汉成帝宠爱赵飞燕、李平,她们的家族便显赫起来。一说指赵飞燕、李夫人的家族。这里是借用。⑩越女:春秋时越国美女西施。她在贫贱时曾在江边浣纱。这里借指当时贫贱而美丽的女子。

宋蜀本《王摩诘文集》于此诗题下注云:"时年十八。"时王维居嵩山东溪,距洛阳极近。梁武帝《河中之水歌》云:"河中之水向东流,洛阳女儿名莫愁。"王维因取"洛阳女儿"为题,作了这篇歌行。盛唐时代的东都洛阳富丽繁华,豪门贵族之骄奢淫逸与贫贱人家的艰辛生活形成鲜明对照,作者有感于此,在诗中对前者给予嘲讽而对后者深表同情,表现了青年诗人的正义感。吴北江云:"借此以刺讥豪贵,意在言外,故妙。"(《唐宋诗举要》卷二引)

桃源行

渔舟逐水爱山春,两岸桃花夹古津①。坐看红树不知远②,行尽青溪忽值人③。山口潜行始隈隩④,山开旷望旋平陆⑤。遥看一处攒云树⑥,近入千家散花竹。樵客初传汉姓名⑦,居人未改秦衣服⑧。居人共住武陵源⑨,还从物外起田园⑩。月明松下房栊静,日出云中鸡犬喧。惊闻俗客争来集,竞引还家问都邑。平明闾巷扫花开,薄暮渔樵乘水入。初因避地去人间,及至成仙遂不还。峡里谁知有人事,世中遥望空云山⑪。不疑灵境难闻见,尘心未尽思乡县⑫。出洞无论隔山水,辞家终拟长游衍⑬。自谓经过旧不迷,安知峰壑今来变⑭。当时只记入山深,青溪几度到云林。春来遍是桃花水,不辨仙源何处寻。

①古津:一作"去津"。津:渡口。②坐:因。红树:指繁花盛开的桃树。③忽值:一作"不见"。值:遇见。④隈隩(wēi ào 威奥):曲深处。⑤旋:忽然间,紧接着。⑥攒:聚集。⑦"樵客"句:意谓这儿的居民第一次听到樵客告诉他们的汉以下朝代的名称。樵客:这里指渔人。古时"渔樵"并称,可以通用。⑧"居人"句:当地居民还穿着当初秦朝时遭乱来此的衣服。⑨武陵源:即桃花源。汉属武陵郡(郡治在今湖南省常德市),故称。⑩物外:世外。⑪"峡里"二句:意谓桃源和外面隔绝,哪里知道人世间事;而人世也不知有此仙境,遥遥望到的只是云山而已。⑫"不疑"二句:意谓渔人深知仙境是难以见到的,理应留下,无奈尘心未尽,思念家乡,还是离开了。灵境:仙境。闻见:这里是偏义复词,偏用"见"义。⑬"出洞"二句:意谓渔人出去之后,却又想念桃花源,于是不管山水远隔,他终于辞家来游,打算在那儿长期留下。游衍:犹言流连不去。⑭"自谓"二句:言自以为旧径容易寻觅,然而山水改观已无从问径。

宋蜀本《王摩诘文集》此诗题下注云："时年十九。"唐宋著名诗人作桃花源诗者甚多,命意谋篇,各不相同。王维的这一篇,不仅取材于陶潜的《桃花源记》,而且顺序、层次也与《桃花源记》相同,好像是有意把散文变成诗。唯一的不同在于:陶潜所写的桃花源,里面住的是来此"避秦"者的后代,是人;而王维所写的桃花源,里面住的却是"初因避地去人间,及至成仙遂不还"的神仙。也就是说,前者向往的是人间乐土,后者向往的是神仙境界;二者皆不可得,故前者以"迷不复得路"结尾,后者以"不辨仙源何处寻"终篇,其不满于现实则同。就艺术创造而言,这位青年诗人确有才华,他确实把陶潜的散文化为优美的诗章,而且似乎毫不费力。王士禛评云:"唐宋以来作《桃源行》最佳者,王摩诘、韩退之、王介甫三篇。观退之、介甫二诗,笔力、意思甚可喜。及读摩诘诗,多少自在。二公便如努力挽强,不免面红耳热。此盛唐所以高不可及。"(《池北偶谈》卷一四)沈德潜云:"顺文叙事,不须自出意见,而夷犹容与,令人味之不尽。"(《唐诗别裁集》卷五)

使 至 塞 上

单车欲问边①,属国过居延②。征蓬出汉塞③,归雁入胡天④。大漠孤烟直,长河落日圆。萧关逢候骑⑤,都护在燕然⑥。

①单车:轻车简骑。问边:慰问边疆将士。②"属国"句:是"过居延属国"的倒装句。或谓属国乃典属国简称,代指使臣,是王维自指。③征蓬:随风飘动的蓬草。④归雁:春暖后从南方飞回的大雁。⑤萧关:在今宁夏回族自治区固原县东南。候骑(jì计):侦察骑兵。⑥都护:当时边疆重镇都护府的长官。

开元二十五年(737)三月,河西节度副使崔希逸大败吐蕃于青海,王维以监察御史身份奉命出使塞上,宣慰将士,途中作此诗。诗以"欲问边"发端,继之以"过居延"、"出汉塞"、"入胡天",骏快无比。第三联乃千古名句:极目大漠,不见村落,只见一线孤烟,冲霄上腾,显得格外笔直;遥望长河,不见树木,只见一轮落日在河面浮动,显得格外浑圆。点、线、面的巧妙配合,构成苍莽辽阔的画面,表现出塞上黄昏之时特有的奇景和诗人由此触发的悲壮情怀,为尾联蓄势。诗人奉命劳军,自应直赴主帅营地,然如此直写,便嫌平板。此诗在展现大漠日暮的莽苍画面之后,不写继续前进,而以路遇候骑、喜闻捷报收尾,化苍凉为豪放,把落日的光芒扩展开来,照亮了整个"大漠",那袅袅直上的"孤烟"也不再报警,而是报告平安。构思之奇,谋篇之巧,匪夷所思。

凉州郊外游望

野老才三户,边村少四邻①。婆娑依里社②,箫鼓赛田神③:洒酒浇刍狗④,焚香拜木人⑤。女巫纷屡舞,罗袜自生尘⑥。

①边村:边地的村落。②婆娑(suō梭):起舞的样子。里社:村中的土地祠。③赛田神:用祭祀的方式来报答田神赐给人的福泽。以上两句是说,收获之后,边民箫鼓齐鸣,婆娑起舞,在土地祠前赛神。④刍(chú除):干草。刍狗:古人用干草扎成狗的形状,拿来向神谢过求福。⑤木人:木刻的神像。⑥纷:形容女巫人数之多。屡:多次,形容舞蹈的频繁。以上四句具体描写赛神活动。

开元二十五年(737),王维以监察御史身份出使河西,经凉州作此诗。诗中描写凉州郊区农民秋收后祭祀田神的欢乐情景,栩栩如生地再现了当地的风土民俗,是一首难得的写西部农村生活的五律。

送梓州李使君

万壑树参天,千山响杜鹃。山中一夜雨,树杪百重泉。汉女输橦布①,巴人讼芋田②。文翁翻教授,不敢倚先贤③。

①输橦布:向官府交纳布匹。橦布:《文选》左思《蜀都赋》曰:"布有橦华。"刘渊林注曰:"橦华者,树名橦,其花柔毳可绩为布也。"②讼芋田:因田地纠纷向官告状。芋田:种芋头的田。③"文翁"两句:文翁教化至今已衰,应翻新而振起之,不敢倚赖先贤治绩而无所作为。《汉书·循吏传》载:文翁任蜀郡太守,修学官,办教育,因而教化大行。

梓州,唐代属剑南道,治郪县,即今四川三台县。使君,对刺史的尊称。作者在长安送李某人赴梓州任刺史,作此诗。前两联,写想象中的梓州自然风光。首联用工对,一句写视觉形象,一句写听觉形象,神韵俊迈。次联上句顶首联下句,下句顶首联上句,用流水对,一气贯注,神采飞扬。三联写想象中的梓州风土民情,引出尾联,以勉励李使君从教化入手治理梓州。王渔洋赞前四句"兴来神来,天然入妙,不可凑泊"(《古夫于亭杂录》卷三),纪昀称"起四句高调摩云"(《唐宋诗举要》卷四引),都非虚誉。

观　猎

风劲角弓鸣①,将军猎渭城②。草枯鹰眼疾,雪尽马蹄轻。忽过新丰市③,还归细柳营④。回看射雕处⑤,千里暮云平。

①角弓鸣:指拉弓放箭声。②渭城:秦咸阳故城,在今西安西北渭水北岸。③新丰:今陕西临潼县新丰镇一带。唐代以产美酒著名。④细柳营:西汉名将周亚夫的驻军处,在今咸阳市西南二十里。⑤射雕处:指射杀猎物之处。

这是体现盛唐气象的名篇之一。沈德潜《唐诗别裁集》称其起头"胜人处全在突兀",结尾"亦有回身射雕手段"。全篇"章法、句法、字法俱臻绝顶,盛唐诗中亦不多见"。

终 南 山

太乙近天都[①],连山到海隅[②]。白云回望合[③],青霭入看无[④]。分野中峰变[⑤],阴晴众壑殊[⑥]。欲投人处宿[⑦],隔水问樵夫。

①太乙:是终南山的主峰,也是终南山的别名,在唐京长安城南约四十里处。天都:天帝所居之处。②"连山"句:山山相连,直到海角。③"白云"句:注释者或说"四望出去,白云连接",或说"四望山顶,白云聚合",都不得要领,原因在于不懂句法。就句法看,"白云"是"望"的宾语,把宾语提前,写成"白云——回望合",分明已藏过一层,即未"回望"之时,身边不见"白云",它分了开来,退向两旁。而说"白云"分开,退向两旁,分明又藏过一层,即前面较远的地方,"白云"聚合,不见其他。实际情况是:诗人正在上山,朝前看,白云弥漫,仿佛再走几步,就可浮游于"白云"的海洋,然而继续前进,"白云"却继续分向两边;回头看,分向两边的"白云"又"合"在一起,汇起茫茫云海。④"青霭"句:上句的"白云"实际上是白茫茫的雾气,"青霭"也是雾气,不过很淡,所以不是白色而是青色。"青霭——入看无"与"白云——回望合"互文见义,互相补充。即"青霭入看无","白云"也"入看无";"白云回望合","青霭"也"回望合"。诗人走出茫茫云海,前面又是濛濛青霭,仿佛继续前进,就可摸上那濛濛青霭了;然而走了进去,却不但摸不着,而且看不见;回过头去,那"青霭"又合拢来,可望而不可即。这种奇妙境界,凡有游山经验的人都并不陌生,却很难用两句诗表现得如此真切。⑤"分野"句:中峰南北,属于不同分野,以见终南山之绵远、辽阔。分野:古代天文家将天空十二星辰的位置与地上州郡区域相对应,称某地为某星之分野。⑥"阴晴"句:以阳光的或有或无、或浓或淡来表现千岩万壑的千姿百态。殊:殊异,有差别。⑦人处:人居住之处,指人家、村子。

终南山在唐京长安城南,西起甘肃天水,东至河南陕县,绵亘八百余里。此诗题为"终南山",细玩诗意,不是在一个固定点上观照终南,而是出长安南行,畅游终南,从不同角度进行描写。首联写遥望终南所见的总轮廓;次联写近景,云霭变灭,移步换形,状难状之景如在目前;三联立足中峰,写纵目四望所见的全景;尾联写欲留宿山中,明日再游,而山景之美与诗人避喧好静,已意在言外。沈德潜《唐诗别裁集》云:"'近天都'言其高,'到海隅'言其远,'分野'二句言其大,四十字中,无所不包,手笔不在杜陵下。"

汉 江 临 眺[①]

楚塞三湘接[②],荆门九派通[③]。江流天地外,山色有无中[④]。郡邑浮前浦,波澜动远空[⑤]。襄阳好风日,留醉与山翁[⑥]。

①汉江:又称汉水,源出陕西宁强县,流经襄阳,至武汉市入长江。②楚塞:楚国的边关地区。战国时期湖北一带属于楚国。三湘:湖南湘水的总称,合漓湘、潇湘、蒸湘而得名。③荆门:山名,在湖北宜都县西北,战国时称"楚之西塞"。九派:"九"是"多"的意思,江河的支流叫"派"。这里指支流歧出的长江。④"江流"两句:极目远望,江水好像流出了天地以外,山色忽隐忽现。⑤"郡邑"两句:郡邑似在水边浮立,波涛在远空翻涌。⑥山翁:指晋代山简。山简曾任征南将军,镇守襄阳,常携酒出游,喝得大醉而归。

诗题一作《汉江临泛》,作于开元二十八年(740)十月,当时王维以殿中侍御史知南选,路经襄阳(今属湖北)。首联以对偶句写大景,意境壮阔。中两联写江流浩渺无际,山色时有时无,雄俊警拔,气象万千。以"好风日"作结,通篇完美。方回评云:"右丞此诗,中两联皆言景,而前联尤壮,足敌孟、杜《岳阳》之作。"(《瀛奎律髓》卷一)王世贞评中两联云:"是诗家极俊语,却入画三昧。"(《弇州山人四部稿》)其"山色有无中"一句,尤为诗家所喜爱,权德舆《晚渡扬子江》诗"远岫有无中,片帆烟水上",即从此化出;欧阳修《朝中措》词"平山栏槛倚晴空,山色有无中",则袭用其语。

辋川闲居赠裴秀才迪

寒山转苍翠①,秋水日潺湲②。倚仗柴门外,迎风听暮蝉。渡头馀落日,墟里上孤烟③。复值接舆醉④,狂歌五柳前⑤。

①寒山:略带寒意的山。苍翠:暗绿色。②潺湲(chán yuán 蝉园):水流声。③墟里:村落。孤烟:一缕炊烟。④复值:又遇上。接舆:人名,春秋时楚国的隐士,因不愿出仕做官而装做疯子。诗中的"接舆"是借指清高的裴迪。⑤狂歌:狂放地高歌。五柳:五柳先生,是晋代著名诗人陶渊明的自号,诗中王维以五柳先生自喻。

王维别墅所在的辋川,在蓝田县西南,山水奇胜,有华子冈、欹湖、竹里馆、柳浪、茱萸沜、辛夷坞等景点。王维晚年与友人裴迪游其中,"赋诗相酬为乐",这是其中的一首,通过对辋川初秋傍晚景色的描绘,流露了诗人厌恶官场、乐于退隐的心态。高步瀛《唐宋诗举要》选此诗,评云:"随意挥写,得大自在。"

山居秋暝①

空山新雨后,天气晚来秋。明月松间照,清泉石上流。竹喧归浣女②,莲动下渔舟③。随意春芳歇,王孙自可留④。

①秋暝:秋天的傍晚。暝:日落天晚。②"竹喧"句:听见竹林中笑语喧哗,原来是溪边洗衣的姑娘们回来了。③"莲动"句:看见湖中莲花摇动,原来是打鱼的船下水了。④"随意"两句:反用《楚辞·招隐士》"王孙兮归来,山中兮不可久留"意,即:让春芳随意消歇吧,这里的

秋色也能留人。春芳：春花。王孙：作者自喻。

这也是王维隐居辋川时的作品，通过对秋天傍晚景物的描绘，表现了安于退隐田园的心态，被赞为"写真境之神品"（清人张谦宜《絸斋诗谈》）。

冬晚对雪忆胡居士家

寒更传晓箭^①，清镜览衰颜。隔牖风惊竹，开门雪满山。洒空深巷静，积素广庭闲。借问袁安舍^②，翛然尚闭关^③。

①"寒更"句：寒夜的打更声报告天将破晓。古代分一夜为五更，每更都敲梆子报告更点。箭：古代计时器，上有时间刻度，安装在漏壶之中，漏水不断下滴，箭上计时刻度依次显露出来，以此报时，打更人据以打梆子。②袁安：字劭公，东汉汝阳人。住洛阳，家贫。一次，大雪深丈余，穷人多出外乞食，他独闭门僵卧。洛阳令外出巡查，见袁安门为雪所封，疑其已死，扫雪而入。问他，他说："大雪人皆饿，不宜干人。"令很钦佩，举为孝廉。（见《汝南先贤传》）这里以袁安比胡居士。③翛（xiāo 消）然：无牵挂貌。

胡居士，名号生平俱不详。信佛而不出家者称"居士"，王维亦信佛，住处距胡居士不远，故时有往还，集中赠诗有好几首。冬晚下雪，不能走访而颇忆念，故作此诗。前六句写"冬晚对雪"，后二句始落到"忆胡居士家"。由"隔牖风惊竹，开门雪满山"引出的"洒空深巷静，积素广庭闲"，是咏雪名联。王士禛云："古今雪诗，惟羊孚一赞，及陶渊明'倾耳无希声，在目皓已洁'，及祖咏'终南阴岭秀'一篇、右丞'洒空深巷静，积素广庭闲'、韦左司'门对寒流雪满山'句，最佳。"（《渔洋诗话》卷上）

奉和圣制从蓬莱向兴庆阁道中
留春雨中春望之作应制

渭水自萦秦塞曲，黄山旧绕汉宫斜^①。銮舆迥出千门柳^②，阁道回看上苑花^③。云里帝城双凤阙^④，雨中春树万人家。为乘阳气行时令，不是宸游玩物华^⑤。

①"黄山"句：汉代于黄麓山附近建有黄山宫，故址在今兴平县西。②"銮舆"句：銮舆，皇帝的车驾，因在高空阁道中，故高出"千门柳"。③上苑：泛指皇家花园。④双凤阙：汉代长安建章宫前有双阙，高二十余丈，上有铜凤凰。⑤"为乘"两句：赞颂皇帝这次登阁道雨中春望，是为了顺应春天阳和之气而推行政令，不是为了赏玩风景。

蓬莱宫即大明宫，遗址在今西安火车站北；兴庆宫遗址，在今西安市兴庆公园一带。开元二十三年（735），从大明宫经兴庆宫直至曲江，筑阁道相通（阁道架设在空中,类似现在的天桥)。唐玄宗曾率领群臣"从蓬莱向兴庆阁道中留春,雨中春望",先作了一首诗,命群臣和作。王维的这一首,便是应制(应皇帝之命)奉和诗中的佳作。玄宗的原作(题中所谓"圣制")《全唐诗》未载;群臣的和作,《全唐诗》收了李憕的一首,相当平庸。

唐人应制诗极多,佳者寥寥。王维的这一首,却以大诗人特有的构思和大画家特有的笔法,从高空着眼,描绘出一幅宏大、立体、生意盎然、气象万千的春雨长安图,"云里帝城双凤阙,雨中春树万人家"一联,尤其精彩。

出塞作

居延城外猎天骄[①],白草连天野火烧[②]。暮云空碛时驱马[③],秋日平原好射雕。护羌校尉朝乘障,破虏将军夜度辽[④]。玉靶角弓珠勒马,汉家将赐霍嫖姚[⑤]。

①居延:古县名,本汉初匈奴中地名,指居延泽附近一带,为当时河西地区与漠北往来要道所经。天骄:原为匈奴自称,此指吐蕃。此句意为吐蕃将领在居延城外打猎。②"白草"句:放火烧荒。与打猎活动相联系,称为"猎火"。高适《燕歌行》:"单于猎火照狼山。"③空碛:空旷的沙漠。④"护羌"两句:护羌校尉、破虏将军皆汉代武官,此处借指唐军将领。朝乘障:早上登堡障防御。夜度辽:夜间进军攻击。汉昭帝时,乌桓叛,以中郎将范明友为度辽将军率兵进击。此处借用其意。⑤"玉靶"两句:汉家将把"玉靶角弓珠勒马"赏赐给霍嫖姚。

开元二十五年(737)三月,河西节度副大使崔希逸在青海战胜吐蕃,王维以监察御史身份,奉使出塞宣慰,作此诗。前四句写边境纷扰、战火将起的形势,五、六两句写唐军备战、出击,尾联以霍去病喻崔希逸,写唐王朝因他战胜而将给予赏赐。方东树云:"前四句目验天骄之盛,后四句条陈中国之武,写得兴高采烈,如火如锦,乃称题。收赐有功得体。浑灏流转,一气喷薄,而自然有首尾起结章法,其气若江海之浮天。"(《昭昧詹言》)

和贾至舍人早朝大明宫之作

绛帻鸡人报晓筹[①],尚衣方进翠云裘[②]。九天阊阖开宫殿[③],万国衣冠拜冕旒[④]。日色才临仙掌动[⑤],香烟欲傍衮龙浮[⑥]。朝罢须裁五色诏,佩声归到凤池头[⑦]。

①"绛帻"句:唐代皇宫中有头戴红巾的卫士报晓,这种卫士被称为"鸡人"。筹:更筹,计时的竹签。②"尚衣"句:专门掌管皇帝衣服的"尚衣局"正为皇帝进上翠云裘,准备皇帝登朝。③"九天"句:一重重的宫殿大门仿佛九重天门依次打开。④衣冠:衣冠之士,指朝见皇帝的群臣和外国使者。冕旒:皇冠,指代皇帝。⑤仙掌:指仪仗中的羽扇。⑥衮龙:指皇帝

龙袍上的龙。⑦"朝罢"两句：这是和贾至的诗，故结尾落到贾至，说他早朝后回到凤池头为皇帝起草诏书。贾至任中书舍人，其职责是为皇帝起草文件。凤池：指中书省，中书舍人办公的地方。佩声：走路时身上佩带的饰物发出撞击之声。

肃宗乾元元年(758)，中书舍人贾至作了一首《早朝大明宫》七律，杜甫、岑参、王维都有和章，读其诗，可使我们了解唐代"早朝"的情景。四人的诗各有特色，王维的这一首，兴象高华，"九天阊阖开宫殿，万国衣冠拜冕旒"一联，尤气象峥嵘，神采飞动。

春日与裴迪过新昌里访吕逸人不遇

桃源四面绝风尘，柳市南头访隐沦①。到门不敢题凡鸟②，看竹何须问主人。城外青山如屋里，东家流水入西邻。闭户著书多岁月，种松皆作老龙鳞。

①桃源：即陶潜《桃花源记》所写的理想中的桃花源。柳市：《汉书·游侠传》载万章住在长安城西柳市。桃源、柳市，这里都是借用。隐沦：隐居的人。②题凡鸟：《世说新语·简傲》云："嵇康与吕安善，每一相思，千里命驾。"有一次，吕安访嵇康而嵇康外出，其兄嵇喜出迎，吕安不入，于门上题"凤"字而去，嵇喜很高兴，不懂得"凤"字是"凡鸟"二字组成的，吕安意在讥讽他。

吕逸人是一位住在长安城内新昌里的隐逸之士，作者与裴迪去访问他，却未能相遇。全诗以赞颂的笔墨描写了吕逸人住处"绝风尘"的清幽环境，对他"闭户著书"、不争名逐利的品格无限神往。

积雨辋川作

积雨空林烟火迟，蒸藜炊黍饷东菑①。漠漠水田飞白鹭，阴阴夏木啭黄鹂②。山中习静观朝槿③，松下清斋折露葵④。野老与人争席罢⑤，海鸥何事更相疑⑥？

①藜：藋一类的野菜。黍：黄米。饷：送饭。东菑(zī资)：村东的田地。②黄鹂：黄莺。③槿(jǐn紧)：落叶灌木，五月开花，花朝开夕落。④葵：古代的一种重要蔬菜。⑤争席：《庄子·杂篇·寓言》：阳子去见老子，旅舍的人见他骄矜，先坐者起而让位。见到老子，老子教他去掉骄矜。回来又住那家旅舍，人们见他毫无架子，就与他争席而坐。⑥海鸥相疑：《列子·黄帝篇》：海上有个人喜欢鸥，每天去与鸥鸟玩，鸥鸟成群结队地向他飞来。他父亲知道此事，要他抓几只来。他第二天到海边去，鸥鸟在天空飞舞，不肯落地。

这首诗描绘夏季久雨后辋川山庄的自然风光和诗人归隐后的闲适生活。

113

首联以动形静,写久雨后的村景极传神。次联是著名的佳句。"水田飞白鹭","夏木啭黄鹂",碧、白、绿、黄映衬,色彩绚丽,且有黄鹂歌唱,声、色、动、静结合,构成"有声画",已极精彩。更加上双声词"漠漠"、"阴阴"点染,既与"积雨"照应,又增添了画的迷濛感与幽深感。李肇《国史补》以来,多谓此二句袭李嘉祐诗,叶梦得《石林诗话》虽极称王诗,然亦认为王诗点化李诗而成。沈德潜的说法较确当:"俗说谓'水田飞白鹭,夏木啭黄鹂'乃李嘉祐句,右丞袭用之。不知本句之妙,全在'漠漠'、'阴阴',去上二字,乃死句也。况王在李前,安得云王袭李耶?"(《唐诗别裁集》卷一三)

前四句以我观物,后四句转写自我,"山中"已"静",还要"习静",静观槿花自开自落;"松下"已"清",还要"清斋"(吃素),摘取带露的绿葵。写幽居之清静而自然移向尾联。自称"野老"而以"海鸥"喻村民,自己既毫无机心,村民就不应相疑了。全诗以赞颂的笔触写大自然的静美与农村生活的纯真,对都市、官场争名逐利、尔诈我虞的厌恶之情,自从言外传出。

杂　诗

君自故乡来,应知故乡事。来日绮窗前[①],寒梅著花未[②]?

①来日:承首句说,指自故乡前来的日子,即离乡之时。绮窗:雕着花纹的窗子。②著(zhuó著):此处是"着"的本字,"附着"的意思。著花:开花。

这是一首抒发思家之情的小诗。有人自故乡来,急于了解家中情况,问这问那,一问一答,也是常见的情景。初唐王绩的《在京思故园见乡人问》连发十二问而不作答,耐人寻味,不失为好诗。王维的这一首用前两句作铺垫,后两句只发一问即戛然而止,足以激发读者的无穷想象,韵味无穷。

相　思

红豆生南国[①],春来发几枝。劝君多采撷,此物最相思。

①红豆:生岭南,树高丈余,其叶似槐,其花似皂荚,结实如小豆,半截红色,半截黑色,可用以嵌首饰。又名相思子。

以世称"相思子"的红豆起兴,先说"红豆生南国",已令人感到相思之随红豆而生,生生不已。继问"春来发几枝",问而不答,然而南国温暖多雨,春风又动,则红豆之发,岂止几枝?而相思之情,亦随之浩浩无涯。王安石《壬辰寒食》"客心似杨柳,春风千万条",或从此化出。

前两句只写红豆,后两句则合红豆、相思为一物而"劝君多采撷"。"君"

者,抒情主人公"我"相思之对象也。劝"君"多采"最相思"之红豆,则"我"思"君"之默默深情以及对彼此相思之情的无限珍惜,已从空际传出。

相思之情,人所共有,却难于表达。此诗的妙处在于,托红豆寄相思,象征比拟,言近旨远,风神摇曳,情思缠绵,故能引发读者的情感共鸣,具有永恒的艺术魅力。

鸟鸣涧[①]

人闲桂花落[②],夜静春山空。月出惊山鸟,时鸣春涧中。

[①]这是《皇甫岳云溪杂题》五首中的一首。皇甫岳乃皇甫恂之子,王维的朋友。[②]桂花:这是三、四月开黄花的桂花。

心理学上有"同时反衬现象",万籁俱寂而偶有音响作反衬,就显得更幽静。王籍《入若耶溪》中的"蝉噪林逾静,鸟鸣山更幽",杜甫《题张氏隐居》中的"伐木丁丁山更幽",都表现了这种意境,王维此诗亦然。花"落"、月"出"以及山鸟的"惊"、"鸣",有动有声,但其效果不是喧闹,而是有力地反衬出"人闲"、"夜静"和"山空"。在深夜里尚能觉察桂花飘落,岂不是突出地表现了"人闲"、"夜静"?明月乍出,有光无声,却能"惊"动"山鸟",岂不是突出地表现了"夜静"、"山空"?其他一切声息都没有,只从"春涧"中偶尔传来几声鸟鸣,岂不是更令人品尝到春山月夜空旷宁静之美?胡应麟《诗薮》云:"太白五言绝,自是天仙口语。右丞却入禅宗,如'人闲桂花落'云云,'木末芙蓉花'云云,读之身世两忘,万念皆寂,不谓声律之中,有此妙诠!"

鹿　柴[①]

空山不见人,但闻人语响。返景入深林[②],复照青苔上。

[①]柴(zhài 寨):一作"砦",栅篱。[②]返景:夕阳返照的光。

这是王维田园组诗《辋川集》二十首的第五首。首句以"不见人"写"空山"之幽静,次句以"但闻人语响"申说"不见人"。"但闻",只闻也。"但闻人语响"还意味着只有人语、更无他声。三、四句进一步渲染"空山"之静。深林之中,青苔之上,最为幽寂,然林外人何能看见?今以斜阳照之,为深林青苔抹上一层金光。"返景入深林",暗示林木茂密,日光直下则为枝叶遮蔽,只有落日的光芒才能从树干的缝隙中斜射而入。"复照青苔上"的"复"字含无限深情。林下青苔,人迹罕至,只有每日日落之时,才能受到"返景"的瞬息抚摸,如今是又一次受到阳光的抚摸啊!善于捕捉有特征性的音响、色彩、动态表现寂静、幽深的境界,是王维田园山水诗的艺术魅力所在。不是死一般的寂静,而是静中有动,寂中有喧,甚至色彩绚丽,光辉熠耀,故能给人以恬静而不枯寂的美感。李锳《诗法易简录》评此诗颇中肯:"人语响,是有声也;返景照,是有色也。写空山不从无声无色处写,偏从有声有色处写,而愈见其空。严沧浪所谓'玲珑剔透'者,应推此种。"

竹里馆

独坐幽篁里[①],弹琴复长啸[②]。深林人不知,明月来相照。

①幽篁:幽深的竹林。②复:又。

　　这是《辋川集》组诗的第十七首,以自然界的宁静优美烘托内心世界的恬淡超逸。在幽深的竹林里悄然独坐,这是静境。既"弹琴",又"长啸",琴声与篁韵合奏,啸声与林涛共振,这是动境。然而"幽篁"之外,又是"深林",纵然"弹琴复长啸",也只是陶然自乐而"人不知",故仍是静境。"独坐"而"人不知",知之者只有"明月",幽趣更增。着一"来"字,将明月拟人化,"人不知"而"明月"知之,特"来相照",照我"弹琴",照我"长啸",何等有情!"相"字反衬"独"字,"明月"与"独坐"人做伴,是偶不是"独",故用"相"。然而"相照"者只有"明月",故更见其"独"。"独坐幽篁","独"自"弹琴","独"自"长啸","独"对"明月",环境之宁谧与内心之恬静融合无间,构成此诗空明澄净的意境,令人神往。

辛夷坞[①]

木末芙蓉花[②],山中发红萼。涧户寂无人[③],纷纷开且落。

①辛夷:即木笔、玉兰。坞:四方高、中间凹下的地方。②木末:树梢。芙蓉花:指辛夷花。辛夷花与芙蓉花相近,裴迪《辋川集》和诗有"况有辛夷花,色与芙蓉乱"可证。③涧户:涧崖相向似门户。

　　这是《辋川集》中的第十八首。首句自《九歌·湘君》"搴芙蓉兮木末"化出,结合次句,展现辛夷花朵长满树梢、迎春盛放的一派生机;用"红"着色,更艳丽夺目。三、四句忽以"涧户寂无人"宕开,又以"纷纷开且落"拍合,完成了对山中辛夷的描状。那么,作者从中悟出了什么呢?或者说,这首诗昭示了什么呢?深山无人,辛夷花自开自落。花开,并不是为了赢得人们的赞赏;花落,也不需要人们悼惜。该开便开,该落便落,纯任自然。苏轼《罗汉赞》"空山无人,水流花开",世称妙语,实从此诗化出。邢孟贞《唐风定》云:"此诗每为禅

116

宗所引,反令减价。只就本色观,自绝顶。"

田园乐四首

采菱渡头风急,策杖村西日斜。杏树坛边渔父①,桃花源里人家。

萋萋春草秋绿,落落长松夏寒。牛羊自归村巷,童稚未识衣冠②。

山下孤烟远村,天边独树高原。一瓢颜回陋巷③,五柳先生对门④。

桃红复含宿雨,柳绿更带春烟。花落家僮未扫,鸟啼山客犹眠。

①杏坛:孔子讲学处。全句谓渔父也有文化,不同流俗。②衣冠:指官吏。③"一瓢"句:以颜回自比。《论语·雍也》:"子曰:'贤哉回也,一箪食,一瓢饮,在陋巷,人不堪其忧,回也不改其乐。'"④五柳先生:陶潜植五柳于堂前,自号五柳先生。此处比喻隐士。

原诗共七首,与北宋王安石《题西太一宫》同为六言绝句中最优秀的篇章。

此乃王维归辋川时作,写辋川风景、人物如画,而村野真朴之趣,田园闲适之乐,即从画中溢出,令人陶醉。黄昇《玉林诗话》云:"六言绝句,如王摩诘'桃红复含宿雨'及王荆公'杨柳鸣蜩绿暗'二诗最为警绝,后难继者。"潘德舆《养一斋诗话》云:"或问六言句法,予曰:王右丞'花落家僮未扫,鸟啼山客犹眠'……此六言之式也。必如此自在谐协方妙。"董其昌《画禅室随笔》云:"'山下孤烟远村,天边独树高原',非右丞工于画道,不能得此语。"

少年行二首

新丰美酒斗十千①,咸阳游侠多少年②。相逢意气为君饮,系马高楼垂柳边。

一身能擘两彫弧③,虏骑千重只似无④。偏坐金鞍调白羽⑤,纷纷射杀五单于⑥。

①新丰:唐代以产美酒著名,故址在今陕西临潼县东。②咸阳:秦的都城,唐人多用以指长安。③擘(bò薄):用手拉弓。彫弧:雕有花纹的木弓。④虏骑(jì寄):敌人的骑兵。⑤偏坐:坐在鞍上时而偏左,时而偏右。白羽:箭名。调白羽:搭箭发射。⑥单(chán蝉)于:对匈奴君主的称呼。五单于:汉宣帝时,匈奴内部分裂,五单于并立。这里用以泛指敌方的众多首领。

《少年行》为乐府《杂曲歌辞》旧题,多写少年轻生重义、慷慨以立功名情事。王维此题原有四首,这里选其中的两首,大约作于青年时期。黄叔灿评前一首云:"少年游侠,意气相倾,绝无鄙琐跼蹐之态,情景如画。"(《唐诗笺注》)后一首写少年武艺超群、勇往直前,为保卫祖国而杀敌立功,豪气英风,跃然纸上。

九月九日忆山东兄弟①

独在异乡为异客,每逢佳节倍思亲。遥知兄弟登高处,遍插茱萸少一人②。

①山东兄弟:意为家乡兄弟。王维老家蒲州(今山西永济)在华山以东,故称"山东"。②茱萸(zhū yú 朱余):一种落叶小乔木,有浓烈香味,可入药。古代风俗,重阳节登高时,佩茱萸囊,或将茱萸插在头上,据说可以避邪。

这是王维十七岁时的作品。九月九日是重阳佳节,按古代民俗,这一天都要登高,"独在异乡"的诗人因而思念往年在家乡一同登高的兄弟们。"每逢佳节倍思亲",这是"独在异乡"的游子们的共同感受,由王维第一次用这样简练明晰的语言说出,便万口传诵,至今仍被引用。三、四句由"倍思亲"引出:遥想兄弟们当此重阳佳节,必然像往年一样共同登高,当他们"遍插茱萸"的时候,必然为"少一人"而深感遗憾,从而也正思念我这个"独在异乡"的兄弟吧!首句的"独"与结句的"一人"呼应,回环往复,由自己思亲想到兄弟们思念自己,而自己思念兄弟们之深情,又进一步加倍写出。真情流露,深挚感人。如俞陛云所评:"杜少陵诗'忆弟看云白日眠',白乐天诗'一夜乡心五处同',皆寄怀群季之作。此诗尤万口流传,诗到真切动人处,一字不可移易也。"(《诗境浅说续编》)

送沈子福归江东

杨柳渡头行客稀,罟师荡桨向临沂①。惟有相思似春色,江南江北送君归②。

①罟师:渔人,此指船工。临沂:晋侨置县,故址在今江苏南京市附近。沂,王维集诸刻本作"圻",今从明嘉靖本《万首唐人绝句》。②"惟有"二句:构思与李白《闻王昌龄左迁龙标遥有此寄》"我寄愁心与明月,随君直到夜郎西"相似。

首句写送行的渡口,以"杨柳"暗喻依依惜别之情,以"行客稀"表现孤寂冷落之况。次句写船已离岸,向临沂进发,激发送行者的无限相思。三、四两句将无限相思融入无边春色,想象新奇,语言明丽。锺惺云:"相送之情,随春色所至,何其浓至! 末两语情中生景,幻甚。"(《唐诗归》)沈德潜云:"春光无所不到,送人之心犹春光也。"(《唐诗别裁集》卷一九)

送元二使安西①

渭城朝雨浥轻尘②,客舍青青柳色新。劝君更尽一杯酒,西出阳关无故人③。

①安西:在今新疆维吾尔自治区库车附近。②渭城:秦时的咸阳城,后改称渭城,在今西安市西北。③阳关:西汉置,故址在今甘肃敦煌西南古董滩附近。

这是送友人远赴西北边疆的诗。前两句展现出"渭城朝雨浥轻尘,客舍青青柳色新"的明丽画面,蕴含着安慰、鼓励和祝愿的深情。后两句写客舍饯行,只写出不得不分手时说出的劝酒辞。"劝君更尽一杯酒",一个"更"字,表明酒已劝了多次,尽了多杯,惜别之情,见于言外。"西出阳关无故人",而朋友是要到比阳关更远的安西去的。阳关已无故人,何况安西! 故一再劝君更饮而依依不忍分手。

后两句表达的是任何人与至亲好友分手时共有的真情实感,但以前却无人用诗的语言说出。一经王维说出,便万口传诵,谱为乐章,被称为《渭城曲》、《阳关曲》或《阳关三叠》。刘禹锡《与歌者何戡》云:"旧人唯有何戡在,更与殷勤唱渭城。"白居易《晚春欲携酒寻沈四著作先以六韵寄之》云:"最忆阳关唱,珍珠一串歌。"李商隐《赠歌妓》亦有"断肠声里唱阳关"之句,可见传唱之广。李东阳《怀麓堂诗话》指出:"此辞一出,一时传诵不足,至为三叠歌之。后之咏别者,千言万语,殆不能出其意之外。"所谓"三叠歌之",即将后两句反复歌唱。这首送别诗,情深味厚而略无衰飒气象,体现了盛唐诗的时代特征。

李 白

李白(701—762),字太白,号青莲居士,排行十二,陇西成纪(今甘肃秦安西北)人。其先代于隋末流徙西域,神龙元年(705),李白随其父移居绵州昌隆县(今四川江油)之青莲乡。其出生地颇多异说,或谓生于中亚碎叶(今吉尔吉斯共和国托克马克附近),或谓生于焉耆碎叶(今新疆焉耆回族自治县),或谓生于条支(今阿富汗加兹尼),亦有谓武后神功年间迁蜀而生于青莲乡者。曾官翰林供奉,因称李翰林、李供奉;贺知章叹为"天上谪仙人",后世因称李谪仙。少时博览经史百家,喜纵横术。开元十二年(724),怀抱"使寰区大定,海县清一"的大志,"仗剑去国",漫游江汉、洞庭、金陵、扬州等地。娶故相许圉师的孙女为妻,因而留居湖北安陆。由于"谤言忽生",乃西入长安求仕,贺知章见其《蜀道难》诗,赞为"谪仙人"。开元二十年失意东归。二十四年(736)移居山东任城。天宝元年(742)奉诏入京,供奉翰林,因触忤权贵,三载(744)赐金放还。此后漫游梁宋、齐鲁、吴越、幽燕。天宝末,安史叛乱,李白应召入永王李璘幕。王室争权,李璘被杀,李白株连入狱,获释不久又被定罪流放夜郎。乾元二年(759)三月行至白帝城遇赦,返回江夏,重游洞庭、皖南。宝应元年卒于当涂(今安徽马鞍山)。生平事迹详见魏颢《李翰林集序》、李阳冰《草堂集序》、范传正《唐左拾遗翰林学士李公新墓碑并序》及新、旧《唐书》本传。年谱及考证生平著作甚多。诗文集以清王琦《李太白全集》最通行。《全唐诗》存诗二五卷。李白与杜甫同为我国古代伟大的诗人,合称"李杜"。韩愈云:"李杜文章在,光焰万丈长。"(《调张籍》)胡应麟云:"才超一代者李也,体兼一代者杜也。"李白诗题材多样,众体咸备,尤长于乐府歌行和五七言绝句。其乐府歌行情感激越,形象俊伟,气势磅礴,词彩瑰丽,借用神话传说,杂以夸张想象,极富浪漫主义色彩,"风雨争飞,鱼龙百变",纵横开阖,不可端倪。其五七言绝句,超妙俊逸,神韵天然。沈德潜云:"五言绝,右丞、供奉,七言绝,龙标、供奉,妙绝古今,别有天地。"又云:"七言绝句,以语近情遥、含吐不露为贵,只眼前景、口头语,而有弦外音,使人神远,太白有焉。"

访戴天山道士不遇①

犬吠水声中,桃花带露浓。树深时见鹿,溪午不闻钟。野竹分青霭,飞泉挂碧峰。无人知所去,愁倚两三松。

①戴天山:即大匡山,一名大康山,在今四川省江油县西。李白曾在大匡山大明寺读书。杜甫《不见》诗云:"匡山读书处,头白好归来。"《唐诗纪事》卷十八引《彰明逸事》云:"李太白隐居戴天大匡山。"

此诗作于出蜀前读书大匡山时。前三联写戴天山道观周围景色,设色幽丽,首联尤脍炙人口。只流连观景,而访道士不遇已见于言外。尾联始点明不遇,而前三联所写景色,正是"愁倚两三松"时所见。构思布局之灵妙,令人叹服。吴大受《诗筏》云:"无一字说道士,无一句说不遇,却句句是访道士不遇。"

峨眉山月歌

峨眉山月半轮秋,影入平羌江水流①。夜发清溪向三峡②,思君不见下渝州③。

①平羌江:即青衣江,发源于四川省芦山县,流至峨眉山东的乐山县入岷江。②清溪:即

清溪驿,在今四川省犍为县,距峨眉山不远。三峡:指四川省和湖北省交界处的瞿塘峡、巫峡、西陵峡。一说指乐山县的黎头、背蛾、平羌三峡。③君:一说指友人,一说指月。按,以指月为是。黄叔灿《唐诗笺注》云:"'君',指月。月在峨眉,影入江流,因月色而发清溪,及向三峡,忽又不见月,而舟已直下渝州矣。诗自神韵清绝。"李锳《诗法易简录》云:"在峨眉山下,犹见半轮月色,照入江中。自清溪入三峡,山势愈高,江水愈狭,两岸皆峭壁层峦,插天万仞,仰眺碧落,仅馀一线,并此半轮之月亦不可见,此所以不能不思也。'君'字,指月也。"两人分析皆可取。渝州:今重庆市。

峨眉山,在四川省峨眉县西南,是蜀中著名的风景名胜地。开元十二年李白出蜀时望明月而眷恋故乡,作了这首七绝。赵翼《瓯北诗话》云:"四句中用五地名,毫不见堆垛之迹,此则浩气喷薄,如神龙行空,不可捉摸,非后人所能模仿也。"

渡荆门送别

渡远荆门外,来从楚国游①。山随平野尽,江入大荒流②。月下飞天镜,云生结海楼③。仍怜故乡水④,万里送行舟。

①楚国:这里指湖北省一带,春秋战国时属于楚国范围。②大荒:辽阔的原野。③"月下"两句:明月西落,像一面明镜飞过天空;乌云东起,像海上结成的蜃楼。④故乡水:指长江。

荆门即荆门山,在今湖北省宜都县西北长江南岸,与北岸虎牙山隔江相对。李白出蜀游楚,于此地送别友人,作此诗。第二联是历来传诵的名句,胡应麟《诗薮》内编云:"'山随平野尽,江入大荒流',太白壮语也。杜(甫)'星垂平野阔,月涌大江流',骨力过之。"《李太白全集》王琦注引丁龙友曰:"李是昼景,杜是夜景;李是行舟暂视,杜是停舟细观,未可概论。"

望天门山

天门中断楚江开,碧水东流至此回①。两岸青山相对出,孤帆一片日边来②。

①"天门"两句:天门山中腰,断开一个裂口,放长江通过。楚江:流经楚地的长江。回:转弯。长江在天门山附近稍折而北,远望有"回"的趋势。②"两岸"两句:所写的当是朝日初升时自天门以西的江面上遥望天门以东所见的远景。俞陛云《诗境浅说续编》认为"山势中分,江流益纵,遥见一白帆痕,远在夕阳明处",显然把方位和时间都弄颠倒了。

天门山在今安徽省当涂县西南,东名博望山,西名梁山,夹长江对峙如门。

题为《望天门山》，作者乘船沿长江东下，未至天门而先纵目瞭望，前两句所写乃天门近景，后两句所写乃天门以东的远景。不论是近景或远景，都写得活灵活现，令人神往。《唐宋诗醇》云："此及'朝辞白帝'等作，俱极自然，洵属神品，足以擅场一代。"

金陵酒肆留别①

风吹柳花满店香，吴姬压酒劝客尝②。金陵子弟来相送，欲行不行各尽觞③。请君试问东流水，别意与之谁短长？

①金陵：今南京市。酒肆：酒店。②吴姬：吴地女子，此指酒店女主人。压酒：新酒酿熟，压糟取汁。③尽觞：干杯。

开元十四年(726)春，李白拟自金陵赴广陵，作此诗。这与《梦游天姥吟留别》同为"留别"诗，写法却何等不同！第一句写"金陵酒肆"。"金陵"点明地属江南，"柳花"暗示时当暮春，因而虽然未明写店外，而店外"杂花生树，群莺乱飞"，杨柳含烟，绿遍十里长堤的芳菲世界，已依稀可见。"风吹柳花"直入店内，自然也送来百花的芳香。一个"香"字，把店内店外连成一片，同时又带出第二句：吴姬压出新酒捧来劝客，酒香四溢，与随风吹来的百花芳香融为一体，浑然莫辨，两句诗展现了如此美好的场景！令人陶醉，令人迷恋。而这，正是为下文抒发惜别之情蓄势。第三句突转，第四句拍合。相送者殷勤劝酒，不忍遽别；告别者"欲行不行"，无限留恋。双方的惜别之情，只用"各尽觞"三字，便化虚为实，体现于人物行动。结语之妙，一在暗示"金陵酒肆"面对长江，诗人即将乘江船远去；二在遥望长江，心物交感，融别意于江水，赋抽象以形象；三在不用简单的比喻而出之以诘问，诘问者的神情，听众们的反应，以及展现在远处的江流、平野，都视而可见，呼之欲出。这两句，可能受谢朓"大江流日夜，客心悲未央"、阴铿"大江一浩荡，离悲足几重"的启发而有所创新；刘禹锡"欲问江深浅，应如远别情"，李后主"问君能有几多愁，恰似一江春水向东流"，都是从这里变化出来的。

春夜洛城闻笛

谁家玉笛暗飞声，散入春风满洛城。此夜曲中闻折柳①，何人不起故园情。

①曲中闻折柳：即笛中传出《折杨柳》曲。《折杨柳》，笛曲名，北朝乐府《折杨柳歌辞》云："上马不捉鞭，反折杨柳枝。蹀坐吹长笛，愁杀行客儿。"

开元二十三年(735),李白客居洛阳,春夜闻笛声传出《折杨柳》曲而思念故乡,作此诗。飘逸婉丽,情韵悠然。

黄鹤楼送孟浩然之广陵[①]

故人西辞黄鹤楼[②],烟花三月下扬州。孤帆远影碧空尽,惟见长江天际流。

[①]广陵:即扬州,是唐代著名的商业大都市。[②]黄鹤楼:在湖北武昌黄鹄山,下临长江。

李白与孟浩然互相爱慕,友谊深厚。开元十六年(728)暮春,孟浩然从黄鹤楼前出发,乘舟东下,远游广陵,李白为他送行,创作了这首七绝。

黄鹤楼乃登览胜境,扬州乃淮左名都,烟花三月又是一年四季中最美好的时光。"故人西辞黄鹤楼,烟花三月下扬州",当然是很愉快的事,用不着发愁,故出之以丽词俊语,第二句尤为"千古丽句"。然而好友分手,仍有惜别之情,何况江程迢递,风波难猜,不能不关心他的安全。于是目送神驰,又写出千古妙句:"孤帆远影碧空尽,惟见长江天际流。"这两句写景如绘,无须多说,值得注意的是:一个"见"字,点明这是送行者的望中景。通过望中景,可以想见送行者伫立江畔怅望依依的神情。怅望的过程是漫长的,写"孤帆远影",实际上已越过许多画面。船刚开动,所凝望的当然是船上的"故人"。故人的身影越来越模糊,视线仍不肯转移,而所能望见的,只是碧空映衬的一片白帆。直望到白帆越缩越小,以至于完全消失,还在望,望那一线长江向天际流去。一字未说离情别绪,而别绪如长江不尽,离情如碧空无涯。情含景中,神传象外,具有无穷艺术魅力。

经下邳圯桥怀张子房

子房未虎啸[①],破产不为家。沧海得壮士[②],椎秦博浪沙。报韩虽不成,天地皆振动。潜匿游下邳,岂曰非智勇。我来圯桥上[③],怀古钦英风。惟见碧流水,曾无黄石公[④]。叹息此人去,萧条徐泗空[⑤]。

[①]虎啸:喻英雄得志。陆机《汉高祖功臣颂》:"龙兴泗滨,虎啸丰谷。"[②]沧海:隐士贤者的称号。《史记·留侯世家》:"东见仓海君,得力士。"[③]圯(yí怡)桥:在今江苏邳县南,即沂水桥。[④]黄石公:即圯上老人,曾授张良太公兵法。[⑤]这两句说张良一去,此地更无英雄。徐泗:指今徐州、邳县等地。

《史记·留侯世家》载:"张良者,其先韩人也。秦灭韩,良家僮三百人,弟死不葬,悉以家财求客刺秦王,为韩报仇。良尝学礼淮阳,东见仓海君,得力士,为铁椎重百二十斤。秦皇帝东游,良与客狙击秦皇帝博浪沙中,误中副车。秦皇帝大怒,大索天下,良乃更名流亡下邳。良尝间从容步游下邳桥上,有一老父衣褐至良所,直堕其履圯下,顾谓良曰:'孺子下取履!'良愕然欲殴之,为其老,强忍,下取履。父曰:'履我!'良业为取履,因长跪履之。父以足受,笑而去。去里所,复还,曰:'孺子可教矣!后五日平明与我会此。'……良夜未半往,有顷父来,喜曰:'当如是!'出一编书曰:'读此则为王者师矣。后十年兴,十三年,孺子见我,齐北谷城山下黄石即我矣。'遂去。旦日视其书,乃太公兵法也。"李白经下邳圯桥想起这段故事,因而缅怀张良,作了这首诗,对张良为韩报仇的英雄行为给予热情的歌颂,慷慨悲壮,英风凛然。沈德潜《唐诗别裁集》云:"为子房生色,'智勇'二字,可补《世家赞》语。"高步瀛《唐宋诗举要》云:"英俊雄迈,句句挟飞腾之势。"

行 路 难

金樽清酒斗十千,玉盘珍羞直万钱①。停杯投箸不能食,拔剑四顾心茫然②。欲渡黄河冰塞川,将登太行雪满山③。闲来垂钓碧溪上,忽复乘舟梦日边④。行路难!行路难!多歧路,今安在⑤?长风破浪会有时,直挂云帆济沧海⑥。

①樽(zūn 尊):古代装酒的器具。斗十千:一斗酒值十千钱,极言酒很名贵。珍羞:珍贵的菜肴。羞:同"馐",美味食品。直:同"值",价值。②箸(zhù 铸):筷子。茫然:无所适从的迷惘情态。③太行:山名,连绵于今之河南、河北、山西三省之间。④"闲来"两句:垂钓:《史记·齐太公世家》载:吕尚年老垂钓于渭水边,后遇西伯姬昌(即周文王)而得到重用。梦日边:传说伊尹在将受到成汤的征聘时,梦见乘船经过日月旁边。这两句用吕尚、伊尹的故事,暗示今虽失意,终将大用。⑤歧路:岔路。安在:在哪里。⑥"长风"两句:长风破浪:《宋书·宗悫(què 确)传》载:其叔问宗悫志向,宗悫说:"愿乘长风破万里浪。"后人用"乘风破浪"比喻施展政治抱负。云帆:像白云的船帆,这里指船。济:渡。沧海:大海。

《行路难》本古乐府《杂曲》旧题,写世路艰难和别离的悲伤。李白所作共三首,这是第一首。或谓是开元十八九年初入长安、困顿而归时的作品,或谓是天宝三载遭谗被放、将离长安时的作品。结句展望来日,豪气纵横,为体现盛唐气象之名句。《唐宋诗醇》云:"冰塞雪满,道路之难甚矣!而日边有梦,破浪济海,尚未决志于去也。"

蜀 道 难①

噫吁嚱,危乎高哉!蜀道之难,难于上青天!蚕丛及鱼凫②,开国何茫然!尔来四万八千岁,不与秦塞通人烟。西当太白有鸟道③,可以横绝峨嵋巅④。地崩山摧壮士死⑤，然后天梯石栈相勾连⑥。上有六龙回日之高标⑦，下有冲波逆折之回川⑧。黄鹤之飞尚不得过，猿猱欲度愁攀援。青泥何盘盘⑨，百步九折萦岩峦⑩。扪参历井仰胁息，以手抚膺坐长叹⑪。问君西游何时还？畏途巉岩不可攀。但见悲鸟号古木，雄飞雌从绕林间。又闻子规啼夜月⑫，愁空山。蜀道之难，难于上青天，使人听此凋朱颜。连峰去天不盈尺，枯松倒挂倚绝壁。飞湍瀑流争喧豗⑬，砯崖转石万壑雷⑭。其险也若此，嗟尔远道之人，胡为乎来哉⑮？剑阁峥嵘而崔嵬⑯，一夫当关，万夫莫开。所守或匪亲⑰，化为狼与豺。朝避猛虎，夕避长蛇。磨牙吮血，杀人如麻。锦城虽云乐⑱，不如早还家。蜀道之难，难于上青天，侧身西望长咨嗟⑲。

①蜀道难：六朝乐府《相和歌·瑟调曲》旧题。②蚕丛、鱼凫(fú 扶)：传说中古蜀国的两个国王。③太白：山名，在今陕西眉县南，在秦都咸阳之西。④峨嵋：山名，在今四川峨嵋县。⑤壮士死：据《华阳国志·蜀志》载：秦惠文王许嫁五美女给蜀王，蜀王派五力士迎接，回到梓潼，见一巨蛇钻入山洞，五力士齐拽蛇尾，山崩，五力士与美女都被压死。而此山分为五岭，从此秦、蜀相通。⑥"然后"句：谓五丁(五力士)开道之后，梯、栈相连，秦、蜀始通。⑦六龙：古代神话，羲和驾着六条龙拉着的车子，载着太阳，在空中运行。回日：使日车回转。高标：山的最高峰。此句意谓山峰太高，连日车也过不去，与左思《蜀都赋》"羲和假道于峻岐，阳乌回翼乎高标"同义。⑧冲波：激浪。逆折：倒流。回川：纡回曲折的河。⑨青泥：岭名，在今陕西略阳县西北。盘盘：回旋曲折的样子。⑩百步九折：极短路程中要转多次弯。⑪扪参(shēn 身)历井：形容山高，行人手摸参星，足历井星。古代天文家认为秦属参星分野，蜀属井星分野。胁息：不敢出气。抚膺：抚摸胸口。⑫子规：即杜鹃，又名杜宇，蜀地最多，相传古时蜀王杜宇魂魄所化，啼声哀怨，似说"不如归去"。⑬喧豗(huī 灰)：瀑布的喧闹声。⑭砯(pīng 乒)：水击岩石声。⑮嗟：叹词。尔：你。胡：何。⑯剑阁：在今四川剑阁县北，有七十二峰，大剑山与小剑山之间的通道名剑门关。⑰匪：同"非"。⑱锦城：即锦官城，今成都市。⑲侧身：转身。咨(zī 资)嗟：叹息。

此诗作于开元末年。孟棨《本事诗·高逸》载：李白自蜀入京，贺知章首访之。读《蜀道难》未竟，"称叹者数四，号为谪仙"。王定保《摭言》卷七所记略同。天宝中，殷璠编《河岳英灵集》选此诗，赞为"奇之又奇，自骚人以还，鲜有此调"。

《蜀道难》乃乐府旧题，现存梁简文帝、刘孝威等人的作品，都写蜀道之难而内容单薄，艺术性不高。李白此篇，则以切身体验为基础，结合神话传说、历史故事，通过丰富的想象、大胆的夸张、雄放的语言和穷极变化的句式、韵律，创造了奇险壮丽的艺术天地，把"蜀道难"的主题表现得淋漓尽致，令人耳目一新。

开端以"噫吁嚱！危乎高哉"的惊叹声引人注意，即以"蜀道之难，难于上青天"切入正题。接着分多种层次、用多种手法写"蜀道之难":蜀开国四万八千岁未与秦塞往来,从历史角度烘托"蜀道之难";太白、峨眉之巅只有"鸟道",从地理角度夸张"蜀道之难";五丁开山,始有人迹可至的"蜀道",然而"天梯"、"石栈",其奇险"难"行,不言可知。以下转入对"蜀道难"的正面描写:山涧荡激,山路曲折,山峰插天,连黄鹤、猿猱,甚至太阳神的龙车,都无法通过;行人至此,手扪星辰,心惊魄悸,只有"抚膺坐长叹"而已。

以上波澜迭起,将"蜀道"之"难"写得无以复加。于是另辟蹊径,从游蜀者的感受与对游蜀者的安危的关怀方面落笔,既写蜀中自然环境之险,又写蜀中政治形势之险,进一步深化了"蜀道难"的主题。

全诗才思横溢,想象奇特,纵横变化,出人意表,而以"蜀道之难,难于上青天"的反复惊叹形成统摄全局的主旋律,扣人心弦,引人联想。故自脱稿以来,传诵不衰。

丁都护歌

云阳上征去,两岸饶商贾①。吴牛喘月时,拖船一何苦②。水浊不可饮,壶浆半成土③。一唱都护歌,心摧泪如雨④。万人系盘石⑤,无由达江浒⑥。君看石芒砀⑦,掩泪悲千古!

①云阳:唐时属润州,即今江苏省丹阳县,在长江南。开元中润州刺史齐澣开伊娄渠,自润州直达长江。上征:指从伊娄渠上行。"征"是远行的意思。饶:多。商贾(gǔ古):行走贩卖的为"商",开店售货的为"贾"。这里泛指商人。②吴牛喘月:古代成语。吴地(今江苏省南部以苏州为中心的一带地方)的水牛非常怕热,见到月亮以为是太阳,就紧张地喘起气来。事见南朝宋刘义庆《世说新语·言语》。这里用以形容吴地炎热。拖船:拉纤。一何:多么。③壶浆:壶里的饮料。半成土:一半沉淀为泥土。④心摧:心伤。摧:悲。⑤万人:形容人多。系:"拖"的意思。⑥江浒(hǔ虎):江边。⑦芒砀(máng dàng忙荡):石头又大又多的样子。当时江苏太湖出产一种文石,可作园林陈设之用,统治者便征调大量民夫为他们拖运。

《丁都护歌》为乐府旧题,属《吴声歌曲》,曲调悲怆动人。《宋书·乐志》载:刘宋高祖的女婿徐逵之被鲁轨杀害,宋高祖使府内直都护丁旿料理丧事,徐妻向丁旿询问殓送情况,"每问,辄叹息曰:'丁都护!'其声哀切。后人因其声广其曲焉。"李白于开元、天宝之际游吴,见纤夫拖船运石,苦不堪言,因借原曲悲苦情调作此诗。《唐宋诗醇》云:"落笔沉痛,含意深远,此李诗之近杜者。"

子夜吴歌

长安一片月,万户捣衣声①。秋风吹不尽,总是玉关情②。何日平胡虏,良人罢远征③。

　　《子夜吴歌》是乐府旧题,一作《子夜四时歌》,分咏春夏秋冬。其歌本四句,李白扩为六句,共四首,这是第三首,生动地写出了闺中少妇思念边关征夫的深厚情感。王夫之《唐诗评选》云:"天壤间生成好句,被太白拾得。"

塞 下 曲

　　五月天山雪①,无花只有寒。笛中闻折柳,春色未曾看②。晓战随金鼓③,宵眠抱玉鞍。愿将腰下剑,直为斩楼兰④。

　　汉乐府有《出塞曲》、《入塞曲》,唐人《塞上曲》、《塞下曲》本此。李白《塞下曲》六首,可能作于天宝二年(743)供奉翰林时,因此时对边疆战事了解较多,有所感发,形诸吟咏。前四句写边地苦寒,环境艰苦,用以反衬后四句之英勇战斗,杀敌卫国。前半流走而后半沉雄,乃五律名篇。

月 下 独 酌

　　花间一壶酒,独酌无相亲。举杯邀明月,对影成三人。月既不解饮,影徒随我身。暂伴月将影①,行乐须及春。我歌月徘徊,我舞影零乱。醒时同交欢,醉后各分散。永结无情游,相期邈云汉②。

　　《月下独酌》共四首,这是第一首,约作于天宝三载(744)春。这时李白供奉翰林,遭受谗谤,故月下独酌以排遣忧闷。将明月拟人化而与之"交欢",世无知者之意见于言外。"举杯邀明月,对影成三人",乃历代传诵名句。沈德潜《唐诗别裁集》云:"脱口而出,纯乎天籁。"

将进酒

君不见,黄河之水天上来①,奔流到海不复回。君不见,高堂明镜悲白发②,朝如青丝暮成雪。人生得意须尽欢,莫使金樽空对月③。天生我才必有用,千金散尽还复来④。烹羊宰牛且为乐⑤,会须一饮三百杯⑥。岑夫子⑦,丹丘生⑧,将进酒,君莫停。与君歌一曲⑨,请君为我倾耳听⑩。钟鼓馔玉不足贵⑪,但愿长醉不愿醒。古来圣贤皆寂寞⑫,惟有饮者留其名。陈王昔时宴平乐,斗酒十千恣欢谑⑬。主人何为言少钱⑭,径须沽取对君酌⑮。五花马,千金裘⑯,呼儿将出换美酒,与尔同销万古愁⑰。

①"黄河"句:黄河发源于青海昆仑山,地势极高,故夸张地形容为"天上来"。②"高堂"句:在高堂上、明镜前,见发白而悲。③"人生"二句:人生得意时应当尽情欢乐,不要让酒樽空对明月。金樽:精美的盛酒器。④千金散尽:李白《上安州裴长史书》:"曩昔东游维扬,不逾一年,散金三十馀万,有落魄公子,悉皆济之。"可见他确有不惜金钱的豪情。⑤且为乐:暂且作乐。⑥会须:务必,应该。⑦岑夫子:岑勋。"夫子"是尊称。⑧丹丘生:元丹丘。"生"是平辈之称。岑、元两人都是李白的好友。李白有《酬岑勋见寻就元丹丘对酒相待以诗见招》诗。⑨与君:给你。⑩为(wèi):介词,给、替。倾耳听:侧耳听。⑪钟鼓馔玉:古代勋贵人家,吃饭时鸣钟列鼎。王勃《滕王阁序》:"钟鸣鼎食之家。"馔玉:即玉馔,形容珍贵的食品。⑫圣贤:有德行才能的人。寂寞:不闻名于世。⑬"陈王"二句:魏曹植封陈思王。他的《名都篇》诗云:"归来宴平乐,美酒斗十千。"平乐:平乐观,在洛阳西门外。斗酒十千:以十千钱买一斗酒。恣(zì自)欢谑(xuè穴):尽情地嬉笑取乐。⑭主人:指元丹丘。何为:为什么。⑮径(jìng静)须:直须,毫不迟疑地。沽:买酒。取:语助词,有"得"的意思。沽取:买得酒来。⑯五花马:毛色斑驳的名贵好马。千金裘:价值千金的皮袍。⑰将出:拿去。与尔:同你。万古愁:无穷无尽的烦恼。

《将进酒》乃乐府旧题,属汉《鼓吹曲·铙歌》,古词多以饮酒放歌为主要内容。李白此篇,前人多谓作于天宝三载(744)因遭谗毁被放出京城以后,今人多谓约开元二十一年(733)于嵩山元丹丘处作。开头以两个"君不见"领起的排偶长句,表现了时光易逝、人生短暂的感叹,然后转入及时行乐、轻视功名利禄的抒写,而以借酒消愁终篇。豪气喷薄,雄迈旷放,为李白传诵名篇之一。萧士赟云:"虽似任达放浪,然太白素抱用世之才而不遇合,亦自慰解之词耳。"(《分类补注李太白集》卷三)

梦游天姥吟留别

海客谈瀛洲①,烟涛微茫信难求。越人语天姥,云霞明灭或可睹。天姥连天向天横,势拔五岳掩赤城②。天台四万八千丈,对此欲倒东南倾。我欲因之梦吴越，一夜飞度镜湖月③。湖月照我影，送我至剡溪④。谢公宿处今尚在，渌水荡漾清猿啼。脚著谢公屐⑤，身登青云梯。半壁见海日，空中闻天鸡⑥。千岩万转路不定，迷花倚石忽已暝。熊咆龙吟殷岩泉⑦，慄深林兮惊层巅。云青青兮欲雨，水澹澹兮生烟。列缺霹雳⑧，丘峦崩摧。洞天石扉，訇然中开⑨。青冥浩荡不见底，日月照耀金银台⑩。霓为衣兮风为马，云之君兮纷纷而来下。虎鼓瑟兮鸾回车，仙之人兮列如麻。忽魂悸以魄动，怳惊起而长嗟。惟觉时之枕席，失向来之烟霞。世间行乐亦如此，古来万事东流水。别君去兮何时还？且放白鹿青崖间。须行即骑访名山。安能摧眉折腰事权贵，使我不得开心颜？

①瀛洲：传说中的海上仙山。②赤城：山名，在今浙江天台县北。③镜湖：又名鉴湖，在今浙江绍兴。④剡(shàn 善)溪：在今浙江嵊县，即曹娥江上游。⑤谢公屐(jī 基)：南朝宋代诗人谢灵运曾制有专门登山的木屐，上山去掉前齿，下山去掉后齿。⑥天鸡：古代神话中的鸡。天鸡最早见到日出，它一叫，天下所有的鸡都跟着叫。⑦殷：本是形容词，指声音之大。这里作动词用，指发出巨响。⑧列缺：闪电。霹雳：迅雷。⑨訇(hōng 哄)然：形容大声。⑩金银台：传说中神仙居住的处所。

天宝三载(744)，李白因受权贵排挤而被放出京。两年之后，告别东鲁，南游吴越，行前作此诗，诗题一作《别东鲁诸公》。全诗驰骋想象，助以夸张，通过梦游仙境的描绘抒发现实感慨。末段因梦而悟，归到"留别"，以"安能摧眉折腰事权贵，使我不得开心颜"作结，表现了绝意仕途、蔑视权贵、向往自由的反抗精神和高尚情操。全诗波澜迭起，天矫离奇，不可方物。韵脚的变换与四、五、七言句式、骚体句式、散文句式的错综运用，又强化了天风海涛般的气势和自由奔放的激情。与《蜀道难》同为代表李白独特艺术风格的歌行体杰作。

宣州谢朓楼饯别校书叔云

弃我去者，昨日之日不可留。乱我心者，今日之日多烦忧。长风万里送秋雁，对此可以酣高楼①。蓬莱文章建安骨，中间小谢又清发②。俱怀逸兴壮思飞，欲上青天览明月③。抽刀断水水更流，举杯消愁愁更愁。人生在世不称意，明朝散发弄扁舟④。

①酣高楼：在谢朓楼上痛饮。②"蓬莱"两句：蓬莱：神话传说中的海上仙山。传说仙府图书都集中藏在这里。又，汉代官府著述和藏书之处称"东观"，也称"老氏藏书室，道家蓬莱山"。蓬莱文章：指汉代的文章。建安：东汉献帝年号(196—214)。建安骨：建安时代，曹操、曹丕、曹植、孔融、王粲、陈琳、徐幹、刘桢、应玚、阮瑀等人的诗作，反映了当时动乱时代的

社会现实,风格刚健清新,后人称为"建安风骨"。小谢:指谢朓。世称刘宋时代的诗人谢灵运为"大谢",称谢朓为"小谢"。清发:指清新秀发的诗风。这两句虽是赞美建安诸子和谢朓,但也有暗喻李华和自己的意味。③俱:都。逸兴:雅兴。览:同"揽",以手撮持。④扁(piān 偏)舟:小舟。

诗题《文苑英华》作《陪侍御叔华登楼歌》,较妥。李白于天宝十二载(753)秋游宣城,其叔李华恰于此时以监察御史身份来宣城公干,因而陪同登谢朓楼,作此诗。"弃我去者……"、"乱我心者……"两个排偶长句突如其来,抒发了怀才不遇、壮志难酬的愤懑。中间盛赞汉代文章、建安风骨和谢朓的诗歌,而以"俱怀逸兴"拍合到李华和自己。结尾照应开头,以"抽刀断水水更流"比喻"举杯消愁愁更愁",而无法排除之苦闷乃跃然纸上。

哭晁卿衡

日本晁卿辞帝都①,征帆一片绕蓬壶②。明月不归沉碧海③,白云愁色满苍梧④。

①晁卿:晁衡是阿倍仲麻吕的汉名。卿,是中国古代对人的爱称。帝都:长安。②"征帆"句:写晁衡乘船渡海归日本。蓬壶:蓬莱、方壶,传说中的东海仙岛。③"明月"句:写晁衡溺死。明月:即明月珠,借指晁衡。李白《书情赠蔡舍人雄》"倒海索明月,凌山采芳荪",亦以明月指珠。④苍梧:山名,在今江苏连云港市东北。

晁衡,日本人,原名仲满、阿倍仲麻吕。他于唐玄宗开元四年(716)来长安留学,后任唐王朝秘书监兼卫尉卿。天宝十二载(753)晁衡回国,王维等作诗送行。晁衡于乘船渡海时遇险,脱险后仍返长安,但当时误传,说他溺死大海。李白在江南,闻误传而作此诗,寄哀痛于哀景,意境深远,为挽诗别开生面。

秋登宣城谢朓北楼

江城如画里①,山晚望晴空。两水夹明镜,双桥落彩虹②。人烟寒橘柚,秋色老梧桐③。谁念北楼上,临风怀谢公④?

①江城:指宣城。②"两水"句:两水:指宛溪、句溪,二水绕宣城合流。双桥:指宛溪上的两座桥,一名"凤凰",一名"济川"。这两句说,两条溪水像明镜般夹着江城,水上双桥如同天上落下的彩虹。③"人烟"两句:寒、老:形容词作动词用。这两句的意思是,飘入空际的炊烟,使橘柚罩着寒意;寂冷的秋色,使梧桐变得衰老。④临风:当着风。谢公:指谢朓。

此诗作于天宝十三载(754)秋天。北楼,南齐诗人谢朓任宣城太守时所建,又称谢朓楼,故址在今安徽省宣州市陵阳山麓。首联以"江城如画"写登楼所见的全景。中两联具体写出如画江山,对仗精切,形象明丽,沈德潜《唐诗别裁集》云:"二联俱是如画。"尾联以"怀谢公"收束,章法井然。

秋浦歌[①]
炉火照天地,红星乱紫烟[②]。赧郎明月夜[③],歌曲动寒川。

①秋浦歌:秋浦在唐代是银、铜产地,这首诗所写的是月夜冶炼银、铜的情景。②红星:火星。③赧(nǎn 蝻):原意是因羞愧而脸红,此指炉火照映下的矿工脸色。赧郎:指冶炼工人。

李白于天宝十三载(754)游秋浦(今安徽贵池),作《秋浦歌》十七首,这是第十四首,描写月夜冶炼的劳动场景和劳动者的豪迈情怀。题材新颖,是为冶炼工人谱写的赞歌。

赠汪伦
李白乘舟将欲行,忽闻岸上踏歌声[①]。桃花潭水深千尺,不及汪伦送我情。

①踏歌:唐时民间歌唱,踏地为节拍,且踏且歌。

天宝十四载(755),李白自秋浦往泾县(今属安徽)游桃花潭,"村人汪伦酝美酒以待"(宋杨齐贤《李太白文集》注),又殷勤送行,因作此诗相赠。四句诗,似信口说出,却跌宕飞动,韵味无穷。黄叔灿《唐诗笺注》云:"相别之地,相别之情,读之觉娓娓兼至,而语出天成,不假炉炼,非太白仙才不能。'将'字、'忽'字,有神有致。"

古风(其十九)
西上莲花山,迢迢见明星[①]。素手把芙蓉,虚步蹑太清[②]。霓裳曳广带[③],飘拂升天行。邀我登云台,高揖卫叔卿[④]。恍恍与之去,驾鸿凌紫冥[⑤]。俯视洛阳川,茫茫走胡兵[⑥]。流血涂野草,豺狼尽冠缨[⑦]。

①莲花山:即莲花峰,为西岳华山的最高峰。迢(tiáo 条)迢:遥远的样子。明星:神话中的华山仙女。②素手:洁白的手。把:拿着。芙蓉:即莲花。虚步:凌空而行。蹑(niè 聂):登。太清:高空。③霓裳:虹霓做成的衣裳,仙人的服装。曳(yè 夜):拖。广带:宽大的带子。④云台:华山东北部的高峰,上有云台观。高揖:高拱双手作揖。卫叔卿:传说中的仙人

名。《神仙传》说他是中山人,服云母得仙,汉武帝派人寻找他,终于在华山的绝岩下面望见他与数仙人在石上下棋。⑤恍恍:神情恍惚。之:代词,指卫叔卿。凌:升。紫冥:紫色的天空。⑥川:原野。茫茫:无边无际的样子。走:急剧地行动着。胡兵:指安史叛军。天宝十四载(755)十二月,安史叛军攻破洛阳。⑦豺狼:指安禄山部下残害人民的官吏。冠缨:做官人的装束,这里用作官吏的代称。安禄山在洛阳称帝设朝,作者以"豺狼尽冠缨"给予鞭笞。

李白《古风》五十九首,并非作于同时,题材、主题也互不相关,但都用五言古体,故合在一起,冠以《古风》的总题目。这里所选的是第十九首,作于天宝十五载(756)春。当时安禄山已陷洛阳,自称大燕皇帝,作者逃亡至华山,感慨现实而作此诗。前大半篇写游仙而结尾落到洛阳现状之惨不忍睹,从极大的反差中深化了主题。萧士赟云:"太白此诗,似乎纪实之作,岂禄山入洛之时,太白适在云台观乎?"(《分类补注李太白诗》)其推断极合理。

古　风（其二十四）

大车扬飞尘①,亭午暗阡陌②。中贵多黄金③,连云开甲宅④。路逢斗鸡者⑤,冠盖何辉赫⑥。鼻息干虹蜺⑦,行人皆怵惕⑧。世无洗耳翁,谁知尧与跖⑨。

①大车:指权贵们乘坐的高级车辆。②亭午:正午。阡陌:原指田间小路,由南至北为阡,由东至西为陌,此指长安城中的街道。③中贵:即中贵人,指得到皇帝宠信而有权势的太监。④连云:形容高楼大厦上接云霄。甲宅:上等的宅第。⑤斗鸡:唐玄宗所喜好的游戏。斗鸡者:以斗鸡为业的人。玄宗好斗鸡,在宫中设置鸡场,选六军小儿五百人,专以斗鸡为事,供自己娱乐。这种人因此得宠,显贵无比。⑥冠盖:当官者的冠服、车盖,此指斗鸡者出行的服饰和车马。何辉赫:多么堂皇显赫。⑦鼻息:鼻孔出的气息。干:干犯。虹蜺:即虹霓,天上的彩虹。这句形容显贵们气焰嚣张的神态。⑧怵惕(chù tì 触替):惊惧。⑨"世无"二句:洗耳翁,指尧时的隐士许由。传说尧想让位给许由,许由听到后认为玷污了耳朵,急忙跑到颍水边洗耳。尧,古代传说中的圣君。跖(zhí 直),传说是春秋战国之际人民起义的领袖,统治阶级叫他"盗跖"。这两句说,世上没有像许由这样的高士,有谁能分辨圣君和大盗、好人和坏人呢! 言外之意是,作者以许由自喻,自以为能分清谁是尧、谁是跖。全诗所鞭挞的,都是与尧对立的行径。

这是《古风》组诗的第二十四首,作者以洗耳翁自喻,对玄宗宠信宦官、斗鸡走狗的荒淫腐败行径给予鞭笞,是优秀的政治讽刺诗。

庐山谣寄卢侍御虚舟①

我本楚狂人,凤歌笑孔丘②。手持绿玉杖③,朝别黄鹤楼。五岳寻仙不辞远④,一生好入名山游。庐山秀出南斗傍,屏风九叠云锦张,影落明湖青黛光⑤。金阙前开二峰长,银河倒挂三石梁⑥。香炉瀑布遥相望,回崖沓嶂凌苍苍⑦。翠影红霞映朝日,鸟飞不到吴天长⑧。登高壮观天地间,大江茫茫去不还。黄云万里动风色,白波九道流雪山⑨。好为庐山谣,兴因庐山发。闲窥石镜清我心,谢公行处苍苔没⑩。早服还丹无世情,琴心三叠道初成⑪。遥见仙人彩云里,手把芙蓉朝玉京⑫。先期汗漫九垓上,愿接卢敖游太清⑬。

①卢侍御虚舟:卢虚舟,范阳人,唐肃宗时曾任殿中侍御史。②"我本"两句:楚狂:春秋时楚国人陆通,字接舆,时人称为"楚狂"。凤歌:孔丘来到楚国,接舆曾作歌讥笑他。因歌词首有"凤兮!凤兮!何德之衰!"所以简称"凤歌"。《论语·微子》和《庄子·人间世》中都有关于这件事的记载。这里李白以陆通自比,表示要过隐居生活。③绿玉杖:仙人所用的手杖。④五岳:我国五座名山,即东岳泰山、南岳衡山、北岳恒山、西岳华山、中岳嵩山。这里泛指各地名山。⑤秀出:特出。南斗:星宿名。古天文学认为庐山所在地浔阳(今江西省九江市)属南斗星宿的分野,所以说"庐山秀出南斗傍"。屏风九叠:即庐山九叠屏。云锦张:像一片云锦张开。明湖:指鄱阳湖。青黛:深青色。⑥金阙:即石门,在庐山西南部,双石高耸,形如石门,有瀑布从中流出,称石门涧瀑布。二峰:石门上面的两个山峰。银河:指九叠屏附近的三叠泉,其水从山上三折而下,如同银河倒挂。三石梁:三道如桥梁般的山石。⑦香炉:庐山香炉峰。回崖:曲折的悬崖。沓(tà 榻)嶂:重叠的山峰。凌:升。苍苍:指青色的天空。⑧翠影:指翠绿的山色。红霞:指赤红色的岩壁,远望如红霞一般。鸟飞不到:形容山峰极高。吴天长:吴地的天空寥阔长远。⑨风色:天色,天气。九道:旧说长江在九江附近分为九道。雪山:形容江水翻腾涌起的浪峰。⑩"闲窥"两句:石镜:传说庐山东面有一圆石悬岩,明净如镜,能照见人形,所以称为"石镜"。谢公:指谢灵运。谢灵运曾游庐山,其《入彭蠡湖口》诗有"攀岩照石镜"之句。因谢灵运距李白已三百多年,所以说他游庐山时走过的足迹早被青苔掩没。⑪还丹:道家炼丹,烧丹成水银,又使水银还原成丹,反复四次,称"还丹"。世情:指功名富贵的欲念。琴心三叠:道家修炼的术语,指修炼的功夫很深,达到心和气静的境界。⑫把:持。芙蓉:荷花。玉京:道教传说的元始天尊所居。⑬"先期"两句:先期:预先约会。"期"在这里作动词用。汗漫:据《淮南子·道应训》说,卢敖要和一个形状奇特的人做朋友,那个人说,我和汗漫约会于九垓(gāi 该)之外,不可在这里久停。"汗漫"本是"无穷无尽"的意思,这里用指大自然。九垓:九天。这句表示诗人要和大自然一体,放怀于九天之外。卢敖:战国时的燕国人,秦始皇曾派他去求神仙,因此他也就被当做神仙之类的人物。这里以"卢敖"指卢侍御。太清:太空。结句落到题中的"寄卢侍御虚舟",约他遨游世外,远离朝廷。

肃宗乾元二年(759)李白于长流夜郎途中遇赦,自白帝城放舟东下,返回江夏,游潇湘洞庭;第二年,即上元元年(760),重游庐山而作此诗。中间十七句写庐山,首尾数句呼应,表现狂放、隐逸思想,并劝友人与自己同过悠闲生活,乃是对腐朽朝政不满的曲折反映。全诗波澜壮阔,"五岳寻仙不辞远,一生好入名山游"两句,尤传诵不衰。

早发白帝城

朝辞白帝彩云间,千里江陵一日还^①。两岸猿声啼不住,轻舟已
过万重山。

①"千里"句:据北魏郦道元《水经注·江水》:"自三峡七百里中,两岸连山,略无阙
处。……有时朝发白帝,暮到江陵,其间千二百里,虽乘奔御风,不以疾也。……每至晴初霜
旦,林寒涧肃,常有高猿长啸,属引凄异,空谷传响,哀转久绝。故渔者歌曰:'巴东三峡巫峡
长,猿鸣三声泪沾裳。'"

乾元二年(759),李白因永王璘事被流放夜郎,至白帝遇赦,乘船顺流而
"还",其重获自由的喜悦感、轻快感与江流之快、归舟之"轻"水乳交融,便创
作出这首千古名作,被王士禛推为"三唐压卷"。

前两句,似与《荆州记》"朝发白帝,暮到江陵"无异,实则后者只客观地写
江行之"急",前者则用一个"辞"字、一个"还"字托出抒情主人公的神采与心
态。他不是经白帝西去夜郎,而是"辞"白帝东"还"江陵,已露喜悦之情。辞
白帝于朝日照射的彩云之间,色彩绚丽,形象优美,又强化了喜悦之情。白帝
既在"彩云间",则高屋建瓴,江水奔泻,江陵一日可还之意已暗寓其中。"千
里"极遥,"一日"极短,"千"与"一"对照,突出地表现了东"还"之快出乎意
料,惊喜之情,见于言外。前两句已写完由"辞"到"还",概括性极强而形象性
不足,于是掉转笔锋,补写"一日"之间的见闻。就闻的方面说,"猿鸣三声泪
沾裳",这是行经三峡者的典型感受,诗人却以"两岸猿声"作铺垫,突现"轻
舟"如飞的轻快感。就见的方面说,"千里"之间,景物繁富,一句诗如何写?
诗人只用"已过"二字,而重山叠嶂、城郭村落等等扑面而来、掠舟飞退的奇景,
已如在目前。

浦起龙《读杜心解》称《闻官军收河南河北》为杜甫"生平第一首快诗"。
这首《早发白帝城》,也可以说是李白生平第一首快诗。

宿五松山荀媪家

我宿五松下,寂寥无所欢。田家秋作苦^①,邻女夜舂寒^②。跪进
雕胡饭^③,月光明素盘。令人惭漂母^④,三谢不能餐^⑤。

①秋作:秋收季节的艰苦劳动。②舂(chōng 充):舂米。夜舂寒:在寒冷的秋夜舂米。
③跪进:古代席地而坐,接待客人时俯身奉物,表示恭敬。雕胡饭:用菰(gū 姑)米做的饭。
菰多生于长江以南低洼水中,嫩茎即茭白,作蔬菜。至秋天结实,子实甚白而滑腻,叫菰米,
可以作饭,贫苦人家以此为粮食。④漂母:在水边冲洗丝絮的老妇人。据《史记·淮阴侯列
传》:韩信少年时穷得吃不上饭,在淮阴城下钓鱼。有一漂母常分自己的饭给他吃。这里以

漂母比喻荀媪的好心肠。惭漂母:对荀媪进饭的情意感到惭愧不安。⑤三谢:再三道谢。不能餐:因为感激、惭愧而不好意思吃下去。

这是肃宗上元二年(761)的作品。诗人久经颠沛流离,当夜宿山村农家,受到热情款待的时候,感到无限温暖,用这首诗表达感激之情。对农家生活之艰苦、品质之淳厚,也作了动人的描绘。五松山在安徽铜陵县南。荀媪,姓荀的老大娘。

苏台览古①
旧苑荒台杨柳新,菱歌清唱不胜春。只今惟有西江月②,曾照吴王宫里人。

①苏台:即姑苏台,吴王夫差与西施行乐之处,故址在今江苏苏州市姑苏山。②西江:指长江。

李白还有一首《越中览古》:"越王勾践破吴归,义士还家尽锦衣。宫女如花满春殿,只今惟有鹧鸪飞!"以前三句极写昔日之豪华,而以第四句"惟有鹧鸪飞"将前三句所写一扫而空,形成强烈的今昔对比,吊古伤今,余味无穷。《苏台览古》则以前三句写今,而以末一句写古,格局与《越中览古》正好相反,表明作者写每一首诗都力求创新。

刘永济《唐人绝句精华》云:"两首诗皆吊古之作。前首从今月说到古宫人,后首从古宫人说到今鹧鸪,皆以见今昔盛衰不同,令人览之而生感慨,而荣华无常之戒,即寓其中。"这是说两首诗格局虽异,而意蕴相同。然而反复吟诵,便见正由于格局各异,其韵味亦不尽相同。《越中览古》以今日之凄凉反衬昔日之豪华,既吊古,又伤今。《苏台览古》则写吴苑苏台虽已荒废,而杨柳又发新绿,船娘们竞唱菱歌,春色宜人,春意盎然,除了西江明月而外,谁还记得吴宫往事?吊古而并不伤今,蕴含深广,远非"荣华无常之戒"所能概括。

玉阶怨①
玉阶生白露,夜久侵罗袜。却下水晶帘②,玲珑望秋月。

①玉阶怨:乐府《相和歌辞·楚调曲》旧题。②水晶帘:用水晶串成的珠帘。

全诗寥寥二十字,却活托出一位深闺少妇,其身份、举止、神情、心态及气候节令、环境氛围,都可使人于想象中得其仿佛。

只提"罗袜",其人之服饰可想。只提"玉阶"、"水晶帘",其人之居室可想。想见其服饰、居室,其人之身份、风致,亦不难想见。"夜久"犹立"玉阶",可知望月非为赏月。"白露"已湿"罗袜"而犹不归寝,可知心有所思,意有所盼,盼望愈切,思念愈苦。转入室内而"却下水晶帘",知有绝望、哀怨之情,故欲回避明月、切断思绪。既已下帘,却仍"玲珑望秋月",知其欲罢不能,心潮起伏,彻夜不寐。而帘内之孤影,复用"秋月"照出,使悲秋与怀人叠合为一。真可谓空际传神,象外见意,"不涉理路,不落言筌"者矣。

望庐山瀑布

日照香炉生紫烟[①],遥看瀑布挂前川。飞流直下三千尺,疑是银河落九天[②]。

①香炉:即香炉峰,在庐山西北。其峰尖圆,烟云聚散,如博山香炉之状。生紫烟:香炉峰上云烟缭绕,在朝日映照下冉冉升起水气,像是一片紫烟从山峰上向四处飘浮。②九天:九重天,指高空。

首句写高耸的香炉峰在旭日照射下腾起紫烟,与天相接,形象鲜明,并为以下各句准备了条件。香炉峰顶时生烟云,但只有朝阳斜照,烟云才呈现紫色。"生紫烟"三字,暗示作者望瀑布的时间是早晨。写"望庐山瀑布"而先写香炉紫烟,表明这里是瀑布的源头。第二句的"遥看"当然统摄全诗,但首句所写,不仅是"遥看"瀑布源头所见的景色,而且是仰望瀑布源头所见的景色。这首诗,由于三、四两句极精彩,因而首句往往被忽视。但如忽视首句,以下各句的精彩之处便很难领会。

次句正面写瀑布。一个"挂"字,大家都说很生动,但未注意"挂"于何处。联系首句,便知那瀑布从香炉紫烟间直"挂"下来,落入"前川"。

第三句摄取"飞流直下三千尺"的奇景,连作者自己也既惊且疑。惊其壮美绝伦,疑其非人间所有,而"疑是银河落九天"的警句,也脱口而出。这个警句,虽想落天外,却情生目前。因为"疑是"的根据,即在首句。那仰望中的瀑布,不正是从"香炉紫烟"与天相接处喷薄而出,"飞流直下"的吗?

王 湾

王湾(生卒年不详),洛阳(今属河南)人,开元元年(713)登进士第,任荥阳(今属河南)主簿。五年至九年,参编《群书四部录》,书成,调洛阳尉。十七年(729)曾任朝官,后不知所终。生平事迹见《唐诗纪事》、《唐才子传》。其诗多已散佚,《全唐诗》仅存十首。

次北固山下①

客路青山外,行舟绿水前。潮平两岸阔,风正一帆悬。海日生残夜,江春入旧年。乡书何处达,归雁洛阳边。

①次:动词,此处作"到达"、"止宿"讲。北固山:在今江苏镇江市北,下临长江。

两种唐人选唐诗《国秀集》、《河岳英灵集》皆选此诗而题目不同,诗句亦不尽同。此就《国秀集》迻录。《河岳英灵集》作《江南意》,诗如下:"南国多新意,东行伺早天。潮平两岸失,风正一帆悬。海日生残夜,江春入旧年。从来观气象,惟向此中偏。"编者殷璠评介道:"(王)湾词翰早著,为天下所称最者不过一二。游吴中,作《江南意》,诗云:'海日生残夜,江春入旧年。'诗人以来,少有此句,张燕公手题政事堂,每示能文,令为楷式。"

第三联是脍炙人口的警句。沈德潜说:"江中日早,残冬立春,亦寻常意思,而王湾云:'海日生残夜,江春入旧年。'一经锤炼,便成警绝。"纪昀也说这"全是锻炼工夫"。"日"、"夜"不能并存,"冬"、"春"亦然。作者把"海日"、"江春"提到主语位置加以强调,并用"生"字和"入"字赋予它们以人的意志和情思,便表现了这样的意境:海日生于残夜,将驱尽黑暗,江春闯入旧年,将赶走严冬,给人以昂扬奋进的鼓舞力量。胡应麟《诗薮》内编卷四云:"盛唐句如'海日生残夜,江春入旧年',中唐句如'风兼残雪起,河带断冰流',晚唐句如'鸡声茅店月,人迹板桥霜',皆形容景物,妙绝千古;而盛、中、晚界限斩然。"胡氏认为另两联表现中、晚唐诗特点,而此联具盛唐气象,显然是从它的豪迈意境和壮美风格着眼的。

王 翰

王翰(生卒年不详),字子羽,并州晋阳(今山西太原)人。睿宗景云元年(710)登进士第。玄宗开元八年(720),登直言极谏科,调昌乐县尉。后又登超拔群类科。张说为宰相时,被任为秘书省正字,升通事舍人,转驾部员外郎。十四年(726)张说罢相,王翰出为汝州长史,徙仙州别驾。其后因与豪侠饮乐游猎,贬道州司马,卒。新、旧《唐书》有传。其诗善写边塞生活,以《凉州词》出名。原有集十卷,已佚,《全唐诗》存诗一卷。

凉 州 词

葡萄美酒夜光杯①,欲饮琵琶马上催②。醉卧沙场君莫笑,古来征战几人回?

①夜光杯：《十洲记》载"周穆王时，西域献夜光常满杯，杯是白玉之精，光明照夜"。此指精美的酒杯。②"欲饮"句：欲饮之际，闻马上乐伎奏琵琶催饮、助兴。

前两句以美酒琼杯、琵琶催饮渲染军中欢宴，意在以乐景写悲。后两句却不说悲而展现其醉卧沙场的形态及心态，一任读者驰骋想象。沈德潜《唐诗别裁集》云："故作豪饮之辞，然悲感已极。"李锳《诗法易简录》云："意甚沉痛，而措语含蓄。斯为绝句正宗。"宋顾乐《〈唐人万首绝句选〉评》云："气格俱胜，盛唐绝作。"施补华《岘傭说诗》云："作悲伤语读便浅，作谐谑语读便妙，在学人领悟。"

崔国辅

崔国辅（生卒年不详），吴郡（今江苏苏州）人。开元十四年（726）登进士第，历任山阴尉、许昌令、集贤院直学士、礼部员外郎等职。天宝十一载（752），因是王铁近亲，受其牵连贬竟陵司马。国辅工五绝，得南朝乐府民歌遗意。殷璠称其诗"婉娈清楚，深宜讽味"（《河岳英灵集》卷中）。管世铭称其"专工五言小诗……篇篇有乐府遗意"（《读雪山房唐诗序例》）。与王昌龄、王之涣等交游唱和，为盛唐重要诗人之一。原有集，久佚，《全唐诗》存诗一卷。

小长干曲

月暗送潮风，相寻路不通。菱歌唱不彻①，知在此塘中。

①菱歌：采菱时唱的歌。不彻：不止。

《小长干曲》，乐府杂曲歌辞，多写江南水上妇女生活。崔国辅的这四句诗，写闻歌相思，含蓄隽永。吴瑞荣《唐诗笺注》云："'唱不彻'妙。此与'只在此山中，云深不知处'又是一般情致。"黄叔灿《唐诗笺注》云："所谓两处牵情也。"

采莲曲

玉溆花争发，金塘水乱流①。相逢畏相失，并着采莲舟。

①"玉溆"二句：溆：浦也。溆、浦前加"金"、"玉"修饰，极言其美。刘桢《公宴诗》："菡萏溢金塘。"

《采莲曲》，南朝乐府旧题，《江南弄》七曲之一。杨逢春《唐诗偶评》云：

"首二先切时地布景,三、四写采莲者之情,女郎心性如画。"贺裳《载酒园诗话》云:"描写邻女相见,一段温存旖旎,尤咄咄逼人。"

中 流 曲
归时日尚早[①],更欲向芳洲。渡口水流急,回船不自由。

①归时:《文苑英华》、《唐诗纪事》俱作"归来"。

《中流曲》,乐府《新乐府辞》。贺裳《载酒园诗话》云:"酷肖小女子不胜篙棹之态。"

湖 南 曲
湖南送君去[①],湖北忆君归。湖里鸳鸯鸟,双双他自飞。

①"湖南"句:《文苑英华》作"湖南与君别"。

此题一作《古意》。黄生《唐诗摘抄》云:"送君从湖南去;送君罢,则已独从湖北归。句法便如此,大是古朴。人不能双,故妒物之成双者,妒意在'他'字见出。"锺惺《唐诗归》云:"'他自'二字,羡甚妒甚。"

渭水西别李仑[①]
陇外长亭堠[②],山阴古塞秋。不知呜咽水[③],何事向西流?

①渭水:发源甘肃渭源县,东流经长安至潼关入黄河。②陇外:泛指陇山以西之地。陇山,在今陕西陇县西北。堠:古代记里程或探望敌情的土堡。③呜咽水:乐府《陇头歌》:"陇头流水,鸣声呜咽。遥望秦川,肝肠断绝。"

首句写送别之地,次句写被送者西去之地的荒寒景象。被送者思东归而不得不伴随呜咽之水西去,故怨其"何事向西流"。李慈铭《唐人万首绝句选》云:"不言人西行而言水西流,与张燕公'离人与江水,终日向西南'同意。"

常 建
常建(生卒年不详),《唐才子传》说他是长安(今陕西西安)人。玄宗开元十五年(727)与王昌龄同榜登进士第,曾任盱眙尉。仕途失意,放浪诗酒,往来于关中太白、紫阁诸峰间。天宝时隐居鄂渚(今湖北武昌西山),王昌龄、张偾贬龙标,常建有《鄂渚招王昌龄张偾》诗,含招与共隐之意。其生平事迹,仅《唐诗纪事》、《唐才子传》等书有零星记述。常建诗名颇盛,殷璠《河岳英灵集》首列其诗,评云:"其旨远,其兴僻,佳句辄来,惟论意表。"并对他"高才而无位"、"沦为一尉"深表同情。《全唐诗》存诗一卷。

吊王将军墓

嫖姚北伐时,深入强千里[①]。战馀落日黄,军败鼓声死[②]。尝闻汉飞将,可夺单于垒[③]。今与山鬼邻,残兵哭辽水[④]。

①"嫖姚"二句:西汉霍去病"为嫖姚校尉,与轻勇骑八百斩捕首虏过当"(《汉书·霍去病传》),故称霍去病为霍嫖姚。霍去病曾六次北伐匈奴,远涉大漠,深入封狼居胥山。这里以霍去病比王将军。强千里:超过千里。②"战馀"二句:写王将军力战兵败,壮烈牺牲。落日黄:落日为之昏黄。鼓声死:击鼓进军,兵败,故鼓声不起。③"尝闻"二句:"汉飞将"即李广,匈奴称他为飞将。这里以李广比王将军,赞其英勇善战。④辽水:即辽河,在今辽宁省。

王将军生平未详。作者以此诗吊其墓,对他战死边疆的英风伟烈给予生动的描写和深情的歌颂。殷璠《河岳英灵集》赞其"一篇尽善",称"战馀落日黄,军败鼓声死"、"今与山鬼邻,残兵哭辽水"两联"属思既苦,词亦警绝"。宋人刘辰翁则以"形容古所未至"(《唐诗品汇》卷一一引)赞全诗。

宿王昌龄隐居

清溪深不测,隐处惟孤云。松际露微月,清光犹为君。茅亭宿花影,药院滋苔纹[①]。余亦谢时去,西山鸾鹤群[②]。

①药院:种药的院子。滋苔纹:长了苔藓,言人迹罕至。②"余亦"二句:言自己也将谢绝时世,与王昌龄偕隐。

这是常建的五古名篇。殷璠称"松际露微月,清光犹为君"两句"警策"。沈德潜认为通篇"清澈之笔,中有灵悟"(《唐诗别裁集》卷一)。周敬也说"常建诗灵慧雅秀,清中带厚,如'清溪深不测'、'清晨入古寺'等篇,令人诵欲忘年"(《唐诗选脉会通评林》卷三〇)。

题破山寺后禅院

清晨入古寺,初日照高林。竹径通幽处[①],禅房花木深。山光悦鸟性,潭影空人心[②]。万籁此俱寂[③],但馀钟磬音[④]。

①竹径:一作"曲径"。②空人心:因潭水澄明,中无杂物,故临潭照影,令人心境澄明,杂念俱空。沈德潜解"山光"一联云:"'鸟性'之'悦','悦'以'山光','人心'之'空','空'因'潭水'。"(《唐诗别裁集》卷九)甚确当。③万籁:天籁、人籁等各种音响。④钟磬(qìng庆):僧人诵经、开饭时击磬鸣钟。

破山寺,即兴福寺,在今江苏常熟县虞山上。范成大《吴郡志》卷三六:"兴福寺在常熟县西北九里……即常建题诗处。""寺"在"破山","院"在"寺后",地本清幽,而所"题"者又是"禅院",故全诗写出一种超然尘外的深曲、幽静境界,读之令人悠然神往。第二联,欧阳修尤欣赏不已,曾说"吾尝喜诵常建诗'竹径通幽处,禅房花木深',欲效其语作一联,久不可得,乃知造意者为难工也"(《题青州山斋》)。第三联,殷璠赞其"警策"。纪昀评全诗云:"兴象深微,笔笔超妙,此为神来之候。"(《唐宋诗举要》卷四引)这是一首五律,但读起来自然流走,不觉有对偶,或以为是"五律中之散行格"。但仔细读,便见首联、三联对仗极精;次联前两字对而后三字不对,因其首联已讲对仗,故次联以散调承之,以免板滞,此所谓"偷春格",非"散行格"也。惟"空人心"之"空"应仄而平,犹是古句法。

三日寻李九庄

雨歇杨林东渡头,永和三日荡轻舟①。故人家在桃花岸,直到门前溪水流②。

①永和三日:三月三日为上巳节,古代风俗,于此日临水袯除不祥,称为修禊。王羲之《兰亭序》:"永和九年,岁在癸丑,暮春之初,会于会稽山阴之兰亭,修禊事也。"永和是晋穆宗年号。②"故人"二句:实写当时情景而又富于暗示性,使人联想到陶潜《桃花源记》"缘溪行,忘路之远近,忽逢桃花林,夹岸数百步,中无杂树"数句。

李九,大约是隐逸之士,故三、四两句以桃花源比其住处,而其人之精神境界,已隐然可见。黄叔灿云:"从杨林东渡,荡舟寻李,桃花溪水,直到门前,读之如身入图画。此等真率语,非学步所能,兴趣笔墨,脱尽凡俗矣。"(《唐诗笺注》)

崔颢

崔颢(704—754),汴州(今河南开封)人,少有才名。开元十一年(723)登进士第。尝游江南。开元后期,以监察御史任职河东军幕,得以"一窥塞垣"。天宝初,任太仆寺丞,后改司勋员外郎。生平事迹,见《唐诗纪事》、《唐才子传》及新、旧《唐书》本传。崔颢诗名颇盛,芮挺章选其诗七首入《国秀集》;殷璠选其诗十一首入《河岳英灵集》,评云:"颢年少为诗,名陷轻薄,晚节忽变常体,风骨凛然,一窥塞垣,说尽戎旅。至如'杀人辽水上,走马渔阳归。错落金锁甲,蒙茸貂鼠衣',又'春风吹浅草,猎骑何翩翩。插羽两相顾,鸣弓上新弦',可与鲍照并驱也。"(《河岳英灵集》卷中)纵观其诗,早岁多闺帏闲情之作,诗体浮艳;后游边塞,诗风一变,雄浑自然。其七律如《黄鹤楼》等,间出古意,不斤斤于平仄粘对,浑然天成,品外独绝。《全唐诗》存诗一卷。

行经华阴[①]

岧峣太华俯咸京,天外三峰削不成[②]。武帝祠前云欲散,仙人掌上雨初晴[③]。河山北枕秦关险,驿路西连汉畤平[④]。借问路旁名利客,何如此处学长生!

①华阴:唐关内道华州属县(今陕西华阴东南),因位于华山之北,山北为阴,故名。②"岧峣"二句:太华:即西岳华山,对其西少华而言。岧峣:高耸貌。咸京:秦的都城咸阳,唐人多用以代指长安。三峰:指华山的芙蓉、明星、玉女三峰。削不成:《山海经·西山经》记"太华之山,削成而四方,其高五千仞,其广十里"。此反用其意。③"武帝"二句:相传华山为巨灵所开,其手迹尚存华山东顶峰,五指俱全,因此称华山东峰为"仙人掌"。汉武帝曾作巨灵祠以祭之,即为武帝祠。④"河山"二句:是"北枕河山秦关险,西连驿路汉畤平"的倒文。上句谓华山北枕潼关、黄河天险。下句谓华山西有驿道相连,越长安,延展向雍县汉五帝畤(鄜畤、密畤、吴阳上畤、吴阳下畤、北畤)。畤(zhì 志),"神灵之所止"。(参见《史记·孝武本纪》"郊见五畤"注)

此诗乃崔颢于开元年间从河南入长安、行经华阴时所作。先写太华三峰高插天外,然后以此为视点俯览秦川,展开宏阔的画面;结尾又回到太华,劝名利客来此隐居。浑颢流转,气象峥嵘。沈德潜评曰:"太华三峰如削,今反云削不成,妙。"(《唐诗别裁集》卷一三)方东树评曰:"写景有兴象,故妙。"(《昭昧詹言》卷一六)

黄 鹤 楼[①]

昔人已乘黄鹤去,此地空馀黄鹤楼。黄鹤一去不复返,白云千载空悠悠。晴川历历汉阳树,芳草萋萋鹦鹉洲[②]。日暮乡关何处是,烟波江上使人愁。

①黄鹤楼:在今武汉市长江大桥武昌桥头的黄鹤矶上,背依蛇山,俯瞰长江,与岳阳楼、滕王阁合称江南三大名楼。②鹦鹉洲:在汉阳西南长江中。

黄鹤楼始建于吴黄武二年(223),以楼址在黄鹤矶得名。然而费文祎登仙驾鹤于此之说既见于《图经》,仙人子安乘黄鹤过此之说又见于《齐谐志》,可见黄鹤楼因仙人乘黄鹤而得名,早已成为民间传说。崔颢于仕途失意之时来登此楼,其感受与传说拍合,触动灵感,发此浩歌。前半篇就传说生发:昔人与黄鹤俱去,空余此楼,徒有黄鹤之名而已!吊古伤今,感慨淋漓。又就"黄鹤去"腾空飞跃,突进一层:黄鹤飞去时白云悠悠,黄鹤一去不返,白云依旧悠悠,然而也只是"空"悠悠而已!四句诗一气贯注,盘旋转折。虽紧扣诗题,借鹤去楼空、白云飘忽写今昔变化,而诗人独立楼头的身影和百感茫茫的心态,亦依稀可见。后半篇写眼前景及由此引发的身世之感与思乡之情。晴川历历,芳草萋萋,烟波浩渺,暮霭迷濛,久游思归,乡关何处?望汉阳树,望鹦鹉洲,望江上,望乡关,四顾苍茫,漂泊无依,遂以"使人愁"感慨作结。四句诗激情喷溢,顺流直下,与前半篇形成有机的统一体。

相传李白登黄鹤楼,有"眼前有景道不得,崔颢题诗在上头"之叹;其后作《鹦鹉洲》、《登金陵凤凰台》诸诗,反复效法(见《唐才子传》卷一、《唐诗纪事》卷二一、《瀛奎律髓》卷一)。宋人严羽《沧浪诗话·诗评》云:"唐人七言律诗,当以崔颢《黄鹤楼》为第一。"清人沈德潜《唐诗别裁集》卷十三选此诗,评云:"意得象先,神行语外,纵笔写去,遂擅千古之奇。"

长干行二首

君家住何处?妾住在横塘①。停船暂借问,或恐是同乡。

家临九江水,来去九江侧②。同是长干人③,生小不相识④。

①横塘:在今南京市西南,距长干不远。②九江:即浔阳(今江西九江市),长江自浔阳以下分为"九派"(许多支流)。这里的"九江"泛指长江下游一带。③长干:即长干里,在今南京市南。《舆地纪胜》:"金陵南五里有山冈,其间平地,民庶杂居,有大长干、小长干、东长干。"④生小:自小。

《长干行》乃南朝乐府旧题,亦作《长干曲》,多写江南水上生活及男女情爱。崔颢所作共四首,这里选的是前两首。俞陛云认为"第一首既问君家,更言妾家,情网遂凭虚而下矣。第二首承上首'同乡'之意,言生小同住长干,惜竹马青梅,相逢恨晚"(《诗境浅说续编》),解释极精当。两首诗一问一答,寥寥数语,却足以引起读者无限联想与想象。关于这一点,王夫之早有阐发:"论画者曰'咫尺有万里之势',一'势'字宜着眼;若不论势,则缩万里于咫尺,直是《广舆记》前一天下图耳。五言绝以此为落想第一义,惟盛唐人能得其妙。如'君家住何处?……'墨气所射,四表无穷,无字处皆其意也。"(《夕堂永日绪论》)

高　适

高适(700?—765),字达夫,排行三十五,渤海蓨(今河北景县)人。早年随其父崇文(任韶州长史)旅居岭南,后客居梁、宋。开元七年(719)前后西游长安,求仕无成,乃远游燕赵,复客宋城(今河南商丘)。天宝八载(749)举有道科,授封丘尉,因不忍敲剥黎庶,不久去职。十二载(753)入河西节度使哥舒翰幕府,为左骁卫兵曹、掌书记。安史乱起,助哥舒翰守潼关。其后历任左拾遗、淮南节度使、太子少詹事、彭州刺史、蜀州刺史、剑南西川节度使等职。广德二年(764)入朝为刑部侍郎,转左散骑常侍,进封渤海县侯。次年正月卒于长安,赠礼部尚书,谥曰"忠"。后世称高常侍。生平事迹见《唐诗纪事》、《唐才子传》及新、旧《唐书》本传。高适以边塞诗著称,与岑参齐名,并称"高岑"。曾几度出塞,往来幽燕、河西,熟悉边塞及军旅生活,形于吟咏,意境雄阔。殷璠称其诗"多胸臆语,兼有气骨,故朝野通赏其文。至如《燕歌行》等篇,甚有奇句"(《河岳英灵集》卷上)。于各种诗体中最擅长七古歌行;五律、七律也各有佳作。陆时雍云:"七言古盛于开元以后,高适当属名手。"(《诗镜总论》)胡应麟云:"达夫歌行、五律,极有气骨。至七言律,虽和平婉厚,然已失盛唐雄赡,渐入中唐矣。"(《诗薮》内编卷五)《全唐诗》存其诗四卷,今人刘开扬有《高适诗集编年笺注》,孙钦善有《高适集校注》。

营 州 歌

营州少年厌原野[1],狐裘蒙茸猎城下[2]。虏酒千钟不醉人[3],胡儿十岁能骑马。

①厌(yān 烟):饱,满足,这里可理解为饱经,惯于。②狐裘:狐狸皮做的袍子。蒙茸(róng 戎):皮毛蓬松、纷乱的样子。③虏酒:这里指契丹族人民家酿的薄酒,浓度不大,所以说"千钟不醉人"。钟:古代圆形的盛酒壶。"千"是夸张说法。

唐代东北重镇营州都护府,府治在今辽宁省锦州市西,辖境约为今河北省长城以北以及辽河以东一带,是汉族与契丹族杂居之地。此诗约作于开元十九年(731),时作者漫游燕赵,且在燕地从军,往来营州,故对营州少年的射猎生活与豪迈气概能够描写得如此生动逼真。"野"、"下"、"马",古代同韵。

燕 歌 行[1]并序

开元二十六年,客有从御史大夫张公出塞而还者[2],作《燕歌行》以示适,感征戍之事,因而和焉。

汉家烟尘在东北[3],汉将辞家破残贼。男儿本自重横行,天子非常赐颜色。拟金伐鼓下榆关④,旌旆逶迤碣石间⑤。校尉羽书飞瀚海⑥,单于猎火照狼山⑦。山川萧条极边土,胡骑凭陵杂风雨⑧。战士军前半死生,美人帐下犹歌舞。大漠穷秋塞草腓⑨,孤城落日斗兵稀。身当恩遇恒轻敌,力尽关山未解围。铁衣远戍辛勤久,玉箸应啼离别后⑩。少妇城南欲断肠⑪,征人蓟北空回首⑫。边庭飘摇那可度⑬,绝域苍茫更何有⑭?杀气三时作阵云⑮,寒声一夜传刁斗⑯。相看白刃血纷纷,死节从来岂顾勋?君不见沙场征战苦,至今犹忆李将军⑰!

①燕歌行:乐府《相和歌辞·平调曲》旧题,多咏东北边地征戍之情。②张公:指张守珪,开元二十二年拜辅国大将军、右羽林大将军兼御史大夫。③汉家:借指唐朝。烟尘:战地的烽烟和飞尘,此指战争警报。④拟(chuāng窗)金:敲锣。榆关:山海关。⑤逶迤(wēi yí威仪):曲折行进貌。碣石:山名,在今河北省昌黎县东。⑥校尉:武官,官阶次于将军。羽书:羽檄,紧急军情文书。瀚海:大沙漠。⑦单(chán蝉)于:秦汉时匈奴君主的称号,此指敌酋。狼山:在今宁夏境内。⑧凭陵:凭信威力,侵凌别人。⑨腓(féi肥):病,枯萎。⑩玉箸:玉筋、玉筷,此借喻眼泪。刘孝威《独不见》:“谁怜双玉箸,流面复流襟。”⑪城南:长安住宅区在城南,故云。沈佺期《独不见》:“丹凤城南秋夜长。”⑫蓟(jì计)北:蓟州、幽州一带,今河北省北部地区。⑬飘摇:指形势动荡、险恶。⑭绝域:极远的地方。⑮三时:“三”指多数,“三时”指时间漫长。⑯刁斗:古代军中煮饭用的铜锅,可用来敲打巡逻。⑰李将军:指李广,善用兵,爱惜士卒,守右北平,匈奴畏之不敢南侵,称为飞将军。

高适于开元十五年(727)、二十年(732)两次北上幽燕,对边塞实况、军中内幕多有了解,创作了《塞上》、《蓟门五首》等诗。据此篇小序:开元二十六年,有从张公出塞而还者作《燕歌行》给他看,他“感征戍之事”而作此诗。“张公”指张守珪,他于开元二十四年、二十六年率部讨奚、契丹,两次战败。高适从那位随张守珪出塞而还者的作品和口中得悉两次战败情况,结合他以前的生活经验进行艺术概括,生动地反映了一次战役的全过程。

其主题是慨叹将非其人,因而不像一般的边塞诗那样着重写民族矛盾,而是另辟蹊径,着重写军中矛盾。与此相适应,大量运用对比手法,加强了艺术表现力。最后以怀念李广作结,也是用爱惜士卒、英勇善战的名将作标尺,对比诗中所写的将领,给予无情的鞭挞。

全诗多用律句,又有不少对偶句,吸收了近体诗的优点。每四句换韵,平仄相间,蝉联而下,抑扬起伏,气势流走,又发挥了初唐歌行的特长。从反映现实的深度、广度和艺术表现的完美方面看,既是盛唐边塞诗杰作,也是盛唐歌行体名篇。

自淇涉黄河途中作二首

野人头尽白①,与我忽相访。手持青竹竿②,日暮淇水上。虽老美容色③,虽贫亦闲放④。钓鱼三十年,中心无所向⑤。

朝从北岸来,泊船河南浒⑥。试共野人言,深觉农夫苦。去秋虽薄熟⑦,今夏犹未雨。耕耘日勤劳,租税兼卤卤⑧。园蔬空寥落⑨,产业不足数。尚有献芹心⑩,无因见明主⑪。

①野人:村野之人,指渔翁。②青竹竿:钓鱼竿。③美容色:渔翁虽年老而气色犹佳。④"虽贫"句:老翁虽然贫寒,但他心胸豁达,从不为此而忧愁自苦。⑤中心:即心中。无所向:对尘世荣名利禄没有什么追求。⑥河:指黄河。浒:河岸。⑦薄熟:略有收成。⑧兼:连。卤卤(xì lǔ 戏鲁):含有过多盐碱成分的土地。以上两句大意是:夏天干旱无雨,农民虽辛苦耕耘,但庄稼无成,而租税不减,连盐碱地都不能免。⑨园蔬:菜园。寥落:冷落,寂寞。⑩献芹:《列子·杨朱》篇说:从前有一个人自觉芹菜味甘美,对富豪人家大大称道了一番,遭到众人耻笑。旧时用"献芹"为自谦所献菲薄之辞。又,嵇康《与山巨源绝交书》:"野人有快炙背而美芹子者(田野之人感到太阳晒背很快意,芹菜也是美味),欲献之至尊。"这里用嵇说。⑪明主:英明的君主。以上两句是说,自己有心陈述民间疾苦,提出改善人民生活的计策,无奈没有机会见到明主。

天宝元年(742)秋,高适自淇水(在今河南省北部)渡黄河至滑台(今河南滑县),就沿途闻见感受,写成组诗,这里选其中的两首。前一首写渔翁而对其不慕荣利的闲放生活由衷赞叹;后一首写农夫备受天灾、租税之苦,很想为民请命,却以"无因见明主"而徒唤奈何。两首诗,都直写真情实感,且有一定的思想深度。

封丘作
我本渔樵孟诸野①,一生自是悠悠者②。乍可狂歌草泽中③,那堪作吏风尘下④?只言小邑无所为⑤,公门百事皆有期⑥。拜迎长官心欲碎⑦,鞭挞黎庶令人悲⑧。归来向家问妻子,举家尽笑今如此⑨。生事应须南亩田⑩,世情付与东流水⑪。梦想旧山安在哉⑫?为衔君命且迟回⑬。乃知梅福徒为尔⑭,转忆陶潜归去来⑮。

①渔樵:捕鱼砍柴。孟诸:古泽名,在今河南商丘东北。野:山野之间。②悠悠者:悠然自得、自由自在的人。③乍可:只可。④风尘:指尘世纷扰的事务,这里借指县尉的差事。⑤只言:即言。小邑:小小的县城。无所为:没有什么事情。⑥公门:衙门之内。百事:各样杂事。期:期限。⑦拜迎长官:按封建官僚等级制度,下级官吏对上级的接送有一定礼节。⑧黎庶:平民。⑨举家:全家人。今如此:如今做官的人都是这样的(拜迎长官,鞭挞黎庶)。⑩生事:生计。南亩田:即田亩。⑪世情:为世所用的想法。以上两句意为:为了摆脱精神上的苦闷,自己应该靠种田收入维持生计,这样,官场的种种纷扰便可避免。⑫旧山:故乡。安

在哉:在哪里呢?⑬衔君命:接受了皇帝授予的官职。命:诏令。迟回:徘徊,犹疑不决。⑭梅福:西汉末年人,曾任南昌尉,后弃官而去。徒为尔:正是为此。这句是说,直到现在,才理解梅福为什么要弃官,原来县尉的职务实在没有意思啊。⑮转忆:进而想到。归去来:即归去之意。来,语气词。陶潜在彭泽令任上,因不愿为五斗米向上级官吏折腰,毅然归田,还写了《归去来辞》表明心志。这句是说,自己也想弃职还乡。

高适求仕多年,直至天宝八载(749)始举有道科及第,却因奸臣弄权而仅授封丘县尉,不免大失所望。到任后又对"拜迎长官"、"鞭挞黎庶"的本职工作深感痛苦和厌倦,打算辞官归田。这首诗,便是这种处境和心情的写照。全诗十六句,每四句一韵,换韵换意,层层转折,气机流畅,激情喷涌,生动地抒发了封建社会中正直官吏的深沉感慨,不愧名作。

送李侍御赴安西

行子对飞蓬①,金鞭指铁骢②。功名万里外,心事一杯中。虏障燕支北③,秦城太白东④。离魂莫惆怅,看取宝刀雄。

①行子:行客,指李侍御。飞蓬:秋天随风飞扬的蓬草。这句点明送别时间,也以飞蓬喻远赴安西的李侍御。②金鞭:装饰华贵的马鞭。铁骢:青毛黑毛相杂的马。③虏障:边塞险要处作防御用的城堡。燕支:山名,一称胭脂山、焉支山,在甘肃省永昌县西、山丹县东南。④秦城:指唐帝国首都长安。太白:山名,即终南山的太乙峰,在长安西南。

此诗作于天宝十一载(752),高适时在长安。李侍御,名未详。侍御,"殿中侍御史"的简称。安西,即安西都护府,治所在今新疆维吾尔自治区库车县。作者送李侍御赴安西从军建功立业,故出语豪壮。首联写指马待发,英风凛然;次联"功名万里外,心事一杯中",沉雄而又含蓄;三联"虏障燕支北"承"万里外"写李侍御将去之地,"秦城太白东"承"一杯中"写饯行之地;尾联劝其勿以离别而惆怅,只须看取宝刀,大展雄图。写五律而驾轻就熟,腾挪飞动,读之令人鼓舞。

途中寄徐录事

落日风雨至,秋天鸿雁初①。离忧不堪比,旅馆复何如②? 君又几时去,我知音信疏。空多箧中赠,长见右军书③。

①鸿雁初:谓大雁开始南飞。②"离忧"二句:上句写己况,下句问徐旅况。③右军书:王羲之(官至右军将军,以善书法著名,世称王右军)的书法作品。前在途中相遇时,徐以右军书法摹本赠高,藏于箧中。

天宝四载(745)春、夏,高适与李白等同游洛阳、开封等地。秋赴鲁郡旅居,此诗作于赴鲁郡途中。徐录事,名未详,高适先于赴鲁郡途中遇到他,作《鲁郡途中遇徐十八录事》诗;别后又寄此诗。贺贻孙《诗筏》云:"高、岑五言古、律,俱臻化境,而达夫尤妙于用虚。非用虚也,其筋力精神俱藏于虚字之内,急读之遂以为虚耳。以此作律诗更难。如高达夫《途中寄徐录事》云云,'君又'、'我知'等虚字,岂非篇中筋力!但觉其运脱轻妙,如骏马走坡,如羚羊挂角耳。且其难处,尤在虚字实对,仍不破除律体。太白虽有此不衫不履之致,然颇近古诗矣。"

别 董 大

千里黄云白日曛[1],北风吹雁雪纷纷。莫愁前路无知己,天下谁人不识君!

[1]曛:本指落日的余光,此指黄云蔽日,日光昏暗。

当时著名琴师董庭兰亦行大,高适送别的这位董大,疑即其人。前两句写迷茫阴惨之景,而董大旅途之艰辛凄苦已见于言外;后两句忽作劝慰语,化悲凉为豪壮,为送别诗别开生面。

刘眘虚

刘眘虚(生卒年不详),字全乙,排行大。洪州新吴(今江西奉新)人。玄宗开元二十一年(733)登进士第。流落不偶,啸傲风尘,与王昌龄、孟浩然交游酬唱。殷璠评其诗"情幽兴远,思苦语奇。忽有所得,便惊众听"(《河岳英灵集》卷上)。《全唐诗》存诗十五首。

阙 题

道由白云尽[1],春与青溪长[2]。时有落花至,远随流水香。闲门向山路[3],深柳读书堂。幽映每白日,清辉照衣裳。

[1]"道由"句:道:路;由:从;尽:尽头。满山白云缭绕,从白云中穿过,才能走到山路的尽头。[2]"春与"句:春色遍野,山花夹岸,随青溪走去,青溪无尽,春色亦无尽。[3]闲门:环境清幽、俗客不至的门。

此诗原缺题。诗写暮春山居,景物明丽,襟怀怡悦,情与境谐,中含灵气。余成教《石园诗话》称"闲门向山路,深柳读书堂"一联,"可仿佛常建'曲径通幽处,禅房花木深'两句"。李慈铭《越缦堂诗话》称其"时有落花至,远随流水香"一联,"亦有禅谛"。

裴 迪

裴迪(716—?),排行十,关中(今陕西中部)人,天宝时期,与王维、崔兴宗隐居辋川,互相唱和。天宝后任蜀州刺史,与杜甫、李颀友善。《全唐诗》存诗二十九首。

木兰柴①
苍苍落日时,鸟声乱溪水。缘溪路转深,幽兴何时已。

①木兰柴:地名。柴,同"寨"。

裴迪与王维同咏辋川孟城坳等二十个景点,各成五绝二十首,这是其中的一首。宋顾乐《〈唐人万首绝句选〉评》云:"(前两句)十字画亦不到,如有清音到耳。"

华子冈
落日松风起,还家草露晞①。云光侵履迹②,山翠拂人衣③。

①晞(xī 希):干也。②履迹:脚印。③山翠:青绿缥缈的山气。庾肩吾《春夜》诗:"水光悬荡壁,山翠下添流。"

辋川二十咏之一,写清幽之景,令人神往。

崔九欲往南山马上口号与别
归山深浅去,须尽丘壑美。莫学武陵人①,暂游桃源里。

①武陵人:见王维《桃源行》注。

诗题从《全唐诗》,《万首唐人绝句》及《唐诗三百首》俱作《送崔九》。崔九,即崔兴宗,尝与王维、裴迪同居辋川,题中的"南山",即辋川南边的终南山,故诗中说他"归山"。"马上口号",即在马背上顺口吟成诗句。前两句要他归山后不论深处浅处,都不应忽略,须尽赏丘壑之美;后两句劝他别像武陵人刚入桃源便匆匆忙忙跑出来。四句诗,言浅而意深,读之可得到哲理的启迪。不论游山、治学,或干任何事业,如果不广泛深入,都得不到"美"。

金昌绪

金昌绪(生卒年不详),玄宗时余杭(今浙江杭县)人,见《唐诗纪事》卷十五。《全唐诗》存《春怨》一首。

春　怨

打起黄莺儿,莫教枝上啼。啼时惊妾梦,不得到辽西①。

①辽西:辽河以西,当时东北边防重地,今辽宁省西部。

春天来临,闺中少妇更加思念戍边征夫。这一主题,在唐人笔下有各种表现方式:令狐楚诗云:"绮席春眠觉,纱窗晓望迷。朦胧残梦里,犹自在辽西。"这是说,夜间梦到辽西,与征夫相会,清晨醒来,还未完全走出梦境。张仲素诗云:"袅袅城边柳,青青陌上桑。提笼忘采叶,昨夜梦渔阳。"这是说,昨夜梦到渔阳,今日已在陌上,却还回味梦中与征夫相会的情景,忘记了采桑叶。金昌绪的这一首,则渴望梦到辽西而唯恐黄莺惊梦,构思尤新颖。马鲁《南苑一知集》云:"望辽西,情也。欲到辽西,情深也。除是梦中可到辽西,又恐莺儿惊起,做梦不成,须预先安排,莫教他啼。夫梦中未必即到辽西,莺儿未必即来惊梦,无聊极思,故至若此。较思归望归者不深数层乎!"李锳《诗法易简录》云:"此诗有一气相生之妙,音节清脆可爱。惟梦中得到辽西,则相见无期可知,言外意须微参。不怨在辽西者不得归,而怨黄莺之惊梦,乃深于怨者。"

张　巡

张巡(709—757),蒲州河东(今山西永济)人,开元二十四年(736)登进士第。天宝中,由太子通事舍人出为清河令,有政绩。安史叛乱时任真源(今河南鹿邑)令,起兵抗敌。后入睢阳(今河南商丘),与太守许远率全城军民坚守城池达十月之久。肃宗至德二载(757)因功授金吾将军、河南节度副使,又拜御史中丞,世称张中丞。城陷被执,英勇就义。《全唐诗》存诗二首,《全唐诗外编》补收一首。

闻　笛

岧峣试一临,虏骑附城阴①。不辨风尘色,安知天地心②!营开边月近③,战苦阵云深。旦夕更楼上,遥闻横笛音④。

①岧峣(tiáo yáo 条摇):高峻貌。临:临望。虏骑:指安史叛军。附:紧贴。城阴:城北。这两句说登高瞭望,看见敌人紧逼城下。②风尘色:指敌情。天地心:古代迷信,以为一切

（包括战乱）都有天心安排。这两句写作者看见敌军嚣张骄横以后的悲愤心情。③边月近：由于睢阳已变成抗击"胡"兵的前线，所以说"边月近"。④"旦夕"二句：平时敲鼓报更，因为是战时，所以改为吹军中乐器横笛。

肃宗至德二载（757）春，张巡与许远守睢阳抗击安庆绪围军，此诗当作于秋天，闻笛抒感，表现了临危不惧、坚贞不屈的献身精神。其《守睢阳作》中的"裹疮犹出阵，饮血更登陴"，可作此首"战苦阵云深"的注脚。

丘　为

丘为（生卒年不详），嘉兴（今属浙江）人。早年屡试不第，归山读书。玄宗天宝二年（743）中进士。累官至太子右庶子。为人忠厚谦恭，以事继母至孝闻于时。与王维、刘长卿唱和，多写田园风物。《唐诗纪事》说他卒年九十有六。《全唐诗》存诗十三首。

山行寻隐者不遇

绝顶一茅茨①，直上三十里。扣关无僮仆②，窥室唯案几③。若非巾柴车，应是钓秋水④。差池不相见⑤，黾勉空仰止⑥。草色新雨中，松声晚窗里。及兹契幽绝⑦，自足荡心耳⑧。虽无宾主意⑨，颇得清净理。兴尽方下山，何必待之子⑩。

①茅茨：茅草房舍。②关：本义为门闩，这里泛指门。③案几：桌、茶几。④"若非"二句：隐者不是驱车优游山间，就是垂钓溪流之旁。巾：车上的被盖，这里作动词用。⑤差池：不巧，错过机会。⑥黾勉：这里指诗人专程来访的诚心。仰止：敬慕。止，语助词。因为寻而不见，所以说"空仰止"。⑦及兹：到了这里。契：投合。幽绝：指上面所描写的"草色"、"松声"的清幽环境。⑧荡：洗涤。⑨宾主意：指没能见到隐者，畅叙主客之情。⑩之子：那人，指隐者。之，代词。

诗题《唐诗三百首》作《寻西山隐者不遇》。丘为《题农庐舍》"东风何时至，已绿湖上山"两句兴象高妙，为王安石"春风又绿江南岸"所取法。此诗写隐者外出而说"若非巾柴车，应是钓秋水"，写隐者环境而说"草色新雨中，松声晚窗里"，亦清新可诵。

杜　甫

杜甫（712—770），字子美，排行二，河南府巩县（今属河南）人。其十三世祖杜预乃京兆杜陵(今陕西长安县东北)人,故杜甫自称"杜陵布衣"。十世祖杜逊于东晋时南迁襄阳,故或称襄阳杜甫。杜甫曾一度居住长安城南少陵原畔,故又自称"少陵野老",世称杜少陵。其祖父杜审言为初唐诗人,擅长律诗。杜甫出生于"奉儒守官"之家,又以"吾祖诗冠古"为荣,自称"诗是吾家事"。七岁已能作诗文,十四五岁已"出入翰墨场"。开元十九年(731)漫游吴越。二十三年(735)归洛阳,次年举进士落第,游齐、赵。天宝三、四载间,与李白、高适同游梁宋齐鲁。五载(746)至长安。六载(747),玄宗诏天下通一艺者赴京应试,杜甫应考,奸相李林甫以"野无遗贤"为借口,无一人入选。十载(751),献《三大礼赋》,玄宗奇之,命待制集贤院。十三载(754),复进《封西岳赋》,玄宗命宰相试文章。十四载十月授河西尉,不受,旋改授右卫率府胄曹参军。安史乱起,玄宗奔蜀,长安失陷,杜甫闻肃宗即位灵武,奔赴行在,途中为安史乱军俘入长安。至德二载(757)五月脱身奔凤翔行在,拜左拾遗(后人因称杜拾遗),因上书营救房琯触怒肃宗,放还鄜州省亲。乾元元年(758)六月,贬为华州司功参军。次年七月弃官往秦州(今甘肃天水),不久又往同谷(今甘肃成县)。生计维艰,决计入蜀,于上元元年(760)春抵成都,营草堂于浣花溪,故人严武任成都尹,时有馈赠,生活稍安定。代宗宝应元年(762)严武还朝,送至绵州。徐知道叛,道阻,乃入梓州(今四川三台)、阆州(今四川阆中)。广德二年(764)重返成都,时严武任剑南节度使,聘杜甫为署中参谋,又荐为检校工部员外郎(故世称杜工部)。永泰元年(765)正月,辞幕府归草堂。四月,严武卒。五月,携家至云安。大历元年(766)至二年,居夔州(今四川奉节)。三年,自夔出峡,漂泊于岳阳、潭州、衡州一带。五年,病卒于湘水舟中。生平事迹,详见元稹《杜工部墓志铭》及新、旧《唐书》本传,年谱多种,以闻一多《少陵先生年谱会笺》较详审。杜甫是我国历史上最伟大的爱国诗人,其诗以爱民忧国的激情,全面而深刻地反映了安史之乱前后的广阔现实,世称"诗史"。就诗歌艺术而言,他转益多师,于广泛继承中大胆创新,兼擅各体,精益求精,形成"律切精深"、"沉郁顿挫"、"千汇万状"、"浑涵汪洋"的艺术境界。元稹称赞其上薄风骚,下该沈宋,言夺苏李,气吞曹刘,掩颜谢之孤高,杂徐庾之流丽,尽得古今之体势,而兼人人之所独专"(《杜工部墓志铭并序》)。对后世诗歌发展之影响至为深远。历代整理、笺注、评点、研究杜诗的著作,今存者尚不下二百余种。其诗集笺注本,以钱谦益《杜诗笺注》、仇兆鳌《杜诗详注》、杨伦《杜诗镜铨》、浦起龙《读杜心解》等较通行。《全唐诗》存其诗一九卷。

望　　岳

岱宗夫如何①?齐鲁青未了②。造化钟神秀③,阴阳割昏晓。荡胸生曾云④,决眦入归鸟⑤。会当凌绝顶⑥,一览众山小。

①岱宗:五岳之首,是对泰山的尊称。夫:语气词,无实义。②齐鲁:春秋时两个国名。《史记·货殖列传》:"故泰山之阳则鲁,其阴则齐。"③钟:聚集。④曾:同"层"。⑤决眦(zì自):张大眼睛。⑥会当:一定要。按,杜甫曾登上泰山绝顶,见《又上后园山脚》诗。

杜甫以"望岳"为题的诗共三首,分咏东岳泰山、西岳华山、南岳衡山。这一首咏东岳,乃开元二十四年(736)漫游齐、赵时作,是现存杜诗年代最早的一首,洋溢着青春朝气和旷代才华。首联自问自答,传遥望之神。"齐鲁青未了"不仅写出了泰山越境连绵、苍峰不断的雄伟气势,连诗人惊讶、激动、赞叹之情也表现无遗。刘辰翁《批点千家注杜诗》赞为"雄盖一世",施补华《岘佣说诗》称其"囊括数千里,可谓雄阔",都当之无愧。颔联承"青未了"写近望情景。下句写泰山峻极于天,却不用抽象的形容词,而说泰山的阴面阳面分割昏晓,即在同一时间,向太阳的一面是白天,背太阳的一面是黑夜,构想新颖,下一"割"字,尤奇险惊人。颈联写岳麓仰望,见泰山生云,自山腰至山顶,层叠弥漫,给人以心胸摇荡的感觉;而张目注视,又见倦鸟归山,投入树林。由此暗示:诗人朝泰山走来,边走边"望",走到山麓,时已黄昏,云起鸟归,自己也得投宿,登山览胜只好留待明天。尾联虽自《孟子·尽心》"登泰山而小天下"及扬雄《法言》"登东岳者,然后知众山之峛崺也"化出,然造语挺拔,既切"望岳",又有普遍意义,表现了青年杜甫勇攀绝顶、俯视一切的雄心和气概。全诗构思新警,气骨峥嵘。如浦起龙《读杜心解》所评:"杜子心胸,于斯可观。取为压卷,屹然作镇。"

房兵曹胡马

胡马大宛名①,锋棱瘦骨成②。竹批双耳峻③,风入四蹄轻④。所向无空阔⑤,真堪托死生⑥。骁腾有如此⑦,万里可横行。

①大宛(yuān鸳):汉代西域国名,在大月氏东北,即今苏联中亚细亚乌兹别克共和国的费尔干纳盆地。大宛产良马,尤以汗血马最著名。②锋棱瘦骨:马瘦而有神,不像凡马空有肥肉。③竹批:即竹削,形容马耳如斜削的竹筒。古人以两耳尖锐为良马的特征。后魏贾思勰《齐民要术》卷六:"(马)耳欲得小而促,状如斩竹筒。"④风入:形容快马奔驰时,四蹄起风。⑤无空阔:在此马前面,没有什么空阔地带,极言迅捷无比。⑥托死生:指此马能使人脱险,可以托付生命。⑦骁腾:骁勇腾骧。

此诗作于开元二十八年(740)、二十九年(741)间。兵曹,"兵曹参军"的省称,房兵曹生平未详。胡马,西北少数民族地区所产的马。杜甫诗集中咏马诗多达十一首,这是其中的传诵名篇之一。以写生笔墨,活画出骏马英姿,而作者的品德、胸襟、抱负即寓于其中。元人赵汸《杜律选注》卷下评云:"公此诗,前言胡马骨相之异,后言其骁腾无比,而词语矫健豪纵,飞行万里之势,如在目中,所谓索马于骊黄牝牡之外者。区区模写体贴以为咏物者何足语此。"明人张绖《杜工部诗通》评云:"前表其相之异,后状其用之神,四十字间,其种其相,其才其德,无所不备,而形容痛快,凡笔望一字不可得。"

兵车行

　　车辚辚,马萧萧①,行人弓箭各在腰②。耶娘妻子走相送,尘埃不见咸阳桥③。牵衣顿足拦道哭,哭声直上干云霄④。道旁过者问行人,行人但云点行频⑤。或从十五北防河,便至四十西营田⑥;去时里正与裹头,归来头白还戍边⑦。边亭流血成海水,武皇开边意未已⑧。君不闻汉家山东二百州,千村万落生荆杞⑨。纵有健妇把锄犁,禾生陇亩无东西⑩。况复秦兵耐苦战⑪,被驱不异犬与鸡。长者虽有问,役夫敢申恨⑫?且如今年冬,未休关西卒⑬。县官急索租,租税从何出⑭? 信知生男恶,反是生女好;生女犹得嫁比邻,生男埋没随百草!君不见青海头,古来白骨无人收。新鬼烦冤旧鬼哭,天阴雨湿声啾啾⑮。

①辚辚:车行声。萧萧:马鸣声。②行人:行役的人,即征夫。③"耶娘"两句:耶:同"爷"。咸阳桥:旧名便桥,在咸阳西南十里,横跨渭水,为当时由长安通往西北的必经之路。踩起的尘土掩盖了咸阳桥,夸张地形容行人与送者之众。④干:冲犯。哭声直冲云霄,见哭者之众。⑤点行:按照名册顺序抽丁入伍。频:频繁。⑥"或从"两句:十五、四十:均指年龄。防河:在黄河以北设防。营田:即古代的屯田制,平时种田,战时作战。《新唐书·食货志三》:"唐开军府以捍要冲,因隙地置营田,天下屯总九百九十二。……有警,则以兵若千人助收。"⑦"去时"两句:里正:里长。与裹头:替征丁裹扎头巾,表示征丁年幼,与上文"十五"呼应。戍边:守卫边防。⑧武皇:汉武帝,这里借指唐玄宗。开边:用武力开拓疆土。意未已:野心未止。⑨"君不闻"两句:汉家:指唐朝。山东:指华山以东之地。二百州:唐代潼关以东有七道,共二百十七州,这里约举成数说"二百州"。荆杞:荆棘、枸杞,野生灌木。⑩无东西:指庄稼长得杂乱不堪,分辨不出东西行列。⑪秦兵:关中兵。⑫"长者"两句:长者:征夫对杜甫的尊称。役夫:征夫自称。⑬"且如"两句:且如:就如。休:停止征调。关西卒:即指这次被征入伍的秦兵。⑭县官:指皇帝。《史记·绛侯世家》:"盗卖县官器",索隐云:"县官,谓天子也。""租税从何出"应上文"千村万落生荆杞"。⑮啾啾:古人想象中鬼的呜咽声。

　　《资治通鉴·唐纪三十二》载:天宝八载六月,哥舒翰击吐蕃,拔石堡,唐兵战死者数万。九载冬,关西游弈使王难得又进兵击吐蕃。师尹指出"讫唐之世,吐蕃为患者,玄宗实开其衅"。此诗当作于天宝九载(750)。当时杜甫在长安,结合耳闻目睹,托"武皇开边"以刺玄宗。首写兵士自长安出发、父母妻子送行的悲楚场景,笔势汹涌,如风涛骤至。接着设为问答,极写穷兵黩武给人民带来的苦难。结尾以"君不见"领起,由作者出面,以黩武的悲惨结局警告当政者。全诗以人哭起，以鬼哭终，具有极大的艺术震撼力。明人单复云："此诗为明皇用兵吐蕃而作，故托汉武以讽，其辞可哀也。先言人哭，后言鬼哭，中言内郡凋敝，民不聊生，此安史之乱所由起也。"（《读杜诗愚得》卷一）。

同诸公登慈恩寺塔

高标跨苍穹①，烈风无时休。自非旷士怀，登兹翻百忧。方知象教力，足可追冥搜②。仰穿龙蛇窟，始出枝撑幽③。七星在北户，河汉声西流④。羲和鞭白日，少昊行清秋⑤。秦山忽破碎⑥，泾渭不可求⑦。俯视但一气，焉能辨皇州⑧？回首叫虞舜，苍梧云正愁⑨。惜哉瑶池饮，日晏昆仑丘⑩。黄鹄去不息，哀鸣何所投？君看随阳雁，各有稻粱谋⑪。

①高标：一切高耸物的尖端都可称为高标，此指塔尖。跨苍穹：跨越高空。②"方知"两句：象教：佛教。佛教假形象以教人。冥搜："幽寻"的同义语，指下文"仰穿……"。这两句说佛教号召力大，能聚集大量的人力、财力，产生这雄伟的建筑，值得穿窟穷幽，登塔揽胜。③"仰穿"两句：循着塔内的磴道盘旋上升，像穿行龙蛇的窟穴。枝撑：梁上相交的木条。④"七星"两句：七星：指北斗。河汉：银河。银河也叫做星汉、银汉。银河到秋季渐渐转向西。诗人用一个"声"字，极言逼近天霄，好像听到银河里水的流声。⑤"羲和"两句：羲和：太阳的御者。古代神话说羲和每天赶着六条龙拉着的车子，载着太阳在空中运行。鞭：表示加快鞭，见得太阳前进得快，也就是时间过去得快。少（去声）昊（hào 皓）：传说是黄帝儿子，主管秋天的神。这两句写时序已到秋天。⑥"秦山"句：从慈恩塔上南望终南山，锋棱沟壑交错，像忽然破碎了似的。韩愈写终南山，有"晴明出棱角，缕脉碎分绣"（《南山诗》）之句，也用了一个"碎"字。唯杜甫的这句诗，有象征时局的意味。⑦"泾渭"句：泾清渭浊，今从塔上遥望，则不辨清浊，也有象征朝政的意味。⑧"俯视"两句：皇州：即帝都，指长安京城。俯视长安而只见濛濛一片，看不真切，反衬塔高，亦有象征意味。⑨"回首"两句：虞舜：传说中的贤君，死葬苍梧之野。唐人比太宗李世民为虞舜。"回首叫虞舜"，旧注谓作者思念太宗。⑩"惜哉"两句：神话传说西王母宴周穆王于昆仑之瑶池（见《穆天子传》及《列子·周穆王》）。日晏：天晚、日落。⑪稻粱谋：谋求稻粱。《杜诗详注》引三山老人胡氏云："此诗讥切天宝时事也。'秦山忽破碎'，喻人君失道也。'泾渭不可求'，言清浊不分也。'焉能辨皇州'，伤天下无纲纪文章，而上都亦然也。虞舜苍梧，思古圣君而不可得也。瑶池日晏，谓明皇方耽于淫乐而未已也。贤人君子多去朝廷，故以黄鹄哀鸣比之。小人贪禄恋位，故以阳雁稻粱刺之。"

天宝十一载（752）秋，高适、薛据、杜甫、岑参、储光羲五位大诗人同登长安城东南的大慈恩寺塔（即今西安大雁塔），高适、薛据首先赋诗，杜甫等三人继作。其诗除薛据一首已佚而外，其余至今尚存。这是后世诗人艳羡的盛举，清初诗坛领袖王士禛（渔洋）曾说："每思高、岑、杜辈同登慈恩塔，李、杜辈同登

155

吹台,一时大敌旗鼓相当。恨不厕身其间,为执鞭弭之役。"(《池北偶谈》卷一八《慈恩塔诗》)诸公登塔赋诗之时,奸邪专权,安禄山谋反,国势岌岌可危,而玄宗又骄奢荒淫,不理朝政。杜甫的诗以"登兹翻百忧"领起,以象征手法,通过对登塔所见景物的描写,曲折地反映了危机四伏的现实。岑、储两篇,虽风秀熨帖,却结穴于皈依佛门,逃避现实;高适之作,也只慨叹个人的失意,而未涉及忧国忧民,其艺术水准,都不能与杜诗相提并论。故仇兆鳌《杜诗详注》评云:"三家结语,未免拘束,致鲜后劲。杜于末幅,另开眼界,独辟思议,力量百倍于人。"又云:"同时诸公登塔,各有题咏。……少陵则格法严整,气象峥嵘,音节悲壮,而俯仰高深之景,盱衡古今之识,感慨身世之怀,莫不曲尽篇中,真足压倒群贤,雄视千古矣!"

后 出 塞

朝进东门营,暮上河阳桥①。落日照大旗,马鸣风萧萧②。平沙列万幕,部伍各见招③。中天悬明月,令严夜寂寥。悲笳数声动,壮士惨不骄。借问大将谁?恐是霍嫖姚④。

①东门营:指洛阳上东门的营地,新兵于此入伍。河阳桥:横跨黄河的浮桥,在今河南孟县,新兵过此桥远去。②"落日"两句:大旗:军旗。萧萧:风声。此二句从《诗经·小雅·车攻》"萧萧马鸣,悠悠旆旌"化出。③部伍:队伍。各见招:各自招集自己的部队。④霍嫖姚:霍去病曾为剽姚校尉,"剽姚"或写作"嫖姚"。

杜甫有《前出塞》九首、《后出塞》五首,皆名篇。《后出塞》组诗作于天宝十四载(755)四月,从各个角度反映了天宝末年东北边防战士的生活和感情,揭露了范阳、平卢、河东三镇节度使安禄山盘踞要地,位高志骄的嚣张气焰。浦起龙认为:"安禄山以边功市宠,数侵掠奚、契丹,征兵东都,重赏要士,朝廷徇之,志益骄而反遂决矣,故作是诗以讽,当在禄山将叛之时。"(《读杜心解》卷一)这里所选的是第二首,写入伍和行军途中情景。《读杜心解》解云:"进营,始就伍也;上桥,初登程也;落日将暮,则须列幕安营;初从军者纪律未娴,故须部伍招。此时尚觉嚣拢,入夜则寂无声矣;悲笳,静营之号也;大将,指召募统军之将,故以嫖姚比之,盖去病尝从大将军卫青出塞者。"解释较清晰。其中"落日照大旗,马鸣风萧萧"一联和"中天悬明月,令严夜寂寥"一联颇为诗评家所称赏。沈德潜《唐诗别裁集》云:"写军容之盛,军令之严,如干莫出匣,寒光相向。"

自京赴奉先县咏怀五百字①

杜陵有布衣②,老大意转拙③。许身一何愚④,窃比稷与契⑤。居

156

然成濩落⑥，白首甘契阔⑦。盖棺事则已⑧，此志常觊豁⑨。穷年忧黎元⑩，叹息肠内热。取笑同学翁，浩歌弥激烈⑪。非无江海志⑫，潇洒送日月⑬。生逢尧舜君⑭，不忍便永诀⑮。当今廊庙具⑯，构厦岂云缺⑰。葵藿倾太阳⑱，物性固莫夺⑲。顾惟蝼蚁辈⑳，但自求其穴。胡为慕大鲸㉑，辄拟偃溟渤㉒？以兹悟生理㉓，独耻事干谒㉔。兀兀遂至今㉕，忍为尘埃没？终愧巢与由㉖，未能易其节㉗。沉饮聊自遣㉘，放歌破愁绝㉙。岁暮百草零，疾风高冈裂。天衢阴峥嵘㉚，客子中夜发㉛。霜严衣带断，指直不得结。凌晨过骊山㉜，御榻在嵽嵲㉝。蚩尤塞寒空㉞，蹴踏崖谷滑㉟。瑶池气郁律㊱，羽林相摩戛㊲。君臣留欢娱，乐动殷胶葛㊳。赐浴皆长缨㊴，与宴非短褐㊵。彤庭所分帛㊶，本自寒女出。鞭挞其夫家，聚敛贡城阙㊷。圣人筐篚恩㊸，实欲邦国活㊹。臣如忽至理㊺，君岂弃此物？多士盈朝廷，仁者宜战栗㊻！况闻内金盘㊼，尽在卫霍室㊽。中堂舞神仙㊾，烟雾蒙玉质㊿。暖客貂鼠裘，悲管逐清瑟(51)。劝客驼蹄羹，霜橙压香橘。朱门酒肉臭，路有冻死骨。荣枯咫尺异(52)，惆怅难再述。北辕就泾渭(53)，官渡又改辙(54)。群水从西下(55)，极目高崒兀(56)。疑是崆峒来(57)，恐触天柱折(58)。河梁幸未坼(59)，枝撑声窸窣(60)。行旅相攀援(61)，川广不可越。老妻寄异县(62)，十口隔风雪。谁能久不顾，庶往共饥渴(63)。入门闻号咷，幼子饥已卒。吾宁舍一哀(64)，里巷亦呜咽(65)。所愧为人父，无食致夭折。岂知秋禾登，贫窭有仓卒(66)。生常免租税，名不隶征伐(67)。抚迹犹酸辛(68)，平人固骚屑(69)。默思失业徒(70)，因念远戍卒(71)。忧端齐终南(72)，澒洞不可掇(73)。

①京：指唐朝的京城长安。奉先：今陕西蒲城。②杜陵：汉宣帝陵墓。杜甫远祖杜预是京兆杜陵人，故杜甫自称"杜陵布衣"。布衣：平民百姓。③拙：迂腐。④许身：私自期望。⑤窃：私自。稷与契：辅佐舜的两位贤臣。⑥居然：果然。濩（hù护）落：即瓠落，语出《庄子·逍遥游》，大而无当的意思。⑦契阔：辛苦。⑧盖棺：指死。事则已：事情就算完了。⑨觊（jì记）：希望。豁：达到。⑩穷年：一年到头。黎元：百姓。⑪浩歌：高歌。弥：越发。⑫江海志：隐逸的愿望。⑬潇洒：自由自在。⑭尧舜：古时两个贤君，这里指唐玄宗。⑮永诀：长别。⑯廊庙：庙堂，指朝廷。具：才具。⑰构厦：建造大房子。⑱葵：又名卫足葵，其叶向阳。藿：豆叶。曹植《求通亲亲表》："若葵藿之倾叶，太阳虽不为之回光，然终向之者，诚也。"此处用其意。⑲夺：强使改变。⑳顾：转折词。惟：想到。蝼蚁辈：比喻目光短浅的人。㉑胡为：为什么要。大鲸：比喻有远大理想的人。㉒辄：每每。拟：想要。偃：栖息。溟渤：大海。㉓兹：此。悟生理：明白生活的真理。㉔事：从事。干谒：奔走权门，营求富贵。㉕兀（wù悟）兀：苦辛的样子。㉖巢与由：巢父和许由，尧时的两个隐士。㉗易其节：改变节操。㉘沉饮：喝醉酒。聊：姑且。自遣：自己排遣愁闷。㉙放歌：高歌。破：这里作"排遣"解。愁绝：高度的愁苦。㉚天衢（qú渠）：天空。峥嵘：高峻貌。这里借指寒气逼人。㉛客子：作者自指。中夜：半夜。

㉜骊山:在长安东,今陕西临潼县境内。㉝御榻:皇帝的坐榻。嵽嵲(dié niè 蝶聂):形容山高,这里指骊山。㉞蚩尤:这里借指大雾。传说蚩尤与黄帝交战,蚩尤作大雾。塞:充满。㉟蹴(zú 足):踩。㊱瑶池:传说中西王母宴客的地方。这里借指骊山华清宫中的温泉。气郁律:热气蒸腾的样子。㊲羽林:羽林军,皇帝的卫队。摩戛(jiá 夹):兵器互相撞碰。㊳殷:声音洪大。胶葛:广大貌。这里指乐器在广大空间震荡。㊴长缨:长帽带,贵人的服饰。㊵短褐:粗布短衣,贫贱者的衣服。㊶彤(tóng 同)庭:朝廷。彤:红色。宫殿的庭柱都用朱红色油漆,故称"彤庭"。帛(bó 勃):一种丝织品。㊷聚敛:搜括。贡:献。城阙:指京城。㊸圣人:对皇帝的敬称。筐篚(kuāng fěi 匡匪):两种竹制的器皿。筐篚恩:指皇帝用筐篚盛物赏赐大臣。㊹邦国:国家。活:治理好。㊺至理:重要的道理。㊻"仁者"句:谓有仁爱之心的朝臣,看到这种情况应有所震动。㊼内:内府,皇帝藏财物的府库。金盘:珍贵器皿。㊽卫、霍:汉武帝时的贵戚,这里借指杨国忠等人。㊾神仙:指舞女。㊿烟雾:指轻而薄的纱罗衣裳。蒙:披覆。玉质:洁白的身体。51"悲管"句:指管乐和弦乐协奏。逐:伴随。52荣:荣华。枯:憔悴。咫(zhǐ 止)尺:古代八寸叫"咫",这里比喻近。53北辕:车向北行。泾、渭:二水名,在临潼县境内会合。54官渡:官府设立的渡口。改辙:改了道。55水:一作"冰"。56极目:放眼望去。兀(zú 足)兀:高峻的样子。57崆峒(kōng tóng 空同):山名,在今甘肃省岷县。58天柱:《淮南子·天文训》:"昔者共工与颛顼争为帝,怒而触不周之山,天柱折,地维绝。"59河梁:河上的小桥。坼:冲毁。60枝撑:桥柱。窸窣(xī sū 悉苏):桥梁摇晃的声音。61行旅:行路人。相攀援:互相牵引援助。62寄异县:指客居奉先县。63庶:希望。64宁:岂。65里巷:邻居们。66窭(jù 具):贫穷。仓卒:发生意外。67隶:属。68抚迹:追忆往事。69骚屑:不得安宁。70失业徒:丧失了产业的人。71远戍卒:远守边防的战士。72忧端:愁绪。终南:山名,在长安县南。73澒(hòng 哄)洞:广大无边。掇:收拾。

天宝五载(746),杜甫怀抱"致君尧舜上,再使风俗淳"的崇高理想来到长安,渴望"立登要路津"。但事与愿违,屡受挫折,连生活也难于维持,"朝叩富儿门,暮随肥马尘。残杯与冷炙,到处潜悲辛",亲身体验并广泛接触了下层人民的苦难,洞察了"朱门务倾夺,赤族迭罹殃"的社会矛盾,诗歌创作出现了空前飞跃。天宝十四载(755)十一月赴奉先县看望寄居在那里的妻子,写出这篇划时代的杰作。

"自京赴奉先县咏怀"这个题目带有"纪行"性质,而以"咏怀"为主。作者先从"咏怀"入手,抒发了许身稷契、致君泽民的壮志竟然"取笑"于时,无法实现的愤懑和"穷年忧黎元,叹息肠内热"的火一样的激情,其爱祖国、爱人民的胸怀跃然纸上。而正因为"穷年忧黎元",所以尽管"取笑"于时,而仍坚持稷契之志,这自然就把个人的不幸、人民的苦难和统治者的腐朽、唐王朝的危机联系起来了。这种"咏怀"的特定内容决定了"纪行"的特定内容,而"纪行"的内容又扩大、深化了"咏怀"的内容。"纪行"有两个重点:一是写唐明皇及其权臣、贵戚、宠妃在华清宫的骄奢荒淫生活;二是写"路有冻死骨"及到家后幼子已饿死的惨象。这两个重点又前后对照!广大人民饥寒交迫,有的已经冻死、饿死,而那位"尧舜君"和他的"廊庙具"却正在华清宫过着花天酒地的腐朽生活,毫不吝惜地挥霍着人民的血汗。诗人深感唐王朝岌岌可危,而又徒唤奈何,于是以"忧端齐终南,澒洞不可掇"结束全篇。作者抵奉先之时,安禄山已在范阳发动叛乱,证明了他的政治敏锐性。如王嗣奭所评:"皆道其实,故称诗史。"(《杜臆》卷一)

这篇杰作是用传统的五言古体写成的。五古是汉魏以来盛行的早已成熟的诗体,仅就"咏怀"之作而言,杜甫之前已有阮籍的《咏怀》、左思的《咏史》、庾信的《咏怀》、陈子昂的《感遇》、张九龄的《感遇》等著名组诗。"转益多师"的杜甫当然从汉魏以来五言古诗的创作中吸收了丰富的营养。但把《自京赴奉先县咏怀五百字》和所有前人的五言古诗相比较,就立刻发现其在体制的宏伟、章法的奇变、反映现实的深广和艺术力量的惊心动魄等许多方面,都开辟了新天地。正如杨伦在《杜诗镜铨》里所说:"五古,前人多以质厚清远胜,少陵出而沉郁顿挫,每多大篇,遂为诗道中另辟一门径。"

月　夜

今夜鄜州月,闺中只独看①。遥怜小儿女,未解忆长安。香雾云鬟湿,清辉玉臂寒。何时倚虚幌②,双照泪痕干。

①闺中:闺中人,指妻子。②虚幌:轻薄透明的帷幔。

天宝十五载(756)六月,安史叛军攻进潼关,杜甫带着家小逃到鄜州(今陕西富县),寄居羌村。七月,肃宗即位灵武(今属宁夏回族自治区),杜甫于八月间北上延州(今陕西延安),企图赶到灵武,为平叛效力。出发不久,被叛军捉住,送到沦陷后的长安,望月思家,写下了千古传诵的《月夜》。

题为《月夜》,句句从月色中照出。"鄜州"、"长安"与平叛后夫妻欢聚的某一地点,"今夜"、往夕与平叛后夫妻欢聚的某一良宵,统统用"独看"、"双照"相绾合,从而体现出双向多维、立体交叉、回环往复、百感纷呈的审美心态。夫妻的悲欢离合,国家的治乱兴衰,以及诗人对动乱现实的忧愤和对太平盛世的向往,都一一浮现于字里行间。如黄生所说:"五律至此,无忝诗圣矣!"

春　望

国破山河在,城春草木深。感时花溅泪,恨别鸟惊心。烽火连三月,家书抵万金①。白头搔更短②,浑欲不胜簪③。

①抵:相当,抵得上。②白头:指白头发。搔:抓头。短:稀少。③浑:简直。不胜(shēng升)簪:连簪子也插不住。古代男子留长发,故须插簪束发。

此诗作于肃宗至德二载（757）三月。先一年六月，安史叛军攻进长安，"大索三日，民间财资尽掠之"，又纵火焚城，繁华壮丽的京都变成废墟。先一年八月，杜甫将妻子安置在鄜州羌村，于北赴灵武途中被俘，押送到沦陷后的长安，至此已逾半载。时值暮春，触景伤怀，创作了这首历代传诵的五律。

前两联写"春望"之景，因景抒情。首联"国破"而空留"山河"，"城春"而只长"草木"，其破坏之惨，人烟之少，以及由此激发的忧国情绪，都从正反相形中表现出来。次联上下两句互文见义。身陷贼营，家寄鄜州，见"花"开而"溅泪"，闻"鸟"语而"惊心"，以乐景反衬哀情，而"感时"、"恨别"的复杂心态宛然可见。后两联抒"春望"之情，情中含景。三联"烽火"句应"感时"，"家书"句应"恨别"，忧国思家之情，回环往复，感人至深。尾联以"搔首"的动作写悲痛心情，余意无穷。题为《春望》，句句传"望"字之神。望山河残破荒凉，望长安草木丛生，望花鸟反增哀思，望烽火连月不息，望家书经久不至，最后以搔首望天收尾。读全诗，抒情主人公伤时悯乱、忧国思家的神情及其望中所见，历历如在目前，从而迸发巨大的艺术感染力。

羌村三首①

峥嵘赤云西②，日脚下平地③。柴门鸟雀噪，归客千里至④。妻孥怪我在⑤，惊定还拭泪⑥。世乱遭飘荡，生还偶然遂⑦。邻人满墙头⑧，感叹亦歔欷⑨。夜阑更秉烛，相对如梦寐⑩。

晚岁迫偷生，还家少欢趣⑪。娇儿不离膝，畏我复却去⑫。忆昔好追凉⑬，故绕池边树⑭。萧萧北风劲，抚事煎百虑⑮。赖知禾黍收⑯，已觉糟床注⑰。如今足斟酌⑱，且用慰迟暮⑲。

群鸡正乱叫，客至鸡斗争。驱鸡上树木⑳，始闻叩柴荆㉑。父老四五人，问我久远行㉒。手中各有携㉓，倾榼浊复清㉔。苦辞"酒味薄，黍地无人耕㉕。兵革既未息㉖，儿童尽东征㉗。"请为父老歌㉘，艰难愧深情㉙。歌罢仰天叹，四座泪纵横㉚。

①羌村：故址在今陕西富县岔口乡大申号村。②峥嵘（zhēng róng 争荣）：原指山的高峻，这里用来形容云层的重叠。赤云：指被太阳照得发红的云。③日脚：由云缝里射出来的阳光。下：落。④归客：杜甫自指。⑤妻孥（nú 奴）：妻子和儿女，这里似单指妻子。怪我在：惊疑我还活在人世。⑥拭（shì 试）：擦。拭泪：悲喜交集的神情。⑦生还：活着回来。遂：遂愿，如愿。⑧满墙头：邻居围着墙观看。农家院墙低矮，可以双手扶在墙头与院内人对话。⑨歔欷（xū xī 虚希）：抽泣之声。⑩"夜阑"两句：夜阑：夜深。更：又一次。秉烛：掌灯，拿起点燃的蜡烛。这两句的意思是：战乱中分别以后，由于担心和思念，往往梦见与妻子相对，而

160

实际上的聚会是不敢预期的。如今竟然夫妻相对，都还活着，疑梦疑真，心情久久不能平静，直到夜深，又一次点起蜡烛互相观看，真像在梦里一样。大历诗人司空曙《云阳馆与韩绅宿别》"乍见翻疑梦，相悲各问年"，北宋诗人陈师道《示三子》"了知不是梦，忽忽心未稳"，北宋词人晏几道《鹧鸪天》"今宵剩把银钅工照，犹恐相逢是梦中"等名句，都从此化出。⑪"晚岁"两句：晚岁：晚年，时杜甫四十六岁。这两句言晚年在战乱逼迫下苟且偷生，虽久别还家，但仍无多少欢趣。⑫"娇儿"两句：这两句向来有两种解说：一、"复却去"的主语是"我"，即杜甫，"畏"作"恐怕"解，意谓娇儿绕膝依依，怕我还要离开他们。二、"复却去"的主语是"娇儿"，"畏"作"畏惧"解，意谓娇儿由于怕我，又悄悄溜开。前说较合原意。⑬追凉：乘凉。上次杜甫在家时正值夏天。⑭故：常常。⑮抚事：追抚往事。煎百虑：种种烦恼使我心如煎熬。⑯赖知：幸亏知道。⑰糟床：榨酒的器具。酒做好后，用袋子装着，放在竹床里压榨，酒流出来而糟留在袋里。这个竹床就叫"糟床"。注：流出来。⑱足：足够。斟酌：借指喝酒。⑲且用：姑且用来。迟暮：晚年。⑳"驱鸡"句：乐府诗《鸡鸣》："鸡鸣高树颠，狗吠深巷中。"阮籍《咏怀》："晨鸡鸣高树，命驾起旋归。"可见古时鸡上树木是常见的。㉑叩：敲。柴荆：用柴枝荆条编成的门，表示住宅简陋。㉒问：慰问。远行：指远行归来。㉓携：提。㉔榼（kē科）：古代盛酒的器具。浊复清：有的带来新酿出来未经滤过的浊酒，有的带来滤过的清酒。㉕"苦辞"句：父老们一再解释，说家酿的酒味道淡薄。既是谦辞，也反映出战乱时代农村生活的艰苦。黍地：指田地。㉖兵革：兵器和盔甲，这里指战争。未息：没有停止。㉗儿童：农村中老人对没有成年的孩子的称呼。东征：指唐朝官军在华山以东地区和叛军作战。㉘"请为"句：请让我为父老们歌唱一曲。㉙愧深情：在这艰难的年月，你们如此盛情，真叫我受之有愧。㉚四座：满座。

　　天宝十四载（755）十一月，杜甫自长安赴奉先县探望家小。十五载（756）五月，因安史叛军逼近潼关，率领家小往白水（今属陕西）依舅氏崔少府。六月，又自白水奔赴鄜州，将老婆孩子安顿在羌村居住。八月，投奔灵武行在，中途被叛军抓住，送到已经沦陷了的长安。至德二载（757）四月逃出长安，往投凤翔行在，拜左拾遗。上疏营救房琯，触怒肃宗，幸得张镐等替他求情，才免于判罪。八月，肃宗放他到鄜州探亲。沿途经历，见于《北征》。《羌村三首》，是刚到家时的作品，从不同角度写久别暂聚的感慨，而社会乱离的时代脉搏，亦跃动于字里行间。明人王慎中云："一字一句，镂出肺肠，才人莫之措手。而婉转周至，跃然目前，又若寻常人所欲道者。"（《杜诗五家评》卷二）清初李因笃云："遭乱生还，事出意外，仓卒情景，历历叙出，叙事之工不必言，尤妙在笔力高古，愈质愈雅。"（《杜诗集评》卷一）从本质上说，这三首都是抒情诗，但每一首都有场景、有人物、有情节，像一幕悲剧色彩浓郁的短剧，具有动人心魄的艺术魅力。

北　征

皇帝二载秋，闰八月初吉①。杜子将北征，苍茫问家室②。维时遭艰虞，朝野少暇日③。顾惭恩私被，诏许归蓬荜④。拜辞诣阙下，怵惕久未出⑤。虽乏谏诤姿，恐君有遗失⑥。君诚中兴主，经纬固密勿⑦。东胡反未已，臣甫愤所切⑧。挥涕恋行在，道途犹恍惚⑨。乾坤含疮痍⑩，忧虞何时毕！靡靡逾阡陌，人烟眇萧瑟⑪。所遇多被伤，呻吟更流血。回首凤翔县，旌旗晚明灭⑫。前登寒山重，屡得饮马窟⑬。邠郊入地底，泾水中荡潏⑭。猛虎立我前，苍崖吼时裂⑮。菊垂今秋花，石戴古车辙⑯。青云动高兴，幽事亦可悦⑰。山果多琐细，罗生杂橡栗。或红如丹砂，或黑如点漆。雨露之所濡⑱，甘苦齐结实。缅思桃源内，益叹身世拙⑲。坡陀望鄜畤⑳，岩谷忽出没。我行已水滨，我仆犹木末㉑。鸱鸟鸣黄桑，野鼠拱乱穴㉒。夜深经战场，寒月照白骨。潼关百万师，往昔散何卒㉓！遂令半秦民，残害为异物㉔。况我堕胡尘，及归尽华发㉕。经年至茅屋㉖，妻子衣百结㉗。恸哭松声回㉘，悲泉共幽咽㉙。平生所娇儿㉚，颜色白胜雪㉛。见耶背面啼㉜，垢腻脚不袜。床前两小女，补绽才过膝㉝。海图坼波涛，旧绣移曲折。天吴及紫凤，颠倒在短褐㉞。老夫情怀恶，呕泄卧数日㉟。那无囊中帛，救汝寒凛慄㊱。粉黛亦解包㊲，衾裯稍罗列㊳。瘦妻面复光，痴女头自栉㊴。学母无不为，晓妆随手抹㊵。移时施朱铅㊶，狼藉画眉阔㊷。生还对童稚，似欲忘饥渴㊸。问事竞挽须，谁能即嗔喝㊹？翻思在贼愁㊺，甘受杂乱聒㊻。新归且慰意㊼，生理焉得说㊽？至尊尚蒙尘，几日休练卒㊾？仰观天色改，坐觉妖氛豁㊿。阴风西北来，惨淡随回纥[51]。其王愿助顺，其俗善驰突[52]。送兵五千人，驱马一万匹。此辈少为贵，四方服勇决[53]。所用皆鹰腾，破敌过箭疾[54]。圣心颇虚伫，时议气欲夺[55]。伊洛指掌收，西京不足拔[56]。官军请深入，蓄锐可俱发[57]。此举开青徐，旋瞻略恒碣[58]。昊天积霜露，正气有肃杀[59]。祸转亡胡岁，势成擒胡月[60]。胡命其能久？皇纲未宜绝[61]！忆昨狼狈初[62]，事与古先别[63]。奸臣竟菹醢[64]，同恶随荡析[65]。不闻夏殷衰，中自诛褒妲[66]。周汉获再兴[67]，宣光果明哲[68]。桓桓陈将军[69]，仗钺奋忠烈[70]。微尔人尽非[71]，于今国犹活[72]。凄凉大同殿[73]，寂寞白兽闼[74]。都人望翠华[75]，佳气向金阙[76]。园陵固有神[77]，扫洒数不缺[78]。煌煌太宗业，树立甚宏达[79]！

①"皇帝"两句：皇帝二载：唐肃宗至德二载(757)。初吉：朔日，初一。②苍茫：旷远迷茫。问：探望。③"维时"两句：维：发语词。艰虞：艰难而使人忧虑。朝野：朝廷和民间。少暇日：少有空闲的日子。④"顾惭"两句：顾：念。恩私被：蒙受皇帝给予自己的恩典。诏：皇帝的诏书。许：准许。蓬荜：荜门蓬户，杜甫指自己穷困的家庭。⑤"拜辞"两句：诣(yì 艺)：到。阙下：皇宫。怵惕(chù tì 畜替)：惶惑不安。⑥"虽乏"两句：谏诤姿：当谏官的品德和才

能。遗失:考虑不周而产生过错。⑦"君诚"两句:君:指唐肃宗。诚:确。中兴主:封建社会中经过危难而复兴的皇帝。经纬:织机上的直线叫"经",横线叫"纬",一经一纬织成布匹。这里指处理国家大事有条不紊。固:本来。密勿:勤勉谨慎。⑧"东胡"两句:东胡:指安庆绪。肃宗至德二载(757)正月,安庆绪杀其父安禄山,在洛阳称帝。臣甫:杜甫自称。切:痛切。⑨"挥涕"两句:行在:皇帝临时的驻地,这里指凤翔。恍惚:心神不安的样子。⑩乾坤:天地,这里借指国家。疮痍:指战乱造成的创伤。⑪"靡靡"两句:靡靡:行步迟缓的样子。逾:越过。阡陌:这里泛指山野间的道路。眇:少。萧瑟:萧条,荒凉。⑫"回首"两句:旌(jīng京):古代用羽毛装饰的旗子。明灭:忽明忽暗。⑬"前登"两句:寒山:秋山。重:重叠。屡:接连不断。饮马窟:饮马的水洼。⑭"邠郊"两句:邠:邠州,今陕西省邠县。入地底:泾水从邠州北边流过,形成盆地,诗人从山上往下走,有入地底的感觉。荡潏(yù喻):河水涌流的样子。⑮"苍崖"句:苍崖有个大裂口,像是猛虎吼叫时震裂的。⑯戴:印着。辙:车轮碾过留下的痕迹。⑰"青云"两句:青云触发了自己的兴致,山中幽景也可赏心悦目。⑱濡(rú如):滋润。⑲"缅思"两句:缅思:遥想。桃源:指陶渊明《桃花源记》所描写的理想社会。益:更加。拙:笨拙,不会处世。这两句说,遥想桃源乐土,更加叹息自己坎坷的遭遇。⑳坡陀:起伏不平的山冈。鄜畤(fū zhì夫志):即鄜州。畤:祭天神的祭坛。春秋时秦国在鄜州设有祭祀白帝的祭坛。㉑"我行"两句:水滨:水边。木末:树梢,这里借指高处。㉒"鸱鸟"两句:鸱(chī吃)鸟:鸱鸮(xiāo消),即猫头鹰。黄桑:枯桑。野鼠:一种见人就交叉前足而拱立的拱鼠。㉓"潼关"两句:潼关:关隘名,在今陕西省潼关县。百万师:言守兵之多。天宝十四年(755)十二月,安禄山攻陷洛阳,唐玄宗命哥舒翰率大军二十万守潼关。次年六月在灵宝战败溃散。卒:同"猝",仓卒。㉔"遂令"两句:遂令:就使得。半秦民:关中地区的半数人民。异物:古代称死人为异物。㉕堕胡尘:肃宗至德元年(756)八月,杜甫从鄜州出发到灵武投奔肃宗,途中为叛军所俘,送到长安,次年(757)四月才逃出长安到达凤翔。华发:花白头发。㉖经年:一年之后。诗人自头年秋天离家至今秋返家,恰好经过一年。茅屋:指羌村的家。㉗衣百结:形容衣裳褴褛,破烂不堪。㉘恸哭:放声大哭。松声回:松林为之荡起回声。㉙"悲泉"句:涓涓流淌的泉水,像是和我们一道哭泣抽咽。以上两句移情入景,烘托亲人乍见时悲痛欲绝的气氛。㉚娇儿:自己宠爱的儿女。㉛白胜雪:因饥寒交迫,孩子脸上缺乏红润的颜色,所以说苍白胜雪。㉜耶:同"爷",爹爹。背面啼:背过身去啼哭。㉝补绽:指衣裳打着补绽。才过膝:刚过膝盖。因为家境困顿,无力给女孩添制新衣裳,她们长大了,还穿着小时的衣裳,所以说"才过膝"。㉞"海图"四句:写女孩衣裳上的补绽。拆下旧绣,把海图的波涛拆开了,上面的花纹有的拆断,有的弄弯了;那上面刺绣的水神天吴,还有紫线绣成的凤凰图案,都颠三倒四地补在短小的粗布衣上。㉟"老夫"两句:情怀恶:指心情不好。呕泄:呕吐。因长途跋涉,回家就病倒了。㊱"那无"两句:囊:装行李的袋子。寒凛慄:饥寒战慄。这两句是说,我行囊中哪能没有一些绢帛给你们做衣裳,只是我回来病倒了,没有心情解包。㊲粉黛:粉:擦脸的白粉。黛:画眉用的青色的粉。包:指粉黛包。㊳衾裯:被子和床帐。稍罗列:多少拿出来一些。㊴痴:指女儿娇痴可爱。头自栉(zhì志):自己梳头。㊵"晓妆"句:早上起来学着母亲打扮,随手乱涂乱抹。㊶移时:过了一会儿。朱铅:胭脂和铅粉。这句是对"晓妆"的补充描写。㊷狼藉:乱七八糟。以上四句极写痴女天真可爱的情态,可与西晋左思写娇女——"明朝弄梳台,黛眉类扫迹。浓朱衍丹唇,黄吻澜漫赤"(《娇女诗》)相媲美。㊸对:面对。童稚:小儿女。诗人看到儿女的天真情态,感到无限安慰,简直忘记了饥渴。㊹嗔喝:生气喝止。㊺翻思:回想。在贼愁:被俘在贼营时想家发愁的情景。㊻杂乱聒(guō

163

锅）：七嘴八舌的吵闹声。㊼且：暂且。慰意：给自己带来感情上的安慰。㊽生理：生计。这句是说：至于将来全家如何生活，暂时还顾不上去说它。㊾"至尊"两句：至尊，封建社会中臣下对皇帝的敬称，这里指唐肃宗。蒙尘：封建社会中皇帝流亡在外，遭受风尘之苦，叫"蒙尘"。当时唐肃宗还流亡在凤翔。练卒：练兵。"几日休练卒"，意谓何时才能平叛，过和平生活。㊿妖氛：指安史叛军的气焰。豁：开朗。51回纥：我国唐代北方的少数民族，唐肃宗至德二载（757），朝廷向回纥借兵平乱，回纥怀仁可汗派其子叶护和将军帝德带兵四千到凤翔。52善驰突：长于骑马奔驰，冲锋陷阵。53少为贵：杜甫认为借回纥兵平乱不是上策，即使借也宜少不宜多。勇决：猛勇坚决。54"所用"两句：鹰腾，形容回纥军像鹰一样腾健。过箭疾：比箭还快。疾：速。55圣心：指唐肃宗的心意。虚伫：虚心期待。时议：社会舆论。气欲夺：慑于皇帝的威严而丧气。据历史记载，回纥军到凤翔后，唐肃宗设宴犒赏，还叫广平王李俶和叶护结为兄弟。大臣中虽有认为借兵平乱非上策的意见，但在这种情况下也为之丧气而不敢言。56伊洛：伊水、洛水，这里指洛阳一带。指掌收：比喻极易收复。西京：指当时的长安。不足拔：极易收复。57"官军"两句：官军应乘大好形势深入破敌，养精蓄锐和回纥军一道进发。58"此举"两句：开，打通。青徐：唐代的两个州名，青州在今山东省，徐州在今江苏省。略：攻取。恒：恒山，在今山西省。碣：碣石山，在今河北省。59"昊天"两句：昊（hào浩）天：天，这里指秋天。肃杀：秋天霜露降下，草木凋零，所以称秋气为肃杀之气。这里是比喻朝廷有征伐叛乱之权，也带有一种肃杀的气氛。60"祸转"两句：祸转：厄运要落到叛军头上。势成：平定叛乱的大好形势已经形成。61皇纲：指唐王朝的法纪、政权等。62狼狈：指潼关失守，叛军直逼长安，玄宗仓皇逃奔蜀中的情况。63事：指玄宗在途中采取应急措施。古先：历史上与此相类似的情况。别：有所不同。64奸臣：指杨国忠。竟菹醢（zū hǎi租海）：终于被剁成肉酱。玄宗入蜀时，行至马嵬驿，兵变，杨国忠被处死。65同恶：杨国忠的家族和党羽。随：随之。荡析：分崩离析，这里指被处死。兵变中，杨贵妃及韩国夫人、秦国夫人等同时被杀。66"不闻"两句：据旧史记载，夏桀宠爱妹喜而夏亡，殷纣宠褒妲（dá达）己而殷亡，周幽王宠幸褒姒，不修朝政，招致犬戎入侵，西周亡。这两句是说，没有听说过他们有诛褒姒、妲己的事。在诗人心中，玄宗在马嵬驿能处死杨贵妃及其家族成员，说明其翻然悔悟，能平天下民愤，所以说他有别于古代的昏君。因此，唐王朝还是有希望中兴的。67周汉：指我国历史上周朝和汉朝。再兴：再度复兴。68宣光：指复兴周朝的周宣王和复兴汉朝的汉光武帝。暗以周汉指唐朝，宣光指肃宗。果：果然。明哲：明智。69桓桓：威武的样子。陈将军：指龙武将军陈玄礼。他带领禁卫军护驾玄宗出行，在马嵬驿兵变中，请求玄宗诛杨国忠及杨贵妃等。70伏钺：指卫护皇帝。钺（yuè岳）：大斧，一种武器。奋忠烈：发扬忠烈的精神，剪除邪恶。71微尔：没有你。人尽非：指人们或死或成亡国奴。72国犹活：（有了你的忠烈壮举）到如今国家还存在着。以上四句赞陈玄礼。73大同殿：玄宗平时接受群臣朝见的地方，在兴庆宫勤政楼北。74白兽闼：宫中的白兽门。闼（tà踏）：门。75都人：京都的人民。望翠华：盼望（肃宗）皇帝早日返回长安。翠华：皇帝的旌旗，用羽毛装饰。76佳气：国家兴旺的气象。金阙：指皇宫。77园陵：指太宗等先帝的陵墓。固有神：定有神灵会保佑。78扫洒：祭奠祖先。数：礼数。79"煌煌"两句：煌煌：光辉。太宗业：由太宗完成的唐代开国大业。宏达：宏大、发达。这两句收束全篇，希望肃宗能将太宗的"贞观之治"发扬光大。

杜甫于至德二载（757）在凤翔行在任左拾遗时因疏救房琯而触怒肃宗，放还鄜州探亲。鄜州在凤翔东北，故借用班彪《北征赋》题，给这篇纪行诗冠以

《北征》的题目。据《元和郡县志》，凤翔距鄜州七百余里。沿途崖谷络绎，道路崎岖，行程当在十天左右。"征"，行也，诗以纪行为主线，熔抒情、叙事、议论于一炉。首段二十句叙辞别朝廷、登程北征之前的心理活动，忧时恋阙，依依不忍远去，爱国丹忱，跃然纸上。二段三十六句写途中所见，人烟萧瑟，尸骨纵横，目不忍睹。三段三十六句写抵家后情景，骨肉相聚，悲喜交集。末段四十八句议论时局，切盼平息战乱，振兴国家。《北征》是与《咏怀五百字》媲美的名篇，《唐宋诗举要》引李子德评云："大如金鹏浮海，细如玉管候灰。上关庙谟，下具家乘。其才则海涵地负，其力则排山倒海。有极尊严处，有极琐细处，繁处有千门万户之象，简处有急弦促柱之悲。元河南谓其具一代之兴亡，与风雅相表里，可谓知言。"

赠卫八处士①

　　人生不相见，动如参与商②。今夕复何夕，共此灯烛光。少壮能几时？鬓发各已苍！访旧半为鬼，惊呼热中肠。焉知二十载，重上君子堂。昔别君未婚，儿女忽成行③。怡然敬父执④，问我来何方？问答乃未已，驱儿罗酒浆。夜雨剪春韭，新炊间黄粱⑤。主称会面难，一举累十觞⑥。十觞亦不醉：感子故意长⑦。明日隔山岳⑧，世事两茫茫。

①卫八处士：名不详，"八"是排行，处士，指隐居不仕者。②参（shēn 身）与商：参星在西方，商星在东方，当一个上升地面时，另一个已下落，互不相见。③成行：能排成行列，言众多。④父执：父亲的老朋友。⑤"新炊"句：刚蒸出的饭黄米白米相间，即"二米饭"。黄粱：黄小米。间（jiàn 见）：掺杂。⑥累：接连。十觞：十杯。⑦故意：旧情。⑧山岳：指华山。

　　杜甫于乾元元年（758）被贬，任华州司功参军，同年暮冬赴洛阳，次年春又从洛阳返华州任所，途经老朋友卫八住地，因而往访，作此诗。乱离之际，又遇荒年，偶然与阔别二十年之久的老友重逢，受到其全家人的殷勤款待，自然悲喜交集，百感丛生。全诗层次井然，情景逼真，只写重逢话旧，而"会面难"、"半为鬼"、"世事两茫茫"等已托出乱离时代的悲怆氛围。宋人陈世崇评云："久别倏逢，曲尽人情。想而味之，宛然在目下。"（《随隐漫录》）。

石壕吏

　　暮投石壕村①，有吏夜捉人。老翁逾墙走，老妇出看门。吏呼一何怒，妇啼一何苦！听妇前致词："三男邺城戍②。一男附书至③，二男新战死。存者且偷生，死者长已矣④。室中更无人，惟有乳下孙。有孙母未去，出入无完裙。老妪力虽衰，请从吏夜归。急应河阳役⑤，犹得备晨炊⑥。"夜久语声绝,如闻泣幽咽。天明登前途,独与老翁别。

①石壕村:在今河南陕县东七十里。②邺城:即相州(今河南安阳)。乾元元年(758)冬,郭子仪等九节度使率兵二十万围攻安庆绪所占的相州,二年春全面溃败。③附书至:捎信回家。④长已矣:永远完了。⑤河阳:今河南孟县。⑥备晨炊:做早饭。

肃宗乾元二年(759)三月,杜甫由洛阳回华州任所,途中就其所见所闻进行艺术概括,写成了著名组诗《三吏》、《三别》。《石壕吏》便是《三吏》(另两篇是《新安吏》、《潼关吏》)中的一篇。前四句写官吏深夜捉人情景;中十六句写老妇哭诉全家苦况并被迫应役;末四句写老妇被捉后家中凄凉景象。仅用一百二十个字,便通过典型性很强的人物、情节和环境,反映了政治的黑暗、人民的苦难和唐王朝的危机。如仇兆鳌所指出:"古者有兄弟,始遣一人从军。今驱尽壮丁,及于老弱。诗云:三男戍,二男死,孙方乳,媳无裙,翁逾墙,妇夜往。一家之中,父子、兄弟、祖孙、姑媳,惨酷至此,民不聊生极矣!当时唐祚亦岌岌乎危哉!"(《杜诗详注》卷七)

秦州杂诗

莽莽万重山,孤城山谷间。无风云出塞,不夜月临关。属国归何晚①,楼兰斩未还②。烟尘一长望,衰飒正摧颜③。

①"属国"两句:属国:指苏武。汉武帝时,苏武出使匈奴,被扣留,十九年后方归,汉武帝封他为典属国。②楼兰:汉时西域国名,因其阻拦、扣留通西域的使者,汉昭帝派傅介子用计斩楼兰王而归。这两句运用典故,言不论是派使者去和谈或者派兵抵御,都未能解除吐蕃的威胁。③"烟尘"两句:遥望烟尘未息,诗人忧国忧民,容颜为之衰老。

乾元二年(759)七月,杜甫辞去华州(今陕西华县)司功参军之职,携眷西行,客居秦州(今甘肃天水市)约三个月之久。先住在州城内,后来在东柯谷暂住过。他游胜迹,览山川,访民情风俗,觅隐居之地,足迹遍及州城周围近百里范围内的许多地方,其所见所闻,具有迥异于关中的陇右特色,为抒发忧国忧民的情怀找到了新的突破口,把他的诗歌创作、特别是五言律诗的创作推向新的高峰,《秦州杂诗》便是陇右诗的代表作。这是包括二十首五律的大型组诗,题材广而命意深,对秦州的山川城郭、名胜古迹、风土物候、民情俗尚、关塞驿道、田产村落、草木鸟兽等作了生动的描绘,而时局之动荡,民生之艰苦,以及诗人伤时厌乱、爱民忧国之激情,俱洋溢于字里行间,动人心魄。句式的多变与音律的精细,也是杜甫律诗由前期转向后期的明显标志。这里所选的是第七首,首联"莽莽万重山,孤城山谷间"活画出秦州城的险要地势。次联"无风云出塞,不夜月临关"真可谓状难状之景如在目前!"无风",写人在"孤城"中的感受;"云出塞"则写高空景象。高空云移,表明有风;而"孤城"在"莽莽万重山"的"山谷间",风被山阻,故城中"无风"。那条"山谷"乃东西走向,故西日初落,东月已升,"不夜(未入夜)月临关"五字,写秦州的独特风貌,何等传神。更重要的是:诗人并非单纯写景,而是以景托情。安史乱后,吐蕃乘机侵夺河西、陇右之地,秦州已接近边防前线。诗人见无风而云犹出"塞"、不夜而月已临"关",其忧心"关塞"安危的深情即随"云出"、"月临"喷涌而出,故后四句即写长望"烟尘"而慨叹"属国"未归、"楼兰"未斩。举此一首为例,已可窥见《秦州杂诗》所达到的艺术境界。

天末怀李白

凉风起天末,君子意如何[①]?鸿雁几时到[②]?江湖秋水多[③]!文章憎命达,魑魅喜人过[④]。应共冤魂语,投诗赠汨罗[⑤]。

①君子:指李白。②"鸿雁"句:用鸿雁传书的传说,意谓两人相隔遥远,音信难通。③"江湖"句:即《梦李白》诗"江湖多风波,舟楫恐失坠"之意。④"文章"两句:文章好,命运坏,好像文章憎恨命运亨通;魑魅是吃人的,有人过来,它便喜欢。命达:命运亨通。魑魅:比喻害人的奸邪小人。⑤汨罗:江名,在今湖南湘阴县东北。

李白于至德二载(757)因入永王李璘幕府而被捕入浔阳(今江西九江)狱,乾元元年(758)流放夜郎(今贵州省桐梓县一带)。次年(759)行至白帝城遇赦。杜甫于乾元二年(759)秋流寓秦州(今甘肃天水市),不知道李白流放以后的情况,积想成梦,作《梦李白》五古二首,有"江南瘴疠地,逐客无消息"、"三夜频梦君,情亲见君意"等句,悽恻感人。思念不已,接着又作了这首五律。作者在秦州,李白流夜郎,俱在"天末",而凉风忽起,秋意袭人。以"凉风起天末,君子意如何"发端,已将念友之情与悲秋之意融为一体。次联写天各一方,"传书"之鸿雁何时能到?江湖水多,风浪险恶,故人能否平安到达夜郎?三联写李白遭遇,无限关切,无限悲愤。朱鹤龄云:"上句言文章穷而益工,反似憎命之达者;下句言小人争害君子,犹魑魅喜得人而食之。"(《杜工部诗集辑注》卷六)解释十分透辟。查慎行评此一联云:"一憎一喜,遂令文人无置身地。"(《杜诗集评》卷八)评论也符合实际。这两句诗,不仅写出了李白的遭遇,而且写出了杜甫自己和封建时代一般杰出文人的共同遭遇,故常被后人引用或化用。尾联想象李白于流放途中与屈原的冤魂共语而投诗汨罗江以赠,千载同冤,语极沉痛。屈原热爱祖国而被放逐,自沉汨罗,虽死犹生,故"赠"诗以表同情。如黄生所说:"不曰吊而曰'赠',说得冤魂活现。"(《读杜诗说》)杜甫对李白怀有十分深厚的友谊,现存杜甫诗集中为李白而作的诗多达十数首。在秦州作的《梦李白二首》和这首《天末怀李白》,最动人,流传也最广。

月夜忆舍弟

戍鼓断人行①,边秋一雁声②。露从今夜白③,月是故乡明。有弟皆分散,无家问死生。寄书长不达,况乃未休兵④。

①戍鼓:戍楼上的更鼓。断人行:夜静更深,路上已无行人。②边秋:边地的秋天。③"露从"句:表明这是白露节的夜晚,从今夜开始,夜露变白,将凝为寒霜。④况乃:何况。

此诗乾元二年(759)秋作于秦州。据《资治通鉴·唐纪三十七》载:这年九月,史思明从范阳引兵南下,攻陷汴州、洛阳,齐、汝、郑、滑等州都在战乱之中。杜甫的三个弟弟杜颖、杜观、杜丰散在山东、河南等地,音信杳然,诗人望月忆弟,形诸吟咏。戍鼓、雁声、白露、秋月,耳闻目睹,一片凄凉景象。"露从今夜白"写景兼点时令,"月是故乡明",景中寓怀念故乡之情,引出"有弟皆分散,无家问死生"一联:虽然有弟,却散在各处,不能见面;已经无家,又向何处探问家人的死生!作者的老家在洛阳,洛阳已经沦陷,故说"无家"。这两句,沉痛令人不忍卒读。尾联归到"未休兵",与起句"戍鼓断人行"呼应,家愁、国难,浑然一体,可与"烽火连三月,家书抵万金"共读。

蜀　　相

丞相祠堂何处寻,锦官城外柏森森①。映阶碧草自春色②,隔叶黄鹂空好音③。三顾频烦天下计④,两朝开济老臣心⑤。出师未捷身先死⑥,长使英雄泪满襟。

①锦官城:成都的别称。森森:树木繁茂的样子。②映:掩映。自春色:自有春色。③黄鹂(lí):鸟名,就是黄莺。④顾:访问。三顾:指诸葛亮隐居隆中时,刘备曾三顾茅庐向他请教。频烦:屡次劳烦。天下计:筹划天下大事。⑤两朝:指蜀汉刘备(先主)、刘禅(后主)两朝。开济:开创基业,匡济危时。⑥出师:出兵。诸葛亮上《出师表》率兵伐魏,曾六出祁山。公元239年占领五丈原(今陕西省郿县西南),与司马懿相持百余日,八月,病死军中。

此诗乃杜甫于上元元年(760)春初到成都时作。蜀相即三国时蜀国丞相诸葛亮,其祠堂在成都西南二里许,即今之武侯祠。杜甫仰慕诸葛亮的人品功业,往往形诸歌咏。初到成都,即"寻"其祠。首联写祠堂所在而以"何处寻"唤起,以"柏森森"表现气象肃穆,仰慕之意溢于言表。次联即景抒情,仇兆鳌解释得很好:"草自春色,鸟空好音,此写祠庙荒凉,而感物思人之意,即在言外。"(《杜诗详注》卷九)三联以十四字写尽诸葛亮的际遇、才智、功业、德操而

168

反跌尾联,如仇兆鳌所指出:"'天下计',见匡时雄略;'老臣心',见报国苦衷。有此两句之沉挚悲壮,结作痛心酸鼻语,方有精神。"尾联以"出师未捷身先死"写诸葛亮遗恨,以"长使英雄泪满襟"吐露包括作者在内的无数志士仁人之心声,感人肺腑。南宋爱国名将宗泽因未能收复中原而忧愤成疾,临终诵此二句,大呼"过河"者三而卒。壮志难酬,千秋同憾。

春夜喜雨

好雨知时节,当春乃发生。随风潜入夜,润物细无声。野径云俱黑,江船火独明①。晓看红湿处,花重锦官城②。

①"野径"句:即野径与云俱黑。"江船"句:即江船唯火独明。这两句意谓,满天黑云,连小路、江面、江上的船只都看不见,只能看见江船上的点点灯火,暗示雨意正浓。②锦官城:即成都。

这是杜甫的五律名篇之一,上元二年(761)春作于成都草堂。

写雨以"好"字领起,摄全篇之神。雨之所以"好",首先在于"知时节"。春意萌动,万物生长,正需要雨,雨就下起来了。其次在于她不自造声势,挟带狂风,稀里哗啦下得很暴烈,而是伴随和风,细细地下,无声地下。第三在于她选择了不妨碍人们出行、劳动的夜晚悄悄地来,只为"润物",不求人知。第四在于她不是一下便停,敷衍了事,而是绵绵密密,彻夜不息,"润物"很彻底。

当然,在写法上并不是平铺直叙,而是富于变化。首联出"春",次联出"夜",看得出首联所写的"春夜喜雨",是人在室内侧耳倾听出来的。由于诗人关心农事,切盼下雨,所以室外一有变化,便凝神辨析,尽管风和雨细,还是听得出来。一听出来,便衷心赞"好",颂扬她"知时"。从诗人感物和艺术构思的过程看,次联在先,首联在后。章法上的前后倒置,既跌宕生姿,又为读者拓宽了回环玩味的空间。

第三联所写,则是看出来的。由于那雨"润物细无声",听不真切,生怕她停止了,便出门去看。看见雨意正浓,就情不自禁地想象天明以后的美景。第四联所写,正是想出来的:等到清晓一看,整个锦官城百花带雨,一片"红湿",一朵朵红艳艳、沉甸甸,汇成花的海洋。那么,田野里的禾苗呢?山岭上的树林呢?一切的一切呢?以"润物"的巨大功用结尾,在更高层次上表现了春雨的"好"。

题目中的那个"喜"字在诗里没有露面,但喜悦之情洋溢于字里行间。这喜悦之情,是由"好雨"触发,并且伴随着对于"好雨"的描状、赞美流露出来的。这首诗的永久的艺术魅力,就在于把"好雨"拟人化,用化工之笔描状、赞美了她的高尚品格;而这种高尚品格,又具有普遍意义,故能给读者以审美享受和思想启迪。

客　至

　　舍南舍北皆春水①，但见群鸥日日来②。花径不曾缘客扫③，蓬门今始为君开④。盘飧市远无兼味⑤，樽酒家贫只旧醅⑥。肯与邻翁相对饮⑦，隔篱呼取尽馀杯⑧。

　　①舍：庐舍，指草堂。②群鸥日日来：传说古代海边有一个无害人伤物之心的人，与海鸥相亲相习，鸥鸟也不回避他，放心地和他接近。③"花径"句：落花满径，不曾为迎客而洒扫。④"蓬门"句：平日柴门常闭，今日才为您打开。⑤盘飧：盘中的食物，泛指菜肴。飧（sūn孙）：晚饭，也用做食物的统称。市远：远离城市。兼味：几种食品。这句是说，村居僻远，待客菜肴简单随便，没有佳肴美味。⑥旧醅（pēi胚）：未过滤的家酿陈酒。⑦肯：能否允许。邻翁：邻居老翁。⑧呼取：喊他。取：助词。尽馀杯：共同干杯尽兴。与上句连起来，这两句的意思是：如果客人肯和我的邻人相对吃酒，我便隔篱喊他一声，请他来喝光多余的酒。

　　此诗作于上元二年（761）春成都浣花草堂，原注云："喜崔明府相过。"明府，唐人对县令的尊称。首联写景中寓讽意，"但见群鸥日日来"，则门径冷落，无人来访，既讽世态炎凉，亦反衬下联。次联上下句互文见意，即："花径不曾缘客扫"，今始缘君扫；蓬门不曾为客开，"今始为君开"。后两联写设家宴款客，主客欢畅。黄生云："前半见空谷足音之喜，后半见村家真率之趣。"（《杜诗说》卷八）万俊云："此诗何等忘形，何等率真！见公、并见其客矣。岂世之矜延揽、相标榜者可同日语哉！"（《杜诗说肤·原情》卷一）

水 槛 遣 心

　　去郭轩楹敞①，无村眺望赊②。澄江平少岸③，幽树晚多花。细雨鱼儿出，微风燕子斜。城中十万户，此地两三家④。

　　①去郭：远离城郭。轩楹：指草堂的建筑物。敞：开朗。②"无村"句：因附近无村庄遮蔽，故可远望。③"澄江"句：澄清的江水高与岸平，因而很少能看到江岸。④"城中"两句：将"城中十万户"与"此地两三家"对照，见得此地非常清幽。城中：指成都。

　　此诗作于上元二年（761），共两首，这是第一首。诗人自上一年春定居浣花溪畔，经营草堂，至今已粗具规模。诗题中的"水槛"，指水亭之槛，可以凭槛眺望，舒畅身心。面对草堂周围的绮丽风光和风土人情，诗人写了许多情景交融、赏心悦目的小诗，这是其中的一首。第三联是传诵名句，叶梦得云："诗语固忌用巧太过，然缘情体物，自有天然工妙，虽巧而不见刻削之痕。老杜'细雨鱼儿出，微风燕子斜'，此十字，殆无一字虚设。雨细着水面为沤，鱼常上浮而

渗,若大雨,则伏而不出矣。燕体轻弱,风猛则不能胜,唯微风乃受以为势。故又有'轻燕受风斜'之语。"(《石林诗话》卷下)

茅屋为秋风所破歌

八月秋高风怒号,卷我屋上三重茅。茅飞渡江洒江郊:高者挂罥长林梢①,下者飘转沉塘坳②。南村群童欺我老无力,忍能对面为盗贼。公然抱茅入竹去,唇焦口燥呼不得。归来倚杖自叹息。俄顷风定云墨色③,秋天漠漠向昏黑④。布衾多年冷似铁,娇儿恶卧踏里裂⑤。床头屋漏无干处,雨脚如麻未断绝。自经丧乱少睡眠⑥,长夜沾湿何由彻⑦? 安得广厦千万间,大庇天下寒士俱欢颜⑧,风雨不动安如山! 呜呼! 何时眼前突兀见此屋⑨,吾庐独破受冻死亦足!

①罥(juàn 绢):缠绕。②坳:低洼积水处。③俄顷:一会儿。④漠漠:灰蒙蒙的样子。向:近。⑤恶卧:睡觉不老实。⑥丧乱:指遭安史之乱。⑦彻:到天亮。⑧庇(bì 闭):遮蔽。⑨突兀:高耸的样子。见:同"现",出现。

肃宗上元元年(760),杜甫求亲告友,在成都浣花溪边盖起草堂,总算有了栖身之所。不料到了第二年八月,大风破屋,大雨又接踵而至,诗人长夜难眠,创作了《茅屋为秋风所破歌》。

全诗分四节。第一节五句,句句押韵,"号"、"茅"、"郊"、"梢"、"坳",五个开口呼的平声韵脚传来阵阵风声。"卷"、"飞"、"渡"、"洒"、"挂罥"、"飘转",一个接一个的动态组成一幅幅图画,紧紧地牵动诗人的视线,拨动诗人的心弦。

第二节五句,是前一节的发展。诗人眼巴巴地望着狂风把屋上的茅草一层又一层地"卷"走,却无人同情和帮助,只有自"叹"自"嗟"。世风之浇薄,意在言外。

第三节八句,写屋破又遭连夜雨的苦况宛然在目,而又今中含昔、小中见大。"布衾多年冷似铁,娇儿恶卧踏里裂"两句,词约义丰,概括了长期以来的贫困生活。而这贫困,又与国家的丧乱有关。"自经丧乱少睡眠,长夜沾湿何由彻"两句,一纵一收。一纵,从眼前的处境扩展到安史之乱以来的种种痛苦经历,从风雨飘摇中的茅屋扩展到战乱频仍、残破不堪的国家;一收,又回到"长夜沾湿"、布衾似铁的现实,水到渠成地过渡到全诗的结尾。

第四节以表现理想和希望的"安得"二字领起。"安得广厦千万间,大庇天下寒士俱欢颜,风雨不动安如山"三句,前后用七字句,中间用九字句,句句蝉联而下,而表现阔大境界的词如"广厦"、"千万间"、"大庇"、"欢颜"、"安如山"等,又声音宏亮,从而构成了铿锵有力的节奏和奔腾前进的气势,恰切地表现了诗人从"床头屋漏无干处"、"长夜沾湿何由彻"的痛苦生活体验中迸发出来的奔放激情和火热希望。这种激情和希望，咏歌之不足，故嗟叹之："呜呼！何时眼前突兀见此屋，吾庐独破受冻死亦足！"诗人的博大胸襟和崇高理想，表现得淋漓尽致。

恨　　别

洛城一别四千里，胡骑长驱五六年。草木变衰行剑外①，兵戈阻绝老江边。思家步月清宵立，忆弟看云白日眠。闻道河阳近乘胜，司徒急为破幽燕②。

①剑外：剑阁以南，这里泛指蜀地。②"闻道"两句：司徒：指李光弼，他当时任检校司徒。据《资治通鉴·唐纪三十七》记载：上元元年三月，李光弼破安太清于怀州（今河南省沁阳县）城下，四月，又破史思明于河阳西渚。诗中"河阳近乘胜"指此。又据《资治通鉴·唐纪三十七》记载：乾元二年（759）四月，"史思明自称大燕皇帝，改元顺天，改范阳为燕京"。这两句诗意为：听说李光弼在范阳一带连打胜仗，希望乘胜追击，直捣叛军根据地，彻底平息战乱。

此诗上元元年（760）作于成都。自安史之乱爆发至此时，已有五六年的漫长岁月，作者漂泊剑外，距洛阳老家有四千里之遥。思家、忆弟，感慨成诗。第三联以景托情，艺术感染力极强。沈德潜评云："若说如何'思'、如何'忆'，情事易尽，'步月'、'看云'，则有不言神伤之妙。"（《唐诗别裁集》卷十三）

闻官军收河南河北

剑外忽传收蓟北①，初闻涕泪满衣裳。却看妻子愁何在，漫卷诗书喜欲狂。白首放歌须纵酒②，青春作伴好还乡。即从巴峡穿巫峡，便下襄阳向洛阳③。

①剑外：指剑阁以南，即蜀地。蓟北：今河北省北部地区，即叛军根据地范阳一带。②白首：一作"白日"，与下句"青春"意复，故不取。③向洛阳：作者自注云："余有田园在东京。"

宝应元年（762）冬，唐军自陕州发起反攻，收复洛阳郑、汴等州，叛军纷纷投降。第二年即广德元年春，史朝义兵败自缢，延续八年的安史之乱始告平息。流寓梓州（今四川三台）的杜甫初闻捷报，欣喜欲狂，写下了这首脍炙人口的七律。

首句写狂喜之故，以下各句写狂喜情态。尾联包括四个地名："巴峡"与"巫峡"，"襄阳"与"洛阳"，既上下对偶（句内对），又前后对偶，形成工整的地名对;而用"即从"、"便下"绾合,一气贯注,又是活泼的流水对。再加上"穿"、"向"的动态与两"峡"两"阳"的重复,文势、音调迅急有如闪电,生动地表现了想象的飞越。值得指出的是,诗人既展示想象,又描绘实境。从"巴峡"到"巫峡",舟行如梭,故用"穿";出"巫峡"到"襄阳",顺流急驶,故用"下";从"襄阳"到"洛阳",已换陆路,故用"向"。

此诗与李白《早发白帝城》同写舟行迅速,能给人以轻快喜悦的艺术享受,其不同处在于李诗写实而加以夸张,杜诗则直写想象的飞越,与前者异曲同工。

将赴成都草堂,途中有作,先寄严郑公①

常苦沙崩损药栏,也从江槛落风湍②。新松恨不高千尺,恶竹应须斩万竿③。生理只凭黄阁老,衰颜欲付紫金丹④。三年奔走空皮骨,信有人间行路难⑤。

①严郑公:即严武,唐代宗广德元年(763)被封为郑国公。②"常苦"两句:江槛:即草堂水亭木栏。湍:急流。这两句说,常常焦虑泥沙崩塌损坏药栏,现在一年多没有回去,恐怕药栏也随同水亭一道落进急流中去了。③"新松"两句:准备回到草堂后扶持新松,芟除恶竹杂木。④"生理"两句:生理:生计。凭:依靠。黄阁老:指严武。唐代中书省和门下省的官员以阁老相称,严武以黄门侍郎(属门下省)为成都尹,所以杜甫称他为黄阁老。衰颜:衰老。付:托。紫金丹:道家烧炼的一种丹药。这两句说,自己的生计只有依靠严武照顾,衰老的身体只有托付给益寿延年的丹药。⑤"三年"两句:三年:唐代宗宝应元年(762)七月,杜甫和严武分别后,避兵乱于梓州、阆州,到这时前后三年。空皮骨:连年漂泊,身体只剩下皮包骨头。行路难:古乐府曲名,这里指时局混乱,世路艰险。

广德二年(764)正月,杜甫携家由梓州赴阆州,打算出峡北归。二月,闻友人严武又被任为成都尹兼剑南节度使,便决定重返成都,于返成都途中作诗五首先寄严武,这是第四首。首联担心草堂长期无人管理,已破败不堪。次联预计回去后大加整修,扶新松而斩恶竹,使草堂风光秀美宜人。后四句慨叹颠沛流离之苦而寄希望于严武,期待重返草堂后能够过上安定生活。"新松恨不高千尺,恶竹应须斩万竿",蕴含哲理,体现了崇高的美学思想和政治理想,常被人引用。

绝 句

两个黄鹂鸣翠柳,一行白鹭上青天。窗含西岭千秋雪①,门泊东吴万里船②。

①西岭:即西山,亦称雪岭,是岷山的主峰,在成都西,山巅积雪千秋不化,故说"千秋雪"。从室内透过窗框遥望西岭雪景,故说"窗含"。②"门泊"句:"蜀人入吴者皆从合江亭登舟,其西则万里桥"(吴成大《吴船录》)。杜甫草堂正在万里桥西,故门外可"泊"将要入吴的船只。

此诗作于广德二年(764)春。其时杜甫的挚友严武还镇成都,杜甫从避乱的阆中重返浣花草堂,生活比较安定,稍有闲适心情欣赏自然景色,作《绝句》四首。这是第二首,历代传诵,妇孺皆知。其艺术特点是:一、前两句对偶,后两句也对偶,对仗工稳,但流动而不板滞;二、每句一景,合起来则是高低远近分明的大景;三、四幅小景都色彩明丽,映衬谐调——前两句以"翠柳"衬"黄鹂",以"青天"衬"白鹭",这是显而易见的;第三句的"雪",实际上也有色,"西岭"绝顶千年不化的白"雪"当然以"青天"为背景,映衬分明;第四句的吴船当然是"泊"在门前的一江春水上的,蜀江水"碧",江岸上自然有"翠柳";四、"鸣"、"上"、"含"、"泊",都表现动态,以动形静,整幅图景显得生意盎然,生机勃勃。综合这些特点,特别是前两个特点,看得出这首绝句与通常的绝句写法不一样,体现了作者的艺术独创性。如《唐宋诗醇》所评:"虽非正格,自是绝唱。"

绝 句 二 首 (其二)

江碧鸟逾白①,山青花欲然②。今春看又过,何日是归年?

①逾:更加。在碧江的反衬下,白鸟显得更白。②然:同"燃"。

前两句用对偶法写眼前景。洁白的水鸟从碧绿的江面掠过,火红的花朵在青翠的山间开放,四景四色,绚丽夺目。但四景又非平列,其侧重点在于用反衬法突出花鸟。"逾白"一词,兼含对比与递进双重作用,表现白鸟因碧江衬底而更增亮度。"欲然"一词,兼用拟人和隐喻两种技法,表现花朵因青山衬底而红光闪耀,即将燃烧起来。

寥寥十字,勾勒出一幅生机勃勃的天然图画。既是山水画,又是花鸟画。

此诗作于广德二年(764),诗人住在成都草堂。草堂一带的自然风光,一年四季都在变化。前两句所写,乃是暮春景色。看到这暮春景色,当然感到美,但更突出的感触是,又一个春天眼看就要过去!于是出人意外地写出后两句,对照先一年春天在《闻官军收河南河北》里所写的"青春作伴好还乡",便能理解"今春看又过,何日是归年"所蕴含的情感波涛。

登 楼

花近高楼伤客心,万方多难此登临①。锦江春色来天地,玉垒浮云变古今^②。北极朝廷终不改,西山寇盗莫相侵^③。可怜后主还祠庙,日暮聊为梁甫吟^④。

①客:杜甫自指。万方多难:指内忧外患,天灾人祸,举国动荡不安。②玉垒:山名,在今四川省茂汶羌族自治县。其东南新保关,为唐代蜀中通往吐蕃的要道。③北极:北极星,这里比喻唐王朝。终不改:借北极星在天空固定不变来比喻唐王朝的安全巩固。广德元年(763)十月,吐蕃侵入长安,郭子仪等收复,唐王朝转危为安。西山寇盗:指吐蕃攻陷松、维等州(在今四川省北部)。④后主:刘禅。刘备死后,刘禅继位,昏庸无能,宠信宦官,朝政腐败,终于亡国。还:仍。祠庙:成都锦官门外有刘备庙,西为武侯祠,东即后主庙。梁甫吟:古乐府篇名。《三国志·蜀书·诸葛亮传》:“亮躬耕陇亩,好为《梁父吟》。”这两句是以登楼所见古迹来抒写感慨。意思是说,像后主那样一个亡国之君,还有祠庙,实为可怜。自己在万方多难之时,登楼四望,触景伤怀,惜无诸葛亮那样的际遇与才能力挽危局,只能吟诵《梁父吟》而已。

此诗乃杜甫于广德二年(764)春从阆中回成都后所作。先一年十月,吐蕃侵入长安,代宗出奔陕州。郭子仪收复京师,代宗还朝。十二月,吐蕃又陷松、维、保三州,西川节度使高适不能救,于是剑南西山诸州亦被吐蕃占有。而代宗虽还朝,仍宠信宦官程元振、鱼朝恩等,朝政日益腐败。这首诗,先写登楼所见,“万方多难”,触景伤怀。次联写景壮阔,而人世巨变亦蕴含其中。三联就长安失而复得发挥,表现了坚强的民族自信心。尾联借蜀国后主刘禅宠信宦官黄皓导致亡国的历史教训来讽谏代宗,并希望有像诸葛亮的人才出现,蕴含深广。沈德潜云:“气象雄伟,笼盖宇宙,此杜诗之最上者。”(《唐诗别裁集》卷十三)施补华云:“起得沉厚突兀。若倒装一转,万方多难此登临,花近高楼伤客心,便是平调,此秘诀也。”(《岘佣说诗》)叶梦得云:“七言难于气象雄浑,句中有力而纡馀,不失言外之意。自老杜‘锦江春色来天地,玉垒浮云变古今’与‘五更鼓角声悲壮,三峡星河影动摇’之后,常恨无继者。”(《石林诗话》卷下)

宿　府

清秋幕府井梧寒^①,独宿江城蜡炬残^②。永夜角声悲自语^③,中天月色好谁看?风尘荏苒音书断^④,关塞萧条行路难。已忍伶俜十年事^⑤,强移栖息一枝安^⑥。

①井:天井。梧寒:梧桐在清秋夜晚也觉得凄寒。②蜡炬残:烛光闪烁,行将燃尽,说明夜已深。③永夜:长夜。④荏苒(rěn rǎn 忍染):岁月渐渐流逝。风尘荏苒:指多年战乱。音书断:和亲故断绝了音讯联系。⑤忍:忍受。伶俜:这里指困苦、寂寞。十年:从天宝十四载(755)安史之乱算起,到如今已整十年。事:指受尽人间种种困苦和寂寞。⑥强移栖息:勉强漂泊到这里,像鸟儿一样,在树枝中找到一个栖身的窝。用《庄子·逍遥游》“鹪鹩巢于深

林,不过一枝"的意思。

广德二年(764)六月,成都尹兼剑南节度使严武荐杜甫为节度使幕府的参谋,白天上班,晚上因为距浣花草堂较远,来不及回家,只能长期住在府内。这首诗作于这年秋天,题为"宿府",即写"独宿"幕府的情景。第二联写"独宿"的所闻所见,如方东树《昭昧詹言》所指出:"景中有情,万古奇警。"而造句之新颖,也令人叹服。七言律句,一般是上四下三,而这一联却是四一二的句式,每句有三个停顿,翻译一下便是:"长夜的角声啊,多悲凉!但只有自言自语地倾吐自己的悲凉,没有人听;中天的明月啊,多美好!但尽管美好,在这漫漫长夜里,又有谁看她呢!"以顿挫的句法,吞吐的语气,活托出一个看月、听角、独宿不寐的人物形象,恰切地表现了无人共语、沉郁悲抑的复杂心态。

旅夜书怀

细草微风岸①,危樯独夜舟②。星垂平野阔,月涌大江流③。名岂文章著,官应老病休④。飘飘何所似,天地一沙鸥。

①"细草"句:微风轻拂着岸上的细草。②危樯:船上的桅杆。这句是说,孤独的桅杆默默伸向夜空。③大江:长江。④"名岂"二句:杜甫因直言敢谏、触怒肃宗而罢官。这里说一生功业岂是凭借诗文成名,中途罢官只应怪自己老病交加。这是心中不平之情的婉转说法。

代宗永泰元年(765)五月,杜甫携家离开成都,乘舟东下,途中作此诗,对漂泊无依的处境抒发悲愤之情。浦起龙解云:"起不入意,便写景,正尔凄绝。三、四开襟旷远,五、六揣分谦和,结再即景自况,仍带定'风岸'、'夜舟',笔笔高老。"纪昀评云:"通首神完气足,气象万千,可当雄浑之品。"次联"星垂平野阔,月涌大江流",用"垂"、"阔"、"涌"、"流"四字,写"星"、"野"、"月"、"江"四景,意境壮阔,气势飞动,为著名警联。黄白山评云:"太白诗'山随平野尽,江入大荒流',句法与此略同;然彼止说得江、山,此则野阔、星垂、江流、月涌,自是四事也。"(纪、黄评俱见《唐宋诗举要》引)

白 帝

白帝城中云出门①,白帝城下雨翻盆。高江急峡雷霆斗②,古木苍藤日月昏。戎马不如归马逸③,千家今有百家存。哀哀寡妇诛求尽④,恸哭秋原何处村!

①白帝城:遗址在今四川奉节城东瞿塘峡口山岭上。②霆:疾雷。此句意谓大雨倾盆,江水暴涨,急峡中波翻浪涌,声如巨雷。③戎马:战马。归马:耕田归来的马。④诛求:搜刮。

此诗乃大历元年(766)寓居夔州时所作。当时安史之乱虽已平定,但蜀中军阀混战,统治者横征暴敛,人民处于水深火热之中,杜甫耳闻目睹,忧民忧国,作此诗以抒悲愤。前四句写雨景,阴惨险恶,暗喻社会背景。后四句以"戎马"领起,写战乱、暴敛双重威逼给人民群众造成的深重苦难,读之令人心惊魄悸。

这是一首拗律。律诗有固定的平仄、粘对格式,有意打破这种格式的限制,而中间两联仍讲究对仗,读起来仍有律诗的韵味,便是拗体。这种拗体律诗为杜甫所首创。其用意在于以拗峭之音调表现奇崛之意境,收到形式与内容协调的艺术效果。即如这首诗,前两句皆以"白帝城"领起,平仄不调,三、四句虽然符合平仄要求,但第三句与第二句失粘,从而形成一种拗峭、急促的音调,恰切地表现了云起、雨泻、雷斗、日昏的险恶景象,而人民处境之险恶也得到暗示。仇兆鳌云:"起四句一气滚出,律中带古何碍。"(《杜诗详注》卷十五)所谓"律中带古",即律诗而带有古体诗的音调,也就是拗律。

秋 兴 八 首 (录二)

玉露凋伤枫树林,巫山巫峡气萧森①。江间波浪兼天涌,塞上风云接地阴②。丛菊两开他日泪,孤舟一系故园心③。寒衣处处催刀尺,白帝城高急暮砧④。

闻道长安似弈棋,百年世事不胜悲⑤。王侯第宅皆新主,文武衣冠异昔时⑥。直北关山金鼓震,征西车马羽书驰⑦。鱼龙寂寞秋江冷,故国平居有所思⑧。

①玉露:白露,指霜。凋伤:秋天霜降,枫树凋谢枯黄。巫山:在今四川省巫山县东,首尾一百六十里,峭壁悬岩,长江流经其中。气萧森:气象萧瑟阴森。②江间:指巫峡。兼:连。上句写巫峡中波涛汹涌的景象,下句联想塞上的战争风云。③丛菊两开:代宗永泰元年(765)五月,杜甫离开成都,到大历元年(766)秋,已经两个秋天,所以说"丛菊两开"。他日泪:前日泪。意思是,沦落异乡,北归不能,感伤流泪已非一日。一系:永系。故园:指长安和洛阳。故园心:指思乡之情。④催刀尺:催人赶制冬衣。刀尺:剪裁的工具。急暮砧:傍晚急促的捣衣声。⑤弈棋:比喻权力争夺不停,局势变化不定。百年:指从唐朝开国到杜甫写《秋兴》时。⑥"王侯"两句:新贵代替了旧贵,故王侯第宅换了新主人。衣冠:指贵官。唐玄宗任用奸将,唐肃宗宠信宦官,文武权臣的人品越来越杂,故说"异昔时"。⑦直北:指长安之北。当时京城北面有回纥的威胁。金鼓:钲和鼓。钲是铃铎类的响器,鸣钲指挥退兵;击鼓指挥进兵。征西:指抵御吐蕃。吐蕃从西来。羽书:征调军队的文书,上插鸟羽表示加急。"金鼓震"、"羽书驰",言军情紧急。⑧"鱼龙"两句:是说身居秋江凄冷的夔州,心怀长安旧居。鱼龙寂寞:形容秋江冷。相传龙类秋季蛰伏在水底。故国:指长安。

《秋兴》八首,大历元年(766)寓居夔州时作。题为《秋兴》,即因秋景而感兴(xìng 幸)、遣兴,抒发旅居夔州的漂泊之感和遥忆长安的故国之思。"凡怀乡恋阙之情,慨往伤今之意,与夫外夷乱华,小人病国,风俗之非旧,盛衰之相寻,所谓不胜其悲者,固已不出乎意言之表矣。"(张綖《杜工部诗通》卷一四)每首有相对的独立性,合起来则是有机的整体,乃杜甫最负盛名的七律组诗,历代步其原韵作诗者甚众,评论、赞扬者更不胜枚举。黄生云:"杜公七律,当以《秋兴》为裘领,乃公一生心神结聚之所作也。"(《杜诗说》卷八)陈继儒云:"云霞满空,回翔万状,天风吹海,怒涛飞涌,可喻老杜《秋兴》诸篇。"(《杜诗详注》卷一七引)郝敬云:"《秋兴》八首富丽之词,沉雄之气,力扛九鼎,勇夺三军⋯⋯真足虎视词坛,独步一世。"(出处同前)这里所选的是第一首和第四首。

咏怀古迹[①]

群山万壑赴荆门,生长明妃尚有村[②]。一去紫台连朔漠,独留青冢向黄昏[③]。画图省识春风面,环佩空归月夜魂[④]。千载琵琶作胡语,分明怨恨曲中论[⑤]。

[①]咏怀古迹:借古迹以抒写怀抱。[②]荆门:在今湖北宜都西北。明妃:即王嫱(qiáng 墙),字昭君,汉元帝时宫女。西晋时避司马昭讳而改称明妃。据《汉书·匈奴传》载,汉元帝竟宁元年(前33),匈奴呼韩邪单于请求和亲,元帝将王嫱嫁给他。汉成帝即位后,王嫱上表求归,不许,死于匈奴。村:指王嫱生长的乡村,在今湖北省秭归县境内。[③]去:离开。紫台:紫宫,皇帝所居的宫殿,这里指汉宫。朔漠:北方沙漠之地,这里指匈奴所在地。青冢(zhǒng 肿):指王嫱的坟墓,在今内蒙古自治区呼和浩特市南二十里。《太平寰宇记》载,王嫱坟"其上草色常青,故曰青冢"。[④]画图:《西京杂记》载:汉元帝命画工画宫女容貌,按图之美者召幸。于是宫女多贿赂画工,独王嫱不贿,被画得很丑而没有召幸。后匈奴和亲,元帝便将她嫁给呼韩邪单于,临行召见,元帝见她很美,但已悔之无及。省识:察看。春风面:指妇女美丽的容貌。环佩:指妇女环镯一类的装饰物。这两句说,汉元帝只凭图画察看宫女的容貌,结果造成昭君的遗恨,空使她怀念故土,月夜魂归。[⑤]"千载"两句:是说王嫱虽死,其遗恨之音传之千载,怨恨之情在琵琶乐曲中很分明地表现出来。

大历元年(766)夔州作,共五首,各首皆借古迹以咏怀,并非专咏古迹。第一首怀庾信,第二首怀宋玉,第三首怀王昭君,第四首怀刘备,第五首怀诸葛亮。"怀庾信、宋玉,以斯文为己任也;怀先主、武侯,叹君臣际会之难也;中间昭君一章,盖入宫见妒,与入朝见妒者千古有同感焉。"(《杜诗详注》卷一七引王嗣奭)《咏怀古迹》五首与《诸将》五首,同为杜甫著名组诗,卢世㴶云:"杜诗《诸将》五首、《咏怀古迹》五首,此乃七言律诗命脉根柢。⋯⋯养气涤肠,方能领略。"(《杜诗详注》卷一七引)这里选的是第三首。

阁 夜

岁暮阴阳催短景,天涯霜雪霁寒宵①。五更鼓角声悲壮,三峡星河影动摇②。野哭千家闻战伐,夷歌几处起渔樵③。卧龙跃马终黄土,人事音书漫寂寥④。

①"岁暮"两句:阴阳:日月。短景:冬季夜长日短,所以叫短景。霁:雨后天晴。这里指霜雪停止,天气晴朗。②"五更"两句:鼓角:这里指军中的鼓声和号角声。星河:星星和银河。③"野哭"两句:战伐:战争。唐代宗永泰二年(766)十月,蜀中发生了崔旰之乱,这时还没有平定。夷歌:夔州地区少数民族的山歌。④"卧龙"两句:卧龙:诸葛亮。跃马:指公孙述,西汉末年公孙述据蜀而称帝。左思《蜀都赋》:"公孙跃马而称帝。"唐代夔州有诸葛亮和公孙述的祠庙。终黄土:终竟死去而埋入黄土之中。人事:指朋友、亲戚。漫:任随。寂寥:沉寂稀少。

大历元年(766)冬,杜甫寓居夔州西阁,岁暮天寒,夜不能寐而作此诗,故题为《阁夜》。全诗通过西阁冬夜的感受,抒写战乱未息、人民受难、身世飘零的深沉慨叹。第二联紧承"霜雪霁寒宵"写西阁见闻,是脍炙人口的名句。吴见思云:"天霁则鼓角益响,而又在五更之时,故声悲壮。天霁则星辰益朗,而又映三峡之水,故影动摇也。"(《杜诗论文》卷四〇)蒋弱六云:"三峡最湍激处,加霜雪照耀,故见星河动摇。又在声悲壮里觉得,足令人惊心动魄。"(《杜诗镜铨》卷一五引)张性云:"二句雄浑浏亮,冠绝古今。"(《杜律演义》后集)

又呈吴郎

堂前扑枣任西邻①,无食无儿一妇人。不为困穷宁有此②?只缘恐惧转须亲③。即防远客虽多事④,便插疏篱却甚真⑤。已诉征求贫到骨⑥,正思戎马泪沾巾⑦。

①堂:指夔州瀼西草堂。扑枣:打枣子。任:任凭、听任。②为:因为。宁:岂,难道。此:指代扑枣的事。③缘:因为。转须:反倒须要。④远客:指吴郎。多事:多此一举。这句大意是说,妇人见你一来就防着你,这虽然多余。⑤"便插"句:你一来就插上疏篱却也未免太认真。⑥诉:诉说。征求:指统治阶级的各种赋税。贫到骨:贫穷到极点。⑦戎马:指战事。

大历元年(766)春,杜甫由云安至夔州,寓西阁。第二年三月,迁居瀼西,西邻有一位贫苦寡妇常来堂前打枣,杜甫对她很同情。这年秋天,杜甫移住东屯,把原来的瀼西草堂借给刚由忠州搬来的吴姓亲戚。这家亲戚一住进去,就在草堂周围插上篱笆,防止别人打枣。杜甫不同意这种做法,便作此诗婉言相劝。由于他先写过一首《简吴郎司法》,所以这首诗便题为《又呈吴郎》。杜甫比吴郎年长，前一首诗用"简"，这一首也该用"简"，却改用"呈"，为了替寡妇求情，不惜降低自己的身份。诗的前四句以自己对寡妇的体贴感发吴郎；五、六两句劝吴郎取消篱笆；结尾两句由寡妇哭诉诛求之苦而联想到战乱未息，民不堪命，不禁泪湿衣襟。八句诗情真意切，催人泪下。五、六两句措词十分委婉。"即防远客虽多事，便插疏篱却甚真"，译为现代汉语，那便是：那位寡妇提防你阻止她打枣，那是她多事，你当然不会阻止她的；可是，即便你稀稀拉拉地插了几条竹棍儿，算不得什么正经的篱笆，但这已经足以造成这么一种印象，仿佛你真的要阻止人家打枣呢！这就难怪那位寡妇多疑了。这样充满同情、体贴入微的好诗，不仅能够打动吴郎，而且足以感发千秋万代一切善良人们的仁心。朱瀚云："通篇借妇人发明诛求之惨，大旨全在结联，与'哀哀寡妇诛求尽'参看。"（《杜律七言律解意》卷四）仇兆鳌云："此诗，是直写真情至性，唐人无此格调。然语淡而意厚，蔼然仁者痌瘝一体之心，真得三百篇神理者。"（《杜诗详注》卷二〇）

登　高

　　风急天高猿啸哀，渚清沙白鸟飞回[①]。无边落木萧萧下[②]，不尽长江滚滚来。万里悲秋常作客[③]，百年多病独登台[④]。艰难苦恨繁霜鬓[⑤]，潦倒新停浊酒杯。

　　①渚(zhǔ 主)：水中小洲。渚清：指渚边的江水清澈。②落木：落叶。萧萧：风吹落叶发出的声响。③万里：指远离故乡。常作客：指长久客居异乡。④百年：犹言"老来"。独登台：独自登高眺望。⑤苦恨：极恨。繁霜鬓：两鬓白发繁多。

　　此诗大历二年（767）作于夔州，前两联写登高所见之景，后两联写登高触发之情。四联皆对偶，却大气盘旋，飞扬振动，略无堆砌、板滞之病。首联每句含三个短语，共写六景。三联则如罗大经所说："万里，地辽远也；秋，时惨凄也；作客，羁旅也；常作客，久旅也；百年，暮齿也；多病，衰疾也；台，高迥处也；独登台，无亲朋也。十四字之间，含有八意。"（《杜诗详注》二〇引）全诗容量之大，由此可见。胡应麟评云："此章五十六字，如海底珊瑚，瘦劲难移，沉深莫测，而精光万丈，力量万钧。通章章法、句法、字法，前无昔人，后无来者。此当为古今七言律第一，不必为唐人七言律第一也。"（《诗薮》内编卷五）

观公孙大娘弟子舞剑器行[①]并序
　　大历二年十月十九日，夔府别驾元持宅见临颍李十二娘舞《剑器》，壮其蔚跂，问其所师[②]，曰："余公孙大娘弟子也[③]。"开元五载，余尚童稚，记于郾城观公孙氏舞《剑器浑脱》，浏漓顿挫，独出冠时[④]。自高头宜春梨园二伎坊内人，洎外供奉舞女，晓是舞者，圣文神武皇帝初,公孙一人而已⑤。玉貌锦衣,况余白首。今兹弟子,亦匪盛颜⑥。既辨其由来,知波澜莫二⑦。抚事慷慨,聊为《剑器行》⑧。往者吴人张旭,善草书书帖,数常于邺县见公孙大娘舞《西河剑器》,自此草书长进,豪荡感激,即公孙可知矣⑨。

　　昔有佳人公孙氏,一舞剑器动四方⑩。观者如山色沮丧⑪,天地为之久低昂⑫。㸌如羿射九日落⑬,矫如群帝骖龙翔⑭。来如雷霆收震怒⑮,罢如江海凝清光⑯。绛唇朱袖两寂寞⑰,晚有弟子传芬芳⑱。临颍美人在白帝⑲,妙舞此曲神扬扬⑳。与余问答既有以㉑,感时抚事增惋伤㉒。先帝侍女八千人㉓,公孙剑器初第一。五十年间似反掌,风尘澒洞昏王室㉔。梨园子弟散如烟,女乐馀姿映寒日㉕。金粟堆南木已拱㉖,瞿塘石城草萧瑟。玳筵急管曲复终,乐极哀来月东出㉗。老夫不知其所往,足茧荒山转愁疾㉘。

①公孙大娘:唐玄宗时的舞蹈家。弟子:指李十二娘。剑器:唐代流行的武舞,舞者为戎装女子。②大历:唐代宗年号(766—779)。夔府:夔州。别驾:官名,是州刺史的辅佐。元持:人名,生平不详。临颍:唐代县名,故城在今河南省临颍县西北。壮其蔚跂:对李十二娘剑器舞矫健武勇的舞技表示钦佩。所师:以谁为师。③余:我。④开元:唐玄宗年号(713—741)。童稚:幼小。郾城:唐时县名,即今河南省郾城县。剑器浑脱:把《剑器》和《浑脱》综合起来的一种新的舞蹈。浏漓顿挫:形容舞姿活泼而又沉着刚健。冠(guàn 贯)时:超出当时的一般水平。⑤宜春:宜春院,唐玄宗时从事歌舞表演的宫女所居之地。梨园:开元二年(714),唐玄宗在蓬莱宫侧设置教坊,演习乐舞,并亲自教授法曲,被召去演习乐舞的人称为梨园子弟。伎坊:也称教坊,教习乐舞的机构。内人:居住在宜春院演习乐舞的宫女称为内人,也称前头人。洎(jì 迹):到。外供奉:指不居住宫中,随时奉召入宫表演的艺人。晓:通晓。是舞:这种舞蹈,指《剑器浑脱》舞。圣文神武皇帝:开元二十七年(739)群臣给唐玄宗上的尊号。⑥玉貌:指公孙大娘年轻时姣好的容貌。匪:义同“非”。盛颜:丰美的容颜。⑦由来:来历。波澜:指舞姿起伏多变,犹如水波荡漾。⑧抚事:追念往事。慷慨:激昂感叹。聊:姑且。⑨张旭:吴郡(今浙江省绍兴)人,唐玄宗时著名的书法家,善草书。数(shuò 朔):屡次。邺县:故址在今河北省临漳县西。西河剑器:唐代《剑器》舞的一种。豪荡感激:形容张旭的草书豪放生动,充满激情。即:就。⑩动四方:舞技高超而轰动四方。⑪如山:形容观众多,如人山人海。色沮(jǔ 举)丧:观众为公孙大娘的舞蹈所震惊,面容改色。⑫“天地”句:天地也为公孙大娘精彩的舞蹈表演所陶醉,久久震动。低昂:忽高忽低。⑬㸌(huò 霍):光彩闪烁的样子。羿射九日落:古代神话,尧时十日并出,草木焦死,后羿一连射落九日。⑭矫:矫健英姿。群帝:众天神。骖(cān 参)龙翔:驾着龙飞翔。⑮来:指舞蹈开场。雷霆收震怒:剑器舞开场前有鼓着奏,营造气氛。舞者将出场前,鼓声突然收住,场上一片寂静,有如雷霆收住震怒。⑯罢:指舞蹈结束。清光:指剑光。江海凝清光:比喻舞者手中的宝剑寒光湛湛,和舞时矫健如飞、剑光闪动的境界形成鲜明对比。⑰绛唇:指公孙大娘的美貌。朱袖:朱红色舞衣的袖子,指公孙大娘的妙舞。两寂寞:人与舞都默默无闻。⑱弟子:序中所云李十二娘,也即下句所谓临颍美人。传芬芳:继承了公孙大娘的绝妙舞艺。⑲白帝:泛指夔

州。⑳神扬扬：形容李十二娘的剑器舞神采飞扬，深得师传之妙。㉑既有以：即序中所谓"问其所师"，"既辨其由来"，知李氏舞剑器为公孙大娘真传。以：因由。㉒感时抚事：有感于时代盛衰之变，人事萧条寂寞。惋伤：惋惜感伤。以上六句写李十二娘，意在转折，引出下文对时世的感叹。对其舞姿不作重述，只以"神扬扬"三字状之。㉓先帝：指玄宗李隆基。㉔㳠（hòng 哄）洞：广大无边的样子。㉕寒日：时在十月，所以称太阳为寒日，也含有漂流他乡，日暮途穷的意思。㉖金粟堆：即金粟山，在今陕西省蒲城县东北，唐玄宗的陵墓所在地。拱：合抱。唐玄宗死于代宗宝应元年（762），到此时已五年多，所以说"木已拱"。㉗玳筵：形容筵席的丰盛豪华。管：泛指箫笙之类的管乐器。急管：急促的音乐声。乐：指宴会中的歌舞使人愉快。哀：感叹自己的身世和国家由盛而衰所产生的悲哀之情。㉘老夫：杜甫自称。茧：脚掌上所生的厚皮。愁疾：愁虑很深。

　　此诗写作时间、地点及缘由，已详见"序"中。作者于"大历二年（767）十月十九日"于夔州观公孙大娘弟子李十二娘《剑器》舞，因而追忆于"开元五载（717）"在郾城观公孙大娘《剑器浑脱》舞，前后相隔五十年。其间沧桑巨变，引起诗人无限感慨，因而用前后对比、映衬的手法，写出这篇千秋传诵的杰作。王嗣奭《杜臆》云："此诗见《剑器》而伤往事，所谓抚事慷慨也。故咏李氏却思公孙，咏公孙却思先帝，全是为开元、天宝五十年治乱兴衰而发。不然，一舞女耳，何足摇其笔端哉！"黄生云："观舞，细事耳，序特首纪岁月，盖与'开元五载'句打照，并与诗中'五十年间'句针线，无数今昔之悲，盛衰之感，俱于纪年见之。"（《杜诗说》卷三）都讲得很中肯。全诗开阖动宕，浏亮顿挫，抚今追昔，激情喷涌，具有震撼人心的艺术魅力。

短歌行赠王郎司直①

　　王郎酒酣拔剑斫地歌莫哀②！我能拔尔抑塞磊落之奇才③。豫章翻风白日动，鲸鱼跋浪沧溟开④。且脱佩剑休徘徊⑤。西得诸侯棹锦水，欲向何门趿珠履⑥？仲宣楼头春色深⑦，青眼高歌望吾子⑧，眼中之人吾老矣⑨！

　　①短歌行：乐府旧题。乐府有《短歌行》也有《长歌行》，其分别在歌声长短。郎：是对青年男子的称谓。司直：官名。②"王郎"句：王郎酒酣时拔剑起舞、放声哀歌。斫地：舞剑的动作。莫哀：是作者劝王的话。③拔：超拔。抑塞：受压抑。磊落：俊伟不凡。④豫章：两种乔木，都是可供建筑的美材。跋浪：在浪里纵游。⑤"且脱"句：劝王郎罢舞休息。徘徊：指舞蹈。⑥诸侯：指州郡长官。棹锦水：指游蜀。锦水：即锦江，从成都流过，故称成都为锦城。趿（tā 他）珠履：穿上用明珠装饰的鞋。据《史记·春申君列传》，春申君门客三千余人，其中上客都穿珠履。这两句说王郎定会得蜀中大官聘任，却不晓得他将到谁的幕中作客，表示关心他能不能依托得所。⑦仲宣楼：江陵古迹。三国诗人王粲字仲宣，曾流寓荆州，作《登楼赋》。当时的荆州治所在今湖北省襄阳县，后来移到江陵，因而江陵有了这座以"仲宣"命名的楼。⑧青眼：喜悦的眼光。《晋书·阮籍传》说阮籍能为青白眼，他对喜见的人用青眼（黑

眼珠全露),对不愿见的人用白眼(黑眼珠露得少,眼白露得多)。⑨眼中之人:承上句中的"青眼"和"望",呼唤王郎之词。吾老矣:叹自己衰病无用。

大历三年(768)正月,杜甫自夔州出峡,流寓江陵、公安一带。从诗中"仲宣楼头春色深"看,此诗当是这一年暮春暂住江陵时所作。《短歌行》乃汉乐府旧题,杜甫取其音调特点而作此歌以赠王郎。王郎怀才不遇,欲入西蜀,情绪低沉。此诗破空而来,以十一字长句发端,劝王郎"莫"拔剑斫地,只唱"哀"歌,而继之以"我能拔尔抑塞磊落之奇才"进行劝慰:"豫章翻风"而"白日"为之翻"动","鲸鱼跋浪"而"沧溟"为之跋"开",预言王郎胸怀大志,终当被重用,故劝其"且脱剑佩休徘徊",别再抚剑哀歌了。后半篇抒送王郎入蜀之情,青眼高歌,寄希望于"吾子",勉其及时努力,以慰"吾"衰老之人。拳拳之心,跃然纸上。卢世㴐云:"突兀横绝,跌宕悲凉,曰'青眼高歌望吾子',待少年人如此肫挚,直是肠热心情,盛德之至耳。"(《杜诗胥抄·余论》)就句法看,首二句各十一字,结句用"之"用"矣",以散文语气传达复杂情感,都见出创新精神。就章法看,前后两段各五句,都用单句收束,也是创格。

登岳阳楼

昔闻洞庭水,今上岳阳楼。吴楚东南坼①,乾坤日夜浮②。亲朋无一字,老病有孤舟。戎马关山北③,凭轩涕泗流④。

①吴、楚:指春秋战国时的吴、楚两国之地,在我国东南一带。大致说来,吴在洞庭湖东,楚在洞庭湖西。坼(chè 彻):裂。此句是说洞庭湖把东南之地分为吴、楚。②乾坤:指日月。《水经注·湘水》:"湖广圆五百余里,日月若出没其中。"③"戎马"句:指吐蕃入侵,长安戒严。④轩:指楼上窗户。

大历三年(768)冬,杜甫漂泊湖湘一带,登岳阳楼而作此诗,时年五十七岁,患肺病及风痹症,左臂偏枯,右耳已聋。

"吴楚东南坼,乾坤日夜浮"一联,雄伟壮阔,与孟浩然"气蒸云梦泽,波撼岳阳城"同为咏洞庭湖名句。然孟诗后半篇稍弱,杜诗则通体完美,"气压百代,为五言雄浑之绝"(刘辰翁《批点千家注杜诗》卷一五)。

江南逢李龟年①

岐王宅里寻常见②,崔九堂前几度闻③。正是江南好风景④,落花时节又逢君。

①李龟年:开元、天宝间的著名歌唱家,起大宅于东都,豪华逾于公侯。安史之乱后流落

183

江南，每遇良辰美景，为人歌数阕，闻者无不掩泣。②岐王：李范，睿宗第四子，好学工书，雅爱文士，无贵贱皆尽礼接待。此处"岐王"，当指其子李珍。③崔九：名涤，玄宗用为秘书监，多辩智，善谐谑。此处"崔九堂"当指崔氏旧堂。④江南：指江湘一带。

　　杜甫于大历五年(770)漂泊湖湘，在潭州(今湖南长沙)遇李龟年，作此诗。从表面看，四句诗写得很轻松，只说过去在什么地方见过，如今又在什么地方、什么季节重逢，如此而已。然而岐王、崔九，乃是开元时代的名流，提到曾在"岐王宅里"、"崔九堂前"相遇，便会勾起对于开元盛世和青春年华的美好回忆，而"寻常见"与"几度闻"的有意重复，又拉长了回忆的时间，流露了无限眷恋之情。由回忆回到现实，看眼前的自然风光，"正是……好风景"，与当年相见时没有两样。然而地点则在"江南"，而不是京都。人呢？都老了！"君"不再是出入显贵之家的音乐大师，而是流落民间的白头艺人；自己呢，更贫病交加，孤舟漂流。以"落花时节又逢君"收尾，什么都没说，而往事今情，都从"又"字中逗出。"落花时节"，当然是以"落花"点时令，而青春凋谢、国运飘摇之类的象征意味，也是显而易见的。绝句到了李白、王昌龄手中，已完全成熟，形成了含蓄蕴藉、风神摇曳、婉曲唱叹、情韵悠扬等艺术特色。杜甫另辟蹊径，力求创新，形式上多用偶句、拗体，喜发议论，不避俗语，内容上扩展表现领域，形成了质直厚重的个人风格。在其现存一百三十八首绝句中，这一类作品占大多数，历来褒贬不一，目为"别调"。但风神俊朗、情味渊永的佳作也不少，本篇即其中之一。黄生《杜工部诗说》称赞说："今昔盛衰之感，言外黯然欲绝，见风韵于行间，寓感慨于字里。即使龙标(王昌龄)、供奉(李白)操笔，亦无以过。"

刘方平

　　刘方平(生卒年不详)，排行八，河南府河南县(今河南洛阳一带)人。美容仪，才品卓异。工诗，李颀《送刘方平》云："二十二词赋，唯君著美名。"兼工绘事，"善画山水，墨妙无前"。曾应进士试不第，退隐于颍阳大谷、汝水之滨。与元德秀、李颀、皇甫冉、严武等友善。其诗多五言乐府，善写闺情宫怨；绝句描绘细腻，妙有含蓄。令狐楚选《御览诗》，以方平诗置卷首。《全唐诗》存其诗二十六首。

夜　　月

　　更深月色半人家①，北斗阑干南斗斜②。今夜偏知春气暖，虫声新透绿窗纱。

①半人家:明月将落,偏照半屋。②阑干:横斜貌。北斗星、南斗星都已横斜,表明天将拂晓。

题为《夜月》,诗则通过描写月夜景色表现人物心态。前两句诉诸视觉,目注月色半屋、星斗横斜,意味着主人公更深不寐;后两句诉诸听觉和触觉,耳听虫声入户,身感春气初暖,也意味着主人公辗转反侧,未能入睡。然从表面看,却只是写景。真如宋顾乐所评:"写景幽深,含情言外。"(《〈唐人万首绝句选〉评》)

岑 参

岑参(715?—770)排行二十七,荆州江陵(今属湖北)人。唐初宰相岑文本之后。少孤贫,从兄读书。玄宗天宝五载(746)登进士第,授右内率府兵曹参军。八载,任高仙芝安西节度使府掌书记。十三载,充封常清安西、北庭节度判官。安史乱后,入朝为右补阙。历太子中允、殿中侍御史、关西节度判官等职。代宗广德元年(763),入为祠部员外郎,改考功员外郎,转虞部、库部郎中。永泰元年(765),出为嘉州刺史,世称岑嘉州。岑参曾两度出塞,"累佐戎幕,往来鞍马烽尘间十馀载,极征行离别之情。城障塞堡,无不经行"(《唐才子传》),其诗善写边塞题材,风格雄浑,想象新奇,色彩瑰丽,为盛唐边塞诗派代表诗人,与高适齐名,并称"高岑"。殷璠称其诗"语奇体峻,意亦造奇"(《河岳英灵集》卷中),可概括岑参诗歌特别是边塞诗的主要风格。沈德潜云:"参诗能作奇语,尤长于边塞。"(《唐诗别裁集》)翁方纲云:"嘉州之奇峭,入唐以来所未有。又加以边塞之作,奇气益出。"(《石洲诗话》卷一)施补华云:"岑嘉州七古劲骨奇翼,如霜天一鹗,故施之边塞最宜。"(《岘傭说诗》)都着眼于一个"奇"字。其寄情山水之作,亦清峻奇逸,不同凡响。其生平事迹见杜确《岑嘉州诗集序》、《唐才子传》、《唐诗纪事》及闻一多《岑嘉州系年考证》。《全唐诗》存其诗四卷。其诗集以《四部丛刊》本《岑嘉州诗》较通行,今人陈铁民、侯忠义有《岑参集校注》。

走马川行奉送封大夫出师西征

君不见走马川,雪海边①,平沙莽莽黄入天②。轮台九月风夜吼,一川碎石大如斗③,随风满地石乱走。匈奴草黄马正肥④,金山西见烟尘飞⑤,汉家大将西出师⑥。将军金甲夜不脱,半夜军行戈相拨⑦,风头如刀面如割。马毛带雪汗气蒸⑧,五花连钱旋作冰⑨,幕中草檄砚水凝⑩。虏骑闻之应胆慑⑪,料知短兵不敢接⑫,车师西门伫献捷⑬。

①雪海:指天山之北古尔班通古特沙漠。②平沙:大沙漠。莽莽:广阔苍茫。③斗:古代酒器。④匈奴:泛指西域一带的少数民族。⑤金山:即阿尔泰山。烟尘:战争的烽烟。⑥汉家大将:指封常清。⑦戈:兵器。拨:指紧急行军时队列中武器互相碰撞的声音。⑧蒸:蒸发。⑨五花:马名。连钱:马毛显现出来的斑纹。旋:立即。⑩幕:军幕。草檄:起草紧急军事文书。⑪胆慑:恐惧。⑫短兵:指刀、剑一类短武器。接:迎战。⑬车师:汉西域国名,有前车师和后车师。此处指后车师,在今新疆吉木萨尔。伫献捷:等候捷报。

此诗乃天宝十三载(754)于轮台军营为欢送北庭都护、伊西节度、瀚海军使封常清西征播仙(今新疆且末县)而作。走马川,在北庭(今新疆吉木萨尔)、轮台(今新疆米泉)附近,是介于崇山大漠之间的平川(非河川),可以走马,故名。行,歌行体诗歌。封常清于是年奉朝命摄御史大夫,故称封大夫。这首送封常清西征平叛的《走马川行》,是盛唐边塞诗名篇,方东树评为"奇才奇气,风发泉涌"(《昭昧詹言》卷一二)。句句用韵,每三句换韵,跳跃动荡,节奏急促,恰切地表现了军情之紧张与行军之急骤。"平沙莽莽黄入天","一川碎石大如斗,随风满地石乱走","风头如刀面如割"诸句,语奇、意奇,充分体现了岑参诗以"奇"为主要特征的艺术风貌。

热海行送崔侍御还京

侧闻阴山胡儿语①,西头热海水如煮②。海上众鸟不敢飞,中有鲤鱼长且肥。岸旁青草常不歇,空中白雪遥旋灭③。蒸沙烁石然虏云④,沸浪炎波煎汉月。阴火潜烧天地炉,何事偏烘西一隅⑤。势吞月窟侵太白,气连赤坂通单于⑥。送君一醉天山郭⑦,正见夕阳海边落。柏台霜威寒逼人,热海炎气为之薄⑧。

①阴山:在今内蒙古,古代匈奴所居,这里泛指边地的山。②西头:西方尽头。古人无地圆观念,以为地有尽头。③"空中"句:遥望空中白雪降落,可是紧接着就化了。旋:紧接着。④然:同"燃"。虏云:实指云。虏:同"胡",指少数民族。"然虏云"与"煎汉月"互文见义。⑤"何事"句:为什么偏要烧烤西边的这个角落。以上数句,从不同角度写热海之热。⑥"势吞"二句:从更大范围写热海之热,其热力上侵太空,远及汉、胡各地。月窟:月所居地。太白:金星。赤坂:在今陕西洋县东龙亭山。单于:指单于都护府所在地。⑦郭:外城。⑧"柏台"二句:就"送崔侍御"发挥,紧扣以上关于热海的描写。《汉书·朱博传》:"御史府中列柏台。"此以"柏台"指"崔侍御"。侍御史纠弹不法,有秋霜肃杀之气,故说"霜威寒逼人",连热海的炎热都要为之消减。

此诗作于天宝十四载(755)前后,其时作者在封常清幕府任节度判官。热海,湖名,唐时在安西都护府辖境。作者吸取关于热海的神奇传说,驰骋想象,助以夸张,创作了这篇雄奇瑰丽的边塞诗,令人耳目一新。

白雪歌送武判官归京

北风卷地白草折,胡天八月即飞雪。忽如一夜春风来,千树万树梨花开。散入珠帘湿罗幕,狐裘不暖锦衾薄。将军角弓不得控[1],都护铁衣冷犹着[2]。瀚海阑干百丈冰[3],愁云惨淡万里凝。中军置酒饮归客[4],胡琴琵琶与羌笛。纷纷暮雪下辕门[5],风掣红旗冻不翻[6]。轮台东门送君去[7],去时雪满天山路[8]。山回路转不见君,雪上空留马行处。

[1]角弓:以牛角装饰的弓。不得控:拉不开。[2]都护:镇守边疆的长官。唐时置六都护府,各设大都护一员。着:穿。[3]阑干:纵横貌。[4]中军:主帅亲自统率的部队,此指主帅营帐。归客:指即将归京的武判官。[5]辕门:军营门。[6]掣:牵。[7]轮台:在今新疆维吾尔自治区库车县之东,唐时属北庭都护府,封常清曾驻兵于此。[8]天山:一名祁连山,横亘新疆东西,长六千余里。

此诗是岑参任安西、北庭节度判官时送人回京之作。紧扣诗题,以奇丽雪景烘托送行。北风卷地,大雪纷飞,寒冰百丈,愁云万里,然而写大雪,则说"忽如一夜春风来,千树万树梨花开",写苦寒,则说"纷纷暮雪下辕门,风掣红旗冻不翻",视北风如春风,视雪景如春景,以冰天雪地的弥望银白反衬军旗的无比鲜红,生动地表现了诗人对边塞风光和军旅生活的热爱,体现了戍边将士不畏艰苦、昂扬勇毅的精神风貌。

翁方纲《石洲诗话》称岑参诗风"奇峭",而其"边塞之作,奇气益出",方苞评此诗谓"'忽如'六句,奇才,奇气,奇情逸发,令人心神一快"(高步瀛《唐宋诗举要》卷二引),都深中肯綮。

此诗发挥了歌行体特长,两句、四句换韵,平仄相间,跌宕生姿,随着迅速的换韵迅速地转换画面,令人眼花缭乱。句尾多用仄仄仄、平平平、仄平仄,有意避开律句,也不用对偶句,增强了音调的奇峭感,与景色的奇丽、气候的奇寒、人物的奇情水乳交融,相得益彰。

送李副使赴碛西官军

火山六月应更热[1],赤亭道口行人绝[2]。知君惯度祁连城[3],岂能愁见轮台月[4]?脱鞍暂入酒家垆[5],送君万里西击胡。功名只向马上取[6],真是英雄一丈夫!

[1]火山:又名火焰山,在新疆吐鲁番盆地中北部。山为红砂岩所构成,以其地气候干热,山体呈现红色,故名。[2]赤亭:在今新疆吐鲁番附近。[3]祁连城:在今甘肃张掖县西南。[4]轮台:汉轮台,在今新疆轮台县南。[5]垆:酒店安置酒垆的土墩子,这里为酒店的代称。[6]马上:

指从军出塞的戎马生涯。

此诗作于凉州,送友人赴碛西(指安西节度幕府)从军,勉其取功名于马上。字里行间洋溢着豪情壮志。

题金城临河驿楼

古戍依重险[①],高楼见五凉[②]。山根盘驿道[③],河水浸城墙。亭树巢鹦鹉,园花隐麝香[④]。忽如江浦上,忆作捕鱼郎[⑤]。

①古戍:古代军队设防的关塞,这里指金城关。因其依山临河而设塞,形势极为险要,故以"重险"称之。②五凉:指五胡十六国中的前凉、后凉、南凉、北凉、西凉等五个割据政权,其活动中心在今甘肃武威、张掖、酒泉及青海乐都一带。这句写作者站在金城关楼上,极目西眺的开阔感受。③山根:山脚下。驿道:供驿使传递文书的官道。这句是说,山脚下有盘旋的驿道。④"亭树"二句:意谓这里不仅有嘉树香花,而且有珍禽异兽。"麝香"与"鹦鹉"对偶,指麝(一种似鹿而小的动物),不是指麝的分泌物麝香。⑤"忽如"二句:忽然唤起回忆,这里就好像我当年捕鱼的江浦。

此诗作于天宝十三载(754)赴北庭途中。金城,唐郡名,治所在今甘肃兰州市。临河驿楼,即金城关楼,故址在今兰州城西黄河北岸白塔山下。诗的前三联以赞美之情描绘金城关的险要和环境之幽美,尾联以此地好像自己记忆中捕鱼的江浦收束全诗,等于说这里是塞上江南。

陕州月城楼送辛判官入秦

送客飞鸟外,城头楼最高。樽前遇风雨,窗里动波涛[①]。谒帝向金殿,随身惟宝刀。相思灞陵月[②],只有梦偏劳。

①"窗里"句:陕州北临黄河,风雨骤至,于城楼凭窗下视,见波涛汹涌。"窗里动波涛",乃用夸张手法写此情景。②灞陵:在长安东南郊,这里指代长安。

代宗宝应元年(762),天下兵马大元帅、雍王李适(即后来的德宗)会师陕州(今河南陕县)讨史朝义,以岑参为掌书记。此诗即作于此时。月城,筑城为偃月形,以利防守。题为"月城楼送辛判官入秦",首联点送行之地,而以"送客飞鸟外"状城楼之高;次联点设筵饯行,而以"窗里动波涛"写风雨骤至;后两联写辛判官入长安谒帝,而以"随身惟宝刀"赞其武勇,以梦绕"灞陵月"寄引后相思。通篇雄奇豪宕,为五律创格。

行军九日思长安故园

强欲登高去①,无人送酒来②。遥怜故园菊,应傍战场开。

①登高:古代于重阳节登高,插茱萸,饮菊花酒。②送酒:用陶潜故事。《南史·隐逸传》载:"(陶潜)尝九月九日无酒,出宅边丛菊中坐久之。逢(王)弘送酒至,即便就酌,醉而后归。"

此诗篇末原注云:"时未收长安。"长安于玄宗天宝十五载(756)六月被安禄山叛军攻陷,至肃宗至德二载(757)九月始收复。肃宗于至德元载(756)九月从灵武进驻彭原,岑参随军,重阳节作此诗。刘永济《唐人绝句精华》云:"此诗因欲登高而感于无人送酒,又因送酒无人而联想及故园之菊,复因菊而远思故园在乱中。所谓弹丸脱手,于此诗见之矣。"

逢入京使

故园东望路漫漫①,双袖龙钟泪不干②。马上相逢无纸笔,凭君传语报平安。

①故园:指长安别业。②龙钟:形容泪湿衣袖的情状。

天宝八载(749)作于赴安西途中。作者西去,"入京使"东来,途中相遇而激起思家之情,成此佳作。钟惺云:"人人有此事,从来不曾说出,后人蹈袭不得,所以可久。"(《唐诗归》)

碛中作

走马西来欲到天,辞家见月两回圆①。今夜未知何处宿,平沙万里绝人烟②。

①"辞家"句:见天际月圆而知辞家已逾两月,写景点时,而思家之情已见言外。②平沙:大沙漠。

碛中,即沙漠中。此诗当是天宝十三载(754)赴北庭任封常清节度判官途中作。辞家两月,西行"欲到天"边,而距目的地尚远;放眼四望,平沙万里,渺无人烟,今夜该宿于何处呢? 寓苍凉于壮阔,自是盛唐气象。

无名氏

哥舒歌

北斗七星高①,哥舒夜带刀。至今窥牧马,不敢过临洮②。

①北斗:星宿名,即大熊星座,七星聚于北方,形似斗,故名北斗。"北斗七星高"一句,既写"歌舒夜带刀"之时的景色,又含赞颂哥舒翰名高北斗之意。②"至今"二句:窥牧马:窥探虚实、越境偷牧的马。贾谊《过秦论》:"胡人不敢南下而牧马。"唐无名氏《胡笳曲》:"汉家自失李将军,单于公然来牧马。"胡人南下牧马,即入侵、掠夺的意思。临洮(táo桃),在今甘肃岷县。

此诗旧题《西鄙人作》,当是西部民歌。哥舒,指陇右节度使哥舒翰。《资治通鉴》卷二一五:天宝六载(747),哥舒翰"累功至陇右节度使。每岁积石军麦熟,吐蕃辄来获之,无能御者,边人谓之'吐蕃麦庄'。翰先伏兵于其侧,虏至,断其后,夹击之,无一人得返者,自是不敢复来"。这首民歌,即为歌颂哥舒翰的战功而作。

元　结

元结(719—772),字次山,自号元子、猗玕子、浪士、漫郎、漫叟、聱叟。世居太原,后移居鲁山(今属河南)。十七岁始折节读书,从宗兄元德秀学。玄宗天宝十三载(754)登进士第。安史乱起,举家南下避难。肃宗乾元二年(759)上《时议》三篇,擢右金吾兵曹参军。冬,以监察御史充山南东道节度使参谋,招募唐、邓、汝、蔡一带义军征讨史思明,以功迁水部员外郎。后历任著作佐郎、道州刺史、容州刺史,加授容州都督,充本管经略守捉使,卓有政绩。大历七年(772)奉召回长安,病卒,赠礼部侍郎。世称元道州。其生平事迹见颜真卿《元君表墓碑铭》、《新唐书》本传及今人孙望《元次山年谱》。元结诗、文兼擅,主张诗歌要能"上感于上,下化于下"(《系乐府序》),"极帝王理乱之道,系古人规讽之说"(《二风诗论》),并选沈千运、孟云卿等七人诗为《箧中集》以体现诗学宗旨。其反映民间疾苦之《悯农诗》、《系乐府十二首》、《舂陵行》、《贼退示官吏》等诗,开中唐元、白诗风。其散文笔力雄健,意气超拔,亦为韩、柳古文运动之先导。其诗文集以今人孙望校订之《元次山集》最完善。《全唐诗》存诗二卷。

舂陵行①并序

癸卯岁,漫叟授道州刺史②。道州旧四万馀户,经贼已来③,不满四千,大半不胜赋税。

到官未五十日,承诸使征求符牒二百餘封④,皆曰:"失其限者,罪至贬削⑤。"於戏⑥,若悉应其命,则州县破乱,刺史欲焉逃罪;若不应命,又即获罪戾,必不免也。吾将守官,静以安人,待罪而已。此州是春陵故地,故作《春陵行》以达下情。

军国多所需,切责在有司⑦。有司临郡县,刑法竞欲施⑧。供给岂不忧,征敛又可悲⑨。州小经乱亡,遗人实困疲⑩。大乡无十家,大族命单赢⑪。朝餐是草根,暮食仍木皮。出言气欲绝,意速行步迟⑫。追呼尚不忍,况乃鞭扑之。邮亭传急符⑬,来往迹相追⑭。更无宽大恩,但有迫促期。欲令鬻儿女⑮,言发恐乱随。悉使索其家,而又无生资⑯。听彼道路言,怨伤谁复知。去冬山贼来,杀夺几无遗。所愿见王官,抚养以惠慈⑰。奈何重驱逐,不使存活为⑱!安人天子命,符节我所持⑲。州县忽乱亡,得罪复是谁!逋缓违诏令,蒙责固其宜⑳。前贤重守分,恶以祸福移㉑。亦云贵守官,不爱能适时㉒。顾惟孱弱者,正直当不亏㉓。何人采国风㉔,吾欲献此辞。

①春陵:汉零陵郡泠道有春陵乡,故址在今湖南省宁远县附近。②癸卯:唐代宗广德元年(763)。道州:州治在今湖南省道县。春陵在道州境内。③贼:指当时一个被称为"西原蛮"的少数民族(在今广西),广德元年冬,占领道州一个多月。④符:古代朝廷传达命令或征调兵将时使用的凭证。牒:官府文书的一种。⑤这两句说如果不能按期完成任务,就给以贬官或削职等处分。⑥於戏:同"呜呼"。⑦有司:有所管辖司理者,古代用以称呼官吏,此处指地方长官。⑧这两句是说地方上的官长,因受"切责",只能用严刑峻法来压榨他所管辖的人民。⑨供给:供给政府的需要。征敛:对人民搜刮、剥削。⑩乱亡:乱离逃亡。遗人:指战乱后遗留下来的人民。唐太宗名世民,唐人讳说"民"字,以"人"代"民"。⑪这句说即使是大宗族,遗留下来的人也不多,而且孱弱。赢(léi雷):弱。⑫意速:想走快。迟:慢。⑬邮亭:古代在沿途设置供送文书的人和旅客歇宿的馆舍。急符:紧急文书。⑭迹相追:形容人不断的样子。迹:脚印。⑮鬻(yù育):卖。⑯生资:维持生活的资料。⑰王官:朝廷派出的官吏。以上两句说,百姓愿意见到朝廷命官的原因,是希望他们能用仁慈的态度来抚养自己。⑱重(chóng虫):又。为:句末助词,与上一句的"奈何"相应,表示疑问。⑲符节:朝廷委派地方官或使者的凭证。这一句是说,自己是受朝廷委派来担任刺史的。⑳逋(bū):拖欠。缓:缓交。"逋"、"缓"都指赋税而言。这两句是说,我容许百姓拖欠、缓交赋税,受朝廷责罚本来是应该的。㉑分(fèn奋):本分。恶(wù务):厌恶。这两句是说,前贤以恪守本分为重,而厌恶为了趋福避祸不守本分。㉒适时:适合时宜,指随波逐流,像一般官吏那样去欺压老百姓。㉓顾惟:顾念。孱弱者:指处于无权地位的穷苦百姓。亏:缺损。以上两句是说,想到那些孱弱的百姓,自己就应当无亏于正直,即应当坚持正直的为官之道。㉔采国风:据说周朝政府为了了解民情,改善政治,曾派人到各地采集民歌。《诗经》中的《国风》就是这样采集到的。

此诗作于代宗广德元年(763)任道州刺史时,创作动机,序中已叙明。这首诗和《贼退示官吏》是元结的代表作,杜甫读到后给予很高的评价,并且作了一首《同元使君〈舂陵行〉》,序中说:"览道州元使君《舂陵行》兼《贼退后示官吏作》二首……知民疾苦,得结辈十数公,落落然参错天下为邦伯,万物吐气,天下少安可待矣!不意复见比兴体制、微婉顿挫之词,感而有诗,增诸卷轴。"在诗中又评赞说:"道州忧黎庶,词气浩纵横。两章对秋月,一字偕华星。"作为封建时代的地方长官而能"知民疾苦",并且如实反映,的确难能可贵。翁方纲嫌其"朴质处过甚"(《石洲诗话》卷一),施补华则说:"诗忌拙直,然如元次山《舂陵行》、《贼退示官吏》诸诗,愈拙直愈可爱,盖以仁心结为真气,发为忧愤,字字悲痛,《小雅》之哀音也。"(《岘佣说诗》)

贼退示官吏 并序

　　癸卯岁,西原贼入道州,焚烧杀掠,几尽而去。明年,贼又攻永破邵[1],不犯此州边鄙而退[2]。岂力能制敌欤?盖蒙其伤怜而已。诸使何为忍苦征敛?故作诗一篇以示官吏。

　　昔岁逢太平,山林二十年。泉源在庭户,洞壑当门前。井税有常期[3],日晏犹得眠。忽然遭世变,数岁亲戎旃[4]。今来典斯郡[5],山夷又纷然[6]。城小贼不屠,人贫伤可怜。是以陷邻境,此州独见全。使臣将王命,岂不如贼焉[7]?今被征敛者,迫之如火煎。谁能绝人命,以作时世贤[8]?!思欲委符节,引竿自刺船[9]。将家就鱼麦[10],归老江湖边。

①攻永破邵:"永"指永州(今湖南零陵),"邵"指邵州(今湖南邵阳),二州与道州相邻。②此州:指道州。边鄙:边境。③井税:田税。有常期:有规定的正常收税时间,不乱来。这一句说的是唐代前期实行的按户口征收定额赋税的租庸调法。④亲戎旃(zhān 沾):亲自参加军事活动。元结于安史乱后曾招募义兵对安史叛军作战。戎旃:军帐。⑤典:管理。典斯郡:指任道州刺史。⑥"山夷"句:指"西原蛮"侵扰。⑦"使臣"二句:奉皇帝命令来收赋税的使臣难道还不如贼寇吗?⑧"谁能"二句:谁忍心迫使百姓陷于绝境而做时人所谓的"能吏"呢?正面的意思是,我不能做。时世贤:指不顾百姓死活而超额完成征敛任务的官吏,即前面所说的"征敛者"。⑨"思欲"二句:想丢下官印,去用篙撑船。⑩将家:携带家眷。就鱼麦:捕鱼种田。

　　此诗作于代宗广德二年(764)。据《新唐书·南蛮传》记载:"西原蛮"于广德二年"复围道州,刺史元结固守,不能下。进攻永州,陷邵州,留数月而去"。这首诗的"序"却说不是他"力能制敌",而是"蒙其伤怜",故"不犯此州边鄙而退",意思是:道州百姓饥寒交迫,连"贼"都"伤怜"而"退",官吏们如果横征暴敛,那就连"贼"都不如。诗的最动人处,正是阐发这个意思。余成教《石园诗话》云:"元公所至,民乐其教。读《舂陵行》及《贼退示官吏》诗,真仁人之言也。"

欸乃曲二首

湘江二月春水平，满月和风宜夜行。唱桡欲过平阳戍，守吏相呼问姓名①。

千里枫林烟雨濛，无朝无暮有猿吟。停桡静听曲中意，好是云山韶濩音②。

①"唱桡"二句：唱桡：打桨唱歌。平阳戍：故址在今湖南耒阳县西南。守吏：守卫平阳戍的官吏。俞陛云《诗境浅说续编》云："后两句，言榜人摇橹作歌，将过平阳之戍，津吏以宵行宜诘，呼问姓名，乃启关放客。此水程恒有之事，作者独能写出之。"②"停桡"二句：停桡静听舟人唱歌，那好像太古时代的音乐。韶：帝舜时音乐名。濩：商汤时音乐名。

诗前小序云："大历丁未中，漫叟结为道州刺史，以军事诣都使。还州，逢春水，舟行不进，作《欸乃》五首，令舟子唱之，盖以取适于道路云。"这里选两首。欸乃曲乃船夫打桨时所唱，即诗中所谓"桡唱"。这几首诗，不拘声病，纯任自然，元好问《论诗三十首》评云："切响浮声发巧深，研摩虽苦果何心？浪翁水乐无宫徵，自是云山韶濩音。"

刘长卿

刘长卿（？—790?），字文房，排行八，宣州（今安徽宣城）人，其家久寓长安。少读书嵩山，屡试不第，入国子监为诸生。约于天宝后期登进士第。安史乱起，避难江东。至德二载（757）任长洲尉，继摄海盐令。广德元年（763）至大历初（766），入朝任殿中侍御史。大历四年（769）以检校祠部员外郎出任转运使判官，知淮西、鄂岳转运留后。十四年（779）迁隋州刺史。建中三年（782）以后闲居扬州江阳县茱萸村，约卒于贞元六年（790）。世称刘随州。长卿于肃宗、代宗时期颇有诗名，与钱起、郎士元、李嘉祐并称"钱郎刘李"。其诗七律亦有佳者，尤善五律，权德舆谓为"五言长城"（晁公武《郡斋读书志》卷一七）。范晞文以为"李、杜之后，五言当推刘长卿、郎士元；下此则十才子"（《对床夜语》卷一）。有《刘随州诗集》，《全唐诗》存诗五卷。

送李中丞归汉阳别业①

流落征南将，曾驱十万师，罢归无旧业，老去恋明时②，独立三边静，轻生一剑知③。茫茫江汉上，日暮欲何之！

193

①李中丞：名不详。"中丞"是"御史中丞"的简称，唐代的边将往往加御史中丞一类的官衔。②明时：犹言"盛世"，古人常以"明时"指自己所处的时世。③轻生：为国献身，不惜性命。一剑知：不自我宣传，其奋勇杀敌，不惜性命，只有手中的宝剑了解得最清楚。

这是一首饯行诗，但意境深厚，真情流露，并非一般的应酬之作。首联叙李中丞"征南"（当指平安史之乱）的战功，"曾驱十万师"，何等气概！然而这是"曾"，如今呢？"流落"了！今、昔对比而落脚于今日之"流落"，故次联以"罢归"承接，罢官了，流落了，只好归田，自然拍合题目中的"送"字。"罢归无旧业"，应该"怨"，却继之以"老去恋明时"，极含蓄、极深厚。三联又回到过去，写其战功，赞其忠勇，而其不该"罢归"、不该"流落"之意，已蕴含其中，耐人寻绎。尾联就题中的"归汉阳"及诗中的"罢归无旧业"抒发感慨，而"流落"者的形象亦宛然在目。

过贾谊宅

三年谪宦此栖迟①，万古长留楚客悲②。秋草独寻人去后，寒林空见日斜时③。汉文有道恩犹薄④，湘水无情吊岂知⑤？寂寂江山摇落处，怜君何事到天涯。

①"三年"句：《史记·屈原贾生列传》："贾生为长沙王太傅三年。……后岁馀，贾生征见。"贾谊在长沙，前后四年，实际为三年整，故云。栖迟：游息、居住。②楚客：指贾谊。贾谊洛阳人，谪楚地，故云。③"秋草"二句：写凭吊贾谊旧宅情景：独寻秋草于人去之后，空见寒林于日斜之时，眼前一片荒凉景象。其深刻之处在于运用贾谊作品中所描绘的情景，融古今为一。贾谊《鹏鸟赋》序云："谊为长沙王太傅三年，有鸟飞入谊舍，止于坐隅。鹏似鸮，不祥鸟也。谊既以谪居长沙，长沙卑湿。谊自伤悼，以为寿不得长，乃为赋以自广。"其辞曰："……庚子日斜兮，鹏集予舍。……野鸟入室兮，主人将去。"④"汉文"句：指汉文帝是有道君主，犹不能重用贾谊。⑤"湘水"句：贾谊谪居长沙时作《吊屈原赋》投湘水中以吊屈原。此句将贾谊吊屈原与自己吊贾谊融为一体。

贾谊是西汉初年的思想家、文学家，文帝时为大中大夫，因才华出众，被大臣排挤，贬为长沙王太傅。刘长卿于上元元年（760）被贬为播州南巴尉，此诗当作于途经长沙之时。诗写"过贾谊宅"的感触，将贾谊的不幸遭遇与自己的身世之感融为一体，吊古伤今，悲慨幽咽，令千古词客一洒同情之泪。

逢雪宿芙蓉山主人

日暮苍山远，天寒白屋贫①。柴门闻犬吠②，风雪夜归人。

①白屋贫：贫民的房院一派萧条景象。白屋：贫民所居。②柴门：篱笆门。

首句写日暮山远，该找个人家投宿。次句写投宿的人家。后两句，写风雪交加、犬吠人归的情景如在目前。乔亿《大历诗略》云："宜入宋人团扇小景。"

送李判官之润州行营①

万里辞家事鼓鼙②，金陵驿路楚云西③。江春不肯留行客，草色青青送马蹄。

①之：到。润州：唐时治所在丹徒（今江苏镇江）。行营：军事长官的驻地办事处，也指出征时的军营。②事鼓鼙(pí 皮)：从事军务。鼙：古代的一种军鼓。③金陵：唐时丹徒又称金陵。驿路：古代的交通大道，沿途有驿站。金陵驿路：指通向李判官目的地润州的道路。楚云西：古代楚国地方的西部，这里指送别的所在。古代楚地包括现在的湖北、湖南、江西、安徽等地。

首句写李判官辞家从军，次句写从军之地。三、四句写法很别致：送行该有依依不忍分别之情，这里却一反常态，强调春江不肯留，草色又只管送，那么我想留，又如何留得住？俞陛云的分析看来有点道理，他说："起二句叙别意，题之本意也。……但观其首句云'万里辞家'，则客游殊有苦衷。故三句言春江不留行客，盖有所指也。"（《诗境浅说续编》）

顾　况

顾况（727？—816？），字逋翁，号华阳山人，又号悲翁，排行十二，苏州（今属江苏）人。肃宗至德二载（757）登进士第，历杭州新亭监盐官。代宗大历五年（770）游湖州，与皎然等唱和。十年（775）曾至江西，与李泌、柳浑交往，吟咏自适。自后历任大理司直、校书郎、著作郎等职。德宗贞元四年（788）任著作郎期间，于长安宣平里住宅邀柳浑、刘太真等聚会赋六言诗，次日朝臣皆和，编为《诸朝彦过顾况宅赋诗》一卷。五年因作《海鸥咏》讥刺权贵，被贬为饶州司户参军，沿途与韦应物等酬唱。九年（793）去官返苏州，隐居茅山，出游湖州、宣州、扬州、温州等地。约卒于宪宗元和中。顾况视诗歌为"理乱之所经，王化之所兴"，重内容而不以文采取胜。其《上古之什补亡训传十三章》中的《囝》对不人道的社会风俗进行控诉，《上古》、《采蜡》诸章，或悯农，或怨奢，皆着眼于针砭时弊，救济人病，开白居易新乐府先声。有《顾况诗集》，《全唐诗》存诗四卷。

囝

囝生闽方，闽吏得之，乃绝其阳①。为臧为获，致金满屋。为髡为钳,如视草木②。天道无知,我罹其毒③。神道无知,彼受其福。郎罢别囝:"吾悔生汝。及汝既生,人劝不举。不从人言,果获是苦④。"囝别郎罢,心摧血下:"隔地绝天,及至黄泉,不得在郎罢前⑤。"

①绝:割断。阳:男性生殖器。②"为臧"四句:臧、获:古代对奴婢的贱称。扬雄《方言》卷三:"荆、淮、海、岱、杂齐之间,骂奴曰臧,骂婢曰获。齐之北鄙,燕之北郊……亡奴谓之臧,亡婢谓之获。"髡(kūn 坤):剃去头发。钳:用铁圈套在颈上。髡、钳:是古代刑罚,也是奴隶身份的标志。这四句说囝做奴隶为主人挣了很多钱,自己却受非人待遇。③罹(lí 离):遭遇。毒:害。④"吾悔"五句:是父别子时说的。不举:不要喂养,意即丢弃或弄死。⑤"隔地"三句:子别父时说的,即这一去父子隔绝,即使到了黄泉,也不能再在父前了!

这是《上古之什补亡训传十三章》中的第十一章。章前有序:"囝,哀闽也。"自注:"囝,音蹇,闽俗呼子为囝、父为郎罢。"沈德潜云:"闽童亦人子,何罪而遭此毒耶? 即事直书,闻者足戒。"(《唐诗别裁集》卷八)

过 山 农 家

板桥人渡泉声①,茅檐日午鸡鸣。莫嗔焙茶烟暗②,却喜晒谷天晴。

①"板桥"句:人过板桥,泉声入耳。②焙(bèi 倍)茶:烘炒茶叶。山村产茶,此时家家烘茶,茶烟弥漫。

写山村农家风物极生动,是六言绝句中的佳作。

临海所居二首①

此是昔年征战处,曾经永日绝人行。千家寂寂对流水,惟有汀洲春草生。

此去临溪不是遥②,楼中望见赤城标③。不知叠嶂重霞里,更有何人度石桥④?

①临海:今浙江临海市,唐时为台州治所。②临溪:天台山附近的溪水,即楢溪。孙绰《游天台山赋》:"济楢溪而直进。"③赤城标:赤城即赤城山,往天台山所必经。孙绰《游天台山赋》:"赤城霞起而建标。"④石桥:在天台县北五十里。

代宗宝应元年(762),两浙遭受旱、潦、瘟疫,道殣相望,而统治者又搜括粟帛,激起以袁晁为首的农民起义,攻克台、越、衢诸州,建元宝胜。李光弼派兵镇压,破起义军于天台县东的石垒寨。顾况的这两首诗写起义军被镇压后台州一带的荒凉景象,言外有无穷感慨。

张 继

张继(? —779?),字懿孙,排行二十,襄州(今湖北襄阳)人。天宝十二载(753)进士。曾佐戎幕,又为盐铁判官。大历末,为检校祠部员外郎,分掌财赋于洪州,卒于任。曾与诗僧灵一为方外友,又与诗人刘长卿、皇甫冉交游酬唱。工诗,高仲武评云:"员外累代词伯,积习弓裘,其于为文,不自雕饰。及尔登第,秀发当时。诗体清迥,有道者风。如'女停襄邑杼,农废汶阳耕',可谓事理双切。又'火燎原犹热,风摇海未平',比兴深矣。"(《中兴间气集》)《全唐诗》存其诗一卷。

枫 桥 夜 泊①

月落乌啼霜满天,江枫渔火对愁眠。姑苏城外寒山寺②,夜半钟声到客船。

①枫桥:在今江苏省苏州市西郊。泊:靠岸停船。②姑苏:苏州的别称。寒山寺:因唐初诗僧寒山曾住此,故名。在枫桥西一里处,始建于梁代。

这是传诵海内外的名作。深秋之夜,诗人泊舟枫桥,满腹旅"愁",虽"眠"而未能入睡,一切有特征性的江南水乡夜景,都通过"愁眠"者的感受反映出来。目送"月落",耳闻"乌啼",身感霜华降落;而与"愁眠"者始终相"对"、做伴的,只是几树"江枫"、数点"渔火"。这一切,自然更添旅"愁"。好容易熬过前半夜,刚有睡意,而寒山寺的钟声,又飘进船舱。

第四句写闻钟而用第三句写钟声来自何处,并非浪费笔墨。"姑苏",这是留有吴、越兴亡史迹的文化名城;"寒山寺",这是南朝古刹,寒山、拾得两位著名诗僧曾驻锡于此。"姑苏城外寒山寺"的钟声于万籁俱寂的子夜飘到"客船",荡漾着历史的回音,洋溢着诗情禅韵,怎能不动人遐思?此诗不仅在国内传诵,而且远播日本,妇孺皆知,寒山寺也因而名扬海外,游人纷至沓来。其艺术魅力如何,就无须多说了。

欧阳修《六一诗话》谓此诗后两句"句则佳矣,其如三更不是打钟时"。后人纷纷辩论,遂成诗坛公案。其实六朝以来,佛寺多于夜半鸣钟,自张继此诗流传以后,寒山寺夜半钟声尤为人们所神往。孙仲益《过枫桥寺》诗云:"白首重来一梦中,青山不改旧时容。乌啼月落桥边寺,欹枕犹闻半夜钟。"

阊门即事

耕夫召募逐楼船[1]，春草青青万顷田。试上吴门窥郡郭，清明几处有新烟[2]？

①楼船：指战船。长江流经昇（今南京市）、润、常、苏等州，故可用楼船作战。②新烟：唐代民俗，寒食节禁火三日，到了清明节始重新举火，故称炊烟曰"新烟"。

阊门，苏州西门。此诗当作于上元二年（761）。据《资治通鉴》卷二二一记载：上元元年淮西监军宦官邢延恩谋去节度副使刘展，刘展起兵反抗，攻陷昇州、润州、常州、苏州等地，即是此诗写作背景。首句写耕夫被"召募"去随战船打内仗。以下则写万顷良田长满青草，满城人家不起炊烟，可见"召募"的实质是逢丁便抓，可以下田耕作的劳力全被抓去。四句诗，内容深广，感慨深沉。

钱　起

钱起（710？—782？），字仲文，排行大，吴兴（今浙江湖州）人。天宝十载（751）登进士第，授秘书省校书郎。安史乱后任蓝田尉，与退隐辋川的王维唱和。大历中历祠部员外郎、司勋员外郎。官终考功郎中。世称钱员外、钱考功。与司空曙、李端、韩翃、吉中孚、苗发、崔峒、耿沣、夏侯审、卢纶并称"大历十才子"。又与郎士元齐名，并称"钱郎"。长于饯别之作，公卿出京，以有钱起诗饯行为荣，诗名盛一时。高仲武《中兴间气集》列为首选，评云："体格新奇，理致清赡。越从登第，挺冠词林。文宗右丞，许以高格。右丞没后，员外为雄。芟齐宋之浮游，削梁陈之靡嫚，迥然独立，莫之与群。……士林语曰：'前有沈、宋，后有钱、郎。'"纵观全集，擅长五律，七绝、五古亦有佳者，但题材狭窄，风格清秀而不浑厚，存诗质量亦颇悬殊。锺惺尝谓"钱诗精出处虽盛唐妙手不能过之，亦有秀于文房者。泛览全集，冗易难读处实多，以此知诗之贵选也"（《唐诗归》）。其省试诗《湘灵鼓瑟》乃应试诗之佳制，结句"曲终人不见，江上数峰青"至今为诗家所称道。生平事迹见《唐诗纪事》、《唐才子传》及《旧唐书》卷一六八《钱徽传》、《新唐书》卷二〇三《卢纶传》。有《钱考功集》一〇卷，《全唐诗》存诗四卷，混入他人诗不少，如《江行一百首》等，为其曾孙钱珝所作。

省试湘灵鼓瑟

善鼓云和瑟[1]，常闻帝子灵[2]。冯夷空自舞[3]，楚客不堪听[4]。苦调凄金石[5]，清音入杳冥[6]。苍梧来怨慕[7]，白芷动芳馨[8]。流水传潇浦[9]，悲风过洞庭[10]。曲终人不见，江上数峰青。

①鼓:弹奏。云和瑟:相传用云和山的桐木做成的琴瑟,声音最为清亮。②帝子:皇帝的儿女,这里指湘灵,因舜的妃子是帝尧的女儿。《九歌·湘夫人》:"帝子降兮北渚。"③冯(píng平)夷:传说中的水神名。空:白白地。这一句是反衬,说明湘灵鼓瑟是如此引人入胜,以至冯夷之舞相形见绌,无人欣赏。《远游》有"令海若兮舞冯夷",是此句所本。④楚客:指屈原。屈原被放逐后,自沉于汨罗江,江与湘水相通。不堪:不能。这一句是说,瑟音是如此悲苦,以至楚客不忍卒听。⑤金石:指钟磬之类乐器。这一句是说,瑟音的调子比钟磬声更为凄苦。⑥杳冥(yǎo míng咬明):指极高远的地方。⑦苍梧:即九嶷山,在今湖南省宁远县南,相传舜葬于此。这里以"苍梧"代指舜。因鼓瑟的湘灵原是舜的妃子,所以这里由湘灵而及舜。这一句是说,舜闻声而来,听着湘灵鼓瑟,心中不免生出愁怨和思慕的感情。⑧白芷(zhǐ止):一种香草。馨(xīn心):传得很远的香气。这一句是说,瑟音也感动了无知的花草,听了湘灵鼓瑟,白芷散发出馥郁的芳香。⑨潇:水名,在湖南省南部,北流入湘江。一作"湘"。浦:水口。⑩洞庭:潇、湘水注入洞庭湖。以上两句写瑟音如潺潺流水声从潇湘传来,似飒飒悲风声从洞庭掠过。

　　唐代进士考试,由朝廷统一在京师尚书省进行,叫省试。天宝十载(751),省试诗、赋各一。诗题《湘灵鼓瑟》,取自《楚辞·远游》中的"使湘灵鼓瑟兮"一句。湘灵,即神话传说中的湘夫人。她原是帝舜的妃子,舜南巡死于苍梧之野,她寻至南方,投湘江而死,化为湘水之神。钱起的这首诗不写如何鼓瑟,而是通过对瑟的苦调清音所产生的客观效果的铺写,创造了如怨如慕的艺术境界,令人悠然神往。结尾两句,既以"曲终人不见"表明鼓瑟者是神,又以"江上数峰青"暗示那袅袅瑟音仍缭绕于碧水青峰之间,动人神魄。

谷口书斋寄杨补阙

　　泉壑带茅茨①,云霞生薜帷②。竹怜新雨后③,山爱夕阳时。闲鹭栖常早,秋花落更迟。家僮扫萝径④,昨与故人期⑤。

①茅茨(cí词):茅屋。②薜帷:以薜荔为帷。《楚辞·九歌·湘夫人》:"网薜荔兮为帷。"③怜:爱。④家僮:小仆人。扫径:表示迎客。⑤"昨与"句:昨:泛指过去。期:约会。意谓前些天已与杨补阙约好来访的日期。

　　前三联,极写"谷口书斋"清静幽雅,似与"寄杨补阙"无涉,及读至尾联,始知写书斋泉壑、云霞、竹、山、鹭、花种种景物之可爱,正是希望杨补阙速践来游之约,"寄"意甚明。萝径本来是不扫的,如今特命家僮打扫以待故人来访,难道故人还能违约吗? 这首诗精切清秀,体现了钱起五律的基本风格。

归　雁

　　潇湘何事等闲回①,水碧沙明两岸苔②。二十五弦弹夜月③,不胜哀怨却归来④。

①潇湘:二水名,在今湖南境内。等闲:轻易、随便。②水碧沙明:《太平御览》卷六引《湘中记》:"湘水清……白沙如雪。"苔:鸟类的食物,雁尤喜食。③二十五弦:指瑟。《楚辞·远游》:"使湘灵鼓瑟兮。"④胜(shēng升):承受。

诗咏"归雁",雁是候鸟,深秋飞到南方过冬,春暖又飞回北方。古人认为鸿雁南飞不过衡阳,衡阳以北,正是潇湘一带。诗人抓住这一点,却又撇开春暖北归的候鸟习性,仿佛要探究深层原因,一开头便突发奇问:潇湘下游,水碧沙明,风景秀丽,食物丰美,你为什么随便离开这么好的地方,回到北方来呢?

诗人问得奇,鸿雁答得更奇:潇湘一带风景秀丽,食物丰美,本来是可以常住下去的。可是,湘灵在月夜鼓瑟,从那二十五弦上弹出的音调,实在太凄清、太哀怨了!我的感情简直承受不住,只好飞回北方。

钱起考进士,诗题是"湘灵鼓瑟",他作的一首直流传到现在,算是应试诗中的佳作。中间写湘灵(传说是帝舜的妃子)因思念帝舜而鼓瑟,苦调清音,如怨如慕,结尾"曲终人不见,江上数峰青"尤有余韵。这首七绝,则把"湘灵鼓瑟"说成鸿雁北归的原因。构思新奇,想象丰富,笔法灵动,抒情婉转,以雁拟人,相与问答,言外有意,耐人寻绎,为咏物诗开无限法门。

郎士元

郎士元(?—780?),字君胄,排行四,中山(今河北定县)人。玄宗天宝十五载(756)登进士第。安史乱后,避乱江南。代宗宝应元年(762)授渭南尉,大历元年(766)前后擢为拾遗,继迁员外郎,复转郎中。德宗建中初(780)出为郢州刺史,并持节治军,卒于官。生平事迹见《唐诗纪事》、《唐才子传》、《新唐书·艺文志四》等。工诗,擅长五律,善写饯别应酬诗,与钱起齐名,并称"钱郎"。"自丞相已下,更出作牧,二公无诗祖饯,时论鄙之。两君体调,大抵欲同,就中郎公稍更闲雅,近于康乐"(高仲武《中兴间气集》卷下)。徐献忠《唐诗品》称其诗"天然秀颖,复谐音节,大率以兴致为先,而济以流美。虽篇章错杂,应酬层出,而语多闲雅,不落俗韵,其取重时流,不徒然尔。惜无大作以齐曩代高手,将非尺寸短长之恨耶"。有《郎士元集》二卷。《全唐诗》存诗一卷。

送李将军

双旌汉飞将①,万里独横戈。春色临关尽,黄云出塞多②。鼓鼙悲绝漠,烽戍隔长河③。想到天山北,天骄已请和。

①"双旌"句：被送的将军姓李,故开头以李广为喻。旌:军中大旗。《新唐书·百官志》:"(节度使)辞日,赐双旌双节。"汉飞将:指李广。②"春色"二句:与王维《送平澹然判官》的"黄云断春色"句同意。纪昀曰:"(王诗)以苍莽取神,此诗衍为二句,又以对照见意,繁简各有其妙。"沈德潜也称此二句为"极警拔语"。③"鼓鼙(pí 皮)"二句:承前"万里独横戈",言扬威塞外。鼙:军中所用小鼓。悲:形容鼓声紧急,悲壮激越。绝漠:遥远的沙漠之地。

题中的李将军,名不详。这也是祖饯应酬之作,却把那位李将军出镇边塞写得有声有色,声威到处,敌人已经请和。命意措词,皆不落俗套。

送魏司直

曙雪苍苍兼曙云,朔风燕雁不堪闻①。贫交此别无他赠,惟有青山远送君。

①燕(yān 烟)雁:燕地的雁。燕,古国名,今河北一带。

送的是一位交情很深的朋友,诗也写得真情流露。以"无他赠"唤起"惟有青山远送君",构想新奇,别饶韵味。

柏林寺南望

溪上遥闻精舍钟①,泊舟微径度深松。青山霁后云犹在,画出东南四五峰。

①精舍:僧人清修之所,此指柏林寺。

先写到寺,后写寺中南望,俞陛云的解释极透辟:"诗仅平写寺中所见,而吐属蕴藉,写景能得其全神。首二句言闻钟声而寻精舍,泊舟山下,循小径前行,松林度尽,方到寺中。在寺中登眺,霁色初开,湿云未敛,西南数峰,已从云隙参差而出,苍润欲滴。读此诗,如展秋山晚霁图,所谓'欲霁山如新染画'也。"(《诗境浅说续编》)

听邻家吹笙

凤吹声如隔彩霞①,不知墙外是谁家。重门深锁无寻处,疑有碧桃千树花②。

①凤吹:指笙。②"疑有"句:诗人每以碧桃为仙家事,许浑《缑山庙》诗云:"王子求仙月

满台,玉笙清转鹤徘徊。曲终飞去不知处,山下碧桃无数开。"

作者视吹笙者为神仙中人,故听其吹笙而产生许多幻想,形之于诗。谢枋得《唐诗绝句注解》云:"只是听邻家吹笙,闻其声不见其人,求其人不得其所,一段风景,极难形容。此诗情思、句律,极其工巧。唐钱起《湘灵鼓瑟》诗结句'曲终人不见,江上数峰青',人以为神助。此诗'重门深锁无寻处,疑有碧桃千树花',高怀逸兴,不减钱起。"

司空曙

司空曙(720?—790?),字文明,一作文初,排行十四,广平(今河北永年)人,卢纶表兄。安史乱中,避难江南。大历初登进士第,授洛阳主簿。后入朝为左拾遗,与钱起、卢纶等唱和。大历末,贬长林丞。贞元初为剑南西川节度从事、检校水部郎中。官终虞部郎中。后世称司空虞部。工诗,辛文房称其诗"属调幽闲,终篇调畅,如新花笑日,不容熏染"(《唐才子传》卷四)。胡震亨称其诗"婉雅闲淡,语近性情,抗衡仲文不足,平视茂政兄弟有馀"(《唐音癸签》卷七)。《全唐诗》存其诗一卷。

云阳馆与韩绅宿别①

故人江海别,几度隔山川。乍见翻疑梦②,相悲各问年。孤灯寒照雨,深竹暗浮烟。更有明朝恨,离杯惜共传③。

①云阳:唐县名,在今陕西三原县境内。馆:驿馆,旅客中途休息之处。诗题的意思是:诗人与故人韩绅在云阳县馆偶然相遇,同宿一夜,明晨即相互告别,各奔前程。②翻:反而。③惜:珍惜。

安史乱后,杜甫诗中屡写乍逢倏别情景。大历诗人受此影响,其反映行旅聚散之诗,虽不如杜诗兼写社会乱离,然亦曲尽情理,真挚动人。司空曙的这首五律,便是其中的代表作。

首联写与故人在飘零江海的过程中"几度"重逢,才逢又别,为山川阻隔,不通音讯。在章法上,反跌次联的"乍见",遥呼尾联的"更有"。在"几度隔山川"与"更有明朝恨"的夹缝中,偶然而又短暂的相逢,形成了似梦似幻的感觉。"乍见"之后的谈话只写了一句:"相悲各问年。"老朋友的年龄,应该是彼此清楚的,明知故问,由"相悲"引起。彼此形容俱变,各显老态,与前度相逢时判若两人,故"相悲"而各问年龄,其阔别之长久、经历之辛酸,俱蕴含其中。这一联,与郎士元《长安逢故人》"马上相逢久,人中欲认难"、李益《喜见外弟又言别》"问姓惊初见,称名忆旧容"同为大历名句。后两联写驿馆黯然相对、共传离杯的情景,"离杯惜共传"的"惜"字,含无限深情。"大历十才子"多擅长五律,其佳作的共同优点是脉理深细,声律精严。司空曙的这一首亦然,不仅有"乍见"一联警句而已。

喜外弟卢纶见宿

静夜四无邻,荒居旧业贫。雨中黄叶树,灯下白头人。以我独沉久,愧君相见频①。平生自有分,况是蔡家亲②。

①"以我"二句:这是流水对,须一气读。意谓我沉沦了这么久,世人都瞧不起,而表弟却一次又一次地来看我,令我既感激又惭愧。②"平生"二句:就"相见频"发挥,意谓我们俩情分相投,何况是表亲呢? 蔡家亲,即表亲。羊祜是蔡邕的外孙,见《晋书·羊祜传》。

外弟,即表弟。见宿,来访同宿。此诗将家贫人老,表兄弟皆沉沦不偶、相濡以沫的情景写得恻恻动人。第二联尽管吸取了王维《秋夜独坐》"雨中山果落,灯下草虫鸣"的句法,而意境不同,颇为同时及后代诗人所赏识。韦应物《淮上遇洛阳李主簿》"窗里人将老,门前树已秋",白居易《途中感秋》"树初黄叶日,人欲白头时",皆从此脱化。

江 村 即 事

钓罢归来不系船①,江村月落正堪眠。纵然一夜风吹去,只在芦花浅水边。

①系船:把船用缆绳拴在岸边。

描写"江村",从一个很新颖的角度切入:钓罢归来,江村已经月落,主人公便在船上安眠,却"不系船"。三、四两句,即从"不系船"生发,说明"不系"的理由,而江村之宁静、主人公之自由自在,皆宛然在目。

皎 然

皎然(720—800?),字清昼,俗姓谢,湖州长城(今浙江长兴)人,谢灵运十世孙。早年出入儒、墨、道三家,安史乱后在杭州灵隐寺受戒为僧。曾游历桐庐、苏州、荆门、襄阳等地,与颜真卿、梁肃、刘长卿、韦应物、顾况等交游。生平事迹见唐释福琳《皎然传》。皎然通佛典,又博览群经诸子,文章清丽,诗学盛唐诸家,出入大历诸子,后期以南宗禅意入诗,渐趋清放。严羽《沧浪诗话·诗评》称"释皎然之诗,在唐诸僧之上"。胡震亨《唐音癸签》卷八谓"皎然《杼山集》清机逸响,闲淡自如,读之觉别有异味,在咀嚼之表"。有《诗式》及《杼山集》,《全唐诗》存诗七卷。

观王右丞维《沧洲图》歌[①]

沧洲误是真,萋萋忽盈视[②]。便有春渚情,褰裳掇芳芷[③]。飒然风至草不动,始悟丹青得如此[④]。丹青变化不可寻,翻空作有移人心;犹言雨色斜拂坐,乍似水凉来入襟[⑤]。沧洲说近三湘口[⑥],谁知卷得在君手。披图拥褐临水时,翛然不异沧洲叟[⑦]。

[①]诗题:王维《沧洲图》已佚。沧洲:指远离尘俗的山水清幽之处。[②]萋萋:草盛貌,指下文"芳芷"。[③]"便有"二句:谓画景逼真,使人恍如置身春渚之中。渚:水中小洲。褰(qiān 千)裳:拎取衣裳。《诗经·郑风·褰裳》:"褰裳涉溱。"掇(duō 多):拾取。芷:即白芷,水生香草。因芳芷生于水中,故须褰裳拾取。白芷盛产于洞庭湖一带,《楚辞》中经常提到,这里的"芳芷"与下文"三湘口"照应。[④]丹青:绘画所用的颜料,因以指代绘画。[⑤]犹言:和"乍似"为互文,意同"仿佛"。[⑥]三湘口:指洞庭湖地带。[⑦]"披图"二句:打开沧洲图,披衣临水(画中的水),便感到自己悠闲自在,和沧洲图中的隐士没有两样。褐:贱者之衣。拥褐:即不受冠带拘束。翛(xiāo 消)然:自在貌。

杜甫题画诗,往往从观画境疑入实境的角度切入,从而抒写其现实感慨。《奉先刘少府新画山水障歌》一开头便说"堂上不合生枫树,怪底江山起烟雾",中间又说"悄然坐我天姥下,耳边已似闻清猿",而以"吾独何为在泥滓,青鞋布袜从此始"收尾。皎然此诗以"沧洲误是真"开头抒写观画感受,在表现方法上显然借鉴杜甫。明代前七子首领之一何景明又曾借鉴此诗,翁方纲云:"杼山《观王右丞维〈沧洲图〉歌》云:'沧洲说近三湘口,谁知卷得在君手。披图拥褐临水时,翛然不异沧洲叟。'此篇在唐人本非杰出之作,而何仲默(景明)题吴伟画用此调法,遂成巨观。此所贵乎相机布势,脱胎换骨之妙也。"(《石洲诗话》卷二)

寻陆鸿渐不遇

移家虽带郭,野径入桑麻[①]。近种篱边菊[②],秋来未著花。扣门无犬吠,欲去问西家[③],报道"山中去[④],归时每日斜"。

[①]"移家"二句:陆的新居虽然靠近城郭,却有一条野径通向农村,还是很幽静。郭:外城。[②]近种:新栽的。[③]"欲去"句:因扣门无人,便问邻居:"人到哪里去了?"[④]报道:回答说。以下是答词。

陆羽(733—?),字鸿渐,肃宗至德(756—758)中避安史之乱至湖州,与皎然为"缁素忘年之交"。其《自传》云:"往往独行野中……夷犹徘徊,自曙达暮,至日黑,兴尽号泣而归。"以著《茶经》出名,亦工诗。皎然此诗,只写其居处幽寂和游山未归,而一位超然物外的隐士形象已浮现纸上。从平仄谐调方面看,这是一首五律,却四联散行,不讲对仗。沈德潜《唐诗别裁集》五律部分收此诗,并加说明云:"通首散语,存此以识标格。"其实这种散行五律前人已有,如李白《夜泊牛渚怀古》平仄谐调而不用对偶,一气旋折,当为皎然所取法。值得肯定的是,他用这种句句散行、自由卷舒的形式恰切地表现了主人公无拘无束的行踪和心境,达到了形式与内容的完美契合。一般地说,既作五律,还须讲对仗。

李 端

李端(生卒年不详),字正己,排行二,赵郡(治所在今河北赵县)人。大历五年(770)登进士第,历任秘书省校书郎、杭州司马等职。诗名颇著,为"大历十才子"之一。《旧唐书》本传云:"大历中,(端)与韩翃、钱起、卢纶等文咏唱和,驰名都下,号'大历十才子'。时郭尚父(郭子仪)少子暧尚代宗女升平公主,贤明有才思,尤喜诗人,而端等十人多在暧之门下。每宴集赋诗,公主坐视帘中,诗之美者赏百缣。暧因拜官,会十子曰:'诗先成者赏。'时端先献,警句云:'熏香荀令偏怜小,傅粉何郎不解愁。'主即以百缣赏之。钱起曰:'李校书诚有才,此篇宿构也,愿赋一韵正之,请以起姓为韵。'端即襞笺而献曰:'方塘似镜草芊芊……'暧曰:'此愈工也。'起始服。"其才思敏捷,于此可见。《全唐诗》存诗二卷。

胡腾歌

胡腾身是凉州儿①,肌肤如玉鼻如锥。桐布轻衫前后卷②,葡萄长带一边垂③。帐前跪作本音语④,拈襟摆袖为君舞⑤。安西旧牧收泪看⑥,洛下词人抄曲与⑦。扬眉动目踏花毡⑧,红汗交流珠帽偏⑨。醉却东倾又西倒⑩,双靴柔弱满灯前⑪。环行急蹴皆应节⑫,反手叉腰如却月⑬。丝桐忽奏一曲终⑭,呜呜画角城头发⑮。胡腾儿,胡腾儿!故乡路断知不知⑯?

①胡腾:指跳《胡腾》舞的演员。《胡腾》是唐代由西域传入的男子独舞,以跳跃、腾踏动作为主。凉州:治所在今甘肃武威,当地的少数民族以能歌善舞闻名。②桐布:棉布。按,"桐"当即"橦"。"橦"是木棉树。古人常把棉花误为木棉树。③葡萄长带:用有葡萄图案的织锦做的衣带。④帐:指军中营帐。作本音语:用本民族的语言说话。⑤君:泛指观众。⑥安

西旧牧:指过去曾在凉州地区做过地方官的人。收泪:忍住眼泪。⑦洛下:洛阳一带。抄曲与:给演员写作伴舞的曲词。与:给予。⑧扬眉动目:形容演员舞蹈时面部富于表情。花毡:有花纹的毡毯。⑨红汗:指融有红色化妆品的汗。⑩这句形容舞蹈时的身段,袅娜多姿,有如醉态。却:语助词。⑪这句形容舞蹈时跳跃、腾踏等动作的轻盈熟练。⑫环行急蹴(cù促):指舞蹈的步法和动作。蹴:踢足。应节:符合音乐的节奏。⑬却月:倒月牙,指弧形向后的弯月。这句形容向后弯腰的动作。⑭丝桐:指伴奏的弦乐器。桐:指琴身。古时琴身多用优质桐木做成。⑮呜呜:画角声。画角:古时军中所用的一种有彩绘的吹奏乐器。⑯故乡路断:指河西、陇右一带被吐蕃贵族统治者侵占。

代宗宝应二年(763),陇右诸州全部为吐蕃所侵占,当地少数民族艺人流落内地,以表演谋生。作者睹此情景,感慨成诗,表现了实现全国统一的愿望,可与此后白居易所作的《西凉伎》并读。

听　筝
鸣筝金粟柱①,素手玉房前②。欲得周郎顾③,时时误拂弦④。

①筝:我国古代的一种弦乐器,木制长形,有弦十三根(现代筝已发展到二十五根弦)。金粟柱:有装饰的弦柱。②素手:白嫩的手。玉房:指高雅的住房。③周郎:三国时东吴周瑜少年得志,吴人称他为"周郎"。这里指弹筝女的意中人。顾:回头看。④误拂弦:《三国志·吴书·周瑜传》:"瑜年二十四,吴中皆呼为周郎。少精意于音乐,三爵(三杯酒)之后,其有缺误,瑜必知之,知之必顾,故时人谣曰:'曲有误,周郎顾。'"

题为《听筝》,诗写的却是"看弹筝人"或"看人弹筝"。俞陛云《诗境浅说续编》云:"此诗能曲写女儿心事:银筝、玉手,相映生辉,尚恐未当周郎之意,乃误拂冰弦以期一顾。希宠取怜,大率类此。"

柳中庸
柳中庸(生卒年不详),名淡,字中庸,以字行,河东(今山西永济)人。与弟中行俱有文名。萧颖士爱其才,以女妻之。诏授洪州户曹参军,不就。与诗人李端、陆羽交往。早逝。《全唐诗》存其诗十三首。

征 人 怨
岁岁金河复玉关①,朝朝马策与刀环②。三春白雪归青冢③,万里黄河绕黑山④。

①金河:即大黑河,蒙语叫伊克吐克尔根河,源出大青山,注入黄河。唐时有金河县,在今

内蒙古呼和浩特市南。玉关:玉门关的省称,在今甘肃省安西县双塔堡附近。金河在东而玉关在西,这一句说明常年流动,驻地不定。②马策:马鞭。刀环:刀柄上的环。这一句以马策、刀环象征日夕不离马上征战生活。③三春:孟春(阴历正月)、仲春(二月)、季春(三月)。这一句以三春包举四时,春季尚且如此,其余各季更可想而知。青冢:汉代王昭君的墓,在今呼和浩特市南。相传塞外草白,只有这里的草是青色。④黑山:即杀虎山,在今呼和浩特市境内。

　　四句诗用许多地名,一句一景,似乎不相连属,实际由"征人"的行踪贯串起来,体现一个"怨"字。次句与首句对偶,四句与三句对偶;首句之金河、玉关,次句之马策、刀环,三句之白雪、青冢,四句之黄河、黑山,即各自成对,又用白、青、黄、黑设色,句法奇绝。

严　维

　　严维(生卒年不详),字正文,越州山阴(今浙江绍兴)人。至德二载(757)进士,又中辞藻宏丽科,授诸暨尉,时已四十余岁。后历官河南节度府幕僚、河南尉、秘书郎等职。与钱起、耿沛、崔峒、皇甫冉、丘为等交游。其诗多饯别酬唱之作。《全唐诗》存其诗一卷。

酬刘员外见寄

　　苏耽佐郡时[①],近出白云司。药补清羸疾,窗吟绝妙词。柳塘春水漫,花坞夕阳迟。欲识怀君意,明朝访楫师。

　　①苏耽:传说中的仙人,曾化为白鹤停在郡城东北楼上。见《神仙传·苏仙公》及《水经注·耒水》。

　　第三联为传诵名句。欧阳修问梅尧臣:"状难状之景,含不尽之意,何诗为然?"梅尧臣对曰:"若严维'柳塘春水漫,花坞夕阳迟',则天容物态,融和骀荡,岂不如在目前乎?"(《六一诗话》)

送人往金华

　　明月双溪水,清风八咏楼。少年为客处,今日送君游。

　　送人往金华,触起自己少年时代客居金华的无限回忆,却只以一、二两句写两个景点,而以第三句与自己牵合,第四句即拍在题上,于是全诗所表现的便都是"送人游金华",又都是自己追忆旧游的无限深情。黄生《唐诗摘抄》

云："气局完整,绝无一字虚设,几欲与'白日依山尽'争衡,所逊者兴象不逮耳。"

丹阳送韦参军

丹阳郭里送行舟,一别心知两地秋。日晚江南望江北,寒鸦飞尽水悠悠。

丹阳,即今江苏镇江,在长江南岸。作者于此地送友人渡江北上而作此诗。"两地秋"、"日晚",已寓离愁;更以"望"字引出"寒鸦飞尽水悠悠",更觉景中涵情,悠悠无尽。俞陛云《诗境浅说续编》云:"临水寄怀,不落边际,自有渺渺予怀之感。"

张　潮

张潮(一作张朝,生卒年不详),曲阿(今江苏丹阳)人。《唐诗纪事》、《全唐诗》都说他是大历(766—779)中处士。闻一多《唐诗大系》将他排于常建之后、张巡之前。《全唐诗》仅存其诗五首,而《长干行》一首,亦作李白、李益诗。

采 莲 词

朝出沙头日正红①,晚来云起半江中。赖逢邻女曾相识,并着莲舟不畏风。

①沙头:指江边。

《采莲词》,六朝乐府旧题,多写江南水乡男女恋情。此诗前两句写天气忽晴忽阴、变化无常,晚来云起,眼看就要刮风下雨,从而引出后两句:幸亏碰上了已经相识的邻家女子,两只莲舟相并,就不怕风吹雨打了。构思新颖,寄兴遥深。

江 南 行

茨菰叶烂别西湾①,莲子花开犹未还②。妾梦不离江上水,人传郎在凤凰山③。

①茨菰叶烂:指秋末冬初。茨菰:即慈菇,水生宿根性植物。春生球茎,萌芽生叶。夏季自叶丛中抽梗,开白色小花。入秋霜降,茎叶俱萎。"菰"谐"孤"。②"莲子"句:谓至次年夏日莲花又开,而离人犹未回归。"莲"谐"怜"。③凤凰山:今江苏、浙江、安徽、江西、四川等

地均有凤凰山,此非实指。沈德潜谓"总以行踪无定言,在水在山,俱难实指"(《唐诗别裁集》卷二〇),其言甚是。

《江南行》即《江南曲》,与《采莲词》同属《江南弄》七曲(见《乐府诗集》卷五〇)。这首诗前两句以景物的变化表现时序的变迁和游子辞家之久,情景交融。后两句以"妾梦"、"人传"表现游子的行踪无定,而闺中少妇的思念之切已跃然纸上。贺裳《载酒园诗话》云:"妙得风闻恍惚、惊疑不定之意。"黄叔灿《唐诗笺注》云:"缠绵曲至,却只如话。"

戴叔伦

戴叔伦(732—789),字幼公,润州金坛(今属江苏)人。少从萧颖士学,有才名。历参湖南、江西幕府,任抚州刺史、容州刺史、容管经略史兼御史中丞,后人称为戴容州。德宗时诗名极盛,其题材、风格、手法,均体现出唐诗由盛转向中、晚的脉络。乐府诗上承杜甫,下启元、白。五律意达词畅,绝句清隽深婉。其以农村生活为题材的不少诗,如《女耕田行》、《屯田词》等,能反映当时的社会矛盾,有较强的现实性。他认为"诗家之景,如蓝田日暖,良玉生烟,可望而不可置于眉睫之前",对于后代的韵味、兴趣、神韵诸说,都有影响。原集早佚,明人辑有《戴叔伦集》。《全唐诗》存诗三卷。

女耕田行

乳燕入巢笋成竹①,谁家二女种新谷? 无人无牛不及犁②,持刀斫地翻作泥③。自言家贫母年老,长兄从军未娶嫂。去年灾疫牛囤空④,截绢买刀都市中⑤。头巾掩面畏人识,以刀代牛谁与同⑥? 姊妹相携心正苦⑦,不见路人唯见土⑧。疏通畦垄防乱苗⑨,整顿沟塍待时雨⑩。日正南冈下饷归⑪,可怜朝雉扰惊飞⑫。东邻西舍花发尽,共惜馀芳泪满衣⑬。

①乳燕:小燕子。这一句写景,点明已到春耕时节。②不及犁:不能犁地。③斫(zhuó浊):砍。这一句写刀耕,把土地翻松。④牛囤(dùn顿):牛栏。⑤这一句说,截下一段绢去买耕地用的刀。⑥谁与同:有谁同二女一起耕种呢。意谓无人相帮。⑦相携:互相提携帮助。⑧这句写二女埋头耕种。⑨畦(qí奇):田地上分成的小区。垄:种植作物的土埂。⑩塍(chéng成):用于分界的土埂。⑪下饷(xiǎng享):收工吃饭。⑫可怜:可惜。朝雉(zhāo zhì招志):早上鸣叫求偶的雄山鸡。《诗经·小雅·小弁》:"雉之朝雊(gòu够,山鸡鸣叫),尚求其雌。"这一句以朝雉受惊扰飞走寄写自伤孤独的情怀。⑬共惜馀芳:姐妹俩惋惜青春虚度。

这首"即事名篇"的乐府诗,以同情的笔调描绘了姐妹俩为生活所迫而代牛耕田的情景及心理活动,反映了战乱与灾荒给农民带来的苦难和不幸。上承杜甫,下启元、白。

除夜宿石头驿

旅馆谁相问①?寒灯独可亲。一年将尽夜,万里未归人。寥落悲前事,支离笑此身②。愁颜与衰鬓,明日又逢春。

①问:存问、安慰。②支离:分散,此指漂泊无定。

作者奔赴金坛老家,而除夕已届,离家尚远,夜宿石头驿(在今江西新建)而作此诗。"一年将尽夜,万里未归人"一联虽从梁萧衍《子夜冬歌》"一年漏将尽,万里人未归"化出,而意境、气象,俱青出于蓝。吴汝纶评云:"此诗真所谓情景交融者,其意态兀傲处不减杜公。首尾浩然,一气舒卷,亦大家魄力。"(《唐宋诗举要》卷四引)

过三闾庙①

沅湘流不尽②,屈子怨何深!日暮秋风起,萧萧枫树林。

①三闾庙:即屈原祠。屈原事楚怀王,曾任三闾大夫。②沅湘:二水名,在今湖南省境内。

屈原祠在今汨罗县境,即屈原怀沙沉江之处。汨罗江是湘江支流,屈原在投江前作的《怀沙》里说:"浩浩沅湘,分流汨兮。修路幽蔽,道远忽兮。"在《离骚》里也说:"济沅湘以南征兮,就重华而陈词。"在这些提到"沅湘"的诗句中,抒发了爱国爱民的情感和理想无法实现的哀怨。诗人徘徊于屈原祠畔,目送沅湘之水滔滔流逝,屈原的遭遇,屈原的诗歌,便一一涌向心头,化为此诗的前两句:"沅湘流不尽,屈子怨何深!"这两句,综错成文,义兼比兴。屈子之"怨"有似沅湘之水,万古长流,无有尽期;屈子之"怨"异常深重,故沅湘之水日夜奔流,也流它不尽。

"不尽"二字,引出下联。诗咏三闾庙、沅湘、枫林,皆眼前景。目望沅湘而感叹屈子的哀怨"沅湘流不尽",那么"流不尽"的哀怨还体现于什么呢?于是诗人的目光从沅湘移向庙内及其附近的枫林,又想起了屈原的诗句:"湛湛江水兮上有枫,目极千里兮伤春心。魂兮归来哀江南。"而结尾景语,即从此化出:"日暮秋风起,萧萧枫树林。"落日斜照下的枫林在袅袅秋风里萧萧低吟,仿佛为屈原传"怨"。

杨逢春《唐诗偶评》云："此亦取逆势之格。上二逆偷下意,空中托笔。起二用逆笔提。三、四方就庙中之景写'怨'字。首句所云'流不尽'者,此也。首作透后之笔,后却如题缩住,斯为善用逆笔。"其对章法的分析,可谓独具慧眼。

苏 溪 亭

苏溪亭上草漫漫,谁倚东风十二阑①? 燕子不归春事晚,一汀烟雨杏花寒②。

①十二阑:即阑干十二曲。乐府古辞《西洲曲》:"楼高望不见,尽日阑干头。阑干十二曲,垂手明如玉。"②汀(tīng 厅):水岸平地。

作者于苏溪亭上见芳草漫漫、绿遍天涯而思念远人。以下三句皆出于想象:于"燕子不归春事晚"之时,"谁倚东风十二阑"而独对"一汀烟雨杏花寒"呢? 所有情景既出于想象,又不实说所怀念之人而用一"谁"字,极迷离飘渺之致。作者主张"诗家之景,如蓝田日暖,良玉生烟,可望而不可置于眉睫之前",这首诗便是生动的体现。

韦应物

韦应物(737—792?),排行十九,京兆万年(今陕西西安)人。出身关中望族,负气任侠。天宝十载(751),以门资恩荫入宫为三卫郎。十五载六月,安史叛军进长安,失职流落。肃宗乾元元年(758)入太学,折节读书,与阎防、薛据等酬唱。广德元年(763)冬为洛阳丞。代宗永泰二年(766),因为政刚直,惩治不法军士被讼,弃官闲居洛阳。大历初返长安,九年(774)任京兆府功曹,摄高陵宰,转鄠县令。十四年(779)转栎阳令,却因疾辞归,居长安西郊沣水北岸善福寺,歌咏田园山水,编成《沣上西斋吟稿》。德宗建中二年(781)任尚书比部员外郎。四年出为滁州刺史,旋罢任,闲居滁州西涧。贞元元年(785)调江州刺史,三年入为左司郎中。四年重阳,参与德宗君臣唱和;冬,出任苏州刺史。七年罢职,闲居苏州永定寺,未几卒。世称韦左司、韦江州、韦苏州。生平事迹见王钦若《宋嘉祐校定韦苏州集序》、沈作喆《补韦刺史传》及今人孙望《韦应物事迹考略》。韦应物品格高洁,忧民爱物,其诗题材广泛,各体皆工,而以田园诗最著名,后人比之陶潜,并称"陶韦";又与柳宗元并称"韦柳",与王维、孟浩然、柳宗元并称"王孟韦柳"。李肇称"其为诗驰骤建安以还,各得其风韵"(《国史补》)。白居易称其歌行"才丽之外,颇近兴讽",称其五言诗"高雅闲淡,自成一家之体"(《与元九书》)。严羽《沧浪诗话·诗体》称其诗为"韦苏州体"。有《韦苏州集》传世。《全唐诗》存诗一〇卷。

长安遇冯著

客从东方来，衣上灞陵雨[①]。问客何为来？采山因买斧[②]。冥冥花正开[③]，扬扬燕新乳。昨别今已春[④]，鬈丝生几缕？

①灞陵：地名，即灞上，因汉文帝葬于此，改名灞陵，在长安东。②采山：指采伐山上树木，犹"砍樵"。③冥冥：这里意为幽静。④昨：这里应释为昨岁，即去年。

冯著是韦应物的诗友，《韦苏州集》中有《送冯著》、《赠冯著》、《寄冯著》等诗，可见其交情甚深。这一首五古，描状冯著因要上山采樵而来长安买斧、与作者相会的情景，体现了"高雅闲淡"的艺术风格。

观 田 家

微雨众卉新，一雷惊蛰始[①]。田家几日闲？耕种从此始。丁壮俱在野，场圃亦就理。归来景常晏，饮犊西涧水[②]。饥劬不自苦，膏泽且为喜[③]。仓廪无宿储，徭役犹未已[④]。方惭不耕者[⑤]，禄食出闾里[⑥]。

①惊蛰：旧历节气名，在公历三月五日至六日。春雷初鸣，蛰虫惊动，正是耕种的气候。②景：日光。景常晏：指天晚了。犊：小牛。③劬（qú 渠）：过分劳累。膏泽：雨水下到田里，像油脂一样润泽着土地。④无宿储：没有积存的粮食。徭役：古时统治者强制人民承担的无偿劳动。犹未已：还不停。⑤不耕者：包括官吏在内的不耕而食者。⑥禄食：官吏的俸禄。闾里：这里指农村。

因看到田家终岁劳作而衣食不足，徭役又没完没了，便为自己不劳而获感到惭愧。刘熙载《艺概·诗概》谓"韦苏州忧民之意如元道州"。正是他的"忧民之意"，为他的田园诗赋予生命，至今读来，犹真切动人。

寄全椒山中道士

今朝郡斋冷，忽念山中客：涧底束荆薪，归来煮白石[①]。欲持一瓢酒，远慰风雨夕；落叶满空山，何处寻行迹[②]？

①"涧底"二句：从山涧下砍了柴，背回来煮白石头。《神仙传》载："白石先生者，中黄丈人弟子也。尝煮白石为粮。"这里以白石先生比全椒山道士。②"落叶"二句：写道士如闲云野鹤，想寻访他，却只见落叶满山而不知其行迹所在。《许彦周诗话》载："韦苏州诗'落叶满空山，何处寻行迹'，东坡用其韵曰：'寄语庵中人，飞空本无迹。'此非才不逮，盖绝唱不当和也。"

此诗作于任滁州刺史时。全椒属滁州，有神山颇幽深，即"道士"所居(见《舆地纪胜》卷四二)。全诗由"今朝郡斋冷，忽念山中客"发端，以下所写，皆由"忽念"引起，纯用虚笔，空灵超妙。沈德潜云："化工笔。与渊明'采菊东篱下，悠然见南山'同，妙处不关语言意思。"(《唐诗别裁集》卷三)施补华云："《寄全椒山中道士》一作，东坡刻意学之，而终不似。盖东坡用力，韦公不用力；东坡尚意，韦公不尚意，微妙之诣也。"(《岘佣说诗》)

淮上喜会梁州故人

江汉曾为客，相逢每醉还。浮云一别后，流水十年间。欢笑情如旧，萧疏鬓已斑①。何因不归去？淮上有秋山。

①"萧疏"句：谓两鬓头发稀疏、斑白。

此诗约作于大历八年(773)、九年(774)间，当时韦应物有淮海之行，在淮上(今江苏淮阴一带)遇见以前在梁州(今陕西南郑)结交的一位朋友，今昔之感，形诸吟咏。首联追叙梁州聚会之乐；次联写梁州一别，转瞬十年；三联写久别重逢，欢笑如旧，而人已衰老；尾联写二人同有羁旅之苦，何不归去而漂泊于淮上？通篇一气回旋，兴象超妙。次联用流水对，以"浮云"比喻行踪无定，以"流水"象征岁月流逝，而"一别后"、"十年间"既表现阔别之久，又蕴含重逢之乐，别后十年间两人的经历，当然又是重逢话旧的内容。可谓天然佳句，至今犹能引起久别重逢者的情感共鸣，故传诵不衰。

寄李儋元锡①

去年花里逢君别，今日花开又一年。世事茫茫难自料，春愁黯黯独成眠②。身多疾病思田里③，邑有流亡愧俸钱④。闻道欲来相问讯，西楼望月几回圆⑤。

①李儋：字幼遐，曾官殿中侍御史。元锡：字君贶，历任福州、苏州刺史。②黯黯：此处形容心情黯淡。③田里：田园，家乡。④邑：居民点，此指苏州。俸钱：薪金。⑤西楼：一名观风楼，在苏州。

此诗当作于苏州刺史任上。首联以两度花开表现与友人分别已经一年，追忆之情，思念之意，已溢于墨楮，却留待尾联申说，而以中间两联写"一年"来的时事感受和思想矛盾，向朋友倾吐满腹心事。安史乱后，政局动荡，民生凋敝，连苏州这样的富饶地区也有饥民流亡。作为一个清廉正直、爱民忧国的地方官，韦应物常以无法改变这种局面而深感苦闷。中间两联所倾吐的，正是这种情怀,但不是平铺直叙,而是以第二联的"世事茫茫"、"春愁黯黯"烘托"难自料"、"独成眠"的心态,为第三联作有力铺垫。第三联又跌宕摇曳,唱叹有情。从第二联的铺垫看,第三联上句的"思田里"——想弃官回家,乃是"难自料"、"独成眠"时的心理活动,其原因,当然与"世事茫茫"、"春愁黯黯"有关;却偏把这原因归结为"身多疾病"。不难看出,这"疾病"其实是身心交瘁。第三联下句"邑有流亡"正与第二联"世事"、"春愁"相应。"邑有流亡"而一筹莫展,深感"愧俸钱",自然"思田里"。在语序上将"思田里"置于上句,合起来便是:身多疾病,已思田里;更何况邑有流亡,愧拿俸钱呢? 无限感慨,从文情动宕中传出,遂成一篇之警策。范仲淹叹为"仁者之言",朱熹称赞"贤矣",黄彻《碧溪诗话》卷二更说"余谓有官君子当切切作此语,彼有一意供租,专事土木,而视民如雠者,得无愧此诗乎?"

尾联回应首联,归到"寄友",听说友人要来相访,向他们面叙衷曲,该多好! 可是总盼不来,以"西楼望月几回圆"收尾,余味无穷。

秋夜寄丘员外①

怀君属秋夜②,散步咏凉天。空山松子落,幽人应未眠③。

①丘员外:诗人丘为之弟丘丹,曾官仓部员外郎。李肇《国史补》云:"应物性高洁,所在焚香扫地而卧,惟顾况、刘长卿、丘丹、秦系、皎然之俦,得厕宾列,与之酬唱。"②属(zhǔ主):适逢。③幽人:指丘丹。丘丹《和韦使君秋夜见寄》云:"露滴梧叶鸣,秋风桂花落。中有学仙侣,吹箫弄明月。"

韦应物任苏州刺史时,诗友丘丹已弃官入浙江临平山学道,秋夜怀人,因寄此诗。

唐人工五绝者,首推王维、李白,韦应物亦负盛名。沈德潜《说诗晬语》云:"五言绝句,右丞之自然,太白之高妙,苏州之古澹,并入化机。而三家中,太白近乐府,右丞、苏州近古诗,又各擅胜场也。"乔亿《剑溪说诗》亦云:"五言绝句,工古体者自工……唐之王维、李白、韦应物可证也。"这首《秋夜寄丘员外》诗,是韦应物五绝中的代表作。

前两句用"秋夜"、"凉天"托出"咏"字,咏秋夜呢? 咏凉天呢? 或于秋夜、凉天咏"怀君"之诗呢? 我"怀君"而恰值秋夜、凉天,则"君"亦共此秋夜、凉天,意脉直贯结句"幽人应未眠"。"应",揣测想象之词,如此秋夜、凉天,"君"既是"幽人",想来更不会闭户高眠! 那么,散步呢,咏诗呢,还是干别的什么呢?

中间横插"空山松子落"一句,频添幽意。然而意脉属前还是属后? 如属前,则我凉天散步,秋夜寂寥,偶闻松子落地而念及幽人,遥想未眠。如属后,

214

则我情系空山，神驰"君"畔，想"君"因闻松子落地之声而触动情思，秋夜未眠。

诗以"怀君"领起，而"怀君"之意，迄未明说。空际传神，不着迹象，清幽淡远，一片空灵，自是五绝妙境。

滁州西涧[①]

独怜幽草涧边生，上有黄鹂深树鸣。春潮带雨晚来急，野渡无人舟自横。

①滁州：今安徽滁县。西涧：在滁州城西。

韦应物于德宗建中四年（783）出为滁州刺史，旋即罢任，闲居滁州西涧。此诗即作于此时。全诗写西涧春景，前半写晴景，后半写雨景。写晴景明丽如绘，而以黄鹂偶鸣烘托静境，画不能到。写雨景亦用以动形静手法：暮雨忽来，春潮骤涨，着一"急"字，如见汹涌之势，如闻澎湃之声。而野渡无人，孤舟自横，又于动中显静，喧中见寂。后两句历代传诵，且被化用。北宋寇准《春日登楼怀归》"野水无人渡，孤舟尽日横"，苏舜钦《淮中晚泊犊头》"晚泊孤舟古祠下，满川风雨看潮生"，南宋史达祖《绮罗香·咏春雨》"还被春潮晚急，难寻官渡"，均由此化出。

王士禛《唐人万首绝句选·凡例》云："宋赵章泉、韩涧泉选唐诗绝句，其评注多迂腐穿凿。如韦苏州《滁州西涧》一首'独怜幽草涧边生，上有黄鹂深树鸣'，以为'君子在下，小人在上'之象，以此论诗，岂复有风雅耶？"解诗不宜说死，更忌穿凿附会。"君子在下"之类的解释，的确太迂腐穿凿。但诗中确实存在的寓意、寄托及深层蕴含，也应阐明，始有助于提高读者的鉴赏力。此诗写西涧晴景而"独怜"幽草，写西涧雨景而以春潮暴涨反衬野渡舟横，言外有意，极耐寻绎。如果那只"舟"不在"野渡"而在官津，当"春潮带雨晚来急"之时，万人争渡，岂能"自横"？如果作者春风得意，竞逐繁华，则寂寞"幽草"，又怎能使他偏爱？结合诗人自尚书比部员外郎外放滁州刺史，旋即罢任，闲居西涧的境遇细味此诗，则其景中之情，言外之意，是不难领会的。

卢 纶

卢纶（748—800?），字允言，河中蒲（今山西永济）人。安史乱起，避难鄱阳。大历初，数举进士不第，经宰相王缙、元载举荐，授阌乡尉，改密县令。历官集贤学士、秘书省校书郎、陕州府户曹、昭应令、奉天行营判官，终户部郎中。《新唐书》有传。卢纶为"大历十才子"之一，诗名颇著。元和时令狐楚选《御览诗》,纶诗入选者居全书十分之一。《旧唐书·卢简求传》称:"大历中,诗人李端、钱起、韩翃辈能为五言诗,而辞情捷丽,纶作尤工。"辛文房谓:"纶与吉中孚……号'大历十才子',唐之文风,至此一变矣。纶所作特胜,不减盛时,如三河少年,风流自赏。"(《唐才子传》卷四)其诗工于叙事写景,兼擅各体,五七律精严浑厚,犹有盛唐余音。有《卢户部集》,《全唐诗》存诗五卷。

晚次鄂州

云开远见汉阳城,犹是孤帆一日程。估客昼眠知浪静,舟人夜语觉潮生[①]。三湘衰鬓逢秋色,万里归心对月明。旧业已随征战尽,更堪江上鼓鼙声[②]?

①估客:指同船的商人。舟人:船家。②更堪:哪里更经得起。江上鼓鼙声:言鄂州一带也不平静。

题下原注:"至德中作。"肃宗至德(756—758)中,卢纶避安史之乱南下,此诗当作于南下抵鄂州(今湖北武汉)时。先以望见鄂州发端,中间两联写江上行舟情景。第二联尤精彩,沈德潜评云:"读三、四语,如身在江舟间矣,诗不贵景象耶?"(《唐诗别裁集》卷一四)方东树《昭昧詹言》评全诗云:"起句点题,次句缩转,用笔转折有势。三、四兴在象外,卓然名句。收切鄂州,有远想。"

塞下曲六首[①](录二)

林暗草惊风,将军夜引弓[②]。平明寻白羽,没在石棱中[③]。

①塞下曲:唐代乐府题,出于汉《出塞》、《入塞》等曲。此题一作《和张仆射塞下曲》。张仆射指张延赏。②引弓:拉弓。③"平明"两句:据李广故事而加以创新。《史记·李将军列传》:"广出猎,见草中石,以为虎而射之,中石没镞,视之,石也。"白羽:指白羽箭。

安史之乱以后,回纥、吐蕃多次入侵,浑瑊在郭子仪麾下累立战功。德宗兴元元年(784),浑瑊以军功封咸宁郡王,镇守河中。《旧唐书·浑瑊传》载:"贞元三年(787),吐蕃入寇,至凤翔,欲长驱犯京师,而畏瑊……"卢纶长期居浑瑊幕府,任元帅判官,对浑瑊英勇拒敌、力振国威的多次战斗都亲自参与,故能发为高唱,作此组诗,在以厌战思归为主旋律的中唐边塞诗中卓然特立,大放异彩,评论家认为"有盛唐之音",可与岑参边塞诗抗手。

组诗共六首,这是第二首。借射虎表现将军英武,戒备森严。首句"林暗"已含次句"夜"字,夜黑林暗,风动草惊,写猛虎出林景象极逼真、生动。着一"惊"字,由"草惊风"引起人惊虎,用"风从虎"语意不露痕迹。次句紧承首句,一见草惊即拉弓猛射,则将军的高度警惕性已不言可知。前两句只写将军夜射而不言结果,故留悬念。可以想见,一射之后,即风停草静。因为夜黑林暗,故未入林察看现场。后两句所写,乃时隔一夜之后的情景,先用"平明寻白羽"一宕,又引起读者悬念,急于一探究竟。"寻白羽"有一个过程,略去不写,只写惊人的发现:"没在石棱中。"而将军之神勇、射术之超群,俱见于言外。

> 月黑雁飞高,单于夜遁逃①。欲将轻骑逐②,大雪满弓刀。

> ①单于:对匈奴君长的称呼。②轻骑(jì):轻装的骑兵。逐:追击。

前两句极富暗示性。"月黑"与以下"夜"、"雪"互补,暗示敌人可能趁机出动。月黑雪猛,非雁飞之时,却见大雁高飞,暗示已有敌情。将军一见雁飞,迅即作出"单于夜遁逃"的判断,暗示敌人被围已久,已无力夜袭。当然,将军极富作战经验,雪夜严密注视敌情,也同时得到暗示。

后两句不正面描写轻骑远追及其辉煌战果,却用"大雪满弓刀"烘托跃跃欲追的场景,所谓"将军欲以巧伏人,盘马弯弓惜不发",扣人心弦,引人联想,言有尽而意无穷。

山　　店

> 登登山路行时尽①,决决溪泉到处闻。风动叶声山犬吠,一家松火隔秋云②。

> ①登登:脚步声。②松火:用松树脂点燃的灯火。

题为《山店》,诗写旅途跋涉中渴望找到"山店"歇脚的情景,极传神。何焯《三体唐诗》评:"发端是暮程倦客,亟望有店;'行时尽',又直贯'隔秋云'三字。第二句疑若路穷,妙能顿挫。第四句仍用'隔秋云'三字,欲透复缩。"又云:"'犬吠'尚是因风远传,与下句'隔'字一线。"前两句写山路、泉声无尽无休,渴望休息而不知何处有店。后两句写风声传来犬吠,不禁心喜,循声看去,果然"一家松火",可它为秋云所隔,还远着哩!

李　益

李益(748—829),字君虞,排行十,凉州姑臧(今甘肃武威)人。代宗广德二年(764)凉州陷于吐蕃前,随家迁离故土,定居洛阳。大历四年(769)登进士第,授华州郑县尉,迁郑县主簿。九年入渭北节度使臧希让幕,随军北征备边。德宗建中二年(781)转入朔方节度使李怀光幕,曾巡行朔野。四年以书判登拔萃科,授侍御史。贞元元年(785)入天德节度使杜希全幕。四年为邠宁节度从事,十二年府罢。十三年(797)为幽州节度从事,进营田副使。至十六年(800)方离军府。宪宗元和元年(806)前后,入朝为都官郎中,三年以本官充考制策官。其后进中书舍人,改河南少尹。七年(812)任秘书少监兼集贤学士。八年前后,因作"感恩知有地,不上望京楼"诗,降居散职。旋复任秘书监。累历太子右庶子、秘书监、太子宾客、集贤学士判院事。十五年(820)任右散骑常侍。文宗大和元年(827)加礼部尚书致仕。其生平事迹见新、旧《唐书》本传及今人卞孝萱《李益年谱稿》。李益诗名振当代。元和十二年令狐楚选《御览诗》,李益诗入选最多。李肇著《国史补》,称"李益诗名早著",其诗"好事者画为图障","唱为乐曲"。早期诗风类"十才子",以五律见长,《喜见外弟又言别》是其代表作。中期处军旅中达二十六年之久,多写边塞题材,艺术成就臻于巅峰。辛文房称其"从军十年,运筹决胜,尤其所长。往往鞍马间为文,横槊赋诗,故多抑扬激励悲离之作,高适、岑参之流也"(《唐才子传》卷四)。各体皆工,尤以七绝名世。有《李益集》,《全唐诗》存诗二卷。

喜见外弟又言别

十年离乱后,长大一相逢。问姓惊初见,称名忆旧容。别来沧海事①,语罢暮天钟。明日巴陵道②,秋山又几重。

①沧海事:是说世事变化很大,如同沧海变成桑田,桑田变为沧海。葛洪《神仙传·麻姑》:"麻姑自说云,接待以来,已见东海三为桑田。"这一句与首句呼应,因为十年离乱,所以世事沧桑,变化极大。②巴陵:唐代郡名,治所在今湖南岳阳,是外弟将要去的地方。

这首五律,写战乱年代久别乍逢的欢愉与乍逢又别的惆怅跃然纸上,语浅情深,感人肺腑。"问姓惊初见,称名忆旧容"尤为传诵名句,沈德潜评云:"与'乍见翻疑梦,相悲各问年'抚衷述愫,同一情至。"(《唐诗别裁集》卷一一)贺裳评云:"情尤深,语尤怆,读之者几于泪不能收。"(《载酒园诗话》又编)全篇亦如沈德潜所评:"一气旋折,中唐诗中仅见者。"

盐州过胡儿饮马泉

绿杨著水草如烟,旧是胡儿饮马泉①。几处吹笳明月夜,何人倚剑白云天②?从来冻合关山路,今日分流汉使前③。莫遣行人照容鬓,恐惊憔悴入新年④。

①著水:垂杨丝长,可以拂到水面。草如烟:形容初春朦胧的草色。旧:过去。用一

"旧"字,暗写"胡"兵曾经到此饮马。②笳:胡笳。倚剑白云天:语出宋玉《大言赋》"长剑耿耿倚天外"。这两句意谓:中夜笳声四起,边防堪虞;但谁是长剑倚天、足以捍卫边防的英雄?③冻合:冻成一片。关山路:泛指通往各处的道路。分流:春天泉流解冻,绿水分流。汉使:作者自指。④遣:让。行人:旅途中的人,作者自指。这两句意谓:莫让我这行路的人去临水自照,以免在新年来临之际,为看见自己憔悴的面容而惊叹。

盐州,即今内蒙古自治区五原,诗题一作《过五原胡儿饮马泉》。方东树《昭昧詹言》云:"起句先写景;次句点地;三、四言此是战场,戍卒思乡者多,以引起下文自家;五、六实赋,带入'至'字;结句出场,神来之笔。"又云:"此等诗有过此地之人、有命此题之人、有作此诗之人之性情面目,流露其中,所以耐人吟咏。"

夜上受降城闻笛[①]
　　回乐烽前沙似雪[②],受降城外月如霜。不知何处吹芦管[③],一夜征人尽望乡。

　　[①]受降城:唐高宗神龙三年张仁愿所筑,以防突厥,共有中、东、西三城。中城在今内蒙古包头市西;东城在今内蒙古托克托西;西城在今内蒙古杭锦后旗乌加河北岸。历来注家注此诗,都注受降城为张仁愿所筑东、中、西三城中的某一城。其实此诗中受降城乃灵州(今宁夏回族自治区灵武县西南)州治所在地回乐县。贞观二十年,唐太宗曾亲临灵州接受突厥一部的投降,故称灵州城为"受降城"。[②]回乐烽:烽火台名,当在回乐县境内。[③]芦管:即指题中之"笛"。

贞元元年(785)起,李益佐灵州大都督杜希全幕达四五年之久,诗当作于此时。

前两句写"夜上受降城"所见。远望,白沙莽莽,恍如终年不化的积雪;近看,月色茫茫,恍如秋宵普降的寒霜。仅"沙似雪"、"月如霜"已足以触发征人怀乡思归之情,更何况"沙似雪"、"月如霜"的地点是"回乐烽前"、"受降城外"!这一联用对偶句,连两个地名也字字相对,铢两悉称。"受降城"、"回乐烽"如果名实相符,那么吐蕃归降,征人便可享"回"乡之"乐",可如今这里是防御吐蕃的前沿阵地啊!作者另有《暮过回乐烽》诗:"烽火高飞百尺台,黄昏遥自碛南来。昔时征战回应乐,今日从军乐未回。""乐未回"是故作慷慨之词,其实是正话反说。这两个对偶句正是巧用地名与实际的尖锐矛盾及其寂寥、凄冷的眼前景引发征人的思"回"之情,为第四句蓄势。

后两句写"闻笛"之感。王昌龄《从军行》云:"更吹羌笛关山月,无那(奈)金闺万里愁。"今于"回乐烽前"、"受降城外"忽传羌笛之声,征人闻此,更动乡愁。然而直言乡愁,则流于抽象。诗人的高明之处,在于巧运回旋跌宕之笔,写"吹芦管",而以"不知何处"领起,自然引出结句:"一夜征人尽望乡。""尽"字笼括所有征人,"望"字照应"不知何处"。征人原已思乡,今闻悠扬哀怨的笛声从家乡那边飘来,便无不回头"望乡"。前三句蕴含的思乡之情,都汇聚于"尽望乡"的神态之中,形成震撼人心的艺术魅力。

诗中未用"久戍"、"思归"之类的字眼,一、二句绘色,第三句传声,第四句状形,而情含其中,情景两绝。宋宗元《网师园唐诗笺》评云:"蕴藉宛转,乐府绝唱。"王世贞《艺苑卮言》评云:"绝句李益为胜,'回乐烽前'一章,何必王龙标、李供奉?"

边　思

腰悬锦带佩吴钩①,走马曾防玉塞秋②。莫笑关西将家子③,只将诗思入凉州④。

①吴钩:春秋时吴王阖闾所造的一种弯形宝刀,见《吴越春秋》。鲍照《代结客少年场行》有"锦带佩吴钩"句。②玉塞:玉门关。③关西将家子:《后汉书·虞翻传》:"谚曰:'关西出将,关东出相。'"李益为陇西人,汉名将李广之后,其父也做过武官,故自称"关西将家子"。④凉州:地名,亦乐曲名。

这首诗是李益的自我写照,当作于中年以后。

前两句用一"曾(曾经)"字,追叙往日的战斗经历。李益生于凉州,出身望族,以"身承汉飞将"(《赵邠宁留别》)自豪。但八岁时爆发安史之乱,十七岁时吐蕃侵占河西陇右之地,家乡沦陷,移家洛阳。这给他留下了痛苦的回忆,他自称"西州遗民",誓复失地。他"从军十年",主要是抵御吐蕃入侵,当时的特定说法叫做"防秋"。首句"腰悬锦带佩吴钩",活画出"关西将家子"的英武形象,次句用"走马"、"防秋"概括了十年战斗生涯。"防秋"乃至收复河西、陇右失地,这是他的本愿,可是他的这种愿望一直未能实现,却以边塞诗蜚声当时,因而以三、四句抒发感慨。

后两句以"莫笑"领起,言外之意是,作为"关西将家子"而"只将诗思入凉州",这是可"笑"的,而且已经有人"笑"他。当然,别人不会"笑",这只是一种假设,便于自我解嘲:别笑我只知作诗,我还干过"关西将家子"的本行,"腰悬锦带佩吴钩,走马曾防玉塞秋"呢!

"诗思(sì 四)",指诗情诗意。"入凉州",语意双关。《旧唐书·李益传》说李益擅长七绝,"每作一篇,为教坊乐人以赂求取,唱为供奉歌辞,其《征人歌》、《早行篇》,好事者画为屏障。'回乐烽前沙似雪,受降城外月如霜'之句,天下以为歌辞。"《乐府诗集》引《乐苑》云:"《凉州》,宫调曲,开元中凉州府都督郭知运进。"据此,"诗思入凉州"指其诗"入乐",被谱为歌曲,天下传唱。

《凉州》，借指乐曲。李益是凉州人，自幼熟习《凉州曲》，其诗入乐，亦以谱入《凉州曲》为宜。然而只要注意他生长于凉州，青年时期家乡沦陷，他常思收复，形于吟咏的事实，便不难探究“只将诗思入凉州”的深层意蕴：虽曾十载从军，却一直未能收复失地，因而只能将“诗思”谱“入凉州”，而他自己及家属，却依然漂泊他乡，未能“入凉州”回故里啊！他的《从军诗》自序云：“吾在兵间，故为文多军旅之思。或因军中酒酣，或自塞上兵寝，投剑秉笔，散怀于斯文，率皆出乎慷慨意气，武毅果厉。本其凉国，则世将之后，乃西州之遗民欤！亦其坎坷当世，发愤之所志也。”（见《唐诗纪事》卷三十）读读这篇序，再读“故国关山无限路，风沙满眼堪断魂”（《六州胡儿歌》）一类诗句，便更能领会这首《边思》诗所抒发的作为“西州遗民”的深沉感慨。

从军北征

天山雪后海风寒[①]，横笛偏吹行路难[②]。碛里征人三十万，一时回首月中看[③]。

①天山：在今新疆中部。海：塞外湖泊，古代亦称海。②行路难：乐府《杂曲》。③碛：沙漠。黄生《唐诗摘抄》：“闻笛思乡，诗中常事，硬说三十万人一时回看，便使常意变新。”

此诗作于德宗贞元元年（785）至四年间在杜希全幕中之时。写征人怀乡之情而气象雄阔，苍凉悲壮。胡应麟云：“七言绝，开元之下，便当以李益为第一。如《夜上西城》、《从军北征》、《受降》、《春夜闻笛》诸篇，皆可与太白、龙标竞爽，非中唐所得有也。”（《诗薮》内编卷六）

塞下曲

伏波惟愿裹尸还，定远何须生入关[①]？莫遣只轮归海窟，仍留一箭定天山[②]。

①伏波：东汉马援屡立战功，被封为伏波将军。他曾说，男儿要有战死边疆、以马革裹尸还葬的决心。定远：东汉班超投笔从军，平定西域一些少数民族贵族统治者的叛乱，封定远侯，居西域三十一年，最后因衰老上书皇帝，请求调回，有“但愿生入玉门关”句。②海窟：本指海中动物聚居的洞穴，这里借指敌人聚居的地方。一箭定天山：《旧唐书·薛仁贵传》说：唐高宗时，薛仁贵领兵在天山迎击九姓突厥十余万军队，发三矢射杀他们派来挑战的少数部队中的三人，其余都下马请降。薛仁贵率兵乘胜前进，凯旋时，军中歌唱道：“将军三箭定天山，战士长歌入汉关。”

只写马援、班超、薛仁贵为国立功的英雄事迹，而激励后人之意即蕴含其中。纯用对偶句,又句句用典,而大气盘旋,神采飞扬,极沉雄豪迈之致。

听晓角

边霜昨夜堕关榆①,吹角当城汉月孤②。无限塞鸿飞不度,秋风卷入小单于③。

①堕:降落。关榆:古代北方边塞常种榆树,关榆就是指关旁的榆树,所以李益的《回军行》也说"关城榆叶早疏黄,日暮沙云古战场"。②汉月:唐代边塞诗中常用"秦时明月"、"汉月"之类的词,这是由看到月亮而引起的联想。③小单于:乐曲名。这句是说晓角在秋风中吹《小单于》曲。

纯从角声的影响方面落墨,避实就虚;而写角声的影响,又只说边霜夜降、榆叶飘堕,无数塞鸿不能飞度,却只字不提戍卒。其写法可谓极奇极幻。然而边霜、榆叶、塞鸿一听晓角,其反响尚如此强烈,何况戍卒!沈德潜云:"塞鸿闻角声尚不能飞度,况《小单于》吹入征人耳乎?与《受降城》一首相印。"(《唐诗别裁集》卷二〇)

江南曲

嫁得瞿塘贾①,朝朝误妾期②。早知潮有信③,嫁与弄潮儿④。

①瞿塘:长江三峡之一,属夔州。夔州当时为商业中心,故"瞿塘饶贾客"(李白《江上寄巴东故人》)。②期:约定的归期。③潮有信:潮涨潮落有定时。④弄潮儿:能在潮涨时戏水的青年。

《江南曲》,乐府《相和歌》旧题,多述江南水乡风俗及男女爱情。此诗先通过商人妇的口吻,埋怨商人重利,久客不归,杳无音信;接着即从"信"字生发,写出千古妙句。黄叔灿《唐诗笺注》云:"不知如何落想,得此急切情至语。乃知《郑风》'子不我思,岂无他人'是怨怅之极词也。"

孟 郊

孟郊(751—814),字东野,排行十二,湖州武康(今浙江德清)人。贞元十二年(796)进士,十六年授溧阳尉,抑郁不得志,遂辞归。元和初,郑余庆为河南尹,奏为水陆转运判官。九年(814),郑余庆出镇兴元,辟为参谋,病卒于途。早年隐居嵩山,家境贫困,屡试不第,曾浪迹江西、湖北、湖南等地以寻求出路,而终无所获。入仕以后,因生性孤直,不谐世媚俗,亦贫困潦倒,死后竟无钱下葬。友人张籍等私谥为贞曜先生。其生平事迹见韩愈《贞曜先生墓志铭》及新、旧《唐书》本传。近人夏敬观、今人华忱之各有《孟郊年谱》,后者较完备。孟郊与韩愈酬唱,并称"韩孟",为韩孟诗派开派人物。其诗五古多硬语盘空,自诉穷困和愤世嫉俗之作;绝句质朴简练,有古乐府风神。韩愈评其诗"横空盘硬语,妥帖力排奡"(《荐士》),"刿目鉥心,刃迎缕解,钩章棘句,掐擢胃肾"(《贞曜先生墓志铭》)。因其处境困窘,心胸亦窄,故诗风清奇、瘦硬、苦涩,张为《诗人主客图》列为"清奇僻苦主"。当时诗名极盛,李观、韩愈、张籍、白居易、贾岛等皆极推崇。李肇《国史补》谓"元和以后……学矫激于孟郊",足见其影响。有《孟东野诗集》,《全唐诗》存其诗一〇卷。

寓　言

谁言碧山曲,不废青松直。谁言浊水泥,不污明月色①。我有松月心,俗骋风霜力。贞明既如此,摧折安可得②!

①"谁言"四句:山岭弯曲,不能改变青松的正直;污水混浊,不能污染明月的亮色。②"我有"四句:我有青松明月的心性,一任世俗施展风霜般的威力,也不能摧毁我青松般的坚贞和明月般的明洁。

题为《寓言》,寓,就是寄托。诗中以青松、明月自喻,寄托了作者明洁不污的心地和坚贞不屈的节操。

寒地百姓吟

无火炙地眠①,半夜皆立号②。冷箭何处来③,棘针风骚骚④。霜吹破四壁⑤,苦痛不可逃。高堂捶钟饮⑥,到晓闻烹炮⑦。寒者愿为蛾,烧死彼华膏⑧。华膏隔仙罗⑨,虚绕千万遭。到头落地死,踏地为游遨⑩。游遨者是谁⑪?君子为郁陶⑫。

①炙(zhì 志):烤。②号(háo 毫):叫喊。以上两句说,穷苦百姓家里没有取暖的炉火,只好将地面烤热后睡下,到半夜时地面变冷,冻得人站起来号叫。③冷箭:与下句中的"棘针"都是指从缝隙中吹进来的刺骨冷风。④骚骚:风声。一作"骚劳"。⑤霜吹:霜风。这一句说冷风从四面墙壁缝隙中钻进来,所以下句说无法逃避寒冷的痛苦。⑥捶(chuí 垂):敲击。钟:古代的一种打击乐器。这一句写富贵人家在高堂大屋中一边喝酒,一边欣赏音乐。⑦烹(pēng 怦)、炮(bāo 包):两种烹饪的方法,烹是用热油略炒,炮是用猛火急炒。这一句说,厨房里忙个不停,直到早上仍能听到烹炮的声音,闻到佳肴的香气。⑧膏:油,这里指油灯。以上两句说,受冻的百姓情愿化成飞蛾,扑向华美的油灯被烧死。⑨仙罗:指油灯上的丝绸灯罩。⑩游遨:游玩。这里指"高堂捶钟饮"的富贵者。以上两句说,飞蛾最终落地而死,又被日夜游乐的富贵者所践踏。⑪这一句用疑问的语气表示对游乐者的轻蔑:这些游乐

者都是些什么样的人啊！⑫君子：这里指正直的人，其中也包括了诗人自己。郁陶（yáo姚）：满腔悲愤。

此诗作于宪宗元和元年（806），当时作者任河南水陆转运判官，居洛阳。诗中将百姓之饥寒与豪绅之宴饮取乐作对比，表现了对前者的同情、对后者的抨击。以"冷箭"、"棘针"、"破四壁"写寒风，以"寒者愿为蛾，烧死彼华膏"写百姓希望得到一丝温暖，都体现了孟郊"刿目钦心"的艺术特点。

游终南山

　　南山塞天地①，日月石上生。高峰夜留景②，深谷昼未明。山中人自正，路险心亦平③。长风驱松柏，声拂万壑清④。到此悔读书，朝朝近浮名。

①塞：充满。这句并下句极言终南山的高大，它充塞在天地之间，太阳月亮仿佛从山里升起。②高峰：指太白峰。景：日光。此句原注："太白峰西，黄昏后见余日。"③以上两句说，山野之人心地纯正，尽管山路险仄，内心仍然平和。④壑（hè 贺）：山沟。

　　题为《游终南山》，解诗应注意"游"字。前六句写终南山，句句奇出意表，险语惊人。然而这是写"游"山时的所见所感，与写遥望终南自然不同。人在山中，仰望则山与天接，环顾则视线为千岩万壑所遮，压根儿看不见山外还有什么空间。用"南山塞天地"概括这种独特感受，虽"险"而不怪，虽夸而非诞。"日月"当然不是"石上生"的，更不会同时从"石上生"出。"日月石上生"一句，真"奇"、"险"绝伦。然而这也是写他"游"终南的感受。"日"、"月"并提，表明他入山以来，既见日升，又看月出，已经度过几个昼夜；终南之大，作者游兴之浓，也由此曲曲传出。身在终南深处，朝望日，夕望月，都从高峰顶端初露半轮，然后冉冉升起，不就像从"石上生"出来一样吗？三、四句乍读也"险"得出"奇"。在同一地方，"夜"与"景"（日光）互不相容，"昼"与"未明"也无法并存，但作者硬把它们统一起来，怎能不给人以"奇"、"险"的感觉！但细玩诗意，"高峰夜留景"不过是说在其他地方全被夜幕笼罩之后，终南"高峰"还留有落日的余晖，极言其"高"；"深谷昼未明"不过是说在其他地方已经洒满阳光之时，终南"深谷"依然一片幽暗，极言其"深"。一"高"一"深"，悬殊若此，也给人以"奇"、"险"感。然而通过这一"高"一"深"，正足以表现千岩万壑的千形万态，足以见终南山高深广远，无所不包。究其实，略同于王维的"阴晴众壑殊"，不过风格各异而已。

　　终南山人简直在林海里居住，下两句写林海而选择了极好的角度："长风"。"长风驱松柏"的"驱"字下得"险"。但终南松柏成林，一望无际，"长风"过处,枝枝叶叶都向一边倾斜、摇摆,形成后浪推前浪的奇观,只有"驱"字才能表现得形神毕肖。"声拂万壑清"的"拂"字下得"奇"。"声"无形无色,谁能看见它拂?然而此句紧承上句,那"声"来自"长风驱松柏","长风"过处,千松万柏枝枝叶叶都在飘"拂",也都在发"声"。不说枝拂而说"声拂",就把视觉形象和听觉形象融合为一,使读者于看见万顷松涛之际,又听见万顷松风。

硬语盘空,险语惊人,奇出意表,孟郊诗的这些独特风格,在这首诗里得到了突出表现;但仍有一定的含蓄美值得品味。赞美终南的万壑清风,意味着厌恶长安的十丈红尘;赞美山里的"人正"、"心平",意味着厌恶山外的人邪心险。以"到此悔读书,朝朝近浮名"收束全诗,这种言外之意就表现得相当明显了。

游子吟

慈母手中线,游子身上衣。临行密密缝,意恐迟迟归。谁言寸草心①,报得三春晖②?

①寸草心:小草茎中抽出的嫩芽。②三春:指孟春、仲春、季春,即阴历正月、二月、三月。晖:阳光。

题下作者自注云:"迎母溧上作。"作时当为贞元十六年(800)。孟郊出身贫寒,其父孟庭玢早卒,母亲裴氏受尽千难万苦,抚养三个儿子成人。孟郊多次辞家,奔走衣食,直到五十岁才被授予溧阳(今属江苏)县尉的小官。当他迎养老母时,以往辞家别母的情景浮现眼前,情不自禁地写出这篇《游子吟》。

"慈母手中线,游子身上衣",由于中间省掉"缝"字而留给第三句补出,便成为两个词组,从而使二者的关系更其紧密,恰切地表现了母子相依为命的骨肉之情。第三句"临行"上承"游子";"缝"上承"线"与"衣";"密密缝"三字,将慈母手眼相应、行针引线的神态及其对儿子的爱抚、担忧、祝愿和希冀,和盘托出,扣人心弦,催人泪下。这"密密缝"的情景是"游子""临行"之际亲眼看见的,他从那细针密线中体会出慈母的心意:她切盼儿子早早归来;又生怕儿子迟迟不归,衣服破了,拿什么换,所以才"密密缝"。"意恐迟迟归"的那个"意",即出于儿子的意思,也正是慈母的真意,慈母的爱心与儿子的孝心交融互感,给"迟迟归"倾注了无声的情感波涛:母亲生怕儿子"迟迟归",当然有复杂的心理活动;儿子体贴母亲,下决心要早早归,然而世路难行,谋生不易,万一"迟迟归"呢?……

后两句突用比喻作结,出人意表。然而仔细玩味,实由"意"字引发。如果儿子毫无孝心,便不会把慈母缝衣放在眼里,甚至嫌弃那衣服土气。诗里写的这个儿子则不然:慈母为他缝衣,他在一旁静观默想;当他体会出老母心意之

225

时，便被那博大、深厚、温馨的母爱所打动，心潮汹涌，终于化为"谁言寸草心，报得三春晖"的心声。"寸草心"，极微小；"三春晖"，博大而温暖。二者的关系是：没有"春晖"普照，"寸草"不能成长；而"寸草"之"心"，又无以报答"春晖"的恩情。这两句，用通俗而形象的比喻，赞颂了春晖般普博温厚的母爱，寄托了区区小草般的儿女欲报母爱于万一的炽热深情；用反诘语气，更强化了感人的力量。因而成为万口传诵的名句，并被浓缩为"春晖寸草"的成语，感发普天下人子的孝心。

苏轼《读孟郊诗》云："诗从肺腑出，出辄愁肺腑。"这一首，真是从肺腑中流出的。写的是最普通的慈母缝衣场景，选的是最常见的阳光照耀小草的比喻，用的是朴实无华、通俗如话的语言，歌颂的是人人都感受过的母爱，但由于这是从一个渴望报答母爱于万一的好儿子的肺腑中流出的，所以感人肺腑。

这首诗，与孟郊的《游终南山》一类诗的风格截然不同。真诚地赞颂母爱，用不着硬语盘空，险语惊人。

长安早春

旭日朱楼光①，东风不起尘。公子醉未起，美人争探春。探春不为桑，探春不为麦，日日出西园②，只望花柳色。乃知田家春，不入五侯宅③。

①朱楼：指富贵人家的住宅。②西园：泛指富贵人家的花园。③五侯：东汉外戚梁冀为大将军，其子胤，叔父让、淑、忠、戟五人封侯，世称梁氏五侯。这里的"五侯宅"，泛指富贵人家的宅第。

唐人的《长安早春》诗不少，大都写草色、绿柳之类。孟郊的这一首，却将长安公子、美人们眼中的春色与田家的春色作强烈对比，角度新颖，含义深警。

张 籍

张籍（766？—830？），字文昌，原籍苏州，移居和州乌江（今安徽和县乌江镇）。贞元十五年（799）进士。历任太常太祝、国子助教、国子博士、水部员外郎、主客郎中、国子司业等职，世称张太祝、张水部、张司业。又因家境贫困，患严重眼疾，故被孟郊称为"穷瞎张太祝"（《寄张籍》）。曾从韩愈问学，得其奖掖，世称韩门弟子。与同时诗人白居易、王建、孟郊、贾岛、于鹄等交游，互有赠答。其诗歌理论与创作倾向接近白居易，白居易称其"尤工乐府诗，举代少其伦"（《读张籍古乐府》）。其乐府诗多写民间疾苦，明白畅达而又简练警拔，王安石赞其"看似寻常最奇崛，成如容易却艰辛"（《题张司业诗》）。与王建乐府诗齐名,并称"张王乐府"。亦工近体,五律体清韵远,七绝婉转流畅,清新秀朗。其生平事迹见新、旧《唐书》本传及今人卞孝萱《张籍简谱》。有《张司业集》,《全唐诗》存诗五卷。

野老歌①

老翁家贫在山住,耕种山田三四亩。苗疏税多不得食,输入官仓化为土。岁暮锄犁倚空室,呼儿登山收橡实②。西江贾客珠百斛③,船中养犬长食肉。

①《野老歌》:一作《山农词》。②橡实:橡树的果实,荒年可充饥。③西江:指江西九江市一带,是当时商业繁盛地区。唐时属江南西道,故称西江。贾(gǔ 古)客:商人。斛(hú 胡):十斗。

前六句写山农,后两句,从远在"西江"的商船上拍了一个镜头,来与山农作对比:"贾客珠百斛",与山农"锄犁倚空室"的对比何等强烈!山农吃橡实,与贾客"船中养犬长食肉"的对比又何等强烈!

作者不写郊区农民而写山农,也极有深意。连"耕种山田三四亩"的山农都压榨得颗粒无存,那么郊区农民的命运,也就可想而知。读读白居易的《重赋》、《杜陵叟》一类的作品,便可证明。

语言质朴自然,简直像随口说话,却精警凝练,极富表现力。如"苗疏税多不得食,输入官仓化为土"仅用十四个字,便把"苗疏"与"税多"、"不得食"与"化为土"相互对比,产生了巨大的震撼力;而吏胥催税、百般勒索之类的细节,亦蕴含其中,不难想象。王安石评张籍的诗"看似寻常最奇崛,成如容易却艰辛"(《题张司业诗》),可谓深中肯綮。

山头鹿

山头鹿,双角芟芟尾促促①。贫儿多租输不足②,夫死未葬儿在狱。旱日熬熬烝野冈③,禾黍不熟无狱粮④。县家唯忧少军食⑤,谁能令尔无死伤?

①芟(shān 山):镰刀。芟芟:形容鹿角像镰刀一样弯曲。促促:短的样子。②贫儿:从下句看,实为"贫妇"。③熬熬:炎炎。烝:同"蒸"。④"禾黍"句:庄稼未成熟,已被晒死了。⑤县家:官府。

这是"即事名篇"的新乐府。开头两句写山头鹿,中间写一位"夫死未葬"的贫妇因交不够租,儿子被抓去关在牢里,她又无粮为儿子送饭。这一切,似

227

乎都与山头鹿无关。结尾忽然与开头拍合：县家少军食，把老百姓的粮食都刮去也不够吃；那么，山头鹿的性命谁能保全呢？问而不答，引人深思。

牧 童 词

远牧牛，绕村四面禾黍稠①。陂中饥乌啄牛背②，令我不得戏垅头③。半陂草多牛散行，白犊时向芦中鸣④。隔堤吹叶应同伴，还鼓长鞭三四声⑤。牛群食草莫相触，官家截尔头上角⑥。

①稠(chóu 仇)：密。②陂(bēi 杯)：水边地。③垅(lǒng 拢)：田地分界的埂子。④犊(dú 独)：小牛。⑤鼓长鞭：即打响鞭。⑥"官家"句：借用北魏万州刺史拓跋晖横行霸道，叫他的随从人员强行截取农家牛角的故事，以揭露当时官吏的残暴。

前八句，写牧牛场景、牛群动态，特别是牧童驱饥乌、吹口哨、打响鞭的动作宛然在目，是一幅生动的牧牛图。结尾两句，却写牧童警告群牛："老老实实地吃草，别相斗！一斗，官家就要截掉你们头上的角！"徐献忠《唐诗品》云："水部长于乐府古辞，能以冷语发其含意，一唱三叹，使人不忍释手。"这首诗的结尾，的确"能以冷语发其含意"，使人联想到官府的暴虐。

蓟 北 旅 思

日日望乡国，空歌白纻词①。长因送人处，忆得别家时。失意还独语，多愁只自知。客亭门外柳②，折尽向南枝。

①白纻词：指《白纻舞歌》，乃吴声歌曲。张籍原籍苏州，故思吴地而唱吴曲。②客亭：离亭，送别之地。

蓟北，今天津市蓟县以北地区。作者旅居蓟北，思念家乡而作此诗。李怀民《重订中晚唐诗主客图》称张籍五律"体清韵远"，这首五律，即语浅情深，饶有远韵。

凉 州 词 二 首

边城暮雨雁飞低，芦笋初生渐欲齐①。无数铃声遥过碛②，应驮白练到安西③。

凤林关里水东流④，白草黄榆六十秋⑤。边将皆承主恩泽，无人解道取凉州。

①芦笋:芦芽。②碛:沙漠。③安西:唐安西都护府,当时为吐蕃所占据。④凤林关:今甘肃临夏县西,唐时为凤林县地。⑤白草黄榆:指凉州等地沦陷六十年来田园荒芜,一片荒凉。

自代宗广德元年(763)以来,西北数十州陷于吐蕃。张籍《凉州词》即为此而作。前一首,写大量丝绸被掠。后一首,抒发对朝廷无意收复失地的愤慨。

秋 思

洛阳城里见秋风,欲作家书意万重。复恐匆匆说不尽,行人临发又开封①。

①临发:即将出发。开封:打开信封。

这首诗的最精彩处在三、四句。但无第二句,三、四句便无从引发;无第一句,第二句也不能凭空写出。第一句只有七个字,怎样写,看来难度很大;而作者似乎写得很轻松。然而仔细想来,只有如此写,才能领得起。作者的故乡在和州,"洛阳城里见秋风",说明离家作客,已到秋天,自然引起"秋思",这是第一层。"秋风"不能"见",偏用"见"字,表明所"见"者乃是"草木摇落"的萧条景象,对于稍有文学修养的人来说,宋玉《九辩》中"悲哉秋之为气也⋯⋯廓落兮羁旅而无友生,惆怅兮而私自怜"那一段,便扣击心扉,引起共鸣,加重"秋思",这是第二层。更重要的,还有人所共知的一段故事:西晋名士张翰从江南故乡来到洛阳做官,"见秋风起,乃思吴中菰菜莼羹鲈鱼脍,曰:'人生贵得适志,何能羁宦数千里以要名爵乎?'遂命驾而归"(《晋书》卷九二《张翰传》)。很清楚,第一句从字面到内涵,都由此感发,其题目《秋思》的主旨,正是思家、思归。思归而不能归,第二句"欲作家书意万重"即随之喷薄而出。

作的是七绝,如今只剩两句十四字,又怎表现那"万重"之"意"呢?作者的高明之处在于压根儿不去罗列那"万重"之"意",而是通过极富典型性的动作展现"欲作家书意万重"的心态:"复恐匆匆说不尽,行人临发又开封。"把封好的信又打开来,也许会补写几条。但不管开了又封,封了又开,反复多少次,唯恐说不尽的心态依然未改。这就是通常所说的"话长纸短,言不尽意",凡寄过家书的人大约都有这种心理体验。把这种人所共有的心理体验精确地外化为直觉造型,便能引发读者的心灵共振,传诵不衰。林昌彝《射鹰楼诗话》评此诗为"七绝之绝境,盛唐人到此者亦罕",不算过誉。

酬朱庆馀

越女新妆出镜心,自知明艳更沉吟①。齐纨未是人间贵,一曲菱

229

歌敌万金②。

①"越女"二句：朱庆馀乃越州人，家乡有镜湖，故比之为越女，说她出自镜湖之心。沉吟：反复忖度，未能自作判断。②"齐纨"二句：谓菱歌价重，非齐纨可酬。唐代歌伎演奏毕，宾客以绫、绢相酬，称为"缠头"。齐纨：齐地所产细绢，颇贵重。菱歌：比拟朱庆馀的诗。

《全唐诗话》载："庆馀遇水部郎中张籍，知音，索庆馀新篇二十六章，置之怀袖而推赞之。时人以籍重名，皆缮录讽咏，遂登科。庆馀作《闺意》一篇以献，籍酬之云云，由是朱之诗名流于海内矣。"朱庆馀《闺意献张水部》(一作《近试上张水部》)诗云：

> 洞房昨夜停红烛，待晓堂前拜舅姑。妆罢低声问夫婿，画眉深浅入时无？

纯用比体，风神摇曳。张籍酬诗亦妙手比拟，其前两句就朱诗后两句写其风致心态，其后两句，则夸其画眉入时，菱歌价重，高度评价了朱庆馀的诗歌。不独词章绮丽，其奖掖新秀之意，尤足感人。

王　建

王建(766？—832？)，字仲初，排行六，关辅(今陕西)人，郡望颍川(今河南许昌)。早年与张籍同学友善。德宗贞元中历佐淄青、幽州、岭南节度幕。宪宗元和初佐荆南、魏博幕。八年(813)前后任昭应丞，转渭南尉。与宦官王守澄联宗，得悉宫中诸事，作《宫词》百首，传诵一时。迁太府丞，穆宗长庆二年(822)前后任秘书郎。文宗大和二年(828)自太常丞出为陕州司马。晚年退居咸阳原上，家境贫困。生平事迹见《唐诗纪事》、《唐才子传》及今人谭优学《王建行年考》。王建擅长乐府，与张籍齐名。平生奔走南北，了解民间疾苦，故其乐府诗多取材于农夫、蚕妇、织女、水夫以针砭时弊。绝句婉转流畅，清新有致，《宫词》百绝，尤"天下传播，效此体者虽有数家，而建为之祖"(蔡正孙《诗林广记》前集卷六引)。有《王建诗集》，《全唐诗》存诗六卷。

田 家 行

男声欣欣女颜悦，人家不怨言语别①。五月虽热麦风清②，檐头索索缲车鸣③。野蚕作茧人不取，叶间扑扑秋蛾生④。麦收上场绢在轴⑤，的知输得官家足⑥。不望入口复上身，且免向城卖黄犊⑦。田家衣食无厚薄⑧，不见县门身即乐⑨。

①"人家"句:因为太高兴,说话的声调都变了,谁也不怨谁说话和往常不一样。②麦风:即麦信风,麦熟时起的风。③檐头:屋檐下。索索缲(sāo骚)车:缲车即缲丝用的车,形似纺车。把蚕茧浸在热水中抽出丝来叫缲丝。索索,缲车转动的声音。④秋蛾:蚕结茧后,在茧内渐渐变为褐色的蛹,接着又变为蛾。这两句是说,家蚕丰收,野蚕茧没有人要,于是在树上变成秋蛾。⑤轴:纺织用具,用以卷织成的绢。⑥的:确实。输:缴纳赋税。这句说,确实知道麦和绢够交官税了。⑦犊:小牛。⑧无厚薄:谈不到好坏。⑨县门:即县衙门。

这首写田家的新乐府诗角度很新,不像常见的同类作品那样写农民因交不够赋税而挨打、坐牢,却以前八句写丰收的喜悦而归结于有粮有绢,预计交够赋税没问题。后四句才说明自己缺吃少穿不要紧,只要不抓进县门,那就是"乐"! 诗人写的尽管是田家乐而不是田家苦,但读到结尾,却令人恻然下泪。

水夫谣①

苦哉生长当驿边②,官家使我牵驿船。辛苦日多乐时少,水宿沙行如海鸟③。逆风上水万斛重④,前驿迢迢后森森⑤。半夜缘堤雪和雨⑥,受他驱遣还复去。夜寒衣湿披短蓑,臆穿足裂忍痛何⑦?到明辛苦何处说,齐声腾踏牵船歌。一间茅屋何所值,父母之乡去不得。我愿此水作平田,长使水夫不怨天。

①水夫:纤夫。②驿:驿站。古时有陆驿和水驿,这里指水驿。③水宿沙行:夜里宿在船上,白天在沙滩上拉纤。④万斛:形容船重无比。⑤后:指后驿。森森:渺茫无边的样子。⑥缘:沿。⑦臆:胸口。穿:破裂。忍痛何:没奈何只能忍痛。

这首诗以纤夫的口吻诉说牵驿船的辛苦,对当时不合理的劳役制度进行了抨击。通俗流畅,有民谣风味。

羽林行①

长安恶少出名字②,楼下劫商楼上醉。天明下直明光宫③,散入五陵松柏中④。百回杀人身合死⑤,赦书尚有收城功。九衢一日消息定⑥,乡吏籍中重改姓⑦。出来依旧属羽林,立在殿前射飞禽。

①羽林行:乐府旧题,属《杂曲歌》。从汉杂曲《羽林郎》变化而来。羽林:汉、唐时代皇帝的禁卫军。唐置左、右羽林军,多吸收市井无赖,仗势行凶,无恶不作。②出名字:在官府簿籍上登记名字,指参加羽林军。③下直(同"值"):下班。明光宫:汉宫名,此借指唐宫。④五陵:汉朝五个皇帝的陵墓,此泛指长安附近陵墓多松柏处。⑤合死:该当处死。⑥衢:大街。九:言其多。⑦"乡吏"句:意谓这个罪犯因军功获赦以后改名换姓,入了吏籍,又当了羽

林军。

这是一首写羽林军的诗。

开头第一句即揭示羽林军的出身是"长安恶少",这样的人当了羽林军,如果军纪严明,也许会改邪归正,但事实恰恰相反,且看作者的描写:"楼下劫商",即转身上楼,大吃大喝,直至喝得酩酊大醉,才去皇宫值班;天明下班,即分散在林木深处,伺机杀人劫财。只用三句诗写出这些行径,不再罗列,也不发议论,但已经足够说明一切。在京城中如此猖狂作恶,肆无忌惮,与其说他们胆大,不如说他们势大。这时候,羽林军改称神策军,其头领由皇帝的亲信宦官担任,纵容部下欺压人民,无恶不作。第五句承上启下。"百回杀人",表明前面不过略举数例。"身合死",暗示控告者层出不穷,主管者不得不承认这些羽林恶少"百回杀人",论罪该死。按照常情常理,下句自然是写如何处死,但出人意外的是却用皮里阳秋的手法一笔宕开:"赦书尚有收城功"哩!一个"尚有"(还有),表明以前已用各种理由赦免过,这一次,"尚有"一条十分过硬的赦免理由,那就是"收城功"!可是作者在前面已明白写出,这些罪犯在参加羽林军之前是"长安恶少"而非戍边士卒,在参加羽林军之后只在京城一带"百回杀人",未曾出征,哪来的"收城功"!古代将领多夸大战果,叙录战功时常把未曾参战而有来头的人的姓名开列进去,冒功邀赏。中唐时期,每用宦官统兵、监军,羽林恶少以行贿等手段假冒军功,以求将"功"折罪,原是轻而易举的事。以下几句进一步揭露羽林军的罪恶。对这样十恶不赦的家伙公开包庇,借故赦免,又许其改名换姓,重新入伍,其继续作恶,自在意料之中。

张、王乐府每将不合理的社会现象浓缩于简短的篇幅之中,并在结尾处突起奇峰,大放异彩。这一篇亦复如此。赦死复出,即"立在殿前射飞禽",其长恶不悛、恃宠骄纵的神态,令人发指。而皇帝的昏庸,朝政的紊乱,诗人的愤懑,俱见于言外。

新 嫁 娘 词

三日入厨下①,洗手作羹汤②。未谙姑食性③,先遣小姑尝④。

①三日:指新媳妇过门三朝。古代习俗,三朝后要到厨房做菜,表示从此要操持家务,侍奉公婆。本诗前两句即反映这一习俗。②羹(gēng 庚)汤:带汤的菜肴。③谙(ān 安):熟悉。姑:婆婆。食性:口味。④遣:让。小姑:丈夫的妹妹。

写旧时代新嫁娘心态活灵活现。

赠李愬仆射①

和雪翻营一夜行②,神旗冻定马无声。遥看火号连营赤③,知是先锋已上城。

①李愬:字元直,成纪(今甘肃秦安)人,善骑射,有谋略。元和九年(814),彰义节度使吴少阳死,其子吴元济据淮西(今河南汝阳一带)叛乱。元和十二年十月,李愬以唐邓节度使率精兵乘大风雪夜袭,攻入蔡州,生擒吴元济。此诗即咏其事。平淮蔡后,李愬晋升检校尚书兼仆射。②和(huò 货)雪:人跟雪搅和在一起。翻营:倾营出动。③火号:举火为信号。

吴元济叛乱,官军讨伐,屡遭失利,以致元和十二年正月任李愬为将时,"军中承丧败之余,士卒皆惮战"(《资治通鉴·唐纪》)。李愬攻下蔡州,生擒吴元济,对唐王朝削平藩镇割据,维护国家统一起过积极作用,值得称赞。这首七绝以二十八字包举平蔡战役,写得有声有色,堪称佳作。

李愬率兵九千,以三千精兵为先锋,冒风雪急驰六十里,夜袭军事要地张柴村,然后取道人迹罕至的险路夜行七十里,以迅雷不及掩耳之势攻克蔡州。此诗前两句着重描写雪夜急行军。"和雪""翻营""一夜行",一句诗含三层意思、三个短语、三个音节,节奏急促,气氛紧张。"一夜行"三字似嫌抽象,但特用"一夜"点明"行"军的时限,意在突出行军之急,因为时限只一夜,而行程则是一百三十里!第二句"神旗冻定"、"马无声",乃是对"一夜行"的具体描写。结合第一句看,诗人有意突出三个要点:和雪、夜行、神旗冻定,这一系列自然条件使敌人麻痹大意,疏于防范;"马无声",人更无声,军纪严明,使敌人不易察觉;夜黑、雪大、天气严寒,极不利于行军,却"一夜"急驰,恍如"神"兵自天而降。两句诗表现了这样一些内容,暗示雪夜奇袭必获全胜。

后两句不写先锋部队如何攻城,却从后续部队的"遥看"中展现"火号连营赤"的壮丽画面,并且迅即作出判断:"知是先锋已上城"。而胜利的喜悦以及对这次奇袭的指挥者李愬的赞颂之情,即从这"遥看"和判断中倾泻而出,洋溢纸上。

韩 愈

韩愈(768—824),字退之,排行十八,河阳(今河南孟县)人。郡望昌黎,故世称韩昌黎。德宗贞元八年(792)登进士第,同榜多才俊,故称"龙虎榜"。十二年七月受董晋辟,任宣武军节度使观察推官。十五年(799)秋,依武宁军节度使张建封。十八年为四门博士。次年迁监察御史,因陈述关中旱灾、言论切直而触怒权臣,贬阳山令。宪宗即位,迁江陵府法曹参军。宪宗元和元年(806),召拜国子博士,分司东都。四年改都官员外郎,次年改河南令。六年(811)秋至京师,任职方员外郎。七年,坐事降为太学博士,作《进学解》。此后历任比部郎中、史馆修撰、考功郎中、知制诰、中书舍人等职。十二年(817)

从裴度讨淮西藩镇吴元济，任行军司马。淮西平，以功授刑部侍郎。十四年，上表谏迎佛骨，贬为潮州刺史、量移袁州刺史。次年穆宗即位，召为国子祭酒。穆宗长庆元年（821）七月，转兵部侍郎。次年二月，以奉诏赴镇州宣谕王廷凑军有功，转吏部侍郎。三年拜京兆尹，兼御史大夫。十月复为兵部侍郎，旋改吏部侍郎。四年（824）十二月二日卒于长安，谥"文"，世称韩吏部、韩文公。其生平事迹见李翱《赠礼部尚书韩公行状》、《唐诗纪事》、《唐才子传》及新、旧《唐书》本传。韩愈以继承儒家道统、弘扬仁义、排斥佛老为己任，是著名的思想家；他与柳宗元提倡古文，为文汪洋恣肆，是杰出的散文家，苏轼称其"文起八代之衰，而道济天下之溺"（《潮州韩文公庙碑》）。文与柳宗元齐名，世称"韩柳"；诗与孟郊齐名，世称"韩孟"。其诗得力于李白、杜甫而别开生面，自成一家，或雄伟壮阔，或奇险惊人，五七古大篇多有此种风格，司空图称其"驱驾气势，若掀雷抉电，奔腾于天地之间"（《题柳柳州集后序》）。其论诗持"不平则鸣"说，故多反映现实之作。又主张"文从字顺"、"词必己出"、"唯陈言之务去"，往往吸取古文句式、章法及铺陈、议论手法以入诗，故有"以文为诗"的特点。后人或褒或贬，多着眼于此。贬之者讥为"押韵之文"、"终不是诗"，褒之者则目为新变。金人赵秉文认为"韩愈又以古文之浑浩溢而为诗，然后古今之变尽矣"（《与李天英书》）。清代杰出诗论家叶燮指出"韩愈为唐诗之一大变。其力大，其思雄，崛起特为鼻祖。宋之苏、梅、欧、苏、王、黄，皆愈为之发其端"（《原诗·内篇》）。这都是比较持平、比较符合实际的评论。韩诗极大地影响宋诗，也影响晚清的宋诗派。《韩愈集》四〇卷，为门人李汉所编，传本较多，以宋人廖莹中《世彩堂昌黎先生集注》较完善。今人钱仲联有《韩昌黎诗系年集释》，较通行。《全唐诗》存诗十卷。

雉带箭

原头火烧静兀兀[1]，野雉畏鹰出复没。将军欲以巧伏人[2]，盘马弯弓惜不发[3]！地形渐窄观者多[4]，雉惊弓满劲箭加[5]。冲人决起百馀尺，红翎白镞随倾斜[6]。将军仰笑军吏贺，五色离披马前堕[7]。

[1]"原头"句：猎火燎原，猎者凝神地在寻找目标，故"静"。下句的"野雉"即从"静"字引出。锺惺曰："此处乃着一'静'字，妙甚。"（见《唐诗归》）兀兀：不动貌。[2]将军：指张建封。张好骑射，以武艺自矜。[3]"盘马弯弓"句：作射击状，但不真的发箭。不发是为了不虚发，一发必中，即上句说的"欲以巧伏人"。盘马：盘旋不进。惜：谓珍惜射艺，含有忍耐、矜持的意思。[4]"地形"句：野雉畏鹰，没入险窄的山沟里，人们簇拥着将军渐渐向前逼近。[5]"雉惊"句：雉见人，故"惊"。但还没有来得及飞走，便被射中。弓拉得满，故发箭强劲而有力。[6]"冲人"二句：中箭的雉，把全部生命力投入最后的挣扎，故"冲人决起"。但飞到一定的高度，气力不加，躯体随即倾斜。决起，疾速地飞起。《庄子·逍遥游》："我决起而飞。"红翎白镞，射在雉身的箭。这里以箭的倾斜写雉的倾斜。是从观者的注视之点着笔的。翎：

箭杆上的羽毛。镞:箭头。⑦"将军仰笑"二句:关合上文的"以巧伏人"。笑:写将军得意。贺:写军吏钦伏。离披:散乱貌。雄力尽堕地,躯体松弛,故彩羽离披。

德宗贞元十五年(799),韩愈在徐州佐武宁节度使张建封幕,从猎作此诗。仅用十句,写射猎场景、将军神射、观者情态、伤雉惨状,一一浮现纸上。如汪琬所评:"短幅中有龙跳虎卧之观。"(钱仲联《韩昌黎诗系年集释》引,下同)"将军欲以巧伏人,盘马弯弓惜不发"尤为传诵名句,顾嗣立云:"二句无限神情,无限顿挫。公盖示人以运笔作文之法也。"程学恂云:"二句写射之妙处,全在未射时,是能于空处得神。即古今作诗文之妙,亦只在空处着笔,此可作口诀读。"

山　石

山石荦确行径微①,黄昏到寺蝙蝠飞。升堂坐阶新雨足,芭蕉叶大支子肥②。僧言古壁佛画好,以火来照所见稀。铺床拂席置羹饭,疏粝亦足饱我饥③。夜深静卧百虫绝,清月出岭光入扉④。天明独去无道路,出入高下穷烟霏⑤。山红涧碧纷烂漫⑥,时见松枥皆十围⑦。当流赤足蹋涧石⑧,水声激激风生衣。人生如此自可乐,岂必局束为人靰⑨? 嗟哉吾党二三子⑩,安得至老不更归?

①荦确(luò què 落却):险峻不平。微:窄狭。②支子:即栀子,常绿灌木,花大色白,极香。③疏粝(lì 利):粗糙的饭食。疏:不细密。粝:糙米。④扉:门。⑤穷烟霏:在云雾中走遍了。⑥纷烂漫:光辉互相照耀。⑦枥:同"栎",高大的落叶乔木。围:两手合抱为一围。⑧蹋:同"踏"。⑨局束:拘束。靰(jī 基):牲口含在口中的嚼子。为人靰:受人控制。⑩吾党:志同道合的朋友。

此诗取首句头两字"山石"为题,并非歌咏山石,而是叙写游踪。他所游的是洛阳北面的惠林寺,同游者是李景兴、侯喜、尉迟汾,时间是贞元十七年七月二十二日,即公元801年9月3日。

韩愈作为杰出诗人兼散文家,在这篇诗里汲取了游记的写法,按照行程顺序,叙写从攀登山路、"黄昏到寺"、"夜深静卧"到"天明独去"的所见所闻和所感,但无记流水账的缺点,读之诗意盎然。这因为虽按顺序叙写,却经过筛选和提炼。从"黄昏到寺"到就寝之前,所写者只有"蝙蝠飞"、"芭蕉叶大支子肥"、寺僧陪看壁画和"铺床拂席置羹饭"等殷勤款待的情景,因为这体现了山中的自然美和人情美,跟"为人靰"的幕僚生活对照,突出了结尾"归"隐的主题。关于夜宿和早行,入选的也只是最能体现山野自然美和自由生活的若干镜头,同样是结尾"归"隐念头形成的根据。这篇诗极受后人重视,影响深远。

苏轼游南溪,曾和此诗原韵,作诗抒怀。至于元好问"拈出退之《山石》句"来对比秦观的"女郎诗",更为人所熟知。

八月十五夜赠张功曹

纤云四卷天无河①,清风吹空月舒波②。沙平水息声影绝,一杯相属君当歌③。君歌声酸辞且苦,不能听终泪如雨。洞庭连天九疑高④,蛟龙出没猩鼯号⑤。十生九死到官所,幽居默默如藏逃⑥。下床畏蛇食畏药⑦,海气湿蛰熏腥臊⑧。昨者州前槌大鼓,嗣皇继圣登夔皋⑨。赦书一日行万里⑩,罪从大辟皆除死⑪。迁者追回流者还⑫,涤瑕荡垢清朝班⑬。州家申名使家抑⑭,坎坷只得移荆蛮⑮。判司卑官不堪说⑯,未免捶楚尘埃间⑰。同时辈流多上道⑱,天路幽险难追攀⑲。君歌且休听我歌,我歌今与君殊科⑳。一年明月今宵多,人生由命非由他㉑,有酒不饮奈明何?

①纤云:微云。河:银河。②月舒波:月光四射。③属(zhǔ 主):劝酒。④洞庭:洞庭湖。九疑:又名苍梧山,在今湖南宁远县境。⑤猩:猩猩。鼯(wú 梧):鼠类的一种。⑥如藏逃:有如躲藏的逃犯。⑦药:指蛊毒。南方人喜将多种毒虫放在一起饲养,使之互相吞噬,叫做蛊,制成药后可杀人。⑧海气:卑湿的空气。蛰:潜伏。⑨嗣皇:接着做皇帝的人,指宪宗。登:进用。夔、皋:舜时的两位贤臣。⑩赦书:皇帝发布的大赦令。⑪大辟:死刑。除死:免去死刑。⑫迁者:贬谪的官吏。流者:流放在外的人。⑬瑕:玉石的杂质。班:臣子上朝时排的行列。⑭州家:刺史。申名:上报名字。使家:观察使。抑:压制。⑮坎坷:这里指命运不好。荆蛮:今湖北江陵。⑯判司:唐时对州郡诸曹参军的总称。⑰捶楚尘埃间:趴在地上受鞭打之刑。⑱上道:上路回京。⑲"天路"句:喻自己不能跟着他们一起升迁。⑳殊科:不同类。㉑他:其他。

这篇七古,永贞元年(805)中秋写于郴州,题中的张功曹名署。贞元十九年(803)冬,韩愈与张署同任监察御史,因关中旱饥,上疏直谏宽免租税,得罪权臣,远贬南方。韩愈被贬为连州阳山(今属广东)令,张署被贬为郴州临武(今属湖南)令。永贞元年春,顺宗即位,例行大赦。韩、张二人被召到郴州(今湖南郴州市)待命,很有回京复职的希望。却因湖南观察使杨凭作梗,赦令迟迟未下,直等到八月宪宗上台,才量移江陵,韩为法曹参军,张为功曹参军,冤屈未伸,作此诗以抒悲愤。唐代行政组织,县的上级为州,州的长官叫刺史,俗称"州家"。几个州归一个朝廷派出的大臣管辖,叫节度使或观察使,俗称"使家"。韩、张的宽赦由"州家"申报"使家",而为"使家"所抑,故诗中有"州家申名使家抑,坎坷只得移荆蛮"的控诉。

这首诗写得很别致,一是有人物:作者与张署同时登场。二是有场面:两人在中秋之夜的月下饮酒。三是有情节:两人对歌。全诗可分三段,六换韵。第一段四句,"河"、"波"、"歌"押韵(属平声歌韵)。作者以第一人称出面,赞美中秋之夜月白风清的美景,归到"一杯相属君当歌",引出张署的歌唱。第二段是全诗的主体,根据韵脚的变换,可分为四章。第一章两句,"苦"、"雨"押韵(属去声遇韵),写作者听张署唱歌的感受。本应置于张署唱歌之后,如今有意提前,为张署唱歌渲染气氛。第二章八句,"高"、"号"、"逃"、"臊"、"皋"押韵(属平声豪韵),写张署唱歌,叙述被贬南迁所经受的种种苦难,落到"嗣皇继圣",起用贤能,露出一线希望。第三章"里"、"死"押韵(属上声纸韵),仍是张署的歌辞,夸张地叙述赦书传送极快,大赦的幅度极宽。第四章八句,"还"、"班"、"蛮"、"间"、"攀"押韵,前两句承上歌唱大赦的结果是以前被贬谪的都召回朝廷。然后用强烈的对比唱出自己又一次受到不公正待遇,移官荆蛮,摆脱不了遭受捶楚的命运。张署的歌唱至此结束,三次换韵,平仄相间,波澜起伏。这篇歌辞,当然是作者代拟的,叙述的是张署的坎坷遭遇,同时也是作者自己的坎坷遭遇。巧妙之处在于不自己出面倾吐,却借张署唱歌表达。巧妙之处还在于不等张署唱毕再表述自己的感受,却提前写出"君歌声酸辞且苦,不能听终泪如雨",从而留出地步,用打断张署唱歌的办法接上自己的歌唱。第三段五句,句句押韵(与开头四句同韵)。前两句是作者对张署说话:"君歌且休听我歌"——你别唱下去了,还是听我给你唱支歌吧!这与前面的"不能听终泪如雨"相应。"我歌今与君殊科"——我唱的歌儿可跟你唱的不一样。言外之意是:我比你豁达,什么都能想开。下面三句,便是作者唱的歌:"一年明月今宵多",照应首段及题目中的"八月十五夜"。"人生由命非由他",貌似旷达,暗寓难言的痛苦。"有酒不饮奈明何?"——这么美好的中秋之夜,有酒不喝,光唱那酸楚的歌,天明了又怎么办? 天明了,大概就要起身赶路,到江陵做那"未免捶楚尘埃间"的"判司卑官"去了!

全诗以中秋饮酒赏月,请"君"唱歌开头,以劝"君"饮酒赏月,莫辜负良宵的歌声结束。首尾拍合,情景交融,加强了意境的悲凉感。中间一段,抑扬顿挫,声情激越,是全诗的主旨所在,却避实就虚,借张署之口唱出。而作者自己,则先以听歌者的身份表达了内心的共鸣,后用自己的歌唱对张署进行宽解。从而化实为虚,化直为曲,化单线为复线。作者的歌辞,又似淡实浓,欲说还休,虽然声明"我歌今与君殊科",实际是正话反说,扩大和加深了张署歌辞的内涵。韵脚的平仄变换,音节的抑扬顿挫,章法的开阖转折,恰当地表现了情感的发展变化。

谒衡岳庙遂宿岳寺题门楼①

五岳祭秩皆三公②,四方环镇嵩当中③。火维地荒足妖怪④,天假神柄专其雄⑤。喷云泄雾藏半腹⑥,虽有绝顶谁能穷⑦? 我来正逢秋雨节,阴气晦昧无清风⑧。潜心默祷若有应⑨,岂非正直能感通⑩!须臾静扫众峰出⑪,仰见突兀撑青空⑫。紫盖连延接天柱⑬,石廪腾掷堆祝融⑭。森然魄动下马拜⑮,松柏一径趋灵宫⑯。粉墙丹柱动光彩⑰,鬼物图画填青红⑱。升阶伛偻荐脯酒⑲,欲以菲薄明其衷⑳。庙令老人识神意㉑,睢盱侦伺能鞠躬㉒。手持杯珓导我掷㉓,云此最吉馀难同㉔。窜逐蛮荒幸不死㉕,衣食才足甘长终㉖。侯王将相望久绝,神纵欲福难为功㉗。夜投佛寺上高阁㉘,星月掩映云曈昽㉙。猿鸣钟动不知曙㉚,杲杲寒日生于东㉛。

①衡岳:即南岳衡山,在今湖南省衡山县西三十里。②五岳:东岳泰山、西岳华山、南岳衡山、北岳恒山、中岳嵩山的总称。祭秩:祭祀的等级。三公:周朝以太师、太傅、太保为三公。后世以三公泛指朝廷中最高级的官位。古代帝王按一定的等级对名山大川致祭,五岳神灵的级别,与三公相当。唐玄宗时,五岳的神灵都封为王,礼秩超过三公一等。③四方环镇:指嵩岳以外的四岳分别散布在东南西北四个方向上。④火维:古人以五行(金、木、水、火、土)配四方与中央,南方为火。维:隅。火维:指衡岳所在的南方。足:充满。⑤假:给予。神柄:神的权力。以上两句是说,衡岳所在的南方荒僻而多妖怪,上天给了它雄踞一方的权力。⑥泄:吐。半腹:山腰。这句说,山腰以上云雾缭绕,无法看见。⑦绝顶:最高峰。⑧晦昧(huì mèi 绘妹):昏暗不明。⑨若有应:指下文的由阴转晴的情况,就像祈祷有了应验。⑩正直:《左传·庄公三十二年》:"神聪明正直而壹者也。"这一句解释上句"若有应"的原因,而以"岂非"表示疑问。⑪须臾(yú 鱼):一会儿。这句说,一会儿云消雾散,现出众多的峰峦。⑫突兀(wù 悟):高耸的样子。⑬紫盖、天柱:与下句的"石廪(lǐn 凛)"、"祝融",外加芙蓉峰,是衡山七十二峰中的五个最高峰。⑭上句写紫盖、天柱两峰仿佛相连,这一句分写石廪与祝融:石廪峰山势起伏,有如腾掷的样子;祝融峰高出众峰,一层层向上伸延。堆:极言其高。⑮森然:敬畏的样子。魄动:思想上受到震动。拜:作揖,表示对神灵答谢。⑯灵宫:指衡岳庙。灵:神。这句说,通过松柏夹道的一条路走向衡岳庙。⑰动光彩:光彩照耀。⑱这一句写入庙所见壁画的情况。以上从"我来正逢秋雨节"至此,写从登山到入庙所见景物,是本诗中描写最精彩的部分。⑲伛偻(yǔ lǚ 雨吕):弯腰曲背。荐:进献。脯(fǔ 府):肉干。这一句写行祭礼,先上阶,次行礼,再献上祭品。⑳菲薄:微薄,这里指微薄的祭品。明其衷:表明自己的心意。衷:内心。㉑庙令:朝廷在五岳神庙中各设庙令一人,正九品上阶,掌祭祀及判祠事。识神意:懂得神的意旨。㉒睢盱(suī xū 虽虚):仰视的样子。侦伺(sì 四):窥察。能鞠躬:惯于鞠躬以表示对神的尊敬。以上两句写庙令老人在引导韩愈占卜前的样子:他善于体会神的意旨,对神仰视、窥察,频频鞠躬。㉓杯珓(jiào 叫):一种占卜用具,最初使用蚌壳,后人用竹、木、玉等代用,斫成蛤形,中空,分成两半。占卜时,将两半合在一起投空掷地,根据俯仰情况以定吉凶。㉔吉:吉利。上句写庙令老人手拿杯珓教我投掷的方法,这一句是他对韩愈投掷后的卦象所作的判语。据说杯珓的两半以一俯一仰为最吉利。㉕窜逐蛮荒:指自己被贬为阳山令。蛮荒:南方荒远的地方。㉖甘长终:甘心长此终老。㉗上句说自己久已无心于仕进;这一句说纵然神灵想赐福于我,也是无能为力的,以此表明自己态度的坚决。㉘投:投宿。这一句点题目中的"遂宿岳寺"。㉙曈昽(tóng lóng 童龙):形容云层里透射出

来的星月光辉似明不明的样子。㉚不知曙:不知道天刚亮。意思是还在熟睡之中。此句翻用谢灵运《从斤竹涧越岭溪行》"猿鸣诚知曙"。㉛杲(gǎo 稿)杲:日光明亮。

顺宗永贞元年(805)九月,韩愈从郴州出发赴江陵任法曹参军,途中游南岳衡山,谒衡岳庙、宿于岳寺,作此诗题门楼。诗中生动地描绘了南岳的壮丽、岳庙的古朴,并因景抒情,托物言志,亦庄亦谐,表现了被贬受压的心态和豪迈倔强的性格,是韩愈的代表作之一。其章法结构,汪佑南《山泾草堂诗话》有如下解释:"首六句从五岳落到衡岳,步骤从容,是典制题开场大局面,领起游意。'我来正逢'十二句,是登衡岳至庙写景。'升阶伛偻'六句叙事。'窜逐蛮荒'四句写怀。'夜投佛寺'四句结宿意。精警处在写怀四句。明哲保身,是圣贤学问,隐然有敬鬼而远之意。"程学恂《韩诗臆说》称"七古中此为第一",并对其内涵有如下阐发:"'潜心默祷若有应',岂非正直能感通',曰'若有应',则不必真有应也。我公至大至刚,浩然之气,忽于游嬉中无心现露。'庙令老人识神意'数语,纯是谐谑得妙。末云'侯王将相望久绝,神纵欲福难为功',我公富贵不能移、威武不能屈之节操,忽于嬉笑中无心现露。公志在传道,上接孟子,即《原道》及此诗可证也。文与诗义自各别,故公于《原道》、《原性》诸作,皆正言之以垂教也。而于诗中多谐言之以写情也。即如此诗,于阴云暂开,则曰此独非吾正直之所感乎?所感仅此,则平日之不能感者多矣。于庙祝妄祷,则曰我已无志,神安能福我乎?神且不能强我,则平日之不能转移于人可明矣。然前则托之开云,后则以谢庙祝,皆跌宕游戏之词,非正言也。假如作言志诗,云我之正直,可感天地,世之勋名,我所不屑,则肤阔而无味矣。"

调张籍

李杜文章在①,光焰万丈长。不知群儿愚,那用故谤伤②!蚍蜉撼大树③,可笑不自量。伊我生其后④,举颈遥相望。夜梦多见之,昼思反微茫⑤。徒观斧凿痕,不瞩治水航⑥。想当施手时⑦,巨刃摩天扬⑧。垠崖划崩豁⑨,乾坤摆雷硠⑩。惟此两夫子,家居率荒凉⑪。帝欲长吟哦,故遣起且僵⑫。剪翎送笼中⑬,使看百鸟翔。平生千万篇,金薤垂琳琅⑭。仙官敕六丁⑮,雷电下取将⑯。流落人间者,太山一毫芒⑰。我愿生两翅,捕逐出八荒⑱。精诚忽交通,百怪入我肠⑲。刺手拔鲸牙⑳,举瓢酌天浆㉑。腾身跨汗漫㉒,不着织女襄㉓。顾语地上友㉔:经营无太忙㉕。乞君飞霞佩㉖,与我高颉颃㉗。

①李杜文章:指李白、杜甫的诗歌。②那用:哪用,何用。③蚍蜉(pí fú 皮浮):大蚂蚁。④伊:发语词,无义。⑤微茫:渺茫。以上两句,以夜梦常见表示对李杜的向往,以昼思渺茫说明李杜诗作的高远深邃与不易把捉。⑥瞩(zhǔ 主):看见。航:航线。以上两句以治水比

创作,徒然见到疏通水道时留下的斧凿痕迹,而看不到治水时所经历的路线,意即只看到李杜作品的某些表面现象,未能得其精髓。⑦施手:动手。⑧巨刃:指治水用的巨斧。摩(mó磨)天:碰着天。⑨垠(yín 银):岸。崖:山边。划:劈开。崩:崩塌。豁:豁开。⑩雷硠(láng郎):崩裂的声音。以上两句形象地描绘出用巨斧治水的情况:河岸与山脚劈裂、倒塌,露出豁口,天地间震响着崩裂的声音。⑪家居:指日常生活。率:都。荒凉:冷落。⑫起:站立起来,比喻处境顺利。僵(jiāng 江):跌倒,比喻处境不顺利。以上两句说,天帝想要叫他们不断作诗,所以有意让他们的生活动荡不定。韩愈认为"大凡物不得其平则鸣"(《送孟东野序》),心中有所郁结,然后才会发为歌吟。⑬"剪翎"二句:借用祢衡《鹦鹉赋》"闭以雕笼,剪其翅羽"写李、杜处境困厄,只能看着别人飞黄腾达。⑭金薤(xiè 卸):金错书和薤叶书(又叫倒薤书),是古代篆隶书法中的两种。琳:玉的一种。琅(láng 郎):似珠的美石。以上两句说,李杜的诗篇,如同金石文字一样,是永远不朽的。⑮仙官:天官。敕:帝王的命令,这里作动词用。六丁:神名。⑯取将:取、拿。以上两句说,天官传达天帝的命令,让六丁在雷鸣电闪中到下界去取回李杜的诗篇献给天帝。⑰太山:即泰山。毫芒:极言细小。以上两句说,李杜作品大部分已经散失,留存下来的,如毫芒之于泰山,只是极少的一部分。⑱捕逐:意思是要追踪李杜。八荒:指极远的地方。⑲以上两句说,自己与李杜的精神忽然沟通,于是各种奇特的文思接踵而至。⑳刺(là 辣)手:转手,反手。㉑酌:斟取。天浆:天帝的酒浆。㉒汗漫:无边无际的空间。㉓不着(zhuó 浊):不用。织女襄:《诗经·小雅·大东》:"跂彼织女,终日七襄;虽则七襄,不成报章。"襄:驾,指织女星的移动。白天共有七个时辰,每个时辰移动一次,因称"终日七襄"。这一句承上,意思是自己在创作上已经能够自由腾跃,不落入他人窠臼。㉔地上友:指张籍等。㉕经营:指写诗。㉖乞:给人东西。君:指张籍。飞霞佩:飞霞做的佩带,指代神仙的衣服。㉗颉颃(xié háng 协杭):飞上飞下。以上四句,希望张籍与自己共同继承李杜传统,在诗歌创作上勇攀高峰。

调,调侃、戏谑。"调张籍",意即"戏赠张籍"。此诗针对否定李白、杜甫的议论,以作者的切身体会,对李、杜作出了正确评价。这是一首论诗诗,而驰骋想象、善用譬喻,形象鲜明,语言瑰奇,形容"李杜文章"数句,尤极奇妙,虽以议论为诗而无概念化的缺失,至今犹值得作诗者借鉴。

奉酬卢给事云夫四兄曲江荷花行见寄
并呈上钱七兄阁老张十八助教

曲江千顷秋波净,平铺红云盖明镜①。大明宫中给事归,走马来看立不正②。遗我明珠九十六③,寒光映骨睡骊目④。我今官闲得婆娑,问言何处芙蓉多⑤?撑舟昆明渡云锦⑥,脚敲两舷叫吴歌⑦。太白山高三百里,负雪崔嵬插花里⑧。玉山前却不复来,曲江汀滢水平杯⑨。我时相思不觉一回首,天门九扇相当开⑩。上界真人足官府,岂如散仙鞭笞鸾凤终日相追陪⑪!

①"曲江"二句:以红云状荷花,以明镜比江面。花多而又盛开,望去见花而不见水,故

曰"平铺",曰"盖"。②"大明宫"二句:写卢云夫退朝之后到曲江赏荷的情况。因马上看花,时而朝前看,时而朝左、朝右看,故不断勒转马头,马"立不正"。③明珠九十六:卢诗的字数,并赞其字字珠玑。④睡骊目:骊龙颔下的宝珠。《庄子·列御寇》:"夫千金之珠,必在九重之渊而骊龙颔下,子能得珠者,必遭其睡也。"后世往往以"探骊得珠"比喻文章之美。⑤"我今"二句:时韩愈任右庶子,是侍奉太子的散官,故云。婆娑:悠闲的样子。问言:犹言问道。芙蓉:荷花的别名。⑥昆明:池名。汉武帝时所开凿,周围四十里,在长安西南。云锦:指盛开的荷花。⑦"脚敲"句:高唱江南曲调,两只脚敲船沿打拍子。舷(xián 贤):船沿。《晋书·夏统传》记夏统"以足扣舷,引声喉转,清激慷慨",此暗用其事。⑧"太白山高"二句:写昆明池一片花光水色之中,更衬以雪山倒影的奇丽景色。太白山:终南山的主峰,高耸云表,积雪终年不化。⑨玉山:即蓝田山。前却:一前一却,徘徊不前。汀滢(yíng 迎):清浅微小貌。"玉山"二句与上二句相连,用夸张手法极写昆明池之美以压倒曲江,谓玉山见太白之倒影而不敢前来,曲江与昆明池相比,不过像一杯水。⑩天门九扇:犹言宫门九重。相当开:相对而开。⑪上界真人:天上的仙官,借指卢云夫和钱徽。足官府:满官府。散仙:无职守的仙人,指自己和张籍。鞭笞鸾凤:指仙家驾鸾凤遨游。

　　此诗作于元和十一年(816),当时韩愈自中书舍人降为太子右庶子。题中的卢云夫名汀,官给事中;钱七名徽,官中书舍人;张十八名籍,官国子助教。题意是:卢云夫作《曲江荷花行》诗给韩愈看,韩作此诗酬答,同时抄给钱徽、张籍。诗的前六句写卢云夫游曲江、并作诗见寄;中间八句写自己游昆明池,极度夸张、铺排,意在压倒曲江。后四句写自己"相思回首",而卢云夫、钱徽正在大明宫中忙于公事,哪能像闲官一样追陪畅游? 李黼平《读杜韩笔记》的解释很中肯:"上界真人比云夫,亦兼比钱徽,散仙乃公自比,亦兼比张籍。言云夫给事宫中,走马看花,未极其趣,不如我等闲官,纵游无禁也。钱知制诰,亦有拘限;张为助教,庶几能从我游乎? 此并呈二子之意也。"全诗夹叙、夹写、夹议,笔笔跳脱,中间写昆明池数句,尤奇丽警拔。《唐宋诗醇》云:"红云明镜中特有雪山倒影,便写得异样精彩。"其善用夸张、想象,或从杜甫《渼陂行》得到启发。

听颖师弹琴①

　　昵昵儿女语,恩怨相尔汝②。划然变轩昂,勇士赴敌场。浮云柳絮无根蒂,天地阔远随飞扬。喧啾百鸟群,忽见孤凤皇。跻攀分寸不可上,失势一落千丈强。嗟余有两耳,未省听丝篁③。自闻颖师弹,起坐在一旁。推手遽止之,湿衣泪滂滂。颖乎尔诚能,无以冰炭置我肠④。

　　①颖师:名颖,"师"是对僧的通称。来自天竺,元和间在长安,以弹琴著名。李贺有《听颖师弹琴歌》记其事。②相尔汝:关系亲密,互称尔汝。③未省(xǐng 醒):不懂。丝篁:丝、

竹,即弦乐器和管乐器,这里泛指音乐。④冰炭置肠:冰极冷,炭(火)极热,指两种相反的情感剧烈冲突。

一开头即紧扣"听弹琴"展现音乐境界。前十句,连用贴切生动的比喻,把飘忽多变的乐声转化为绘神绘色的视觉形象,并且准确地表现了乐曲蕴含的情境。诗人在运用不同比喻时还善于配合相适应的语音,更强化了摹声传情的效果。例如前两句除"相"字外,没有开口呼,语音轻柔细碎,与儿女私语的情境契合。三、四句以开口呼"划"字领起,用洪声韵"昂"、"扬"作韵脚,中间也多用高亢的语音,恰切地传达出勇士赴敌的昂扬情境。

以下八句写自己听琴的感受,既对复杂多变的琴声起侧面烘托作用,又含蓄地传达了自己的某种情感共鸣,加强了全诗的抒情性。听琴而"起坐在一旁"——忽而站起,忽而坐下,又忽而站起……顾不得对"一旁"的弹琴者有无干扰。仅五个字,便以形传神,通过听琴者情感波涛的剧烈变化,烘托了琴声的波澜迭起、变态百出。写琴声由高滑低而用"跻攀分寸不可上,失势一落千丈强"的比喻,并且"推手遽止之",不让颖师再弹下去,而他的反应是"湿衣泪滂滂",表明正是这种情境触发了诗人的身世之感。此诗作于元和十一年(816)因受谗言被降为右庶子以后。仕途"跻攀","分寸"之升,已极艰辛,而一旦"失势",即"一落千丈"。由琴声而联想到自己的遭遇,原是很自然的。

此诗与白居易的《琵琶行》、李贺的《李凭箜篌引》各有独创性而异曲同工,都是摹声传情的杰作。

左迁至蓝关示侄孙湘①

一封朝奏九重天②,夕贬潮阳路八千。欲为圣明除弊事,肯将衰朽惜残年?云横秦岭家何在?雪拥蓝关马不前。知汝远来应有意,好收吾骨瘴江边③。

①左迁:降职。蓝关:在蓝田县南。湘:字北渚,韩愈之侄韩老成的长子,长庆三年(823)进士,任大理丞。②一封:指一封奏章,即《论佛骨表》。九重天:古称天有九层,第九层最高,此指朝廷、皇帝。元和十四年(819)正月,凤翔法门寺护国真身塔内藏有释迦文佛指骨一节,宪宗派宦官迎入宫供奉,韩愈上《论佛骨表》谏阻,由刑部侍郎贬为潮州刺史。潮州州治潮阳(今属广州)距长安八千里。③瘴江:指岭南瘴气弥漫的江流。

韩愈《论佛骨表》是一篇正气凛然的名文。这首诗和这篇文珠联璧合,相得益彰,具有深刻的社会意义。

前两联写"左迁",一气贯注,浑灏流转,其刚正不屈的风骨宛然如见。"朝奏"与"夕贬"、"九重天"与"路八千"、"圣明"与"衰朽"、"欲……除弊事"与"肯……惜残年",强烈对比,高度概括,扩大和加深了诗的内涵。

后两联扣题目中的"至蓝关示侄孙湘"。"云横秦岭",遮天蔽日,回顾长安,不知"家何在"!"雪拥蓝关",前路险艰,严令限期赶到贬所,怎奈"马不前"!"云横""雪拥",既是实景,又不无象征意义。这一联,景阔情悲,蕴含深广,遂成千古名句。作者原是抱着必死的决心上表言事的,如今自料此去必死,故对韩湘安排后事,以"好收吾骨"作结。在章法上,又照应第二联,故语虽悲酸,却悲中有壮,表现了为"除弊事"而不"惜残年"的坚强意志。

全诗沉郁顿挫,苍凉悲壮,得杜甫七律之神而又有新创。前两联大气盘旋,"以文为诗"而诗情浓郁,开宋诗法门,影响深远。因韩湘被附会为"八仙"中的"韩湘子",故此诗或绘为图画,或演为戏曲小说,流传更广。

题楚昭王庙

秋坟满目衣冠尽[①],城阙连云草树荒[②]。犹有国人怀旧德,一间茅屋祭昭王。

①"秋坟"句:放眼四望,遍地秋坟,可知当年的世族大家及士大夫们早已死尽了。衣冠:指衣冠之士,各种有政治地位的人。②"城阙"句:宜城是楚昭王的故都,故当年城阙仍在。连云:状其高,意在唤起读者对当年楚都繁华的想象,与眼前"草树荒"对比。

元和十四年贬赴潮州途中作。楚昭王,春秋时楚国君主,曾击退吴国入侵,收复失地。庙在今湖北宜城县境,作者《记宜城驿》云:"旧庙屋极宏盛,今惟草屋一区。然问左侧人,尚云'每岁十月,民相率聚祭其前'。"此诗前两句极写楚国故都之荒凉,用以衬托昭王庙虽沦为"一间茅屋",而犹有国人怀德祭祀。蒋抱玄《评注韩昌黎诗集》云:"未是快调,却能以气势为风致,愈读则意愈绵,愈嚼则字愈香,此是绝句中杰作。"何焯《义门读书记》云:"意味深长,昌黎绝句第一。"

风折花枝

浮艳侵天难就看[①],清香扑地只遥闻。春风也是多情思[②],故拣繁枝折赠君[③]。

①浮艳:指花放出的耀眼光彩。侵天:指繁花似海,映入天空。就:近。②多情思:多情多意。③繁枝:花儿盛开的枝。折:折断。君:诗人自谓。

首句以视觉形象展现高处的花,次句以嗅觉形象展现低处的花。这二者都不在诗人身边,可望可闻而不可即,用以唤起下文。后两句用拟人化手法将风折花枝写得何等有情!朱彝尊《批韩诗》云:《风折花枝》出新意,上二句唤

243

起下意,亦佳。"

早春呈水部张十八员外①

天街小雨润如酥②,草色遥看近却无。最是一年春好处,绝胜烟柳满皇都③。

①水部张十八员外:即张籍,任水部员外郎,排行十八。②天街:京城的街道。酥:酥油。③绝胜:大大超过。皇都:指长安。

诗人透过濛濛细雨遥望原头,发现已浮现嫩绿的草色,便预感到"早春"来临,无限欣喜,认为这是一年中最好的春景,比"烟柳满皇都"之时要好得多。然而对于一般人,近看连草色都没有,怎会认为这是"一年春好处"而加以百倍珍惜呢?四句诗,不仅一、二句体物工细,而且蕴含哲理。与韩愈同时的杨巨源有一首《城东早春》诗:"诗家清景在新春,绿柳才黄半未匀。若待上林花似锦,出门俱是看花人。"与此诗意境略同,可以并读。

同水部张员外曲江春游寄白二十二舍人①

漠漠轻阴晚自开,青天白日映楼台。曲江水满花千树,有底忙时不肯来②?

①水部张员外:张籍,时任水部员外郎。白二十二舍人:白居易,排行二十二,时为中书舍人。②有底:有甚。时:语气词,同"啊"。

作者与张籍同赏曲江春景,为白居易未来同游而感到遗憾,因而作此诗寄白。如此题目,要用一首七绝表达,而且要表达得有诗味,看来相当难。而作者却以前三句写曲江春景,明丽如画;于结尾用一问句,便与前三句拍合,韵味盎然。

赠张十八助教

喜君眸子重清朗①,携手城南历旧游②。忽见孟生题竹处③,相看泪落不能收!

①眸子:眼睛。张籍于元和六年患严重眼疾,三年多以后始能见物。②城南:长安城南。③孟生:指孟郊,有《游城南韩氏庄》等诗,卒于元和九年八月。

这是写赠张籍的诗。前两句写张籍瞎了的眼睛忽然又能看见,于是二人携手乐滋滋地遍游城南旧游之地,多高兴!但这两句却反跌下文:正因为张籍眼疾已愈,两人都能看见,所以忽然看见孟郊当年题竹的地方,两人就"相看泪落不能收"!朱彝尊《批韩诗》云:"真情直吐,前二句何等乐,后二句何等痛。"

盆　池①

池光天影共青青,拍岸才添水数瓶。且待夜深明月去②,试看涵泳几多星。

①盆池:以瓦盆贮水、植荷、养鱼,就算是"池"。②明月去:月落。明月当空,则星光为月光所掩,所谓"月明星稀"。

《盆池》五首作于元和十年(815)春夏之际,当时作者在京任考功郎中知制诰。位处机要,很想大有作为。这组诗反映了诗人乐观开朗、渴望沾溉万物的心境。

首句是果,次句是因。因果倒置,摇曳生姿。"池光""青青",映在池中的"天影"也"青青",令人悦目赏心。什么原因呢?就因为池中添入新水。添了多少呢?"才添水数瓶"。以"拍岸"描状"添水数瓶"的景象,既小题大做,又状溢目前,给人以新鲜有趣的感觉。以小见大,兼含哲理。朱熹的哲理诗"半亩方塘一鉴开,天光云影共徘徊。问渠(他)那得清如许?为有源头活水来"(《观书有感》),也许从此化出。

三、四两句就首句生发。既然"池光"那么"青",能够映出青天,那么皓月当空,自然也能映出皓月;只可惜星光为月光所掩,照不出来!当然,这也不太要紧,姑且耐心地等吧!等到夜深,明月走掉,再看我这小小的盆池里能够"涵泳"多少颗星星。不说"明月落"而说"明月去",有点拟人化的意思,别饶韵味。用"涵泳"两字,写星光在水、随波闪烁之状宛然在目。这两句,也以小见大,兼含哲理。

晚　春

草树知春不久归①,百般红紫斗芳菲。杨花榆荚无才思②,惟解漫天作雪飞③。

①草树:花草树木。②杨花:柳絮。榆荚:榆钱。才思(sì四):才情、文思。③惟解:只知。

这是《游城南十六首》中的一首,作于元和十一年(816)。"城南",指长安城南韦曲、杜曲一带。题为《晚春》,用两种景物来表现:一是千红万紫,繁花似锦;二是柳絮榆钱,漫天飞舞。看到这两种景物,人们便感到已是"晚春"了。朱宝莹《诗式》云:"四句分两层写,而'晚春'二字,跃然纸上。"大概就是从这一角度称赞这首诗的。但这首诗的妙处远非如此。诗人把他所写的景物统统拟人化,能"知"、能"斗"、能"解",还有有才思与"无才思"之分。这就不仅能把景物写得形神兼备,活灵活现,而且富有启发性,容易触发读者的联想,从而产生言近旨远、耐人寻味的效果。

作者作此诗时,年近半百,见晚春景物而别有会心,形诸吟咏,比兴并用,寄托遥深,虽不宜讲得太死,但反复吟诵,确有催人奋进的精神力量。

过鸿沟①

龙疲虎困割川原②,亿万苍生性命存③。谁劝君王回马首④,真成一掷赌乾坤⑤。

①鸿沟:在今郑州荥阳县广武乡。秦末项羽、刘邦争战于此,后约以鸿沟为界中分天下。西为汉,东为楚。②龙疲虎困:比喻刘邦、项羽双方争斗困苦不堪。割川原:分割天下。③苍生:百姓。④"谁劝"句:《史记》卷八《高祖本纪》载:刘邦、项羽约以鸿沟中分天下,项羽率军东归,刘邦也应西去。刘邦途中用张良、陈平计,回马追杀项羽,趁项羽不备,与韩信、彭越合军击之,大败项羽,遂亡楚而建汉。"谁劝君王回马首"句,以张良、陈平比裴度,宪宗比刘邦。⑤乾坤:本指天地,此指江山社稷。李白诗:"天地赌一掷,未能忘战争。"

元和九年(814),淮西节度使吴元济叛乱,宪宗派兵征讨,久未平息。朝臣或主战,或主和,莫衷一是。宰相裴度力主进讨,宪宗从之,于元和十二年命裴度督战。韩愈以右庶子任行军司马,随裴度讨平吴元济,归途经鸿沟而作此诗。韩愈力主削平藩镇割据,实现国家统一。此诗借古喻今,曲折地表现了这种进步主张。

次潼关先寄张十二阁老使君①

荆山已去华山来②,日出潼关四扇开③。刺史莫辞迎候远④,相公亲破蔡州回⑤。

①次:到达停宿。潼关:在今陕西省潼关县。张十二:张贾。阁老:唐人对中书舍人、给事中的尊称。张贾曾任门下省给事中。使君:张贾时任华州(今陕西华阴)刺史。唐刺史与汉太守官阶同,汉呼太守为使君,此借称。②荆山:在今河南省灵宝县。华山:在华阴县南。③四扇:潼关东西二门,门各二扇。开:谓大开关门,以示迎接。④刺史:指张贾。⑤相公:指裴度,唐称宰相为相公。蔡州:今河南汝南县,吴元济的巢穴所在。

此诗作于元和十二年(817)平淮西回师途中,歌颂裴度的平叛之功,表现了胜利的喜悦。查慎行《十二种诗评》曰:"气象开阔,所谓卷波澜入小诗者。"沈德潜《唐诗别裁集》卷二〇云:"没石饮羽之技,不必以寻常绝句法求之。"

和李司勋过连昌宫①

夹道疏槐出老根②,高甍巨桷压山原③。宫前遗老来相问④:"今是开元几叶孙⑤?"

①李司勋:李正封,随裴度平淮西任随军判官。在京曾任吏部司勋员外郎,故称李司勋。连昌宫:唐代行宫,在今河南省宜阳县。②夹道:道路两侧。槐:槐树。出:露出。③甍(méng 萌):屋脊。桷(jué 决):方椽。④遗老:前朝旧臣。当时上距开元六十年,开元遗民犹有存者。⑤今:今上,即当今皇上,指宪宗。开元:唐玄宗年号。史称"开元之治",比隆贞观。叶:代。孙:子孙。

平淮西回师途中作。借连昌宫前开元遗老的问语,表现对元和中兴、媲美开元的希望,构思巧而含意深。可与元稹《连昌宫词》并读。

楸　　树

几岁生成为大树,一朝缠绕困长藤。谁人与脱青罗帔①,看吐高花万万层。

①与脱:替他脱去。青罗帔(pèi 佩):青丝织的帔巾,指长藤。方世举注:"青罗帔,状藤也,比象创语。"

所写者可能是作者所目睹的自然现象,但其本身有普遍意义,作者也必然联想到类似的社会问题,特别是联想到自己的遭遇,故三、四两句表现了解脱束缚、施展才华的强烈愿望。

游西林寺题萧二兄郎中旧堂①

中郎有女能传业②,伯道无儿可保家③。偶到匡山曾住处④,几行衰泪落烟霞。

①西林寺:在江西庐山。萧二兄:萧存,萧颖士子,字伯诚,能文辞,与韩会、沈既济、梁肃、徐岱交游。做过常熟主簿、殿中侍御史、比部郎中。恶裴延龄为人,弃官归庐山,以山水自娱。②中郎:指蔡邕(132—192),东汉著名文学家,做过中郎将,世称蔡中郎。无儿,有女蔡琰(文姬)。韩诗以萧比蔡邕,萧女比文姬。③伯道:邓攸,西晋末年人,在石勒之乱中带儿子与弟之子逃难,因不能使二子两全,舍己子而存弟子。后邓攸死于兵乱,卒无子嗣,时人哀怜说:"天道无知,使邓伯道无儿。"此以萧存比伯道。④匡山:庐山。

247

元和十五年(820)九月,韩愈自袁州回长安途中作此诗。何焯《义门读书记》卷三〇:"萧存,颖士之子,为金部员外,终检校仓部郎中。生三子,皆无禄早世。文公(韩愈)少时,尝受金部知赏。及自袁州入为国子祭酒,途经江州,因游庐山,过金部山居,访知诸子凋谢,惟二女在,因赋诗云云。留百缣以拯之。"诗写得真情流露,哀感动人;用典贴切,通过读者的联想扩展了诗的容量。

刘禹锡

刘禹锡(772—842),字梦得,排行二十八,洛阳(今属河南)人。生于江南,幼年从诗僧皎然、灵澈学诗。德宗贞元九年(793)登进士第、又登博学宏词科。十一年,授太子校书。十六年,为徐泗濠节度掌书记,随杜佑出师讨伐徐州叛军。不久,改任淮南节度掌书记。十八年,调任渭南县主簿。十九年(803),入为监察御史。二十一年正月,顺宗即位,重用王叔文、王伾等实行政治革新,刘禹锡任屯田员外郎,协助整顿财政,为革新之核心人物,被称为"二王(叔文、伾)刘柳(宗元)"。顺宗被迫让位宪宗,革新失败。刘禹锡先贬连州刺史,未及赴任,加贬朗州司马。宪宗元和十年(815)召回京师,因赋玄都观看桃花诗得罪执政,贬连州刺史。穆宗长庆元年(821)冬,为夔州刺史。四年,调任和州刺史。敬宗宝历二年(826)罢归洛阳。此后历主客郎中、集贤殿学士、礼部郎中及苏、汝、同三州刺史。文宗开成元年(836)改任太子宾客、分司东都;后加秘书监、检校礼部尚书衔。武宗会昌二年秋卒于洛阳,世称刘宾客、刘尚书。刘禹锡晚年有"诗豪"之誉,与白居易齐名,并称"刘白"。其论诗名言,如"境生于象外"、"片言可以明百意,坐驰可以役万景"等,对诗歌创作的特殊规律体认极深。存诗800余首,无体不备,各体均不乏名篇佳作。《竹枝词》、《金陵五题》、《杨柳枝词》、《浪淘沙词》、《踏歌词》、《西塞山怀古》等诗及"莫道桑榆晚,为霞尚满天"、"沉舟侧畔千帆过,病树前头万木春"诸句,尤脍炙人口。刘克庄谓"刘梦得五言……皆雄浑老苍,沉着痛快,小家数不能及。绝句尤工"(《后村诗话》前集卷一)。方回谓"刘梦得诗格高,在元、白之上,长庆以后诗人皆不能及"(《瀛奎律髓》卷四七)。杨慎更认为"元和以后,诗人之全集可观者数家,当以刘禹锡为第一"(《丹铅总录》卷二一)。其生平事迹见其临终前所撰《子刘子自传》,新、旧《唐书》本传,以及今人卞孝萱《刘禹锡年谱》。其诗文合集,以《四部丛刊》本《刘梦得文集》、《四部备要》本《刘宾客文集》较通行,中华书局《刘禹锡集》较完备。

西塞山怀古①

王濬楼船下益州②,金陵王气黯然收③。千寻铁锁沉江底,一片降幡出石头④。人世几回伤往事，山形依旧枕寒流。今逢四海为家日⑤，故垒萧萧芦荻秋。

①西塞山：在今湖北大冶东长江边，为长江中游要塞，三国时吴国以此为江防前线。②"王濬"句：王濬(jùn 俊)于晋武帝时任益州(今四川成都)刺史。武帝太康元年(280)伐吴，命王濬领楼船沿江而下。③"金陵"句：《太平御览》卷一七〇引《金陵图》云："昔楚威王见此有王气，因埋金以镇之，故曰金陵。"金陵：今南京市，三国时称建业，是吴国都城。王气收：指吴国灭亡。④千寻：八尺为"寻"，"千寻"极言其长。降幡(fān 帆)：表示投降的旗。石头：指石头城，即金陵。⑤四海为家：指全国统一。

《唐诗纪事》卷三九云："长庆中，元微之、刘梦得、韦楚客同会白乐天舍，论南朝兴废，各赋《金陵怀古诗》。刘满引一杯，饮已即成，曰：'王濬楼船下益州……'白公览诗曰：'四人探龙，子先得珠，所余鳞爪何用耶？'于是罢唱。"按，此诗当是刘禹锡于长庆四年(824)由夔州刺史调任和州刺史，沿江东下经西塞山时所作；但白居易的赞扬，则是可信的。

诗人因西塞"故垒"触发吟兴，将六代兴亡与现实思考融入苍茫宏阔的景象之中，腾挪旋转，构成沉雄悲壮的意境。前两联写孙吴恃险设防，企图维护割据，而"楼船"东"下"，"铁锁"即"沉"，"王气"顿"收"，"降幡"继"出"。用"下"、"收"、"沉"、"出"四个动词概括决定晋兴吴亡的战役，给人以弹指之间即出现全国统一局面的欢快感。第五句"人世"反挑第六句"山形"，落到"西塞山"。"几回伤往事"，既包含前四句所写的吴晋兴亡，又总括东晋、宋、齐、梁、陈的政权更迭。"人世"的沧桑变化如此频繁，令人感伤，而作为攻守要塞的西塞山，则"依旧枕寒流"，与六代兴亡形成强烈的对照。地险不足恃，割据不能久，"怀古"之意，即从对照中传出。尾联紧承第三联，遥应前两联。前两联写西晋统一，第三联写六代分裂，都涉及"西塞山"，都是"怀古"。尾联"今逢四海为家日"从"古"回到"今"，表达了歌颂统一的深情和维护统一的愿望；"故垒萧萧芦荻秋"既是眼前景，与"今"字拍合，又用"故垒"点"西塞山"，挽合六代兴亡，以"萧萧芦荻秋"的荒凉景象为恃险割据者垂戒。

中唐以来，藩镇割据形势日趋严重。宪宗元和时期，曾在削平藩镇割据势力方面取得了一些胜利，但不多久，河北三镇又故态复萌，危及统一。此诗托古讽今，有深刻的现实意义。就艺术成就而言，通篇一气呵成，纵横变化，不可方物，而终不脱题。诚如清人薛雪《一瓢诗话》所评："似议非议，有论无论，笔着纸上，神来天际，气魄法律，无不精到，洵是此老一生杰作。"

酬乐天扬州初逢席上有赠

巴山楚水凄凉地①，二十三年弃置身②。怀旧空吟闻笛赋③，到乡翻似烂柯人④。沉舟侧畔千帆过,病树前头万木春⑤。今日听君歌一曲,暂凭杯酒长精神。

①巴:今四川东部。楚:今湖北、湖南等地。刘禹锡于永贞元年(805)被贬出京,先后任朗州司马、夔州刺史。朗州,今湖南常德一带,古属楚地;夔州,今四川奉节一带,古属巴国。这句举"巴山"、"楚水"以概括贬官时到过的地方。②二十三年:刘禹锡从顺宗永贞元年九月被贬,至敬宗宝历二年(826)冬应召,前后将近二十三年。弃置:指遭到贬谪。③怀旧:怀念永贞革新失败后死去的王伾、王叔文等旧友。向秀在友人嵇康、吕安被害后经过山阳(今河南焦作)嵇康旧居,听到邻人嘹亮的笛声,想起当年和嵇、吕在一起的游宴生活,作了一篇《思旧赋》。④翻似:反似,倒好像。烂柯人:指王质。晋人王质入山砍柴,看两个小孩下完一盘棋,手中的斧柄("柯")已烂。回到家里,时间已过了一百年,同时的人都已死去。这里作者自比王质,写被贬二十余年,已人事全非。⑤"沉舟"两句:以"沉舟"、"病树"自喻,以"千帆过"、"万木春"比喻在仕途上春风得意的人,含自叹自伤、愤世嫉俗之意。

敬宗宝历二年(826),刘禹锡离和州刺史任北归洛阳,途经扬州遇白居易。白作《醉赠刘二十八使君》诗,刘作此诗酬答。诗中抒发了屡遭政敌打击、朋友凋谢、人事变迁的深沉感慨。第三联被今人赋予新意,传诵一时。

望洞庭①

湖光秋色两相和,潭面无波镜未磨②。遥望洞庭山水翠③,白银盘里一青螺。

①洞庭:即洞庭湖,在今湖南省北部、长江南岸。②两相和:指湖光山色两相辉映。潭面:湖面。③山:指洞庭湖中的君山。

此诗作于贬朗州时期。先写望洞庭湖面,次写望湖中君山,写景如画。后两句与晚唐雍陶《望君山》"应是水仙梳洗处,一螺青黛镜中心"、北宋黄庭坚《雨中登岳阳楼望君山》"可惜不当湖水面,银山堆里看青山"同为传诵名句。

秋 词

自古逢秋悲寂寥,我言秋日胜春朝①。晴空一鹤排云上,便引诗情到碧霄②。

①寂寥:寂寞、凄凉。胜:超过。春朝(zhāo招):春天。②排:推开、冲破。碧霄:碧蓝的天空。

自宋玉悲秋以来,历代骚人墨客几乎逢秋便悲。此诗作于朗州贬所,却以一鹤排云、直上晴空赞颂了爽朗明丽的秋天,寄托了诗人高旷、豪迈的胸怀,可与杜牧"霜叶红于二月花"并读。

竹枝词九首（其二）

山桃红花满上头[1],蜀江春水拍山流。花红易衰似郎意,水流无限似侬愁[2]。

[1]上头:山上头。[2]侬:女子自称。

竹枝词是巴、渝等地民歌中的一种,歌咏当地风物和男女相恋之情。顾况、白居易都有拟作。刘禹锡《竹枝词》九首,前有序云:"四方之歌,异音而同乐。岁正月,余来建平,里中儿联歌竹枝,吹短笛,击鼓以赴节,歌者扬袂睢舞,以曲多为贤。聆其音,中黄钟之羽。其卒章激讦如吴声,虽伦伶不可分,而含思宛转,有淇澳之艳。昔屈原居沅湘间,其民迎神词多鄙陋,乃作为《九歌》,到于今,荆楚鼓舞之。故余亦作《竹枝》九篇,俾善歌者扬之,附于末。后之聆巴歙,知变风之自焉。"建平,古郡名,故治在今四川巫山县,这里指夔州。诗中多提蜀地山川,当是刘禹锡任夔州刺史时(821—824)所作,这里选的是第二首。

这首歌,是由一位自称"侬"的山村姑娘唱出的。从全诗看,她与那个"郎"有过一段热恋的欢乐,如今却面临失恋的忧愁,因而被眼前景触发,就唱起来了。前两句托物起兴,兴中有比。"山桃红花",开"满"山头,着一"满"字,给人以满山红焰,像烈火燃烧的炽烈感。这是眼前景,也是"兴"。但姑娘同时联想到"郎"对她的爱情之火,也曾经燃烧得这般红艳、这般热烈。这又是"比"。山头桃花盛开,山下春水奔流。山水相依相恋,构成多么明丽的美景。水依山流,特意用了一个"拍"字,用拟人化手法把水对山的爱抚之情表现得淋漓尽致。这是眼前景,是"兴",同时也是"比"。在前两句中,"比"的意味比较隐微,后两句则由隐而显,连用两个"似"字,使"比"义紧扣"兴"义,吐露了姑娘的隐衷:山头的桃花好似"郎意",盛开之时多么令人陶醉,可是又多么容易"衰"落!山下的春水日夜东流,好似"侬"失恋后的"愁"绪,日夜萦心,永无尽期。

全诗设色明艳,写景如绘,以比兴兼用的手法融情入景,表现了女主人公由热恋到失恋的复杂心态,充分发挥了《竹枝》民歌"含思宛转"的特点。前两句与后两句各成对偶,而以第三句承第一句,以第四句承第二句,交叉回环,别成一格。

竹枝词二首（其一）

杨柳青青江水平,闻郎江上唱歌声[1]。东边日出西边雨,道是无晴却有晴②。

①唱歌:一作"踏歌",即一边唱,一边踏脚为节拍。②晴:谐"情"声。谐声双关,是民歌中常用的表现手法。

　　首句写景。江岸绿柳含烟,江面波平似镜。在这样宁静、明媚的环境里,如果谈恋爱,该多好! 然而即使谈恋爱,也不一定有诗意。诗人在这充满诗意的环境里,让两位小青年为我们演出了饶有诗意的恋爱小歌剧。

　　后面的三句诗,都是从女方"闻歌"落墨的,但从"闻歌"的反应中,又可窥见唱歌者的神态、情思以及男女之间的微妙关系。"闻郎江上唱歌声",表明男青年首先在不太遥远的地方发现了他的意中人,便唱起歌来。女青年在闻歌的同时发现了歌手,原来正是她的意中人,只是他至今还没有明确地表示爱情,因而全神贯注,听他究竟唱什么。第三句,可能只是为了引出下句,也可能是写实景。如果是写实景,就更妙。正当姑娘乍疑乍喜、听出那捉摸不定的歌声终于传递了爱情信息的时候,忽然出现了"东边日出西边雨"的景象,于是触景生情,谐音双关,作出了"道是无晴却有晴"的判断。那么,下一步的情节将如何发展呢? 这毕竟不是写戏,而是作诗,而且是作绝句,所以作者只是最大限度地开拓驰骋想象的空间,而把驰骋想象的权利留给读者。

浪淘沙①

　　日照澄洲江雾开②,淘金女伴满江隈③。美人首饰侯王印,尽是沙中浪底来。

①浪淘沙:本唐代民间曲调,后入教坊曲。②澄:明净。洲:水中陆地。③江隈:江边。

　　前两句以日照澄江、驱散江雾的动景托出"淘金女伴满江隈"的壮丽画面,赞颂之情,溢于言表。黄金为人所重,由来已久,但用如此优美的诗句描写淘金妇女,以前还不曾有过。第二句只写"淘金女伴满江隈",按照通常的思路,接下去应写如何淘金。但诗人却跨越常轨,另辟蹊径,从黄金的用途方面设想,提炼出人意想的警句:"美人首饰侯王印,尽是沙中浪底来。"王侯金印,是"贵"的集中表现;美人金钗,是"富"的集中表现。这二者,更为世人所重,由来已久。但把它们的来历追溯到妇女淘金,以前未曾有过。从章法上看,第二句之后不接写如何淘金,却用"美人首饰侯王印"大幅度宕开,精警绝伦。然而如果始终不写如何淘金,则泛而不切。作者的高明之处在于第四句既揭示金印、金钗的来历,又与第二句拍合,用"沙中浪底"补写了"女伴"淘金的艰辛劳动。放中有收,控纵自如,表现了卓绝的识力和精湛的技艺。

竭贫女之辛劳,成豪家之富贵,全诗所展示的,便是这种社会现象。如何看待,引人深思。

石头城[①]

山围故国周遭在,潮打空城寂寞回。淮水东边旧时月[②],夜深还过女墙来[③]。

[①]石头城:在今南京市西清凉山上,三国时孙吴就石壁筑城戍守,称石头城。后人也每以石头城指建业。[②]淮水:指秦淮河。[③]女墙:城墙上的墙垛。

刘禹锡任和州刺史时(824—826)作《金陵五题》,以联章方式,歌咏五处古迹,总结历史教训。《石头城》是这组诗的第一首。

以偶句发端,笔势浑厚。"山围"、"潮打",仅四个字便标出石头城的位置,而地形之险见于言外。"故国"义同"故都",与"空城"同指"石头城"。用"故"用"空",使空间与时间结合,唤起苍茫怅惘的吊古意识。"山围故国周遭在",反衬六代豪华早已消歇,见得人事不修,则地形之险实不足恃。"潮打空城寂寞回",赋予江"潮"以人的情思,因感知所拍打的是一座"空城"而"寂寞"地退回,则昔日此城车水马龙、金迷纸醉之时,它自然并不感到"寂寞",江潮犹有今昔盛衰的感慨,何况人呢? 三、四两句请出万古不磨的明月作为古今治乱兴亡的见证人,抒发更为深沉的感喟。"石头城"上,"女墙"仍在,却不仅无人戍守,而且也没有任何人来此凭吊;只有曾照"旧时"繁华的明"月",在"夜深"人静之时,从"淮水东边"升起,经过"女墙","还"来相照。吊古之情,从"山围故国"、"潮打空城"涌出,波澜迭起,至月照"女墙"而推向高潮,诗亦戛然而止,令读者咏叹想象于无穷。

《金陵五题》自序云:"他日友人白乐天掉头苦吟,叹赏良久,且曰:《石头》诗云'潮打空城寂寞回',吾知后之诗人,不复措辞矣!"从全篇看,景中寓情,言外见意,凭吊前朝,垂戒后世,确是怀古诗中的杰作。

乌衣巷[①]

朱雀桥边野草花[②],乌衣巷口夕阳斜。旧时王谢堂前燕,飞入寻常百姓家。

[①]乌衣巷:故址在今南京秦淮河南朱雀桥边,本孙吴卫戍部队营房所在,兵士穿乌衣(黑色制服),故名。东晋初,大臣王导等住此,遂成为王、谢豪门大族的住宅区。[②]朱雀桥:又名朱雀航,是秦淮河上的浮桥,面对正南门朱雀门,故名。东晋太宁二年(324)以后,以船舶连接而成,长九十步,宽六丈,是京城内的交通要道。

这是《金陵五题》的第二首。诗人从"金陵"城中选取两个极有代表性的地名"朱雀桥"与"乌衣巷"领起一、二两句，对偶天成，色彩斑斓，既能标帜金陵的地理环境，更能激发关于六代繁华的联想。然后将"野草花"、"夕阳斜"两种荒凉的景象和这两个显赫地名联结起来，于强烈反衬中蕴含异常丰富的暗示，引人深思。前两句写静景，"静"得凄凉。后两句，于"野草花"、"夕阳斜"的静景中添入燕子飞来的动景，以动形静，更见凄凉。燕子不仅是候鸟，还有"喜居故巢"的习性。诗人抓住这一点，与一、二两句关合，写出了两个警句："旧时王谢堂前燕，飞入寻常百姓家。"如唐汝询《唐诗解》所说："不言王谢堂为百姓家，而借言于燕，正诗人托兴玄妙处。"

　　全诗不正面落墨，只选两个地名，用野草、斜阳、旧燕渲染，而王朝兴替、人世变迁的深沉慨叹，已见于言外。辛弃疾《沁园春》云："朱雀桥边，何人会道，野草、斜阳、飞燕？"抓住此诗的主要特点推此诗为绝唱，确有见地。

杨 柳 枝 词

　　塞北梅花羌笛吹，淮南桂树小山词[①]。请君莫奏前朝曲，听唱新翻杨柳枝[②]。

　　[①]塞北：指我国北方边塞地区。梅花：指汉乐府民歌横吹曲的《梅花落》，到了唐代已经陈旧。羌笛：我国古代羌族的一种乐器。淮南小山：旧说为西汉时淮南王刘安的门客。桂树：指《楚辞·招隐士》，其第一句为"桂树丛生兮山之幽"。塞北用羌笛吹奏的《梅花落》和淮南小山的《招隐士》都是下句所说的"前朝曲"。[②]前朝曲：指《梅花落》和小山词。新翻：指改作、创作的新曲。

　　《杨柳枝》，乐府《近代曲辞》。旧有《折杨柳》曲，白居易晚年与刘禹锡翻为新声，互相唱和。白诗"古歌旧曲君休唱，听取新翻杨柳枝"，刘诗"请君莫奏前朝曲，听唱新翻杨柳枝"，都表现了可贵的创新精神。

同乐天登栖灵寺塔[①]

　　步步相携不觉难，九层云外倚阑干[②]。忽然笑语半天上，无限游人举眼看。

　　[①]乐天：白居易。[②]阑干：同"栏杆"。

　　二、三、四句皆写人在塔顶，以"九层云外"、"半天上"、"举眼看"反复夸张，极言其高，仿佛高不可攀；却用首句郑重说明："步步相携不觉难。"写同登高塔而含哲理，有普遍意义。

和乐天春词

新妆宜面下朱楼①,深锁春光一院愁②。行到中庭数花朵③,蜻蜓飞上玉搔头④。

①宜面:脸部脂粉浓淡得宜。朱楼:红楼。②春光:春天的风光景色。女子被锁于深院中,因而在她眼中,春光也被锁在深院中。③中庭:庭院中。④玉搔头:玉簪。

白居易《春词》云:"低花树映小妆楼,春入眉心两点愁。斜倚阑干背鹦鹉,思量何事不回头。"通过对一位贵族女性居室及神态的描写表现其无限春愁。刘禹锡的这首"和"诗,则写一位贵族女性盛妆下楼而院内无人,只能独自闲数花朵,和她亲近的只有一只蜻蜓,其满腹春愁,已不言可知。俞陛云《诗境浅说续编》云:"但写春庭闲事,而怨在其中。"

白居易

白居易(772—846),字乐天,晚号香山居士、醉吟先生,排行二十二。下邽(今陕西渭南)人,祖籍太原(今属山西),出生于郑州新郑县(今属河南)。幼聪慧,九岁解声韵。德宗贞元十六年(800)登进士第,十八年中书判拔萃科,次年授秘书省校书郎。宪宗元和元年(806)中"才识兼茂、明于体用"科,授盩厔(今陕西周至)尉。二年十一月任翰林学士。后历左拾遗、京兆府户曹参军等职,仍兼翰林学士。六年(811)丁母忧去职。元和初期的这几年,他以谏官身份,多次上书要求革除弊政,并写了很多揭露时弊的讽谕诗,为宦官及旧官僚集团所忌恨。十年(815)六月,以越职评议时政,自太子左赞善大夫贬为江州(今江西九江)司马。十三年冬,转忠州刺史。十五年夏,召为尚书司门员外郎,十二月改授主客郎中、知制诰。穆宗长庆元年(821)迁中书舍人,二年请求外任,除杭州刺史,修钱塘湖堤,蓄水溉田。四年(824)五月,除太子左庶子分司东都。敬宗宝历元年(825)出为苏州刺史,恤贫安民,有善政。次年九月因病罢官归洛阳。文宗大和元年(827)召任秘书监,二年除刑部侍郎。三年(829),以太子宾客分司东都,从此定居洛阳,历河南尹、太子宾客、太子少傅等职,知足保和,与裴度、刘禹锡等唱和,并作"香山九老"之游。武宗会昌二年(842)以刑部尚书致仕。六年(846)八月卒,谥"文",世称白傅、白文公。其生平事迹见李商隐《白公墓碑铭并序》、《唐诗纪事》、《唐才子传》及新、旧《唐书》本传等。年谱多种,以今人朱金诚《白居易年谱》较精详。博学多能,兼擅文、词、书法,而尤以诗著称。早年与元稹齐名,并称"元白";晚年与刘禹锡齐名,并称"刘白"。提倡"文章合为时而著,歌诗合为事而作",有助于"补察时政"、"泄导人情"、"张正气而扶壮心"。继承乐府诗传统,并受杜甫《兵车行》等"即事名篇"的启发,创为"新乐府"。早年自编诗集,分为讽谕、闲适、感伤、杂律四类。讽谕诗以《新乐府》五十首、《秦中吟》十首为代表作,广泛而深刻地反映并批判现实,至今仍有认识价值和炯戒意义。感伤诗以《长恨歌》、《琵琶行》为代表作,至今脍炙人口。其写景抒情的五七言律诗、绝句,也多有佳作。其诗歌语言追求浅易明畅,论者或以"俗浅"贬其诗。白居易流传到现在的诗将近三千首,其中质量不高者为数不少;但其佳作亦大量存在。就其佳作而言,诚如王若虚所指出:"乐天之诗,情致曲尽,入人肝脾,随物赋形,所在充满,殆与元气相侔。至长韵大篇,动数百千言,而顺适惬当,句句如一,无争张牵强之态。此岂捻断吟须、悲鸣口吻者之所能至哉!而世或以'浅易'轻之,盖不足与言矣。"(《滹南诗话》卷一)赵翼也认为其诗"看是平易,其实精纯"(《瓯北诗话》)。薛雪进而指出其诗"言浅而思深,意微而词显"(《一瓢诗话》)。张为《诗人主客图》称他为"广大教化主"。其诗因有突出的时代特色而被称为"元和体"(顾陶《唐诗类选后序》)和"长庆体"(林昌彝《射鹰楼诗话》),当时及后世,在国内外有极广泛的影响。《全唐诗》存诗三九卷,现存《白氏长庆集》(又称《白氏文集》、《白香山集》)七一卷,今人朱金诚有《白居易集笺校》。

赋得古原草送别

离离原上草①,一岁一枯荣。野火烧不尽,春风吹又生。远芳侵古道,晴翠接荒城。又送王孙去,萋萋满别情②。

①离离:形容野草很多。②王孙:贵族的后代,这里泛指远游者。萋萋:草色。《楚辞·招隐士》:"王孙游兮不归,春草生兮萋萋。"

《唐摭言》卷七云:"白乐天初举,名未振,以歌诗谒顾况。况谑之曰:'长安百物贵,居大不易。'及读至《赋得原上草送友人》诗曰:'野火烧不尽,春风吹又生。'况叹之曰:'有句如此,居天下有甚难?老夫前言戏之耳。'"《幽闲鼓吹》、《唐语林》、《北梦琐言》、《能改斋漫录》、《全唐诗话》等都有类似记载,从而扩大了这首诗的影响。"赋得",是"赋"诗"得"题的意思。"得"什么题,由人限定。除进士科考试命题外,常见的"赋得"诗有两类:一类是取成句为题,如骆宾王的《赋得"白云抱幽石"》;另一类是咏物兼送别,如刘孝孙《赋得春莺送友人》。白居易的这一首,属于后一类。

前六句,以"原上草"为主语,一气盘旋,脉络分明。后两句以"又送"转入"送别",又以"萋萋"照应首句的"离离",回到"原上草"。章法谨严,通体完美。中间的"野火烧不尽,春风吹又生"一联,对仗工整而气势流走,充分发挥了"流水对"的优点。它歌颂野草而又具有普遍意义,给人以乐观向上的鼓舞力量。蔑视"野火"而赞美"春风",又含有深刻寓意。它在当时就受到前辈诗人称赞,直到现在还被人引用,并非偶然。

游襄阳怀孟浩然[①]

楚山碧岩岩[②],汉水碧汤汤[③];秀气结成象,孟氏之文章。今我讽遗文,思文至其乡;清风无人继[④],日暮空襄阳。南望鹿门山,蔼若有馀芳[⑤];旧隐不知处,云深树苍苍。

[①]孟浩然:襄阳人,世称孟襄阳,隐居在襄阳的鹿门山中,擅长描写山水田园的诗,风格和王维相近,并称"王孟"。[②]岩岩:高峻貌。[③]汤(shāng 伤)汤:大水急流貌。[④]清风:这里兼指诗人的人格和诗歌的风格。[⑤]蔼若:蔼然、蔼蔼,盛多貌。

这首诗,大约作于唐德宗贞元十年(794),这时作者的父亲白季庚做襄阳别驾。

先从孟浩然的诗歌写起:楚山、汉水的"秀气"凝结成艺术形象,这就是孟氏的诗歌。四句诗,形象地揭示了孟浩然山水诗的艺术特点。接着用两句诗写他因讽诵孟氏的诗歌而思其人、至其乡,点明了题中"游襄阳"的原因。以下是写"怀孟浩然"。因思其人而至其乡,那里依旧是"楚山碧岩岩,汉水碧汤汤",却再没有人能把那"秀气结成象"了!所以用"清风无人继,日暮空襄阳。……"抒发了对孟浩然的思慕之情。

自河南经乱[①],关内阻饥[②],兄弟离散,各在一处;
因望月有感,聊书所怀。寄上浮梁大兄[③]、于潜七兄[④]、
乌江十五兄[⑤]、兼示符离及下邽弟妹[⑥]

时难年荒世业空[⑦],弟兄羁旅各西东。田园寥落干戈后,骨肉流离道路中。吊影分为千里雁,辞根散作九秋蓬[⑧]。共看明月应垂泪,一夜乡心五处同!

[①]河南经乱:贞元十五年(799)二月,宣武节度使董晋死后,部下举兵叛乱。三月,彰义节度使吴少诚又叛,战争规模很大。这两次战乱,都在当时河南道境内。[②]关内阻饥:贞元十四、十五年,长安周围旱灾严重。阻饥,困苦饥饿之意,语本《尚书·舜典》"黎民阻饥"。[③]浮梁大兄:指作者的大哥幼文,他于贞元十五年春,做浮梁县(今属江西)主簿。[④]于潜七兄:指作者叔父季康的大儿子,曾做过于潜县(今属浙江)尉。[⑤]乌江十五兄:指作者的一位堂兄,做过乌江县(今安徽和县)主簿。[⑥]符离(今安徽宿县):当时是徐州的属县。作者的父亲季庚在徐州做官多年,在符离安家,符离可算作者青年时期的故乡。下邽:唐县名,在今陕西渭南县境。白氏祖籍太原,后来徙居韩城(今陕西韩城县),又迁到下邽渭村。[⑦]时难(nàn):指"河南兵乱"。年荒:指"关内阻饥"。世业:祖宗遗留下来的产业。[⑧]九秋:秋季。

蓬:菊科植物,末大于本。秋天被大风吹断,随风旋转,所以叫"飞蓬"、"转蓬"、"断蓬",常用以比喻人们流转无定。

这首诗的二、三、四、五、六各句,从不同侧面表现"兄弟离散,各在一处"的苦况,而于第一句揭示其原因,从而通过一个家庭的苦难反映了时代的苦难。这一切,是"望月"时想到的。于是,把分散在"五处"的兄弟们的感情用"望月"统一起来,写出了"共看明月应垂泪,一夜乡心五处同"的结句。以同一事物为触剂,表现分隔异地的亲友们的共同感情,这是作者善用的艺术手法之一。"一夕高楼月,万里故园心","怜君独向涧中立,一把红芳三处心","我厌宦游君失意,可怜秋思两心同",都具有这样的特点。

邯郸冬至夜思家①

邯郸驿里逢冬至,抱膝灯前影伴身。想得家中深夜坐,还应说着远行人。

①邯郸:唐县名,即今河北邯郸市。冬至:二十四节气之一,约在阳历十二月二十二或二十三日。在古代,冬至是一个重要节日。民间互馈酒食贺节,类似过春节。

第一句纪实,而驿店逢佳节,已露想家之情。第二句"抱膝灯前影伴身"写如何在驿店过节:双手抱膝,枯坐油灯前,暗淡的灯光照出了自己的影子;这影子,就是自己唯一的伴侣!其凄凉、孤寂之感,已洋溢于字里行间。凄凉孤寂,就不免想家;而"抱膝灯前",正是沉思的表情、想家的神态。那么,他坐了多久?想了多久?一字未提,第三句却作了暗示:"想得家中深夜坐",不是说明他自己也已"坐"到深夜了吗?"抱膝灯前影伴身"一句,于形象的描绘和环境的烘托中展现思家心态,已摄三、四句之魂。三、四两句正面写想家,其深刻之处在于,不是直接写自己如何想念家里人,而是透过一层,写家里人如何想念自己,与王建"家中见月望我归,正是道上思家时"异曲同工。

客中月

客从江南来,来时月上弦①;悠悠行旅中②,三见清光圆。晓随残月行,夕与新月宿;谁谓月无情?千里远相逐。朝发渭水桥,暮入长安陌;不知今夜月,又作谁家客!

①月上弦:弦,弓上用以发箭的牛筋绳子。阴历每月初七、初八,月亮缺上半,像一张弓弦朝上的弓,叫上弦。②悠悠:漫长貌,这里指时间的漫长。

这首诗以月儿作烘托，表现了主人公在"悠悠行旅中"独自赶路、到处作客的孤寂心情。月儿本来是无情的，却千里相随，处处做伴，显得很有情；那么他无人相随，无人做伴，无人同情，也就意在言外了。月上弦时出发，三见月圆，才到长安，还不知和月儿一起"又作谁家客"；那么他到京城里得不到同情，得不到温暖，也就不言而喻了。

长恨歌①

汉皇重色思倾国②，御宇多年求不得③。杨家有女初长成，养在深闺人未识。天生丽质难自弃，一朝选在君王侧④。回眸一笑百媚生，六宫粉黛无颜色⑤。春寒赐浴华清池⑥，温泉水滑洗凝脂⑦。侍儿扶起娇无力，始是新承恩泽时。云鬓花颜金步摇⑧，芙蓉帐暖度春宵。春宵苦短日高起，从此君王不早朝。承欢侍宴无闲暇，春从春游夜专夜。后宫佳丽三千人，三千宠爱在一身。金屋妆成娇侍夜，玉楼宴罢醉和春。姊妹兄弟皆列土⑨，可怜光彩生门户。遂令天下父母心，不重生男重生女⑩。骊宫高处入青云，仙乐风飘处处闻。缓歌曼舞凝丝竹⑪，尽日君王看不足。渔阳鼙鼓动地来⑫，惊破霓裳羽衣曲⑬。九重城阙烟尘生⑭，千乘万骑西南行⑮。翠华摇摇行复止⑯，西出都门百馀里。六军不发无奈何，宛转蛾眉马前死⑰。花钿委地无人收，翠翘金雀玉搔头⑱。君王掩面救不得，回看血泪相和流。黄埃散漫风萧索，云栈萦纡登剑阁⑲。峨嵋山下少人行⑳，旌旗无光日色薄。蜀江水碧蜀山青，圣主朝朝暮暮情。行宫见月伤心色㉑，夜雨闻铃肠断声㉒。天旋日转回龙驭㉓，到此踌躇不能去。马嵬坡下泥土中㉔，不见玉颜空死处。君臣相看尽沾衣，东望都门信马归㉕。归来池苑皆依旧，太液芙蓉未央柳㉖。芙蓉如面柳如眉，对此如何不泪垂？春风桃李花开日，秋雨梧桐叶落时。西宫南内多秋草㉗，落叶满阶红不扫。梨园弟子白发新㉘，椒房阿监青娥老㉙。夕殿萤飞思悄然，孤灯挑尽未成眠。迟迟钟鼓初长夜，耿耿星河欲曙天㉚。鸳鸯瓦冷霜华重，翡翠衾寒谁与共？悠悠生死别经年，魂魄不曾来入梦。临邛道士鸿都客㉛，能以精诚致魂魄。为感君王辗转思，遂教方士殷勤觅。排空驭气奔如电，升天入地求之遍。上穷碧落下黄泉㉜，两处茫茫皆不见。忽闻海上有仙山，山在虚无缥缈间。楼阁玲珑五云起，其中绰约多仙子。中有一人字太真，雪肤花貌参差是。金阙西厢叩玉扃㉝，转教小玉报双成㉞。闻道汉家天子使，九华帐里梦魂惊。揽衣推枕起徘徊，珠箔银屏迤逦开㉟。云髻半偏新睡觉，花冠不整下堂来。风吹仙袂飘飘举，犹似霓裳羽衣舞。玉容寂寞泪阑干㊱，梨花一枝春带雨。含情凝睇谢君王：
"一别音容两渺茫！昭阳殿里恩爱绝，蓬莱宫中日月长㊲。回头下望
人寰处，不见长安见尘雾。唯将旧物表深情㊳，钿合金钗寄将去。钗
留一股合一扇，钗擘黄金合分钿。但教心似金钿坚，天上人间会相
见！"临别殷勤重寄词，词中有誓两心知。七月七日长生殿，夜半无人
私语时。"在天愿作比翼鸟，在地愿为连理枝。天长地久有时尽，此
恨绵绵无绝期！"

①长恨歌：载《白氏长庆集》卷十二，前有陈鸿《长恨歌传》，没有录。读者可翻阅鲁迅
《唐宋传奇集》或汪辟疆《唐人小说》。②汉皇：借汉武帝指唐明皇。倾国：指美女。李延年
想将其妹进给汉武帝，在汉武帝面前唱歌道："北方有佳人，绝世而独立，一顾倾人城，再顾
倾人国。宁不知倾城与倾国，佳人难再得。"后因用"倾城"、"倾国"形容女子的美貌。③御
宇：皇帝的权力所统治的地方，即他的领土。④"杨家"四句：杨贵妃小名玉环，早孤，养在叔
父杨玄珪家。开元二十三年册封为寿王（玄宗的儿子李瑁）妃。二十八年，玄宗欲纳之，先
度为女道士，住太真宫，号太真。天宝四年，立为贵妃，时年二十七岁。其事迹见新、旧《唐
书》《后妃传》。白居易说她"养在深闺人未识"、"一朝选在君王侧"，是有意避讳的说法。
⑤粉黛：粉：白色，涂脸用；黛：青色，画眉用。这里作妇女的代称。⑥华清池：骊山华清宫的
温泉。⑦凝脂：形容皮肤细腻白净像凝固的脂肪。⑧金步摇：首饰名，上有垂珠，行步便摇。
⑨列土：封给一定的地盘。杨玉环册为贵妃以后，其兄铦拜为殿中少监，锜为驸马都尉，再从
兄钊（即杨国忠）为右丞相；三个姊妹都封国夫人：大姨嫁崔家的封韩国夫人，三姨嫁裴家的
封虢国夫人，八姨嫁柳家的封秦国夫人。⑩"不重"句：陈鸿《长恨歌传》："当时谣咏有云：
'生女勿悲酸，生男勿喜欢。'又曰：'男不封侯女作妃，生女却为门上楣。'其为人羡慕如此。"
⑪丝竹：管弦乐。⑫渔阳：唐郡名，在今河北蓟县、平谷一带。鼙鼓：骑鼓。天宝十四年冬，安
禄山反于范阳（安禄山是平卢、范阳、河东三镇的节度使），附和他的有六郡，渔阳是其中之
一。渔阳鼙鼓：又含有《渔阳参挝》的意思。《渔阳参挝》（鼓曲），其声悲壮，正与《霓裳羽衣
曲》形成显明的对比。⑬霓裳羽衣曲：舞曲名，共十二遍，出自印度，开元时传入中国。⑭九
重：九，阳数之极，所以天子所居的城阙有九重门。骆宾王诗："山河千里国，城阙九重门。"
⑮"千乘"句：《资治通鉴》卷二一八："既夕，命龙武大将军陈玄礼整比六军，厚赐钱帛，选闲
厩马九百馀匹，外人皆莫之知……黎明，上（明皇）独与贵妃姊妹、皇子、妃、主、皇孙、杨国
忠、韦见素、魏方进、陈玄礼及亲近宦官、宫人出延秋门，妃、主、皇孙之在外者，皆委之而
去。"⑯翠华：以翠羽为饰，是天子的旗。⑰"宛转"句：《资治通鉴》卷二一八："至马嵬驿，将
士饥疲，皆愤怒。陈玄礼以祸由杨国忠，欲诛之……国忠走至西门内，军士杀之。……上
（明皇）闻喧哗，问外何事，左右以国忠反对。上杖屦出驿门，慰劳军士，令收队，军士不应。
上使高力士问之。玄礼对曰：'国忠谋反，贵妃不宜供奉，愿陛下割恩正法。'上曰：'朕当自
处之。'入门倚杖倾首而立。久之，乃命力士引贵妃于佛堂，缢杀之。"⑱"花钿"两句：花钿、
翠翘、金雀、玉搔头等首饰，都丢在地上，没有人收拾。⑲云栈：高跨云端的栈道。萦纡：萦回
曲折。剑阁：在四川剑阁县北，其山峭壁中断，两崖相对，如剑之植，如门之辟。又叫剑门山。
⑳峨嵋山：在四川峨嵋县西南，明皇幸蜀，没有经过这里。按，利州（今四川广元县）古蜀道

旁有小峨嵋山。㉑行宫:指天子出行临时驻扎的地方。㉒"夜雨"句:《杨太真外传》卷下:"至斜谷口,属淋雨涉旬,于栈道雨中闻铃声,隔山相应。上(明皇)即悼念贵妃,因采其声为《雨淋铃曲》,以寄恨焉。"㉓龙驭:皇帝的坐骑,因亦指皇帝。㉔马嵬坡:在今陕西兴平县西。㉕信马:由着马。㉖太液:池名,在大明宫内。未央:宫名。㉗西宫南内:天子的宫殿之内叫做大内,简称内。唐以兴庆宫为南内,以太极宫为西内。明皇从蜀回,居南内,到上元元年(760)宦官李辅国假借肃宗的名义,强逼明皇迁于西内。见《资治通鉴》卷二二一。㉘梨园弟子:李隆基曾选坐部伎三百人教于梨园,号皇帝梨园弟子;宫女数百人,也叫梨园弟子。㉙椒房:以椒和泥涂壁,是后妃居住的地方。阿监:指宫中的女监。㉚耿耿:光明貌。㉛临邛:今四川的邛崃县。鸿都:即长安鸿都门,这里代指长安。《杨太真外传》卷下:"有道士杨通幽自蜀来,知上皇念贵妃,自云有'李少君之术'。上皇大喜,命致其神。"㉜碧落:天上。黄泉:地下。㉝扃(jiǒng 迥):门扇上的环钮。也指门户。㉞小玉:吴王夫差的女儿;双成:即董双成,相传是王母的侍女。这里的"双成"指太真,"小玉"指使女。㉟珠箔:珠帘。㊱阑干:纵横交错的样子。㊲蓬莱宫:蓬莱是传说中的东海三神山之一,据说山上有仙人宫室,都用金玉做成。㊳旧物:据《长恨歌传》,唐明皇与杨玉环"定情之夕,授金钗钿盒以固之",所以这里把"金钗钿盒"叫旧物。

　　白居易在任盩厔县尉时,于元和元年(806)十二月和陈鸿、王质夫同游仙游寺,谈论唐玄宗和杨贵妃的故事,作《长恨歌》,陈鸿跟着作了《长恨歌传》。一篇叙事诗,一篇传奇小说,都是文学珍品,前者尤历代传诵,脍炙人口。

　　《长恨歌》是根据历史事实、民间传说,并通过艺术想象和虚构创作的长篇叙事诗。全诗八百四十字,涉及时间跨度近二十年,空间跨度则由长安到蜀中,由人间到仙境。人物性格鲜明,故事情节曲折离奇,又将近体诗的音律融入乐府歌行,语言流畅优美,音韵和谐悠扬,诗情浓郁,沁人心脾,从而将我国叙事诗的创作推向新的境界。

　　全诗以"惊破霓裳羽衣曲"为界,分为前后两大部分。前一部分写致"恨"之因,这是讽谕主题说的根据;后一部分写"长恨"本身,这是爱情主题说的根据。作者从当时流行的"说话"和传奇小说中吸取了创作方法和表现技巧,因而这篇叙事诗有不少新的艺术特点,例如:一、善于结合人物性格的发展而发展情节、结构作品,突出主题。一开头即揭示唐玄宗的主要性格特征——"重色",然后从各个侧面进行刻画,情节也随之发展:"思倾国"、选妃子、华清赐浴、兄弟列土、骊宫歌舞、安史乱起、马嵬兵变、逃难蜀中,这是"重色"的表现和后果;从入蜀到回京的思念妃子以及命方士"致魂魄",则是"重色"性格在悲剧情境中的延展和深化。因为主线分明,所以剪裁得当,体制宏丽,既波澜迭起,又层次井然。写到杨贵妃对方士讲了"在天愿作比翼鸟,在地愿为连理枝"之后,即以"天长地久有时尽,此恨绵绵无绝期"点明"长恨"而结束全诗,因为人物性格至此已无可发展,无须再费笔墨。二、善于通过人物对事件、环境的感受和反应来表现人物情感,因而常常把叙事、写景和抒情熔于一炉。如"六军不发无奈何,宛转蛾眉马前死",只两句就概括了马嵬兵变,是最精练的叙事，但杨妃"宛转"求救的神态，玄宗"无奈何"的心情，也和盘托出。至于写唐玄宗触景念旧，见物怀人的那些诗句，这个特点表现得更突出。三、善用比拟、烘托等手法，往往只一两句诗就展现一种感人的情境。如用"玉容寂寞泪阑干"写听到天子派来使者时的杨玉环，已极形象，再用"梨花一枝春带雨"加以比拟而神情毕现。又如"思悄然"和"未成眠"已能表现李隆基彷徨念旧的心情，再用"夕殿萤飞"、"孤灯挑尽"来渲染环境、勾勒肖像，将他处于幽禁状态的凄凉晚景烘托出来。

对《长恨歌》的主题，历来有不同理解。从作者的创作意图看，大约意在讽谕当时和以后的统治者应以李隆基为戒，不要因"重色"而荒淫误国，造成"长恨"。但在后一部分，作者把失掉政权后的李隆基写得那么感伤凄苦、一心思念妃子；把幻境中的杨妃对明皇的感情写得那么纯洁专一、坚贞不渝；而那些情景交融、音韵悠扬的诗句又那么缠绵悱恻，富于艺术感染力；就客观效果说，自然引起读者对李、杨生死相思的同情。《长恨歌》的影响不仅表现在文学创作方面，在影响范围上也不局限于国内。元代大戏曲家白朴根据它写了《梧桐雨》，清代大戏曲家洪昇根据它写了《长生殿》；在日本，也经过改编被搬上舞台。

观 刈 麦①

田家少闲月，五月人倍忙。夜来南风起，小麦覆陇黄②。妇姑荷箪食③，童稚携壶浆④；相随饷田去⑤，丁壮在南冈。足蒸暑土气，背灼炎天光，力尽不知热，但惜夏日长⑥。复有贫妇人，抱子在其旁，右手秉遗穗⑦，左臂悬敝筐。听其相顾言，闻者为悲伤：家田输税尽⑧，拾此充饥肠。今我何功德，曾不事农桑；吏禄三百石⑨，岁晏有馀粮⑩。念此私自愧，尽日不能忘！

①刈（yì义）：割。②陇：田埂。③妇：已婚的女子。姑：未婚的女子。箪（dān单）：古代盛饭用的圆形竹器。食（sì四）：饭和菜。④壶浆：用壶盛的汤水。⑤饷田：给在田里工作的人送饮食。⑥但：只。⑦秉：拿。遗穗：掉在田里的麦穗。⑧输税：纳税。⑨吏禄：做官得到的薪水。按唐朝的制度：从九品，禄粟每月三十石。白居易做盩厔县尉时，官阶是将仕郎，从九品下。诗中的"吏禄三百石"，是就一年的总数约略说的。⑩晏：晚。岁晏：年底。

此诗作于元和元年（806）任盩厔（今陕西周至）县尉时。全诗展现了一幅封建社会的田家夏收图。"复有贫妇人"以下八句，通过带有普遍性的事实，反映了农民将全部田产交纳租税、不得不拾麦穗充饥的悲惨情景，对残酷的封建剥削进行了控诉。结尾六句，抒发了诗人因自己不事农桑、坐享俸禄、却没有做出任何有利于人民的好事而感到内疚的崇高感情。早于白居易的韦应物，在《寄李儋元锡》诗里用"身多疾病思田里,邑有流亡愧俸钱"的诗句表达过这种感情。北宋初年继承白居易现实主义诗歌传统的诗人王禹偁,在《对雪》等不少诗篇里,反复地表达过这种感情。

宿紫阁山北村①

　　晨游紫阁峰,暮宿山下村。村老见余喜,为余开一樽。举杯未及饮,暴卒来入门。紫衣挟刀斧,草草十余人。夺我席上酒,掣我盘中飧②。主人退后立,敛手反如宾③。中庭有奇树,种来三十春。主人惜不得,持斧断其根。口称"采造家④,身属神策军⑤"。主人慎勿语,中尉正承恩⑥。

①紫阁山:终南山的一个有名山峰,在长安西南。②飧(sūn 孙):熟食。③敛手:交叉双手拱于胸前,表示恭敬。④采造家:掌管采伐木料、建造宫殿的人。⑤神策军:中唐时期皇帝的禁卫军。⑥中尉:即神策军头领护军中尉,由宦官担任。此诗所指的"中尉"即最有权势的宦官吐突承璀。作者另有《论承璀职名状》,反对他兼充"诸军行营招讨处置使"(各路军统帅)。

　　这就是作者在《与元九书》中所说的使"握军要者切齿"的那首诗,约作于元和四年前后任左拾遗时,可与王建《羽林行》参看。开头四句和结尾两句,表现了诗人和"村老"之间的亲切关系。中间十四句,画出一幅"暴卒"抢劫图;诗人自己,也是抢劫对象之一。这些"暴卒"公开抢劫,连身为左拾遗的官儿都不放在眼里,不禁使人产生疑问:"他们凭什么这样'暴'?"直写到"主人"因"中庭奇树"被砍而忍无可忍时,才让"暴卒"自己亮出他们的黑旗,"口称":

　　我们负有为皇帝采伐木料的使命,本是那赫赫有名的神策军人。

　　一听"暴卒"的"口称",就把"我"吓坏了,连忙悄声劝告"村老":

　　主人啊! 你千万不要做声,

　　神策军的头领,是皇帝的红人!

　　讽刺矛头透过"暴卒"刺向"暴卒"的后台"中尉",又透过"中尉"刺向"中尉"的后台皇帝! 画龙点睛,全龙飞动,把全诗的思想意义提到了惊人的高度!

新 制 布 裘

　　桂布白似雪①,吴绵软于云②;布重绵且厚,为裘有余温。朝拥坐至暮,夜复眠达晨;谁知严冬月,支体暖如春。中夕忽有念,抚裘起逡巡③:丈夫贵兼济,岂独善一身! 安得万里裘,盖裹周四垠④;稳暖皆如我,天下无寒人!

①桂布:桂,指唐代的"桂管"地区(今广西壮族自治区)。当地出产木棉,用它织成的布

称为"桂布"。我国古代用丝织品，木棉从南北朝时才见于中土，分两种：一种是木本的，名为"古贝"、"吉贝"或"劫贝"，由海南诸国传入，开始种于"桂管"等处；另一种是草本的，即现在常见的棉花，由西域传入，名叫"白叠"。在中唐时代，这两种棉花都是少有的特产品，较珍贵。棉花普遍种植，是宋、元之间的事。参阅李时珍《本草纲目》卷三六"木棉"条。②吴绵：吴地（今江苏苏州一带）出产的丝绵。吴绵质量高，当时很著名。③逡巡：走来走去、欲进又退，有所思忖时的一种表现。④四垠：四边，指全国范围。

这首诗，大约是元和初年所作。作者晚年做河南尹时有一首题为《新制绫袄成，感而有咏》的七言古诗，表现了同样的思想感情，后半篇云：

> 百姓多寒无可救，一身独暖亦何情！心中为念农桑苦。耳里如闻饥冻声。争得大裘长万丈，与君都盖洛阳城！

这两首诗，可与杜甫的《茅屋为秋风所破歌》共读。杜甫在自己生活贫困的时候"宁苦身以利人"，白居易在自己生活优裕的时候想"推身利以利人"，都是难能可贵的。

杜陵叟①

杜陵叟，杜陵居，岁种薄田一顷馀。三月无雨旱风起，麦苗不秀多黄死②。九月降霜秋早寒，禾穗未熟皆青干。长吏明知不申破③，急敛暴征求考课④。典桑卖地纳官租，明年衣食将何如？剥我身上帛，夺我口中粟。虐人害物即豺狼，何必钩爪锯牙食人肉⑤！不知何人奏皇帝，帝心恻隐知人弊⑥。白麻纸上书德音⑦，京畿尽放今年税⑧。昨日里胥方到门⑨，手持敕牒榜乡村⑩。十家租税九家毕，虚受吾皇蠲免恩⑪。

①杜陵叟：这是白居易著名组诗《新乐府》五十首之一，作于元和四年任左拾遗时。杜陵：在今西安市东南。②不秀：没有扬花。③长吏：指县令等地方官。④考课：按一定标准分别等级、考核官吏以定升降。唐代由吏部考功司掌管。⑤"虐人"两句：虐害物的就是豺狼（指官吏），不光是钩爪锯牙食人肉的才算豺狼。⑥恻隐：同情、不忍。⑦"白麻"句：用白麻纸写了恩诏。唐代诏书，凡重要的都用白麻纸写，一般的用黄麻纸写。德音：诏书的一种，多半是免租、赦罪等有关施"恩"的事，犹如后代的"恩诏"。⑧京畿：靠近京城的地方。唐代设京畿采访使，管长安周围四十多县。放：免。⑨里胥：里正。唐代一百户为里，设里正。方：才。⑩敕牒：皇帝下的命令，此处指免租的命令。榜：作动词用，张贴、张挂。⑪蠲：免除。

元和三年（808）冬至四年春，长安周围及江南广大地区遭受严重旱灾，白居易上疏请求"减收租税"，以"实惠及人"。唐宪宗准其奏请，并下罪己诏，但不过是搞了个笼络人心的骗局。白居易为此写了两首诗,那就是《秦中吟》中的《轻肥》和《新乐府》中的这首《杜陵叟》。

《轻肥》和《杜陵叟》写的是同一旱灾,但表现方法不同。前者在"是岁江南旱,衢州人食人"的背景上勾出了一幅"内臣"军中欢宴图,后者则在禾穗青干、麦苗黄死、赤地千里的背景下展现出两个颇有戏剧性的场面:一个是,贪官污吏如狼似虎,逼迫灾民们"典桑卖地纳官租";接着的一个是,在"十家租税九家毕"之后,里胥才宣布免租的"德音",让灾民们感谢皇帝的恩德。诗人说他这首诗是"伤农民之困的"。看来他对农民"典桑卖地纳官租,明年衣食将何如"的困境的确感同身受,所以用农民的口气,痛斥了那些为了自己升官发财而不顾农民死活的"长吏":"剥我身上帛,夺我口中粟。虐人害物即豺狼,何必钩爪锯牙食人肉!"这时候,诗人正做着唐王朝的官,却敢于如此激烈地为人民鸣不平,不能不使我们佩服他的勇气。"昨日里胥方到门"一句中的那个"方"字值得玩味。"方"是"才"的意思。"长吏"们明知灾情严重,却不但不向上级报告,反而"急敛暴征";及至皇帝降下免租的"德音",又不及时宣布,硬是要等到"十家租税九家毕"之后才让里胥"手持敕牒榜乡村"。这不是有意欺骗人民吗?作者这样写,是把揭露的矛头指向"长吏",而替皇帝回护的。但"长吏"与皇帝之间实际上有着血肉联系,诗人也没有忽视这种联系。他不是一针见血地指出"长吏"之所以"急敛暴征",是为了"求考课"吗?同时,既然"帝心恻隐知人弊",难道应该对"长吏"们搞的那个骗局不闻不问吗?

卖炭翁

卖炭翁,卖炭翁,伐薪烧炭南山中。满面尘灰烟火色,两鬓苍苍十指黑①。卖炭得钱何所营②?身上衣裳口中食。可怜身上衣正单,心忧炭贱愿天寒。夜来城外一尺雪,晓驾炭车辗冰辙。牛困人饥日已高,市南门外泥中歇。翩翩两骑来是谁?黄衣使者白衫儿③。手把文书口称敕,回车叱牛牵向北④。一车炭,千余斤,宫使驱将惜不得。半匹红纱一丈绫,系向牛头充炭直⑤。

①苍苍:黑白相间的颜色。②何所营:做什么用。③"黄衣"句:唐代宦官品级较高的穿黄衣,无品级的穿白衣。自称是皇帝派来的,故称"使者"或"宫使"。④"回车"句:唐代长安城中的"东市"位于皇城东南,"西市"位于皇宫西南,牵牛向北,即牵牛向皇宫。⑤炭直(同"值"):炭价。

作者说他写这首诗,是"苦宫市也"。"宫"指皇宫,"市"是"买"、"采购"的意思。所谓"宫市",是指皇宫所需物品,派宦官到市场上去购买,实际上是掠夺。关于"宫市"害民的实况,史书多有记载。但千百年后仍然普遍为人们所了解,却主要由于读了白居易的《卖炭翁》。

开头四句,用明白如话的语言塑造出艰难困苦的劳动者形象及其"伐薪"、"烧炭"的复杂工序,为下文"宫使"掠夺木炭的罪行作好了铺垫。"南山"即王维所写的"欲投人处宿,隔水问樵夫"的终南山,山深林密,人迹罕到。以"南山中"为"伐薪"、"烧炭"的场所,既烘托其艰苦性,又暗示距"市南门外"极遥远,为"晓驾炭车辗冰辙"、"牛困人饥日已高"留下伏线。"卖炭得钱何所营?""身上衣裳口中食。"设为问答,不仅化板为活,使文情跌宕,而且扩展了反映民间疾苦的深度与广度,使人们看到卖炭翁别无衣食来源,"身上衣裳口中食",全指望千辛万苦烧成的"千馀斤"木炭能卖个好价钱。这就为后面写"宫使"掠夺木炭的罪行进一步作好了有力的铺垫。"可怜身上衣正单,心忧炭贱愿天寒",这是扣人心弦的名句。"衣正单",当然希望天暖;然而这个卖炭翁是把解决衣食问题的全部希望寄托在"卖炭得钱"上的,所以在冻得发抖的时候,一心盼望天气更冷。诗人如此深刻地理解卖炭翁的悲惨处境和内心活动,只用十四个字就表现得如此真切,产生了激动人心的艺术力量。"心忧炭贱愿天寒",实际上是等待下雪。"夜来城外一尺雪",这场雪总算盼到了! 当卖炭翁"晓驾炭车辗冰辙"的时候,占据他的全部心灵的,不是埋怨下面是冰、上面是"一尺雪"的道路多么难走,而是盘算着那"一车炭"能卖多少钱、能换来多少衣食……然而结果又怎样呢? 结果是:他遇上了"手把文书口称敕"的"宫使"。在皇宫的"使者"面前,在皇帝的文书和敕令面前,卖炭翁在从"伐薪"、"烧炭"、"愿天寒"、"驾炭车",直到"泥中歇"的漫长过程中所盘算的一切,所希望的一切,全都化为泡影! 那么他往后的日子怎样过呢? 读诗至此,谁能不同情卖炭翁的遭遇? 谁能不憎恨统治者的罪恶? 而诗人"苦宫市"的创作意图,也就收到了预期的效果。

这首诗层次多,跳跃性大,因而频频换韵。读的时候,要注意韵脚。"翁"、"中"一韵,平声;"色"、"黑"、"食"一韵,入声;"单"、"寒"一韵,平声;"雪"、"辙"、"歇"一韵,入声;"谁"、"儿"一韵,平声;"敕"、"北"、"得"、"直"一韵,入声。

轻　　肥①

意气骄满路,鞍马光照尘。借问何为者,人称是内臣②。朱绂皆大夫③,紫绶悉将军④。夸赴军中宴,走马去如云。樽罍溢九酝⑤,水陆罗八珍。果擘洞庭橘,脍切天池鳞⑥。食饱心自若⑦,酒酣气益振。是岁江南旱,衢州人食人⑧!

①轻肥:是"乘肥马,衣轻裘"的缩语。此题《才调集》作《江南旱》。②内臣:宦官。③朱绂:朱色的系印丝绳。④紫绶:紫色的系印丝绳。朱紫二色,高级官员才能用。悉:皆。⑤樽、

罍:盛酒器。九酝:美酒名。⑥鲙:细切的鱼肉。鳞:鱼。⑦自若:坦然自得。⑧衢州:唐代州名,其治所即今浙江西部的衢县。

这是著名组诗《秦中吟》十首的第七首,《秦中吟·序》云:"贞元、元和之际,余在长安,闻见之间,有足悲者。因直歌其事,命为《秦中吟》。"《伤唐衢》诗云:"忆昨元和初,忝备谏官位。是时兵革后,生民正憔悴。但伤民病痛,不识时忌讳。遂作《秦中吟》,一吟悲一事。"这表明《秦中吟》的主要特点是:第一,题材来自感动过作者的社会生活;第二,以"但伤民病痛"的激情"直歌其事",无所"忌讳";第三,"一吟悲一事",写得很集中。

《轻肥》一名《江南旱》,以十四句写"轻肥",而以两句写"江南旱"结尾,形成一"乐"一"悲"的鲜明对照。开头先描写,后点明,突兀跌宕,绘神绘色。"意气"之"骄",竟可"满路","鞍马"之"光",竟能"照尘",不能不使人发出"何为者"的惊问,从而引出"是内臣"的回答。"内臣"者,宦者也,皇帝的家奴也,凭什么这样"骄"?下两句作了说明:"朱绂皆大夫",这是掌握政权的;"紫绶悉将军",这是掌握军权的。宦官竟掌握了政权、军权,怎能不"骄"?"夸赴军中宴,走马去如云"两句与"意气骄满路,鞍马光照尘"两句前后呼应,互相补充,写得很形象。"军中宴"的"军"不是一般的军队,而是保卫皇帝的"神策军"。作者写此诗时,神策军由宦官管领。宦官们之所以为所欲为,就由于他们掌握军权,进而把持朝政。作者通过宦官们"夸赴军中宴"的场面揭示其"意气"之"骄",具有高度典型的概括意义。前八句写赴宴,突出一个"骄"字。后六句写宴会,突出一个"奢"字。在交通不便的古代,身居长安而吃"洞庭橘"、"天池鳞","九酝"、"八珍",水、陆毕集,不知要挥霍掉多少人民血汗!

白居易的有些讽谕诗,喜用"卒章显其志"的办法,在结尾部分以抽象语言说明题旨,削弱了艺术感染力。此诗则不然,当写到宦官们"食饱心自若,酒酣气益振"之时,忽用长焦镜摄取了"衢州人食人"的悲惨画面,与宦官们从赴宴到宴会的一组画面相对照,即戛然而止,而将异常深广的内涵留给读者去探索、思考,从而产生了惊人的"震撼效应"。

寄唐生①

贾谊哭时事②,阮籍哭路歧③;唐生今亦哭,异代同其悲。唐生者何人?五十寒且饥。不悲口无食,不悲身无衣;所悲在忠义,悲甚则哭之。太尉击贼日④,尚书叱盗时⑤,大夫死凶寇⑥,谏议谪蛮夷⑦。每见如此事,声发涕辄随。往往闻其风,俗士犹或非。怜君头半白,其志竟不衰!我亦君之徒,郁郁何所为?不能发声哭,转作乐府诗。篇篇无空文,句句必尽规;功高虞人箴⑧,痛甚骚人辞⑨。非求宫律高,不务文字奇,惟歌生民病,愿得天子知;未得天子知,甘受时人嗤。药良气味苦,琴淡音声稀。不惧权豪怒,亦任亲朋讥。人竟无奈何,呼作狂男儿! 每逢群动息[10],或遇云雾披[11],但自高声歌,庶几天听卑[12]。歌哭虽异名,所感则同归[13],寄君三十章,与君为哭词。

①唐生:即唐衢。这里的"生"是一种敬称,等于后世的先生。唐衢生卒年月,史书上没有记载。我们只知道他累考进士,"久而不第";看见有所感叹的文章,读完必哭。其事迹见《旧唐书·唐衢传》。②贾谊(前200—前168):汉朝洛阳人,汉文帝时做博士,上《陈政事疏》,其中有这样的句子:"窃惟事势,可为痛哭者一,可为流涕者二,可为长太息者六。"主张变秦法,恢复周制。周勃等说他年少妄言,贬为长沙王太傅,死时才三十三岁。世称贾生、贾长沙或贾傅。他是西汉时代杰出的散文家和赋作家,他的《吊屈原赋》和《鹏鸟赋》充满着忧愤的感情,批判了"阘茸尊显兮谗谀得志"的不合理现象。③阮籍(210—263):字嗣宗,三国魏人,竹林七贤之一。他生在魏晋之交,虽然反对司马氏,但不敢明白地表示态度,因而把抑郁和愤慨寄托在饮酒作诗、游山玩水的生活里。常游览山水,一遇途穷,便恸哭而回。他的八十多首《咏怀诗》,进一步为抒情的五言诗打下了基础。④作者自注:"段太尉以笏击朱泚。"按,段太尉即段秀实,字成公,唐德宗时做司农卿。朱泚叛,秀实唾面大骂,并用象笏击中朱泚的额部,流血沾衣。后被朱泚杀害。⑤作者自注:"颜尚书叱李希烈。"按,颜尚书即颜真卿,字清臣。唐玄宗时做平原太守,因平安禄山之乱有功,升刑部尚书,封鲁国公,世称颜鲁公。善于楷书,有独特的风格,后世称为"颜体"。德宗时,淮西节度使、南平郡王李希烈起兵叛唐,攻陷汝州。奸臣卢杞欲以阴谋害死真卿,便派遣真卿去"劝谕"李希烈。真卿见希烈,不为威胁利诱所动,骂贼不绝口,被李希烈缢杀。⑥作者自注:"陆大夫为乱兵所害。"按,陆大夫即陆长源,字咏之。天宝时期,做汝州刺史,后来遇乱兵被杀。⑦作者自注:"阳谏议在迁道州。"按,阳谏议即阳城,字亢宗。唐德宗时做谏议大夫,因为激烈地反对奸臣裴延龄,被贬为道州刺史。⑧虞人:掌管山泽苑囿的官。箴:作动词用,是规劝、训诫的意思;作名词用,是指寓有规劝、训诫的箴言。这里作名词用。周代的辛甲做太史,命百官箴(规劝)王的缺失。虞人便作箴,劝王不要田猎。箴词是:"芒芒禹迹,画为九州。经启九道,民有寝庙,兽有茂草;各有攸处,德用不扰。在帝夷羿,冒于原兽;忘其国恤,而思其麀牡。武不可重,用不恢于夏家。兽臣司原,敢告仆夫。"见《左传·襄公四年》。⑨骚人辞:指屈原的《离骚》。⑩群动:天地间的各种声响、活动。⑪披:揭开。⑫庶几:这里是表示希望的词,不作"差不多"讲。天:指皇帝。这一句和前面的"愿得天子知"是一个意思。古来称皇帝为天子,或称天。如称朝见皇帝为"朝天"。⑬归:归宿。

按《旧唐书·唐衢传》记载:"(唐衢)尝客游太原,属戎帅军宴,衢得预会,酒酣言事,抗音而哭,一席不乐,为之罢会。"他是最早赏识白居易诗歌的人。白居易在《与元九书》中说:"有唐衢者,见仆诗而泣。"这首《寄唐生》,把唐衢的哭泣和作者的诗歌联系起来,揭示出"哭"和"歌"的政治、社会原因,抒发了"哭"和"歌"不被理解,乃至招致诽谤、打击的愤激之情。

在这首诗里,作者扼要地阐发了他的诗歌理论。用诗来讲理论,容易写得概念化,以致味同嚼蜡。但作者却从唐生的哭写到自己的歌,哭即是歌,歌即是哭,同情人民,悲叹时事,有形象,有激情,因而具有扣人心弦的艺术力量。

秋 游 原 上

七月行已半[1],早凉天气清。清晨起巾栉[2],徐步出柴荆[3]。露杖筇竹冷[4],风襟越蕉轻[5];闲携弟侄辈,同上秋原行。新枣未全赤,晚瓜有馀馨;依依田家叟[6],设此相逢迎。自我到此村,往来白发生[7];村中相识久,老幼皆有情。留连向暮归[8],树树风蝉声。是时新雨足,禾黍夹道青;见此令人饱,何必待西成[9]。

[1]行:将,表示未来的时间副词。[2]巾栉(zhì 至,旧读 jié 结):巾,头巾;栉,梳子。这里都作动词用,就是裹头巾、梳头发。[3]徐:缓。柴荆:简陋的门。[4]筇(qióng 琼)竹:竹子的一种,可以做手杖,这里指手杖。[5]越蕉:即蕉葛,是一种细葛,可以做衣服,这里指葛衣。[6]依依:热情的样子。叟:老头。[7]“自我”两句:意思是:我从第一次来这个村子以后,时常来往,在来往的过程中头发都变白了。就是说经过了相当长的时间。[8]留连:逗留。向暮:将要天晚。[9]西成:古代以为秋季属于西方,所以用“西”代表“秋”,“西成”就是“秋收”。

元和七年(812),作者丁忧居渭村,写了不少田园诗,这是其中之一,生动地表现了作者与老幼农民之间的亲切关系;描写农村秋景,也历历如画,而且洋溢着芬芳的乡土气息。

放 言 二 首 并序

元九在江陵时,有《放言》长句诗五首[1],韵高而体律,意古而词新。予每咏之,甚觉有味。虽前辈深于诗者,未有此作;惟李顾有云:“济水自清河自浊,周公大圣接舆狂。”[2]斯句近之矣。予出佐浔阳,未届所任[3],舟中多暇,江上独吟,因缀五篇[4],以续其意耳。

朝真暮伪何人辨,古往今来底事无[5]?但爱臧生能诈圣[6],可知宁子解佯愚[7]!草萤有耀终非火,荷露虽团岂是珠!不取燔柴兼照乘[8],可怜光彩亦何殊!

赠君一法决狐疑[9],不用钻龟与祝蓍[10]:试玉要烧三日满[11],辨材须待七年期[12]。周公恐惧流言日[13],王莽谦恭未篡时[14];向使当时身先死[15],一生真伪有谁知?

[1]元九:即元稹。他于元和五年被贬为江陵士曹参军。他的《放言》五首,见《元氏长庆集》卷一八。长句诗:指七言诗(五言为短句)。[2]李顾:盛唐著名诗人,他的《杂兴》诗中有“青青兰艾本殊香,察见渊鱼固不祥。济水自清河自浊,周公大圣接舆狂”之句。[3]出佐浔

阳:指去江州做司马。司马是郡守的佐理官吏。未届所任:还未到职。届:到。④缀:指连缀辞句。⑤底事:何事。⑥臧生:名纥,字武仲,春秋时鲁国人,曾任司寇。诈圣:伪装成圣人。《左传·襄公二十二年》杜氏注:"武仲多知,时人谓之圣。"《论语·宪问》里说他曾经要挟鲁君。⑦宁子:名俞,字武子,卫国人。《论语·公冶长》:"宁武子,邦有道,则智;邦无道,则愚。其智可及也,其愚不可及也。"荀悦《汉纪·王商论》:"宁武子佯愚。"解佯愚:懂得装傻。⑧燔柴:烧柴(生火)。照乘(shèng 胜):指"照乘珠"。四匹马拉的车叫"乘"。照乘珠:据说珠光可以照亮四匹马拉的车。⑨狐疑:狐狸生性多疑,所以把犹豫不决叫狐疑。⑩钻龟、祝蓍(shī 师):古代占卜的两种办法。钻龟,指钻凿龟壳后看它的裂纹以卜吉凶;祝蓍,指用蓍草的茎来占卜。其实都是迷信。⑪"试玉"句:作者原注:"真玉烧三日不热。"⑫"辨材"句:作者原注:"豫章木生七年而后知。"豫、章(也作"樟")是两种树。古人说这两种树长满七年,才能分别清楚。⑬周公:周武王弟,周成王的叔父。武王死,成王年幼,周公摄政,勤劳忠诚,而管叔等却制造谣言,说周公要篡位。周公恐惧,避居于东,不问政事。后来成王悔悟,迎他回来,平叛治国,大见成效。⑭王莽:字巨君。汉元帝皇后之侄,以外戚掌握政权,后来篡位称帝,改国号为"新"。这个王朝统治十余年,政令烦苛,民不聊生。后被赤眉、绿林等农民起义军所推翻。王莽在争夺政权的过程中,伪装谦恭,颇得人望。⑮向使:假使。

元和十年(815),宰相武元衡遇刺,白居易首先上疏请严捕刺客,以越职言事被贬为江州司马。此诗作于赴江州途中,共五首,这里选第一、第三两首。这两首诗,就如何识别真伪问题阐明了人们普遍关心的一些生活真理,引人深思,发人深省。

鹦 鹉

竟日语还默①,中宵栖复惊。身囚缘彩翠②,心苦为分明。暮起归巢思,春多忆侣声。谁能坼笼破,从放快飞鸣!

①竟日:成天,整天。②缘:因为。

前六句,从各方面表现了被关在笼子里的鹦鹉的痛苦心情;后两句,表现了打破牢笼,争取自由的愿望。这当然是用以比拟人事的。

长 相 思

九月西风兴①,月冷霜华凝;思君秋夜长,一夜魂九升②。二月东风来,草拆花心开③;思君春日迟④,一日肠九回。妾住洛桥北,君住洛桥南;十五即相识,今年二十三。有如女萝草⑤,生在松之侧;蔓短枝苦高,萦回上不得。人言人有愿,愿至天必成。愿作远方兽⑥,步步比肩行;愿作深山木,枝枝连理生⑦。

①兴:起。②魂九升:心神不安。语本潘岳《寡妇赋》"神一夕而九升"。九:形容次数之多;升:动荡不安。③草拆(chè 彻):草发芽。④春日迟:语本《诗经·豳风·七月》"春日迟迟",春季白天变长,给人以日头移动迟缓的感觉。这里则因"思君"而嫌春天太长,带有感情色彩。⑤女萝草:一种蔓生植物。⑥远行兽:指《尔雅·释地》中所说的"比肩兽"。据说这种比肩兽,一个叫蟨(jué 倔),前腿像鼠,后腿像兔,前低后高,善于寻找食物,而行走即跌倒;另一个叫邛(qióng 琼)邛岠(jù 巨)虚,前腿像鹿,后腿像兔,前高后低,不能觅食,却善于走路。因此,二兽各发挥其特长,相依为命。⑦连理生:两棵树的干或枝连生在一起,好像一棵树一样,叫做连理。

《长相思》,乐府《杂曲歌辞》旧题,原为古怨思二十五曲之一。这首诗由一位女性出面,倾吐刻骨相思和善良愿望,情真意切,委婉动人。

问杨琼①

古人唱歌兼唱情,今人唱歌唯唱声。欲说向君君不会②,试将此语问杨琼③。

①杨琼:当时的一位歌妓,本名璠。元稹有《和乐天示杨琼》诗。②不会:不理解。③"试将"句:意谓杨琼懂得唱歌不应"只唱声",而应"兼唱情",所以劝不懂此意的人去向杨琼请教。

白居易认为"诗者,根情、苗言、华声、实义"(《与元九书》),情是诗的根本。这首诗批评"唱歌唯唱声",而强调"唱歌兼唱情",来阐述他的一贯主张。

秋　　思

夕照红于烧①,晴空碧胜蓝②。兽形云不一③,弓势月初三④。雁思来天北⑤,砧愁满水南⑥。萧条秋气味,未老已深谙⑦。

①夕照:落日。烧(shào 少):冬季野草干枯,放火点燃,一片火光,叫"烧"或"野烧"。《管子·轻重甲》:"齐之北泽烧,火光照堂下。管子入贺桓公曰:'吾田野辟,农夫必有百倍之利矣。'"可见"野烧"由来已久。②蓝:一种蓼科植物,其叶可制青绿染料。③"兽形"句:天空中的云朵,形态不一,有的像这种兽,有的像那种兽。④"弓势"句:农历初三的夜晚,新月一弯,像一张弓。⑤雁思:因看见大雁从北方飞来而引起的思绪。思,在这里读去声,名词。⑥砧(zhēn 真):捣衣石。砧愁:因听见捣衣声而引起的哀愁。⑦谙(ān 安):熟悉。

前人多写摇落之景以体现今人所说的"悲秋意识",此诗前四句写景极明丽,后四句始以"雁思"、"砧愁"转入"秋思",而不可名状之"秋气味",即撩人思绪,不能自已,表现手法极新颖。

琵琶行①并序

元和十年，予左迁九江郡司马②。明年秋，送客湓浦口③，闻舟中夜弹琵琶者，听其音，铮铮然有京都声。问其人，本长安倡女，尝学琵琶于穆、曹二善才④。年长色衰，委身为贾人妇⑤。遂命酒，使快弹数曲⑥，曲罢悯默⑦。自叙少小时欢乐事，今漂沦憔悴，转徙于江湖间。予出官二年⑧，恬然自安⑨。感斯人言，是夕始觉有迁谪意⑩。因为长句⑪，歌以赠之，凡六百一十二言，命曰《琵琶行》。

浔阳江头夜送客，枫叶荻花秋瑟瑟⑫。主人下马客在船，举酒欲饮无管弦。醉不成欢惨将别，别时茫茫江浸月。忽闻水上琵琶声，主人忘归客不发。寻声暗问弹者谁，琵琶声停欲语迟。移船相近邀相见，添酒回灯重开宴⑬。千呼万唤始出来，犹抱琵琶半遮面。转轴拨弦三两声，未成曲调先有情。弦弦掩抑声声思⑭，似诉平生不得志。低眉信手续续弹，说尽心中无限事。轻拢慢捻抹复挑⑮，初为霓裳后六幺⑯。大弦嘈嘈如急雨，小弦切切如私语。嘈嘈切切错杂弹，大珠小珠落玉盘。间关莺语花底滑⑰，幽咽泉流冰下难⑱。冰泉冷涩弦凝绝，凝绝不通声暂歇。别有幽愁暗恨生，此时无声胜有声。银瓶乍破水浆迸，铁骑突出刀枪鸣。曲终收拨当心画⑲，四弦一声如裂帛。东船西舫悄无言，唯见江心秋月白。沉吟放拨插弦中⑳，整顿衣裳起敛容㉑。自言本是京城女，家在虾蟆陵下住。十三学得琵琶成，名属教坊第一部㉒。曲罢曾教善才服，妆成每被秋娘妒㉓。五陵年少争缠头㉔，一曲红绡不知数。钿头银篦击节碎㉕，血色罗裙翻酒污。今年欢笑复明年，秋月春风等闲度㉖。弟走从军阿姨死，暮去朝来颜色故。门前冷落鞍马稀，老大嫁作商人妇。商人重利轻别离。前月浮梁买茶去㉗。去来江口守空船，绕船明月江水寒。夜深忽梦少年事，梦啼妆泪红阑干㉘。我闻琵琶已叹息，又闻此语重唧唧㉙。同是天涯沦落人，相逢何必曾相识？我从去年辞帝京，谪居卧病浔阳城。浔阳地僻无音乐，终岁不闻丝竹声。住近湓江地低湿，黄芦苦竹绕宅生。其间旦暮闻何物？杜鹃啼血猿哀鸣㉚。春江花朝秋月夜，往往取酒还独倾。岂无山歌与村笛，呕哑嘲哳难为听㉛。今夜闻君琵琶语，如听仙乐耳暂明。莫辞更坐弹一曲，为君翻作琵琶行。感我此言良久立，却坐促弦弦转急。凄凄不似向前声，满座重闻皆掩泣。座中泣下谁最多，江州司马青衫湿㉜。

①琵琶行：行，一种诗体。徐师曾《文体明辨》："放情长言，杂而无方者曰'歌'。步骤驰骋，疏而不滞者曰'行'。兼之曰'歌行'。"②左迁：降职。九江郡：隋郡名，唐肃宗时改为江

州,州治在今江西九江市。司马:刺史(州的长官)的属官。③湓浦口:在今江西九江西,是湓水入长江处,又叫湓口。④善才:曲师。⑤委身:托身。贾(gǔ 古)人:商人。⑥命酒:叫手下人摆酒。快弹:畅快地弹。⑦悯(mǐn 敏)默:神色悲愁,不做声。⑧出官:由京官贬为外官。⑨恬然:心平气和。⑩迁谪(zhé 哲):降职外调。⑪长句:七言诗。⑫瑟瑟:风吹草木声。⑬回灯:把熄了的灯重新点起来。⑭掩抑:沉郁。思:读去声,包括思想、感情。⑮"轻拢"句:拢、捻、抹、挑都是叩弦的指法。⑯霓裳:曲名,见前。六么:或作"绿腰",曲名。⑰间关:鸟声滑:流利。⑱"幽咽"句:冰下难:汪本、《全唐诗》都作"水下滩",在"水"字下注明"一作冰","滩"字字下注明"一作难"。段玉裁《与阮芸台书》云:"昔年曾谓当作'泉流冰下难',故下文接以'冰泉冷涩','难'与'涩'对,难者,滑之反也。'莺语花底','泉流冰下',形容滑、涩二境,可谓工绝。"⑲拨:拨弦用的拨子。⑳沉吟:迟疑不决的表情。《六书故》:"喜为歌吟,疑为沉吟。"㉑敛容:收敛其散漫弛惰的状态,表现出肃敬的神情。㉒教坊:唐代置左右教坊,掌管优伶杂伎。㉓秋娘:当时长安很负盛名的歌女,元稹、白居易的诗有好几处提到她。㉔五陵:汉代帝王的五个陵墓,即长陵、安陵、阳陵、茂陵、平陵。汉代经营帝王陵墓,使富豪人家迁住其地,所以五陵多豪华少年。缠头:古代舞女在歌舞时用罗锦缠头,因而观者常赠蜀锦作为礼物,叫做缠头,后来多以钱物代之。㉕"钿头"句:节:又叫拊,是打拍子用的乐器。击节:就是打拍子。晋朝人王敦欣赏曹操的诗句:"老骥伏枥,志在千里,烈士暮年,壮心不已。"酒后诵读,用如意(搔痒的东西)击唾壶为节,壶边尽缺。因而"击节"一词又含有赞赏的意思。钿头银篦:是上端镶着金花的银钗。这句诗是说歌女唱曲的时候,五陵少年用钿头银篦给她打拍子,由于很卖力,把钿头银篦都打碎了。㉖等闲:随随便便。㉗浮梁:唐代属饶州鄱阳郡,故城在今江西省浮梁县东北。㉘阑干:纵横。㉙唧唧:叹息声。㉚杜鹃:本名鹃,形体像鹰。相传是古蜀帝杜宇的魂所化,故叫杜鹃或杜宇;子规、子鹃则是它的别名。春天鸣叫,鸣声凄厉,能打动旅客思家的心情,故又称"思归"、"催归",古代诗人常用"啼血"形容它的凄切的鸣声,如"子规半夜犹啼血"之类。㉛呕哑嘲哳:形容声音杂乱。㉜"江州"句:唐代五品以下的官穿青衫,江州司马,即作者自己。

《琵琶行》和《长恨歌》同是千古名作。在作者生前,已经是"童子解吟《长恨》曲,胡儿能唱《琵琶》篇"。元代大戏曲家马致远曾根据它写成《青衫泪》,清代大戏曲家蒋士铨又根据它写成《四弦秋》;在日本,也经过改编,被搬上舞台。

诗中由长安漂泊到九江的琵琶女形象塑造得异常生动真实,且有典型性。通过这个典型形象,深刻地表现了封建社会中被侮辱、被损害的歌妓们、艺人们的不幸遭遇。诗中的"我"是作者自己,但也有典型意义。作者因欲救济民病、革除弊政而受打击,从长安贬到九江,心情忧闷。当琵琶女第一次弹出哀怨的乐曲,就已经拨动了他的心弦,使他发出叹息声。当琵琶女自诉身世,直说到"夜深忽梦少年事,梦啼妆泪红阑干"之时,就更激起他的情感共鸣:"同是天涯沦落人,相逢何必曾相识?"同病相怜,忍不住倾吐了自己的遭遇和心情。"我"的诉说,反转来又拨动了琵琶女的心弦,当又一次弹琵琶的时候,那曲调就更加凄苦感人,因而反转来激起"我"的情感狂澜,以致热泪横流,湿透青衫。把处于封建社会下层的琵琶女的遭遇和被压抑的正直的知识分子的遭遇相提并论,作如此细致、生动的描写,并寄予无限同情,这在白居易以前的诗歌中是未曾出现的。

《琵琶行》最突出的艺术特点是:以极富音乐性的语言叙事、写景,特别是摹写音乐形象,用以抒发人物情感。全诗八十八句,或两句一韵,或四句一韵,或十数句一韵,或押平声,或押仄声,抑扬顿挫,错综变化,恰切地表现了人物的内心活动。摹写音乐的那些诗句,往往音义兼顾,情韵互谐,而在借助语言音韵摹写乐声的时候,又常用各种比喻以加强其形象性。例如"大弦嘈嘈如急雨",既用"嘈嘈"这个叠韵词来摹声,又用"如急雨"使之形象化。"小弦切切如私语"亦然。这还不够,"嘈嘈切切错杂弹",已经再现了"如急雨"、"如私语"两种旋律的交错出现,又用"大珠小珠落玉盘"一比,视觉形象与听觉形象就同时显露出来,令人眼花缭乱、耳不暇接。旋律继续变化,出现了"滑"、"涩"二境。"间关"之声,轻快流利,而比之为"莺语花底",视觉形象的优美强化了听觉形象的优美。"幽咽"之声,悲抑梗塞,而比之为"泉流冰下",视觉形象的冷涩强化了听觉形象的冷涩。由"冷涩"到"凝绝",是一个"声渐歇"的过程。诗人用"别有幽愁暗恨生,此时无声胜有声"的佳句描绘了余音袅袅、余意无穷的境界。弹奏至此,满以为已经结束了。谁知那"幽愁暗恨"在"声渐歇"的过程中积聚了巨大潜力,无法压抑,终于如"银瓶乍破水浆迸,铁骑突出刀枪鸣",把"凝绝"的暗流突然推向高潮。才到高潮,即收拨一画,戛然而止。一曲虽终,而回肠荡气、惊心动魄的艺术魅力,却并未随之消失。如此绘声绘色地再现千变万化的音乐形象,从而展现了弹奏者起伏回荡的心潮,怎能不使我们敬佩作者的艺术才华?

春　生

春生何处闇周游①,海角天涯遍始休②。先遣和风报消息,续教啼鸟说来由③。展张草色长河畔④,点缀花房小树头。若到故园应觅我⑤,为传沦落在江州⑥。

①闇:同"暗"。②海角天涯:极言遥远。③教:使、让,读平声。④展张:展开、铺开。⑤故园:指白居易的家乡下邽。⑥为传:替我捎信。

白居易任江州司马期间作《浔阳春》三首,这是第一首,题为《春生》。这首诗把"春"拟人化,构思异常新颖、奇巧。开头便问:"春"从何处出"生"?接着说她一出生就到处漫游。她还懂得搞点宣传,造点声势。将到某处,先派"和风"传送消息,告诉人家"春"将来临;再遣"啼鸟"介绍情况,说明"春"将带来无限美景。她一到某地,就埋头工作,为河岸覆盖绿草,为树头点缀繁花。这分明是一首"春"的颂歌!用笔之妙,出人意外,但更其出人意外的还是结尾:作者对"春"说,你如果漫游到我的家乡,家乡人如果到处寻找我,就告诉他们,我正在江州沦落受罪呢!言外之意是:如果能像"春"那样自由自在地"周游",游到哪里,就给哪里带来美景,该多好!这首诗与《琵琶行》同是摅写天涯沦落之恨,但选材、谋篇、命意,又何等不同!这就是艺术创造。这是一首七言律诗。盛唐以来,七律或工丽,或雄浑,或沉郁顿挫,佳作如林。但写得这样轻灵、跳脱、活泼的,还不曾有过。

大林寺桃花

人间四月芳菲尽①,山寺桃花始盛开②。长恨春归无觅处,不知转入此中来。

①芳菲:形容花卉美盛芬芳,这里指花。②"山寺"句:白氏《游大林寺序》云:"大林穷远,人迹罕到,环寺多清流苍石、短松瘦竹。寺中惟板屋木器,其僧皆海东人。山高地深,时节绝晚。于时孟夏月,如正二月天,梨、桃始华,涧草犹短,人物风候与平地聚落不同。初到恍然,若别造一世界者。因口号绝句云……"所谓绝句,即指此诗。

此诗乃白氏于元和十二年游庐山大林寺时所作。庐山大林寺有三处。《清统志·九江府二》:"上大林寺在庐山西大林峰南,晋建。……又中大林寺在庐山锦涧桥北,下大林寺在桥西。"据查慎行《庐山记游》:"上大林寺,乐天先生曾游此,于四月见桃花,集中有诗序,今犹称白司马花径。"花径,现已辟为花径公园,石碣上刻"花径"二字,相传为白居易所书。诗写大林寺桃花晚开,却以"人间芳菲尽"唤起三、四句,构思极新颖。

问刘十九①

绿蚁新醅酒②,红泥小火炉。晚来天欲雪,能饮一杯无③?

①刘十九:白居易的朋友,白有《刘十九同宿》诗:"惟共嵩阳刘处士,围棋赌酒到天明。"②绿蚁:新酿的米酒,酒面上有淡绿色的浮渣,叫绿蚁。醅(pēi胚):没有过滤的酒。③无:疑问词,用法与"否"、"吗"相同。

忙了一天,天晚的时候,眼看要下雪,很想找个朋友来围炉聊天,喝几杯酒。于是提笔写了这首小诗,问那个朋友能不能来。四句诗明白如话,却具有诗情画意,□□了一种健康的生活情趣。

建昌江①

建昌江水县门前,立马教人唤渡船②。忽似往年归蔡渡③,草风沙雨渭河边。

①建昌江：即修水，源出江西修水县西，流入鄱阳湖。县门前：即建昌县南门前。《明统志·南康府》："唤渡亭，在建昌县治南。"按，唤渡亭乃后人据白氏此诗诗意修建，内有石碑，刻此诗，文字略有出入。见后面所引王士禛文。②教（jiāo 交）人：使人、派人、打发人。③蔡渡：在下邽（今陕西省渭南县）白居易故乡紫兰村南边，是渭河的一个渡口。从南岸坐船渡过渭河，就到了紫兰村。白氏《重到渭上旧居》诗云："旧居清渭曲，开门当蔡渡。"可证蔡渡与紫兰村隔渭河相对。王士禛《居易录》卷十三："予过江西建昌县，南渡修水，岸上有亭，贮白乐天诗碣，一绝句云：'修江江水县门前，立马教人唤渡船。好似当年归蔡渡，草风莎雨渭河边。'爱其风调，然未详蔡渡所在。偶阅《渭南县图经》云：'渭水至临潼县交口渡，东入渭南境，又东折至县城，北曰上涨渡。又东南流曰下涨渡。又东北折而流曰蔡渡。以汉孝子蔡顺得名，其地有蔡顺碑。与乐天故居紫兰村，正隔渭河一水耳。'"

此诗作于谪居江州之时。蔡渡在下邽，从此渡过渭河，便到诗人的老家；建昌江则远在贬地，与蔡渡互不相关。诗人却用"似"字将二者牵合，只叙事、写景而情寓其中，极耐寻绎。

暮江吟

一道残阳铺水中，半江瑟瑟半江红①。可怜九月初三夜，露似真珠月似弓②。

①瑟瑟：通常用以形容风吹草木的声态；这里则是另一种用法。《新唐书·于阗国传》云："德宗……求玉于于阗，得瑟瑟百斤。"这种瑟瑟是碧色的玉石，白居易常用来表现碧波，如"两面苍苍岸，中心瑟瑟流"，"寒食青青草，春风瑟瑟波"等等。"半江瑟瑟"，写"残阳"未照到的江面；"半江红"，则写"残阳"铺展的江面。②真珠：即珍珠。

此诗长庆元年（821）秋作于长安曲江。前两句写日暮曲江景色，后两句写夜景。杨慎《升庵诗话》云："诗有丰韵，可谓工缋入画。"《唐宋诗醇》云："写景奇丽，是一幅着色秋江图。"俞陛云《诗境浅说续编》云："通首写景，惟第三句'可怜'二字，略见惆怅之思，如水清愁，不知其着处也。"

江南遇天宝乐叟

白头病叟泣且言："禄山未乱入梨园①。能弹琵琶和法曲②，多在华清随至尊③。是时天下太平久，年年十月坐朝元④。千官起居环珮合⑤，万国会同车马奔⑥。金钿照耀石瓮寺⑦，兰麝熏煮温汤源。贵妃宛转侍君侧，体弱不胜珠翠繁。冬雪飘飖锦袍暖，春风荡漾霓裳翻⑧。欢娱未足燕寇至⑨，弓劲马肥胡语喧。豳土人迁避夷狄⑩，鼎湖龙去哭轩辕⑪。从此漂沦落南土，万人死尽一身存。秋风江上浪无限，暮雨舟中酒一樽。涸鱼久失风波势，枯草曾沾雨露恩⑫。""我自秦来君莫问，骊山渭水如荒村。新丰树老笼明月，长生殿暗锁春云⑬。红叶纷纷盖欹瓦⑭，绿苔重重封坏垣⑮。唯有中官作宫使，每年寒食一开门⑯！"

①梨园：唐明皇李隆基教授优伶的地方。李隆基曾选坐部伎子弟三百人教于梨园，号皇帝梨园子弟；宫女数百人，也叫梨园子弟。②法曲：本是道观所奏的乐曲，隋朝时已有之。唐玄宗喜爱法曲，《霓裳羽衣曲》即其中之一。③华清：指华清宫，遗址在现在陕西临潼县城南门外的骊山。这里有温泉，秦始皇时即构屋宇，此后历代多有增修。唐贞观十八年(644)，李世民于此营建宫殿，名汤泉宫。天宝六年，李隆基役使劳动人民盖宫殿、修汤池、建百官第宅，改名华清宫。④朝元：指朝元阁。骊山有东西绣岭，西绣岭第三峰上现有老君殿，相传是唐代朝元阁的旧址。因华清宫温暖，所以李隆基每年十月即来这里，次年春天才回到长安。李隆基在朝元阁作乐的事实，唐代诗人多有歌咏。李商隐的《华清宫》云："朝元阁迥羽衣新，首按昭阳第一人。当日不来高处舞，可能天下有胡尘?"就是一首对那种荒淫生活进行有力抨击的讽刺诗。⑤起居：问安、行礼。环珮：佩戴在身上的玉制装饰品。合：聚合，这里指环珮互相撞击，叮当作响。⑥万国会同：万国，在周代指四方诸侯，在唐代指各地方的节度使，即"藩镇"。会同，指诸侯会合朝见天子。⑦金钿(diàn 电)：贵族妇女所戴的镶有金花、宝石的首饰。石瓮寺：其遗址在今华清池以东三四里的半山腰的石瓮谷中。⑧霓裳：指虹霓似的舞衣。白居易《霓裳羽衣舞歌》："案前舞者颜如玉，不著人家俗衣服。虹裳霞帔步摇冠，钿璎累累佩珊珊。"霓裳即"虹裳"，跳"霓裳羽衣舞"时所穿。⑨燕寇：指安禄山。天宝十四年十一月，平卢、范阳、河东三镇节度使安禄山在范阳郡起兵叛变，因范阳为古燕国地，故称燕寇。⑩"豳土"句：豳(bīn 宾)，古豳国，在今陕西栒邑、邠县一带，这里泛指唐代京城长安周围的地方。周代的祖先古公亶父初居豳地，为戎狄所侵，乃迁到岐，豳人也随之而迁。这里借指安禄山攻陷长安，唐玄宗避往西蜀及关中百姓避难的事。⑪"鼎湖"句：相传轩辕黄帝采首山铜，铸鼎于荆山下。鼎成，有龙垂胡髯下迎黄帝。黄帝骑龙，群臣及后宫跟着爬上去七十多人，龙乃离地。小臣还没来得及上去的，都挽住龙髯；龙髯拔堕，黄帝的弓跌落地上。百姓仰望黄帝已上天，便抱住他的弓和龙的胡髯号哭。后世便把黄帝铸鼎乘龙的地方叫鼎湖。见《史记·封禅书》。这里借指唐玄宗驾崩。⑫"涸鱼"两句：涸鱼、枯草，都是天宝乐叟自比。从全诗第二句直到这里，都是天宝乐叟的话。⑬长生殿：华清宫的一个殿，又叫集灵台，是奉祀天神的地方。见《旧唐书·玄宗纪》。⑭欹(qī 期)瓦：倾斜的瓦，指宫殿颓坏。⑮坏垣：倾颓的墙。⑯"唯有"两句：中官：太监；宫使：皇宫派来的使者；寒食：清明节的前一天。这两句是说，只有每年的寒食节，长安的皇宫里才派宫官来祭奠，开一次宫门；平时，华清宫宫门紧闭，荒凉无人。

唐穆宗长庆二年(822)正月，白居易以中书舍人的身份，上疏论述如何解决河北藩镇之乱的问题，未被采纳。这时，朝政日荒，朋党倾轧，便请求离京。七月，改官杭州刺史，十一月至杭州。这首《江南遇天宝乐叟》，就是作者任杭州刺史时作的。它从一个侧面,反映了安史之乱前后唐王朝由盛到衰的变化,抒发了厌乱思治的情感。

要用一篇短诗反映唐王朝由盛到衰的历史过程,很不好办——具体描写,则千头万绪;概括叙述,则难免流于概念化。作者匠心独运,纯用对话的形式,通过"天宝乐叟"自述经历和"我"自述所见,集中地写出了华清宫的今昔变化,从一个有典型性的侧面中显示出社会巨变的面影,真可谓举重若轻。同时,由于用的是人物自述经历的语气,使全诗不仅具有鲜明的形象性,而且具有浓烈的抒情性,极富感染力。"乱世人不如太平犬",诗中跳动着的那种厌乱思治、向往太平的强烈情感,当然具有特定的时代内容,但对不同时代的读者,也可以引起共鸣、激起同情。

钱塘湖春行

　　孤山寺北贾亭西①,水面初平云脚低②。几处早莺争暖树,谁家新燕啄春泥。乱花渐欲迷人眼,浅草才能没马蹄。最爱湖东行不足,绿杨阴里白沙堤③。

　　①孤山寺:在西湖后湖与外湖之间。贾亭:在西湖中,为贾全于贞元(785—804)中任杭州刺史时所建。这一句写"春行"起点。②水面初平:指春水注入,湖与岸平。云脚低:指云气接近湖面。这一句写放眼全湖之所见。③白沙堤:即白堤。

　　此诗作于任杭州刺史时。钱塘湖即西湖。题为《钱塘湖春行》,以一"行"字贯串全诗,写出了行进中所见的不断变换的春景,而"春行"者的美感即饱和于自然美景之中,给读者以美感享受。方东树《昭昧詹言》云:"佳处在象中有兴,有人在,不比死句。"又云:"句句回旋曲折顿挫,皆从意匠经营而出。"

西湖晚归回望孤山寺赠诸客

　　柳湖松岛莲花寺①,晚动归桡出道场②。卢橘子低山雨重③,栟榈叶战水风凉④。烟波淡荡摇空碧⑤,楼殿参差倚夕阳。到岸请君回首望⑥,蓬莱宫在海中央⑦。

　　①"柳湖"句:西湖四周,垂柳掩映,故云"柳湖"。孤山突出湖中,上多松树,故云"松岛"。夏天莲花盛开,所以称孤山寺为"莲花寺"。②道场:佛殿,即指孤山寺。③卢橘:一名"金橘"。④栟榈(bīng lú 兵驴):即棕榈。战:颤动。⑤空碧:指天光水色。⑥君:指诸客。⑦"蓬莱"句:孤山寺内有蓬莱阁。这里以"海"比喻西湖,以"蓬莱宫"比拟孤山寺。

　　莲花寺即孤山寺。诗人与"诸客"游过孤山寺,出寺乘船晚归,回望西湖景色及高耸于湖中的孤山寺,仿佛那就是东海中的蓬莱仙境。方东树《昭昧詹言》云:"起二句点题;中四句大、小、远、近分写,皆'回望'中所见,却以结句回棹点明;复总写一句收足,所谓加倍起棱也。"

别州民

耆老遮归路①,壶浆满别筵②。甘棠无一树③,那得泪潸然④!税重多贫户,农饥足旱田。唯留一湖水,与汝救凶年⑤。

①耆(qí 奇):古来称六十岁的人为耆。耆老,是指年高有德的人。②壶浆:这里指酒,壶里盛着酒浆。别筵:送别的筵席。③甘棠:植物名,即棠梨。《诗经·召南》中有一篇诗,名叫《甘棠》。据说周朝的召公视察南国,治政劝农,曾经在一株甘棠树下休息。他走后当地的人民思念他,因而也爱护那株甘棠,作了那篇诗,表现思念召公和爱护甘棠的感情。"甘棠无一树",是说没有像召公那样值得人民怀念的德政。这是白居易自谦的话。他在杭州,如他在《初领郡政衙退登东楼作》这篇诗中所说:"鳏茕心所念,简牍手自操;何言符竹贵,未免州县劳。"是辛辛苦苦地为人民办了一些好事。所以人民在送他的时候才流下惜别的眼泪。④潸(shān 山)然:泪流的样子。⑤"唯留"两句:白居易在杭州时,曾疏理李泌所凿的六井;又在西湖筑了一道长堤(人们纪念他,把这堤叫做"白堤"),以便蓄水灌田,湖周围一千多顷田地,都能得到灌溉。

作者于唐穆宗长庆二年(822)至四年,任杭州刺史。《别州民》,是他长庆四年五月离开杭州时写的。前四句,写杭州父老设宴送别,后四句,写自己向杭州父老告别。送别者依依不舍,告别者也情意颇深。"税重多贫户,农饥足旱田",这是作者关心的两件大事。那么,做了一任刺史,解决了些什么问题呢?他惭愧地说:"唯留一湖水,与汝救凶年。"那个"唯"字是特意用上去的,应该重读。就是说,只搞了一点水利,可解决"旱田"问题,而对"税重"问题,自己是无能为力的。

魏王堤①

花寒懒发鸟慵啼②,信马闲行到日西。何处未春先有思③?柳条无力魏王堤。

①魏王堤:在洛阳。洛水流入洛阳城内,汇为池。唐太宗贞观年间,赐此池给魏王李泰,名魏王池。有堤与洛水相隔,名魏王堤。堤柳池荷,风景秀丽,是唐代洛阳的游览胜地之一。②慵(yōng):懒。③未春先有(春)思:春天还未来,先透露出春意。思:名词;读去声。

此诗大和(827—835)中作于洛阳。刘永济《唐人绝句精华》云:"杜甫有'漏泄春光有柳条'之句,白氏诗言'未春先有思',则更进一层。'花懒'、'鸟慵'、'柳无力',皆是未春景象,然而柳之春思,乃为诗人所觉,正以见诗人之敏感,不待'漏泄'而已。诗人之异于常人者即在此。"说诗人"敏感",极是;但对诗的解释却不得要领。"花懒发"、"鸟慵啼",因为还"寒";可是"柳条无力",正意味着呼啸的北风为柔和的东风所取代,于是诗人便从"柳条无力"中感到春天尽管还没来,却已经透露了即将来临的信息。四句诗,既轻灵、新颖,又含蓄蕴藉,耐人寻味。

柳宗元

　　柳宗元(773—819),字子厚,行八,河东(今山西永济西)人,世称柳河东。长于长安,幼敏悟,"以童子有奇名于贞元初"(刘禹锡《柳君文集序》)。德宗贞元九年(793)登进士第。十二年任秘书省校书郎。十四年登博学宏词科,授集贤殿正字。三年后调蓝田尉。十九年(803)升任监察御史里行,与韩愈、刘禹锡同官。二十一年正月,顺宗即位,重用王叔文、王伾等人实行政治革新,柳宗元被任命为礼部员外郎,与刘禹锡同为王叔文集团的中坚人物。同年八月,顺宗内禅,宪宗即位,"二王"被贬,"永贞革新"失败。柳宗元被贬为邵州刺史;未及到任,又加贬为永州司马。在永州九年,著述甚富。宪宗元和十年(815)正月,召赴京师;三月,又出为柳州刺史。在柳州期间,因俗施教,善政惠民。十四年(819)卒于贬所,人称柳柳州,民为立祠。其生平事迹见韩愈《柳子厚墓志铭》及新、旧《唐书》本传。年谱多种,以宋人文安礼《柳先生年谱》为最早,也较完善。柳宗元"以生人为己任",主张"文以明道",为文当"有益于世",是著名的思想家和散文家。与韩愈共倡古文运动,世称"韩柳"。亦工诗,今存163首,多为贬官后作,各体皆自具面目。苏轼称其诗"发纤秾于简古,寄至味于澹泊"(《书黄子思诗集后》)。方回称"柳柳州诗精绝工致,古体尤高。世言'韦柳',韦诗淡而缓,柳诗峭而劲。此五律诗,比老杜尤工矣! 杜诗哀而壮烈,柳诗哀而酸楚,亦同而异也"(《瀛奎律髓》卷四)。论者每与韦应物相提并论,合称"韦柳"。沈德潜曾谓"柳州诗长于哀怨,得《骚》之馀意。东坡谓在韦苏州上,而王阮亭谓不及苏州,各自成家,两存其说可也"(《唐诗别裁集》卷四)。《全唐诗》存诗四卷,今人吴文治等校点本《柳宗元集》四十五卷,诗文合编,较通行。

南 涧 中 题

　　秋气集南涧,独游亭午时①。回风一萧瑟②,林影久参差③。始至若有得,稍深遂忘疲。羁禽响幽谷④,寒藻舞沦漪⑤。去国魂已游⑥,怀人泪空垂。孤生易为感⑦,失路少所宜⑧。索寞竟何事⑨,徘徊只自知。谁为后来者,当与此心期⑩。

①亭午:正午。②回风:旋风。萧瑟:风声。③参差:长短不齐的样子。④羁禽:漂泊失群的鸟。⑤藻:水草。沦漪(lún yī 轮医):水上的波纹。⑥去国:指因贬官而离开京城。⑦孤生:离群索居的生涯。易为感:容易多愁善感。⑧失路:指政治上失意。少所宜:动辄得咎。⑨索寞:枯寂无生气。⑩期:契合。以上两句承上文,谓后人倘有同样遭遇,应能理解我此时的心情。

永贞革新失败,被贬为永州司马时作。南涧,在永州袁家渴西南,即"石涧",作者有《石涧记》记其地。此诗写独游南涧,通过对幽寂景物的描绘,反映了始而"若有得"、"遂忘疲",继而"泪空垂"、"易为感"的心理变化。苏轼云:"《南涧诗》忧中有乐,乐中有忧,盖妙绝古今矣。"(《唐宋诗举要》卷一引)施补华云:"柳子厚幽怨有得骚旨,而不甚似陶公,盖怡旷气少,沉至语少也。《南涧》一作,气清神敛,宜为坡公所激赏。"(《岘佣说诗》)陈衍云:"柳州五言,大有不安唐古之意。胡应麟只举《南涧》一篇,以为六朝妙诣,不知其诸篇固酷摹大谢也。"(《石遗室诗话》卷六)

溪　居

久为簪组累,幸此南夷谪①。闲依农圃邻,偶似山林客②。晓耕翻露草,夜榜响溪石。来往不逢人,长歌楚天碧。

①"久为"二句:长时间受官职束缚,幸而被贬到南夷,才松散些。组:即缨,帽带。古人戴冠,用簪将头发固定在冠上,用组将冠系在颏下,因而以簪组代冠。冠代表官职,因而以冠代官。南夷:指永州一带。②农圃:指菜农。山林客:指隐士。

《溪居》的"溪"指"愚溪"。刘禹锡《伤愚溪》诗前小序曰:"故人柳子厚之谪永州,得胜地,结茅树蔬,为沼沚、为台榭,目曰愚溪。"这首诗寥寥八句,写他溪居的日常生活和心态,简淡高洁,体现了柳宗元五言古体诗的基本风格。沈德潜云:"愚溪诸咏,处连蹇困厄之境,发清夷澹泊之音,不怨而怨,怨而不怨,行间言外,时或遇之。"(《唐诗别裁集》卷四)

雨后晓行,独至愚溪北池

宿云散洲渚①,晓日明村坞②。高树临清池,风惊夜来雨。予心适无事,偶此成宾主③。

①宿云:昨夜就有的云。②明:照明,形容词作动词用。村坞:村庄。③"予心"二句:我心里正好没有事,偶然来游,与这里的自然景物成了宾主。予:我;宾:指眼前景;主:作者

自指。

前四句,写雨过云散、晓日初升,洲渚村坞,一派明丽,画不能到;后两句所写的闲适心情,已融合于前四句所写的景物之中。"高树临清池,风惊夜来雨"两句,写天晴不久,高树树叶上犹带"夜来雨"珠,风吹叶动,那雨珠便像受惊,忽然散落于树下清池。仅用十个字,好像毫不费力,便"状难写之景如在目前"。贺裳云:"大历以还,诗多崇尚自然。柳子厚始一振厉,篇琢句锤,起颓靡而荡秽浊,出入骚、雅,无一字轻率。其初多务溪刻,故神峻而味冽;既亦渐近温醇,如'高树临清池,风惊夜来雨'……不意王、孟之外,复有此奇。"(《载酒园诗话》又编)

田　家

　篱落隔烟火①,农谈四邻夕。庭际秋虫鸣②,疏麻方寂历③。蚕丝尽输税,机杼空倚壁④。里胥夜经过⑤,鸡黍事筵席⑥。各言"官长峻⑦,文字多督责⑧。东乡后租期⑨,车毂陷泥泽⑩。公门少推恕⑪,鞭朴恣狼藉⑫。努力慎经营⑬,肌肤真可惜⑭。"迎新在此岁⑮,唯恐踵前迹⑯。

①篱落:篱笆。隔烟火:把各家各户隔开。烟火:人家的标志。②庭际:庭院边。③方:正。寂历:寂静。以上前两句展示农村夜谈的全景,后两句写农谈时的环境、气氛。④机杼:指织布机。⑤里胥(xū需):催讨、征收赋税的差役。⑥黍(shǔ蜀):黄米。这一句说,杀鸡做饭,设筵席款待里胥。⑦峻:严厉。句中用"各言",可见征讨赋税的差役不止一人。从"各言"以下至"肌肤真可惜"各句,都是差役恫吓农民的话。⑧文字:指催征赋税的文书。督责:督察责罚。⑨后租期:延误了缴纳赋税的日期。⑩毂(gǔ古):车轮中心插轴的圆木。这里指车轮。以上两句说,东乡的农民由于车子陷入泥泽中,耽误了缴纳赋税的日期。⑪公门:官府。少推恕:不肯设身处地加以宽宥。⑫鞭朴(pǔ普):鞭打。恣:肆意。狼藉:散乱纵横的样子。这里用以形容被打者挨打后的惨象。⑬慎:谨慎小心。经营:指对租税的筹划。⑭惜:爱惜。以上两句是差役对农民的警告,大意是,如不努力缴纳租赋,便要受皮肉之苦。⑮迎新:指迎接新谷登场,准备缴纳秋税。当时实行的两税法规定,夏税于六月纳毕,秋税于十一月纳毕。⑯前迹:前人的脚印,指东乡农民受刑的事。以上两句写农民的内心活动:一定及时缴纳秋税,免蹈东乡人因延迟纳税而受毒打的覆辙。

《田家》共三首,这是第二首,写农民刚缴罢夏税,官府又派里胥来催纳秋税,真实地反映了当时的社会矛盾。中间写里胥恫吓田家,如闻其声。

行路难①

　君不见夸父逐日窥虞渊②,跳踉北海超昆仑③。披霄决汉出沆澌④，瞥裂左右遗星辰⑤。须臾力尽道渴死⑥，狐鼠蜂蚁争噬吞⑦。北方狰人长九寸⑧，开口抵掌更笑喧⑨。啾啾饮食滴与粒⑩，生死亦足终天年⑪。睢盱大志小成遂⑫，坐使儿女相悲怜⑬。

①《行路难》共三首，这是第一首。②夸父：神话中的英雄。他追赶太阳并闯入太阳之中，最后渴死在道路上。（《山海经·海外北经》）逐：追赶。虞渊：相传是太阳沉落的地方。③跳踉（liáng 良）：跳跃。超：越过。昆仑：西方的大山。④披霄：劈开云霄。决汉：决破银河。出：通过。沆漭（hàng mǎng 巷莽）：大水茫茫的样子，这里指茫茫大气。⑤瞥裂：同"瞥列"，飞速前进貌。⑥须臾：一会儿。道渴：半路上口渴。传说夸父闯入太阳以后，因口渴而找水，喝干了黄河、渭河，还想到北方去喝大泽的水，渴死在路上。⑦噬（shì 事）：咬。⑧狰（jìng 净）人：即"靖人"、"诤人"，神话中的小人，长九寸。⑨抵（zhǐ 纸）掌：同"抵掌"，击掌，表示高兴的一种动作。开口抵掌：即抵掌而谈，这里含有幸灾乐祸的意思。笑喧：笑闹。⑩啾（jiū 纠）啾：象声词，形容虫、鸟细碎的叫声。这里用以形容狰人吃喝时发出喊喊喳喳的叫声。⑪终天年：以寿而终。以上四句写狰人自鸣得意。⑫睢盱（suī xū 虽虚）：张目仰视，这里用以形容眼界开阔、理想高远的神态。小：少。成遂：成就。⑬坐使：因而引起。

此诗作于永州贬所。通过描写夸父逐日、壮志未酬，却遭到狐鼠吞食、狰人喧笑，抒发了对永贞革新惨遭失败的悲愤，并对政敌们落井下石、继续迫害进行了揭露和嘲讽。破空而来，戛然而止，尺幅有千里之势。乔亿谓"柳州歌行甚古，遒劲处非元、白、张、王所及"（《剑溪说诗》卷上），信然。

渔 翁

渔翁夜傍西岩宿，晓汲清湘燃楚竹。烟销日出不见人，欸乃一声山水绿①。回看天际下中流，岩上无心云相逐。

①欸乃：渔家号子声，唐时湘中棹歌有《欸乃曲》（见元结《欸乃曲序》）。

这是作者被贬为永州（今湖南零陵）司马时的作品，以"渔翁"领起，通篇写渔翁。"夜傍西岩宿"着一"傍"字而境界全出：渔翁以舟为家，傍青山，靠绿水，何等清高绝俗，自在逍遥！第二句写做早饭，"晓"字上承"夜"字。只用取水烧柴指代做饭的全过程，已极简练含蓄。何况不说取水而说"汲清湘"，不说烧柴而说"燃楚竹"，不仅表现出地方特色，而且用烘托手法，进一步表现了渔翁的高洁洒脱。第三句"烟销日出不见人"，最明显的意思是：吃过早饭，渔翁已荡舟去远了。但"烟销日出"又分明暗示："烟销"之前，烟雾弥漫，连"日"也"出"不来。就是说，渔翁汲湘燃竹，全隐没于"晓"雾之中。及至"日出"，始能看见，可是他已离开这儿了。"不见人"，意在突出其孤高出尘。然而"不见人"还得表现出确有其"人"。这就有了最精彩的一句："欸乃一声山水绿。"

从语法看，"山水绿"是"欸乃一声"的结果。这当然不是说"欸乃一声"能使山水变绿，而是当你忽然听见悠扬的《欸乃曲》，寻声辨向，想看见那位歌手时，忽然发现那歌声飘荡之处，山青水绿，简直是与尘世隔绝的另一个世界。诗写"渔翁"，从渔翁的角度看，他放舟中流，一声"欸乃"，其悠闲自得的神态跃然纸上；而放眼一看，山青水绿，悦目怡神，心物交感，融合无间，达到了《始得西山宴游记》所说的"与万化冥合"的境界。结尾两句，即由此引申。近看眼前，山青水绿；回看天际，岩上白云毫无机心，自由舒卷，自在飘浮，与自己的心灵和谐一致。

通篇诗，并不是对现实生活中的渔翁的真实写照，而是借渔翁以抒怀抱，表现在政治上遭受严重打击之后厌恶官场、寄情山水的高洁情怀。取《永州八记》与此诗同读，必能相互印证，加深领悟。

结尾两句，苏轼《读柳诗》认为"虽不必亦可"。严羽、胡应麟、王士禛、沈德潜等都表示赞同；刘辰翁、李东阳、王世贞等则认为不须删。这种争论，一直延续到现在。但如结合作者的处境和心境及《永州八记》等读这篇诗而领悟到诗中的渔翁在很大程度上乃是作者逃避龌龊现实，追求心灵净土的心境外化，便知结尾两句多么重要。全诗所写的渔翁几乎全在人境之外，他不曾和任何人打交道，别人也不曾看见他，除了"欸乃一声"之外，便只有"无心出岫"、随意飘浮的白云是他的化身。

登柳州城楼寄漳汀封连四州刺史

城上高楼接大荒，海天愁思正茫茫。惊风乱飐芙蓉水①，密雨斜侵薛荔墙②。岭树重遮千里目，江流曲似九回肠。共来百粤文身地③，犹自音书滞一乡。

---

①飐(zhǎn 展)：吹动。芙蓉：荷花。②薛荔：一种常绿的蔓生植物。③百粤：泛指岭南少数民族。文身：身上刺各种花纹。

唐德宗死，太子李诵(顺宗)即位，改元永贞(805)，重用王叔文等实行改革，仅五个月即遭受残酷的镇压。王叔文、王伾被贬往外地；革新派主要成员柳宗元、刘禹锡、韩泰、韩晔、陈谏、凌准、程异、韦执谊分别贬为远州司马。第二年又杀害王叔文，逼死王伾；对八司马的迫害也有增无已，凌准、韦执谊都死于任所。整整过了十年，即宪宗元和十年(815)初，柳宗元与韩泰、韩晔、陈谏、刘禹锡五人(程异先被起用)才奉诏进京。不料又被贬往更荒凉的边远州郡：韩泰为漳州(治所在今福建漳州市)刺史，韩晔为汀州(治所在今福建长汀县)刺史，陈谏为封州(治所在今广东封川县)刺史，刘禹锡为连州(治所在今广东连县)刺史，柳宗元为柳州刺史(治所在今广西壮族自治区马平县)刺史。这

首七律,是柳宗元初到柳州时写寄四位难友,即诗题中所说的"漳汀封连四州刺史"的。唐人作诗很讲究"制题",读这个题,已有伤高怀远之意。

首联以深广的情景、辽阔的意境统摄诗题,为以下的逐层抒写展开了宏大的画面。

第二联写近景。见得真切,故写得细致。就细致地描绘风急雨骤的景象而言,这是"赋"。但仔细品味,"赋"中又兼有"比"、"兴"。"风"而曰"惊","雨"而曰"密","飐"而曰"乱","侵"而曰"斜",客观事物已投射诗人感受。"芙蓉"出水,何碍于"风",而"惊风"仍要"乱飐","薜荔"覆"墙","雨"本难"侵",而"密雨"偏来"斜侵"。这怎能不使诗人俯仰身世,产生联想,"愁思"弥漫于茫茫海天?

第三联写远景。上下句同写遥望,却一仰一俯,视野各异。仰观则重岭密林,遮断千里之目,俯察则江流曲折,有似九回之肠,景中寓情,"愁思"无限。

第四联自然归结到"音书滞一乡"。但如此收束,则文情较浅,文气较直,故先用"共来百粤文身地"一垫,再用"犹自"一转,才转到"音书滞一乡",便收到沉郁顿挫的艺术效果。而"共来"一句,既与首句"大荒"照应,又统摄题中的"漳汀封连四州"及作者所在的柳州。一同被贬于"大荒"、"文身"之地,已够痛心,还彼此隔离,连音书都留滞于各自的贬地而无法寄达。读诗至此,余韵袅袅,余味无穷。而题中的"寄"字之神,也于此曲曲传出。

别舍弟宗一

零落残魂倍黯然①,双垂别泪越江边②。一身去国六千里,万死投荒十二年③。桂岭瘴来云似墨④,洞庭春尽水如天。欲知此后相思梦,长在荆门郢树烟⑤。

①零落残魂:屡受迫害,身心交瘁,故云。倍黯然:因将分别而倍感悽怆。江淹《别赋》:"黯然销魂者,惟别而已矣。"②越江:即粤江,今名珠江,流经柳州的柳江是其支流,故云。③"一身"二句:柳州距长安水陆路路合计近六千里;自永贞元年被贬至元和十一年作此诗,恰好十二年。投荒:贬往荒远之地。④桂岭:山名,在今广西贺县东北,此指柳州一带的山。⑤荆门、郢:在今湖北江陵一带,当是宗一居留之地。

元和十一年作于柳州。首联写江边送别情景;次联抒去京远贬之感;三联上句写己所留之地,下句写想象中的宗一旅途之景;尾联预想别后怀念宗一之情。极沉痛,亦极含蓄。

零陵早春①

问春从此去,几日到秦原②?凭添还乡梦,殷勤入故园。

①零陵:今属湖南。隋时为零陵郡,唐时改为永州。②秦原:即秦川,长安一带。

此诗作于永州贬所。零陵春早,长安春迟,作者将春拟人化,问春从零陵出发北上,几日能到长安,构思新奇而又合乎情理。春能到长安,而自己,却只有"还乡梦"能"殷勤入故园"而已!深曲委婉,耐人寻味。

江　雪

千山鸟飞绝,万径人踪灭。孤舟蓑笠翁①,独钓寒江雪。

①蓑笠翁:穿蓑衣、戴笠帽的渔翁。

写雪景而前三句不见"雪"字,纯用空中烘托之笔,一片空灵。待结句出"雪"而回视前三句,便知"千山"、"万径","孤舟"、渔"翁",已全覆盖于深雪之中,而那雪还在纷纷扬扬,飞洒不休。要不然,"千山"何故"鸟飞绝"?"万径"何故"人踪灭"?"孤舟"渔翁,又何故披"蓑"戴"笠"?

用"千山"、"万径"反衬"寒江"、"孤舟",用"鸟飞绝"、"人踪灭"反衬"蓑笠翁"寒江"独钓",从而在广阔、寂寥、清冷的画面上突出了"孤舟""独钓"的"蓑笠翁"形象。

全诗句句写景,合起来是一幅图画,所以正如黄周星《唐诗快》所说:"只为此二十字,至今遂图绘不休,将来竟与天地相终始矣。"

那么,有没有景中之情,言外之意呢?当然有的。这首《江雪》与前面所选的《渔翁》,都以渔翁"自寓",反映了柳宗元在长期流放过程中交替出现的两种心境。他有时不甘屈服,力图有所作为;有时又悲观愤懑,寻求精神上的解脱。《渔翁》中的渔翁,超尘绝俗,悠然自得,正是后一种心境的外化。《江雪》中的渔翁,特立独行,凌寒傲雪,独钓于众人不钓之时,正是前一种心境的写照。

酬曹侍御过象县见寄①

破额山前碧玉流,骚人遥驻木兰舟。春风无限潇湘意,欲采蘋花不自由。

①侍御:官名,"侍御史"的简称。曹侍御:名未详,当是作者在京城时的故友。象县:柳州属县,在州治东北六十五里处。

前两句切题中的"曹侍御过象县见寄",即曹侍御经过象县之时,作诗寄作者;后两句切题中的"酬",即作者读到曹侍御寄来的诗,作此诗酬答。今人多据诗中有"潇湘"二字而确定此诗作于永州,但永州、象县相距遥远,书简往还不易,与诗意不合。"潇湘"别有意义,不专作地名,姑定为柳州作品。

"骚人"本指《离骚》的作者屈原,后来泛指情操高洁的文人。"玉"、"木兰",都是屈原喜用的词,象征坚贞、芬芳的品质。作者称曹侍御为"骚人",并用"碧玉流"、"木兰舟"这样美好的环境来烘托他,就会使读者把他和屈原及其作品联系起来,产生许多联想。"骚人"本可看山看水,愉快地赶他的路,如今却"遥驻木兰舟"于"碧玉流"之上,究竟为什么?这又会使读者产生许多联想。"遥"作为"驻"的状语,所表现的是"骚人"与作者之间的距离。象县距柳州六十多里,距柳宗元的贬所不算太"遥",何况眼前的"碧玉流"正是从柳州流来的,为什么不乘"木兰舟"到柳州去看看他的朋友?这又引人深思。曹侍御的处境如何,虽然不知其详,但从"骚人"的称呼中也可得到一些暗示。至于柳宗元,分明过着"万死投荒"的流放生活。所以政治上的间隔,比地理上的距离更显得"遥"。因此,尽管思友心切,路也不太远,却只能"驻舟"兴叹,寄诗抒怀。

"春风无限潇湘意"一句,结合下句"欲采蘋花"看,显然汲取了南朝诗人柳恽《江南曲》的诗意。《江南曲》是一篇名作,全文如下:

> 江洲采白蘋,日暖江南春。洞庭有归客,潇湘逢故人。故人何不返,春花复应晚。不道新知乐,只言行路远。

由此可见,"春风无限潇湘意",就是怀念故人之意。此句作为全诗的第三句,妙在似承似转,亦承亦转。就是说,它主要表现作者怀念"骚人"之情,但也兼包"骚人"寄诗中所表达的怀念作者之意。"春风"和暖,芳草如茵,蘋花盛开,朋友们倘能相见,该多好!"无限"相思而不能相见,就想到"采蘋花"以赠故人。然而呢?不要说相见没有自由,就是"欲采蘋花"相赠,也"不自由"啊!

全诗不仅写景如画,而且比兴并用,虚实相生,能够唤起读者许多联想。结句"欲采蘋花"尚"不自由",还能有什么自由!词气委婉而内涵悲愤。结合作者被贬谪的原因、经过和被贬后继续遭受诽谤、打击,动辄得咎的处境,不是可以想到更多东西吗?

与浩初上人同看山寄京华亲故[①]

海畔尖山似剑铓[②],秋来处处割愁肠。若为化得身千亿[③],散上峰头望故乡[④]。

①浩初上人:潭州(今湖南长沙)人,龙安海禅师弟子。上人:对和尚的敬称。京华:京城长安。亲故:亲戚故旧。②剑铓:剑锋。苏轼《东坡题跋》:"仆自东武适文登,并海行数

日,道旁诸峰,真若剑铓。诵柳子厚诗,知海山多尔耶。"③若为:怎能。④故乡:指长安。柳宗元祖籍河东,但在长安出生并长大。

此诗作于任柳州刺史时期。望海畔无数尖山有如剑铓而感到愁肠如割,又欲化身千亿,分立于千亿山尖遥望故乡,构思新颖而含情悽惋。陆游《梅花绝句》"何方可化身千亿,一树梅花一放翁",命意不同,而遣词造句,或由此诗后两句脱化。

元 稹

元稹(779—831),字微之,排行九,洛阳(今属河南)人。北魏鲜卑族后裔,世居京兆万年(今陕西西安)。八岁丧父,随生母郑氏赴凤翔依舅族。德宗贞元九年(793),年方十五,即以明两经擢第。十九年(803)登书判拔萃科。宪宗元和元年(806),登"才识兼茂、明于体用"科,授左拾遗。上书论政,触怒宰臣,出为河南县尉。四年,受知于宰相裴垍,任监察御史,出使剑南东川,劾奏官吏奸贪,得罪宦官权贵,贬为江陵府士曹参军。历通州司马、虢州长史。裴垍去世,转而依附宦官崔潭峻,元和十四年(819)入京任膳部员外郎。翌年,擢祠部郎中、知制诰,迁中书舍人,充翰林学士承旨。穆宗长庆二年(822),以工部侍郎同平章事。在相位仅三月,为李逢吉所倾,出为同州刺史。三年,为越州刺史、浙东观察使。文宗大和三年(829),入为尚书左丞。四年,出为武昌军节度使。五年七月卒于任所。生平事迹见白居易《元稹墓志铭》及新、旧《唐书》本传。年谱多种,以今人卞孝萱《元稹年谱》较完备。元稹兼擅散文、传奇、书法,而以诗著称。其诗与白居易齐名,并称"元白"。与白居易、李绅等创作新乐府,在促进当时诗歌创作贴近现实方面有积极意义。其他诗作,传诵最广者为《连昌宫词》、悼亡诗和艳情诗。清代诗论家赵翼认为:"中唐诗以韩、孟、元、白为最。韩、孟尚奇警,务言人所不敢言;元、白尚坦易。务言人所共欲言。"(《瓯北诗话》卷四)评论较中肯。元稹诗文合集《元氏长庆集》,宋以后传本六〇卷,《四部丛刊》本较通行。中华书局《元稹集》于六〇卷外,复收外集八卷,较完备。《全唐诗》编其诗二八卷。

估 客 乐

估客无住著,有利身则行①。出门求火伴②,入户辞父兄。父兄相教示:"求利莫求名!求名有所避,求利无不营。"火伴相勒缚③:"卖假莫卖诚!交关但交假,交假本生轻④。"自兹相将去⑤,誓死意不更⑥。一解市头语⑦,便无邻里情。鍮石打臂钏⑧,糯米吹项璎⑨;归来村中卖,敲作金石声。村中田舍娘⑩,贵贱不敢争。所费百钱本,已得十倍赢⑪。颜色转光净⑫,饮食亦甘馨⑬。子本频蓄息,货贩日兼并⑭:求珠驾沧海,采玉上荆衡⑮;北买党项马,西擒吐蕃鹦⑯;炎洲布火浣,蜀地锦织成⑰;越婢脂肉滑,奚僮眉眼明⑱;通算衣食费⑲,不计远近程。经游天下徧⑳,却到长安城。城中东西市㉑,闻客次第迎;迎客兼说客:"多财为势倾㉒。"客心本明黠,闻语心已惊㉓。先问十常侍㉔,次求百公卿㉕。侯家与主第,点缀无不精㉖。归来始安坐,富与王者勍㉗。市卒酒肉臭,县胥家舍成㉘;岂唯绝言语,奔走极使令㉙。大儿贩材木,巧识梁栋形;小儿贩盐卤,不入州县征㉚。一身偃市利,突若截海鲸㉛。钩距不敢下,下则牙齿横㉜。生为估客乐,判尔乐一生。尔又生两子,钱刀何岁平㉝!

①"估客"两句:商人无固定住处,哪里有利就往哪里跑。②火伴:同伙。"火"同"伙"。③相勒缚:互相约束。④"卖假"三句:要卖假货,别卖真货。和人打交道要说假话,说假话能以小本钱赚大钱。本生:本钱。⑤相将:互相提携。⑥意不更(gēng 庚):主意不变。⑦市头语:经商的行话。⑧鍮(tōu 偷)石:颜色像金子的铜。臂钏(chuàn 串):手镯。⑨项璎:珠子串成的项链。⑩田舍娘:农家妇女。⑪赢:赢利。⑫"颜色"句:变得容光焕发。⑬甘馨:香甜。⑭子本频蓄息:本生利,利变本,本利不断增长。兼并:本义为吞并,此指兼收并蓄,贩卖多种货物。此句总领下文。⑮荆衡:荆山和衡山。荆山,在今湖北省,古代以产玉著名。衡山,在今湖南省。两座山在古代都属于楚国,因荆山而连带说到衡山。这两句说,出海采办珠宝,到荆、衡采办美玉。⑯党项:唐代我国西北地区少数民族——羌族的一支,境内产名马。吐蕃鹦:唐代我国少数民族之一吐蕃境内盛产鹦鹉。⑰火浣:"火浣"的意思是不怕火,可用火洗。也许就是石棉布。《后汉书·南蛮西南夷传》注引《神异经》说:火浣布产于传说中的炎山。蜀:四川。锦织成:织成,丝织品名。唐代有翠织成、锦织成等名称。蜀锦历史悠久,驰名全国。⑱越:今浙江地区。脂肉滑:指皮肤肌肉细嫩。奚:古代东北地区少数民族名。僮:奴仆。这两句说,到浙江和奚族人民居住的地方去贩卖奴隶。⑲通算:合计,盘算。⑳徧:遍。㉑东西市:长安贸易集中之处有东市和西市。㉒说(shuì 税)客:劝告客人。势:权势。倾:关注。这两句写店主人告诉商贾说,权势之家注视着富商。㉓明黠:精灵狡猾。惊:被震动。㉔问:存问,看望。十常侍:汉末宫官中有十常侍,权势很大,这里借指唐代的宦官。常侍,官名,在皇帝身边办事,东汉曾专用宦官充任。㉕求:求助。百公卿:朝廷中的大臣。㉖侯:王侯。主第:公主的府宅。点缀:这里指分送礼物,行贿。精:精细,周到。㉗勍(qíng 晴):相匹敌。㉘胥:吏。这两句写商贾和官府的吏卒勾结,大宴东西市的军士,给胥吏修建新房。㉙岂唯:岂止。绝言语:不敢多嘴。奔走:跑腿。极使令:任随(商贾)使唤。这两句说,吏卒受贿以后,不仅不敢多嘴,而且任从商贾使唤,替他们奔走。㉚盐卤(lǔ 鲁):即指盐。不入州县征:地方不能向盐商征税。这四句写商贾之子又成为大木材商和大盐商。㉛偃市利:超过别人牟利。突:奔突。截海:横在海上。㉜钩距:钓钩。《淮南子·原道》:"虽有钩针芒距。"这里借喻法纪。这两句写官府不敢制裁豪商大贾。㉝判尔:容你,由你。钱刀:古代有的钱币形状像刀,称钱刀。这里语意双关,说钱在商人手里真像刀一样。这四句感叹商人代代相传,盘剥不已,不知钱刀之祸哪一年才能平息、消除。

《估客乐》，乐府《西曲歌》旧题，元稹、张籍都用此题创作。元稹的这一篇，是其《乐府古题》组诗的第十九首，生动地刻画出估客形象，展现了他们以种种欺骗手段兜售假冒伪劣商品、致富弄权、勾结官府、作威作福的全过程。与此同时，也反映了唐代商品经济发达的一个侧面及其带来的社会问题，至今仍有认识价值。

连昌宫词

连昌宫中满宫竹，岁久无人森似束。又有墙头千叶桃①，风动落花红簌簌②。宫边老翁为余泣："小年进食曾因入。上皇正在望仙楼，太真同凭栏干立③。楼上楼前尽珠翠④，炫转荧煌照天地⑤。归来如梦复如痴，何暇备言宫里事。初届寒食一百六⑥，店舍无烟宫树绿。夜半月高弦索鸣，贺老琵琶定场屋⑦。力士传呼觅念奴⑧，念奴潜伴诸郎宿⑨。须臾觅得又连催，特敕街中许燃烛⑩。春娇满眼睡红绡⑪，掠削云鬟旋装束⑫。飞上九天歌一声⑬，二十五郎吹管笛⑭。逡巡大遍凉州彻⑮，色色龟兹轰录续⑯。李謩擪笛傍宫墙⑰，偷得新翻数般曲。平明大驾发行宫⑱，万人歌舞途路中。百官队仗避岐薛⑲，杨氏诸姨车斗风⑳。明年十月东都破，御路犹存禄山过。驱令供顿不敢藏㉑，万姓无声泪潜堕。两京定后六七年㉒，却寻家舍行宫前。庄园烧尽有枯井，行宫门闭树宛然。尔后相传六皇帝，不到离宫门久闭㉓。往来年少说长安，玄武楼成花萼废。去年敕使因砑竹㉔，偶随门开暂相逐。荆榛栉比塞池塘，狐兔娇痴缘树木。舞榭欹倾基尚在，文窗窈窕纱犹绿。尘埋粉壁旧花钿㉕，乌啄风筝碎珠玉㉖。上皇偏爱临砌花，依然御榻临阶斜㉗。蛇出燕巢盘斗拱，菌生香案正当衙。寝殿相连端正楼，太真梳洗楼上头。晨光未出帘影动，至今反挂珊瑚钩。指似旁人因恸哭，却出宫门泪相续。自从此后还闭门，夜夜狐狸上门屋。"我闻此语心骨悲，"太平谁致乱者谁？"翁言"野父何分别，耳闻眼见为君说：姚崇宋璟作相公㉘，劝谏上皇言语切。燮理阴阳禾黍丰㉙，调和中外无兵戎。长官清平太守好，拣选皆言由至公。开元之末姚宋死，朝廷渐渐由妃子。禄山宫里养作儿，虢国门前闹如市㉚。弄权宰相不记名，依稀忆得杨与李㉛。庙谟颠倒四海摇㉜，五十年来作疮痏。今皇神圣丞相明㉝，诏书才下吴蜀平㉞。官军又取淮西贼㉟，此贼亦除天下宁。年年耕种宫前道，今年不遣子孙耕。"老翁此意深望幸㊱，努力庙谟休用兵。

①千叶桃:碧桃。②簌(sù 粟)簌:纷纷落下的样子。③上皇:指唐玄宗李隆基,安史之乱时他传位于肃宗李亨后,成为太上皇。太真:杨贵妃做女道士时的法号。④珠翠:这里借指宫女。⑤炫转荧煌:形容光辉闪耀。⑥寒食:寒食节。古代冬至后一百零五天为寒食节。第二天叫小寒食。唐代按照旧风俗,大小寒食在全国禁止生火,所以下文有"店舍无烟"的描写。⑦贺老:指贺怀智,唐玄宗时的艺人,善弹琵琶。定场屋:等于说压场,即最好的意思。⑧力士:高力士,李隆基最宠信的宦官。念奴:天宝年间的著名歌女。⑨诸郎:指年轻的贵族。⑩敕(chì 斥):帝王的诏书、命令。⑪红绡:这里指红色的纱帐。⑫掠削云鬟:用手轻拢头发。旋装束:不久就装扮好了。⑬九天:借指皇宫。⑭二十五郎:邠王李承宁,排行二十五。⑮逡巡:本指进行缓慢的样子,这里指歌唱时的节拍舒缓。大遍:古代音乐术语,指成套的乐曲。凉州:唐代风行的乐曲之一。彻:完,指演奏完毕。⑯色色:各种各样。龟(qiū 丘)兹:我国汉至唐初西北一个少数民族政权的名称。故址在今新疆库车、沙雅县一带。这里指龟兹地区的音乐。录续:陆续,轮换着演奏。⑰李謩:长安城中著名的吹笛少年。壓(yǎn 眼):吹笛时手指的动作。据作者自注:李隆基曾于正月十四深夜,在上阳宫奏新制乐曲,被李謩偷听,第二天夜里便在酒楼上吹奏。⑱大驾:指皇帝的车马。⑲队仗:即仪仗队伍。岐、薛:指岐王李珍、薛王李琎,都是李隆基的侄儿。⑳杨氏诸姨:指杨贵妃的姐姐韩国夫人、虢国夫人、秦国夫人等。㉑供顿:供给食宿。顿:食宿的地方。㉒两京:长安和洛阳。㉓离宫:即行宫,封建皇帝出巡时的住处。㉔敕使:皇帝的使者。㉕花钿:镶嵌珠宝的首饰。㉖风筝:指屋檐边挂的铃铎。㉗御榻:皇帝的床。㉘姚崇、宋璟:唐玄宗开元年间两个贤明的宰相。㉙燮理阴阳:使天地间阴阳协调,农产物丰收。㉚虢国:虢国夫人,宅第在长安宣里,趋炎附势者往来不绝。㉛杨与李:杨国忠与李林甫,臭名昭著的宰相。㉜庙:宗庙,代指朝廷。谟:谋划。㉝今皇:指唐宪宗李纯,他曾经任用裴度等平定藩镇的叛乱。丞相:指裴度。㉞吴蜀平:吴,指浙西镇海节度使李锜;蜀,指西川节度副使知节度事刘辟。刘辟于元和元年正月叛乱,同年九月被讨平。李锜于元和二十年十月叛乱,不久被平定。㉟淮西贼:指盘踞淮西,自称彰义军留后的吴元济。㊱望幸:希望皇帝来临,封建时代称皇帝到来叫"幸"。

连昌宫,唐行宫之一,高宗显庆三年(658)建,在河南郡寿安县(今河南宜阳)西九十里处。此诗作于元和十三年(818)春平吴元济叛乱之后,意在通过连昌宫的兴废反映安史之乱前后的治乱兴衰,为统治者昭炯戒。

这首长篇叙事诗从昭炯戒的明确目的出发选取历史题材,通过集中虚拟和艺术想象,创造人物,敷衍情节,渲染场景,凸现主题。不完全符合历史事实,却在较高程度上反映了历史真实。从叙事诗的发展脉络看,这首诗和白居易的《长恨歌》都因借鉴"说话"和传奇小说的创作经验而有新开拓。

前四句写宫苑荒凉之景,引出"宫边老翁为余泣",泣诉了连昌宫昔盛今衰的历史变迁,落到"夜夜狐狸上门屋",与前四句拍合,构成全诗的第一段落。"宫边老翁"是一个虚拟人物,他住在"宫边"数十年,两次进宫,最了解连昌宫的沧桑巨变,由他执行"叙述人"的任务,就比作者自己出面叙述强得多。"余"或"我"即是作者,也是叙事诗中的人物。"我闻此语心骨悲",于是提出一个问题:"太平谁致乱者谁?"这就引出"老翁"的又一次叙述。"老翁"由于

"老"，所以能够根据"耳闻眼见"说明问题：致太平的是开元贤相姚崇、宋璟，他们"劝谏上皇"、"燮理阴阳"、"调和中外"，以"至公"之心拣选清官良吏；乱天下者是杨妃及其兄弟姊妹和"弄权宰相"杨国忠、李林甫，弄得"庙谟颠倒四海摇，五十年来作疮痏"。这当然是作者的看法和许多同时代人的共同看法，但借"耳闻眼见"者之口说出，便有抒情意味。"老翁"最后就削平藩镇"天下宁"歌颂"今皇神圣丞相明"，作者即以"努力庙谟休用兵"结束全诗，体现了他的创作意图。

元稹与白居易友好，互相学习，《连昌宫词》的创作受《长恨歌》影响，自无疑问。但其艺术成就，正可与《长恨歌》媲美。如宋人洪迈所评："元微之、白乐天在唐元和、长庆间齐名，其赋咏天宝时事《连昌宫词》、《长恨歌》皆脍炙人口，使读之者情性荡摇，如身生其时，亲见其事，殆未易以优劣论也。"(《容斋随笔》卷一五)元稹由于写出这样的好诗，被当时人称为"元才子"。

遣悲怀三首①

谢公最小偏怜女，自嫁黔娄百事乖②。顾我无衣搜荩箧③，泥他沽酒拔金钗④。野蔬充膳甘长藿⑤，落叶添薪仰古槐。今日俸钱过十万，与君营奠复营斋⑥。

①遣悲怀：元稹追悼妻子韦丛的诗。韦丛比元稹小四岁，二十岁结婚，死于元和四年（809），时年二十七岁。②"谢公"二句：东晋宰相谢安喜欢侄女谢道韫。怜：义同"爱"，韦丛的父亲韦夏卿官至太子少保，死后追赠左仆射，韦丛是他的幼女，故以谢道韫作比。黔娄：齐国的贫士，元稹自指。元稹出身寒微，婚后，曾一度出为河南县尉。③荩（jìn尽）箧：一种草制的衣箱。④泥（nì腻）：柔言索物，即口语的"软缠"。⑤甘：吃得很香。藿：豆叶。⑥奠：祭品。斋：延请僧道超度灵魂。

元稹《遣悲怀》三首，是悼亡诗中的杰作。贤妻早逝，悲感萦怀，作诗排遣，只写真情，故能感人肺腑。这一首首联写结婚，比妻子为东晋著名宰相谢安最喜爱的侄女谢道韫，而自比为春秋时代的寒士黔娄，言外有"谢多娇错爱"的意思。以高门之女嫁寒士，故"自嫁"之后，"百事"皆"乖"，没过上好日子，从而领起中间两联。中间两联，追忆四种情景：她看见我没有合身的衣服，就翻箱倒箧，想找点衣料缝制；我来了朋友，想买酒，就软缠她拔下了头上的金钗；用野菜充膳，很难吃，可她把那长长的豆叶塞进口里，吃得很香；做饭没柴烧，她就去扫古槐的落叶，一筐一筐地提回来。婚后生活的艰辛，妻子对自己的体贴，自己对妻子的怜惜与负疚之情，都从往事的叙述中曲曲传出，凄怆动人。尾联从追忆回到现实："今日俸钱过十万"，本来可让你过上好日子，可你在贫困生活的煎熬中舍我而去了！我只能为你做点营斋营奠的事，安慰你的亡灵！

全诗都用陈述语气,语调平缓而悲凉。前面称妻子为"他",仿佛面对别人,可是讲着讲着,妻子的音容就不断闪现,因而又改口称"君",仿佛与妻子对话。

昔日戏言身后意,今朝皆到眼前来。衣裳已施行看尽①,针线犹存未忍开。尚想旧情怜婢仆,也曾因梦送钱财。诚知此恨人人有,贫贱夫妻百事哀。

①施(读去声):施舍。行看:即将。

首联忆昔抚今:你从前开玩笑,说你一旦死去,就如何如何;没想到你说的那些"身后意",今天都摆在我面前。次联紧承首联,大约韦丛曾说她万一早死,便把衣裳、针线等遗物统统送人,免得睹物念旧。所以次联写道:你穿过的衣裳,已经按你的意见陆续送人,即将送尽;可是你常用的针线盒,我还保存着,不忍心打开。第三联又讲两件事:时常想起你往日的深情,因而对你使唤过的婢仆也特别怜惜;你活着的时候,我苦于没有钱交给你维持家庭生活,现在有了钱,可你不在了,送钱给你的情景,有时便在梦中出现。尾联先宕开一笔,然后挽合:丧妻之痛,人所难免,这一点,我当然懂得。既然懂得,就不必过分悲哀了。可是,我们是"贫贱夫妻"啊!因为是"贫贱夫妻",你才会留下针线盒这样的遗物,一看见它就想起你灯下缝衣的身影;我才会在做梦时还忘不了从前的苦日子,想给你送几个钱……真是"百事哀"啊!

第一首以"自嫁黔娄百事乖"领起,写生前;这一首以"贫贱夫妻百事哀"收尾,写身后。互相映衬,弥见沉痛。

闲坐悲君亦自悲,百年都是几多时!邓攸无子寻知命①,潘岳悼亡犹费词②。同穴窅冥何所望③?他生缘会更难期!惟将终夜长开眼,报答平生未展眉。

①"邓攸"句:邓攸:字伯道,西晋末为河东太守,在兵乱中因救侄儿而丢弃了自己的儿子,终身遂无子嗣,时人有"天道无知,使伯道无儿"之语。寻知命:即将到知命之年,《论语·为政》:"五十而知天命。"按,元稹五十岁时,后妻裴氏始生一子,名道护。②潘岳:西晋诗人,妻子死,作《悼亡诗》三首,为世传颂。③同穴:指夫妻合葬。《诗经·王风·大车》:"死则同穴。"窅(yǎo咬)冥:深暗貌。何所望:意谓死后无知,即使同穴,也是徒然。

第一句"悲君"总括上文,"自悲"开启下文:人生不过"百年",妻子才活二十七岁便离开人世,固然可悲,自己就算活到百岁,也没多少时间,同样可悲;眼看快到"知命"之年,还像邓攸那样没有儿子;虽效潘岳赋《悼亡》以寄深情,但也无法充分表达对妻子的无限思念,不过浪费言辞;古人有"死则同穴"的说法,两个人在一起,当然好了,可是墓穴幽暗,人死无知,合葬又有什么意义?世人还有再世姻缘的说法,如果来生再做夫妻,便可补偿今生的遗憾,可这太虚无缥渺,更难指望啊!尾联为一篇之警策,也是三首诗的结穴。妻子生前"未展眉",而作者所做的一切,如"营奠"、"营斋"、"怜婢仆"、"送钱财"、赋"悼亡"、盼"他生"等,意在报答妻子,又自知无补实际,因而以"惟将终夜长开眼,报答平生未展眉"作结,情真意切,余意无穷。

韦丛早逝,元稹悼念她的诗,现在能看到的还有三十三首之多(见《元氏长庆集》卷九)。其中《六年春遣怀》八首和《遣悲怀》三首都哀婉动人,后者尤脍炙人口。孙洙《唐诗三百首》选《遣悲怀》,评论道:"古今悼亡诗充栋,终无能出此三首范围者,勿以浅近忽之。""浅近",并不是这三首诗的缺点,言浅意深,语近情遥,把人人心中所有而未能形诸语言的动人情景用浅显明畅的诗句充分表达出来,正是这三首诗的艺术魅力所在。

行　宫①
寥落古行宫,宫花寂寞红。白头宫女在,闲坐说玄宗。

①此诗见于《元氏长庆集》,宋人皆以为元稹诗。明人高棅《唐诗品汇》卷四三作王建诗,一作元稹。当以元稹作为是。诗作于元和四年(809),当时元稹在东都洛阳为监察御史,所咏者当是洛阳西南的上阳宫。

既是"行宫",自然曾有皇帝"临幸",异样繁华。前三句连用"宫"字以突出"行宫",而古宫寥落、宫花寂寞、宫女白头,与昔日繁华形成强烈对比,今昔盛衰之感,已跃然纸上。

寥落行宫,唯白发与红花相对,更见寥落。宫花尚且寂寞红,宫女白头,能不寂寞!

"白头宫女在",用一"在"字,涵盖无穷。偌大行宫,唯白头宫女"在",则曾来游幸的皇帝久已不"在",与此相关的一切也统统不"在"。但这一切,由青春到白头度过漫长岁月的宫女都见过听过,于闲坐寂寞时便要"说",不厌重复地"说",用以消磨时间,慰藉寂寞。"闲坐说玄宗",仅五个字,便令人想起从开元治世到天宝乱离的全部历史。沈德潜《唐诗别裁集》云:"只四语,已抵一篇《长恨歌》矣。"潘德舆《养一斋诗话》云:"二十字足赅《连昌宫词》六百余字,尤为妙境。"称赞《行宫》含巨大历史内容,当然不错,但不能说它可以取代《长恨歌》或《连昌宫词》。清人舒位《又题元白长庆集后》云:"白头宫女闲能说,何必《连昌》又一篇?"意思是:写了《行宫》,就不必再写《连昌宫词》。这是错误的。《行宫》是五言绝句,含蓄蕴藉,情思绵绵,耐人吟味。《连昌宫词》是七言歌行体长篇叙事诗,铺陈史事,塑造人物,情景逼真,引人入胜。二者各有特点和优点,不能偏废。

菊　花

秋丛绕舍似陶家①,遍绕篱边日渐斜。不是花中偏爱菊,此花开尽更无花。

①秋丛:指菊丛。陶家:陶潜的家。"采菊东篱下,悠然见南山"是陶诗名句。

此是元稹青年时代的作品,后两句说明他爱菊的原因,未经人道,清新有味。

酬李甫见赠

杜甫天才颇绝伦,每寻诗卷似情亲①。怜渠直道当时语②,不着心源傍古人③。

①"每寻"句:每一次打开杜甫诗卷,都感到亲切。②怜渠:爱他。直道当时语:直说当时话,亦即直接反映当时现实。③心源:古人认为心是思想之源,故称心源。

元稹《唐检校工部员外郎杜君墓系铭并序》云:"上薄风骚,下该沈宋,言夺苏李,气吞曹刘,掩颜谢之孤高,杂徐庾之流丽,尽得古今之体势,而兼人人之所独专……诗人以来,未有如子美者。"这是对杜甫的总体评价。其《乐府古题序》云:"自风雅至于乐流,莫非讽兴当时之事,以贻后代之人。沿袭古题,唱和重复,于文或有短长,于义咸为赘賸,尚不如寓意古题,美刺见事,犹有诗人引古以讽之义焉。近代惟诗人杜甫《悲陈陶》、《哀江头》、《兵车》、《丽人》等,凡所歌行,率皆即事名篇,无复依傍。予少时与友人乐天、李公垂辈谓是为当,遂不复拟赋古题。"这是对杜甫直陈时事的乐府歌行的评价。这首论诗绝句"怜渠直道当时语,不着心源傍古人",是对杜甫乐府歌行"即事名篇,无复依傍"的创新精神的又一次热情赞扬。

闻乐天授江州司马

残灯无焰影幢幢①,此夕闻君谪九江②。垂死病中惊坐起,暗风吹雨入寒窗。

①幢(chuáng床)幢:昏暗、摇曳的样子。②谪:贬官。九江:隋代郡名,即唐代的江州。

元和十年(815),宰相武元衡被暗杀,白居易上疏要求追捕凶手,被贬为江州司马。元稹时任通州司马,闻讯作此诗。黄叔灿《唐诗笺注》云:"当此残灯影暗,忽惊良友之迁谪,兼感自己之多病,此时此际,殊难为情。末句另将风雨作结,读之味愈深。"

酬乐天《舟泊夜读微之诗》

知君暗泊西江岸①,读我闲诗欲到明。今夜通州还不睡②,满山风雨杜鹃声。

①西江:长江西来,故称西江。白居易诗,作于赴江州贬所舟中。②通州:今四川达县。元稹当时任通州司马。

白居易《舟中读元九诗》云:"把君诗卷灯前读,诗尽灯残天未明。眼痛灭灯犹暗坐,逆风吹浪打船声。"元稹读后,作此诗酬和。以"满山风雨杜鹃声"渲染"不睡",贬谪之感与念友之情一齐托出,极富感染力。

智 度 师

三陷思明三突围①,铁衣抛尽衲禅衣②。天津桥上无人识③,独倚栏干望落晖。

①思明:安史之乱的首领之一史思明。②铁衣:铁甲。衲:缝补。禅衣:僧衣。③天津桥:故址在洛阳城南洛水上。

首句写智度师曾在平定安史叛乱中三次陷入重围、又三次突围而出,何等忠勇!次句写铁衣抛尽而缝补僧衣(从战将沦为禅师),功高不赏之意见于言外。后两句以"无人识"作侧面烘托,迟暮之感,失路之悲,俱从"独倚栏干望落晖"的神态中传出,极尽感慨苍凉之致。

贾 岛

贾岛(779—843),字浪仙,一作阆仙,自称碣石山人、苦吟客。早年为僧,名无本。范阳(今北京附近)人。还俗后屡应举而终身未第,愤世嫉俗,作诗嘲讽权贵,被列入举场"十恶",穆宗长庆二年(822)被逐出关。文宗开成二年(837),坐飞谤责授遂州长江(今四川省蓬溪县西)主簿,世称贾长江。三年任满,迁普州司仓参军。武宗会昌三年(843)卒于任所。生平事迹见苏绛《贾司仓墓志铭》、《新唐书》本传及今人李嘉言《贾岛年谱》。贾岛以苦吟著名,自称"两句三年得,一吟双泪流"(《题诗后》)。前期致力于五古,师法韩愈、孟郊,风格生新瘦硬。元和后专攻五律,题材狭窄,喜写暗僻事物,力矫平易浮滑之失,冥思苦搜,清峭幽僻,自成一家。虽时有警句,而通篇完美者不多。韩愈评其诗"狂词肆滂葩,低昂见舒惨。奸穷怪变得,往往造平淡"(《送无本师归范阳》)。与孟郊齐名,并称"郊岛";又与姚合齐名,并称"姚贾"。其五律对晚唐李洞、马戴、方干、唐求等诗人及南宋"永嘉四灵"等颇有影响。有《长江集》,《全唐诗》存诗四卷。

题李凝幽居

闲居少邻并,草径入荒园。鸟宿池边树,僧敲月下门。过桥分野色,移石动云根①。暂去还来此,幽期不负言②。

①云根:古人认为"云触石而生",故称石为云根。这里指石根云气。②幽期:再访幽居的期约。言:指期约。

此诗以"推"、"敲"一联著名,至于全诗,因为题中用一"题"字,加上诗意原不甚显,故解者往往不得要领,讥其"意脉零乱"。我们且不管那个"题"字,先读尾联,便知作者来访李凝,游览了他的"幽居",告别时说:我很喜欢这里,暂时离去,以后还要来的,绝不负约。由此可见,认为作者访李凝未遇而"题"诗门上便回,是不符合诗意的。先读懂尾联,倒回去读全篇,便觉不甚僻涩,意脉也前后贯通,不算有句无篇。

诗人来访"幽居",由外而内,故首联先写邻居极少,人迹罕至。通向"幽居"的小路野草丛生。这一切,都突出一个"幽"字。"荒园"与"幽居"是一回事。"草径入荒园",意味着诗人已来到"幽居"门外。次联写诗人月夜来访,到门之时,池边树上的鸟儿已入梦乡。自称"僧"而于万籁俱寂之时来"敲"月下之门,剥啄之声惊动"宿鸟",以喧衬寂,以动形静,更显寂静。而"幽居"之"幽",也得到进一步表现。第三联曾被解释为"写归途所见",大谬。果如此,将与尾联如何衔接?敲门之后未写开门、进门,而用诗中常见的跳跃法直写游园。"桥"字承上"池"字,"野"字、"云"字承上"荒"字。"荒园"内一片"野色",月下"过桥",将"野色""分"向两边。"荒园"内有石山,月光下浮起濛濛夜雾。"移"步登山,触"动"了石根云气。"移石"对"过桥",自然不应作"移开石头"解,而是"踏石"之类的意思,用"移"字,实显晦涩。这一联,较典型地体现了贾岛琢字炼句,力避平易,务求奇僻刻深的诗风。而用"分野色"、"动云根"表现了"幽居"之"幽",还是成功的。特别是"过桥分野色",构思新奇,写景如画,堪称警句。

《唐诗纪事》卷四十云:"(贾)岛赴举至京,骑驴赋诗,得'僧推月下门'之句,欲改'推'作'敲',引手作推、敲之势,未决,不觉冲大尹韩愈。乃具言。愈曰:'敲字佳矣。'遂并辔论诗久之。""推敲"一词,即由此而来。这段记载不一定完全符合事实,却能体现贾岛"行坐寝食,苦吟不辍"的特点。

忆江上吴处士

闽国扬帆去,蟾蜍亏复圆①。秋风生渭水,落叶满长安。此地聚会夕,当时雷雨寒。兰桡殊未返,消息海云端②。

①闽国:指今福建地方。蟾蜍:月亮的代称,据古代民间传说月中有蟾蜍。亏:缺,形容弯月。由月亏到月圆,已满一月。②兰桡(ráo 饶):木兰舟。桡:船桨。海云端:海边。

吴处士离京赴闽,估计此时还在江(长江)上,作此诗以抒怀念之情。首联写吴处士扬帆赴闽,分别已经一月。次联以景托情,其忆念之殷,俱见景中,为传诵名句。三联追忆与吴处士在长安的聚会。尾联盼望从海边传来吴处士的消息。如纪昀所评:"天骨开张而行以灏气,浪仙有数之作。"(《唐宋诗举要》卷四引)

《摭言》卷十一载:"元和中,元、白尚轻浅。岛独变格入僻,以矫浮艳,虽行坐寝食,吟咏不辍。尝跨驴张盖,横截天衢,时秋风正厉,黄叶可扫,岛忽吟曰:'落叶满长安。'志重其冲口直致,求之一联,杳不可得,不知身之所从也,因之唐突大京兆刘栖楚,被系,一夕而释之。"这个在长安大街上只顾吟诗而冲撞刘栖楚的故事,与为"推"、"敲"而冲撞韩愈的故事同样有名。

寄韩潮州

此心曾与木兰舟,直到天南潮水头。隔岭篇章来华岳①,出关书信过泷流②。峰悬驿路残云断③,海浸城根老树秋④。一夕瘴烟风卷尽,月明初上浪西楼⑤。

①岭:指五岭。篇章:指诗篇。华岳:即华山,在长安附近,故用以代长安。②关:指蓝关,即峣关,在长安附近的蓝田县南,是南下潮州必经之路。泷(shuāng 双)流:即泷水,一条从湖南流到广东的河流。③"峰悬"句:想象南迁路途之危险,驿路好似悬挂在山峰之上,不时被云片遮断。驿路:沿途设有供应来往官吏食宿的驿站的道路,即官路。④"海浸"句:想象潮州风物之荒凉。⑤浪西楼:未详。从上句"瘴烟"看,当在潮州。尾联写韩愈遥望长安,正与首联写自己心驰潮州照应。

韩愈于元和十四年(819)因上书谏迎佛骨,由刑部侍郎贬为潮州刺史,贾岛寄此诗以抒怀念之情。首联写神驰潮州,一气直贯,笔力奇横;次联写相互寄诗,三联想象驿路及潮州景象,尾联写登高相望,皆"意境宏阔,音节高朗"而无衰飒之气,与韩愈倔强、豪迈的个性相一致。确是"长江七律内有数之作"(《唐宋诗举要》卷五引纪昀评语)。

剑　客

十年磨一剑,霜刃未曾试[①]。今日把似君[②],谁为不平事[③]?

①霜刃:寒光闪闪的剑刃。②把似君:持剑赠你。君:指剑客。③"谁为"句:意谓谁干不平之事便杀掉谁。"为"一作"有"。冯默《〈才调〉集》评:"本集'有'作'为','为'更胜。"若作"谁有不平事",便只是代人报仇而已。

磨剑赠剑客,欲为社会铲除不平之意见于言外。李锳《诗法易简录》云:"豪爽之气,溢于行间。第二句一顿,第三句陡转有力,末句措语含蓄,便不犯尽。"

寻隐者不遇[①]

松下问童子,言师采药去。只在此山中,云深不知处。

①一作孙革诗,题为《访羊尊师》。

这是一首名作,评者甚众。蒋一葵《唐诗选汇解》:"首句问,下三句答,直中有婉,婉中有直。"李锳《诗法易简录》:"一句问,下三句答,写出隐者高致。"王文濡《唐诗评注读本》:"此诗一问一答,四句开合变化,令人莫测。"

全诗只二十字,又是抒情诗,却有环境,有人物,有情节,内容极丰富,其奥秘在于独出心裁地运用问答体。不是一问,而是藏问于答,几问几答。第一句省略了主语"我"。"我"来到"松下"问"童子",见得"松下"是"隐者"的住处,而"隐者"外出。"寻隐者不遇"的题目已经交待清楚。"隐者"外出而问其"童子",省掉问话而写出"童子"的答语:"师采药去。"那么问话必然是:"你的师父干什么去了?""我"专程来"寻隐者","隐者""采药去"了,自然很想把他找回来,因又问童子:"他上哪儿采药去了?"这一问,诗人也没有明写,而是从"只在此山中"的回答里暗示出来的。听到这一答,不难想见"我"转忧为喜的神态。既然"只在此山中",不就可以把他找回来吗? 因而迫不及待地问:"他在哪一处?"不料童子却作了这样的回答:"云深不知处。"问话也没有明写,可是如果没有那样的问,又怎么会有这样的答呢?

四句诗,通过问答形式写出了"我"、"童子"、"隐者"三个人及其相互关系,又通过环境烘托,使人物形象更加鲜明。

"隐者"隐于"此山中",则"寻隐者"的"我"必然住在"此山"外。封建社会的知识分子一般都热衷于"争利于市,争名于朝","我"当然是个知识分子,却离开繁华的都市跑到这超尘绝俗的青松白云之间来"寻隐者",究竟为了什么? 当他伫立"松下"四望满山白云,无法寻见"隐者"之时,又是什么心情?这一切,都耐人寻味,引人遐想。

三月晦日赠刘评事①

三月正当三十日,风光别我苦吟身。共君今夜不须睡,未到晓钟犹是春②。

①晦日:农历每月的最后一日。②"未到"句:农历一、二、三月为春季,三月晦日夜间"犹是春",晓钟一响,便进入夏季了。

惜春之意,人所共有,亦常见于诗中,然如此表现,却前无古人。贾岛诗风,于此可见一斑。

刘 皂

刘皂(生卒年不详),德宗贞元间诗人。从《旅次朔方》诗看,当是咸阳(今属陕西)人或长安(唐人往往以咸阳指长安)人,事迹不详。《全唐诗》存其诗五首。

旅 次 朔 方①

客舍并州已十霜②,归心日夜忆咸阳。无端更渡桑乾水③,却望并州是故乡。

①朔方:唐夏州为隋朔方郡,在今宁夏灵武一带。②舍:居住,名词作动词用。并州:今山西省太原市。十霜:十年。③桑乾水:河水名,源出山西马邑县桑乾山,东经河北入海。更渡桑乾水,指离开并州,更西向朔方。

此首一作贾岛诗,题为《渡桑乾》。贾岛乃范阳人,未去朔方,事迹与诗意不合。与贾岛有交往的令狐楚编《御览诗》,将此诗归于刘皂,自属可信。此诗抒写羁愁旅思,既忆咸阳,又望并州,解之者遂有分歧。谢枋得《唐诗绝句注解》云:"旅寓十年,交游欢爱,与故乡无殊,一旦别去,岂能无依依眷恋之怀!渡桑乾而望并州,反以为故乡,此亦人之至情也。"王世懋《艺圃撷馀》云:"余谓此岛思乡作,何曾与并州有情?其意恨久客并州,远隔故乡,今非惟不能归,反北渡桑乾,还望并州,又是故乡矣。并州且不得住,何况得归咸阳?此岛意也。"从全诗看,忆咸阳与望并州有主次之分。"归心日夜忆咸阳"是主,诗人一心想回故乡,不愿久客并州,更不愿远去朔方。但如今又不得不远去朔方,则回望客居十年之并州,亦自有恋恋不舍之情。望并州犹有深情,况咸阳乎?以次托主,忆咸阳之情更加突出。黄叔灿《唐诗笺注》云:"谢看得浅,王看得深,诗内数虚字自见。然两层意俱有。"所见极是。

薛　涛

　　薛涛(763?—832),字洪度,长安(今陕西西安)人。父薛郧因仕宦携家入蜀。父卒,遂流寓蜀中。幼聪慧,能赋诗,精音律,名振西川。德宗贞元元年(785)韦皋镇蜀,召涛侑酒赋诗,遂入乐籍。五年(789)坐事罚赴松州,献诗获归,遂脱乐籍,居成都浣花溪。宪宗元和二年(807)武元衡镇蜀,奏为校书郎。虽未实授,而时人仍呼为女校书。与名诗人元稹、白居易、王建、刘禹锡、杜牧等唱和。王建《寄蜀中薛涛校书》云:"万里桥边女校书,枇杷花下闭门居。扫眉才子知多少,管领春风总不如。"张为《诗人主客图》列她为清奇雅正主李益之升堂者。又工书法,《宣和书谱》谓"作字无女子气,笔力峻激。其行书妙处,颇得王羲之法"。又创制深红色笺纸,号"薛涛笺",后人仿造,流传不衰。原有《锦江集》五卷,今存《薛涛诗》一卷,有近人张蓬舟笺注本。《全唐诗》存诗一卷。其生平事迹散见《唐诗纪事》卷九、《郡斋读书志》卷四、《直斋书录解题》卷一九、《唐才子传》卷六。近人傅润华有《薛涛年谱》。

罚赴边有怀上韦令公

闻说边城苦,而今到始知。羞将筵上曲[①],唱与陇头儿[②]。

<small>①筵上曲:指在韦皋的宴会上侑酒时所唱的歌曲。②陇头儿:泛指边地战士。</small>

　　贞元五年(789),薛涛被罚赴松州(今四川松潘),因献此诗获释。韦令公,指成都尹兼剑南西川节度使韦皋。韦兼中书令,故称令公。唐代官府宴会时乐伎应召到筵前歌唱侑酒,薛涛在韦皋幕中所干的正是这种差使,她即由此生发,巧妙地将戍边战士的艰苦与官府的享乐作鲜明对比,而措词却委婉含蓄。如杨慎《升庵诗话》所评:"有讽谕而不露,得诗人之妙。"

送友人

水国蒹葭夜有霜[①],月寒山色共苍苍[②]。谁言千里自今夕,离梦杳如关塞长。

①水国:多水之地。蒹:荻。葭:芦苇。《诗·秦风·蒹葭》:"蒹葭苍苍,白露为霜。"②月寒:指寒冷的月光。

这是传诵一时的佳作。前两句写凄清萧瑟之景以烘托离愁。第三句用"谁言"宕开,第四句用"离梦"绾合,摇曳生姿。大意是:谁说自今夕分手,便相隔千里呢? 我的梦将一直伴随着你同赴边塞,边塞有多长,梦便有多长。

题竹郎庙

竹郎庙前多古木,夕阳沉沉山更绿。何处江村有笛声? 声声尽是迎郎曲①。

①迎郎曲:迎竹郎神的歌曲。

竹郎庙在邛州(今四川邛崃县),乃古代西南少数民族祀奉竹郎神的庙宇,详见《后汉书·南蛮西南夷传》。此诗押入声韵,是一首古体绝句,有民歌风味。反映蜀地风物民俗,意境幽缈,也是传诵佳作。锺惺云:"缥缈幽秀,绝句一派,为今所难。"(《名媛诗归》卷一三)

筹边楼

平临云鸟八窗秋①,壮压西川四十州②。诸将莫贪羌族马③,最高层处见边头。

①"平临"句:凭窗外望,浮云飞鸟,高与窗平,极言楼高。八窗:《周礼·考工记》:"夏后氏之世,每室四户八窗。"②"壮压"句:言筹边楼壮丽为西川之冠。《新唐书·地理志》载:剑南道"为府一,都护府一,州三十八"。③"诸将"句:《资治通鉴·唐纪》载:"边帅利其羊马,或妄诛戮,党项不胜愤怒,故反。"唐时党项羌散居陇右西川一带。羌族:指党项羌。

文宗太和四年(830),李德裕任剑南西川节度使,在成都府治之西建筹边楼,"按南道山川险要与蛮相入者图之左,西道与吐蕃接者图之右。其部落众寡,馈军远迩,曲折咸具。乃召习边事者与之指画商订,凡虏之情伪尽知之"(《新唐书》卷一八〇《李德裕传》)。薛涛于是年秋作此诗。李德裕建筹边楼,绘山川险要等于楼壁,意在如何巩固边防。薛涛则洞见边患的根源在于边将肆意掠夺,以致挑起边衅,故在诗中劝告"诸将莫贪羌族马",可谓识高见远,语重心长。锺惺评云:"教戒诸将,何等心眼! 洪度岂直女子哉! 固一代之雄

302

也。"(《名媛诗归》卷一三)纪昀评云:"(薛)涛《送友人》及《题竹郎庙》诗,向来传诵。然如《筹边楼》诗云云,其托意深远,有'鲁嫠不恤纬,漆室女坐啸'之思,非寻常裙屐所及,宜其名重一时。"(《四库全书总目》卷一八六《薛涛李冶诗集》)

李 绅

　　李绅(772—846),字公垂,排行二十,无锡(今属江苏)人。宪宗元和元年(806)进士及第。历官国子助教、山南西道观察判官、右拾遗、翰林学士。与李德裕、元稹齐名,人称"元和三俊"。长庆元年(821)三月加司勋员外郎知制诰。历户部侍郎、滁州刺史、寿州刺史、浙东观察使、宣武军节度使等职,武宗会昌二年(842)拜相。其生平事迹见沈亚之《李绅传》及新、旧《唐书》本传。今人卞孝萱有《李绅年谱》。李绅早岁以歌行自负,作《新题乐府》二十首,元稹、白居易广而和之,惜已失传。《全唐诗》存《追昔游诗》三卷、《杂诗》一卷。《追昔游诗》编于开成三年(838),自序云:"盖叹逝感时,发于凄恨而作也。"喜以诗自夸政绩,炫耀荣宠。胡震亨评云:"李公垂《追昔游诗》,大是宦梦难醒。然其揽笔写兴,曲备一生穷泰之感,亦令披卷者代为怃然。"

悯 农 二 首

春种一粒粟,秋收万颗子①。四海无闲田,农夫犹饿死。

锄禾日当午,汗滴禾下土。谁知盘中飧②,粒粒皆辛苦?

①子:指粮食颗粒。②飧(sūn 孙):熟食的通称。飧,一作"餐"。

　　农夫春种、秋收,种一粒粟,收万颗子,夸张地表现了收成的丰硕,也歌颂了农夫的辛勤劳动。如果耕种面积不广,那么即使丰收,也所获有限。可是"四海无闲田",所有能开垦、能耕种的土地都种了粮食,又都获得了好收成。这就进一步歌颂农夫用自己的辛勤劳动创造了巨大财富。第一首前三句层层铺垫,第四句突然反跌:"农夫犹饿死。"那么,农夫提供的那么多粮食到哪里去了?

　　第二首前两句既是对第一首的补充描写,表明那广种、丰收,都洒满了农夫的汗水;又以"汗滴"与米粒相似为契机,引出后两句:"盘中"的"粒粒"米,来自农夫的滴滴汗,可是又有谁知道呢?

　　这两首诗一作《古风二首》。《唐诗纪事》卷三九载李绅曾以此诗谒吕温,温读之,预言必为卿相。据此推测,此诗当作于早年。李锳《诗法易简录》称

"此种诗纯以意胜,不在言语之工"。其实不仅命意高卓,而且笔力简劲,构思新颖,表现有力。第一首用前三句渲染广种、丰收,满眼富足景象,第四句突然反跌,令人惊心动魄。第二首以"盘中"映照"田间",以粒粒饭映照滴滴汗,"谁知"一问,悲愤欲绝。用寥寥四十字概括了封建社会的主要矛盾,形象鲜明,激情喷涌,因而千百年来传诵不衰。

宿扬州

　　江横渡阔烟波晚,潮过金陵落叶秋。嘹唳塞鸿经楚泽①,浅深红树见扬州。夜桥灯火连星汉②,水郭帆樯近斗牛③。今日市朝风俗变④,不须开口问迷楼⑤。

　　①嘹唳(liáo lì 辽利):雁叫声。楚泽:楚国包括湘、鄂、皖、江、浙等地,扬州附近的沼泽可称"楚泽"。②星汉:指银河。③水郭:城郭外的河水。樯:船上挂帆的桅杆。斗牛:二十八宿中的斗星、牛星,这里泛指星斗。④市朝:都市、朝廷,这里指扬州。扬州当时是繁华的商业都市,与隋炀帝游幸的江都不同,故说"风俗变"。⑤迷楼:隋炀帝在扬州兴建的宫室,选宫女数千住其中,千门万户,误入者终日不能出,穷极奢华,有《迷楼记》记其概况。

　　李绅以《悯农》诗见赏于吕温,此二绝至今仍万口传诵。其写景诗如《石泉》"微度竹风涵淅沥,细浮松月透轻明",《宿瓜洲》"冲浦回风翻宿浪,照沙低月敛残潮"等,亦深受好评。此诗"夜桥灯火连星汉,水郭帆樯近斗牛"一联写扬州都市的繁华及壮丽;"浅深红树见扬州"也可与清人王渔洋名句"绿杨城郭是扬州"媲美。

李 涉

　　李涉(生卒年不详),自号清谿子,洛阳人。早年隐居于庐山、终南山。宪宗时为太子通事舍人,谪陕州司仓参军。文宗大和(827—835)年间,为太学博士,继而流放康州(治所在今广东德庆)。李涉颇负诗名,七言歌行有李颀、崔颢遗意,七绝清新自然。《全唐诗》存诗一卷。

竹 里①

　　竹里编茅倚石根②,竹茎疏处见前村。闲眠尽日无人到,自有春风为扫门。

　　①竹里:竹林中。②"竹里"句:在竹林中倚靠石块就势编筑茅屋。

此诗写隐居生活,景物清幽,门无俗客。以"自有春风为扫门"收尾,宁静而生意盎然。

井栏砂宿遇夜客

暮雨潇潇江上村[1],绿林豪客夜知闻[2]。他时不用逃名姓[3],世上如今半是君。

①潇潇:象声词,形容雨声。②绿林豪客:指旧社会无法生活,聚集一起劫富济贫的人。他们常住在山林中,所以称为绿林豪客。夜知闻:夜间相逢,知道作者是有名的诗人。③逃名姓:隐姓埋名。

夜客,指强盗。《唐诗纪事》载:"(李)涉尝过九江,至皖口遇盗,问何人,从者曰:'李博士也。'其豪首曰:'若是李涉博士,不用剽夺,久闻诗名,愿题一绝足矣。'涉赠一绝云云。"这首《井栏砂宿遇夜客》,便是李涉赠强盗的七绝。井栏砂,在今安徽怀宁县皖口(皖水入长江处)附近。

再宿武关

远别秦城万里游[1],乱山高下出商州[2]。关门不锁寒溪水,一夜潺湲送客愁。

①秦城:指长安。②商州:今陕西商县。

武关在今陕西商县东,是著名的险关。作者曾由太学博士流放康州,此诗或作于赴贬所途中,故以"远别秦城万里游"开头,以"一夜潺湲送客愁"结尾。沈德潜《唐诗别裁集》卷二〇云:"一夜不寐意,写来偏曲。"

竹 枝 词

石壁千重树万重,白云斜掩碧芙蓉[1]。昭君溪上年年月[2],偏照婵娟色最浓[3]。

①碧芙蓉:指巫山十二峰。②昭君溪:昭君村附近的溪流。昭君的故乡在兴山县(今湖北省县名),世称昭君村,其地与巫峡相连。(见《太平寰宇记》)③婵娟:美好的容态,此指昭君溪。

原诗四首,这是第三首,写巫山巫峡月夜景色秀美迷人。三、四两句写月下溪水浓绿,却足以唤起关于昭君的联想。

姚　合

姚合(781?—846),吴兴(今浙江湖州)人,宰相姚崇之曾侄孙。早年随父宦游,寄家邺城(今河南安阳)。元和十一年(816)登进士第。历官魏博从事,武功主簿,监察御史,金、杭二州刺史,刑、户二部郎中,谏议大夫,给事中,陕虢观察使,秘书少监,秘书监等职,卒谥懿,世称姚武功、姚少监。事迹见《唐才子传》、《旧唐书》本传。以诗著称,与贾岛齐名,并称"姚贾"。胡震亨评其诗"洗濯既净,挺拔欲高。得趣于浪仙之僻,而运以爽亮;取材于籍、建之浅,而媚以清芬。殆兼同时数子而巧撮其长者"(《唐音癸签》卷七)。其诗以五律见长,代表作《武功县中作》三十首,摹写山县荒凉、官况萧条,圆稳清润,朴茂幽折,为世所称,号"武功体"。对晚唐诗人李频等、宋代"永嘉四灵"及明代竟陵派颇有影响。有《姚少监诗集》,《全唐诗》存诗七卷。

庄居野行

客行田野间,比邻皆闭户①。借问屋中人,尽去作商贾②。官家不税商,税农服作苦③。居人尽东西,道路侵垄亩④。采玉上山巅,探珠入水府⑤。边兵索衣食,此物同泥土⑥。古来一人耕,三人食犹饥。如今千万家,无一把锄犁。我仓常空虚,我田生蒺藜⑦。上天不雨粟,何由活蒸黎⑧!

①比邻:近邻。②商贾(gǔ古):商人。③"官家"两句:官家不向商人征税,却向劳动很苦的农民征税。④居人尽东西:村中人都四出经商。垄亩:田地。⑤水府:指水的深处。⑥索:需要的意思。此物:指珠玉之类的商品。⑦我仓、我田:这里两个"我"字,都作第一人称复数所有格用,即我们的。蒺藜:野草名,果实有刺。⑧雨粟:天上下粮食。雨:名词作动词用。蒸黎:老百姓。

通过村庄田野所见,反映农民疾苦,并对重商轻农有所批判,结句尤警悚。

秋夜月中登天坛①

秋蟾流异彩②,斋洁上坛行③。天近星辰大,山深世界清④。仙飙石上起,海日夜中明⑤。何计长来此,闲眠过一生⑥?

①天坛:天坛山,在河南济源县,即王屋山顶峰,相传为轩辕黄帝祈天之所。②"秋蟾"句:谓秋月流光,分外空明,似有神异之感。③斋洁:佛道修行的一种程式,素食沐浴,清心寡欲,以示虔敬。④"天近"二句:从心理感受写出山之高迥。山高近天,故显得星辰"大";山深远隔尘俗,故感到世界"清"。⑤"仙飙"二句:写坛上远眺所见。仙飙:指夜间风起。⑥"何计"二句:谓渴望来此山中隐居。何计:有什么办法。

方回《瀛奎律髓》卷十评姚合诗云："予谓诗家有大判断,有小结裹。姚之诗专在小结裹,故四灵学之,五言八句皆得其趣,七言律及古体则衰落不振;又所用料不过花、竹、鹤、僧、琴、药、茶、酒,于此几物,一步不可离,而气象小矣。"而这首五律,则气象开阔,中间两联,尤能于清峭中见宏大。

项 斯

项斯(生卒年不详),字子迁,台州(今浙江临海)人。结茅于朝阳峰前,与僧人交游,隐居三十余年。宝历、开成间有诗名,杨敬之赠诗云:"几度见诗诗总好,及观标格过于诗。平生不解藏人善,到处逢人说项斯。"会昌四年(844)登进士第,授丹徒县尉,卒于任所。张泊评其诗"词清妙而句美丽奇绝"(《项斯诗集序》)。张为《诗人主客图》称赞其"佳人背江坐,眉际列烟树"等句,列为"清奇雅正主"之升堂者。《全唐诗》存诗一卷。

山 行

青栎林深亦有人[①],一渠流水数家分。山当日午移峰影,草带泥痕过鹿群。蒸茗气从茅舍出,缫丝声隔竹篱闻[②]。行逢卖药归来客,不借相随入岛云[③]。

①青栎:栎树。②缫(sāo 骚)丝:煮蚕茧抽丝。③不借:草鞋、麻鞋的别名。岛云:形状似岛的云。

全诗写山行见闻感受,首句"林深亦有人"引出以下情景:一渠流水,几家人分享;以正午为界,山峰的影子东西移动;草地上有泥痕,那是鹿过时留下的;蒸茶的香气,从茅舍里飘出;缫丝的声音,从竹篱那边传来;路遇卖药归来的山客,他那双麻鞋伴随他走入云雾深处。仿佛只记流水账,未加任何评论,却令人感到在那生灵涂炭、动荡不安的社会里,这里是难得的乐土。

李 贺

李贺(790—816),字长吉,河南福昌(今河南宜阳)人。郡望陇西,家居福昌之昌谷,世称李昌谷。元和二年(807)移居洛阳,曾以歌诗谒韩愈,深受韩愈器重。五年(810)应河南府试,获解,入京应进士试。与贺争名者谓贺父名晋肃,"晋"、"进"同音,子应避父讳,不得举进士。韩愈作《讳辩》以解之,然终未登第。仅任奉礼郎小官,愤懑不得志,不久即辞官归昌谷。其生平事迹见李商隐《李长吉小传》及新、旧《唐书》本传。朱自清有《李贺年谱》,钱仲联有《李长吉年谱会笺》。李贺早慧，七岁能辞章，贞元（785—805）末即蜚声诗坛，与前辈诗人李益齐名，并称"二李"。"恒从小奚奴，骑距驴，背一古破锦囊，遇有所得，即书投囊中。及暮归，太夫人使婢受囊出之，见所书多，辄曰：'是儿要当呕出心乃已尔！'上灯，与食，长吉从婢取书，研墨叠纸足成之，投他囊中"（李商隐《李长吉小传》），其冥搜苦索之状，于此可见。杜牧《李贺集序》用多种比喻状其诗："云烟绵联，不足为其态也；水之迢迢，不足为其情也；春之盎盎，不足为其和也；秋之明洁，不足为其格也；风樯阵马，不足为其勇也；瓦棺篆鼎，不足为其古也；时花美女，不足为其色也；荒国陊殿、梗莽邱垄，不足为其怨恨悲愁也；鲸吸鳌掷、牛鬼蛇神，不足为其虚荒诞幻也。盖《骚》之苗裔，理虽不足，辞或过之。"其诗无七律而多乐府歌行，务求新奇诡异，不落窠臼，杜牧所描状，大抵符合实际。故其人以"奇才"（韦庄语）、"鬼才"（宋祁、钱易语）著称诗坛，其诗被称为"鬼仙之词"或"李长吉体"（严羽《沧浪诗话》），历来毁誉不一。然其佳者想象新奇，词采瑰丽，或雄深俊伟，或幽峭冷艳，极富浪漫色彩，于中华诗史上独树一帜，不容贬抑。绝句多抒写不平之感，笔意超纵而无险涩之病，与其乐府风格迥异。《全唐诗》存诗五卷；其诗集注本颇多，以清人王琦《李长吉歌诗汇解》最通行。

浩　歌①

　　南风吹山作平地，帝遣天吴移海水②。王母桃花千遍红③，彭祖巫咸几回死④。青毛骢马参差钱⑤，娇春杨柳含缃烟⑥。筝人劝我金屈卮⑦，神血未凝身问谁⑧？不须浪饮丁都护⑨，世上英雄本无主。买丝绣作平原君⑩，有酒惟浇赵州土⑪。漏催水咽玉蟾蜍⑫，卫娘发薄不胜梳⑬。羞见秋眉换新绿⑭，二十男儿那刺促⑮！

　　①浩歌：《楚辞·九歌·少司命》："临风怳兮浩歌。"浩歌，大声歌唱的意思。②帝：天帝。天吴：神话中的水神，人面虎身，八头、八足、十尾。③王母：西王母。传说她种的仙桃三千年才开一次花。④彭祖：神话中的长寿者，活了八百岁。巫咸：古代的神巫。⑤骢（cōng聪）马：毛色青白相间的马。骢，一作"骏"。参差钱：毛色像连钱，一圈连着一圈，深浅不一。参差：不一致。⑥缃（xiāng香）：浅黄色的丝织品。缃，各本作"细"，此据《文苑英华》校改。⑦筝人：弹筝劝酒的歌女。金屈卮（zhī知）：一种有把手的金属酒器。⑧神血未凝：精神和血肉未凝聚成一体，意思是说不能长生不老。身问谁：身体归谁所有。"问"有献、赠之意。⑨浪饮：无节制地饮酒。丁都护：南朝刘宋时代的勇士丁旿，这里借指英雄人物。这句诗连下句，意谓世上英雄本来难遇明主，不须为此浪饮浇愁。⑩平原君：战国时赵国公子，封地在平原，以礼贤下士著称。这一句说，要买丝绣平原君像供奉。⑪赵州：平原君的墓在洺州，不在赵州。这里以赵州泛指赵国。古人在祭祀时以酒浇地，以示凭吊之意。以上两句写对平原君的追慕、怀念，寄托了怀才不遇、英雄无主的感慨。⑫漏：刻漏，古代的计时器，上面是滴水的铜器，作龙形，从龙口中向下滴水；下面是承水的玉器，作蟾蜍（癞蛤蟆）形，张口承水。

承水器中有浮箭,上刻度数以计算时间。这一句说明时光的流逝,用一"咽"字,形象地再现了玉蟾蜍承水的情状。⑬卫娘:汉武帝的皇后卫子夫。她长着一头美发。不胜:禁不起。这一句以卫娘发薄寄寓人生易老的感慨。⑭羞:一作"看"。秋眉:指迟暮之年疏淡的眉毛。新绿:指年轻时用黛色画过的浓眉。⑮二十男儿:诗人自指。那:奈何。刺促:局促。这句是说,人生易老,我已是二十岁的男儿,奈何还如此局促,毫无作为呢!

此诗作于元和四年(809)。年及弱冠,犹沉沦不偶,情怀怫郁,发此浩歌。前四句写山平海移,沧桑变化,时间无穷,人生短暂,王母桃花才红千遍,而号称长寿的彭祖、巫咸,已不知死过几次!中间八句写骑马游春,纵饮自遣,而英雄无主之悲终不能释,故追慕以养士著称的平原君,欲绣其像而吊其墓。后四句由人生易老归到自慰自勉,表达了冲决"刺促"、有所作为的渴望,"读之使人气青血热"(陈本礼《协律钩玄》引董伯音语)。

李凭箜篌引①

吴丝蜀桐张高秋②,空山凝云颓不流③。湘娥啼竹素女愁④,李凭中国弹箜篌⑤。昆山玉碎凤凰叫⑥,芙蓉泣露香兰笑⑦。十二门前融冷光⑧,二十三弦动紫皇⑨。女娲炼石补天处⑩,石破天惊逗秋雨⑪。梦入神山教神妪⑫,老鱼跳波瘦蛟舞⑬。吴质不眠倚桂树⑭,露脚斜飞湿寒兔⑮。

①箜篌引:咏箜篌的诗歌。引:诗体名。②吴丝:吴地(今江浙一带)产的蚕丝,指箜篌的弦。蜀桐:蜀地(今四川)的桐木,指箜篌的器身。这一句以"吴丝蜀桐"表示箜篌的精美。张:上弦,这里是演奏的意思。高秋:暮秋(夏历九月)天高气清,故叫高秋。③"空山"句:乐声动人,连山中的行云也被吸引,凝滞不动,颓然不流。④湘娥:一作"江娥",指舜的妃子娥皇、女英。传说舜南巡,死于苍梧之野。二妃追赶不及而痛哭,眼泪洒在洞庭、湘江一带的竹子上,从此就有了湘妃竹(斑竹)。素女:神话中善于鼓瑟的女神。《史记·封禅书》:"太帝使素女鼓五十弦瑟,悲,帝禁不止,故破其瑟为二十五弦。"⑤中国:国中,指当时京城长安。⑥昆山:即昆仑山,相传是产玉的地方。⑦芙蓉:荷花。以上两句描摹箜篌不同的声情:时而清脆,如同玉石碎裂;时而舒徐,仿佛凤凰和鸣;忽而幽咽,恰似晨荷泣露;忽而欢乐,正像香兰轻笑。⑧十二门:长安城四面共有十二个城门。冷光:指从云隙透出的清冷月光。⑨二十三弦:指李凭所弹的箜篌。紫皇:道教所尊奉的天帝。以上两句写乐声传向四方,使清冷的月色变得暖和;飘向天空,使紫皇受到感动。⑩女娲(wā 哇)炼石补天:古代神话。共工与颛顼(zhuān xū 专需)争做首领,共工发了脾气,用头去撞不周山,以致西北面的天被撞坏,女娲修炼出五色石把天补好。⑪逗:引。以上两句写暴雨骤下,既写出当时实景,同时也用以描摹乐声惊天动地的力量。⑫神妪(yù 玉):神女。妪,传说在西晋怀帝永嘉年间,兖州出了一个名叫成夫人的神女,爱好音乐、舞蹈,善弹箜篌。事见《搜神记》。⑬蛟:没有角的龙。《列子》记载,音乐家瓠(hù 户)巴弹瑟的时候鸟舞鱼跃。本句暗用这一典故。以上两句写在天惊石破急雨似的高潮过去以后,弹奏者沉浸在自己所创造的音乐境界之中,仿佛正在神

山教神女弹奏,并看到了鱼跳蛟舞的景象。⑭吴质:即吴刚。姚文燮《昌谷集注》引《余冬序录》:"吴刚字质。"古代神话说,吴刚学仙犯了错误,被罚在月宫中砍伐桂树。树身的刀口随时愈合,吴刚砍树也就永无止息。这一句实写雨后月出,也用以形容箜篌声的动人——吴刚靠着桂树听得出了神,忘了去睡觉。⑮露脚:指正在落下的露水。寒兔:古代神话,月宫中有捣药的玉兔。这一句承上,进一步说吴刚听了很久,直到露水打湿月兔,同时点明演奏结束时已是降露的后半夜了。

此诗约作于元和五、六年(810—811)间在长安任奉礼郎时。李凭为宫廷乐师,善弹箜篌。箜篌是类似琵琶的弹拨乐器,东晋时由西域传入。在唐十部乐中,西凉、高丽、龟兹、安国、疏勒、高昌等伎乐,皆用二十三弦的竖箜篌。此诗赞美李凭弹奏箜篌的高超技艺,用多种比喻、多种手法描状乐声的艺术效果与音乐形象所引起的一系列优美动人的联想,构思新奇,想象特异,体现了李贺诗歌的基本风格。例如以巨石破裂之声、秋雨骤至之声摹写乐声,本不新奇,而在神话基础上驰骋想象,写出"女娲炼石补天处,石破天惊逗秋雨",便奇幻惊人。方世举云:"白香山江上琵琶,韩退之颖师琴,李长吉李凭箜篌,皆摹写声音至文。韩足以惊天,李足以泣鬼,白足以移人。"(《李长吉诗集批注》)将此诗与白居易《琵琶行》、韩愈《听颖师弹琴》并列,认为三者风格、韵味各异,却同为不朽之作,相当中肯。

梦 天

老兔寒蟾泣天色①,云楼半开壁斜白②。玉轮轧露湿团光③,鸾珮相逢桂香陌④。黄尘清水三山下⑤,更变千年如走马。遥望齐州九点烟⑥,一泓海水杯中泻⑦。

①兔:月兔。蟾(chán 缠):蟾蜍(chú 除),通称癞蛤蟆。古代神话说,后羿的妻子偷吃了丈夫从西王母处请得的不死药,飞入月宫,化为蟾蜍。泣天色:指月色阴冷不明。全句说,月色凄冷,如同老兔寒蟾在哭泣。②"云楼"句:月宫中的高楼有一半被云遮掩着,另一半墙壁映照在斜射的月光中。以上两句写初入月宫时所见的情景。③玉轮:指圆月。轧(yà 亚):辗。团光:即圆光,指圆月的光亮。这一句写后半夜的情景:明月高照,露水渐生。诗人想象,月亮像车轮一样滚动着,月轮表面被露水打湿了。④鸾珮:刻有鸾凤的玉珮,这里指系着鸾珮的月中仙女。桂香陌:传说月宫中有桂树,因以"桂香陌"称月宫中的道路。这一句说,在桂子飘香的道路上,遇到了系着鸾珮的月中仙女。⑤黄尘:指陆地。清水:指海洋。三山:神话中的海上三神山——蓬莱、方丈、瀛洲。本句中以"三山下"指尘世。这一句和下一句连说,意思是:在三神山下,上千年来,陆地和海洋不断变来变去,但在天上看来,只不过像跑马一样一瞬即逝。⑥齐州:即中州,指中国。远古时中国分为九州,以为全世界只有这一片陆地,周围都是海洋。九点烟:指月中俯视所见的九州。⑦一泓(hóng 红):一片,一汪。

李商隐《李长吉小传》记李贺将死,见绯衣人召他上天作《白玉楼记》,并说:"天上差乐不苦也。"这当然纯属虚构,但作如此虚构,却与李贺厌苦人世,梦想天上之乐有关。《梦天》《天上谣》等诗,便都是厌苦人世,梦想上天的艺术反映。

《梦天》只八句,前四句写梦入月宫所见;后四句写俯瞰人世情景。从天上下视,就时间言,千年有如走马,弹指即过;就空间言,九州像九点浮烟,大海像一杯清水。言外之意是,人世不过如此! 从艺术构思看,可能受到郭璞"四渎流如泪,五岳罗若垤",韩愈"下视禹九州,一尘集毫端"的启发,然而想象新奇,词采秾丽,境界寥廓,显示出李贺独特的艺术风貌。

秋　　来

　　桐风惊心壮士苦①,衰灯络纬啼寒素②。谁看青简一编书③,不遣花虫粉空蠹④? 思牵今夜肠应直⑤,雨冷香魂吊书客⑥。秋坟鬼唱鲍家诗⑦,恨血千年土中碧⑧!

　　①壮士:一作"志士",诗人自指。这一句说,秋风中桐叶飘落,壮士听了,有感于节气变换,时不我与,因而心中震惊,深感悲苦。②衰灯:灯光昏暗。衰:衰败。络纬:即莎鸡,俗名纺织娘。啼寒素:指络纬啼叫。③青简:竹简,古代用来写字的竹片。一编书:一本书。古时的书用竹简依次编联而成,所以用量词"编"。④遣:让,使。花虫:吃书的蠹鱼。粉空蠹(dù杜):白白地把竹简蛀蚀成粉末。蠹:蛀蚀。⑤"思牵"句:承上面四句发抒感慨:今夜情绪牵肠,九曲回肠要被拉直。⑥香魂:女鬼。书客:写书的人,诗人自指。诗人想象,在幽风冷雨之中,唯有深情女子的鬼魂在凭吊自己这个书客。⑦"秋坟"句:用南朝诗人鲍照《代蒿里行》典。《蒿里行》是一种挽歌,"代"是"拟作"的意思。鲍照在《代蒿里行》诗中有"年代稍推远,怀抱日幽沦"、"赍我长恨意,归为狐兔尘"等句,是自伤自挽之辞。这里以"鲍家诗"指鲍照的《代蒿里行》一类作品,同时也借指诗人自己的作品,与上文的"一编书"相关合。所谓"鬼唱",是从"鲍家诗"的挽歌性质引申出来的;所谓"秋坟"又是对"鬼唱"的引申发挥——由"鬼"推想出有"坟",而"鬼唱"的内容是极为沉痛的感情,因而进一步设想吟唱的典型环境应是肃杀凄凉的"秋坟"。《四库全书总目提要》说李贺用典"宛转关生,不名一格",于此可见一斑。⑧"恨血"句:用《庄子》典:"苌弘死于蜀,藏其血,三年化为碧。"苌弘是春秋时人,又叫苌叔,在晋国的一次内讧中,被周人杀死。传说死后三年,他的血化成了碧玉。李贺在"血"上加一"恨"字,是取其抱憾泉下,积恨难消的意思。上两句是说:秋坟中的鬼在唱着鲍照当年写的抒发"长恨意"的诗。那是因为鲍照虽然早已长逝,他的遗恨却像苌弘的碧血一样难以消释啊! 从表面上看,这两句说的是鲍照、苌弘,实际上是诗人诉说自己不甘于无所作为和预感到将带着遗恨死去的悲剧性命运。

　　此诗写秋天来临时的感触。桐风惊心,络纬啼寒,独对衰灯,苦吟成书,可是又有谁观赏而不让蠹鱼蛀成粉末呢?"思牵今夜肠应直,雨冷香魂吊书客"两句进一步抒写世无知音之悲,而以"秋坟鬼唱鲍家诗,恨血千年土中碧"收束,遂为千秋写"恨"名句,而封建社会之埋没人才,也得到曲折的反映。

金铜仙人辞汉歌 并序

魏明帝青龙元年八月[①],诏宫官牵车西取汉孝武捧露盘仙人,欲立置前殿[②]。宫官既拆盘,仙人临载,乃潸然泪下[③]。唐诸王孙李长吉遂作《金铜仙人辞汉歌》[④]。

茂陵刘郎秋风客[⑤],夜闻马嘶晓无迹[⑥]。画栏桂树悬秋香[⑦],三十六宫土花碧[⑧]。魏官牵车指千里,东关酸风射眸子[⑨]。空将汉月出宫门[⑩],忆君清泪如铅水[⑪]。衰兰送客咸阳道[⑫],天若有情天亦老[⑬]。携盘独出月荒凉,渭城已远波声小[⑭]。

①青龙元年:魏明帝拆迁铜人,在景初元年。元年,一作"九年",亦误(青龙五年即改为景初元年)。②前殿:指魏国都城洛阳宫殿的前殿。③潸(shān 山)然:流泪的样子。④诸王孙:李贺是唐宗室郑王的后代。⑤茂陵刘郎:指汉武帝刘彻。他的陵墓叫茂陵,在今陕西省兴平县。秋风客:也指汉武帝。虽然他生前追求长生不老,但并没有因此延年益寿。他的一生不过如秋风中的过客那样暂忽。一说因武帝曾作《秋风辞》,所以称他为"秋风客"。这一句点明拆迁铜人的时间,当时汉武帝早已成为古人。⑥这一句承上,写汉武帝的幽灵常常在夜间乘马出宫巡行。⑦秋香:指桂花。⑧三十六宫:汉代在长安有离宫别馆三十六所。土花:苔藓。以上两句写汉宫的荒凉景象:画栏旁桂花开放,寂寞地散发出幽香;离宫别馆的台阶上长满了碧绿的苔藓。⑨东关:东城门。酸风:刺眼的冷风。眸(móu 谋)子:瞳人。以上两句写魏明帝派来的宫官装载着铜人驱车上路,目的地是千里外的洛阳。出长安东城继续前进,冷风吹得铜人眼酸。⑩将:与。⑪君:指汉武帝。铅水:比喻流泪时感情的极度伤痛与沉重。以上两句写铜人被移出汉宫时的情景:只身离开汉宫,只有旧时的明月伴随自己同行,忆念起汉武帝,思昔抚今,不免感情伤痛,清泪直泻。⑫客:指铜人。咸阳道:指长安城外道路。咸阳,秦代都城,故城在长安西北,汉置渭城县。这里的"咸阳"与下文的"渭城"都是借指长安。⑬"天若"句:从长安通向洛阳的道路上,为金铜仙人送行的只有行将凋落的兰花。上天如果通灵性有感情,也会因对此感到悲伤而变得衰老。⑭"携盘"两句:写铜人捧着承露盘孤独地离开汉宫,在冷月幽光中前行,身后长安城渐去渐远,渭水的波涛声变得愈来愈小了。

此诗借魏明帝徙取汉宫铜人一事抒写兴亡之感。汉武魂游,其马夜嘶;铜人辞汉,泪如铅水;衰兰送客,月色荒凉;又用"天若有情天亦老"从反面铺垫,极写亡国之恨。想象奇谲,造语新异。呼汉武帝为"秋风客"、为"茂陵刘郎",亦出人意外。其"天若有情天亦老"一句,世称"奇绝无对"。北宋石曼卿以"月如无恨月常圆"对之,可谓铢两悉称。(见《温公续诗话》)

老夫采玉歌

采玉采玉须水碧,琢作步摇徒好色[①]。老夫饥寒龙为愁,蓝溪水气无清白②。夜雨冈头食蓁子③,杜鹃口血老夫泪④。蓝溪之水厌生人,身死千年恨溪水⑤。斜山柏风雨如啸,泉脚挂绳青袅袅⑥。村寒白屋念娇婴,古台石磴悬肠草⑦。

①水碧:碧玉名。步摇:妇女用的首饰。这两句说当时役夫采玉为的是官家需要水碧,水碧的用处不过是雕琢做妇人的首饰,把美女打扮得更美一些罢了。好色:这里是美容的意思。②蓝溪:在今陕西省蓝田县蓝田山下,产碧玉,名蓝田玉。③蓁:同"榛"。榛树的子像小栗,可食。韦应物《采玉行》有句云:"绝岭夜无人,深榛雨中宿。"④杜鹃:鸟名,相传它叫得很苦,吻上有血。这里说老夫哭出的眼泪带着血。⑤"蓝溪"二句:溪水和人互相厌恨,人搅浑了溪水,溪水夺去人命。王琦"汇解":"夫不恨官吏而恨溪水,微词也。"⑥泉脚:指风雨中崖石上流下一道道的水。这句说在泉脚之间还挂着采玉人的绳子(采玉者身系绳索,从山上悬挂下垂到溪中),两者都在风中"袅袅"(摇摆)不定。⑦白屋:指穷人所住的简陋房屋。石磴:指山上有石级的道路。悬肠草:蔓生植物,有"思子蔓"、"离别草"等别名。结尾两句写老汉见着古台石磴边的悬肠草,触物生感,惦念起家里娇弱的幼儿。

地处长安东南不远的蓝田出美玉,唐统治者征丁开采,采玉者不堪其苦。韦应物的《采玉行》和李贺的这篇《老夫采玉歌》,都是反映这一题材的名篇。

雁门太守行①

黑云压城城欲摧,甲光向日金鳞开。角声满天秋色里,塞上胭脂凝夜紫。半卷红旗临易水②,霜重鼓寒声不起。报君黄金台上意,提携玉龙为君死③。

①雁门太守行:乐府《相和歌·瑟调曲》旧题。古雁门郡,占有今山西西北部之地。②易水:在今河北易县。③玉龙:指剑。

意象新奇,设色鲜明,造型新颖,想象丰富而奇特,这是李贺诗歌的突出特点。在《雁门太守行》里,这些特点得到了全面而充分的体现。仅以后两句为例,看看他如何注意设色和造型。这两句写主将为报君主的知遇之恩,誓死决战,却不用概念化语言,而通过造型、设色,突出主将的外在形象和内心活动。战国时燕昭王曾筑台置千金于其上以延揽人才,因称此台为"黄金台"。"玉龙",唐人用以称剑。黄金、白玉,其质地和色泽,都为世人所重。"龙",是古代传说中的高贵动物,"黄金台",是求贤若渴的象征。诗人选用"玉龙"和"黄金台"造型设色,创造出"报君黄金台上意,提携玉龙为君死"的诗句,一位神采奕奕的主将形象便宛然在目。其不惜为国捐躯的崇高精神,以及君主重用贤才的美德,都给读者以强烈而美好的感受。

南园十三首①（其五）

男儿何不带吴钩,收取关山五十州②? 请君暂上凌烟阁③,若个书生万户侯?

①南园:昌谷南园为李贺读书处。其《南园》组诗十三首,写当地景物和杂感,此为第五首。②关山五十州:指当时藩镇割据、中央不能掌管的地区。《通鉴·唐纪》载唐宪宗李绛云:"今法令所不能制者,河南北五十餘州。"③凌烟阁:在长安。唐太宗贞观十七年(643),画开国功臣二十四人像于凌烟阁。

前两句用反问语气,"何不"直贯下句,从语法结构看,两个诗句连接起来是一个完整的句子:男儿何不佩带吴钩去收取关山五十州呢? 问而不答,留一悬念。后两句又用反问语气,"请君"直贯下句,必须一口气读到底:请君到凌烟阁上去看看那些功臣中封过万户侯的有哪一个是书生呢? 问而不答,留一悬念。

结合两问,看起来这位"书生"不再想当书生,而是想投笔从戎,谋求以"收取关山五十州"的军功封万户侯了。这里面,当然有削平藩镇、实现统一的责任感。但对做"书生"没有出路的愤激之情,也表现得很强烈。在那山河破碎、战乱频仍的岁月里,一般地说,拿笔杆子不如"带吴钩"。何况李贺这位书生连考进士的资格都因父亲的名字中有个"晋"字而被剥夺了呢? 然而要立军功也并不容易。他反问道:"何不带吴钩?"那么,究竟"何不带吴钩"呢? 以两问成诗,声情激越,为七绝创作别开生面。

卢　仝

卢仝(775? —835),自号玉川子,范阳(治所在今河北涿县)人。年轻时隐居少室山。后来卜居洛阳,破屋数间,图书堆积,终日吟哦,靠邻僧送米接济过活。朝廷两次征他为谏议大夫,不赴。与马异为挚友,作《结交行》云:"同不同,异不异,是谓大同而小异。同自同,异自异,是谓同不往兮异不至。"文宗大和九年(835),甘露之祸起,宦官追捕宰相王涯,卢仝适与诸客会食王涯馆中,遂与王涯同遇害。事迹见《唐才子传》及《新唐书·韩愈传》附《卢仝传》。卢仝"性高古介僻,所见不凡近。唐诗体无遗,而仝之所作特异,自成一家。语尚奇谲,读者难解,识者易知。后来仿效比拟,遂为一格宗师"(《唐才子传》卷五)。其讥刺宦官的《月蚀诗》,乃其险怪诗风的代表,韩愈极称赏,且有拟作。《全唐诗》存诗三卷。其诗集以四部丛刊本《玉川子诗集》及清孙之騄《玉川子诗注》较通行。

走笔谢孟谏议寄新茶①

日高丈五睡正浓，军将打门惊周公②。口云"谏议送书信"，白绢斜封三道印。开缄宛见谏议面③，手阅月团三百片④。闻道新年入山里，蛰虫惊动春风起⑤。天子须尝阳羡茶⑥，百草不敢先开花⑦。仁风暗结珠琲瓃⑧，先春抽出黄金牙⑨。摘鲜焙芳旋封裹⑩，至精至好且不奢⑪。至尊之馀合王公⑫，何事便到山人家⑬？柴门反关无俗客，纱帽笼头自煎吃⑭。碧云引风吹不断⑮，白花浮光凝碗面⑯。一碗喉吻润⑰；两碗破孤闷⑱；三碗搜枯肠，唯有文字五千卷⑲；四碗发轻汗，平生不平事，尽向毛孔散；五碗肌肤清；六碗通仙灵⑳；七碗吃不得也，唯觉两腋习习清风生㉑。蓬莱山㉒，在何处？玉川子，乘此清风欲归去。山上群仙司下土㉓，地位清高隔风雨㉔。安得知百万亿苍生命㉕，堕在巅崖受辛苦㉖！便为谏议问苍生㉗："到头还得苏息否㉘？"

①走笔：振笔疾书。谏议："谏议大夫"的省说。②军将：孟谏议派来送茶的武官。周公：指做梦。《论语·述而篇》记孔子语："甚矣吾衰也！久矣吾不复梦见周公！""惊周公"，即把自己从梦中惊醒。③开缄(jiān 坚)：打开封口。④阅：检看。月团：圆形茶饼。⑤蛰(zhé 哲)虫：冬眠的虫。这一句暗示入山的时间是在惊蛰节令刚过、春风始起的时候。⑥阳羡：今江苏宜兴，产茶，茶叶为当地贡品。有关记载详见唐代《义兴县重修茶舍记》(《苕溪渔隐丛话后集》卷第十一转引)⑦这一句说入山之早。作为贡品的阳羡茶只采摘嫩芽，其时节令尚早，离清明尚有一月光景，百草还未开花。⑧琲(bèi 倍)：成串的珠子。瓃(léi 雷)：玉器。这里以"珠琲瓃"比喻茶叶的嫩苞。⑨先春：春天来到之前。⑩摘鲜：采摘茶叶的嫩芽。焙(bèi 倍)芳：用微火烘烤茶叶。芳，指代茶叶。旋：随即。这一句写采摘、加工、包装三道工序。⑪且：则，却。不奢：不多。⑫至尊：皇帝。合：应该。王公：泛指大臣。⑬何事：为什么。山人：卢仝自指。以上两句说，皇帝把贡茶留够以后，应该轮到大臣们享用，怎么会到了我家呢？⑭纱帽笼头：头上戴着纱帽。这是卢仝煎茶吃茶时的自画像。⑮碧云：喻指茶碗上冒起的热气。引风：吹气。⑯白花：喻指已经泡开的嫩茶叶。⑰这一句说，喝上一碗，干燥的喉头与嘴唇感到了润泽。⑱破：破除，排遣掉。⑲以上两句说，三碗茶落肚，油腻全无，尘俗之念顿消，留在肚子里的只有读过的五千卷书。⑳仙灵：神仙。㉑腋(yè 业)：夹肢窝。习习：形容风轻轻地吹拂。这一句说，只觉得自己腋下生风，仿佛就要登天成仙了。㉒蓬莱山：神话传说中的海上三神山之一，这里泛指仙境。㉓司下土：管理下界。这一句以"山上群仙"喻指统治者，以"下土"喻指平民百姓。㉔隔风雨：不受风吹雨打之苦。㉕苍生命：老百姓的性命。㉖巅崖：山顶、悬崖。此句与"地位清高隔风雨"对照，言统治者远离风雨在屋内品茶，老百姓入山采茶备受辛苦。㉗为：替。这一句是"便为苍生问谏议"的倒装。㉘苏息：死而复活。阳羡茶作为贡品，给老百姓加重了负担，故就孟谏议赠茶借题发挥，为民请命。

孟简原任谏议大夫，因反对吐突承璀为招讨使，被贬为常州刺史。常州阳羡(今江苏宜兴)产阳羡茶，每年初春须向皇帝进贡。孟简于进贡之后派人给卢仝送新茶,卢作此诗致谢。诗分四层,首写孟赠新茶,次写新茶之采摘焙制,三写煎茶饮茶,寓不平之鸣,四抒感慨,忧念苍生。全诗任意挥洒,不为险怪,句式参差,韵律流转,被称为《玉川茶歌》,与陆羽《茶经》齐名。

许 浑

许浑(791—858),字用晦,一字仲晦,排行七,润州丹阳(今属江苏)人。所居近丁卯桥,后又自名其集为《丁卯集》,故世称许丁卯。宰相许圉师之后。少家贫苦学,尝北游边塞,南寓湖湘。文宗大和六年(832)登进士第。仕文宗、武宗、宣宗三朝,历官当涂、太平县令,虞部员外郎,监察御史,润州司马,郢、睦二州刺史等职。与同时诗人杜牧、李频、李远等交游酬唱。工律诗,以登临怀古之作见长。《咸阳城东楼》、《金陵怀古》、《故洛城》、《秋日赴阙题潼关驿楼》等名篇俯仰今古,感慨苍凉,为人传诵。律句喜用拗救法,于整密中见峭拔,称"许丁卯句法"。韦庄《题许浑诗卷》对其有"江南才子许浑诗,字字清新句句奇"之誉。《全唐诗》存诗一一卷,其《丁卯集》有清人许培荣笺注本。

秋日赴阙题潼关驿楼①

红叶晚萧萧,长亭酒一瓢。残云归太华,疏雨过中条②。树色随山迥③,河声入海遥。帝乡明日到,犹自梦渔樵④。

①题一作《行次潼关逢魏扶东归》。阙:代指当时的首都长安。②太华(音划):华山。中条:中条山,在今山西省永济县,地当太行山和华山之间,故名"中条"。③迥:远。④帝乡:指京城长安。上句即题中"赴阙"之意。梦渔樵:梦想回故乡去过渔樵生活。

宪宗元和三年(808)前后,许浑首次赴长安应举,经潼关作此诗。高华雄浑,被视为许浑压卷之作。

咸阳城东楼①

一上高城万里愁,蒹葭杨柳似汀洲。溪云初起日沉阁②,山雨欲来风满楼。鸟下绿芜秦苑夕,蝉鸣黄叶汉宫秋。行人莫问当年事③,故国东来渭水流。

①咸阳:今属陕西。此题一作《咸阳西门城楼晚眺》。②作者自注:"南近磻溪,西对慈福寺阁。"③当年:一作"前朝"。

此诗作于宣宗大中三年(849)任监察御史时。一上咸阳城楼,首先看见

"蒹葭杨柳",有"似"故乡的"汀洲",因而触动"万里"乡"愁";继又凭眺"秦
苑"、"汉宫"的遗迹,只见"鸟下绿芜"、"蝉鸣黄叶",一派荒凉景象,因而又发
出"当年事"唯余"渭水东流"的慨叹。此诗以"溪云初起日沉阁,山雨欲来风
满楼"一联出名。寥寥十四字,用溪云乍起、红日忽沉、狂风满楼烘托"山雨欲
来",形势逼人。既状难状之景如在目前,又含象征意义,故历代传诵,至今犹
被引用。

许浑诗喜用"水",有"许浑千首湿"之说。如《金陵怀古》"石燕拂云晴亦
雨,江豚吹浪夜还风"《登洛阳故城》"水声东去市朝变,山势北来宫殿高"之
类皆然。此诗则"汀"、"溪"、"雨"、"渭水"并见,"湿"度更大。

汉水伤稼

西北楼开四望通[1],残霞成绮月悬弓[2]。江村夜涨浮天水,泽国
秋生动地风[3]。高下绿苗千顷尽,新陈红粟万廒空[4]。才微分薄忧何
益,却欲回心学钓翁[5]。

[1]四望:向四方眺望。王粲《登楼赋》:"登兹楼以四望兮。"[2]残霞:晚霞。绮:有花纹或
图案的丝织品。谢朓《晚登三山还望京邑》:"馀霞散成绮,澄江静如练。"弓:形容弯月。
[3]浮天水:形容洪水一片汪洋。木华《海赋》:"浮天无岸。"泽国:河流湖泊众多的地方。
[4]顷:一百亩。廒(áo):收藏米谷的仓房。[5]才微分薄:才能小智慧少。学钓翁:指归隐。

此诗作于任郢州刺史时。郢州治所在今湖北钟祥县,处汉水北岸。首联
写于日落月出之时登城楼四望;中间两联承"四望"写万顷绿茵被汉水淹没,并
由此想到仓无宿粮,灾情严重;尾联抒发作为地方官而无力救灾的忧闷。以七
律反映现实,提出水利失修的严重问题,值得珍视。

途经秦始皇墓[1]

龙盘虎踞树层层[2],势入浮云亦是崩[3]。一种青山秋草里[4],路人
唯拜汉文陵[5]。

[1]秦始皇墓:在陕西临潼城东五公里处,为夯土筑。据记载,周长五里多,高五十余丈。
经实测,周长一千四百一十米,高四十七米。[2]龙盘虎踞:形容秦始皇墓地雄壮险要,如龙盘
屈,似虎蹲伏。[3]这一句明说墓丘再高也会崩塌,暗说声势再煊赫也难免垮台。[4]一种:同
样。[5]汉文陵:汉文帝陵墓叫霸陵,在西安市东北。据记载,在文帝生前修建时,都用瓦器,
不用金银铜锡修饰;依山埋葬,不起高坟。

写秦始皇厚葬虐民而以汉文帝薄葬恤民作反衬,曲折深婉,意味悠长。谢

枋得《唐诗绝句注解》云:"汉文霸陵与秦始皇墓相近,始皇墓极其机巧,汉文陵极其朴略,千载之后,衰草颓垣,无异也。然行路之人拜汉文陵而不拜秦皇墓,为君仁不仁之异,至是有定论矣。"

谢亭送别

　　劳歌一曲解行舟[①],红叶青山水急流。日暮酒醒人已远[②],满天风雨下西楼。

　　①劳歌:离歌。②"日暮"句:送者酒醒,行者已乘舟远去。

　　谢亭,即谢公亭,故址在今安徽宣城县,南齐诗人谢朓送别范云于此,故后人以谢名亭。此诗题为送别,却未写送别实景而写别后怅望之情。敖英《唐诗绝句类选》云:"后二句可与'阳关'竞美,盖'西出阳关'写行者不堪之情,'酒醒人远'写送者不堪之情。大抵送别诗妙在写情。"黄生《唐诗摘抄》云:"此诗全写别后之情,首二句正从倚楼送目中见出,却倒找'下西楼'三字,情景笔意俱绝。"

杜 牧

　　杜牧(803—853),字牧之,排行十三,京兆万年(今陕西西安)人。杜佑之孙。祖居长安下杜樊川(今陕西长安县东南),世称杜樊川。文宗大和二年(828)登进士第,又登贤良方正直言极谏科,授弘文馆校书郎。同年,应江西观察使沈传师之辟,为江西团练巡官。七年(833),牛僧孺辟为淮南节度推官、监察御史里行,转掌书记。九年,入京任监察御史,分司东都。开成二年(837)为宣州团练判官。次年冬,迁左补阙、史馆修撰,后转膳部、比部员外郎,皆兼史职。武宗会昌二年(842)出为黄州刺史,后迁池州、睦州。宣宗大中二年(848)擢司勋员外郎、史馆修撰,后转吏部员外郎。四年秋,出为湖州刺史。五年,入为考功郎中、知制诰。六年,迁中书舍人,十二月病卒。世称杜司勋、杜紫微(开元中曾称中书省为紫微省,称中书舍人为紫微舍人)。为区别于杜甫,称"小杜"。其生平事迹,见其临终《自撰墓志铭》,新、旧《唐书》本传及今人缪钺《杜牧年谱》、《杜牧传》。杜牧好读书,善论兵,关心国事,力主削平藩镇,收复河湟,维护国家统一。惜未得重用,未能大有作为。兼擅诗、赋、古文、书、画,尤雄于诗,为晚唐大家,与李商隐齐名,世称"小李杜"。自称"苦心为诗,惟求高绝,不务奇丽,不涉习俗,不今不古,处于中间"(《献诗启》)。杨慎认为"律诗至晚唐,李义山而下,惟杜牧之为最。宋人评其诗豪而艳,宕而丽,于律诗中特寓拗峭以矫时弊,信然"(《升庵诗话》卷五)。贺裳认为"杜紫微诗,惟绝句最多风调,味永趣长,有明月孤映,高霞独举之象"(《载酒园诗话》又编)。翁方纲评价尤高:"樊川真色真韵,殆欲吞吐中晚唐千万篇。……小杜之才,自王右丞以后,未见其比。其笔力回斡处,亦与王龙标、李东川相视而笑。"(《石洲诗话》卷二)其律诗、绝句的主要艺术风格是俊爽中寓委婉,流丽中见拗峭。于盛唐、中唐诸大家后别开生面,自成一家。其诗集以清人冯集梧《樊川诗集注》较通行,今人缪钺有《杜牧诗选》。

题扬州禅智寺

雨过一蝉噪,飘萧松桂秋①。青苔满阶砌,白鸟故迟留。暮霭生深树,斜阳下小楼。谁知竹西路,歌吹是扬州②。

①"飘萧"句:松、桂飘摇萧瑟,一派秋天景象。②"谁知"二句:承前三联所写发问:禅智寺所在的竹西路如此幽静,谁知这就是"歌吹沸天"的扬州呢? 歌:歌唱。吹:奏乐。竹西路在扬州北门外五里,有亭,以杜牧诗句命名为"竹西亭",后又改名"歌吹亭",北宋欧阳修、梅尧臣皆有诗。

文宗开成二年(837),杜牧的弟弟杜𫖮患眼疾,寄住扬州禅智寺,杜牧从洛阳带医生来探视,此诗当作于此时。前三联从多方面写寺之清静幽寂,尾联复以"歌吹"作反衬,与首句以"蝉噪"作反衬相呼应,而人迹罕至的萧条景象便不难想见。高步瀛云:"结笔写寺之幽静,尤为得神。"(《唐宋诗举要》卷四)

题宣州开元寺水阁①

六朝文物草连空,天淡云闲今古同②。鸟去鸟来山色里,人歌人哭水声中③。深秋帘幕千家雨,落日楼台一笛风。惆怅无因见范蠡④,参差烟树五湖东⑤。

①诗题据《才调集》卷四,题下自注:"阁下宛陵,夹溪居人。"《樊川诗集》并各种选本,诗题均作《题宣州开元寺水阁,阁下宛溪,夹溪居人》。疑系将原注误作题目所致。宣州州治在今安徽省宣城县。开元寺:在城北,建于东晋时,原名永安寺,唐开元中改称开元寺。自注中的"宛陵",即宣州,似当作"宛溪"。宛溪,即东溪,发源于县城东南的峄山,经城东,至县东北一里左右与句溪汇合。夹溪居人,在宛溪两岸居住着人家。②六朝:先后建都于建康(今南京)的吴、东晋、宋、齐、梁、陈六个朝代的合称。文物:指礼乐、典章制度。这一句连同下句是说,六代繁华早已一去不返,自然景象却依然如故。诗人因开元寺是东晋时的遗迹,连类而及对六朝的灭亡发出感慨。③人歌人哭:人们有时因高兴而歌唱,有时因悲哀而哭泣。这一句语本《礼记·檀弓下》:"歌于斯,哭于斯,聚国族于斯。"意思是两岸人家世代在这里居住。④无因:没有因缘。范蠡(lǐ):春秋时越国的大夫。他在辅助越王勾践灭吴后,乘扁舟泛五湖而去。⑤参差:高低不齐。五湖:太湖,在今江苏境内,与宣州相距不远。以上两

句借怀念范蠡抒发自己不能功成名就抽身隐退的苦闷。

此诗作于文宗开成三年(838),其时杜牧任宣州(今安徽宣城)团练判官。宣州在六朝时乃京都(金陵)近辅,人文荟萃;而杜牧来此之时,已荒凉冷落。前三联抒今昔盛衰之感,融情入景,极凄迷宵远之致。尾联拓开一步,放眼五湖,烟波浩渺,烟树迷茫,而追慕范蠡之情,亦弥漫无际。薛雪《一瓢诗话》云:"杜牧之晚唐翘楚,名作颇多……如《题宣州开元寺水阁》,直造老杜门墙,岂特人称小杜已哉!"

河 湟

元载相公曾借箸[①],宪宗皇帝亦留神[②]。旋见衣冠就东市[③],忽遗弓剑不西巡[④]。牧羊驱马虽戎服,白发丹心尽汉臣[⑤]。唯有凉州歌舞曲[⑥],流传天下乐闲人。

[①]元载:字公辅,唐代宗时宰相。"前代拜相者必封公"(《日知录》),故称之为"相公"。他曾任西州(治所在今新疆维吾尔自治区吐鲁番县)刺史,熟悉河西陇右山川地形。大历八年(773)向代宗提出详尽的戍守西境计划,但遭田神功贬毁,未被采纳。借箸(zhù 住):《汉书·张良传》载,张良拜见刘邦商议大事,刘邦正在吃饭,张良说:"臣请借前箸(筷子)以筹之。"后以"借箸"比喻代人策划。[②]留神:指常思收复河湟。《新唐书·吐蕃传》:"宪宗常览天下图,见河湟旧封,赫然思经略之,未暇也。"[③]衣冠就东市:用汉晁错故事。西汉景帝时,御史大夫晁错为人所谮,穿着朝衣斩于东市(当时的刑场)。元载于大历十二年(777)获罪,诏赐自尽。旋:不久。就:前往。[④]遗弓剑:传说黄帝仙去(死),唯存弓剑。此指宪宗之死。820 年宪宗为宦官所弑,宫中隐讳其事,言服仙丹暴死。不西巡:皇帝五年一巡守,视察诸侯守地。这里是说宪宗不能再巡守西境,关心河湟的收复。[⑤]"牧羊"二句:戎服:少数民族的服装。《沈下贤文集》:"自轮海以东,神乌、敦煌、张掖、酒泉,东至于金城、会宁,东南至于上邽、清水,凡五十郡、六镇、十五军,皆唐人子孙。生为戎奴婢,田牧种作,或丛居城落之间,或散处野泽之中,及霜露既降,以为岁时,必东望啼嘘。其感故国之思如此。"这两句写的正是陇右民众的这种爱国感情。[⑥]凉州歌舞曲:《新唐书·礼乐志》:"天宝乐曲皆以边地名。"凉州之地俗好音乐,制《凉州新曲》,开元中献于朝廷。

河湟,指湟水与黄河汇流处一带,唐人习惯用来指代今甘肃和青海东部地区。安史乱后,这一地区逐渐为吐蕃所占据,直到宣宗大中三年(849)才收复。此诗作于河湟收复之前,对元载、宪宗未能实现收复河湟的宏愿深表遗憾,对沦陷区人民的民族气节给予歌颂,从而表现了收复失地、实现统一的渴望。前三联对仗精切而一气旋转,尾联忽以"唯有"反跌,用河湟遗民不忘故国对比统治者安于佚乐,警拔深挚,乃杜牧七律名篇之一。

早　雁

金河秋半虏弦开①,云外惊飞四散哀。仙掌月明孤影过②,长门灯暗数声来③。须知胡骑纷纷在,岂逐春风一一回? 莫厌潇湘少人处④,水多菰米岸莓苔。

①金河:河名,在今内蒙古自治区呼和浩特市南。虏:指回鹘。②仙掌:西汉长安建章宫有铜铸仙人舒掌托承露盘,见前卢照邻《长安古意》注。③长门:西汉长安宫名,汉武帝陈皇后失宠后幽闭于此。④潇湘:泛指湘江流域。

唐武宗会昌二年(842)八月,回鹘乌介可汗率众南犯,突入大同,劫掠河东一带,难民纷纷南逃。杜牧托物寄慨,写了这首七律。首联紧扣"早雁"落墨。"秋半"是阴历八月,北雁南飞,为时尚"早";而"金河"一带,"虏弦"乍开,箭如飞蝗,遂被迫出现了"云外惊飞四散哀"的惨象。"虏弦开"明指射雁,暗喻回鹘侵扰。首句写因,次句写果。次句紧承首句"虏弦开"而以大雁受"惊"为契机,写高飞"云外"、写失群"四散"、写鸣声"哀"伤,从不同角度写尽大雁受难南逃之苦,而以雁喻人之意灼然可见。

第二联写大雁南飞情景。时间,特选在月明之夜;地点,特选在帝都长安;"孤影"掠过之处,特选在为皇帝承接"仙露"的"仙掌";"数声"传入之处,特选在失宠者独眠无寐的冷宫。或反面对比,或正面烘托,在为孤雁写哀、为流民写哀的同时暗寓无穷深意,耐人寻绎。

三、四两联通过对大雁的劝告表现了解除边患的殷切希望。南国春暖,大雁便急于北归。可是"胡骑"猖獗,岂能骤回!"潇湘"一带虽然"人少"荒凉,却不乏"菰米"、"莓苔"之类的食料,还是暂且住下,等待战乱平息。"须知"、"岂逐"、"莫厌",反复叮嘱,情深意切,表现了对流亡者的无限关怀,而对朝廷驱逐"胡骑"的渴望也蕴含其中,洋溢纸上。

前四句写鸿雁未至深秋而提"早"南飞,因为"秋半虏弦开";后四句劝告鸿雁切莫逢春便回,因为"胡骑纷纷在"。全诗从鸿雁的习性生发,融入时事,不露痕迹,为咏物诗别开生面。

登池州九峰楼寄张祜

百感中来不自由,角声孤起夕阳楼①。碧山终日思无尽,芳草何年恨即休②? 睫在眼前长不见③,道非身外更何求? 谁人得似张公子,千首诗轻万户侯!

①百感中来:种种复杂的感情从内心涌出。角声:号角声。这两句说,站在夕阳返照的楼上,听到角声,内心不由自主地涌现无限感慨。②休:停止。这两句是说,作者面对青山、

芳草,感触不尽,怅恨不止。③睫(jié捷):睫毛。这句是用《史记·越王勾践世家》中的典故。据说齐威王派使者对越王无彊说,越王的智慧好比眼睛能看到毫毛之末这样细小的东西,而看不到自己的睫毛。比喻世人能明察别人的细小错误,却看不到自己的缺点。

杜牧于武宗会昌四年(844)九月至六年九月任池州(治所在今安徽贵池)刺史。此诗即作于这一时期。九峰楼在贵池东南的九华门上。张祜是作者的诗友,终身未仕。作者登九峰楼,四顾苍茫,百感纷来,故作此诗寄张祜,赞颂其轻视封建权贵,而自己不满现实的复杂心态,亦全盘托出。

九日齐山登高①

江涵秋影雁初飞②,与客携壶上翠微③。尘世难逢开口笑④,菊花须插满头归。但将酩酊酬佳节,不用登临叹落晖⑤。古往今来只如此⑥,牛山何必独沾衣⑦?

①九日:即九月九日重阳节。齐山:在今安徽省贵池县东南。贵池唐时名秋浦,是池州的州治。杜牧于会昌四年(844)任池州刺史。诗当作于翌年重九。②江涵:空中一切景色都映入秋天澄清的江水里,故曰"涵"。③翠微:山坡远远望去,呈现一片缥青色,称之为"翠微"。微,隐约的意思。"翠微"是形容词作名词用,即山坡的代称。杜甫《秋兴》:"日日江楼坐翠微。"齐山上有翠微亭,为全县风景名胜区,是杜牧在池州时所建。④"尘世"二句:谓人生多愁,正须及时行乐。《庄子·盗跖》:"人上寿百岁,中寿八十,下寿六十,除病瘦死丧忧患,其中开口而笑者,一月之中不过四五日而已矣。"上句用其意。《续神仙传》:"许碏插花满头,把花作舞,上酒家楼醉歌。"下句用此意。按,古人重九有插菊之俗,《唐辇下岁时记》:"九日宫掖间争插菊花,民俗尤甚。"⑤落晖:傍晚的太阳,用以象征迟暮的人生。⑥古往今来:犹言从古到今。如此:像下面所说的生死常理。⑦"牛山"句:春秋时,齐景公登牛山(在齐国首都临淄之南,今山东省临淄县),北望齐国说:"美哉国乎!使古而无死者,则寡人将去此而何之?"于是感伤不已,泪下沾衣。

杜牧与诗人张祜同登齐山,杜牧作此诗,虽出以旷达之笔,而壮志难酬之感见于言外。张祜即步韵作《和杜牧之齐山登高》。后人登齐山多有和作。明释祖浩等将杜牧此诗与他人继作编为《齐山诗集》七卷。宋吴仲复《齐山》诗云:"却自牧之赋诗后,每逢秋至菊含情。"明喻壁《游齐山》诗云:"江涵秋影携壶处,千载人犹说牧之。"至于櫽栝其诗句入诗入词者,更屡见不鲜。

赤　壁①

折戟沉沙铁未销,自将磨洗认前朝。东风不与周郎便②,铜雀春深锁二乔③。

①赤壁:在今湖北蒲圻县西北,周瑜大破曹操水师处。②"东风"句:建安十三年(208)曹操大举攻吴,周瑜作好以火攻焚烧曹操战舰的准备,恰遇东南风起,遂纵火大破曹军。诸葛亮"借东风",乃小说中的艺术虚构,远非事实。③铜雀:台名,故址在今河北临漳县西,曹操建此以居姬妾歌妓,乃晚年行乐之处。二乔,即大乔、小乔,皆国色。大乔为孙策妻,小乔为周瑜妻。此句是说:若无东风之助,则曹操灭吴,夺二乔入铜雀台矣。

此诗作于武宗会昌四年(844),杜牧正在黄州做刺史。黄州有赤壁,但不是三国鏖兵之处,诗人不过借此抒发历史感慨。诗借残戟起兴,重点在后两句。但前两句也写得很有情致:从沙中发现一支折断了的铁戟,拿起来自磨自洗,认出那是赤壁之战的遗物。"折戟"虽小,却能引起联想,神游于"前朝"战场。当时曹操拥有二十余万雄兵,号称八十万;而孙、刘联军不过三万,力量对比悬殊,而战争结局却是周瑜用火攻取胜,曹操惨败而回。史家评论,诗人歌咏,都赞扬孙、刘胜利,杜牧却从可能失败的角度落墨,写出了"东风不与周郎便,铜雀春深锁二乔"的名句。对于这两句诗,历来有针锋相对的争论。许顗《彦周诗话》云:"孙氏霸业系此一战,社稷存亡、生灵涂炭都不问,只恐捉了二乔,可见措大不识好恶。"贺贻孙《诗筏》云:"牧之此诗,盖嘲赤壁之功出于侥幸,若非天与东风之便,则国破家亡。唯借'铜雀春深锁二乔'说来,便觉风华蕴藉,增人百感,此正风人巧于立言处。"贺贻孙的见解很中肯;至于许顗的指摘,则正如冯集梧《樊川诗集注》所批评:"此直村学究读史见识,岂足与语诗人言近旨远之致乎?"

杜牧深谙兵法,独具史识,故咏史诗多做翻案文章,如此诗后两句及《题乌江亭》"江东子弟多才俊,卷土重来未可知",皆发前人所未发。虽以议论入诗,而风华蕴藉,言近旨远,自饶情韵。

寄扬州韩绰判官

青山隐隐水迢迢①,秋尽江南草未凋。二十四桥明月夜,玉人何处教吹箫②。

①迢迢:远貌。②"二十四桥"二句:询问韩绰别后的赏心乐事,表示深切向往之情。沈括《梦溪笔谈》卷三:"扬州在唐时最为富盛,旧城南北十五里一百一十步,东西七里三十步,可纪者有二十四桥:最西浊河茶园桥,次东大明桥,入西水门有九曲桥,次东正当帅牙南门有下马桥,又东作坊桥,桥东河转向南有洗马桥,次南桥,又南阿师桥、周家桥、小市桥、广济桥、新桥、开明桥、顾家桥、通泗桥、太平桥、利国桥,出南水门有万岁桥、青园桥,自驿桥北河流东出,有参佐桥,次东水门东出有山光桥。又自牙门下马桥直南有北三桥、中三桥、南三桥,号九桥,不通船,不在二十四桥之数,皆在今州城西门之外。"玉人:指韩绰。晋裴楷、卫玠俱有"玉人"之称,杜牧《寄珉笛与宇文舍人》"寄与玉人天上去,桓将军见不教吹",亦称友人为"玉人"。吹箫:《扬州府志》载吹箫事或属附会,然天宝时人包何《同诸公寻李方直不遇》诗

已有"闻说到扬州,吹箫忆旧游"之句,则吹箫为扬州故实无疑。此诗用此故实而与韩绰牵合,问他于何处教歌女们吹箫。

杜牧于文宗大和七年(833)至九年在扬州牛僧孺淮南节度使府掌书记,后来流传的风流韵事,多发生于此时。韩绰是杜牧在扬州的同僚,此诗作于离开扬州之后,借寄昔日同僚抒发对扬州的忆念之情。黄叔灿《唐诗笺注》云:"'十年一觉扬州梦',牧之于扬州缱恋久矣。'二十四桥'二句,有神往之致,借韩以发之。"宋顾乐《〈唐人万首绝句选〉评》云:"深情高调,晚唐中绝作,可以媲美盛唐名家。"

江南春

千里莺啼绿映红,水村山郭酒旗风。南朝四百八十寺①,多少楼台烟雨中。

①"南朝"句:南朝帝王及贵族多信佛,故其都城建业(今南京市)佛寺尤多。

题为《江南春》,江南地域辽阔,春景繁富,一首七绝如何描写?作者独出心裁,逐层烘染:"千里"之内,处处杂花生树、红绿相映、黄莺歌唱;"千里"之内,水村山郭处处酒旗飘扬;"千里"之内,"南朝四百八十寺"点缀于山水佳胜之处,金碧庄严,楼台隐现。经过这三层烘染,巨幅江南春景图已展现眼前。但作者还追加了一层烘染,那就是"烟雨"。"多少楼台烟雨中"承"南朝四百八十寺",然而寺院"楼台"既在"烟雨"中,则啼莺、红花、绿树、水村、山郭、酒旗,无一不在"烟雨"中。霏霏细雨,淡淡轻烟,使无边春色在烟雨空濛中更显出迷人的风韵,这正是"江南春"的典型特色。突出这一特色,就把"江南春"写活了。

山 行

远上寒山石径斜,白云生处有人家。停车坐爱枫林晚①,霜叶红于二月花。

①"停车"句:因爱枫林晚景而停车观赏。坐:因。晚:天晚。

这首诗,看来是从长途旅行图中截取的"山行"片断。第三句的"晚"字透露出诗人已经赶了一天路,该找个"人家"休息了。如今正"远上寒山",在倾斜的石径上行进。顺着石径向高处远处望去,忽见"白云生处有人家",不仅风光很美,而且赶到那里,就可以歇脚了。第二句将"停车"提前,产生了引人入胜的效应。天色已"晚","人家"尚远,为什么突然"停车"?原来他发现路边有一片"枫林",由于"爱"那片夕阳斜照下的"枫林",因而"停车"观赏。"停车"突出"爱"字,"爱"字引出结句。

黄叔灿《唐诗笺注》云:"'霜叶红于二月花',真名句。"俞陛云《诗境浅说续编》云:"诗人之咏及红叶者多矣,如'林间暖酒烧红叶'、'红树青山好放船'等句,尤脍炙诗坛,播诸图画。惟杜牧诗专赏其色之艳,谓胜于春花。当风劲霜严之际,独绚秋光,红黄绀紫,诸色咸备,笼山络野,春花无此大观,宜司勋特赏于艳李秾桃外也。"不错,笼山络野的枫林红叶的确美艳绝伦,但被"悲秋意识"牢笼的封建文人却很难产生美感。用一个大书特书的"爱"字领起,满心欢喜地赞美枫叶"红于二月花",不仅写景如画,而且表现了诗人豪爽乐观的精神风貌。

过华清宫绝句三首①（其一）

长安回望绣成堆,山顶千门次第开。一骑红尘妃子笑,无人知是荔枝来。

①华清宫:故址在今陕西临潼县骊山,是唐明皇与杨贵妃游乐之地。

杜牧写华清宫诗有五排《华清宫三十韵》一首、七绝《华清宫》一首、《过华清宫绝句》三首,这一首流传最广。关于唐明皇与杨贵妃荒淫误国,杜甫以来的不少诗人已作过充分反映。此诗也表现这一主题,却选取了新鲜角度,收到了独特效果。杨贵妃喜吃鲜荔枝,唐明皇命蜀中、南海并献。驿骑传送,六、七日间飞驰数千里,送到长安,色味未变。此诗即从此处切入,以"一骑红尘"与"妃子笑"之间的戏剧性冲突为中心组织全诗,构思、布局之妙,令人叹服。

读前三句,压根儿不知道为什么要从长安回望骊山,不知道"山顶千门"为什么要一重接一重地打开,更不知道"一骑红尘"是干什么的、"妃子"为什么要"笑",给读者留下了一连串悬念。最后一句应该是解释悬念了,可又出人意外地用了一个否定句:"无人知是荔枝来。"的确,卷风扬尘,"一骑"急驰,华清宫千门,从山下到山顶一重重为他敞开,谁都会以为那是飞送关于军国大事的紧急情报,怎能设想那是为贵妃送荔枝?"无人知"三字画龙点睛,蕴含深广,把全诗的思想境界提升到惊人的高度。

清 明①

清明时节雨纷纷,路上行人欲断魂。借问酒家何处有,牧童遥指杏花村。

此诗虽不见于杜牧诗集,然从宋祁《锦缠道》词"问牧童遥指孤村,道杏花深处,那里人家有"数句可知,此诗早在北宋前期已传诵颇广。南宋谢枋得编《千家诗》收此诗,署名杜牧,自属可信。杏花村在池州(今安徽贵池),此诗当是杜牧于武宗会昌六年(846)任池州刺史时所作,层层布景,处处设色,以人物问答为中心,展现一幅江南杏花春雨图。

秋 夕

红烛秋光冷画屏①,轻罗小扇扑流萤②。天阶夜色凉如水③,坐看牵牛织女星④。

①红烛:一作"银烛"。②轻罗小扇:轻薄的丝质团扇。③天阶:一作"瑶阶"。指宫殿的台阶。④坐:一作"卧"。神话传说牛郎(牵牛星)与织女(织女星)于每年七夕渡过银河相会一次。

此乃宫怨诗,一句一景,以景托情。"冷"、"凉"既写"秋夕"实况,又是女主人公内心感受的写照。以"坐看"牵牛、织女双星相会作结,而孤独感、凉冷感与默默怨情,已见于言外。孙洙《唐诗三百首》云:"层层布景,是一幅着色人物画,只'坐看'二字逗出情思,便通身灵动。"

将赴吴兴登乐游原一绝①

清时有味是无能,闲爱孤云静爱僧。欲把一麾江海去②,乐游原上望昭陵③。

①吴兴:三国吴所置郡名,隋废,改置湖州,治所在今浙江省吴兴县。乐游原:长安东南郊的游览胜地,地势较高。②把:用手握住。麾(huī 挥):旌旗。此句以"把一麾"指出任湖州刺史。江海去:指到吴兴去。③昭陵:唐太宗的陵墓,在今陕西省醴泉县。

宣宗大中四年(850),杜牧自吏部员外郎任调湖州刺史,离京前登乐游原,作此诗。前两句说,作为清明时代的无能者很有味,可以爱孤云之"闲"、爱老僧之"静",得闲静之适。这当然是反话,是愤语。后两句写"将赴吴兴登乐游原",而他之所以要登乐游原,乃在于立足高处,遥望昭陵。马永卿《懒真子》云:"其意深矣。盖乐游原者,汉宣帝之寝庙在焉。昭陵,即唐太宗之陵也。牧之之意,盖自伤不遇宣帝、太宗之时,而远为郡守也。"高士奇《〈三体唐诗〉辑注》云:"望昭陵者,不得于时而思明君之世,盖怨也。首言'清时',反辞也。"

沈下贤

斯人清唱何人和？草径苔芜不可寻①。一夕小敷山下梦，水如环珮月如襟②。

①"斯人"二句：意思是沈亚之的诗篇风格清新，没有人能和他相和；但身后寂寞，故址的草路也被青苔芜没，无从追寻。斯人：这个人。②"一夕"二句：用小敷山清幽的景物，象征其文采风流。水流玲珑，好像沈佩戴的环珮在行动时的声响；风清月白，好像沈高旷的襟怀。梦：比喻深切思慕中的迷惘感觉。

沈下贤，名亚之，吴兴人，元和十年(815)进士。工诗文，善作传奇小说。李贺称其工为情语，有窈窕之思，曾在小敷山(今浙江乌程西南)居住。杜牧此诗，作于大中五年(851)任湖州刺史时，表达了对沈下贤这位"吴兴才人"的仰慕和怀念之情。俞陛云《诗境浅说续编》云："诗意若有微波通辞之感，何风致绰约乃尔！其有哀窈窕、思贤才之意乎？"

读韩杜集

杜诗韩笔愁来读①，似倩麻姑痒处搔②。天外凤凰谁得髓？无人解合续弦膏③。

①韩笔：韩愈的古文。陆游《老学庵笔记》载："南朝词人，谓文为笔，故《沈约传》云：'谢玄晖善为诗，任彦升工于笔，约兼而有之。'……杜牧之'杜诗韩笔愁来读'，亦袭南朝语尔。"②"似倩"句：倩：请人代自己做事。连上句，谓愁闷时读杜诗韩文，就像背上发痒时请麻姑来抓背那样舒服。麻姑：仙女名，《太平广记》引《神仙传》："麻姑鸟爪(指甲尖长如鸟爪)，蔡经见之，心中念言，背大痒时，得此爪以爬背，当佳。"③"天外"二句：感叹杜韩诗文的高度成就没有人能继承下来。续弦膏：《海内十洲记》载：凤麟洲在西海中，洲上有凤凰、麒麟数万，以凤嘴麟角合制成胶，可以接续断裂的弓弦。

杜牧认真学习李、杜、韩、柳的诗文创作，其《冬至日寄小侄阿宜》诗云："李杜泛浩浩，韩柳摩苍苍，近者四君子，与古争强梁。"这首诗，便是杜甫、韩愈诗文的读后感。

赠　别

多情却似总无情，惟觉罇前笑不成①。蜡烛有心还惜别，替人垂泪到天明。

①罇：同"樽"，盛酒器，犹现在之酒杯。

情藏内心深处，故从表面看，总像"无情"；而当吃酒话别之时，见她想笑而"笑不成"，便知实是"多情"。两句诗写出了一位年轻女性真诚、质朴的美好品质，与轻佻、浮薄者迥然有异。既如此，那藏于内心的"多情"又如何表现呢？作者以生花妙笔，用象征手法写出了"蜡烛有心还惜别，替人垂泪到天明"，遂成千古名句，传诵不衰。晏几道《蝶恋花》词"红烛自怜无好计，夜寒空替人垂泪"即从此化出。

黄叔灿《唐诗笺注》云："曰'却似'，曰'惟觉'，形容妙矣！下却借蜡烛托寄，曰'有心'，曰'替人'，更妙。宋人评牧之诗'豪而艳，宕而丽'，其绝句于晚唐中尤为出色。"

泊秦淮①

烟笼寒水月笼沙，夜泊秦淮近酒家。商女不知亡国恨，隔江犹唱后庭花②。

①秦淮：河名。发源于江苏溧水县东北，西流经金陵城（今南京市）入长江。河道为秦时所开，凿钟山以疏淮水，故名秦淮。②"商女"二句：商女：指以歌唱为生的乐妓。江：指秦淮河。长江以南，无论水的大小，口语都称为江。（见孔颖达《尚书正义·禹贡》"九江孔殷"条注）秦淮河横贯金陵城，沿河两岸酒家林立。乐妓在酒店替客人唱歌侑觞，从船中听去，故云"隔江"。后庭花，《玉树后庭花》的简称。陈后主在金陵时，荒于声色，作《玉树后庭花》舞曲。终朝与狎客、妃嫔们饮酒作乐，不理政事，终至亡国。《隋书·五行志》："祯明（587—589）初，后主作新歌，词甚哀怨，令后宫美人习而歌之。其词曰：'玉树后庭花，花开不复久。'时人以为歌谶。此其不久兆也。"《旧唐书·音乐志一》："前代兴亡，实由于乐。陈将亡也，为《玉树后庭花》……行路闻之，莫不悲切，所谓亡国之音也。"

这是脍炙人口的名篇，沈德潜《唐诗别裁集》卷二〇赞为"绝唱"。"首句写秦淮夜景，次句点明夜泊，而以'近酒家'三字引起后二句。'不知'二字，感慨最深，寄托甚微。通首音节、神韵无不入妙"（李锳《诗法易简录》）。晚唐国运日衰，时风淫靡，作者非责"商女"，特借商女"犹唱后庭花"以激发朝野危亡之感耳。

题木兰庙

弯弓征战作男儿，梦里曾经与画眉①。几度思归还把酒，拂云堆上祝明妃②。

①"弯弓"二句："作男儿"用一"作"字，表明虽"弯弓征战"，为国立功，与"男儿"无异，但实际上是一位女子，故在做梦的时候，仍流露女性本色，给自己画眉。与：给。与画眉：自己给自己画眉。②"几度"二句：木兰替父从军，父母年老，又没有儿子照顾，当然一心盼望多

打胜仗，早日回家。几度把酒祭奠昭君，便是祷告昭君保佑她早日胜利还家。把酒：拿着酒杯。拂云堆：在今内蒙古乌拉特西北，堆上有拂云祠。明妃：即王昭君，晋时避司马昭讳，改称明妃。

木兰庙，在今湖北黄冈县木兰山上，内祀代父从军的花木兰。此诗咏花木兰而避开《木兰辞》所涉及的一切，独出心裁，只展现其内心深处的秘密，便使这位女英雄的形象以其动人的真实感浮现于读者面前。

雍　陶

雍陶（805 —?），字国钧，夔州云安（今四川云阳）人，寓居成都。文宗大和八年（834）登进士第。历任侍御史、国子毛诗博士。宣宗大中八年（854）出任简州（今四川简阳）刺史。后辞官归隐庐山。与姚合、贾岛、张籍、王建等交游酬唱。足迹半中国，多旅游诗。诗风清丽委婉，工于律、绝。《全唐诗》存诗一卷。

塞路初晴

晚虹斜日塞天昏，一半山川带雨痕。新水乱侵青草路，残烟犹傍绿杨村。胡人羊马休南牧[1]，汉将旌旗在北门[2]。行子喜闻无战伐，闲看游骑猎秋原。

[1]南牧：侵犯南方。贾谊《过秦论》："胡人不敢南下而牧马。"[2]北门：国之北门，指北方边防前线。

雍陶曾游塞北，此诗写塞北旅途中所见雨过天晴时景象，和平宁静，生意盎然，表现了对于"无战伐"的喜悦之情，为边塞诗别开生面。

城西访友人别墅

澧水桥西小路斜[1]，日高犹未到君家。村园门巷多相似，处处春风枳壳花[2]。

[1]澧水：又叫兰江、佩浦，湖南四大河流之一，流经澧县、安乡后注入洞庭湖。[2]枳壳花：枳树花。枳树似橘树而小，叶与橙叶相似，枝多刺，农村常常种在篱旁。枳树在春天开白花，气味清香。

于澧城西郊访友人别墅，第二句以"日高犹未到"一垫，三、四句写出"犹

329

未到"的原因,风神摇曳,特饶韵致。

题君山①

烟波不动影沉沉,碧色全无翠色深②。疑是水仙梳洗处,一螺青黛镜中心③。

①君山:又叫湘山、洞庭山,在湖南省洞庭湖中。古代神话传说:这山是舜妃湘君姊妹居住和游玩的地方,所以叫君山(见《水经注》)。②沉沉:形容君山倒影颜色很深。碧色:湖水的颜色。翠色:山色。这两句写风平浪静、薄雾笼罩的洞庭湖上湖光山色两相映衬,山色浓于湖色。③水仙:水中女神,即湘君姊妹。一螺青黛:古代一种制成螺形的黛墨,作绘画用,女子也用来画眉。这里用以比君山。

刘禹锡《望洞庭》以"白银盘里一青螺"写君山,已极生动。此诗后两句则写湖波似镜,君山如镜中青螺,而以"水仙梳洗"领起,将湖光山色与湘妃神话融合无间,想象新奇,色彩明丽,极空灵缥缈之致。黄庭坚《雨中登岳阳楼望君山》"绾结湘娥十二鬟",即从此化出。

赵嘏

赵嘏(806—852?),字承祐,排行二十二。楚州山阳(今江苏淮安)人。武宗会昌四年(844)登进士第。宣宗大中六年(852)左右任渭南尉,世称赵渭南。其七律清圆流丽,时有佳句,如"杨柳风多潮未落,蒹葭霜冷雁初飞"、"吟辞宿处烟霞古,心负秋来水石闲"等,皆清新幽远,耐人吟味。有《渭南集》,《全唐诗》存诗二卷。

长安秋望

云物凄清拂曙流①,汉家宫阙动高秋。残星数点雁横塞,长笛一声人倚楼。紫艳半开篱菊静②,红衣落尽渚莲愁③。鲈鱼正美不归去④,空戴南冠学楚囚⑤。

①云物:云形变化,形成种种物象,如"白衣"、"苍狗"之类,故称"云物"。②紫艳:指"篱菊"的花朵。③红衣:指"渚莲"的花瓣。④"鲈鱼"句:写乡思。《晋书·张翰传》:"翰因见秋风起,乃思吴中菰菜、莼羹、鲈鱼脍,曰:'人生贵得适志,何能羁宦数千里以要名爵乎?'遂命驾而归。"⑤南冠:《左传·成公九年》:"晋侯观于军府,见钟仪,问之曰:'南冠而系者谁也?'有司对曰:'郑人所献楚囚也。'"楚囚称"南冠",表示不忘乡土。思乡而不得归,故说"空戴南冠"。

此诗一题《长安秋夕》，一题《长安晚秋》，大约作于文宗大和七年(833)省试落第，留滞长安之时。

此诗构思精巧之处，在于以"人倚楼"为中心，挽合前后，统摄全篇。诗中所写，皆"倚楼"人所见、所感、所想；既层次分明，又融合无迹。首联写楼头仰望中景色：各种形态的寒云在曙光中变幻、浮游，而高耸入云的"汉家宫阙"，仿佛在浮游的寒云中晃"动"。两句诗，写景如画，又同时以"拂曙"点时间，以"高秋"点季节，以"宫阙"点京城，以"凄清"写主体感受。景中含情，言外见意。次联续写楼头闻见。"残星数点"，"旅雁横塞"，于"凄清"中更添旅愁。此时忽闻"长笛一声"，秋意、乡思，便一齐涌上心头，使"倚楼"人何以为怀！第三联即通过楼前近景表现秋意、乡思，引出尾联，以思归而不得归的慨叹收束全篇。长安秋景，满目萧瑟，既是落第后悲凉怅惘心情的自然流露，也是大唐帝国衰微没落景象的曲折反映。

发端警挺，次联以"雁横塞"及"残星数点"、"长笛一声"烘托"人倚楼"，从心物交感中展现其复杂心态。其声调为"平平仄仄仄平仄，平仄仄平平仄平"(与许浑"溪云初起日沉阁，山雨欲来风满楼"略同)，于拗折中见波峭，使诗句增添特殊韵味。无怪杜牧"吟味不已"，称赵嘏为"赵倚楼"(《唐诗纪事》卷五六)。

江楼感怀

独上江楼思渺然[1]，月光如水水如天。同来玩月人何在，风景依稀似去年。

①思渺然：情思怅惘。

登某楼而想起往年与某人同登此楼的情景，这几乎是人所共有的经历。妙在先写眼前景，继以"同来玩月人何在"忽发一问，然后以"风景依稀似去年"与前两句拍合，恰是人人意中所有，却由此诗第一次写出，所以可贵。俞陛云《诗境浅说续编》云："唐人绝句，有刻意经营者，有天然成章者。此诗水到渠成，二十八字，一气写出。月明此夜、风景当年，后人之抚今追昔者不能外此。在词家中，惟有'月到旧时明处，与谁同倚栏干'句，与此诗意境相似。"

李群玉

李群玉(808?—862)，字文山，排行四，澧州(今湖南澧县)人。少好吹笙，善书翰，苦心为诗。宣宗大中八年(854)徒步至长安，上表献诗三百首，经宰相裴休推荐，授弘文馆校书郎。与杜牧、姚合、方干、李频、段成式等交游酬唱。四年后蒙冤还乡,忧愤而卒。其诗五言警拔,七言流丽,佳句流传人口。《全唐诗》存诗三卷。今人羊春秋辑注《李群玉诗集》,资料详备,校勘精审。

黄 陵 庙

小姑洲北浦云边,二女啼妆自俨然①。野庙向江春寂寂②,古碑无字草芊芊③。风回日暮吹芳芷④,月落山深哭杜鹃⑤。犹似含颦望巡狩,九疑如黛隔湘川⑥。

①"小姑"二句:小姑洲:黄陵庙南洞庭湖旁的一座洲,庙在今湖南省湘阴县北四十里的洞庭湖边。浦云:水边的云。小水进入大水的口子叫做浦,这里指湘水注入洞庭湖的水口。二女:指娥皇、女英。啼妆:悲泣的形象。俨然:宛然,栩栩如生的样子。这是写庙址和神像。②江:指湘江。③"古碑"句:庙碑所刻文字,由于风雨剥蚀,已不可见,形容年代久远。芊(qiān 千)芊:草茂盛貌。④芷:白芷,香草。《离骚》以它作美好的象征。⑤杜鹃:杜甫《杜鹃行》"君不见蜀天子,化作杜鹃似老乌。"又说:"四月五月偏号呼,其声哀痛口流血。"以上四句具体写黄陵庙周围环境凄清寂寞。⑥"犹似"二句:含颦:愁眉不展。巡狩:皇帝出外巡行。《史记·五帝本纪》舜"南巡狩,崩于苍梧之野,葬于江南九疑"。九疑:九疑山,亦名苍梧山,在湖南省兰山县西南。《水经注》说它有九个山峰,形状相似,"游者疑焉,故曰九疑山"。黛:青黑色的颜料,古代女子用它来画眉。在洞庭湖畔是望不见九疑山的。但诗人在黄陵庙前远眺时,古代神话传说让他想象出远隔潇湘江水,九疑山突然像紧锁的眉头那样。

这是同题三首诗之一,当作于宣宗大中三年(849)暮春。当时诗人蒙冤离京南归,途经黄陵庙,心绪悲凉,故触景生情,写湘灵之怨而倍增伤感。黄陵庙在湖南湘阴县北洞庭湖边,为纪念舜之二妃娥皇、女英而建,又名二妃庙。诗就神话传说创造意境,似幻似真,缠绵悱恻。"野庙向江春寂寂,古碑无字草芊芊"一联尤凄婉工丽,《云溪友议》卷中、《青琐高议》前集卷六等均有评论。段成式《哭李群玉》诗有"曾话黄陵事"之句,可知此诗当时为人所重,是李群玉的代表作。

引 水 行

一条寒玉走秋泉①,引出深萝洞口烟②。十里暗流声不断,行人头上过潺湲③。

①寒玉:指竹筒。走:跑。这句说,泉水在竹筒中飞快地奔流。②深萝:茂密的藤萝。烟:水气。这句说,出水的洞口,藤萝密布,水气弥漫。③潺湲(chán yuán 缠园):水流声。

写山区用竹筒引水的情景宛然在目,题材新颖,构思奇巧。

温庭筠

温庭筠(812—870),本名岐,字飞卿,排行十六,太原祁(今山西岐县)人。好讥讽当时权贵,因此屡举不第,仅任方城尉、隋县尉、国子监助教等职。才思敏捷,八叉手而成八韵,人称“温八叉”。以词著称,与韦庄齐名,并称“温韦”。诗与李商隐齐名,并称“温李”。唯题材较狭,多数篇章以绮错婉媚见长,其成就远逊于李。其怀古七律气韵清拔,多含讽谕。绝句中亦不乏清灵疏秀的佳作。有《温飞卿诗集》,《全唐诗》存诗九卷。

烧 歌

起来望南山,山火烧山田。微火久如灭,短焰复相连①。差差向岩石,冉冉凌青壁②。低随回风尽,远照檐茅赤③。邻翁能楚言④,倚锸欲潸然⑤。自言楚越俗⑥,烧畲作旱田。豆苗虫促促⑦,篱上花当屋。废栈豕归栏⑧,广场鸡啄粟。新年春雨晴,处处赛神声⑨。持钱就人卜,敲瓦隔林鸣⑩。卜得山上卦⑪,归来桑枣下。吹火向白茅,腰镰映赪蔗⑫。风驱槲叶烟,槲树连平山⑬。迸星拂霞外,飞烬落阶前⑭。仰面呻复嚏,鸦娘咒丰岁⑮。谁知苍翠容,尽入官家税⑯。

①微火:指火堆的余烬。这两句说,一堆堆余火好像已经熄灭,忽然又发出火焰,连成一片。②差(cī 疵)差:参差不齐。冉冉:慢慢地。凌:逼进。青壁:青黑色的陡峭岩壁。③回风:旋风。屈原《九章・悲回风》:“悲回风之摇蕙兮,心冤结而内伤。”这两句说,山火由低而高地烧去,虽低处的火已灭了,远处的大火还映得茅屋一片通红。④楚言:楚地方言,古楚国疆域广大,主要包括湘、鄂、皖等几省地。⑤锸(chā 插):铁锹。潸然:流泪的样子。⑥楚越:楚地和越地,包括湘、鄂、皖、江、浙几省。⑦促促:虫叫声。⑧废栈:破木棚。豕:猪。⑨赛神:古代迷信,丰收年景,农民敲锣打鼓,演杂戏,以酬谢神灵的保佑。⑩就:求人占卜。就,接近。敲瓦:一种巫俗,即敲破瓦块,观察裂纹,以定吉凶,叫做“瓦卜”。⑪山上卦:指卦象表示宜于上山。⑫白茅:茅草。赪(chēng 撑):红色。⑬槲(hú 胡):落叶乔木名。树身高大,叶片肥厚,果实的壳斗和树皮能提栲胶。槲叶冬天存留在枝上,次年生新叶时才脱落。春天烧畲正是槲叶满地的时候。⑭迸星:飞起的火星。拂霞外:形容火星飞得很高,仿佛飞向天外。⑮鸦娘:雌乌鸦。咒:祝。这两句中,前句写巫人的迷信动作,下句说母鸟的叫声,预兆着丰收。⑯苍翠容:本来是形容禾苗的深绿色,这里指长势很好的庄稼。这两句说,烧畲果然得到丰收,但农民却一无所得。

我国南方许多山区在下种之前,烧掉野草、树叶、荆棘作为肥料,叫“烧畲(shē 奢)”。这首《烧歌》,详细地描写了烧畲过程,语言质朴通俗,生活气息浓郁。结尾两句以“谁知”领起,点明农民的劳动果实尽为统治者所掠夺,把全诗的思想境界提升到新的高度。原来作者详写烧畲,并非单纯介绍生产过程,而主要是为结尾的“谁知苍翠容,尽入官家税”这一点睛之笔准备条件。

商山早行①

晨起动征铎②,客行悲故乡。鸡声茅店月,人迹板桥霜。槲叶落山路③,枳花明驿墙④。因思杜陵梦⑤,凫雁满回塘。

①商山:在今陕西商县东南。②铎(duó夺):指车马的铃声。③槲:落叶乔木,叶片冬天虽枯,仍留枝上,早春树枝发芽时始脱落。④枳:灌木或小乔木,春季开白花。⑤杜陵:在长安南郊,作者曾寓居于此,有《鄠杜郊居》等诗。大中末年离杜陵外出宦游,作此诗,故诗中以杜陵为故乡。

　　唐宋诗人写"早行"的诗很多,这一首较出色。首句以"动征铎"表现一起床即上马赶路,铃铎声声,其辛苦匆忙之状宛然在目,故继之以"客行悲故乡"。赶路时还在"悲故乡"——为离开故乡而悲伤,那么在"茅店"过夜时,不用说也是想家的。这一点,在尾联作了照应和补充。三、四两句,历来脍炙人口。梅尧臣认为最好的诗应该"状难状之景如在目前,含不尽之意见于言外",欧阳修请他举例,他便举出这两句,反问道:"道路辛苦,羁愁旅思,岂不见于言外乎?"(见欧阳修《六一诗话》)李东阳还从另一个角度指出这两句诗"人但知其能道羁愁野况于言意之表,不知二句中不用一二闲字,止提掇出紧关物色字样,而音韵铿锵,意象具足,始为难得"(《怀麓堂诗话》)。李东阳的论述,涉及充分利用汉语语法特点塑造意象的重要问题。汉语语法相当灵活,特别在诗歌语言中,主语、动词和一切表示语法联系的虚词都可以省略,纯用名词或名词片语构成诗句,有利于塑造意象,唤起读者的联想。把这两句诗分解为最小的构成单位,便是代表十种景物的十个名词:鸡、声、茅、店、月,人、迹、板、桥、霜。当然,"鸡声"、"茅店"、"人迹"、"板桥",都是以"定语加中心词"的"偏正词组"形式出现的,但由于作定语的都是名词,仍然保留了名词的具体感。例如在"鸡声"中,作了"声"的定语的"鸡",不是仍可以唤起引颈长鸣的联想吗?这两句诗,正是筛选紧关"早行"的最富特征性的景物名词塑造意象,从而收到了"状难状之景如在目前,含不尽之意见于言外"的效果。五、六句写离店过桥,刚踏上山路的情景。朝前走,槲叶纷纷飘落;回头看,因还未天亮,"茅店"看不分明,只有驿墙旁边的枳花白得显眼。由此引出结句:昨夜在"茅店"中梦见杜陵:凫雁成群,在池塘里嬉游,自得其乐。与首联呼应,互为补充,使梦中的故乡春景与旅途苦况形成强烈的对照,强化了全诗的艺术感染力。

过陈琳墓①

曾于青史见遗文,今日飘蓬过古坟。词客有灵应识我②,霸才无主始怜君③。石麟埋没藏春草,铜雀荒凉对暮云④。莫怪临风倍惆怅,欲将书剑学从军⑤。

①陈琳:字孔璋,广陵(今江苏江都)人,"建安七子"之一。他先在袁绍手下做事,袁绍败后归附曹操。他的章表书记写得很好,曹丕曾一再称扬。但他一生官止于掌书记,未能进一步施展其雄才大略。②词客:擅长文词的人。③"霸才"句:正因自己有霸才而未遇英主,才对与自己遭遇类似的陈琳深表同情。④石麟:曹魏时邺都金虎台前有石雕的麒麟。春草:一作"秋草"。铜雀:铜雀台。这两句写作者由于看见陈琳古墓而联想到邺都的荒凉。⑤书剑:用《史记·项羽本纪》中项羽学书不成,学剑又不成的典故。其实这里着重在"书"。这两句是说莫怪我看到这景色更加凄怆感慨,因为我很不得志,想抛开书本去从军了。学,谓学陈琳。

陈琳墓在今江苏邳县。作者于咸通三年(862)离江陵东游江、淮,过陈琳墓而作此诗。首联追昔抚今,昔读其文,今吊其坟,而"过古坟"又当自己"飘蓬"之时,已露自伤之意。次联主客兼写,融吊古与自伤为一,而自伤是主。纪昀谓:"'词客'指陈,'霸才'自谓。此一联有异代同心之感,实则彼此互文,'应'字极兀傲,'始'字极沉痛。通首以此二语为骨,纯是自感,非吊陈也。"(《瀛奎律髓刊误》卷二八)三联上句承"过古坟"而写其墓道荒凉,下句由陈琳思及曹操,写其铜雀台已荒废不堪。尾联复就吊古、自伤发挥,如纪昀所指出:"'霸才'、'词客',皆结于末句中。"(同上)全诗大气盘旋,浑灏流转,乃晚唐七律名作。

过分水岭

溪水无情似有情,入山三日得同行。岭头便是分头处,惜别潺湲一夜声①。

①潺湲:水流声。

全国有多处分水岭,作者所写的是何处的分水岭,很难确指。诗以"同行"、"惜别"表现溪水"有情",已颇有韵味;而更重要的还在于以只有溪水"同行"、"惜别"反衬旅途之孤独与思家之深切;闻溪水彻夜潺湲,则彻夜未眠之状便不难想见。

瑶瑟怨

冰簟银床梦不成①,碧天如水夜云轻。雁声远过潇湘去,十二楼中月自明②。

①冰簟(diàn 店):凉席。银床:华丽的床。②"雁声"二句:雁声和瑟声相应,雁声远去,更显出瑟声清怨。温庭筠《菩萨蛮》:"满宫明月梨花白,故人万里关山隔。金雁一双飞,泪痕沾绣衣。"意境相似。潇湘:湘南境内的湘水,在零陵县西会潇水,称"潇湘",传为雁南飞

的栖宿地。十二楼:《汉书·郊祀志》应劭注:"昆仑、玄圃五城十二楼,仙人之所常居。"此指高楼。

刘禹锡《潇湘神》词:"楚客欲听瑶瑟怨,潇湘深夜月明时。"当为此题所本。诗写怀人之情,却句句布景,只"梦不成"三字略作暗示,浑涵婉丽,洵是佳作。宋顾乐《〈唐人万首绝句选〉评》云:"清音渺思,直可追中盛名家。"

南歌子词二首 (其一)

井底点灯深烛伊①,共郎长行莫围棋②。玲珑骰子安红豆③,入骨相思知不知?

①烛:灯烛,作动词用,是"照"的意思,这里又是"嘱"的谐音。伊:他,即下句的"郎"。②长行:古代的一种赌博游戏,用不同色彩的骰子投掷以判输赢。围棋:下棋游戏,又是"违期"的谐音。③骰子:通常叫"色子",赌博用具,正方立体六面,每面分刻一至六点,涂红色的点子,也可嵌入红豆。安:嵌。红豆:又名相思子,详见王维《相思》注。

这首诗,最大限度地运用了谐声双关的民歌手法,为"刻骨相思"找到了一种新颖的象征符号。谐声双关主要见于民间情歌,其原因大约在于谈情说爱,有些话不便明言,故设法讲得隐秘些。惟其隐秘,故有特殊风味。这首诗,便是一个例证。全诗是以女主人公向男主人公讲话的形式写出的。先看表面上的意思:

> 我就像井底下点蜡烛,深深地照着你。
> 我愿跟你永远在一起走,可别独自去围棋。
> 就像把红豆安在玲珑的骰子里,
> 我那入骨的相思啊,你知也不知?

再看骨子里的意思。我深深地嘱咐你:我要跟你玩博戏,可别误了约好的日期! 下两句,表面上和骨子里的意思相同。不论从哪一方面看,全篇意思贯通,都有点诗味。其在谐语双关的大量运用方面表现出的巧妙构思,也能给人以趣味感和新鲜感。如管世铭《读雪山房唐诗钞凡例》所说:"温飞卿'玲珑骰子安红豆,入骨相思知不知',古趣盎然,勿病其俚与纤也。"

李商隐

李商隐(813?—858),字义山,排行十六,号玉溪生,又号樊南生。祖籍怀州河内(今河南沁阳),自祖父起迁居郑州(今属河南)。郡望陇西成纪(今甘肃秦安)。年十六,著《才论》、《圣论》。弱冠,以文谒令狐楚于洛阳,受知赏,亲授骈体章奏法。旋随楚至郓州,为天平军节度使巡官。文宗大和六年(832),令狐楚转河东节度使,商隐从至太原。开成二年(837),因令狐楚之子令狐绹之荐,登进士第。三年春应博学宏辞试不第,入泾原节度使王茂元幕为掌书记,茂元赏其才,以其女妻之。四年过吏部试,授秘书省校书郎,调弘农县尉。武宗会昌二年(842)以书判拔萃任秘书省正字。旋丁忧家居。五年冬,服阕入京,仍任秘书省正字。宣宗大中元年(847),随桂管观察使郑亚赴桂林,任支使兼掌书记。后历周至县尉、京兆尹掾曹。三年十月,卢弘止表为武宁军节度判官,后任太学博士、东川节度判官。九年归长安,十年(856)任盐铁推官。十二年回郑州闲居,病卒。其生平事迹,见《唐诗纪事》、《唐才子传》及新、旧《唐书》本传,年谱以冯浩《玉溪生年谱》、张采田《玉溪生年谱会笺》较精审。李商隐与温庭筠、段成式俱擅长骈体文,因三人皆排行十六,故时号"三十六体"。诗与杜牧齐名,并称"小李杜"。其诗古体以《韩碑》一篇最负盛名,田雯称其"音声节奏之妙,令人含咀无尽",足以"媲杜凌韩"(《古欢堂杂著》)。七律善学杜甫而能自运机杼,佳者精密华丽、沉着顿挫;其缺失在于用典太多,或流于隐僻。姚鼐称其"七律佳者几欲远追拾遗,其次犹足近掩刘、白。第以矫敝滑易,用思太过,而僻晦之敝又生。要不可不谓之诗中豪杰之士矣"(《惜抱轩今体诗抄序目》),评价可谓公允。七绝亦多佳作,诗论家赞颂无异词,如叶燮云:"李商隐七绝,寄托深而措辞婉,实可空百代无其匹也。"(《原诗》外篇下)施补华云:"义山七绝以议论驱驾书卷,而神韵不乏,卓然有以自立。"(《岘佣说诗》)《全唐诗》收其诗三卷。其诗文合集以清人冯浩《李义山诗文集详注》最通行。今人刘学锴、余恕诚有《李商隐诗歌集解》。

晚　晴

深居俯夹城①,春去夏犹清②。天意怜幽草,人间重晚晴。并添高阁迥③,微注小窗明④。越鸟巢干后,归飞体更轻⑤。

①深居:指自己僻静的住所。夹城:两重城墙,中有通道。②"春去"句:与谢灵运《游赤石进泛海》"首夏犹清和"同意。③"并添"句:更增添了高阁的高迥,意谓雨后天晴,立于高阁,比平常看得更远。④"微注"句:夕阳的余晖注入小窗,增添了窗内的亮度。⑤越鸟:南方的鸟。巢干:本来被雨水淋湿的鸟巢现在已经干了,补足"晚晴"之意。

宣宗大中元年(847)初夏任桂管观察使郑亚幕僚时作。初居桂林,雨后傍晚放晴,心情舒畅,故此诗写晚晴之景清新明丽,连归鸟亦身轻体快,所谓情与境偕,融化无迹。第二联以"天意犹怜幽草"使之欣欣向荣,兴起人间应重"晚晴",岂能让韶光虚度,体现了一种积极向上的人生态度,至今犹被引用。

夜 饮

卜夜容衰鬓^①，开筵属异方^②。烛分歌扇泪^③，雨送酒船香^④。江海三年客^⑤，乾坤百战场^⑥。谁能辞酩酊，淹卧剧清漳^⑦？

①卜夜：《左传·庄公二十二年》载：齐桓公使敬仲为工正，并到敬仲家去，敬仲设宴招待，桓公甚乐。至晚，"公曰：'以火继之。'辞曰：'臣卜其昼，未卜其夜，不敢。'"后因称昼夜相继宴乐为"卜昼卜夜"。衰鬓：鬓发斑白。②属：值。异方：异乡。③歌扇：古代歌女歌舞时用的扇子。④酒船：酒器。庾信《北园新斋成应赵王教》诗云："金船代酒卮。"《海录碎事》："金船，酒器中大者呼为船。"⑤江海：犹"江湖"，泛指与朝廷相对的外地异方。三年客：作者自大中五年(851)赴东川幕，到这时已三年。⑥乾坤百战场：藩镇叛乱，吐蕃入侵，战乱不已。⑦酩酊：大醉。淹卧：久卧。剧：更甚于。清漳：即漳水。刘桢《赠五官中郎将》诗云："余婴沉痼疾，窜身清漳滨。"末句用此。两句意谓：谁能像刘桢淹卧漳滨而不借酩酊大醉以消愁闷呢？

当作于任东川节度判官时期，行年四十余，故曰"衰鬓"，在梓州，故曰"异方"。感叹连年漂泊、沉沦下僚而将自己的命运与国运相联系，故境界阔大。五、六两句，曾为王安石所激赏，后代诗评家也多赞其"高壮"、"沉雄"。

安定城楼^①

迢递高城百尺楼^②，绿杨枝外尽汀洲。贾生年少虚垂涕^③，王粲春来更远游^④。永忆江湖归白发，欲回天地入扁舟。不知腐鼠成滋味，猜意鹓雏竟未休^⑤。

①安定：郡名，即泾州唐泾原节度使治所，故址在今甘肃泾川县北。②迢递：高峻貌。③"贾生"句：贾谊年少时上书汉文帝论当时政治，有"可为痛哭者一，可为流涕者二，可为长太息者六"等语。④王粲："建安七子"之一，东汉末从长安避难到荆州，依靠荆州刺史刘表。⑤"不知"二句：《庄子·秋水篇》云："惠子相梁，庄子往见之，或谓惠子曰：'庄子来，欲代子相。'于是惠子恐，搜于国中，三日三夜。庄子往见之，曰：'南方有鸟，其名为鹓雏，子知之乎？夫鹓雏发于南海，而飞于北海，非梧桐不止，非练实不食，非醴泉不饮。于是鸱得腐鼠，鹓雏过之，仰而视之曰：吓！今子欲以梁国而吓我耶？'"

李商隐于开成二年(837)中进士，当时以李德裕为首的李党和以牛僧孺为首的牛党互相倾轧。李商隐原来依附的令狐楚是牛党。令狐楚死后，李商隐在泾原节度使王茂元的幕府工作，并做了他的女婿，而王茂元被认为是李党。因此，李商隐在参加博学宏词科考试时，受到牛党的排斥，不幸落选，于开成三年春回到泾州，作此诗。这时他二十六岁。

此诗以登高望远，略写春景发端，接着借两位古人抒发怀抱。贾谊少年时上《治安策》，指出可为"痛哭""流涕"的种种政治缺失，并提出巩固中央政权的建议，却未被采纳，其涕泪等于白流。他自己也渴望济人匡国，而应试落选，无由进入仕途，忧时之泪也同样白流。王粲少年时远游荆州，依附刘表，春日登当阳城楼作《登楼赋》，发出"虽信美而非吾土"的慨叹。自己落第远游，寄人篱下，只能做一名幕僚，春日登安定城楼，也有满腹积郁正待倾吐。两句诗用典精当，只述前贤遭遇，而自己的处境和心情已和盘托出。

五、六两句为全篇警策。"永忆江湖"，是说他并不贪图利禄，而是始终向往江湖，希望过洒脱飘逸的生活。但这有个前提，那就是"欲回天地"，即希望大显身手，使国家由混乱转安定、由衰弱转强盛。等到这一愿望实现的"白发"之年，便"入扁舟"而"归"江湖。这里暗用了春秋时代越国大夫范蠡功成身退、泛舟五湖的典故，而句法回旋综错，境界阔大高远，恰切地表现了宏伟抱负和高尚情操。难怪王安石最喜吟诵，认为"虽老杜无以过"（《苕溪渔隐丛话》卷二二引《蔡宽夫诗话》）。在章法上，又水到渠成地引出尾联，用《庄子》寓言，对那些抓住腐鼠便吃得满有滋味，压根儿不知鹓雏之志而横加猜忌的小人给予辛辣的讽刺。

前两联忧念国事，感慨身世，哀婉中见愤激。后两联自抒伟抱，抨击腐恶，振拔处见雄放。全诗赋比交替，虚实相生，文情跌宕，气势磅礴，学杜甫七律而独得精髓，是李商隐早期律待中的代表作。

隋　宫①

紫泉宫殿锁烟霞②，欲取芜城作帝家③。玉玺不缘归日角④，锦帆应是到天涯。于今腐草无萤火，终古垂杨有暮鸦。地下若逢陈后主，岂宜重问后庭花。

①隋宫：指隋炀帝在扬州所建江都、显福、临江等宫。②紫泉：长安北部的河流。"泉"本作"渊"，避李渊讳改。司马相如《上林赋》写长安形胜，有"紫渊径其北"语，故此以"紫泉"代长安。③芜城：指扬州。④日角：指人的额角满如日，古代相法认为是帝王之相，此指李渊。

首句以"紫泉"代长安，选有色彩的字面与"烟霞"映衬，烘托长安宫殿的巍峨壮丽，为次句突出隋炀帝杨广荒淫无度、迷恋扬州行宫作铺垫。按照思维逻辑，继"欲取芜城作帝家"，应直写去"芜城"游乐。诗人并没有违背这一逻辑，却不作铺叙，而用虚拟推想的语气说："玉玺不缘归日角，锦帆应是到天涯。"这就既包括了"取芜城作帝家"，又超越了"取芜城作帝家"。更重要的是，还表现出杨广的穷奢极欲导致了亡国的后果，而他还至死不悟。其用笔之灵妙，命意之深婉，令人赞叹。第三联涉及杨广游乐的两个故实，一是放萤：杨广在洛阳景华宫搜求萤火虫数斛，"夜出游放之，光遍岩谷"；在扬州也放萤取乐,还修了"放萤院"。二是栽柳:白居易在《隋堤柳》中写道:"大业年中炀天子,种柳成行夹流水。西至黄河东至淮,绿影一千三百里。大业末年春暮月,柳色如烟絮如雪。南幸江都恣佚游,应将此树映龙舟。"这两个故实自成对偶,正好可以构成律诗中的一联。但作者却不屑于作机械的排比,而是把"萤火"跟"腐草"、"垂杨"跟"暮鸦"联系起来,于一"有"一"无"的鲜明对比中感慨今昔,深寓荒淫亡国的历史教训。"兴在象外,活极妙极,可谓绝作"(方东树《昭昧詹言》)。尾联活用杨广与陈叔宝梦中相遇的故实,以假设、反诘语气,把揭露荒淫亡国的主题表现得感慨淋漓。陈叔宝与杨广同以荒淫著称。隋文帝开皇九年(589)灭陈,陈叔宝投降,与隋太子杨广很相熟。杨广当了天子,乘龙舟游扬州时,梦中与死去的陈叔宝及其宠妃张丽华等相遇,请丽华舞了一曲《后庭花》。(见《隋遗录》卷上)《后庭花》是陈叔宝所制的反映宫廷淫靡生活的舞曲,被后人斥为"亡国之音"。诗人在这里特意提到它,其用意是,杨广是目睹了陈叔宝荒淫亡国的事实的,却不吸取教训,既纵情龙舟之游,又迷恋亡国之音,终于重蹈陈叔宝的覆辙,身死国灭,为天下笑。"地下若逢陈后主,岂宜重问后庭花。"问而不答,余味无穷。

马　嵬[①]

海外徒闻更九州[②],他生未卜此生休[③]。空闻虎旅鸣宵柝[④],无复鸡人报晓筹[⑤]。此日六军同驻马,当时七夕笑牵牛。如何四纪为天子[⑥],不及卢家有莫愁[⑦]。

①马嵬:即马嵬坡,杨贵妃遇难处,详见白居易《长恨歌》注。②"海外"句:古代中国包括九州,战国邹衍创"大九州"之说,指出中国名赤县神州,中国境外如赤县神州者还有九个。此句"海外更(还有)九州",指白居易《长恨歌》及陈鸿《长恨歌传》所说的海外仙山。③他生未卜:指"世世为夫妇"的誓约能否实现,不可预知。④虎旅:指唐玄宗入蜀的警卫部队。宵柝(tuò 唾):夜间巡逻的刁斗声。⑤鸡人:宫中报时的卫士。筹:漏壶中的浮标,计时器。⑥四纪:十二年为一纪,唐玄宗在位四十五年,将近四纪。⑦莫愁:古洛阳女儿,嫁为卢家妇,见南朝乐府歌辞《河东之水歌》。

一开头夹叙夹议,先用"海外""更九州"的故实概括方士在海外寻见杨妃的传说,而用"徒闻"加以否定。"徒闻"者,徒然听说也。意思是:玄宗听方士说杨妃在仙山上还记着"愿世世为夫妇"的誓言,"十分震悼",但这有什么用?"他生"为夫妇的事渺茫"未卜";"此生"的夫妇关系,却已分明结束了。怎样结束的,自然引起下文。

次联用宫廷中的"鸡人报晓筹"反衬马嵬驿的"虎旅鸣宵柝",而昔乐今苦、昔安今危的不同处境和心情已跃然纸上。

第三联的"此日"指杨妃的死日。"六军同驻马"与白居易《长恨歌》"六军不发无奈何"同意,其精警之处在于先写"此日"即倒转笔锋追述"当时"。"当时"与"此日"对照、补充,笔致跳脱,蕴含丰富,这叫"逆挽法"。玄宗"当时"七夕与杨妃"密相誓心",讥笑牵牛、织女一年只能相见一次,而他们两人则要"世世为夫妇",永远不分离,可在遇上"六军不发"的时候,结果又如何?两相映衬,杨妃"赐死"的结局就不难于言外得之,而玄宗虚伪、自私的精神面貌也暴露无遗。同时,"七夕笑牵牛"是对玄宗迷恋女色、荒废政事的典型概括,用来对照"六军同驻马",就表现了二者的因果关系。没有"当时"的荒淫,哪有"此日"的离散?而玄宗沉溺声色之"当时",又何曾虑及"赐死"宠妃之"此日"!行文至此,尾联的一问已如箭在弦。

尾联也包含强烈的对比。一方面是当了四十多年皇帝的唐玄宗保不住宠妃,另一方面是作为普通百姓的卢家能保住既善"织绮"、又能"采桑"的妻子莫愁。诗人由此发出冷峻的诘问:为什么当了四十多年皇帝的唐玄宗还不如普通百姓能保住自己的妻子呢?前六句诗,其批判的锋芒都是指向唐玄宗的。用需要作许多探索才能作出全面回答的一问作结,更丰富了批判的内容。

哭 刘 蕡

上帝深宫闭九阍,巫咸不下问衔冤①。黄陵别后春涛隔②,湓浦书来秋雨翻③。只有安仁能作诔④,何曾宋玉解招魂⑤?平生风义兼师友⑥,不敢同君哭寝门⑦。

①九阍(hūn 昏):九重门,这是言宫廷深邃。巫咸:传说中的神巫。古代把巫看做人和神之间的使者。这两句意思说,皇帝住在关着九重门的深宫里,又不派人下来了解刘蕡所受的冤枉。②黄陵:原作"广陵",清代冯浩据李商隐《哭刘司户蕡》诗中有"去年相送地,春雪满黄陵"之句,改定为"黄陵"。黄陵,山名,在今湖南湘潭县北,山下有黄陵亭。按,会昌元年(841)春,刘蕡被贬官柳州,路经湘潭,与李商隐晤别。这句说,去年春天,黄陵一别,便隔着大江,一南一北。③湓(pén 盆)浦:即湓水,今名龙开河,源出江西瑞昌,东流至九江西北入长江。刘蕡卒于九江。书:书信。翻:翻动,形容雨势之大。④安仁:西晋潘安的字,他长于写作哀诔(lěi 垒)一类的文章。诔:祭文的一种。⑤宋玉:战国时楚人,曾作《招魂》。⑥风义:道德义气,是称美之词。⑦寝门:内室的门。《礼记》上说,哭吊老师,应在内室里面;哭吊朋友,应在内室的门外。这两句说,从刘蕡平时为人的道德义气方面看,不但可以做作者的朋友,而且可以当老师,所以不敢只是把他当做朋友,在寝门以外哭他。

刘蕡(fén 坟),字去华,昌平(今北京市昌平县)人。敬宗宝历二年(826)进士。文宗大和二年(828)应贤良方正直言极谏科试,在对策中猛烈抨击宦官和藩镇,主张改革朝政,因而触怒宦官集团,被贬为柳州司户参军。宣宗大中二年(848)自贬所放还,与商隐相遇于黄陵(今湖南湘潭),翌年卒于浔阳(今江西九江)。商隐先后作四首悼诗,这是其中之一。屈复《玉谿生诗意》解云:

"上帝深居,已不可见;又闭九阍,更难通矣。巫阳下问,犹可鸣冤,今又不然,冤死宜矣。忆昔黄陵相别,远隔春涛;及今溢浦书来,已翻秋雨,言已死也。身似安仁,但能作诔,才如宋玉,不解招魂,言不能使之复生也。七、八终不改平日之交情。"纪昀《玉谿生诗说》评云:"悲壮淋漓,一气鼓荡。"

锦　瑟

锦瑟无端五十弦[①],一弦一柱思华年。庄生晓梦迷蝴蝶[②],望帝春心托杜鹃[③]。沧海月明珠有泪[④],蓝田日暖玉生烟[⑤]。此情可待成追忆[⑥]?只是当时已惘然[⑦]。

①锦瑟:雕饰精美的瑟。古瑟五十弦,后改为二十五弦。无端:或谓即"无心"之意,瑟五十弦,本属无心,而作者却由此联想起已逝的华年。②庄生:庄子。《庄子·齐物论》载:庄子在梦里发现自己化成了蝴蝶,醒来时又发现化成了庄子。因而他感到迷惑:不知道是自己在梦里变为蝴蝶呢,还是蝴蝶做梦变成了庄子。③望帝:传说古代蜀国君主名杜宇,因为德薄,失去了帝位,死后化为鸣声凄哀的杜鹃。春心:春天的情思。④沧海月明:大海上明月朗照。珠有泪:相传南海外有鲛人,哭泣时流下的眼泪化为珍珠。事见《博物志》卷九。⑤蓝田:指蓝田山,在今陕西省蓝田县,产良玉。唐司空图《与极浦书》引戴叔伦语:"诗家之景,如蓝田日暖,良玉生烟,可望而不可置于眉睫之前也。"⑥此情:总括以上所写的怅恨痛惜之情。⑦惘(wǎng枉)然:惘怅的神态。

此诗当作于晚年,张采田系于宣宗大中十二年(858),近似。其内蕴众说纷纭,举其要者,约有咏瑟(苏轼)、悼亡(朱鹤龄)、自伤身世(元好问、何焯)、自序其诗(程湘衡)等等。首联以锦瑟弦、柱所发之悲声引发"思华年",尾联以"成追忆"、"已惘然"照应首联,其晚年追忆往事、自伤身世之意甚明。中间两联展现四幅象征性图景,可以触发多种联想,不同理解即由此而来。但理解为"身世遭逢如梦似幻、伤春忧世似杜鹃泣血、才而见弃如沧海遗珠、追求向往终归缥缈虚幻"(刘学锴、余恕诚《李商隐诗选》),却可涵盖多种解释,不违诗意。此诗工于隶事,精于属对,词采秾丽,声韵凄婉,意境朦胧,极富象征意味,体现了李商隐七律的独特风格。

无　题

相见时难别亦难,东风无力百花残。春蚕到死丝方尽,蜡炬成灰泪始干[①]。晓镜但愁云鬓改,夜吟应觉月光寒[②]。蓬山此去无多路,青鸟殷勤为探看[③]。

①丝:与"思"谐音双关。泪:指蜡烛燃烧时流下的蜡油,古人称它为"蜡泪"。杜牧《赠

别》诗:"蜡烛有心还惜别,替人垂泪到天明。"②"晓镜"二句:想象所思念的女子,当清晨对镜梳妆之时,也许会发现镜中容颜衰谢而发愁;当夜间对月吟诗之时,也许会感到月光如水,心绪悲凉。③"蓬山"二句:蓬山:神话传说中的海上仙山,此指所思念的女子居住之处。无多路:没多少路程,并不遥远。青鸟:神话传说中为西王母传递信息的仙鸟,古代诗文中用以指送信的使者。这两句自作宽解,对方与自己距离不远,希望有人代为殷勤致意,帮助成全。何焯云:"末路不作绝望语,愈悲。"

诗人不愿标明主题,故以"无题"为题。时当暮春,伤别念远。从第三联看,所思念者是一位女性,当为爱情诗;而许多注家则认为所反映的是作者陷入牛李党争中的遭遇与困惑。男女关系与君臣、朋友关系可以相通,故爱情诗亦不排除某种寄托。"春蚕到死丝方尽,蜡炬成灰泪始干"所体现的执著追求精神,实具有极大的普遍意义。

无　题
昨夜星辰昨夜风,画楼西畔桂堂东①。身无彩凤双飞翼②,心有灵犀一点通③。隔座送钩春酒暖④,分曹射覆蜡灯红⑤。嗟余听鼓应官去⑥,走马兰台类转蓬⑦。

①画楼:彩画雕饰的楼。桂堂:用香木构筑的堂屋。②彩凤:彩色羽毛的凤凰。③灵犀:灵异的犀牛。一点通:指犀角中心上下贯通的白色髓质。④送钩:又叫藏钩,古代的一种游戏,数人藏一小钩,让猜究竟在谁手中。⑤分曹:分成摊子。射覆:猜器皿覆盖着的东西。射,猜。⑥余:我。鼓:更鼓。应官:到官署上班。⑦兰台:秘书省。转蓬:飞转的蓬草。

此诗作于任职秘省期间。首联写乍见伊人之时、地;次联以"身无彩凤双飞翼"反衬"心有灵犀一点通",词丽情浓,为抒写心灵感通之名句;三联写宴会中情景,虽"隔座"、"分曹",而送钩酒暖、射覆灯红,亦极堪留恋;尾联则写更鼓相催,不得不赴秘省上班。时间、地点、人物、情节、场景如此具体,足证此诗实写艳情;寓意、寄托诸说,俱嫌牵强。

乐游原①
向晚意不适②,驱车登古原③。夕阳无限好,只是近黄昏。

①乐游原:在长安东南,地势较高,可以眺望长安全城。②向晚:傍晚。意不适:心情不舒畅。③古原:指乐游原。

诗人身处晚唐,国运日衰,怀才不遇,岁月流逝,故有"向晚意不适"之感。此诗以"向晚意不适"倒装而入,以"夕阳无限好"之极赞反跌"只是近黄昏"之浩叹，又与起句拍合，一唱三叹，国势陵夷之忧，身世沉沦之痛，触绪纷来，悲凉无限。管世铭《读雪山房唐诗钞凡例》云："李义山《乐游原》诗消息甚大，为五绝中所未有。"

<h2>贾　生①</h2>

宣室求贤访逐臣②，贾生才调更无伦。可怜夜半虚前席，不问苍生问鬼神③。

①贾生：贾谊。②宣室：汉未央宫正殿。逐臣：放逐之臣，指贾谊。贾谊于汉文帝时为大中大夫，为大臣所谗，贬往长沙。后来召见，文帝坐宣室，问鬼神之本，"贾生因具道所以然之状。至夜半，文帝前席"（《史记·贾生列传》）。前席：古人席地而坐，对方讲话，听得入神，便不自觉地向前移动。③苍生：百姓。

前两句为后两句作铺垫。汉文帝"求贤"而召回"逐臣"，可谓重视人才。而召回来的贾谊，又才调绝伦，可谓君臣遇合，必将在政治上大有作为。两层铺垫之后，突用"可怜"一转：听贾谊回答问题，直听到"夜半"，多次"前席"，听得何等入神！然而也只是徒然"前席"，因为他"不问苍生"而只"问鬼神"，贾谊也只能在回答关于鬼神的问题上施展"才调"而已！"逐臣"被"访"，尚不能真正发挥作用；压根儿不被"访"，又将何如？就重视人才、发挥人才作用的重大问题抒发谠论，而以唱叹出之，充满激情，故有艺术魅力，与抽象说教者有别。

<h2>隋　宫</h2>

乘兴南游不戒严，九重谁省谏书函①？春风举国裁宫锦②，半作障泥半作帆③。

①省（xǐng醒）：省察。②宫锦：皇宫使用的高级锦缎。③障泥：马鞯两旁的下垂部分，用以遮挡尘、泥。

隋炀帝在他当政的十四年内，把绝大部分时间用于佚游享乐，挥霍民脂民膏。此诗举"南游"以概其余，收到了以少总多的艺术效果。

第一句单刀直入，点明"南游"。而以"乘兴"作状语，已将杨广贪图享乐、不惜民力、骄横任性、为所欲为的独夫行径暴露无遗。"不戒严"正是"乘兴"的一种表现形式，凭着自己的高兴，想南游就南游，谁敢反对？有反对的，杀掉就是了，用不着"戒严"。一、二两句前呼后应，相互补充。既然"乘兴南游"，就只准助"兴"，不准扫"兴"。对于那些扫"兴"的"谏书"，连"函"套都不肯看上一眼。寥寥数字,活画出独夫形象。看《资治通鉴·隋纪》,便知大业十二年(616)杨广第三次南游,建节尉任宗上书极谏,被杖杀;奉信郎崔民象上表谏阻,亦被杀;行至汜水,奉信郎王爱仁谏阻,斩之而行。"九重谁省谏书函",一方面揭露其一意孤行,另一方面指斥其不得人心。"忠臣"冒死谏阻,则民不堪命,怨声载道,已不言可知。

从作者的艺术构思看,在写了"乘兴"、拒谏之后,将通过写"南游"本身暴露其耗竭天下的民力以供一己享乐的罪恶。然而只剩两句诗,又如何写?杨广南游,水陆并进:水路"舳舻相继,连接千里,自大梁至淮口,联绵不绝。锦帆过处,香闻百里";陆路"骑兵翼两岸而行,旌旗蔽野"。从哪一角度切入,才能水陆兼顾?

诗人只选"宫锦"而舍弃一切、又带动一切。"春风"一词,与"乘兴"呼应,为荒淫天子助"南游"之兴;又从反面揭示"举国"之人于农事倍增之时被迫废弃生产,忙于为天子"南游"而"裁"自己经过无数工序织出的锦缎!"裁宫锦"干什么?第四句作了回答:"半作障泥半作帆。"这真是石破天惊的警句,既表现了对于人民血汗的痛惜,又从水陆两方面打开了读者的思路。只要联系首句的"乘兴南游"驰骋想象,则舳舻破浪,骑兵夹岸,锦帆锦鞯照耀千里的景象,就历历浮现目前。而给人民造成什么灾难和给自己带来什么后果,俱见于言外。写杨广"南游"而于千汇万状中筛选"乘兴"、拒谏,特别是"举国裁宫锦"而略作点化,一气贯注,又层层深入。每一层次,都具有深刻的社会意义,可以唤起读者的联想,从而收到言有尽而意无穷的审美效果。

夜雨寄北①

君问归期未有期,巴山夜雨涨秋池②。何当共剪西窗烛,却话巴山夜雨时。

①寄北:一作"寄内","内",指妻子。②巴山:泛指巴蜀地区。

这是巴山夜雨之时写寄北方妻子的一首诗。第一句"君问归期未有期",一问一答,先停顿,后转折,跌宕有致,极富表现力。翻译一下,那就是:你问我回家的日期,唉,回家的日期嘛,还没个准儿啊!其羁旅之愁与不得归之苦,已跃然纸上。接下去,写了此时的眼前景"巴山夜雨涨秋池",那已经跃然纸上的羁旅之愁与不得归之苦,便与夜雨交织,绵绵密密,淅淅沥沥,涨满秋池,弥漫于巴山的夜空。然而此愁此苦,只是借眼前景而自然显现;作者并没有说什么愁,诉什么苦,却从这眼前景生发开去,驰骋想象,另辟新境,表达了"何当共剪西窗烛,却话巴山夜雨时"的愿望。其构想之奇,真有点出人意外。而设身处境,又觉得情真意切,字字如从肺腑中流出。"何当"(何时能够)这个表示愿

345

望的词儿,是从"君问归期未有期"的现实中迸发出来的;"共剪"、"却话",乃是由当前的苦况所激发的对于未来欢乐的憧憬。盼望归后"共剪西窗烛",则此时思归之切,不言可知;盼望与妻子团聚,"却话巴山夜雨时",则此时独听"巴山夜语"而无人共语,也不言可知。独剪残烛,夜深不寐,在淅沥的巴山秋雨声中阅读妻子询问归期的信,而归期无准,其心境之郁闷、孤寂,是不难想见的。作者却跨越了这一切去写未来,盼望在重聚的欢乐中追话今夜的一切。于是,未来的乐,自然反衬出今夜的苦;而今夜的苦,又成了未来剪烛夜话的材料,增添了重聚时的乐。四句诗,明白如话,却何等曲折,何等深婉,何等含蓄隽永,余味无穷!

艺术构思的独创性又体现于章法结构的独创性。"期"字两见,而一为妻问,一为己答;妻问促其早归,己答叹其归期无准。"巴山夜雨"重出,而一为客中实景,紧承己答;一为归后谈助,遥应妻问。而以"何当"介乎其间,承前启后,化实为虚,开拓出一片想象境界,使时间与空间的回环对照融合无间。近体诗,一般是要避免字面重复的,这首诗却有意打破常规,"期"字的两见,特别是"巴山夜雨"的重出,正好构成了音调与章法的回环往复之妙,恰切地表现了时间与空间回环往复的意境之美,达到了内容与形式的完美结合。王安石《与宝觉宿龙华院》云:"与公京口水云间,问月'何时照我还?'邂逅我还(回还之还)还问月,'何时照我宿钟山'?"杨万里《听雨》云:"归舟昔岁宿严陵,雨打疏篷听到明。昨夜茅檐疏雨作,梦中唤作打篷声。"这两首诗俊爽明快,各有新意,但在构思谋篇方面受《夜雨寄北》的启发,也是灼然可见的。

嫦　娥

云母屏风烛影深[1],长河渐落晓星沉[2]。嫦娥应悔偷灵药[3],碧海青天夜夜心。

[1]云母屏风:云母片装饰的屏风。[2]长河:银河。[3]嫦娥:传说中的月中仙子。《淮南子·览冥训》高诱注:"姮娥,羿妻。羿请不死之药于西王母,未及服之,姮娥盗食之,得仙,奔入月中,为月精。"姮娥,即嫦娥。

题为《嫦娥》,而所咏者并非嫦娥。前两句由室内写到天上,表明室中人独对残烛,长夜难眠,目望遥天,心有所思,从而引出后两句,用以烘托室中人之心理活动。至于室中人为谁,何以有此心理活动,则可从不同角度作各种解释。

瑶　池[1]

瑶池阿母绮窗开[2],黄竹歌声动地哀[3]。八骏日行三万里[4],穆王

346

何事不重来⑤?

①瑶池:《穆天子传》载,周穆王西游至昆仑山,遇西王母。西王母宴穆王于瑶池。临别,西王母作歌:"白云在天,山陵自出。道里悠远,山川间之。将(希望)子毋死,尚能复来。"穆王作歌回答,约定三年后重来。②阿母:西王母又称"玄都阿母"(见《汉武帝内传》)。绮(qǐ启)窗:雕刻如绮纹的窗。句意谓西王母敞开窗户,等待穆王重来。③黄竹歌:《穆天子传》载,周穆王在到黄竹的路上,遇"北风雨雪,有冻人",曾作《黄竹歌》三章。此谓穆王纵游求仙之日,正百姓啼饥号寒之时。④八骏:传说中穆王所乘的八匹骏马。⑤"穆王"句:穆王曾与西王母约定,三年后重会,西王母长期等他不来,故有此问。何事不来,回答是:"死了!"

历代帝王求仙而不恤百姓者极多,晚唐更有武宗等几个皇帝因服仙丹而送命。此诗就周穆王与西王母会于瑶池的传说生发,对帝王求仙而不恤百姓痛加讥刺。结句问而不答,余意无穷。

宿骆氏亭寄怀崔雍崔衮①
竹坞无尘水槛清②,相思迢递隔重城③。秋阴不散霜飞晚④,留得枯荷听雨声。

①骆氏亭:处士骆峻所建,在长安郊外。崔雍、崔衮:崔戎的儿子,李商隐的从表兄弟。②坞(wù误):四周高而中央低的山地。水槛(jiàn见):指临水有栏杆的亭。槛:栏杆。此句点骆氏亭。③迢递:遥远。重(chóng虫)城:指多层的长安城。④"秋阴"句:阴云连日不散,霜期来得晚,故下句说"留得枯荷"。

以雨打枯荷、声声入耳渲染相思不寐,情景交融,悠然韵远。

霜 月
初闻征雁已无蝉①,百尺楼台水接天②。青女素娥俱耐冷,月中霜里斗婵娟③。

①征雁:南飞的雁。②水接天:"水"非实写,系暗写"霜"、"月"。③青女:主霜雪的女神。素娥:即嫦娥。婵(chán蝉)娟:美好的容态。两句想象霜月争辉的景色是青女与嫦娥在斗美竞妍。

首句写时已深秋。次句写登百尺高楼而望,眼前霜、月交辉,有如水光接天,不无高寒之感。三、四两句偏不说"寒",反而以"月中霜里斗婵娟"赞颂"青女素娥俱耐冷",耐人寻味,发人深省。

马 戴

马戴(生卒年不详),字虞臣,华州(今陕西华县)人。武宗会昌四年(844),与项斯、赵嘏为同榜进士。宣宗大中(847—860)初年,在太原幕中任掌书记,因直言被贬为龙阳尉。懿宗咸通(860—874)末,参佐大同军幕。官终太学博士。其诗除《关山曲》、《塞下曲》、《征妇叹》等以乐府古体写征战题材者而外,多以五律写日常生活,体物细腻,抒情委婉,时有警句。《全唐诗》存诗二卷,今人杨军有《马戴诗注》。

落日怅望

孤云与归鸟,千里片时间。念我何留滞,辞家久未还? 微阳下乔木,远烧入秋山①。临水不敢照,恐惊平昔颜②。

①"微阳"二句:夕阳从西山的树林中落下去,霞光染红对面的秋山。烧(shào 少):晚霞。②平昔:昔日。结尾两句谓:自知面容憔悴,今非昔比,故不敢临水自照,免使自己吃惊。

这是晚唐五律名篇。首联以孤云、归鸟之迅疾反衬次联作者之留滞,突然而起,超迈绝伦。朱庭珍《筱园诗话》评为"高格响调,起句之极有力、最得势者,可为后学法式"。三联以下句形上句,展现一幅秋山晚照图。锺惺评全诗云:"孑然高调,气亦完。"(《唐诗归》卷三四)纪昀评全诗云:"起得超脱,接得浑劲,五、六亦佳句。"(《唐宋诗举要》引)

楚江怀古

露气寒光集,微阳下楚丘①。猿啼洞庭树,人在木兰舟②。广泽生明月③,苍山夹乱流。云中君不见④,竟夕自悲秋。

①楚丘:犹言楚山,泛指洞庭湖周围的山。②木兰舟:以木兰为舟,取其美丽芬芳之义。(参前柳宗元《酬曹侍御过象县见寄》注)③"广泽"句:湖泽广无边际,远望月亮似从波中涌出。④"云中君"句:云中君是《楚辞》中的神名,即云神。《九歌》有《云中君》篇,结尾二句云:"思夫君(指云中君)兮太息,极劳心兮忡忡。"

楚江,指湖南湘江。原诗三首,这是第一首。写洞庭秋景,而无限秋思即寓于秋景之中。第二联风格高逸,为诗评家所称道。杨慎云:"马戴《蓟门怀古》雅有古调,至如'猿啼洞庭树,人在木兰舟',虽柳吴兴无以过也。晚唐有此,亦希声乎!"(《升庵诗话》卷一○)

罗 隐

罗隐(833—910),本名横,字昭谏,排行十五,新城(今浙江富阳)人。少英敏,善属文,诗名甚著,尤长于咏史,多讥刺,为时所忌。举进士,十上不第,因改名为隐。光启三年(887),投奔杭州刺史钱镠,表奏为钱塘县令,历秘书省著作郎。后梁开平二年,钱镠表授吴越国给事中,世称罗给事。其杂文集《谗书》中颇有现实性较强的作品。诗以近体较多,七绝、七律咏物抒怀,感慨时事,往往真切动人。有《罗昭谏集》,《全唐诗》存诗一一卷。

绵谷回寄蔡氏昆仲[①]

一年两度锦江游[②],前值东风后值秋[③]。芳草有情皆碍马,好云无处不遮楼。山牵别恨和肠断,水带离声入梦流。今日因君试回首,澹烟乔木隔绵州[④]。

①绵谷:今四川省广元县。昆仲:兄弟。②锦江:在今四川省成都平原。③值:遇。④澹(dàn 淡):通"淡"。乔木:高树。绵州:州治在今四川省绵阳市。

罗隐曾游蜀,此诗第二联以拟人化手法写蜀中景物,而无限眷恋之情见于言外。高步瀛云:"三、四写景极佳,而意极沉郁,是谓神行。若但以佳句取之,则皮相矣。"(《唐宋诗举要》卷五)

雪

尽道丰年瑞[①],丰年事若何[②]? 长安有贫者,为瑞不宜多。

①瑞:吉兆。②若何:怎么样。

雪兆丰年,故称瑞雪。罗隐此诗,则先对"瑞"打了折扣:现在下了雪,但是否会迎来丰年,还很难说。又从"贫者"无法御寒的角度提出要求:下雪就算是"瑞"吧,"瑞"也不宜太多;如果大雪连日,那可受不了! 如此咏雪,前所未有。

蜂

不论平地与山尖,无限风光尽被占[①]。采得百花成蜜后,为谁辛苦为谁甜[②]?

①占:占有,此读平声。②为谁辛苦:一作"不知辛苦"。

首二句带贬义,或谓替农民鸣不平,殊误。尽占风光,肆意聚敛,到头来不能自享而尽为他人所有,类似的社会现象屡见不鲜。此诗所讽,实不必确指也。

皮日休

皮日休(834?—883?),字逸少,后改袭美,襄阳竟陵(今湖北天门)人。出身贫寒,隐于鹿门山,自号鹿门子,嗜酒癖诗,又自号醉吟先生、醉士。咸通八年(867)登进士第。翌年游苏州,旋任苏州刺史崔璞军事判官,与陆龟蒙唱和。后入京为著作郎,迁太常博士。僖宗乾符二年(875)出为毗陵副使。不久,被黄巢"劫以从军"。黄巢称帝,署为翰林学士。皮日休为晚唐著名诗人和散文家,与陆龟蒙齐名,并称"皮陆"。主张"诗之美(歌颂)也,闻之足以劝乎功;诗之刺(讽刺)也,闻之足以戒乎政"。其诗多抨击时弊、关心民瘼之作。其《正乐府》十篇与《三羞诗》等,上承白居易《新乐府》,尤著名。有《皮子文薮》、《松陵唱和集》,《全唐诗》存诗九卷。

橡媪叹

秋深橡子熟,散落榛芜冈①。伛偻黄发媪②,拾之践晨霜。移时始盈掬③,尽日方满筐。几曝复几蒸,用作三冬粮④。山前有熟稻,紫穗袭人香⑤。细获又精舂,粒粒如玉珰⑥。持之纳于官,私室无仓箱⑦。如何一石馀,只作五斗量⑧?狡吏不畏刑,贪官不避赃。农时作私债⑨,农毕归官仓。自冬及于春,橡实诳饥肠⑩。吾闻田成子,诈仁犹自王⑪。吁嗟逢橡媪,不觉泪沾裳⑫。

①橡子:橡树(又名栎树)的果实,果仁苦涩,可勉强充饥。榛芜冈:草木杂生的山冈。②伛偻(yǔ lǚ 雨吕):弯腰驼背。黄发:老年人的头发。媪:老年妇女。③移时:过了一个时辰。盈掬(jū 居):拾满一捧。④曝:晒。三冬:冬季三个月。⑤袭人香:香气扑鼻。⑥玉珰:玉耳环。这里形容米粒的饱满有光泽。⑦私室:农民家里。仓箱:装米的器具。大者称仓,小者称箱。⑧石(dàn 担):容量单位,一石是十斗。量:计量。⑨作私债:放私债,指官家趁农民耕种播种子时,把官仓的粮食作高利贷借给农民,等农民收获了,再还入官仓。这是用官家的公粮作私人资本放高利贷。⑩诳:欺骗,蒙混。诳饥肠,意即用橡子作粮食来充饥,把肚子混饱。⑪田成子:战国时齐国的一个宰相。他为了收买人心,以大斗出贷,以小斗收入,受到齐人的歌颂。后来他杀掉齐简公,他的子孙更篡夺了齐国的王位。诈仁:伪装仁义,假仁假义。⑫吁嗟(xū jiē 虚街):古汉语中的感叹词。沾裳:淋湿衣襟。

这是《正乐府》十首的第三首。《正乐府·序》云:"诗之美也,闻之足以劝乎功;诗之刺也,闻之足以戒乎政。"说明他是自觉继承白居易"美刺比兴"传统的。《正乐府》收入他早年自编的《皮子文薮》,作于唐末农民大起义前夕。这首诗用质朴的语言,叹息的声调,写实的手法,通过"橡媪"的悲惨生活,反映了唐末吏治的极端腐败和对广大农民敲骨吸髓的剥削,令人感到农民大起义的风暴即将来临。

汴河怀古

尽道隋亡为此河,至今千里赖通波[①]。若无水殿龙舟事[②],共禹论功不较多[③]。

①赖:依靠。通波:通航。②水殿龙舟:炀帝乘坐的龙舟高四层,分正殿、内殿等。另有三层的浮景船九艘,都是炀帝的水上官殿。③禹:相传大禹治水八年,疏导黄河入海,造福百姓。不较多:不相上下。

汴河,指从汴州(今河南开封)到淮安(今属江苏)的一段运河。隋炀帝调发百万民工开凿运河,乘龙舟去江都(今江苏扬州)游乐,是导致隋朝覆亡的重要原因。白居易的《汴堤柳》、李商隐的《隋宫》,皆就此发挥。皮日休的这首诗,则既斥其荒淫劳民,又从交通运输方面赞扬了运河贯通南北的功用,见解精辟,议论通达,为咏史诗别开生面。

题包山

一片烟村胜画图,四边波浪送清虚[①]。此中人若无租税,直是蓬瀛也不如[②]。

①清虚:清风。②蓬瀛:蓬莱、瀛洲,神话传说中的海上仙境。

包山,在太湖中,四面环湖,景物优美。此诗以一、二句写美景,以第四句赞其远胜蓬莱,直是人间仙境,却用第三句提出作为蓬莱的先决条件:"无租税"。诗旨与杜荀鹤《山中寡妇》"任是深山更深处,也应无计避征徭"略同,而构思、谋篇,何等新警!

陆龟蒙

陆龟蒙(?—881?),字鲁望,吴郡(今江苏苏州)人,举进士不第,隐居松江甫里,自号江湖散人,又号天随子、甫里先生。懿宗咸通十年(869),以所作诗文谒苏州刺史崔璞,得识皮日休,相与唱和,其唱和诗编为《松陵唱和集》。咸通后期至僖宗乾符(874—879)中期,曾任湖州、苏州刺史张抟幕僚。乾符六年(879)春卧病笠泽(松江别名),编其诗文为《笠泽丛书》。自评其诗"穿穴险固,囚锁怪异"而"卒造平淡"(《甫里先生传》),实则律诗学温、李,古体诗学韩、孟,险怪僻涩的特点比较明显,并未完全达到由奇险、绚烂归于平淡的境界。七绝清新秀逸,饶有佳作。有《甫里先生文集》,《全唐诗》存诗一四卷。

雁

南北路何长!中间万弋张[1]。不知烟雾里,几只到衡阳[2]?

①弋:以绳系箭而射,射中猎物,即收绳而取。②到衡阳:相传北雁南飞,到衡阳而止。

刘永济《唐人绝句精华》云:"此非咏雁,借雁言世乱多危机也。"

和袭美钓侣

雨后沙虚古岸崩,鱼梁移入乱云层[1]。归时月堕汀洲暗,认得妻儿结网灯[2]。

①鱼梁:渔家在河流中编竹取鱼的横簖。皮日休《鱼梁》诗:"波际插翠筊,离离似清籁。游鳞到溪口,入此无逃所。"乱云层:指波涛。②"归时"二句:移鱼梁归来,月已西落,汀洲隐入夜幕。这位渔人以舟为家,在黑夜中认出妻儿正在编织鱼网的那点灯光,便朝着灯光回"家"来了。

这是与皮日休(字袭美)唱和之作。皮作《钓侣》以"严陵滩势似云崩"开头,此和其韵。三、四句情景逼真,别饶画意。

和袭美春夕酒醒

几年无事傍江湖[1],醉倒黄公旧酒垆[2]。觉后不知明月上,满身花影倩人扶。

①傍江湖:指过隐居生活。②黄公酒垆:是王戎与嵇康、阮籍酣饮的地方,见《世说新语·伤逝》。这里作者以竹林七贤自比。

其精彩处在后两句,然其根则在首句。正因为"无事傍江湖",才有此懒散生活。

白 莲

素蘤多蒙别艳欺[1],此花端合在瑶池[2]。无情有恨何人见,月晓风清欲堕时③。

①素蕣(huā花):白花。别艳:各种红艳的花。②端合:真该。瑶池:西王母所居。③"无情"二句:白莲不以颜色讨好,好像"无情",然而月晓风清,冷落将谢,岂能无恨。

首句须着眼。本性洁白,却为别艳所欺,隐居并非本愿,飘零岂能无恨!咏白莲正所以自况也。然作为咏物诗,亦自饶风韵。焦竑《焦氏笔乘》云:"花鸟之诗,最嫌太着。余喜陆鲁望《白莲》诗云云,花之神韵,宛然可掬,谓之写生手可也。"

新　沙①

渤澥声中涨小堤②,官家知后海鸥知。蓬莱有路教人到,应亦年年税紫芝③。

①新沙:海边新淤积出的一块沙洲。②渤澥:海的别支,指小海。③蓬莱:蓬莱、方丈,相传是海中仙山。紫芝:灵芝的一种,据说吃了它可以长生不老。《十洲记》载:"方丈洲在东海中心,群仙不欲升天者,皆往来此洲。仙家数十万,耕田种芝草。"

这首小诗从一个崭新角度揭露官府横征暴敛,无所不至。前两句是写实,后两句是推想。前两句写实,却写得含蓄。海涛声中涨出了一条小小的沙堤,这就是题中所说的"新沙"。因为"新",就连常在海边飞来飞去的沙鸥,也是过了一些时间才知道的;可是"官家"却早在海鸥知道之前就已经知道了。至于"官家"知道后干些什么,没有说,所以称得上含蓄。但当你读到结句"税紫芝",你的想象力就立刻活跃起来,诗人前面没有说的许多情景同时就在你眼前闪现:海边一出现"新沙",逃亡的农民就赶来开荒,"官家"就赶来收税。后两句,是以前两句所写的事实为根据作出的推想:既然海边的"新沙"也要征税,那么海中的蓬莱如果有一条路能够让人走到的话,大约神仙们种的紫芝,也免不了年年纳税吧!

推想虽然新奇,却合逻辑地反映了最本质的真实:不管你在任何地方种任何东西、干任何营生,只要有路可通,都要征税,无所逃于天地之间。陶渊明曾经幻想过"秋熟靡王税"的桃花源,生活在"通津达道者税之,莳蔬艺果者税之,死亡者税之"(《旧唐书·食货志上》)的晚唐时代的陆龟蒙,连这样的幻想也破灭了。一首七绝,从崭新的角度切入,用崭新的手法表现,揭露苛敛,入木三分。这与诗人的艺术独创有关,也与晚唐的政治背景有关,其特殊的时代烙印是显而易见的。

韦　庄

韦庄(836？—910)，字端己，京兆杜陵(今陕西长安县东南)人。韦应物四世孙。少孤贫力学，才思敏捷，疏放旷达。长期流落洛阳、越中、江西、湖南、湖北各地。多次应试，昭宗乾宁元年(894)始中进士。授校书郎、迁左补阙。天复元年(901)入蜀，为西川节度使王建掌书记。前蜀建国，王建称帝，官至宰相。生平事迹见《十国春秋》本传、《蜀梼杌》、《唐诗纪事》、《唐才子传》及夏承焘《韦庄年谱》。韦庄为晚唐五代重要词人与诗人，与温庭筠齐名，并称"温韦"。其诗多怀古感旧、悯乱伤时之作，缘情而发，凄婉哀怨。其《秦妇吟》为现存唐诗中最长之叙事诗，反映了当时的广阔现实。擅长七律、七绝，七绝造诣尤高，《台城》等至今脍炙人口。《全唐诗》存诗六卷。今人向迪琮校订之《韦庄集》较完备。

长 安 清 明

早是伤春梦雨天，可堪芳草正芊芊！内官初赐清明火[①]，上相闲分白打钱[②]。紫陌乱嘶红叱拨[③]，绿杨高映画秋千。游人记得升平事，暗喜风光似昔年。

①"内官"句：寒食节禁举烟火，第三天即清明节，钻榆柳之火以赐近臣。见《唐辇下岁时记》。②上相：对宰相的尊称。白打：古代的足球游戏。唐时宫女于寒食节举行白打，可得奖金。③红叱拨：良马。天宝中大宛国贡红叱拨。紫陌：对宫城大道的美称。这句写贵臣们朝见皇帝后乘车回府。

此诗作于乾宁元年(894)登进士第前后。在此之前，黄巢军攻陷长安，李克用又曾进入，长安遭到严重破坏，满目凄凉。这首诗在艺术构思方面的新颖之处，在于不像作者的另一些诗篇和同时诗人的多数诗篇那样从正面描写京城的残破景象，而是用游人的"暗喜"反衬自己的"伤春"。其反衬的方式，也匠心独运，破尽前人窠臼。首联写自己"伤春"。已是寒食、清明时节，繁花即将凋谢。如果遇上风雨，便立刻出现"花落知多少"的惨象。"梦雨"一词，蕴含诗人生怕风雨袭来的殷忧。"芳草正芊芊"写京城中的野草茂密，与杜甫《春望》"城春草木深"同一含义。前加"可堪"益增感伤。从季节上说，芳草芊芊，意味着春天即将消逝；万一风雨袭来，仅剩的一点春天就全被葬送。当时唐王朝虽在长安恢复了政权，但正处于风雨飘摇之中。两句诗，赋比兴并用，把"伤"季节之"春"与"伤"政治之"春"融合无间，令人萌发无限联想。尾联写游人"暗喜"。"喜"什么？"喜"眼前"风光"有"似"昔年"升平"时代的"风光"。写到这里，便戛然而止。

粗读一遍，会以为游人记忆中的"升平"风光究竟是什么，诗人全未描写。

细读几遍,便知诗人不仅写了,而且写得很具体、很热闹;与此同时,不禁赞佩章法结构之巧。原来尾联是中间两联的引申。看中间两联,便知清明时节:内官赐火;宫女白打;上相分钱;达官显宦们上朝下朝,车骑络绎,紫陌上红马"乱嘶",一片欢腾;绿杨掩映,美女们踩动秋千,荡来荡去,荡得很高。在偌大京城里,就只有这么一点"风光似昔年",使"记得升平事"的游人为之"暗喜"!把这种"暗喜"和首联的"伤春"联系起来,便立刻把全诗的思想境界提升到新的高度,引人深思。

汧阳县阁

汧水悠悠去似绷[1],远山如画翠眉横[2]。僧寻野渡归吴岳[3],雁带斜阳入渭城。边静不收蕃帐马,地贫唯卖陇山鹦[4]。牧童何处吹羌笛,一曲《梅花》出塞声[5]。

[1]汧(qiān 千)水:源出今陕西省陇县汧山南麓,流经汧阳,东注入渭水。绷(bēng 崩):带子。[2]"远山"句:古代诗词中多用远山来比拟妇女的眉黛,这里反转来以翠眉描绘远山的形象。[3]吴岳:又称吴山或岳山,在今陕西省陇县西南。[4]"边静"二句:慨叹边塞空虚,地瘠民贫。蕃帐,蕃人所居的帐幕。马放不收,这里已成了蕃人牧马之地。陇西一带出产鹦鹉,较南海所产稍大。[5]"牧童"二句:《梅花》,古笛曲中有《落梅花》。《梅花》现在带上了出塞之声,暗示民风改易。

汧阳县,唐属陇州,县城在今陕西汧阳县西。此诗写登汧阳县阁的见闻感受,于荒凉、贫瘠的画面中杂以蕃帐蕃马,配以羌笛吹奏的画外音,其忧时悯乱之情即由此曲曲传出,耐人寻味。

送日本国僧敬龙归

扶桑已在渺茫中[1],家在扶桑东更东。此去与师谁共到[2]?一船明月一帆风。

[1]扶桑:神话传说中之神木,因指神木所生之国土。《梁书·扶桑国传》:"扶桑在大汉国东二万馀里,其上多扶桑木,故以为名。"后世或以扶桑指日本,此诗则说日本在扶桑之东,王维《送晁监》"乡国扶桑外,主人孤岛中"亦然。[2]师:指敬龙。

前两句极写归程渺远,第三句以一问振起,结句以"一船明月一帆风"作答,极清婉空灵之致。明月清风,既表现僧人襟怀,而前途光明、一帆风顺的祝愿亦寓其中,以景托情,含蓄不尽。

古 离 别①

晴烟漠漠柳毵毵②,不那离情酒半酣③。更把玉鞭云外指④,断肠春色在江南。

①古离别:乐府《杂曲歌辞》。②毵毵:细长貌。③不那:无奈。④云外指:"指云外"的倒置。

首句写阳春烟景如在目前,但非单纯写景。读次句,便知首句所写,乃饯别筵席上所见,景中已寓"离情"。当酒已半酣,人将上马之时,以情观景,则"晴烟漠漠","离情"已随之"漠漠"无际;"柳"丝"毵毵","离情"已随之"毵毵"撩乱。第三句以"更"字领起,推进一步,写已经上马的行人手持"玉鞭",遥指"云外"——行人要去的地方,"杂花生树,群莺乱飞"的江南"春色",便在想象中浮现。饯别之地的"春色"已令人"不那",江南"春色"更浓更艳,能不令人"断肠"吗?

全诗以丽景衬离情。虚实相生,情景交融,辞采秾艳,笔致空灵。首句以"晴烟漠漠柳毵毵"实写饯别之地的"春色";结句以"断肠"虚写行人要去的江南"春色"。中间用"玉鞭"绾合前后。"玉鞭"一"指",行人与饯行者即从此分手,而两地"春色",则在眼前与想象中连成一片。"春色"无边,"离情"无尽。

台 城

江雨霏霏江草齐①,六朝如梦鸟空啼。无情最是台城柳,依旧烟笼十里堤。

①霏霏:雨细密貌。

台城,六朝首都建业城旧址,在今南京城内鸡鸣山北麓,玄武湖南侧。此诗就台城抒写古今兴亡之感。吴烶《唐诗选胜直解》云:"雨霏草齐,暮春时矣。对景兴怀,六朝灭亡如梦,而台城之柳依旧烟笼,即'豪华一去风流尽,唯有青山似洛中'意也。"杨逢春《唐诗偶评》云:"本是台城荒废,却言堤柳无情,托笔最为曲折。"李慈铭《〈唐人万首绝句选〉批》云:"二十八字中有古往今来万语千言不尽之意。"

稻 田

绿波春浪满前陂,极目连云糯稏肥①。更被鹭鸶千点雪,破烟来入画屏飞②。

①穧稏(bà yà 罢亚):水稻的别名。②画屏:指前两句所写景物构成的一幅天然图画。

唐末军阀混战、农民暴动,黄河流域破坏最惨,长江流域的某些地区则影响较小。此诗写稻浪连云景象犹堪入画,令人羡煞。

聂夷中

聂夷中(837—884?),字坦之,河南中都(今河南沁阳)人。出身贫苦。懿宗咸通十二年(871)登进士第,补华阴县尉。工诗,尤擅长五言古体,多关心民生与讽谕时事之作,古朴无华,言近旨远。辛文房谓"古乐府尤得体,皆警省之辞,裨补政治,乐而不淫,哀而不伤,正'国风'之义也"(《唐才子传》卷九)。《全唐诗》存诗一卷。

伤田家

二月卖新丝,五月粜新谷①。医得眼前疮,剜却心头肉②。我愿君王心,化作光明烛。不照绮罗筵,只照逃亡屋③。

①粜(tiào 跳):出卖粮食。这两句说:二月养蚕刚开始,就预将新丝贱价抵押出卖。五月刚插秧,又预将新谷出售,以救眼前饥寒。②眼前疮:指眼前的痛苦生活。剜(wān 弯)却:用刀挖掉。心头肉:指一年辛勤劳动的果实。③绮(qǐ 启)罗:绫罗绸缎。绮罗筵:指衣着华贵者参与的豪奢筵席。逃亡屋:指农民破产逃亡后留下的茅屋。

这首五言古诗,以简练的语言,真实、生动地反映了晚唐社会的典型情况。田家的劳动果实可以变钱的,只有"丝"和"谷"。二月,蚕丝还未缲成,五月,稻谷还未上市,却已经全部为高利贷者所占有。诗人以"医得眼前疮,剜却心头肉"的贴切比喻表述了这种惨象,读之动人心魄。田家为什么要低价预卖丝谷,前面没有明说,但后四句希望"君王"之心化为明烛"只照逃亡屋",就明确地告诉人们:田家之所以忍痛"剜却心头肉",是由于不得不用"心头肉"去"补"苛捐杂税的千疮百孔。到那千疮百孔无法补足的时候,就被迫逃亡。诗人以"绮罗筵"反衬"逃亡屋",渴望引起最高统治者的注意。其治国济民的责任感值得钦敬;但那"君王"之"心",又怎能"化作光明烛"呢?《唐诗别裁集》卷四评云:"唐时尚有采诗之役,故诗家每陈下民苦情,如柳州《捕蛇者说》,亦其一也。此诗言简意足,可匹柳文。"

田 家

父耕原上田,子劚山下荒①。六月禾未秀②,官家已修仓。

①原:高而平坦宽广的土地。劚(zhú 竹):锄头之类的农具,这里用作动词,开垦的意思。②秀:庄稼抽穗扬花。

田家忙于耕田劚荒,官家忙于修仓。寥寥二十字,内涵何其深广!

司空图

司空图(837—908),字表圣,自号知非子、耐辱居士,河中虞乡(今山西永济)人。咸通十年(869)登进士第。历任光禄寺主簿、礼部员外郎、礼部郎中。广明元年(880)冬,黄巢入长安,图退居河中。光启元年(885)拜知制诰,迁中书舍人。不久,僖宗出幸宝鸡,图遂归隐中条山王官谷。此后几经迁移,终未出仕。朱全忠称帝,以礼部尚书召,不赴。后梁开平二年(908),闻唐哀帝被害,不食而卒。生平事迹见新、旧《唐书》本传。司空图论诗,强调"近而不浮,远而不尽",须有"韵外之致"、"味外之旨",认为"辨于味而后可以言诗"(见其《与李生论诗书》)。对此后严羽的"妙悟"说、王士禛的"神韵"说均有影响。又标举雄浑、冲淡等二十四种风格,著为《诗品》,对此后的风格论亦有影响。其诗多近体,绝句数量尤多。从总体看,其造诣远未达到所悬标准,但也有不少佳作。《全唐诗》存诗三卷,有《司空表圣诗集》。

塞 上

万里隋城在①,三边虏气衰②。沙填孤障角③,烧断故关碑④。马色经寒惨,雕声带晚悲。将军正闲暇,留客换歌辞。

①隋(duò)城:坠坏的长城。隋,通"堕"。②三边:泛指边地。虏气:指边境少数民族的势力。③孤障:孤单独立的城堡。句意说城墙角已被流沙填满。④烧:野火。故关:关名,在今山西省平定县东九十里与河北省井陉县接界处的太行山间,有秦始皇所立碑石。这里泛指已废弃的边关。

唐末藩镇割据,连年混战,而边境相对安定,无重大战争,此诗正反映了这种情况。司空图在《与李生论诗书》中列举了他自认为有"韵外之致"、"味外之旨"的许多诗句,此诗"马色经寒惨,雕声带晚悲"一联即在其中。

退 栖

宦游萧索为无能①,移住中条最上层。得剑乍如添健仆,亡书久似失良朋。燕昭不是空怜马②,支遁何妨亦爱鹰③?自此致身绳检外,肯教世路日兢兢④!

①"宦游"句：仕途不得意，是因为自己无能。②燕昭怜马：战国时燕昭王要访求贤士，郭隗对燕昭王说：古代有涓人以五百金为国君买已死的千里马的头，天下人因此知道那个国君肯出高价买千里马，不到一年便得到三匹活的千里马。现在您如果真想罗致天下的贤士，那就请先用我。我这样的人得到了您的尊重，人家就相信比我贤的人一定更能得到您的尊重了。昭王听后便重用郭隗，尊他为师。（见《战国策·燕策一》）这句是申说"宦游萧索"，言燕昭王爱重贤士，而今无其人。③支遁：字道林，是东晋有名的在山林隐修的和尚，他好养鹰和马而不放不骑。有人问他，他说"爱其神骏"。（见唐许嵩《建康实录》）④"自此"二句：绳检：指礼法的约束。肯：哪肯。兢兢：谨小慎微貌。这两句的大意是，从今以后，我将置身于礼法约束之外，哪肯像从前那样每天在仕途上谨小慎微、不能任性自适呢！

这是退隐中条山后的作品，表现了虽退隐而仍怀壮志的复杂心态。中间两联，作者在《与李生论诗书》中列入自摘警句，诗评家如贺贻孙（《诗筏》）、叶矫然（《龙性堂诗话》续集）、余成教（《石园诗话》卷二）等亦赞为佳句。

独　　望

绿树连村暗，黄花入麦稀①。远陂春旱渗②，犹有水禽飞。

①黄花：指油菜花。入麦稀：指油菜与小麦间种，而以小麦为主，一望碧绿中间以黄花。②"远陂"句：因春旱而陂塘之水渗漏。

前两句，作者在《与李生论诗书》中列入自摘警句，后人也极赞赏。苏轼云："司空表圣自论其诗，以为得味外意。如'绿树连村暗，黄花入麦稀'，此句最善。"（《王直方诗话》）许凯云："司空图，唐末竟能全节自守。其诗有'绿树连村暗，黄花入麦稀'，诚可贵重。"（《彦周诗话》）

河湟有感

一自萧关起战尘①，河湟隔断异乡春②。汉儿尽作胡儿语，却向城头骂汉人。

①萧关：在今甘肃固原县北。②"河湟"句：河湟与祖国隔断，有如异域，吹不进大唐的春风。

河湟地区长期为吐蕃所占据，大中五年（851）始为张义潮收复。此诗通过汉人已习用胡语、且用胡语骂汉人，感叹国土沦陷之久，小中见大，倍见深挚。

华　　下

故国春归未有涯①，小栏高槛别人家②。五更惆怅回孤枕③，犹自残灯照落花④。

①春归:春天已去。②"小栏"句:谓寄居别人家里,小栏、高槛俱非己有。③回孤枕:孤枕梦回。④"犹自"句:梦醒之时,残灯犹照落花。落花与首句"春归"照应,均有象征国运衰微之意。

华下,华山之下,指华州(今陕西华县)。乾宁三年(896),凤翔节度使李茂贞进逼长安,昭宗奔华州依韩建。李茂贞率兵入京,历年修复之宫室街市尽被焚毁。司空图避难华州,客中春尽,作此诗抒感。俞陛云《诗境浅说续编》云:"表圣为唐末完人,此诗殊有君国之感。三、四句明知颓运难回,犹冀一旅一成,倘能兴夏。不敢昌言,以残灯落花为喻。"

杜荀鹤

杜荀鹤(846—904),字彦之,排行十五,池州石埭(今安徽石台)人。早年读书于九华山,刻苦为诗,然屡试不第,自叹"空有篇章传海内,更无亲族在朝中"(《投从叔补阙》)。僖宗乾符(874—879)末,黄巢进军河南,荀鹤自长安归隐九华达十五年之久,自号九华山人。昭宗大顺二年(891)始登进士第,时危世乱,复还旧山。田頵镇宣州,辟为从事。天复三年(903)为頵赴大梁通好朱温,为温所喜,被留,表授翰林学士、主客员外郎,遇疾,旬日而卒。生平事迹见《唐诗纪事》、《唐才子传》及《旧五代史》本传。杜荀鹤为晚唐著名诗人,自言"诗旨未能忘救物"(《自叙》)、"言论关时事,篇章见国风"(《秋日山中》)。上承杜甫、元、白关心民瘼、敷陈时事的优良传统,以短小精悍之律绝,明白晓畅之语言,反映民间疾苦,抨击黑暗现实,自成一家,后人称为"杜荀鹤体"(严羽《沧浪诗话·诗体》)。有《唐风集》(《杜荀鹤文集》),《全唐诗》存诗三卷。

春宫怨

早被婵娟误①,欲妆临镜慵②。承恩不在貌,教妾若为容③?风暖鸟声碎,日高花影重④。年年越溪女,相忆采芙蓉⑤。

①"早被"句:婵娟,姿容美丽。因貌美而被选入宫,却得不到皇帝的宠爱,反而误了终身。②慵:懒。本来想妆扮,但对镜发愁,又懒得动手。③"承恩"二句:能否得到恩宠,与是否貌美无关,叫我怎样打扮呢?貌美不得宠与才高不见用颇类似,古代诗人作"宫怨"诗往往有自况之意。这两句诗,言外之意十分丰富。④"风暖"二句:碎:细碎。重(chóng 虫):重叠。这两句以听鸟叫、看花影表现女主人公的寂寞。⑤"年年"二句:王维《西施咏》写西施"朝为越溪女,暮作吴王妃",而这位美女却入宫被弃,又不能回家,只能经常回忆入宫前在故乡采芙蓉的美好生活。

这是杜荀鹤《唐风集》用以冠首的一篇五律,风格与反映民间疾苦的诗不类,颇受前人重视。"风暖鸟声碎,日高花影重"一联更被推崇,至有"杜诗三百首,惟在一联中"的谚语(见毕仲询《幕府燕闲录》)。"承恩不在貌,教妾若为容"一联,立论尤新警,且有普遍意义。贺裳云:"《春宫怨》不惟杜集冠首,即在全唐亦属佳篇。'承恩不在貌,教妾若为容',此千古透论。卫硕人不见答,非貌寝也;张良娣擅权,非色胜也。陈鸿《长恨歌传》曰:'非徒殊艳尤态独能致是,盖才智明慧,善巧便佞,先意希旨,有不可形容者焉。'即此诗转语。读此,觉义山之'未央宫里三千女,但保红颜莫保恩',尚非至论。"(《载酒园诗话》又编)

山中寡妇

夫因兵死守蓬茅①,麻苎衣衫鬓发焦②。桑柘废来犹纳税③,田园荒后尚征苗④。时挑野菜和根煮,旋斫生柴带叶烧⑤。任是深山更深处,也应无计避征徭⑥。

①蓬茅:茅屋。②麻苎(zhù 住)衣衫:麻布缝制的粗陋衣衫。苎:即苎麻,可织布。焦:枯黄。③柘(zhè 这):树名,叶可养蚕。废:废弃,毁坏。犹:还要。纳税:指丝税。④征苗:征收田赋。⑤时:时时,经常。旋(xuàn 炫):随即。斫(zhuó 灼):砍。带叶烧:指柴也是随砍随烧,没有储存的干柴。⑥任:任凭。应(yīng 婴):该。征徭:赋税和劳役。

唐末军阀割据混战,封建剥削更加残酷,人民苦难更加深重。此诗只用白描手法描写了"山中寡妇"的悲惨遭遇,却具有以个别见一般的典型意义。军阀割据混战危及唐王朝的统治,因而要征兵打仗、修筑栅寨。诗人在《乱后逢村叟》中写道:"因供寨木无桑柘,为点乡兵绝子孙。"又在《题所居村舍》中写道:"蚕无夏织桑充寨,田废春耕犊劳军。"这一类诗句,都可作《山中寡妇》的注脚。首句"夫因兵死",说明诗中女主人公因丈夫被"点"为"乡兵"作战牺牲,沦为"寡妇",独自在死亡线上挣扎。"桑柘废",不外是被砍去"供寨木",但仍然要纳税;"田园荒",当然是由于缺种子、无劳力,但仍然要交租。因此,她只能挑些野菜,连菜根一起煮了吃;砍些树枝,来不及晒干,连树叶一起烧。住的是茅草房,穿的是麻苎衣。丈夫既然能被抓去当兵,可见他还年轻,但对她的形容,却是"鬓发焦",被煎熬得不像人样了。尾联就题目中的"山中"落墨,从个别扩展到一般,写出了千古传诵的名句。"任是深山更深处,也应无计避征徭",与陆龟蒙的"蓬莱有路教人到,应亦年年税紫芝",可谓异曲同工。但陆龟蒙只讲"税",这里既讲"税"又讲"徭"。"徭"通常指劳役,然从首句的"夫因兵死"看,诗人所用的"徭"还包括兵役。"无计避征徭",确切地概括了唐末人民苦难的时代特征。

乱后逢村叟

经乱衰翁居破村,村中何事不伤魂①。因供寨木无桑柘②,为点乡兵绝子孙③。还似平宁征赋税,未尝州县略安存④。至今鸡犬皆星散⑤,日落前山独倚门。

①这两句一作"八十老翁住破村,村中牢落不堪论"。②寨木:古代战争中用于防守的栅栏叫"寨"。寨木,即建寨用的木料。这句说因为要供应寨木,把桑树和柘树都砍光了。③乡兵:地方武装。西魏北周有乡兵,由大都督或仪同统领,居于本乡,历代相沿。这句说,因为官府点派乡兵,结果死于兵差,绝了后代。④平宁:太平安宁时节。未尝:不曾。略:稍微。安存:安抚体恤。⑤星散:零落散失,不知去向。

通过一位村叟的艰难处境,展现了晚唐社会的缩影,可与《山中寡妇》并读。

题所居村舍

家随兵尽屋空存,税额宁容减一分①。衣食旋营犹可过②,赋输长急不堪闻③。蚕无夏织桑充寨④,田废春耕犊劳军⑤。如此数州谁会得,杀民将尽更邀勋⑥!

①税额:规定应缴赋税的数字。宁容:岂容,不许。②旋营:临时对付。③赋输长急:官府长年都在急迫地催缴赋税。输:送。④充寨:充作修营寨的木料。⑤犊劳军:将耕牛牵去慰劳官军。犊:小牛。⑥"如此"二句:许多州县都处于如此水深火热之中,没谁去理会,那些做地方官的却一味不顾人民的死活,只管敲榨勒索,争取立功受赏、升官发财。

这是一首墙头诗,题在作者所住村舍的墙上,意在叫大家看,所以写得很通俗。某些前人和今人以"鄙俚近俗"贬斥杜荀鹤反映民间疾苦的诗,孰不知既反映民间疾苦,又力图写得通俗易懂,尽可能争取更多的读者,正是杜荀鹤的难能可贵之处。

小　松

自小刺头深草里①,而今渐觉出蓬蒿。时人不识凌云木②,直待凌云始道高。

①刺头:探头。②凌云木:高插云霄的大树。

一、二两句写小松的生长趋势：它出土不久，便从深草里崭露头角；如今呢，它已从蓬蒿中冒出树尖。作者由此判断，它将来必然是一棵凌云大树；而时人却认识不到这一点，直要等到它已经长成凌云大树，才说："嗬！这棵树好高！"写的是小松，阐发的却是具有普遍意义的大道理，可谓词约而义丰，言近而旨远。

蚕　妇

粉色全无饥色加①，岂知人世有荣华。年年道我蚕辛苦，底事浑身着苎麻②？

①粉色：脂粉之色。饥色：饥饿之色。②底事：何事、为什么。

北宋张俞的《蚕妇》诗"昨日入城市，归来泪满巾。遍身罗绮者，不是养蚕人"当然写得更深婉，但其命意，实受此诗启发。

田　翁

白发星星筋力衰①，种田犹自伴孙儿。官苗若不平平纳，任是丰年也受饥②。

①星星：点点。晋左思《白发赋》："星星白发，生于鬓垂。"②"官苗"二句：意思是官府如在正常的赋税之外横征暴敛的话，即使丰年也免不了要闹饥荒，荒年当然更不必说了。官苗：田赋。平平纳：按正常的税额缴纳。

军阀混战，壮丁全被抓去打仗，只剩下"白发星星筋力衰"的"田翁"和"孙儿"种田，还要缴纳各种赋税，叫老百姓怎么活！这一首和前一首，都以通俗的语言反映血淋淋的现实，为民请命，可以说是绝句中的新体诗。

旅　怀

月华星彩坐来收①，岳色江声暗结愁。半夜灯前十年事，一时和雨到心头②。

①坐来：顿时、顷刻。②和雨：跟雨声一起。

前两句写云遮星、月，江、岳结愁，实为第四句写雨作铺垫，而目睹由晴到雨、深宵不寐的情景已宛然可想。雨下起来了，点点滴滴，淅淅沥沥，触发十年

363

漂泊的种种回忆,而以"半夜灯前十年事,一时和雨到心头"概括之,言浅而意深,足以引发有类似经历的读者的情感共鸣。

再经胡城县①

去岁曾经此县城,县民无口不冤声。今来县宰加朱绂②,便是生灵血染成③。

①胡城县:故城在今安徽阜阳县北。②县宰:县令。朱绂(fú 福):系官印的红色丝带,然唐诗中多用以指绯衣。唐制五品服浅绯,四品服深绯。③生灵:生民。

这首诗对于典型现象的高度概括,是通过对于"初经"与"再经"的巧妙安排完成的。写"初经"时的所见所闻,只从"县民"方面落墨;是谁使得"县民无口不冤声"? 没有写。写"再经"时的所见所闻,只从"县宰"方面着笔;他凭什么"加朱绂"? 也没有说。在摆出这两种典型现象之后,紧接着用"便是"作判断,而以"生灵血染成"作为判断的结果。"县宰"的"朱绂"既是"生灵血染成",那么"县民无口不冤声"正是"县宰"一手造成的。而"县宰"之所以"加朱绂",就是由于屠杀了无数冤民。在唐代,"朱绂"(指深绯)是四品官的官服,"县宰"而"加朱绂",表明他加官受赏。诗人不说他加官受赏,而说"加朱绂",并把"县宰"的"朱绂"和人民的鲜"血"这两种颜色相同而性质相反的事物联系起来,用"血染成"揭示二者的因果关系,就无比深刻地暴露了封建统治者与民为敌的反动本质。结句引满而发,不留余地,但仍然有余味。"县宰"未"加朱绂"之时,权势还不够大,腰杆还不够硬,却已经逼得"县民无口不冤声";如今因屠杀冤民而立功,加了"朱绂",尝到甜头,权势更大,腰杆更硬,他又将干些什么呢? 试读诗人在《题所居村舍》里所说的"杀民将尽更邀勋",便知这首诗的言外之意了。

郑 谷

郑谷(851? —910?),字守愚,袁州宜春(今属江西)人。幼颖悟,七岁能诗。及冠,屡应进士举不第。广明元年(880)黄巢入长安,谷避乱入蜀。光启三年(887)登进士第。景福二年(893)授鄠县尉,摄京兆参军,迁右拾遗、右补阙。乾宁三年(896)昭宗幸华州,谷奔行在,转都官郎中,寓居华山云台道观,自编歌诗三卷,名《云台编》。天复三年(903)前后归宜春,与诗僧齐己唱和。齐己《早梅诗》有"前村深雪里,昨夜数枝开"之句,谷曰:"'数枝',非早也,未若'一枝'佳。"齐己拜服,称为"一字师"。其诗擅长五七言律绝,多为咏物写景之作,清婉明畅,尤以《鹧鸪》诗出名,时称"郑鹧鸪"。《全唐诗》存诗四卷。

自编《云台编》今存,今人傅义有《郑谷诗集编年校注》。

旅寓洛南村舍

村落清明近,秋千稚女夸①。春阴妨柳絮,月黑见梨花。白鸟窥鱼网,青帘认酒家②。幽栖虽自适,交友在京华③。

①秋千:女子在清明节打秋千为戏是当时的习俗,杜甫《清明》诗所谓"万里秋千习俗同"即是。②白鸟:指鹭鸶。鹭鸶吃鱼,所以窥伺鱼网。青帘:青布幌子,是酒铺的市招。③"幽栖"二句:住在农村里虽然幽静闲适,可是许多朋友都在京城,很想念他们。

洛南,指洛阳以南之地。此诗写清明节前洛南农村的风景民俗,极真切生动;第二联尤体物精细,为人称道。春阴欲雨,空气湿润,柳絮便不能尽情飞扬,"春阴妨柳絮"的"妨"字下得好;白为全体反射之复色光,亮度特强,"梨花"乃纯白色,故"月黑"之夜,犹可看见,"月黑见梨花"的"见"字下得妙。周紫芝《竹坡诗话》云:"谷诗亦不可谓无好语。如'春阴妨柳絮,月黑见梨花',风味固似不浅。"李怀民《重订中晚唐诗主客图》云:"'妨'字'见'字皆造微,景与情并到。"从白色光强的角度写梨花的名句有韩愈的"白花倒烛天夜明"、李商隐的"自明无月夜"等;郑谷的"月黑见梨花",可与此并传。

少华甘露寺

石门萝径与天邻①,雨桧风篁远近闻②。饮涧鹿鸣双派水,登山僧踏一梯云③。孤烟薄暮关城没,远色初晴渭曲分④。长欲然香来此宿,北林猿鹤旧同群⑤。

①石门:少华山有东西石门。《陕西通志》:"自玉泉院至关五里,巨石突塞谷口为石门,人伛偻而上若隧道然。"②雨桧风篁:风雨吹打桧林与丛竹发出声响。桧:又名桧柏,常绿乔木。篁:丛生的竹子。③"饮涧"二句:写山寺近望所见。双派:两水分流。梯:此指山路蹬阶。④"孤烟"二句:写远眺所见。关:指潼关,在少华山东北。渭曲:此指渭水,因其流曲折,故称。⑤"长欲"二句:谓过去曾游此地,一直有隐居奉佛之想。然:通"燃"。北林:犹言北山,指山林旧隐之地,故接以"猿鹤旧同群"。此句化用孔稚圭《北山移文》"蕙帐空兮夜鹤怨,山人去兮晓猿惊"语意。

少华山,在陕西华阴县东南。由张乔《游少华甘露寺》"少华中峰寺"可知,甘露寺在少华山中峰。此诗前六句写景,结尾两句表露来此隐居的愿望。于幽深中见旷远,于韶秀中见跳脱,乃郑谷七律佳作。

鹧鸪

暖戏烟芜锦翼齐①,品流应得近山鸡②。雨昏青草湖边过③,花落黄陵庙里啼④。游子乍闻征袖湿⑤,佳人才唱翠眉低⑥。相呼相应湘江阔⑦,苦竹丛深春日西⑧。

①烟芜:浓绿如烟之野草。②山鸡:野鸡。③青草湖:古代五湖之一,南接湘水,北通洞庭,今统称洞庭湖。④黄陵庙:在湘潭县北四十里黄陵山上。⑤"游子"句:鹧鸪啼声,仿佛是"行不得也哥哥",故游子闻声落泪。⑥"佳人"句:古有《山鹧鸪曲》,效鹧鸪之声,音调凄凉,故佳人唱此曲而低眉含愁。⑦相呼相应:《太平御览》卷九二四《鹧鸪》条:"《岭表录异》曰:'多对啼。'"因鹧鸪双双相对而啼,故云"相呼相应"。⑧苦竹:笋之味苦者。李白《山鹧鸪》词:"苦竹岭头秋月辉,苦竹南枝鹧鸪飞。"

当是落第南归时所作,情绪低沉,格调亦不高,然在当时却颇负盛名。《唐才子传》卷九《郑谷》条云:"又尝赋《鹧鸪》,警绝,复称'郑鹧鸪'云。"第二联为传诵名句,范晞文《对床夜语》卷五云:"郑谷《鹧鸪》诗云:'雨昏青草湖边过,花落黄陵庙里啼',不用钩辀格磔等字,而鹧鸪之意自见,善咏物者也。"沈德潜《唐诗别裁集》卷一六云:"咏物诗刻露不如神韵,三四语胜于钩辀格磔也。诗家称'郑鹧鸪'以此。"

雪中偶题

乱飘僧舍茶烟湿①,密洒歌楼酒力微②。江上晚来堪画处,渔人披得一蓑归。

①茶烟湿:茶烟遇雪而湿。②酒力微:下雪天冷,吃酒亦难御寒。

宋人郭若虚《图画见闻志》卷五《雪诗图》引郑谷此诗全文,下云:"时人多传诵之。段赞善善画,因采其诗意图写之。"郑谷《予尝有雪景一绝,为人所讽吟。段赞善小笔精微,忽为图画,以诗谢之》尾联云:"爱予风雪句,幽绝写渔蓑。"可见此诗在当时传诵颇广,且有诗意画流传。柳永《望远行》词"乱飘僧舍,密洒歌楼,迤逦渐迷鸳瓦。好是渔人,披得一蓑归去,江上晚来堪画";苏轼《谢人见和前篇》"渔蓑句好真堪画",可见此诗至北宋犹传诵不衰。

淮上与友人别

扬子江头杨柳春①,杨花愁杀渡江人。数声风笛离亭晚②,君向潇湘我向秦。

①扬子江:长江。②离亭:即长亭、短亭,古代驿站。

　　从《诗经·小雅·采薇》以来,"杨柳"越来越成为诗歌中借以抒写离情别绪的典型景物。此诗通篇不离杨柳,别饶韵味。首句中的"扬子江头"点离别之地,"杨柳"是眼前景。"春"字既点离别之时,又为"杨柳"传神绘色。只提"杨柳"而不作具体描写,形象似乎不够鲜明;但把它和"扬子江头"联系起来、和"春"联系起来,就会通过读者的生活经验唤起丰富的想象:千万缕嫩绿的柳丝随风摇曳,或拖在岸上,或飘在水里;千万朵雪白的杨花随风飘扬,或扑落江面,或飞向远方;而江南江北的阳春烟景,也会在你面前展现出迷人的图画。第二句的"渡江人"扣题目中的"与友人别","杨花"则紧承"杨柳春"而来。"杨柳春"三字兼包柳丝与杨花。诗人单拈"杨花",只说它"愁杀渡江人",就既可使读者想象到杨花之濛濛、漫漫,又可使读者联想到柳丝之依依、袅袅。要不然,怎么会"愁杀渡江人"呢?"愁"本是个抽象的概念,但在这里,"渡江人"的"愁"是被离别之时所见所感的客观景物引起的,所以它并不抽象。不是吗?两位亲密的朋友即将分手,依依的柳丝牵系着惜别的情感,四散的杨花撩乱着伤离的意绪。在这种场合用"愁杀"二字概括"渡江人"的心理活动,只会提高情景交融的艺术境界,而不会产生概念化的缺点。三、四两句撇开了"杨柳",怎样和一、二两句联系起来呢?其实,那只是字面上撇开了"杨柳",而在"数声风笛"里却再现了"杨柳"。古代有一种《折杨柳曲》,是用笛子吹奏的。北朝乐府民歌《折杨柳歌辞》云:"上马不捉鞭,反折杨柳枝。蹀坐吹长笛,愁杀行客儿。"可以使我们了解这种笛曲的情调。这种笛曲,唐代仍然普遍流行。李白《春夜洛城闻笛》所写的"谁家玉笛暗飞声,散入春风满洛城;此夜曲中闻折柳,何人不起故园情?"使我们对这种笛曲的情调有了更多的了解。和一、二两句联系起来看,第三句"数声风笛"所传来的,正是撩动"故园情"、"愁杀行客儿"的《折杨柳曲》。当两位朋友于柳丝依依、杨花濛濛中话别的时候,又飘来"数声风笛",唤起了柳丝依依、杨花濛濛的听觉形象,与晃动在眼前的视觉形象融合为一,又会引起什么感触呢?

　　"离亭晚"中的"晚"字很重要。它既充分表现了惜别之情,又为下一句补景设色。两位朋友在"离亭"话别而不愿分别,直流连到天"晚",终于不得不在暮霭沉沉、暮色苍茫中分手上路,各奔前程了。"君向潇湘我向秦",茫茫别意,都从两个"向"字传出,令人黯然销魂。

　　明清诗评家多认为此诗有盛唐风韵。沈德潜把它和被几个诗评家分别推为唐人七绝"压卷"的"秦时明月"、"渭城朝雨"、"黄河远上"、"朝辞白帝"等并列(《说诗晬语》卷上),是当之无愧的。

韩偓

韩偓(842—923),字致尧,一作致光,小名冬郎,自号玉山樵人,京兆万年(今陕西西安)人。十岁即能赋诗,其姨父李商隐《韩冬郎即席为诗相送,一座皆惊》诗称其"雏凤清于老凤声"。昭宗龙纪元年(889)进士及第。历任左拾遗、左谏议大夫、翰林学士、中书舍人、兵部侍郎等职。尝与宰相崔胤等定策诛宦官刘季述,深受昭宗信赖,屡欲拜相,固辞不就。天复三年(903),因不肯阿附朱温,被贬为濮州司马,再贬荣懿尉,徙邓州司马。天祐二年(905),复召为翰林学士,惧不赴任。翌年,举家入闽依王审知。后寓居南安而卒。生平事迹见《十国春秋》本传、《新唐书》本传、《唐诗纪事》、《唐才子传》及近人震钧《韩承旨年谱》。韩偓生逢乱世,多忧国感事之诗,清人评其《韩内翰别集》云:"此集忠愤之气溢于句外,激昂慷慨,有变风变雅之遗。"(《四库全书简明目录》)其七律师法杜甫、李商隐而能得其神味。绝句轻妍婉约,托兴深远。另有《香奁集》,多写艳情,词致婉丽,后人遂称艳情诗为"香奁体"。有《玉山樵人集》(内附《香奁集》),《全唐诗》存诗四卷。

乱后春日途经野塘

世乱他乡见落梅,野塘晴暖独徘徊。船冲水鸟飞还住,袖拂杨花去却来。季重旧游多丧逝[1],子山新赋极悲哀[2]。眼看朝市成陵谷[3],始信昆明是劫灰[4]。

[1]"季重"句:吴质字季重,与魏太子曹丕及徐干、陈琳、应玚、刘桢等交厚。《三国志·魏书·王粲传》注引《魏略》云:"太子与质书曰:昔年疾疫,亲故多罹其灾,徐、陈、应、刘一时俱逝,痛何可言耶? 追思昔游,犹在心目,而此诸子化为粪壤,可复道哉!"[2]"子山"句:庾信字子山,出使西魏被扣留,作《哀江南赋》抒写国破家亡之悲,其《序》云:"不无危苦之辞,唯以悲哀为主。"[3]朝:朝廷,市:街市。陵:山。谷:沟。《诗经·小雅·十月之交》有"高岸为谷,深谷为陵"之句,后世因以"陵谷"喻世事变迁。[4]"始信"句:《搜神记》卷一三云:"汉武帝凿昆明池,极深,悉是灰墨,无复土,举朝不解,以问东方朔。朔曰:'臣愚不足以知之,试问西域人。'至后汉明帝时,西域道人来洛阳,时有忆朔言者,乃试以武帝时灰墨问之,道人云:'经云,天地将则劫烧,此劫烧之余也。'"劫:梵语"劫波"的省称。佛家认为天地经过一段时间,便有劫火燃烧,万物悉化为灰,然后再从头开始,谓之"一劫"。

昭宗乾宁二年(895)邠宁节度使王行瑜、凤翔节度使李茂贞等引兵入京师,杀宰相韦昭度、李溪,长安大乱。昭宗逃入南山,转石门镇;士民数十万人逃出城,多中暑而死。韩偓亦逃出长安,次年春日作此诗。"眼看朝市成陵谷",伤心惨目,语极沉痛。方回云:"引庾子山赋事,可谓极悲哀矣。"(《瀛奎律髓》卷三二)

故　都①

故都遥想草萋萋,上帝深疑亦自迷。塞雁已侵池籞宿②,宫鸦犹恋女墙啼③。天涯烈士空垂涕④,地下强魂必噬脐⑤。掩鼻计成终不觉⑥,冯驩无路学鸣鸡⑦。

①故都:指长安。朱温于天佑元年(904)迫昭宗迁都洛阳。朱温乃是黄巢军叛徒,以屠杀百姓起家。天佑四年篡唐自立,国号梁。②池籞:池周插竹条,用绳结网。③女墙:宫墙上的墙垛。④天涯烈士:作者自指,他被朱温排挤出京,唐亡时流寓福建,故自称天涯烈士。烈士:古代对义烈之士的通称,不论存亡。⑤"地下"句:光化三年(900),宰相崔胤为铲除宦官,召朱温率兵自大梁入长安,自此大权落入朱温之手,崔胤及忠于唐室者多被杀。地下强魂,即指崔胤等被害者。噬脐:以人不能咬到自己的肚脐比喻追悔不及,典出《左传·庄公六年》。⑥"掩鼻"句:谓朱温篡唐之计已成,而人们终未觉察。掩鼻计:典出《韩非子·外储说》:魏王给荆王赠了一位美女,荆王的夫人郑袖告诉她:"王很喜欢你,但讨厌你的鼻子,你见王时掩住鼻子,他就永远爱你了。"美女接受建议,每见王,常掩鼻。荆王问郑袖:"新人一见我就捂鼻子,为什么?"郑袖说:"她最近常说害怕闻王的臭气。"荆王愤怒,割掉她的鼻子。⑦"冯驩"句:慨叹自己远在天涯,无法使昭宗脱险。学鸣鸡:典出《史记·孟尝君列传》:孟尝君入秦被困,逃回齐国,半夜至函谷关。按照规定,鸡鸣始开门。孟尝君门客冯驩学鸡叫,附近的鸡也跟着叫,孟尝君乃得半夜出关,未被秦兵追及。

朱温迁都洛阳,弑昭宗,废哀帝而自建梁朝。此诗作于迁都之后,当时诗人正流寓福建。全诗以"故都遥想"领起,先推出"草萋萋"的总镜头和"塞雁"、"池籞"、"宫鸦"、"女墙"等分镜头,而以"自迷"、"已侵"、"犹恋"涂上浓重的感伤色彩。京城长安,当日何等繁华,如今处处长满萋萋野草,不见人烟,倘"上帝"下临,也会深感迷惘,疑惑这并非大唐京都。宫中池苑,禁籞森严,如今竟被塞雁侵入,任意栖宿。总之,一切都面目全非,只有几只"宫鸦"还留恋宫墙,在雉堞上悲啼。第三联忽于低回哀叹中振起,以"空垂涕"结前四句,抒发了"天涯烈士"报国无路的愤激之情;以"必噬脐"启后两句,通过崔胤必追悔于地下的设想,表现了虽死亦为"强魂"、与逆贼势不两立的慷慨之志。尾联承"噬脐"作结,上句写朱温伪装效忠唐室,恨未及早识破;下句以冯驩尚能效鸣鸡使孟尝君脱险作反衬,表现昭宗被迫迁都,已失去自由,而自己却一筹莫展的悲痛心情。前半写遥想中故都的破败景象,即景抒情,无限凄婉。第三联忽掀巨浪,大声震天,如清人吴汝纶指出:"提笔挺起作大顿挫。凡小家作感愤诗,后半每不能撑起,大家气魄,所争在此。"(《韩翰林集》评语)尾联借典故述今事,而以"终不觉"、"无路学"紧贴自身,慷慨欲报之意,情见乎词。

韩偓七律,取法杜甫、李商隐而能自具面目,纵横变化,沉郁顿挫,造语妍练,律对精切,其感愤时事之作,尤深挚勃郁,凄切感人。如吴北江所评:"晚唐唯韩致尧为一大家。其忠亮大节,亡国悲愤,具在篇章,盖能于杜公外自树一

帜。"(高步瀛《唐宋诗举要》卷五引)

惜　花

皱白离情高处切^①，腻红愁态静中深^②。眼随片片沿流去，恨满枝枝被雨淋。总得苔遮犹慰意，若教泥污更伤心^③。临轩一盏悲春酒，明日池塘是绿阴^④。

①"皱白"句：用拟人化手法，言带皱的白花在将要离开高枝时充满深切的离愁别恨。②"腻红"句：腻红，指红色的花朵十分丰满，意味着盛极将衰，所以在寂静中显现愁态。深：指愁深。③"总得"二句：如果花儿落在青苔上，受到苔的遮护，那还使人感到安慰；如果落在泥潭里，被泥污染，那就更令人伤心。④"临轩"二句：临轩饮酒，留春无计，明天池塘一带便是一片绿阴，再也看不见花儿了！

题为惜花，前三联写花残、花落及花落后的遭遇而深表惋惜之情，尾联抒发花落春去的悲哀，寓亡国之痛。当是唐亡后所作。

春　尽

惜春连日醉昏昏，醒后衣裳见酒痕。细水浮花归别涧，断云含雨入孤村。人闲易得芳时恨^①，地迥难招自古魂^②。惭愧流莺相厚意，清晨犹为到西园^③。

①"人闲"句：人在闲着没有事干的时候，遇上满目芳菲的春天，会触发愁恨。②"地迥"句：迥：远。招魂：用一种巫术招回死者的灵魂，《楚辞》有《招魂》篇。此句大意是，我飘流在这僻远的闽地，很想招回自古以来飘流此地的人们的亡魂相与共语，却无法招回。③惭愧：感谢。结尾两句的大意是，多谢流莺的深情厚意，她每天早晨还到西园来为我鸣叫。

此诗作于流寓福建时期，写暮春之景，抒亡国之痛，情景交融，凄楚动人。"细水浮花归别涧，断云含雨入孤村"一联，范晞文称其"微有深致"（《对床夜语》卷四）。

安　贫

手风慵展八行书，眼暗休寻九局图^①。窗里日光飞野马，案头筠管长蒲卢^②。谋身拙为安蛇足，报国危曾捋虎须^③。举世可能无默识？未知谁拟试齐竽^④！

①"手风"二句：自己手痛、眼昏，懒得看别人的来信，也不想按棋谱练习下棋。风：指患

风湿病。慵展:懒得展开。八行书:古代信纸一般是八行。《后汉书·窦章传》注引马融《与窦伯向书》云:"孟陵奴来,赐书见手迹……书虽两纸,纸八行。"邢子才《齐韦道逊晚春宴》诗云:"独寄八行书。"九局图:指棋谱。②"窗里"二句:承上联写"贫居"无事的无聊景况。野马:春日蒸发的湿气。《庄子·逍遥游》:"野马也,尘埃也,生物之以息相吹也。"《释文》引司马彪注曰:"野马,春月泽中游气也。"案头:桌上。筠管:指毛笔管,用竹管做成。筠:竹。蒲卢:细腰蜂。作者慵懒不用笔,细腰蜂在笔管筒中产了卵,现在已长成新一代的细腰蜂了。③"谋身"二句:上句用画蛇添足故事,说明自己不善谋身。《战国策·齐策》载:"楚有祠者,赐其舍人卮酒,舍人相谓曰:数人饮之不足,一人饮之有余,请画地为蛇,先成者饮酒。一人蛇先成,引酒且饮之,乃左手持卮,右手画蛇,曰:'吾能为之足。'未成,一人之蛇成。夺其卮曰:'蛇固无足,子安能为之足?'遂饮其酒。为蛇足者,终亡其酒。"下句用"曾捋虎须"说明自己为了报国,险遭杀身之祸。捋虎须比摸老虎屁股还危险。韩偓不依附朱温,又推荐赵崇任宰相,触怒朱温,险些被杀,后被贬出京。④"举世"二句:默识:记在心里。试齐竽:见《韩非子·内储说上》:"齐宣王使人吹竽,必三百人,南郭处士请为王吹竽,宣王悦之,廪食以数百人。宣王死,湣王立,好一一听之,处士逃。"这两句大意是,这样的事怎能没有人默记在心,还不知道有谁真的要通过试验识别真伪、选拔真才呢!

韩偓在朝忠于唐室,谋诛宦官,不肯阿附朱温。其后入闽依王审知,迨审知受朱温封号,即毅然离开福州,寓居泉州南安。此诗乃寓居南安时所作,对南依王审知之后悔,对抵制朱温篡权之自豪,以及一生行止之大节,俱见于诗,悲壮苍凉。黄庭坚云:"其辞凄切而不迫,可谓不忘其君也。"结句慨叹无人能像齐湣王"试齐竽"以选拔真才,挽救国家,如朱东岳所指出:"当此为国忘身之际,世无有知而试之者,是终身不免于'安贫'矣!"(《唐宋诗举要》卷五引)

翠 碧 鸟
天长水远网罗稀,保得重重翠碧衣①。挟弹小儿多害物,劝君莫近市朝飞②。

①"天长"二句:在远离朝廷都市的地方网罗较少,可以保全。②"挟弹"二句:朝廷和都市,"小儿"们专用弹弓打鸟,"劝君"切莫飞近。君:指翠碧鸟。

翠碧鸟即翡翠鸟。韩偓深受昭宗信任,但其时政权已落入朱温之手,国势忧危。此诗以翠碧鸟为喻,抒发全身远害的思想,表明作者已深感无力挽救危局。当作于天祐二年(905)复召为翰林学士,惧不赴任之时。

自沙县抵龙溪,值泉州军过后,村落皆空,因有一绝①
水自潺湲日自斜,尽无鸡犬有鸣鸦。千村万落如寒食②,不见人烟空见花。

①沙县、龙溪、泉州:俱在今福建省境内。泉州军:指割据福建中部的藩镇武装。②如寒食:像寒食节禁烟火那样不见炊烟。

　　此诗作于后梁开平四年(910)。首句用两"自"字,慨叹只有"水"之"潺潺"、"日"之西"斜"能够"自"主,不受人事巨变的影响,反衬"村落皆空"。次句以"有"衬"无"。"鸡犬"乃人家所饲养,连"鸡犬"都被杀光,老百姓哪能幸存? 乌"鸦"乃野禽,能在高空飞翔,因而尚有存者;但也由于觅食维艰,哀哀鸣叫。第三句以"千村万落"表现洗劫范围之广,以"如寒食"表现洗劫程度之惨。结句以"见"衬"不见"。"不见人烟",与"无鸡犬"拍合;"空见花",与"有鸣鸦"及"潺潺"之"水"、西"斜"之"日"拍合。合拢来,便是这样一幅图画:从人事方面看,"千村万落","无鸡犬","不见人烟";从自然方面看,斜日西驰,流水潺潺,饥鸦哀鸣,残花寂寞。以自然衬人事,倍感荒凉,令人触目惊心,不忍卒读。从残唐军阀混战至五代纷争,杀戮之惨,世所罕见。这首诗以寥寥二十八字勾画出一幅缩影,具有深刻的认识意义。

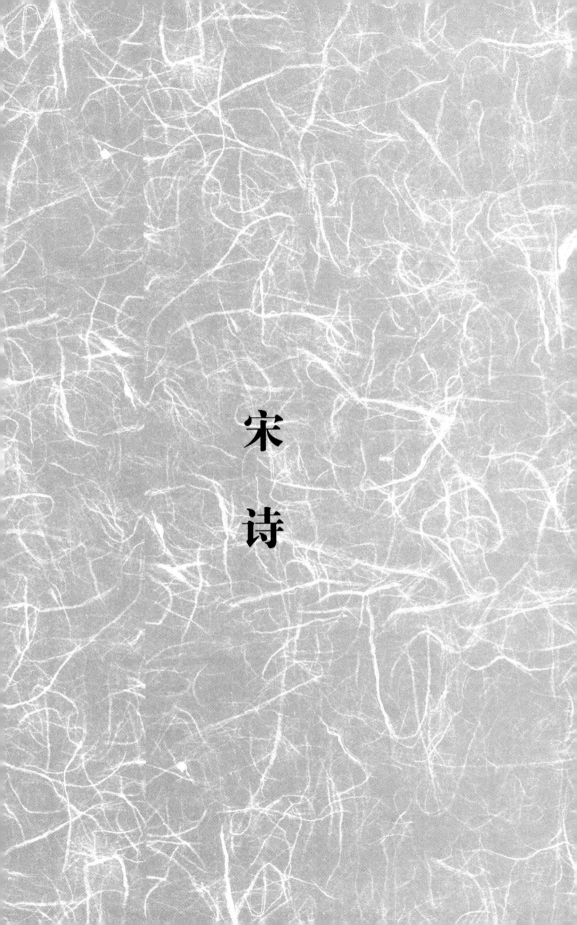

宋诗

柳 开

柳开（947—1000），原名肩愈，字绍元，号东郊野夫，后更名开，字仲涂，号补亡先生。大名（今属河北）人。太祖开宝六年（973）进士，历任州、军长官，殿中御史等职。主张学必宗经，以恢复儒学道统、明道垂教为己任。提倡韩愈、柳宗元古文，反对五代的华靡文风，为宋初古文运动的先驱。现存诗仅四首，有《河东先生集》。《宋史》卷四四〇有传。

塞 上①

鸣骹直上一千尺②，天静无风声更干③。碧眼胡儿三百骑，尽提金勒向云看④。

① 塞上：《河东先生集》未收，见江少虞《皇朝类苑》卷三五引《倦游杂录》。②鸣骹（xiāo 消）：响箭。③干：脆、响亮。④勒：有嚼口的马络头。

这是传诵一时的名作，当时被画为诗意图，明代犹存（见杨慎《升庵外集》卷七八《蕃马胡儿》条）。前两句以"鸣骹直上"的动景传出一声箭响，而以"天静无风"反衬响声之巨。后两句以三百胡儿"尽提金勒向云看"的动景写一声箭响引起的客观反应，从而与前一动景拍合。正在行进的三百胡儿之所以忽然勒马仰望，乃是骤然一声箭响惊动了他们，因而放眼追踪。"鸣骹直上"以至于高达"一千尺"的动景，是从他们眼中看出的。绘声绘色，形象何等鲜明生动！但诗的妙处远不止此。"塞上"是个大题目，用四句诗很难写。诗人的高明之处在于以响写寂，以动形静，只用一声箭响和互为因果的两个动景，就把"塞上"荒凉、寂静的辽阔空间展现在读者面前，而三百胡儿警惕性之高，亦见于言外。至于那响箭是谁放的，又在胡儿心中同时也在读者心中引发悬念，收到象外有象、余意无穷的效果。

郑文宝

郑文宝（953—1013），字仲贤，汀州宁化（今属福建）人。太平兴国八年（983）进士，历官陕西转运使、兵部员外郎。其诗清新婉丽，多警句，颇受司马光、欧阳修称赏。惜其诗集已佚，仅散见于《皇朝文鉴》、《麈史》、《温公诗话》等书。有《江表传》、《南唐近事》等。

柳 枝 词①

亭亭画舸系春潭②，直到行人酒半酣。不管烟波与风雨，载将离恨过江南。

①柳枝词:亦名《杨柳枝》,乐府《近代曲》名。②画舸(gě葛):装饰华美的船。

陈衍《宋诗精华录》评此诗:"首句一顿,下三句连作一气说,体格独别。"细玩诗意,并非如此。第一句写画船系在"春潭"边的柳树上,这当然有"一顿";但只有外景而未写内景,不知船上在干什么,因而紧接着补写一句:那船直系到"行人酒半酣",这当然又是"一顿"。"直到"者,"直系到"也,"系"字承上省略。如此写法,也很新颖,算得上"体格独别"。船上的"行人"本来要解缆出发,但送行者一再劝酒挽留,所以那船直系到"行人酒半酣"。依依惜别之情,都从"系"与"直到"中曲曲传出。"直到"又透露到此为止的意思。尽管船外风雨交加,江上烟波浩渺,那船却不能再"系"了! 于是后两句"一气连说",动人心魄。

全诗写送别、写"离恨",却以"画舸"为主语,贯彻始终。"画舸系春潭",直系到"行人酒半酣",仿佛已经够讲情面了;接下去,它就"不管烟波与风雨,载将离恨过江南"! 正如吴乔《围炉诗话》所说:"人自别离,却怨画舸。"这就是所谓"无理而妙"。《苕溪渔隐丛话·前集》卷二四称此诗"好事或填入乐府",四处传唱,并非偶然。

王禹偁

王禹偁(954—1001),字元之,济州钜野(今属山东)人。家世务农。太平兴国八年(983)进士,历右拾遗、左司谏、知制诰等职,真宗时,预修《太宗实录》。遇事敢言,曾上《端拱箴》、《御戎十策》、《应诏言事疏》等,提出了重农耕、节财用、任贤能、抑豪强、谨边防等许多有关政治改革的建议。终因触犯权贵,三黜以死(有《三黜赋》)。文学韩愈,诗先学白居易,后学杜甫。其政治主张,开范仲淹等"庆历变法"先声;其文学主张和诗文创作实践,开欧阳修等诗文革新先河。有《小畜集》、《小畜外集》。《宋史》卷二九三有传。

畲田词五首①(录三)

大家齐力劚孱颜②,耳听田歌手莫闲。各愿种成千百索③,豆其禾穗满青山④。

鼓声猎猎酒醺醺⑤,斫上高山入乱云。自种自收还自足,不知尧舜是吾君⑥。

北山种了种南山,相助力耕岂有偏⑦。愿得人间皆似我,也应四海少荒田⑧。

①畲(shē 奢)田:火种田。就地砍倒树木、杂草,引火焚烧,作为肥料,然后耕种。②劚
屏(chán 逸)颜:劚,砍伐;屏颜,形容山的险峻。③索:计量单位。作者自注:"山田不知畎
亩,但以百尺绳量之,曰'某家今年种得若干索',以为田数。"④萁(qí 棋):豆秸。⑤猎猎:形
容鼓声。醺(xūn 熏)醺:醉的样子。⑥尧、舜:古代传说的两位贤明君主。这句诗化用《击
壤歌》:"日出而作,日入而息;凿井而饮,耕田而食。帝力于我何有哉!"⑦偏:私心。⑧四
海:指全国。

太宗淳化二年(991),作者贬官商州(今陕西商县),十月到任。当时的商
州"深山穷谷,不通辙迹",农民先放火烧山,然后"酿黍稷,烹鸡豚",约请乡邻
互助耕种。作者看到这种淳朴的民俗,用当地民歌格调写成这五首《畲田词》
(前有《序》),歌颂了团结互助精神和广开荒田、争取丰收的劳动。清新明畅,
具有浓郁的民歌风味。

村　行

马穿山径菊初黄①,信马悠悠野兴长②。万壑有声含晚籁③,数峰
无语立斜阳。棠梨叶落胭脂色④,荞麦花开白雪香。何事吟馀忽惆
怅?村桥原树似吾乡。

①山径:山间小路。②信马:任马行走。悠悠:形容心情安闲。野兴长:野外游兴很浓
厚。③万壑:众多的山沟。籁(lài 赖):指山沟发出的音响。④棠梨:又名杜梨,一种野生
梨树。

这首七律作于任商州团练副使时期。首联以"马穿山径"点"村行",以
"菊初黄"点时令,以"野兴长"引起中间两联。中间两联通过视觉、听觉、嗅觉
写山村秋景:宁静、明丽、芳香,表现了诗人离开贬所、信马村行之时获得的精
神解脱和心灵慰藉。尾联以一问突转、以一答拍合,跌宕生姿。因见此乡景物
恰"似吾乡"而忽感惆怅,则弃官归去之念油然而生,其对贬谪生涯的厌恶和对
朝政时局的失望,俱见于言外。

春居杂兴二首(录一)

两株桃杏映篱斜,妆点商州副使家。何事春风容不得,和莺吹折
数枝花!

宋代的团练副使,多由被贬谪的官员充任,不得签署公事,俸禄微薄,商州
又是穷困荒凉的山区,诗人曾用"坏舍床铺月,寒窗砚结凘"(《谪居感事》)描

写他的居住条件,对于我们理解这首诗很有帮助。

住宅围以竹篱,其简陋可知。然而春天终于来临,斜倚竹篱的两株桃杏繁花盛开,总算给他的家妆点出难得的春色。两句诗,情景交融,表现了他对两株桃杏的无限珍惜,为后两句作好了铺垫。后两句赋、比、兴并用,而出以问语。"春风"本应为人间带来春色,可是为什么连唯一"妆点商州副使家"的"两株桃杏"都"容不得",竟然"和莺吹折数枝花"呢?问而不答,寓意无穷,诗人此前的遭遇和当前的处境,都蕴含其中,足以引发读者的无限联想。

惠　崇

惠崇(?—1017?),北宋诗僧,建阳(今属福建)人,一作淮南人。与希昼、保暹、文兆、行肇、简长、惟凤、宇昭、怀古合称"九僧",有《九僧诗集》,同属晚唐派。多写生活琐事与自然小景,忌用典、尚白描。专精五律,锻炼推敲,力求精工晶莹。惠崇为九僧之冠,其《访杨云卿淮上别墅》,是五律的代表作。亦善画,王安石、苏轼都曾为他的画题诗。

访杨云卿淮上别墅

地近得频到,相携向野亭①。河分冈势断,春入烧痕青②。望久人收钓,吟馀鹤振翎。不愁归路晚,明月上前汀③。

①相携:两人手挽手。②烧(shào哨)痕:草地被焚烧留下的痕迹。③汀(tīng听):水边的陆地。

晚唐派五律,中间两联多写景,刻意锻炼,力求表现出一种清幽野逸的意境。这首诗也是这样,颔联尤精警。从"野亭"上看,河两岸是山冈,却写成"河分冈势断"——河水滚滚而来,把本来浑然一体的"冈势"分开,断为两截;春天来了,先一年冬天被烧掉的野草又长出新苗,却写成"春入烧痕青"——"春"进入"烧痕",化为一片青色。后一句和白居易的"野火烧不尽,春风吹又生"表现同样的意思,风格却迥乎不同。晚唐体的特色,于此可见一斑。

魏　野

魏野(960—1019),字仲先,号草堂居士,陕州(今河南陕县)人。为宋初著名隐逸之士,真宗闻名召见,不赴。卒赠著作郎。诗宗晚唐,效法贾岛、姚合。所为诗精思苦吟,多平淡闲远之作。有《东观集》十卷。

寻隐者不遇

寻真误入蓬莱岛①,香风不动松花老。采芝何处未归来②,白云满地无人扫。

①真:"真人"的省称。道家以得道者为真人。蓬莱:神话传说中的三神山之一,泛指仙境。②芝:灵芝,古人以为食后会长生不老。

此诗用烘托法,写寻访隐者而隐者采芝未归。但见所居之处,松花飘香,白云满地,恍如仙境,而对其人之仰慕与寻而不遇的怅惘之情,俱从景物描写中曲曲传出。

寇　准

寇准(961—1023),字平仲,华州下邽(今陕西渭南)人。太平兴国五年(980)进士,累官至同中书门下平章事。敦促真宗抗辽,订立澶渊之盟,封莱国公,时称寇莱公。后遭谗被贬,卒于雷州(今广东海康),谥号忠愍。

与魏野、潘阆、林逋和九僧为诗友,号"晚唐诗派"。七言明丽婉雅,五言淡远闲适,间也有激昂慷慨之作。有《寇莱公集》。

春日登楼怀归①

高楼聊引望,杳杳一川平②。野水无人渡,孤舟尽日横。荒村生断霭③,古寺语流莺。旧业遥清渭④,沉思忽自惊。

①司马光《温公续诗话》载寇准"年十九进士及第,初知巴东县,有诗云:'野水无人渡,孤舟尽日横。'"知此诗当是寇准二十岁左右初官巴东时所作。②杳杳:深远貌。③断霭:断断续续的烟雾。④"旧业"句:老家在遥远的渭水旁。寇准老家下邽(今陕西渭南),在渭水边。

第一句领起以下五句,"杳杳一川平"及二、三两联,皆写"引望"中景色。这些景色与作者故乡的景色很相似,因而引起思乡之情,写出了尾联。第一句"高楼聊引望",用一"聊"(姑且)字,表明只是随便观看风景,并非为"怀归"而"登楼"。然而看到"野水"、"孤舟"、"荒村"、"古寺",听见黄莺儿歌唱,感到自己就在清渭旁边的老家,因为所见所闻都和老家一样。但这只是暂时的错觉,及至转念沉思,"忽惊"人在巴东,而渭河边的"旧业",已在数千里之外!全诗以"聊"字与"惊"字首尾呼应,活现了触景生情的心态。"野水无人渡,孤舟尽日横"一联,属对精切,写景如画,北宋翰林图画院曾以此为题,评定考生的优劣。此后的各种诗话,也多赞为佳句。

林　逋

　　林逋(967—1028),字君复,钱塘(今浙江杭州)人。早岁漫游江淮间,后归隐杭州孤山,养梅饲鹤、终身不娶,人称"梅妻鹤子"。真宗礼遇之,赐粟帛。死谥和靖先生。诗多写隐逸生活及自然风光,淡雅闲远。有《林和靖诗集》四卷。

山园小梅

　　众芳摇落独暄妍①,占尽风情向小园。疏影横斜水清浅,暗香浮动月黄昏②。霜禽欲下先偷眼③,粉蝶如知合断魂④。幸有微吟可相狎⑤,不须檀板共金樽⑥。

　　①众芳摇落:百花凋谢。暄妍:鲜艳,指梅花。②暗香:幽香。③霜禽:经霜的鸟。偷眼:偷看。④合断魂:准会销魂。⑤相狎(xiá 侠):相亲相近。⑥檀板:用檀木制成的响板,歌唱时用来打拍子。金樽:贵重的酒杯。

　　林逋"吟魂长恨负芳时,为见梅花辄入诗",以善咏梅出名。其"雪后园林才半树,水边篱落忽横枝"(《咏梅》)一联,传诵一时;这首七律,更备受赞赏,使前此无数咏梅之作都黯然失色。

　　要为梅花写照传神,并不那么容易。这首诗的成功,在于善用映衬、烘托手法:首联用"众芳摇落"反衬梅花凌寒独秀,占尽风情;次联用"水清浅"、"月黄昏"映衬梅花"疏影横斜"、"暗香浮动";三联用"霜禽"、"粉蝶"作侧面烘托——霜禽被"暗香"吸引,正要飞下,先"偷眼"相看;"粉蝶"如果知道梅花比春天的群花更美,便会神往销魂,恨不生在冬天。尾联将自己与梅花关合,托物抒怀:高洁的梅花有我吟诗做伴,就很幸运;至于檀板金樽、歌舞饮宴的豪华场面,她是不需要的。这实际上也是用后者反衬前者。

　　"疏影"、"暗香"一联,被认为是咏梅的千古绝唱。欧阳修说:"评诗者谓前世咏梅者多矣,未有此句也。"司马光称其"曲尽梅之体态"。苏轼称此联"决非桃李诗",写出了梅花的个性。陈与义《和张矩臣水墨梅》云:"自读西湖处士诗,年年临水看幽姿。晴窗画出横斜影,绝胜前村夜雪时。"是说林逋的"暗香"、"疏影"一联比唐人齐己《早梅》名句"前村深雪里,昨夜一枝开"更好。王十朋更说:"暗香和月入佳句,尽压千古无诗才。"辛弃疾奉劝诗人"未须草草赋梅花……总被西湖林处士,不肯分留风月"。至于姜夔咏梅自度曲特以《暗香》、《疏影》命名,更成为此后词人咏梅常用的词牌。

范仲淹

范仲淹(989—1052)字希文,吴县(今属江苏)人。少孤贫,力学。大中祥符八年(1015)进士。宝元三年(1040)任陕西招讨副使,兼知延州,抗御西夏。庆历三年(1043),任枢密副使、参知政事,推行新政,力图改革,遭保守派反对而罢政,出知邠州,兼陕西四路安抚使。卒谥文正。工诗文,晚年所作《岳阳楼记》至今脍炙人口。有《范文正公集》。

观 风 楼①

高压郡西城②,观风不浪名③。山川千里色,笑语万家春。碧寺烟中静,红桥柳际明。登临岂刘白④? 满目是诗情。

①观风楼:位于苏州城西。西望虎丘诸山及运河、太湖,东临苏州城。②郡:指苏州。③"观风"句:楼名"观风",并不是信口起名。"观风",出自《礼·王制》"命太师陈诗以观民风"。④刘白:指刘禹锡、白居易。刘于太和六年(832)任苏州刺史,白于宝历元年(825)任苏州刺史。二人在任时均有咏苏州诗多首。

此诗作于景祐二年(1035)任苏州知府时。二、三两联,写登楼四望景色,明丽如画。

江 上 渔 者①

江上往来人,但爱鲈鱼美②。君看一叶舟,出没风波里。

①渔者:捕鱼的人。②鲈(lú 卢)鱼:一种肉嫩味美的鱼,苏州一带多有。

只知鲈鱼味美而贪爱品尝,却不知渔者多么辛苦,这是有普遍意义的社会现象。后两句只展示捕鱼的惊险场景让人"看"而不作解释,含义深广,极耐寻绎。

晏 殊

晏殊(991—1055),字同叔,临川(今属江西)人。以神童召试,赐同进士出身,除秘书省正字。累官至集贤殿学士、同中书门下平章事兼枢密使。卒谥元献。以知人著称,名臣范仲淹、韩琦、富弼皆出其门。工诗词,尤擅长小令。诗属西昆体,词袭南唐余风,为宋初一大家。有《珠玉词》及清人所辑《晏元献遗文》。

示张寺丞王校勘①

元巳清明假未开②,小园幽径独徘徊。春寒不定斑斑雨③,宿醉难禁滟滟杯④。无可奈何花落去,似曾相识燕归来。游梁赋客多风味⑤,莫惜青钱万选才⑥。

①张寺丞、王校勘:即张先、王琪。②元巳:指农历三月第一个巳日,也称上巳。后专定在农历三月初三。古代习俗喜在这天修禊于水滨。③斑斑雨:稠密的细雨。④宿醉:经宿尚未全醒的余醉。滟滟杯:杯中的酒满溢的样子。⑤游梁赋客:汉梁孝王建梁园(在今河南开封市),广招才士,辞赋家司马相如、枚乘等都游梁,为梁孝王宾客。此处指张先、王琪。⑥青钱万选:比喻文辞出众。《新唐书·张鷟传》:"鷟文辞犹青钱万选,万选万中。时号鷟青钱学士。""莫惜"句:不要吝惜才华,要尽量施展出来。

此诗以第三联出名,作者又用于《浣溪沙》词中,该词亦因有此二句而出名。《四库全书总目提要》云:"'浣溪沙'春恨词'无可奈何花落去,似曾相识燕归来'二句,乃殊《示张寺丞王校勘》七言律腹联。……今复填入词内,岂自爱其词语之工,故不嫌复用耶?"

前两联通过"徘徊"、"春寒"、"宿醉"表露伤春情绪,为第三联作铺垫。"花落去"、"燕归来",都是眼前景,而"无可奈何"、"似曾相识",则是由此触发的无限情思。人们希望花常开、春常在,但花儿有开必有落,如今眼见"花落去",尽管留恋、惋惜,也"无可奈何"。然而春天去了还会来,作为候鸟的燕子,去年从这里飞去,今春还会回来。眼前归来的燕子,也许就是去年来过的燕子吧!因而深情地辨认,感到"似曾相识"。见花儿落去而"无可奈何",慨叹存在者难免消逝;见燕子归来而"似曾相识",又以消逝中仍含存在而感到欣慰。正因为领悟到消逝中仍含存在,故尾联一扫春愁,勉励他的宾客切莫吝惜才华,应尽量施展。两句诗,回环起伏,抑扬跌宕,蕴含着对于宇宙人生的哲理探索,能引发丰富的美感联想,给人以深刻的思想启迪。

晏殊《浣溪沙》词云:

一曲新词酒一杯,去年天气旧亭台。夕阳西下几时回? 无可奈何花落去,似曾相识燕归来。小园香径独徘徊。

张宗橚《词林纪事》云:"细玩'无可奈何'一联,意致缠绵,语调谐婉,的是倚声家语,若作七律,未免软弱矣。"从总体上看,词的风格与诗的风格是各有特点的;但仅仅两句十四字,便断定只宜入词(依声)而不宜入诗,未免主观。

寓 意①

油壁香车不再逢②,峡云无迹任西东③。梨花院落溶溶月④,柳絮池塘淡淡风。几日寂寥伤酒后，一番萧瑟禁烟中⑤。鱼书欲寄何由达⑥，水远山长处处同⑦。

①一作"无题"。②油壁香车：古代妇女乘坐的彩饰的小车，这里指代美丽的女子。③峡云：用宋玉《高唐赋》载楚襄王梦中与巫山神女欢会事。当时神女临别对楚襄王说："妾在巫山之阳，高丘之阻。旦为朝云，暮为行雨。朝朝暮暮，阳台之下。"后遂以巫云、巫山云雨等表示男女欢会。这里为避熟将巫云改作峡云。④溶溶：广阔貌。⑤禁烟：清明前两天禁止生火做饭，为寒食日，亦称禁日。⑥鱼书：指书信。汉《饮马长城窟行》："客从远方来，遗我双鲤鱼。呼儿烹鲤鱼，中有尺素书。"用鱼书代表信札自此始。⑦"水远"句：万水千山，水水皆远，山山皆长，鱼书极难送达。

　　首联写与一位乘坐"油壁香车"的女性偶然相遇，此后她便渺无踪影。次联回忆与那位女性邂逅的环境，美景良宵，令人心醉神迷。后两联写别后的无穷思念，真挚动人。晏殊被视为西昆派后期作家。方回《瀛奎律髓》卷十、卷十七分别选了他的《春阴》、《赋得秋雨》，均评为"昆体"。但这首《寓意》除了"峡云"的用典尚余西昆痕迹而外，通体清新妍妙，已突破了西昆藩篱。

曾公亮

　　曾公亮（999—1078），字明仲，泉州晋江（今属福建）人。仁宗天圣二年（1024）进士，历官翰林学士、枢密使、同中书门下平章事。曾与丁度编《武经总要》。

宿甘露僧舍①
　　枕中云气千峰近，床底松声万壑哀。要看银山拍天浪②，开窗放入大江来。

①甘露：即甘露寺，在镇江北固山上，下临长江。②银山：指江中巨浪。

　　作者住宿在甘露寺僧舍中。首联用对偶句，上句以枕中有千峰云气写僧舍之高，下句以床底有万壑松声写僧舍之幽。用夸张手法加强艺术表现力，极有气势。次联不直写俯瞰大江，而说如果要看像银山那样的拍天巨浪，那就打开窗户，放入大江。用虚拟语气加强艺术表现力，尤有气势。

张　俞

　　张俞（生卒年不详），《宋史》本传作张愈，字少愚，益州郫（今属四川）人。

屡举不第。仁宗宝元(1038—1039)年间,曾上书朝廷论边事。文彦博治蜀,为筑室成都青城山白云溪,因号白云先生。有《白云集》,已佚。

蚕　妇

昨日入城市,归来泪满巾。遍身罗绮者[①],不是养蚕人。

①罗绮:绸缎。

　　诗人让蚕妇作抒情主人公,出面讲她"入城市"的所见所感。妙在第一句讲"昨日入城市",读者总以为第二句要讲她见了什么大世面;可是出人意外,来了一句"归来泪满巾",给读者留下悬念,急于弄清为什么"泪满巾"。第三句讲入城所见,第四句则是她的判断。这个判断,看来是她在归来的路上才作出的,一作出,便忍不住伤心落泪。"遍身罗绮者,不是养蚕人",言外之意是,她这位养蚕人,反而和罗绮沾不上边。晚唐诗人杜荀鹤也有一首《蚕妇》诗:"粉色全无饥色加,岂知人世有荣华。年年道我蚕辛苦,底事浑身着苎麻?"两相比较,张俞所写的蚕妇平生第一次进城,发现不养蚕的反而"遍身罗绮",她自己呢,大概也是"浑身着苎麻",因而强烈地感到不平,不禁"泪满巾"。杜荀鹤所写的蚕妇则更可怜,她连进一次城的机会也没有,压根儿不知"人世有荣华",因而尽管对自己"浑身着苎麻"发出"底事"的疑问,却没有弄清究竟缘底事,所以还没有哭,而把哭声留给善良的读者。

梅尧臣

　　梅尧臣(1002—1060),字圣俞,宣城(今属安徽)人。宣城汉代名宛陵,故世称"宛陵先生"。早年应试不第,以恩荫补官。仁宗皇祐三年,因大臣推荐面试,赐同进士出身,授国子监直讲。官至尚书都官员外郎,世因此亦称"梅都官"。曾预修《新唐书》。与欧阳修同为北宋前期诗文革新运动领袖,并称"欧梅"。又与苏舜钦齐名,并称"苏梅"。诗风简古,着重反映现实,力克西昆浮靡之弊。有《宛陵集》。

陶　者[①]

陶尽门前土,屋上无片瓦。十指不沾泥,鳞鳞居大厦[②]。

①陶者:用陶土烧制砖瓦的人。②鳞鳞:屋上瓦排列得整整齐齐,有如鱼鳞一般。

　　制瓦者屋上无瓦,住大厦者十指不沾泥,与张俞"遍身罗绮者,不是养蚕人"同一意蕴;而第三句与第一句对比,第四句与第二句对比,无一语判断,让读者自作结论,又独具特色。

鲁山山行[①]

适与野情惬[②],千山高复低。好峰随处改,幽径独行迷。霜落熊升树,林空鹿饮溪。人家在何许? 云外一声鸡。

①鲁山:在今河南鲁山县东北,接近襄城县西南边境。宋仁宗康定元年(1040),梅尧臣知襄城县,作此诗。②适:恰巧。惬(qiè 切):相合。

首句擒题,意思是,鲁山山行,恰好与我爱好山野风光的情趣相合。以下各句,便通过描状"山行"所见的动景来表现他的"野情"。"千山高复低",乃宏观描写;以下两联,则是局部描写。因为人在山中行走,眼前景便移步换形,"好峰"不断变换美好的姿态,"幽径"则愈转愈幽。着一"迷"字,并不是说诗人因"迷"路而发愁,而是强调"幽径"之"幽",正投合了诗人的野趣。宋之问《春日宴宋主簿山亭》诗有云:"迷路出花难。"为万花所"迷",不容易找到出路,这当然是好事情。"幽径独行迷",情景与此相类。颈联互文见意,"霜落"则"林空",故在"幽径"独行,可以看见"熊升树"、"鹿饮溪"的野景。"熊"、"鹿"并没有看见人,因而和平时一样毫无顾虑,或"升树",或"饮溪",多么自由自在! 行人在"幽径"上观赏"熊升树"、"鹿饮溪",多么闲适,多么野趣盎然!

全诗以"人家在何许? 云外一声鸡"收尾,余味无穷。杜牧的"白云生处有人家",是看见了人家。王维的"欲投人处宿,隔水问樵夫",是看不见人家,才询问樵夫。这里又是另一番情景:望近处,只见"熊升树"、"鹿饮溪",没有人家;望远方,只见白云浮动,也不见人家。于是自己问自己:"人家在何许"呢? 恰在这时,白云外传来一声鸡叫,仿佛有意回答诗人的提问:"这里有人家哩,快来歇息吧!""山行"者望云闻鸡的神态及其喜悦心情,都宛然可见。

方回在《瀛奎律髓》中评此诗:"尾句自然;'熊''鹿'一联,人皆称其工,然前联尤幽而有味。"

小　村

淮阔洲多忽有村[①],棘篱疏败谩为门[②]。寒鸡得食自呼伴,老叟无衣犹抱孙。野艇鸟翘唯断缆[③];枯桑水啮只危根[④]。嗟哉生计一如此[⑤],谬入王民版籍论[⑥]!

①淮:淮河。洲:水中的陆地。②"棘(jí 及)篱"句:用刺棘扎成稀疏破败的篱笆权当做

门。③野艇:无主人照管的船。鸟翘:船尾像鸟尾翘起一样。缆:系船的缆绳。④水啮(niè聂):被水冲蚀。危根:暴露在外残存的树根。⑤生计:生活。⑥王民:皇帝的臣民。版籍:交租税的户籍。论:看待。

　　首句中的"忽"字是"诗眼"。于"淮阔洲多",经常发生水灾的地方"忽"然看见一个小村,言外之意是,别的村子已被淹没了,或者搬走了。中间五句,从篱门疏败、寒鸡呼伴、老叟无衣、野艇断缆、枯桑水啮等各个方面描绘了破败荒凉的景象,令人触目惊心。结尾两句,先发出"嗟哉"的感叹,然后说,村民们竟然贫困到这样无以为生的境地,已经算不得"王民"了,可是还被误认为"王民",编入了朝廷的户口册子! 就是说,还要交租纳税啊! 陈衍《宋诗精华录》评此诗:"写贫苦小村,有画所不能到者,末句婉而多讽。"评得很中肯。

东　溪

　　行到东溪看水时,坐临孤屿发船迟①。野凫眠岸有闲意②,老树着花无丑枝。短短蒲茸齐似剪③,平平沙石净于筛④。情虽不厌住不得,薄暮归来车马疲。

　　①屿(yǔ 雨):小岛。②野凫(fú 伏):野鸭子。③蒲茸:蒲草的花,成茸状;夏季开。④净于筛:比用筛子筛过的还干净。

　　东溪即宛溪,在作者的故乡宣城县。首句"行到东溪",为的是"看水",为全诗表现闲适之趣定下了基调。次联写岸边景,方回赞为"当世名句,众所脍炙"(《瀛奎律髓》),纪昀赞为"名下无虚"(《瀛奎律髓评》),陈衍也说"的是名句"(《宋诗精华录》)。"野凫眠岸",乃水乡常见景象,作者移情入景,说它"有闲意",正表现他自己爱"闲"、羡"闲",厌恶争名夺利。"老树着花",也是人们经常看见、不以为奇的景象,作者却称赞它"无丑枝"。树"老"便"丑",但枝枝繁花盛开,便不"丑"。欧阳修说梅尧臣"文词愈清新,心意难老大,有如妖娆女,老自有馀态"(《水谷夜行寄圣俞子美》),梅尧臣的这句"老树着花无丑枝",正表现了他人虽老而"心意"并不老的精神境界。如胡仔所说:"圣俞诗工于平淡,自成一家。如《东溪》云:'野凫眠岸有闲意,老树着花无丑枝'……须细味之,方见其用意也。"(《苕溪渔隐丛话后集》)三联扩大视野,继续写景。所写者虽然是"蒲茸"、"沙石",极其平常,但用"短短"、"平平","齐似剪"、"净于筛"分别加以形容描状,便唤起你的联想,因小见大,一幅天然图画宛然在目:清清流水,水底下洁白的沙石平铺,直延伸到两岸;蒲草、芦苇之类的植物,或生水边,或生岸上,迎风摇曳。这幅图画当然也并不绚丽,但作者却偏爱它。"短短蒲茸",谁去注意? 他却看出"齐似剪";"平平沙石",谁去欣赏? 他却赞美"净于筛"。其野逸之趣,闲静之情,洋溢于字里行间。故尾联表明他在这里流连忘返,直到"薄暮"不得不回去的时候,还因"住不得"而深感遗憾。

此诗作于仁宗至和二年(1055)五十二岁之时,是晚年的名篇。欧阳修《六一诗话》云:

> 圣俞尝语余曰:"诗家虽率意,而造语亦难。若意新语工,得前人所未道者,斯为善也。必能状难写之景如在目前,含不尽之意见于言外,然后为至矣。贾岛云'竹笼拾山果,瓦瓶担石泉',姚合云'马随山鹿放,鸡逐野禽栖'等,是山邑荒僻,官况萧条,不如'县古槐根出,官清马骨高'为工也。"余曰:"语之工者固如是。然状难写之景、含不尽之意,何诗为然?"圣俞曰:"作者得于心,览者会以意,殆难指陈以言也。虽然,亦可略道其仿佛。若严维'柳塘春水漫,花坞夕阳迟',则天容时态,融和骀荡,岂不如在目前乎?又温庭筠'鸡声茅店月,人迹板桥霜',贾岛'怪禽啼旷野,落日恐行人',则道路辛苦,羁愁旅思,岂不见于言外乎?"

这首诗,可以说实现了他的主张:意新语工,状难写之景如在目前,含不尽之意见于言外。

欧阳修

欧阳修(1007—1072),字永叔,号醉翁,又号六一居士,庐陵(今江西吉安)人。仁宗天圣八年(1030)进士,官至枢密副使,参知政事。曾赞助范仲淹的"庆历新政"。晚年因与王安石政见不合,退居颍州。喜培养后进,苏洵父子、曾巩、王安石,皆出其门下。卒谥文忠。为北宋诗文革新运动的领袖,文为唐宋八大家之一;诗学韩愈、李白,古体高秀,近体妍雅;词婉丽。与宋祁合修《新唐书》,独撰《新五代史》。有《欧阳文忠公集》、《六一词》、《六一诗话》等。

戏答元珍①

春风疑不到天涯,二月山城未见花②。残雪压枝犹有橘,冻雷惊笋欲抽芽。夜闻归雁生乡思③,病入新年感物华④。曾是洛阳花下客⑤,野芳虽晚不须嗟⑥。

①元珍:丁宝臣的字,当时任峡州(宜昌)军事判官,常与欧阳修往来。②天涯、山城:均指峡州夷陵(今湖北宜昌市),时欧阳修谪夷陵令。③思(sì 四):名词。乡思:思乡之情。④物华:景物。⑤洛阳花下客:洛阳,在今河南省,北宋时称西京,盛产牡丹。欧阳修曾任西京留守钱惟演幕下推官,写有《洛阳牡丹记》;丁宝臣也曾在洛阳居住过。⑥野芳:野花。嗟:叹息。

宋仁宗景祐三年(1035)五月,欧阳修贬官夷陵令。次年早春,丁元珍作诗相赠,他作此诗"戏答"。

首句上二下五,句法挺拔;怀疑春风吹不到天涯,"疑"得出奇,引起读者的悬念。急读下句,便恍然大悟,感到"疑"得有理。这一联,大开大合,跌宕生姿,极有韵味。作者得意地说:"若无下句,则上句何堪?既见下句,则上句颇工。"(《笔说》)这一联的好处,还在于为以下的写景抒情开拓了广阔的天地。方回《瀛奎律髓》评此联:"以后句句有味。"说得很中肯。

次联承中有转;上下两句,每句又自具转折。"残雪"、"冻雷",承春风不到、二月无花。但"残雪压枝",而枝上"犹有橘",不畏摧残压抑,何等坚毅!"雷"声虽含"冻"意,却惊动竹笋,行将破土而出,茁壮成长,何等生机旺盛!

三联触景生情,抒发感慨。作者被贬之前在洛阳做官,上句说他夜闻北归的大雁鸣叫而"生乡思",即指怀念洛阳,为第七句留下伏线。下句说他从去年生病,直病到新的一年,景物变换,睹物兴感。"物华"一词,涵盖夷陵、洛阳两地的景物,从而引出尾联。

作者从繁华的洛阳被贬到夷陵,当然很不痛快。闻归雁而思洛阳,这是真情。但尾联却用委婉的口吻来表述:我们都在洛阳居住过,看过洛阳的牡丹。和那"国色天香"相比,这里的"野芳"又算得什么!所以"二月山城未见花",又何必嗟叹呢?

首联疑春风不到,叹二月无花,心目中将夷陵与洛阳对比,流露出被贬以后的寂寞怅惘心情。次联忽然振起,以赞美的笔触描状金橘不畏雪压、新笋冒寒抽芽,寄托了不怕挫折、昂扬奋进的情怀。三联又回到被贬谪的现实,思乡、叹病,感慨于时光流逝、景物变迁。尾联自宽自解,以"不须嗟"收束全诗,虽含愁闷而不显低沉。欧阳修因支持范仲淹改革朝政而贬官。到达贬所,名其室为"至喜堂",作《夷陵县至喜堂记》,坚信经受挫折能够得到磨炼,事实也正是这样。所以后人评论道:"庐陵事业起夷陵,眼界原从阅历增。"(《随园诗话》卷一)这首《戏答元珍》诗,正表现了他善处逆境的思想感情。其语言的平易流畅,章法的跌宕变化,写景抒情的虚实相生,也一扫西昆诗风,实现了他的革新主张,形成了他自己的独特风格。

画 眉 鸟①

百啭千声随意移②,山花红紫树高低。始知锁向金笼听,不及林间自在啼。

①画眉鸟:一名百舌,善鸣。②啭(zhuàn 转):叫声婉转。

"百啭千声",点结句的"啼";"随意移",点结句的"自在"。"山花红紫树高低"，则是"百啭千声随意移"的广阔天地，何等美好！两句诗，视觉形象与听觉形象同时闪现：鸟声动听，鸟飞好看，任凭画眉歇脚的山花树林，色彩绚丽，令人赏心悦目。于是由广阔天地想到狭窄的鸟笼，由自由自在的欢唱想到被锁在笼子里的哀鸣，写出了后两句。

以议论入诗，这是宋诗的特点之一。抽象议论而无情韵，便淡乎寡味。这首诗的后两句虽涉议论，但议论的根子，既萌生于前两句所展现的鲜明形象之中，所阐发的哲理，又从"锁向金笼听"与"林间自在啼"的形象对比中自然流露出来，因而不仅情韵盎然，风神摇曳，还能引发无限联想，给人以思想启迪。

后两句诗，既切合画眉鸟，又有普遍意义。通过一个小题目唱出赞颂自由、追求自由的高歌，对于古代诗人来说，这是难能可贵的。

别　　滁①

花光浓烂柳轻明，酌酒花前送我行。我亦且如常日醉，莫教弦管作离声。

①滁：今安徽滁县。

庆历八年(1048)，作者离滁州太守任，迁知扬州。临别之时，吏民设宴饯行，他于席间作此诗。

作者在滁州有惠政，《醉翁亭记》里，就有与民同乐的描写。他在滁州作了许多取材于当地风物的诗文，对那里的山川风俗有感情，《丰乐亭记》里就说他"日与滁人仰而望山，俯而听泉……本其山川，道其风俗之美"。如今要离开，当然不能没有离情别绪。但他的这首《别滁》诗，一开头便把饯别的场景写得很美：花光浓烂，柳丝轻明，就在这花前柳下，吏民们酌酒送行。两句诗写出如此美好的场景，那么下两句怎么写？当然，如王夫之在《姜斋诗话》中所说：以乐景写哀，则倍增其哀。但作者却偏不写哀，反而说：我亦且如常日醉，莫教弦管作离声。舒坦开朗，与前两句的明快笔调相一致。但那个"且"(姑且)字却透露了一些消息：他的心情并不平静。而且，"莫教弦管作离声"，不正是因为自己已有几分离愁，才害怕弦管更作离声吗？用故作旷达的诗句表现故作平静的心态，收到了含蓄隽永、耐人寻味的艺术效果。

行次寿州寄内①

紫金山下水长流②，尝记当年此共游。今夜南风吹客梦，清淮明月照孤舟③。

①行次：旅行到达。寿州：即今安徽省寿县。寄内：写给妻子。②紫金山：即钟山，在今

江苏南京市东。③清淮:指淮河。寿州南临淮河。

皇祐元年(1049),作者自扬州徙知颍州,此诗乃抵达寿州时所作。前两句忆昔:途经紫金山下,触景生情,想起当年曾与妻子在此地共游,往事历历在目。后两句伤今:"今夜"与"当年"对照,更加思念妻子。"南风吹客梦",是说南风把他的梦吹到妻子那里去,也就是在梦中见到了妻子。可是梦醒之后的眼前情景,却是"清淮明月照孤舟"。四句诗,通过共游与孤栖的对比、梦境与实境的对比,表现出怀念妻子的深情,既明白如话,又深挚感人。

再和明妃曲①

汉宫有佳人,天子初未识②,一朝随汉使,远嫁单于国③。绝色天下无,一失难再得,虽能杀画工④,于事竟何益? 耳目所及尚如此,万里安能制夷狄? 汉计诚已拙,女色难自夸。明妃去时泪,洒向枝上花;狂风日暮起,漂泊落谁家? 红颜胜人多薄命,莫怨春风当自嗟。

①再和:仁宗嘉祐四年(1059),王安石作《明妃曲》,梅尧臣、欧阳修皆有和作,这一首为欧阳修第二次和王安石《明妃曲》。明妃:汉王嫱,字昭君,选入宫为宫人。汉与匈奴和亲,汉元帝将她嫁给匈奴国王。晋人为避文帝司马昭的讳,将昭君改为明君,后人因又称她为"明妃"。②天子:指汉元帝。③单于国:指匈奴。④杀画工:汉元帝宫女多,遂令画工图其形貌,元帝按图选召。众宫女赂画工,昭君恃貌美,独不与,画工遂丑其貌,终致落选。待昭君志愿申请赴匈奴和亲时,元帝才发现她容色为后宫第一,但已不能更换他人,元帝盛怒之下,便杀了画工。

首二句"汉宫有佳人"而"天子初未识",双绾王昭君与汉元帝,揭示出"佳人"与"未识"的矛盾,后面所写的悲剧结局即由此产生。"绝色天下无"一句,用汉元帝的赞叹口吻写出,其"重色"的心态跃然纸上。因"一失难再得"而"杀画工",自是这种心态的必然表现。然而不反省自己的"不识"而归咎于图像的失真,又能解决什么问题? 作者以"虽能杀画工,于事竟何益"的判断和慨叹承上启下,写出了脍炙人口的警句:耳目所及尚如此,万里安能制夷狄?

"佳人"就在"汉宫",身为汉家"天子",连"耳目所及"的宫中"佳人"都"不识",以至受画工蒙蔽而使此"佳人""远嫁单于国"、"一失难再得",那么,对于万里之外的"夷狄",又怎能了解其强弱虚实,采取有效的安边御侮之策呢? 两句诗,沿着"不识"的脉络向前推进,由小及大,由近及远,就国家大事发表精辟议论而又饱含激情,故有强烈的艺术感染力。

"汉计诚已拙"一句承"安能制夷狄"而来,既不能"制夷狄",就只有"和亲";接着写"女色难自夸",即就王昭君"远嫁单于国"而言。今天对王昭君"和亲"如何评价,是另一回事。作者说"汉计诚已拙",实际上是借汉讽宋,对宋王朝每岁向辽输送大量银、绢以求苟安表示不满。"明妃去时泪"以下各句，就"泪"与"花"渲染悲剧气氛，对她的悲剧结局表现无限同情，骨子里也是对"和亲"拙计的深刻批判。

前面明说"耳目所及尚如此，万里安能制夷狄"，明说"汉计诚已拙，女色难自夸"，到了结尾，却说"红颜胜人多薄命，莫怨春风当自嗟"，似乎有点矛盾。其实，正因为前面笔锋太露，所以改用微婉含蓄的手法结尾。苏轼《五禽言》之五云："姑恶！姑恶！姑不恶，妾命薄！""姑虐其妇"，本来很"恶"，却在连呼"姑恶"之后，改口说"姑不恶，妾命薄"，范成大认为"此句可以泣鬼"（《姑恶·序》）。出以"温柔敦厚"，更能动人心魄。欧阳修的这两句诗，结合全诗来读，也具有动人心魄的艺术力量。

苏舜钦

苏舜钦（1008—1048），字子美，原籍梓州铜山（今四川中江），出生于开封。仁宗景祐元年（1034）进士，曾任大理评事、集贤校理等职。以支持范仲淹改革而被保守派攻击落职，退居苏州，筑沧浪亭，寄情山水以自娱。后复起为苏州长史，未赴任而卒。与欧阳修等从事诗文革新。诗与梅尧臣齐名，风格奔放雄健。善草书。有《苏学士集》。

城南归值大风雪①

一夜大雪风喧豗②，未明跨马城南回，四方迷惑共一色，挥鞭欲进还徘徊。旧时崖谷不复见，纵有直道令人猜。低头抢朔风③，两眼不敢开；时时偷看问南北，但见白羽之箭纷纷来。既以脂粉傅我面④，又以珠玉缀我腮⑤；天公似怜我貌古⑥，巧意装点使莫偕⑦，欲令学此儿女态⑧，免使埋没随灰埃。据鞍照水失旧恶⑨，容质皆白如婴孩，虽然外饰得暂好，自觉面目如刀裁⑩。又不知胸中肝胆挂铁石⑪，安能柔软随良媒⑫？世人饰诈我尚笑，今乃复见天公乖⑬：应时降雪故大好，慎勿改易吾形骸！

①值：碰到。②喧豗（huī灰）：喧闹。③抢（qiāng枪）：逆、顶着。朔风：北风。④脂粉：指雪。傅：涂抹。⑤珠玉：指冰。缀（zhuì坠）：点缀，装饰。⑥貌古：面貌奇特。⑦莫偕（xié斜）：与往常不同。⑧儿女态：指前面所写的傅脂粉、缀珠玉。⑨据鞍：坐在马上。旧恶：过去奇特的容貌。⑩"自觉"句：语意双关，一指寒风如刀割面；一指内心不能忍受有如刀割。⑪胸中肝胆挂铁石：如铁石一般的肝胆悬挂在胸中。⑫随良媒：听任中间人安排。媒：介绍人。⑬天公乖：老天爷乖巧。指以脂粉、珠玉装饰他，想使他讨人喜欢。

在大风雪中行进,人人多有此经验;作者却独出心裁,借题发挥,写出绝妙的骂世文字;其刚直不阿、痛恨诈伪的高尚品质,跃然纸上。

哭曼卿①

去年春雨开百花,与君相会欢无涯②。高歌长吟插花饮,醉倒不去眠君家。今年恸哭来致奠,忍欲出送攀魂车③!春晖照眼一如昨,花已破蕾兰生芽④。唯君颜色不复见⑤,精魄飘忽随朝霞⑥。归来悲痛不能食,壁上遗墨如栖鸦⑦。呜呼死生遂相隔,使我双泪风中斜。

①曼卿:石延年字,与欧阳修、梅尧臣、苏舜钦一道从事诗文革新运动。②无涯:没有穷尽。③"忍欲"句:怎忍牵着灵车去送葬!魂车:载灵柩的车子。④破蕾:花苞已经开放。蕾:花苞。⑤颜色:面容。⑥精魄:灵魂。⑦"壁上"句:壁上挂着他写的字画。《诗人玉屑》载石延年的字"气象方严道劲,极可宝爱,真颜筋柳骨"。

石延年以诗文、书法负盛名,仅活四十七岁,突然死去,未尽其才。作为他的挚友,苏舜钦闻噩耗,不禁痛哭。诗题冠以"哭"字,全诗也写得悲痛感人。

诗以"去年"、"今年"分层次,但又不是截然分写,作简单的今昔对照,而是互相交叉,波澜迭起。前四句写去年"相会":"春雨开百花",真可谓"良辰美景";"高歌长吟",插花痛饮,醉倒同眠,真可谓"赏心乐事"。以"欢无涯"概括之,自然终生难忘,为写今年的一大段忽写眼前、忽写回忆奠定了基础。"今年恸哭来致奠,忍欲出送攀魂车!"这两句写眼前,但由于有去年的欢会作对照,故倍感沉痛。接着即今昔交写:春晖照眼,花已破蕾,兰已生芽,良辰美景"一如昨(去年)",又该"相会"寻"欢"了!在章法上既与前四句拍合,又反跌下文:眼前景物一如去年,只有你的容貌不可再见,真是"风景不殊",而"人事全非"!结尾四句写送丧归来,悲痛不已,而"壁上遗墨"一句,又今中含昔,忆昔痛今,将"死生相隔",睹物怀人的心态活托出来,感人至深,非一般的挽诗可比。

夏　意

别院深深夏簟清①,石榴开遍透帘明②。松阴满地日当午,梦觉流莺时一声③。

①别院:别墅,常居住的宅第外另建的专供游息娱乐的馆舍。簟(diàn 电):竹席子。清:凉。②明:明媚。③流莺:叫声圆转的黄莺。

夏日午休,环境清幽,景物明丽,梦醒闻莺,写尽闲适之趣。

和淮上遇便风[1]

浩荡清淮天共流[2]，长风万里送归舟[3]。应愁晚泊喧卑地[4]，吹入沧溟始自由[5]。

①和：酬和人家的诗。淮上：淮河上。便风：顺风。②浩荡清淮：指澄碧的淮水波涛汹涌。天共流：从远处看去，水天相接处，天水一色，仿佛天随水流。③长风：远风。④泊：停船。喧卑地：喧闹低洼之地。⑤沧溟：大海。

前两句写水天共流，长风万里，归舟顺风急驶，视野开阔而心情畅适；然径直写去，则一泻无余，无动宕回旋之妙。此诗妙在第三句忽用"应愁"逆转，以"晚泊喧卑地"与前两句展现的开阔视野、畅适心情作强烈对照，顿起波澜，为第四句开拓新境界作好铺垫。抒情主人公本来是要"归"家的，如今却由于厌恶"晚泊"之地的"喧卑"而忽发奇想，希望万里长风将他的船"吹入沧溟"，因为在那里才能"自由"。其不自由的现实与追求自由的理想，俱见于言外。

淮中晚泊犊头[1]

春阴垂野草青青[2]，时有幽花一树明[3]。晚泊孤舟古祠下，满川风雨看潮生[4]。

①犊头：地名，淮河边上的一个小镇。②垂野：笼罩四野。③时有：有时有。④满川：整个淮河一带。

此诗以"晚泊孤舟"划界，写景抒情，极富变化。前两句，写舟行水上之时所见的动景。因"春阴垂野"而衬出野草之"青"与"幽花"之"明"，不无愉悦之感；也因"春阴垂野"而担心风雨将至，给愉悦心情蒙上一层阴影。后两句，写风雨交加，景物骤变，而作者于泊舟之后不去躲避风雨，却立在岸边，"满川风雨看潮生"，意境壮阔，蕴含丰富。第四句景中见情，作者的心潮随春潮起伏，这是可以肯定的。但作者是喜爱风急雨骤、涛翻浪涌的壮观，因而"看"它呢，还是另有感触，联想到他经历过的人世波涛、宦海风险，因而独立沉思呢？则令人生疑，引人寻绎。恽格在《瓯香馆集·画跋》里说："尝谓天下为人不可使人疑，惟画理当使人疑，又当使人疑而得之。"画理如此，诗理亦然。那使人"疑而得之"的东西，就是"象外之象"、"味外之味"、"言外之意"、"弦外之音"。

独步游沧浪亭[1]

花枝低欹草色齐[2]，不可骑入步是宜[3]。时时携酒只独往，醉倒唯有春风知。

①沧浪亭:在江苏苏州市城南,苏舜钦所建。今为苏州四大名园之一。②敧(qī 期):也写作"攲",倾斜。③骑入:骑马而入。步是宜:步行为宜。

携酒独往,沉饮醉倒,"唯有春风知"而无人知,不言苦闷而苦闷自见。至于为什么如此苦闷,以及为什么有苦闷而无处发泄,只能借酒麻醉,则又引人生疑。疑而有得,便尝到了味外之味,获得了艺术享受。

李　觏

李觏(1009—1059),字泰伯,南城(今属江西)人。南城在盱(xū 吁)江边,人称盱江先生。仁宗时,以范仲淹荐,任太学助教,后升任直讲。是北宋前期著名思想家。文章亦知名,诗受韩愈影响,命意遣词,力求新奇。有《直讲李先生文集》。

小　女

恃汝今何恃①? 言来泪满襟。死生虽分定②,襁褓累人心③。饥买邻家乳,寒旁祖母针④。岂知泉路隔⑤,时拨蕙帷寻⑥。

①恃汝:本想晚年依靠你。②"死生"句:古人以为死生有定数,由上天安排。分(fèn 份)定:命里注定。③襁褓(qiǎng bǎo):背小孩的背带和布兜。④旁(bàng 磅):同"傍",这里作"靠"讲。全句是说孩子靠祖母的针线御寒。⑤泉路隔:古人迷信,认为人死之后,魂归九泉。九泉之路与人世相隔,无法跨越。⑥蕙帷:蕙,香草;蕙帷,指女子用的帐子,不一定真用香草薰过。

开头不说死,而说:本来想晚年依靠你,可如今竟然……叫我依靠什么呢?吞吐哽咽,令人不忍卒读。第三句用"死生分定"作自我宽解,但中间插一"虽"字,见得其实无法宽解。以下三句写抚养之艰辛,令人心酸;而艰辛的抚养,都是眼前的事情,仿佛感到她还在襁褓中啼哭,等待喂乳,等着穿祖母缝制的花衣。尾联以"岂知泉路隔"宕开,以"时拨蕙帷寻"拍合,曲尽伤痛至极、神思恍惚情态。

乡　思

人言落日是天涯①,望极天涯不见家②。已恨碧山相阻隔,碧山还被暮云遮!

①天涯:天边。②极:尽。

前两句为后两句作铺垫。后两句从李商隐《无题》"刘郎已恨蓬山远,更隔蓬山一万重"化出,而不说"山万重",却说家被山隔、山被云遮,更增渺茫无际之感。

苏　洵

苏洵(1009—1066),字明允,号老泉,眉州眉山(今属四川)人。受知于欧阳修。曾任秘书省校书郎、霸州文安县主簿。参与修纂《太常因革礼》,书成而卒。以文章著称于世,与其子轼、辙同属唐宋八大家,世称"三苏"。有《嘉祐集》。

九日和韩魏公①

晚岁登门最不才②,萧萧华发映金罍③。不堪丞相延东阁,闲伴诸儒老曲台④。佳节久从愁里过,壮心偶傍醉中来。暮归冲雨寒无睡,自把新诗百遍开⑤。

①九日:重九,指阴历九月初九日。和:和诗。韩魏公:韩琦,以功封魏国公。②晚岁:年纪已大。③金罍:酒杯。④曲台:嘉祐六年(1061)苏洵被任命于太常寺参与修撰《太常因革礼》,太常寺又称曲台。⑤"自把"句:把韩琦的诗打开反复地读。新诗:指韩琦的原诗。

此诗作于英宗治平二年(1065)重阳节。十年前,苏洵四十八岁,自蜀入京,受到名臣韩琦、欧阳修的奖誉、荐举,但一直未得到朝廷重用。十年后的重阳佳节应邀参加韩琦的家宴,酬和韩琦的诗,不禁感慨万千。

首联感慨今昔。韩琦是朝廷重臣,而他自己直到"晚岁"(四十八岁)才有机会"登门"谒见,已嫌太晚。他自负有"王佐之才",韩琦也十分赏识他;然而弹指十年,满头白发,仍未展其才,有负韩琦的知遇之恩。因而说:在您的门下士中,我算是"最不才"的了! 为什么算"最不才",并未点明,却来了个描写句:"萧萧华发映金罍"。自己的"萧萧华发"与筵席上的"金罍"相映,这种强烈的对比又意味着什么呢?

自己"萧萧华发",同座的宾客中则不乏少年得志之士,这又是一个对比。所以次联以"不堪"领起,而以"闲伴"转折:像我这样的人,真"不堪"您丞相延请到东阁参加盛宴,而只应"闲伴"那些老儒在曲台编书,直到老死。

三联为一篇之警策。"佳节"点题中的"九日",但也可涵盖他已度过的许多佳节。既是"佳节",自应行乐,却"久从愁里过"。失意人遇佳节,反而更愁。"佳"与"愁",又是强烈对比。出句情绪低沉,对句忽然振起:壮心虽已消磨殆尽,但偶在"醉中",凭借酒力,仍会燃起希望的火花。

尾联写日暮冲雨归来,反复阅读韩琦的新诗,夜寒"无睡",百感纷来,兼点题目中的"和"字。"无睡"与"醉中",又是强烈的对比。

　　韩琦《乙巳重阳》诗云:"苦厌繁机少适怀,欣逢重九启宾罍,招贤敢并翘材馆,乐事难追戏马台。藓布乱钱乘雨出,雁飞新阵拂云来。何时得遇樽前菊,此日花随月令开。"两相对照,便知苏洵的和诗是"次韵"(亦称"步韵")诗。除第一句外(律诗第一句可不起韵,故次韵诗可不用第一句脚韵),其他韵脚与韩琦诗全同,却丝毫未受束缚;其命意、谋篇、造句,也自运杼机,独具特色,显示了深厚的功力和杰出的才华。全诗对比层出,波澜起伏,将有志难展、时不我待的精神苦闷表现无遗,而无浮浅、直露的缺失,故极耐涵泳。苏洵以散文名世,今存诗仅四十多首,但不乏佳作。正如叶梦得所说:"明允诗不多见,然精深有味,语不徒发。……婉而不迫,哀而不伤,所作自不必多也。"(《避暑录话》)

文　同

　　文同(1018—1079),字与可,梓州永泰(今四川盐亭县)人。仁宗皇祐元年(1049)进士。历官邛州、洋州太守。晚知湖州,未到任而卒。精书法,尤工画竹,诗亦清奇。有《丹渊集》。

此君庵①

　　斑斑堕箨开新筠②,粉光璀璨香氛氲。我常爱君此默坐③,胜见无限寻常人。

　　①此君庵:《世说新语·任诞》:"王子猷(徽之)尝暂寄人空宅住,便令种竹。或问:'暂住,何烦尔?'王啸咏良久,直指竹曰:'何可一日无此君?'"后遂称竹子为"此君"。时文同官洋州守,建此君庵。②斑斑:斑点众多。堕箨(tuò 唾):笋壳脱落。箨:笋壳。开新筠(yún 云):长出新竹。筠:竹子外面的青皮。③君:这里指竹。

　　文同于熙宁八年(1075)任洋州(今陕西洋县)太守,作《洋川园池三十首》,《此君庵》即其中之一。前两句写竹,后两句写默坐赏竹。呼竹为"君",将它拟人化,并说见竹"胜见无限寻常人",通过赞颂竹子表现了潇洒高洁的情操。

　　文同是苏轼的表兄,二人交情甚深。他的这组《洋川园池》诗,苏轼一一和作,其和《此君庵》诗云:"寄语庵前抱节君,与君到处合相亲。写真虽是文夫子,我亦真堂作记人。"洋州多竹,文同每日画竹,名之曰"墨君",并筑"墨君堂",苏轼为他写了一篇《墨君堂记》。

曾巩

曾巩(1019—1083),字子固,建昌军南丰(今属江西)人。仁宗嘉祐二年(1057)进士,历官史馆修撰、中书舍人等职。早年为欧阳修所赏识,以文章名重当世,为唐宋八大家之一。亦能诗,七绝颇饶风致。有《元丰类稿》。

西　楼

海浪如云去却回,北风吹起数声雷。朱楼四面钩疏箔①,卧看千山急雨来。

①朱楼:红色的楼。钩疏箔:挂起稀疏透风的帘子。

写夏季海滨雷雨情景极生动。首句不写天上的云,而写"海浪如云",用一"如"字,把天际乌云翻滚之状也拖带出来。首句写"海浪如云去却回"而不写"去却回"的动因,次句却出人意外,写"北风吹起数声雷"。"数声雷"怎么会是"北风吹起"的呢?仔细想来,如此写法极巧妙:第一,夏季雷声,往往滚滚而来,给人一种滚动感。滚动,是需要动力的。说"北风吹起数声雷",便把雷声的那种滚动感表现出来了。第二,当时既有"北风吹",则"海浪如云去却回",自然也是"北风吹起"的。这样,就把海浪、乌云、雷声统摄于"北风吹",在读者面前出现了海上浪涛翻滚、天际乌云翻滚、雷声也随之滚滚而来的壮阔图景,感到大雨即将来临。

后两句尤精彩。大雨将至,不但不关门闭户,而且特意挂起"朱楼四面"的竹帘,令人感到有点反常。读到结句"卧看千山急雨来",才恍然大悟:诗人长期为酷暑所困,热得喘不过气来,多么渴望下雨!明乎此,便知"卧看千山急雨",不仅赏其壮观;那洒洒凉意,更从心底里感到舒服。

这首诗,构思新颖,笔力健举,境界壮阔,风格豪迈,且有言外之意,确是佳作。

司马光

司马光(1019—1086),字君实,陕州夏县(今山西闻喜)涑(sù 素)水乡人,世称涑水先生。仁宗宝应元年(1038)进士。神宗时擢翰林学士,因反对王安石变法,退居洛阳。哲宗时,王安石变法失败,司马光出任宰相,废除新法,尽复旧制。卒赠温国公,谥文正。他是杰出的史学家,历时十九年撰成编年史巨著《资治通鉴》。长于散文,亦能诗,诗风闲婉、幽淡。有《司马文正公集》、《稽古录》等。

过故洛阳城①

四合连山缭绕青②，三川浣漾素波明③。春风不识兴亡意，草色年年满故城。

①故洛阳城：指隋唐时洛阳旧城。②"四合"句：洛阳地处伊洛盆地，南临伊阙，背靠邙山，四面合围，群山缭绕。③三川：指黄河、洛水、伊水。浣漾：摇荡。素波：白色波浪。

四围山色，万古长青；三川素波，万古常明；只有故洛阳城，却荒废不堪。作者以山青波明反衬故洛阳城长满野草，无复往日繁华，已见匠心。而他又不直说故城荒废，却去埋怨春风，以"春风不识兴亡意"反衬人识兴亡意，用笔更其深婉。言外之意是：人识兴亡意，所以怕见故洛阳城长满野草；如果春风也识兴亡意，就不忍心吹绿故洛阳城的满城野草，让它显得那么荒凉了。

王安石

王安石（1021—1086），字介甫，晚号半山，抚州临川（今江西抚州）人。庆历二年（1042）进士。嘉祐三年（1058）上万言书，提出变法主张。神宗熙宁二年（1069）任参知政事，行新法。由于保守派的竭力反对，以及新法在推新过程中产生了一些流弊，加之变法派内部出现矛盾，只好辞去宰相职务。晚年退居金陵（今南京市）的钟山半山园。元丰三年（1080）封荆国公。文学成就极高，散文为唐宋八大家之一。诗遒劲清新，讲究使事、用典和翻新。亦能词。与其子雱及吕惠卿等注释《诗经》、《尚书》、《周官》，成《三经新义》。又著《字说》、《钟山目录》等。诗文集有《王文公文集》和《临川先生文集》两种版本。

河北民①

河北民，生近二边长苦辛②。家家养子学耕织，输与官家事夷狄③。今年大旱千里赤，州县仍催给河役④。老小相依来就南⑤，南人丰年自无食。悲愁白日天地昏，路旁过者无颜色。汝生不及贞观中⑥，斗粟数钱无兵戎。

①河北：指当时黄河以北地区，即今山西、河北、山东等省的部分地方。②二边：指与辽、西夏接界的地区。③"输与"句：输，上缴。官家，皇家。事，供养。当时宋朝每年要向西夏、辽缴纳大量银、绢。④河役：治理黄河的工役。⑤就南：到黄河以南地区逃荒讨饭。⑥"汝生"句：汝，你们，指河北民。不及，未能赶上。贞观（627—649），唐太宗年号。史载那时没有战争，连年丰收，斗米只值二三钱，路不拾遗，夜不闭户。

王安石与他的变法主张相适应,写了不少政治诗。写于二十六岁时的《河北民》,就是其中较有代表性的一首。

此诗采用广角镜头,不仅反映了河北民的苦难,也反映了河南民即使遇到丰年,也同样没饭吃。原因是:统治者不仅自己挥霍民脂民膏,还向辽、西夏忍辱求和,把输送"岁币"的沉重负担转嫁给广大人民。作者将批判的矛头直指"官家",并与"贞观之治"相对照,指出民不聊生的根源不在外患,不在天灾,而在弊政。如果变法革新,致富图强,则外患可除,灾荒可免,"斗粟数钱无兵戎"的盛世可以重现。全诗夹叙夹议来描写(如"悲愁白日天地昏,路旁过者无颜色"),感情色彩极浓烈。开头两句和结尾两句押平声韵,中间押入声韵。每两句一个层次,转换灵活,层层深入。篇幅不长,而容量很大。继承乐府诗传统而有所创新,奇崛峭拔,具有和他的散文相一致的独特风格。

明妃曲①(其一)

明妃初出汉宫时,泪湿春风鬓脚垂②。低徊顾影无颜色③,尚得君王不自持④。归来却怪丹青手⑤,入眼平生几曾有⑥。意态由来画不成⑦,当时枉杀毛延寿⑧。一去心知更不归,可怜着尽汉宫衣。寄声欲问塞南事⑨,只有年年鸿雁飞⑩。家人万里传消息:"好在毡城莫相忆⑪;君不见,咫尺长门闭阿娇⑫,人生失意无南北⑬。"

①明妃曲:诗作于仁宗嘉祐四年(1059),参见欧阳修《再和明妃曲》注。②春风:指面。杜甫《咏怀古迹》有"画图省识春风面"。鬓脚:鬓的边沿。③无颜色:没有欢容。④"尚得"句:还能够引得君王不能克制他自己的感情。⑤丹青手:画师。⑥入眼:眼所看到的。⑦意态:风度。⑧毛延寿:将昭君故意画丑的那个画师。⑨塞南:指边塞以南汉王朝所管辖的地方。⑩"只有"句:相传鸿雁可以传信,但明妃只见雁飞,不见信至。⑪毡城:匈奴所居的毡帐。⑫咫(zhǐ止)尺:指距离极近。古以八寸为咫。长门:长门宫。阿娇:汉武帝皇后,姓陈,名阿娇。后失宠,被武帝幽闭长门宫。⑬无南北:不分东西南北。

东汉以后,"昭君出塞"和亲的故事流传甚广,大都同情昭君,把她看成为画师所害的悲剧人物;宽恕汉元帝,认为他是事前受蒙蔽、事后缠绵多情的君主;鞭挞毛延寿,认为他是酿成悲剧的祸首。王安石此诗,则彻底"翻案",别出新意,故在当时引起强烈反响,欧阳修、司马光、刘敞、曾巩等人都有和作。

前八句,熔叙述、描写、议论于一炉,展示出昭君出塞及其前因、后果,而她绝代佳人的神采也宛然可见。前人写昭君之美,多着眼于面容、体态,此诗则兼用正面描写和侧面烘托等艺术手法,着重描状其风度、神韵和心灵世界。由"初出汉宫"引起的"泪湿春风鬓脚垂"、"低徊顾影无颜色",远非平时的光艳照人可比,然而"尚得君王不自持"、"入眼平生几曾有",则其"泪湿春风"、"低徊顾影"

的风度神韵如何动人,就不难想见了。作者由此生发,写出了惊人的警句:意态由来画不成,当时枉杀毛延寿。美人的"颜色",是外在的,相对静止的,可以画出来;美人的"意态",则是活的、动的,既是外在的,又是内在的,怎么画?比如眼前的王昭君:泪流满面,两鬓低垂,面容惨淡,毫无颜色,但她"低徊顾影"的"意态",却楚楚动人,连美人充斥后宫的汉元帝都叹为平生未见。可是昏愦的汉元帝并未由此得出结论:高层次的美画不出来,不应借助画像识别美丑,而应亲眼去品评鉴赏。正因为他不曾认识到这个真理,才"当时枉杀毛延寿"。毛延寿因昭君拒不行贿而故意把她画丑,被杀也不算冤枉。但作者直探深微,从高处、大处落墨,写出了惊人的"翻案诗",却不仅有一定的说服力,而且能激发读者的丰富联想,具有普遍的社会意义。且看王安石的《读史》诗:

> 自古功名亦苦辛,行藏终欲付何人?当时黮暗犹承误,末俗纷纭更乱真。糟粕所传非粹美,丹青难写是精神。区区岂尽高贤意,独守千秋纸上尘。

联系这首诗,便知王安石的这篇"翻案诗"也是有感而发。对于历代"高贤",史书的记载和丹青的图写都未能反映出他们的"粹美"和"精神"。那么在现实生活中,如果不亲自观察、考验而仅凭别人的介绍,能够识拔真才吗?

中间几句,写昭君出塞后不着胡服而"着尽汉宫衣",又"寄声欲问塞南事"而年年空见鸿雁飞来,却渺无"塞南"音信。作者用了"可怜"两字,但不像前人那样只写其身世之可悲,而着重表现了她不忘故国、不忘亲人的心灵美。

结尾部分,又借"家人"从万里之外传来的安慰语作侧面烘托:阿娇未离汉宫,还不是一朝失宠,便遭幽闭!不论是深闭长门还是远嫁单于,同样是失意啊!你就在"毡城"里对付着活下去,别再苦苦地思念故国、思念亲人了!这样的安慰,当然并不能消除主人公内心的痛苦,倒是进一步渲染了悲剧气氛。

这首诗,立意深警而琢句婉丽、抒情缠绵,与《河北民》同中有异,显示了王安石诗歌风格的多样性。

明妃曲 (其二)

明妃初嫁与胡儿①,毡车百辆皆胡姬②。含情欲说独无处,传语琵琶心自知③,黄金杆拨春风手④,弹看飞鸿劝胡酒;汉宫侍女暗垂泪⑤,沙上行人却回首:"汉恩自浅胡自深,人生乐在相知心。"可怜青冢已芜没⑥,尚有哀弦留至今⑦。

①胡儿:指匈奴单于呼韩邪。②毡车:用毡子作车帷的车。③"含情"二句:因语言不通,有话无处说,只好弹着琵琶表达自己的心意。④黄金杆拨:弹琵琶的工具。春风手:巧手。

399

⑤汉宫侍女：陪嫁的宫女。⑥青冢：即明妃墓，在今内蒙古自治区呼和浩特市南。据说，塞外草白，唯明妃墓上却遍生青草，故名。芜没：荒废。⑦哀弦留至今：《昭君怨》曲至今尚存。

前一首，由昭君初出汉宫写到久住毡城，年年盼望鸿雁带来故国消息。这一首，则只写出塞途中的情景（除去结尾两句）。

开头写"胡儿"以"毡车百辆"相迎，与后面"汉恩自浅胡自深"呼应。因周围"皆胡姬"，语言不通，故"含情欲说独无处"，只能借琵琶弹出自己的心声，与结句"尚有哀弦留至今"呼应。接下去，描写了旅途中的一个场面：昭君手执"黄金杆拨"，一面弹琵琶为"胡儿"劝酒，一面仰望飞鸿；陪嫁的"汉宫侍女"看见这种情景，不禁"暗垂泪"；而"沙上行人"，却"回首"嘀咕道："汉恩自浅胡自深，人生乐在相知心。"这分明像小说：有不少人物，有各种表情，有鲜明的细节，还有人物语言。跟小说不同的是：人物的心理活动，不是用叙述人的语言讲出来的，而是从人物的表情、动作、语言中暗示出来的。昭君"弹看飞鸿劝胡酒"，"汉宫侍女"看了便"暗垂泪"，"沙上行人"看了却说昭君不该愁。结合关于昭君的细节描写，就不难想象她的心理活动。她既嫁与胡儿，就不得不为他"劝酒"，但内心是愁惨凄苦的，体现于动作和表情，便被侍女和行人看出了潜台词：一面弹琵琶"劝胡酒"，一面眼看从塞南飞来的鸿雁，意味着她心在汉而不在胡。汉女懂得她的心事而不敢劝慰，只有"暗垂泪"。那位沙漠上的"行人"，从他"回首"讲话看，走着与昭君相反的方向，是从塞北来的胡人。他从昭君身旁经过时看见她的表情动作，继续前进时猜出了她的心事，便回过头来说：单于用这么多毡车迎娶，多么看重你！和汉家待你相比，那真是"汉恩自浅胡自深"，你应该高高兴兴地跟单于去享乐，何必留恋汉家呢？作为胡人，如此安慰昭君，那是合情合理的。

结尾两句是作者的感叹：到了今天，不用说昭君久已不在人世，连埋葬她的青冢也早已荒废不堪，只有她在出塞途中弹奏的哀曲，还广泛流传，引起人们的无限同情。

在这首诗里，作者用诗的语言和小说手法，通过昭君"含情欲说"、"传语琵琶"、"弹看飞鸿"的表情、动作和侍女垂泪、行人劝慰的多侧面衬托，突出地表现了昭君身去胡而心思汉的无限哀愁；并以"尚有哀弦留至今"收尾，与杜甫的"千载琵琶作胡语，分明怨恨曲中论"同一意蕴。可是有人却把胡人讲的两句话看成作者的议论，痛加非难。南宋李壁《王荆公诗笺注》引范冲对高宗语云："诗人多作《明妃曲》，以失身胡虏为无穷之恨，读之者至于悲怆感伤。安石为《明妃曲》，则曰：'汉恩自浅胡自深，人生乐在相知心。'然则，刘豫不是罪过，汉恩浅而虏恩深也。今之背君父之恩，投拜而为盗贼者，皆合于安石之意，此所谓坏天下人心术。孟子曰：'无父无君，是禽兽也。以胡虏有恩而遂亡君父，非禽兽而何？'未解诗意而无限上纲，令人啼笑皆非。李壁在引出这一段话

400

后,虽说"公(指范冲)语固非",却又解释道:"诗人务一时新奇,求出前人所未到,而不知其言之失也。"看来他也没有读懂这首诗。这首诗之所以至今还被某些人误解(看《宋诗鉴赏辞典》之类的书便知),乃由于诗人突破了诗歌的传统表现手法,用多种人物的表情乃至语言来托出王昭君的心态;而篇幅极短,容量极大,许多意思,不是明说出的,而是从前后的关合、照应、转换中暗示出来的。一般人都认为这是一首好诗,但如果不从这些方面仔细玩味,便会误解诗意,更无法领会它的真正好处。

示长安君①

少年离别意非轻,老去相逢亦怆情②。草草杯盘供笑语③,昏昏灯火话平生。自怜湖海三年隔,又作尘沙万里行④。欲问后期何日是⑤?寄书应见雁南征⑥。

①长安君:为王安石的大妹王文淑。她被封为长安县君。②怆(chuàng 创)情:伤心。③草草杯盘:随便凑点菜。④尘沙万里行:作者自指要远使辽国。⑤后期:后会日期。⑥雁南征:秋天大雁南飞。

写兄妹久别重逢、旋又分别之情真挚感人,第二联尤曲尽相聚匆匆情景。

梅 花

墙角数枝梅,凌寒独自开①。遥知不是雪②,为有暗香来③。

①凌寒:冒着严寒。②遥知:远处便感到。③暗香:幽香。

首句写"梅"只有"数枝",又在"墙角",极言孤寂冷落,引不起人们的重视。次句用一"独"字,暗示别的花儿都慑于寒威,早已飘零殆尽,只有梅花凌寒独放,突出其不畏严寒、特立独行的高节劲操。三、四句是观梅者从远距离作出的判断,含两个层次:遥望梅梢,只见白雪点点;继而暗香飘来,沁人心脾,才恍然大悟,原来那不是雪,而是梅花冒寒开放了。虽在"墙角",人所不到;但它不仅有高节劲操,还有幽香,是埋没不了的。

就逻辑顺序看,三、四句应在前,一、二句应在后。前后倒装,显得跌宕有致,摇曳生姿。

泊船瓜洲①

京口瓜洲一水间②,钟山只隔数重山③。春风又绿江南岸,明月何时照我还?

①泊:停。瓜洲:在江苏扬州市南江边。②京口:在今江苏镇江市,同长江北岸的瓜洲隔江相望。③钟山:在今南京市东,即紫金山。

王安石于景祐四年(1037)随父王益定居江宁(今江苏南京)。第一次罢相,又退居江宁钟山,悠游啸咏。熙宁八年(1075)二月,他第二次拜相,奉诏进京,于"泊船瓜洲"时作此诗,表达了留恋钟山,渴望再回钟山的深情。

人已渡过长江,即将北上,其目光却不投向北方的汴京,而是越过长江"一水",投向"南岸"的京口;再越过京口而南望钟山,已为重山所遮。"数重山"而说"只隔",极言距离甚近,然而毕竟把钟山遮住了,望不见。"钟山"是全诗的焦点,前连"瓜洲",后接"照我还"。"照我还"者,照我还"钟山"也。读"钟山只隔数重山"一句,便觉一个"还"字呼之欲出,但作者不立刻说"还",却垫了一句"春风又绿江南岸",如无此句,则直而少味;有此句,则走处仍留,急处仍缓,突出了欲"还"钟山的渴望,使结局更富情韵。

洪迈《容斋续笔》卷八记载:吴中士人家藏有这首诗的草稿,其第三句,"初云'又到江南岸'。圈去'到'字,注曰'不好'。改为'过',复圈去而改为'入',旋改为'满'。凡如此十许字,始定为'绿'"。从十多个字中选出的这个"绿"字,的确很精彩。"春风"是抽象的,人在江北而眼望江南,不论用"到"、用"过"、用"入"、用"满",都不能使"春风"视而可见。而从"春风"的功效着想,用一"绿"字,就立刻出现了视觉形象,使作者触景生情,留恋江南的无边春色,"明月何时照我还"的激情,也就不可阻遏,随之喷薄而出。

从这句诗本身看,用"绿"字当然比用"过"、"入"等字好。但唐人已有"春风已绿瀛洲草"(李白)、"春风何时至,已绿湖上山"之类的诗句,因而看不出王安石有多少创新;而从全篇着眼,则王安石选用的这个"绿"字所起的作用,就更值得充分重视了。

王安石变法,曾受到猛烈攻击,阻力极大,因而罢相。二次拜相,在离开钟山北赴京师的路上心潮起伏,疑虑重重。这首诗,便是这种心态的外化。最后选用"绿"字,也许是想起了王维的诗句:"芳草年年绿,王孙归不归?"有的鉴赏家并未读懂这首诗,因而也并未看出这个"绿"字在全诗中有何妙用,却东拉西扯,把它的"妙处"谈了一大堆,其实全未搔着痒处。

题西太一宫壁二首①

柳叶鸣蜩绿暗②,荷花落日红酣③。三十六陂春水④,白头想见江南。

三十年前此地,父兄持我东西。今日重来白首,欲寻陈迹都迷。

①题：即兴吟成，题在壁上。西太一官：在汴京(今开封)西南八角镇，为祀太一神的庙宇。②蜩(tiáo 条)：蝉。暗：颜色深浓。③酣：像喝醉酒那样。④三十六陂：陂塘名，在汴京附近。

王安石于景祐三年(1036)随父兄到汴京，曾游西太一官，当时是十六岁的青年，满怀壮志豪情。次年，其父任江宁府通判，他跟到江宁。十八岁时，王益去世，葬于江宁，亲属也就在江宁安了家。嘉祐六年(1061)，王安石任知制诰，其母死于任所，他又扶柩回江宁安葬、居丧。熙宁元年(1068)，王安石奉神宗之诏入京，准备变法，重游西太一官，距初游之时已经三十二年，他已经是四十八岁的人了。在初游与重游之间的漫长岁月里，父母双亡，家庭多故，自己在事业上也还没有做出成绩，因而重游旧地，感慨很深。这两首六言绝句，正是他的真情实感的自然流露。

先看第一首。前两句写柳写荷："绿"而曰"暗"，极写"柳叶"之密，柳色之浓。"柳叶"与"绿暗"之间加入"鸣蜩"，见得那些"知了"隐于浓绿之中，不见其形，只闻其声，视觉形象与听觉形象浑然一体，有声有色。"红"而曰"酣"，把"荷花"拟人化，令人联想到美人喝醉了酒，脸庞儿泛起红晕。"荷花"与"红酣"之间加入"落日"，不仅点出了时间，而且表明那本来就十分娇艳的"荷花"，由于"落日"的斜照，更显得红颜似醉。柳高荷低，高处一片"绿暗"，低处一片"红酣"，高、低、红、绿，形成强烈的对照。柳在岸上，荷在水中，水面为"落日"所照耀，波光映眼。这一切，诗人虽未明写，但都可于言外领取。

三、四两句有回环往复之妙。就是说：读完"白头想见江南"，还应该回过头再读"三十六陂春水"。眼下是夏季，但眼前的陂塘波光闪耀，就像江南春水那样明净，因而令人联想起江南春水，含蓄地表现了抚今追昔、思念亲人的情感。

前两句，就"柳叶"、"荷花"写夏景之美，用了"绿暗"、"红酣"一类的字眼，色彩十分艳丽。这"红"与"绿"是对照的，因对照而红者更红，绿者更绿，景物更加动人。第四句的"白头"，与"绿暗"、"红酣"的美景也是对照的，但这对照在"白头"人的心中却引起无限波澜，说不清是什么滋味。

再看第二首。前两句回忆初游西太一官的情景。三十年前自己还年轻，随父兄同游此地，从西走到东，从东走到西，多快活！而岁月流逝，三十多年过去了，父亲早已去世，哥哥又不在身边，于是从初游回到重游，写出了三、四两句："今日重来白首，欲寻陈迹都迷。""欲寻陈迹"，表现了对当年与父兄同游之乐的无限眷恋。然而呢，连"陈迹"都无从寻觅了！

四句诗，从初游与重游的对照中表现了今昔变化，言浅而意深，言有尽而情无极，比"同来玩月人何在，风景依稀似去年"之类的写法表现了更多的东西。

六言绝句音节不畅，很难写好。唐人六言绝句，以王维《田园乐》组诗最负盛名。宋人六言绝句,则以王安石的这两首传诵最广,苏轼、黄庭坚等皆有和作。蔡絛《西清诗话》云:"元祐间,东坡奉祠西太一宫,见公(指王安石)旧题两绝,注目久之,曰:'此老野狐精也!'遂次其韵。""野狐精",在这里是个褒义词。

送和甫至龙安微雨因寄吴氏女子[①]

荒烟凉雨助人悲,泪染衣襟不自持。除却春风沙际绿,一如看汝过江时。

①和甫:王安礼的字,他是王安石的弟弟。龙安:即龙安津,在江宁(南京市)城西二十里。吴氏女子:为安石长女,能诗,时与作者唱和。嫁夫吴安持,古时女子出嫁,即从夫姓。

题目的意思是:送弟弟过江,遇上微雨,作诗寄给女儿。作这样题目的诗,必须兼顾送弟弟与寄女儿;而他作的又是七言绝句,容量有限,其难度之大,可想而知。但作者既兼顾二者,又写得很轻松。其构思之巧,在于用"一如"两字,把现在送弟弟的情景与从前送女儿的情景重叠起来。"荒烟凉雨助人悲,泪染衣襟不自持",这是完全相合的。送弟弟过江,看来是初春季节,虽然有"荒烟凉雨",但春风毕竟来了,沙际已有绿色。送女儿过江,看来是深秋乃至初冬季节,只有"荒烟凉雨"助人悲凉,沙际已无绿色。这一点,是不相合的。"除却春风沙际绿,一如看汝过江时"两句,除去不合的而突出相合的,便把两次送行的悲凉情景同时表现出来,收到了以少总多、词约义丰的艺术效果。

北 陂 杏 花[①]

一陂春水绕花身,花影妖娆各占春。纵被东风吹作雪[②],绝胜南陌碾成尘[③]。

①陂(bēi 悲):池塘。②作雪:指花被风吹,飘散如雪。③陌:小路。

前两句写景。"一陂春水",围"绕花身",表明杏树是长在池塘中一块隆起的高地上的,这就很得地利。正因为占有这样的地利,所以枝上的杏花和水里的投影,高低相映,分外妖娆,各自占领美妙的春光。

后两句抒情,其所抒之情,不是外加的,而是从前两句所写的美景中引申出来的。由于此花四面临水,所以纵然被东风吹得像雪花那样飘落,也在水面浮游,无损高洁,总比长在路边的杏树花儿一落,就被往来的车轮碾成尘土要好得多!

四句诗,由写景到抒情,都紧扣题目中的"杏花";但以闹市中的路边杏花衬托荒郊的"北陂杏花"而赞许后者,其寄寓情怀、比喻人事的意味,也是显而易见的。

书湖阴先生壁①

茅檐长扫静无苔,花木成畦手自栽②。一水护田将绿绕,两山排闼送青来③。

①湖阴先生:杨德逢号,是王安石退居钟山半山园时的邻人。书壁:写在墙上。②畦(qí奇):田园中划分的小区。③排闼(tà踏):硬推开门。

王安石《示德逢》诗云:"先生贫敝古人风……勤劳禾黍信周公。"《招杨德逢》诗云:"山林投老倦纷纷,独卧看云却忆君。云尚无心能出岫,不应君更懒于云。"看来住在钟山脚下、玄武湖边,距作者半山园不远的这位湖阴先生,是一位自食其力的高人,作者对他很崇敬、有感情。这首题在他的墙上的诗,通过对于他的庭院、田园的描写,赞美了他的人品。

首句用"茅檐"指代主人的屋宇院落,其清贫俭朴之意见于言外。江南潮湿,又在"湖阴",庭院很容易长出青苔。但主人爱清洁,又勤快,经常打扫,院子干净得连一丝儿青苔都没有。仅用七个字,便形象地表现出主人俭朴、勤劳、爱清洁、甘清贫的高尚品质。

次句"花木成畦",既写花木繁茂,又写区分成畦,整齐有序,非杂乱无章者可比。而这许多花木,又是主人自己亲手栽培的。小中寓大,主人的生活情趣,气度才能,也灼然可见。

后两句将山水拟人化:一湾溪水为了保护湖阴先生自种的禾黍,以其全部绿色围绕他那块田;两座山峰懂得湖阴先生的爱好,不待邀请,便推开他的大门,为他送来无边青翠。山水这样敬重他、喜爱他,其人品如何,就不难想见了。

"护田"一词,见于《汉书·西域传序》;"排闼"一词,见于《汉书·樊哙传》。《石林诗话》便借王安石自己的口,以这首诗的后两句为例说:"用汉人语,止可以汉人语对;若参以异代语,便不相类。"《韵语阳秋》则认为这是"好事者"的假托,"使果如好事者之说,则作诗步骤,亦太拘窘矣。"这说得很中肯。"一水护田"、"两山排闼",当然很精彩,但其佳处,并不在于以"汉人语"对"汉人语",这是显而易见的。

江　　上 (录一)

江北秋阴一半开,晓云含雨却低回①。青山缭绕疑无路,忽见千帆隐映来②。

①低回：徘徊。②隐映：隐约映现。

《江上》组诗共五首，这是其中之一，写江上行舟情景。前两句写天象变化。"秋阴"与"晓云"对待，显然指雾。夜雾极浓，破晓以后才逐渐消散，可见度提高，能够朦胧地望见江北。心情当然也开朗起来。可是仰望天色，又见朵朵乌云在低空移动，饱含雨水，好像就要洒下来。心情又有点沉重。后两句写江上景物的变化。前面"青山缭绕"，怀疑没有出路。心情自然有点愁闷。可是重重青山一一退到船后，"忽见千帆隐映来"。视野开阔，心情也豁然畅适。看起来，雨没有下，雾差不多散光了。

四句诗，通过天象变化、江上景物变化表现船上人的心情变化，真可谓"状难写之景如在目前，含不尽之情见于言外"，比王维的"安知清流转，忽与前山通"、陆游的"山重水复疑无路，柳暗花明又一村"更饶韵味。

半山春晚即事①

春风取花去，酬我以清阴。翳翳陂路静②，交交园屋深③。床敷每小息④，杖履亦幽寻⑤。惟有北山鸟，经过遗好音⑥。

①半山：在钟山南侧，由江宁东门到钟山，这里为一半，故称半山。安石罢相后长住此地。即事：就眼前景写诗。②翳（yì义）翳：树荫浓密的样子。③交交：树枝交错覆盖。④床敷：铺床。⑤杖履：拄着拐杖，穿着草鞋。幽寻：寻幽。⑥遗（wèi喂）：赠予。

王安石被吕惠卿、曾布等排挤，离开相位，退居半山园。这首诗，表现了他退隐生活的一个侧面。

前四句写"半山春晚"景色。一开头便把"春风"拟人化："春风"把我的花儿都取走了，却交给我这么多绿荫作为报酬。不仅写景新奇，而且含义极深，耐人寻味。三、四两句，即写绿荫，章法细密。后四句写：我时而铺床小息，时而携杖寻幽，没有什么人来往，只有北山的鸟儿从这里飞过，赠我以美好的鸣声。寓感慨于闲逸之中，极饶韵味。

方回《瀛奎律髓》云："半山诗工密圆妥，不事奇险，惟此'春风取花去'之联，乃出奇也。"

郑獬

郑獬（xiè谢）（1022—1072），字毅夫，安州安陆（今属湖北）人。仁宗皇祐五年（1053）进士第一，神宗时官至翰林学士。为人正直敢言，诗多反映现实，诗风豪爽明快，一如其人。有《郧溪集》。

采凫茨①

朝携一筐出②,暮携一筐归③。十指欲流血,且急眼前饥。官仓岂无粟?粒粒藏珠玑④。一粒不出仓,仓中群鼠肥。

①凫茨(fú cí 服词):即荸荠。②一筐出:提空筐出去。③一筐归:背一筐荸荠归来。④藏珠玑:谓贮藏的粮食圆实而有光泽。

前四句写农民没饭吃,靠采凫茨充饥,在死亡线上挣扎。第五句发出诘问:为什么不开仓赈济呢?难道官仓里没有粮食吗?下三句作了回答:官仓里堆满农民交来的粮食,粒粒饱满晶莹简直像珠玑,可是那不能拿出来救济农民,要留给一大群老鼠吃;你看那些老鼠,一个个喂得多"肥"!前后形成强烈的对照,对统治者的批判,即从对照中显示出来。"群鼠"双关,一个"肥"字,表现出诗人的无限愤慨。

田　　家

田家汩汩流水浑①,一树高花明远村。云意不知残照好,却将微雨送黄昏。

①汩(gǔ 古)汩:流水声。

写田家晚景如画。第二句"明"字是诗眼,"高"字也用得好。时已"黄昏",又遇"微雨",远处村落已看不清晰,只由于"一树高花""明"得耀眼,才使人能够辨认出那里有个村子。后两句以"不知"、"却将"呼应,跌宕有致,又将"残照"、"微雨"、"黄昏"的关系曲折地反映出来:先是残阳照射,给远近村落抹上金色;接着又乌云密布,下起"微雨"。好像乌云有意不让美好的"残照"装点"黄昏",而要"微雨"送走"黄昏"。"送"字也用得好,以"云意"作反衬,诗人眷恋"残照"的情怀也曲曲传出。

刘　敞

刘敞(bīn 宾,1022—1089),字贡父,临江新喻(今江西新余)人。仁宗庆历六年(1046)与兄刘敞同中进士,官至中书舍人。专精汉史,参加司马光《资治通鉴》的编撰,承担汉代部分。有《彭城集》。

雨后池上

一雨池塘水面平,淡磨明镜照檐楹①。东风忽起垂杨舞,更作荷心万点声。

①淡磨明镜:那时的镜子是用青铜做的,需要磨洗。檐:屋檐。楹:屋柱。

诗写雨后观池,妙在第四句又唤回雨中景。前两句写静景,为后两句写动景作铺垫,但用"磨"、"照"两个动词,把静景写得很生动。雨后波平,微风不起,池面像刚刚磨洗过的明镜,照出了池上屋檐、屋柱的影子。——这是池塘的雨后景,多么清明!多么宁静!然而"东风忽起",池边垂杨迎风起舞,洒落万点水珠,使池中荷叶又响起一片雨声。——这仍是池塘的雨后景,垂杨摇落的是叶上积水,并非又一次下雨了。但"荷心万点声",又同时是雨中景。诗人用"更作"二字,使人由雨后景回想雨中景,象外有象,超妙绝伦。

王 令

王令(1032—1059),字逢原,广陵(今江苏扬州)人。不谋仕进,以教书为生。后因王安石援引,蜚声诗坛。其诗堂庑阔大,豪迈雄奇,富有浪漫主义色彩。不幸短命。有《广陵集》。

暑旱苦热

清风无力屠得热,落日着翅飞上山。人固已惧江海竭①,天岂不惜河汉干②?昆仑之高有积雪,蓬莱之远常遗寒③;不能手提天下往,何忍身去游其间!

①固:本来。②河汉:银河。③遗寒:遗留一些寒气。

"屠得热"的"屠"字下得极奇险,但接着把"热"和"日"联系起来,说"日"长着翅膀能够飞,那就当然可以"屠"。烈日晒了一整天,最后又飞上山巅不肯落,继续施展它的炎威,真恨不得杀死它。可是"清风无力",人又有什么办法!三、四两句用跌宕句法表现酷热行将造成的严重灾难,语带夸张;但抒发"暑旱苦热"的焦灼情感,却是真实的。后四句忽发奇想,想跑到昆仑、蓬莱那种清凉世界里去逃避暑热,可又转念深思:没有力量提携天下人一同脱离火坑,又怎忍心一个人去那儿独享清福呢?

全诗想象新奇,意境雄阔,又表现了这位青年诗人兼善天下的崇高理想,是宋诗中别开生面的作品。

夜深吟

叩几悲歌涕满襟①,圣贤千古我如今②。冻琴弦断灯青晕③,谁会男儿半夜心④。

①叩几(jī机):用手拍打桌子。②"圣贤"句:谓千古圣贤与如今的我同样有满腹悲愤。③弦断:比喻没有知音。《吕氏春秋·本味》:春秋时俞伯牙善弹琴,钟子期最能领会琴音,子期死,伯牙认为失去知音,折断琴弦,不再弹琴。灯青晕:油灯微弱的光散发一圈暗光。④会:理解。

王令才华出众而怀才不遇,常在诗中抒发抑郁不平之气。《西园月夜》云:"我有抑郁气,从来未经吐。欲作大叹吁向天,穿天作孔恐天怒。"这首《夜深吟》以弦断灯青、叩几悲歌、半夜不寐等动人情景突出无人理解的满腔心事,其"半夜心"虽未明说,而壮志难酬、抑郁难平之意,已洋溢于字里行间。

张舜民

张舜民(约1034—1100),字芸叟,自号浮休居士,又号矴斋,邠州(治所在今陕西彬县)人。英宗治平二年(1065)进士。历官馆阁校勘、监察御史、吏部侍郎、龙图阁待制知同州。仕途两遭贬谪,与苏轼友善,为陈师道姐夫。诗效白居易,诗风质朴平易。有《画墁集》。

百　舌①

学尽百禽语,终无自己声。深山乔木底,缄口过平生②。

①百舌:又名画眉。善鸣,其声婉转,反复变化,如百鸟之音。夏至后则停止啼鸣。②缄口:指百舌停止鸣叫。《礼记·月令》:"仲夏之月……小暑至,螳螂生,鹖始鸣,反舌无声。"

《易纬通卦》云:"百舌者,反舌鸟也。能反复其口,随百鸟之音。"(《艺文类聚》卷九二引)此诗作者抓住这一特点阐明一个道理:一味摹仿而无创造,始终形不成自己的独特风格,最后只能"缄口过平生",无任何成就可言。这对于从事文学艺术工作乃至做人处世,都很有教育意义。

村　居

水绕陂田竹绕篱①,榆钱落尽槿花稀②。夕阳牛背无人卧,带得寒鸦两两归。

①陂（bēi 悲）田：池塘边的田。②榆钱：榆树的荚，形如钱，故名。槿花：夏秋开花，花朝开夕落。

"牧童归去横牛背，短笛无腔信口吹"（雷震《村晚》），通过一个充满诗意的画面，表现出田家生活的宁静、闲逸，令人神往。这首诗的后两句也写"牛"，但展现在读者面前的却是另一幅图画：牛在夕阳中缓步回村，背上没有牧童，却驮着寒鸦。看起来，那牛是自己出村觅草的，到了日暮，便悠然而归；已经进村了，背上的寒鸦还未受惊扰，恋恋不肯飞起。鸦，大约就是村中的"居民"；它们的"家"，也就在"牛"栏旁的树上，所以觅食归来的时候遇见老"邻居"——牛，牛就把它们"带"回村。通过这幅新奇的画面，表现出的不仅是村野的清幽、田家的宁静，还有人禽相亲、物物和谐。

晚唐诗人陆龟蒙诗云："十角吴牛放江岸……背上时时孤鸟立。"（《牧牛歌》）与张舜民同时稍晚的苏迈有这样的断句："叶随流水归何处？牛带寒鸦过别村。"（《东坡题跋·书迈诗》）就牛背有鸟这一点而言，都与张舜民的诗相类似，但由于取景的角度不同、形象的组合各异，都未能创造出物我相谐、情景交融的艺术境界。

苏　轼

苏轼（1037—1101），字子瞻，号东坡，眉州眉山（今属四川）人。嘉祐二年（1057）进士，初任凤翔通判。还朝后因与王安石政见不合，出任杭、密、徐、湖等州地方官，有惠政。因作诗被诬陷下狱（即"乌台诗案"），获释后贬黄州。元祐初废新法，入为起居舍人、翰林学士。复因政争出知杭、颍、扬、定四州。哲宗斥逐旧党，贬惠州，再贬琼州（今海南岛）。遇赦北还，病卒于常州，追谥文忠。苏轼兼善古文、诗、词、书、画，为一代文宗。与其父洵、弟辙合称"三苏"。尤雄于诗，诗风雄浑豪迈，题材广泛，想象丰富，善用比喻。与黄庭坚并称"苏黄"。有《东坡全集》、《东坡乐府》等。

辛丑十一月十九日既与子由别于郑州
西门之外马上赋诗一篇寄之①

不饮胡为醉兀兀②？此心已逐归鞍发③。归人犹自念庭闱④，今我何以慰寂寞？登高回首坡垅隔，惟见乌帽出复没。苦寒念尔衣裳薄，独骑瘦马踏残月。路人行歌居人乐，僮仆怪我苦凄恻。亦知人生要有别⑤，但恐岁月去飘忽⑥。寒灯相对记畴昔，夜雨何时听萧瑟⑦？君知此意不可忘，慎勿苦爱高官职！

①辛丑：指仁宗嘉祐六年(1061)。子由：苏轼弟苏辙字。郑州：今河南省郑州市。②兀(wù悟)兀：昏沉貌。③归鞍发：指子由送兄至郑州西门外作别，又回归汴京。④归人：指子由。庭闱：父母的住处，这里指代父母。时苏氏兄弟的父亲苏洵在汴京参与修纂礼书。⑤要有别：有时总要别离。⑥去飘忽：消失得快。⑦"寒灯"两句：苏辙《逍遥堂会宿并引》云："辙幼从子瞻读书，未尝一日相舍。既壮，将游宦四方，读苏州(指韦应物)诗至'安知风雨夜，复此对床眠'，恻然感之，乃相约早退，为闲居之乐。""寒灯"句是说"记"起了昔日在老家"寒灯相对"时的"早退"之约；"夜雨"句是说何时实践旧约，与弟弟"对床听雨"呢？

苏轼与苏辙骨肉情深，患难之中，友爱弥笃。兄弟二人一生作有很多抒发手足之情的名篇，此诗乃其中之一。

嘉祐六年(1061)冬，苏轼赴凤翔(今属陕西)签判任，苏辙由汴京(今河南开封)直送至郑州西门外，然后返回汴京，奉侍其父。苏轼一人独行，于马上吟成此诗，抒发离愁。

起句突兀惊人：没有饮酒，为什么神情恍惚，像喝醉了酒一样？次句作了解释：原来我的心，已经跟着弟弟的"归鞍"，摇摇晃晃地驰向汴京。"登高"两句，状难状之景如在目前：他与弟弟走着相反的方向，登上高处，"回首"遥望弟弟，由于"坡垅"遮蔽，弟弟走的路又时高时低，所以"惟见乌帽出复没"。许彦周《诗话》云："'燕燕于飞，差池其羽。之子于归，远送于野。瞻望弗及，泣涕如雨。'此真可泣鬼神矣。张子野长短句云：'眼力不如人，远上溪桥去。'东坡云：'登高回首坡垅隔，惟见乌帽出复没。'皆远绍其意。"认为苏轼的这两句诗借鉴了《诗·邶风》的《燕燕》篇，当然有可能，但"惟见乌帽出复没"，却比"瞻望弗及"更系人心魂。

"苦寒念尔"四句，承"惟见乌帽"发挥。"惟见乌帽"，则人与马都看不见，但由于"心逐归鞍"，看不见的都想得出：严冬苦寒，又是凌晨，霜风刺骨，而弟弟却"衣裘薄"，"独骑瘦马踏残月"，怎能不令人心酸！先"见"后"念"，虚实相生，妙在不自己说心情"凄恻"，而是以"路人行歌居人乐"作强烈的反衬，然后由"僮仆"开口，"怪我苦凄恻"。路上的其他行人欢歌笑语，路旁的居人更全家团聚，享天伦之乐。以此反衬自己，行文顿起波澜。身边的"僮仆"随自己去上任，心情很愉快，满以为即将到任做官的主人更心花怒放；可是看主人的神情却那么"凄恻"，就感到"怪"。以此反衬自己，行文更起波澜。

前面写现在，虚实相生，波澜迭起，都围绕一个"别"字。接下去，以"亦知人生要有别"宕开，行文又起波澜。这和此后寄苏辙词中的"人有悲欢离合"一样，意在自我宽解；但下句又说"但恐岁月去飘忽"，表明不得不因离别而凄恻的原因：岁月易逝，人生苦短，怎忍长期分别呢？由此引起下文，忽而回忆过去，忽而展望未来，中心意思是：早日辞官归田，对床听雨，共享闲居之乐。全诗由"苦别"写到"思聚"，情感真挚，摹写入微，曲折遒宕，笔笔突兀。当时作者才二十六岁，已取得了如此卓越的艺术成就。

和子由渑池怀旧①

人生到处知何似？应似飞鸿踏雪泥。泥上偶然留指爪，鸿飞那复计东西？老僧已死成新塔②，坏壁无由见旧题③。往日崎岖还记否，路长人困蹇驴嘶④。

①子由：苏辙字。渑(miǎn 免)池：今属河南。②老僧：指奉闲和尚。新塔：和尚死后火化，造一塔贮藏其骨灰。其时奉闲刚死，所以是新塔。③"坏壁"句：苏辙原诗自注："昔与子瞻应举，过宿(渑池)县中寺舍，题其老僧奉闲之壁。"④蹇(jiǎn)驴：跛足驴、疲驴。诗末原注云："往岁马死于二陵，骑驴至渑池。"二陵：即河南的崤(xiáo 淆)山，在渑池县西。

嘉祐六年(1061)冬，苏辙送苏轼至郑州，分手回京，作诗寄苏轼，这是苏轼的和作。

苏辙十九岁时，曾被任命为渑池县主簿，未到任即中进士。他与苏轼赴京应试路经渑池，同住县中僧舍，同于壁上题诗。如今苏轼赴陕西凤翔做官，又要经过渑池，因而作《怀渑池寄子瞻兄》。诗云："相携话别郑原上，共道长途怕雪泥。归骑还寻大梁陌，行人已度古崤西。曾为县吏民知否？旧宿僧房壁共题。遥想独游佳味少，无言骓马但鸣嘶。"苏轼的和诗，四个脚韵与原作全同，却纵笔挥洒，丝毫未受束缚。

前四句一气贯串，自由舒卷，超逸绝伦。次联两句以"泥"、"鸿"领起，用顶针格就"飞鸿踏雪泥"发挥。他用巧妙的比喻，把人生看做漫长的征途，所到之处，诸如曾在渑池住宿、题壁之类，就像万里飞鸿偶然在雪泥上留下爪痕，接着就又飞走了；前程远大，这里并非终点。这几句诗，由于用生动的比喻阐发了人生哲理，因而万口传诵，还被浓缩为"雪泥鸿爪"，至今仍被广泛运用。纪昀评此诗："前四句单行入律，唐人旧格；而意境恣逸，则东坡本色。"（《纪评苏诗》卷三）"意境恣逸"，是就其比喻的确切、超妙说的。"单行入律"，则就次联两句词语对偶而意义连贯而言。唐人每用此法，如白居易"野火烧不尽，春风吹又生"之类。简单地说，就是流水对。

后四句就题目中的"渑池怀旧"讲了三件事：当年同宿渑池僧舍，是奉闲老僧接待的，这次又到渑池，那位老僧已经死了，出现了贮藏他的骨灰的新塔；当年同在僧舍的墙壁上题诗，这次来看，墙已坏了，诗也看不见了；当年是骑着蹇驴到达渑池的，人困驴嘶，道路崎岖漫长。这一切，你还记得吗？很清楚，这都是印证"雪泥鸿爪"的比喻。"泥上偶然留指爪"，而那留下的爪痕，也在变化、消失，令人惆怅；然而"鸿飞那复计东西"，还是各奔前程吧！于"怀旧"中展望未来，意境阔远。

六月二十七日望湖楼醉书五绝①（录一）

黑云翻墨未遮山，白雨跳珠乱入船。卷地风来忽吹散，望湖楼下水如天。

这首诗，乃熙宁五年(1072)苏轼任杭州通判时所作。

前两句，连用"翻"、"遮"、"跳"、"入"四个动词，蝉联而下，展现一系列动景。用"翻墨"描状"黑云"，见得来势迅猛，含水量极大，所以还"未遮山"，骤雨已倾盆而下，泻向船舫，溅起无数雨珠，乱入舱房。第三句连用"卷"、"来"、"吹"三个动词写急风乍起，驱散黑云，引出第四句"望湖楼下水如天"，西湖美景又重现眼前。

四句诗，把片刻之间出现的云翻、雨泻、风吹、云散、天晴的急遽变化写得何等活灵活现，有声有色！于暴风雨后出现"望湖楼下水如天"的美景，景中含情，尤宜玩味。

饮湖上初晴后雨

水光潋滟晴方好①，山色空濛雨亦奇②。欲把西湖比西子③，淡妆浓抹总相宜。

诗人饮于湖上，天气"初晴后雨"，在短暂的时间里欣赏了西湖的晴景和雨景，赞美道："水光潋滟"，晴景正好；"山色空濛"，雨景亦奇。诗人以善用比喻著名，在这里又就地取材，把西湖比作古代越国的美女西子："山色空濛"，好像"淡妆"的西子；"水光潋滟"，好像"浓抹"的西子。对于绝代佳丽来说，"浓抹"很适宜，"淡妆"也很适宜，都那么美。当然，诗人的本意是说西湖在任何时候、任何情况下都是美的，"淡妆"、"浓抹"，不过随手举例而已，不宜呆看。正如西子，浓抹正好，淡妆亦奇，不抹不妆，粗服乱头，或嗔或喜，或颦或笑，都不失国色神韵。

南宋陈善《扪虱新话》曾说此诗"已道尽西湖好处"。要识西子，但看西湖；"要识西湖，但看此诗"。诗人将西子的神韵赋予西湖，反转来又通过西湖体现西子的神韵，西湖与西子遂合二而一，密不可分。从此诗传诵以来，人们便把西湖称为"西子湖"，一提起"西子湖"，便联想起"淡妆浓抹总相宜"的西子，山容水态，传神流韵，栩栩欲活。

有美堂暴雨①

游人脚底一声雷，满座顽云拨不开。天外黑风吹海立，浙东飞雨过江来②。十分潋滟金樽凸③，千杖敲铿羯鼓催④。唤起谪仙泉洒面，倒倾鲛室泻琼瑰⑤。

①有美堂：嘉祐二年（1057）杭州太守梅挚建，在杭州吴山上。仁宗赐梅挚诗有"地有吴山美，东南第一州"之句，因以"有美"名堂。②江：钱塘江，也称浙江。③金樽凸（tū 突）：酒面高出酒杯，喻西湖水溢。④"千杖"句：羯鼓，羯族首创的鼓。击羯鼓以声音碎急为善，《羯鼓录》云："'头如青山峰，手如白雨点'，此即羯鼓之能事也。'山峰'取不动，'雨点'取碎急。"《唐语林》记唐玄宗问李龟年打羯鼓数，龟年对曰："臣打五千杖讫。"此句以"千杖敲铿（铿然作响）羯鼓"比喻雨声碎急。⑤"唤起"两句：贺知章称李白为"天上谪仙人"，后人因以"谪仙"称李白。《旧唐书·李白传》载："玄宗度曲，欲造乐府新词，亟召白，白已卧于酒肆矣。召入，以水洒面，即令秉笔，顷之成十馀章。"结尾两句是说：天降暴雨，是为了使李白从沉醉中清醒过来，作出像琼瑰那样美好的诗章。

题为《有美堂暴雨》，首联以"有美堂"为基点，写"暴雨"将至景象。"游人"（包括作者）正在"有美堂"就座，忽闻"脚底一声"霹雳，"顽云"同时涌来，满堂"满座"，"拨"它"不开"。用"脚底"，用"满座"，一方面突出"有美堂"之高；另一方面突出"雷"、"云"之低。民谚说"高雷无雨"，而"滚地雷"则是"暴雨"的前兆。写"云"用"顽"、用"拨不开"，强调云层极厚极密，含雨欲泻。写"脚底雷"用"一声"，暗示雷声、顽云原在远方，因被急风驱赶，突然闯入"脚底"、"座"上。两句诗，挟云携雷，突兀奇警，为次联写暴风雨袭来渲染气氛，比唐人许浑"山雨欲来风满楼"更有声势。

次联上句脱胎于杜甫"四海之水皆立"（《朝献太清宫赋》），下句脱胎于谢朓"朔风吹飞雨，萧条江上来"（《观朝雨》）。但切合"有美堂暴雨"，更写得形象飞动、声势逼人。"有美堂"在吴山高处，东对海门；山下的钱塘江（又名浙江）东流入海。"天外黑风吹海立"，写云雷风雨发于东海。"风"本无色，冠以"黑"字，便将"风"驱"顽云"之状活现眼前。"吹海立"极写"黑风"迅猛，海水被"吹"，波涛乍涌，巨浪如山。"浙东飞雨过江来"，写发于"浙东"海上的云雷风雨急遽西移，"飞"过钱塘江，扑向"有美堂"。用一"来"字，与首联自然拍合，章法极细。

三联承"飞雨过江来"写眼前"暴雨"。杜牧"酒凸觥心泛滟光"（《羊栏浦夜陪宴会》），只是写杯中酒满。而此处的"十分潋滟金樽凸"，则比喻西湖急涨，波溢湖岸；不正面写雨，而大雨倾盆之状不难想见。"千杖敲铿羯鼓催"，也不正面写雨点，而以千杖敲响羯鼓比喻雨声的铿锵急促。两句诗从不同角度写"有美堂"雨景，上句写远景，下句写近景，俱用比喻，俱从侧面烘托，绘形绘色绘声。

前三联写"有美堂暴雨",神完气足,似乎再无余地可以开拓。那么尾联怎么写?作者出奇制胜,借用李白故事而赋予新意。"唤起谪仙泉洒面",是"泉洒面唤起谪仙"的倒装句。原来天降暴雨,是要用"泉洒面"的办法"唤起谪仙",让他像"倒倾鲛室"的珍珠琼瑰那样写出惊人的华章。以如此新奇的想象收束全篇,真是匪夷所思;而作者自喻自负之意,又蕴含其中。"诗中有我",并非客观写雨。

读完尾联,会想起前面的"催"字。以"千杖敲铿羯鼓"比喻雨点甚密,点点俱作铿锵声,意思已经很完满,后面拖个"催"字,似乎没着落。读到"唤起谪仙……",才悟出那个"催"字紧接尾联,是"催"谪仙醒来作诗。杜甫《陪诸贵公子丈八沟携妓纳凉晚际遇雨》云:"片云头上黑,应是雨催诗。"苏轼自己也有"飒飒催诗白雨来"之句。他的这首《有美堂暴雨》,也正是暴雨"催"出的杰作。

祭常山回小猎①

青盖前头点皂旗②,黄茅冈下出长围③。弄风骄马跑空立,趁兔苍鹰掠地飞④。回望白云生翠巘⑤,归来红叶满征衣。圣明若用西凉簿⑥,白羽犹能效一挥⑦。

①常山:在密州(今山东诸城)城南二十余里。②青盖:青盖车,此指密州太守苏轼乘坐的车。点皂旗:皂旗迎风招展。③黄茅冈:在常山附近。出长围:人马分散开,形成大的包围圈。④趁:追逐。掠地:贴着地面。⑤巘(yǎn 演):山峰。⑥圣明:对皇帝的尊称。西凉簿:晋时谢艾为西凉主簿,以少量人马打败敌军三万人。⑦白羽:指儒将所用羽扇。

此诗作于熙宁八年(1075)任密州知府期间。作者与同僚率众祭常山祈雨,归途在黄茅冈下射猎演武。此诗前六句写射猎场景及射罢归来的风度,后两句直抒怀抱:如果朝廷委以边防重任,犹能像谢艾那样指挥若定,克敌制胜。与作此诗同时,苏轼还作有《江城子·密州出猎》词,录如下,以供参照:

老夫聊发少年狂。左牵黄,右擎苍,锦帽貂裘,千骑卷平冈。为报倾城随太守,亲射虎,看孙郎。　酒酣胸胆尚开张。鬓微霜,又何妨!持节云中,何日遣冯唐?会挽雕弓如满月,西北望,射天狼。

一诗一词,都写得格调昂扬,意气风发。结尾部分,都抒发了亲赴沙场、保卫祖国的壮志豪情,读之令人精神振奋。

百步洪①(录一)

长洪斗落生跳波②,轻舟南下如投梭。水师绝叫凫雁起③,乱石一线争磋磨④。有如兔走鹰隼落,骏马下注千丈坡。断弦离柱箭脱手,飞电过隙珠翻荷。四山眩转风掠耳⑤,但见流沫生千涡。崄中得乐虽一快⑥,何异水伯夸秋河⑦。我生乘化日夜逝⑧,坐觉一念逾新罗⑨。纷纷争夺醉梦里,岂信荆棘埋铜驼⑩?觉来俯仰失千劫⑪,回视此水殊委蛇⑫。君看岸边苍石上,古来篙眼如蜂窠⑬。但应此心无所住⑭,造物虽驶如吾何⑮?回船上马各归去,多言譊譊师所呵⑯。

①百步洪:一叫徐州洪,在今江苏徐州市东南二里。宋时,黄河由泗水经过,这里是有名的险滩。②斗:同"陡"。斗落:突然下落。③水师:船工。凫雁:野鸭子。④磋:挤擦。⑤眩:使人眼花缭乱。⑥崄:同"险"。⑦水伯夸秋河:语出《庄子·秋水篇》:"秋水时至,百川灌河,泾流之大,两涘渚崖之间,不辨牛马,于是焉,河伯欣然自喜,以天下之美为尽在己。"⑧乘化:顺从生命的自然规律。日夜逝:一天天消逝。⑨"坐觉"句:用佛家语。《传灯录》云:"新罗(今朝鲜)在海外,一念已逾。"即说观念可以任意驰骋,超越极远的地方。⑩荆棘埋铜驼:《晋书·索靖传》载:索靖看到天下将乱,指着洛阳宫门外的铜驼说:"会见汝在荆棘中。"后世遂用"荆棘铜驼"比喻世事变化。⑪俯仰:俯仰之间,比喻极短的时间。劫:为佛家用语。印度传说经历若干万年世界便毁灭一次,再重新开始,这样一个周期,叫做"一劫"。这句是说,俯仰之间便度过千劫。⑫委蛇:转曲自如的样子。⑬篙眼:撑船的篙子插在岸上石头中所形成的洞孔。⑭无所住:《金刚经》云:"应无所住而生其心。"即思考问题时,不拘泥于某一事物。⑮"造物"句:造化消失得再快也于我无妨。如吾何:将我怎么样。⑯譊(náo 挠)譊:啰嗦不休。师:指参寥。呵:斥责。

苏轼于元丰元年(1078)任徐州知州期间同诗僧参寥放舟游览百步洪,作七言古诗两首,这是第一首,前有序,较长不录。

"崄中得乐"以上各句,写乘舟游百步洪的险景。于"轻舟南下如投梭"之时,忽然插入"水师绝叫凫雁起"作侧面烘托,突出轻舟进入"乱石一线"的惊险场景。"有如兔走鹰隼落,骏马下注千丈坡。断弦离柱箭脱手,飞电过隙珠翻荷"四句,连用七个比喻、七种形象来表现水波冲泻的动态和轻舟急驶的险象,令人眼花缭乱,应接不暇。接着又以"四山眩转风掠耳"作侧面烘托,又回到百步洪本身:"但见流沫生千涡"。如纪昀所评:"语皆奇逸,亦有滩起涡旋之势。"(《纪评苏诗》卷三)后半篇由"崄中得乐虽一快,何异水伯夸秋河"转入议论,忽玄忽释,纵谈名理,却用"回视此水"、"君看岸边"、"回船上马"频频挽合,忽放忽收,控纵自如。姚鼐称赞说:"此诗之妙,诗人无及之者,世惟有庄子耳。"(转引自《唐宋诗举要》卷三)

予以事系御史台狱狱吏稍见侵
自度不能堪死狱中不得一别子由
故作二诗授狱卒梁成以遗子由①

圣主如天万物春②,小臣愚暗自亡身③。百年未满先偿债④,十口无归更累人⑤。是处青山可埋骨⑥,他年夜雨独伤神⑦。与君世世为兄弟,再结来生未了因⑧。

柏台霜气夜凄凄⑨,风动琅珰月向低⑩。梦绕云山心似鹿⑪,魂惊汤火命如鸡⑫。眼中犀角真吾子⑬,身后牛衣愧老妻⑭。百岁神游定何处? 桐乡知葬浙江西⑮。

①予以事系御史台狱:元丰二年(1079)三月,权监察御史里行何正臣,弹劾苏轼"愚弄朝廷,妄自尊大。又一有水旱之灾、盗贼之变,轼必倡言归咎新法,喜动颜色"。到了七月,权监察御史里行舒亶、国子博士李宜之、权御史中丞李定又交章弹劾,于是将轼从湖州任上逮捕到京,八月下御史台狱,至十二月始释放。这便是当时震惊朝野的"乌台(御史台)诗案"。侵:侵逼,犹现在说的逼供。自度:自己忖度。不能堪:经不住拷打。②圣主:指神宗。如天:恩泽像天。③小臣:苏轼自指。④先偿债:偿还罪债。苏轼这次自分必死。⑤更累人:家属更连累弟弟。事实上,苏轼作此诗时,苏辙已将哥哥的家眷接往应天府(今河南商丘)任所同住。⑥是处:到处。⑦独伤神:指子由一人要独自伤神了。⑧未了因:没有了却的因缘,即他生再做兄弟。⑨柏台:即御史台。汉御史府中多柏树(见《汉书·朱博传》),后世因称御史台为柏台。⑩琅珰:指屋檐下系的铃铎。⑪心似鹿:心在胸中,像鹿一样撞。⑫"魂惊"句:像鸡被蒸煮,性命难保。⑬"眼中"句:苏轼想念儿子,说他天庭饱满,真是一个好儿子。犀角:指额上发际隆起的骨头。古人认为额骨隆起为贵相。⑭牛衣:供牛御寒用的披盖物,如蓑衣之类。《汉书·王章传》载:"章疾病,无被,卧牛衣中。"自料必死,与妻子诀别。妻子劝他病好后努力读书,后果官至京兆尹。一次王章向皇帝上书,弹劾外戚权臣王凤。妻子闻讯劝阻,要他知足,不要忘记泣牛衣时的情景,章不听,被下狱死。这里苏轼以王章自比,因不听妻子劝说,终于惹祸,所以说死后愧对妻子。⑮桐乡:今安徽舒城。西汉朱邑在桐乡做官,为人民办了许多好事,死后桐乡人将他埋在该地,并立祠奉祀。作者在"桐乡"句下注云"狱中闻杭、湖间民为余作解厄道场者累月,故有此句"。这句是说,他死后,杭州人一定会将他埋葬在那里。

熙宁九年(1076)十月,王安石第二次罢相,退隐钟山,从此不出。新党中多小人,因苏轼反对新法,就其所作诗罗织罪名。舒亶上书说:"陛下发钱以本业贫民,则曰'赢得儿童语音好,一年强半在城中';陛下明法以课试群吏,则曰'读书万卷不读律,致君尧舜知无术';陛下兴水利,则曰'东海若知明主意,应教斥卤变桑田';陛下谨盐禁,则曰'岂是闻韶解忘味,尔来三月食无盐'。其他触物及事,应口所言,无一不以诋谤为主,小则镂板,大则刻石。"凡与苏轼有诗文往来而受株连者共二十余人,包括司马光、张方平、王诜和苏辙等等。苏轼被捕,押送他的狱卒"顾盼狞恶"。及入狱,狱卒"诟辱通宵不忍闻",必欲置之死地。由于元老重臣吴充、范镇等多方营救及神宗祖母太皇太后曹氏出面干预,才从轻发落,贬为黄州团练副使,在本州安置,不得签署公文。赵宋开国以来,这是第一次文字狱,给当时和以后的政局带来了消极影响。士大夫多明哲保身,讳言国事,国事遂不可收拾。

这两首写于狱中的诗,第一首抒发怀念其弟苏辙的深情。作者自分必死,想到死后留下十来口家属,要连累弟弟照料;想到自己死掉,到处都可埋骨,可是留下弟弟,每逢"夜雨",都只能独自伤神,兄弟"对床听雨"的旧约,再也不能实践!中间两联,凄怆沉痛。尾联转进一层,抒发了"与君世世为兄弟,愿结来生未了因"的愿望,至情流露,感人肺腑。

苏辙得到哥哥被捕下狱的消息,"举家惊号"。当时他正在应天府(北宋的"南京",今河南商丘)任判官,立即上书神宗,"乞纳在身官以赎兄轼,得免下狱死为幸",并把苏轼留在湖州的家属接到应天府同住。其后苏轼获释,苏辙被贬往筠州(今江西高安)为酒监。兄弟情谊之深,历来受到人们的赞扬。

第二首思念妻、子,兼以自伤。"身后牛衣愧老妻",虽然用了一个"愧"字,但用王章因弹劾权臣得祸致死的典故,含意很深。得祸致死,固然可悲,但关怀朝政得失,毕竟不算错。尾联的"浙江西"指杭州。作者任杭州通判三年,多有惠政。杭州一带的百姓听到他被捕下狱,为他做道场累月,祈祷消灾解难。他因此预料杭人会把他的骸骨运去埋葬,自伤中略含自慰。这和朝臣诬陷、狱吏侵凌形成了强烈的对照。

这两首诗为北宋的"文字狱"留下了历史见证,值得珍视。

陈季常所蓄《朱陈村嫁娶图》二首①(录一)

我是朱陈旧使君②,劝农曾入杏花村③。而今风物那堪画,县吏催钱夜打门。

①陈季常:名慥,四川眉山人,当时寓住在岐亭山(在黄州北),苏轼赴黄州任时经过那里。陈将所藏古画拿出请苏轼题诗。蓄:藏。朱陈村:唐时属丰县,宋时属萧县。白居易诗:"徐州古丰县,有村曰朱陈……一村唯两姓,世世为婚姻。"《朱陈村嫁娶图》是描绘那里的嫁娶习俗的。②使君:唐宋时对太守的别称。苏轼曾任徐州太守,故称"朱陈旧使君"。③劝农:古时州县长官下乡视察农事,叫"劝农"。

"杏花村",泛指作者当年"劝农"到过的村子。"村"前加"杏花"二字,极言"风物"甚美,堪入画图。"而今"的情况又怎么样呢?唉!一切都变了。那些村子,"县吏催钱夜打门",惊得鸡飞狗上墙,这样的"风物",哪堪入画啊!

题《朱陈村嫁娶图》,从一个"图"字生发,以堪入画与"那堪画"作今昔对比,既批评了时政,又未脱题。构思命笔,何等灵妙!

作者初出狱,被编管黄州,在赴黄州途中又作此诗为百姓说话,表现了他刚正不屈的崇高品德。

题西林壁①

横看成岭侧成峰,远近高低各不同。不识庐山真面目,只缘身在此山中。

①西林:即西林寺,又名乾明寺,在庐山七岭之西。

元丰七年(1084),作者由黄州改迁汝州(治所在今河南临汝)团练副使,途中游庐山,作此诗。

前两句写遍游庐山的观感:横看成岭,侧看成峰,远看、近看、高看、低看,又各不相同。后两句,是就这种观感作出的总结:因为只在山中转来转去,所以不论从哪一角度看,看到的都是某一局部、某一侧面,而不能从总体上识透"庐山真面目"。

这首诗,当然属于山水诗的范畴,却蕴含生活哲理,能给人以思想启迪,因而广泛传诵,并被引来讽喻某些社会现象,具有强大的艺术生命力。

韩干马十四匹①

二马并驱攒八蹄②,二马宛颈鬃尾齐③。一马任前双举后④,一马却避长鸣嘶。老髯奚官骑且顾⑤,前身作马通马语。后有八匹饮且行,微流赴吻若有声。前者既济出林鹤⑥,后者欲涉鹤俯啄。最后一匹马中龙,不嘶不动尾摇风。韩生画马真是马,苏子作诗如见画。世无伯乐亦无韩⑦,此诗此画谁当看!

①韩干:生卒年未详,蓝田人,得王维资助,专心学画。唐玄宗要他跟陈闳学画马,后发觉所画与陈闳不同,诘问之,韩干回答:"臣自有师,陛下内厩之马,皆臣之师也。"(见朱景玄《唐朝名画录》)。其作品流传至今的有《照夜白图》、《牧马图》。十四匹:当是"十六匹"之误,诗中共写了十六匹马,南宋人楼钥所见的李公麟临本,也有十六匹马。②攒:聚集、靠拢。③宛颈:曲颈。④任前、举后:用前腿负全身之重而举起后腿。宋人作诗讲究"无一字无来历",任前、举后,出自《韩非子·说林下》:"伯乐教二人相踶马,相与之简子厩观马,一人举踶马,其一人从后而循之,三抚其尻而马不踶,此自以为失相。其一人曰:'子非失相也,此其为马也,踒肩而肿膝,夫踶马也者,举后而任前,肿膝不可任也,故后不举。'"⑤奚官:养马人。⑥既济:已经过河。出林鹤:刚飞出树林的鹤,昂首向上。⑦伯乐:古代最善相马的人。

苏轼既是诗人,又是画家,他的题画诗,多而且好。七绝如《惠崇〈春江晚景〉》和《书李世南所画秋景》都至今传诵。五古如《高邮陈直躬处士画雁》,纪昀称为"一片神行,化尽刻画之迹"。这首《韩干马十四匹》则是七古中的题画名篇。

韩干,唐代京兆蓝田(今属陕西)人,相传年少时曾为酒肆雇工,经王维资助学画,与其师曹霸皆以画马著名,杜甫在《丹青引》里曾经提到他。他的《照夜白图》等作品尚存,而苏轼题诗的这幅画,却不复可见。诗题说是"马十四匹",画中的马,却不止此数。南宋楼钥在《攻媿集·题赵尊道渥洼图序》里说:他看见的这幅渥洼图,乃是李公麟所临韩干画马图,即苏轼曾为赋诗者。"马实十六,坡诗云'十四匹',岂误耶?"楼钥因而题苏轼诗于图后,自己还作了一首"次韵"诗。李公麟临那幅画,自属可信。临本中的马是"十六匹",也很值得注意。王文诰"据公诗,马十四匹,楼所见并非临本也"的按语,是缺乏根据的。细读苏轼的这首题画诗,就会发现那些说"据公诗,马十四匹"的人,漏数了一匹,搞混了一匹,实际上是十六匹,和李公麟所临本相合。

诗题标明马的数目,但如果一匹一匹的叙述,就会像记流水账,流于平冗、琐碎。诗人匠心独运,虽将十六匹马一一摄入诗中,但时分时合、夹叙夹写,穿插转换,变化莫测,先分写,六匹马分为三组。"二马并驱攒八蹄",以一句写二马是第一组。"攒",聚也。"攒八蹄",再现了"二马并驱"之时腾空而起的动态。"二马宛颈鬃尾齐",也以一句写二马,是为第二组。"宛颈",曲颈也。"鬃尾齐",谓二马高低相同,修短一致。诗人抓住这两个特点,再现了二马齐步行进的风姿。"一马任前双举后,一马却避长鸣嘶",两句各写一马,合起来是一组。"任",用也。一马在前,用前腿负全身之重而双举后蹄,踢后一马;后一匹退避,长声嘶鸣,大约是控诉前者无礼。四句诗写了六匹马,一一活现纸上。

接着,诗人迅速掉转笔锋,换韵换意,由写马转到写人,以免呆板。"老髯"二句,忽然插入,出人意外,似乎与题画马的主题无关。方东树就说:"'老髯'二句一束来,此为章法。"又说:"夹写中忽入'老髯'二句议,闲情逸致,文外之文,弦外之音。"他把这两句看做"议"(议论),而不认为是"写"(描写),看做表现了"闲情逸致"的"文外之文",离开了所画马的本身,这都不符合实际。至于这两句在章法变化上所起的妙用,他当然讲得很中肯;但实际上,其妙用不仅在章法变化。只要弄懂第三组所写的是前马踢后马,后马退避长鸣,就会恍然于"奚官"之所以"顾",正是听到马鸣。一个"顾"字,写出了多少东西!第二,"前身作马通马语"一句,似乎是"议",但议论这干什么? 其实,"前身作马",是用一种独特的构思,夸张地形容那"奚官"能"通马语";而"通马语"乃是特意针对"一马却避长鸣嘶"说的。前马踢后马,后马一面退避、一面"鸣嘶","奚官"听懂了那"鸣嘶"的含义,自然就对前马提出警告。可见"通马语"所暗示的内容也很丰富。第三,所谓"奚官",就是养马的役人,在盛唐时代,多由胡人充当。"老髯"一词,用以描写"奚官"的外貌特征,正说明那是个胡人。更重要的一点是:"老髯奚官骑且顾"一句中的那个"骑"字,告诉我们"奚官"的胯下还有一匹马,就是说,作者从写马转到写人,而写人还是为了写马:不仅写"奚官"闻马鸣而"顾"马群,而且通过"奚官"所"骑",写了第七匹马。

以上两句,把画面划分成前后两大部分;又以"奚官"的"骑且顾",把两大部分联系起来,颇有岭断云连之妙。所谓"连",就表现在"骑"和"顾","奚官"所"骑",乃十六马中的第七马,它把前六马和后九马连成一气。"奚官"闻第六马长鸣而回"顾",表明他原先是朝后看的。为什么朝后看?就因为后面还有九匹马,而且正在渡河。先朝后看,又闻马嘶而回头朝前看,真是瞻前而"顾"后,整个马群,都纳入他的视野之中了。

接下去,由写人回到写马,而写法又与前四句不同。"后有八匹饮且行,微流赴吻若有声":八马饮水,微流吸入唇吻,仿佛发出汩汩的响声。一个"后"字,确定了这八匹与前七匹在画幅上的位置:前七匹,早已过河;这八匹,正在渡河。八马渡河,自然有前有后,于是又分为两组,"前者既济出林鹤",是说前面的已经渡到岸边,像"出林鹤"那样昂首上岸。"后者欲涉鹤俯啄",是说后面的正要渡河,像"鹤俯啄"那样低头入水。四句诗,先合后分,共写八马。

"最后一匹马中龙"一句,先叙后议,赞美之情,溢于言表。《周礼·夏官·庾人》云:"马八尺以上为龙。"说这殿后的一匹是"马中龙",已令人想见其骏伟的英姿。紧接着,又来了个特写镜头:"不嘶不动尾摇风。""尾摇风"三字,固然十分生动、十分传神;"不嘶不动"四字,尤足以表现此马的神闲气稳、独立不群。别的马,或者已在彼岸驰骋,或者即将上岸;最后面的,也正在渡河,而它却"不嘶不动"悠闲自若。这是为什么?就因为它是"马中龙"。真所谓"蹄间三丈是徐行",自然不担心拉下距离。

认为"据公诗,马十四匹"的王文诰,既没有发现"奚官"所"骑"的那匹马,又搞混了这"最后一匹"马。他说:"此一匹,即八匹之一,非十五匹也。"其实,从句法、章法上看,这"最后一匹"和"后有八匹"是并列的,怎能说它是"八匹之一"?

十六匹马逐一写到,还写了"奚官",写了河流,却一直未提"韩干",也未说"画"。形象如此生动,情景如此逼真,如果始终不说这是韩干所画,读者就会认为他所写的乃是实境真马。然而题目又标明这是题韩干画马的诗,通篇不点题,当然不妥。所以接下去便点题。归纳前面所写,自然得出了"韩生画马真是马"的结论。"画马真是马",这是对韩干的赞词。而作者既赞韩生,又自赞,公然说:"苏子作诗如见画。"读完下两句,才看出作者之所以赞韩生又自赞,乃是为全诗的结尾作铺垫。韩生善画马,苏子善作画马诗,从画中,从诗中,都可以看到真马,看到"马中龙"。可是,"世无伯乐亦无韩,此诗此画谁当看!"——世间没有善于相马的伯乐和善于画马的韩干,连现实中的骏马都无人赏识,更何况画中的马、诗中的马!既然如此,韩生的这画,苏子的这诗,还有谁去看呢?两句诗收尽全篇,感慨无限,意味无穷。

全诗只十六句,却七次换韵,而换韵与换笔、换意相统一,显示了章法上的跳跃跌宕,错落变化。

这首诗的章法,前人多认为取法于韩愈的《画记》。如洪迈《容斋五笔》卷七和方东树《昭昧詹言》卷十二都这样说。这当然是不错的,但这首诗穷极变化,不可方物,似乎更多的是受了杜甫《韦讽录事宅观曹将军画马图》的启发。

书王定国所藏《烟江叠嶂图》①

江上愁心千叠山,浮空积翠如云烟。山耶云耶远莫知,烟空云散山依然。但见两崖苍苍暗绝谷,中有百道飞来泉。萦林络石隐复见②,下赴谷口为奔川。川平山开林麓断,小桥野店依山前。行人稍度乔木外,渔舟一叶吞江天。使君何从得此本③,点缀毫末分清妍。不知人间何处有此境,径欲往买二顷田。君不见武昌樊口幽绝处,东坡先生留五年。春风摇江天漠漠,暮云卷雨山娟娟。丹枫翻鸦伴水宿,长松落雪惊醉眠。桃花流水在人世,武陵岂必皆神仙?江山清空我尘土,虽有去路寻无缘。还君此画三叹息,山中故人应有招我归来篇。

①王定国:名巩,字定国,从苏轼学诗文。②"萦林"句:承上句,谓"百道飞来泉"萦绕林木、山石,时隐时现。③使君:对对方的尊称,此指王定国。得此本:得到这幅《烟江叠嶂图》。

此诗题下原注云:"王晋卿画。"王诜(1037—1093),字晋卿,太原人,居开封,北宋开国功臣王全斌之后(见《宋史·王全斌传·附传》)。妻英宗之女蜀国长公主,官驸马都尉。虽为贵戚,却远声色而爱文艺,与苏轼、黄庭坚、米芾等交好。筑"宝绘堂"于私第之东,苏轼为作记。擅诗词书法,尤以山水画著名。好写江上云山、幽谷寒林与平远风景,用李成皴法,也有金碧设色。存世作品有《渔村小雪图》、《烟江叠嶂图》等。《烟江叠嶂图》,清初由王士禛(渔洋)送入皇宫。《香祖笔记》云:"余家藏王晋卿《烟江叠嶂图》长卷,后有米元章书东坡长句。康熙癸未三月万寿节,九卿皆进古书、书画为寿,此卷蒙纳入内府。"王晋卿的画,苏轼的诗,米芾的字,三者结合在一起,真是艺术珍品。据苏诗查注,这首诗另有苏轼墨迹流传。

此诗自开头至"渔舟一叶吞江天"是第一个段落。方东树《昭昧詹言》卷十二云:"起段以写为叙,写得入妙而笔势又高,气又遒,神又旺。"所谓"以写为叙",是指这一段实质上是叙述《烟江叠嶂图》的内容,但没有用抽象叙述的方法,而用了形象描写的方法。其实,如果既不看诗题,又不看下段,便不会认为这是介绍《烟江叠嶂图》,只感到这是描写自然景物。

前四句,着眼于高处远处,写"烟江叠嶂"的总貌。"江上",点"千叠山"的位置。"愁心",融情入景,并让读者联想张说《江上愁心赋寄赵子》中的"江上之峻山兮,郁崎嵚而不极,云为峰兮烟为色,歘变态兮心不识……",以扩展艺术境界。"浮空积翠"是"积翠浮空"的倒装,其主语为"千叠山"。"积翠",言翠色极浓。"千叠山"积蓄了无穷翠色,在远空浮动,像烟,也像云。这里突出的是"积翠",而不是"云烟",一个"如"字须着眼。有人说这句是写"云烟缭绕的叠嶂",就失掉了景的"妙"与诗的"妙"。正因为诗人不曾说"云烟缭绕",而只说"浮空积翠如云烟",所以接下去才能继续写出"山耶云耶远莫识,烟空云散山依然"的妙句。由于受七字句的限制,上句省去了"烟耶",而以下句的"烟空"作补充。在那高空浮动的,究竟是"千叠山"的"积翠"呢,还是"烟"呢,"云"呢?因为那太"远"了,实在无法识别。然而看着看着,忽然起了变化:"烟"消了,"云"散了,依然存在的,只是那"千叠山"。画里如果确有"云烟缭绕",当然不会忽然消散。诗人并没有说山上确有"云烟",而只是说"浮空积翠如云烟"。那"浮空"的"积翠"从不同距离、不同角度去看,就有变化。这样去看,像"云"像"烟",那样去看,又只见"积翠",不见"云烟"。几句诗,变静景为动景,写远嶂千叠翠色浮空之状如在目前。

次四句由远而近,由高而低,先突现苍苍两崖,再从两崖的绝谷中飞出百道泉水。这百道飞泉"萦林络石",时隐时现,终于"下赴谷口",汇为巨川,奔腾前进。在这里,诗人以飞泉统众景,从而运用了以明见暗的艺术手法。两崖之间,有无数幽谷,因为"暗"而不见,无从写;只写百道泉飞来,而百道泉之所自出(无数幽谷),即不难想见。林木扶疏,奇石磊落,可见可写,但要一一摹写,就不免多费笔墨、分散重点,于是只写百道泉"萦林络石",而林木、奇石之状,即宛然在目。

后四句,诗人把读者的视线从百道泉的合流出谷引向近景。"川平"、"山开"、"林麓断",三个主谓结构,展现了三个画面;"林麓断"处,"小桥"、"野店"、"乔木"、"行人",历历如见。而"渔舟一叶",又把镜头推向开阔的"江天"。"吞江天"三字,涵盖了"烟江叠嶂"的全景,真有尺幅千里之势。

"使君"以下四句自成一段。纪昀评云:"节奏之妙,纯乎化境。"方东树云:"四句正锋。"

第一段写"烟江叠嶂",纯是实景。诗人的巧妙之处,就在于先写实景,然后用"使君何从得此本"一句回到本题,既变真景为画景,又点出此画乃王定国所藏;而此画之巧夺天工,也不言而喻,为"点缀毫末分清妍"的赞语提供了有力的根据。"不知人间何处有此境"一句,又由画境想到真境,希望于"人间"寻求如此美好的江山,买田退隐,从而把全篇的布局,从写景转向抒情和议论。

从"君不见"至结尾是第三段。这一段,或理解为"以实境比况画境",或理解为"既用现实中的自然美陪衬了艺术中的自然美,又表现了诗人热爱壮美山川的襟怀"。都言之有据,但都很不确切。

如在前面所分析,第一段写画境,第三段由画境想到真境,希望于"人间"寻求像画境那样美好的江山,买田退隐。最后一段,即紧承退隐而来;却不直写为什么想退隐,而以"君不见"领起,将读者引向诗人回忆中的天地。这回忆对于诗人来说,并不那么愉快。元丰二年(1079)三月,苏轼罢徐州知州,改知湖州。四月到湖州任。何正臣摘引《湖州谢表》中的话指斥苏轼"妄自尊大";舒亶、李定等又就其诗文罗织罪状。七月二十八日,苏轼于湖州被捕,下御史台狱,这就是著名的"乌台诗案"("御史台"又叫"乌台")。十二月结案,贬黄州团练副使,本州安置,不得签书公事。苏轼从元丰三年(1080)二月到达贬所至元丰七年(1084)四月改任汝州团练副使,在黄州度过了四年多的辛酸岁月。现在,他因看《烟江叠嶂图》而有感触,唤起了对往事的回忆。"君不见"领起的"武昌樊口幽绝处",写被贬之地的幽深;"东坡先生留五年",言贬谪之时的漫长。以下四句,吴北江认为"写四时之景",固然不算全错,因为的确写了景;但更确切地说,却是借景叙事、因景抒情。这四句紧承前两句而来,概括了诗人在那"幽绝处""留五年"的经历和感受:春天,愁看"春风摇江天漠漠";夏季,独对"暮云卷雨山娟娟";秋夜寂寥,"丹枫翻鸦伴水宿";冬日沉醉,"长松落雪惊醉眠"。一年,两年,三年,四年……年年如此!贬谪生涯,贬谪心情,都通过四时之景的描绘而得到了形象的表现。

"桃花流水"以下四句,从章法上看,和前面的文字有什么联系呢?

在前面,诗人由画境写到"不知人间何处有此境,径欲往买二顷田",然后不直接回答"人间何处有此境"的问题,却将笔锋宕开,转入贬谪生活的回忆。回忆到"长松落雪惊醉眠",又折转笔锋,回顾"不知人间何处有此境,径欲往买二顷田"。"桃花流水在人世,武陵岂必皆神仙"两句,用"桃花源"典故而翻新其意。陶渊明所写的"桃花源",是苦于暴政的人们所追求的"春蚕收长丝,秋熟靡王税"的理想社会。王维的《桃源行》则说"初因避地去人间,及至成仙遂不还"。刘禹锡《游桃源诗一百韵》进一步写仙家之乐。韩愈题《桃源图》,却认为"神仙有无何渺茫,桃源之说诚荒唐"。王安石的《桃源行》,又描写了一种"虽有父子无君臣"的平等世界,以寄托其进步的社会理想。苏轼则说:桃花源就"在人世",那里的人们也不见得都是"神仙"。这两句,就是对前面"不知人间何处有此境"的回答。"江山清空我尘土"一句,句中有转折。"江山清空",紧承"桃花流水在人世";"我尘土",遥接"君不见"以下六句,既指黄州的五年贬谪生活,又包括当前的处境。惟其"我尘土",才想到"买田"退隐。第一段的画境,第二段的"不知人间何处有此境",第三段的"桃花流水在人世",和"江山清空"一线贯串,都指的是可以"买田"退隐的地方;而"虽有去路"以下数句,则是这条线的延伸。"寻无缘"的"寻",正是"寻"可以退隐的地方。因为欲"寻"而"无缘",所以"还君此画三叹息"。尽管"无缘",但仍欲"寻",故以"山中故人应有招我归来篇"结束全诗。

王文诰说这首诗"用两扇法",自前句至"渔舟一叶吞江天"为一扇,"道图中之景也";自"使君"至"寻无缘"为一扇,"道观图之人也"。此下以二句作结:"还君此画三叹息","结图中之景";"山中故人应有招我归来篇","结观图之人"。这种说法虽有可供参考之处,但毕竟失之简单化。全诗绝不是截然分开的两扇,这从前面的分析中已可看出,现略作补充。作者把画境写得十分美好,十分诱人,从而引出"径欲往买二顷田"的愿望。以下所写,或与此照应,或与此联系。"桃花流水在人世"与"江山清空",是和画境中的景物联系的;"武陵岂必皆神仙",是和画境中的人物一脉相承的。"武昌樊口幽绝处",就其四时景物而言,是与画境中的景物一致的;就在那里"留五年"的"东坡先生"来说,则是与画境中的人物对照的。在作者看来,那画中的"行人"、"舟子",自由自在地享受"江山清空"之美;而他自己,则仕途蹭蹬,备受谗毁和打击,困于"尘土",不得自由。正由于处境如此,所以尽管在"幽绝处"留了"五年",也不能像画中的"行人"、"舟子"那样尽情地欣赏自然风光。写"幽绝处"四时风光的那四句诗,虽然很含蓄,但还是可以看出所表现的作者心情并不是愉快的。比如"丹枫翻鸦伴水宿"一句,说"伴水宿",已露孤独寂寞之感;已经"宿"了,还说"丹枫翻鸦",可见并未入梦,一晚上时而看"丹枫",时而听鸦翻,辗转反侧,心事重重。又如"长松落雪惊醉眠"一句:"醉眠"一作"昼眠";上句写夜宿,此句即使不用"昼"字,也看得出是写"昼眠"。冬季夜长昼短,夜间睡觉就够了,何必"昼眠"?更何必白昼"醉眠"?白昼"醉眠"而无人理睬,只有"长松落雪"才"惊"醒了他。醒过来之后,看是什么"惊"他的;看来看去,看见的只是那"长松落雪",连人影儿也没有!……

"东坡先生"与画境对照、与画境中的人物对照,便不禁发出了"江山清空我尘土"的感慨。这"江山清空"与"我尘土"的对照,正是这首诗命意谋篇的契机。因画境的"清空"而回忆"我尘土"的往事,便追写了谪居黄州的生涯和心情;以画的"清空"对照"我尘土"的现实,便引起了买田退隐的念头和"桃花流水在人世"的议论,而归结到"山中故人应有招我归来篇"。

苏轼在嘉祐六年(1061)应仁宗直言极谏的对策中,提出过许多改革弊政的意见。可以说,他是以改革派的面目登上政治舞台的。在要求改革这一点上,他与王安石并无重大分歧,其分歧在于改革的内容、程度、方法和速度。比较而言,苏轼要求的改革是温和的、缓慢的。他尽管也被卷进反对王安石变法的浪潮,并对新法讲了不少过头的话,但究竟与保守派有区别;王安石也未予追究。熙宁九年(1076)十月,王安石二次罢相,退居金陵之后,新法逐渐失去打击豪强的色彩,统治阶级内部变法派与保守派的斗争,也变成了封建宗派的倾轧与报复。苏轼于元丰二年(1079)因作诗获罪,被捕入狱,终于贬到黄州,责令闭门思过,就出于何正臣、舒亶、李定等人的诬陷,与王安石无关。元丰七年(1084)三月,苏轼接到命令移汝州团练副使。七月抵金陵,与久已罢相闲居的王安石多次相会,作《次韵荆公四绝》。十月至扬州,即上《乞常州居住表》,准备退隐,元丰八年(1085)三月,神宗死,哲宗年幼,高太后听政,改元元祐,起用司马光执政,苏轼也被调回京城任翰林学士等职。司马光着手废除全部新法,苏轼却主张"参用所长",更反对废除行之有益的"免役法",因而又和保守派结了仇,经常处于"忿疾"、被"猜疑"、被"诬告"的境地。元祐二年(1087),他因洛党官僚连续弹劾,四次上疏请外郡。元祐三年(1088)三月,因朝官攻击,上《乞罢学士除闲慢差遣札》;十月,再上《陈情乞郡札》。这首题《烟江叠嶂图》诗,作于元祐三年十二月,其"江山清空我尘土"的感慨,显然发自内心;"不知人间何处有此境,径欲往买二顷田"及"山中故人应有招我归来篇"等诗句所表达的,也是作者的真实情感。

这首诗以《书王定国所藏〈烟江叠嶂图〉》为题,当然首先是给藏画的王定国和作画的王晋卿看的。诗中写贬谪生活而以"君不见"领起,那"君"也首先指王定国和王晋卿。王定国名巩,《宋史》卷三二〇《王素传·附传》云:"巩有隽才,长于诗,从苏轼游。轼守徐州,巩往访之,与客游泗水,登魋山,吹笛饮酒,乘月而归。轼待之于黄楼上,谓巩曰:'李太白死,世无此乐三百年矣!'轼得罪,巩亦窜宾州,数岁得还,豪气不少挫。"这里所说的"轼得罪,巩亦窜宾州",即指王定国因受苏轼"乌台诗案"的株连,与苏轼同时被贬。王晋卿也同样被卷入"乌台诗案",因为苏轼的那些"讥讽朝政、谤讪中外"的诗,有些是王晋卿"镂刻印行"的,结果被贬到均州。还朝之后,苏轼在其《和王晋卿》诗的序里说:"驸马都尉王诜(晋卿),功臣全斌之后也。元丰二年,予得罪贬黄冈,而晋卿亦坐累远谪,不相闻者七年。予既招用,晋卿亦还朝,相见殿门外。感叹之馀,作诗相属,托物悲慨,阨穷而不怨,泰而不骄。怜其贵公子有志如此,故和其韵。"苏轼又作《书王定国所藏王晋卿画〈着色山〉二首》,其二云:

> 君归岭北初逢雪,我亦江南五见春。寄语风流王武子,三人俱是识山人。

三个人同时被贬到南方,见过青山,所以有"三人俱是识山人"的诗句。

苏轼的这首《书王定国所藏〈烟江叠嶂图〉》,王定国读后有什么感触,缺乏记载;王晋卿却写了《和诗》:

> 帝子相从玉斗边,洞箫忽断散非烟。平生未省山水窟,一朝身到心茫然。长安日远那复见,掘地宁知能及泉!几年漂泊汉江上,东流不舍悲长川。山重水远景无尽,翠幕金屏开目前。晴云漠漠晓笼岫,碧嶂溶溶春接天。四时为我供画本,巧自增损媸与妍。心匠构尽远江意,笔锋耕出西山田。苍颜华发何所遣,聊将戏墨忘馀年。将军色山自金碧,萧郎翠竹夸婵娟。风流千载无虎头,于今妙绝推龙眠。岂图俗笔挂高咏,从此得名似谪仙。爱诗好画本天性,辋川先生疑夙缘。会当别写一匹烟霞境,更应消得

玉堂醉笔挥长篇。

诗的前半篇写贬谪生涯,后半篇说他借画山水消遣时日。苏轼读到这首,又作诗酬和,诗题是这样的:《王晋卿作〈烟江叠嶂图〉,仆赋诗十四韵,晋卿和之,语特奇丽。因复次韵,不独纪其诗画之美,亦为道其出处契阔之故,而终之以不忘在莒之戒,亦朋友忠爱之义也》。诗如下:

> 山中举头望日边,长安不见空云烟。归来长安望山上,时移事改应潸然。管弦去尽宾客散,惟有马垙编金泉。渥洼故自千里足,要饱风雪轻山川。屈居华屋啗枣脯,十年俯仰龙旗前。却因瘦病出奇骨,盐车之厄宁非天!风流文采磨不尽,水墨自与诗争妍。画山何必山中人,田歌自古非知田。郑虔三绝君有二,笔势挽回三百年。欲将岩谷乱窈窕,眉峰修嫮夸连娟。人间何有春一梦,此身将老蚕三眠。山中幽绝不可久,要作平地家居仙。能令水石长在眼,非君好我当谁缘。愿君终不忘在莒,乐时更赋《囚山篇》。

这篇诗的中心思想是希望王晋卿不要忘记当年遭谗被贬的惨痛经历,从中吸取教训,“要作平地家居仙”。王晋卿读到后又次韵酬答,诗题是:《子瞻再和前篇,非惟格韵高绝,而语意郑重,相与甚厚,因复用韵答谢之》。诗云:

> 忆从南涧北山边,惯见岭云和野烟。山深路僻空吊影,梦惊松竹风萧然。杖藜芒屦谢尘境,已甘老去栖林泉。春篮采术问康伯,夜灶养丹陪稚川。渔樵每笑坐争席,鸥鹭无机驯我前。一朝忽作长安梦,此生犹欲更问天。归来未央拜天子,枯荄敢自期春妍。造物潜移真幻影,感时未用惊桑田。醉来却画山中景,水墨想象追当年。玉堂故人相与厚,意使媒母齐联娟。岂知忧患耗心力,读书懒去但欲眠。屠龙学就本无用,只堪投老依金仙。更得新诗写珠玉,劝我不作区中缘。佩服忠言非论报,短章重次《木瓜》篇。

读这三首次韵诗,更会加深对原作的理解。

惠崇《春江晚景》二首[①](录一)

竹外桃花三两枝,春江水暖鸭先知。蒌蒿满地芦芽短[②],正是河豚欲上时[③]。

[①]惠崇:建阳人,宋初著名诗僧,亦善画。[②]蒌蒿:草名,花淡黄色,茎可食用。芦芽:即

芦笋。③河豚：鱼名。产于海，春江水发，溯江水上游产卵繁殖。肉味极鲜美，唯内脏有剧毒。

　　《图画宝鉴》称惠崇"工画鹅、鸭、鹭鸶"。《图画见闻志》称他"尤工小景，为寒汀远渚、潇洒虚旷之象，人所难到"。他画的《春江晚景》已经失传，而苏轼的这首题画诗，却至今脍炙人口。

　　题画诗如果局限于复述画面内容，就不可能有艺术生命。前面选的题《朱陈村嫁娶图》，根本不去再现画境，而是就"图"字生发，抒发对现实的感慨。这首题《春江晚景》，是描绘了画面景物的，却又画外见意，创造了比画境更高更美的诗境。就这首诗看，竹、桃花、江水、鸭、蒌蒿、芦芽，当然是画面上的景物；但水的"暖"、鸭的"知"，却绝对画不出来。至于河豚，既然说它"欲上"，当然还没有"上"，画面上也不会出现。诗人从画中景物着眼，驰骋想象和联想，创造出"春江水暖鸭先知"、"正是河豚欲上时"的佳句，就使这幅画顿时活了起来，生机勃勃，春意盎然。

　　"春江水暖"，来自"桃花"盛开的联想；"鸭先知"，则出于想象。"春江水暖鸭先知"的超妙之处，在于激发读者的想象，想见鸭群在春江中浮游嬉戏的欢快情景。它们好像在说："水暖了，冬天终于过去了！"

　　"河豚欲上"，来自蒌蒿、芦芽的联想。河豚食蒌蒿、芦芽；江淮一带人烹河豚，又用蒌蒿、芦芽作配料。由"蒌蒿满地芦芽短"联想到"正是河豚欲上时"，不仅补写景物、点明时令，还令人想起河豚的美味，心往神驰，注目春江，企盼它沿江而"上"。

　　四句诗，生动地再现了画面上的视觉形象；又借助触觉、知觉、味觉，以虚写实，扩展、深化了视觉形象。情景交融，韵味无穷。

书李世南所画秋景二首①（录一）

野水参差落涨痕，疏林欹倒出霜根②。扁舟一棹归何处③？家在江南黄叶村。

　　①李世南：字唐臣，安肃（今河北徐水县）人，北宋著名画家。这首题画诗为元祐二年苏轼在京任翰林学士时作。②霜根：苍老的树根。③棹：船桨。

　　前两句细致勾勒深秋之景，宛然在目。后两句虽略作点染，却虚实相生，用"归何处"扩展画面，用"黄叶村"画出远景，既使读者想见平远无垠的江南秋色，又使读者联想到自己的"黄叶村"，悠然神往。

赠 刘 景 文①

荷尽已无擎雨盖，菊残犹有傲霜枝。一年好景君须记，最是橙黄橘绿时。

①刘景文:名季孙,开封祥符(今河南开封市)人。

刘景文,将门之后,博学能诗,曾受王安石赏识、提拔;苏轼也推许、表荐,称他为"慷慨奇士"。这首《赠刘景文》,作于元祐五年(1090)任杭州太守时。当时刘景文任两浙兵马都监,也在杭州,两人诗酒往还,交谊颇深。苏轼除此诗外,尚有《次韵刘景文见寄》、《喜刘景文至》、《和刘景文见赠》等诗。

赠人诗当然有各种各样的写法,但总应该对人有益。韩愈的《早春呈水部张十八员外》,也属于赠人诗范畴。

苏轼的这首《赠刘景文》写初冬景色,把初冬景色赞为"一年好景",蕴含什么样的生活真理呢?

"荷",这是夏季的骄子。"接天莲叶无穷碧,映日荷花别样红"(杨万里《晓出净慈寺送林子方》),多么美!如今呢,荷花早已开"尽",连"擎雨"的荷叶也都消失了。"菊",在百花凋谢的秋天傲霜独放。可是如今呢,尽管枝干挺然特立,仍然保持着傲霜的贞姿劲节,但那花儿毕竟已经衰残。两句诗,为推出"橙黄橘绿"作了两重铺垫,同时点明节令,已入初冬。

初冬季节,荷花、菊花,以及其他许多花都在霜威寒潮中纷纷凋残,而那橙、橘,却枝叶繁茂,为人们捧出累累硕果,金黄、碧绿,闪光发亮。诗人因此说:"一年好景君须记,最是橙黄橘绿时。"

橙树橘林,密叶含翠,枝头挂满金黄碧绿的硕果,作为一种景色看,的确是"好景"。更何况,这不是仅供观赏的花,而是"可以荐嘉宾"的果。不是一般的果,而是"精色内白"的佳果。从屈原以来,诗人们托物喻人,作过许多赞美橘的崇高品德的诗,赞它"苏世独立,横而不流"(屈原《橘颂》),赞它"经冬犹绿林……自有岁寒心"(张九龄《感遇》)。"橙"是"橘"的同类,故苏轼连类并举,使艺术形象更其丰满。

苏轼的这首诗,在萧条冷落的初冬季节推出"橙黄橘绿",赞为"一年好景",不仅诗情洋溢,给人以美感享受,还寓有人生哲理,引人深思,发人深省。

十一月二十六日松风亭下梅花盛开①

春风岭上淮南村②,昔年梅花曾断魂。岂知流落复相见,蛮风蜑雨愁黄昏③。长条半落荔支浦④,卧树独秀桃榔园⑤。岂惟幽光留夜色⑥,直恐冷艳排冬温。松风亭下荆棘里,两株玉蕊明朝暾⑦。海南仙云娇坠砌⑧,月下缟衣来叩门⑨。酒醒梦觉起绕树,妙意有在终无言。先生独饮勿叹息,幸有落月窥清樽。

①松风亭:在惠州(今广东惠阳)嘉祐寺附近的山上。时苏轼寓居嘉祐寺。②春风岭:在今湖北麻城县东,北宋时属淮南西路,所以这句说"淮南村"。元丰三年(1080)正月苏轼赴黄州贬所,路过此地。③蛮风蜑(dàn蛋)雨:指岭南的风雨。蛮、蜑,是古时汉人对南方少数民族的轻蔑称呼。④荔支浦:生长荔支的水边。⑤独秀:单独开花。枕榔:一种常绿树,生长在广东沿海一带。⑥岂惟:岂止。⑦玉蕊:花名,这里借来形容梅花洁白如玉。朝暾(tūn吞):早晨的太阳。⑧砌:台阶。⑨缟(gǎo稿)衣:白色的衣服。叩:敲。

绍圣元年(1094),已经变质的变法派上台,蔡京、章惇之流掌权,打击"元祐党人",株连甚广。苏轼由定州知州调任英州知州,降一级。未到任所,再贬为宁远军节度副使,惠州安置。十月三日到达惠州贬所,寓嘉祐寺松风亭。十一月二十六日,见亭下梅花盛开而作此诗。

前四句由"昔年梅花"写到眼前梅花,忆昔伤今,感慨身世,为全诗定下基调。昔年因"乌台诗案"下狱,几乎送掉性命。后来编管黄州,路过春风岭时看到梅花,作《梅花二首》,曾发出"的皪梅花草棘间"的慨叹。"岂知流落复相见,蛮风蜑雨愁黄昏",这荒远之地的梅花比"春风岭上"的梅花处境更坏,但它依然盛开,给人以精神上的慰藉。由此引出下文,用神来之笔,为梅花传神写照。写梅树横"卧"园中,"长条半落"水中,甚至困处"荆棘里",既自喻处境,又为写其"独秀"、"幽光"、"冷艳"、"玉蕊"作反面衬托。其"幽光"足以"留夜色",其"冷艳"直恐"排冬温",其"玉蕊"能够"明朝暾",不仅状其光色,还写出梅花高洁的品格。"海南仙云娇坠砌,月下缟衣来叩门"两句,则通过想象和比拟,创造出梦幻般的境界:月明之夜,一位缟衣仙女乘着海南仙云冉冉而至,落于阶前,来叩诗人的门扉。这位仙女,当然是梅花的化身。这就不仅活画出梅花的风采神韵,而且表明诗人在流放生涯中只有梅花是他的知己,特来安慰他的寂寞心灵。纪昀评此二句:"天人姿泽,非此笔不称此花。"还是只就前者说的,后一层意思,他并没有看出。结尾四句写"酒醒梦觉",写"落月窥清樽",正是回应"海南仙云"两句:那种优美的梦幻境界消失了!"绕树"看梅,忽有"妙意"萌动,却终于"无言"。怎么说呢?又向谁说呢?"幸有落月窥清樽",正表现了满腹心事无处倾吐的悲哀。"独饮勿叹息",不过是自我排遣而已。

全诗一韵到底,韵险而语工,善传梅花神韵。但并非单纯写梅,而是用"岂知流落复相见"一句承上启下,通过描状两次贬谪中所见的梅花自叹流落、自抒怀抱,人梅双关,浑化无迹,乃东坡晚年得意之作。

荔支叹

十里一置飞尘灰,五里一堠兵火催①。颠坑仆谷相枕藉②,知是荔支龙眼来③。飞车跨山鹘横海④,风枝露叶如新采;宫中美人一破颜⑤,惊尘溅血流千载⑥。永元荔支来交州⑦,天宝岁贡取之涪⑧。至今欲食林甫肉⑨，无人举觞酹伯游⑩。我愿天公怜赤子⑪，莫生尤物为疮痏⑫；雨顺风调百谷登，民不饥寒为上瑞⑬。君不见武夷溪边粟粒芽⑭，前丁后蔡相笼加⑮。争新买宠各出意，今年斗品充官茶⑯。吾君所乏岂此物，致养口体何陋耶⑰？洛阳相君忠孝家，可怜亦进姚黄花⑱。

①置、堠（hòu 后）：古代的驿站。唐代以五里为单堠，十里为双堠。进荔支，每站换马急驰。②颠坑仆（pú 葡）谷：跌入土坑，倒在山谷。相枕藉：互相枕压，尸骨堆积。③龙眼：桂圆。④飞车：快车。鹘（gǔ 骨）：一种猛禽，这里指海船。⑤宫中美人：指杨贵妃。破颜：笑。⑥惊尘溅血：运送荔支的车马飞驰，扬起的灰尘中血花四溅。指车马压死、踏死沿途的百姓。⑦永元（89—105）：汉和帝年号。交州：今广东、广西及越南的部分地区。作者自注："汉永元中，交州进荔支、龙眼，十里一置，五里一堠，奔腾死亡，罹（遭）猛兽青虫之害者无数。唐羌，字伯游，为临武长（县令），上书言状（言进荔支害民情况），和帝罢之。"⑧天宝（742—756）：唐玄宗年号。岁贡：每年向朝廷进贡。涪（fú 扶）：涪州，今四川涪陵县。作者自注："唐天宝中，盖取涪州荔支，自子午谷路入进。"⑨林甫：李林甫，唐玄宗时的奸相，人称他"口蜜腹剑"，是勒索荔支的主事者。⑩觞（shāng 商）：酒杯。酹（lèi 类）：古代发誓或祭祀的一种方式，即把酒洒在地上。这句是说：唐伯游上书申诉进荔支祸害百姓，皇帝因而罢进荔支；但时间一久，人们就把他忘了！没有人祭奠他。⑪赤子：老百姓。⑫尤物：顶好的、难得的东西。疮痏（wěi 委）：疮，疮伤；痏，殴伤。这里"疮痏"引申为"祸害"。⑬上瑞：最好的祥瑞。⑭武夷：福建武夷山。粟粒芽：武夷山所产名茶。⑮前丁后蔡：丁谓和蔡襄。作者自注："大小笼茶始于丁晋公（丁谓封晋国公）而成于蔡君谟（蔡襄字），欧阳永叔（修）闻君谟进小龙团，惊叹曰：'君谟，士人也，何至作此事！'"笼加：笼装进贡，前后相继。⑯斗品：斗，竞赛。"斗品"乃进贡茶参加竞赛、评比选出的佳品，也称"斗茶"。充官茶：由原来的特贡转为法定交纳的官茶。作者自注："今年闽（今福建）监司乞进斗茶，许之。"⑰致养口体：用它来保养身体，满足口味。陋：鄙陋。⑱"洛阳"二句：作者自注："洛阳贡花，自钱惟演始。"姚黄花：洛阳一种名贵牡丹花，因姓姚的人培养出来，故名。钱惟演任洛阳留守，故称"洛阳相君"。钱惟演的父亲钱俶（chù 触）为吴越王，对宋不战而降，死后宋太祖称他"以忠孝而保社稷"。"忠孝家"本此。

此诗绍圣二年（1095）作于惠州。惠州产荔支，苏轼《四月十一日初食荔支》诗自注云："予尝谓荔支厚味、高格两绝，果中无比。"《食荔支二首》之一云："日啖荔支三百颗，不辞长作岭南人。"更表现了对荔支的赞美。但想到汉唐时代进贡荔支给人民造成的灾难，并联想到与此相类的现实问题，忧愤难平，又作了这首《荔支叹》。

开头八句，写快马、飞车、飞船联运荔支，急如星火，诗的节奏亦其疾如风。因迫于期限，横冲直闯，时有伤亡。诗人用集中和夸张手法，以"颠坑仆谷相枕藉"七字展现好几个特写镜头，令读者触目惊心。荔支最难保鲜，海南距长安又十分遥远。诗人用"风枝露叶如新采"一句描状送入长安的荔支，既反衬出

431

运送之迅疾、代价之高昂,又唤起以下两句的强烈对比,真是神来之笔!"宫中美人一破颜,惊尘溅血流千载"两句,以如此鲜明的对立形象揭露社会矛盾,引人深思:以"惊尘溅血"的代价换取美人一笑的罪魁祸首,究竟是谁?其批判的锋芒,直指最高统治者。

中间八句分两层。前四句承上,点明汉唐两代进荔支、前者因唐伯游上书而作罢,后者因李林甫取悦皇帝而给人民造成深重苦难。"至今欲食林甫肉"一句,表现了作者对媚上害民者的极大愤慨;"无人举觥酹伯游"一句,则慨叹为民请命的精神已无人继承。后四句表现作者的善良愿望:怜惜赤子,莫生"尤物",五谷丰登,民不饥寒。作者分明喜爱荔支,如今却把它称为"尤物",斥为"疮痏",愿天公"莫生",乃是出于对那些进奉"尤物"、坑害百姓者的极大愤慨,由此引出末段。

最后八句转入现实。武夷的名茶,洛阳的名花,也是荔支一类的"尤物",而丁谓、蔡襄、钱惟演之流却纷纷进贡,这不是重演汉唐进奉荔支的故事吗?由于这都是眼前的人和事,不便直接鞭挞,故用"吾君所乏岂此物"为皇帝掩饰,而用一个"陋"字批评丁谓等人。意思是:"吾君"所"乏"的是纳忠言、行善政,而不是养其口体的茶、花之类,措词很委婉。然而前面不是已经写出了"至今欲食林甫肉,无人举觥酹伯游"的诗句吗?

作者反对历史上的进荔支,现实中的进茶、花,属于举例性质,实际上是以少总多,反对一切有害于民的进贡方物特产。作者编管惠州,失去自由,却仍然敢于揭露时弊、指斥当代官僚,乃由关心民瘼,激情难抑。如汪师韩所评:"其胸中有勃郁不可已者,惟不可以已而言,斯至言也。"(《苏诗选评笺释》卷六)

澄迈驿通潮阁二首①(录一)

徐生欲老海南村,帝遣巫阳招我魂②。杳杳天低鹘没处③,青山一发是中原。

①澄迈驿:驿站名,在今海南岛澄迈县北的白莲镇附近。通潮阁:澄迈驿中的阁楼。②帝:天帝。这里隐喻皇帝。元符三年(1100),哲宗死,徽宗即位,苏轼获赦内迁,自儋州徙居廉州(今广东合浦县)。巫阳:女巫名。《楚辞·招魂》云:天帝派巫阳去招回人的灵魂。这里实指朝廷召还。③杳杳:遥远的样子。鹘:一种猛禽。

苏轼从绍圣元年(1094)被贬出京,在惠州、儋耳(今海南儋县)度过了漫长岁月,切盼北归而北归无期,打算在海南了却余生。不料忽然奉召北移,不禁悲喜交集。首句突转次句,准确地表现出由悲转喜、由长期失望陡然涌起希望的复杂心态。三、四句写北望情景,其超妙之处在于:情是真情,景则有实有虚,虚实交融。鹘向北飞,作者目注飞鹘、心随飞鹘,直到"杳杳天低鹘没处",这是真情实景。这时候,海天相接,双目已望不见飞鹘,可那一片归心,仍随健鹘继续北飞。站在澄迈驿的通潮阁,无论如何是望不见中原的。"青山一发是中原",乃是想象中的虚景。景虽虚而情愈真,作者的归心已经飞入中原了。

施补华评此诗"气韵两到,语带沉雄"(《岘佣说诗》)。纪昀评后两句为"神来之笔"。以"天低鹘没"表现目光尽处,极真切生动。陆游的"天向平芜尽处低",可能脱胎于此。用"一发"形容地平线上隐约可见的"青山",极新奇神妙,后人往往沿用。如林景熙的"青山一发愁濛濛"(《题陆放翁诗卷后》),刘因的"人间一发是中原"(《远山笔架》),虞集的"青山一发是江南"(《题柯博士画》)等等,其例甚多。

六月二十日夜渡海

参横斗转欲三更[1],苦雨终风也解晴[2]。云散月明谁点缀? 天容海色本澄清。空馀鲁叟乘桴意[3],粗识轩辕奏乐声[4]。九死南荒吾不恨,兹游奇绝冠平生。

[1]参(shēn 身)横斗转:参宿与斗宿已转换了位置。三更:半夜时分。[2]苦雨终风:指连续不断的阴雨凄风。解:懂得。[3]鲁叟:指孔子。孔子曾说"道不行,乘桴浮于海"。桴:木筏子。[4]轩辕:指黄帝。《庄子·天运篇》:"黄帝张咸池之乐于洞庭之野。"

这首诗乃北归渡海时所作。

前四句,每句分两节,都以前四字写客观景物,以后三字表主观抒情或议论。唐人佳句,多浑然天成,情景交融。宋人造句,则力求洗练与深析。从这四句诗,既可看出苏诗的特点,也可看出宋诗的特点。

从天气变化的顺序看,应该先写"苦雨终风"。诗人有意颠倒过来,既增加了句法、语调的跌宕之美,又扩大了抒情表意的容量。一开头便写"参横斗转",表明诗人翘首望天,盼望雨止风停;忽见参、斗出现,而且"参横斗转",不禁又惊又喜:"嗬,快到三更了! 无尽无休的凄风苦雨,也还懂得放晴啊!"这是写渡海时的情景,然而联系诗人长期流放,忽然遇赦北归的经历,其双关意义,也不难领会。

三、四句就"晴"字发挥。"云散月明"、"天容海色"(用"句内对",即以"月明"对"云散","海色"对"天容"),这是眼前景。"谁点缀"、"本澄清",则是诗人的评论。

这四句诗,从主观和客观的结合中展现的艺术形象是相当明晰的。读者从这里看到了作者半夜渡海的情景,感受到他因环境变化而引起的喜悦心情。仅就这一点说,已经是很有艺术魅力的好诗。但好处还不仅如此。《晋书·谢

433

重传》载:谢重陪会稽王司马道子夜坐,"于时月夜明净,道子叹以为佳。重率尔曰:'意谓乃不如微云点缀。'道子戏曰:'卿居心不净,乃复强欲滓秽太清耶?'"(参看《世说新语·言语》)"云散月明谁点缀"一句中的"点缀"一词,即来自谢重的议论和道子的戏语,而"天容海色本澄清",则与"月夜明净,道子叹以为佳"契合。这两句诗,境界开阔,意蕴深远,再和这个故事联系起来,就更多一层联想:章惇、蔡京等"居心不净"的小人掌权,"滓秽太清",弄得"苦雨终风",百姓怨愤。如今"云散月明",还有"谁点缀"呢?"天容海色"复归于"澄清",强加于作者的诬蔑之词也一扫而空,又恢复了"澄清"的本来面目。从这里可以看出,诗中用典,不应全盘否定。如果用典贴切,就可以丰富诗的内涵,提高语言的表现力。

五、六两句写海。五句活用"孔子乘桴"典,含意是:在内地,我和孔子同样是"道不行"。孔子想到海外去行道,却没去成;我虽然去了,并且在那儿呆了好几年,可是当我离开那儿北归的时候,又有什么"行道"的实绩值得自慰呢?只不过空有浮海行道的想法留在胸中罢了!被放逐的"罪人",怎能行道?这句诗,由于巧妙地用了人所共知的典,因而寥寥数字,就概括了曲折的事,抒发了复杂的情;而"乘桴"一词,又准确地表现了正在"渡海"的情景。第六句也活用典故。《庄子·天运》:"北门成问于黄帝曰:'帝张咸池之乐于洞庭之野,吾始闻之惧,复闻之怠,卒闻之而惑,荡荡默默,乃不自得。'"作者用这个典,以黄帝奏咸池之乐形容大海波涛之声,与"乘桴"渡海的情景很合拍。但不说"如听轩辕奏乐声"而说"粗识轩辕奏乐声",又使人联想到作者的种种遭遇以及由此引起的心理活动。就是说,对于那"始闻之惧,复闻之怠,卒闻之而惑"的"奏乐声",他是亲身经历、领会很深的。"粗识"的"粗",不过是一种诙谐的说法。

喜用典故,这是苏诗的特点之一,也是宋诗的特点之一。有些篇章堆砌典故,生僻难懂,枯涩少味,被讥为"事障"。另一些篇章虽用典而驱遣灵妙,精切自然,以少数字句述复杂之事态、传丰融之情思,既明畅易解,又耐人寻绎,这首诗便是这方面的例证。

尾联推开一步,收束全诗。"兹游"照应题目,指"六月二十日夜渡海",但也兼指自惠州贬儋州的全过程,涵盖"九死南荒"。"九死南荒"全出于政敌的迫害,他固然达观,又哪能毫无恨意呢?可他偏不说恨,而以豪迈的口气说:"九死南荒吾不恨,兹游奇绝冠平生。"既含蓄,又幽默,对政敌的调侃与对政敌迫害的蔑视之意,俱见于言外。

纪昀评此诗:"前半纯是比体。如此措辞,自无痕迹。""比"者,"以彼物比此物也"。既用"比体",哪能没有痕迹?读完这首诗(不仅是前半),明显地看出它的好处在于几乎每句诗除了本身的意义之外,还能引起读者的联想,使之领悟到言外之意。这和简单的"比"是很不相同的。

苏　辙

苏辙(1039—1112),字子由,晚号颍滨遗老,眉州眉山(今属四川)人。仁宗嘉祐二年(1057)进士。官至尚书右丞、门下侍郎。与父洵、兄轼世称"三苏",散文同列唐宋八大家。诗的成就不如散文高。有《栾城集》。

神水馆寄子瞻兄四绝[①](录一)

夜雨从来相对眠[②],兹行万里隔胡天[③]。试依北斗看南斗[④],始觉吴山在目前[⑤]。

①神水馆:在涿州(今河北涿县),当时属契丹管辖。子瞻:苏轼字。②"夜雨"句:苏氏兄弟早年读韦应物诗"宁知风雪夜,复此对床眠。"便"相约早退为闲居之乐"。故此诗中提及"对床夜雨"。③胡:泛指北方少数民族,这里指契丹。④北斗、南斗:均为星名。北斗在北极星周围,位置在北,南斗同北斗相对,位置在南。⑤吴山:在浙江杭州市南面。春秋时为吴国的南疆,故名吴山。时苏轼任杭州太守,故思及吴山。

元祐四年(1089),苏辙出使契丹,作此诗怀念其兄。前两句以昔年夜雨对床之乐反衬如今相隔万里之悲。后两句不言悲而反作自我宽慰:遥望南斗,星光闪耀,兄长所在的杭州,不就在星光下面吗?

孔平仲

孔平仲(生卒年不详)字毅夫,临江新喻(今江西新余)人。英宗治平二年(1065)进士。历官秘书监、户部员外郎、提举永兴路刑狱,帅鄜延、环庆,坐党籍被罢。与兄文仲、武仲都以擅作诗著名,人称"清江三孔"。有《清江三孔集》。其才又优于二兄,有《续世说》、《孔氏谈苑》、《珩璜新论》等。

代小子广孙寄翁翁[①]

爹爹来密州[②],再岁得两子[③]。牙儿秀且厚[④],郑郑已生齿[⑤];翁翁尚未见,既见想欢喜。广孙读书多,写字辄两纸。三三足精神[⑥],大安能步履[⑦]。翁翁虽旧识,伎俩非昔比[⑧]。何时得团聚,尽使罗拜跪[⑨]。婆婆到辇下[⑩],翁翁在省里[⑪]。太婆八十五[⑫],寝膳近何似?爹爹与妳妳[⑬],无日不思尔[⑭]。每到时节佳,或对饮食美。一一俱上心[⑮],归期当屈指。昨日又开炉,连天北风起。饮阑却萧条[⑯],举目数千里[⑰]。

①这是父亲代儿子写给祖父的诗。小子:指儿子。广孙:是儿子的名字。翁翁:孙子对祖父的称呼。②密州:今山东诸城。③再岁:两年。④牙儿:广孙的弟弟。秀且厚:清秀和丰

435

满。⑤郑郑:广孙的弟弟。⑥三三:广孙的弟弟。⑦大安:广孙的弟弟。能步履:已会走路。⑧"伎俩"句:指精明调皮的本领都超过从前。⑨罗拜跪:罗列着向祖父磕头。⑩婆婆:祖母。辇下:京城。⑪省:古代中央的官署有秘书省、中书省、尚书省等。⑫太婆:曾祖母。⑬妳(nǐ你)妳:母亲。⑭尔:语气词,无实义。⑮俱上心:都在心头思念。⑯却:反而。萧条:指心情不愉快。⑰"举目"句:因相隔太遥远,抬头看也看不见。

作者本来要给父母写平安家书,却换了一种方式,作了一首别开生面的诗:《代小子广孙寄翁翁》。广孙是作者的长子,但年纪还小;作者揣摸小孩子的口吻和心理讲话,口角伶俐,神情毕肖。

诗分两大段。前十四句报告兄弟五人的近况,中间插入"翁翁尚未见,既见想欢喜","翁翁虽旧识,伎俩非昔比",层次分明,亲切有味。而以"何时得团聚,尽使罗拜跪"引起对翁翁、婆婆、太婆的思念之情,转向第二大段,思路清晰,情感真挚。

后十四句先问候翁翁、婆婆、太婆的健康状况:能睡好觉吗? 饭量还好吗?接着就他的观察和感受,报告自己的父母多么想念老人,"爹爹与妳妳"以下十句,情景交融,感人至深。

道 潜

道潜(1043—1102),字参寥,俗姓何,杭州於潜(今浙江临安)人。出家为僧,与苏轼、秦观相唱和。轼贬岭南,道潜亦因语含讥讽,命还俗。建中靖国初,诏复祝发。崇宁末,归老江湖。能诗善文,有《参寥子诗集》。

临平道中①

风蒲猎猎弄轻柔②,欲立蜻蜓不自由。五月临平山下路,藕花无数满汀洲③。

①临平:山名,在杭州市东北。②猎猎:指风吹蒲叶的响声。③藕花:荷花。汀洲:水中小块陆地。临平山下有临平湖,多藕花,又名藕花洲。

前两句写小景。风并不大,却吹得蒲叶翩翩起舞,卖弄轻盈柔媚的腰身,还用自己的清歌伴舞。蜻蜓飞来,想在蒲叶上歇脚,却老是站不稳,忽上忽下,翻飞不定。这样有声有色的动景,只有现代的电影艺术才能摄取,却被诗人用十四个字表现出来了。

后两句写大景。"藕花无数满汀洲",鲜艳夺目。但与前面的小景怎样联系起来呢?

苏轼《乘舟过贾收水阁》诗云:"袅袅风蒲乱,猗猗水荇长。"这说明蒲是长在水边的。道潜的这首七绝以"临平道中"为题,在大景与小景之间,又插入"五月临平山下路",表明作者在路上行进,那路的一边紧靠"汀洲",其视线首先被"风蒲"、"蜻蜓"所吸引,接着便看见"藕花无数"。明乎此,便知道小景是统一于大景之中的;蒲叶既在清风中摇曳,藕花当然也在晃漾中散发出沁人心脾的清香。

据《冷斋夜话》记载:苏轼赴官杭州,途中见道潜此诗,"大称赏。已而相寻于西湖,一见如旧相识"。又据《续骩骳说》:苏轼见此诗而"刻诸石,宗妇曹夫人善丹青,作《临平藕花图》,人争影写"。

黄庭坚

黄庭坚(1045—1105),字鲁直,号山谷道人,晚号涪翁,洪州分宁(今江西修水)人。英宗治平四年(1067)进士。政治遭遇随新旧党争的变化而升沉。哲宗时召为校书郎,预修《神宗实录》,迁著作佐郎。后被指控修史"多诬",贬为涪州别驾。徽宗即位,赦还,领太平州事,旋以"幸灾谤国"除名,流放宜州(今广西宜山)卒。与张耒、晁补之、秦观并称"苏门四学士"。诗与苏轼齐名,并称"苏黄"。诗以杜甫为宗,兼法韩愈,有"夺胎换骨"、"点铁成金"之论,风格奇崛拗峭,清新瘦硬,被尊为江西诗派之祖,影响颇大。能词善书,书法为"宋四家"之一。有《豫章黄先生文集》、《山谷琴趣外编》、《山谷刀笔》。

赣上食莲有感①

莲实大如指②,分甘念母慈③。共房头礊礊④,更深兄弟思⑤。实中有幺荷⑥,拳如小儿手⑦。令我念众雏⑧,迎门索梨枣⑨。莲心政自苦⑩,食苦何能甘?甘餐恐腊毒⑪,素食则怀惭⑫。莲生淤泥中,不与泥同调。食莲谁不甘,知味良独少⑬!吾家双井塘⑭,十里秋风香。安得同袍子⑮,归制芙蓉裳⑯。

①赣上:即赣州,今江西赣县。②大如指:像手指头那么大。③"分甘"句:思念母亲当年给自己分食莲子。④房:莲房,也称莲蓬。礊(jí吉)礊:形容莲蓬中莲子众多。⑤"更深"句:更加深对兄弟的思念。⑥幺荷:莲子心,即莲子中的嫩芽。⑦拳:拳曲。⑧雏:小鸟,这里指小孩。⑨索:要。⑩政:通"正"。⑪甘餐:吃好的东西。腊(xī西):极。⑫素食:无功受禄,即白吃。⑬知味:知道莲子出污泥不染情味的。良:信,真。⑭双井:今江西修水。⑮同袍子:《诗经·秦风·无衣》:"岂曰无衣,与子同袍。"同袍子,指相友好、共事业的人,这里指兄弟。⑯芙蓉裳:《离骚》:"集芙蓉以为裳。"芙蓉:莲花。制芙蓉裳:比喻保持志行高洁。

元丰四年(1081),作者任吉州太和(今属江西)令,有事至赣州(今江西赣县），作此诗。

题为"食莲有感"，一开头即从"食莲"写起，层层深入，引人入胜。

前八句写因"食莲"而想念亲人。看见眼前的莲实，便想起小时候母亲分莲子给自己吃，多么慈爱！看见莲蓬中一个个莲子紧密相连，便想起在母亲身边一起长大的兄弟，多么想念他们！看见莲子中的嫩芽像小儿拳曲的手，便想起小儿女们一见我回家，就迎到门口伸手要梨、枣，多么活泼可爱！谁吃莲子的时候会想到这些事？可是诗人想到了，还写得这么真切，这么热情洋溢？读这几句诗，谁能不唤起心中的亲子之爱和兄弟之爱？

以下各句，就"食莲"发挥，抒发了关于立身处世的感想。莲心很苦，吃苦的东西当然感不到甘甜。莲实很甘，但老吃甘美的东西却恐怕中毒。"甘餐恐腊毒"一名句，自《国语·周语》"位高实疾颠，厚味实腊毒"化出，官位太高，就怕跌下来；饮食太美，就怕受毒害。这当然不是说"甘餐"本身有毒，而是说一味贪图享受，就会害了自己。既然"甘餐恐腊毒"，那么"素食"好不好？作者由"食莲"联想到"甘餐"、"素食"，而"甘餐"、"素食"，都不是用字面上的意义，"甘餐"指丰厚的物质享受，"素食"则是"白吃"。《诗·魏风·伐檀》："彼君子兮，不素餐兮。"作者正做太和县令，所以既警惕"甘餐"中毒，又以"不素餐"要求自己。

"莲实"是莲花的果实，因而从"食莲"想到莲生淤泥而不受淤泥污染，又想到家乡的莲花正十里飘香，怎么才能与兄弟们"归制芙蓉裳"，隐居不仕，保持像莲花那样高洁的节操？

全诗处处从"食莲"生发，由思念母亲、兄弟、子女扩展到立身处世，不贪图高位美食，有惭于尸位素餐，而以渴望与兄弟一同归隐收束。首尾照应，章法严密，构思新颖，语言质朴。而对宦海风波的恐惧，对做官而不能行其志的感慨，对贪图高位美食、同流合污、尸位素餐者的厌恶，都见于言外。

登快阁①

痴儿了却公家事②，快阁东西倚晚晴。落木千山天远大，澄江一道月分明。朱弦已为佳人绝③，青眼聊因美酒横④。万里归船弄长笛，此心吾与白鸥盟⑤。

①快阁：在太和县(今属江西)城东澄江上。②痴儿：作者自指。③"朱弦"句：用钟子期死，俞伯牙以为世无知音，便"破琴绝弦"典，见《吕氏春秋·本味》。④青眼：表示有好感。《晋书·阮籍传》说阮籍能作青白眼，对有恶感的人作白眼，对有好感的人作青眼。⑤与白鸥盟：表示要退隐田园。古人常把鸥、鹭看成隐逸之士的伴侣。

首联构思奇妙、造语生新，上句用《晋书·傅咸传》典。夏侯济与傅咸书曰:"天下大器非可稍了,而相观每事欲了。生子痴,了官事,官事未易了也。了事正作痴,复为快耳。"这是说会"了官事"的是"痴儿"。作者则甘以"痴儿"自居,一开头便说:我这个"痴儿"办完了公事,很以"为快",一下班便来登快阁。就夏侯济的话反其意而用之,自我调侃,饶有风趣。句中又暗含夏侯济讥笑痴儿一"了官事"便以"为快"的那个"快"字,与下句的"快阁"拍合,其用典之妙,也令人惊喜。下句"快阁东西倚晚晴"的"晚"字与上句"了却公家事"照应,表明为"了却公家事"忙了一整天,天晚才来登快阁,真够"痴"!"晴"字唤起下联的"月"字,但"倚"的对象只应是具体的"阁",他却偏说"倚晚晴",这就调动读者的想象,想到整个快阁都沉浸在明丽的月色之中。"倚"的位置,应该是固定的;而作者却连用"东、西"两字,这又调动读者的想象,想到诗人迷恋快阁周围的景色,时而走到东,时而走到西,"倚"遍快阁的东西南北。这一联诗,不过是点题目"登快阁"罢了,却表现出这么多东西!这就是这位江西诗派创始者的独特本领。

次联承"倚晚晴"写景,是著名的警句。上句意境雄阔,读之令人心胸开朗。而因"落木千山",了无障蔽,才显出"天远大",又蕴含哲理,能给人以思想启迪。下句景物明丽,读之令人心地澄澈。而因江水澄净、微澜不起,才照出"月分明",也寓有深义,耐人寻绎。李白"木落秋山空",只说"空"而已;谢朓"澄江静如练",只说"静"而已。山谷却将"山空"与天远、"江静"与月明联系起来,创造出"落木千山天远大,澄江一道月分明"的佳句,这不仅得力于他的"脱胎换骨"法,更是他视野开阔,襟怀淡远的艺术体现。

三联抒发世无知音的感慨,引出尾联写归隐:"万里归船弄长笛",既与次联展现的阔远境界拍合,又与三联"青眼聊因美酒横"联系,把抒情主人公的孤高、兀傲神态表现得淋漓尽致。

方东树《昭昧詹言》评此诗:"起四句且叙且写,一往浩然。五、六句对意流行,收尤豪放。此所谓寓单行之气于排律之中者。"律诗由于受格律的限制,很容易写得板滞窘促,奄奄无生气。此诗则在讲究平仄、对偶、韵律的同时运单行之气,像李白歌行那样纵横驰骋,舒卷自如,达到了既"运古入律",又饶有情韵的艺术境界。元人韦居安《梅磵诗话》记载:快阁经黄庭坚作此诗品题而"名重天下"。前后和此诗者,"无虑数万篇",都未能赶上原作。

夜发分宁寄杜涧叟[①]

阳关一曲水东流[②],灯火旌阳一钓舟[③]。我自只如常日醉,满川风月替人愁。

①分宁:今江西修水县,作者故乡。杜涧叟:名槃,作者的朋友。②阳关:唐王维《送元二使安西》诗被谱曲传唱,因有"劝君更尽一杯酒,西出阳关无故人"之句,故称"阳关曲",送行

时演唱。③旌阳:山名,在修水县东一里左右。钓舟:小船。

元丰六年(1083)十二月,作者由知吉州太和县移监德州(今属山东)德平镇。此诗是告别老家,登舟启程时所作。

前两句叙事、写景:"阳关一曲",还在耳边回荡,而人已辞别亲友,顺东流水进发;回望旌阳,还能看见故乡的灯火,而人已在一叶钓舟中随波摇晃,又开始了宦海漂泊的生涯。

前两句,叙事、写景中已饱含一个愁字,后两句,自应放手写愁,可第三句却出人意外,偏说:"我自只如常日醉。"——只不过像平常那样喝醉了酒,并不愁。第四句进一步翻出新意:"满川风月替人愁。"——我不愁,可那满川风月,却正替我发愁呢!乍看起来,这似乎不近情理;仔细想来,却曲尽情理。正因为愁,才喝酒,以至喝到沉醉,既已沉醉,便以为神经麻痹,不知道什么是愁;可是看那满川风月,却是一派愁惨景象,因而才说"风月替人愁"。实际上,正因为自己仍然愁绪盈怀,所以看那本来很美的满川风月,也一派愁容。将自己的愁投射于客观景物,反转来,又用客观景物烘托自己的愁,不独回环婉曲,耐人寻味,而且化抽象为具体,强化了艺术感染力。杜牧的"蜡烛有心还惜别,替人垂泪到天明",王安石的"只有明月西海上,伴人征戍替人愁",都是这方面的例子。

寄黄几复①

我居北海君南海②,寄雁传书谢不能③。桃李春风一杯酒,江湖夜雨十年灯。持家但有四立壁④,治病不蕲三折肱⑤。想见读书头已白,隔溪猿哭瘴溪藤。

①黄几复:名介,豫章西山(今江西新建)人。作者少年时代的好友。②"我居"句:《左传·僖公四年》:"君处北海,寡人处南海,唯是风马牛不相及也。"此时作者监德州(今属山东),黄几复知四会县(今属广东),皆滨海。③寄雁传书:借鸿雁传递书信,见《汉书·苏武传》。谢不能:因办不到而谢绝。《汉书·项籍传》:"东阳少年杀其令,相聚数千人,欲立长,无适用,乃请陈婴,婴谢不能。"④持家:治家。但有:只有。四立壁:家里空空荡荡,只有四堵墙立在那里,极言贫困。《史记·司马相如传》:"家居徒四壁立。"⑤蕲(qí其):同"祈"。肱(gōng工):手臂的下半部。《左传·定公十三年》:"齐高疆曰:'三折肱知为良医。'"意谓:一个三次跌断胳膊的人凭他丰富的治疗经验,就可当个好医生。

此篇以诗代柬,寄友人黄几复,是黄庭坚七律名篇之一。黄几复有和答诗,黄庭坚有《次韵几复和答所寄》。

作者七律,起句每飘然而来,奇气横溢,此篇亦然。彼此所居之地一"南"一"北",已露怀友之意,各缀一"海"字,更显得相隔辽远,海天茫茫。"寄雁传书"虽常用典故,而继之以"谢不能",将雁拟人化,便顿感生新。相传大雁南飞,至衡阳而止,故王勃《秋日登洪府滕王阁饯别序》云:"雁阵惊寒,声断衡阳之浦。"欧阳修《送张道州》云:"身行南雁不到处,山与北人相对愁。"秦观《阮郎归》云:"衡阳犹有雁传书,郴阳和雁无。"今故人既在"南海",雁不能到,故让雁吐人言:"你要我把信捎到南海吗?办不到啊!我哪有这种本领呢?"就雁飞不到翻出新意,而念友深情,被表现得更加浓烈。

次联在当时便被张耒赞为"奇语"(见《王直方诗话》)。汪彦章"千里江山渔笛晚,十年灯火客毡寒",胡仔"钓艇江湖千里梦,客毡风雪十年寒",都有意仿效。但注《山谷内集》的南宋初人任渊,却说"两句皆记忆往时游居之乐",连意思都理解错了,后人还往往袭用这种解释,又怎能显出"奇"在何处?黄几复于熙宁九年(1076)"同学究出身",与作者在京城相会。其后任长乐尉、广州教授、楚州推官、四会县令,仕于岭南已达十年,与作者分手亦已十年。这一联诗,上句追忆京城相聚之乐,下句抒写别后相思之深。为了扩大诗句的容量,吸取了温庭筠"鸡声茅店月,人迹板桥霜"的句法,不用动词或任何关联词而只选择最富表现力的名词或名词性词组精心组合,便把两种苦乐不同的时、地、景、事、情生动地表现出来。就上句说:时,"十年"前的春季;地,人们留恋、向往的京城;景,春风吹拂,桃李盛开;事,友人"同学究出身",把酒欢会;情,则洋溢于良辰美景、赏心乐事之中。就下句说:时,寂寞的深夜;地,旅人漂泊的江湖;景,萧骚夜雨,暗淡孤灯;事,相别十年,两地相思;情,即跃动于时、地、景、事之中。上句表现昔年相聚之乐,下句表现别后相思之苦,已极感人,但还不仅如此。这两句诗,是相互对照的。"桃李春风"与"江湖夜雨",是"乐"与"哀"的对照;"一杯酒"与"十年灯",是"一"与"多"的对照。"桃李春风"而共饮"一杯酒",欢聚何其短促!"江湖夜雨"而各对"十年灯",漂泊何其漫长!快意与失望,暂聚与久别,往日的交情与当前的思念,都从时、地、景、事、情的强烈对照中表现出来,令人玩味无穷。

晚唐诗人杜荀鹤《旅怀》诗云:"月华星采坐来收,江声岳色暗结愁。半夜灯前十年事,一时和雨到心头。"真情流露,凄怆感人。"江湖夜雨十年灯"大致涵盖了类似的内容,却含而不露,更耐咀嚼。

五、六两句也是对照的,从不善"持家"而善"治病"的对照中赞其才能、叹其不遇。作为一个县的长官而家徒四壁,既说明黄几复清正廉洁,又说明他把全部精力用于"治病"和"读书",无心也无暇经营个人的安乐窝。《国语·晋语》有"上医医国,其次救人"的话,这里的"治病"即指"医国"。作者反用《左传》中"三折肱知为良医"的成语,称黄几复善"治病",但并不需要"三折肱",其含意是:他已经有政绩,显露了"医国"、"救人"的才干,为什么还不重用他,老要他在下面跌撞呢?

尾联以"想见"领起,勾勒出黄几复公余读书、白发萧萧的形象,以"隔溪猿哭瘴溪藤"作映衬,给整个图景带来凄凉的氛围。不平之鸣,怜才之意,都蕴含其中。

黄庭坚作诗,强调"无一字无来处",讲究"夺胎换骨"、"点铁成金"。倘无真情实感而一味在这些方面玩花样,难免模拟剽窃、生硬晦涩。这首诗,则是实践这些主张而取得成绩的佳作。首句"北海"、"南海"出自《左传》,增强了两地相隔的辽阔感和迷茫感。次句"寄雁传书"与"谢不能"俱出《汉书》,连在一起,化腐臭为神奇。第三联"四立壁"出自《史记》,"三折肱"出自《左传》,而与"持家"、"治病"连缀,互相对照,后者又反其意而用之,增强了表现力。其他也都有"来处",如第七句脱胎于杜甫《不见》诗"匡山读书处,头白好归来",第八句点化杜甫《九日》诗"殊方日暮玄猿哭"。全诗"无一字无来处",但不觉晦涩,有的地方还由于活用典故而丰富了诗句的内涵。而取《左传》、《史记》、《汉书》中的散文语言入诗,又给近体诗带来苍劲古朴的风味。

黄庭坚主张"宁律不谐而不使句弱",喜用拗律变调来作律诗,追求奇峭挺拔的独特诗风。其七律三百一十一首,拗体竟占二分之一。这首《寄黄几复》基本合律,不算拗体,但"持家"句两平五仄,"治病"句顺中带拗,其挺拔的句法与奇峭的音响正有助于表现黄几复廉洁干练、刚正不阿的性格。

这首诗情真味厚,格韵高绝;而在好用书卷、以故为新、运古入律、拗折波峭等方面,又都表现出黄诗的特色,可视为山谷七律的代表作。

送范德孺知庆州①

乃翁知国如知兵②,塞垣草木识威名③。敌人开户玩处女,掩耳不及惊雷霆④。平生端有活国计⑤,百不一试埋九京⑥。阿兄两持庆州节⑦,十年麒麟地上行⑧。潭潭大度如卧虎⑨,边人耕桑长儿女⑩。折冲千里虽有馀⑪,论道经邦政要渠⑫。妙年出补父兄处,公自才力应时须⑬。春风旆旗拥万夫⑭,幕下诸将思草枯⑮。智名勇功不入眼⑯,可用折棰笞羌胡⑰。

①范德孺:名纯粹,范仲淹第四子,元丰八年(1085)八月知庆州(今甘肃庆阳)。庆州为北宋与西夏对峙的前哨重地。②乃翁:你父亲(指范仲淹)。知国如知兵:政事和军事同样精通。③塞垣:边境城镇。草木识威名:自《旧唐书·张万福传》"江淮草木亦知卿威名"化出。仁宗时,范仲淹知庆州,为环庆路经略安抚缘边招讨使。他修城砦,招流亡,羌人敬畏,呼为"龙图老子"。④"敌人"二句:《孙子·九地篇》:"始如处女,敌人开户;后如脱兔,敌不及拒。"《淮南子·兵略》:"疾雷不及塞耳。"《旧唐书·李靖传》:"兵贵神速,所谓疾雷不及掩耳。"是说主持军务,安闲镇静,稳操胜算。开始如闺中少女,敌人遂玩忽开户,不加戒备。当敌人开户时,以迅雷不及掩耳之势(即"脱兔"),给敌人以打击。⑤端:真。活国计:使国家转危为安的计策。⑥百不一试:试用的不及百分之一。九京:九泉,即地下。⑦阿兄:指范纯仁。两持庆州节:范纯仁于神宗熙宁七年(1074)和元丰八年(1085)两度知庆州。⑧麒麟

地上行:麒麟古称仁兽,相传它不踏生虫,不折生草。用麒麟比喻范纯仁,是说他为人仁厚。⑨潭潭:形容气度深沉宽广。如卧虎:意谓像只躺着的老虎,不动声色,而敌人自然畏惧。⑩"边人"句:说他在边境上,劝民耕桑,使他们生儿育女,安居乐业。⑪折冲:《吕氏春秋·召类》:"修之于庙堂之上,而折冲乎千里之外。"高诱注:"冲,车。……欲使攻己者折还其冲车于千里之外,不敢来也。"⑫"论道"句:谓治理国家的重任正需要他承担。政:通"正"。渠:他。这句说范纯仁内调,任枢密副使。⑬"妙年"二句:谓范德孺还年轻,便补父兄之缺,出知庆州,是由于才力适合当时的需要。⑭"春风"句:形容仪仗之盛,军容之壮。拥:拥有。旍(jīng 旌):同"旌"。⑮"幕下"句:指麾下的众将都在等待时机,为国立功。草枯:指深秋。秋高马肥,最宜作战。⑯"智名"句:《孙子·形篇》:"善战者之胜也,无智名,无勇功。"意谓范德孺有高度的军事素养,一般的智名勇功都不放在眼里。⑰折棰:折断策马的杖。《后汉书·邓禹传》:"赤眉无谷,必将东来,吾折棰笞之,非诸将忧也。"是说用短杖即可打退敌人。笞(chī 吃):用鞭、杖或竹板打人。

题目是《送范德孺知庆州》,诗既要写范德孺,又不能脱离庆州。庆州当时是抗御西夏侵扰的军事要地,范德孺出知庆州,责任重大,但他还年轻,没有多少军功政绩可以称颂,因而要写一篇内容充实,足以抒发作者政治见解的送行诗,就很难下笔。这篇诗构思、谋篇之妙,在于通过赞颂范德孺父兄的功业来烘托范德孺本人,而对范德孺知庆州的期望,即蕴含于对其父兄功业的赞颂之中。

全诗以"乃翁"发端,单刀直入,用六句诗写范仲淹。"知国如知兵",是对他的总评价。"知国"照应下文"活国计";"知兵"引起"塞垣"三句。范仲淹知庆州,改革军制,巩固边防,恩威并用,夷夏敬服,称为"龙图老子",赞他"胸中有十万甲兵"。对于这一切,只用"塞垣草木识威名"一句概括,而形象鲜明,饶有诗意。"敌人"两句,点化兵家语言赞颂范仲淹善用兵,上下句既互相映衬,兼写敌我双方;又一气贯注,气机流畅。"有活国计"而"百不一试",便长埋地下,是对范仲淹"庆历新法"因受保守势力反对而未能实现的沉痛惋惜。不能用"知国"者革除弊政,富民强国,又怎能消除外患? 这是作者的主导思想。

中间六句以"阿兄"领起,写范纯仁"两持庆州节"。其赞颂的重点,在于威慑敌人,劝民耕桑,使百姓安居乐业,长养儿女。后两句承上转下:范纯仁在安边御敌方面虽然才干有余,可是他更善于治理国家,因而国家正需要他。这和前段强调"知国"、"活国"相一致,又点明范纯仁内调,其遗缺由其弟接任,引出第三段。

后六句写范德孺。"妙年"两句,以"出补父兄处"收拢前两段入题,以"才力应时须"引出以下四句,归结到"送范德孺知庆州"。用笔灵妙,承转自如。"春风"两句,写仪仗之盛、军容之壮及将士斗志高昂,用以烘托主帅,读者总以为接下去要期望范德孺一到庆州便大张挞伐。及读结尾两句,才知并非如此。"智名勇功不入眼",是说不要在个别战役或局部问题上追求"智名勇功",而要善于统筹全局。"可用折棰笞羌胡",是说如果西夏敢来侵犯,用短棍赶跑即可,无须大动干戈。对于范德孺知庆州的期望之所以只写这一些,是因为前两段对他父兄的赞颂,也就是对他的期望。只要像他父兄那样加强防御,恩威并用,安抚百姓,发展生产,便可折冲千里之外,使敌人不敢来犯;如果来,略施教训,便可解决问题。可以看出,作者在这首诗里,通过对范仲淹、范纯仁的赞颂和对范德孺的期望,阐发了他自己对于治国安边的进步主张。

换韵与换意统一,乃是写古体诗的常规。其必须统一的道理也显而易见,无须解释。而这首诗却偏偏打破常规,其原因何在呢?

四句诗同押一韵,或者翻一番八句诗同押一韵,读起来较顺畅自然。此诗写父子三人各用六句,倘换韵与换意统一,每六句同押一韵,则读起来略嫌跛脚;而且,全诗由句数相等、用韵相同的三段组成,显得匀衡平板,无综错变化之美。作者因此打破常规,前后八句各押平韵,中间两句独押仄韵,以押韵的变化调济了分段的均衡。八句同押一韵,读起来既较顺畅,而中间写范纯仁的六句,前两句与写其父的六句同韵,后两句与写其弟的六句同韵,起了前后衔接、过渡的作用。在前后平韵之间以两句独押仄韵,奇峰突起,警挺异常。而"潭潭大度如卧虎,边人耕桑长儿女"所表达的,正是作者对范德孺的殷切期望,因而用独特的艺术手法加以强调,收到了预期的艺术效果。

不能说只要不符合换韵与换意相统一的常规,便是创新。在一般情况下,韵、意相谐,声、情相应的规律应该遵守,而不宜随意打破。

题竹石牧牛 并引

子瞻画丛竹怪石,伯时增前坡牧儿骑牛[1],甚有意态,戏咏。

野次小峥嵘[2],幽篁相倚绿[3]。阿童三尺棰[4],御此老觳觫[5]。石吾甚爱之,勿遣牛砺角!牛砺角尚可,牛斗残我竹。

[1]伯时:李公麟字,号龙眠居士,北宋著名画家。[2]野次:野地里。[3]幽篁:幽静的竹丛。[4]棰:鞭子。[5]御:驾御。觳觫(hú sù 弧诉):恐惧战栗貌。《孟子·梁惠王》载:梁惠王想要杀牛,又以羊换牛,孟子问这是什么原因,梁惠王说:"吾不忍见其觳觫。"这里以"觳觫"指牛。

此诗作于元祐三年(1088),作者在京任史官。这年春天,苏轼知贡举,作者与李公麟同为属员,时相过从。苏轼善画竹、石,李公麟善画人物、牛、马。由他们两人合作的这幅《竹石牧牛图》,当然"甚有意态",值得写一首绝妙的题画诗。

前四句再现画中景。以"觳觫"代"牛",强调其老迈之态;以"峥嵘"代"石",突出其峭拔之势。当然,以形容词代名词,有时含混不清;例如"峥嵘",可以形容多种事物,并不限于形容怪石。然而小序中既已说明画中有牛、有石,后四句又直称牛、石,联系起来看,就明白无误,还颇有谐趣。

后四句,作者忽然对牧童讲话:"石,我很喜爱它,可别让牛在那上头磨角!万一牛去磨角,你又管不住,那就让它磨吧。可千万别让牛打架!要是打起架来,就把我的竹子踩坏了!"

画中的峥嵘小石和翠绿丛竹多么意态横生,引人喜爱;画中的阿童虽然拿着"三尺棰",毕竟太年幼,不一定能完全管住牛;画中的牛简直是活的,虽然"老",但牛性犹存,说不定会到石上磨角,甚至打斗起来,殃及丛竹。这一切,都从那篇讲话中表现出来,多么妙!当然,表现出来的,还有作者喜爱竹、石的雅趣。

全诗语言省净,音节拗峭。后四句散文化倾向极突出,符合讲话的口吻;其奇思妙想,尤令人赞叹不已,是题画诗中别开生面的佳作。

和答元明黔南赠别①

万里相看忘逆旅②,三声清泪落离觞③。朝云往日攀天梦④,夜雨何时对榻凉⑤?急雪鹡鸰相并影⑥,惊风鸿雁不成行⑦。归舟天际常回首,从此频书慰断肠⑧。

①元明:作者长兄的字,名大临。黔南:指黔州(今四川彭水)。②看(kān 堪):照看。逆旅:旅馆、旅途。③三声清泪:郦道元《水经注·三峡》:"巴东三峡巫峡长,猿鸣三声泪沾裳。"④朝云:宋玉《高唐赋》述神女语云:"妾在巫山之阳,高丘之阻,旦为朝云,暮为行雨。"这里语意双关。攀天梦:指欲入朝为官,施展政治抱负。《楚辞·惜诵》:"昔余梦登天兮。"⑤"夜雨"句:化用韦应物《示全真元常》"宁知风雨夜,复此对床眠"诗意。⑥鹡鸰:鸟名。《诗经·小雅·棠棣》:"鹡鸰在原,兄弟急难。"后人用它来比喻兄弟患难与共。⑦鸿雁:此处指兄弟。《礼记·王制》:"兄之齿雁行。"⑧频书:常常通信。

绍圣二年(1095),作者被贬为涪州别驾,黔州安置,他的哥哥黄元明从汴京附近陪送他直至贬所。作者在《书萍乡县厅壁》一文中曾追述经过:"元明自陈留出尉氏、许昌,渡汉沔,略江陵,上夔峡,过一百八盘,涉四十八渡,送余安置于摩围山之下。淹留数月,不忍别;士大夫共慰勉之,乃肯行。掩泪握手,为万里无相见期之别。"手足情深,令人感动。元明作"赠别"诗,这是"和答"之作。

首联飘然而来,以"万里相看"概括了长兄送行,"过一百八盘,涉四十八渡"的艰苦旅程,而以"忘逆旅"反衬下句。从汴京至贬所,万里旅途,险象环生,但由于兄弟互相照看,形影不离,所以忘记了这是在逆旅中奔波。可是如今呢,尽管哥哥预感到相见无期而不忍分别,但在"淹留数月"后仍然不得不分别,听到"猿鸣三声",便忍不住伤心落泪,落入饯行的酒杯。两句诗,浓缩了被贬出汴京以来的多少经历,而又互相映衬,跌宕起伏,情景交融,气机流畅。解此诗者将首句与次句合在一起,认为都写饯别时情景,不仅"万里"无着落,而且对诗的真正好处,也未能充分领会。

次联大开大合,大起大落。上句追忆往昔:兄弟二人都少怀大志,做过"攀天梦"。下句从眼前想未来:自己被编管黔州,与哥哥在贬所分手,恐怕永无见期,什么时候还能对榻听雨,共享夏夜的清凉呢?

三联抒写兄弟的险恶遭遇,兼摄今昔:我们兄弟两人像鹡鸰鸟那样在"急雪"中奋飞、扎挣、拼搏,始终形影相随,未被急雪打散。可是如今遇到如此猛烈的"惊风",刮得我们"鸿雁不成行",终于天各一方了!化用典故,赋中有比,景中有情。

尾联照应"离筵"写送别情景。首句从谢朓"天际识归舟"化出。"归舟"已到"天际",仍然"常回首",其长兄频频回头遥望弟弟的神态与其恋恋不忍遽去的深情,俱跃然纸上。这情景,又是从送行者眼中看出的,作者伫立江岸,遥望其兄乘舟远去的神态及其心态如何,亦不难想象。"归舟"终于在天际消失,从此相见无期,只有频频寄书,互相安慰了!

"三声清泪"、"朝云",皆点化旧文,既另有新意,又点饯别之地。"攀天梦"、"夜雨对榻"、"鹡鸰"、"雁行"、"归舟天际"等都有出处,这是山谷七律本色,但由于抒写的是宦海浮沉之感、兄弟急难之情和"万里无相见期之别"的无限痛楚,激情喷涌,急待表达,而胸中又富有书卷,故成语典故,信手拈来,悉归熔铸,浑化无迹,自然超妙。山谷诗的兀傲峭拔风格,仍然依稀可见;但峭拔中见深婉,兀傲中见风神,是山谷七律中最明畅圆融、深挚感人的佳作。

病起荆江亭即事十首①(录二)

翰墨场中老伏波②,菩提坊里病维摩③。近人积水无鸥鹭④,时有归牛浮鼻过⑤。

闭门觅句陈无己⑥,对客挥毫秦少游⑦。正字不知温饱未⑧?西风吹泪古藤州⑨。

①荆江亭:在江陵(今属湖北)。即事:写眼前景物和感触。②翰墨场:文坛。老伏波:马援,东汉名将,封伏波将军,六十二岁时尝自请出征五溪(今湖南贵州交界处)。这里诗人以"老伏波"自况。③菩提坊:佛寺。维摩:即维摩诘,学问僧,尝带病讲经,故历代文人喜以自况。④近人:和人靠近的地方。⑤浮鼻过:指牛渡水时在水面露出鼻子。⑥觅句:搜寻诗句。陈无己:陈师道。朱熹《朱子语类》卷一四〇:"陈无己平时出行,觉有诗思,便急归,拥被卧而思之,呻吟如病者,或累日而后起,真是'闭门觅句'者。"⑦对客挥毫:形容作诗的豪放与敏捷。秦少游:秦观的字。罗大经《鹤林玉露》卷一六:"少游则杯觞流行,篇咏错出,略不经意。"⑧正字:指陈师道。时师道任秘书省正字。古人往往用官衔来代替名字。⑨"西风"句:指秦少游于元符三年(1100)秋天在从雷州贬所北归时,客死于藤州(今广西藤县)事。

建中靖国元年(1101),徽宗初即位,欲调停"元祐"、"绍圣"两派矛盾,起用一批被放逐的"元祐党人"。黄庭坚亦被放还,沿江东下,于初秋到江陵,卧病二十余日。病起游荆江亭,作诗十首,这里选其第一、第六两首。

先谈第一首。

首句反跌次句:以"翰墨场中"的"老伏波"自许,以示虽老而尚有余勇,可用"翰墨"为国效力;如今却成了"病维摩",只能在"菩提坊里"消磨光阴。

后两句写眼前景,从一"无"一"有"的对照中暗寓满腹牢愁。靠近他的是一池"积水",却并"无鸥鹭",只是不时地有回村的水牛浮鼻而过。透过这幅画面,可以想见穷乡僻壤的荒寒景象,面对如此景象,诗人的心绪当然是凄凉的。但还不仅如此。"积水"中只见归牛,写牛就是了,何必又慨叹"无鸥鹭"?"鸥鹭",这是归隐的好伴侣,作者早在《登快阁》中就说"此心吾与白鸥盟";可现在看见的只有"牛",并看不见"鸥鹭"啊! 作者饱经宦海风涛,对朝廷的污浊看得很清,因而对这次召还并不抱什么希望。

唐人陈咏有"隔岸水牛浮鼻渡"诗句(见孙光宪《北梦琐言》),写景甚工;但与"傍溪沙鸟点头行"对偶,只是单纯写景。山谷"归牛浮鼻过"与"积水无鸥鹭"对偶,寓意甚明,耐人寻味,不仅写景胜过原作而已。前人视作山谷"点铁成金"的范例,不无道理。

再看第二首。

这一首怀念两位朋友。用杜甫《存殁口号》的写法,一、二两句各写一个朋友,然后以第三句与第一句对应,以第四句与第二句对应,显得错落有致。

艺术构思,或极敏捷,或极迟缓,因人而异。司马相如、扬雄、桓谭、王充、张衡、左思,都构思迟缓;枚皋、曹植、王粲、阮瑀、祢衡,则构思敏捷(见《文心雕龙·神思》)。陈师道是迟缓型的。山谷以"闭门觅句"概括其创作特点,于肯定其态度认真的同时也同情其构思的艰辛,因而想到他家境贫寒、缺吃少穿,如今做个"正字"的小官,不知道还能不能吃饱穿暖。果然,在山谷作这首诗的第二年冬天,陈师道便在参加郊祀时冻起重病,不治而死。与陈师道相反,秦观是敏捷型的,山谷用"对客挥毫"概括他的创作特点,当然是赞扬他才华横溢。可他的遭遇更惨,与作者同受政敌打击,贬到横州、雷州,就在与作者同时放还的旅途中死去了。读"西风吹泪古藤州",读者也会为他掉泪。

把这两首诗联系起来看,便会了解作者当时的心境,便会了解北宋后期的党争给一大批杰出人才带来了什么命运。不多久,北宋也就亡了。

雨中登岳阳楼望君山二首①

投荒万死鬓毛斑②,生出瞿塘滟滪关③。未到江南先一笑,岳阳楼上对君山。

满川风雨独凭栏，绾结湘娥十二鬟④。可惜不当湖水面，银山堆里看青山。

①岳阳楼：在湖南岳阳城西，面临洞庭湖。君山：在洞庭湖中。②投荒：被贬谪到荒远的地方。万死：指九死一生。鬓毛斑：耳边的头发都已花白。③瞿塘：长江三峡之一。滟滪关：即滟滪堆，为峡口最危险处。④绾（wǎn 挽）：盘结。湘娥：传说中的女神娥皇、女英。鬟（huán 还）：妇女头上的发髻，这里指君山的山峰。十二：古汉语常用的一个成数。

作者于绍圣二年（1095）因修国史被政敌诬陷，编管黔州（今四川彭水），其后又移戎州（今四川宜宾）。徽宗即位，始赦还。崇宁元年（1102）正月由荆州至巴陵，二月初登岳阳楼，作了这两首脍炙人口的七绝。

先看第一首。

"投荒万死鬓毛斑"，自分生还无望；却竟然"生出瞿塘滟滪关"，活着回来了！两句诗正反衬跌，突出地表现了又惊又喜的复杂心态。

第三句尤精彩。未到江南，已先一笑；既到江南，其喜更不可胜言。他是准备回乡探亲的，这里的"江南"，包括他的家乡分宁。"先一笑"唤起结句"岳阳楼上对君山"。登楼回望，明丽的景色与首句的"投荒"、次句的"瞿塘滟滪关"形成强烈对照，怎能不高兴得笑起来？

再看第二首。

前两句承第一首结句写君山，先以"满川风雨"作烘托，接着将君山想象为传说中的湘娥，把风雨中的山峰说成湘娥头上的发髻。刘禹锡《望洞庭》云："遥望洞庭山水翠，白银盘里一青螺。"雍陶《望君山》云："应是水仙梳妆罢，一螺青黛镜中心。"皮日休《缥缈峰》云："似将青螺髻，撒在明月中。"都是用比拟手法；山谷则将君山青峰直接说成湘娥绾结的"十二鬟"，在"满川风雨"中更显出烟鬟雾鬓的神韵。

前两句实写，后两句则诉诸想象：可惜不能到湖上去，如果能去的话，从雪浪涌起的万座银山之间观赏青翠欲滴的君山，那该是多么壮丽的奇景！前后两联虚实相生，湘娥烟鬟，已浮现于万顷雪涛银浪之间；而作者独立岳阳楼上凭栏眺望的神态，也宛然在目。

跋子瞻和陶诗①

子瞻谪岭南②，时宰欲杀之③。饱吃惠州饭④，细和渊明诗。彭泽千载人⑤，东坡百世士⑥。出处虽不同⑦，风味乃相似。

①跋：文体的一种，多写在书籍和文章的后面。子瞻：苏轼字。和陶诗：和陶渊明诗。②岭南：地区名，指五岭以南地区。③时宰：当时的执政者，指章惇。④惠州：绍圣元年（1094），苏轼被安置在惠州（治所在今广东惠阳）。⑤彭泽：陶渊明曾为彭泽令，因称他为陶

448

彭泽。⑥东坡：苏轼号。⑦出：出来做官，指东坡。处：隐居田园，指渊明。

崇宁元年（1102）六月，黄庭坚知太平州，九天即被罢官。当时赵挺之为相，仇视庭坚，欲置之死地。此诗作于同年八月，苏轼已于上年七月病逝常州。

首二句分量极重，也切合事实。"时宰"章惇贬东坡于惠州，自以为东坡在那里既无自由，又不服水土，必死无疑。孰料东坡泰然处之，还作诗说："报道先生春睡美，道人休打五更钟。"章惇见诗，再贬他到儋耳，必欲置之死地而后快。

三、四句急转，在"时宰欲杀之"的情况下既不乞怜，也不忧伤，而是"饱吃惠州饭，细和渊明诗"。这是对"时宰"迫害的极大蔑视，也是胸襟开朗、人品卓绝的具体表现。东坡晚年知扬州时，曾和陶渊明《饮酒诗》二十首；南迁之后，几乎和完了陶渊明的全部诗作。他之所以如此喜爱陶诗，自然不仅由于艺术上的向往，更主要的还在于心灵上的契合。

题为《跋子瞻和陶诗》，第四句才落到题上，接下去应该就《和陶诗》本身叙述评赞。可他点到即止，立刻转向更高层次，借渊明人品陪衬东坡人品："彭泽千载人，东坡百世士。"大开大合，高唱入云。而东坡为什么要和陶诗，已不言自明；《和陶诗》的价值如何，亦不言自明。

"出处虽不同"，用"虽"字转折；"风味乃相似"，用"乃"字拍合。渊明做彭泽令，只有百多天，便"不为五斗米折腰"，弃官归隐。东坡却自入仕以后，一直在宦海中浮沉。从形迹看，一出一处，迥乎不同。但都率性而行，襟怀坦荡，其"风味"极其相似。"风味"两字，涵盖人品与诗作。为《子瞻〈和陶诗〉》作《跋》而如此收尾，既妙合无垠，又含蓄不尽。

方东树《昭昧詹言》云："凡短章最要层次多，每一二句，即当一大段，相接有万里之势。山谷多如此。"这首五古亦复如此。

山谷在"时宰欲杀之"的情况下作此诗，也有借以自况的含意。第二年，他被编管宜州（治所在今广西宜山），崇宁四年（1105）卒于贬所。

秦 观

秦观（1049—1100），字太虚，后改字少游，号邗沟居士、淮海居士，扬州高邮（今属江苏）人。神宗元丰八年（1085）进士。历任宣德郎、太学博士、秘书省正字兼国史院编修。坐元祐党，累遭贬谪。与黄庭坚、晁补之、张耒为"苏门四学士"。为北宋著名词人，词以清新婉丽见长。诗亦风格隽秀，但略嫌纤弱。有《淮海集》四十卷，后集六卷。

秋 日 三 首（录一）

霜落邗沟积水清①，寒星无数傍船明。菰蒲深处疑无地②，忽有人家笑语声。

①邗(hán 寒)沟：指今江苏扬州市至淮安县一段运河，通淮河。②菰：茭白。蒲：蒲草。

首句特写霜落水清，突出"清"字，与第二句突出"明"字关合。"寒星无数傍船明"，乃是"清"水中映现的"寒星"，有人解释成"无数寒星在天幕上闪烁"，大谬。三、四两句以"疑无"、"忽有"呼应，极动宕、摇曳之妙。

还自广陵①

天寒水鸟自相依，十百为群戏落晖②。过尽行人都不起，忽闻冰响一齐飞。

①广陵：今扬州市。还自广陵：作者从广陵返回高邮老家。②戏落晖：在落日的余晖里嬉戏。

水鸟因天寒而互相依傍，成群结队，在落日的金晖里嬉戏，不管有多少行人从水边经过，仍嬉戏如常。而"忽闻冰响"，便一齐飞起。四句诗，写水鸟神情姿态宛然在目；而水鸟与行人相安无事的常态与冰块突自上游漂来的变态，也同时得到生动的表现。

春日五首（录一）

一夕轻雷落万丝①，霁光浮瓦碧参差②。有情芍药含春泪，无力蔷薇卧晓枝。

①一夕：一夜。万丝：形容细雨。②霁光：初晴的阳光。碧：琉璃瓦的颜色。参差（cēn cī）：错落不整齐的样子。

元好问《论诗三十首》第二十四云："有情芍药含春泪，无力蔷薇卧晚（应作'晓'）枝。拈出退之《山石》句，始知渠是女郎诗。"元氏论诗，重骨力气格，故以韩愈《山石》"芭蕉叶大栀子肥"对比，称秦观此诗为女郎诗。秦观写春雨后的芍药、蔷薇，神情毕肖，自是佳句。题材不同，不能一概而论。瞿佑《归田诗话》、薛雪《一瓢诗话》、袁枚《随园诗话》等以为杜甫有"香雾云鬟湿，清辉玉臂寒"之句，韩愈有"银烛未销窗送曙，金钗欲醉坐添香"之句，"诗贵相题而作，不可拘以一律"，都很有见地。

张　耒

　　张耒(1052—1112),字文潜,号柯山,楚州淮阴(今属江苏)人。熙宁间进士,历任县尉、县丞、秘书省正字、著作郎等。少以文章受知于苏轼兄弟,为"苏门四学士"之一。苏轼病逝,为之举哀,被贬官。晚年定居宛丘(今河南淮阳),世称宛丘先生。诗受白居易影响颇大,常抨击时弊;诗风平易坦荡。有《柯山集》。

感春十三首 (录一)

　　春郊草木明,秀色如可揽。雨馀尘埃少,信马不知远①。黄乱高柳轻,绿铺新麦短。南山逼人来②,涨洛清漫漫③。人家寒食近,桃李暖将绽④。年丰妇子乐,日出牛羊散。携酒莫辞贫,东风花欲烂⑤。

　　①信马:听从马自由行走。②逼人来:骑着马向南山走去,山愈来愈近。③洛:即今河南省的洛河。漫漫:水大的样子。④绽(zhàn 占):开放。⑤烂:光彩四射。

　　写春日郊游情景,颇有韵味。"黄乱"两句,学杜甫"绿垂风折笋,红绽雨肥梅""红浸珊瑚短,青悬薜荔长"句法。

和晁应之悯农①

　　南风吹麦麦穗好,饥儿道上扶其老。皇天雨露自有时,尔恨秋成常不早。南山壮儿市兵弩②,百金装剑黄金缕③。夜为盗贼朝受刑,甘心不悔知何数④?为盗操戈足衣食,力田竟岁犹无获⑤。饥寒刑戮死则同,攘夺犹能缓朝夕⑥。老农悲嗟泪沾臆⑦,几见良田有荆棘。壮夫为盗羸老耕⑧,市人珠玉田家得⑨。吏兵操戈恐不锐⑩,由来杀人伤正气。人间万事莽悠悠,我歌此诗闻者愁。

　　①晁应之:诗人的朋友。②市:买。弩(nǔ 努):一种用机栝发箭的弓。③"百金"句:言不惜花钱来配备武器。④知何数:谓不知其数。⑤竟岁:一年到头。无获:收不到粮食。⑥攘夺:偷和抢。缓朝夕:可推迟几天死。⑦臆:胸前。⑧羸(léi 雷):瘦弱多病的人。⑨"市人"句:谓城里人的钱财都是从农民那里拿去的。⑩恐不锐:唯恐不够锐利。

　　此诗写官逼民反情况极真实。北宋晚期,不断爆发农民起义,但在当时人的诗歌创作中几乎看不到正面反映。从这一意义上说,这首诗很值得重视。

劳　歌①

　　暑天三月元无雨,云头不合惟飞土。深堂无人午睡馀,欲动身先汗如雨。忽怜长街负重民，筋骸长彀十石弩②。半衲遮背是生涯③，以力受金饱儿女④。人家牛马系高木⑤，惟恐牛驱犯炎酷⑥。天工作民良久艰，谁知不如牛马福⑦。

①劳歌：为出卖劳力养家活口的人写的诗。②彀（gòu 够）：张满弓弩。全句谓负重时要用拉十石弓那样的力气。③衲（nà 纳）：补缀。这里指补过的衣服。④以力受金：出卖劳力换钱。⑤系：拴在。⑥犯炎酷：为炎热酷暑所侵犯。⑦"天工"两句：老天爷生育人民也很不容易，谁知这些负重民还不如牛马有福气。

前四句，从各种角度渲染酷热气氛，深堂午睡初醒，一动身便汗如雨下。中间四句写负重民在长街烈日之下出卖劳力，劳动强度极大，却衣不蔽体，换来的钱只能养活儿女。后四句以富贵人家的牛马在大树下避暑作强烈对比，感慨作结。"忽怜长街负重民"的那个"怜"字，闪耀着人道主义的火花。由于这种火花的烛照，才能从普遍存在、一般人毫不介意的现象里看出社会问题，写出别人还没有写过的诗章。

有　感
群儿鞭笞学官府①，翁怜痴儿傍笑侮②。翁出坐曹鞭复呵③，贤于群儿能几何？儿曹相鞭以为戏，翁怒鞭人血满地。等为戏剧谁后先④？我笑谓翁儿更贤⑤。

①鞭笞（chī 痴）：用鞭子打人。②"翁怜"句：谓一位当官的老头儿怜悯这些小孩无知，站在一旁嘲笑。傍：通"旁"。③坐曹：上衙门去坐大堂，审判案件。呵：骂。④等为戏剧：同样做戏。谁后先：谁好谁坏。⑤"我笑"句：我告诉当官的说，孩子们是打着玩的，比起你们真打人好得多。

上行下效，老子干什么，儿子就学什么。做上级、做老子，必须百倍重视自己的示范作用。

这首诗一开头，就写了一位既当老子又当官的家伙所起的示范作用："群儿鞭笞学官府。"高适做封丘县尉时说他"鞭打黎庶令人悲"（《封丘作》），这算是有良心的。可这个既当老子又当官的家伙看见"群儿"学他耍威风，用鞭子互相抽打，却不感到痛心，反而嘲笑"群儿"太"痴"，可见他已经丧尽天良了。以下六句，把这位"翁"与"群儿"作比较，说"群儿"互相鞭打，不过是闹着玩玩，而"翁"可是动真格的：用一"怒"字，可以想见咆哮如雷的凶相；"鞭人血满地"，更表现出他草菅民命的暴行。诗人由此得出结论："儿"比"翁"贤。然而有其父必有其子，他那儿子长大后如果凭借他的后台当了官，又会怎样呢？

452

海州道中二首^①（录一）

秋野苍苍秋日黄，黄蒿满田苍耳长^②。草虫咿咿鸣复咽^③，一秋雨多水满辙。渡头鸣舂村径斜^④，悠悠小蝶飞豆花。逃屋无人草满家^⑤，累累秋蔓悬寒瓜。

①海州：在今江苏连云港市一带。②"黄蒿"句：是说田地没人耕种，田中长满黄蒿、苍耳等野草。③咿咿：草虫叫声。④舂(chōng 充)：捣谷去皮的工具。⑤逃屋：外出逃亡者留下的空屋。

通篇写景，而哀叹农村萧条、农民逃亡的深情即寓于景物描写之中。

夜　　坐

庭户无人秋月明，夜霜欲落气先清。梧桐真不甘衰谢，数叶迎风尚有声。

后两句所写者不过风吹残叶、沙沙作响而已，诗人却用拟人化手法，翻出新意，称赞"梧桐真不甘衰谢"，令人深受鼓舞。宋人吴曾《能改斋漫录》卷九云："张文潜言：昔以党人之故，坐是废放，每作诗，尝寄意焉。有云：'最怜杨柳身无力，付与东风自在吹。'又云：'梧桐真不甘衰谢，数叶迎风尚有声。'"怜杨柳无力而赞梧桐有声，表现了不甘屈服、敢于抗争的坚强意志。

贺　铸

贺铸（1052—1125），字方回，号庆湖遗老，卫州（今河南汲县）人。熙宁中以恩授右班殿直，监军器库门。后做过监临城酒税、泗州通判等小官。晚年退居苏州。以填词名家，其词以婉约为主。诗风清朗，很有情致。有《庆湖遗老集》、《东山词》。

病后登快哉亭^①

经雨清蝉得意鸣，征尘断处见归程。病来把酒不知厌，梦后倚楼无限情。鸦带斜阳投古刹^②，草将野色入荒城。故园又负黄花约^③，但觉秋风鬓上生。

①快哉亭：在彭城（今江苏徐州市）东南角城墙上。唐时修建，原名阳春，苏轼知徐州时题名"快哉"。②刹：寺庙。③"故园"句：又负了回故园赏菊之约。

贺铸于元丰八年(1085)任徐州宝丰监钱官,六、七月间病居僧寺,八月病愈登快哉亭,作此诗,熔秋意、乡愁于一炉,颇饶韵味。

茅塘马上

壮图忽忽负当年[1],回羡农儿过我贤[2]。水落陂塘秋日薄[3],仰眠牛背看青天。

①壮图:远大的抱负。②回羡:反而羡慕。③秋日薄:秋天太阳光微弱。

壮志未酬,仍然骑马奔走衣食,看见路旁的牧童"仰眠牛背看青天",何等自在,反而感到人家比自己高明。全诗触景生情,抒发感慨。读张耒写农村的几首诗,便知牧童不可能很自在,但诗人描绘的牧童形象,确实令人羡煞。

陈师道

陈师道(1053—1101),字无己,一字履常,号后山居士,彭城(今江苏徐州市)人。因苏轼、孙觉举荐,为徐州教授。徽宗即位,任太学博士、秘书省正字等职。师道幼笃学能文,曾师事曾巩,在散文创作上有一定成就。其诗远宗杜甫,近师黄庭坚,清劲简古。与黄庭坚、陈与义被尊为江西诗派"三宗"。有《后山集》。

别 三 子

夫妇死同穴,父子贫贱离。天下宁有此,昔闻今见之!母前三子后,熟视不得追。嗟乎胡不仁[1],使我至于斯?有女初束发[2],已知生离悲;枕我不肯起,畏我从此辞。大儿学语言,拜揖未胜衣[3];唤爷我欲去,此语那可思[4]?小儿襁褓间,抱负有母慈;汝哭犹在耳,我怀人得知[5]?

①"嗟乎"句:唉呀,老天爷怎么这样不仁慈!胡:何、为什么。②束发:把头发束起来,幼儿成童时的打扮。③未胜衣:承受不起衣服的重量,指年幼无力。④那可思:太令人痛心,不能多想。⑤人得知:别人哪能知晓。

陈师道很穷,老婆孩子饿肚子。元丰七年(1084),他岳父郭概到四川去做官,把女儿和外孙全部带走,以减轻女婿的生活负担。陈师道于送走他们后作此诗。

前八句写与老婆孩子分别。头两句写分别原因,吞吐哽咽:夫妇活着不能

454

同住一起,看来只有等待死后"同穴"了!为何活着不能同住,"父子贫贱离"一句作了补充说明:因为"贫贱",养不活妻子儿女,才落到这一地步。"母前三子后,熟视不得追",语极沉痛。"熟视"三个孩子跟着母亲走了,真想把他们追回来;但追回来又拿什么填肚子!因此,想追又"不得追",不禁嗟叹哀怨,质问老天怎么这般不仁慈。

后面十二句,补写离别惨景。女儿年纪大一点,已懂得别离的悲哀,因而枕在父亲身上不肯起来,害怕从今以后再见不到父亲的面。大儿子才学习说话,身体稚弱,连拜、揖时穿的衣服都显得沉重,却连声呼喊:"爸爸,我要去!我要去!"小儿子还在襁褓之中,在母亲背上哭哭啼啼。

全诗由作者用"我"的口吻直接倾诉别妻、别儿女的悲惨情景,语言简短、质朴,字字发自肺腑,表现力极强。三个不同年龄的幼儿在分别时的不同表情和他们随母远去的情态,以及作者仰呼苍天、痛彻五内、热泪迸流的情状,都跃然纸上。不难设想,如果作者改用华丽的语言,必将给人以华而不实、言不由衷的感觉。有人批评这首诗"文采不扬",乃是由于不懂得"至情无文"的道理。

寄外舅郭大夫①

巴蜀通归使,妻孥且旧居②。深知报消息,不忍问何如。身健何妨远,情亲未肯疏。功名欺老病,泪尽数行书③。

①外舅:古人称岳父为外舅,当时郭概提点成都府路刑狱,故称他为"郭大夫"。②妻孥:妻子、儿女。③数行书:短短的书信。

作者的妻子儿女到了巴蜀,其岳父托人送来平安家报,因作此诗寄岳父。

首句写乍见使者的惊喜之情,蜀道艰险,竟然能"通",来了使者!次句写急于知道妻、儿近况,心中默祷:但愿妻子儿女像旧日那样平安就好。第二联从宋之问"近乡情更怯,不敢问来人"(《渡汉江》)、杜甫"反畏消息来,寸心亦何有"(《述怀》)化出:深知使者是来报消息的,不等他开口,便想问妻儿们怎么样,却生怕听到不好的消息,不敢问。第三联写已经听到消息,妻儿们都平安健康,因而松了一口气:只要身健就好,远一点不妨;骨肉之间的感情总是那么亲,不会因为远在异乡就疏远了。尾联报告自己的近况,感慨作结:"功名"这东西也太势利,看见我又老又病,就越发欺侮我,躲得远远的,不肯让我沾一点边。妻子儿女,只好连累岳父了!边写信边流泪,只写了短短几行,眼泪已经流"尽"。从全诗的叙述、描写看,这感情是真实的。

方回评此诗:"后山学老杜,此其逼真者。枯淡瘦劲,情味深幽。"纪昀评此诗:"情真格老,一气浑成。"(《瀛奎律髓汇评》卷十)惟其"情真",故全篇只是向家人倾诉胸怀,毫无矫揉造作,散文化、口语化的特点十分突出;然而又完全合律,是一首不折不扣的五言律诗。光有真情而无深厚的艺术功力,也不可能写出这样的好诗。当然,黄庭坚的艺术功力更深厚,但往往缺乏真情实感而语言伤于工巧,故艺术感染力受到削弱。陈师道曾说"人言我语胜黄语",其关键在此。

示 三 子①

去远即相忘②,归近不可忍。儿女已在眼,眉目略不省③。喜极不得语,泪尽方一哂④。了知不是梦⑤,忽忽心未稳⑥。

①示三子:作者因家穷,将家属寄养外家。元祐二年(1087),作者任徐州教授,始接妻子和儿女回家团聚。这首诗写在与三个孩子和妻子初见面时。②"去远"句:说实在走远了,便也淡忘了些。③省(xǐng 醒):识。④哂(shěn 审):微笑。⑤了知:确实知道。⑥"忽忽"句:谓心中还是恍恍惚惚,一时安定不下来。

元丰七年(1084),陈师道送妻、儿随岳父入蜀就食,自己在家里侍母抚妹。元祐二年(1087),师道因苏轼荐举,任徐州州学教授,才让妻、儿回来,分别已有四年之久。

首句与姜夔《鹧鸪天》"人间别久不成悲"抒发了同样的感情,反衬次句。次句"归近不可忍",写久别即将重聚、无法控制自己的激情,曲尽神理。三、四句写孩子们已来到眼前,却看不出当年的样子,久别之悲,见于言外。以下四句,写欢喜到极点,反而说不出话,只管流泪,直到泪尽,才破涕为笑;分明知道这不是在做梦,可心里恍恍惚惚,还是不踏实。把久别重逢的复杂心态表现得活灵活现,与杜甫《羌村》"妻孥怪我在,惊定还拭泪。……夜阑更秉烛,相对如梦寐"异曲同工。陈师道主张作诗"宁拙毋巧,宁朴毋华"(《后山诗话》),表现骨肉至情,正宜如此。

怀 远①

海外三年谪,天南万里行②。生前只为累,身后更须名③? 未有平安报,空怀故旧情。斯人有如此④,无复涕纵横⑤!

①怀远:所怀念的为苏轼。②"海外"二句:苏轼于绍圣四年(1097)被贬儋耳,此诗作于元符二年(1099),恰是三年。③"生前"二句:谓名声大,活着时只能招人忌恨、陷害,死后还要它干什么。④斯人:指苏轼。有如此:落到这个地步。⑤"无复"句:叫人眼泪都没得流了。

苏轼为权奸章惇陷害,远谪儋耳,三年犹未放还。作者被苏轼器重,交情甚深,属"苏门六君子"之一,"未有平安报"一句,表现了他对苏轼的艰危处境深感忧虑。"生前只为(名)累,身后更须名?"一联,乃愤激之语。尾联更是对章惇之流的鞭笞:像苏轼这样的杰出人才竟遭受这样的迫害,真令人欲哭无泪。而使"斯人有如此"者,不正是章惇之流吗?

九日寄秦觏①

疾风回雨水明霞②,沙步丛祠欲暮鸦③。九日清尊欺白发④,十年为客负黄花⑤。登高怀远心如在⑥,向老逢辰意有加⑦。淮海少年天下士⑧,独能无地落乌纱⑨?

①九日:指农历九月初九,又称重九节、重阳节。传东汉时桓景听仙人费长房说,这天他家将遭灾,若令家人臂系红袋,内放茱萸,登高饮菊花酒,便可免祸。秦觏(gòu 构):字少章,秦观弟。②疾风回雨:急风将雨吹散了。③沙步:水边可以系船供人上下的地方。丛祠:草木丛生处的庙宇。④尊:酒杯。欺白发:年老易醉。⑤黄花:这里指菊花。⑥怀远:指想念秦觏。心如在:心留在秦觏身边。⑦"向老"句:走向老境,遇到佳节,更多感慨。⑧淮海少年:指秦觏,籍隶高邮,位于淮河东海之间。⑨乌纱:代指帽。晋孟嘉为大将军桓温参军,重九节,随桓温登高,风吹帽落,温令孙盛作文相嘲,嘉亦作文回敬。文章都写得很好。"独能"句:巧用这个典故,是说像秦觏这样少年英豪,逢此佳节,岂能不结伴登高,写出优秀作品来?

前三联写自己过重阳节,旅况萧条,心绪悲凉,不禁怀念秦觏。尾联用虚拟语气,点题目中的"寄秦觏":秦觏乃天下英才,正当少年,岂能没有地方让他登高作赋,施展才能吗? 前后对照,虚实相生,沉郁顿挫,意味深长。

绝句四首 (录一)

书当快意读易尽,客有可人期不来①。世事相违每如此②,好怀百岁几回开③?

①可人:中意、可意的人。期:期望、等待。②相违:与主观愿望相违。③好怀:愉快的情怀。杜甫《秋尽》诗:"怀抱何时得好开。"

好书读易尽,可人期不来,这是一般人都有的感受,但无人说出;一旦被作者说出,便引起读者的共鸣,使人感到很亲切。

作者《寄黄充》云:"俗子推不去,可人费招呼。世事每如此,我生亦何娱。"南宋尤袤的警句"不如意事常八九,可与言人无二三"所抒发的都是同样的感慨。

春怀示邻里

断墙着雨蜗成字①，老屋无僧燕作家②。剩欲出门追语笑③，却嫌归鬓着尘沙④。风翻蛛网开三面⑤，雷动蜂窠趁两衙⑥。屡失南邻春事约⑦，只今容有未开花⑧。

①蜗成字：古人把蜗牛爬行留下的涎迹比作篆书，故又称蜗牛为"篆愁君"（见陶谷《清异录》卷三）。②老屋：破旧的房子。③剩欲：颇想。④着尘沙：沾上灰尘。⑤开三面：传说商汤心仁慈，见人捕兽四面张网，不忍，令去其三面，让鸟兽好逃去。这里活用其典，意思说老屋风大，吹得蜘蛛连网也结不成。⑥雷动：形容蜂群的轰鸣。趁：追逐。两衙：据说蜂在早晨和晚上出入蜂房时，排列得像衙门前的仪仗一样，故称为两衙。⑦春事约：相约一道去游春。⑧容有：或许有。

这是陈师道的名作。题为"春怀"，却不像一般诗人那样写春风骀荡、春花绚丽、春意盎然，而是创造了一种前人未有的独特意境。首联写自己的家。老屋、断墙，像是破烂的僧房，够凄凉的，然而毕竟有些春意：断墙经过春雨的润泽，蜗牛爬来爬去，篆了许多字；老屋虽然破烂，连和尚都不屑住，可那燕子却欣然飞来，筑巢安家，与主人和睦相处。次联紧扣题目，写自己很想出门，和邻里说说笑笑，共享春天的欢乐，可是风太大，如果出门，归家时必然满头沙尘，所以还是呆在家里好。三联写院子里的春景：风翻蛛网，已经吹破三面，小飞虫们有了更多的自由；至于那窠蜜蜂，根本不怕风吹，早晚两次排衙，嗡嗡轰鸣，简直像打雷一样。你看，室内蜗篆字，燕做家，屋外风破网，蜂排衙，不都很有一点春天的味道吗？尾联上句应第二联：因为风大怕出门，所以邻人多次约会春游，却多次失约，现在真想践约了，也许还有尚未开放的花儿吧！

方回评此诗："淡中藏美丽，虚处着工夫。"纪昀评此诗："刻意劖削，脱尽甜熟之气。"（《瀛奎律髓汇评》卷十）都评得很中肯。

晁补之

晁补之（1053—1110），字无咎，巨野（今属山东）人。十七岁至杭州，著《钱塘七述》，为苏轼称赏，为"苏门四学士"之一。元丰二年（1079）中进士，曾任秘书省正字、著作佐郎、礼部郎中兼国史编修，后被列名"元祐奸党"，屡遭贬谪。其诗文"温润典缛"，有名于时。工词，亦擅丹青。有《鸡肋集》、《晁氏琴趣外篇》。

自题画留春堂山水大屏

胸中正可吞云梦，盏里何妨对圣贤。有意清秋入衡霍①，为君无尽写江天。

①衡霍：湖南衡山，一名霍山，故称衡山为衡霍。杜甫《送王十六判官》："衡霍生春早，潇湘共海浮。"

晁补之是诗人、词人、画家，善画山水、人物、鸟兽，陈师道称他为"今代王摩诘"。《留春堂山水大屏》，是他的得意之作，这首七绝，是题这幅画的。

首句从司马相如《子虚赋》"吞若云梦者八九于其胸中"化出。云、梦本为二泽，跨今湖南、湖北两省，方圆九百里。后来大部分淤成陆地，便合称云梦泽。"胸中正可吞云梦"，是说他由于吞云梦于胸中，所以画成了《留春堂山水大屏》。作者在《赠文潜甥杨克一学文与可画竹求诗》一诗中说："与可画竹时，胸中有成竹。"他画山水时，胸中也有山水。

次句写饮酒助兴。《三国志·徐邈传》载："醉客谓酒清者为圣人、浊者为贤人。""盏里何妨对圣贤"，是说不妨从酒杯里面对圣人和贤人——清酒和浊酒。

三、四句推开一步：我还想等到清秋时节登上南岳，放眼四望，把无边无际的江天写入新的画幅。

晁补之主张"诗传画外意，贵有画中态"，这首诗，只第一句点题，其他三句，都从画外发挥。第一句固然包含胸有山水，因而画出了山水之意，可算点题，但更明显的是表现出吞吐宇宙的阔大胸怀。第二句的"圣贤"也有双关意义，耐人寻味。全诗意境雄阔，气象宏伟，近似苏轼的风格。

李 廌

李廌（1059—1109），字方叔，华州（今陕西华县）人。少以文谒苏轼，很受赏识，为"苏门六君子"之一。后举进士不第，绝意仕进。寓居长社（今河南长葛），以布衣终。有《济南集》八卷。

骊山歌①

君门如天深九重②，君王如帝坐法宫③。人生难处是安稳，何为来此骊山中？复道连云接金阙④，楼观隐隐横翠红⑤。林深谷暗迷八骏⑥，朝东暮西劳六龙⑦。六龙西幸峨眉栈⑧，悲风便入华清院⑨。霓裳萧散羽衣空⑩，麋鹿来游虚市变⑪。我上朝元春半老⑫，满地落花人不扫。羯鼓楼高挂夕阳⑬，长生殿古生青草⑭。可怜吴楚两蘸鸡，筑台未就已堪悲⑮。长杨五柞汉幸免⑯，江都楼成隋自迷⑰。由来流连多丧德⑱，宴安鸩毒因奢惑⑲。三风十愆古所戒⑳，不必骊山可亡国！

①骊山:在今陕西临潼县南。②九重:古以为天有九层,叫九重天。古代帝王效法天,所居城阙亦营九重门:路门、应门、雉门、库门、皋门、城门、近郊门、远郊门、关门。见《礼记》注。③帝:最高的天神。法宫:正殿,古代帝王处理政事的地方。④复道:高楼间或山岩险要处架空设置的通道。⑤楼观(guàn 贯):楼台。横翠红:指楼观上的雕梁画栋,五彩缤纷。⑥八骏:周穆王有八匹骏马。这里指唐明皇车驾上用的良马。⑦六龙:据《周礼》:"马八尺以上为龙。"这里亦谓车驾上用的良马。⑧幸:皇帝所到之处,叫幸。峨眉栈:是唐时入川要道。安史乱起,唐明皇仓皇经峨眉栈道入四川避乱。⑨华清院:骊山的华清宫。为唐明皇所修建,是他与杨贵妃寻欢作乐处。⑩"霓裳"句:霓裳羽衣,舞曲名,杨贵妃在骊山,常为明皇跳霓裳羽衣舞。⑪麋(mí 迷)鹿:即四不像。虚:同"墟",即集市。"麋鹿"句:指城市、宫殿变成荒野,麋鹿在上面游玩。⑫朝元:骊山上有朝元阁。春半老:春天过去一半。⑬羯(jié 节)鼓楼:在华清宫内骊山高处。⑭长生殿:为唐明皇在骊山上修建的宫殿。⑮吴楚:指西汉宗室吴王、楚王,据东南要地,景帝时发动七国(七个宗室王国)之乱,很快被平定。醯(xī 西)鸡:小虫,亦名蠛蠓。这两句是说吴、楚修筑楼殿,打算称帝作乐,可怜还未修成,已被消灭。⑯长杨:宫殿名,秦筑,汉时重修扩建。五柞:亦汉代宫殿名。这句是说汉代大兴土木,没有被灭亡,只不过是侥幸。⑰江都:今江苏扬州市。隋炀帝在这里大修宫室,内有迷楼,果因自陷昏迷而亡。⑱流连:指沉浸酒色中。⑲鸩(zhèn 震)毒:鸩为一种有毒的鸟,传说用它的羽毛浸入酒内,喝了便毒死人。这句是说宴安骄奢,等于自饮鸩毒。⑳三风十愆(qiān 牵):三风指巫风、淫风、乱风,它包涵十大罪过:巫风为舞、歌;淫风为货、色、游、畋;乱风为侮圣言、逆忠直、远耆德、比顽童。合在一起叫"十愆"。愆,过错。据传这是商朝贤臣伊尹告诫太甲的话。

唐明皇荒淫误国,导致安史之乱,不仅唐王朝由盛转衰,而且影响到五代之乱和宋朝的积贫积弱。李廌借骊山的兴废总结历史教训,至结尾又推开一步,指出不仅骊山游乐可以亡国,"三风十愆"中的任何一种都可亡国,是有现实意义的。作者作此诗时,宋徽宗正宠信蔡京等奸邪小人,大兴土木,沉溺于声色狗马,生灵涂炭,国势危如累卵。故全诗表面上写历史,骨子里写当前,激情喷涌,感慨淋漓,极富艺术感染力。

晁说之

晁说之(1059—1129),字以道,号景迂生,济州巨野(今属山东)人。晁补之的从弟,神宗元丰五年(1082)进士。历官著作郎、东官詹事、徽猷阁待制等职,钦宗时,因主张抗金而被免官。北宋灭亡后流寓南方,建炎三年(1129)死于漂泊途中。博学能文,善画山水。忧民忧国,指斥奸邪,反对投降,形诸吟咏,为南宋爱国诗的先声。有《景迂生集》。

明皇打球图①

宫殿千门白昼开,三郎沉醉打球回②。九龄已老韩休死,明日应无谏疏来③。

① 明皇:即唐玄宗李隆基。打球:又称打马球,是从波斯传入的一种体育游戏活动。其法为骑马用球杖逐球,设有球门,两方对垒以分胜负,类似现在的曲棍球。唐章怀太子墓壁绘有彩色打马球图。②三郎:唐明皇排行第三,在与伶人戏要时叫人家呼他为"三郎"。③"九龄"两句:张九龄、韩休,都是唐明皇开元时的贤相。九龄曾谏明皇杀掉安禄山,后来反被奸臣李林甫谗害罢相;韩休为人忠直,明皇有过失,常问左右:"韩休知道不?"紧接着,韩休的谏书便送来了。明皇的侍从们说:"自从韩休当宰相,陛下比过去瘦多了。"谏疏(shū):劝谏皇帝的奏章。

面前是一幅《明皇打球图》,要题诗,可以从不同角度发挥。作者眼里见的、心里忧的,都是当朝天子宋徽宗荒淫误国的情景:宠信阿谀逢迎的小人,排斥直言敢谏的贤臣,淫乐无度,荒废政事;他也喜欢踢球,陪他踢球的都青云直上。这就激发了作者的创作灵感,写出了这首千古传诵的好诗。

前两句点题,妙在不正面描写打球的精彩场面,只说"打球回"。打打球,有什么错?问题是主人公是一位皇帝,时间是"白昼",地点是千门尽开的"宫殿",他该在那里处理国家大事啊!那么,"打球回",他不就可以办公了嘛。问题是:作者在"打球回"前面加了"沉醉"二字,表明他又吃酒作乐,醉得东歪西倒,哪能清醒地解决国计民生问题!后两句更妙,作者不直接出面鞭挞荒淫天子,却描写他"沉醉打球回"时的心理活动:像张九龄、韩休那样爱提意见的家伙老的老、死的死,明天大概不会有谏疏送来、令人扫兴了!作为一国之主而一任荒淫误国、无人劝谏阻挡,国家的前途真不堪设想!写"沉醉打球"而以"无谏疏"收尾,力重千钧。

江端友

江端友(?—1130),字子我,陈留(今属河南)人。靖康初,为承务郎,赐进士出身,历官至太常少卿。诗属江西派。著有《七里先生自然斋集》七卷,今佚。

牛酥行①

有客有客官长安,牛酥百斤亲自煎②。倍道奔驰少师府③,望尘且欲迎归轩④。守阍呼语"不必出⑤,已有人居第一先⑥。其多乃复倍于此,台颜顾视初怡然⑦。昨朝所献虽第二,桶以纯漆丽且坚⑧。今君来迟数又少,青纸封题难胜前⑨。持归空惭辽东豕⑩,努力明年趁头市⑪。"

①牛酥:从牛奶中提炼出来的酥油。②"有客"两句:徽宗宣和年间,任西京(今河南洛阳)留守的邓某,向徽宗宠信的太监梁师成献过一百斤牛酥(见吴曾《能改斋漫录》卷十一)。长安:代指北宋的西京洛阳。③倍道:两步并作一步。少师府:指梁师成府第,梁曾任少师。④"望尘"句:梁师成不在家,送礼的人在门外恭候,遥望梁师成回府的车子扬起的灰尘,准备赶上去迎接。望尘:用潘岳巴结贾谧,望尘下拜的典故。归轩:归车。⑤守阍(hūn 昏):看门人。"呼语"以下,是看门人对送礼者说的话。不必出:不必把酥油拿出来。⑥"已有"句:有人已抢先一步。⑦台颜:"台",敬词,指梁师成;"颜",脸色。初怡然:对头一宗礼品很喜欢。⑧"桶以"句:酥油盛在桶里,那桶用纯漆漆成,美丽而且坚实。⑨"今君"两句:你送的牛酥已落在人家后头,数量又少,只用青纸包装,哪能胜过前人的!题:头,指盛牛酥上端的口。封题:指封口、包装。⑩辽东豕:东汉人朱浮《与彭宠书》中说:辽东有人,他家的母猪生了"白头豕",感到很稀罕,便拿去进贡,走到河东,看见到处跑的都是"白头豕",感到很羞惭,又把自己的猪娃子抱回家。⑪趁头市:第一个赶到市场做买卖。这里指争取明年抢先送礼,立个头功。

行贿受贿,贪污腐化,是一切政权崩溃的内因。这首诗从送牛酥切入,以小见大,揭示了北宋王朝覆亡的内因,有深远的教育意义。

梁师成这个阴险毒辣的宦官由于受到皇帝的宠信,权势显赫,炙手可热,被目为"隐相"(无宰相头衔的宰相),大小官吏争先行贿。这首诗重点写第三个送牛酥的,但通过看门人用对比手法对他的奚落,第一个送牛酥的和第二个送牛酥的,其丑态亦跃然纸上;受贿者的神情,亦活灵活现。

惟妙惟肖地描绘行贿受贿丑态的文学作品,散文里有明人宗臣的《报刘一丈书》,小说里有清人李伯元《官场现形记》里的《买古董借径谒权门》。这些作品,大家都很熟悉;但较少有人知道早在北宋末年,就有这首《牛酥行》,只用寥寥数语,便写出了类似的丑剧。

邓 肃

邓肃(1091—1133),字志宏,南剑州沙县(今属福建)人。徽宗时为太学生,以上《花石诗》而闻名当时,又因诗涉讽刺,而被逐出太学。钦宗靖康时,以李纲荐,赐进士出身。南宋初,任谏官。其诗长于讽谕。有《栟榈集》。

花石诗①(录一)

蔽江载石巧玲珑②,雨过嶙峋万玉峰③。舻尾相衔贡天子,坐移蓬岛到深宫④。

①花石诗:反映花石纲("纲"是成批运送货物的组织)的诗。徽宗为起造万寿山(即艮岳),广搜天下奇木异石。太湖石当时最有名,便成为掠夺的对象,东南人民备受其害,激起

方腊起义。②巧玲珑:指运送的太湖石玲珑剔透,精巧异常。③"雨过"句:承第一句,因无数大船互相连接、遮蔽江面,故雨过之后,满载在船上的太湖石经过雨洗,万峰挺秀。④坐:顿时、突然。

宋徽宗宣和四年(1122),艮岳建成,朝臣纷纷进献贺诗,太学生邓肃却献了一组讽谕诗,因而被逐出太学。这里选的是第一首。

《宋史纪事本末》卷五〇载:"朱勔于太湖取石,高广数丈,载以大舟,挽以千夫,凿城断桥,毁堰拆牐,数月乃至。"这是写一艘大船载一块大石。此诗则从宏观上把握,以"蔽江"与"舻尾相衔"写船数之多,以"巧玲珑"与"嶙峋万玉峰"写"载石"之多、之奇,写实中略带渲染,从而唤起"蓬岛",然后以"贡天子"点透,惊叹道:"偌大一座蓬莱仙岛,突然移到天子的深宫里来了!"讽刺之意,见于言外。

避地过雷劈滩①

门前又见马如流,兵革缤纷几日休②? 岭似车盘方税驾③,滩如雷劈更行舟。豺狼敢侮乾坤大④? 江海徒深虮虱忧⑤。安得将坛登李郭⑥,挽回羲御照神州⑦!

①避地:迁到安全地方以避灾祸。②兵革:指战乱。③方:刚才。税驾:解开车驾,指停息。④豺狼:指金兵。敢:岂敢。句后应加"?"。⑤江海:犹言"江湖",与"魏阙"(朝廷)对待,是说自己如今身在江湖,但仍关心朝廷。徒:徒然、白白地。虮虱:人身上的吸血虫,指皇帝身边的奸邪小人。⑥李、郭:指唐代平息安史之乱的中兴名将李光弼、郭子仪。⑦羲:羲和。御:驾车。传说羲和为太阳驾车。挽回西落的太阳,让它照耀神州,指挽回北宋覆亡的败局,使国家中兴。

金兵入侵,汴京沦陷,官民纷纷逃难,此诗乃作者随逃难人群至雷劈滩时所作。

首句写自己"门前"车马如水奔流;次句慨叹兵戈遍野,不知何日平息,点明首句的车马如水奔流乃是人们纷纷逃离京城;三、四两句,写刚坐车绕过车盘岭,又匆匆乘船经雷劈滩行进。四句诗,突兀而来,跌宕跳跃,其疾如风,活画出兵荒马乱、仓皇逃命的情景。五句振起:大宋乾坤如许宏大,豺狼敢侵侮吗? 表现了坚强的自信心和对侵略者的轻蔑;六句急转:朝廷里充满"虮虱",这正是"豺狼"敢于侵侮的原因,我这身在"江海"的人为此而深感忧虑;然而这忧虑也是徒然的,皇帝能听我的忠告,除掉那些"虮虱"吗? 七、八两句,即从六句翻出。"虮虱"在朝,奸佞专权,就很难重用良将,但又希望起用良将,收复失地,因而说:"安得"李光弼、郭子仪那样的杰出人物登坛拜将,挽回败局,使国家中兴呢!"安得",可译为"哪得",是希望得到而又很难得到的假设语气,表现了作者失望与希望交织的复杂心态。高宗建炎元年(1127)任奸臣黄潜善为宰相,将抗金名将李纲免职;陈东、欧阳彻言黄不可用,李不能去,被杀。此诗作于此时,其忧愤之深广,须结合时代背景,才能有更深刻的领会。

徐　俯

徐俯(1075—1141),字师川,洪州分宁(今属江西)人,是黄庭坚的外甥,被列入江西诗派。有《东湖居士诗集》,已佚,存诗见《宋诗纪事》。

春日游湖上

双飞燕子几时回?夹岸桃花蘸水开[①]。春雨断桥人不度,小舟撑出柳阴来[②]。

①蘸(zhàn 占):浸入、沾染。②撑(chēng):这里指用篙行船。

双双燕子从湖面掠过,诗人亲切地问道:"你们是几时回来的?"燕子是报春的使者,它们来了,春天也就跟着来了。亲切的一问,既表现了诗人的喜悦,又自然逗出关于湖上春景的生动描绘:"夹岸桃花开",已极美丽;于"开"前加"蘸水"二字,更显得鲜艳夺目。桃花之所以"蘸水",一因繁花带雨,桃枝低垂,二因湖水高涨,绿波溢岸;下句的"春雨断桥"已呼之欲出。桥被水淹,人不能渡,本身似无诗意,但由此引出"小舟撑出柳阴来",便化静为动,精彩百倍。

南宋赵鼎臣《和默庵喜雨述怀》云:"解道春江断桥句,旧时闻说徐师川。"可见此诗传诵之广。张炎咏春水的《南浦》词,被推为"古今绝唱",其中的名句"荒桥断浦,柳阴撑出扁舟小",即从此诗化出。

韩　驹

韩驹(约1086—1135),字子苍,仙井监(治所在今四川仁寿)人。政和(1111—1117)初,赐进士出身,除秘书省正字。被吕本中列入江西诗派,他不乐意,但其诗确受黄庭坚的影响。有《陵阳集》四卷。

代人送葛亚卿[①]

妾愿为云逐画樯[②],君言十日看归航[③]。恐君回首高城隔,直倚江楼过夕阳。

①葛亚卿:作者的朋友,他与一位风尘女子相爱,别后互相思念。作者用女子的口吻写

了一组七绝送给亚卿,这里选其中的一首。②为云:变作云,暗用巫山神女"朝为行云"的典故。樯:船上的桅杆,这里代指船。③归航:回来的船。

前两句,写临别时依依不舍,互吐衷肠。女的说:"我愿变成一朵云,跟着你的船。"男的说:"我一去便回,顶多十天,你就会看见我坐船回来。"

后两句,写分手后女方的情态:"我知道开船后你会回头望我,生怕你的视线被高城隔断,所以我爬上江楼的最高层,倚栏伫立,直立到夕阳西下。"

前两句兼写男女双方,如闻窃窃私语之声。后两句亦写男女双方,却从女方体贴男方的角度切入,更饶情韵。

和李上舍冬日书事①

北风吹日昼多阴,日暮拥阶黄叶深。倦鹊绕枝翻冻影,飞鸿摩月堕孤音。推愁不去如相觅,与老无期稍见侵。顾藉微官少年事②,病来那复一分心!

①李上舍:其人不详。王安石于熙宁四年立太学生三等法,分太学生为三等:外舍、内舍、上舍。李上舍,即姓李的上舍生。②顾藉:爱惜。韩愈《柳子厚墓志铭》:"勇于为人,不自贵重顾藉。"

前四句写冬天景象。昼、日暮、月,表现了时间的推移。北风吹日、黄叶拥阶、倦鹊绕枝、飞鸿摩月、翻冻影、堕孤音,从写景的角度到构思、炼字,都生新、奇警,不落常套。而作者对冬景的独特感受,即从独特的景物描状中体现出来。

作者对冬景的独特感受,导源于他的独特心情。后四句,即直抒其情。"愁",本来发自作者的内心,他却将"愁"拟人化,说"愁"这家伙好像在人群中专门寻觅他,如今寻到了,就恋恋不舍,推也推不走。作者此时并不"老",只是因为"愁",才感到有点"老"。他把"老"也拟人化,说他自己并没有和"老"约好会面的日期,可是"老"这家伙竟不约自来,日见侵凌。构思、炼句也相当新颖。那么,作者为什么"愁"?是嫌官小位卑吗?回答是否定的。他好像预料到读者会发出这样的疑问,因而用最后两句诗明确表态:"爱惜微官,那是少年时代的事;自从生病以来,再也没有那份心思了!"清人贺裳在《载酒园诗话》中评论道:"词气似随句而降,渐就衰飒。"其实,全诗都够衰飒的。此诗作于徽宗晚期,外患日亟,而君主荒淫、群小弄权,斥逐元祐党人,禁绝苏氏学术。作者早年学诗于苏辙,后来又受知于黄庭坚,其处境之孤危,不难想见。全诗所写的衰飒之景和所抒的衰飒之情,既是国家没落景象的折射,也是个人孤危处境的反映。不久,即"坐为苏氏学"贬出京师(《宋史》卷四四五),他大约是有预感的。

吴曾《能改斋漫录》称:"子苍有馆中诗,最为世所推,故商老有'黄叶'之句。"商老是李彭的字,李彭《建除体赠韩子苍》有云:"满朝以诗鸣,何独遗大雅? 平生黄叶句,摸索便知价。"可见韩驹的这首诗,在当时很有影响。

董 颖

董颖,字仲达,德兴(今属江西)人。与汪藻、徐俯、韩驹交游。有《霜杰集》,已佚。

江 上

万顷沧江万顷秋,镜天飞雪一双鸥。摩挲数尺沙边柳,待汝成阴系钓舟。

秋高则气爽,"万顷沧江万顷秋",自然水天一色,澄明如镜。首句写大景,诗人举目四望之状宛然可想;而次句的"镜天",已含于大景之中。次句写小景,诗人于举目四望之际忽见两团白雪飞来,渐飞渐近,才看出那是正在飞翔的一双白鸥。写动景由远而近、由模糊而清晰,极生动逼真。雪白的、飞动的双鸥以"镜天"为背景,多么美! 多么自由自在! 这便触发了诗人对这一片清幽、洁净、自由天地的爱恋之情,想在这里以钓鱼为生,终老天年。三、四句所表现的正是这个意思,而表现手法之新奇,却出人意料:他把视线从双鸥移向岸边,看见一株小小的柳树,便像抚摸幼儿那样"摩挲"起来,亲切地说:"快快长吧! 等你长大,我要在你的绿荫中'系钓舟'呢!"用"摩挲"、"汝"把"沙边柳"拟人化,向它倾吐自己的心事,其失意之感与归隐之志,即从此中曲曲传出。

据洪迈《夷坚乙志》卷一六记载,董颖是一位穷愁潦倒的诗人。联系他的身世读这首小诗,更能领会其深层意蕴。

李 纲

李纲(1083—1140),字伯纪,邵武(今属福建)人。政和二年(1112)进士。靖康时,任兵部侍郎,金兵围城,坚决主战,阻止钦宗迁都,并击退金兵。旋被贬。南宋高宗时曾召任宰相,受黄潜善等投降派排挤,仅七十日而罢。后屡上疏主战,终不得行,忧郁而死。有《梁溪集》、《靖康传信录》等。

病 牛[①]

耕犁千亩实千箱[②],力尽筋疲谁复伤[③]? 但得众生皆得饱,不辞羸病卧残阳[④]。

①《病牛》：作者罢相后，任湖广宣抚使时作。②实：指粮食。箱：指粮仓。③伤：怜悯，同情。④羸（léi 雷）病：瘦弱多病。残阳：隐喻晚年。

以"病牛"自况，表现了为国为民、鞠躬尽瘁的高尚品德。

吕本中

吕本中（1084—1145），字居仁，学者称为东莱先生，寿州（今安徽寿县）人。少以荫补承务郎。绍兴六年（1136）赐进士出身。官至中书舍人兼侍讲，权直学士院，以反对秦桧投降论调而被罢官。早年曾作《江西诗社宗派图》。论诗主活法，尚自然，诗歌深受黄庭坚、陈师道的影响。有《东莱先生诗集》等。

兵乱后杂诗①（录二）

晚逢戎马际②，处处聚兵时。后死翻为累③，偷生未有期④。积忧全少睡，经劫抱长饥⑤。欲逐范仔辈⑥，同盟起义师⑦？

万事多翻复⑧，萧兰不辨真⑨。汝为误国贼⑩，我作破家人？求饱羹无糁⑪，浇愁爵有尘⑫。往来梁上燕，相顾却情亲。

①兵乱：指金兵攻破汴京。②戎马际：战乱之时。③翻：反。④"偷生"句：谓苟且偷生的日子没有尽头。⑤抱长饥：即长抱饥，经常挨饿。⑥逐：跟随。范仔辈：作者自注："近闻河北布衣范仔起义师。"⑦"同盟"句：联合义师，起兵抗金。⑧翻复：反复。⑨萧：象征坏人；兰：象征好人。语出屈原《离骚》。⑩误国贼：指蔡京、童贯等。⑪羹：粥。糁（sǎn 伞）：煮熟的米粒。⑫爵有尘：酒杯被灰尘沾满了。

《兵乱后杂诗》五首，见方回《瀛奎律髓》卷三二。据方回说：原诗二十九首，多已残缺，完整的仅此五首。这里选其一、其四。

靖康元年（1126）冬，金兵侵入汴京，作者出城避难。次年四月金兵掳徽、钦二帝北去，作者回到京城旧居，触目伤情而作此诗。斥奸臣误国，叹生民破家，抱饥积忧，长夜无寐；二帝被掳，官兵四散，因而寄希望于人民义军，想和他们一起抗击金兵，收复河山。全诗风格，类似杜甫《春望》、《伤春》、《有感》诸作，苍凉沉痛，感人至深。

连州阳山归路①

稍离烟瘴近湘潭②，疾病衰颓已不堪。儿女不知来避地，强言风物胜江南。

467

①连州阳山:今广东阳山县。金兵南侵,作者在两广一带流亡,其后辗转漂流,将到湘潭,有感而作此诗。②烟瘴:湿热之气,这里以"烟瘴"指代瘴疠之地。杜甫《梦李白》:"江南瘴疠地。"

"稍离烟瘴近湘潭",对于父亲和儿女,都是同样的。但做父亲的辗转漂泊,"疾病衰颓已不堪";儿女们呢,年纪太小,不知来湘潭也是为了避难,硬说这里的风景比江南好多了。以无知儿女强言风景好反衬自己国亡家破、老病漂泊的无限感慨,强化了艺术感染力。从表现方法上说,可能受了杜甫《月夜》"遥怜小儿女,未解忆长安"的启发。

李清照

李清照(1084—约1151),号易安居士,济南(今属山东)人。父李格非为北宋著名学者,夫赵明诚为金石学家。早年生活优裕,南渡后,明诚死,境遇孤苦。善诗文书画,词的成就最高,是文学史上最杰出的女词人。存诗不多,然诗风清刚,且能反映社会重大问题。后人辑有《漱玉词》。今人有《李清照集校注》。

乌　江①

生当作人杰,死亦为鬼雄。至今思项羽②,不肯过江东③。

①诗题一作《夏日绝句》。乌江:指乌江浦,在今安徽和县东北四十里长江北岸。②项羽:秦末起义军领袖。秦王朝被推翻后,他与刘邦争夺天下,兵败,自称无面目见江东父老,不肯渡江,在乌江边自刎。③江东:指今长江下游以南的地带。

李清照以词名世,但在当时也很有诗名。朱弁《风月堂诗话》称她"善属文,于诗尤工。"王灼《碧鸡漫志》称她"自少年便有诗名"。惜其诗多已散失,今仅存十八首和一些残句,风格刚健豪放,与其婉约词风不同。

《乌江》属于咏史诗的范畴,咏在乌江自刎的项羽。关于项羽自刎乌江的经过,《史记·项羽本纪》是这样记载的:"至乌江。乌江亭长舣船待,谓项王曰:'江东虽小,地方千里,众数十万人,亦足王也,愿大王急渡。'项王笑曰:'天之亡我,我何渡为!且籍与江东子弟八千人渡江而西,今无一人还,纵江东父老怜而王我,我何面目见之? 纵彼不言,籍独不愧于心乎?'乃赐马与亭长,步行接战,杀汉军数百人,项王身亦被十馀创,乃自刎而死。"根据这种记载,后人作了不少咏史诗,从不同的角度立论,各有新意。仅就李清照以前的说,一类诗认为项羽应该过江,其代表作是杜牧的《题乌江亭》:

> 胜败兵家不可期,包羞忍耻是男儿。江东子弟多才俊,卷土重来未可知。

另一类诗认为项羽不得人心,失败的局面已难挽回,即使渡江,也得不到人民的拥护,其代表作是王安石的《乌江亭》:

> 百战疲劳壮士哀,中原一败势难回。江东子弟今虽在,肯与君王卷土来?

多数作者,则肯定项羽全赵、灭秦的功劳,称赞他死得壮烈。其代表作是初唐诗人于季子的《咏项羽》:

> 北伐虽全赵,东归不王秦。空歌拔山力,羞作渡江人。

李清照的《乌江》也歌颂项羽羞过乌江、死得壮烈,但用意不同。前两句,"人杰"、"鬼雄"并举,表现了一种昂扬奋进、自强不息的生死观。英风激荡,豪气纵横,出于女词人笔下,真可"压倒须眉"。后两句,把这种生死观落实到项羽身上。项羽"身经七十馀战,所当者破,所击者服",遂灭暴秦而自立为西楚霸王。他生前是"人杰",这是不必说的;何况题目是"乌江",所以略去"生"而咏他的"死",赞颂他"不肯过江东",死后也是"鬼雄"。

此诗作于宋室南渡之后,咏史的目的在于"讽今","至今思项羽"的那个"今"字,便透露了此中消息。汴京沦陷之后,长江以北的大部分土地还在宋朝手中,如果重用李纲、宗泽、韩世忠、岳飞等抗金名将,坚决抗战,不难收复中原,完成统一。但宋高宗赵构却步步南逃,由扬州而建康而杭州,重用奸邪小人,执行妥协投降政策,以广大人民被践踏于侵略者铁蹄之下的高昂代价换取小朝廷的荒淫享乐,"直把杭州作汴州"。这中间,屡败金兵的宗泽曾上疏二十余次,请高宗还京(汴梁),终被投降派所阻,忧愤而死。高宗仓皇南逃到扬州南面的扬子桥,一卫士拦马进谏,劝其回马北进,高宗竟拔剑刺杀卫士,渡江逃到润州(今江苏镇江)。对于这一切,李清照都很熟悉,也极端愤慨,因而通过歌颂项羽"不肯过江东"给予无情的鞭挞。

寥寥二十字,取材于历史,着眼于现实,气势豪迈,寓意深刻;关于如何对待生死问题的简练概括,尤发人深省。

咏　史

两汉本继绍①,新室如赘疣②。所以嵇中散③,至死薄殷周④。

①两汉:指刘邦建立的西汉(一称前汉)和刘秀建立的东汉(一称后汉)。继绍:继承。②新室:西汉末年,王莽篡汉,国号新。赘疣(yóu 尤):皮肤上长出的肿瘤。这里的"新室",实指金人建立的伪楚(张邦昌)、伪齐(刘豫)傀儡政权。③嵇中散:即嵇康,三国魏人,曾官中散大夫。④薄:鄙薄、看不起。殷周:商朝和周朝。司马昭欲篡魏,引"汤武革命"(商汤王革夏桀王的命,周武王革商纣王的命)为依据,于是嵇康自称:"非汤武而薄周孔"(《与山巨源绝交书》),实际上是反对司马昭篡魏。后来司马昭借故把他杀了。作者在这里通过称扬嵇康抨击伪楚、伪齐。

这完全是借古讽今之作。前两句说:东汉对于西汉,那是继承关系;至于"新室",则是汉朝的"赘疣"。言外之意是:南宋对于北宋,也一脉相承,属于正统;而被金人扶植起来的伪楚、伪齐,则是宋朝的毒瘤,必须割掉。后两句,以嵇康反对司马氏篡魏表达了作者维护南宋政权、反对张邦昌、刘豫称帝的正义立场,爱国热情,溢于言表。四句诗义正词严,喷涌而出,有震撼人心的艺术力量。朱熹曾情不自禁地赞扬道:"如此等诗,岂女子所能?"(《朱子语类》卷一四〇)

李清照在早年所写的《词论》里认为"词别是一家",有不同于诗的特点。她用词表现个人生活,风格婉约;用诗反映重大的社会政治问题,杂以议论,风格豪放,这和她对于诗、词特点的认识有关。就她的创作实践看,可以说她很出色地发挥了词的艺术功能,也很出色地发挥了诗的艺术功能。

曾 几

曾几(1084—1166),字吉甫,号茶山,原籍赣州(今江西赣县),徙居河南(今河南洛阳市)。徽宗时,任校书郎。南宋初,历任江西、浙西提刑。主张抗金,为秦桧排斥。桧死起复,官至敷文阁待制,以通奉大夫致仕。陆游曾师事之。论诗与吕本中相类,诗学黄庭坚,风格清峻。有《茶山集》。

三 衢 道 中①

梅子黄时日日晴,小溪泛尽却山行②。绿阴不减来时路,添得黄鹂四五声。

①三衢:山名,在衢州(今浙江巨县)城北二十五里处。②泛:泛舟。

这是一首纪行诗,清新活泼,宛如一气呵成;但仔细玩味,便见转折斡旋,颇费匠心。

首句即有转折,"梅子黄时"与"日日晴"之间有个不读出声的"却"字。江南初夏,梅子黄时,阴雨连绵,叫做"黄梅雨"。北宋词人贺铸的《青玉案》以

"……梅子黄时雨"数句出名,被称为"贺梅子"。作者于"梅子黄时"出行,最怕遇雨;可是天公作美,竟然"日日晴"!惊喜之情,即于转折中曲曲传出。

次句用"却"字,当然是又一次转折。"小溪泛尽",该掉转船头,兴尽而返;却出人意料地舍舟爬山。其游兴之浓,亦于转折中曲曲传出。

第三句写"山行",先用"绿阴"二字展现一片清凉、宁谧境界,令人神清气爽。接下去,出人意料地用"不减来时路"打了一个回旋,读者这才恍然大悟:原来诗人在走回头路,前面所写,乃是归途上的情景。来时山间小路上一片"绿阴",归时"绿阴"未减,一样美好。

第四句翻进一层:来时一片"绿阴",已经很美、很宁静;归时不仅"绿阴不减",还"添得黄鹂四五声",真如"锦上添花",比来时更美、更宁静。心理学上有所谓"同时反衬现象",万籁俱寂而偶有声音作反衬,就更显得幽静。在诗中体现这种反衬现象的名句,是齐、梁诗人王籍《入若耶溪》里的"鸟鸣山更幽"。曾几此诗的后两句,其言外之意,正是"鸟鸣山更幽"。

出游的一般情况是乘兴而往,及至踏上归途,便力疲兴减。此诗用转折、回旋、递进手法,把一次平凡的出游写得妙趣横生,归时景物比来时更美,归时游兴比来时更浓,具有引人入胜的艺术魅力。

陈与义

陈与义(1090—1138),字去非,号简斋,洛阳(今属河南)人。政和三年(1113)登上舍甲科。任太学博士等职。因所作《水墨梅》诗为徽宗所激赏,由是以诗名于世。南渡后,官至参知政事。曾与张元幹、吕本中等人交游。早期作品受黄庭坚、陈师道影响较深,故被列入江西诗派。元人方回倡江西诗派"一祖三宗"说,以杜甫为"一祖",黄庭坚、陈师道、陈与义为"三宗"。但与义后经靖康之变,身历亡国艰险,感时抚事,诗风转为悲壮苍凉,实不囿于江西诗派。有《简斋集》三〇卷、词一卷。《宋史》卷四四五有传。

襄邑道中①

飞花两岸照船红,百里榆堤半日风。卧看满天云不动,不知云与我俱东。

①襄邑:今河南睢县,在开封东南。

全诗写坐船行进于襄邑水路的情景。首句写两岸飞花,一望通红,把诗人所坐的船都照红了。用"红"字形容"飞花"的颜色,这是"显色字",诗中常用;但这里却用得很别致。花是"红"的,这是本色;船本不红,被花照"红",这是染色。诗人不说"飞花"红而说飞花"照船红",于染色中见本色,则"两岸"与"船",都被"红"光所笼罩。次句也写了颜色:"榆堤",是长满榆树的堤岸;"飞花两岸",表明是春末夏初季节,两岸榆树,自然是一派新绿。只说"榆堤"而绿色已暗寓其中,这叫"隐色字"。与首句配合,红绿映衬,色彩何等明丽!次句的重点还在写"风"。"百里"是说路长,"半日"是说时短,在明丽的景色中行进的小"船"只用"半日"时间就把"百里榆堤"抛在后面,表明那"风"是顺风。诗人只用七个字,既表现了绿榆夹岸的美景,又从路长与时短的对比中突出地赞美了一路顺风,而船中人的喜悦心情,也洋溢于字里行间。

古人行船,最怕逆风。诗人既遇顺风,便安心地"卧"在船上欣赏一路风光:看两岸,飞花、榆堤,不断后移;看天上的"云",却怎么"不动"呢?诗人明知船行甚速,如果天上的"云"真的不动,那么在"卧看"之时就应像"榆堤"那样不断后移。于是,他恍然大悟:原来天上的云和我一样朝东方前进呢!凡有坐船、坐车经验的人大约都见过"云不动"的景象,但又有谁能从中感受到盎然诗意,写出这样富于情趣的佳句!

诗人坐小船赶路,最关心的是风向、风速。这首小诗,通篇都贯串一个"风"字。全诗以"飞花"领起,一开头便写"风"。试想,如果没有"风","花"怎会"飞"?次句出"风"字,写既是顺风,风速又大。三、四两句,通过仰卧看云表现闲适心情,妙在通过看云的感受在第二句描写的基础上进一步验证了既遇顺风、风速又大,而诗人的闲适之情,也得到了进一步的表现。应该看到,三、四两句也写"风",如果不是既遇顺风、风速又大,那么天上的云怎么会与"我"同步前进,跑得那么快呢?以"卧看满天云不动"的错觉反衬"云与我俱东"的实际,获得了出人意外的艺术效果。

和张矩臣水墨梅五绝[①](录三)

粲粲江南万玉妃[②],别来几度见春归[③]。相逢京洛浑依旧[④],唯恨缁尘染素衣[⑤]。

含章檐下春风面[⑥],造化功成秋兔毫[⑦]。意足不求颜色似,前身相马九方皋[⑧]。

自读西湖处士诗[⑨],年年临水看幽姿。晴窗画出横斜影,绝胜前村夜雪时[⑩]。

①张矩臣:一作张规臣,二人皆与义表兄弟。水墨梅:指不设色纯用水墨绘出的梅花。②粲粲:鲜丽貌。万玉妃:指众多的白色梅花。③几度:几回。春归:春天归来。④京洛:这里实指京城汴梁。浑:全。⑤恨:惋惜。缁尘:黑色灰尘。素衣:洁白的衣服。⑥含章檐下:据

《杂五行书》载:南朝宋武帝寿阳公主,正月初七日,卧含章殿檐下,梅花落在她额上,成五色花形,拂之不去,于是妇女乃效为"梅花妆"。⑦造化:创造化育。秋兔毫:指毛笔。⑧"意足"二句:谓他所追求的是梅花的神韵,至于梅花颜色为白为黑,原不甚关心。他的"前世之身"就是善相马的九方皋。九方皋:春秋时相马能手。《列子·说符》:伯乐推荐九方皋给秦穆公选马,他选了匹黄色雌马给穆公,一看却是匹黑色雄马。穆公怀疑九方皋不识马,伯乐说:九方皋相马,看重的是马的"天机","得其精而忘其粗,在其内而忘其外"。⑨西湖处士:指林逋,字和靖,隐居杭州西湖孤山,自号西湖处士。他的咏梅名作《山园小梅》:"疏影横斜水清浅,暗香浮动月黄昏。"脍炙人口,本诗二、三句即从中化出。⑩前村夜雪:唐代诗僧齐己《梅花》诗:"前村深雪里,昨夜一枝开。"

据曾敏行《独醒杂志》卷四记载:此墨梅系衡阳花光寺长老仲仁所画。张矩臣为此画题诗,陈与义和作。原诗五首,受到宋徽宗的赞赏,洪迈也称其"语意皆妙绝";但也有指责其"不切题"的,原因是这些批评者不懂得水墨画的特点。

墨梅是一种水墨画,我国传统的水墨画是文人的写意画,虽讲究"墨分五彩",但其本质特点不在于如实地再现描写对象的原形真色,而在于凸现其神采、情韵,借以抒发画家的意趣。陈与义的这几首诗,正是抓住水墨画的本质特点加以发挥的,表现了对水墨画的卓越的艺术见解。

"粲粲"一首,写曾在江南见过的万树白梅,经过几度春归,如今又在京城里见面了! 以久别重逢点出题画的地点,多么有情致! 接着说:京洛重逢,精神实质都没有变,只恨四处飞扬的缁尘把本来洁白无比的衣裳染黑了! 如此点"水墨梅",物我兼包,抒发了深沉的人生感慨,构思何等灵妙! 陆机《为顾彦先赠妇》诗"京洛多风尘,素衣化为缁",谢朓《酬王晋安》诗"谁能久京洛,缁尘染素衣",诗人也有同感,因而以此为契机,写出了这首遗貌取神、托物写意的绝妙好诗。

"含章"一首,从水墨梅画想到画师,赞扬了他的高超画艺。前两句借"梅花妆"的典故,以"含章檐下春风面"指画师笔下的梅花,赞美画师的毛笔有造化之功。三、四两句点"水墨"而命意高绝。用水墨画梅,当然失掉了梅花的本色,作者却用"意足不求颜色似"加以解释。这句诗,简要地概括了水墨画的妙谛,比苏轼的"论画以形似,见与儿童邻"更精辟。由"意足不求颜色似"联想到九方皋相马,称赞画师是九方皋转世,既出人意料,又贴切无比。

最后一首,用前人咏梅佳句烘托水墨梅的特殊美。前两句说他自从读了林逋的咏梅诗,就爱上了梅花,年年看梅;但于"看幽姿"前特意加"临水"二字,意在表明他爱看的是映现在水中的横斜疏影。后两句称赞花光和尚于"晴窗"下画出的正是梅花的"横斜影",比齐己所咏的雪中梅花更美。这首诗也很切题,但许多人都忽略了。诗人之所以特别点明画师"画出横斜影",正是和林逋的"疏影横斜水清浅"一句联系起来,点出花光和尚所画的是"水墨梅"。

梅花本身是白的、红的,或者绿色的,但她的横斜疏影却是黑色的。忽略了这一点,便无法领略这首诗的韵味。

这几首诗属于咏物诗的范畴。高明的咏物诗和高明的水墨画一样,不应以"形似"为满足,而应形神兼备,甚至遗貌取神、托物言志。这几首诗,堪称高明的咏物诗。但应该指出,作者虽然不拘于再现"水墨梅"的形态,但所咏的确是"水墨梅",也就是说,每一首都是切题的,尽管并没有句句点题。

夏日集葆真池上
以绿阴生昼静赋诗得静字①

清池不受暑②,幽讨起予病③。长安车辙边④,有此荷万柄⑤。是身惟可懒⑥,共寄无尽兴。鱼游水底凉,鸟宿林间静。谈馀日亭午⑦,树影一时正。清风不负客,意重百金赠。聊将两鬓蓬⑧,起照千丈镜⑨。微波喜摇人⑩,小立待其定⑪。梁王今何许⑫?柳色几衰盛⑬。人生行乐耳,诗律已其剩⑭。邂逅一樽酒⑮,它年五君咏⑯。重期踏月来,夜半啸烟艇。

①原题一作《夏日池上》。葆真池:北宋皇宫中的一个池塘。②不受暑:不被酷暑侵袭。③幽讨:暗中寻求。起予病:医治好我的病。④长安:本汉唐京城,这里用来代指宋朝京城汴梁。车辙边:大道旁。⑤荷万柄:荷花万枝。⑥是:这、此。⑦亭午:正午。⑧聊将:且把。⑨千丈镜:指葆真池水像千丈大镜。⑩"微波"句:微波摆动,人影在其中摇晃。中间用"喜"字,把微波拟人化。⑪小立:稍站一会儿。⑫梁王:西汉梁孝王,在开封(宋汴京)建东苑,规模宏大,方三百余里,宫室相连属。今何许:如今在哪儿,言早已死去。⑬"柳色"句:谓柳色年复一年地由衰变盛,由盛变衰,却仍然存在着。⑭"诗律"句:谓作诗只是剩余的事。⑮邂逅:不期而遇。⑯五君咏:诗篇名,南朝宋颜延之作。"五君"指竹林七贤中的嵇康、阮籍、刘伶、向秀、阮咸,这里借指作者和与他分韵作诗的四个朋友。

诗题下有"以绿阴生昼静赋诗得静字"一语,说明作者和四位朋友分韵作诗,是一次诗会。"绿阴生昼静"是韦应物《游开元僧舍》诗中的句子,五个人各分得一字,按该字所在的韵部押韵。古代诗人聚会作诗,常用这种办法。

这首诗结构凝练,造句生新,"谈馀日亭午,树影一时正","微波喜摇人,小立待其定"诸句,状难状之景如在目前。脱稿不久,京师人人传写,风行一时。

登岳阳楼二首①(录一)

洞庭之东江水西②,帘旌不动夕阳迟③。登临吴蜀横分地④,徙倚湖山欲暮时⑤。万里来游还望远,三年多难更凭危⑥。白头吊古风霜里,老木苍波无限悲。

①岳阳楼:在今湖南岳阳城西。背靠长江,面对洞庭湖。②洞庭:即洞庭湖。江:即长江。③帘旌:楼上悬挂的帷幔。迟:晚。④吴蜀横分地:吴、蜀是三国时孙权和刘备建立的两个国家。当时吴、蜀争夺荆州,吴将鲁肃曾率兵驻守岳阳。横分地:以此为分界处。⑤徙倚:时而倚栏站立,时而徘徊走动。⑥三年:此诗作于建炎二年(1128)秋,从靖康元年(1126)春开始逃难,至此时已有三年。

北宋诗人黄庭坚等学杜诗,主要从艺术技巧方面着眼。靖康之难以后,北中国沦陷,诗人们南渡逃难,颠沛流离,与杜甫有类似的切身经历,才对杜诗,特别是安史之乱以后的杜诗有深刻理解,诗风也随之发生了明显的变化。陈与义在这方面最有代表性。这首《登岳阳楼》七律,登高望远,吊古伤今,苍凉悲壮,沉郁顿挫,显然在意境、风格方面接近杜律,可与杜甫《登高》并读。

巴丘书事①

三分书里识巴丘②,临老避胡初一游③。晚木声酣洞庭野④,晴天影抱岳阳楼⑤。四年风露侵游子⑥,十月江湖吐乱洲⑦。未必上流须鲁肃⑧,腐儒空白九分头⑨。

①巴丘:在岳阳境内。②三分书:即《三国志》,记载魏蜀吴三国鼎立的事。③胡:指金人。④晚木:秋冬的树木。酣:这里作"充塞"解。⑤影:指日光。⑥四年:这首诗作于建炎三年(1129),诗人于靖康元年(1126)南下避金兵侵略,至此已四年。⑦吐乱洲:秋冬之际,洞庭湖水落,湖中露出许多不规则的沙洲。⑧上流:三国吴的主要领地在长江下游,巴丘对它来说,乃是上流。须鲁肃:因蜀将关羽镇守荆州,吴使鲁肃以万人屯巴丘,与关羽对抗。⑨腐儒:迂腐的读书人,乃自我嘲讽之词。

起势跌宕有情致,既扣题,又有深沉的感慨,为尾联作伏笔。"三分书",乃记述天下三分之书,当年从"三分书"里见到作为"三分割据"时期军事要地的巴丘;如今北中国沦陷,祖国统一受到严重破坏,自己以"临老"之年,因"避胡"南逃到巴丘,追昔抚今,感慨万千,因而想到自己能不能像鲁肃那样为国效力,尾联已呼之欲出。颔联写眼前景,境界阔大而声情苍凉。上句用"酣"字将"晚木声"拟人化。"晚木声",即秋风吹撼树木之声,包含屈原所写的"嫋嫋兮秋风,洞庭波兮木叶下"的萧瑟景象。"晚木声"酣畅地震撼辽阔的洞庭之野,一派肃杀之气。其象征意味,显而易见。下句用"抱"字将"晴天影"拟人化。晴天的日光,自应普照大千世界,可如今只紧抱岳阳楼,与"晚木声"震撼旷野形成了强烈对比,其象征意蕴也耐人寻味。颈联上句着重抒情,下句着重写景。用"侵"、用"吐",也将"风露"、"江湖"拟人化。四年逃难,饱受"风露"的侵凌,这"风露"当然不仅是自然界的风霜雨露,还有人事方面的诈伪险阻。十月的"江湖","吐"出许多"乱洲",造句新颖,写景如画;但那个"乱"字,也容易唤起祸乱迭出的联想。

作者作此诗时,高宗驻跸扬州,奸臣黄潜善、汪伯彦当国,力主一味逃窜。长江上流的岳州一带,更无抗敌的准备。诗人在《里翁行》里大声疾呼:"君不见巴丘古城如培塿,鲁肃当年万人守!"这两句诗,正可以作为《巴丘书事》尾联的注脚。"未必上流须鲁肃"——长江上流的军事要地巴丘,吴国曾派鲁肃率领万人镇守,如今金兵南侵,大约未必需要像鲁肃那样的将领来驻守吧!正话反说,对黄潜善之流的投降派给予辛辣的讽刺。正因为朝廷中的投降派认为"上流"无须设防,而作者认为是急需设防的,因而结尾发出了"腐儒空白九分头"的慨叹:我这个"腐儒"尽管为"上流"毫无御敌准备而急白了九成头发,也只是"空"着急,有什么用处呢?

全诗抒写乱离,忧心国事;首尾呼应,中间两联意境雄阔,对仗精妙而又富于变化,"酣"、"抱"、"侵"、"吐"四字,尤精彩生动;声调、音节,洪亮沉着。得杜甫七律神髓而有新的时代色彩。

怀天经智老因访之①

今年二月冻初融,睡起苕溪绿向东②。客子光阴诗卷里③,杏花消息雨声中。西庵禅伯方多病,北栅儒先只固穷④。忽忆轻舟寻二子⑤,纶巾鹤氅试春风⑥。

①天经:姓叶名懋。智老:即大圆洪智和尚。②苕溪:发源于浙江天目山,流经杭州、湖州等地,注入太湖。③客子:作者自称。④西庵:智老居住地;北栅:天经居住地。二处都在湖州东南九十里的乌镇。禅伯:精通佛学的人。儒先:精通儒学的人。固穷:安于贫穷。⑤"忽忆"句:忽然想起天经、智老,便乘轻舟去拜访他们。⑥纶(guān冠)巾:用青丝带制成的帽子。鹤氅(chǎng场):以鸟类羽毛制成的大衣。

绍兴五年(1135),陈与义提举江州太平观,卜居青镇(今属浙江桐乡),作此诗。

诗题的意思是:怀念天经、智老,因而去拜访他们。据《吴兴备志》卷一二《人物》引《乌青志》:

> 叶懋,字天经,少师简斋陈与义。初,与义劝之仕,懋不答。及与义参知政事,动见格于执政,气抑郁不得伸,乃叹曰:"吾今始知天经之高也。"

这说明天经是位高士,与作者关系很深。至于洪智,乃是一位和尚,作者与他时相往来,有《九日示大圆洪智》等诗。

以"今年二月冻初融"开头,用一"初"字,表明"今年"春天来得晚。从诗人的住处可以望见向东流去的苕溪,水面冰融,所以"睡起"一望,便出现了"苕溪绿向东"的画面,意味着春天将临,因而引出第二联。

诗人"睡起",望见苕溪冰融水绿,而窗外响起"雨声",便想到"杏花"该要开放了吧!于是吟成了"杏花消息雨声中"的佳句,微妙地表现了余寒未退的初春景象和诗人渴望春暖花开的情怀。这句诗已经很精彩,但更精彩的是诗人把它作为这一联诗的下句,用来衬托上句"客子光阴诗卷里"。"客子光阴",只在"诗卷里"消磨,其寂寞、无聊,可想而知。而寒雨霏霏,"杏花消息"尚在"雨声中"滞留,上下句互相衬托,其蕴含更深更广,耐人寻味。而怀人之意,已跃然纸上。这两句诗,魏庆之《诗人玉屑》刊入"宋朝警句",并把这一类对句称为"轻重对"。方回《瀛奎律髓》解释说:"以'客子'对'杏花',以'雨声'对'诗卷',一我一物,一情一景,变化至此,乃老杜'即今蓬鬓改,但愧菊花开',贾岛'身世岂能遂,兰花又已开'翻窠换臼,至简斋而益奇也。"

第三联上句怀智老、下句怀天经,一个"多病",一个"固穷",因而想去访问。第四联写往访,但只是动了念头,还未行动;乘轻舟、试春风,都出于想象。"试春风"又与"冻初融"、"绿向东"、"杏花消息"一脉相承,不仅针线细密,而且相互生发,扩展了读者驰骋想象的空间。

伤 春

庙堂无策可平戎[①],坐使甘泉照夕烽[②]。初怪上都闻战马[③],岂知穷海看飞龙[④]。孤臣霜发三千丈[⑤],每岁烟花一万重[⑥]。稍喜长沙向延阁[⑦],疲兵敢犯犬羊锋[⑧]。

①庙堂:朝廷。平戎:消除敌兵的入侵。②坐:因。甘泉:汉宫名,距长安甚近。据《汉书·匈奴传》:汉文帝时,为了防止匈奴入侵,把边境上的烽火台一直延伸到甘泉宫,一旦匈奴进犯,急举烽火,朝廷立即知晓。这里用来比喻金人对北宋首都汴梁(今开封市)的入侵。③上都:京城。南宋初期,曾在扬州、建康、杭州建有行宫居住。闻战马:这几个地方曾被金兵先后攻陷。④穷海看飞龙:建炎三年至四年,高宗被金兵追赶,由杭州、明州(今宁波),一直浮海逃到温州。穷海:贫穷偏僻的海滨。飞龙:皇帝的代称。⑤孤臣:作者自指。霜发三千丈:比喻愁多。李白《秋浦歌》:"白发三千丈,缘愁似个长。"⑥烟花一万重:指景物繁荣昌盛。杜甫《伤春》有"关塞三千里,烟花一万重"。⑦向延阁:即向子諲,时为长沙太守,曾直龙图阁(汉时亦称延阁),所以诗人借用汉代官名称他。⑧"疲兵"句:建炎四年二月,金兵侵入湖南,向子諲率长沙军民阻击,终使金兵首次受挫。犯:这里作"抗击"解。犬羊:对金兵的蔑称。

唐代宗广德元年(763)十月吐蕃陷长安,代宗逃往陕州。杜甫于次年春在蜀中得悉此事,作《伤春》五言排律五首,抒写忧国伤时的激情,表达还京兴国的渴望。陈与义借杜甫诗题作此诗,可谓异代同悲。

前四句大气盘旋,把金兵长驱直入、皇帝辗转逃窜归因于"庙堂无策可平戎",抒发了对投降派误国殃民的愤慨。后四句一气贯注,既伤国事,又叹自身,而以向子諲敢以"疲兵"抗敌与"庙堂"的逃跑主义相对照,用"稍喜"二字给予赞颂。一褒一贬,爱憎分明。

第三联用李白、杜甫诗句,而于两相对照中赋予新意。"孤臣"二字,流露了对于自己孤危处境的慨叹。"霜发三千丈",极言愁多,联系前四句,便知这愁主要是国愁。"烟花",即李白名句"烟花三月下扬州"的"烟花",泛指春景。从自然界看,春天来临,柳总要绿,花总要开,自从逃难以来,每遇春天,祖国大地依然是"烟花一万重",可是国破家亡,于颠沛流离中霜发满头的"孤臣",又有什么心情欣赏呢!只有"感时花溅泪,恨别鸟惊心"罢了。以此联承上转下,兼寓"伤春"之旨,无意扣题而自不离题,真大家手笔。

牡　丹

一自胡尘入汉关,十年伊洛路漫漫①。青墩溪畔龙钟客②,独立东风看牡丹。

①十年:自靖康二年(1127)汴京沦陷至作此诗时已有十年。伊洛:伊水、洛水都流经洛阳,故以伊洛指代洛阳。②龙钟:衰老行动不便的形态。

此诗作于绍兴六年(1136)春,作者当时引疾去官,寓居桐乡青墩寿圣院塔下。

洛阳是作者的故乡,北宋时期,洛阳牡丹极著名,欧阳修作有《洛阳牡丹记》。此诗以"牡丹"命题,通过怀念洛阳牡丹抒发怀念故乡之情。

绝句只有四句,浅露质直,便淡乎寡味,不耐咀嚼。这首诗的好处是内容深厚,却含而不露,意在言外。"胡尘"与"汉关"对照,"胡尘入汉关",则金人入侵,中原沦陷已蕴含其中。"一自"与"十年"呼应,"一自"中原沦陷,至今已有"十年",而北望伊洛,长路漫漫,则颠沛流离之苦、思念故乡之殷、盼望收复之切,已蕴含其中。老态龙钟,仍在作客,不是在洛阳与亲友们一同看牡丹,而是在异乡"独立东风看牡丹",则衰贫交加、孤独落寞、思亲念友、厌乱伤离之类的苦况与忧思,已蕴含其中。

题为《牡丹》,前两句无"牡丹"字样,而言外之意是已有十年无法看到洛阳牡丹。后两句写看牡丹,眼里看的是青墩溪畔的牡丹,心里想的是故乡洛阳的牡丹。而牡丹,实际上是触发无限联想的触媒剂。联系前三句读"独立东风看牡丹",自会触发无限联想,品尝出无穷诗味。

早　行

露侵驼褐晓寒轻①,星斗阑干分外明②。寂寞小桥和梦过③,稻田
深处草虫鸣。

①驼褐(hè 喝):用兽毛制成的上衣。②阑干:横斜貌。③寂寞:寂静,冷清。和梦:带着
残梦。

唐宋以来,写"早行"的诗很多,其中如温庭筠的《商山早行》、苏轼的《太
白山下早行》等都是佳作。但从表现手法说,陈与义的这一首,应该说最富独
创性。

从全诗看,诗人"行"得特别"早",这不是用"鸡唱"、"残月"、"晓霜"、"未
五更"之类的词语烘托出来的,而是通过主人公的感觉准确地表现出来的。第
一句里的"驼褐"看来是为防露水特意穿上的,如今已被"露侵",感到湿冷,可
见已"行"了很久,而天还没有亮,其"行"之"早"已不言可知。第二句写星斗
"明",意味着此时天空里没有月,因为如果有月,则星光被月光所掩。"阑
干",横斜貌,月落参横,意味着天将黎明。黎明之前,大地特别幽暗,以暗衬
明,故"星斗"显得"分外明"。第三句于"小桥"前加"寂寞"一词而"早"意全
出,"小桥"乃行人所必经,天亮之后,其喧闹甚于他处,而如今却如此"寂寞",
正表明诗人是最"早"过"桥"的行人。赶路而做梦,其人在马上、有人为他牵
马,自在意料之中。明乎此,便可以回过头再看前两句。

第一句不诉诸视觉写"早行"之景,却诉诸触觉写寒意袭人,是耐人寻味
的。联系第三句,这味也不难寻。过"小桥"还在做梦,说明诗人起得太早,觉
未睡醒,一上马就迷糊过去了。及至感到湿冷,醒过来一摸,露水已侵透"驼
褐"。其心理活动是:"嗬!已经走了这么久,天快亮了吧!"于是借助视觉,抬
头一看,"嗬!离天亮还早呢!"于是又进入梦乡。既入梦乡,又怎么知道在过
桥?因为他骑着马,马蹄在桥板上击起的响声惊动了他,意识到在过桥,于是
略睁睡眼,看到桥是个"小"桥,桥外是"稻田",又朦朦胧胧,进入半睡眠状态。

第一句写触觉,第二句写视觉;三、四两句,则视觉、听觉并写:先听见蹄声
响亮,才略开睡眼,看见"小桥"和"稻田";至于"草虫鸣",则是"和梦"过"小
桥"时听见的。正像从响亮的马蹄声意识到过"桥"一样,"草虫"的鸣声不在
桥边而在"稻田深处",也是从听觉判断出来的。

这首小诗的艺术特色,正是通过主人公的触觉、视觉、听觉的交替与综合,
描绘出一幅独特的"早行"图。读者通过"通感"与想象,主人公在马上摇晃,
时睡时醒,时而仰首看天,时而低头看桥,以及凉露湿衣、虫声入梦等一系列微

妙的神态变化,都宛然在目。

这首小诗曾引起诗人们的重视和仿效,宋末张良臣和刘应时的《早行》诗便是例证。张良臣诗云:"千山万山星斗落,一声两声钟磬清。路入小桥和梦过,豆花深处草虫鸣。"(《雪窗小集》)刘应时诗云:"登舆睡思尚昏昏,斗柄衔山月在门。鸡犬未鸣潮未落,草虫声在豆花村。"(《颐庵居士集》)摹拟、袭用的痕迹十分明显,其艺术水平,无法与陈与义的同题诗相提并论。

春 日 二 首 (录一)

朝来庭树有鸣禽,红绿扶春上远林。忽有好诗生眼底[1],安排句法已难寻[2]。

①眼底:眼前。②安排:组织、剪裁。

头两句写景极生动。第三句不继续写景,而说从眼前佳景中生出好诗。第四句说:急忙安排句法,想把那好诗写出来,可它已经溜掉了。

这实际上是一首论诗诗,说明诗意来自客观世界,需要妙手去捕捉。北宋诗人史尧弼的《湖上》诗可与此诗相映证:"浪汹涛翻忽渺漫,须臾风定见平宽。此间有句无人得,赤手长蛇试捕看。"(《莲峰集》卷二)尽管第三句取自苏轼的"此间有句无人识,送与襄阳孟浩然"(《郭熙秋山平远》),但全诗很有气魄,意思也很好。

李弥逊

李弥逊(1085—1153),字似之,自号筠溪翁,苏州吴县(今属江苏)人,大观三年(1109)进士,徽宗时因上疏进谏而落职。南宋高宗时,试中书舍人,再试户部侍郎,以反对议和忤秦桧,乞归田。晚年隐居连江(今属福建)西山。有《筠溪集》。

东 岗 晚 步

饭饱东岗晚杖藜[1],石梁横渡绿秧畦。深行径险从牛后[2],小立台高出鸟栖。问舍谁人村远近,唤船别浦水东西[3]。自怜头白江山里,回首中原正鼓鼙[4]!

①杖藜:拄着手杖。杖:拄、扶,作动词用。藜:用藜条制成的手杖。②从牛后:跟在牛的后面。③别浦:小河流入大河的汉口。④鼓鼙:军用乐器,指战争。

作者与抗金名将李纲交厚,因反对求和,被秦桧贬斥归田。此诗作于连江西山。东岗,乃西山附近的山岗。前三联写晚饭后散步东岗,移步换形,情景历历如画。主人公的心态,似乎很闲适。尾联忽作逆转,波澜突起:回望中原,人民正呻吟于金兵的铁蹄之下,而自己,却在后方的"江山里"虚度光阴,频添白发,能不"自怜"吗?"自怜"并非"怜"自己丢了官,而是"怜"自己不能投身于救国救民的战斗,只能散步东岗,空老故园。以如此深沉的感慨作结,有如一束逆光,突然照亮了前三联,把全诗的思想境界提到新的高度,和一般的写景抒情诗区别开来。

张元幹

张元幹(1091—约1170),字仲宗,福州长乐(今属福建)人。政和、宣和间,以词名。靖康元年(1126),李纲任亲征行营使,元干在其属下任职,投身抗金斗争。胡铨反对和议忤秦桧,被编管新州(今广东新兴),元干作《贺新郎》送行,被桧削除官籍。有《芦川归来集》、《芦川词》。

登垂虹亭二首①(录一)

一别三吴地②,重来二十年。疮痍兵火后,花石稻粱先③。山暗松江雨④,波吞震泽天⑤。扁舟莫浪发⑥,蛟鳄正垂涎。

①垂虹亭:在吴江垂虹桥上。②三吴:《水经注》以会稽、吴郡、吴兴为三吴。③"花石"句:"花石"即"花石纲",见前邓肃《花石诗》注。"稻粱"指农业生产。全句意谓朝廷将搜刮奇花异石以供荒淫享乐置于发展农业生产之先。④松江:即吴江,亦称吴淞江。⑤震泽:太湖。⑥浪发:轻率地出发。

前两联写故地重游,抚今叹昔。兵火之后,满目疮痍,乃重来时所见景象。因而追忆二十年前初游之时,由于朝廷征调花石纲而给江南人民带来深重灾难,农事荒废,满目萧条。第二联上句写今,下句写昔,从而揭示了今昔之间的因果关系,含蕴深广。

第三联写眼前景,雨暗波吞,象征时局的险恶。故尾联提出警告:波浪之中,"蛟鳄正垂涎",可别轻率地乘舟出发、被它们吃掉!作者曾在李纲部下积极参与抗金斗争,靖康元年(1126)十月李纲被贬,作者也"罪放"出京,从此朝政完全落入投降派手中,致使中原沦陷,金兵南侵。此处以"蛟鳄"比喻把持朝政的投降派,他们"垂涎"、吞食的对象,正是力主抗金的爱国志士。

张元幹是杰出的爱国词人,诗也写得好。他早年学诗于徐俯,又与吕本中、陈与义唱和,颇受江西派影响。南渡后诗风大变,反映民族苦难,抒发爱国激情,风格接近杜甫。这首诗便是一个例子。

王　琮

王琮,生卒年不详,括苍(治所在今浙江丽水东南)人。徽宗初登进士第。宣和中,任大宗正丞等职。南渡后,官至龙图阁学士。有《雅林小稿》。

题多景楼①

秋满阑干晚共凭,残烟衰草最关情。西风吹起江心浪,犹作当时击楫声②。

①多景楼:在今江苏镇江北固山甘露寺内。北宋时修建,用唐李德裕"多景悬窗牖"句意命名。②击楫:用祖逖"中流击楫"典。

首句写在多景楼上凭栏遥望时的感受,用一"满"字,将"秋"气形象化,唤起下句的"残烟衰草"和第三句的"西风"。对"残烟衰草"而"最关情",表明那"残烟衰草"实指北望中所见的一派萧条景象。北固山临江屹立,江北便是沦陷区,经过金兵的残杀、掠夺,那里已人烟稀少,田园荒芜,令诗人触目惊心。"最关情"者,关心国土沦丧、人民受难,渴望收复也。正因为有此"关情",才会见"江心浪"而联想到"击楫声"。晋元帝时,祖逖自请统兵北伐,元帝赞许,命他为奋威将军,渡江时"击楫而誓曰:'不能清中原而复济者,有如此江!'"渡江后破石勒,收复了黄河以南地区。其渡江之处,正在北固山下。当然,祖逖的中流击楫声早已消失了,作者说他眼底的"江心浪"至今"犹作当时击楫声",意在歌颂祖逖恢复中原的壮志和渡江北伐的壮举永不磨灭,应该继承、发扬,完成统一祖国的大业。四句诗即景生情,一气呵成,而怀古、伤时之情,俱寓景中,余味曲包,极耐寻绎。

朱淑真

朱淑真,生卒年不详,号幽栖居士,钱塘(今浙江杭州)人,一说海宁(今属浙江)人。约生活在北宋至南宋间。婚后尝随夫宦游吴、越、荆、楚间。因婚姻不遂素志,抑郁而死。能词,诗亦清新婉丽。有《断肠诗》、《断肠词》。今人辑为《朱淑真集注》。

秋　夜

夜久无眠秋气清,烛花频剪欲三更①。铺床凉满梧桐月,月在梧桐缺处明。

①烛花频剪:古人用蜡烛照明,烛烬叫"烛花",必须不断地用剪刀剪去,才能继续燃烧。

"秋气清",正好睡觉。而频剪烛花,将到三更,其满腹心事,夜不能寐,已见于言外。独对烛光,老是呆坐下去,也不是办法,于是"铺床"做就寝的准备工作,可是铺床之时,发现满床月光凉生生的令人心里发凉,朝窗外一看,原来"月在梧桐缺处明",自然又触发了满腹心事。可以想见,主人公虽然铺好了床,还是不能入睡,由独对烛光转向独望秋月了。

全诗只写秋夜无眠的情态,而独居的寂寞,心绪的烦乱,怀人的殷切,都不难想象。

朱 弁

朱弁(1085—1144),字少章,号观如居士,徽州婺源(今属江西)人。北宋末年入太学,以诗见重于晁说之。高宗建炎元年(1127)冬,以通问副使赴金,被拘留而坚贞不屈,历十五年始放归。被秦桧排挤,终奉议郎。有《曲洧旧闻》、《风月堂诗话》。

送　春

风烟节物眼中稀①,三月人犹恋褚衣②。结就客愁云片段,唤回乡梦雨霏微。小桃山下花初见,弱柳沙头絮未飞。把酒送春无别语,羡君才到便成归。

①节物:与季节相适应的景物,这里指春景。②褚(zhǔ)衣:棉衣。

这是作者被金国拘留期间所作的一首七律,前三联即景抒情。已经是"三月"天气,但还脱不掉棉衣,春天的景物十分稀少。望天空,云朵凝结客愁,雨丝唤回乡梦。"乡梦"的内容是什么,没有说,却是可以想见的。因为那"乡梦"既然是"雨霏微"唤起的,就包含这样的暗示:江南"三月",细雨霏霏,百花盛开,春色无际。接下去,由梦境回到现实:"山下"、"沙头"虽然比较暖和,可在那里也不过是小桃初见花朵、弱柳尚未飞絮,春天才刚刚由南方走来啊!

尾联的春天"才到"是从前三联所写的景色中概括出来的,并无新奇之处。但从整体看,却很新奇、很精彩。既然春天"才到",那么天气会愈来愈暖,桃花会由初开而盛开,柳梢会由吐芽而飞絮,总之,春色会愈来愈浓,为什么要"把酒送春"呢?为什么说春天"才到便成归"呢?有些分析文章说作者"极力描写塞北春天的迟到速归,短促得几乎使人感受不到春天已经来临","塞北春迟、速归,好似昙花一现"。这其实是误解。"送春"、"成归",是就首联的"三月"说的。阴历的春夏秋冬四季,每季占三个月。"三月"是春季的最后一月,进入四月,便算夏季了。作者多年羁留异国,见云而结客愁,望雨而惹乡梦,时时盼望南归,于是从"三月"(当然是三月底)着眼,借"送春"发挥,写出了"把酒送春无别语,羡君才到便成归"的警句,用以反衬自己久到不能归的痛楚,把全诗的意境提升到身处异域而不忘故国的高度。

朱 松

朱松(1097—1143),字乔年,号韦斋,歙州婺源(今属江西)人。朱熹之父。徽宗政和八年(1118)同上舍出身。历官秘书省正字、司勋员外郎。因反对秦桧求和被贬,死于途中。诗风幽劲豪逸,有《韦斋集》。

新 笋

一雷惊起箨龙儿[1],戢戢满山人未知[2]。急唤苍头斸烟雨[3],明朝吹作碧参差。

①箨龙儿:指竹笋。箨,笋壳。卢仝《寄男抱孙》诗:"新笋好看守,万箨包龙儿。"②戢戢:密集貌。③苍头:指奴仆。汉时奴仆以青巾包头,故称。④碧参差:指竹子。

全诗的意思不过是:满山冒出新笋,叫仆人赶快掘来吃,要不,很快就长成青翠的竹子,吃不成了。可是选词、炼句别出心裁,给人以新鲜感,其受江西派的影响是显而易见的。

题范才元《湘江唤舟图》用吕居仁韵[1]

天涯投老鬓惊秋[2],梦想长江碧玉流。忽对画图揩病眼,失声便欲唤归舟。

①范才元:与作者同时,画家。用韵,即"次韵";吕本中(字居仁)先作《题范才元画轴后》诗,作者题同一幅画,便用吕诗韵脚押韵。②天涯:天边,极言离故乡遥远。投老:临老。鬓惊秋:惊叹两鬓在秋风中衰白。

吕本中的诗"昔年同过岭南州,曾见湘江万里流。妙手可传诗外意,乱云寒木更孤舟",着重就画图本身落墨。作者与画家当年一同见过湘江,如今看他的画,不仅画出了湘江,还增加了乱云、寒木与孤舟。这首题诗也不错。朱松题同一幅画,当然要避免雷同,另出新意。他从画中的江上"孤舟"生发开来:垂老之年,依然流落天涯,因而时常梦想长江,渴望沿长江乘舟归家。如今忽然面对画图,揩亮病眼,不禁失声唤舟,想乘那只舟归去。把画中的江误认为真江,把画中的舟误认为真舟,失声呼唤舟子:"把你那舟划过来,送我回家!"既赞美了那幅画,又抒发了倦游思归的深情,构思之妙,匪夷所思。和韵之作,远胜原作,这是很难做到的。

曹　勋

曹勋(1098—1174)字功显,号松隐,阳翟(今河南禹县)人。宣和五年(1123)以荫补承信郎,特命赴廷试,赐进士甲科。绍兴中,官至昭信军节度使、太尉等职。有《松隐文集》、《北狩见闻录》。

出入塞 并序

仆持节朔庭①,自燕山向北,部落以三分为率,南人居其二。闻南使过,骈肩引颈,气哽不得语,但泣数行下,或以慨叹,仆每为挥涕惮见也。因作《出入塞》纪其事,用示有志节、悯国难者云。

入　　塞

妾在靖康初,胡尘蒙京师。城陷撞军入,掠去随胡儿。忽闻南使过,羞顶羖羊皮②。立向最高处,图见汉官仪③。数日望回骑,荐致临风悲④。

出　　塞

闻道南使归,路从城中去。岂如车上瓶⑤,犹挂归去路!引首恐过尽⑥,马疾忽无处。吞声送百感,南望泪如雨。

①仆:作者自称。持节:出使,"节"是使者所持的凭证。朔庭:北方的朝廷,指金国。②羖(gǔ古)羊:黑色的公羊。③图:希望。汉官仪:指南宋使者的仪仗。④荐:通"洊",再次。⑤车上瓶:装车轴润滑油的瓶子。⑥引首:伸长脖子远望。

绍兴十二年(1142),曹勋奉命出使金国,迎高宗母韦太后回国,作《入塞》《出塞》诗。序中说:从"燕山"(今北京附近)向北,所经部落,居民中的三分之二是汉人,即北宋遗民。那些北宋遗民听说南宋的使者到来,便"骈肩引颈,气哽不得语,但泣数行下,或以慨叹"。作者把使他"挥涕惮见"的这种情景加以概括,通过一个从汴京被金兵掠去的妇女的口吻,倾吐了沦陷区人民的屈辱生活和渴望南宋拯救他们脱离苦海的心情,真切感人,催人泪下。作者的创作意图是"用示有志节、悯国难者"。凡是"有志节、悯国难"的人读了这两首诗,都会奋发图强,投身于收复失地、救民水火的斗争。

刘子翚

刘子翚(1101—1147),字彦仲,建州崇安(今属福建)人。北宋末以荫补承务郎,南宋初曾任兴化军通判。后退居武夷山,在屏山下讲学十七年,人称屏山先生。朱熹曾从其问学。有《屏山集》。

汴京纪事二十首①(录四)

帝城王气杂妖氛②,胡虏何知屡易君③?犹有太平遗老在④,时时洒泪向南云⑤。

内苑珍林蔚绛霄⑥,围城不复禁刍荛⑦。舳舻岁岁衔清汴⑧,才足都人几炬烧⑨。

空嗟覆鼎误前朝⑩,骨朽人间骂未销⑪。夜月池台王傅宅,春风杨柳太师桥⑫。

辇毂繁华事可伤⑬,师师垂老过湖湘⑭。缕衣檀板无颜色⑮,一曲当时动帝王。

①汴京沦陷后,作者抚膺时事,心情沉痛,因作这组诗,以寄其黍离的愤慨。全诗写得激楚苍凉,精妙非常。②帝城:汴京城。王气:古代方士认为帝王所居之地有"王气"呈现。妖氛:妖气,指被金人占领。③胡虏:对金人的蔑称。屡易君:指金人于靖康二年(1127)立张邦昌为伪楚帝,旋废;建炎四年(1130)立刘豫为伪齐帝。君:皇帝。何知:谓金人不明大义,随意立君、废君。④太平遗老:指经历过太平之世的北宋遗民。⑤南云:南天的云。晋陆机《思亲赋》:"指南云以寄钦,望归风而效诚。"后来诗文中借"南云"作怀念亲友、故乡之词。⑥内苑:即御花园。徽宗派朱勔等人赴各地搜集奇花异石,起造内苑艮岳,又名万寿山。珍林:奇花异木。蔚:草木茂盛貌,这里用如动词,作"簇拥"讲。绛霄:绛霄楼,是艮岳中最壮丽的建筑。⑦"围城"句:靖康元年(1126)闰十月金兵围汴京,十二月底城破。天冷多雪,百姓无柴烧,便将内苑中的房室拆掉、树木砍光。刍荛:打柴的人。⑧舳舻(zhú lú竹卢):舳,本指船的尾部;舻,本指船的头部。这里都指船。衔清汴:前船与后船相衔,在清澈的汴河里络绎行进。⑨都人:汴京居民。炬(jù巨):火。全句意谓建筑物和树木虽多,却仅够全城居民点几

把火。⑩空嗟：徒然叹息。覆鼎：语出《易·鼎》"鼎折足，覆公𫗧（sù）素"。𫗧，盛在鼎中的羹汤。鼎既是贵族的食器，也是国家的象征，故以鼎的"足"比大臣。鼎足折而覆𫗧，比喻大臣失职。此指王黼、蔡京等误国。⑪销：同"消"。⑫"夜月"二句：王傅：王黼，官至太傅，封楚国公。太师：蔡京，官至太师，封鲁国公。皆属"六贼"。二人所起造的宅第都极其辉煌，可如今只见夜月凄冷地笼罩王宅，蔡京的宅第更化为乌有，仅剩下一座桥梁，唯有杨柳在其周围摆动罢了。⑬辇毂（niǎn gǔ 碾谷）：皇帝坐的车子。这里有"辇毂之下"的意思，指京城。⑭师师：李师师，汴京名妓，徽宗极为宠爱，后来入宫，封瀛国夫人。湖湘：洞庭湖、湘水一带。⑮缕衣：金缕衣，金线绣的衣服。檀板：歌唱时用以打拍子的檀木拍板。无颜色：破旧，失去了光彩。

　　《汴京纪事》共二十首，是诗人追忆汴京往事之作，每一首咏一事，合起来便是反映靖康之难前后重大历史事件的大型画卷。诗一脱稿，即广泛流传，《宣和遗事》前集引一首，后集共引三首。清人翁方纲推崇道："刘屏山《汴京纪事》诸作，精妙非常。此与邓拵桐《花石纲》诗，皆有关一代事迹，非仅嘲评花月之作也。宋人七绝，自以此种为精诣。"（《石洲诗话》卷四）这里选四首，"帝城王气"是组诗的第一首，哀叹汴京沦陷，金人立汉人为傀儡皇帝以图笼络人心，而有深厚爱国传统的北宋遗民仍不忘故国，渴望恢复，"洒泪向南云"而寄希望于南宋政权。"内苑珍林"一首，写徽宗为满足一己的欲望而劳民伤财，修建"内苑"，而当金兵围城之时，却自顾不暇，哪里还有力量再禁刍荛，所有珍林楼殿，统统被砍伐、拆毁，权当柴烧。荒淫亡国，自食其果。"空嗟覆鼎"一首，痛斥奸臣误国，永留骂名，其豪华第宅的营建耗费了大量民脂民膏，原以为可以世代享乐，却落得身败名裂，空留"夜月池台"和"春风杨柳"。"辇毂繁华"一首，通过李师师名动京师和漂泊湖湘的生活变化，反映了汴京由繁华到沦陷、北宋由兴盛到覆亡的历史，由小见大，感慨无穷。

岳　飞

　　岳飞（1103—1142），字鹏举，相州汤阴（今属河南）人。北宋末从军，任秉议郎。南宋建炎三年（1129），金兀术渡江进犯，率军拒之，屡立战功，历少保、河南北诸路招讨使、枢密副使，以反对与金议和，终为奸相秦桧以"莫须有"之罪杀害。孝宗追谥武穆，宁宗封鄂王，理宗改谥忠武。有《岳忠武王文集》。

池州翠微亭①
　　经年尘土满征衣②，特特寻芳上翠微③。好水好山看不足，马蹄催趁月明归。

①池州：今安徽贵池县。翠微亭：在池州城东南的齐山上，唐杜牧任刺史时建。杜牧的

名作《九日齐山登高》即有"江涵秋影雁初飞,与客携壶上翠微"之句。②经年:多年,谓经过若干年头。③特特:特地,特意。欧阳修《和人三桥》诗:"为爱斜阳好,回舟特特过。"寻芳:探胜。

岳飞是著名的民族英雄,主要精力用于抗金斗争,为奸臣杀害,时年仅三十九岁,而诗、词、文、书法都有相当造诣。

这首七绝,乃屯兵池州,偶游齐山时所作。首句概括多年来的征战生涯,"尘土满征衣",将征战的艰苦形象化。次句的"特特"承前启后,正因为经年戎马倥偬,才在战斗的空隙特意登山探胜。"特特",本可作摹声词,形容马蹄声,如温庭筠"马声特特荆门道"、陆游"马蹄特特无断时"之类,但此处则作"特意"解。有人将此处之"特特"亦解为"马蹄声",并说"用在此处有'鸟鸣山更幽'的情趣",实属误解。第三句写登翠微亭,欣赏山光水色,流连忘返的情景,并引出尾句:正因为好山好水老是看不够,才不觉日落月出,"马蹄催趁月明归",还游兴未尽。

首句反衬后三句,跌宕有致。首句与第三句又有内在联系:正因为热爱祖国的"好山好水",才不辞艰苦,为"还我河山"而战斗不息,"经年尘土满征衣"。第三句与尾句呼应,"月明归"的原因是"好山好水看不足",表明作者登山必在白天,在翠微亭上欣赏山水,流连忘返。如此构思,才把热爱山水的情怀表现得淋漓尽致。有人说此诗乃作者"夜游齐山时所作",忽略了"看不足"的含意,遂使诗味大减,也辜负了作者言外见意的苦心。

题青泥市寺壁①

雄气堂堂贯斗牛②,誓将直节报君仇③。斩除顽恶还车驾④,不问登坛万户侯⑤。

①青泥市:即青泥镇,在临江新淦(今江西新干县)。②贯斗牛:直射牛星和斗星,即浩气冲天。③直节:守正不阿的操守。④还车驾:接回徽、钦二宗。车驾:皇帝的坐驾,代指皇帝。靖康二年(1127),金兵攻陷汴京,俘高宗之父徽宗和长兄钦宗北去,囚于五国城(今黑龙江依兰)。⑤不问:不计较。登坛:登上拜将坛,接受帝王的任命。万户侯:秦、汉时封侯,小者食邑五百户,大者万户。

高宗绍兴三年(1133),岳飞领兵过新淦,作此诗题于僧寺壁上,表达了不求名利、誓雪国耻、收复失地、接回"二圣"的决心。宋高宗为了保住他自己的皇帝位子,最害怕的便是他的父亲徽宗,特别是他的哥哥钦宗回来。奸臣秦桧看透了他的内心秘密,才敢放手杀害抗金英雄,力主向金人投降称臣。岳飞坚决要"斩除顽恶还车驾",便导致了被杀害的悲剧。

郑汝谐

郑汝谐,字舜举,号东谷,处州青田(今属浙江)人。高宗绍兴(1131—1162)间进士,历官江南西路转运副使、吏部侍郎。孝宗淳熙十二年(1185)任信州太守,与辛弃疾酬唱。有《东谷集》。

题盱眙第一山①

忍耻包羞事北庭②,奚奴得意管逢迎③。燕山有石无人勒④,却向都梁记姓名。

①盱眙(xū yí 虚宜):今属江苏,在淮河南岸。第一山:即都梁山,在盱眙城南。②包羞:含羞。事北庭:奉事金国。③奚奴:仆役。管逢迎:掌管迎接使臣的事务。④"燕山"句:《后汉书·窦宪传》载:东汉车骑将军窦宪领兵追击匈奴,深入塞北,登燕然山(今蒙古人民共和国境内的杭爱山),命班固作铭,"刻石勒功,纪汉威德"。此句慨叹当时无人效法窦宪,驱逐金兵。

宋金议和,宋向金称臣,岁贡银、绢各二十五万两、匹,以淮河为界。盱眙在淮河南岸,南宋派往金国的使臣从这里经过,不但对向北庭纳贡称臣不感到羞耻,还以能出使金国为荣,游山赋诗、刻石留名。作者见此情景,深感痛心而作此诗。

首句指出奉事北庭是奇耻大辱,应有羞耻感,用以反剔下文。次句写驿馆人员以能迎接使臣而感到"得意",讥其不知羞耻,从而引出三、四句写使臣。三、四句以窦宪刻石燕然山纪功反衬使臣们刻石都梁山留名,用以激发其羞耻感和抗金意识。用一"却"字,力重千钧:燕然山上有的是石头,但无人去刻,"却"在淮河南岸的都梁山上刻石"记姓名",夸耀因出使金国到此一游!讲到这里,即戛然而止;剩下的许多话,让读者们去想吧!让那些使臣们去想吧!全诗讽刺中含激励,失望中寓希望,叙而不议,意在言外。

萧德藻

萧德藻,字东夫,号千岩老人,长乐(今属福建)人。绍兴二十一年(1151)进士,曾官乌程(今浙江吴兴)令。杨万里称其诗"工致"。原有《千岩择稿》,今佚,厉鹗《宋诗纪事》、光聪谐《有不为斋随笔》皆辑有他的诗。

登岳阳楼①

不作苍茫去②,真成浪荡游③。三年夜郎客,一舵洞庭秋④。得句鹭飞处,看山天尽头。犹嫌未奇绝,更上岳阳楼。

①岳阳楼：在今湖南岳阳市城西。②苍茫：旷远无边貌。③浪荡：放浪游荡。④舵：这里代指船。

萧德藻曾从曾几学诗，又是姜夔的老师和岳父。杨万里很推崇他的诗，把他与尤袤、范成大、陆游并列，称为"近代风骚四诗将"。因诗集久佚，存诗不多，故逐渐被人遗忘。

这首诗见杨万里《诚斋诗话》，前面有"信脚到太古，又登岳阳楼"两句，前一句五字皆仄声，后一句与结尾重复，显然是误抄上去的。删去这两句，便是一首完美的五律。

首句衬托次句，意思是：我不曾在苍茫辽阔的江南烟水之乡遨游，却来到夜郎、洞庭一带浪荡。次句领起以下三联：夜郎远在天边，我却在那里作客长达三年之久；洞庭湖波翻浪涌，浩淼无际，我却在那里孤舟漂流；得句（得到诗句）于白鹭飞处，承"洞庭"；看山于青天尽头，承"夜郎"；结尾"上岳阳楼"，当然也是"浪荡游"的内容。

在洞庭、夜郎一带长期漂泊，本来是并不得意的事，作者却写得兴会淋漓，豪情满怀。全诗造句新颖，属对精工，一气旋转，灵动洒脱。以"浪荡游"启下，以"犹嫌未奇绝"上包二、三联内容，又引出结句"更上岳阳楼"。这真是"浪荡游"，真是"奇绝"、更"奇绝"的"浪荡游"！读此诗至结尾，不禁联想起苏轼《六月二十日夜渡海》的尾联"九死南荒吾不恨，兹游奇绝冠平生"。

次韵傅惟肖①

竹根蟋蟀太多事，唤得秋来篱落间。又过暑天如许久，未偿诗债若为颜②。肝肠与世苦相反③，岩壑嗔人不早还④。八月放船飞样去，芦花丛外数青山⑤。

①傅惟肖：南安（今属福建）人，曾知清江县（今属江西），有善政。②若为颜：难为情。颜：颜面、面子。③肝肠：指思想、性情。④嗔（chēn）：责怪。⑤数（shǔ）：动词，一个一个地计算数目。

古人作诗，先作的称原唱，就原唱酬答的，叫和诗。和诗如果依次用原唱的脚韵，叫次韵或步韵。这首诗，便是依次用原唱的脚韵酬答傅惟肖的；可惜原唱没有流传下来。

这是一首完全符合格律的七律，却未受格律束缚，句法、章法，都活泼、跳脱，显示了作者的深厚功力和独特的艺术风格。

看样子，傅惟肖早在"暑天"就作了诗，要求作者"次韵"；他没有马上作次韵诗回报，这就欠下了"诗债"。如今已到秋天，如果还不还债，就太难为情了，所以提笔作此诗。弄清了这一层，便会看出前四句作得多么巧！从事件发展的顺序看,友人作诗索和在"暑天",他和诗回报在秋天。按这个顺序作诗,就太平板了。所以颠倒过来,先从眼前的秋天写起。秋天如何写,也关系到诗的优劣。如果写成:"呵!秋天已经来了!"那也不像样子。作者用的是触景生情法,这也不新鲜,但他写得很新鲜:忽然听见屋外的竹丛下面传来蟋蟀的叫声,意识到秋天来临,这已经不算平庸;出人意外的是他跨越一层,责怪蟋蟀:"躲在竹根边的蟋蟀啊!你太多事了!为什么要把秋天唤到我的篱落之间呢?"如此写秋天来临,何等新奇!当然,蟋蟀在秋天叫,但秋天并不是它唤来的。怨蟋蟀,怨得很无理,却十分有趣。古典诗词中,是有不少无理而有趣的佳句的。在点出秋天之后,突然回到暑天:"呵,度过暑天已经这么久了!可我还没有偿诗债,面子上怎么过得去呢!"这两句,还是讲究对仗的,却一气贯串,活泼自然,令人感觉不到这是对偶句。应该指出,这是一种很高明的手段。

前四句写"次韵"还诗债;后四句,大约是联系原作的内容,自写怀抱,打算辞官归隐。"肝肠与世苦相反"一句有如奇峰突起,不知道他要说明什么问题;看下句,其寓意便清楚了。肝肠与世人完全合拍,比如世人趋炎附势,你也趋炎附势;世人巧取豪夺,你也巧取豪夺;世人以权谋私,你也以权谋私;上司喜欢受贿,你便请客送礼;如此这般,自然官运亨通,青云直上。而"肝肠与世苦相反",什么都和人家唱反调,那根本就不是做官的料子。不要说世人,连故乡的"岩壑"都看透"我"不是做官的那块料,嗔怪道:"你为什么不早点回来呢?"开头是作者埋怨蟋蟀,这里又是岩壑责怪作者,同样用拟人化手法,却花样翻新,各显风韵。作此诗时蟋蟀唤秋,大约是阴历七月。七月打算退隐,说退便退,因而预想到了"八月",便辞官放船,像苍鹰疾飞那样回到故乡的岩壑,在芦花丛外数青山了。杜甫《闻官军收河南河北》的尾联"即从巴峡穿巫峡,便下襄阳向洛阳",写想象中的行程其急如飞,生动地表现了急于还乡的心情,而多年来的战乱流离之苦,见于言外。这首诗的尾联"八月放船飞样去,芦花丛外数青山",写想象中的行程速度更快,生动地表现了急于归隐的心情,而多年来浮沉宦海的辛酸,也见于言外。

古梅二首

湘妃危立冻蛟脊[1],海月冷挂珊瑚枝[2]。丑怪惊人能妩媚[3],断魂只有晓寒知[4]。

百千年藓著枯树[5],三两点春供老枝[6]。绝壁笛声那得到,只愁斜日冻蜂知[7]。

[1]湘妃:湘水女神,这里比喻梅花。危立:高耸地站立。冻蛟脊:冻僵的蛟龙脊背,指梅树枝干。[2]海月:倒映入海的月亮。这句说梅花又像海月凄冷地倒挂在珊瑚枝上。[3]"丑

怪"句:古梅极丑极怪,达到了令人惊奇的程度,却最能显出她的妩媚姿态。④断魂:令人神思恍惚,即具有迷人的魅力。⑤藓:苔藓。著:粘附。⑥三两点春:三两朵梅花。⑦"绝壁"二句:谓古梅生长在悬崖断壁,是游人所不到的地方,哪能听到笛声;只是怕黄昏时分,被冻蜂探知她开放的消息,飞来打扰。

方回《瀛奎律髓》卷六评萧德藻《次韵傅惟肖》诗云:"其诗苦硬顿挫而极其工。"前面刚讲过的《次韵傅惟肖》七律,说它"顿挫",说它"极工",都不错;说它"苦硬",似乎并不恰切。把"苦硬"二字用来评这两首七绝,倒切合实际。

先看第一首。

作者咏"古梅",当然要写梅的"古"。梅的花不可能"古",其"古"只能从枝干上表现。一、二两句,比古梅的老干硬枝为"冻蛟脊"、"珊瑚枝",比清冷的梅花为"湘妃"、"海月",而以"危立"、"冷挂"表明两者的关系。连缀起来,便是:湘妃耸立在冻蛟的脊梁上,海月冷挂在珊瑚的枝丫上。这样描状古梅,真有点"苦硬"。从声调看,第一句平平平仄仄平仄,第二句仄仄仄仄平平平,都是拗句,声调也"苦硬"。

范成大《梅谱后序》云:"梅以韵胜、以格高,故以横斜疏瘦与老枝奇怪者为贵。"明乎此,就看出作者以"冻蛟脊"、"珊瑚枝"为喻,正是要写出古梅"瘦"、"老"、"奇怪"的可贵之处。当然,如果只有"瘦"、"老"、"奇怪"的枝干,而不缀以"湘妃"、"海月"般清丽的花朵,也算不得"韵胜"、"格高"。梅圣俞《东溪》七律中的名句"老树着花无丑枝",便说明了这个问题。作者很懂得这个道理,所以用画龙点睛之笔,写出第三句"丑怪惊人能妩媚"。其枝干"丑怪惊人"而又"能妩媚",就因为它能开出清丽绝俗的花朵。作者特用"妩媚"一词,可能想起了唐太宗的名言。《旧唐书》卷七一《魏徵传》载:魏徵常常当众谏诤,太宗感到难堪,便对魏徵说:我当众提出的主张,你何必当众反对,事后再向我说,也来得及嘛!魏徵回答道:"当年大舜告诫群臣:'尔无面从,退有后言!'我如果像您要求的那样做,岂不是当面不讲背后讲,不把您当尧舜看待了吗?"太宗听了这番议论,便笑着说:"人言魏徵举动疏慢,我但觉妩媚,适为此耳。"魏徵的妩媚,正是从疏慢举动(当面谏诤,不留情面)所体现的高贵品格中流露出来的。然而这样的"妩媚",只有开创"贞观盛世"的一代英主唐太宗才能看出,才能赞赏。古梅的妩媚,也并非一般人都能赏识,这就有了第四句。

从第四句的"晓寒"可以看出,这首诗所咏的是凌晨开放的古梅。梅花开时,正当严冬,天气很冷,凌晨更冷,故前面用了"冻蛟"、"冷挂"之类的字眼。古梅于百花凋谢的季节凌寒独放,这也是它的"妩媚"之处。然而能从它的"丑怪惊人"中欣赏其"妩媚"的,能有几人呢?"断魂只有晓寒知",这是诗人发出的深沉慨叹。好的咏物诗都有寄托,此诗作于隐居屏山之时,其借梅自喻的深层意蕴,是不难领会的。

陈衍《宋诗精华录》卷三评此诗:"梅花诗之工,至此可叹观止,非林和靖所想得到矣。"

再看第二首。

首句是说古梅的树干上长满苔藓,"藓"前加"百千年",极言古梅之"古"。次句是说因为枝老,开花不多。"三两点春",即三两朵梅花。南朝宋陆凯《赠范晔》云:"折梅逢驿使,寄与陇头人。江南无所有,聊赠一枝春。"这便是以"春"代梅的先例。陈衍《宋诗精华录》云:"首二句,可作前一首注解。"

后两句是说古梅生长于绝壁,不会有人来这里吹笛,只怕冻蜂嗅到香味,飞来打扰。之所以用"笛声",是因为笛曲有《梅花落》、《梅花引》,李白便有"黄鹤楼中吹玉笛,江城五月落梅花"的诗句。这两句和前一首的结句从不同角度表现了古梅超尘绝俗的情操。"只有晓寒知",是说人间没有知音;"笛声那得到"而只愁"冻蜂知",是说无人知正好,还生怕有人来干扰呢!作者隐居于乌程屏山,那里千岩竞秀,因自号千岩老人。其退隐之故与终隐之志,都通过这两首咏梅诗表现出来而又物我交融,浑化无迹。就声调说,第二首的前两句"著"字宜平而用仄,"供"字宜仄而平,是所谓"拗救"。第三句只有"声"字是平声,又是拗句。以苦硬的文词、不谐律的声调,表现不谐俗的品格,内容与形式达到了完美的统一。

韩元吉

韩元吉(1118—1187),字无咎,号南涧,开封雍丘(今河南杞县)人,徙居上饶(今属江西)。以荫补龙泉县主簿。累官吏部尚书,封颍川郡公。与朱熹友善。曾与叶梦得、曾几、陆游、陈亮等相唱和。有《南涧甲乙稿》。

送陆务观福建提仓①

觥船相对百分空②,京口追随似梦中③。落纸云烟君似旧④,盈巾霜雪我成翁⑤。春来茗叶还争白⑥,腊尽梅梢尽放红。领略溪山须妙语,小迁旌节上凌风⑦。

①务观:陆游字。②觥(gōng)船:容量大的饮酒器。③京口:在今江苏镇江。④落纸云烟:杜甫《饮中八仙歌》:"张旭三杯草圣传……挥毫落纸如云烟。"这里称赞陆游依旧挥毫作草书。⑤盈巾霜雪:满头白发。巾:头巾。⑥茗叶还争白:茗叶:茶叶。宋人宋子安《东溪试茶录》:"茶之名者有七,一曰白叶茶,民间以为茶瑞。"福建武夷山产白叶茶。⑦小迁:稍稍迁回一下道路。旌节:宋制,镇守一方的军政长官,皆拥旌持节。凌风:亭名,在福建建安。此诗原注:"仆为建安宰,作凌风亭。"

宋孝宗淳熙五年(1178)春,陆游奉调离蜀,秋抵杭州,除提举福建路常平茶事(简称"福建提仓")。冬季赴任,韩元吉作此诗送行。韩元吉当时任吏部尚书,不安其位,不久即出守东阳。

首句写设宴饯行。"舴艋船"并不是"载酒的船","百分空"也不是"万事皆空"。清人厉鹗《瓶花斋百八瓷酒器歌》云:"就中我爱小舴艋,不酌亦复堪流涎。"说明舴艋船是一种容量大的饮酒器。"舴艋船相对百分空",是写二人相对,各用大杯饮酒,一杯又一杯,都百分之百地喝干了。饯行诗如此开头,自能涵盖全篇,领起以下各句。他们是志同道合的老朋友,都力主抗金而受制于奸臣,不得行其志。当即将分手之时,以"舴艋船"饮酒直至"百分空",其抚今忆昔、依依不舍之情见于言外。次句紧承首句,写忆昔。孝宗隆兴二年(1164)陆游任镇江通判,闰十一月,韩元吉来镇江省亲,与陆游相聚,"相与道旧故,问朋游,览观江山,举酒相属,甚乐"(陆游《京口唱和序》)。又同登焦山,"踏雪观《瘗鹤铭》,置酒上方。烽火未息,望风樯战舰,在烟霭间,慨然尽醉"(陆游《焦山题名》)。回忆起来,这已是十五年前的事了。"京口相随似梦中"一句所包含的谈话内容之多和感慨之深,于此可见。第三、四句忆昔抚今:昔年"京口追随"之时,每见"君"挥毫疾书,"落纸云烟"(《焦山题名》,即陆游书写、圜禅师刻石),如今相聚,"君"依旧挥毫落纸如云烟,豪情不减当年;而我呢,那时正当壮年,如今已霜雪满头,变成老翁了(韩元吉长陆游七岁,这时已六十有一)!陆游善草书,其《题醉中所作草书卷后》诗云:"胸中磊落藏五兵,欲试无路空峥嵘。酒为旗鼓笔刀槊,势从天落银河倾。端溪石池浓作墨,烛光相射飞纵横。须臾收卷复把酒,如见万里烟尘清。……"这是说他胸有甲兵而欲试无路,便借作草书纵横驰骋,略显身手;草书作完,仿佛已扫清万里烟尘。韩元吉的这两句诗只说陆游依旧作草书,自己已成老翁,似乎很平淡,实际上蕴涵着壮志难酬的感慨。

后四句转向送行。陆游出任的是管理福建茶叶事务的闲官,赴任之时,正当"腊尽",沿途"梅梢尽放红",不妨尽情观赏;进入福建境内,已经"春来",遍山名茶该已争吐白芽,可以及早品尝。你稍稍绕点路,到我当年修建的凌风亭上去,领略溪山之美,作几首好诗寄我读,以慰我对旧游之地的怀念。四句诗,清新明丽,楚楚动人。

王 质

王质(1127—1189),字景文,号雪山,原籍郓州(今山东东平),寓居兴国(今属江西)。绍兴三十年(1160)进士。孝宗朝,历枢密院编修官,出判荆南府。诗风流畅俊爽,近似苏轼,亦以苏轼继承人自命。有《雪山集》、《绍陶录》。

山行即事

浮云在空碧,来往议阴晴。荷雨洒衣湿,蘋风吹袖清。鹊声喧日出,鸥性狎波平①。山色不言语,唤醒三日酲②。

①狎(xiá 侠):戏弄。②酲(chéng 程):喝醉酒神志不清的状态。

首联写天气,统摄全局,极精彩。两句诗应连起来读、连起来讲:飘浮的云朵在碧空里你来我往,忙于"议","议"什么呢?"议"究竟是"阴"好,还是"晴"好。"议"的结果怎么样,没有说,接着便具体描写"山行"的经历和感受:"荷雨洒衣湿",下起雨来了;"鹊声喧日出",太阳又出来了。浮云议论不定,故阴晴也不定。宋人诗词中往往用拟人化手法写天气,姜夔《点绛唇》中的"数峰清苦,商略黄昏雨"尤有名。但比较而言,王质以浮云"议阴晴"涵盖全篇,更具匠心。

"荷雨"一联承"阴"。先说"荷雨",后说"洒衣湿",见得先听见雨打荷叶声而后才意识到下雨,才感觉到"衣湿"。这雨当然比"沾衣欲湿杏花雨"大一点,但大得也有限。同时,有荷花的季节衣服被雨洒湿,反而凉爽些。"蘋风"是从浮萍之间吹来的风,说它"吹袖清",见得那风也并不狂。雨已湿衣,再加风吹,其主观感受是"清"而不是寒,表明如果没有这风和雨,"山行"者就会感到炎热了。

"鹊声"一联承"晴"。喜鹊喜干厌湿,所以叫"干鹊"。雨过天晴,喜鹊"喧"叫,这表现了鹊的喜悦,也传达了人的喜悦。试想:荷雨湿衣,虽然暂时带来爽意,但如果继续下,没完没了,"山行"者就不会很愉快;所以诗人写鹊"喧",也正是为了传达自己的心声。"喧"后接"日出",造句生新:喜鹊喧叫:"太阳出来了!"多么传神!"鹊声喧日出",引人向上看,由"鹊"及"日";"鸥性狎波平"引人向下看,由"鸥"及"波"。鸥,生性爱水,但如果风急浪涌,它也受不了。如今雨霁风和,"波平"如镜,鸥自然尽情玩乐。"狎"字也像"喧"字一样用得很精彩,"狎"有"亲热"的意思,也有"玩乐"的意思,这里都适用。

像首联一样,尾联也用拟人化手法,其区别在于前者正用,后者反用。有正才有反,从反面说,"山色不言语",从正面说,自然是"山色能言语"。惟其能言语,所以下句用了个"唤"字。刚经过雨洗的"山色"忽受阳光照耀,明净秀丽,"不言语"已能"唤醒三日酲";对于并未喝酒烂醉的人来说,自然更加神清气爽,赏心悦目。

以"山行"为题,结尾才点出"山",表明人在"山色"之中。全篇未见"行"字,但从浮云往来到荷雨湿衣、蘋风吹袖、鹊声喧日、鸥性狎波,都是"山行"过程中的经历、见闻和感受。合起来,就是所谓"山行即事"。全诗写得兴会淋漓,景美情浓,艺术构思也相当精巧。

陆 游

陆游(1125—1210),字务观,号放翁,越州山阴(今浙江绍兴)人。绍兴二十三年(1153)应礼部试,被主考官录为第一,而秦桧孙埙为第二,桧怒,被黜落。孝宗初,赐进士出身,历任镇江、隆兴、夔州通判。乾道八年(1172)入四川宣抚使王炎幕府,投身军旅生活。后官至宝章阁待制。力主抗金而为投降派所阻,报国无门,其爱国忧民之激情一发于诗,雄放豪迈,前无古人。其抒写日常生活之作则清新圆润,别饶韵味,今存诗九千余首。亦工词,散文、书法成就皆高,尤长于史学。有《剑南诗稿》、《渭南文集》、《放翁词》、《南唐书》、《老学庵笔记》等。

游山西村①

莫笑农家腊酒浑②,丰年留客足鸡豚③。山重水复疑无路,柳暗花明又一村。箫鼓追随春社近④,衣冠简朴古风存。从今若许闲乘月⑤,拄杖无时夜叩门⑥。

①山西村:是作者故里山阴的一个小村。②腊酒:腊月(阴历十二月)酿的酒。③豚(tún屯):小猪,这里泛指猪。④春社:古时把立春后第五个戊日叫春社日,于这日祭土地神,祈求丰年。⑤闲乘月:趁月明之时出外闲游。⑥无时:随时。

乾道二年(1166),作者在隆兴通判任,因支持张浚北伐,被投降派以"交结台谏,鼓唱是非,力说张浚用兵"的罪名弹劾,免官回到故乡山阴,卜居于镜湖附近的三山。这首《游山西村》,作于第二年春天。山西村,即三山西边的村子。

首联写游到山村,被农家邀去做客,硬留他吃饭。因为遇上丰年,又准备过春社,所以用酒肉待客。上年腊月酿的米酒虽然浑一些,但鸡肉、猪肉只管往上端,足够吃。两句诗,把农民的热情、好客和丰收之年的喜悦表现得活灵活现,令人神往。

细玩诗意,诗人用了倒叙手法。先写在农家做客,然后补写来到这个村子的沿途景物及村中景象。诗人从他居住的那个村子出发,信步漫游,并无明确的目的地。走过几重山、绕过几条水,只见前面"山重水复",好像"无路"可走。可是继续前进,忽觉豁然开朗,出现在眼前的是"柳暗花明又一村"。两句诗,委婉明丽,状难状之景如在目前,其中又蕴含人生哲理。不论是干事业、做学问,都会遇到类似的境界,因而常被人引用,至今传诵不衰。诗人来到这个"柳暗花明"的村子,只见"衣冠简朴"的村民们有的吹箫,有的打鼓,互相"追随",热闹非凡。原来这里"古风"犹存,大家正准备过春社呢! 古代民俗,春社祝祷丰收,民众竞技、奏乐,进行各种表演,并集体欢宴。唐人王驾《社日》诗云:"鹅湖山下稻粱肥,豚栅鸡栖半掩扉。桑柘影斜春社散,家家扶得醉人归。"

到了南宋,这种民俗还未改变,陆游的这两句诗,正展现了南宋农村的风俗画。

　　从顺序看,首联所写的农家留客情景,应该是出现在三联展现的场景之后的,因而以"从今若许闲乘月,拄杖无时夜叩门"收束全诗。"门",就是留他吃饭的那个"农家"的"门"。诗人从应试到罢官归里,受尽了上层统治者的打击迫害,真有"山重水复疑无路"的感觉,可是一到上层统治者当牛马看待的农民家里,受到热情款待,便感到无限温暖,顿觉"柳暗花明"。因而以"莫笑"领起,先赞赏淳朴的"农家",结尾又说从今以后,不要说白天,就是月明之夜,也要"叩门"来访的。读完全诗,令人感到作者游山西村,发现了一片淳朴可爱的新天地。如果用记流水账的办法写,就很难收到这样的艺术效果。

黄　州①

　　局促常悲类楚囚②,迁流还叹学齐优③。江声不尽英雄恨,天意无私草木秋。万里羁愁添白发,一帆寒日过黄州。君看赤壁终陈迹④,生子何须似仲谋⑤。

　　①黄州:今湖北黄冈。②楚囚:《左传·成公九年》记郑人向晋国献"楚囚"事。后借指处境窘迫者。③齐优:古代称乐工为优人,齐人送鲁女乐工,孔子认为鲁接受了女乐工,终日享乐,政治上不会搞好,遂辞官而去。④赤壁:周瑜、诸葛亮大破曹操处,地在今湖北蒲圻县东北。苏轼作《赤壁赋》,以黄州赤鼻矶为赤壁,陆游姑用其说。⑤仲谋:即孙权。《三国志·吴志·吴主传》裴松之的注引《吴历》云:"曹公喟然叹曰:'生子当如孙仲谋。'""曹公"即曹操。

　　乾道六年(1170)闰五月十八日,陆游离山阴赴夔州通判任,八月过黄州,作此诗。

　　作者多年来仕途失意,屡受摧抑,此次远赴夔州,仍做通判,不可能大有作为,故首联借"楚囚"、"齐优"抒发"局促"、"迁流"之感。次联触景伤怀,情景交融:耳闻江涛之声,便感到江声在倾吐英雄的怨恨,"江声不尽","英雄恨"亦无穷无尽;眼见无边秋色,便想到"天意无私",一到秋天,草木摇落,无一例外。三联承上转下:"万里羁愁",兼包"局促"、"迁流"、"英雄恨"与"草木秋",安得不"添白发";"一帆寒日",照应"迁流"与"草木秋",又为"羁愁"增加了新内容,缀以"过黄州",点明兴感之地,上应"英雄恨"而下启"赤壁"与"孙仲谋"。当年曹操率兵南下,欲灭孙吴,当望见吴军阵营整肃,不觉发出"生子当如孙仲谋"的赞叹。赤壁大战,曹军败北,孙吴乃日益强大。当时南宋的处境类似孙吴,而朝廷却被投降派把持,有谁能像孙仲谋那样击败南侵之敌?江声传出的"英雄恨",既是孙吴英雄未能生擒曹操之恨,也是诗人"报国欲死无战场"之恨。尾联乃愤激之词:眼前的"赤壁"已成陈迹,时至今日,曾在这里大破曹兵的英雄早被人们忘得一干二净,更谈不上有谁去效法。既然如此,"生子何须似仲谋"呢? 正话反说,感慨无穷。

山南行①

　　我行山南已三日,如绳大路东西出。平川沃野望不尽,麦陇青青
桑郁郁。地近函秦气俗豪②,秋千蹴鞠分朋曹③。苜蓿连云马蹄健④,
杨柳夹道车声高。古来历历兴亡处,举目山川尚如故。将军坛上冷
云低⑤,丞相祠前春日暮⑥。国家四纪失中原⑦,师出江淮未易吞⑧。
会看金鼓从天下,却用关中作本根⑨。

　　①山南:终南山之南,指汉中(南郑)。②函秦:指关中。关中在函谷关之西,是秦国故
地,故称函秦。气俗豪:民风豪健。③秋千:一种带有娱乐性质的体育运动,至今农村犹有玩
者。蹴鞠(cù jū 促居):古代的一种足球运动,用以娱乐、健身。分朋曹:分组编队进行比赛。
④苜蓿:一种豆科植物,主要做马的饲料。⑤将军坛:指刘邦拜韩信为大将的拜将坛,在南
郑。⑥丞相祠:指诸葛亮祠,在勉县北。⑦四纪:十二年为一纪。从建炎元年(1127)至作此
诗时,中原沦陷已四十六年,约为四纪。⑧"师出"句:从江淮出师,不易吞灭金人。⑨"会
看"两句:收复关中作为根据地,然后出兵东向,驱逐中原一带的金人,就有雄师自天而降的
气势。古代击鼓进军,鸣金收兵,故以"金鼓"指军队。

　　乾道八年(1172),陆游离夔州通判任,被四川宣抚使王炎辟为宣抚使司干
办公事兼检法官。当时四川宣抚使衙门设在南郑,陆游于暮春到任,即历览山
川形势和民情风俗,写了这首充满收复中原希望的《山南行》。
　　全诗以"我行山南已三日"领起,写"三日"观察的印象和感想:东西大路
笔直如绳;望不到尽头的平川沃野,麦田青青,桑麻郁郁;地近秦川,民气豪健,
或打秋千,或踢足球,一派尚武风气;山地苜蓿,远望与无际的乌云相连,饲料
丰足,战马强壮;杨柳夹道,车声隆隆。这一切,使诗人感到南郑可以作为收复
中原的基地。进而与历史相印证:刘邦在这里筑坛拜将,建立了大汉王朝;诸
葛亮北伐中原,曾多次屯兵于此。举目山川,尚与昔年无异;那么在今天,这里
仍可大有作为。中原沦陷已经四十多年,从江淮出兵北伐,很难驱逐金人;可
是从南郑出兵先收复关中,然后以关中为本根,出兵东进,那就有高屋建瓴之
势,会看到大宋雄师自天而降,收复中原,指日可待。全诗以大量篇幅写眼前
实景,并印证历史,洋溢着可以大有作为的激情;最后四句,乃是从前面描写的
有利条件中概括出来的结论,故无游离之感。
　　宋室南渡,金人攻占陕西诸地。绍兴十一年(1141)宋、金议和,以淮河、大
散关为界,其北属金,其南属宋。南郑在一度陷敌后复归南宋管辖,经过三十
来年的休养生息,又出现繁荣景象。陆游在负责前敌工作,并力主抗金的王炎
部下肩负要职,满以为实现理想的机会到了,因而一到任就写了这首《山南
行》,提出了先收复关中的主张。此后,频繁往来于南郑和前线之间,作了许多

鼓吹抗金的诗。尽管他在南郑只工作了半年时间即被迫离职,但他在南郑的一段军旅生活仍是一生中最快意的生活,此后数十年经常怀念,形诸吟咏。现存南郑时期的诗词及后来的追忆之作,多达三百余首。南郑军旅生活使他的诗风也发生了根本性的转变,这在《九月一日夜读诗稿有感走笔作歌》诗中有清楚的表述。

剑门道中遇微雨①

衣上征尘杂酒痕②,远游无处不消魂。此身合是诗人未?细雨骑驴入剑门。

①剑门:又称剑阁,在四川省剑阁县北。②征尘:旅行中衣上所蒙的灰尘。

乾道八年(1172)三月,陆游到达南郑,投身于收复长安的准备工作。半年之内,西到仙人原、两当县,北到黄花驿、金牛驿,南到飞石铺、桔柏渡,或防守要塞,或侦察敌情,还参加过强渡渭水的战役和大散关的遭遇战。但正当收复长安的事业有了希望的时候,王炎被调回临安,陆游被改任成都府安抚司参议,希望化为泡影。这年十一月,他携眷赴成都,过剑门关时写出这首脍炙人口的小诗。

"衣上征尘",既来自从南郑到剑门的长途跋涉,也来自"铁马秋风大散关"的战斗,那充满报国希望的战斗生活只留下"衣上征尘",不可复得;如今离开前线去成都做那英雄无用武之地的闲官,"衣上"徒增旅途中的"征尘",怎能不百感丛生!"渭水函关原不远,着鞭无日涕纵横"(《嘉州铺得檄遂行中夜次小柏》),未离南郑时尚且如此,何况如今呢? 于是只好借酒解闷,"衣上征尘"又"杂酒痕"了。诗人在此后作的《长歌行》中声明他"平时一滴不入口",并非一贯贪杯,只在"国仇未报壮士老"的悲愤无法消除时才"剧饮"。

第二句是个陈述句。从次序上看,应该先说"远游",然后对"远游"的情景作具体描写。然而文似看山不喜平,这样写,虽易于理解,却未免平庸。诗人先不说"远游",一开头就用"衣上征尘杂酒痕"描写"远游"情景,展现了"远游"者的内心世界,这才用"远游"点明,既使得起势突兀,一上来就抓住读者;又获得形象的鲜明性,强化了艺术感染力。王维的《观猎》一开头就写"风劲角弓鸣",第二句才点明"将军猎渭城";杜甫的《画鹰》一开头就写"素练风霜起",第二句才点明"苍鹰画作殊",都用的是这种"逆起"法。

"远游"的"游"是相对于"居"而言的。在家的人叫"居人",出门的人叫"游人"、"游子"。具体到这首诗,"远游"指诗人从南郑到成都的长途跋涉,也可追溯得更远,多年来调动频繁,仆仆风尘,都是"远游"的具体内容。正因为这样,就感到"远游无处不消魂"了。"消魂"一词,很难用现代汉语中任何一个词对译。大致说来，凡因外界感触而使得心情激动，都可用"消魂"，究竟是愁、是喜、是恨，则要看具体情况。这里的"远游无处不消魂"，只有联系上下文才能领会其复杂内涵。上文已作解释，再看下文。

"此身合是诗人未"——我这个人，应该算是诗人呢，还是不应该算作诗人？

这一问，问得很突然，与上句"消魂"之间似无内在联系。看看下句，才知道先后次序又被颠倒了。就是说，"细雨骑驴入剑门"是"远游"的主要内容，应该紧接"远游无处不消魂"，那一问，则是由此激发出来的，应该移在后面，而作者却把它提前了。一提前，就突出了那一问的重要性，使读者急于得到答案。而读了第四句，又发现那并非答案，而只是提出问题的根据。问而不答，就不能不引人深思，收到了言有尽而意无穷的效果。

"衣上征尘杂酒痕"，"细雨骑驴入剑门"，此情此景，引起了诗人的许多联想。自己骑驴远游，衣有"酒痕"，就联想到许多大诗人也骑驴、也好酒。例如李白乘醉骑驴游华阴(见王琦《李太白全集注》卷三六引《合璧事类》)；杜甫"骑驴三十载，旅食京华春"(《奉赠韦左丞丈二十二韵》)，传世有《杜子美骑驴图》(见《广川画跋》卷四)和《醉杜甫像》(见《画声集》卷一)。至于孟浩然骑驴踏雪寻梅、贾岛骑驴赋诗、孟郊骑驴苦吟、李贺骑驴觅句、郑綮"诗思在灞桥风雪中驴子背上"，则更为人所熟知。而自己"骑驴过剑门"，又自然联想到杜甫过剑门入蜀的经历，想到以《蜀道难》诗赢得"谪仙"称号的蜀中诗人李白，联想到杜甫、黄庭坚入蜀以后在诗歌创作上取得的成就。这许多联想，就引出了深长的一问。既然前代诗人都如此，我亦如此，那么，我究竟该不该算个诗人呢？就我们看，回答是肯定的，他不仅该算个诗人，而且早已是颇负盛名的诗人了。既然如此，他又何必发出意味深长的一问呢？

且看作者对于"诗人"的看法：他在《读杜诗》里说杜甫胸怀大志而不得重用，才"空回英概入笔墨"，写出了堪比《生民》、《清庙》的诗作，后人不了解杜甫，把他只看成"诗人"，那是可悲的误解。"后世但作诗人看，使我抚几空嗟咨！"这是讲杜甫，也是讲自己。在《长歌行》里，他就明确地为自己报国无门而发出诘问："岂其马上破贼手，哦诗长作寒螀鸣？"

为了进一步理解"此身合是诗人未"的内涵，不妨再看由南郑到成都以后作的《夏夜大醉醒后有感》：

少时酒隐东海滨，结交尽是英豪人；龙泉三尺动牛斗，《阴符》一编役鬼神。客游山南("山南"指南郑——引者)夜望气，颇谓王师当入秦("秦"指关中——引者)；欲倾天上河汉水，净洗关中胡虏尘。那知一旦事大谬，骑驴剑阁霜毛新；却将覆毡草檄手，小诗点缀西州春！素心虽愿老岩壑，大义未敢忘君臣；鸡鸣酒解不成寐，起坐肝胆空轮囷。

就主观愿望说,陆游不甘心只当个诗人,可客观形势却不允许他"上马击狂胡,下马草军书",只能写点小诗。"细雨骑驴入剑门",难道就只能当个诗人了吗? 就其基本内容而言,《剑门道中遇微雨》这首七绝与《读杜诗》、《长歌行》、《夏夜大醉醒后有感》相类似,抒发了壮志难酬的愤懑;但在艺术表现上却另辟蹊径。前三首,直抒胸臆,激情喷涌;这一首,则于含蓄中见忧愤,于婉约中见感慨。惟其含蓄,故忧愤更其深广;惟其婉约,故感慨更其沉痛。

三月十七日夜醉中作

前年脍鲸东海上①,白浪如山寄豪壮。去年射虎南山秋②,夜归急雪满貂裘。今年摧颓最堪笑③,华发苍颜羞自照④。谁知得酒尚能狂,脱帽向人时大叫。逆胡未灭心未平⑤,孤剑床头铿有声⑥。破驿梦回灯欲死⑦,打窗风雨正三更。

①"前年"句:指任福州司理参军时乘兴航海。脍(kuài 快)鲸:细切鲸鱼肉炒了吃,夸张地形容泛海豪情。②射虎南山:陆游在南郑(今陕西汉中)任内,有描写亲自射虎的诗。南山:即终南山。③摧颓:摧伤颓废。④华发苍颜:头发花白、面容苍白。羞自照:对镜自照感到羞耻。⑤逆胡:对金人的蔑称。⑥铿(kēng 坑):金属物碰击时发出的声响。⑦灯欲死:灯光暗淡,好像将要熄灭。

乾道九年(1173)春,陆游权理蜀州(治所在今四川崇庆)通判,因事赴成都,于旅途驿店中作此诗。前四句回忆过去,分"前年"、"去年"两层,前两句押去声韵,后两句换平声韵。后八句写当前,前四句押去声韵,是由豪壮转向悲痛的过渡;后四句换平声韵,极写国仇未报、壮志未酬的悲愤。由忆昔到叹今,场景频频变化,韵脚、声调频频变化,恰切地表现了情感波涛的跌宕起伏。

金错刀行①

黄金错刀白玉装②,夜穿窗扉出光芒③。丈夫五十功未立,提刀独立顾八荒④。京华结交尽奇士⑤,意气相期共生死⑥。千年史策耻无名⑦,一片丹心报天子。尔来从军天汉滨⑧,南山晓雪玉嶙峋⑨。呜呼楚虽三户能亡秦⑩,岂有堂堂中国空无人?

①金错刀:刀身纹饰镶有黄金。行:歌行,古诗的一种体裁。②白玉装:刀柄、刀鞘镶有白玉。③扉:门。④八荒:指八方荒远之地。⑤京华:京城,这里指南宋都城临安。⑥意气:志趣。相期:相约。⑦策:通"册",古代用竹片或木片记事著书,成编的叫"册"。⑧尔来:近来。天汉滨:汉水旁边。汉水,发源于陕西,上游流经汉中盆地。陆游曾在汉中任职,故言及。⑨南山:即终南山。玉:形容雪色。嶙峋(lín xún 林旬):堆积突兀不平貌。⑩"楚虽"句:战国末年,楚

501

国为秦国所灭,楚人不屈,有民谣云:"楚虽三户,亡秦必楚。"项羽楚人,终灭秦国。

此诗乾道九年(1173)冬作于嘉州。同年春天所作的《三月十七日夜醉中作》中有"逆胡未灭心未平,孤剑床头铿有声"之句;同年秋天所作的《宝剑吟》有"幽人枕宝剑,殷殷夜有声。……不然愤狂虏,慨然思远征"之句,皆以剑自喻,渴望远征,一试锋芒。这一首,则以"金错刀"起兴,由刀及人,托出"提刀独立顾八荒"的英雄形象,然后展现提刀四顾时的内心活动:在京华结交了许多一心报国、誓共生死的"奇士";在南郑前线,亲眼看到南山嶙峋,地形险要,可以"天汉滨"为根据地进取关中,收复中原。于是以"呜呼"振起,以"楚虽三户能亡秦"的历史事实鼓舞斗志,而以"岂有堂堂中国空无人"的反诘语气作结,大声镗鞳,振聋发聩。

关山月①

和戎诏下十五年②,将军不战空临边。朱门沉沉按歌舞③,厩马肥死弓断弦。戍楼刁斗催落月④,三十从军今白发。笛里谁知壮士心,沙头空照征人骨⑤。中原干戈古亦闻,岂有逆胡传子孙,遗民忍死望恢复⑥,几处今宵垂泪痕。

①关山月:汉乐府古题,属横吹曲。②"和戎"句:孝宗隆兴二年(1164),下诏议和,到淳熙三年(1176)陆游作此诗时,已近十五年。③朱门:富贵人家。沉沉:深远貌。④戍(shù恕)楼:边塞上的岗楼。刁斗:古代军中用来打更报时的用器。⑤沙头:沙场。⑥遗民:指金统治区的原北宋人民。

此诗淳熙三年(1176)作于成都。

高宗绍兴九年(1139)宋金议和,宋对金称臣,岁贡银、绢各二十五万两、匹;绍兴十二年又定和议,宋金以大散关、淮河为界。孝宗即位,开始尚有抗金决心。隆兴二年(1164)三月,张浚以右丞相督视江淮兵马,驻节镇江;陆游初任镇江通判,以世谊晋谒,颇受器重,便"力说张浚用兵",对恢复大业充满希望。但不久张浚罢相,投降派势力又占主导地位。隆兴二年(1164)十一月,孝宗遣王抃使金,称叔侄之国,地界如绍兴之时。第二年,"隆兴和议"达成,至陆游作此诗,将近十五年。

全诗以"和戎诏下十五年"领起,下面从各个方面写因"和戎"而出现的典型景象:"朱门"——富贵人家,包括朝廷中的权豪势要,正好及时行乐,歌舞升平;将军不战,厩马肥死,武备废弛;渴望收复失地的壮士无用武之地,徒添白发,吹笛抒愤;沦陷区的遗民在水深火热之中顽强挣扎,垂泪南望,期待王师解救他们,却始终不见王师的踪影。前四句押平声韵,中间四句换入声韵,后四句换平声韵,仅用十二句诗,高度概括地描绘出"隆兴和议"以来十多年间中国历史的基本面貌和不同人物的处境、心态,而作者忧国忧民的激情,洋溢于字里行间,感人肺腑。

夜泊水村

腰间羽箭久凋零^①,太息燕然未勒铭^②。老子犹堪绝大漠^③,诸君何至泣新亭^④。一身报国有万死^⑤,双鬓向人无再青^⑥。记取江湖泊船处,卧闻新雁落寒汀^⑦。

①羽箭久凋零:意谓杀敌武器被长期闲置。②燕然勒铭:燕然,山名,即今蒙古杭爱山。后汉和帝永元元年(89),车骑将军窦宪击北匈奴,至燕然山,班固作铭,纪功勒石而还。未:不曾,没有。③老子:作者自指。绝:横渡。大漠:大沙漠。④新亭:故址在今江苏南京市西南。三国吴筑。东晋时为朝士游宴之所。东晋周顗等曾于新亭相视流涕,后因以"新亭泪"表示怆怀故国的意思。⑤有万死:即万死不辞。⑥无再青:不可能再恢复青春。⑦新雁:新秋南来之雁。汀:水边平地、小洲。

淳熙八年(1181),陆游奉调提举淮南东路常平茶盐公事,因臣僚以"不自检饬,所为多越于规矩"论罢,闲居山阴老家。第二年,除朝奉大夫,主管成都府玉局观。宋朝制度,指明"主管"或"提点"某宫、某观,只是给一个领取乾俸的空名,根本不须到那里去干什么实事。这首诗,即作于此年山阴赋闲之时。

题为《晚泊水村》,按照触景生情的规律,通常的写法应该是先从眼前景落墨,诗人摆落凡近,别出心裁,将眼前景留在结尾,却用以借景抒情。从实质上说,通篇八句,都用来自抒胸臆,从而在最大限度上扩展了情感空间。

通篇抒情,容易流于抽象化。诗人的高明之处,正在于通篇抒情,却形象鲜明,具有强烈的艺术感染力。

前四句的形象性来自借古事以抒今情。且看首联:杜甫用"良相头上进贤冠,猛将腰间大羽箭"再现凌烟阁上功臣们的画像(见《丹青引》),东汉车骑将军窦宪率部击败北匈奴的侵略军,登燕然山(今蒙古杭爱山),令班固作铭,刻石纪功而还(见《后汉书·窦宪传》),其人其事,都是诗人所向往的,故首联即取材于此而自铸伟词。自顾腰间,羽箭犹在,表明始终渴望驰驱沙场,收复失地;然而羽箭久已凋零,却依然投闲置散,何时才能像窦宪与凌烟猛将那样大显身手,为国立功? 两句诗,历史与现实交错,遭遇与愿望对立,从而激发读者的无穷想象,而诗人流落江湖的身影与壮志难酬的心态,也于广阔的历史背景中闪现,如闻"太息"之声,多情的读者,也会为之"太息"的。如果是意志薄弱的碌碌之辈,继一声"太息",必将进而大发牢骚,倾泻绝望情绪。作为杰出爱国诗人的陆游,却不如此,且看次联。

次联以"老子"与"诸君"对举,用了两个典故。《史记·卫将军骠骑列传》记载:骠骑将军霍去病出塞三千余里,大破匈奴,天子用"绝大漠……执卤获丑"等语赞扬他的赫赫战功,诗人从这里吸取"绝大漠"三字,隐然以霍去病自比。但霍去病横渡大漠之时,正年富力强,而诗人此时已五十八岁,故自称"老子",又于"绝大漠"之前加"犹堪"二字,表明自己虽然年老,仍然能够长驱直入,杀敌制胜。这句诗,以"绝大漠"表现抗金雄心,用典贴切。用"犹堪"作状语,更蕴含深广,耐人寻味。诗人少壮之年,"楼船夜雪瓜洲渡,铁马秋风大散关",已自许"塞上长城";如果得到重用,早可以追踪卫、霍。可是直到老年,还夜泊水村,一筹莫展!用"犹堪"二字,其岁月蹉跎的悲慨已见言外。然而作为"绝大漠"的状语,这种言外之意反而强化了百折不挠的坚强意志,真可谓"烈士暮年,壮心不已"!其爱国激情、献身豪气,令人感发兴起。如果当权"诸君"都像他这样,那么南宋的偏安局面,不就可以彻底改变了吗?然而"诸君"的表现,却与此形成强烈的对照。大家都很清楚,当时南宋政府奉行投降政策,对金称臣、纳贡、割地以求苟安。诗人在这里不愿正面提出这一类事情痛加斥责,而是委婉地用了一个典故:晋室南渡,过江诸人常在新亭饮宴,周侯叹息说:"风景不殊,正自有河山之异?"大家都相视流泪。王导批评道:"当共戮力王室,克服神州,何至作楚囚相对?"(《世说新语·言语》)诗人将这个典故锤炼成精彩的诗句,与上句合成有机联系的一联:我年近花甲,倘有用武之地,还能像霍去病那样横渡大漠;诸君大权在握,又何至于束手无策,像南渡诸人那样对泣新亭呢?"当共戮力王室,克服神州"之意,已溢于言表。

三联上句"一身报国有万死",紧承次联,进一步表明决心:誓雪国耻,万死不辞。然而问题的关键仍在于"报国欲死无战场",因而以"双鬓向人无再青"转向尾联。韶华易逝,时不我与,再蹉跎下去,双鬓飞雪,还能有什么作为呢?这里当然有自惜自叹的成分,但更重要的则是向当权者提出希望和警告。

尾联点题。"江湖泊船处",紧扣题目中的"泊水村"。最后一句,则通过对自我情态和客观景物的生动描绘托出题目中的"夜"字。白天当然也可以"卧",但如果是白天,则"新雁落寒汀"自然明白可见,不必用那个"闻"字。"卧闻新雁落寒汀",首先展现的是诗人夜卧船舱、侧耳静听的神态。既用"闻"字,则只能闻其声,不能见其形。他听见雁声自远而近,由高向低,最后来自"寒汀",便通过"通感"作用,在想象中浮现"新雁落寒汀"的动景。"汀"不会感到"寒",说它"寒",乃是诗人触觉的外射。"寒"与"新雁"相联系,再结合山阴的气候特点,便可以看出诗人通过触觉和听觉,多么细致入微地写出了江南水村最富特征性的冬夜景色。

尾联写出了"夜泊水村"的荒寒情景,但用"记取"领起,便非单纯写景,而是由三联下句转出,慨叹时光的不断流逝。"新雁落寒汀",这一年不又进入秋末冬初了吗?时不再来的忧伤,请缨无路的焦灼,北定中原的渴望,都随雁唳的声声入耳而激荡跃动,化为汹涌澎湃的情感波涛。这首爱国诗歌激动人心的艺术魅力,正来自这种情感波涛的奔腾流注。国仇未报,壮士空老,千载之下,每一位有爱国心的读者都不能不为作者的遭遇感到痛惜,一洒同情之泪。

小园四首(录二)

小园烟草接邻家,桑柘阴阴一径斜①。卧读陶诗未终卷②,又乘微雨去锄瓜。

村南村北鹁鸪声③,水刺新秧漫漫平④。行遍天涯千万里,却从邻父学春耕。

①桑柘:柘亦桑属,其叶可以喂蚕。②陶诗:陶渊明的诗。③鹁鸪(bó gū 勃姑):鸟名,天要下雨或天刚晴的时候,在树上咕咕啼叫。④漫漫:无边无际的样子。

淳熙八年(1181),陆游任"提举淮南东路常平茶盐公事"官,三月,被同僚以"不自检饬,所为多越于规矩"论罢,闲居农村,作此组诗,共四首。其第二首云:"历尽危机歇尽狂,残年唯有付耕桑。麦秋天气朝朝变,蚕月人家处处忙。"其第四首云:"少年壮气吞残虏,晚觉丘樊乐事多。骏马宝刀俱一梦,夕阳闲和《饭牛歌》。"读此二诗,可以了解诗人的心态,有助于了解所选两首诗的深层意蕴。

前一首第一句点出"小园",乃第四句"锄瓜"之地。第二句"一径斜"写自己住宅通向"小园"的道路,乃"去锄瓜"所必经。"烟草接邻"、"桑柘阴阴",则烘托出农村景色。全诗以"微雨锄瓜"为落脚点,妙在用"卧读陶诗未终卷"唤起,便言外有意,余味无穷。陶渊明厌恶官场黑暗,不为五斗米折腰而归隐田园,躬耕自给,为后世留下了许多珍贵的田园诗。陆游志在收复中原,却为当权者所排斥而罢归农村,气节、遭遇、处境,都与陶渊明相同,因而"卧读陶诗",以求心灵的慰藉;当看到天降"微雨",便感到正是"锄瓜"的好时机,即放下陶诗去"锄瓜"了。陆游《读陶诗》云:"我诗慕渊明,恨不造其微。退归亦已晚,饮酒或庶几。雨馀锄瓜垄,月下坐钓矶。千载无斯人,吾将谁与归?"可与此诗参证。

后一首,一、二两句写江南村景如画,为第四句"学春耕"作铺垫。但正像前一首那样,如果不用"读陶诗"唤起,则"锄瓜"不过是常见的农家劳动而已,别无蕴含,不耐咀嚼。这一首,如果单纯写"春耕",也诗意不浓。其出人意外的精彩之处在于:在用前两句展现有声有色的村景之后,忽然远离村景,用"行遍天涯千万里"涵盖瓜洲夜雪、散关秋风、壮岁从戎、气吞残虏,直到留蜀、去闽、赴赣而壮志难酬的种种经历,然后用"却"字收回,以"从邻父学春耕"收到

"小园"本题,与一、二两句所写村景拍合。真是能放能收,控纵自如！与陆游同时,而且志同道合的爱国词人辛弃疾的《鹧鸪天·博山寺作》云:"人间走遍却归耕。"《鹧鸪天·有客慨然谈功名因追念少年时事戏作》云:"却将万字平戎策,换得东家种树书。"一句之内,两句之间,反差强烈,对照鲜明,正与陆游诗不谋而合,处境相似,心态相通,故有构思类似的绝妙好句。

书　愤

早岁那知世事艰①,中原北望气如山。楼船夜雪瓜洲渡②,铁马秋风大散关③。塞上长城空自许④,镜中衰鬓已先斑。出师一表真名世⑤,千载谁堪伯仲间⑥。

①早岁:指年轻的时候。世事艰:指抗金大计屡受投降派破坏,无法实行。②楼船:高大的兵舰。瓜洲渡:在今江苏镇江市对岸的长江边上。陆游于隆兴二年(1164)任镇江通判,当时完颜亮正率军南侵,敌我双方正准备交锋。③铁马:披着铁甲的战马。大散关:在今陕西省宝鸡市西南,是当时南宋与金的西边关界。陆游于乾道八年(1172)从军南郑,曾在大散关一带与金兵交锋,已见前注。④塞上长城:南朝宋文帝将杀名将檀道济,济怒,脱帻投地说:"乃坏汝万里长城。"⑤出师一表:诸葛亮在蜀汉后主建兴五年(227)三月出兵伐魏前,曾给后主上了一篇《出师表》,以表示自己为国"鞠躬尽瘁"的决心。名世:名传后世。⑥伯仲:原指兄弟间的长幼次序,引申为诠叙人物等第之词。这里则有"并驾齐驱"的意思。

此诗作于淳熙十三年(1186)春,陆游当时闲居故乡山阴,已六十二岁。

这是陆游七律名篇之一。首句"早岁那知世事艰",其言外之意是"如今深知世事艰","早岁"与"如今"暗含今昔对比,全诗即按今昔对比布局。先写"早岁那知世事艰",因为不知世事艰,所以北望中原,气壮山河,于夜雪中长驱楼船,渴望渡江进驻瓜洲,北上杀敌,于秋风中驰骋铁马越过大散关,切盼收复长安。三句诗,激昂雄壮,活画出一位爱国英雄的形象,其"早岁"的豪情壮举,跃然纸上,而"那知世事艰"之意,亦得到充分表现。第五句承上转下:自许"塞上长城",乃是对前三句的高度概括;妙在着一"空"字,文气陡转,转出以下各句。捍卫祖国的壮志之所以落"空",其原因不在自身,而在于投降派专权,其"世事艰"之意,已暗寓其中。一句诗承中有转,显示了作者深厚的艺术功力。

"楼船夜雪"一联,全用名词而无一关联字,意象具足,雄奇壮丽。"塞上长城"一联,则开合动宕,感慨淋漓。从"早岁"即自许"塞上长城",奔走号呼,渴望驰驱疆场,收复失地,可是这种报国宏愿至今未能实现,而对镜自照,两鬓已经斑白,其报国宏愿还能实现吗?可贵之处在于诗人既知"世事艰"而仍未灰心,以渴望"出师"收束全篇。诸葛亮《出师表》中有"奖率三军,北定中原。……兴复汉室,还于旧都"等语,上表之后,即出师北伐,这正是陆游一生所向往的,因而在《病起书怀》、《游诸葛武侯读书台》、《感秋》等许多作品中都颂扬诸葛亮和他的

《出师表》。"出师一表真名世,千载谁堪伯仲间",既含受投降派阻挠,未能出师北伐的感慨,又含最终能够出师北伐的期望,苍凉悲壮,感人肺腑。

临安春雨初霁①

世味年来薄似纱②,谁令骑马客京华③。小楼一夜听春雨,深巷明朝卖杏花。矮纸斜行闲作草④,晴窗细乳戏分茶⑤。素衣莫起风尘叹,犹及清明可到家⑥。

①霁(jì记):雨后初晴曰"霁"。②"世味"句:感慨世态人情薄得就像纱一样。③令(líng灵):教、使,平声。京华:京城,这里指临安(今杭州)。④矮纸:短纸。作草:写草书。⑤细乳:沏茶时浮在水面呈白色的小泡沫。分茶:宋代上层社会饮茶的一种技艺,类似日本的茶道。宋人诗词中咏"分茶"的很多,杨万里《澹庵座上观显上人分茶》诗云:"分茶何似煎茶好,煎茶不似分茶巧。蒸水老禅弄泉声,隆兴元春新玉爪。二者相遭兔瓯面,怪怪奇奇真善幻。纷如擘絮行太空,影落寒江能万变。银瓶首下仍尻高,注汤作字势嫖姚。"宋代把茶制成圆饼状,称龙团、凤饼。冲泡时"碾茶为末,注之以汤,以筅击拂",盏面的汤纹可以变幻出山水、云雾、花鸟、虫鱼等各种图像甚至一句诗。惜此法已失传。⑥"素衣"两句:反用晋人陆机"京洛多风尘,素衣化为缁"(《为顾彦先赠妇》)诗意,意谓别为素衣被京城中的风尘染黑而叹息,在清明节前,便可回到家里了。

此诗作于淳熙十三年(1186)春。作者被召入京,暂住临安。

首联点出"客京华",次联、三联写"客京华"时的闲情逸趣,与首联"世味薄"、尾联"风尘叹"拍合。因已深知"世事艰",故厌倦官场,不愿入京;而被召入京,也不肯趋炎附势,只以"听春雨"、"闲作草"、"戏分茶"消磨时光,并且急于回到山阴,免受京城中的风尘污染。首尾呼应,章法井然。

此诗以次联出名。刘克庄《后村诗话》载:"放翁少时调官临安,得句云:'小楼一夜听春雨,深巷明朝卖杏花。'传入禁中,思陵(高宗)称赏,由是知名。"按,作者作此诗时已六十二岁,并非"少时",当时的皇帝是孝宗而非高宗,不是"调官临安",而是被召入京,除朝请大夫、知严州(今浙江建德)。刘克庄把事实全弄错了,但说这一联诗在当时已受到赞赏,该是真实的。作者可能被陈与义的名句"杏花消息雨声中"触发灵感,从"一夜听春雨"联想到"明朝卖杏花",成此佳联。沿街喊叫卖花,是南宋京城临安的风尚,陆游的朋友王季夷的《夜行船》词,即有"小窗人静,春在卖花声里"之句。

梅花绝句

低空银一钩①,糁野玉三尺②。愁绝水边花,无人问消息。

①银一钩:一钩明月。②糁(sǎn散)野:撒满原野。玉三尺:三尺深的白雪。

陆游酷爱梅花,有梅必赏,赏梅必形诸吟咏。他的那首以"零落成泥碾作尘,只有香如故"结尾的《卜算子·咏梅》词,久已脍炙人口。其咏梅诗,多达百余首,艺术质量也很高,堪称咏梅大家。

这是一首古绝句,押仄声韵,风格高古,与梅花的品格相协调。前两句对起,一写高空,一写旷野。高空是一钩新月,光洁如"银";旷野是三尺厚雪,晶莹如玉。两句诗,展现空旷、寂寥、清冷的境界,为下面所写的梅花铺设大背景。第三句又以"水边"作梅花的小背景,这是十分必要的,因为不特指"水边",那梅花也可能开在富贵人家的花园里,用不着因"无人问消息"而"愁绝"。而"水边"的小背景与前两句所写的大背景叠合,用以烘托高洁的梅花,其悄无人至的寂寥景象便立刻浮现纸上。当然,作者如果是林和靖那样的隐士,也许会说悄无人至正好,还怕被人打扰呢!可是,这对于以澄清中原为职志的陆游来说,却是另一种感受。此诗作于绍熙二年(1191),自被谏议大夫何澹所劾,罢官归里已有两年之久,尚无起用的消息,能不发愁吗?"愁绝水边花,无人问消息",正是这种心情的自然流露。

秋夜将晓出篱门迎凉有感二首

迢迢天汉西南落①,喔喔邻鸡一再鸣。壮志病来消欲尽,出门搔首怆平生②。

三万里河东入海③,五千仞岳上摩天④。遗民泪尽胡尘里⑤,南望王师又一年⑥。

①迢迢(tiáo 调):遥远貌。天汉:银河。②搔首:用手挠头,心绪烦乱或思考问题时的动作。③河:黄河。④仞:古八尺为一仞。岳:这里指西岳华山。⑤遗民:指金人占领区的北宋人民。胡尘:金人兵马扬起的灰尘。⑥南望王师:盼望南宋的军队来解救他们。

这两首七绝作于绍熙三年(1192)秋,从淳熙十六年(1189)自朝议大夫(正六品)礼部郎中任罢官归里已有三年,当时已六十八岁。

第一首,前两句通过视觉、听觉,写"秋夜将晓"景象,是已"出篱门"时的所见所闻。"壮志病来消欲尽",是说壮志消磨将尽,但还没有尽。正因为壮志未"尽",所以睡不好觉,天还未亮,就起床"出门",仰看星斗,近听鸡叫,心潮起伏,对壮志未酬的平生经历感到悲怆。

第二首,前两句以奇情壮采展现了北中国的壮丽河山。后两句陡转,写那壮丽河山如今为"胡尘"所笼罩,在"胡尘"里饱受苦难的"遗民"们眼巴巴地"南望王师"来解救他们,又望了一年,还是望不见"王师"的踪影,眼泪已经流尽了!作者在《寒夜歌》里也有这样的诗句:"三万里之黄河入东海,五千仞之

太华摩苍旻。坐令此地没胡虏,两京宫阙悲荆榛。谁施赤手驱蛇龙?谁恢天
网致凤麟?君看煌煌艺祖业,志士岂得空酸辛!"可与此诗参看。

两首诗,情景交融,境界阔大,感慨深沉。两首之间又有内在联系,读完第
二首,便能领会"出门搔首怆平生"一句具有多么深广的内涵。

九月一日夜读诗稿有感走笔作歌

我昔学诗未有得,残余未免从人乞①。力孱气馁心自知②,妄取
虚名有惭色。四十从戎驻南郑③,酣宴军中夜连日。打球筑场一千
步④,阅马列厩三万匹⑤。华灯纵博声满楼⑥,宝钗艳舞光照席。琵琶
弦急冰雹乱⑦,羯鼓手匀风雨疾⑧。诗家三昧忽见前⑨,屈贾在眼元历
历⑩。天机云锦用在我⑪,剪裁妙处非刀尺⑫。世间才杰固不乏,秋毫
未合天地隔⑬。放翁老死何足论?广陵散绝还堪惜⑭。

①"我昔"二句:年轻时,"学诗未有得",没有形成自己的风格,只是"乞人残余",缺乏
独创性。②孱(chán 缠):懦弱。气馁:无气力。③四十:陆游从军驻南郑(今陕西汉中)时,
实四十八岁,这里举其整数。④步:长度单位。周代以八尺为步,秦代以六尺为步,旧制以营
造尺五尺为步。⑤阅:检阅。⑥华灯:华丽的灯。纵博:尽情赌博。⑦弦急冰雹乱:弦声急促,
如冰雹乱落。⑧羯鼓:形状像桶,两头可敲击。⑨三昧:佛经语,原意为正定,这里作"诀窍"
解。⑩"屈贾"句:眼前分明看到屈原、贾谊,意谓领悟了屈原、贾谊创作的诀窍。⑪天机云
锦:谓神话中的织女用天机以云霞织成锦绣。⑫"剪裁"句:谓剪裁巧妙的地方无须动用寻常
的刀尺,即"妙手天成"。⑬"秋毫"句:谓认识上有秋毫的差错,创作出的作品就会有天与地
的差距。⑭广陵散:古琴曲名。嵇康善弹此曲,后为司马昭所杀,临刑时,索琴弹此曲,叹曰:
"《广陵散》从此绝矣。"结尾两句是说他死了,他领会到的"诗家三昧"无人继承,很可惜。

这是作者总结创作经验的诗,绍熙三年(1192)作于山阴。他从军南郑,亲
身经历了富有浪漫主义激情的军旅生活,使他的诗歌创作出现了惊人的飞跃。
他由此领悟到要做杰出的诗人,必须从现实斗争、时代风云中吸取素材和灵
感,才能妙境天成,写出富有独创性的好诗。他在《示子聿》里告诉儿子:"汝
果欲学诗,工夫在诗外。"也是这个意思。如果没有"诗外工夫",单纯就诗学
诗,一味摹仿别人的作品,不可能成为杰出诗人。这是"诗家三昧",也是一切
文学艺术家的"三昧"。

十一月四日风雨大作

僵卧孤村不自哀①,尚思为国戍轮台②。夜阑卧听风吹雨③,铁马
冰河入梦来④。

①僵卧:躺着不动。②戍:守卫。轮台:在今新疆维吾尔自治区轮台县,汉武帝曾派兵驻守此地。后遂用为边塞要地的代称。③夜阑:夜将尽。④铁马:披铁甲的战马。冰河:冰封的河流。

此诗作于绍熙三年(1192)闲居山阴时。首句句内含转折,已经六十八岁的老人"僵卧孤村",本来应该为自己的处境而悲哀,却偏说"不自哀"。与"自身"相对待的是国家民族,所以"不自哀"的言外之意是为国家民族的现状和前途而担忧。"不自哀"与"尚思"呼应,正因为虽然"僵卧孤村",仍关心国事,所以"尚思为国戍轮台",捍卫祖国。两句诗,生动地表现了生命不息、战斗不止的抗金决心。

"僵卧孤村"而"夜阑卧听风吹雨",如果是只知"自哀"的人,就会更加感到悲凉;而对于"尚思"抗金报国的陆游来说,却由风声雨声联想到驰"铁马"、踏"冰河"的杀伐战斗之声,因而在朦胧入睡之后,"铁马冰河"的战斗场景便闯入梦境。作者《秋雨渐凉有怀兴元(南郑)》组诗第三首云:"忽闻雨掠蓬窗过,犹作当时铁马看。"《弋阳道中遇大雪》云:"夜听簌簌窗纸鸣,恰似铁马相磨声。起倾斗酒歌出塞,弹压胸中十万兵。"这些诗都出于同样的创作心理,因而其艺术构思,也相似或相通。

夜读范至能《揽辔录》言中原父老
见使者多挥涕感其事作绝句①

公卿有党排宗泽②,帷幄无人用岳飞③。遗老不应知此恨④,亦逢汉节解沾衣⑤。

①范至能:范成大,字致能,亦作至能。乾道六年(1170)出使金国时,曾写下记载金国风土民情的《揽辔录》。使者:南宋出使金国的人。②"公卿"句:建炎元年(1127),宗泽任东京留守,力请收复失地,但高宗和丞相黄潜善、汪伯彦等不用其说,却屈膝求和,宗泽忧愤成疾,次年病死,临死时三呼"渡河"。③帷幄(wéi wò 围沃):军中的大帐。④遗老:北宋遗民。⑤汉节:即汉使,指范成大。节:以竹为杆,上饰旄牛尾三重,古代出使者持此以为凭证。解沾衣:懂得其事可悲,为之泪下沾衣。

此诗作于绍熙三年(1192)冬。作者的朋友范成大在《揽辔录》中写他经过相州(治所在今河南安阳)时的情景:"遗黎(民)往往垂涕嗟啧,指使人云:'此中华佛国人也!'老妪跪拜者尤多。"陆游夜读《揽辔录》,看到这段记载,悲慨不已,形诸吟咏。

前两句,以宗泽、岳飞为抗战派代表,以他们的遭遇,揭露把持朝政的投降派对抗战力量的摧残和打击,说明中原之所以长期沦陷,不能收复,其根本原因正在这里。后两句,通过中原人民对故国的深沉怀念,进一步鞭挞了投降派媚敌求和、偏安享乐对沦陷区人民所犯的罪行。

白居易《西凉伎》云:"遗民肠断在凉州,将卒相看无意收。"南宋的情况与此相似而更其严酷,其在诗词中的表现也更其痛切。陆游一生之所以反对"和戎",力主收复失地,在很大程度上是出于对沦陷区人民处境的无限关怀。《关山月》云:"遗民忍死望恢复,几处今宵垂泪痕。"《秋夜将晓出篱门迎凉有感》云:"遗民泪尽胡尘里,南望王师又一年。"《秋思》云:"遥想遗民垂泣处,大梁城阙又秋砧。"《观长安城图》云:"三秦父老应惆怅,不见王师出散关。"都可与此诗并读。

农家叹

有山皆种麦,有水皆种粳[1]。牛领疮见骨[2],叱叱犹夜耕。竭力事本业[3],所愿乐太平。门前谁剥啄[4],县吏征租声。一身入县庭,日夜穷笞搒[5]。人孰不惮死[6]?自计无由生。还家欲具说,恐伤父母情。老人倘得食[7],妻子鸿毛轻!

[1]粳:稻的一种。[2]"牛领"句:牛颈被轭磨破成疮,看见骨头。[3]竭力:尽力。本业:古时以农业为本业。[4]剥啄:敲门声。[5]笞搒(péng 彭):用刑杖拷打人。[6]惮:畏惧。[7]倘:如果。

此诗作于庆元元年(1195)三月,作者闲居山阴,七十一岁。

陆游晚年长期生活在山阴农村,"身杂老农间",了解并且同情农民所受的种种压迫与痛苦,创作了不少关怀民瘼、揭露官府横征暴敛的好诗。如《秋获歌》云:"数年斯民厄凶荒,转徙沟壑殣相望。县吏亭长如饿狼,妇女怖死儿童僵。"《首春连阴》云:"去秋宿麦不入土,今年米贵如黄金。老妪哭子那可听,僵死不覆黔娄衾。"都是当时社会现实的真实写照。在陆游的思想中,爱国与爱民,忧国与忧民,水乳交融,不可分割。其《三月二十五日夜达旦不能寐》诗云:"捶楚民方急,烟尘虏未平。一生那敢计,雪涕为时倾。"既概括了内忧外患的现实,也表现了忧民忧国的心态。

《农家叹》是陆游反映农村生活的代表作。其突出的艺术特点是:对于官府的暴虐,不像《秋赛》中的"常年征科烦棰楚,县家血湿庭前土"那样作一般性的揭露,而是通过一户农家、一位农民的悲惨遭遇,反映了官府的残酷压榨迫使民不聊生,广大农民濒于破产的普遍现实。前六句写农民日夜耕作,竭尽全力,为的是过太平日子。"有山皆种麦,有水皆种粳",连用"皆"字,充分表现了农民力争广种多收的善良愿望。"牛领疮见骨,叱叱犹夜耕",以耕牛的辛苦衬托农民的辛苦,读之令人心酸。中间六句,写农民因交不够租税而被县吏抓到县庭,日夜鞭打。至于他是用了什么办法才被放回家的,则没有明写。结尾四句,写得极沉痛,也极含蓄。"还家欲具说,恐伤父母情",说明这位农民是个孝子,开头想把包括"日夜穷笞搒"在内的一切经过全部说出来,但又唯恐使父母伤心,终于什么都没有说。那么,"欲具说"的具体内容除了日夜鞭打之外还有什么呢? 最后两句值得玩味,"老人倘得食,妻子鸿毛轻!"这是用那位"恐伤父母情"的农民的口吻说出的。被迫交租、老人是否有饭吃,与"妻子"有什么必然联系而要发出妻子轻如鸿毛的叹息呢? 这就是说,为了交清租税和父母不至于饿死,他把妻子卖了! 自己被鞭打得体无完肤,还是可对父母说明的,反正总算活着回来了。可是,卖妻子的事,尽管父母很快会知道,但在买主要人之前,又怎能忍心说出口! 诗人未用"苛政猛于虎"之类的话斥责统治者,而用极含蓄的语言表现了农民的难言之痛,读诗至此,谁能不同情农民的悲惨遭遇! 谁能不痛恨官府的残酷压榨! 这首诗,正由于活生生地描绘了一位勤耕力作、惨遭拷打、被逼得卖掉妻子的农民形象及其复杂的内心痛苦,才能通过个别反映一般,具有广阔的社会内容和震撼人心的艺术力量。

小舟游近村舍舟步归四首 (录一)

斜阳古柳赵家庄,负鼓盲翁正作场[1]。死后是非谁管得,满村听说蔡中郎[2]。

[1]作场:指戏曲艺人开场说唱故事,表演戏文。[2]蔡中郎:东汉蔡邕,字伯喈,曾官左中郎将,故称蔡中郎,为人节义闻于乡里。南宋时盛行的南戏,写蔡邕抛弃父母妻室,终遭天雷打死,与蔡邕事迹不符。

庆元元年(1195)作于山阴,写"舍舟步归"时的见闻。前两句和第四句,描绘出一幅农村风情画,令人陶醉。一个古老的村庄,古柳掩映、夕阳斜射,一位背着鼓的瞎眼老艺人正在一边敲鼓,一边说唱,满村的男女老幼拥拥挤挤地围着他,听他说唱蔡中郎的故事。寥寥二十一字,展现了多么生动、多么富有情趣的画面! 然而更妙的还在于第三句。第一,这句诗接于"正作场"之后,有如奇峰突起,引人入胜。如果移在"听说蔡中郎"之后,那便大为减色;第二,只写盲翁说唱蔡中郎故事,而故事的内容却只字未提。细玩"死后是非谁管得",便会得到暗示;第三,据《后汉书·蔡邕传》记载:蔡邕不仅是杰出的文学家,而且是节义闻于乡里的大孝子,学问、人品都很好。但在民间艺人那里,却把他说成"弃亲背妇"的坏人,满村人还听得那么入神! 陆游著有《南唐书》,是一位史学家,他不用史学家的眼光去纠正艺人歪曲史实的错误,却发出"死后是非谁管得"的慨叹,是耐人寻味的。陆游忧国忧民,力图收复失地,富民强国,却屡被加上种种罪名弹劾罢官,壮志难酬,在生前,是非毁誉已无凭准,死后的是非毁誉,又谁能管得呢?君不见蔡中郎被歪曲成"弃亲背妇"的坏人,人们还听得那么入神吗?

明人徐渭的《南词叙录·宋元旧篇》载流行于南宋的南戏戏文有《赵贞女蔡二郎》一种,内容是"伯喈弃亲背妇,为暴雷震死"。到了元人高明的《琵琶记》,又加以改造和丰富,成为著名的戏曲作品。从陆游的这首诗看,早在南戏《赵贞女蔡二郎》之前流行的说唱艺术中,蔡邕已变成反派角色了。

沈园二首①

城上斜阳画角哀②,沈园非复旧池台。伤心桥下春波绿,曾是惊鸿照影来③。

梦断香消四十年,沈园柳老不吹绵④。此身行作稽山土⑤,犹吊遗踪一泫然⑥。

①沈园:故址在今浙江绍兴市禹迹寺南,今已修复。②画角:一种吹奏乐器。③惊鸿:曹植《洛神赋》:"翩若惊鸿。"形容女子体态轻盈娇美。④柳老不吹绵:柳树枯老,不再生柳絮。⑤行作:将成。稽山:即绍兴会稽山。⑥泫(xuàn 眩)然:泪水滴落的样子。

这是陆游悼念前妻唐氏之作,庆元五年(1199)写于山阴。

陆游的爱情悲剧,宋人刘克庄《后村诗话》续集卷二、周密《齐东野语》卷一、陈鹄《耆旧续闻》卷十均有记载,略有出入。基本情况是:陆游与姑表妹唐氏结婚,伉俪情深,但陆游的母亲却厌恶唐氏,迫其离婚,唐氏改嫁赵士程,陆游另娶王氏。后数年春天,陆游游沈氏园,赵士程和唐氏也恰在园中,不期而遇,触景生情,在花园墙上题了一首《钗头凤》词,诉说内心的痛苦。唐氏读后十分感伤,不久即抑郁而死。按,唐氏本无名字流传,说她名琬或蕙仙,以及说她和了一首《钗头凤》词,都不大可靠。

陆游游沈园题《钗头凤》乃绍兴二十五年(1155),时年三十一岁。其《钗头凤》载《渭南文集》卷四九,词云:

红酥手,黄藤酒。满城春色宫墙柳。东风恶,欢情薄。一怀愁绪,几年离索。错!错!错! 春如旧,人空瘦。泪痕红浥鲛绡透。桃花落,闲池阁。山盟虽在,锦书难托。莫!莫!莫!

丁传靖《宋人轶事汇编》引《香东漫笔》云:"放翁出妻姓唐名琬。"和放翁《钗头凤》词,见《御选历代诗馀》及《林下词选》,词云:

世情薄,人情恶。雨送黄昏花易落。晓风干,泪痕残。欲笺心事,独语斜阑。难!难!难! 人成各,今非昨。病魂常似秋千索。角声寒,夜阑珊。怕人寻问,咽泪妆欢。瞒!瞒!瞒!

距题《钗头凤》四十四年之后,陆游重游沈园,吟成脍炙人口的《沈园二首》。

第一首,首句以"城上斜阳"与角声的哀鸣烘托悲怆的氛围和心态。次句写经过数十年的沧桑变化,沈园的楼台已非当年与唐氏相遇时的楼台,抚今忆昔,以"物换"暗寓"人亡"。三、四两句触景怀人,时空叠合,再现了四十四年前的一个特写镜头,真是神来之笔!当然,影视中的特写镜头长于写景而短于抒情,而这两句诗,则是情景交融的。"桥下春波绿",本是美景,却冠以"伤心"二字。为什么见"桥下春波"而"伤心"?就因为当年唐氏从桥上走过的时候,"桥下春波"曾照出她的倩影。可是如今呢?连她的影子也没有了!

第二首,首句叙事,写唐氏抑郁而死,至今已四十余年。次句因景兴情,以物喻人。当年与唐氏相遇之时所见的柳树,已经枯老得不生柳絮,人安得不老?第三句正面写人老,却不用"衰老"之类的词语作抽象说明,而说"此身行作稽山土",哀婉动人,由此托出结句。结句句首的"犹"字,承上转下,既承第三句,也承前两句。时间过了这么久,柳老不吹绵,人将埋在稽山,化为尘土,四十多年前的往事应该淡忘了。可是,还是忘不掉,还是凭吊遗踪,忍不住泫然泪下。其爱恋之深,忆念之切,恻恻感人,读者不能不一洒同情之泪。

就在这一年,陆游还作了同一题材的一首七律,题目是《禹迹寺南,有沈氏小园。四十年前,曾题小词一阕壁间。偶复一到,而园已三易主,读之怅然》。诗云:

枫叶初丹槲叶黄,河阳愁鬓怯新霜。林亭感旧空回首,泉路凭谁说断肠。坏壁醉题尘漠漠,断云幽梦事茫茫。年来妄念消除尽,回向禅龛一炷香。

陈衍《宋诗精华录》卷三评此诗及《沈园二首》云:"古今断肠之作,无如此前后三首者。""无此绝等伤心之事,亦无此绝等伤心之诗。就百年论,谁愿有此事?就千秋论,不可无此诗。"

示 儿

死去元知万事空①,但悲不见九州同②。王师北定中原日③,家祭无忘告乃翁④。

①元:同"原",本来。②九州同:相传大禹将中国分为九州。九州同,指统一全国。③王

师:王者之师,这里指南宋军队。④家祭:在家祭祖宗。乃翁:题为《示儿》,故作者对儿子自称"乃翁"——你父亲。

　　这是陆游的绝笔,是他一生政治抱负和爱国思想的总结。陆游卒于嘉定二年十二月二十九日,即公元 1210 年 1 月 26 日,时年八十五岁,此诗作于临终。

　　想趁活着的时候澄清中原,统一祖国,乃是陆游一生的心愿,也是他一生的奋斗目标。正因为这样,他最担心的是未及看到中原澄清、祖国一统,而人已死去。他从五十三岁以后,时常在诗歌中表现这种愿望和担心。例如《登剑南西川门感怀》云:"诸公勉画平戎策,投老深思看太平。"《感兴》云:"常恐先狗马,不及清中原。"《太息》云:"砥柱河流仙掌日,死前恨不见中原。"《北望》云:"宁知墓木拱,不见塞尘清。"《夜闻落叶》云:"死至人所同,此理何待评!但有一可恨,不见复两京。"直到八十五岁奄奄一息、即将告别人世的时候,又以"遗嘱"的形式,对儿子倾吐了他未完的心愿和无穷的希望。爱国之诚,万劫不灭;悲壮之音,千秋永播。直到今天,这首《示儿》诗仍然万口传诵,家喻户晓,发挥着振奋爱国精神的巨大作用。

　　朱自清对这首诗的评论最中肯,录如下:

　　　《示儿》诗是临终之作,不说到别的,只说"北定中原",正是他的专一处。这种诗只是对儿子说话,不是什么遗疏遗表的,用不着装腔作势,他尽可以说些别的体己的话;可是他只说这个,他正以为这是最体己的话。诗里说:"元知万事空",万事都搁得下;"但悲不见九州同",只这一个搁不下。他虽说"死去",虽然"不见九州同",可是相信"王师"终有"北定中原日",所以叮嘱他的儿子"家祭无忘告乃翁"!教儿子"无忘",正见自己的念念不"忘"。这是他的爱国热诚的理想化。(《朱自清选集·爱国诗》)

范成大

　　范成大(1126—1193),字致能,号石湖居士,平江(今江苏苏州市)人。绍兴二十四年(1154)进士。历任枢密院编修、处州知府,知静江府兼广南西道安抚使、四川制置使、参知政事等职。乾道六年(1170),奉命使金,坚贞不屈,几被杀,终不辱使命,由是名震中外。晚年退居故乡石湖。其诗广益多师,题材丰富:或抒发爱国激情,或记述山川风物,或描写田园生活,皆甚擅场。与尤袤、杨万里、陆游并称"南宋四大家"。有《石湖居士诗集》、《石湖词》、《桂海虞衡志》、《吴船录》等。

秋日二绝（录一）

碧芦青柳不宜霜^①，染作沧洲一带黄^②。莫把江山夸北客^③，冷云寒水更荒凉。

①芦：芦苇。不宜霜：不耐霜。②沧洲：水边洲渚。③北客：北方被金人占据，北方来的客人，指金国派往南宋的使者。

这是范成大少年时期的作品。前两句，赋中含比。遍布江南烟水之乡的碧芦、青柳禁不起严霜的摧残，一派枯黄，染黄了江南烟水之乡。表面上写江南秋景，实则比喻南宋偏安之局，农村凋敝，民不聊生，一派萧条景象。后两句是针对统治者说的：别再向"北客"夸耀江南山川秀丽，如今已草木黄落，云冷水寒，荒凉不堪了！

全诗从新的角度切入，赋比并用，形象鲜明，意蕴深远，读来令人感奋。

横　塘^①

南浦春来绿一川^②，石桥朱塔两依然^③。年年送客横塘路，细雨垂杨系画船。

①横塘：在吴县西南十里处，距作者的石湖别墅不远。②南浦：本为地名。屈原《九歌》："送美人兮南浦。"江淹《别赋》："送君南浦，伤如之何！"后来便泛指送行的地方。③石桥：指以唐人张继《枫桥夜泊》诗出名的"枫桥"，在横塘北端。朱塔：指横塘寺塔。

写横塘春景如画，而惜别之意，即寓其中。

后催租行

老父田荒秋雨里^①，旧时高岸今江水。佣耕犹自抱长饥^②，的知无力输租米^③。自从乡官新上来，黄纸放尽白纸催^④。卖衣得钱都纳却^⑤，病骨虽寒聊免缚。去年衣尽到家口^⑥，大女临岐两分首^⑦。今年次女已行媒^⑧，亦复驱将换升斗^⑨。室中更有第三女，明年不怕催租苦！

①老父：老翁。②佣耕：指给地主做长工、打短工。③的知：确知。输：缴纳。④黄纸：皇帝的文告，用黄纸写。这里指的是皇帝下的免租诏书。白纸：指地方官的公文，用白纸写。皇帝免税，地方官逼着缴税，其实质是最高统治者与地方官演的双簧戏。⑤纳却：缴完税。⑥衣尽到家口：衣服卖尽，只能再卖家中人口。⑦临岐：到了岔道口。首：一作"手"。⑧行媒：已有媒人来提过亲事。⑨将：助词。驱将换升斗：拿出去换点粮食。

范成大在《催租行》里写农民交完了租,里正又来催,还能拿出"草鞋钱"打发他。这首《后催租行》所写的境况就更加凄苦:田禾被水淹没,颗粒未收,给地主出卖劳力,还是经常饿肚子;但官府仍然催租,先是卖衣服,接着卖家口。诗是用"老父"自诉的口气写的,他说去年卖了大女,今年卖了次女,明年呢,"家里还有个小女子,不怕催租的来了受酷刑!"他把卖女交租的惨事说得很平淡,养了三个女子,去年今年都混过来了,明年也不怕。那么后年呢?大后年呢?语愈淡而情愈悲,令人不忍卒读。

雷万春墓①

九陨元身不陨名②,言言千载气如生③。欲知忠信行蛮貊④,过墓胡儿下马行。

①作者自注云:"在南京(今河南商丘)城南,环以小墙,榜曰'忠勇雷公之墓'。"雷万春:唐张巡偏将。安禄山叛,其将令狐潮围攻雍丘。万春上城答话,敌伏弩忽发,六箭中万春面,万春不动,令狐潮疑为木刻假人。及知真是万春,大惊。后竟死于难。②陨(yǔn允):借为"殒",死。③言言:形容高大。④蛮貊(mò陌):古时称外族,这里指金人。《论语·卫灵公》:"言忠信,行笃敬,虽蛮貊之邦,行矣。"

乾道六年(1170),范成大出使金国,经过北宋故土,写日记《揽辔录》一卷、七言绝句七十二首,这首《雷万春墓》和后面的《州桥》是其中的二首。

前两句写雷万春身死名留,虽时隔千载,而他的高大形象在人们心目中仍然凛凛如生。后两句就经过雷万春墓时的所见发表评论:由于雷万春忠于祖国,其道通行于蛮貊,所以他尽管与胡兵作战而死,而胡人经过他的坟墓,也下马步行,表示对他的敬重。那么,如果不忠于祖国,在侵略者面前屈膝求和,连胡人也会耻笑的。这首诗,显然意在借古讽今,歌颂雷万春,实质上是鼓舞抗金义士而批判一味妥协投降的南宋君臣。

州 桥①

州桥南北是天街②,父老年年等驾回③。忍泪失声询使者:"几时真有六军来④?"

①作者自注云:"南望朱雀门,北望宣德楼,皆旧御路也。"州桥:即天汉桥,宋称汴京为"州",故俗称"州桥"。它南对汴京正南门朱雀门,北对宫城的正门楼宣德楼。②天街:即御街、御路,由宣德楼南去,经州桥,直通朱雀门。③驾:皇帝的车驾。④六军:古制,一万二千五百人为一军,王者有六军。这里"六军"指南宋的军队。

"州桥南北是天街",表明那是当年北宋皇帝的车驾经行的御路;如今呢,当然满街是金人横冲直闯。次句的"驾"与首句的"天街"呼应。"父老"不堪金人的压迫，"年年"在"天街""等驾回"，盼望何等殷切！可是"年年"盼望，"年年"失望！如今见到南宋的使者，不禁"忍泪失声"地询问："几时真有六军来？""年年"、"真有"，交织着沦陷区人民几十年来的盼望、失望和期望。正如潘德舆《养一斋诗话》所评："沉痛不可多读，此则七绝至高之境，超大苏（苏轼）而配老杜（杜甫）者矣。"

比范成大出使金国晚三年的韩元吉《望灵寿致拜祖茔》诗云："白马冈前眼渐开，黄龙府外首空回。殷勤父老如相识，只问'天兵早晚来？'""早晚来"，即"何时来"。构思与范成大《州桥》相类，可参看。盼望南宋军队打回老家，乃是中原人民的共同心愿。

春日田园杂兴十二绝①（录三）

土膏欲动雨频催②，万草千花一饷开③。舍后荒畦犹绿秀，邻家鞭笋过墙来④。

高田二麦接山青⑤，傍水低田绿未耕⑥。桃杏满村春似锦，踏歌椎鼓过清明⑦。

骑吹东来里巷喧⑧，行春车马闹如烟⑨。系牛莫碍门前路，移系门西碌碡边⑩。

①淳熙十三年，范成大退居家乡石湖养病，作《四时田园杂兴六十首（并引）》，分春日、晚春、夏日、秋日、冬日五组，每组各十二首七言绝句。②土膏：指滋润的土壤，称"膏"，极言土地肥沃如膏油。欲动：指暖气上升。③一饷（xiǎng 响）：同"一晌"，顷刻。④"邻家"句：邻家的竹根从我家的墙下穿过来，冒出新笋。鞭笋：竹的茎根，有竹节而中实似鞭。⑤二麦：大麦、小麦。⑥绿未耕：南方稻田，冬天休耕，种植草子，春耕时壅入土中，作为绿肥。绿，是说草子长得很茂密，犁入田中，丰收有了保证。⑦踏歌：手拉着手，两脚踏地打拍子，边唱歌，边舞蹈。椎鼓：用小木椎击鼓。⑧"骑吹"句：写地方官来了，随从们骑马奏乐，村民们喧哗看热闹。⑨行春：古代地方官于春耕之时下乡"劝农"耕种，叫做"行春"。⑩"系牛"两句：写村民们为了给"行春"的队伍让路，把原来系在路边的耕牛移系在碾谷场里的碌碡（liù zhou）旁边。

范成大的《四时田园杂兴》组诗，以他对江南农村的仔细观察和亲切感受，用轻灵的笔触、明畅的语言，描绘了一年四季的景物变化和农民们的生活、劳动和风习，被誉为十二世纪中国江南农村的风俗画，是中国古代田园诗的集大成之作，也是田园诗的一种新发展。

这三首《春日田园杂兴》各有侧重，各有特色。第一首写初春景象。田地是农民的命脉，故先从"土膏"落笔。江南土壤肥沃，春回大地，阳气上升，土壤肥沃滋润得仿佛将要流油，更何况春雨如油，频频催动，一转眼已经千花开放、万草如茵，连屋后的荒地都一片秀绿，邻家的竹根也穿过墙来，冒出新笋。四句诗，生动地描绘了初春田园的勃勃生机，诗人的喜悦之情也洋溢于字里行间。

第二首写清明时节的田园风光和农村风俗。高田适于种麦，而高田里的大麦、小麦，已经青遍山坡。低田的草子葱绿茂密，正等待春耕。满村桃、杏花开，春色似锦，村民成群结队，踏歌、击鼓，正在欢度清明佳节。此首承第一首，土肥雨足，春苗长势极好，丰收有望，故按传统风俗"过清明"，载歌载舞，充满欢快气氛。

第三首写官府"行春"和村民的反应。"行春"是由来已久的制度。好官"行春"，单车简从，不铺张浪费；还可了解民间疾苦，"劝人农桑，振救乏绝"；也可发现人才，破格提拔（参看《后汉书·郑弘传》、《周书·裴文举传》、李白《虞城县令李公去思颂碑》）。坏官"行春"，则前呼后拥，管弦齐奏，游春行乐，骚扰民间，虚应"劝农"故事而已。这首诗，从前两句看，"骑吹东来"、"车马喧闹"，"行春"的场面相当排场；但只是从村前经过，所以村民们赶忙把原来系在路边的牛牵进村，以便走出里巷看热闹。

夏日田园杂兴十二绝 <small>(录二)</small>

昼出耘田夜绩麻①，村庄儿女各当家②。童孙未解供耕织，也傍桑阴学种瓜。

采菱辛苦废犁锄③，血指流丹鬼质枯④。无力买田聊种水⑤，近来湖面亦收租。

①耘田：锄草、松土。绩麻：搓麻线。②当家：当行、内行。③废犁锄：指不用犁锄种田而改种菱。④血指流丹：指手被菱角刺破淌血。鬼质枯：谓采菱人形体枯瘦得像鬼。⑤聊：姑且。种水：指在湖里种菱。

前一首，写夏日农忙，家家没有闲人。前两句写男女分工，男的白天下地耕耘，女的白天干家务，夜间还要绩麻、织布。男耕女织，都是内行。三、四句推进一步：即使是"童孙"——幼小的孙子，尽管还不懂得从事耕耘纺织，也在靠近桑树阴凉的地方学种瓜呢！

这首诗写出了田家的真情实况，通俗易懂，亲切感人。由于被选入《千家诗》，故凡是在旧社会读过几年私塾的人都能背诵。

第二首，前两句用"血指流丹鬼质枯"写出"采菱辛苦"，中间却加入"废犁锄"，令人不禁产生疑问：既然采菱那么辛苦，为什么要"废犁锄"，不靠种田谋生呢？第三句解开了读者的悬念：因为"无力买田"，才在水里种了些菱角，采了来养家活口。结句笔锋陡转，顿起波澜：无田可种，靠种菱采菱过日子，已经够辛苦、够可怜了！谁料到"近来湖面亦收租"呢？未发议论，只作如实的描写和叙述，而农民处境之悲惨、官府诛求之繁苛，已激起读者的情感波涛，不能自已。

作者还有一首《采菱户》，其中的"采菱辛苦似天刑，刺手朱殷鬼质青"等句，可与此诗参看。

秋日田园杂兴十二绝（录三）

垂成穑事苦艰难①，忌雨嫌风更怯寒。笺诉天公休掠剩②，半偿私债半输官③。

新筑场泥镜面平④，家家打稻趁霜晴。笑歌声里轻雷动，一夜连枷响到明⑤。

租船满载候开仓，粒粒如珠白似霜。不惜两钟输一斛⑥，尚赢糠核饱儿郎⑦。

①"垂成"句：谓庄稼快要收获时，农事特别艰辛。②笺诉天公：求天老爷。掠剩：掠取多余的。③私债：指高利贷。输官：向官府缴纳税收。④场泥：打稻子的场地。⑤连枷（jiā加）：打稻脱粒的农具。⑥钟：量器名，一钟等于六斛四斗。斛：量器名，一斛等于十斗。⑦赢：余。糠核（hé劾）：米糠和碎米。

第一首，写"靠天吃饭"的农民在庄稼快要成熟的时候特别辛苦、艰难，因为这时候的庄稼已经结籽、灌浆，需要风和日朗的好天气，才能熟得好。刮大风，下连阴雨，天气乍寒，都很不利。农民针对这许多不利因素采取力所能及的措施，仍做不到"人定胜天"，就只好祈求天公了。前两句，写农民"忌雨嫌风更怯寒"的心理活动真切感人；后两句，先写农民乞求老天爷别把自己的劳动果实全部夺去，千万得留一点；这已经激起读者的无限同情。本来读者以为农民请求留一点给全家人糊口；谁知读完结句，农民乞求天公的全部愿望，只是留一些粮食"半偿私债半输官"！缴官租，还私债，早在秋收之前就给农民的心灵深处笼罩上多么浓重的阴影，形成多么严酷的压力，都从这几句诗中表现出来，动人心魄。

第二首写打稻脱粒。先在收过庄稼的地里筑一块场子，然后用连枷打稻，也并不是很轻松的农活。然而这是辛苦一年，收回劳动成果的最后一道工序，如果收成很好，又遇上大晴天，那么打稻便是农民最快活的劳作。在《秋日田园杂兴》这组诗里，诗人已有一首诗写割稻前后农民渴望天晴："秋来只怕雨垂垂，甲子无云万事宜。获稻毕工随晒谷，直须晴到入仓时。"这首打稻诗的前两句"新筑场泥镜面平，家家打稻趁霜晴"，便表现了对于"霜晴"的喜悦。后两句极生动，"笑歌声里轻雷动，一夜连枷响到明"，语调轻快，场景鲜活，家家打稻的欢歌笑语声与连枷声合谱成欢快的乐曲，使有过类似经历的读者为之神往。陆游《秋晚》诗云："新筑场如镜面平，家家欢喜贺秋成。老来懒惰惭丁壮，美睡中闻打稻声。"范成大的诗写农家打稻，自己并未介入，只在以欢快的人物和场景表现农家秋收喜悦的同时流露了自己的欣慰之情。陆游的诗，虽有与范诗类似的词句，却从不同的角度切入，通过主观与客观的结合，着重抒写自我情怀。紧承一、二句写"老来懒惰惭丁壮"，其言外之意是，自己未"老"之时曾经打过稻，与农民共享过秋收的欢乐。如今"老"了，"懒惰"了，入夜便睡，未能与"丁壮"们一起打稻，对于那些彻夜打稻的"丁壮"们，多么"惭"愧啊！但那彻夜的连枷声传进耳里，又唤起往日与"丁壮"们一同打稻的回忆，为农民收回劳动成果的欢乐而感到无限欣慰，因而安心地睡着了，"睡"得很"美"。"美睡中闻打稻声"，这意境多么美！

第三首写交官租。"粒粒如珠白似霜"的米，当然是精心筛选出来的；剩下的，便只是些"糠核"，已为结句留伏笔。把这样好的米装满船，运到官仓前面等候验收入仓，该不会遇到困难吧！然而不然。我年轻时代曾交过"公粮"，由于同时来交"公粮"的人很多，首先遇到的困难是等上几天几夜，偏不收你的，要轮到你，得送"红包"；轮到你了，但不管你的粮食多么好，却总是验不上，要验上，还得塞"红包"。范成大所写的那位交租农民肯定会遇到这些困难，作者却略去了，以便留出余地突出主要情节。"不惜两钟输一斛"中的"不惜"二字包含无限辛酸，经过收租者的百般刁难，农民没有别的办法，只好豁出去，"不惜"任何代价，只要交清官租、免挨拷打就好。然而他付出的代价太高昂了！一斛等于十斗，一钟等于六斛四斗，这里以"钟"代"斛"，即交一斛租，要付出两斛粮。杨万里《诚斋集》也有"旧以一斛交一斛，今以二斛交一斛矣"的记载，可见这已是当时的普遍现象。南宋吏治之坏，令人吃惊！

白居易的《杜陵叟》在写到"典桑卖地纳官租，明年衣食将何如"之后，让那位老农出面控诉："剥我身上帛，夺我口中粟，虐人害物即豺狼，何必钩爪锯牙食人肉？"这表现了中国农民在不堪剥削、压迫的时候敢于抗争的可贵品质。范成大反映田家生活的许多诗，则侧重于表现农民的勤劳、节俭、善良和豁达。"不惜两钟输一斛"，把全年的劳动成果全部交了租，不但没有愤怒的斥责，还自我安慰："尚赢糠核饱儿郎"——还留下些谷糠和碎米，让娃娃们填肚子！这和《后催租行》的结尾"室中更有第三女，明年不怕催租苦"的表现方式是类似的，其艺术效果亦相似。把这么好的农民掠夺到这步田地，怎能不激起读者对统治者的无比愤恨！

冬日田园杂兴十二绝（录三）

放船闲看雪山晴，风定奇寒晚更凝①。坐听一篙珠玉碎②，不知湖面已成冰。

拨雪挑来踏地菘③，味如蜜藕更肥醲。朱门肉食无风味，只作寻常菜把供。

探梅公子款柴门，枝北枝南总未春。忽见小桃红似锦，却疑侬是武陵人④。

①"风定"句：天晚以后，劲风虽停，但奇寒更甚，用一"凝"字，极言寒气像要凝结起来，化成寒冰。②篙(gāo高)：用竹竿或杉木等做成的撑船工具。③踏地菘：亦名塌棵菜，是一种叶片紧贴地面的白菜，呈深绿色，极肥美。④武陵人：陶潜《桃花源记》里所写的世外桃源在武陵，"武陵人"，即桃花源中人。

第一首，通过主人公的感受写田园冬景，却言外有意。仔细吟味，便知主人公是一位顶风冒雪在湖上捕鱼、捞虾的农民。"放船闲看雪山晴"，表明原来是下雪的；"风定"，表明原来是刮风的。天晴了，风定了，主人公当然很高兴，因而"闲看雪山晴"，偷闲欣赏那银装玉裹的美景。"奇寒晚更凝"，表明天"晚"以前已是"奇寒"，天晚以后更"寒"，那寒气简直要"凝"成冰。着一"凝"字，意在唤起结尾的"冰"字。主人公不会在天"晚"之后才"放船"下"湖"；从雪晴到晚寒，显然反映了时间推移的过程。而且，主人公显然是早在雪晴之前就下湖劳作，顶风冒雪，十分艰苦。要不然，为什么会有"闲看雪山晴"的喜悦？正因为他在湖上已干了很久，大概不无收获，所以天晚奇寒难耐，便划船回家。天色愈晚，便愈看不清湖面，所以当"一篙"入湖，听见珠玉破碎之声，才知道湖面已经结了一层薄冰。

第二首写农民挑菜吃。拨开积雪，挑一些"踏地菘"，吃起来比"蜜藕"还香甜。正因为穷，不要说从未尝过什么山珍海味，就连埋在雪里的"踏地菘"，也舍不得天天吃，敞开肚皮吃。偶然挑几朵尝鲜，便能品出它的美味来。至于"朱门"里的"肉食"者，天天饱食荤腥，根本没胃口，如果把"拨雪挑来"的这么稀罕、这么鲜美的"踏地菘"送进"朱门"，准以为是"寻常菜把"，哪能品出它的真正滋味！

"踏地菘"，特别是埋在雪下的"踏地菘"确实很鲜美，但这首诗并非单纯赞美"踏地菘"，而是通过贫富对比表现"饥者易为食"、识真味，不仅同情农民，还寓有深刻的哲理。

第三首写一位"公子"敲开农家的柴门，目的是"探梅"。他围着梅树转了一圈,不论是南枝还是北枝,都未发现有梅花开放。江南的深冬,早梅已经破蕊,如果他在农家看见梅花,那并不稀奇,诗人就不可能写出精彩的后两句。看起来,前两句的作用在于为后两句作铺垫。"公子"为"探梅"而来,却未看见一朵梅花。正当失望之时,"忽见小桃红似锦",其惊喜之态,可想而知。梅花还没有开,桃花却灿烂闪灼,像延展在太阳光下的红锦,这不就是桃花源吗?这里的农民不就是桃花源中人吗?

作者不写他自己来"探梅",而让一位"公子"来"探梅",并通过"公子"的感受,写出"却疑依是武陵人"的结句,是耐人寻味的。王孙公子们过厌了都市繁华生活,偶然看见渔民在青山绿水之间打鱼,有时还唱渔歌,便以为"渔家乐";偶然看见农民的竹篱茅舍之间杂花生树,野鸟飞鸣,便以为"田家乐",称赞这是世外桃源。范成大却是了解田家生活的,不要说在《劳畲耕》里叙述过"两钟致一斛,未免催租瘢。重以私债迫,逃屋无炊烟"的真相,就在《四时田园杂兴》里,也有"笺诉天公休掠剩,半偿私债半输官"、"不惜两钟输一斛,尚赢糠核饱儿郎"、"黄纸蠲租白纸催,皂衣旁午下乡来"等等的真实描写,不会因看见深冬季节农家有小桃开花便认为这是桃花源。陶潜《桃花源记》所写的桃花源,是"与外人间隔"的,没有催租人的足迹;《桃花源诗》更特意强调"秋熟靡(无)王税",范成大当然都知道,怎会把"尚赢糠核饱儿郎"的农民和"武陵人"相提并论呢?范成大《劳畲耕》在写农民的劳动果实被官租私债掠夺一空之后说:"晶晶云子饭,生世不下咽。食者定游手,种者长流涎!"那位"探梅"的"公子"便是"游手"者,他吃饱了"晶晶云子饭",闲得无聊,便来农家"探梅","雅"得很!却不知那"云子饭"是哪里来的,给农民造成了什么后果,还羡慕农民是"武陵人"呢!

全诗语言明隽,景色艳丽,人物神情毕现。如果不联系作者的有关篇章仔细吟味,还以为他在赞美那位"公子"多么清雅绝俗,赞美田园风光多么富有诗情画意呢!"诗要字字作,也要字字读",对于"字字作"出的好诗如不"字字读",是很难领会其深层意蕴和言外之意的。

"小桃"是桃花的一个品种,在江南,深冬即可开花。欧阳修咏小桃,有"雪里开花人未知"之句,梅尧臣也有《和十一月八日圃人献小桃花二绝》,可见其开花之早。

杨万里

杨万里(1127—1206),字廷秀,号诚斋,吉州吉水(今属江西)人。绍兴二十四年(1154)进士。任永州零陵丞。孝宗朝,历太常博士、太子侍读、秘书少监等职。光宗朝,任秘书监、江东转运副使。主张抗金,尊师张浚,秉性刚直,敢于谏诤,因反对韩侂胄,归居故里,忧愤成疾以卒。其诗初学江西派,后又学王安石、晚唐体。最后"忽若有悟",师法自然,讲求奇趣、活法,终形成自己的风格,时称"诚斋体"。诗风洒脱明丽,构思新巧。有《诚斋集》。

闲居初夏午睡起二绝句（录一）

梅子留酸软齿牙[1],芭蕉分绿与窗纱[2]。日长睡起无情思[3],闲看儿童捉柳花。

①"梅子"句:吃了未熟透的梅子,余酸久留,以致"倒牙"。②与:给予。③思(sì 四):意绪,读去声,名词。

前两句写初夏最有特色的景物。诗人在家闲居,初夏季节,吃了还未熟透的梅子,便去午睡;一觉醒来,梅子的酸味还留在口中,酸得连牙齿都感到发软。吃过酸果子的人都有这样的体验,但用"留酸软齿牙"五个字准确地表现出来,这还是第一次。初夏季节,芭蕉绽开新叶,一派浓绿,人在室内透过窗纱观赏芭蕉,感到它把窗纱映得更绿,凡在南方居住过的人也多有同样的经历。但把芭蕉拟人化,说它嫌那绿窗纱已经褪色,因而把自己的浓绿分出一部分给予窗纱,却不能不说是一种艺术创造。一个"留"字、一个"分"字,的确用得巧。

第四句用第三句托出,倍见精彩。夏日初长,午睡起来,闲着没有事干,感到浑身懒洋洋的,毫无情趣,便"闲看儿童捉柳花"。"儿童捉柳花",五个字活画出一幅"童戏图",多么天真活泼,富有情趣!然而忙人未必能停下来从容观赏。用"日长睡起无情思"托出,把"儿童捉柳花"作为自己"闲看"的对象,就更能衬托出自己的"闲"。

这首诗作于乾道二年(1166),作者正丁忧家居。他有志于恢复中原,想干一番事业,却闲着没事干。诗以《闲居……》为题,全篇都表现一个"闲"字,但并不是安于"闲",这是不难领会的。

这首诗,当时就受到作者最尊敬的抗金名将张浚的称赞,稍后的周密,也说它"极有思致",又被选入《千家诗》,因而历久传诵不衰。

至于那个"捉"字,当然用得好,但那是前人已经用过的。白居易《前日〈别柳枝〉绝句,梦得继和,又复戏答》云:"谁能更学孩童戏,寻逐春风捉柳花。"

过石磨岭峦皆创为田直至其顶[1]

翠带千镮束翠峦[2],青梯万级搭青天[3]。长淮见说田生棘[4],此地都将岭作田!

①石磨岭:在江西信州永丰(今江西上饶广丰)。②镮:同"环",即环佩,古代腰带上的装饰物。《隋书·礼仪志》:"侯王贵族多服九环带,惟天子带加十三环,以为差异。"这里将山田的畦区比喻为带上的环。千镮:写带的长,谓如千镮宝带捆束在山腰间。这是站在山下横看。③梯:梯田。搭:靠。这是站在山下竖看,层层梯田,直上山顶。④淮:淮河。见说:听到说。棘:有刺丛生的灌木。田生棘:田地荒废意。

题为《过石磨岭峦皆创为田直至其顶》,诗的前两句用生动的形象展现题意。首句写横看石磨岭,一畦一畦的梯田像千镮翠带,把"翠峦"束了一圈。连用"翠"字,表明梯田里长满田禾。次句写竖看石磨岭,一层一层的梯田像万级青梯,直搭青天。连用"青"字,表明梯田里庄稼茂盛。农民把荒山秃岭都开成这么整齐的梯田,而且精耕细作,田苗青翠喜人,是值得赞美的。后两句,读者总以为作者该歌颂"改天换地"的劳动人民了。然而读下去,却出人意外。

当时宋、金以淮河划界,不要说淮河以北的辽阔国土完全控制在金人的铁蹄之下,就是淮河南岸的肥田沃壤,由于濒临前线,农民也不敢耕种,荒芜四十万亩以上,这是诗人所痛心的。于是把二者联系起来,写出这两句:"长淮见说田生棘,此地都将岭作田!"把相隔千里、一般人想不到有什么因果关系的两件事联系起来,形成强烈的对照,便在赞美农民的同时给统治者以深刻的讽刺,而收复淮北国土的强烈愿望,也蕴含其中,引人深思,催人奋进。

晓出净慈寺送林子方①

毕竟西湖六月中,风光不与四时同②。接天莲叶无穷碧③,映日荷花别样红。

①净慈寺:在浙江杭州南屏山下,西湖西南边。②四时:春、夏、秋、冬。③无穷:无边无际。

淳熙十四年(1187),作者在南宋都城杭州任尚书省左司郎中,六月的一天,"晓出"西湖西南边的净慈寺,送友人林枅(子方)到福建去做转运判官,看见西湖的十里荷花,触景生情,写出了这首万口传诵的七绝。

苏轼"欲把西湖比西子,淡妆浓抹总相宜"的名句,杨万里当然很熟悉,平时与西湖验证,大约也认为苏轼讲得好。然而这次一出净慈寺门突然看见六月间的西湖奇景,不禁惊喜不已,冒出了新看法:六月中的西湖风光,"毕竟"特别美,不与其他季节相同啊!按正常语序,"毕竟"应置于"风光"之后,而作者却移置首句之首,使它直贯以下十二字,将两句诗变为不可分割的一个"十四字句"。一开口即说"毕竟",给人以突如其来之感,恰切地表现了诗人被突然闯入眼帘的美景所打动的真切感受。

后两句承前两句作具体描状,表明六月中的西湖风光"毕竟"不与四时同。

"接天莲叶无穷碧"一句,以"接天"与"无穷碧"配合描状"莲叶",则"莲叶"茂密,叶叶相连,直接天际的碧绿世界立即浮现眼前。用"接天",不仅表现出"莲叶"一望无垠,而且,"天"是碧色的,"碧"叶与"碧"天相接,更突出了碧绿"无穷"。"映日荷花别样红"一句,以"映日"与"别样红"配合形容"荷花",突出了"荷花"的"红"艳醉人。"日"光是"红"色的,六月清"晓"的日光又特别"红","红"色的荷花"映日",就显得"别样(不同一般)红"。更何况,先写莲叶而后写荷花,意在以叶衬花,以"碧"衬"红"。两句诗互成对偶,又有互文见义的作用,莲叶"接天",则荷花亦"接天"。以"接天莲叶"的"无穷碧"烘托"映日荷花"的"别样红",则"碧"者更"碧","红"者更"红"。这,便是"西湖六月"中的"风光"啊!尽管说西湖的风光四季都很美,但西湖六月的风光具有独特的魅力,是与其他季节的风光"毕竟"不同的。

历来的咏荷诗,尽管各有特色,但其风格多属于清新、婉丽一类。杨万里的这一首,则华美中见壮阔,明快中见豪放,至今脍炙人口,并不是偶然的。

过扬子江二首①

只有清霜冻太空②,更无半点荻花风③。天开云雾东南碧,日射波涛上下红。千载英雄鸿去外④,六朝形胜雪晴中⑤。携瓶自汲江心水⑥,要试煎茶第一功。

天将天堑护吴天⑦,不数殽函百二关⑧。万里银河泻琼海⑨,一双玉塔表金山⑩。旌旗隔岸淮南近⑪,鼓角吹霜塞北闲⑫。多谢江神风色好,沧波千顷片时间⑬。

①扬子江:长江在江苏扬州至镇江之间,名扬子江,因其地有扬子津、扬子县的缘故。②太空:高空。③荻:生长在水边的一种植物。④鸿去:苏轼《和子由渑池怀旧》:"人生到处知何似?应似飞鸿踏雪泥。泥上偶然留指爪,鸿飞那复计东西。"这里"千载"一句,实慨叹岳飞、张浚等名将贤相,虽"千载英雄",然如飞鸿一去,邈然难追,空留"雪泥鸿爪"而已。⑤六朝:指三国吴、东晋,南朝宋、齐、梁、陈,都以建康(今南京市)为都城,历史上合称六朝。"六朝"句:说六朝山川形胜地,映照在雪停后的阳光中,异常明媚雄伟。⑥汲:取水。⑦堑(qiàn欠):做防御用的沟壕。天堑:天设的沟壕,可以防止敌人进攻,这里实指长江。护吴天:保护江南这一地区。"吴天"在这里实指偏安的南宋。⑧"不数"句:意谓"殽函百二关"比不上"长江天堑"。殽函:古代殽山和函谷关的合称,包括今陕西潼关以东至河南新安县地。高峰绝谷,峻阪曲折,形势十分险要。百二关:拥兵二万,足抵百万,极言地势险要。⑨"万里"句:说长江水直流入海。⑩一双玉塔:指金山、焦山,对峙于大江中(今金山因山下沙涨之故,已与江南岸相连),有如一双玉塔。表:气概挺拔非凡的意思。⑪"旌旗"句:谓长江北岸,旌旗招展,逼近金人的淮南要地。近:逼近。⑫鼓角吹霜:在寒霜中吹奏鼓角。塞北:这里指金国。闲:悠闲。隐喻金人有军事优势。⑬"多谢"二句:表面上是感谢江神,顺

526

风渡江,片刻便过了。实是隐讽南宋统治者,不要只恃"长江天险",不设江防,若遇顺风,金兵渡江来袭,也是"沧波千顷片时间"的事。

淳熙十六年(1189)秋,杨万里在秘书监任上,被任为借焕章阁学士,作为金国贺正旦使的接伴使,负责迎接、陪伴金国派来祝贺绍熙元年(1190)元旦的使者,一路上写了许多有价值的好诗。这两首七律,是过扬子江时写的。

第一首,前四联写眼前秋景。霜天晴明,风平浪静;"天开云雾",东南一望碧绿;"日射波涛",上下一片通红。残留的半壁江山,依然十分壮丽。第三联借古吊今:"千载英雄",包括孙权以来在这一带建功立业的许多英雄人物,着重指宋室南渡以来以岳飞为代表的抗金名将。这些英雄人物,都已远在"鸿去外",离开我们了!"六朝形胜",指从三国东吴以来的东南半壁江山,着重指南宋小朝廷的残山剩水。这些江山形胜,虽然还在"雪晴中",但抗金名将,一个个被排挤、迫害而死,谁来保卫呢?两句诗,回环往复,感慨深沉。紧接这一联的结尾两句如何理解,颇有争议。清代诗评家纪昀说:"结乃谓人代不留,江山空在,悟纷纷扰扰之无益,且汲水煎茶,领略现在耳。"

把这首诗的意境理解得如此衰飒、消沉,可以说完全弄错了。

据陆游《入蜀记》记载:金山绝顶建有"吞海亭",乃登览胜境。然而到了南宋,这座亭子却蒙受耻辱。每当金国的使者到南宋来,一渡江,便照例要请上吞海亭,"烹茶"款待。诗人作为"接伴使",这种差使是无法避免的。因而在全诗结尾写了这么两句:

携瓶自取江心水,要试煎茶第一功。

用现代汉语翻译,那就是:亲自取水煎茶侍奉金国的使臣,这就是我这个"接伴使"为朝廷建立的"第一功"啊!

颈联以雄阔的境界寓忧国之思,尾联以超旷的风格抒屈辱之感,深婉含蓄,极耐寻绎。粗率浏览,便如猪八戒吃人参果,食而不知其味。

第二首,前两联写长江天险,雄奇壮丽,护卫了江南半壁江山。颈联写遥望江北的见闻感受:隔岸不远,便是南宋与金兵对垒的淮南要地,旌旗迎风招展,鼓角凌霜鸣奏。用一"近"字,表明长江虽是天堑,然而敌兵近在咫尺。用一"闲"字,表明敌兵占有优势,好整以暇。尾联写"过扬子江"遇上了好风,"沧波千顷",片刻就渡过了!表面上庆幸"江神"助力,平安而又迅速地渡过了长江天堑;而深层意蕴则是:淮北被敌兵占据,鼓角可闻,如果遇上顺风南渡长江,不也是"沧波千顷片时间"吗?全诗起势雄峻;中间意境雄阔,词彩壮丽;结尾风格轻快,且含喜慰之情。然而强兵之压境,南宋之危弱,"天堑"之不可恃,亦灼然可见。诗人的深忧远虑,须从言外领取。

初入淮河四绝句①

船离洪泽岸头沙②,人到淮河意不佳。何必桑乾方是远③,中流以北即天涯④!

刘岳张韩宣国威⑤,赵张二相筑皇基⑥。长淮咫尺分南北⑦,泪湿秋风欲怨谁⑧?

两岸舟船各背驰⑨,波痕交涉亦难为⑩。只馀鸥鹭无拘管⑪,北去南来自在飞。

中原父老莫空谈,逢着王人诉不堪⑫。却是归鸿不能语⑬,一年一度到江南。

①淮河:高宗绍兴时订立宋金和议,两国以淮河为界,南属宋,北属金。②洪泽:湖名,在江苏西部,盱眙县北。北宋时开水道以通淮河。沙:泛指水中、岸边沙地。③桑乾:河名。清代称永定河,发源于山西朔县,流经北京、天津入海。④天涯:天边。这里指越过淮水中分线北面一步便为敌国领土,以其隔绝难通,有若天涯。⑤刘岳张韩:刘锜、岳飞、张俊、韩世忠,皆为南宋初期著名抗金将领。⑥赵张:指赵鼎、张浚,是南宋初力主抗战的两位宰相。⑦咫:周尺八寸。咫尺:距离很近的意思。⑧"泪湿"句:谓淮河两岸人民,只能怨南宋统治者和卖国贼。⑨各背驰:言两国船只在河的两侧各走各的。⑩"波痕"句:言河两侧船行激起的浪花,也要截然分开,不准相犯。⑪无拘管:不受约束管制。⑫王人:春秋时对天子使臣的称谓,这里指南宋派往金国的使臣。诉不堪:诉说不堪忍受的痛苦。⑬归鸿:从北方飞回南方的大雁。

这四首七绝,是作者北上迎接金国使臣,渡过长江、初入淮河时所作。第一首中的"人到淮河意不佳",为整组诗定下了基调,以下从各个角度展示"意不佳"的原因。桑乾河以北,本来都是北宋领土,后来金兵不断南侵,桑乾一带沦陷,成了"天涯"。如今呢,宋、金以淮河"中流"分界,"何必桑乾方是远,中流以北即天涯",追昔抚今,语意沉痛感人。

第二首追溯南宋初期,刘、岳、张、韩、赵、张诸位名将贤相力主抗金,轰轰烈烈,造成了可以收复中原的大好形势。而朝廷却被投降派把持,自毁长城,坐失良机。时至今日,眼前竟是"长淮咫尺分南北"的惨象,能不令人"泪湿秋风"吗?把国家弄成这种局面,究竟该"怨谁"?不直接指斥包括高宗、秦桧在内的统治者,而以"欲怨谁"收尾,委婉中含怨刺,比直接指斥更引人深思、发人深省。

第三首就眼前所见抒发感慨。"两岸舟船各背驰",即使船上人本来是世代来往的乡亲,也不敢互越中分线一步。千百年来属于祖国的淮河明明是一条河,如今竟以"中流"为界,连南北船只激起的"波痕"互相交叉都会引起纠纷,能不令人痛心吗? 三、四两句,以"鸥鹭"的自由反衬两岸人民的不自由。"只馀鸥鹭无拘管,北去南来自在飞",这和"两岸舟船各背驰"对比何等鲜明! 把二者联系起来,产生了强烈的艺术效果。

第四首表现了对沦陷区人民的同情和对朝廷的怨愤。"中原父老"遇见南宋使臣,总要诉说不堪压迫的痛苦和"王师"收复中原的期望,作者却说:这都是"空谈",还是"莫空谈"吧! 言外之意是,朝廷被投降派把持,只图偏安享乐,光向使臣诉说痛苦和期望,有什么用! 时值秋季,北雁南飞,诗人触景生情,写出三、四两句:"却是归鸿不能语,一年一度到江南。"沦陷区人民一见"王人"便诉苦,却无法回到祖国的怀抱;大雁不会说话,却能回江南感受故国的温暖。相互对比,人不如鸟! 那么,这究竟是什么原因呢? 悲愤深婉,余意无穷。

桑茶坑道中八首①(录四)

田塍莫道细于椽②,便是桑园与菜园③。岭脚置锥留结屋④,尽驱柿栗上山巅。

沙鸥数个点山腰,一足如钩一足翘。乃是山农垦斜崦⑤,倚锄无力政无聊⑥。

秧畴夹岸隔深溪⑦,东水何缘到得西? 溪面只消横一枧⑧,水从空里过如飞。

晴明风日雨乾时,草满花堤水满溪。童子柳阴眠正着,一牛吃过柳阴西。

①桑茶坑:在今安徽泾县。②田塍(chéng 成):本指田间的畦埂子,这里指田间小路。细于椽:比屋椽子还细。③"便是"句:极窄的田间小路,也成了栽桑种菜的地方。④"岭脚"句:留下一小块"立锥之地"准备搭屋。置锥:《汉书·食货志》载:"富者田连阡陌,贫者无立锥之地。"⑤斜崦(yān 淹):山坡。⑥政:同"正"。⑦畴:田。⑧只消:只需。枧(jiǎn 简):通水器。

严羽《沧浪诗话·诗体》中列有"杨诚斋体",解释说:"其初学半山、后山,最后亦学绝句于唐人。已而尽弃诸家之体而别出机杼,盖其自序如此也。"这里的"自序",指杨万里的《诚斋江湖集序》和《诚斋荆溪集序》。《江湖集序》云:

余少作有诗千馀篇，至绍兴壬午七月皆焚之，大概"江西体"也。今所存曰《江湖集》者，盖学后山(陈师道)、半山(王安石)及唐人者也。

《荆溪集序》云：

予之诗，始学江西诸君子，既又学后山五字律，既又学半山老人七字绝句，晚乃学绝句于唐人。学之愈力，作之愈寡。尝与林谦之屡叹之，谦之云："择之精，得之艰，又欲作之不寡乎？"予喟曰："诗人盖异病而同源也，独予乎哉！"……戊戌三朝，时节赐告，少公事，是日即作诗，忽若有悟。于是辞谢唐人及王、陈、江西诸君子，皆不敢学，而后欣如也。试令儿辈操笔，予口占数首，则浏浏焉无复前日之轧轧矣。自此，每过午，吏散庭空，即携一便面(扇子)，步后园，登古城，采撷杞菊，攀翻花竹，万象毕来，献予诗材。盖挥之不去，前者未雏，而后者已迫，涣然未觉作诗之难也。

所谓"万象毕来，献予诗材"，是从自然风物和社会生活中吸取题材和灵感，而不是单纯在学习前人作品上下工夫。这种认识是正确的，使他在诗歌创作的天地里开拓新领域，写出了被称为"诚斋体"的新体诗。

就表现手法说，杨万里运用的是所谓"活法"，同时人张镃形容道：

造化精神无尽期，跳腾踔厉及时追。目前言句知多少，罕有先生活法诗。

钱锺书在《谈艺录》里讲得更透彻：

以入画之景作诗，宜诗之景赋诗，如铺锦增华，事半而功则倍。虽然，非拓境宇、启山林手也。诚斋、放翁，正当以此轩轾之。人所曾言，我善言之，放翁之与古为新也。人所未言，我能言之，诚斋之化生为熟也。放翁善写景，而诚斋善写生。放翁如画图之工笔；诚斋如摄影之快镜；兔起鹘落，鸢飞鱼跃，稍纵即逝而未及其逝，转瞬即改而当其未改，眼明手捷，跋矢蹑风，此诚斋之所独也。

《桑茶坑道中》组诗，可以说是运用"活法"的典型，作者把沿途所见的景物，用"快镜"摄入作品。

第一首，总写全景。"田塍莫道细于椽，便是桑园与菜园"，极写山农对于土地的珍惜及其利用率之高。田塍，这里指田间小路。细于椽，是说那田间小路比屋上的木椽还细，其对土地之珍惜，已不言而喻。这样细的田塍，也没有让它闲着,而是充分地利用来或种桑或种菜。"莫道"与"便是"呼应紧密。这两句一翻译,就是这样的意思:不要说田塍比椽子还细,那就是桑园子和菜园子啊! 光写了田塍,没有写田,但田塍与田塍之间,就是田,谁都可以想象出来。作诗与摄影毕竟有区别,诗的形象,还需要在读者想象中再现和补充。

三、四两句更精彩。"岭脚置锥留结屋",这又是一个镜头。"置锥"一词,作者不一定有意用典,但它不能不使人想起《汉书·食货志》中的话:"富者田连阡陌,贫者亡(无)立锥之地。"这句诗是说,农民在岭脚留出一点仅可"置锥"的地方,准备搭房子,其贫困已不难想见。怎么知道那"置锥"之地是"留结屋"的呢? 大约由于那里堆放了些"结屋"的材料,才作出了那样的判断。按农家的习惯,屋子周围,是要种些果树的。如今只留"置锥"之地"结屋",自然无地再种果树,于是诗人又摄取了一个镜头:"尽驱柿栗上山巅。"农家把本来应该种在屋子周围的柿栗一股脑儿赶到山顶上去了。——这写得多么"活"!

读了这首诗,不禁使人联想到作者的另一首诗《过石磨岭峦皆创为田直至其顶》:

> 翠带千镮束翠峦,青梯万级搭青天。长淮见说田生棘,此地都将岭作田!

"长淮",指当时的沦陷区。联系这首诗,更可以看出前面讲过的那首诗不仅摄取了几个镜头而已,还有言外之言可寻。

第二首,写山农的耕作之苦。"沙鸥数个点山腰,一足如钩一足翘",写沙鸥,形态逼真。但"山腰"怎会有"沙鸥"呢? 仔细一看,原来不是"沙鸥","乃是山农垦斜崦,倚锄无力政(正)无聊。""斜崦",就是山坡。如前一首所写,山农对土地那么珍惜,那么充分利用,但还不满足,还要"垦斜崦",这究竟是为什么? 当然是因为已有的土地收入,还不足以养家活口。那"倚锄无力"的神态和"政无聊"的心情,都可以使读者想得很多、很远。

第三首,写秧田和水源。"秧畴夹岸隔深溪",写景如在目前。但作者并不是悠闲地欣赏这田园风光,而是看到"溪"那么"深",关心"东水何缘到得西?"再一看,放心了,高兴了,于是又摄了一个镜头:"溪面只消横一枧,水从空里过如飞。"这个镜头不仅摄得很巧妙,还在明快的色调中蕴含了对山农的劳动和智慧的赞颂之情。

第四首,写儿童牧牛情景。"晴明风日雨乾时,草满花堤水满溪。"山农尽管贫苦,但自然风光还是美好的。风日晴明,又刚下过雨,溪里水满,地面初干,堤上野花盛开,草当然也很肥美。这"花堤"上,不是正好牧牛吗? 于是,诗人用"摄影之快镜",又摄下了两个镜头:"童子柳阴眠正着,一牛吃过柳阴西。"

诗人的高明之处,在于本来是动的景物,他准确地摄下了动的画面,如"水从空里过如飞"、"一牛吃过柳阴西"等等;本来是静的景物,他也能写活,如"尽驱柿栗上山巅"、"沙鸥数个点山腰"等等。还有,画面里都或多或少地含蕴着思想意义,并非一览无余。

元朝人刘祁在《归潜志》卷八里说:李之纯"教后学为文,欲自成一家",晚年"甚爱杨万里诗",称赞道:"活泼刺底人难及也。"清新、活泼,这的确是"诚斋体"的特点。

夏夜追凉[1]

夜热依然午热同,开门小立月明中。竹深树密虫鸣处,时有微凉不是风。

[1]追凉:追寻凉爽。杜甫《羌村三首》其二:"忆昔好追凉,故绕池边树。"

写热了一整天,汗流浃背,只盼夜间能凉一些,好睡觉;然而"夜热依然午热同",没法睡。开头的这句诗,明白如话,也不见得含蓄、婉转,然而截去了前面的许多东西,这许多东西又可从"夜热"、"午热"中想象出来,因为它凝练地写出了熬过大热天的人们的共同体验。次句承"夜热","开门小立月明中",是为了纳凉,希望有点凉风,这也是情理之中的事,不新亦不奇。新奇之处在于后两句:"竹深树密虫鸣处,时有微凉……"读到"凉"字,必然认为下面的三个字要讲吹来了什么好风;可是读下去,却出人意外,结尾三字竟然是"不是风"!那么,"时有微凉"是从哪里来的,就需要回过头再读前几句,仔细吟味,才能得到回答。明晓通畅,毫无艰深之处,却有回味的余地,与一览无余、淡乎寡味者迥异。

小　池

泉眼无声惜细流[1],树阴照水爱晴柔。小荷才露尖尖角[2],早有蜻蜓立上头。

[1]泉眼:泉水流入小池的孔道。[2]尖尖角:指刚从水面探出头来的荷叶,卷得很紧,顶端尖尖的,像牛角。

题为《小池》,首句写池子的源头活水。因为是"细流",所以它"无声"。妙在用一"惜"字,把"泉眼"拟人化,说它非常爱惜水,卡得很紧,绝不肯挥霍浪费,让水哗哗乱流。而"池"之所以"小",其原因正在这里。次句不过是说池面为树阴所覆盖,却写得极有情趣。池边有树,池面上自然有"树阴";作者却说"树阴照水",用一"照"字,赋予"树阴"以人的意志,好像它有主动权,想"照"谁就"照"谁,如今它"照"着池"水"。接着用一"爱"字,赋予"树阴"以人的情感,说它不"照"别的,只"照"池水,是因为它喜爱池面上明净而温柔的微波,恋恋不舍。

诗的最精彩处还在后两句,前两句只是为后两句所写的景物烘托环境。后两句所写的景,其实并没有什么,说穿了,不过是水面露出的新荷叶顶端落了一只蜻蜓。这样的景,是引不起一般人的注意的,然而作者觉得美,立刻用"摄影之快镜"拍了下来:"小荷才露尖尖角,早有蜻蜓立上头。"把杨万里的"活法"说成用"快镜"摄影,只不过是讲他善于抓取镜头而已。作诗,从本质上说,并不同于摄影。比如这两句所写的景,摄像机只能拍出新荷叶上有蜻蜓的图像,拍得再好,也说不上有多少诗意。而读这两句诗,意味便大不相同。"才露"与"早有"呼应,不仅句法灵动,而且富有暗示性:小荷未露尖尖角,蜻蜓已在"小池"上面款款飞,有时还点水飞,但找不到"立"脚点,多么希望新荷出水啊!因此,"小荷才露尖尖角",游人并未注意,却"早"被蜻蜓发现了;刚一发现,便即刻飞来"立"在那"尖尖角"上,何等得意!而且,那得意还不仅在于已有立脚点,更在于小荷既然露出"尖尖角",那么荷叶满池、荷花映日的美景就为期不远了!这一切,都不是"摄影之快镜"所能拍摄出来的。

舟过谢潭三首[①](录一)

碧酒时倾一两杯,船门才闭又还开。好山万皱无人见[②],都被斜阳拈出来[③]。

①谢潭:地名,是诗人在孝宗淳熙七年(1180)从家乡吉水赴提举广东常平茶盐任经过的地方。②皱:皱褶。③拈(niān)出:用两指夹出。

此诗写诗人在船上看山的景象,妙在后两句。韩愈在著名的五言长诗《南山诗》里写终南山,有"晴明出棱角"、"烂漫堆众皱"之句。远处看山,山上的众多棱角和棱角与棱角之间的沟沟渠渠,就好像许多皱纹。如果皱纹比较细微,便只有朝阳和夕阳斜照,才能看清楚。诗的第二句"船门才闭又还开",表明打开船门,为的是看山。"好山万皱无人见,都被斜阳拈出来",不说"照出来",而说"拈出来",一个"拈"字,用得多新巧!

尤 袤

尤袤(1127—1194),字延之,号遂初居士,无锡(今属江苏)人。绍兴十八年(1148)进士。曾任泰兴令,历知州、太常少卿,官至礼部尚书。好藏书,在家起藏书楼,名遂初堂,编有《遂初堂书目》行世。其诗与杨万里、范成大、陆游齐名,合称"南宋四大家"。惜诗作大都失传,后人辑有《梁溪遗稿》。

淮民谣①

东府买舟船,西府买器械②。问侬欲何为③?团结山水寨④。寨长过我庐,意气甚雄粗⑤。青衫两承局⑥,暮夜连勾呼⑦。勾呼且未已⑧,椎剥到鸡豕⑨。供应稍不如⑩,向前受笞棰⑪。驱东复驱西,弃却锄与犁。无钱买刀剑,典尽浑家衣⑫。去年江南荒,趁熟过江北⑬。江北不可住,江南归未得!父母生我时,教我学耕桑。不识官府严,安能事戎行⑭!执枪不解刺,执弓不能射。团结我何为,徒劳定无益⑮。流离重流离⑯,忍冻复忍饥。谁谓天地宽⑰,一身无所依!淮南丧乱后⑱,安集亦未久⑲。死者积如麻⑳,生者能几口?荒村日西斜,破屋两三家。抚摩力不给㉑,将奈此扰何㉒!

①淮民:宋时设淮南东路、淮南西路,在今长江以北、淮河以南地区,居住在这里的人民称淮民。谣:歌谣,诗歌的一种体裁。②东府、西府:泛指东西各地。③侬:作人称代词,有"我"、"你"、"他"三种讲法,此处作"他"讲。④团结:组织。山水寨:当时的"乡兵"组织。⑤雄粗:粗暴。⑥青衫:黑衫。承局:公差。⑦勾呼:传唤。⑧且未已:还没有停止。⑨椎(chuí 垂)剥:宰杀。豕:猪。⑩稍不如:稍有不如意的地方。⑪笞棰(chī chuí 吃垂):竹鞭一类的两种刑具。⑫典:因没有钱,将物品作抵押。浑家:妻子。⑬趁熟:往收成好的地方去逃荒。⑭"安能"句:怎么能够从事当兵打仗!⑮徒劳:白白地辛劳。⑯重(chóng 虫):再。⑰"谁谓"句:孟郊《赠别崔纯亮》:"出门即有碍,谁谓天地宽。"此用其语。⑱淮南丧乱:淮河流域曾遭受两次毁灭性的破坏,第一次为金兀术率金兵从淮东南下,一直打到临安;第二次为完颜亮率金兵经淮南打到长江边。⑲安集:安定聚集。⑳"死者"句:死去的人像乱麻一样堆积起来。㉑抚摩:安抚、救济。力不给:力量不够。㉒"将奈"句:对这种骚扰有什么办法?

宋代兵制,官兵之外,尚有"乡兵",就当地人口每户二丁抽一、四丁抽二,"团结训练,以为防守"(《宋史》卷一九〇)。此诗所谓"山水寨",即淮南一带的"乡兵"组织,本意是防御金兵南侵,但被土豪把持,与官吏狼狈为奸,反而给人民造成严重的灾难。这首诗,是作者任泰兴(今属江苏)县令时所作,泰兴当时属淮南东路。《三朝北盟会编·炎兴下帙》载:尤袤"尝以淮南置山水寨扰民,不能保其家属,窃悲哀之,作淮南民谣一篇"。这里所说的"淮南民谣",就是这篇《淮民谣》。

乡兵与官兵不同。官兵有薪饷,乡兵没薪饷。而且,一旦被抓去当乡兵,连刀、剑等各种武器,甚至舟船,都要自备,负担沉重,苦不堪言。这首诗,一开头便展示了这种惨状:一位农民"东府买舟船,西府买器械",四处奔忙;作者问他将要干什么,他回答说:被"团结"到"山水寨"里当乡兵。从"团结山水寨"直到"一身无所依"二十九句诗,都是由"问侬欲何为"引出的回答,也是乡兵的血泪控诉。

"淮南丧乱后"以下八句,是作者以县令的身份就乡兵的自诉所发的议论和感慨。乡兵的自诉,着重讲他被抓丁以来所受的种种磨难,其作用是以个别见一般。作者的议论,则是总揽全局,以一般含个别。"死者积如麻","破屋两三家",作为县令,想安抚、救济而"力不给",徒唤奈何!心情十分悲痛,而为民请命之意,却洋溢于字里行间。

题米元晖潇湘图二首

万里江天杳霭①,一村烟树微茫②。只欠孤篷听雨③,恍如身在潇湘。

淡淡晓山横雾,茫茫远水平沙。安得绿蓑青笠④,往来泛宅浮家⑤。

①杳霭:云气幽暗貌。②微茫:迷蒙的样子。⑨篷:船篷,这里指船。④蓑:蓑衣。笠:斗笠。⑤泛宅浮家:以船为家,往来于江湖之间。

这是两首题画诗。画家米友仁(1086—1165),字元晖,是宋代杰出书画家米芾的儿子,画史上称他们父子为"二米"或"大米"、"小米"。"二米"擅长山水画,称"米家山水"。此诗所题的"元晖潇湘图",即小米的代表作《潇湘奇观图卷》,现藏上海博物馆,长丈余,卷后有洪适、洪迈、朱敦儒、朱熹等十几位南宋名家的题跋;尤袤有跋有诗,诗后署"淳熙辛丑仲春十八日梁溪尤袤观于秋浦"。淳熙辛丑,即宋孝宗淳熙八年(1181),这时尤袤五十五岁,正提举江东常平。

"二米"的山水画,属水墨大写意。米友仁的《潇湘奇观图卷》,最能体现其水墨山水画的独特风格,是其得意之作。他自题此卷云:"此卷乃庵上所见,大抵山水奇观,变态万层,多在清晨晦雨间,世人鲜复知此。余生平熟潇湘奇观,每于观临佳处,辄复得其真趣,成长卷以悦目。"可见他画的"潇湘奇观",是亲临其地,熟观默察,于"清晨晦雨间"把握其"变态万层"而"得其真趣"之后的写意佳作。

尤袤题此画的诗,既表现出此画的特点,又抒发了自己的观感。

第一首,先以"万里江天"写大景、远景,后以"一村烟树"写小景、近景,大、小、远、近结合,又以"杳霭"、"微茫"表现其烟雨迷蒙、云树苍茫的景象。仅用十二字,"米家山水"的气象、神韵已和盘托出。三、四句倒装,既是表现对此画的观感，又是对此画艺术魅力的赞扬。因为所画者乃"潇湘奇观"，所以细观此画，"恍如身在潇湘"；画里有水而无船，所以说：我恍惚之间已经身在潇湘，如果纵一叶扁舟"听雨"，该多好！可是呢，别的什么已应有尽有，就"只欠"一只小船。"只欠孤篷听雨"一句当然不是说没画孤篷是个缺点，而是用跳脱的诗句赞颂此画有"移情"魅力；又顺便补出一个"雨"字，为前面的"杳霭"、"微茫"点睛。

第二首，前两句"淡淡晓山横雾，茫茫远水平沙"，进一步为"万里江天杳霭，一村烟树微茫"补景。这么一补，江、天、树、村以及晓山、远水、平沙等等，都迷蒙于云雾烟雨之间，因云雾烟雨的变化而"变态万层"，顿成"奇观"。诗人面对"潇湘奇观"，萌生了弃官归隐、徜徉于"潇湘奇观"之间的意念，写出了后两句："安得绿蓑青笠，往来泛宅浮家。"以《渔歌子》著名的唐代诗人张志和，肃宗时待诏翰林，后来隐居江湖间，自号烟波钓徒。"颜真卿为湖州刺史，志和来谒。真卿以舟敝漏，请更之。志和曰：'愿为浮家泛宅，往来苕霅间'。"（《新唐书》卷一九六《隐逸传》）张志和的《渔歌子》，又有"青箬笠，绿蓑衣，斜风细雨不须归"之句。很明显，尤袤题画诗结尾两句中的"泛宅浮家"和"往来"、"绿蓑"、"青笠"，都取自张志和的言论和诗句，其借题发挥之意是十分明显的。就是说，他厌倦仕途，想学张志和做烟波钓徒了；然而弃官归隐，又有许多实际困难，两句诗以"安得"领起，表现了难言的苦衷。题画诗，也以"诗中有我"为高格，既展现《潇湘奇观图卷》的气象神韵，又自抒怀抱，二者妙合无垠，正是这两首题画诗的高明之处。

六言绝句，因不便使用单音节词，故诗句往往流于板滞；四句配合，也难获致婉转动宕、风神摇曳之美，故作者不多。唐代诗人中，只有王维、刘长卿擅长此体。王维的《田园乐》组诗尤脍炙人口。宋代诗人作六言绝句者较唐人稍多，以王安石的《题西太一宫壁》二首最著名。尤袤的这两首，也是难得的佳作。

送吴待制守襄阳①

方持紫橐侍西清②，忽领雄藩向外行③。谁谓风流贵公子，甘为辛苦一书生。词源笔下三千牍，武库胸中十万兵。从此君王宽北顾，山南东道得长城④。

①吴待制：指吴环，他是宋高宗吴皇后的侄儿。待制，官名，常以文学之士充任，位在学士之下。②紫橐：紫袋。《汉书·赵充国传》："安世本持橐簪笔。"注："张晏曰：'橐，契囊也。近臣负橐簪笔，从备顾问，或有所纪也。'师古曰：'橐，盛书；簪笔，插笔于首以纪事。'"后人因以"橐笔"表文人之所事。此处的"持紫橐"，即"橐笔"之意。西清：本指皇宫内西侧清净之地，后来泛指宫禁燕闲之处。此处的"侍西清"，指做"待制"。③雄藩：大镇，指襄阳。领雄藩，指镇守襄阳。④"山南"句：当时襄阳属山南东道。长城：用檀道济"塞上长城"典，已

见前注。

首联"方持"、"忽领"呼应,句法灵活、动宕,毫不费力地点明题意:正做"待制",忽领"襄阳",而"送"行之意自在其中。次联用"谁谓"一气贯注,气盛言宜。用现代汉语翻译,那便是:谁料"风流贵公子"却"甘为辛苦一书生"呢?"辛苦一书生"引出第三联:笔下"词源"奔泻,胸中"武库"森罗,当然都来自"辛苦"读书。"词源"句遥承首句,"武库"句遥承次句,又下启尾联,针线细密。尾联总收全篇:从此以后,"君王"北望襄阳一带,就会感到宽心,因为有您这样文才、武略兼备的人去镇守,那山南东道便有了"塞上长城",金兵无法逾越。

这是一首应酬诗,多少有点捧场的意味。但捧得有分寸、有原则。"谁谓"一联是全诗的主干,先以"贵公子"点明吴环作为皇亲国戚的特殊身份,然后把他和一般的"贵公子"区别开来,说他"甘为辛苦一书生",既有文才,又有武略,这是对吴环的颂扬;但对于那些骄奢淫逸、祸国殃民的皇亲国戚们来说,却是沉重的鞭挞。尾联说他去镇守襄阳,"山南东道"便"得长城",这既是对吴环的颂扬,也是对吴环的勖勉和期望。就艺术表现来说,语言壮美,气机流畅,也是七律中的佳作。

粗制滥造、胡吹乱捧的应酬诗泛滥成灾,当然要不得。但思想性比较高、艺术性比较好的应酬诗还是可以作,而且有积极意义。这首诗便是一个例子。

朱　熹

朱熹(1130—1200),字元晦,一字仲晦,号晦庵,又号晦翁,别称紫阳,徽州婺源(今属江西)人,生于南剑州尤溪(今属福建),后徙居建阳(今属福建)考亭。绍兴十八年(1148)进士。历泉州同安县主簿、秘阁修撰、焕章阁待制等职,卒谥"文"。论学主居敬穷理,集北宋以来理学之大成。通经史、文学、乐律,对自然科学亦有所贡献。诗亦富意趣。有《四书章句集注》、《周易本义》、《诗集传》、《楚辞集注》、《朱文公集》、《朱子语类》等。

春　日
胜日寻芳泗水滨①,无边光景一时新。等闲识得东风面,万紫千红总是春。

①胜日:原指节日或亲朋欢聚日,这里指晴日。泗水:在今山东省东部,发源于东蒙山南麓,流经孔子家乡,孔子生前曾在那里讲过学,死后也葬在那里。

题为《春日》，首句一开头便说"胜日寻芳"，自然是踏青游春、赏花观柳之作。次句从宏观上写春日寻芳的所见和所感："无边光景"，包括目光所能看到的广阔范围里的一切景象；"一时新"，则是出门"寻芳"的突然感受。如果不出门"寻芳"，尽管客观上"无边光景"已焕然一"新"，主观上也不会有这种"新"的感受。三、四两句所写，乃是对"寻芳"观感的具体化和认识上的深化。平日常说"东风"如何好，但对它的面貌如何，却缺乏具体了解。如今来"寻芳"，看见"无边光景"、"万紫千红"，一派"新"气象，"等闲"之间便"识得东风面"了！就是说，那"万紫千红"的无边春色、无边"新"光景，都是"东风"的体现，也就是"东风"的面貌。

这首诗，按照春日"寻芳"的主题和词、句的意义作这样的理解，应该说是符合实际的。而且，作这样的理解，已经是一首景美情浓、景中含理的好诗。

然而单纯作游春理解，却有一个问题。"泗水"在山东境内，早被金人占领，张孝祥早在作于隆兴元年(1163)的《六州歌头》里已抒发过"洙、泗上，弦歌地，亦膻腥"的愤慨，朱熹怎能"寻芳泗水滨"？朱熹是一位理学家，他念念不忘孔夫子和他所传的"道"。"泗水滨"，乃是孔子讲学传道的圣地。"寻芳泗水滨"在朱熹笔下，不是"赋"而是"比"，比喻向孔门寻求生意盎然的"道"，特别是"仁"。按照这种思路读全诗，"东风"、"万紫千红"等等，也都是比喻。全诗通过"寻芳"的所见和新感受、新认识，比喻он求道忽有所得。其创作动机与表现手法，都与《观书有感》类似，但题为《春日》，全诗都写"寻芳"，比喻的痕迹含而不露，又形象鲜明，情景生动，读之但觉春光满眼，不注意它还有什么深层意蕴。

这本来是一首好诗，又由于入选《千家诗》，因而传诵至今。尤其是"万紫千红总是春"一句，常被人们引用，还被改造和补充，写出"一花独放不算春，万紫千红才是春"之类的句子，广为流传，颇有教育意义。

观书有感二首①

半亩方塘一鉴开②，天光云影共徘徊③。问渠那得清如许④？为有源头活水来⑤。

昨夜江边春水生，蒙冲巨舰一毛轻⑥。向来枉费推移力，此日中流自在行⑦。

①观书有感：写看书后的心得和体会。②鉴：镜子。这里把翻开的书比喻成方塘，进而又将方塘比喻成镜子。③徘徊：来回移动。④渠：它，指方塘。⑤活水：经常流动的水。⑥蒙冲：古代战船。刘熙《释名·释船》："狭而长曰蒙冲，以冲突敌船也。"⑦中流：江心。

宋代理学(或称道学)兴盛,理学家一方面说什么"文词害道",反对作诗,另一方面又大作其诗,用诗讲道学。正如南宋刘克庄所说:"近世贵理学而贱诗,间有篇咏,率是语录讲义之押韵者耳。"(《后村大全集》卷一一一《吴恕斋诗稿跋》)像金履祥道学诗选《濂洛风雅》中的作品,大抵是"语录讲义之押韵者",味同嚼蜡,算不得诗,也自然谈不上艺术生命力,在群众中没有流传。

在宋代理学家中,朱熹的老师刘子翚可算优秀诗人。他的那些愤慨国事的作品,像组诗《汴京纪事》二十首,就写得很感人,在南宋传诵极广。朱熹本人的许多诗,也很少"语录讲义"的气味,值得一读。他的那首《春日》七绝:"胜日寻芳泗水滨,无边光景一时新。等闲识得东风面,万紫千红总是春。"至今还被人们引用。《观书有感》两首诗中的第一首,也常被人们引来说明某种道理。

从题目看,这两首诗是谈他"观书"的体会的,意在讲道理、发议论;弄不好,很可能写成"语录讲义之押韵者"。但他写的却是诗,因为他没有抽象地讲道理、发议论,而是从自然界和社会生活中捕捉了形象,让形象本身来说话。

先看第一首。

"半亩方塘一鉴开,天光云影共徘徊",这景象就很喜人。"半亩方塘",不算大,但它像一面镜子那样澄澈明净,天光云影都被它反映出来,闪耀浮动,情态毕见。作为景物描写,这也是成功的。这两句展示的形象本身,能给人以美感,能使人心情澄净,心胸开阔。

此外,感性形象本身还蕴含着理性的东西,最明显的一点就是"半亩方塘"里的水很深很清,所以能够反映天光云影;反之,如果很浅、很污浊,就不能反映,或者不能准确地反映。诗人正抓住了这一点,作进一步的挖掘,写出了颇有"理趣"的三、四两句:问渠那得清如许? 为有源头活水来。"渠"是个代词,相当于"他"、"她"、"它",这里代"方塘"。"清",已包含了"深",因为塘水如果没有一定深度,即使很清,也反映不出"天光云影共徘徊"的情态。诗人抓住了塘水深而且清才能反映天光云影的特点,但没有到此为止,进而提出了一个问题,"方塘"为什么能够这样"清"? 而这个问题,孤立地看"方塘"本身,是无从找到答案的。诗人于是放开眼界,终于看到"源头",找到了答案:就因为这"方塘"不是无源之水,而是有那永不枯竭的"源头",源源不断地为它输送"活水"。

后两句,当然是讲道理、发议论,但这和理学家的"语录讲义"很不相同:第一,这是对前两句所描绘的感性形象的理性认识;第二,"清如许"和"源头活水来",又补充了前面所描绘的感性形象。因此,这是从客观世界提炼出来的富有哲理意味的诗,而不是"哲学讲义"。用古代诗论家的话说,它很有"理趣",而无"理障"。

"方塘"由于有"源头活水"不断流入,所以永不枯竭,永不陈腐,永不污浊,永远深而且"清","清"得不仅能够反映出"天光云影",而且能够反映出它们"共徘徊"的细微情态。——这就是这首小诗所展现的形象及其思想意义。

朱熹给这诗标的题目是"观书有感",也许他"观书"之时从书中受到什么启发,获得了什么新知,因而联想到了"方塘"和"活水",写出了这首诗。如果是这样,那么他所说的"源头活水",就是指书本知识。其用意是劝人认真读书、博览群书,不断从那里吸取前人的间接经验。

朱熹还作过一首七律《鹅湖寺和陆子寿》:

德义风流夙所钦,别离三载更关心。偶扶藜杖出寒谷,又枉篮舆度远岑。旧学商量加邃密,新知培养转深沉。却愁说到无言处,不信人间有古今。

这个诗题及整篇诗,大概很少人能记得,但其中的"旧学商量加邃密,新知培养转深沉"两句,至今还被一些学者引来谈治学经验。用来谈治学经验,当然是可以的,但作为"诗",却远不如"半亩方塘"一首有诗味,尽管在朱熹那里,"旧学商量"、"新知培养",很可能和"源头活水"是一回事。

不管朱熹的本意如何,"半亩方塘"这首诗由于取材客观实际,诉诸艺术形象,其形象及其思想意义,很有普遍性。比如说,为了使我们的"方塘"不枯竭、不陈腐、不污浊,永远澄清得能够反映客观事物及其细微变化,就得不断学习,不断实践,不断调查新情况、研究新问题、吸收新知识,就得让我们的知识不断更新,避免老化。这一切,当然超出了朱熹的创作意图。然而这又是符合艺术规律的:具有典型性的艺术形象,其客观意义往往大于作者的主观思想。

再谈第二首。

"昨夜江边春水生,蒙冲巨舰一毛轻",其中的"蒙冲"也写作"艨艟",是古代的一种战船。因为"昨夜"下了大雨,"江边春水",万溪千流,滚滚滔滔,汇入大江,所以本来搁浅的"蒙冲巨舰",就像鹅毛那样浮了起来。这两句诗,也对客观事物作了描写,形象比较鲜明。但诗人的目的不在单纯地写景,而是因"观书有感"而联想到这些景象,从而揭示一种哲理。

"向来枉费推移力,此日中流自在行",就是对这种哲理的揭示。当"蒙冲巨舰"因江水枯竭而搁浅的时候,多少人费力气推,力气都是枉费,哪能推动呢?可是严冬过尽,"春水"方"生",形势就一下子改变了,从前推也推不动的"蒙冲巨舰","此日"在一江春水上自在航行,多轻快!

蒙冲巨舰,需要大江大海,才能不搁浅,才能轻快地、自在地航行。如果离开了这样的必要条件,违反了它们在水上航行的规律,硬是要用人力去"推移",即使发挥了人们的冲天干劲,也还是白费力气。——这就是这首小诗的艺术形象所包含的客观意义。作者的创作意图未必完全如此,但我们作这样的理解,并不违背诗意。

前一首,至今为人们所传诵、所引用,是公认的好诗。后一首,似乎久已被人们遗忘了,但它同样是好诗,能给人以哲理的启迪:别做在干岸上推船的蠢事,而应为"蒙冲巨舰"的自在航行输送一江春水。

类似这样的哲理诗,宋诗中还有一些。苏轼的《题西林壁》,先说"横看成岭侧成峰,远近高低各不同",然后再揭示诗人从中领会到的哲理:"不识庐山真面目,只缘身在此山中。"

当然,哲理诗的写法也是各种各样的。有鲜明的形象,由形象本身体现理趣,固然好;但也不一定非如此不可,例如苏轼的《琴诗》:

若言琴上有琴声,放在匣中何不鸣?若言声在指头上,何不于君指上听?

两个假设,两个提问。假设有道理,提问更有道理。问而不答,耐人寻味。说这有"禅偈的机锋",当然是可以的。但如果从中领会出这样一种道理:只有很好的客观条件,或者只有很好的主观条件,都不行;而把二者完美地结合起来,就能取得很好的效果——这也不能算违反诗意吧!

这首诗,既有理趣,也有诗味,应该算是较好的哲理诗。纪昀"此随手写四句,本不是诗"的看法是值得商榷的。

至于理学家所写的那些"语录讲义"式的所谓诗,道理粗浅,议论陈腐,语言枯燥乏味,就不算诗。例如徐积的那首长达两千字的《大河上天章公顾子敦》:"万物皆有性,顺其性为大。顺之则无变,反之则有害。……"(《节孝诗钞》)这怎能算诗呢?

陈 造

陈造(1133—1203),字唐卿,号江湖长翁,高邮(今属江苏)人。淳熙二年(1175)进士。历官房陵通判、淮南安抚使参议等职。有《江湖长翁集》。

题赵秀才壁①

日日危亭凭曲栏②,几层苍翠拥烟鬟③。连朝策马冲云去④,尽是亭中望处山。

①赵秀才:作者的朋友,生平不详。②日日:每天。危亭:高亭。③几层:一层又一层。拥:簇拥着。④连朝:接连几天。策马:鞭打着马。

前两句写远景。天天立在亭子里凭栏看山,已暗示远山实在太美,百看不厌。"几层苍翠拥烟鬟",实写远望中的山景:那苍翠的群山,望了一层,又望一层,一层比一层高,一层比一层远,山峰被飘渺的云烟笼罩,好像美人头上的髻鬟。

写远望群山的诗比较常见,因而前两句虽然写得好,但并不新颖。读完前两句,总以为作者要继续描写远望中的山景,或者发表议论了;却出人意料,用后两句写出门游山。写游山,当然要写身历其境的感受,为读者展示若干迷人的自然景观。一般的游山诗,也都是这么写的。然而陈造却以"尽是亭中望处山"收尾,没有作任何具体描绘,却为读者打开了驰骋想象的闸门。"亭中望"唤回首句,"日日"在"亭中"凭栏望山,越望越感到山景变幻无穷,引起了入山探胜的念头。"尽是亭中望处山"又唤回第二句,亭中望山的远景是"几层苍翠拥烟鬟",那么,亲入深山,移步换形的近景必然更引人入胜。从望山到遍游"望处山",有个过程;这个过程,是用第三句"连朝策马冲云去"表现的。"连朝",等于"接连好几天";"策马",就是用鞭子打马,让它快跑;"冲云去",与第二句"烟鬟"相应,表明正在冲云破雾,穷幽揽胜。"策马冲云"游了好多天,游"尽"了"亭中望处山",则"望处山"就不仅是远望中所见的"几层苍翠",而是千峰竞秀,万壑争奇,愈游愈美,美不胜收,令人流连忘返。

前两句写望山,勾勒出远山的大轮廓。后两句写游山,只有十四个字,任你多么善于描绘,也绘不出多少图景。作者构思的新颖之处在于不作具体描绘,而以"连朝策马冲云去,尽是亭中望处山"与前两句拍合,反能引发读者的想象,于层出不穷的想象中得到审美享受。

辛弃疾

辛弃疾(1140—1207),原字坦夫,后字幼安,号稼轩,历城(今山东省济南市)人。绍兴三十一年(1161),金主亮大举南犯,弃疾聚众二千,参加耿京义军抗金,领耿京命,奉表南归,授右承务郎。闻耿京为叛徒张安国所杀,突入金营,擒而诛之。次年率部渡淮南归,历任湖北、江西、湖南、福建、浙东安抚使等职。有将相之才而未展其用,多次落职闲居,将爱国忠愤之情寄之于词。其词豪放雄浑,悲壮激越,善熔铸经史,驱遣诗文,与苏轼并称"苏辛"。亦能诗。有《稼轩长短句》。今人辑有《辛稼轩诗文钞存》。

送湖南部曲①

青衫匹马万人呼②,幕府当年急急符③。愧我明珠成薏苡④,负君赤手缚於菟⑤。观书老眼明如镜⑥,论事惊人胆满躯⑦。万里云霄送君去⑧,不妨风雨破吾庐⑨。

①此诗作于离湖南安抚使任时。据刘克庄《后村诗话》载此诗的本事说:"辛稼轩帅湖南,有小官,山前宣劳,既上功级,未报而辛去,赏格未下。其人来访,辛有诗别之云云。"部曲:部属。古代大将军营设有各司其事的属官,称"部曲"。②青衫:唐时为从九品小官的官服,其色青,故称青衫。③幕府:古代大将军在外办公的地方。后地方军政长官的衙门亦沿用此名。急急符:紧急命令,亦称"急急如律令"。全句意谓:当年在万众欢呼声中,曾为幕府传递紧急公文。④"愧我"句:表明自己遭谗去职。明珠成薏苡:实说"把薏苡当成了明珠"。据《后汉书·马援传》载:马援征交趾归来,载回一车薏米种子,被人诬陷为带回一车明珠。作者在湖南安抚使任上,除兴修水利外,还在两年时间内建成一支铁马金甲的湖南飞虎军,但却受到权贵"聚敛扰民"的诬控和排挤,故以马援事迹自比。⑤於菟:楚地方言称老虎为"於菟"。⑥明如镜:明如宝镜,能知微烛幽。⑦胆满躯:一身都是胆。⑧"万里"句:祝愿"部曲"从此鹏程万里,直上青云。⑨破吾庐:用杜甫《茅屋为秋风所破歌》"吾庐独破受冻死亦足"句意。

首联活画出那位部属当年传送紧急文书的勇猛形象,起势警悚。次联以"愧我"、"负君"呼应,回环跌宕,表现了自己因受谗落职而未能奖赏这位部属的负疚心情。三联由"明珠成薏苡"引起,写自己虽然受谤,却光明磊落,无私无畏,观书论事,有识有胆,不因受谤而稍变赤胆报国的志节。一位爱国英雄的豪情壮志跃然纸上。尾联写送别之情:但愿有功未赏的那位部属前程远大;至于自己,任他"风雨破吾庐",也不要紧。结句用杜甫《茅屋为秋风所破歌》中词语而赋予新意。"破吾庐"的"风雨"乃是政治上的风风雨雨,与"明珠成薏苡"照应,不仅章法谨严,而且浩气英风直贯全篇,至结尾犹振荡有力。词如其人,诗如其人。

林 升

林升(生卒年不详),字梦屏,温州平阳(今属浙江)人。约活动于孝宗淳熙(1174—1189)时期。

题临安邸①

山外青山楼外楼,西湖歌舞几时休?暖风熏得游人醉,直把杭州作汴州②。

①这首诗始见载于明田汝成《西湖游览志馀》卷二上,据说这首诗是题于旅店墙壁上的。临安:今浙江杭州市,南宋首都。邸(dǐ底):旅店。②汴州:北宋都城汴梁。

《西湖游览志馀》卷二《帝王都会》载此诗,并云:"绍兴、淳熙之间,颇称康裕,君相纵逸,耽乐湖山,无复新亭之泪。士人林升者,题一绝于旅邸云……"

原诗无题，清人厉鹗《宋诗纪事》收此诗，加了《题临安邸》这个题目。

南宋统治者对金人妥协投降，将大半壁河山拱手让人，以种种屈辱条件换取偏安，不惜敲剥民脂民膏以满足其荒淫腐朽生活。这首诗的作者从外地来到临安，就眼前的荒淫景象抒发感慨，极富艺术感染力。

首句从空间着眼，写华丽的楼台鳞次栉比，从近处的青山延伸到山外的青山，一望无际。次句将空间与时间叠合，写围绕西湖的所有楼台都轻歌曼舞，无尽无休，不知几时才能休止。第三句"暖风熏得游人醉"，用一"醉"字，展现了君臣上下文酣武嬉、醉生梦死的群体形象。连写三句，突然以"直把杭州作汴州"收尾，为前三句所写的景象注入思想感情的新血液，句句皆活而蕴含深广，极耐寻绎。

"直把杭州作汴州"，首先令人想到的是"此间乐，不思蜀"。宋朝的都城本来是"汴州"，如今在"杭州"享乐，把"杭州"当做"汴州"，"无复新亭之泪"，哪里还会想到收复"汴州"呢？其次，读者还可从这句诗里领会到又一层内涵。前三句已写了南宋统治者大兴土木、沉酣歌舞的骄奢淫逸生活，那么，"直把杭州作汴州"，就意味着当年北宋的统治者在"汴州"也是这样干的。事实也正是这样。宋徽宗大兴土木、荒淫无度，乃是汴京沦陷、北宋覆亡的重要原因。南宋统治者重蹈覆辙，后果不堪设想！难道要等到"杭州"沦陷，"西湖歌舞"才罢"休"吗？沉痛中见讽刺，讽刺中寓惋惜。与前面所选的刘子翚《汴京纪事》及有关作品共读，会有更深的体会。

刘　过

刘过（1154—1206），字改之，号龙洲道人，吉州泰和（今属江西）人。四次应试，不中。一生力主抗金复国，以豪侠闻于世。曾为陆游、辛弃疾所赏识，亦与陈亮友善。诗词均有名。有《龙洲集》、《龙洲词》。

多景楼醉歌①

君不见七十二子从夫子②，儒雅强半鲁国士③。二十八将佐中兴④，英雄多是棘阳人⑤。丈夫生有四方志，东欲入海西入秦⑥。安能龊龊守一隅⑦，白头章句渐与闽⑧？醉游太白呼峨岷⑨，奇才剑客结楚荆⑩。不随举子纸上学《六韬》⑪，不学腐儒穿凿注《五经》⑫。天长路远何时到？侧身望兮涕沾巾！

①多景楼：在今镇江市东北角北固山上的甘露寺内，北宋时镇江知州陈天麟所建。据说原地有临江亭，因唐李德裕《临江亭》诗中有"多景悬窗牖"诗句，重建时改名。②七十二子从夫子：据说跟孔子学习的有三千人，身通六艺的有七十二人。③"儒雅"句：谓有学识、懂礼仪的，如颜渊、曾点、曾参等多半是鲁国人。④"二十"句：邓禹、吴汉、贾复、马武等二十八

位将领辅佐东汉光武帝刘秀,中兴汉室大业。⑤棘阳:西汉县名,属南阳郡,故址在今河南南阳南。邓禹等二十八将中,多半是南阳人。⑥秦:指关中地区。⑦龌龊:这里作"拘谨"解。隅:角落。⑧章句:章节与句子。汉代有专门用分章析句的方法来解经的章句学家。浙:浙江。闽:福建。⑨太白:太白山是秦岭的主峰之一,在今陕西武功县南九十里处。峨岷:峨山、岷山,都在四川。⑩结:集结。楚荆:指楚国故地,这里主要指江陵、襄阳、樊城一带。⑪六韬:古代兵书名,相传为西周吕望作,实为战国时人著,今存六卷。⑫腐儒:指不顾国家存亡而空谈性理、穿凿解经的"理学家"。五经:指《诗》、《书》、《易》、《礼》、《春秋》五部儒家经典。

刘过被称为"天下奇男子,平生以意气撼当世"(毛晋《龙洲词跋》引),力主抗金复国。在屡试不第之后,决意走出书斋,另求报国之路。辛弃疾镇京口(今镇江),刘过往访,因而多次登多景楼,作有《题润州多景楼》、《登多景楼》等诗。这首《多景楼醉歌》,以长短多变的诗句、纵横驰骋的气势,表现了志在四方、欲佐中兴的宏伟抱负。而半壁河山为金人所占领,"入海"、"入秦"、"醉游太白"皆不可能,故以"天长路远何时到? 侧身望兮涕沾巾"收尾,渴望恢复之情,溢于言表。

刘过以豪放词著名,亦能诗,是江湖派的主要诗人。这首诗风格豪放,可算是他的代表作。

姜　夔

姜夔(1155? —1221?),字尧章,号白石道人,饶州鄱阳(今江西波阳)人,后移居湖州。一生未仕,往来于赣、湘、鄂、苏、浙间,故与刘过被人视为早期江湖派代表人物。其诗初学黄庭坚,后深造自得,与范成大、杨万里多有唱酬。尤以词著称,精音律,能自度曲。又擅长书法。有《白石道人歌曲》、《白石道人诗集》、《诗说》、《续书谱》等。

除夜自石湖归苕溪十首①（录四）

细草穿沙雪半消②,吴宫烟冷水迢迢③。梅花竹里无人见,一夜吹香过石桥④。

黄帽传呼睡不成⑤,投篙细细激流冰⑥。分明旧泊江南岸,舟尾春风飐客灯⑦。

笠泽茫茫雁影微⑧,玉峰重叠护云衣⑨。长桥寂寞春寒夜,只有诗人一舸归⑩。

环玦随波冷未销⑪，古苔留雪卧墙腰。谁家玉笛吹春怨⑫，看见鹅黄上柳条。

①这一组诗是光宗绍熙二年(1191)除夕，作者从苏州范成大的石湖别墅，乘舟归苕溪途中作。苕溪在湖州，时作者寓居在湖州的岳父家中。②细草穿沙：嫩草从沙地里冒出。③吴宫：指春秋时吴国都城故址。④石桥：在苏州附近。⑤黄帽：指船夫。汉时驾船的人戴黄色帽子，呼为"黄头郎"。⑥"投篙"句：谓投篙时将流冰打成碎块。⑦颭(zhǎn 斩)：晃动。⑧笠泽：太湖的别名。⑨"玉峰"句：谓山峰为云气所缭绕。⑩舸(gě 葛)：船。⑪环玦(jué 决)：本谓圆形而开有缺口的佩玉，这里指漂流的冰块。⑫吹春怨：吹出怨春的调子。

四首诗，写水上行舟、沿途所见的各种情景，画面生动，思致清新，语言明丽，韵调清雅。陈振孙《直斋书录解题》云："石湖范致能尤爱其诗，杨诚斋亦爱赏之，赏其《岁除舟行十绝》，以为有裁云缝月之妙思，敲金戛玉之奇声。"清初主张神韵说的王士禛，对这组七绝亦极赞赏。可算姜夔七绝的代表作。

姑苏怀古①

夜暗归云绕柁牙②，江涵星影鹭眠沙③。行人怅望苏台柳④，曾与吴王扫落花⑤。

①姑苏：一名苏州，因城南有姑苏山而得名。②柁：同"舵"。柁牙：舵板。③涵：包容，这里为映照之意。④苏台：又名胥台，在姑苏山上。吴王夫差所建，在其上歌舞逸乐通宵达旦。后越军攻吴，台被焚毁。⑤吴王：指夫差。

前两句，写在船上所见的夜景。后两句，以"怅望"领起，借"苏台柳"与"落花"抒发今昔盛衰之感。"苏台柳""曾与吴王扫落花"，想象新奇，又合情合理。当年吴王在苏台行乐之时，台畔必然百花耀目，柳丝拂地。可是如今呢，吴王早因骄奢淫逸而身死国灭，苏台仅有遗址了！当然，那遗址上还会有垂柳，当诗人于舟行过程中望见那"苏台柳"，突然触发灵感，写出了这两句意味深长的好诗，与韦庄《台城》"无情最是台城柳，依旧烟笼十里堤"异曲同工。

南宋人罗大经在《鹤林玉露》卷二里说这首诗"琢句精工"，甚得杨万里称赏。说它"琢句精工"，当然并不错。但更值得指出的是，它含蓄深婉，余意无穷。姜夔在他的《白石道人诗说》里主张"诗贵含蓄"，"句中有馀味，篇中有馀意"。这首诗，可以说实践了他的主张。

翁 卷

翁卷(生卒年不详)，字灵舒，永嘉(今浙江温州)人，布衣终身。与同乡诗人徐玑(号灵渊)、徐照(字灵晖)、赵师秀(号灵秀)互相唱和,因他们的字或号都带"灵"字,故称"永嘉四灵",其中翁卷年事最高。有《西岩集》、《苇碧轩集》,二集互有出入。

野　望

一天秋色冷晴湾,无数峰峦远近间。闲上山来看野水,忽于水底见青山。

"永嘉四灵"鄙视江西诗派,口头上提倡唐诗,实则排斥杜甫,以姚合、贾岛为"二妙",尊尚"晚唐"。经过叶适等人的鼓吹,曾名噪一时。他们中的翁卷和徐照,都是布衣,徐玑和赵师秀仅做过小官。其共同的人生态度是"爱闲"、"安贫","有口不须谈世事,无机惟合卧山林"(翁卷《行药作》)。其诗特点是:题材局限于徜徉田园,流连山水;轻古体而重近体,尤重五律;律诗首尾略如题意,中四句锻炼磨莹,刻意求工,不必切题;中四句轻意联,重景联,忌用典,尚白描;追求野逸清瘦情趣。

刘克庄批评"永嘉四灵"说:"永嘉诗人极力驰骤,才望见姚合、贾岛之藩而已。"(《瓜圃集序》)但对其中的翁卷却另眼看待,其《赠翁卷》云:"非止擅唐风,尤于选体工。有时千载事,只在一联中。"今存翁卷集中只有极少的古体诗,如《思远客》等,确类"选体"(《昭明文选》中的五言诗体),但缺乏个性。他写得更多的还是近体诗,七绝中有佳作,如《野望》、《乡村四月》等。

《野望》七绝写望中野景,闲淡秀逸,野趣盎然,体现了"四灵"共同追求的审美趣味。读前两句,并不感到新奇;读完后两句,便给人以出乎意料、突如其来的美感。"闲上山来看野水",却不写看到的野水是何情态,而说"忽于水底见青山",构思灵妙,匪夷所思。仔细一想,写前两句正是为写后两句创造条件。"水底见青山",一是由于水清见底,且有阳光照耀,而首句"一天秋色冷晴湾",已作了描写;二是水畔有青山,而次句"无数峰峦远近间"也作了描写。首句的"湾",正是四句的"水";次句的"峰峦",也就是四句的"青山"。读完第四句回头再读全诗,便感到回环往复之妙,前两句并非泛泛写景而已。

乡 村 四 月

绿遍山原白满川,子规声里雨如烟①。乡村四月闲人少,才了蚕桑又插田②。

①子规:杜鹃。雨如烟:细雨迷蒙。②了:完毕。插田:插秧。

前两句,写江南初夏自然景象极生动传神。第三句里的"乡村四月",既点明前两句所写景象的季节特征,又由自然景象的季节特征联系农业生产的季节性规律,引出"闲人少"。初夏正是农忙之时,村民们刚结束了养蚕、收茧的紧张劳动,又忙于下田插秧。"才了蚕桑又插田"一句仿佛只是叙事,然而联系前两句,那生动传神的自然景象里便立刻出现了农民插秧的无数身影,使自然美景与劳动场景融合无间,令人神往。

山　雨

一夜满林星月白,亦无云气亦无雷。平明忽见溪流急,知是他山落雨来。

思致活泼,颇似杨万里七绝风格。

徐　照

徐照(?—1211),字灵晖,号山民,温州永嘉(今浙江温州)人,终身布衣。与号灵渊的徐玑、字灵舒的翁卷、号灵秀的赵师秀结为同乡好友,互相唱和,故合称"永嘉四灵"。擅五律,诗风清苦。有《芳兰轩集》。

和翁灵舒冬日书事①

石缝敲冰水,凌寒自煮茶②。梅迟思闰月③,枫远误春花。贫喜苗新长,吟怜鬓已华。城中寻小屋,岁晚欲移家。

①翁灵舒:翁卷,字灵舒,徐照的诗友。②凌寒:冒寒。③"梅迟"句:梅花开得迟,是因为有闰月。

"永嘉四灵"是属于江湖派的小诗人,反对江西派,也鄙弃杜甫,专学姚合、贾岛的五律,以"清苦"为工。徐照的这首五律,算是他的代表作。

首联不过是写煮茶,却为了获得"清苦"的风格,在选词、造句、酝酿气氛上颇费心思。从"石缝"里敲一块冰,化成水,冒着严寒,自己点火煮茶吃,多"清苦"!

次联写煮茶吃时的所见所想。"石缝"中已结冰块,梅花该开了吧? 放眼一望,梅枝上还没有花。噢! 今年有个闰月,难怪梅花开得迟。再望远方,忽见树梢泛红。嗬! 春花开了呢! 转念一想,梅花还没开,怎会有春花? 仔细辨认,才弄清那是枫叶。因梅迟而想到闰月,因枫远而误认春花,不仅琢句清隽,属对精工,而且把煮茶吃茶之时近观远望、东想西猜的情态,表现得活灵活现。方回评云:"'思'字'误'字,当是推敲不一乃得之。"纪昀评云:"故为寒瘦之语,然别有味。"(《瀛奎律髓·冬日类》)都讲得很中肯。

第三联上句的"苗新长",也是近观远望时所见,却用"贫喜"领起,别有匠心。因为自己贫穷,希望有个好收成,所以看见"苗新长",就特别喜欢。这是穷苦农民的普遍心态,却用五个字表现得这么真切,该算是难得的佳句。下句的"鬓已华",乃是任何人都难避免的衰老景象,却用"吟怜"领起,便成这位"苦吟"诗人的自我写照。一生"苦吟",直吟到"鬓已华",还是这样"贫",连自己都觉得怪可怜的。于是转入尾联,贫穷得在农村里住不下去了,想在城里"寻小屋",趁年底搬去住。然而这不过是想想而已,那个"欲"字,读者不应轻易滑过去。

这是穷苦诗人"苦吟"出来的诗,尽管境界不广,风格不高,却别有一番风味。

徐　玑

徐玑(1162—1214),字文渊,一字致中,号灵渊,随其父移居永嘉(今浙江温州)。历官建安主簿、永州司理、龙溪丞、武当令,改长泰令,未至官即去世。有《泉山集》,已佚,今传《二薇亭诗》一卷。

新　凉

水满田畴稻叶齐①,日光穿树晓烟低②。黄莺也爱新凉好,飞过青山影里啼。

①田畴(chóu 酬):田地。②低:低垂。

徐玑是"永嘉四灵"之一,其诗题材狭窄,标榜野逸清瘦的诗风。五律可诵者如《黄碧》:"黄碧平沙岸,陂塘柳色春。水清知酒好,山瘦识民贫。鸡犬田家静,桑麻岁事新。相逢行路客,半是永嘉人。"在七绝中,这首《新凉》最出色。

江南夏末,早晨刚有点凉意。第一句,是通过视觉形象的"通感"作用体现凉意的。村外的稻田里水满秧齐,水清叶绿,使人望而生凉。第二句,以"晓"字点时间,朝日的光芒斜穿过树梢,筛下长长的绿荫,"晓烟"还在低空飘动,没有散去。这一切,都使人感到清凉。从反面说,到了中午,赤日当空,轻烟散尽,还会感到热。

前两句,通过夏末的田园晨景及人的感受写"新凉",却未出现"新凉"的字眼;作者生怕粗心的读者辜负了他的苦心,因而在第三句里点明"黄莺也爱新凉好",用一"也"字,不仅表明人"爱新凉",而且把人"爱新凉"推到首位,使前两句所写的田园晨景与人"爱新凉"的感受相结合,形成情景交融的优美意境。人"爱新凉好",已暗含于前两句的景物描写之中;"黄莺也爱新凉好",其表现则是"飞过青山影里啼"。前两句里的"稻叶"、"树",都暗含"绿"字,结句的"青山",则明用"青"字,"青"、"绿"都属于冷色。黄莺"飞过青山",已表明它"爱新凉";但地属江南、时当夏末,如果赤日当空,骄阳普照,那么尽管飞过"青"山,还是热。诗人没有忘记他已经用过一个"晓"字,朝阳初升,"青山"的西侧全是阴影,"青"山"影"里,当然比较"凉"。黄莺厌热爱凉,便从青山影里飞过,高兴得唱起歌来了。

全诗以动形静,有声有色。其设色青、绿、微红(朝晖)、嫩黄并用,而以冷色为基调,并用黄莺的欢唱传达人于久受酷暑煎熬之后乍遇"新凉"的喜悦心情。画面优美,风格清隽深婉,后两句尤有诗情画意,给人以美的享受。

赵师秀

赵师秀(1170—1219),字紫芝,号灵秀,永嘉(今浙江温州)人。宋光宗绍熙元年(1190)进士。历上元县主簿、筠州推官等职。被推为"四灵"之冠。曾选唐诗成《二妙集》和《众妙集》。有《清苑斋集》。

数　　日

数日秋风欺病夫①,尽吹黄叶下庭芜②。林疏放得遥山出,又被云遮一半无。

①病夫:作者自指。②庭芜:庭院中的杂草。

全诗是用"病夫"自述的形式表现的。虽写景,而景语皆情语,主体形象极突出。

前两句自诉凄凉处境。久病未愈,一个人困在屋子里出不了门,院子里杂草丛生,没有人来,也没有人管。而连续好几天的秋风还欺侮我这个"病夫",给我那已经荒芜的院子里又堆满黄叶!

第三句振起:秋风虽然欺侮我,给我院子里吹满黄叶,可是这也有好处,它把黄叶吹尽,树林稀疏,把久被遮尽的遥山放了出来。每天看山,不也可以聊慰寂寞吗?

第三句的扬又是为第四句的抑作铺垫:我刚看见遥山,又不知从哪里飘来云,把遥山的一半儿遮住了。咳,那云也来欺侮"病夫"哩!

全诗通过对秋景的主观感受抒写萧瑟意绪,颇有特色。"林疏放得遥山出",可能受了刘长卿"淮南木落楚山多"(《江州重别薛六柳八二员外》)的启发,但用"放"用"出",神采飞扬,比仅写出"木落"与"山多"的因果关系更富艺术魅力。

约　客

黄梅时节家家雨[①]，青草池塘处处蛙。有约不来过夜半，闲敲棋子落灯花。

① "黄梅"句：江南梅子黄熟之时（阴历四五月间）多雨，称黄梅雨。

梅雨家家，蛙鸣处处。这样的夜晚约一位朋友来下棋，很有诗意。可是本来约好了的，直等到半夜，还不见他来。前三句的这些描写和叙述，都是为第四句的传神之笔酝酿气氛。

第四句突出主体形象，通过"闲敲棋子"的动作和凝视"灯花"坠"落"的神态，表现了"有约不来"，直等到"夜半"的无聊况味。而窗外的雨声、蛙声与"闲敲棋子"声相应和，更为这无聊况味增添了无穷怅惘。

戴复古

戴复古（1167—1252?），字式之，号石屏，台州黄岩（今属浙江）人。浪迹江湖，终身未仕。曾从陆游学诗，亦受晚唐体影响，是江湖派中的重要作家。有《石屏诗集》、《石屏词》。

江阴浮远堂[①]

横冈下瞰大江流[②]，浮远堂前万里愁。最苦无山遮望眼，淮南极目尽神州[③]。

①江阴：今属江苏。浮远堂：在江阴城北君山上，可俯瞰长江，遥望淮水。宋高宗绍兴二十年（1150）修建，因苏轼有"江远欲浮天"诗，用其意而命名。②大江：长江。③淮南：指长江以北、淮河以南地区。南宋与金以淮河中心为界。极目：用尽眼力遥望。神州：《史记·驺衍传》："中国名曰赤县神州。"这里指被金人侵占的中原国土。

戴复古活了八十多岁，足迹遍历吴越荆襄及淮、泗宋金对峙的前线，多有感怀国事之作，是江湖派中成就突出的诗人，宋人包恢说他"以诗鸣东南半天下"。这首诗，是他登江阴浮远堂所作。

首两句写登堂感喟。先写"下瞰大江流"，而后写"万里愁"，有因江起愁和以江喻愁的双重意义。长江万里，愁亦万里；万里长江，流愁不尽。后两句，乃是"万里愁"的具体展现：最令人痛苦的是前面没有高山遮断视线，登楼北望，淮南以北就是沦陷多年的神州大地啊！神州沦陷，不忍目睹，乃是爱国志士的普遍心态。刘克庄在《冶城》七律里是这样表达的："神州只在阑干北，几度来时怕上楼!"戴复古的这两句,所表现的是同样情感,却因"无山遮望眼"而望见了不忍目睹的神州,因而他自己感到"最苦"、感到"万里愁",读者也倍感沉痛。

作者还有一首《盱眙北望》诗:"北望茫茫渺渺间,鸟飞不尽又飞还。难禁满目中原泪,莫上都梁第一山!"可与此诗并读。

庚子荐饥三首①

饿走抛家舍,纵横死路歧②。有天不雨粟,无地可埋尸! 劫数惨如此③,吾曹忍见之? 官司行赈恤④,不过是文移⑤!

去岁未为歉⑥,今年始是凶。谷高三倍价,人到十分穷。险浙矛头米⑦,愁闻饭后钟⑧。新来慰心处,陇麦早芃芃⑨。

杵臼成虚设⑩,蛛丝网釜鬵⑪。啼饥食草木,啸聚斫山林⑫。人语无生意,鸟啼空好音。休言谷价贵,菜亦贵如金!

①庚子:为理宗嘉熙四年(1240)。这一年前后,浙东一带连续发生饥荒,惨象目不忍睹。荐:接连。②歧:岔路口。③劫:佛家称天地由形成到毁灭为一劫。数:运数、时运。劫数:指厄运。④官司:官府。赈恤(zhèn xù 振续):放赈救灾和抚恤。⑤文移:一纸空文转发一下。⑥歉:谷物收成少。⑦矛头淅米:《世说新语·排调》:"桓南郡与殷荆州语次……作危语。桓曰:'矛头淅米剑头炊。'"这里形容米极少,只需用矛头大的地方淘洗即可。淅:淘洗。⑧饭后钟:《唐摭言》:"王播少孤贫,尝客扬州惠照寺木兰院,随僧斋餐。诸僧厌怠,播至,已饭矣。"寺僧鸣钟进餐,"饭后钟"即餐毕始鸣钟,故播闻鸣钟而往,不能得食。⑨陇:通"垄",即田垄。芃(péng 蓬)芃:茂密的样子。这里说麦子长势很好。⑩杵臼:木杵和石臼。⑪釜(fǔ 府):古代的一种锅。鬵(xín):釜一类的烹器。"蛛丝"句:意谓大锅小锅都被蛛丝网封着。⑫啸聚:互相招呼着聚集起来,一般指聚众造反。斫:砍伐。

第一首写旱灾连年,饿走抛家,死尸满路,无人掩埋,令人惊心动魄,惨不忍睹;而官家所谓的"赈恤",不过是层层转发的一纸空文。

第二首写谷贵人穷,今年比去年更惨。

第三首写灾荒连年,官府不行赈济所造成的严重后果。逃荒的死在路上,未饿走的"啼饥食草木,啸聚斫山林",眼看就要铤而走险了!

这三首诗,以浅近的语言,沉痛的音调,写实的手法,展现了饿殍遍野的惨象和灾民走投无路的危机,令人不忍卒读,是南宋后期反映社会现实的佳作。

大热五首 (录一)

天嗔吾面白,晒作铁色深。天能黑我面,岂能黑我心? 我心有冰雪,不受暑气侵。推去北窗枕,思鼓《南风》琴①。千古叫虞舜②,遗我以好音。

①南风:古代乐曲名,相传为虞舜所作。《孔子家语·辨乐解》:"昔者舜弹五弦之琴,造《南风》之诗。其诗曰:'南风之薰兮,可以解吾民之愠兮;南风之时兮,可以阜吾民之财兮。'"②虞舜:传说中远古部落名,即有虞氏。居于蒲阪(今山西永济西蒲州镇)。舜乃其领袖。

写天气酷热而从"天嗔吾面白,晒作铁色深"切入,角度新奇。又由此翻进:"天能黑我面,岂能黑我心?我心有冰雪,不受暑气侵。"愈转愈新奇,而全诗主旨及主人公的精神境界,已突现纸上。

陈衍《宋诗精华录》选戴复古诗十一篇置第四卷之首,加"案"语云:"石屏诗心思力量,皆非晚宋人所有,以其寿长入晚宋,屈为晚宋之冠。"又评此诗云:"倔强可喜,所谓'天生黑于予,澡豆其如予何'也。"

洪咨夔

洪咨夔(1176—1235),字舜俞,号平斋,於潜(今浙江临安)人。嘉定元年(1208)进士。历任成都通判、刑部尚书、翰林学士、知制诰。卒谥忠文。有《春秋说》、《平斋文集》、《平斋词》。

狐　鼠

狐鼠擅一窟①,虎蛇行九逵②。不论天有眼,但管地无皮③。吏鹜肥如瓠④,民鱼烂欲糜⑤。交征谁敢问⑥?空想素丝诗⑦。

①擅:占据。②九逵:亦称九衢,城市的大路。③"但管"句:谓贪官污吏管的只是有地无皮,有皮则刮之。④鹜:野鸭子。瓠(hù互):即瓠瓜,也叫葫芦,可食。这里说贪官污吏肥如葫芦。⑤"民鱼"句:老百姓像刀俎上的鱼肉任人切碎做肉糜。⑥交征:上下交相征收赋税。语出《孟子·梁惠王上》:"上下交征利而国危矣。"⑦素丝诗:《诗经·召南·羔羊》:"羔羊之皮,素丝五紽。"赞文王时官吏廉洁、俭朴的风尚。这句意思是,文王之时那种官吏清廉的作风,只能空想。

这首诗的前六句,把朝廷里的权豪势要和各级贪官比为自营窟穴的狐鼠和横行九衢的虎蛇,说他们不怕天有眼,只管刮地皮;把污吏比为鹜,说他们残民以自肥,肥得像葫芦;而把老百姓比为鱼,任人宰割。用一连串比喻,淋漓尽致地暴露了政治黑暗。后两句抒发感慨:上下交征,层层剥削,民不堪命,谁敢过问啊!"素丝"诗赞美的那种廉洁政治,多么令人想念,但只有空想而已。

洪咨夔以勇于揭露弊政著名,也因此被贬官。这首诗,广譬博喻,又用对比手法,把政治的黑暗、官吏的横暴揭露无遗,而对被鱼肉的人民,则抱无限同情。从内容和形式两方面看,都是极富特色的佳作。其中的"但管地无皮"一句,被改造为"卷地皮"、"刮地皮"长期流传,成为抨击贪官的成语。

促织二首①

一点光分草际萤②,缫车未了纬车鸣③。催科知要先期办④,风露饥肠织到明。

水碧衫裙透骨鲜⑤,飘摇机杼夜凉边⑥。隔林恐有人闻得,报县来拘土产钱⑦。

①促织:蟋蟀的别名。因其鸣声如急织,故名。民间管它叫纺织娘。②一点光分:《史记·甘茂传》:"贫人女与富人女会绩,贫人女曰:'我无以买烛,而子之烛光幸有馀,子可分吾馀光。'"萤:萤火虫。③缫(sāo 骚)车:缫丝用的器具,这里指促织的鸣声。纬车:纺线的车,这里指络纬(莎鸡)的鸣声。④催科:催缴租税。有法令科条规定,故称催科。先期办:在缴租期限前办好。⑤水碧:青绿色。这句说促织身穿鲜碧透亮的衫裙。⑥飘摇:栖止不定。机杼:织布机。⑦"报县"句:警告促织,你要小心,有人报告县官,来征收你织布的税。

前人写"促织",多就"催促妇女织布"的字面意义来发挥,如王安石《促织》诗:"金屏翠幔与秋宜,得此年年醉不知。只向贫家促机杼,几家能有一絇丝?"陆游《夜闻蟋蟀》:"布谷布谷解劝耕,蟋蟀蟋蟀能促织。州符县帖无已时,劝耕促织知何益?"而洪咨夔的这两首诗,却干脆说促织(纺织娘)自己也在织布。

第一首说,促织从草际的萤火虫那里分了一点微光,在夜晚的风露里饿着肚子织啊织啊,直织到天亮。那么,她为什么不辞辛苦地彻夜织布呢?就因为她知道要在缴纳租税的限期以前准备好银钱,免得吏胥们来了自己惨遭拷打。

第二首说,促织穿着水碧裙衫在凉夜织布,机声不断。作者提醒她:"小心树林背后有人听见,报到县里去,就要来收你的土产钱了!"

两首诗借题发挥,言在此而意在彼,通过促织织布怕催税的生动描写,反映了织妇的辛劳和赋税的繁苛,幽默中含讽刺,委婉中见辛辣,手法新颖,语言明快,为抨击黑暗现实的诗别开生面。

叶绍翁

叶绍翁(生卒年不详),字嗣宗,号靖逸,本姓李,过继叶姓。建安(今属福建)人。约活动于宁宗、理宗时代,曾在朝任职,与真德秀友善。诗属江湖派。有《四朝闻见录》、《靖逸小集》。

游园不值①

应怜屐齿印苍苔②,小扣柴扉久不开③。春色满园关不住,一枝红杏出墙来。

①不值:没有遇上主人。值:遇。②怜:惜。屐(jī 机):木鞋,鞋的底部装有齿,可在泥地上行走。苍苔:青苔。③柴扉:柴门,简陋的门。

叶绍翁以擅长写七言绝句著称,《游园不值》更是万口传诵的名作。

这首诗的好处之一是写春景而抓住了特点,突出了重点。

诗人不是写一般的春景,而是写早春之景。早春之景,最有特征性的一是柳色,二是杏花。唐人杨巨源写长安早春,一上来就说"诗家清景在新春,绿柳才黄半未匀"。等到绿柳初"匀",杏花也就开放了。北宋人宋祁的名词《玉楼春》:"东城渐觉风光好,縠皱波纹迎客棹。绿杨烟外晓寒轻,红杏枝头春意闹。……"就是"绿柳"与"红杏"并拈,以见东城"风光"之"好"的。再看陆游的《马上作》:

平桥小陌雨初收,淡日穿云翠霭浮。杨柳不遮春色断,一枝红杏出墙头。

三、四句虽然既说"杨柳",也讲"红杏",但二者并非平列,而是以"杨柳"衬托"红杏"。诗人骑马寻春,眼前出现了"杨柳"。如果没有"红杏",那么,万缕柔丝金黄、嫩绿,也就满可以算做"春色",可是当诗人欣赏那金黄、嫩绿之时,忽然于万缕柔丝迎风飘拂的空隙里闪出一枝娇艳欲滴的"红杏",两两相形,才感到这是真正的"春色"!于是乎满心欣喜地说:幸而"杨柳"还没有把"红杏"遮断,如果遮断的话,就看不见"春色"了!

用"杨柳"的金黄、嫩绿衬托"红杏"的艳丽,已可谓善于突出重点;叶绍翁的诗,特别是第四句,也许是从此脱胎的。但题目各异,写法也不同。陆游以"马上作"为题,故由大景到小景,先点"平桥"、"小陌"、"翠霭"、"杨柳"等等,然后突出"一枝红杏"。叶绍翁则以"游园不值"为题,故用小景写大景,先概括大地"春色"于一"园",强调"春色"不但"满园",而且"满"到"关不住"的程度,其具体表现是:"一枝红杏出墙来"。陆诗和叶诗都用一个"出"字把"红杏"拟人化,但前者没有写明非"出"不可的理由,后者却先用"关不住"一呼,再用"出墙来"一应,把"一枝红杏"写得更活、更艳、更富于崇高的灵魂美,收到了特殊的艺术效果。

这首诗的好处之二是"以少总多",含蓄蕴藉。例如"屐齿印苍苔"就包含许多东西。仅就写景而言,"苍苔"生于阴雨,"屐"多用于踏泥,"苍苔"而"屐齿"可"印",更非久晴景象。陈与义《怀天经智老因访之》中有这样的名句:"客子光阴诗卷里,杏花消息雨声中。"陆游《临安春雨初霁》中有一联也很精彩:"小楼一夜听春雨,深巷明朝卖杏花。"叶绍翁看来也是从"春雨"声中听到了杏花消息,因而春雨初收,就急不可耐地穿上雨鞋,赶来"游园"的;但他避熟就生,不明写"春雨",却用"屐齿印苍苔"加以暗示,而"春色"之所以"满园",也就不难想见应该归功于谁了。"春色"既已"满园",而且"满"得"关"也"关不住",那么进园去逐一观赏,该多好!然而就是进不去,只能在墙外看看那"出墙来"的"红杏",而且仅仅是"一枝",岂非莫大的遗憾?可是这"一枝红杏",正是"满园春色"的集中表现,眼看出墙"红杏",心想墙内百花;眼看出墙"一枝",心想墙内万树,不正是一种余味无穷的美的享受吗?

这首诗的好处之三是景中有情,诗中有人,而且是优美的情、高洁的人。

题为《游园不值》,"不值"者,不遇也。作者想进园一游,却见不上园主人,那么园主人是怎样的人呢?门虽设而常关,"扣"之也"久不开",其人懒于社交,无心利禄,已不言可知。门虽常关,而满园春色却溢于墙外,其人怡情自然,风神俊朗,更动人遐想。作者吃了闭门羹,而那所谓门,其实只是"柴扉",别说用脚踢,用手也不难推开;但他不仅计不出此,而且先之以"小扣",又继之以"久"等;"久"等不见人来,就设想园主人大概是由于珍惜那满地"苍苔"、不忍心"印"上"屐齿",才不愿开门的,因而也就不再"扣"门了,即使是"小扣"。这既表现出他本人的文雅,又反映了他对园主人的体贴和崇敬。而当他目注墙头,神往园内的时候,他本人的美好情怀和园主人的高洁人品也就同那满园春色融合无间,以"关不住"的艺术魅力摇荡读者的心灵。另一位江湖派诗人张良臣有一首《偶题》:"谁家池馆静萧萧,斜倚朱门不敢敲。一段好春藏不尽,粉墙斜露杏花梢。"其谋篇造句,颇与叶诗相似,而意境相悬,奚啻霄壤!景中要有情,诗中要有人,这是重要的。但那情是什么样的情,人是什么样的人,毕竟起着决定性的作用,不容忽视,更不容轻视。

这首诗的好处之四是不仅景中含情,而且景中寓理,能够引起许多联想,从而给人以哲理的启示和精神的鼓舞。"春色"一旦"满园",那"一枝红杏"就要"出墙来"向人们宣告春天的来临。一切美好的、向上的、生气勃勃的事物,都具有顽强的生命力,难道是墙围得住、门关得住的吗?

刘克庄

刘克庄(1187—1269),字潜夫,号后村居士,莆田(今属福建)人。以荫入仕,理宗淳祐六年(1246),赐同进士出身。历官签书枢密院事、工部尚书等职,以龙图阁学士致仕。卒谥文定。尝受学于真德秀。诗词较多感慨激昂之作,是江湖派中成就最高的诗人。有《后村大全集》。

北来人二首①

试说东都事②,添人白发多。寝园残石马③,废殿泣铜驼④。胡运占难久⑤,边情听易讹⑥。凄凉旧京女⑦,妆髻尚宣和⑧。

十口同离仳⑨,今成独雁飞⑩!饥锄荒寺菜,贫着陷蕃衣⑪。甲第歌钟沸,沙场探骑稀。老身闽地死⑫,不见翠銮归⑬!

①北来人:从金占领区逃归南宋的人。②东都:北宋的京城汴梁。③寝园:北宋皇帝的陵墓。残石马:皇帝陵墓前的陈列物都已被摧残。④废殿:北宋皇帝住的宫殿也遭到破坏。泣铜驼:西晋索靖预见天下将要大乱,指着洛阳宫殿前陈列的铜制骆驼说:"会见汝在荆棘中耳。"西晋不久被匈奴刘聪灭亡。⑤"胡运"句:谓金人的命运算来不会很久。⑥"边情"句:边境上传来的消息,多半是谣言。讹:错误。⑦旧京:指汴梁。⑧妆髻:发式。宣和:徽宗年号(1119—1125)。⑨离仳(pǐ匹):离别。⑩独雁飞:因与家人失散,成了失群孤雁。⑪"贫着"句:因为穷,无法制新衣,所以还穿着沦陷区金人款式的衣服。⑫老身:北来人自指。闽:福建的简称。⑬翠銮:皇帝的车驾。

刘克庄是南宋诗人、词人、诗论家。早年与"四灵"交往,又与江湖派戴复古等酬唱,但后来不满于"四灵"的"寒俭刻削",也厌倦江湖派的"肤廓浮滥",转而学陆游与杨万里,以诗歌反映现实,因而取得了较大的艺术成就,与戴复古同称江湖派中的两大巨擘。

南宋后期,政治更加黑暗,统治者以"岁币"换苟安,根本忘记了沦陷多年的大好河山。这两首五律,借"北来人"的诉说以抒悲愤。"寝园残石马,废殿泣铜驼",言金人破坏之惨;"胡运占难久,边情听易讹",言"北来人"亲见金国日渐衰微,而南宋统治者却听信讹传的"边情",认为金兵强大,不图收复中原;"凄凉旧京女,妆髻尚宣和",言沦陷区人民不忘故国;"甲第歌钟沸,沙场探骑稀",言南宋君臣只顾歌舞宴乐,不派人去认真了解"边情",采取对策。用"北来人"口吻写的这两首诗以"老身闽地死,不见翠銮归"结尾,悲愤交集。这位"北来人",是不堪金人的压迫带领十口人逃到南方,希望跟随"王师"一同打回老家去的;如今只剩下他一个人"饥锄荒寺菜,贫着陷蕃衣",目睹南宋朝廷只图享乐、无意恢复的现状,陷入失望的深渊中了!

戊辰即事①

诗人安得有青衫?今岁和戎百万缣②!从此西湖休插柳,剩栽桑树养吴蚕③。

①戊辰：宁宗嘉定元年（1208）。先是韩侂胄与金战，由于指挥不力，谋划不周，败绩。宁宗杀韩，函封其首，向金乞和。戊辰年和议告成，从此南宋每年向金增纳白银三十万两，细绢三十万匹。即事，指的就是这一事件。②和戎：与金人议和。缣（jiān 兼）：一种质地细软的丝织品。③吴蚕：品种优良的蚕。古时以苏州为中心的吴地盛产蚕丝，故称。

首句设问，次句解答，用笔跳脱。诗人本来是该穿"青衫"的，可是如今哪能有"青衫"穿呢？为什么连"青衫"都没得穿？就因为今年"和戎"，把"百万缣"献给金人。两句诗，以小见大，通过诗人没有"青衫"反映了以"岁币"换苟安的"和戎"政策给广大人民带来的深重苦难。后两句是幽默语，也是愤慨语，"和戎"国策如果不彻底改变，那么就别再在西湖栽花插柳了，全部用来栽桑养蚕，恐怕还凑不够"百万缣"哩！

陈衍《宋诗精华录》卷四评刘克庄诗云："后村诗名颇大，专攻近体，写景、言情、论事，绝无一习见语，绝句尤不落旧套。"这首七绝，通过诗人无青衫的现实和西湖养吴蚕的设想，对以"岁币"换苟安的统治者给予辛辣的讽刺，在南宋抨击"和戎"政策的诗中可谓别具一格，不落旧套。

张 矩

张矩（生卒年不详），字方叔，号芸窗，南徐（今江苏镇江）人。淳祐（1241—1252）时曾为句容（今属江苏）令。现存诗见《江湖后集》、《宋诗纪事补遗》等。

春 吟

岸草不知缘底绿①？山花试问为谁红？元造本来惟寂寞②，年年多事是春风。

①缘底：为什么。②元造：自然界。

草"缘底绿"，花"为谁红"，连发两问，问而不答。那么，作者为什么要提出这样的问题，就不能不引发读者的想象。

三、四两句，责备春风"多事"，认定"元造"的本性就是"寂寞"。意思是：如果春风不把草吹绿、不把花吹红，大自然一片"寂寞"，那该有多好！

对于任何心情正常的人来说，草绿、花红都是美景，都能引起喜愉之情，为什么怕见草绿、花红,反而希望"寂寞"呢?这又不能不引人遐想。

安史乱后,杜甫被困于沦陷了的长安城中,写出著名的《春望》五律,其中的警句是:"感时花溅泪,恨别鸟惊心。"诗人由于"感时"、"恨别",见花开而"溅泪",闻鸟啼而"惊心"。这对于任何"感时"、"恨别"的人都能引起共鸣。

此诗作于南宋将亡之时,其"感时"、"恨别"的心态类似杜甫,而抒情的方式却十分新颖,留给读者的想象空间也异常广阔。

严 羽

严羽(1192—1245?),字仪卿,又字丹丘,号沧浪逋客,邵武(今属福建)人。著名诗论家,倡"妙悟"说与"兴趣"说,推崇盛唐。有《沧浪诗话》、《沧浪集》。

有感六首(录二)

误喜残胡灭,那知患更长①!黄云新战路②,白骨旧沙场。巴蜀连年哭,江淮几郡疮③?襄阳根本地④,回首一悲伤⑤。

闻道单于使⑥,年来入国频。圣朝思息战⑦,异域请和亲⑧。今日唐虞际⑨,群公社稷臣⑩。不防盟墨诈,须戒覆车新⑪。

①残胡:指金。端平元年(1234),宋师与蒙古军联合灭金,南宋乘势收复了东京汴梁(开封)和西京洛阳,但蒙古于端平二年即毁盟,直接侵略南宋。患更长:指从此蒙古对宋发动连年侵略战争。②黄云:指交战时卷起的蔽天战尘。新战路:指旧敌刚灭,而蒙古新敌又发动侵略。③"巴蜀"二句:指蒙古兵长驱直入侵略四川、安徽、湖北等地。连年哭:指蒙古侵略时间之长。几郡疮:指蒙古侵略地区之广。④襄阳:今湖北襄樊。根本地:襄阳形势险要,为军事重镇,乃兵家必争之地,故云。⑤"回首"句:今襄阳既失,立国的根本已动摇,故诗人对此兴起无限的忧虑和悲伤。⑥单于:指蒙古首领。⑦圣朝:指南宋皇帝。息:停止。⑧异域:指蒙古。和亲:古代交战的两国用联姻的方法表示重归于友好。⑨唐虞:唐尧、虞舜,这里指南宋皇帝。⑩群公:敬称南宋重臣。社稷臣:安邦定国的贤人。⑪"不防"二句:要提防对方签订和约的欺骗性,以免重蹈历史上因轻信"盟墨"而吃亏上当的覆辙。盟墨:用墨书写的条约。

这两首诗反映了南宋与蒙古军联合灭金以后蒙古军南下侵略,南宋统治者又幻想议和的历史事实,苍凉悲慨,风格颇类杜甫安史乱后的五律。明人胡应麟在其《诗薮》中指出严羽"识最高卓,而才不足称",即在诗歌理论方面的成就高,而诗歌创作的水平却比较低。这大体上是符合实际的。但他也有值得重视的作品,《有感》组诗即其一例。

陈文龙

陈文龙(？—1277)，字志忠，一字君贲，兴化军(治所在今福建莆田)人。咸淳四年(1268)进士第一。累迁参知政事。元兵至杭，乞养归。端宗立于福州，再拜参知政事充闽广宣抚使。元兵攻城，通判曹澄孙叛降，文龙被俘至杭，饿死。谥忠肃。

元兵俘至合沙诗寄仲子[①]

斗垒孤危势不支[②]，书生守志定难移[③]。自经沟渎非吾事[④]，臣死封疆是此时[⑤]。须信累囚堪衅鼓[⑥]，未闻烈士竖降旗。一门百指沦胥尽[⑦]，唯有丹衷天地知[⑧]。

①仲子：第二个儿子。②斗垒：斗大的营垒，这里指兴化军。孤危势不支：既孤立无援而又处于危险境地，故势难支持。③书生：作者自指。守志：抱定志向。④自经：自杀。沟渎：田间小水沟。《论语·宪问》载孔子回答子贡的话说："管仲相桓公，霸诸侯，一匡天下，民到于今受其赐。微管仲，吾其被发左衽矣！岂若匹夫匹妇之为谅也，自经于沟渎而莫之知也。"谓大有作为的人不作无谓牺牲。⑤臣死封疆：做臣子的要死守封疆。⑥累囚：被拘系的囚徒。衅鼓：以血涂鼓的间隙。⑦百指：十口人。沦胥："相率"的意思。《诗经·大雅·抑》："无沦胥以亡。"这里谓一家十口相率死去。⑧丹衷：赤胆忠心。

陈文龙是咸淳四年的状元，官至参知政事(副宰相)，因反对贾似道误国而遭贬。德祐二年(1276)，元军入临安，虏宋全太后、帝㬎等北归。宋陆秀夫、张世杰、陈宜中等于温州奉益王赵昰(时年九岁)为天下兵马都元帅、广王昺(时年六岁)副之。五月，益王在福州即位，改元景炎，是为端宗。陈文龙复任参知政事，守兴化军。元军大举攻城，力屈被俘，即日绝食，卒于杭州。这首诗，作于被押赴杭州的途中。首联写敌强我弱，孤军无援，明知难于支持，但矢志不移，决心死守。次联进一步表现与疆土共存亡的决心。作为封疆大臣，守土有责，哪能自杀，只能力战死守。三联写被俘后的心理活动。在他被俘之前，其部将曹澄孙已倒戈降敌，他深以为耻，下定决心，宁肯被敌人抓去"衅鼓"，也绝不屈膝降敌。尾联照应题目中的"寄仲子"：全家十口人已相继死难，我力敌被俘，宁死不降，"丹衷"可对天地。言外之意是：你也应该临危不惧、临难不苟。

在全家相继殉国、自己被俘、绝食的情况下写出这么一首慷慨悲壮的诗寄给唯一存活的儿子，真可以感天地而泣鬼神。"唯有丹衷天地知"一句，可与文天祥作于此后的"人生自古谁无死，留取丹心照汗青"共读。

谢枋得

　　谢枋得(1226—1289),字君直,号叠山,信州弋阳(今属江西)人。宝祐四年(1256)与文天祥同科进士。曾为建康考官,以贾似道政事命题,被谪居兴国军。德祐元年(1275)起为江东提刑、江西招谕使等职,率兵抗元。宋亡后,流寓福建一带,以卖卜教书度日。元朝屡征其出仕,福建行省参政魏天祐强行送往大都,乃绝食而死。门人私谥文节。原集散佚,后人辑有《叠山集》。

庆全庵桃花

　　寻得桃源好避秦①,桃红又见一年春。花飞莫遣随流水,怕有渔郎来问津②。

　　①桃源好避秦:陶渊明曾撰《桃花源记》和《桃花源》诗,描绘一个与世隔绝的理想世界桃花源,其中居民是为逃避秦乱迁到那里去住的。这里"避秦"实际上是避元。②"花飞"二句:意谓武陵渔郎跟踪落花发现了桃花源,"花飞莫遣随流水",那渔郎自然便找不到桃花源了。渔郎:以捕鱼为业的人。问津:探求途径。

　　《宋史·谢枋得传》载:元世祖忽必烈至元二十三年(1286),程元海荐宋臣二十二人,以谢枋得为首,枋得力辞;二十四年,忽必烈降旨召之,又不赴;二十五年,降元的留梦炎以枋得老师的身份荐举,枋得以《却聘书》谢绝。这首诗,借《桃花源记》的典故表现逃避元朝征召的心态十分真切。前两句,写他好容易找到一块与世隔绝的"桃花源"住了下来,每见"桃红",就庆幸又避过了一年。后两句,就"桃红"生发,生怕桃花随水流出,被"渔郎"发现而闯入"桃花源"来;用一"怕"字,把生怕走漏消息,被元朝派人征召的忐忑心理和盘托出。但他"怕"发生的事还是未能避免,终于被强押入京,绝食而死。

武夷山中①

　　十年无梦得还家,独立青峰野水涯②。天地寂寥山雨歇③,几生修得到梅花。

　　①武夷山:在今福建省北部崇安县境内。②"十年"二句:作者于恭帝德祐元年(1275)在家乡信州起兵抗元,兵败入闽,至作此诗时,已将近十年。涯:水边。③寂寥:寂寞寥落。

　　这首诗,乃避元于武夷山中所作。唯恐被人知道自己的所在,故不敢与家人通消息,"无梦得还家",极言连还家的梦也不敢做。"独立青峰野水涯",既表现孤身独处,又表现挺然独立、不肯降元的志节。三、四两句赞扬于"天地寂寥"之时凌寒独放的梅花,用以表现自己的追求:要有几生几世的修炼,才能修得梅花那样坚贞高洁的品格呢？"几生修得到梅花"，遂成千古传诵的警句。

文天祥

文天祥(1236—1282)，字履善，一字宋瑞，号文山，庐陵(今江西吉安)人。理宗宝祐四年(1256)进士第一。历湖南提刑、赣州知州等职。帝昺德祐元年(1275)，元军东下，文天祥在赣州组建义军入卫临安。次年为右丞相，出使元军，不屈被拘，历尽艰险逃脱。端宗景炎二年(1277)，进兵江西，收复州县多处。旋败退广东，不久被俘。拒绝元军诱降，于次年被监送大都(今北京)囚禁三年，誓死不屈，编《指南录》，作《正气歌》，正气凛然，终在柴市被害。文天祥不仅为我国历史上伟大的民族英雄，也是伟大的爱国诗人。有《文山先生全集》。

赴　阙①

楚月穿春袖②，吴霜透晓鞯③。壮心欲填海④，苦胆为忧天⑤。役役惭金注⑥，悠悠叹瓦全⑦。丈夫竟何事？一日定千年⑧。

①赴阙：指作者响应恭帝诏，散家产，组建义军，赶赴临安勤王(帮助朝廷抗敌)的事。阙：宫阙，这里指南宋朝廷。②"楚月"句：楚地包括今江西一带。作者春天从江西赣州起兵，披星戴月而来。③吴：指苏州一带。鞯(jiān 肩)：垫马鞍的垫子。④填海：传说炎帝女儿游东海时淹死，化为精卫鸟，终日衔木石以填海。⑤苦胆：春秋时，越王勾践被吴王夫差打败，立志复仇，于座旁置苦胆，常舐食胆苦味，以激励自己复仇。作者用这个典故，表明自己要为国雪耻。忧天：指忧国。⑥役役：劳苦貌。金注：用金子铸成的器物。恭帝德祐元年(1275)，曾以重二十两的金注碗赐给作者。作者在此表示受赐有愧。⑦"悠悠"句：《北齐书·元景安传》："大丈夫宁可玉碎，不能瓦全。"瓦全：比喻屈志苟全。此句用此意，自叹未能为国献身。⑧"一日"句：一日之间，决定千年大计。

宋恭帝德祐元年(1275)，元兵大举南下，恭帝下诏勤王。文天祥在赣州起兵，变卖全部家产充当军费，入卫临安。此诗作于奔赴临安途中。首联展现了戴月犯霜，日夜急驰，自楚经吴，直奔临安的连续画面。二、三两联，写赴阙途中的心理活动：明知大海难填，却有精卫填海的壮心；为了解除国难，不惜卧薪尝胆；深感愧对朝廷的赏赐和重托，宁可玉碎，不为瓦全。尾联表现了力挽狂澜的决心。全诗悲壮激昂，为艰苦卓绝的抗元斗争拉开了序幕。

扬子江①

几日随风北海游②，回从扬子大江头。臣心一片磁针石③，不指南方④不肯休。

①扬子江:长江。②北海:指长江口以北的海域。③磁针石:指南针。④南方:指南宋政权所在。

德祐二年(1276)正月,文天祥被任命为右丞相,代表南宋政权入元营谈判,被扣留。临安沦陷,文天祥被押送北上,于镇江乘隙逃脱,经真州抵南通。因长江中沙洲已为敌兵占领,无法过江,便绕道北行,坐船历北海,然后经长江口南下,历尽千难万险,至福建募集将士,再度抗元。这首诗作于历北海经长江口南下之时。首句的"北海游",指绕道长江口以北的海域。次句"回从扬子大江头",指从长江口南归,引起三、四两句。临安虽已沦陷,而陆秀夫、张世杰等于温州奉益王赵昰为天下兵马都元帅(赵昰不久在福州即位,改元建炎,是为端宗),他必须赶去一同抗元。"磁针"是指向南方的,"臣心一片磁针石,不指南方不肯休",表现了他不辞千难万险,赶到南方去保卫南宋政权的决心,忠肝义胆,昭若日月。后来他把德祐元年以后所作的诗编为《指南录》和《指南后录》,即是用这首诗的结句命名的。

过零丁洋①

辛苦遭逢起一经②,干戈寥落四周星③。山河破碎风飘絮④,身世飘摇雨打萍⑤。惶恐滩头说惶恐⑥,零丁洋里叹零丁⑦。人生自古谁无死,留取丹心照汗青⑧。

①零丁洋:在广东珠江口的厓山外,现改称伶仃洋。②"辛苦"句:作者是理宗宝祐四年(1256)状元,当时宋室已是战祸频仍,面临危亡,他出仕后,尽力支撑残局,非常辛苦。遭逢:遇合,这里指皇帝对他的信任。起一经:由读经书中科举而起家。③干戈寥落:据《宋史》记载:朝廷征天下兵,像文天祥高举义旗愿为国捐躯者寥寥无几。一说"寥落"应作"落落",众多貌。干戈落落,是指作者频繁的战斗生涯。四周星:地球约十二个月绕太阳一周,古人用它来纪年,四周即是四年。作者从德祐元年(1275)起兵勤王到祥兴元年(1278)不幸被俘,恰是四年。④风飘絮:谓宋室江山已如风中柳絮,摇摇欲坠。⑤萍:一种水生植物,无根柢。这里作者自比有如无根的浮萍漂泊水上,无所依附,更兼雨打,那凄惨就更进一层了。⑥惶恐滩:也叫皇恐滩,在江西省万安县境内的赣江中,作者起兵勤王,后被蒙古军打败,经由皇恐滩一带退往汀州(今福建长汀)。惶恐,有"惶惑和恐惧"意,引申也有"惭愧"意。这句是对当时感到惶恐的回忆。⑦"零丁"句:前一"零丁"为海域名,后一"零丁"作者自指孤身被擒。⑧丹心:红心、忠心。汗青:古人用竹简写字,先将青竹简烤出"汗"(水分)以防虫蛀,叫"汗青",故称史册为"汗青"或"青史"。

宋祥兴元年、元至元十五年(1278)四月,宋帝昰(时年十一岁)死,陆秀夫等立卫王昺(时年八岁),六月,迁往厓山。元以汉人张弘范为蒙古、汉军都元帅,率兵南下,直逼厓山;因另一位民族英雄张世杰防御得力,厓山暂时未被攻下。十二月，元兵俘文天祥于广东海丰五坡岭，张弘范逼天祥写信招降张世杰，天祥说：我自己不能拯救祖国，难道还能叫别人背叛祖国！同时拿出这首《过零丁洋》诗给他看。张弘范读后不禁连声称赞："好人！好诗！"便不再逼迫，派人押送大都。次年二月，宋、元海军在厓山决战，宋军大败，陆秀夫负幼帝投海，张世杰退至海陵山（今广东阳江县南海中），遇风坏船，溺死，南宋遂亡。张弘范也能作诗，有《淮阳集》。他读《过零丁洋》至"人生自古谁无死，留取丹心照汗青"而称赞"好人，好诗"，却自鸣得意，于厓山石壁大书"张弘范灭宋于此"，以记"奇功"，甘愿不做"好人"。后人在前面加了一个"宋"字，成为"宋张弘范灭宋于此"；又有人题诗其侧："勒功奇石张弘范，不是胡儿是汉儿。"讽刺何等辛辣，又何等深刻！

这首诗，是文天祥的爱国心灵和爱国行动的具体体现，诗品与人品浑然如一。"人生自古谁无死，留取丹心照汗青"的生死观，便成为激励后世无数志士仁人杀身成仁、舍生取义的精神力量，在祖国历史上谱写了一曲又一曲壮歌。

金陵驿①

草树离宫转夕晖②，孤云飘泊复何依③？山河风景元无异，城郭人民半已非④。满地芦花和我老⑤，旧家燕子傍谁飞⑥？从今别却江南路，化作啼鹃带血归⑦。

①金陵：今江苏南京。驿：古代送公文的人或往来官员换马或暂住的场所。②离宫：行宫，皇帝在外的临时住所。高宗曾在金陵小住，设有行宫。③孤云：诗人自指。④"山河"二句：东晋周顗："风景不殊，正自有山河之异。"注详前。据《搜神后记》：汉代丁令威学道成仙，化鹤归来，从空中往下望，作诗说："有鸟有鸟丁令威，去家千年今始归。城郭犹是人民非，何不学仙冢垒垒！"⑤芦花：秋天干枯变白，作者由此联想到自己的白发。⑥"旧家"句：杜甫《归燕》"故巢傥未毁，会傍主人飞"。此化用其意，谓亡国之人从此流离失所了。⑦啼鹃带血：传说蜀帝杜宇死后化鸟，名杜鹃，常哀啼致口中出血。

文天祥于祥兴二年（1279）被押赴大都，路过金陵驿作此诗。这个金陵驿，是由宋高宗的离宫改建的，作者触景生情，全诗即以"离宫"发端。"离宫"在"草树"之间，已见其荒凉；"草树离宫"已"转"入"夕晖"之中，更令人联想起南宋的覆亡。次句以"孤云"比喻自己，国家亡了，个人便像"飘泊"的"孤云"，还有什么可以依托呢？次联化用东晋周顗"风景不殊，正自有山河之异"与丁令威"城郭犹是人民非"典故而自写感受，上句"山河风景元无异"，是说从眼前的自然风光看，并没有多大变异，与杜甫《春望》"国破山河在"用意略同。这一句的作用主要在于反衬下句："城郭人民半已非。"城郭被元军摧毁，人民被元军屠杀，已不是原来的面貌了！三联仍然是即景抒情：看见"满地芦花"一片雪白，便联想到自己的满头白发，因而由物及人，发出"和我老"的感叹；看见清秋"燕子",便想起刘禹锡的诗句"旧时王谢堂前燕,飞入寻常百姓家"而生身世之感,"旧家"已毁,失巢孤"燕"还能"傍谁飞"呢!末联写别金陵驿北上时的心态:从今别却江南而被押送大都,决心以身殉国,人是不可能再回到江南了,但我的魂却要化为杜鹃鸟,悲啼带血,回到江南。

　　四联诗,每一联都是即景抒情,情景交融。首联"离宫"、"孤云"都是眼前景,而以"离宫"的凄凉现状象征南宋王朝的覆灭,以"孤云"的漂泊无定比拟自己的无所凭依,妙合无垠,不露痕迹。次联的"山河风景"、"城郭人民"也是眼前景,而以前者的"元无异"反衬后者的"半已非",化景语为情语,沉痛感人。三联的"芦花"、"燕子"都是实景。作者于六月到金陵,八月被逼北行。阴历八月已是仲秋,芦花、燕子都可在金陵看到。末联"别却江南路"而又要"化作啼鹃带血归",自然情中有景。至于善于活用典故以提高艺术表现力,更是显而易见的。

正气歌①

　　予囚北庭②,坐一土室,室广八尺,深可四寻③,单扉低小④,白间短窄⑤,污下而幽暗⑥。当此夏日,诸气萃然⑦:雨潦四集⑧,浮动床几,时则为水气⑨;涂泥半朝⑩,蒸沤历澜⑪,时则为土气;乍晴暴热,风道四塞,时则为日气;檐阴薪爨⑫,助长炎虐,时则为火气;仓腐寄顿⑬,陈陈逼人⑭,时则为米气;骈肩杂遝⑮,腥臊污垢,时则为人气;或圊溷⑯、或毁尸⑰、或腐鼠,恶气杂出,时则为秽气。叠是数气⑱,当侵沴⑲,鲜不为厉⑳。而予以孱弱㉑,俯仰其间㉒,于兹二年矣㉓,无恙㉔,是殆养气致然㉕。然尔亦安知所养何哉?孟子曰:"我善养吾浩然之气㉗。"彼气有七,吾气有一,以一敌七,吾何患焉。况浩然者,乃天地之正气也。作《正气歌》一首。

　　天地有正气,杂然赋流形㉘:下则为河岳,上则为日星;于人曰浩然,沛乎塞苍冥㉙。皇路当清夷㉚,含和吐明庭㉛。时穷节乃见㉜,一一垂丹青㉝:在齐太史简㉞,在晋董狐笔㉟,在秦张良椎㊱,在汉苏武节㊲;为严将军头㊳,为嵇侍中血㊴,为张睢阳齿㊵,为颜常山舌㊶;或为辽东帽,清操厉冰雪㊷;或为出师表,鬼神泣壮烈㊸;或为渡江楫,慷慨吞胡羯㊹;或为击贼笏,逆竖头破裂㊺。是气所磅礴,凛烈万古存㊻。当其贯日月,生死安足论㊼?地维赖以立㊽,天柱赖以尊㊾。三纲实系命,道义为之根㊿。嗟予遘阳九51,隶也实不力52。楚囚缨其冠,传车送穷北53。鼎镬甘如饴,求之不可得54。阴房阗鬼火55,春院閟天黑56。牛骥同一皁,鸡栖凤凰食57。一朝蒙雾露,分作沟中瘠58。如此再寒暑,百沴自辟易59。哀哉沮洳场60,为我安乐国61。岂有他缪巧62,阴阳不能贼63?顾此耿耿在64,仰视浮云白65。悠悠我心悲66,苍天曷有极67!哲人日已远68,典型在夙昔69。风檐展书读,古道照颜色70。

①这首诗于元世祖至元十八年(1281)夏季狱中被囚时作。②北庭:汉以匈奴居住地为北庭,这里指元首都大都(燕京)。③寻:八尺。④扉:门。⑤白间:指窗。⑥污下:低洼。⑦萃然:聚集笼罩。⑧潦(lǎo 老):大雨后的积水。⑨时:时时、经常。⑩涂泥:涂在墙壁上的泥巴。朝:同"潮"。⑪蒸沤:东西久泡水中,发出臭味。历澜:风行水面形成波纹曰"澜"。这里"历澜"有泥潦翻腾的意思。⑫爨(cuàn 窜):烧火做饭。⑬仓腐:仓库中贮存的粮食腐烂。寄顿:贮存。⑭陈陈:《史记·平准书》:"太仓之粟,陈陈相因。"指年复一年相积压⑮骈(pián便)肩:肩靠肩。杂遝(tà 踏):纷乱。⑯围溷(qīng hùn 青混):厕所。⑰毁尸:溃烂尸体。⑱叠是数气:几种气味加在一起。⑲浸沴(lì 力):灾疫。《新唐书·鲍防传》:"时比岁旱,诏问阴阳浸沴。"⑳鲜:少。厉:疾病。㉑屠(chán 蝉)弱:虚弱。㉒俯仰其间:生活于其中。㉓兹:此。二年:从至元十六年(1279)到至元十八年(1281)。㉔无恙:没有患病。㉕殆(dài代):差不多、大约。㉖然尔:即"然而","尔"同"而"。安知:怎知。㉗"我善"句:见《孟子·公孙丑》。㉘杂然:多种多样。赋:给予。流形:各种品类。㉙沛乎:充沛洋溢的样子。苍冥:天空。㉚皇路:国家的运数。清夷:清平、安定。㉛含和:胸怀祥和之气。吐:发扬。明庭:圣明的朝廷。㉜时穷:艰难的时候。节:气节。见:同"现"。节乃见:气节方表现出来。㉝丹青:图画。垂丹青:存留在图画上。古代朝廷常画功臣像于殿阁。㉞齐太史简:春秋时,齐大夫崔杼杀齐庄公,"太史书曰:'崔杼弑其君。'崔子杀之。其弟嗣书而死者二人,其弟又书,乃舍之。南史氏闻太史尽死,执简以往。闻既书矣,乃还"(《左传·襄公二十五年》)。简:竹片。古代无纸,文字写在竹简上。㉟晋董狐笔:春秋时,晋灵公拟杀赵盾,赵盾出奔,盾族侄赵穿杀灵公,盾回国未加处罚,太史董狐以赵盾"返不讨贼",遂在史册上直书"赵盾弑其君"。(《左传·宣公二年》)㊱张良椎:张良的祖上累世相韩,韩为秦灭,张良决心为韩复仇。当秦始皇路经博浪沙时,张良遣力士以重椎击秦始皇,误中副车。㊲"在汉"句:汉苏武奉命出使匈奴,被拘十九年,持节牧羊,后终得归。节:使臣所持符节。㊳"为严"句:东汉末,刘璋部将严颜守巴郡。张飞攻巴郡,俘严颜,逼严降,严说:"我州但有断头将军,无降将军。"(《三国志·张飞传》)㊴"为嵇"句:晋嵇绍官侍中。惠帝时,王室内哄,嵇绍只身保卫惠帝,被杀,血溅惠帝衣。事后有人要洗去衣上血迹,惠帝说:"此嵇侍中血,勿洗。"(《晋书·嵇绍传》)㊵"为张"句:唐张巡为睢阳太守,安禄山叛,攻睢阳,张巡竭力防卫,每督战必大呼,"眦裂血流,齿牙皆碎"。(《旧唐书·张巡传》)㊶"为颜"句:唐颜杲卿为常山太守,常山陷,被安禄山所俘,骂贼不绝,被敌断舌而死。㊷"或为辽东"二句:汉末天下大乱,管宁学行皆高,避乱辽东,"常著皂帽,布襦袴",魏文帝、明帝先后以显官相招,皆拒不受。㊸"或为出师"二句:诸葛亮为蜀相,志在北定中原。当出兵北伐,向后主刘禅上《出师表》。㊹"或为渡江"二句:晋祖逖为豫州刺史,北行时,渡江击楫,立誓要平定北中国,后果收复黄河以南失地。胡、羯(jié 结):当时中国西北方两个少数民族。㊺"或为击贼"二句:唐德宗时,朱泚叛,段秀实用笏猛击泚头,并唾面大骂,遂被杀。笏(hù 户):官吏朝见皇帝时所持的手板。逆竖:指朱泚。㊻"是气"二句:谓这种正气充塞宇宙,万古长存。㊼"当其"二句:当这种正气横贯日月时,人们已把生死置之度外。贯:横贯、贯通。安足论:不足道。㊽地维:古人认为地形方,四角有四根粗绳维系,故称地维。㊾天柱:撑天柱。这句说的"天柱"和上句称的"地维",作者认为都是正气支撑的。㊿"三纲"二句:三纲:儒家伦理,认为"君为臣纲,父为子纲,夫为妻纲"。这里大意谓伦理、道义都以正气作为命脉和根子。51遘:遭逢。阳九:厄运。52"隶也"句:意谓自己未能挽救国家于危亡之际。隶:奴隶,借用于臣下,是作者自指。53"楚囚"二句:指自己兵败被俘,北送燕京事。楚囚:注见前。缨:帽带。缨其冠:系着南

冠。传车:即驿车,古代官方的运输车辆。(54)"鼎镬"二句:意谓自己早已作了以身殉国的思想准备,唯求速死而已。鼎镬(huò 货):烹煮用的器具,为古代的一种酷刑,把人放入鼎镬去烹煮。饴:糖浆。甘如饴:甜如糖。(55)阴房:指牢房。阒(qù 去):寂静。(56)閟(bì 闭):关闭着。(57)"牛骥"二句:意谓自己落在牢狱之中,与罪犯杂处。骥:骏马。皂(zào 造):马槽。鸡栖:鸡窝。(58)"一朝"二句:意谓有一天受到疾病侵袭死去,骨填沟壑。瘠(jí 即):瘦骨。(59)"如此"二句:意谓在这样恶劣的环境中度过两年,居然没有受各种疫病侵袭。百沴:指前各种恶气。辟易:退辟。(60)沮洳(jù rù 具入)场:卑下阴湿的地方。(61)安乐国:安乐的场所。(62)谬巧:智谋诈术。(63)阴阳:寒热。贼:伤害。(64)耿耿:忠心。这句意谓胸有正气。(65)"仰视"句:《论语·述而》:"不义而富且贵,于我如浮云。"这句表示决不贪图富贵而投降。(66)悠悠:形容忧愁的样子。(67)曷有极:哪有尽头。(68)哲人:指前面列举的先贤。日已远:距自己越来越久远。(69)典型:榜样,模范。夙昔:昔时。(70)古道:古代传统的美德。

文天祥于宋帝昺祥兴元年(1278)十二月在广东海丰五坡岭被俘,次年十月解达元朝的首都大都囚于土室。元统治者多方威胁利诱,要他投降,他始终坚贞不屈,于元世祖至元十九年十二月壮烈殉国。这首诗作于死前一年,他认为支撑他坚贞不屈的精神力量是浩然正气,故以"正气"命题。

全诗可分两大段。第一大段从开头到"道义为之根"共三十四句,可分三个层次,开头两句总起,提出天地间有一种正气赋予一切有形体的东西。接着以"河岳"、"日星"作陪,突出人。赋予人的叫"浩然"正气,充塞于天地之间。接着以"清夷"作陪,突出"时穷"。太平盛世(清夷)赋予人的浩然正气乃是祥和之气,洋溢于朝廷之上发挥治理天下的作用。国家艰危之时(时穷),赋予人的浩然正气就体现为凛然大节,一一垂于丹青。以上是第一个层次。自"在齐太史简"至"逆竖头破裂"就"一一垂丹青"举例,列举十二位历史人物的壮烈事迹,说明他们的凛然大节,都是浩然正气的体现。这是第二个层次。"是气所磅礴"至"道义为之根"紧承上文加以发挥,是第三个层次。

第二大段自"嗟予遘阳九"至结尾,共二十六句,也可分为三个层次。前六句,慨叹自己遭逢国难而未能力挽危局,被俘被囚,只求以身殉国。这是第一个层次。自"阴房阒鬼火"至"苍天曷有极"写土牢阴暗、潮湿,而视"沮洳场"为"安乐国",种种邪恶之气都不能侵犯,乃由于正气的支持。这是第二层。最后四句,遥承"在齐太史简……"一层,说明那些"时穷节乃见"的"哲人"都是自己的典范,展读记载他们言行的书籍,便觉"古道"闪闪发光,照耀自己的容颜,也照亮了自己追求的目标。这是第三层,也是全诗的总结。

"时穷节乃见"是全篇的主旨,也是全篇结构的核心。先以"天地有正气"发端,然后层层陪衬,突出"时穷节乃见"。以下历举"哲人"事迹证明"时穷节乃见";又以自己囚于土牢而坚贞不屈来表明"时穷节乃见"。全诗篇幅宏大而主旨突出、脉络分明。浩然正气直贯全篇,故历述古人事迹和己身遭遇而无堆砌之感。先写古人而后写自身,并表明"时穷节乃见"的古人正是自己的楷模,使人深知他的浩然正气植根于中华民族优秀文化传统的沃壤之中。正由于继承、光大了优秀文化传统,才使文天祥成为伟大的民族英雄,把爱国精神和民族气节发扬到前所未有的高度。而他的这篇体现爱国精神和民族气节的《正气歌》,也成为弘扬爱国精神和民族气节的教材,对后世无数志士仁人有巨大影响。

真山民

真山民(生卒年不详),本名桂芳,宋亡后,自称"山民",括苍(今浙江丽水)人。宋末进士。隐居不仕。或以为理学家真德秀之孙。有《山民集》。

山亭避暑①

怕碍清风入,丁宁莫下帘。地皆宜避暑,人自要趋炎②。竹色水千顷,松声风四檐。此中有幽致③,多取未伤廉。

①山亭:山间亭子。②趋炎:趋炎附势。③幽致:清幽的景致。

作为一般的"避暑"诗,已情景交融,能把读者从炎炎酷暑中引入清风徐来的清凉世界,领略那"竹色水千顷,松声风四檐"的"幽致"。更何况,结合作者宋亡后隐居不出的身世和心态来读,还会有更深一层的领会。如果作者要"避"的"暑"仅仅指炎夏气候造成的酷热,那么谁都要"避"的,怎么会"人自要趋炎"呢? 不难看出,作者要"避"的"暑"还有一层寓意,即气焰熏天、赫赫逼人的元朝统治者。"避暑",隐寓避元。"地皆宜避暑",是说不论什么地方都可避元,即坚持不合作态度,不为元人效力。"人自要趋炎",则是对趋炎附势、归降元朝的人给予鞭挞。首联写卷帘迎"清风",尾联写多取自然幽致并未"伤廉",都是对自己"避暑"而不"趋炎"的自赞;就其对立面说,趋炎附势、降元求官,贪图富贵,那便不仅"伤廉",简直是廉耻丧尽了!

这首诗的好处在于通过"清风"、"竹色"、"松声"、"水千顷"、"风四檐"写出了的确可以"避暑"的清幽境界,从而表现出作者的清高风致和恬淡襟怀,而鞭答趋炎降元者的一层意思即蕴含其中,并非附加,故能获得意境圆融、含蓄蕴藉的艺术效果,与浅率、直露、不耐咀嚼者不同。

汪元量

汪元量(1241—1330?),字大有,号水云。钱塘(今浙江杭州)人。咸淳进士,以善琴供奉内廷。元灭宋,随三宫被虏北去。曾多次访文天祥于狱中,诗歌唱和。后出家为道士,还归钱塘,往来于匡庐、彭蠡间。因亲历亡国之痛,故所作多纪实,感慨悲凉,被称为"宋亡诗史"。有《水云集》、《湖山类稿》。

醉歌十首(录二)

乱点连声杀六更①,荧荧庭燎待天明②。侍臣已写归降表,"臣妾"金名谢道清③。

南苑西宫棘露牙④,万年枝上乱啼鸦⑤。北人环立阑干曲,手指红梅作杏花。

①乱点连声:急促、混乱的报时声。杀:即收煞、终止。六更:宋宫廷中最后一个更次。古代将一夜分为五更,因宋忌"寒在五更头"的民谣,故"宫内于四更末,即转六更"(见《新义录》)。②荧荧:微光闪烁的样子。庭燎:庭中点的火炬。③金:同"签"。谢道清:理宗后,恭帝祖母,时帝年幼,谢太后垂帘听政。④牙:同"芽"。棘露牙:荆棘长出新芽。⑤万年枝:即冬青树。冬青因常绿不凋,故多植于宫廷中,称万年枝。

第一首纪谢太后签署降表。德祐二年(1276)正月十八日,元军进驻杭州东北的皋亭山,宋主派使臣奉降表及传国玺请降。元丞相伯颜以降表仍书"宋"号,派人退还令重写,并勒索谢后、幼帝招降未附州郡的手诏。史载伯颜于二十四日得到手诏和重写的降表,则这首诗所写的当是二十三日或二十四日清晨的情景。

前两句真切地表现了以谢道清为首的南宋君臣等待天明签署降表的慌乱心绪和凄惨氛围。谢道清是恭帝的祖母,恭帝即位时(1274)年仅四岁,谢氏垂帘听政,被称为太皇太后,当时已六十七岁。她多次受权臣愚弄,此刻她已六十九岁,强敌直逼国门,无力抵御。明知降表一签,南宋即亡,但又不敢违抗,也不敢怠慢。这两句诗,其时间流程统一于一个"待"字。目睹"荧荧庭燎"而等"待"天明,声声更鼓直叩心扉。宫中报时的更鼓声自有匀称的节奏,而说"乱点连声",乃是从听觉方面表现谢氏心烦意乱的精神状态。直听到六更已尽,天色欲明,不愿做但不得不做的事便迫在眉睫:"侍臣已写归降表",她亲笔签名,还在"谢道清"前加了"臣妾"二字,"祖宗三百年宗社"就这样一笔断送了! 作者不为尊者讳而秉笔直书,既为宋王朝志耻、志痛,也表现了自己沉痛、愤激的心情。

第二首纪宫苑景况。"南苑西宫",往日何等华丽! 如今却只见荆棘抽芽;"万年枝上",往日哪有乌鸦栖止? 如今却是乌鸦乱啼。"南苑西宫"与"棘露牙","万年枝上"与"乱啼鸦",本来是不相容的;一旦组合在一起,便立刻营造出一种荒芜、悲凉的氛围,令人感到这里已不再是南宋王朝的皇宫御苑。接下去,在这荒凉背景上引进人物:"北人环立阑干曲。""北人"指元军官兵,"环立阑干曲"的"环立"一词,表明人数甚多。这期间,元丞相伯颜已命令部下"取宋主居之别室"(《元史·伯颜传》),皇宫御苑已经易主,一群战胜者闯进来东指西点,大发议论,作者拍下了一个镜头:这群人围绕曲形阑干"手指红梅作杏花"!梅花凌寒独放,象征坚贞、高洁的人品,与松、竹合称"岁寒三友";杏花,则被视为争春、媚俗的花儿,二者不能相提并论。作者拍下这个镜头,其深层意蕴在于:"九重禁地",一任"北人"指点评说;高洁的梅花,被视为鄙俗的杏花;一切美丑善恶,都被亡国巨变弄颠倒了。如果仅看做讥笑"北人"无知,那便忽略了作者所寄寓的亡国之痛。

湖州歌九十八首 (录二)

北望燕云不尽头①,大江东去水悠悠。夕阳一片寒鸦外,目断东南四百州②。

青天淡淡月荒荒③,两岸淮田尽战场④。宫女不眠开眼坐,更听人唱《哭襄阳》⑤。

①燕云:燕州和云州。②目断:望不到。四百州:指宋统治下的府、州、军一级行政区域。③淡淡:阴沉暗淡的样子。荒荒:冷漠无光的样子。④两岸淮田:淮河两岸的农田。⑤《哭襄阳》:当时人编的痛述襄阳失守的小调。

《湖州歌》九十八首,从"丙子(德祐二年,1276)正月十有三,挝鼙伐鼓下江南。皋亭山上青烟起,宰执相看似醉酣"写起,历述宋主降元,太皇太后、幼主、宫女、内侍、乐官等被押送北上的见闻和感触。亡国之戚、去国之苦、跋涉愁叹之状跃然纸上,是宋代遗民记叙亡国痛史的规模最大的组诗。

"北望燕云"一首,作于随太皇太后、幼主等被押北上途中,写"望"中所见和所感。五代时的石敬瑭曾出卖"燕云十六州"给契丹,北宋时期曾一度收复,旋被金人占领,而今则是元朝的京城大都所在地,也是被押送的目的地。首句的"北望",即是望被押送的目的地。不说北望大都而说北望"燕云",自含深意。"北望燕云"而一眼望不到"尽头",既慨叹前路茫茫,又对本来属于大宋王朝的"燕云"竟成决定南宋王朝以及包括太皇太后、幼主在内的这一行人的命运的地方而不胜感喟。次句"大江东去水悠悠"乃近"望"所见,景中含情,宋王朝不正像"大江东去",无法挽回吗?后两句写回"望"东南:首先看见的是无数寒鸦,"寒鸦外"是暗淡的"夕阳"余辉,在那"夕阳"的余辉里,便是南宋管辖的"东南四百州"啊!用"目断",表现了眷恋不舍之情;用"夕阳",则于渲染凄凉气氛的同时还含有象征意义:"东南四百州"的军民还在抗元,然而正像

"夕阳"那样,终将陷落的前景恐怕难于挽回了!作者的《越州歌》组诗里有这么一首:"东南半壁日昏昏,万骑临轩趣幼君。三十六宫随辇去,不堪回首望吴云。"可与此诗共读。

"青天淡淡"一首,写舟行淮河的情景。首句写仰望所见,由于心绪悲凉,望"青天"只觉暗淡,望月色亦觉荒寒。次句写平视所见,淮河两岸的农田全都沦为战场。这两句诗,与杜甫《北征》中的"夜深经战场,寒月照白骨"同一意境,尽管只说"尽战场",但战场上的景象不难想见。后两句通过"宫女"反映满船因徒的共同心境:"不眠开眼坐"仿佛只写外形,而为什么"不眠","不眠"时想些什么,都可以激发读者的无穷想象;"开眼"便不能无所见,"青天淡淡月荒荒,两岸淮田尽战场",不都是"开眼"所见吗?这也是"不眠"的原因。"不眠"自然可以"听",《哭襄阳》的悲歌声声入耳,又怎能无动于衷,倒头安"眠"!《哭襄阳》是痛哭襄阳失守的民间歌曲。宋度宗咸淳三年(1267),元世祖命都元帅阿术攻襄阳,襄阳知府兼京西安抚副使吕文焕率众坚守达七年之久,元军筑长围以围困,又截断襄、樊与外地水陆交通,而贾似道却不派兵救援,至咸淳九年(1273)元军以巨炮攻城,吕文焕始献城出降。襄阳失守,元军即沿江而下,直逼临安。作者在《醉歌》第一首中写道:"吕将军在守襄阳,十载襄阳铁脊梁。望断援兵无信息,声声骂杀贾平章。"又在《醉歌》第二首中写道:"见说襄樊投拜了,千军万马过江来!"《哭襄阳》的歌词没有流传下来,但根据这些事实和一个"哭"字,便可想见其基本内容。

郑思肖

郑思肖(1241—1318),字忆翁,号所南,自称"三外野人",福州连江(今属福建)人。宋末太学生。元兵南下,曾上疏切论国事,不报。宋亡,隐居苏州,坐寝行处,不忘故国。博学多能,善画兰,但不画土,以寄寓亡国之痛;亦能诗,富爱国激情。有《所南翁一百二十图诗集》、《郑所南先生文集》等。存世画迹有《国香图卷》等。

德祐二年岁旦二首①

力不胜于胆,逢人空泪垂。一心中国梦②,万古下泉诗③。日近望犹见,天高问岂知!朝朝向南拜,愿睹汉旌旗。

有怀长不释④,一语一酸辛。此地暂胡马,终身只宋民。读书成底事,报国是何人!耻见干戈里,荒城梅又春。

①岁旦:一年的第一天,即元旦。②中国:《诗经·大雅·民劳》:"惠此中国,以绥四

571

方。"笺:"中国,京师也。"此指南宋京师临安。③下泉:《诗经·曹风》篇名。《诗序》谓"曹人疾共公侵刻,下民不得其所,忧而思明王贤伯也。"后人或谓系伤周室衰微,不能制止诸侯兼并。④不释:放不下。

这两首诗作于德祐二年(1276)元旦,其时,作者所在的苏州早已沦陷,南宋京城临安的沦陷已迫在眉睫(据汪元量《湖州歌》其一,元军于此年正月十三进驻杭州东北的皋亭山)。明乎此,可以了解诗人作此诗时的心情。

第一首,首句破空而来,突发感叹,笼罩全篇。"力不胜于胆",不过是"力不从心"的同义语,但不用"心"而用"胆",又用散文句法,显得奇崛有力。有回天之胆而无回天之力,目睹天崩地裂而无可奈何,故"逢人空泪垂"。次联上下两句互补:我一心关注临安的安危,可惜王室衰微,不能抵御元军的进逼,眼看就要沦陷了。三联上句用典,《世说新语·夙惠》:"晋明帝数岁,坐元帝膝上。有人从长安来……因问明帝:'汝意谓长安何如日远?'答曰:'日远。不闻人从日边来,居然可知。'元帝异之,明日集群臣宴会,告以此意,更问之,乃答曰:'日近。'元帝失色,曰:'尔何故异昨日之言耶?'答曰:'举目见日,不见长安。'"下句从杜甫"天意高难问"化出。"日近望犹见,天高问岂知!"以"日"喻南宋君主,意谓南望临安,南宋政权犹存,然而前景如何,只有问天!天又那么高,你问它,它能知道么! 尾联"朝朝向南拜",意在祝愿南宋政权永存,能够永远看到"汉旌旗";其不愿看到"元旌旗"之意,自在言外。

第二首,以首联领起次联:放不下的心事,"一语一酸辛"的内容,便是"此地暂胡马,终身只宋民"。"暂"字表示愿望。"只"字表示决心。"此地"目前正被"胡马"践踏,但愿这是"暂"时的;至于自己,即使"胡马"常在,也终身"只"做"宋民",决不降元。三联上句自叹虽"读书"而无力挽回国运,未成就任何事业;下句慨叹举国上下真能"报国"者也少有其人。出以"成底事"、"是何人"的诘问语气,增强了情感色彩。尾联紧承三联,用"耻"字领起:"耻见干戈里,荒城梅又春。"略点题目中的"岁旦",以景结情。"梅又春",这本是好景,可是如今这"梅"花开放在"荒城"里啊! 苏州这样的繁华都市为什么"荒"? 就因为它在"干戈里"啊! 一个"又"字,下得很有力。"梅"在"干戈里"的"荒城""又"逢"岁旦",而作为"读书"人的自己和朝野上下的贤达仍然未能改变现状,能不"耻见"梅花吗?

两首诗,语语沉痛,一位蒿目时艰、忧心如焚的爱国志士形象跃然纸上。

方　凤

方凤(1241—1322),字韶卿,一字景山,人称岩南先生,婺州浦江(今属浙江)人。以特恩授容州文学。后归隐仙华山。有《存雅堂稿》。

哭陆秀夫

祚微方拥幼①,势极尚扶颠②。鳌背舟中国③,龙胡水底天④。巩存周已晚⑤,蜀尽汉无年⑥。独有丹心皎,长依海日悬。

①祚(zuò 座):皇位,国统。祚微:指谢后、恭帝已降元,宋室倾覆。拥幼:指陆秀夫等先后立赵昰、赵昺为帝,时赵昰、赵昺尚是小孩。②势极:指局势危急。极:尽。扶颠:扶持颠危。③"鳌背"句:谓海中的船上肩负着大宋政权。时赵昺在海船中,此船一日不亡,宋朝便一日不亡。鳌背:指海中。《玉篇》卷二五"鳌"字下:"传曰:有神灵之鳌,背负蓬莱山,在海中。"④"龙胡"句:谓陆秀夫背着八岁的赵昺投海。龙胡:《史记·封禅书》:"黄帝采首山铜,铸鼎于荆山下,鼎既成,有龙垂胡髯下迎黄帝。"⑤"巩存"句:周朝先后有两个宗室政权西周、东周存在,封于巩(今河南巩县)的东周不久即为秦灭。这句以周喻宋,言虽立帝昺,而南宋大势已去。⑥"蜀尽"句:曹丕篡汉后,刘备继汉祚在成都建元章武,史称蜀汉,四十三年后亡于曹魏,汉祚遂绝。这句以蜀喻帝昺,帝昺投海,宋祚遂绝。

陆秀夫(1236—1279),字君实,楚州盐城(今属江苏)人。宝祐四年(1256)与文天祥同中进士。才思清丽,文名冠一时(有《陆忠烈集》)。临安陷落时任礼部侍郎,与将领苏刘义等退,至温州,后在福建拥赵昰为帝,继续抗元。赵昰死,又和张世杰等立赵昺为帝,任左丞相,在厓山坚持抵抗。祥兴二年(1279)二月,元将张弘范据海口,绝汲道,强攻厓山,张世杰腹背受敌。"秀夫度不可脱,乃杖剑驱妻子入海,即负王赴海死,年四十四。"(《宋史·忠义传》)方凤闻讯,作此诗以哭之。

首联写陆秀夫于"祚微"、"势极"之时"方拥幼"、"尚扶颠","方"字、"尚"字充满情感,于赞颂中见悲凄,已露"哭"声。次联化用典故,对仗精妙、造语奇险,恰切地表现了世所罕见的险境奇情。张世杰"结大舶千馀作水寨"以抗元,陆秀夫与帝昺俱在舟中。诗人以"鳌背舟中国"表现之,既合事实,又奇警绝伦。北宋覆亡,南宋偏安于半壁河山,然犹拥有"东南四百州"。如今呢?整个儿的"国",就在"鳌背"上的"舟中",真是千钧一发,岌岌乎殆哉!接下去,该写跳海了,帝昺与诗人是君臣关系,如何措词才得体,难度很大;诗人化用黄帝乘龙上天的神话传说,以"龙胡水底天"表现之,于悲壮中见崇高,令人拍案叫绝。应该一提的是:题目是"哭陆秀夫",如果把这句诗仅理解为写帝昺跳海,便辜负了诗人的苦心。《史记·封禅书》载:"有龙垂胡髯下迎黄帝,黄帝上骑,群臣后宫从者七十馀人,龙乃上去。馀小臣不得上,乃悉持龙髯。"诗人用"龙胡"概括臣下"持龙髯"追随黄帝以比拟陆秀夫背负幼帝,但前者上天,后者投海,故说"水底天"。由于化用的神话传说是人们所熟知的,略作提示,便可引发读者的想象,得含蓄、空灵之美,如果硬要讲清楚,反而粘皮带骨,了无韵味。细玩这句诗,可悟诗中活用典故的奥秘。三联上句以"巩存"比拟陆秀夫拥立的帝昰、帝昺政权,这政权自景炎元年(1276)至祥兴二年(1279),共存在四年时间,且战且退,艰苦备尝;下句以"蜀尽"比拟陆秀夫背帝昺投海,刚烈悲壮,可歌可泣。"周已晚"比拟南宋大势已去,陆秀夫回天无力;"汉无年"比拟南宋灭亡,整个国土都陷于元军的铁蹄之下。两句诗,用历史事实比拟现状,既贴切,又有强烈的抒情性,体现一个"哭"字。尾联从"汉无年"的"无"翻出"独有",对陆秀夫作总结性的赞颂:陆秀夫战斗到最后一刻,背幼主投海,宋朝从此再无年号可以纪年,独有他那皎皎丹心,长依海日高悬,照耀千秋万代。"长依海日悬"就背帝昺投海生发,展现一幅明丽、壮美的图画,足以美化读者的心灵,不独歌颂得体而已。

梁 栋

梁栋(1242—1305),字隆吉,其先湘州(今湖南长沙)人,后徙居镇江(今属江苏)。咸淳四年(1268)进士。历宝应簿、钱塘仁和尉。宋亡,弟柱为茅山道士,往依之。

四禽言①

不如归去②,锦官宫殿迷烟树③。天津桥上一两声,叫破中原无住处④,不如归去。

脱却布袴⑤,贫家能有几尺布?织尽寒机无得裁,可人不来廉叔度⑥,脱却布袴。

行不得也哥哥⑦,湖南湖北春水多。九嶷山前叫虞舜,奈此乾坤无路何⑧?行不得也哥哥。

提葫芦⑨,年来酒贱频频沽。众人皆醉我亦醉,哀哉谁问醒三闾⑩?提葫芦。

①四禽言:四种鸟雀的啼叫声。②不如归去:杜鹃啼叫的谐音。③锦官:即成都。④"天津"二句:天津桥上稀落的啼鹃声,道出中原残破,已无法立足。天津桥:隋炀帝造,跨洛水。因洛水贯洛阳,桥架其上,有天汉津梁气象,故名"天津"。《邵氏闻见录》载:邵雍在天津桥散步,闻杜鹃叫而惨然不乐,以为禽鸟飞类能先得地气。天下将乱,地气自南而北,洛阳旧无此鸟,今忽至,天下从此将多变。⑤脱却布袴:布谷啼声的谐音。⑥可人:使人满意的人,这里指清官。据《后汉书》载:廉叔度(名范)任蜀郡太守,使物阜民丰。民谣曰:"廉叔度,来何暮!不禁火,民安作,平生无襦今五袴。"⑦行不得也哥哥:鹧鸪鸟啼叫的谐音。⑧"九嶷"二句:谓在九嶷山前呼唤贤君虞舜,天地这么大,为什么人们无路可走。九嶷山在今湖南宁远

南。传说舜南下巡狩,崩于苍梧之野,葬于九嶷之山。⑨提葫芦:鹈鹕鸟啼声的谐音。⑩"哀哉"句:屈原曾为三闾大夫。此句意谓宋室满朝文武大臣皆醉生梦死,虽有屈原那样清醒的头脑,又何补于世。屈原《渔父》:"举世皆浊我独清,众人皆醉我独醒。"

禽言,就是鸟语。宋之问《谒禹庙》诗:"禽言常自呼。"人们按照鸟的叫声为它们命名,如"布谷"、"姑恶"、"提葫芦"等等。以禽鸟为题,将其名字纳入诗内,象声取义,以抒情写态,便成一种诗体——禽言诗。梅尧臣有《四禽言》四首,苏轼有《五禽言》五首。胡仔《苕溪渔隐丛话前集·陈亚》云:"禽言诗当如药名诗,用其名字隐入诗句中,造语稳贴,无异寻常诗,乃为造微入妙。"

梁栋的《四禽言》四首,就四种禽鸟的叫声象声取义,抒发对现实社会的感慨。第一首写杜鹃。杜鹃的叫声仿佛是"不如归去",前人取此声此义,已写出过"等是有家归未得,杜鹃休向耳边啼"(唐无名氏)之类的佳句;但就这种啼声发挥,写出既有社会内涵,又有艺术魅力的佳作,首先应数梁栋。此诗前两句是一个层次。据《华阳国志》:周代末年,杜宇在蜀中称帝,号望帝。因失掉帝位,死后魂化杜鹃,哀鸣啼血。第二句中的"锦官宫殿",即指杜宇称帝时的宫殿。这两句是说:杜鹃悲切地鸣叫:"不如归去!"可是"锦官宫殿迷烟树",已经无法"归去"了。后三句是另一个层次。据《邵氏闻见录》:北宋中叶的理学家邵雍在洛阳的天津桥上听见杜鹃叫,预感到天下将乱。诗人就此发挥:杜鹃在洛阳天津桥上声声鸣叫,直叫到中原残破,自己再无立足之地,于是又发出凄厉的叫声:"不如归去!"先后化用了两个关于杜鹃的典故,反映了汴京沦陷、中原惨遭破坏的现实,"不如归去"的哀鸣与无地可归的忧伤贯彻全篇,极富艺术感染力。

第二首写布谷。苏轼《五禽言》中有"脱却布袴"一首,自注云:"土人谓布谷为脱却布袴。"这首诗先让布谷叫一声"脱却布袴",然后通过"贫家"的遭遇,写出"脱却布袴"的原因在于没布做裤子。为什么连几尺布都没有?就因为像廉叔度那样的清官不到这里来。唉!还是"脱却布袴"吧!只说"可人不来廉叔度",极含蓄,然而言外之意是清楚的:来的都是刮地皮的贪官。

第三首写鹧鸪。李时珍《本草纲目·禽二·鹧鸪》云:"鹧鸪性畏霜露,早晚稀出,夜栖以木叶蔽身,多对啼。今俗谓其鸣曰:'行不得也哥哥。'"这首诗先以"行不得也哥哥"领起,接着以"湖南湖北春水多"表现遍地是水,无路可行。继而呼唤古代的贤君虞舜,问他对这"乾坤无路"究竟有什么办法。作者作此诗时湖南湖北等大片国土已被元军侵占,而南宋朝廷依然腐败无能,残存的国土上官贪吏虐,民不聊生。诗写得很含蓄,然而结合时代背景,"春水多"、"乾坤无路"的寓意还是不难想见的。

第四首写鹈鹕。人们按照这种鸟儿的鸣声,称它为"提壶"、"提葫芦"。欧阳修《啼鸟》诗:"独有花上提葫芦,劝我沽酒花前倾。"梅尧臣《和永叔六篇·啼鸟》:"提胡芦,提胡芦,尔莫劝翁沽美酒,公多金钱赐醇酎。名声压时为不朽。"梁栋的《四禽言》组诗以写"提葫芦"的一首结尾,使四首诗成为有机的整体。国土大片沦丧,残破不堪;贪官污吏横行,百姓连裤子都没得穿;乾坤无路,行不得也!那么怎么办呢?只有提葫芦沽酒喝,借以解忧遣闷。屈原曾说"众人皆醉我独醒",所以被放逐了。就算不被放逐,在"众人皆醉"之时只有一个人清醒,又有什么用!还是"众人皆醉我亦醉"吧!以一声"提葫芦"结尾,悲愤欲绝。

唐宋人的禽言诗很多,但像梁栋的《四禽言》这样既有深广的社会内容、又有强烈艺术感染力的作品实不多见。胡应麟在《少室山房随笔》中评此诗:"寓意深远,诸作不及。"这是很中肯的。

谢 翱

谢翱(1249—1295),字皋羽,号晞发翁,福安(今属福建)人,后徙居浦城(今属福建)。元兵南下,率乡兵投文天祥抗元,任谘事参军。入元不仕。与方凤、吴思齐等结"月泉吟社",在宋季遗民诗人中堪称翘楚。有《晞发集》等。

西台哭所思①

残年哭知己②,白日下荒台③。泪落吴江水,随潮到海回④。故衣犹染碧⑤,后土不怜才⑥。未老山中客,惟应赋《八哀》⑦。

①西台:在今浙江省桐庐县西富春山上。所思:所怀念的人,指文天祥。谢翱每逢文天祥就义日,辄觅秘密地方哭祭。至元二十七年(1290)与吴思齐、冯桂芳等登西台设天祥神位祭奠,作《西台恸哭记》,诗亦当是同时作。②残年:指至元二十七年岁暮。知己:指文天祥。③"白日"句:谓太阳隐藏在西台下。④"泪落"二句:谓泪掉入富春江流入海里,随着涨潮又从海里流回来了。⑤故衣:指文天祥临刑时所穿的衣服。染碧:染血。《庄子·外物》:"苌弘死于蜀,藏其血,三年而为碧。"碧:青玉。⑥后土:地神。⑦八哀:杜甫曾赋《八哀诗》哀悼张九龄、李光弼等八位著名人物。

宋帝㬎德祐二年(1276)正月,元丞相伯颜率兵直逼皋亭山,文天祥以右丞相入元营谈判,被扣留。二月二十九日在被押北上经镇江时乘隙逃出,四月至温州,七月开府南剑州(治今福建南平),号召四方起兵。帝㬎等已于三月被押北去;五月,张世杰等拥立赵昰于福州,改元景炎,是为端宗。二十八岁的谢翱为了挽救国家危亡,尽捐家产,募乡兵数百人投文天祥,任谘事参军,随天祥转战龙岩、梅州(今广东梅县)、会昌等地,于赣州兵败时分手。临别,天祥以家藏端砚"玉带生"相赠,并谆谆嘱咐,情意殷切。天祥于元世祖至元十九年十二月初九(公元1283年1月9日)就义后,谢翱每遇其忌日必登高哭祭;此诗乃天祥就义八周年时所作,同时还作有著名的《西台恸哭记》。

首联以"残年"(切十二月初九)、"白日"、"荒台"为"哭知己"烘托出一派悲凉气氛。次联打破五律常规,紧承"哭"字而用散行句法表现回环激荡、无穷无尽的悲痛心情。三联写文天祥就义,词语对偶而文气单行。被囚数年,临刑时仍穿宋朝的"故衣";慷慨就义已经八年,而"故衣犹染碧"血,令人悲痛无已。接着就此事抒发愤慨之情,皇天"后土"应该是主持公道的,可是为什么不怜惜这样的英才而让他抗元失败呢?尾联抒悼念之情。作者当时四十二岁,故说"未老";隐居不仕,故自称"山中客";"惟应"二字承上句来,玩味始知深义,始见悲痛。合两句看,大意是:我这个大宋遗民还没有老,一心想继承您的遗志,用卓有成效的行动纪念您,可是这已无法做到,只能像杜甫作《八哀诗》以哀悼张九龄、李光弼等人那样作这首诗哀悼您了!拍合题目"哭所思",令人如闻痛哭之声。

林景熙

林景熙(1242—1310),字德阳,号霁山,温州平阳(今属浙江)人。咸淳七年(1271)自太学生授泉州教授,历礼部架阁、从政郎。宋亡不仕,隐居家乡。有《霁山集》等。

酬谢皋父见寄①

入山采芝薇②,豺虎据我丘③;入海寻蓬莱④,鲸鲵掀我舟⑤。山海两有碍,独立凝远愁。美人渺天西⑥,瑶音寄青羽⑦:自言招客星,寒川钓烟雨⑧。《风》《雅》一手提⑨,学子屦满户⑩。行行古台上,仰天哭所思。馀哀散林木,此意谁能知⑪?夜梦绕勾越⑫,落日冬青枝⑬。

①谢皋父:即谢翱。②芝:灵芝,古人认为吃了可以长生。薇:野菜,伯夷、叔齐隐居首阳山即以此为食。这句说自己想求仙归隐。③丘:山。④蓬莱:神话传说中的仙岛。⑤鲵(ní尼):雌鲸。⑥美人:指谢皋父。渺天西:远在天边。⑦瑶:美玉。瑶音:对谢皋父来诗的美称。青羽:青鸟。传说西王母常用青鸟传信。⑧"自言"二句:自己(谢皋父)说正在把隐士招来,一同在寒江烟雨中钓鱼度日。招客星:招隐士。严光与汉光武同卧,严光睡梦中将脚压在光武帝的腹上,第二天太史奏"客星犯帝座"。客星:代表严光的星,严光为隐士,故这里"客星"即指隐士。⑨《风》《雅》:《诗经》中两个重要组成部分。提:掌握。⑩屦(jù句):古代的一种鞋。满户:满户外。古人生活习惯,进门脱鞋,放置户外。⑪"行行"四句:指谢皋父西台哭文天祥。⑫勾越:即越。勾是古代吴地方言中的发语词。绕勾越:指南宋陵寝被元发掘事。⑬冬青枝:宋朝皇帝陵寝遍置冬青树。

前八句自写近况。入山采芝薇而山被豺虎侵占,入海寻安静处所而舟被鲸鲵掀翻。元人统治之严酷见于言外。"山海两有碍"而无行动自由,便"独立凝远愁"而想到"渺"在"天西"的"美人",而"美人"的"瑶音"正好于此时寄来,与题目中的"谢皋父见寄"拍合。"自言"以下写谢翱来书、来诗的内容,"自言"即谢翱在来书、来诗里说,共说了三件事:招邀隐士在烟雨中的寒江垂钓,潜台词是隐居不仕,不为元统治者效力;主持风雅,传授传统文化,从学者甚众——这是事实,谢翱与吴渭、方凤等组织"月泉吟社"和"江源讲经社",聚集了不少遗民;到西台哭祭文天祥,作了著名的《西台哭所思》和《西台恸哭记》。结尾两句,既概括来书、来诗的情思,也表达自己的心意。元世祖至元二十一年(1284),元统治者为了摧抑汉族人民的民族意识,挖掘临安南宋皇帝的陵墓。事后,林景熙、谢翱、唐珏、郑朴翁等人扮作乞丐,身背竹箩,买通监守西番僧,捡得高宗、孝宗的骸骨,埋于兰亭(在今浙江绍兴市西南)。林景熙作七绝《梦中作四首》纪其事,其中有"年年杜宇泣冬青"之句,说明在兰亭新墓上栽了冬青。"夜梦绕勾越,落日冬青枝",即是以眷念兰亭新墓表明日夜不忘故国。

题陆放翁诗卷后

　　天宝诗人诗有史①,杜鹃再拜泪如水②。龟堂一老旗鼓雄③,劲气往往摩其垒④。轻裘骏马成都花,冰瓯雪碗建溪茶⑤。承平麾节半海宇⑥,归来镜曲盟鸥沙⑦。诗墨淋漓不负酒,但恨未饮月氏首⑧。床头孤剑空有声,坐看中原落人手。青山一发愁蒙蒙⑨,干戈况满天南东⑩。来孙却见九州同⑪,家祭如何告乃翁?

　　①天宝:唐玄宗年号(742—755)。天宝诗人:指杜甫。杜诗全面地反映了天宝动乱的现实,故有"诗史"之称。②"杜鹃"句:谓听杜鹃啼叫,想起"故君",下拜之余不觉泪如雨下。杜鹃:传为周末蜀君杜宇所化,因常用以指国君。注详前。杜甫《杜鹃》诗:"杜鹃暮春至,哀哀叫其间。我见常再拜,重是古帝魂。"③龟堂:陆游在绍兴住所的堂名。一老:指陆游。旗鼓雄:说陆可与杜媲美,旗鼓相当。④摩:接近。摩其垒:接近杜甫的壁垒。⑤"轻裘"二句:分写陆游在四川、福建两地做官的情形。冰瓯:晶莹的茶杯。建溪:在福建省,宋时出产名茶。⑥承平:太平时候。麾(huī灰)节:旗帜和符节。半海宇:半个中国。⑦镜曲:镜湖的水湾。盟鸥沙:与沙鸥为盟友。这句写陆游晚年隐居绍兴故里。⑧月氏(ròu zhī):古族名,曾于西域建月氏国。《汉书·匈奴传》载:老上单于杀月氏王,以其头为饮器。此指金统治者。⑨青山一发:指中原。苏轼《澄迈驿通潮阁》:"青山一发是中原。"⑩天南东:即东南,指南宋所统治的地方。⑪来孙:玄孙之子,从自身算起的第六代孙,这里泛指远孙。九州同:见陆游《示儿》诗。

　　这是作者读陆游诗卷题于卷后的诗,共十六句,每四句换韵,换韵与换意统一,自成四个层次。第一层四句押上声韵,写杜甫念念不忘君国,其诗歌反映了安史之乱前后的广阔现实,堪称诗史,而陆游的诗,正继承了杜甫的诗史精神。第二层四句换平声韵,概括了陆游宦游各地及晚年的闲居生活。第三层四句换上声韵,写陆游的终生大恨。"床头孤剑空有声,坐看中原落人手",活画出陆游的心态。第四层四句换平声韵,就眼前现实联系陆游《示儿》诗意抒发悲慨,是全诗的结穴。陆游"坐看中原落人手",每以报国无门、未能收复为恨;如今呢,中原又落入元统治者之手,翘首北望,青山一发隐没于愁云惨雾之中。陆游晚年,东南半壁犹存;如今呢,东南干戈遍地,元军长驱直入。陆游临终时嘱咐儿子:有一天"王师北定中原"、统一九州,家祭之时,可别忘了告诉乃翁。唉!陆游的裔孙看见了九州统一,可是这不是被"王师"统一,而是被元军统一,家祭之时,又如何告诉乃翁呢!

全诗先以杜甫作陪,赞颂陆游其人其诗;接着以陆游的遗恨、遗愿作陪,抒写亡国之痛。造语瑰奇,形象鲜明,大气磅礴,激情喷涌,腾挪变化,高潮迭起,深得陆游七言歌行精髓。至于结尾之沉痛,实非陆诗所有,盖陆游尚未经历如此巨变也。

山窗新糊有故朝封事稿阅之有感①

偶伴孤云宿岭东,四山欲雪地炉红。何人一纸防秋疏②,却与山窗障北风③!

①故朝:指宋朝。封事:上给皇帝的奏章。为了保密,把奏事的文稿装在囊中封起来,故称封事,又称囊封。②防秋疏:即题中的"故朝封事稿"。在古代,西北的游牧民族每当秋高马肥之时便乘机入侵,故每当秋天都须加强防卫,称为"防秋"。唐人李益《边思》云:"走马曾防玉塞秋。"疏:奏章。③与:给。障:阻挡。

此诗的精警之处在后两句,写前两句是为写后两句准备条件。诗人并不是有什么明确的目的要出门旅行,而是偶然出去走走,散散心。从"四山欲雪"看,天空是阴云密布的;说"偶伴孤云",意在以"云"之"孤"陪衬己之"孤"。高空阴云密布,并不妨碍低空有"孤云"飘动,诗人就与这片"孤云"结"伴",来到"岭东",同"宿"于"岭东"。既是"岭",又是"云宿"之处,其地势之高,不言可知。地高则"风"大,已为末句写"障北风"作准备。但如果是酷热的夏季,"风"大正好,又何须"障"?所以接着便说"四山欲雪",不是炎夏而是严冬。"欲雪"——将要下雪,这是一种判断,而判断的根据,只能是阴云密布,北风呼啸,天气乍冷。特意写"地炉红",正是为了表现天气很冷。读"四山欲雪地炉红",在感到室内比较暖和的同时也听到室外"北风"的呼啸声。那么,朝北的窗户如果没有糊,北风灌进来,可就不得了了!"障北风"三字已呼之欲出。因闻北风而望北窗,这是很自然的事。一望,窗户是"新糊"的;凑近看,纸上还有字。读下去,才知这是上给南宋皇帝的"防秋疏"。诗人不禁感慨万千,写出了这么两句:"何人一纸防秋疏,却与山窗障北风!"

一个"却"字,力重千钧,不能轻易滑过。上"防秋疏"的目的是为皇帝提供防御北敌南侵的策略,希望被采纳、实施,在"防秋"问题上发挥作用。如果皇帝采纳了,实施了,那么临安怎会沦陷、南宋怎会覆亡? 令人悲痛的是:这封"防秋疏"不但没有被采纳,而且变成废纸,落到不识字的人手里,用来糊山窗了! 令人感慨,也令人愤慨。南宋朝廷一贯以妥协换苟安,无意"防秋",自然不把"防秋疏"放在眼里,终于自食苦果,还连累广大人民,特别是"南人"在元朝民族歧视的严酷统治下备受摧残。这两句诗,感慨与愤慨交织,蕴含深广,但主要锋芒指向南宋朝廷的妥协路线,是毫无疑义的。有的专家说什么"即使是一张纸,也还在抵抗着北风,何况侵略者面对的是千百万人民",有意出"新",却放过了一个起关键作用的"却"字,故与诗的原意风马牛不相及。元人章祖程评云:"此诗工在'防秋疏'、'障北风'六字,非情思精巧道不到也。然感慨之意,又自见于言外。"(《白石樵唱注》卷一)近人陈衍评云:"前清潘伯寅尚书见卖饼家以宋版书残叶包饼,为之流涕。遇此,不更当痛哭乎!"这两位的理解,都是符合原意的。

这首诗,元代诗人颇重视,有人选评,还有人摹仿。元末叶颙《夜宿山村》便是摹仿之作。《序》云:"予夜宿山村,有以宋末德祐年间防边策稿故纸糊窗者,读之皆舍家为国之论,不知何人之辞。……赋一绝纪事云。"诗云:"贾氏专权王气终,朝无谋士庙堂空。国亡留得边防策,犹向窗前战北风。"(《樵云独唱诗集》)以"犹"字换掉"却"字,便不像原作那样"感慨"、"痛哭",倒用得上"即使是一张纸,也还在抵抗着北风……"的分析了。

赵㬎

赵㬎(1271—1323),即宋恭帝,度宗子。咸淳九年(1273)封嘉国公,次年即位,时年四岁,改元德祐。德祐二年(1276)元军入临安,被押赴大都,封瀛国公。后被送往甘州出家。

在燕京作

寄语林和靖[①],梅花几度开。黄金台下客[②],应是不归来。

①林和靖:林逋(967—1028),钱塘人,晚年隐居杭州西湖的孤山,种梅养鹤,卒谥和靖先生。咏梅诗如《山园小梅》等极有名。②黄金台:燕昭王所筑,置黄金于台上以待天下贤士。后为燕京八景之一。

赵㬎被押到大都时才五岁,被送往甘州(今甘肃张掖)学佛时十八岁,在大都(燕京)度过了十三年俘虏生活。此诗题为《在燕京作》,其要抒发的心情是不难想象的,却写得极含蓄,极巧妙。

前两句以"寄语"领起,但不"寄语"别人,而"寄语"高人"林和靖",已表现了一种高雅情怀;"寄语林和靖"而不问俗事,只问"梅花几度开",多高雅,多有闲情逸趣!然而骨子里的意思却并非如此,他其实是不满于"燕京"的囚徒生活而怀念故都临安(杭州)。林和靖和他喜爱的梅花,不就在杭州吗?问林和靖梅花几度开,不过是感叹离开故都已经好多年了,多么渴望回去。

后两句自称"黄金台下客",表面的意思是他像燕昭王用黄金招来的贤士乐毅等人那样受到了礼遇,所以"应是不归来";其实是用"黄金台"点"燕京",用"客"暗示他在做囚徒;"不归来"前加"应是",表明他不是不想归,而是估计形势:"大概是回不去了!"

小皇帝沦为囚徒,怀念故国,却不敢明言,怕招杀身之祸。南唐后主李煜不就由于写了"小楼昨夜又东风,故国不堪回首月明中","无限江山,别时容易见时难"之类的词而被宋太宗毒死吗?不敢明言,又实在不能已于言,便用隐晦曲折的手法写了这么一首似隐而实显的小诗。如陶宗仪在《南村辍耕录》里所说:"二十字含蓄无限凄戚意思,读之而不兴感者几希。"

赵㬎在燕京从汪元量读书、学诗,从这首诗看,他已有相当高的文化修养。

辽金元诗

耶律弘基

耶律弘基(1031 — 1101),即辽道宗,字涅邻,小字查利。在位四十六年(1055—1101)。即位后,以风雅好学自命,颁五经传疏,置博学助教,开科取士,积极推行汉族文化。但不久即游猎无度,沉湎酒色,信任群小,以致骨肉相残,诸部反侧,甲兵之用无宁日,辽国国势由是趋于衰落。

题李俨黄菊赋

昨日得卿黄菊赋①,碎剪金英填作句②。袖中犹觉有馀香,冷落西风吹不去③。

①卿:即你,古代君对臣的一种称呼。②碎剪:即剪碎。金英:黄色的花,指菊花。这句谓《黄菊赋》像用菊花连缀而成。③袖中:古人袖子肥大,常将书稿文章放置袖中,以便随时取出观看或以出示人。"袖中"二句:谓把《黄菊赋》放入自己袖中,袖中竟散发出菊花的香味;真菊花,冷落西风能够摧败,可这《黄菊赋》的清香,西风也吹不散。元张肯《蝶恋花》隐括其意云:"冷落西风吹不去,袖中犹有馀香度。"

李俨,字若思,析津(今北京大兴县)人。仕辽为相,赐姓耶律。据陆游《老学庵笔记》载:"辽相耶律俨作《黄菊赋》以献其主弘基,弘基作诗题其后以赐之,云云。"这首题《黄菊赋》诗,紧扣黄菊作文章,称赞黄菊正是称赞《黄菊赋》,构思颇巧妙。

高士谈

高士谈(? — 1146),字子文,一字季默。宋徽宗宣和末年任忻州(今山西忻县)户曹参军。北宋灭亡,入金为翰林学士。金熙宗皇统六年(1146),与宇文虚中密谋挟持宋钦宗南归,事泄,被杀害。工诗,凝练沉挚,多故国之思。有《蒙城集》。

秋晚书怀

肃肃霜秋晚①,荒荒寒日斜②。老松经岁叶,寒菊过时花③。天阔愁孤鸟,江流悯断槎④。有巢相唤急,独立羡归鸦⑤。

①肃肃:摹声词,为强劲秋风声。②荒荒:茫茫无际的样子。③"老松"二句:作者谓自己如经岁之松叶,如历霜之寒菊,已是风烛残年,为时不多了。④槎:木筏子。晋张华《博物志》载:海边有人每年八月见有船来,从不失时,备食物乘船可直达天河(银河)之上。断槎:船不来。这里喻自己与故国已断绝往来,无法回国。⑤羡归鸦:羡慕乌鸦有巢可归,自己却无

家可回。

北国秋晚,景物已极荒寒;年老羁留异国,心绪已极悲凉。今以悲凉之心绪,观照荒寒之景物,心物交感,发而为诗,写景即是抒情。经岁松叶、过时菊花以及长空孤鸟等等,悉瑟缩于肃肃霜秋、荒荒寒日之中,无一不触发诗人的身世之感。尾联以"羡归鸦"点醒,所有景语顿变情语。寒鸦犹有巢可归,而自己反不如寒鸦!着一"羡"字,真可谓语浅情深,言近旨远。

杨　花

来时官柳万丝黄①,去日飞球满路旁②。我比杨花更飘荡,杨花只是一春忙。

①官柳:官路旁的柳树。②飞球:指柳絮飘落,被风卷成球状。

前两句已于"来"、"去"中见"飘荡"之意,三、四句以柳絮为喻而又翻进一层,跌宕生姿。

周　昂

周昂(? —1211),字德卿,真定(今河北正定)人。二十一岁中进士,历官监察御史、六部员外郎等职。元兵南下,死于战乱中。昂论文以为"文章以意为主,以字语为役;主强而役弱,则无令不从"。元好问称其"学术醇正,文笔高雅"。《中州集》选录其诗多达百首。其诗较注意反映现实,诗风沉郁、浑成。有《常山集》。

边　俗

返阖看平野①,斜垣逐慢坡②。马牛虽异域③,鸡犬皆同窠。木杵春晨急,糠灯照夜多④。淳风今已破⑤,征敛为兵戈⑥。

①返阖:人站在门外,将门关闭。②斜垣(yuán 圆):倾斜的墙壁。逐慢坡:立在斜坡之上。③马牛异域:用"风马牛不相及"的典。④糠灯:一种罩有纸罩的,夜间筛粮食时专门用的灯。⑤淳风:淳正的风俗。⑥征敛:征收聚敛。兵戈:战争。

写边地民俗而慨叹淳朴之风已被"征敛"破坏,而"征敛"之频繁急迫,则是由于元军入侵,兵连祸接。从细微处落笔,反映了重大主题。"木杵春晨急,糠灯照夜多"一联互文见义,写民不堪命景象如在目前。

山　家

秋日山田熟,山家趣转奇①。垄苞银粟缀②,墙蔓绿云垂③。野饭留佳客④,青钱付小儿⑤。主人愁丧乱,数数问边陲⑥。

①山家:山村农家。趣转奇:逐渐有些新鲜的生趣。此句领起以下四句。②垄:田埂。苞:花苞。此句谓田埂上各种野花含苞待放,看上去像是连缀起来的一串串银粟。③"墙蔓"句:句法与上句相同,大意是:农家院墙为藤蔓所覆盖,看上去像是绿云下垂。④"野饭"句:谓秋熟之后,有佳客来,饭虽粗糙,却可留佳客享用。⑤"青钱"句:秋熟后可用粮食等卖点钱,所以给小儿几文钱,让他零花。穷人也是爱孩子的。⑥数(shuò 朔)数:一次又一次地、频繁地。问边陲:问边疆战事如何。

首联写山家因"田熟"而"趣转奇",领起二、三两联。二联垄缀银花、墙覆绿蔓,从自然风物方面写"趣转奇"。三联饭留佳客,钱付小儿,从日常生活方面写"趣转奇"。平时没有而"田熟"后才有,故称"奇趣",一个"奇"字,细味令人酸鼻。然而就这样的贫困生活,能维持下去也不错;可是,元军正在入侵,这一切行将化为乌有!于是,当山家留作者这位"佳客"吃"野饭"的时候,便不厌重复地询问边境战事如何。这首五律从布局到琢句,从写景到抒情,都达到了相当完美的艺术境界。

西城道中

草路幽香不动尘①,细蝉初向叶间闻②。溟濛小雨来无际③,云与青山淡不分。

①不动尘:没有尘土飞扬。②细蝉:小蝉。③溟濛小雨:天色阴暗,细雨濛濛。

四句诗,写初秋雨景极传神。

赵秉文

赵秉文(1159—1232),字周臣,晚年自号闲闲老人,磁州滏阳(今河北磁县)人。金世宗大定二十五年(1185)进士,官至翰林学士、礼部尚书。工诗文,擅书画,为当时文坛领袖。有《闲闲老人滏水文集》。

庐州城下

月晕晓围城①,风高夜斫营②。角声寒水动③,弓势断鸿惊④。利镞穿吴甲⑤,长戈断楚缨⑥。回看经战处⑦,惨淡暮寒生⑧。

①月晕:环绕在月亮周围的发光气体。晓:拂晓。这句说,金兵在月色朦胧的拂晓时分包围了庐州城。②斫(zhuó 卓):砍,这里指进攻。③角:号角。④"弓势"句:谓金兵拉弓放箭,其射击之猛使天上飞的大雁也感到惊恐。⑤镞(zú 族):箭头。吴甲:南方士兵的盔甲。今苏、杭一带古称吴。⑥楚缨:指南宋兵所戴的头盔。⑦经战处:发生战斗的地方。⑧惨淡:景象极其凄凉。

金宣宗兴定六年(1222)四月,金兵南下,与宋军大战于庐州(今安徽合肥),破城。宋援军及时驰救,夺城斩将,金兵大败而去。这首七律,前六句写金兵围城,而将败逃浑涵于尾联的"回看"之中,构思、布局,煞费经营,须仔细领取。

春　　游

无数飞花送小舟,蜻蜓款立钓丝头①。一溪春水关何事,皱作风前万叠愁②。

①款立:款款而立,即小心翼翼地站着。钓丝头:钓丝和钓鱼竿交结处。②皱:皱褶。从冯延巳《谒金门》"风乍起,吹皱一池春水"句化出,又将皱起的水喻作万叠愁,有新意。

首句写乘小舟春游,次句是一个特写镜头,乃舟中人所见。三、四句虽从前人词句化出,却饶有情韵。

李俊民

李俊民(1176—1260),字用章,号鹤鸣老人,泽州晋城(今属山西)人。金章宗承安五年(1200)举经义进士第一。除应奉翰林文字。旋弃官归里讲学,后隐居嵩山。金亡,忽必烈征辟不就。其诗多感时伤乱之作,诗风沉郁。有《庄靖集》。

乱后寄兄

万井中原半犬羊①,纵横大剑与长枪②。昼烽夜火岂虚日③,左触右蛮皆战场④。丁鹤归来辽已冢⑤,杜鹃犹在蜀堪王⑥。此生不识连昌乐⑦,目送孤鸿空断肠⑧。

①万井:万千村庄。犬羊:对元军的蔑称。②"纵横"句:谓全是持长枪拿大剑的人在那里走来走去。③烽火:古代敌人来犯,举烽火报警。"昼烽"句:谓没有一个白天和黑夜不报警。④左触右蛮:语出《庄子·则阳》:蜗牛的左角上有个国家,叫触氏;右角上有个国家,叫

蛮氏,两国为争夺土地战斗不已,留下尸体数万。这句喻元、金为抢地盘,在极狭的土地上战斗不已。⑤丁鹤:用丁令威化鹤归来的故事,注见前。⑥杜鹃:用蜀帝化鹃的故事,注见前。⑦连昌:唐高宗时所建官殿名,后毁于安史之乱。故址在今河南省宜阳县。"此生"句:谓自己没有见过像唐高宗太平盛世那样的享乐生活。⑧目送孤鸿:晋嵇康《赠兄秀才入军诗》说:"目送归鸿……游心太玄。"意思是忘掉尘世烦恼,遁入虚无境界。空断肠:空有极其沉痛的悲哀。

此诗共二首,这里选一首,写金元交战之惨烈,而社会之动荡,人民之痛苦,俱见于言外。

客中寒食①

断蓬踪迹寄天涯②,剑戟林中阅岁华③。又值禁烟周举节④,奈无对月少陵家⑤。惊心咄咄催归鸟⑥,触目冥冥溅泪花⑦。老后愁怀谁遣得,未应端的酒胜茶⑧。

①寒食:节令名,为清明节前一天。这天为纪念介之推被火烧死,禁止举火,只能寒食。②断蓬:断梗飘蓬。踪迹:作者自指。③阅岁华:度过时间。④周举节:太原旧俗,纪念介之推一月寒食不举烟火,东汉时并州刺史周举移书于介之推庙云:"春中寒食一月,老小不堪,今则三日而已。"因称寒食节为周举节。⑤对月少陵家:杜甫《一百五日夜对月》:"无家对寒食,有泪如金波。"此句意本此。⑥咄咄:感叹词。"惊心"句:从杜甫《春望》诗"恨别鸟惊心"化出。归鸟:作者自喻。⑦冥冥:昏暗貌。溅泪花:杜甫《春望》:"感时花溅泪。"⑧端的:确是。酒胜茶:酒可使人沉醉忘忧,故说"酒胜茶"。

萍飘天涯,于"剑戟林中"过寒食节,百感丛生,只以八句诗表现之,苍莽悲凉,感慨无限。

元好问

元好问(1190—1257),字裕之,号遗山山人。太原秀容(今山西忻县)人,出身于封建士大夫家庭。金宣宗兴定五年(1221)登进士第,历任镇平、内乡、南阳等县县令,官至行尚书省左司员外郎。金末,入翰林知制诰。金亡后,隐居不仕,致力于金代史料的搜集,并编纂了《中州集》,使金源(金国的别称)一代的许多诗歌得以保存。

元好问具有多方面的创作才能,工诗、词、散文,尤以诗的成就为高,是金代最优秀的诗人,也是我国诗史上的杰出诗人。继承杜甫传统,在其诗歌创作中广泛而真实地反映了金、元之际复杂的社会矛盾。古、近体兼擅,而以七律见长,悯乱抒愤,悲壮苍凉。作于金亡前后的"丧乱诗",尤沉挚哀切,血泪交迸。有《元遗山全集》,清人施国祁《元遗山诗集笺注》较完备。

论诗二首

慷慨歌谣绝不传,穹庐一曲本天然①。中州万古英雄气②,也到阴山敕勒川③。

眼处心生句自神④,暗中摸索总非真⑤。画图临出秦川景⑥,亲到长安有几人。

①穹庐:圆顶的毡帐,即今蒙古包。穹庐一曲:指北朝民歌《敕勒歌》。②中州:即中原,指黄河中、下游地区汉族主要聚居区,以别于少数民族居住的边疆地区而言。③阴山:阴山山脉起于河套西北,绵亘于今内蒙古自治区南部一带,和内兴安岭相连。敕勒川:敕勒部落居住的平原地带。敕勒是古匈奴族的后裔,北齐时居住在朔州(今山西北部)一带。④"眼处"句:谓眼睛所触到的实境,激发起内心的诗情,自然能写出入神的诗句。查慎行《十二种诗评》:"见得真,方道得出。"宗廷辅注:"景物兴会,无端凑泊,取之即是,自然入妙。"⑤"暗中"句:是说没有现实生活的感受,只是凭空想象,暗中虚拟,不是真实之境。⑥"画图"句:这一句是称颂杜诗有真情实感。杜甫从三十五岁到四十四岁生活在长安,其诗把长安地区的美丽景色描绘得非常真实、生动。施国祁说:"少陵自天宝五载至十四年以前,皆在长安。见诸题咏,如《玄都坛》之子规山竹,王母云旗;《慈恩塔》之河汉西流,七星北户;《曲江三章》之素沙白石,杜曲桑麻;《丽人行》之三月气新,水边多丽;《乐游图》之碧草烟绵,芙蓉波浪;《渼陂行》之棹讴间发,水面蓝关;《西南台》之错翠南山,倒影白阁;《汤东灵湫》之阴火玉泉,楼空浴日。凡兹景物,并近秦川一带,登临俯仰,独立冥搜,分明十幅画图,都在把酌浩歌、旷怀游目中,一一写照也。"秦川:指今陕西一带。

元好问《论诗》绝句三十首作于金宣宗兴定元年(1217)。这组诗受杜甫《戏为六绝句》启发,以绝句的形式论诗,评论了自汉魏至唐宋的重要诗人和诗歌流派,提出了自己的诗学见解,是他的诗歌创作纲领。他推崇建安以来刚健质朴的诗风,贬抑绮丽纤弱的齐梁诗风、西昆体和江西派;主张独创,反对因袭;主张写真情实感,反对矫揉造作。这里选两首。前一首,赞赏以《敕勒歌》为代表的北朝民歌的刚健质朴、清新自然,感慨像这样慷慨的民歌却很少流传下来。后一首,强调诗歌创作应该抒写来自现实生活的真情实感,不能无病呻吟,向壁虚构。

岐阳三首(录一)

百二关河草不横①,十年戎马暗秦京②。岐阳西望无来信,陇水东流闻哭声③。野蔓有情萦战骨④,残阳何意照空城!从谁细向苍苍问⑤,争遣蚩尤作五兵⑥?

①"百二"句：险固的秦地(凤翔古属秦地)关河挡不住蒙古兵的进攻，以致秦地被破坏得寸草不生。百二关河：《史记·高祖本纪》："秦形势之国，带河山之险，悬绝千里，持戟百万，秦得百二焉。"裴骃的《集解》引苏林的话说："秦地险固，二万人当诸侯百万人也。"②十年：自金宣宗兴定五年(1221)蒙古兵进攻陕北起，至金哀宗正大八年(1231)，正好是十年。戎马：指战争。秦京：咸阳，这里泛指秦地。③"陇水"句：《陇头歌》："陇头流水，鸣声幽咽。"这里是化用其意，写秦中难民东迁以避战火的悲哀。《续资治通鉴》卷一百六十五载宋理宗绍定四年(即金哀宗正大八年)四月："蒙古取金凤翔，完颜哈达、伊喇布哈迁京兆民于河南。"《中州集·雷琯诗序》："客有自关辅来，言秦民之东徙者，馀数十万口，携持负载，络绎山谷间。昼餐无糗粮，夕休无室庐，饥羸暴露，滨死无几。"④"野蔓"句：江淹《恨赋》："试望平原，蔓草萦骨。"这里加"有情"二字，将诗人对战死者的深情贯注其中。⑤苍苍：天色青苍，所以用"苍苍"指代天。杨巨源诗："若为问得苍苍意，造化无言自是功。"⑥"争遣"句：指造化当初怎教蚩尤制造杀人的武器，使人间争战不休！蚩尤：传说是东方九黎族的首领，始做兵器，与黄帝战于涿鹿之野，兵败被杀(见《史记·五帝本纪》及《太平御览》卷二百七十引《世本》)。五兵：《荀子·儒效》："偃五兵。"杨倞注："五兵，矛、戟、钺、楯、弓矢。"或以"五兵"作"戈、殳、戟、酋矛、夷矛"(见《周礼·夏官·司兵》郑玄注引)。

岐阳(今陕西凤翔)，又名岐州，隋文帝在州城内建岐阳宫，故名。金哀宗正大八年(宋绍定四年，1231)正月，蒙古军围岐阳，二月城破，四月，元好问赴南阳任县令，听到岐阳陷落的消息，作七律《岐阳三首》。这里所选的是第二首，以具有高度典型性的艺术形象概括了元军入侵所造成的巨大灾难，也暗寓了金朝军政的腐败，沉郁顿挫，悲壮激切，是元好问"丧乱诗"中的代表作。

壬辰十二月车驾东狩后即事①

惨淡龙蛇日斗争②，干戈直欲尽生灵③。高原水出山河改④，战地风来草木腥。精卫有冤填瀚海⑤，包胥无泪哭秦庭⑥。并州豪杰知谁在，莫拟分军下井陉⑦？

①车驾：皇帝乘坐的车辆，用做皇帝的代称。狩：巡狩。古时皇帝每五年到各地视察一次，称"巡狩"。这里指皇帝出走。②龙蛇：《阴符经》："天发杀机，龙蛇起陆。"这里用龙蛇相斗比喻金、元作战。这句意为金、元之间连年作战，惨绝人寰。③"干戈"句：简直要用干戈杀光百姓，才肯罢休。④高原水出：天兴元年，金朝为保卫汴京，派人掘开汴京北面的黄河大堤，用大水阻挡元军。⑤精卫：神话中的鸟名。古代神话传说，炎帝的女儿溺死在东海中，灵魂化为精卫鸟，常衔西山的树枝石块去填东海。(见《山海经·北山经》)瀚海：浩瀚的大海。这句表示有抗击元人的决心。⑥包胥：申包胥，春秋时楚国的大夫。吴国攻破楚都，申包胥入秦求救，秦王不允，申包胥哭于秦庭，七日七夜不绝声，终于感动秦王发兵救楚破吴。这句慨叹无人能解救国难。⑦"并州"二句：并州(今山西太原一带)自古出豪杰，并州豪杰现在还有谁在呢？他们难道不打算像韩信那样分兵下井陉击赵，夺取胜利吗？莫拟：莫不是要。井陉：关隘名，在今河北获鹿以西井陉山上，古代为兵家必争之地。历史上"分军下井陉"有

好几个典故：一、韩信东下井陉击赵，分兵奇袭，大败赵军；二、晋驻节并州的刘知远，声言出兵井陉，迎归少帝，"不及而还"；三、唐时，多次下井陉定河北。这首诗究竟取何说，历代注家看法不一。从全诗的意思看，第一典似较符合作者原意。

壬辰，即金哀宗天兴元年(1232)。是年正月，蒙古军围汴京。十二月，城中粮尽，金哀宗突围东走，在黄河北岸与蒙古军接战大败，退走归德(今河南商丘)。当时元好问在汴京任左司都事，在围城中作此诗，共五首。选录的这一首描绘了围城中的满目疮痍，反映了残酷的战争给人民造成的深重苦难，痛诉救国无人，大呼豪杰奋起，沉痛激昂，感人至深，是元好问"纪乱"名篇之一。

眼　　中

眼中时事益纷然①，拥被寒窗夜不眠。骨肉他乡各异县②，衣冠今日是何年③！枯槐聚蚁无多地④，秋水鸣蛙自一天⑤。何处青山隔尘土⑥，一庵吾欲送华颠⑦。

①益：更加。②"骨肉"句：谓骨肉分离，天各一方。③"衣冠"句：谓元朝灭金，改换年号、服饰。④枯槐聚蚁：唐代李公佐《南柯太守传》中说淳于棼梦至槐安国，国王将公主配他为妻，任他为南柯太守，享尽荣华富贵。后与檀萝国作战失败，公主又病死，国王遣他回家，惊醒才知是梦。后在庭中大槐树下及槐树南枝上各发现一蚁穴，方知即是梦中之槐安国及南柯郡。在住宅东面一里处又发现一株藤萝缠绕的大檀树，树上也有蚁穴，即梦中所指之檀萝国。这里借这个故事比喻当时遍地战乱，因而没有一块安静的土地。⑤"秋水"句：谓被关押之处环境幽静，似乎别有天地。⑥尘土：指人世间。⑦庵：小草屋。华颠：白首。这句表示要隐居茅屋以终老。

元好问于天兴三年(1234)金亡后被蒙古军押至山东聊城，住在城内至觉寺，深秋作此诗，抒发了国亡家破、骨肉离散、无地安身的悲愤。

外 家 南 寺

郁郁秋梧动晚烟，一庭风露觉秋偏①。眼中高岸移深谷②，愁里残阳更乱蝉。去国衣冠有今日③，外家梨栗记当年。白头来往人间遍，依旧僧窗借榻眠。

①秋偏：秋深。②移深谷：《诗经·小雅·十月之交》："高岸为谷，深谷为陵。"高变低，低化高，喻世事的巨大变化。此处即用其意。③"去国"句：元好问于金宣宗贞祐四年(1216)为避蒙古兵而南行逃难，遂应试入仕。金哀宗天兴三年(1234)金亡，他被拘管于聊城(在今山东省)，三年后方以遗民身份返回太原一带。这一句就是对这段经历的慨叹。

元好问于蒙古太宗九年(宋理宗嘉熙元年，1237)八月，从大名回太原，重访外家南寺,作此诗。作者自注云:"(南寺)在至孝社,余儿时读书处也。"作者的外祖父姓张,南寺在其家附近。当作者重访儿时读书处时,已国破家亡,虽然儿时在外婆家打枣摘梨之类的往事还能唤起他的回忆,但亡国之悲,流离之痛,已浸染了南寺风光。残阳愁目,乱蝉聒耳,只能触发"高岸为谷,深谷为陵"的沧桑之感。

癸巳五月三日北渡三首 (录二)

道旁僵卧满累囚①,过去旃车似水流。红粉哭随回鹘马②,为谁一步一回头?

随营木佛贱于柴,大乐编钟满市排③。掳掠几何君莫问,大船浑载汴京来!

①"道旁"句:指路边到处挺卧着被捆缚的俘虏。僵卧:直卧不动,指疲乏无力或死亡。累囚:用绳索连缀、捆绑着的囚犯。②"红粉"句:指被掳掠的妇女哭着跟在蒙古军的马后。回鹘(hú 胡):唐时西北少数民族,也称回纥,此指蒙古。③"大乐"句:指大乐署的编钟在市集上摆满了,等着出卖。大乐:指金宫中掌管雅乐的大乐署。编钟:乐器名,为编悬于木架上的铜钟。《隋书·音乐志》:"小钟也,各应律吕,大小以次,悬而编之。上下皆八,合十六钟……"

癸巳,即宋绍定六年,金天兴二年,公元 1233 年。是年五月三日,元好问被蒙古军羁管,从青城北渡,押赴聊城。此诗记北渡时所见,共三首,这里选两首。前一首,"卧"、"满"二字,极言俘虏死亡、伤病之多;"车似水流",极状珍宝财物悉被车载以去。三、四句乃是宏观背景下的特写镜头:于"一步一回头"前冠以"为谁",暗示"红粉"已家破人亡,虽回头已无人眷顾,语极沉痛。

后一首,先写被掠夺的珍贵文物木佛、编钟乱排乱堆,贱似木柴、铜铁,然后用"掳掠几何君莫问"作铺垫,发出了"大船浑载汴京来"的惊叹。写木佛、编钟,是举例以见其余;由"掳掠几何"唤起的结句,则是概括描写。一艘接一艘的大船满载而归,把整个汴京都搬走了! 亡国之痛,溢于言表!

刘 因

刘因(1249 — 1293),字梦吉,号静修,雄州容城(今河北徐水)人。元世祖至元十九年(1282)诏召为承德郎、右赞善大夫,不久辞归。至元二十八年再征为集贤殿学士,不就,元世祖称之为"不召之臣"。隐居乡村,讲授儒学。工诗词,风格高迈,比兴深微。有《静修集》。

观梅有感

东风吹落战尘沙,梦想西湖处士家[1]。只恐江南春意减,此心元不为梅花。

①西湖处士:指北宋诗人林逋(字和靖)。遁隐于杭州西湖之孤山,终身不仕不娶,以赏梅养鹤为乐,世称"梅妻鹤子"。他的咏梅诗很有名,流传甚广。

作者迫于元朝的高压统治,以"观梅有感"为题,用委婉含蓄的手法表现了深沉的故国之思。首句隐喻宋室灭亡,次句暗写故国之思,三句感叹江南备受摧残,四句点明作诗的深意与梅无关,引人寻思。

村居杂诗

邻翁走相报[1],隔窗呼我起:数日不见山,今朝翠如洗。

①报:告知。

写久雨乍晴,忽见山色如洗,喜悦之情溢于言表。寥寥数语,清新活泼,颇得陶潜田园诗真趣。

赵孟𫖯

赵孟𫖯(1254—1322),字子昂,号松雪道人,湖州(今属浙江)人。宋宗室,以父荫补官。入元,荐授兵部郎中,官至翰林学士。卒封魏国公,谥文敏。书画名家。词亦有风致,诗风清逸和婉,俱为人所称。有《松雪斋集》。

岳鄂王墓[1]

鄂王墓上草离离[2],秋日荒凉石兽危[3]。南渡君臣轻社稷[4],中原父老望旌旗[5]。英雄已死嗟何及[6],天下中分遂不支[7]。莫向西湖歌此曲,水光山色不胜悲[8]。

①岳鄂王墓:即岳飞坟。岳飞,宋宁宗时追封为鄂王。②草离离:杂草丛生的样子。③石兽危:指立在岳墓旁镇墓的石狮石虎之类摇摇欲坠。④"南渡"句:指南宋君臣高宗、秦桧一伙无故杀害抗金名将岳飞,将北中国拱手轻易让给金人。社稷:国家。⑤"中原"句:沦陷的中原父老盼望岳家军打回去。旌旗:这里代指军队。⑥何及:不及、不顶用。嗟何及:空叹息解决不了什么问题。⑦"天下"句:谓国家从此分裂为南北,而南宋偏安小朝廷也难以长久维持。⑧"莫向"二句:谓不要再在岳王坟前重提那段悲怆的往事,因为眼前的水光山色已是足

够令人悲伤的了。西湖:在今杭州市,岳飞墓在西湖边上。

　　赵孟頫是宋太祖赵匡胤长子秦王德芳的后裔,入元后因受诗文书画之累,被擢为显宦近臣,因而备受舆论谴责。他自己则"往事已非那堪说,且将忠直报皇元",其内心深处自有难言的隐痛。这首吊岳飞墓的诗歌颂抗金英雄而痛斥杀害岳飞的高宗、秦桧,并对由此导致的亡国悲剧深致叹惋,乃是他的真情实感的流露。陶宗仪《南村辍耕录》云:"岳王墓诗不下数十百篇,其脍炙人口者,莫如赵魏公作。""赵魏公作",便是这首七律。

虞　集

　　虞集(1272—1348),字伯生,号道园,又号邵庵,祖籍仁寿(今属四川),移居崇仁(今属江西)。元成宗大德初(1297),入大都(今北京市)任国子助教,历官翰林学士兼国子祭酒,奎章阁侍书学士等职。与赵世延等编修《经世大典》。诗、文并负盛名。诗风端严整饬,人比之为"汉廷老吏"。与杨载、范梈、揭傒斯齐名,并称"虞杨范揭",为元诗四大家。沈德潜称虞集为四大家之冠。有《道园学古录》、《道园遗稿》。

舟次湖口

　　江沙如雪水无声,舟倚蒹葭雁不惊①。霜气隔篷才数尺②,斗杓插地已三更③。抛书枕畔怜儿子,看剑灯前慨友生④。尚有乘桴无限意⑤,催人摇橹转江城⑥。

　　①蒹葭(jiān jiā 尖家):蒹是没有长穗的芦苇,葭是初生的芦苇。蒹、葭统称为"芦苇"。②篷:船篷。③斗杓(biāo 标):北斗星。④友生:朋友,旧时对晚辈的称呼。⑤桴(fú 福):木筏。借用孔子的话:"道不行,乘桴浮于海。"自己的抱负不能实现,就乘木筏到海外去。⑥橹(lǔ 鲁):划船工具。

　　湖口在今江西省境内。作者携带妻小行船至湖口,时已三更,秋意萧瑟,有感而作此诗。前四句写船外秋夜景色,后四句转写船内:看见小儿抛书枕畔,已入梦乡,便感到自己孤舟漂泊,还连累儿子没有安定的环境读书,顿起怜惜之情;灯前看剑,又感到书剑飘零,壮志未酬,愧对当年互相勉励的朋友;只剩下"道不行,乘桴浮于海"的想法还想变为现实,于是"催人摇橹",继续向江城前进。以"舟倚蒹葭"起,归结于"催人摇橹",中间就舟外、舟内写景抒情,始终关联"舟次湖口",层次井然,结构谨严,笔致跳脱,对仗精工,而壮志未遂的感慨流溢于字里行间,非无病呻吟之作可比。

送杨拱辰

一襟寒碧忠臣血①,二百馀年翳草莱②。故国丘墟遗庙在③,荒城霜露远孙来④。黄鹂碧草无时尽⑤,白日青天后死哀。亦有先祠临采石⑥,多曾挥泪棹船回⑦。

①一襟:犹言"一腔"。寒碧:暗用苌弘典故。苌弘是周景王、敬王的大臣刘文公的大夫。刘氏与晋范氏世为婚姻,在晋卿内讧中帮助范氏,晋卿赵鞅为此来声讨,苌弘被周人杀死,神话传说其血三年化为碧玉。②翳(yì义):此处同"殪",指忠臣流血之处,草莱不忍吸收其血,因而枯死。③故国:指建康。遗庙在:尚留杨邦乂的遗庙。④远孙来:指杨拱辰赴建康祭扫先祖遗庙。⑤"黄鹂"两句:黄鹂一代又一代地鸣叫,碧草一年又一年地生长,无有尽时;青天、白日,万古永存,无有尽时;先祖为国捐躯虽已二百余年,而其后代子孙追念先祖的哀思,亦如黄鹂、碧草、青天、白日,永无尽时。⑥先祠:指虞允文庙。南宋高宗绍兴三十一年(1161),虞允文奉命至采石犒师,而主将已免职,允文当机立断,督师抗击金主亮,取得采石大捷,后人便在采石立祠纪念他。采石:即采石矶,在安徽当涂县西北。⑦"多曾"句:谓自己常去采石矶祭扫先祠庙,总是挥泪坐船而回。棹:划船的工具,这里作动词用,棹船即划船。

南宋建炎三年(1129)十一月,完颜宗弼率金兵进逼建康,建康守臣陈邦光投降。通判府事奉议郎杨邦乂以其热血大书"宁作赵氏鬼,不为他邦臣"于衣上,拒不降敌。敌人诱以高官,不为所动。要他在"死"、"活"中作出选择,他大书"死"字,并骂敌及降臣不绝口,遂被剖腹取心,壮烈殉国。南宋朝廷褒忠赐庙,谥忠肃。其后人杨拱辰将赴建康祭奠这位为抗金而壮烈献身的先祖的遗庙,虞集作此诗送行。虞集是抗金名将虞允文的五世孙,与杨拱辰家世相似。两家先祖都抗拒金兵南侵,都有遗庙,两人都多次前往祭扫。因而此诗以写杨氏起,以写自己结,真情激荡,动人心魄。同代诗人刘诜称此诗"壮郁沉痛,使人流涕",评价颇中肯。

挽文山丞相①

徒把金戈挽落晖②,南冠无奈北风吹③。子房本为韩仇出④,诸葛宁知汉祚移⑤?云暗鼎湖龙去远⑥,月明华表鹤归迟⑦。不须更上新亭望,大不如前洒泪时⑧。

①文山丞相:文天祥,号文山,宋端宗立于福州,天祥为丞相。②金戈挽落晖:《淮南子·览冥训》载:战国时楚鲁阳与韩国作战正激烈,太阳将落山,他用戈挥使太阳倒退回来。落晖:比喻宋朝的颓势。③南冠:注见前。这里指文天祥被囚在大都。④子房:张良,字子房,战国韩国人。秦灭韩,张良为报仇,在博浪沙狙击秦始皇未成。⑤诸葛:诸葛亮。宁知:岂知。祚:国统。⑥鼎湖:据传黄帝铸鼎于荆山下,鼎成,黄帝乘龙上天。后人因名其处为鼎湖。这里指宋帝死去已久。⑦华表鹤归:晋干宝《搜神记》载:忽一日有鹤飞集华表歌曰:

"有鸟有鸟丁令威,去家千载今来归。城郭犹是人民非,何不学仙冢累累。"华表:竖在宫殿或陵墓前的大石柱。⑧洒泪:《世说新语》:"过江诸人每至美日辄相邀新亭(三国时吴建,故址在今南京市南),藉卉饮宴,周侯(名颛)中坐而叹曰:'风景不殊,正自有河山之异。'皆相视流泪,惟王丞相愀然变色曰:'当共戮力王室,何至作楚囚对泣。'"结尾二句:谓眼前现实,宋朝已经灭亡,比新亭洒泪之时东晋犹保有半壁江山更惨。

　　文天祥于元世祖至元十九年十二月初九日就义于燕京,当时虞集只有十一岁;但由于家庭环境的熏陶及亲历南宋的灭亡,直至身为元朝显宦,仍有故国之思。这首挽文天祥的七律,便是抒发故国之思的名作。全诗句句用典,贴切精当,每一典故用一两个极富感情色彩的词语点化,便使互不相关的许多典故融合而成有机的整体,抒发了对民族英雄的哀悼和追慕之情。陶宗仪《南村辍耕录》云:"读此诗而不下泪者几希。"

揭傒斯

　　揭傒斯(1274—1344),字曼硕,龙兴富州(今江西丰城)人。延祐初(1314),荐授翰林国史院编修,累官至翰林侍讲学士,总修辽、金、宋三史。与虞集等齐名,为元诗四大家之一。诗风清婉。有《揭文安公全集》。

梦武昌

　　黄鹤楼前鹦鹉洲①,梦中浑似昔时游②。苍山斜入三湘路③,落日平铺七泽流④。鼓角沉雄遥动地⑤,帆樯高下乱维舟⑥。故人虽在多分散,独向南池看白鸥⑦。

　　①黄鹤楼:三国时吴国所建的楼,故址在今湖北武汉市蛇山的黄鹄矶头。历代屡有兴毁。黄鹤,即黄鹄。鹦鹉洲:在今武汉市西南长江中。但今鹦鹉洲已非宋以前故地。②浑似:全似。昔时游:揭傒斯曾在大德四年(1300)前后从江西北上湘、汉间游历,时年二十多岁。③三湘:湘水从发源至与漓水合流后称漓湘,中游与潇水合流后称潇湘,下游与蒸水合流后称蒸湘,总名三湘。这里代指今湖南一带。④七泽:泛指鄂、湘各地的湖泊。司马相如《子虚赋》:"臣闻楚有七泽,尝见其一,未睹其余也。"⑤"鼓角"句:谓军队的战鼓声、号角声雄壮深沉,传得很远,震撼楚国大地。⑥乱:交错。维舟:系船。⑦看白鸥:辛弃疾《水调歌头·壬子三山被召》:"富贵非吾事,归与白鸥盟。"谓将与鸥鸟订盟同住水云之乡。这里用"看白鸥"表示羡慕鸥鸟的自由飞翔,向往归隐林下。

　　作者早年曾漫游湘、汉,结交了一批文人学者,并受到湖南、湖北道的执政赵淇、程钜夫、卢挚等人的赏识,后来即由程钜夫、卢挚推荐,入翰林院任编修。因此,他对武昌旧游十分怀念。此诗以"梦武昌"为题,全诗所写皆梦中情景,亦即"昔时游"情景。尾联慨叹"故人虽在多分散",因而"独向南池看白鸥",也归于梦境,写法很新颖。

王 冕

王冕(1287—1359),字元章,别号煮石山农、饭牛翁、梅花屋主、会稽外史等,诸暨(今属浙江)人。出身农家,白天牧牛,晚上就寺中长明灯下读书,后从韩性学,遂成通儒。屡试不第,又拒绝荐举,遂以布衣终老。工画墨梅,亦擅竹石,兼能刻印。其诗多描写隐逸生活,抒写耿介自守、蔑视利禄的志趣。部分作品也能反映人民的疾苦,风格朴素刚健,有《竹斋集》。

劲 草 行

中原地古多劲草,节如箭竹花如稻。白露洒叶珠离离①,十月霜风吹不倒。萋萋不到王孙门②,青青不盖谀佞坟③。游根直下土百尺④,枯荣暗抱忠臣魂。我问忠臣为何死,元是汉家不降士⑤。白骨深埋战血深,翠光潋滟腥风起⑥。山南雨晴蝴蝶飞,山北雨冷麒麟悲⑦。寸心摇摇为谁道⑧,道旁可许愁人知?昨夜东风鸣羯鼓⑨,髑髅起作摇头舞⑩。寸田尺宅且勿论⑪,金马铜驼泪如雨⑫。

①离离:草茂密貌。②萋萋:草茂盛貌。王孙:泛指贵族子弟。这句从《楚辞·招隐士》"王孙游兮不归,春草生兮萋萋"变化而来。③谀佞:指奸臣。传说汉元帝时王昭君远嫁匈奴,死后她墓上的草终年常青,故称其墓为"青冢"。这句即借忠于国家的王昭君墓草常青,反衬奸恶之臣死后坟上连青草也不生。④游根:根须。⑤元:通"原"。⑥潋滟(liàn yàn 恋燕):水波荡漾的样子。这里借以形容一片青草在微风吹拂下翠光闪闪。⑦麒麟:指墓前的石麒麟。⑧摇摇:形容心神不定。⑨羯(jié 竭)鼓:古时一种打击乐器,南北朝时由西域传入。这里指敌人的军鼓。⑩髑(dú 独)髅:死人的头骨。这句指忠臣虽死,但听到敌人的军鼓,国势艰危,连尸骨也会起来摇头叹息。⑪寸田尺宅:指个人的家舍田园。这句意为,比起国家的危亡,个人的家舍田园不过是区区小事,不值一提。⑫金马:汉代未央宫前置有铜马。铜驼:晋代洛阳官门前置有铜骆驼。《晋书·索靖传》:"靖有先识远量,知天下将乱,指洛阳官门铜驼叹曰:'会见汝在荆棘中耳!'"意为晋朝将亡,官室会被毁,铜驼要陷入荒草之中。这句意为官殿门口的金马铜驼也因国家灭亡而泪落如雨。

古有"疾风知劲草,板荡识忠臣"的诗句,此诗通过咏劲草歌颂忠臣,"汉家不降士"可能有所指,但不知指谁。全诗分两段:前八句赞扬劲草坚贞不屈的品格,后十二句渲染"汉家不降士"为国死节后的悲凉气氛,处处暗扣"草"字,"草"是贯串全篇的主线。以"草"起兴,以"劲草"喻"不降士",比兴并用,题为咏物,实则写人。

村居二首

辟世忘时势①,茅庐傍小溪。灌畦晴抱瓮②,接树湿封泥③。乳鹿依花卧④,幽禽过竹啼。新诗随处得,不用别求题。

英雄在何处?气概属山家⑤。蚁布出入阵⑥,蜂排早晚衙⑦。野花团部伍⑧,溪树拥旗牙⑨。抱膝长吟罢⑩,天边日又斜。

①辟世:避世。辟,通"避"。时势:当时的情况趋向。②"灌畦"句:晴天抱着盛水的瓮在畦上浇灌。《庄子·天地》:"子贡南游于楚,反于晋,过汉阴,见一丈人方将为圃畦,凿隧而入井,抱瓮而灌……"③"接树"句:嫁接果树,要用湿泥封固。④乳鹿:幼鹿。⑤气概:气派。山家:山居人家。⑥"蚁布"句:蚂蚁成队出入,像军队布阵。⑦"蜂排"句:蜜蜂成群飞舞,像官府早晚排衙。封建时代长官坐堂,兵卫仪仗排列两侧,僚属参见后分列左右,叫排衙。⑧"野花"句:野花簇聚在一起,像队伍集合。⑨"溪树"句:溪边的树木高高耸立,像大将的牙旗。牙旗,大将所建,以象牙为饰的大旗。⑩抱膝:手抱膝而坐,有所思貌。

此诗写村居生活,共四首,这里选两首。前一首写"避世"隐居,悠然自得,表现了对元朝统治的不满。后一首写虽隐居农村,却很有点"英雄气概",于自我调侃中暗寓英雄无用武之地的悲哀。构思琢句,极新颖有风趣。

墨　梅

我家洗砚池头树,个个花开淡墨痕①。不要人夸颜色好,只留清气满乾坤。

①"我家"二句:《明史·文苑传》载:王冕"携妻孥隐九里山,树梅千株"。这两句的大意是,画墨梅后,常在池中洗砚,池水饱含墨汁,以至洗砚池边的梅树也"个个花开淡墨痕"。

墨梅,用水墨画的梅花,不用其他颜料着色。此诗用象征手法,借咏墨梅表现了只留清气、不以颜色媚世的高尚情操。

杨维桢

杨维桢(1296—1370),字廉夫,号铁崖,又号东维子、铁笛道人,浙江会稽(今浙江绍兴)人。泰定四年(1327)进士,任天台尹、江西等处儒学提举。晚年居松江,张士诚据浙西,屡召不赴。明太祖洪武二年(1369),召纂修礼、乐志,作《老客妇谣》一首以明不仕两朝之意;待所修书叙例略定,即请归,至家而卒。工诗,古乐府尤所擅长,诗风古朴雄浑。亦写宫词、竹枝词和艳体诗,文字过于藻饰,有"文妖"之讥。亦能文,善行、草书。有《东维子文集》、《铁崖先生古乐府》、《复古诗集》。

庐山瀑布谣

银河忽如瓠子决①,泻诸五老之峰前②。我疑天仙织素练③,素练脱轴垂青天④。便欲手把并州剪⑤,剪取一幅玻璃烟⑥。相逢云石子⑦,有似捉月仙⑧。酒喉无耐夜渴甚,骑鲸吸海枯桑田⑨。居然化作十万丈,玉虹倒挂清泠渊。

①瓠(hù 户)子决:瓠子,为地名,在今河南省濮阳县南。相传汉武帝时,瓠子的黄河决口,汉武帝曾亲往堵塞,作瓠子之歌,由是黄河改道北行。②五老:五老峰,庐山最高峰,形如五位老人并立。诸:相当于"之于"。③素练:白色的丝绸。④轴:轮轴。⑤并州:今山西省太原市,古时所产剪刀闻名于世。⑥玻璃烟:瀑布水的烟气像玻璃一样。⑦云石子:贯云石,本名小云石海涯,维吾尔族人,元代功臣阿里海涯之孙。其父名贯只哥,因而以贯为氏。自号酸斋,又号芦花道人。元仁宗时官翰林侍读学士,后称疾辞归,在杭州卖药。谥文清。⑧捉月仙:相传李白泛舟采石矶(在今安徽省马鞍山市长江东岸),因酒醉,跳江中捉月。这里称李白为"捉月仙",而以贯云石比李白。⑨"酒喉"二句:是说"有似捉月仙"的"云石子"夜间没有酒喝,渴得受不了,便骑鲸入海,把海喝干。吸海枯桑田:把海吸干,使之变成了桑田。

咏庐山瀑布,李白"疑是银河落九天",徐凝"千古常如白练飞",已为传诵名句。此诗前四句兼用银河、素练为喻而有变化和补充。以下比之为"一幅玻璃烟"而欲剪取;比之为"玉虹倒挂"而归之于"云石子"吸尽海水后所化。想象联翩,比喻迭出,写庐山瀑布虽不如李白超妙,但也自有特色,值得一读。

题《苏武牧羊图》

未入麒麟阁①,时时望帝乡。寄书元有雁②,食雪不离羊③。旄尽风霜节④,心悬日月光。李陵何以别?涕泪满河梁⑤。

①麒麟阁:汉宣帝甘露三年(前51),画功臣十一人像于麒麟阁,以表彰他们的功绩。苏武列在第十一。②"寄书"句:《汉书·苏武传》载:"昭帝即位,数年,匈奴与汉和亲,汉求武等,匈奴诡言武死。后,汉使复至匈奴,常惠请其守者与俱。得夜见汉使,具自陈道。教使者谓单于,言:'天子射上林中,得雁,足有系帛书,言武等在某泽中。'使者大喜,如惠语以让单于。单于视左右而惊,谢汉使曰:'武等实在。'"元:通"原"。③"食雪"句:《汉书·苏武传》载:"(卫)律知武终不可胁,白单于。单于愈益欲降之。乃幽武,置大窖中,绝不饮食。天雨雪,武卧啮雪与旃毛并咽之,数日不死。匈奴以为神。乃徙武北海上无人处,使牧羝,羝乳乃得归。"按,"羝"是公羊,"乳"是产子。④旄尽:《汉书·苏武传》:"武既至海上,廪食不至,掘野鼠去草实而食之。杖汉节牧羊,卧起操持,节旄尽落。"⑤"李陵"二句:意思说李陵投

降匈奴,曾奉命以老友身份,现身设法劝苏武投降匈奴,遭武严拒。今见苏武被匈奴拘禁而坚贞不屈,秉持汉节而归,试问是什么心情? 李陵于汉武帝天汉二年(前99)投降匈奴。汉昭帝时,匈奴与汉和亲,苏武得归汉,临行前,李陵曾置酒送别。

这是一首题画诗,借题《苏武牧羊图》表彰了苏武的民族气节和爱国精神。

倪　瓒

倪瓒(1301—1374),号云林,江苏无锡人。家富于财,喜收藏字画图书,与名士交游。元末尽散家产,只身出游,往来太湖一带。擅长水墨山水,是元代著名画家。也能诗,一些山水诗和题画诗写得很不错,并曲折地流露出对现实的不满。

题郑所南兰

秋风兰蕙化为茅[①],南国凄凉气已消[②]。只有所南心不改,泪泉和墨写《离骚》[③]。

①蕙:香草名,也称蕙草,俗名佩兰。这句指南宋许多官员经不起国破家亡的考验纷纷变节投降。语本《离骚》:"兰芷变而不芳兮,荃蕙化而为茅。"②南国:当指陆秀夫负帝昺沉于厓山的南海事。气已消:气数(运气、命运)已尽,指亡国。③《离骚》:屈原的著名长诗,用神话传说、美人香草为比喻,表达了关怀国家命运、追求理想政治,并决心以身殉国的爱国精神。

郑所南即郑思肖,宋末画家兼诗人。宋亡,隐居苏州,坐卧必朝南,自号"所南",以示不忘南宋。善画兰,不画兰根及泥土,暗寓国土沦亡、无地扎根之痛。此诗所题者即无根无土之兰,故谓此兰乃郑所南以泪和墨画出,其画兰正像屈原写《离骚》,寄托了爱国之情、亡国之痛。

萨都剌

萨都剌(1308?—1355?),字天锡,号直斋,本答失蛮氏,蒙古族人,或曰回族。其祖父因功留镇云、代二州,遂居雁门(今山西代县)。泰定四年(1327)进士,累官至河北道肃政廉访司经历(廉访使手下主管出纳文书的官)。晚年寓居武林(今杭州),常游历山水,据传说曾入方国珍部下充幕僚。其诗多写自然景物,也有反映民间疾苦之作,技巧精湛,表现手法多样,其风格或清丽俊逸,或豪迈奔放。亦工词,当时颇有影响,后人推为"有元一代词人之冠"。有《雁门集》。

越台怀古

越王故国四围山①,云气犹屯虎豹关②。铜兽暗随秋露泣③,海鸦多背夕阳还。一时人物风尘外④,千古英雄草莽间⑤。日暮鹧鸪啼更急⑥,荒台丛竹雨斑斑⑦。

①越王:指西汉时建都于东冶(今福建福州)的闽越王无诸、郢、馀善等。自汉高祖刘邦封无诸为闽越王起,至汉武帝灭闽越,前后八九十年。②虎豹关:形容关隘的高峻险要。③铜兽:指铜驼,用《晋书·索靖传》中"铜驼荆棘"的典故,表现闽越亡国后的荒凉景象。④"一时"句:一时人物,指闽越王及其周围人物。这些人物,俱在眼前的风尘之外,离作者已很遥远。⑤"千古"句:草莽,犹言草野、民间。《孟子·万章》:"在野曰草莽之臣。"作者登越王台,故此句可理解为闽越王等出自草莽;亦可理解为不少英雄还埋没于草莽之间,兼含吊古、伤今、自伤之意。⑥鹧鸪:一种雉科小鸟,分布于南方,常相对而啼。俗传其啼声如"行不得也哥哥"。⑦"荒台"句:传说舜南巡死于苍梧,其二妃娥皇、女英痛哭不止,泪洒竹上,斑斑成纹。这里借斑竹的故事寄托吊古伤今之情。

越台,指越王台,故址在今福建福州以南的南台山上,俯瞰闽江。据传汉武帝时闽越王馀善在此钓得一条白龙,因在垂钓处筑坛名为钓龙台。后人称为越王台。元统三年(1335)冬,作者因弹劾权贵,被贬为闽海道廉访知事,次年四月到任。这首七律,乃到任后所作,通过吊古伤今,抒发了遭谗被贬的感慨。全诗寓情于景,意境雄阔,悲中有壮。"一时人物风尘外,千古英雄草莽间"一联,尤深挚沉雄,耐人寻味。

上京即事二首

牛羊散漫落日下,野草生香乳酪甜。卷地朔风沙似雪,家家行帐下毡帘①。

紫塞风高弓力强②,王孙走马猎沙场。呼鹰腰箭归来晚,马上倒悬双白狼。

①行帐:帐幕,因经常迁行,故名。②紫塞:指长城。晋崔豹《古今注·都邑》:"秦筑长城,土色皆紫,汉塞亦然,故称紫塞焉。"

此诗作于元统元年(1333),共五首,这里选两首。上京,即上都,故址在今内蒙古自治区正蓝旗东约二十公里处的闪电河北岸。终元一代,上都与大都(今北京)并称"两都"。这两首七绝,前一首写郊野晚景,后一首写王孙打猎,静景、动景相映衬,色调、香味相融合,展现了草原风光和少数民族丰富多彩的生活。语言明快,笔致活泼,颇有民歌风味。

迺 贤

迺贤(约 1309—?),一作纳新,本突厥葛逻禄氏。"葛逻禄"乃突厥语,其意为"马",故迺贤又名马易之。其先祖世居金山(今新疆北部阿尔泰山)之西,元朝统一中国后内迁南阳(今属河南),故迺贤自称南阳人。曾随兄宦游江浙,又到过边疆,熟悉少数民族生活。至正(1341—1367)间以荐为翰林编修官,出参桑哥失里军事,卒于军。其诗清润流丽,不事雕琢,以游览应酬之作为多。也有反映民间疾苦的诗,畅达质朴。有《金台集》。

塞上曲五首 (录三)

乌桓城下雨初晴,紫菊金莲漫地生。最爱多情白翎雀①,一双飞近马边鸣。

杂沓毡车百辆多②,五更冲雪渡滦河。当辕老妪行程惯③,倚岸敲冰饮骆驼。

双鬟小女玉娟娟,自卷毡帘出帐前。忽见一枝长十八④,折来簪在帽檐边。

①白翎雀:即百灵鸟。②杂沓:众多杂乱貌。毡车:为了御寒,车周用毛毡围裹。③当辕:指坐在辕上赶车,即当车把势。④长十八:草原上生长的一种野花。

原诗五首,这里选三首。第一首写塞上景色:雨过天晴,紫色、金色的多种野花遍地,一双互相追逐的白翎雀飞近诗人的马旁,多情地鸣叫。语言明丽,节奏轻快,远景与近景相映衬,声音与色彩相配合,环境与心境相融洽,达到了完美的艺术境界。

第二首写一大群牧民驱车转移,于描绘广漠、荒寒的景象中透露出一股无比雄壮的美,使我们通过"老妪"熟练地驾车、轻捷地敲冰的飒爽身影,认识牧民的生活情景和精神风貌。

第三首简练活泼,艺术构思也颇具特色。写肖像,仅用第一句便完成最富特征性的勾勒;写行动,也只写其一"卷"、一"折"、一"簪",便惟妙惟肖地塑造出一个娇憨、爱美的草原小姑娘的形象,惹人喜爱。

明

诗

刘 基

刘基(1311—1375),字伯温,处州青田(今属浙江)人。元至顺四年(1333)进士,曾任江西高安县丞等职。后应朱元璋邀,定计破陈友谅、张士诚,北上攻克大都,统一中国。明初任御史中丞兼太史令,封诚意伯。后被胡惟庸毒杀。其散文意蕴深远。诗歌佳作多作于元末,沉郁雄浑,追宗杜、韩,有较强的现实性。后期多酬酢之作。有《诚意伯文集》。

田 家

田家无所求,所求在衣食。丈夫事耕稼,妇女攻纺绩。侵晨荷锄出①,暮夜不遑息②。饱暖匪天降③,赖尔筋与力④。租税所从来,官府宜爱惜⑤。如何恣刻剥⑥,渗漉尽涓滴⑦。怪当休明时⑧,狼藉多盗贼⑨。岂无仁义矛⑩,可以弭锋镝⑪。安得廉循吏⑫,与国共欣戚⑬。清心罢苞苴⑭,养民瘳国脉⑮。

①侵晨:破晓。荷:扛。②不遑:无暇。③匪:同"非",不是。④尔:你、你们,此指农民。⑤宜:应该。⑥恣刻剥:肆意剥削。⑦渗漉:过滤。涓滴:极小量的水。⑧怪:难怪。休明:政治清明。⑨狼藉:纵横散乱。⑩仁义矛:指以仁义为武器。⑪弭锋镝:消除战争隐患。⑫廉循吏:廉洁奉公守法之官吏。⑬戚:同"戚",忧患。⑭罢苞苴:不收受贿赂。苞苴:本指馈赠的礼品,引申为贿赂。⑮瘳(chōu 抽)国脉:使国家得到治理,太平安定。瘳:病愈。

此诗先写农民靠昼夜不息的辛勤劳动才有所收获,交纳租税;官府要收到租税,就应爱惜农民。中间写官府恣意剥削压榨,涓滴不留,因而虽说是什么"休明"之世,却"盗贼"纷起。结尾劝告统治者用"仁义"之矛消除战乱,官吏要廉洁自律,勿受贿赂,只有"养民",才能息患。元末政治腐败,恣意剥削、奴役人民,以致江南地区农民纷纷暴动。此诗当为此而发。

杂 诗

豺狼食人肉,蚊虫食人血。食肉死须臾①,食血死不辍②。哀哀露筋女③,肉尽惟皮骨。谁谓蚊虫微,积锈能销铁④。

①须臾:一会儿。②辍:停止。③哀哀:悲痛不止。露筋女:江苏露筋祠供奉的烈女。据《高邮州志》载:唐时有一"烈女与嫂行郊外,日暮,嫂挽女投宿田舍,女不从,乃露尘草中。时秋蚊方殷,弱质不胜,嗣旦,血竭露筋而死,后人因号露筋女"。④积锈:长时期地不断生锈。销铁:熔化铁。这句喻蚊虫不断地吸血也能使人送命。

此诗将"豺狼"的"食人"与"蚊虫"的"食人"作对比,引人注意:豺狼固然

604

可怕可恨,但蚊虫尽管不像豺狼那样立刻把人吃掉,而不断地吸血,也终会把人害死,绝不能掉以轻心。通篇用比体,耐人寻味,发人深省。

高 启

高启(1336—1374),字季迪,长洲(今江苏苏州市)人。元末隐居吴淞江之青邱,因号青邱子。洪武初,召修元史,授翰林院国史编修,擢户部右侍郎,不受。知府魏观移其家于郡中,过往甚密。魏观因改修府治获罪,抄检其家,发现启为观所作上梁文,太祖大怒,认为有意讽刺,将启腰斩于市。启少有才名,博学工诗,与杨基、张羽、徐贲齐名,人比之"初唐四杰"。其诗清新俊逸,卓具灵性。惜早逝未能充分发挥。有《高太史大全集》。

登金陵雨花台望大江①

大江来从万山中,山势尽与江流东②。钟山如龙独西上③,欲破巨浪乘长风④。江山相雄不相让⑤,形势争夺天下壮。秦皇空此瘗黄金⑥,佳气葱葱至今王⑦。我怀郁塞何由开⑧?酒酣走上城南台⑨。坐觉苍茫万古意⑩,远自荒烟落日之中来。石头城下涛声怒⑪,武骑千群谁敢渡。黄旗入洛竟何祥⑫?铁锁横江未为固⑬。前三国⑭,后六朝⑮,草生宫阙何萧萧⑯!英雄时来务割据⑰,几度战血流寒潮。我今幸逢圣人起南国⑱,祸乱初平事休息⑲。从今四海永为家,不用长江限南北⑳。

①金陵:今江苏南京。雨花台:在南京中华门外,又称聚宝山。相传梁武帝时云光法师在此讲经,落花如雨,故名雨花台。其最高处可远眺钟山,俯瞰长江和南京市区。②"山势"句:意为长江两岸的山势与东流的长江一样绵延向东。③钟山:即紫金山,在南京东北,山势由东向西,蜿蜒如龙。④"欲破"句:意为钟山的形势正与东流的长江相反,似欲乘风破浪而上行。⑤江山相雄:指长江和钟山相互争雄。⑥秦皇:秦始皇。瘗(yì意):埋藏。相传秦始皇曾在钟山埋下黄金宝玉以镇压金陵的"王气"。这句意为,当年秦始皇为镇压金陵的"王气"在此埋下黄金完全是徒劳的。⑦佳气:指山川灵秀之气。葱葱:旺盛的样子。王(wàng旺):同"旺",盛的意思。⑧郁塞:郁抑。⑨城南台:指南京城南的雨花台。⑩苍茫:遥远迷茫的样子。万古意:追怀古事之情。⑪石头城:故址在今南京清凉山上。本战国时楚国所建的金陵城,三国时吴国孙权重筑,改称石头城。⑫黄旗入洛:三国时,丹阳人刁玄谎称东南地区出现"黄旗紫盖"(指"王气"),是预兆吴国的君主将统一天下的祥瑞。吴主孙皓信以为真,便带领母、妻及后宫千人北上欲去洛阳(当时西晋都城)称帝。途中遇大雪,士卒寒冻不堪,几乎叛变,孙皓只得中途南回。后数年,吴被晋灭,孙皓被俘往洛阳。事见《三国志·吴书·孙皓传》注引《江表传》。⑬铁锁横江:晋武帝太康元年(280),派王濬从益州(今四川成都)领水军顺江东下伐吴,吴国在长江险要处用铁锁链横断江面,企图阻止晋军战船东下。

王濬用木筏载大火炬烧断铁链,兵抵石头城下,终于灭吴。事见《晋书·王濬传》。⑭三国:魏、蜀、吴。三国中只有吴国建都金陵,这里的"三国"仅指吴国。⑮六朝:吴、东晋、宋、齐、梁、陈六个朝代均建都金陵。⑯萧萧:凄凉冷落的样子。⑰时来:时机来到。务割据:专力于割据称雄。⑱圣人:指明太祖朱元璋。起南国:朱元璋从郭子兴起兵于南方的濠州(今安徽凤阳一带)。⑲事休息:言朱元璋统一全国后实行与民休息、发展生产的政策。⑳"从今"二句:谓从今起全国永远统一,不再以长江为限形成南北割据局面。

全诗描绘金陵江山形胜,兼叙历代兴亡史事,而归结为"英雄时来务割据,几度战血流寒潮",由此转向结尾的歌颂统一。气势豪迈,意境雄阔,是高启歌行体名篇。

牧牛词

尔牛角弯环①,我牛尾秃速②。共拈短笛与长鞭,南陇东冈去相逐。日斜草远牛行迟,牛劳牛饥惟我知。牛上唱歌牛下坐,夜归还向牛边卧。长年牧牛百不忧,但恐输租卖我牛③。

①弯环:弯曲。②秃速:稀疏貌,牛尾细而毛少,故云。③但恐:只怕。

全诗共十句,前八句写牧童们对话、吹笛、扬鞭、唱歌,天真活泼,十分快乐。直到第九句,还说"长年牧牛百不忧"。不料结句突然转了一百八十度,写出笼罩在牧童心头的阴影:"但恐输租卖我牛。"读诗至此,始知前九句都是为这个惊人的结句作铺垫。垫得愈高,抨击租税繁苛的效果愈突出。

田家夜舂

新妇舂粮独睡迟①,夜寒茅屋雨来时。灯前每嘱儿休哭②,明日行人要早炊③。

①新妇:长辈对晚辈媳妇的称呼。宋人吴曾《能改斋漫录·息妇新妇》:"今之尊者斥卑者之妇曰新妇。"舂粮:用杵臼捣米。②每嘱:一再嘱咐。③行人:出征的人。早炊:早饭。

元末明初战争频繁,农民被抽去当兵。此诗所写内容,类似杜甫的《新婚别》,诗人却从新妇夜舂的角度切入,似平淡而实凄苦。字字句句,都须仔细品味,才能品出苦味来。

秋　柳

欲挽长条已不堪①,都门无复旧毵毵②。此时愁杀桓司马③,暮雨秋风满汉南④。

①"欲挽"句:意为秋天的柳树已经衰败,想折柳枝赠别已是不可能了。汉代长安灞桥边多柳树,主人送客至灞桥常折柳赠别。后人即以折柳为送别的代称。②毵(sān 三)毵:枝条细长的样子。③桓司马:指东晋大臣桓温。他在任荆州刺史时,曾领兵北伐,经过金城(金陵,即今江苏南京),看见自己年轻时所种的柳树都已长成大树,不禁感慨地说:"木犹如此,人何以堪!"(意为树都这样大了,人又怎么经得起岁月的流逝呢!)攀折了柳枝凄然流泪,深感年华虚度而中原未能收复。④汉南:汉水南面。桓温自江陵北伐,汉水流经江陵。

借桓温因见手种之柳已长成大树而慨叹北伐未成的典故咏秋柳,言外有珍惜华年、建功宜早之意。全诗凄婉蕴藉,独饶韵致。

于 谦

于谦(1398—1457),字廷益,号节庵,浙江钱塘(今杭州市)人。永乐十九年(1421)进士,官至兵部右侍郎,巡抚梁晋。正统十四年(1449),蒙古瓦剌部族军侵扰大同,英宗领兵亲征,在土木堡(今河北怀来东)战败被俘。瓦剌军在消灭明军五十万后进逼北京。于谦拥立英宗之弟朱祁钰为景帝,调集重兵,于北京城外击退瓦剌军。次年,瓦剌放回英宗。七年后,英宗乘景帝病,夺回帝位,于谦被诬以谋反罪被杀。后平反,追谥忠肃。其诗风格道上,兴象深远。有《于忠肃公集》。

咏 煤 炭

凿开混沌见乌金①,藏蓄阳和意最深②。爝火燃回春浩浩③,洪炉照破夜沉沉④。鼎彝元赖生成力⑤,铁石犹存死后心⑥。但愿苍生俱饱暖,不辞辛苦出山林⑦。

①混沌:本指天地未开辟时混沌不清的样子,这里指大地。乌金:煤炭。全句谓凿开大地挖取有价值的煤炭。②阳和:暖和的阳光。③爝(jué 决)火:火把。浩浩:广大貌。全句谓煤炭燃烧送来温暖,仿佛春阳回归,普照大地。④"洪炉"句:谓炉火燃烧,照亮夜空。⑤鼎:古代烹煮食物的器具。彝(yí 移):古代盛酒器。元:通"原"。全句谓烧饭煮酒全靠煤炭的力量。⑥铁石:古人传说煤是铁石变化而成。死后心:言死了犹为人类造福。⑦"但愿"二句:煤炭谓只要人民因它得到饱暖,它便不辞辛苦走出山林来为人民谋福利。

全诗歌颂煤炭,讲了煤炭的许多好处,都切合煤炭,算是咏物诗。但那许多好处,更是人民希望出现的理想人物所应具备的好处,因而读此诗,必然会联想到理想人物;这首诗也就不是单纯咏物,而是通过咏煤炭呼唤理想人物、歌颂理想人物;诗人也以煤炭自喻,争取发热发光,造福人类。

石灰吟

　　千锤万击出深山,烈火焚烧若等闲①。粉骨碎身全不怕,要留清白在人间②。

①若等闲:好像很平常。②清白:表面指石灰的颜色,实指清白的节操。

　　《石灰吟》与《咏煤炭》都以物喻人,就作者的写作动机说,是以他所歌颂的煤炭、石灰自喻、自勉,而且他都做到了;但就作品本身说,则有普遍意义和永恒意义,任何读者都可从中获得教益、吸取力量。

李梦阳

　　李梦阳(1473—1530),字献吉,号空同子,庆阳(今属甘肃)人,后徙居河南开封。孝宗弘治七年(1494)进士,官至江西提学副使。曾因反对权贵和宦官刘瑾而几次下狱。与何景明、徐祯卿、边贡、康海、王九思、王廷相号"前七子"。当时文坛,台阁体风行,梦阳力主"文必秦汉,诗必盛唐",与何景明等相呼应,起过一定积极作用。唯部分作品拟古过甚,产生消极影响。其诗、乐府、歌行讲究结构、章法,有一定成就。七律气象阔大,"善用顿挫倒插",尤为人推崇。有《空同集》。

石将军战场歌①

　　清风店南逢父老②,告我己巳年间事③。店北犹存古战场,遗镞尚带勤王字④。忆昔蒙尘实惨怛⑤,反覆势如风雨至⑥。紫荆关头昼吹角⑦,杀气军声满幽朔⑧。胡儿饮马彰义门⑨,烽火夜照燕山云⑩。内有于尚书⑪,外有石将军。石家官军若雷电,天清野旷来酣战。朝廷既失紫荆关,吾民岂保清风店⑫!牵爷负子无处逃,哭声震天风怒号。儿女床头伏鼓角⑬,野人屋上看旌旄⑭。将军此时挺戈出,杀敌不异草与蒿⑮。追北归来血洗刀⑯,白日不动苍天高。万里烟尘一剑扫,父子英雄古来少⑰。单于痛哭倒马关⑱,羯奴半死飞狐道⑲。处处欢声噪鼓旗,家家牛酒犒王师。应追汉室嫖姚将⑳,还忆唐家郭子仪㉑。沉吟此事六十春,此地经过泪满巾。黄云落日古骨白,砂砾惨淡愁行人。行人来折战场柳,下马坐望居庸口㉒。却忆千官迎驾初㉓,千乘万骑下皇都。乾坤得见中兴主,杀伐重开载造图㉔。姓名应勒云台上^㉕，如此战功天下无！呜呼战功今已无，安得再生此辈西备胡^㉖！

①《石将军战场歌》，从《明诗别裁集》选出。石将军指石亨，陕西渭南人，出身将门。正统十四年(1449)，以功进都督同知，瓦剌进扰时战败逃归。后随于谦守卫京师(今北京)，击退瓦剌军，封镇朔大将军。后恃功骄横，其部属亲友有四千多人靠他的关系而做官，权势过高，为英宗所忌，天顺四年(1460)以图谋不轨的罪名被逮捕，死于狱中。②清风店：在今河北定县北三十里。正统十四年，石亨在清风店击溃从北京败退的瓦剌军。③己巳：正统十四年。④遗镞：留下的箭头。勤王：朝廷危急的时候，各地派兵保护救援王室叫"勤王"。瓦剌进逼北京时，兵部尚书于谦建议命山东、河南等地派兵进京勤王。⑤蒙尘：旧称帝王逃亡在外，蒙受风尘。这里指英宗于正统十四年在土木堡被瓦剌军俘虏。惨怛(dá 达)：伤痛。⑥"反覆"句：意为局势剧变，瓦剌军乘胜入侵，势如疾风骤雨。⑦紫荆关：在今河北易县西北八十里的紫荆岭上。正统十四年十月，瓦剌军挟着被俘的英宗攻破紫荆关，向北京进兵。角：军中吹奏以指挥军队的号角。⑧幽朔：幽州和朔州，泛指今河北北部和山西北部。⑨彰义门：当时北京的西城门之一。瓦剌军曾攻彰义门，被明军击退。⑩燕山：在河北平原北部。⑪于尚书：指兵部尚书于谦。⑫岂保：怎能保。⑬"儿女"句：意为孩子们被战鼓和号角声吓得伏在床头不敢动。⑭野人：指乡下人。旌旄：军中旗帜。⑮蒿：草名，有青蒿、白蒿等多种。⑯追北：追逐败逃的敌人。北：败走。⑰父子英雄："父"指石亨，"子"指其侄石彪。石彪身材魁梧，骁勇善战，追击败退的瓦剌兵，因功封定远侯。⑱单于：本为匈奴最高首领的称号，这里借指瓦剌首领。倒马关：在今河北唐县西北一百里。明代与居庸关、紫荆关合称内三关。石亨曾追击瓦剌首领也先的弟弟伯颜帖木耳于此。⑲羯奴：羯本是古代西北地区少数民族之一，奴是蔑称，这里借指瓦剌军。飞狐道：即飞狐口，在今河北涞源与蔚县之间，两旁峭壁耸立，一线微通，蜿蜒百余里。⑳嫖姚将：霍去病在汉武帝时为嫖姚校尉，前后六次击败匈奴，官拜骠骑将军，封冠军侯。㉑郭子仪：唐代大将，平定安史之乱有功，封汾阳郡王。这两句指石亨的战功可比霍去病、郭子仪。㉒居庸口：即居庸关，在今北京市昌平西北，为长城重要关口。㉓迎驾：指瓦剌同意放回英宗，明朝派人迎英宗还京。㉔载造：同"再造"，指国家被破坏之后，重新缔造。图：点下面的功臣图。㉕勒：刻石。云台：东汉明帝为追念前代功臣，画邓禹等二十八将像于云台之上。㉖安得：怎得。胡：指明代中期常侵扰陕、甘一带的鞑靼部族。

此诗作于正德四年(1509)，上距英宗被俘、石亨从于谦击退瓦剌军已六十年；上距石亨恃功骄纵，致遭杀身之祸，也已四十九年。全诗追忆石亨击退瓦剌军的前后经过，夹叙、夹写、夹议，形象生动，声调激昂，纵横变化，悲壮雄浑，是李梦阳歌行的代表作。钱谦益在其《列朝诗集》中指责此诗原作有重复之失，沈德潜因作修改，收入《明诗别裁集》卷四，评云："'追北归来'二语，扪之字字俱起洼棱。"又云："石亨跋扈伏法，臣节有亏；要之战功不可埋没，此特表其战功也。上皇(指英宗)返国，实由尚书(指于谦)之守，将军之战，作者特为表出。中云'还忆唐家郭子仪'，以不失臣节愧之也，此作者微意。"

读直道陈公祚遗事①

上主能容直②，当言敢顾身③？累朝传谏疏④，万死作归人⑤。古庙秾花晚⑥，孤坟劲草春。从来淹没士⑦，特笔在词臣⑧。

①直道：正直之道。②上主：英明的君主。直：正直敢讲话的臣子。③当言：应该说话的时候。敢：岂敢，怎敢。④累朝：陈祚在成祖、宣宗、英宗三朝都曾几次上书劝谏皇帝、弹劾大臣。⑤万死：多次冒死的意思。归人：陈祚任福建按察使佥事时，因病回乡。⑥秾花：繁盛的花。⑦淹没士：指生平事迹湮没无闻的人士。⑧词臣：掌管撰述朝廷制诰诏令等文字工作的官员，类似古代的史官。两句意为，从古以来生平事迹湮没不彰的人，全靠词臣把他们的事记载下来，此指《直道陈公祚遗事》。

　　陈公祚，字永锡，吴县人。明成祖永乐年间进士，曾任河南布政司参议、巡按御史、福建按察使佥事等职，直言敢谏，几次触怒皇帝而被贬官、下狱。后归里，病卒。有《直道陈公祚遗事》纪其言行。"直道"，这里作定语，意为守正直之道的。这首五律写《直道陈公祚遗事》的读后感。先以"当言敢顾身"作总评价，引起下文。次联概括了历成祖、宣宗、英宗三朝累次冒死直谏，以致贬谪、下狱，直至放还乡里的全过程，而其"谏疏"流播人口、公道自在人心之意亦涵盖其中。三联写其死后：其"庙"已"古"，而"秾花"照夜；其"坟"虽"孤"，而"劲草"含春。凭吊其坟其庙，凛然如见其人。尾联照应题目，表扬《直道陈公祚遗事》的作者用"特笔"记载了陈公祚当谏便谏、万死不辞的事迹，遂使其人其事流芳千载，未被湮没。言外之意：从来正直之士因其事迹无"词臣"记载而湮没不彰者多矣！可为浩叹。此诗一气旋转，句句精辟，全篇浑成，确是佳作。五律非李梦阳所长，然亦不应一概忽视，举此首以见一斑。沈德潜云："空同五言古宗法陈思（指曹植）、康乐（指谢灵运），然过于雕刻，未极自然。七言古雄浑悲壮，纵横变化。七言近体开阖动荡，不拘故方，准之杜陵（指杜甫），几于具体，故当雄视一代，邈焉寡俦。而钱受之（指钱谦益）诋其模拟剽贼，等于婴儿学语，至谓读书种子从此断绝，吾不知为何心也。"（《明诗别裁集》卷四）今人评李梦阳，多从钱说，今录沈评以备参考。

何景明

　　何景明（1483—1521），字仲默，号大复山人，信阳（今属河南）人。孝宗弘治十五年（1502）进士，授中书舍人。正德初，宦官刘瑾专权，乃辞官引退。刘瑾既诛，因李东阳推荐，又出任中书舍人。居官清廉，敢议朝政，官至陕西提学副使。与李梦阳同为"前七子"领袖，并称"李何"。虽倡"文必秦汉，诗必盛唐"之说以矫正台阁体卑靡文风，但仍反对做"古人影子"，力求"自创一堂室、一户牖，成一家言"。其诗与李梦阳俱取法杜甫而各具面目，李以雄浑取胜，何以秀朗见长。有《大复集》。

答望之①

念汝书难达②，登楼望欲迷③。天寒一雁至④，日暮万行啼⑤。饥馑饶群盗⑥，征求及寡妻⑦。江湖更摇落⑧，何处可安栖⑨！

①望之：姓孟名洋，字望之，作者的外弟，信阳人。弘治十八年进士，官至南京大理寺卿。亦能诗。有《有涯集》。②汝：你。书难达：信不易寄到。③望欲迷：一眼望去，远处一片凄迷。④一雁至：古人传说，认为雁能传书。此处既指雁，也指望之的来信。⑤"日暮"句：日暮读来信，为之悲啼下泪。万行：极言下泪之多。元稹《赠吴渠州》诗："泪因生别兼怀旧，回首江山欲万行。"⑥饥馑：《尔雅·释天》："谷不熟为饥，蔬不熟为馑。"饶：多。⑦"征求"句：聚敛搜刮到孤寡老人。⑧摇落：破败凋零。⑨安栖：安身栖息。

望之来信，作者作此诗回答。首联写盼望来信，次联写信到及读信的感受。来信中可能讲到家乡情况，因而三、四联概括信中的主要内容：连年灾荒；租税繁苛，连"寡妻"都不能幸免；饥民被迫，群起为"盗"；社会已变成这种样子，我们将在何处安身呢？望之是作者的外弟，休戚相关，信中所谈，是关系两家身家性命的大事，故这首答诗写得真情流露，凄切感人。

岁晏行

旧岁已晏新岁逼①，山城雪飞北风烈。徭夫河边行且哭②，沙寒水冰冻伤骨。长官叫号吏驰突³，府帖连催筑河卒④。一年征求不少蠲⑤，贫家卖男富卖田。白金纵有非地产，一两已值千铜钱⑥。往时人家有储粟⑦，今岁人家饭不足。饥鹤翻飞不畏人⑧，老鸦鸣噪日近屋。生男长成娶比邻⑨，生女落地思嫁人。官家私家各有务⑩，百岁岂止疗一身⑪。近闻狐兔亦征及，列网持矰遍山域⑫。野人知田不知猎⑬，蓬矢桑弓射不得。嗟吁今昔岂异情？昔时新年歌满城。明朝亦是新年到，北舍东邻闻哭声。

①晏：晚。逼：逼近。②徭夫：服徭役的民夫。③叫号：号召、征召。吏驰突：差役骑马四处传达命令。④府帖：官府的公文。卒：民工，即徭夫。⑤蠲（juān 捐）：减免，指免去租税徭役。⑥白金：指银。明英宗时起，田赋改征白银，米麦一石，折收银二钱五分。白银不是地里能产出的，贫家必须以铜钱兑换白银才能缴税，实际上又多受一层剥削，白银升值，一两值千铜钱。⑦储粟：余粮。⑧翻飞：飞翔。⑨比邻：近邻。⑩务：事务，即要办的事情。⑪疗：救、养活。⑫矰（zēng 增）：古代系生丝以射鸟的箭。山域：山地。⑬野人：田野之人，即农民。

从岁暮筑堤的徭役写到租税繁重、白银价贵,以及官府索取狐兔之类的猎物,弄得民不聊生,当新年来临之际,不是"歌满城",而是"北舍东邻闻哭声"。反映民间疾苦,揭露官吏残暴,有一定的深度和广度。

李攀龙

李攀龙(1514—1570),字于麟,号沧溟,历城(今山东济南市)人。嘉靖二十三年(1544)进士,官至河南按察使。与王世贞同为"后七子"领袖。文学崇尚复古,主张"文自西京,诗自天宝而下俱无足观"。诗文拟古太甚,个别篇章只改易古人作品数字,有类抄袭。唯七律七绝较优。有《沧溟集》。

挽王中丞二首①

司马台前列柏高②,风云犹自夹旌旄③。属镂不是君王意④,莫作胥山万里涛⑤。

幕府高临碣石开,蓟门丹旐重徘徊⑥。沙场入夜多风雨,人见亲提铁骑来。

①挽:哀悼死者。王中丞:王忬,苏州太仓(今属江苏)人。嘉靖三十一年赴浙闽提督军务,屡破倭寇。不久改任蓟辽总督,进右都御史、兵部侍郎。嘉靖三十八年二月,边防失利,严嵩父子素与王忬不合,乘机对王构陷,致使王于次年冤死。穆宗时,王忬之子世贞、世懋讼冤,才得以追复官爵。中丞,东汉光武帝时改称御史府为御史台,以御史中丞为事实上的台长,成为国家监察机关。历代多相沿不改。王忬曾任右都御史,故称中丞。②司马台:指王忬的墓地。司马,兵部侍郎(兵部副长官)别称少司马,王忬曾任兵部侍郎,故以司马称之。列柏高:指所植柏树长得很高。古时也称御史台为柏台或柏府。③风云:指壮烈之气。旌旄(jīng máo 精毛):这里指军旗。旌:旗。旄:旗杆顶上装饰的牦牛尾。这句用李商隐《筹笔驿》的"风云常为护储胥"句意。意为他死后仍将他那英勇壮烈的风云之气萦绕着军中旌旗。④属镂(zhǔ lòu 主漏):古剑名。春秋时,吴王夫差听信了太宰嚭的谗言,拒绝曾经帮助他建立霸业的伍子胥的进谏,并派使者把属镂剑赐给子胥,令他自刎。⑤胥山:吴山(在杭州西湖东南)。吴山上建有伍子胥的祠庙。万里涛:世称"胥涛"。传说伍子胥死后,被投尸于江,子胥把无穷遗恨化作了汹涌的钱塘江潮。这两句借伍子胥故事,来强调说明杀害王忬的是奸臣严嵩,并非出于世宗本意。⑥"幕府"二句:幕府:古代将军的府署,后也以"幕府"称运筹帷幄的大将。碣石:海畔山名,在今河北昌黎北。蓟门:蓟丘,在今北京附近。丹旐(zhào 兆):丧礼中用的魂幡。

第一首一、二句以墓前"列柏高"象征王忬的凛然节操,以风云护旌旄表现其英风犹在、军威远播,极生动传神。三、四句写王忬被害,非皇帝本意而责在严嵩,作为封建士大夫,这算"立言得体",大致也符合事实。

第二首尤构思新颖,词采飞扬。王忬曾任蓟辽总督,故就前一首"莫作胥山万里涛"生发,写其死后仍不忘卫国:其幕府仍像生前一样高临碣石而开,其丹旐又在蓟门一带往来飘飖;而且,在他当年纵横驰骋的战场,入夜以后,风雨交加,有人看见他亲自率领铁骑,向敌兵追杀。四句诗,真把冤死的英雄写活了。

王世贞

王世贞(1528—1590),字元美,号凤州,又号弇州山人,太仓(今属江苏)人。嘉靖二十六年(1547)进士,官至南京刑部尚书。与李攀龙同为"后七子"领袖,但与李一味主张摹古者有别,其论点俱见其所著《艺苑卮言》中。晚年文学观更有革新,不甚薄唐、宋。对戏曲研究亦有创见。其诗取材博赡,七绝尤有特色,意到笔随,自然婉转。有《弇州山人四部稿》。

登太白楼①

昔闻李供奉②,长啸独登楼。此地一垂顾,高名百代留。白云海色曙,明月天门秋。欲觅重来者,潺湲济水流③。

①太白楼:同名者甚多,此处指济宁州(今山东省济宁市)的太白楼。②李供奉:《新唐书·文艺中·李白》:"(贺)知章见其文,叹曰:'子谪仙人也。'言于玄宗,召见金銮殿,论当世事,奏颂一篇。帝赐食,亲为调羹。有诏供奉翰林。"后世因称李白为李供奉。③"欲觅"两句:意思说但见济水日夜流淌,名楼高耸,而像李白那样的人物是再也见不到了。潺湲:水缓缓流动的样子。

登太白楼而缅怀太白,前两联以"昔闻"领起,蝉联而下,归到太白楼因太白登临而名扬百代。三联寓怀人于写景,意境阔远。尾联写济水长流而重来者不复有太白其人。一气旋折,清新明畅。沈德潜评云:"天空海阔,有此眼界、笔力,才许作太白楼诗。"

戚将军赠宝剑歌①

毋嫌身价抵千金,一寸纯钩一寸心②。欲识命轻恩重处,灞陵风雨夜来深③。

①戚将军:指戚继光。②纯钩:古利剑名,这里指戚将军所赠的宝剑。两句意为,我之所以不嫌宝剑价值千金过于贵重而收了下来,是因为这把剑中包含着戚将军的深情厚意啊!③灞陵:汉文帝的坟,在今陕西西安东。这里用汉代名将李广故事。《史记·李广传》载,汉

景帝时，李广因军事失利而被革职，归居蓝田南山。有一天，他打猎夜归，过灞陵亭，灞陵县尉拦住李广，李广的随从解释说:他是"故李将军"。县尉说:"今将军尚不得夜行，何乃故也!"乃令李广在灞陵亭过夜。两句意为，要想知道臣命轻微、皇恩深重在什么地方，不妨看看在灞陵亭过夜的李将军所遭受的风风雨雨。

原诗二首，这是第一首。戚继光是明代抗倭名将，以他亲自训练的"戚家军"先后在浙江、福建、广东等地大破倭寇，屡立战功。晚年不被重用，谢病家居。此诗前两句写戚将军赠作者以宝剑，只说"一寸纯钩一寸心"。是何心意?含而不露，引人深思。结句由第三句唤起:以"风雨夜来深"写孤寂凄寒之景，而冠以"灞陵"，令人想见李广落职后为醉尉所欺、拘留灞陵亭过夜的遭遇，从而与戚将军的晚年处境相联系，这才意识到这就是所谓皇帝"恩重"而戚将军"命轻"的下场! 全诗极含蓄、极深厚、极耐人寻味。

汤显祖

汤显祖(1550 — 1617)，字义仍，号海若，又号若士、清远道人，临川(今江西抚州)人。万历十一年(1583)进士。历官南京太常寺博士、礼部主事、遂昌县令等职。是明代杰出戏曲家，所著《临川四梦》，特别是其中的《牡丹亭》，蜚声戏剧界，明清以后戏曲家摹其风格进行创作者称"临川派"。诗文有《红泉逸草》、《问棘邮草》、《玉茗堂文集》。

题东光驿壁是刘侍御台绝命处①

哀刘泣玉太淋漓②，棋后何须更说棋。闻道辽阳生窜日③，无人敢作送行诗。

①东光:在今河北省东南部、南运河东岸。驿:驿站，古时供传递公文的人或来往官员途中歇宿、换马的处所。刘台:字子畏，安福(今属江西)人。曾上疏弹劾辅臣张居正专恣，不久，被捕至京师，下诏狱。后张居正表面上具疏救之，暗中令御史于应昌巡按辽东，又令王宗载巡抚江西，访查刘台在辽东和家乡的作为。于、王送上了迎合张居正的文书，于是刘台被远戍广西，至浔州，饮于戍主官舍，归而暴卒。卒后第二年，御史江东之讼其冤，并劾王宗载、于应昌。乃诏复原官，后又追谥毅思。②泣玉:春秋时楚人卞和曾献玉璞与楚王，却被认为欺诈而截去双足，后楚文王即位，卞和抱玉璞哭于荆山下，楚文王使人剖璞加工，果为宝玉，称为和氏璧。这里以喻刘台所受冤屈。③辽阳:指刘台。刘为侍御史时曾巡按辽东。生窜日:生前被放逐的时候。

据钱谦益《列朝诗集》载:"过客题诗哀刘侍御者遍满驿壁，义仍书此诗，后人遂绝笔。"此诗首句即指哀刘诗题满驿壁，"太淋漓"含讽意。为何要讥

614

讽？次句作了说明:棋后说棋,有何必要? 三、四句进一步讥讽:听说刘台远戍之时,"无人敢作送行诗";等到他的冤狱得到昭雪,却有这么多哀刘诗出现,"太淋漓"了! 人情世态,大抵如此,此诗作深刻揭露,有普遍意义。

袁宏道

袁宏道(1568—1610),字中郎,号石公,公安(今属湖北)人。万历二十年(1592)进士,官至吏部郎中。与兄宗道、弟中道并称"三袁"。宏道成就较高,为"公安派"创始者。反对前后七子复古、摹拟之风,提出"独抒性灵,不拘格套"的主张。其诗较真率自然,语言亦浅近晓畅。有《袁中郎全集》。

听朱生说《水浒传》①

少年工谐谑②,颇溺滑稽传③。后来读水浒,文字益奇变④。六经非至文⑤,马迁失组练⑥。一雨快西风,听君酾舌战⑦。

①朱生:姓朱的说书先生,又称朱叟。说《水浒传》:明万历以前,《水浒》故事曾以弹唱形式在民间流传。后来,由于《水浒传》的流行,许多说书艺人便开讲水浒传评话。朱生所说的即为水浒传评话。②少年:年轻时。工:善于。谐谑:说话风趣,与下句"滑稽"义近。③溺:"喜爱"的加重说法。滑(gǔ骨)稽传:指《史记》中的《滑稽列传》。记载淳于髡、优旃等滑稽多智、谲谏、讽喻的故事,因为他们虽处于统治者身旁,但社会地位低,只好用笑话之类旁敲侧击,设为譬喻,以小见大,向统治者提出意见或建议。④益:更。⑤六经:指儒家的经典《诗》、《书》、《礼》、《乐》、《易》、《春秋》。至文:最完美的文章。⑥马迁:对《史记》作者司马迁的略称。失:抵不上。组练:原指精锐的军队,这里指文笔的精锐。⑦君:指朱生。这两句形容朱生说书时口若悬河,绘声绘色,流利酣畅。

《水浒传》早在民间流传,而正统文人却瞧不起。此诗从"文字奇变"的角度将《水浒传》与《史记》、《六经》相提并论,并提到儒家的经典《六经》以上,乃是公安派个性解放思想的生动表现。

竹枝词四首(录一)

侬家生长在河干①,夫婿如鱼不去滩②。冬夜趁霜春趁水③,芦花被底一生寒④。

①侬家:我家。河干:河畔。②去:离开。不去滩:不离开河滩。③冬趁霜:寒冷天气鱼卧水底不动,极易捕捉。春趁水:春天涨水往下流去,鱼喜逆水而上,是捕鱼人最好的捕鱼时候。④芦花被:用芦花当棉絮做成的被子。

全诗用渔妇口吻写成:侬家夫婿活像鱼,总离不开河滩。冬夜里趁霜去打鱼,春夜里又趁水去打鱼,和家不沾边。侬那条芦花被子本来就寒,一个人在芦花被底更感到寒,难道这一生就老是这么寒! 从表面看,好像是渔妇埋怨渔夫,未离"闺怨"诗窠臼。其实,诗人选择了一个独特角度,极写渔民之苦。构思、遣词都很新颖。

陈子龙

陈子龙(1608—1647),字人中、卧子,号大樽,松江华亭(今上海松江)人。崇祯十年(1637)进士。曾与夏允彝等结"几社",与"复社"相呼应,冀挽救明亡危机。南明弘光朝任兵科给事中。清军陷南京,南明灭亡,子龙起兵松江,与夏允彝相呼应。事败,又结太湖兵抗清,事泄被捕,乘隙投水而死。其诗早期有复古倾向,清军南下后,感时伤事,悲愤苍凉,风格一变,人目为明末诗坛殿军。亦能词。有《陈忠裕公全集》。

小车行

小车班班黄尘晚,夫为推,妇为挽①。出门茫然何所之②? 青青者榆疗吾饥,愿得乐土共哺糜③。风吹黄蒿,望见墙宇,中有主人当饲汝④。叩门无人室无釜,踯躅空巷泪如雨⑤。

①"小车"三句:班班:车声。挽:在前面拉引。②茫然:模糊不清的样子,这里指去向不明。之:去。何所之:哪里去。③"青青"两句:榆:树木名。糜(mí 迷):粥。这两句说,夫妻推车远行,饥饿已极,只能以榆树叶子充饥。这时候他们多希望能找到可以供一餐粥吃的乐土啊。④"风吹"三句:蒿:一种菊科的丛生植物。墙宇:院墙和屋宇。汝:你,这里是推车夫妇彼此指称。⑤"叩门"两句:釜:古代的一种锅。踯躅(zhí zhú 直烛):徘徊不进。原先从风吹黄蒿的地方望见院墙,以为从那里可以讨到点饭食;不料门内无人、室中无釜,便只好在空巷里哭泣。

诗不长,只写了一对推、挽小车逃荒的夫妇和一个叩门讨饭而门内无人的细节,便使读者在想象中展现一幅哀鸿遍野的流民图。沈德潜云:"写流人情事,恐郑监门亦不能绘。"

渡易水①

并刀昨夜匣中鸣②,燕赵悲歌最不平③。易水潺湲云草碧,可怜无处送荆卿④!

①易水:源出今河北易县西。战国时,易水是燕国南部的一条大河。②并刀:并州(今山西太原一带)产的刀剑,以锋利著称。这里犹言宝刀。匣中鸣:古人常以剑鸣匣中,是预警将有战斗行动。③燕赵悲歌:燕和赵,是战国时两个诸侯国,多出义侠士。韩愈《送董邵南序》:"燕赵古称多感慨悲歌之士。"④荆卿:荆轲。战国时,燕国太子丹派他去刺秦王嬴政,临行,太子丹及宾客皆穿戴白衣冠至易水上送行。详见前骆宾王《于易水送人》注。

崇祯十三年(1640),诗人于入京途中北渡易水,作此诗。当时清军入侵,农民起义遍全国,故有"可怜无处送荆卿"之叹。

夏完淳

夏完淳(1631—1647),原名复,字存古,号小隐,松江华亭(今上海松江)人。十四岁随父夏允彝起兵抗清,兵败,其父自杀。完淳与其师陈子龙、岳父钱栴歃血为盟,共谋抗清,任鲁王中书舍人,参谋吴易军事,曾一度收复吴江、海盐两县。吴易兵败牺牲,完淳仍奔走抗清,后被执,在南京受审时痛骂洪承畴,遂被害。完淳早慧,七岁能诗文,十二岁博极群书,少年英迈,遭国破家亡之痛,发而为诗,慷慨激越。其诗文多佚,后人辑有《夏完淳集》。

舟中忆邵景说寄张子退

登临泽国半荆榛①,战伐年年鬼哭新②。一水晴波青翰舫③,孤灯暮雨白纶巾④。何时壮志酬明主⑤,几日浮生哭故人⑥。万里飞腾仍有路,莫愁四海正风尘⑦。

①泽国:多水之地,一般指长江以南地区。半荆榛:大半已经荒废。②鬼哭新:因战乱而死的人很多。杜甫《对雪》诗:"战哭多新鬼。"③青翰舫:船名,刻鸟于船,涂以青色,故名。④白纶巾:白色的纶巾。《晋书·谢万传》:"简文帝作相,召为抚军从事中郎,著白纶巾,鹤氅裘。"后代的文人喜欢戴白纶巾,并相沿为文人的代称。这里是作者自指。⑤明主:谓英明的君主,此指明朝皇帝。⑥浮生:人生一切无定,故言人活在世上曰浮生。故人:旧友,这里指已牺牲的战友。夏完淳写过《细林夜哭》哀悼他的老师陈子龙,写过《吴江夜哭》哀悼在太湖领军抗清的吴易,故有"哭故人"语。⑦"万里"两句:飞腾有路:喻指有出路,有希望。风尘:指寇警戎马所至,风起尘扬,故云。两句是说尽管清兵正在到处侵袭,但争取抗清胜利仍有希望。

邵景说曾参加几社,张子退曾官南京兵号司务,都与作者友善。这首诗,乃忆念邵景说而作,又寄给张子退。前四句,写他在太湖一带的抗清活动。后四句,既慨叹战友多已牺牲而壮志未酬,又坚信飞腾有路,表现了争取胜利的战斗精神。

别云间①

三年羁旅客②,今日又南冠③。无限河山泪,谁言天地宽!已知泉路近④,欲别故乡难。毅魄归来日⑤,灵旗空际看⑥。

①云间:即松江。西晋文学家陆云,字士龙,家居松江,常自称"云间陆士龙",后来人们就以"云间"作为松江的别称。②三年:作者参加陈子龙、吴易领导的抗清义军失败后,漂泊于江汉一带,继续抗清活动,至此次被捕,约为三年。羁(jī基)旅:离家在外。③南冠:喻被囚禁的人。这里作者以"南冠"自指。④泉路近:喻面临死亡。⑤毅魄:作者自指死后的忠毅魂魄。⑥灵旗:招魂幡。

此诗乃作者被捕时所作。眷恋故乡,毅魄归来,国亡家破,悲愤欲绝。

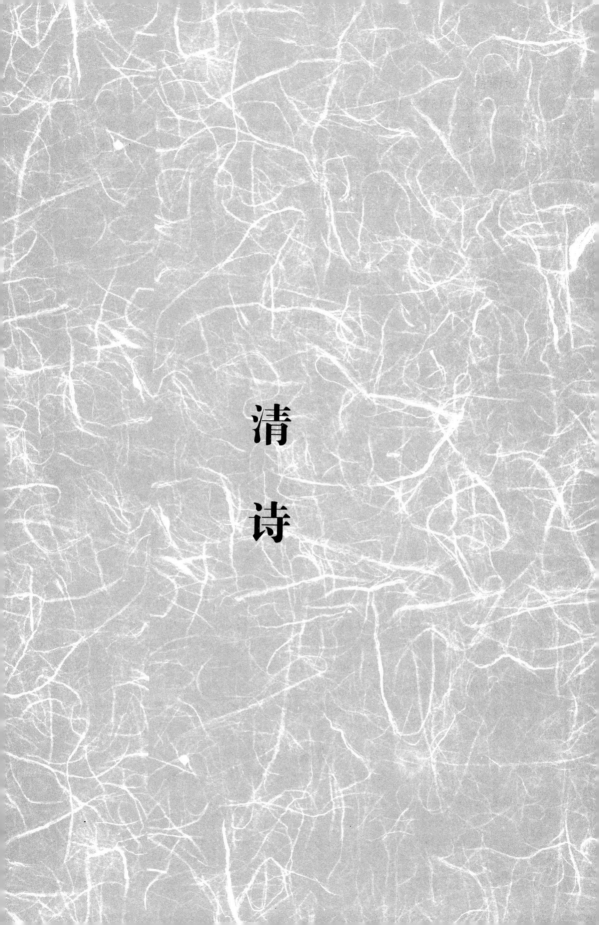

清

诗

钱谦益

　　钱谦益(1582—1664),字受之,号牧斋,晚号东涧遗老、蒙叟,江苏常熟人。明万历进士,官吏部侍郎,因事免职。南明福王(弘光帝)朝召为礼部尚书。南京破,降清,授礼部右侍郎。他极力排击前后七子诗的模拟因袭和锺惺、谭元春诗的纤仄诡僻,转移了当时诗歌的风气。文章纵横开阖。诗宗杜甫、中晚唐及南北宋诸大家,参稽博综,以典丽宏深见长,成为明末清初诗坛盟主。与吴伟业、龚鼎孳合称"江左三大家"。他在政治上丧失了民族气节;而降清之后,又写了不少追念明朝的诗,所以乾隆时他的作品曾被禁止流传。有《初学集》、《有学集》、《投笔集》等。编选《列朝诗集》,收入明代约二千家诗人之作,每位诗人都有小传,为研究明诗者所重视。

后秋兴之十三

　　海角崖山一线斜,从今也不属中华①。更无鱼腹捐躯地,况有龙涎泛海槎②?望断关河非汉帜,吹残日月是胡笳③。嫦娥老大无归处,独倚银轮哭桂花④。

　　①"海角"二句:借宋朝亡国事喻永历帝之亡。崖山:一称崖门山,在广东省新会大海中。南宋末,张世杰奉帝昺退守于此,后为元兵追击,陆秀夫负帝昺沉于海,南宋亡。②"更无"二句:是说清王朝不仅已统治全国,且有力控制海外。鱼腹:《楚辞·渔父》:"宁赴湘流,葬于江鱼腹中。"龙涎(xián 贤):香名,传说产于海中岛屿。槎(chá 查):木筏,这里泛指船。③"望断"二句:谓明王朝从此灭亡。日月:合成"明"字,指明朝。胡笳:军队中吹的一种乐器。古代称北方民族为胡,这里即指满族。④嫦娥:月中女神,作者在此用以自比。银轮:指月。桂花:传说月中有桂树,这里暗指永历帝朱由榔,他原封桂王。

　　杜甫晚年所作七律组诗《秋兴八首》历来脍炙人口,钱谦益十三次步韵成诗,共一〇四首,题为《后秋兴》,收入《投笔集》,因写明末清初史事、追念明朝,乾隆时被列为禁书。这里所选的,是十三叠《秋兴八首》原韵中的一首。作者自注云:"自壬寅七月至癸卯五月,讹言繁兴,鼠忧泣血,感恸而作,犹冀其言之或诬也。"壬寅即清康熙元年(1662),其前一年辛丑(1661),明永历帝朱由榔被杀于缅甸,南明灭亡。本诗即咏此事,悲壮苍凉,感人至深。

金陵后观棋

　　寂寞枯枰响泬寥,秦淮秋老咽寒潮①。白头灯影凉宵里,一局残棋见六朝②。

　　①"寂寞"二句:形容在寂寞空虚中棋声冷落。枯枰(píng 平):棋局。泬寥(xuè liáo 穴

聊）：空旷萧条之状。秦淮：流经南京市西南的秦淮河，原为著名的歌舞繁华之地，这里用"咽寒潮"比喻战乱后残破衰落。②六朝：孙吴、东晋、宋、齐、梁、陈六代均建都于南京，后人统称之为"六朝"。六朝时战乱频仍，兴亡迅速。这句诗从围棋残局的不可收拾，表示作者对南明弘光朝灭亡的感慨。

作者先有《观棋绝句六首为汪幼青作》，后来又作六首，故题为《金陵后观棋》，这里选一首。此诗作于顺治四年（1647），借观棋寓感时。此首紧扣"金陵"，以六朝喻南明，发出"一局残棋见六朝"的慨叹。

吴伟业

吴伟业（1609—1671），字骏公，号梅村，江苏太仓人。早年从张溥游，参加复社，明崇祯四年（1631）进士，官左庶子。南明弘光朝任少詹事。入清后官国子监祭酒，后因母丧乞归。雄于诗，为清初诗坛一大家。《四库总目提要》称其诗："格律本乎四杰，而情韵为深；叙述类乎香山，而风华为胜。"其诗多寓身世之感，亦不乏反映民生疾苦、暴露政治黑暗之作。早期诗作绮丽风华，后经乱离，多愤慨苍凉之音。各体皆工，尤擅七言歌行，学长庆体而自具特色，文词清丽，委婉爽洁，后人称之为"梅村体"。所作七绝含蓄蕴藉，工于用典。有《梅村家藏稿》。

圆圆曲①

鼎湖当日弃人间②，破敌收京下玉关③。恸哭六军俱缟素④，冲冠一怒为红颜⑤。红颜流落非吾恋⑥，逆贼天亡自荒宴⑦。电扫黄巾定黑山⑧，哭罢君亲再相见⑨。相见初经田窦家⑩，侯门歌舞出如花⑪。许将戚里箜篌伎⑫，等取将军油壁车⑬。家本姑苏浣花里⑭，圆圆小字娇罗绮⑮。梦向夫差苑里游⑯，宫娥拥入君王起。前身合是采莲人⑰，门前一片横塘水⑱。横塘双桨去如飞，何处豪家强载归⑲。此际岂知非薄命⑳，此时只有泪沾衣。熏天意气连宫掖㉑，明眸皓齿无人惜㉒。夺归永巷闭良家㉓，教就新声倾坐客㉔。坐客飞觞红日暮㉕，一曲哀弦向谁诉㉖？白皙通侯最少年㉗，拣取花枝屡回顾㉘。早携娇鸟出樊笼㉙，待得银河几时渡㉚。恨杀军书底死催㉛，苦留后约将人误㉜。相约恩深相见难，一朝蚁贼满长安㉝。可怜思妇楼头柳㉞，认作天边粉絮看㉟。遍索绿珠围内第㊱，强呼绛树出雕阑㊲。若非壮士全师胜㊳，争得蛾眉匹马还㊴？蛾眉马上传呼进㊵，云鬟不整惊魂定㊶。蜡炬迎来在战场，啼妆满面残红印㊷。专征箫鼓向秦川㊸，金牛道上车千乘④。斜谷云深起画楼⑤，散关月落开妆镜⑥。传来消息满江乡⑦，乌柏红经十度霜⑧。教曲妓师怜尚在⑨，浣纱女伴忆同行⑩。旧巢共是衔泥燕⑪，飞上枝头变凤凰⑫。长向尊前悲老大⑬，有人夫婿擅侯王⑭。当时只受声名累⑮，贵戚名豪竞延致⑯。一斛明珠万斛愁⑰，关山漂泊腰肢细。错怨狂风扬落花，无边春色来天地⑱。尝闻倾国与倾城⑲，翻使周郎受重名⑳。妻子岂应关大计，英雄无奈是多情。全家白骨成灰土㉑，一代红妆照汗青㉒。君不见馆娃初起鸳鸯宿，越女如花看不足。香径尘生鸟自啼，屧廊人去苔空绿㉓。换羽移宫万里愁，珠歌翠舞古梁州。为君别唱吴宫曲，汉水东南日夜流㉔。

①圆圆：陈圆圆，本姓邢，名沅，字畹芬。原为姑苏名妓，善歌。因养母姓陈，故幼时即从陈姓。初为崇祯帝田贵妃父田弘遇所得，送入宫中，不久，崇祯帝又将她放还田家。后归吴三桂。吴三桂出守山海关，留陈于北京府第。不久，李自成攻克北京，把吴三桂的父亲作为人质，命他写信招降吴三桂。吴三桂听到陈圆圆被俘，竟然开关引清兵反攻北京，重又得到陈圆圆，吴三桂也被清廷封为平西王，镇守云南，陈圆圆随赴任所。晚年为女道士。关于陈圆圆与吴三桂的关系，说法纷纭。上述梗概，主要据陆次云《圆圆传》。另如钮琇《觚賸》、陈维崧《妇人集》以及《明史》等书中都曾述及。②鼎湖：古代传说黄帝乘龙升天的地方，后世便以"鼎湖龙去"指皇帝去世。这里指已死的崇祯皇帝。当日：指李自成起义军攻破北京的日子。弃人间：崇祯十七年（1644）二月二十四日，义军进京，崇祯皇帝自缢于煤山（今北京景山）。③敌：指李自成起义军。京：指明都北京。玉关：玉门关，这里借指山海关。④六军：指吴三桂的军队。缟（gǎo 稿）素：指丧服。⑤冲冠一怒：用"怒发冲冠"成语，表示盛怒。红颜：美女的代称，这里指圆圆。⑥红颜流落：指陈圆圆被俘。吾：吴三桂自指。⑦逆贼：对农民军领袖的诬蔑性称呼。荒宴：荒淫宴乐。⑧黄巾、黑山：黄巾军和黑山军，都是东汉末年的农民起义军，这里借以指李自成起义军。⑨君：指崇祯皇帝。亲：指吴三桂的父母。因吴三桂拒绝招降，其父母均被义军处死。⑩田窦：武安侯田蚡，汉景帝王皇后同母弟；魏其侯窦婴，汉文帝窦皇后从兄之子。田蚡、窦婴都是著名的外戚，故后世就以"田窦"作为外戚通称。这里借以喻指田弘遇。⑪侯门：即上文的"田窦家"。古代外戚多封侯。⑫戚里：汉代长安城中外戚居住的地方，这里借指田家。箜篌：古代一种乐器。⑬将军：指吴三桂。油壁车：美人所乘的华贵车辆。古乐府《苏小小歌》："我乘油壁车，郎骑青骢马。"两句意为，田弘遇把善弹箜篌的乐伎陈圆圆许赠吴三桂，等待他派油壁车把陈接去。⑭姑苏：今江苏苏州。浣花里：四川成都西郊有浣花溪，唐代名妓薛涛曾居于此。这里借指陈圆圆家乡。⑮娇罗绮：娇媚鲜明的意思。罗绮：精美的丝织品。⑯夫差苑：春秋时吴王夫差为西施所构筑的宫苑，即馆娃宫，遗址在今江苏吴县灵岩山上。⑰前身：前生。合是：该是。采莲人：指西施。⑱横塘：在今江苏吴县西南。⑲豪家强载归：指田家强取陈圆圆，后又将她送入宫中事。《圆圆传》中说，崇祯十七年甲申春，田妃和她父亲田弘遇商议后，将圆圆进于崇祯帝。但田妃死于崇祯十五年七月，与史事不合。一说进圆圆者为周皇后之父周奎。⑳"此际"句：意为陈圆圆当时怎知自己并非薄命之人。㉑熏天意气：指后宫中倾轧的严重。宫掖：后宫，嫔妃居住的地方。㉒明眸皓齿：形容女子的美貌，这里指陈圆圆。㉓永巷：犹言冷宫，指宫中的长巷，为

幽禁妃嫔宫女之处。这里仅指陈圆圆进宫后，未得宠遇，受到冷落。良家：清白人家，指陈圆圆。这句意为，从永巷被迫回到田府，她的清白之身仍被幽闭着。㉔新声：流行歌曲。㉕飞觞(shāng 商)：形容席间相互频频敬酒。觞：酒杯。㉖"坐客"两句：意为客人们开怀畅饮自朝至暮，圆圆满含哀怨之情的乐曲不知向谁倾诉。㉗白皙(xī 析)：形容肤色洁白，这里指吴三桂的年少英俊。通侯：即彻侯，古代爵位名。这里指吴三桂。吴降清后被封为平西王。㉘拣取花枝：指吴三桂从众歌伎中挑中陈圆圆。㉙娇鸟：喻陈圆圆。樊笼：喻田家。㉚银河：天河，古代传说，每年七月初七晚上，牛郎织女渡银河相会。㉛军书：军中文件，这里指军令。底死催：犹言拼命催。底死，一作"抵死"。吴三桂留恋陈圆圆，未返回山海关任所，因此军令再三催促。㉜苦留后约：指吴三桂与陈圆圆分别时约定后会日期、恋恋不舍的情景。将人误：暗示将发生下文所写的陈圆圆被农民军所俘事。㉝蚁贼：对李自成起义军的诬蔑性称呼。长安：今陕西西安，汉、唐时为京都，这里借指北京。㉞思妇：思念出远门的丈夫的妇人，这里指陈圆圆。楼头柳：唐王昌龄《闺怨》："闺中少妇不知愁，春日凝妆上翠楼。忽见陌头杨柳色，悔教夫婿觅封侯。"这里即化用其意。㉟"可怜"两句：写陈圆圆因渴望吴三桂回来而感叹春光易逝、柳已飞絮。㊱遍索：四处搜查。绿珠：晋代石崇的宠姬，借指陈圆圆。内第：妇女居住的内宅。㊲绛树：魏文帝曹丕的宠姬，也借指陈圆圆。这两句叙述起义军搜俘陈圆圆事。㊳壮士：指吴三桂。全师胜：指吴三桂引清兵入关，大败李自成起义军。㊴争得：怎得。蛾眉：长而美的眉毛，用做美女代称，这里指圆圆。㊵传呼：喝道。㊶云鬟：指妇女头发丰美如乌云。㊷残红印：指泪水在涂抹了脂粉的脸上留下了痕迹。这句用白居易《琵琶行》"梦啼妆泪红阑干"句意。四句意为，吴三桂的部属奉命在北京寻访到陈圆圆，立即飞骑传送。吴亲往迎接，陈则满面泪痕，惊魂方定。㊸专征：古代帝王授予诸侯、将帅掌握军旅的特权，不待天子之命，得自专征伐。箫鼓：这里指吴军仪仗。秦川：今陕西一带。㊹金牛道：自今陕西勉县而西，南至剑阁县大剑关口，是古时川陕栈道之一。又称石牛道，相传战国时秦惠文王欲伐蜀，因山川险阻，无路可通，于是做五石牛，置金于牛尾下，诳以天牛屙金粪，蜀王信以为真，即命五丁力士开道引牛，秦军乘机而进，灭蜀。㊺斜谷：古道路名，在今陕西眉县西南。㊻散关：即大散关，在今陕西宝鸡西南。以上四句写吴三桂出镇汉中，陈圆圆随军同行时的情景。㊼江乡：指陈圆圆的家乡。㊽乌桕：落叶乔木，秋天经霜变红色，江南很多。十度霜：犹言十年。陈圆圆自明崇祯十五年离乡，至清顺治七年，前后近十年。㊾教曲妓师：教陈圆圆唱曲的师父。㊿浣纱女伴：西施入吴前曾在若耶溪与女伴们浣纱。这里借以指陈圆圆家乡的女伴。忆同行：回忆当初与陈圆圆同游情景。51衔泥燕：燕子衔泥筑巢，故云。52"旧巢"两句：将陈圆圆与女伴比为一同衔泥的燕子；而陈圆圆这只燕子一旦飞上高枝头，就变成凤凰了。53尊：通"樽"，酒杯。悲老大：因年纪老大而哀伤。54擅侯王：指吴三桂受封为平西王。55当时：指陈圆圆在田家时。56延致：延聘。当时陈圆圆名声很大，常被豪门贵族竞相延致，因而受累。57"一斛"句：是上面"当时"两句的引申，意为贵戚名豪用一斛明珠来延聘陈圆圆，可是她换来的却是万斛悲愁。斛，量器名，古以十斗为一斛，后又以五斗为一斛。58"错怨"两句：意为当初陈圆圆错怨了自己的命运像狂风中的落花，没想到后来却有这样美满的结局。59倾国、倾城：形容绝色美女。《汉书·孝武李夫人传》："(李)延年侍上起舞，歌曰：'北方有佳人，绝世而独立，一顾倾人城，再顾倾人国。'"60翻使：反使。周郎：指周瑜，这里指吴三桂。赤壁之战前夕，周瑜听说曹操出兵，为了夺取东吴美女大乔、小乔(小乔是周瑜妻)，遂一怒而抗战，大败曹军。后来曹操写信给孙权说："赤壁之役，值有疾病。孤烧船自退，横使周郎虚获此名。"两句意为，曾听说绝色美女会倾覆国家城市，可是陈圆圆反而使她丈夫成就了重大的功名。按,《李夫人歌》中的"倾人城"、"倾人国"的原意,是说她的美貌能使全城全国的人倾倒。(61)全家白骨:清兵入关后,李自成兵败,怒杀吴襄一家。(62)一代红妆:指陈圆圆。汗青:指史册。古时在竹简上书写,"以火炙简令汗,取其青易书,复不蠹(蛀),谓之杀青,亦谓汗简"(《后汉书·吴佑传》引李贤注)。两句意为,吴襄一家被杀,陈圆圆却名留史册。含讽刺意。(63)"君不见"四句:用春秋时吴王夫差宠爱西施的事作陪衬。说吴王在馆娃宫与西施过着双栖不离的鸳鸯般的生活,还嫌对西施看得不够,可是历史变化,吴王很快亡国,吴宫也早就荒废了。借喻吴三桂和陈圆圆的恩爱、富贵也不能长久。馆娃:宫名。越女:指西施。香径:即采香径。屧(xiè 泄)廊:即响屧廊。传说都是吴王为西施构筑的。(64)"换羽"四句:承接上文再刺吴三桂的骄奢富贵不能长保。羽、宫都是五音之一。换羽移宫:以音调变化比喻人事变迁,这里指改朝换代。珠歌翠舞:指吴三桂、陈圆圆的生活。古梁州:三国蜀汉置梁州,治所在沔阳,晋太康中移治南郑,时吴三桂开藩在陕西南郑,故称。汉水:吴三桂开府汉中南郑,临着汉水。李白《江上吟》:"功名富贵若长在,汉水亦应西北流。"

这篇著名的歌行体叙事诗通过吴三桂与陈圆圆的悲欢离合,反映了明亡前后历史的一个侧面,暴露了吴三桂为了宠妾而出卖国家民族利益的丑恶灵魂。"恸哭六军俱缟素,冲冠一怒为红颜","全家白骨成灰土,一代红妆照汗青",讽刺何等辛辣!全诗辞采华美,音韵和谐,佳句迭出,艺术成就颇高。清人查为仁认为吴梅村"最工歌行……若《圆圆曲》等篇,皆可方驾元、白"(《莲坡诗话》)。的确,这首《圆圆曲》,可与元稹的《连昌宫词》、白居易的《长恨歌》媲美并传。

梅　村

枳篱茅舍掩苍苔①,乞竹分花手自栽。不好诣人贪客过,惯迟作答爱书来②。闲窗听雨摊诗卷,独树看云上啸台③。桑落酒香卢桔美④,钓船斜系草堂开。

①枳(zhǐ 只)篱:用枳围作篱笆。枳:多刺灌木。②"不好"二句:不喜欢拜访人,却喜欢客人来访;懒得即时写回信,却喜欢人家有信来。③啸台:晋阮籍常登台长啸。④桑落:美酒名。卢桔:枇杷。

《镇洋县志》载:"梅村,在太仓卫东,旧为明吏部郎王士祺别墅,名賁园。祭酒吴伟业拓而新之,易今名。"此诗作于崇祯十七年(1644)明亡前夕,时作者因父死居家守制,诗中表现了居家的闲适生活。"不好诣人贪客过,惯迟作答爱书来"一联,概括了不少文人的生活情态,颇受好评。

临清大雪

白头风雪上长安,裋褐疲驴帽带宽①。辜负故园梅树好,南枝开放北枝寒②。

①长安:指代北京。裋褐(shù hè 树喝):古代贫贱者所穿的粗陋衣服。疲驴:指骑着疲弱的驴子。②"南枝"句:语本"大庾(岭)多梅,南枝既落,北枝始开"。见《白氏六帖》。

此诗乃清廷征召,勉强北上途中所作。三、四两句极深婉有致。临清,在山东西北,邻近河北。

黄宗羲

黄宗羲(1610—1695),字太冲,号南雷,学者称梨洲先生,浙江余姚人。明末领导复社成员坚持反阉党斗争,几遭残杀。清兵南下时,纠合同志,召募义兵,设"世忠营",走四明山结寨防守,被鲁王任为左副都御史。明亡后隐居著书讲学,清廷屡召不就。与孙奇逢、李颙并称"三大儒"。学问广博,为明清之际重要思想家和史学家。所著《明儒学案》为我国第一部学术史著作。工诗文,反对明七子复古摹拟之风,强调"性情",注重反映现实。其诗不事雕琢,直抒真情实感。著有《宋元学案》、《明儒学案》、《明夷待访录》、《南雷文定》等。

山居杂咏

锋镝牢囚取次过①,依然不废我弦歌②。死犹未肯输心去,贫亦其能奈我何③? 廿两棉花装破被,三根松木煮空锅。一冬也是堂堂地,岂信人间胜著多④。

①锋镝(dí 笛):锋:刀刃。镝:箭头。合起来指刀箭之类,这里借指屠杀。取次:随便。②弦歌:弦谓琴瑟,歌谓依琴瑟之节以咏诗。这里作"弦诵"解,指弦歌与诵读,即读书教学之事。③"死犹"两句:输心:即输诚、献纳诚心,投降屈服为"输诚"。其:这里相当于"岂",用在反诘句中,表示加重反问语气。两句大意是死亡尚且不能使我屈服,贫穷又能把我怎么样。④"一冬"两句:堂堂:形容丰足盛大。胜著:胜算、好办法。这两句是说,我一冬也过得很不错,不相信别人比我强。

此诗表现了坚贞不屈的民族气节,洋溢着战胜贫穷、饥饿和一切迫害的乐观精神。

顾炎武

顾炎武(1613—1682),初名绛,字宁人,号亭林,尝自署蒋山佣。江苏昆山人。少时参加复社反宦官权贵。清兵南下,嗣母王氏绝食殉国,遗命勿事二姓。鲁王时与归庄等在昆山等地参加抗清斗争,兵败后不忘复兴故国,十谒明陵,遍游华北。清廷屡召不就,晚岁卜居华阴,卒于曲沃。学问广博,著述宏富,为明清之际重要思想家。诗学杜甫,多伤时感事之作,有强烈的爱国思想,风格沉郁苍凉。沈德潜称其"词必己出,风霜之气,松柏之质,两者兼有。就诗品论,亦不肯作第二流人"。实为中肯之论。有《日知录》、《天下郡国利病书》、《亭林诗文集》、《音学五书》等。

海　　上

　　日入空山海气侵,秋光千里自登临。十年天地干戈老,四海苍生痛哭深①。水涌神山来白鸟,云浮仙阙见黄金②。此中何处无人世,只恐难酬烈士心③。

　　①"十年"两句:自清兵入关以来干戈不息,人民受难。天地为之衰老,极言战乱时间之长、程度之惨。②"水涌"两句:写望海时的想象。神山、仙阙,借喻海上抗清根据地。《史记·封禅书》谓海上神山"禽兽尽白,而黄金银为宫阙"。诗中"白鸟"、"黄金"据此。③"此中"两句:疑指海上弹丸之地难实现遗民的复国愿望。烈士:忠烈之士,指明遗民。

　　《海上》共四首,作于顺治三年(1646)秋间,反映本年和先一年的东南大事。顺治二年六月,南明福王(弘光帝)、潞王相继降清,鲁王朱以海在浙江绍兴监国,而黄道周等拥立唐王为帝,改元隆武,遥授作者兵部职方司之职。顺治三年春,将赴闽中,以母丧未葬,不果行。六月,清兵渡钱塘江,鲁王弃绍兴,由江门入海,其时唐王犹驻延平(今福建南平)。入秋,作者乡居,登山望海,有感而作此组诗,忧国忧民,沉郁顿挫,前人认为可比杜甫《秋兴八首》。这里选的是第一首,针对鲁王遁海而作。

叶　燮

　　叶燮(1627—1703),字星期,号己畦,人称横山先生,吴江(今属江苏)人。康熙九年(1670)进士,康熙十四年任宝应县令,未二年,即因触忤长官被参落职。于是纵游海内名山,隐于横山,教授生徒。沈德潜、薛雪俱从游学诗。其《原诗》乃我国古代最系统、最有价值的论诗专著,主张以自我之才、识、胆、力表现客观世界之理、事、情,强调创新。其创作成就未能充分体现其理论要求。有些绝句颇有韵味。有《己畦诗文集》。

客发苕溪①

　　客心如水水如愁,容易归帆趁疾流②。忽讶船窗送吴语③,故山月已挂船头④。

　　①客:作者自指。苕(tiáo 条)溪:水名,在今浙江省北部,流经湖州入太湖。②容易:指船趁着疾速的顺水飞驰。③讶(yà 亚):惊讶。吴语:吴地方言,这里指乡音。④故山:指故乡。

　　作者久客吴兴,后乘舟沿苕溪回吴江横山,作此诗写途中感受。首句接连设譬,就眼前溪水表现厌倦作客、渴望回家的心情。第二句写水解人意,以"疾流"送"归帆"。三、四句紧承"疾流",从听觉、视觉两方面捕捉两岸的声音变化和景物变化,用以烘托诗人的心理变化。"忽讶"二字,写惊喜之情跃然纸上。由惯闻浙语而忽闻吴语,惊疑是否已到乡,于是凭窗外望,果然一轮皓月已挂"故山"!一声吴侬软语,一轮故乡明月,一抹月下家山,听觉形象与视觉形象的迅速叠合,把久客还乡的喜悦心情和盘托出,可谓神来之笔。沈德潜云:"初归家时,实有此景。比'忽惊乡树出,渐觉熟人多'更妙。"(《清诗别裁集》卷一〇)

梅花开到九分

　　亚枝低拂碧窗纱①,镂月烘霞日日加②。祝汝一分留作伴③,可怜处士已无家。

　　①亚枝:低枝。②镂月烘霞:形容白色的、红色的梅花开得很繁茂。日日加:一天胜似一天。这一句写"梅花开到九分"。③"祝汝"句:愿梅花留一分别开放,好让那开到九分的梅花永远与无家的处士做伴。

　　梅花开到九分,很好看。再开一分,即开到十分,当然更好看。作者却怕它开到十分,因为开到十分,随之而来的便是逐渐飘零,没有什么可与他做伴了。无家之痛,却借咏梅托出,极新颖。沈德潜云:"从'九分'着意,不忍卒读。"(《清诗别裁集》卷一〇)

陈恭尹

　　陈恭尹(1631—1700),字元孝,号半峰,晚号独漉山人,又自号罗浮布衣,广东顺德人。其父陈邦彦抗清殉国,以父荫,明桂王授为锦衣卫指挥佥事。桂王败,隐迹避祸。其诗多歌颂抗清义士之作,常借怀古之情抒写亡国之痛,清迥拔俗,味厚韵长。与屈大均、梁佩兰并称"岭南三大家"。有《独漉堂集》。

读秦纪

谤声易弭怨难除[①]，秦法虽严亦甚疏。夜半桥边呼孺子，人间犹有未烧书[②]。

①弭(mǐ 米)：止、息。②"夜半"二句：汉张良秦末在下邳(今江苏邳县)桥上，见一老人掉了鞋，要张良拾取，并给他穿上，张良即照做了。老人说："孺子(小伙子)可教矣！"约张良在桥上再见，给他一本《太公兵法》，说："读此则为王者师(做帝王的老师)矣。"见《史记·留侯世家》。

由读《史记·秦始皇本纪》生发，成此佳作，蕴含极深广。

王士禛

王士禛(1634—1711)，字贻上，号阮亭，别号渔洋山人。山东新城(今桓台)人。顺治十五年(1658)进士，官至刑部尚书。为清初诗坛盟主之一。论诗推崇盛唐，不宗李、杜而尊王、孟，创"神韵"说。标举所谓"不着一字，尽得风流"和"羚羊挂角，无迹可求"的意境。其诗多抒写个人情怀，早年诗作清丽澄淡，中年以后转为苍劲。七绝尤所擅长，最见神韵。亦工词，风格婉丽。有《带经堂全集》。

真州绝句

江干多是钓人居[①]，柳陌菱塘一带疏[②]。好是日斜风定后[③]，半江红树卖鲈鱼[④]。

①江干：江边。钓人：渔人。②柳陌：柳树成荫的小路。③好是：最好的是。④红树：枫树。枫叶秋天经霜变成红色。鲈鱼：长江下游一带的特产之一。

真州，今江苏仪征。《真州绝句》六首，作于康熙元年(1662)作者任扬州推官时，传诵颇广。这里选的一首以轻灵的笔触活画出一幅渔村风俗画。三、四两句极饶神韵，脍炙人口，"江淮间多写为画图"(见《渔洋诗话》)。

秦淮杂诗[①]

新歌细字写冰纨[②]，小部君王带笑看[③]。千载秦淮呜咽水，不应仍恨孔都官[④]。

①秦淮：即秦淮河，发源于江苏溧水县，向西北流贯金陵(今南京)，入长江。明时，城内

河畔舞榭歌楼甚多。②新歌:指明末阮大铖所作的传奇《燕子笺》、《春灯谜》等。冰纨(wán
丸):洁白的细绢。明末,福王在南京建立南明小朝廷,阮大铖用吴绫作朱丝阑,命王铎以楷
书将《燕子笺》等剧本缮写其上,进奉官中。③小部:梨园小部。唐玄宗时梨园法部所设置的
乐队,共三十人,年龄都在十五岁以下。这里借指南明宫中的戏班。全句写福王沉溺于声色
之乐。④孔都官:孔范,南朝陈后主时任都官尚书,与陈后主的宠妃孔贵人结为兄妹。陈后
主荒淫无度,对孔范言听计从,陈终亡于隋。这里将孔范比作阮大铖。后两句是说,千载以
来,秦淮流水呜咽悲愤,痛恨孔都官误国;现在又出了个误国的阮大铖,就不该再恨孔都
官了。

  《秦淮杂诗》十四首,这里选一首。此诗作于顺治十八年(1661),咏南明
史事而将阮大铖与孔都官联系起来,足以引发人们对反复出现的奸佞误国现
象进行思考。

查慎行

  查慎行(1650—1727),初名嗣琏,字夏重;后改名慎行,字悔余,号他山,又
号初白。浙江海宁人。康熙四十二年(1703)以举人赐进士出身,授翰林院编
修。曾受经史于黄宗羲,受诗法于诗人钱澄之。其论诗以"空灵"创新为尚,宗
法苏轼、陆游。其诗善纪行旅见闻、追怀吊古,长于白描,注重字句锤炼,风格
清新刻露。他效法宋诗,工力纯熟,为清代诗坛一大家。诗作不下万首,有《敬
业堂集》、《苏诗补注》等。

秦邮道中即目①

  不知淫潦啮城根②,但看泥沙记水痕③。去郭几家犹傍柳,边淮
一带已无村④。长堤冻裂功难就⑤,浊浪横侵势易奔。贱买河鱼还废
箸⑥,此中多少未招魂⑦。

  ①秦邮:即今江苏高邮。因秦时筑台设立邮亭,故亦称秦邮。此诗作于康熙三十五年
(1696)冬十月,作者路经秦邮时。②淫潦:淫雨积水为灾。啮(niè 聂):咬。③但看:只见。
两句意为,大水淹城的情景虽未亲见,城墙下却还残留着泥沙浸漫的痕迹。④"去郭"两句:
意为城外尚有几户人家,淮河边的村落已被冲没。去郭:指城外。郭:外城。⑤长堤:高邮旧
时有东堤、中堤、西堤,前两堤已堙没。西堤为明洪武时所筑,也称老堤,万历时重修。这句
指老堤冻裂,已不起作用。⑥废箸:放下筷子,不忍心吃下去。⑦未招魂:指被洪水淹死的
居民。

  此诗反映水灾造成的悲惨景象,极真切感人。"长堤冻裂"而不预先修缮,
大水溃堤,人为鱼鳖。"此中多少未招魂",皆冤魂也,言外之意可想。沈德潜

云:"借河鱼以形漂没之多,笔下疑有冤魂屯聚。"

舟夜书所见[1]

月黑见渔灯,孤光一点萤[2]。微微风簇浪[3],散作满河星。

①书所见:写看见的景象。②萤:萤火虫。③簇:推动。

以大景衬小景,以暗景衬亮景,以一点化万点,展现深邃、宁静而富于变化的艺术境界,令人神往。

鱼 苗 船

几片红旗报贩鲜,鱼苗百斛楚人船[1]。怜他性命如针细,也与官家办税钱[2]。

①斛(hú 胡):量器名,古代以十斗为一斛,南宋末年改五斗为一斛,两斛为一石。楚人:古时九江一带属楚地。②官家:官府。

前两句写鱼苗船形象鲜明,不提贩鱼苗也得纳税,给人以愉快感;以此反衬后两句,令人倍觉深警。

武夷采茶词

荔支花落别南乡[1],龙眼花开过建阳[2]。行近澜沧东渡口,满山晴日焙茶香[3]。

①荔支:一作"荔枝",常绿乔木,高可达二十米,果肉甘美,有芳香,人皆喜食。盛产于岭南。南乡:泛指福建南部。②龙眼:俗称桂圆,常绿乔木。果肉白色,透明、汁多、味甜,性喜温湿。我国南部及西南部多有栽培。建阳:县名,在福建西北部。③澜沧:亦名兰汤渡,在武夷山"一曲"三姑石下。焙(bèi 倍):用微火烘烤。

从"荔支花落"到"龙眼花开",从南乡、建阳到澜沧渡口,诗人所经行处,都是"满山晴日焙茶香"。四句诗,轻灵洒脱,展现了一幅极富地方色彩的风俗画。

赵执信

赵执信(1662 — 1744),字神符,号秋谷,山东益都人。康熙十八年(1679)

进士,官右赞善。因在佟皇后丧葬"国忌"期间(1689)观演《长生殿》而被革职,从此未再入仕。他是王士禛的甥婿,但著《谈龙录》对"神韵说"表示不满。论诗主张以意为主、诗中有人。诗风清峻、深刻,有讽刺现实、较有新意之作。有《饴山堂诗文集》。

氓 入 城 行①

村氓终岁不入城,入城怕逢县令行。行逢县令犹自可,莫见当衙据案坐②。但闻坐处已惊魂,何事喧轰来向村③。银铛杻械从青盖④,狼顾狐嗥怖杀人⑤。鞭笞榜掠惨不止⑥,老幼家家血相视⑦。官私计尽生路无⑧,不如却就城中死⑨。一呼万应齐挥拳,胥隶奔散如飞烟⑩。可怜县令窜何处?眼望高城不敢前。城中大官临广堂⑪,颇知县令出赈荒⑫。门外氓声忽鼎沸⑬,急传温语无张皇⑭:"城中酒浓馎饦好⑮,人人给钱买醉饱。"醉饱争趋县令衙,撤扉毁阁如风扫⑯。县令深宵匍匐归⑰,奴颜囚首销凶威⑱。诘朝氓去城中定⑲,大官咨嗟顾县令⑳。

①氓(méng 萌):农民。②莫见:不敢见。当衙:指县官坐堂。③喧轰:县令下乡时随行衙役的吆喝声。④银(láng 郎)铛:锁拿囚犯的铁索。杻(niǔ 扭)械:手铐脚镣。青盖:青盖车,这里指县令的车子。盖:车篷。⑤顾:东张西望。嗥(háo 豪):吼叫。这句写衙役如狼似虎的情态。⑥鞭笞(chī 痴)榜掠:用皮鞭抽打。⑦"老幼"句:指被鞭笞的都是壮丁,家家老人和儿童眼看着壮丁身上流着血。⑧官私计尽:无论向官府恳求,还是托私人讲情,都无济于事。⑨却就:还到。⑩胥:小吏。隶:皂隶,即衙役。⑪广堂:官署大堂。⑫赈荒:救济灾荒。⑬鼎沸:人声嘈杂,如鼎中水之沸腾。鼎:古代炊器。⑭温语:温和的语言。无:勿。张皇:慌张。⑮馎饦(bó tuō 博托):汤饼,即面条、水饺之类汤煮的面食。⑯扉:门。阁:楼房。撤扉毁阁:指农民的反抗行动。⑰深宵:半夜。匍匐:爬行。⑱奴颜囚首:犹言卑躬屈膝。销凶威:威风扫尽。⑲诘朝(jié zhāo 结招):明晨。⑳咨嗟(zī jiē 资街):叹息,无可奈何的样子。顾:回看。

此诗康熙六十年(1721)作于苏州。先写农民平时怕见县令,更怕见到县令坐堂,为后半篇作反衬。继写县令以"赈荒"为名,下乡掠夺,动用各种酷刑迫害农民,凶残至极,终于激起农民暴动。作者只是如实地再现了农民由怕官到入城捣毁县衙的全过程,却体现了"官逼民反"的规律,描写极生动,寓意极深刻。

沈德潜

沈德潜(1673—1769),字确士,号归愚,长洲(今江苏苏州)人。乾隆四年

(1739)进士,任内阁学士兼礼部侍郎。受诗法于叶燮。论诗主"格调",古体宗汉魏,近体宗盛唐,崇尚"温柔敦厚"的诗教。其诗拟古多而创新少,亦间有反映民生疾苦之作。所著《说诗晬语》和所选《古诗源》、《唐诗别裁集》、《清诗别裁集》等书,于后世影响颇大。有《沈归愚诗文全集》。

过许州

到处陂塘决决流①,垂杨百里罨平畴②。行人便觉须眉绿③,一路蝉声过许州。

①陂(bēi背)塘:池塘。决决:流水的声音。②罨(yǎn掩):遮掩。平畴:平整的田野。③行人:出行的人,指作者自己。

许州,治所在今河南许昌市。此诗前两句写景,全为后面推出"绿"字蓄力。陂塘、流水、垂杨、平畴,逐层铺垫、渲染,使人已觉满眼浓绿,再以"行人便觉须眉绿"点醒,便异样新警。

袁 枚

袁枚(1716—1797),字子才,号简斋,晚岁人称随园老人,浙江钱塘(今杭州)人。乾隆四年(1739)进士,授翰林院庶吉士,后改放外任,为江宁等地知县。辞官后寓居江宁(今南京),筑林院于小仓山随园,自号仓山居士。论诗主抒写性情,创"性灵"说,反对拟古倾向与儒家诗教。其诗学杨诚斋而参以白居易,追求真率自然、清新灵巧的艺术风格。诗作丰富,现存四千余首。其中佳作多为即景抒情的行旅诗与叹古讽今的咏史诗。绝句以七绝见长,形象鲜明,常出新意。有些作品流于浮滑、纤佻。有《小仓山房诗文集》、《随园诗话》等。

咏 钱

人生薪水寻常事,动辄烦君我亦愁①。解用何尝非俊物,不谈未必定清流②。空劳姹女千回数,屡见铜山一夕休③。拟把婆心向天奏,九州添设富民侯④。

①"人生"二句:即使人们生活中的薪(柴)水小事,也离不开钱。君:指钱。②"解用"二句:钱如用得适宜,未尝不是好东西;而表面上瞧不起钱的人,也未必是君子。俊物:指钱。《世说新语·箴规》记西晋王衍"常嫉(厌恶)其妇贪浊,口未尝言钱字。妇欲试之,令婢以钱绕床,不得行。夷甫(王衍)晨起,见钱阂(阻隔)行,呼婢曰:'举却阿堵物(拿开堵路的东西)。'"而其人专权无能,被石勒俘虏后劝石勒称帝以求苟活。③"空劳"二句:积聚钱财无

632

隆,适足以自害。东汉灵帝刘宏母永乐太后好敛财,京城有童谣说:"车班班,入河间,河间
姹女工数钱。"见《后汉书·五行志》。姹(chà诧)女:指灵帝母后。数(shǔ暑):计算。汉
文帝曾赐宠臣邓通铜山(在今四川荣县北),让他自铸钱。景帝时,通家财被抄没,穷饿而
死。见《史记·佞幸列传》。④婆心:仁慈的心肠。九州:指中国。《尚书·禹贡》分中国为
九州。富民侯:封爵名,见《汉书·车千秋传》。

　　原诗六首,这里选一首。全诗阐明作者对钱的看法:一味聚敛钱财,当然
会招灾惹祸;但生活中实在离不开钱,钱只要使用得当,那便是好东西,可以发
挥积极作用;那些口不言钱的人自以为清高,其实未必真清高。因此大声呼
吁:全国各地都应设些使人民脱贫致富的官,让大家都富裕起来。在作者所处
的时代,这是新观念。

马嵬驿

　　莫唱当年长恨歌,人间亦自有银河①。石壕村里夫妻别②,泪比
长生殿上多③。

　　①银河:即天河,星名。俗传农历七月七日夜牛郎织女二星一年一度渡银河相会。全句
借指民间夫妻被隔离两地的多得很。②石壕村:见前杜甫《石壕吏》。③长生殿:见前《长恨
歌》注。

　　此诗作于乾隆十七年(1752),时作者在陕西候补任官。安史之乱使唐明
皇于马嵬驿赐死贵妃,夫妻分离,其经过见白居易《长恨歌》。安史之乱使民间
无数夫妻生离死别,其典型事例见杜甫《石壕吏》。而安史之乱,则是唐明皇荒
淫误国引起的。作者将《长恨歌》与《石壕吏》联系起来而同情人民,便写出这
首在无数咏马嵬诗中别开生面的好诗。

赵　翼

　　赵翼(1727—1814),字云崧,一字耘松,号瓯北。江苏阳湖(今常州)人。
乾隆二十六年(1761)进士,官至贵西兵备道,不久辞官主讲扬州安定书院。长
于史学、考据。论诗主张独创,反对摹拟。诗作和诗论都近袁枚。与袁枚、蒋
士铨合称"江左三大家"。所作五、七言古诗中不乏嘲讽理学、愤世嫉俗之作。
张维屏谓其诗"七古才气奔腾,时见剽滑;五七律多工巧奇警之句,然力求工
巧,可称能品,却非诗家第一义也"(《国朝诗人征略》)。有《瓯北诗集》、《瓯北
诗话》等。

题《元遗山集》

身阅兴亡浩劫空,两朝文献一衰翁①。无官未害餐周粟,有史深愁失楚弓②。行殿幽兰悲夜火③,故都乔木泣秋风④。国家不幸诗家幸,赋到沧桑句便工⑤。

①"身阅"二句:谓元好问经历了金亡于蒙古的浩劫,入元后筑野史亭编金代史料,又编《中州集》录金代诗作,系两朝文献于一身。②"无官"二句:谓元好问入元不仕,已算保持了名节,不必一定要像伯夷、叔齐那样"不食周粟"(见《史记·夷齐列传》);何必怕史家责以失节呢!《孔子家语》有"楚人失弓,楚人得之"的话,这里以"失弓"喻失节。③行殿:行宫。金哀宗在蒙古军的追击下,数度奔窜,元好问随行。幽兰悲夜火:为幽兰轩被烧毁而悲。幽兰:金行都汴京轩名,汴京陷落时遭焚毁。④故都:指金中都燕京(今北京)。乔木:高大树木。这两句写《元遗山集》中后期的作品充满对故都的怀念和亡国后的悲伤情绪。⑤赋:作诗。沧桑:沧海桑田的巨大变化,此指金灭亡于蒙古。句便工:指诗歌艺术的造诣很高。两句意为,家国兴亡的世事变迁,发为元好问沉郁悲怆的诗歌,这是诗坛的大幸。

此诗对元好问的丧乱诗作了公允评价,"国家不幸诗家幸,赋到沧桑句便工"两句,至今被引用。

论 诗

李杜诗篇万口传①,至今已觉不新鲜。江山代有才人出②,各领风骚数百年③。

只眼须凭自主张④,纷纷艺苑说雌黄⑤。矮人看戏何所见,都是随人说短长⑥。

①李杜:李白和杜甫。②才人:才子,这里指有文学才能的人。③风:国风。骚:离骚。两者都是先秦著名的文学作品,被奉为辞章之祖。后来就以"风骚"作为文学的代称。④只眼:谓眼光不同于众。"别具只眼"、"独具只眼"均作"具有独特见解"解。⑤艺苑:犹今谓文学艺术园地。雌黄:矿石名,即鸡冠石,色黄赤,可做颜料。古时写字用黄纸,写错了就用雌黄涂抹再写。后以不问事实,随意讥评为"信口雌黄"。⑥"矮人"二句:形容没有主见或创见,随声附和。朱熹语类:"如矮子看戏相似,见人道好,他也道好。"

《论诗》组诗共五首,这里选两首。前一首流传颇广,其精神实质是:新的时代呼唤新的诗人,诗歌创作必须反映当前现实,体现时代精神,不应陈陈相因,脱离时代。至于李白杜甫的名篇佳作,由于反映了当时的现实而具有永恒意义。后一首强调作诗论诗要独具慧眼,自作主张,不应毫无主见,随波逐流。

黄景仁

黄景仁(1749—1783),字汉镛,一字仲则,号鹿菲子,江苏武进人。少孤家贫,奔走四方以谋生计。曾应高宗东巡召试,列二等,后纳资为县丞,未补官而卒。一生坎坷,性豪迈伉爽,且多愁善感。诗学盛唐,尤重太白、义山,多抒发穷愁不遇、寂寞凄怆的情怀,风格哀怨婉丽。尤以七言见长。所作多为世人称誉。洪亮吉称其诗为"如咽露秋虫,舞风病鹤"。有《两当轩集》。

都门秋思

五剧车声隐若雷①,北邙惟见冢千堆②。夕阳劝客登楼去,山色将秋绕郭来③。寒甚更无修竹倚④,愁多思买白杨栽⑤。全家都在风声里,九月衣裳未剪裁⑥。

①"五剧"句:大街上车声隐隐好像雷响。五剧:指京城里四通八达的街道,详见前卢照邻《长安古意》注。②北邙(máng忙):山名,在今河南洛阳北,东汉及北魏的王侯公卿多葬于此,后常用以泛指墓地。冢(zhǒng肿):坟墓。这两句写城内与郊外风光迥异。③将:带。郭:外城。④"寒甚"句:化用杜甫《佳人》"天寒翠袖薄,日暮倚修竹"句意,描写清寒已极的景况。⑤白杨:落叶乔木。《古诗十九首》:"白杨多悲风,萧萧愁煞人。"⑥"九月"句:反用《诗经·豳风·七月》"九月授衣"句意。

此诗作于乾隆四十二年(1777),当时作者任武英殿书签官,将母亲、妻子接进北京。诗写其贫困生活和愁烦心绪,容易引起身处类似处境的知识分子的情感共鸣,故"一时传遍京华"。

癸巳除夕偶成

千家笑语漏迟迟,忧患潜从物外知①。悄立市桥人不识,一星如月看多时。

年年此夕费吟呻,儿女灯前窃笑频②。汝辈何知吾自悔,枉抛心力作诗人③。

①"千家"两句:千家笑语,欢度除夕,时间慢慢流逝;从时间流逝、外物潜变中感受到忧患。漏:更漏,计时器。②"年年"两句:年年除夕都要哼哼唧唧地作诗,儿女看见,便在灯前窃笑:"爸爸又在作诗哩!"③"汝辈"两句:你们别笑,我也自悔不该作诗,枉费心力做个诗人有什么用,能顶饭吃吗?

此诗作于乾隆三十八年(1773)除夕,时作者从安徽回到故里。

近代诗

张维屏

张维屏(1780—1859),字子树,号南山,又号松心子,广东番禺人。道光二年(1822)进士,官至南康府知府。曾与林则徐、龚自珍、魏源、黄爵滋等在北京结宣南诗社。其早期诗作多抒写个人情怀。晚期不少作品反映鸦片战争中人民抗英斗争,格调高昂,富于爱国精神。诗风清新朴实,不事雕饰。与黄培芳、谭敬昭并称为"粤东三子"。有《张南山全集》、《国朝诗人征略》。

三元里

三元里前声若雷①,千众万众同时来。因义生愤愤生勇,乡民合力强徒摧②。家家田庐须保卫,不待鼓声群作气③。妇女齐心亦健儿,犁锄在手皆兵器。乡分远近旗斑斓④,什队百队沿溪山。众夷相视忽变色,黑旗死仗难生还⑤。夷兵所恃唯枪炮,人心合处天心到。晴空骤雨忽倾盆,凶夷无所施其暴⑥。岂特火器无所施,夷足不惯行滑泥。下者田塍若蹢躅⑦,高者冈阜愁颠挤⑧。中有夷酋貌尤丑⑨,象皮作甲裹身厚。一戈已舂长狄喉,十日犹悬郅支首⑩。纷然欲遁无双翅,歼厥渠魁真易事⑪。不解何由巨网开,枯鱼竟得悠然逝⑫。魏绛和戎且解忧⑬,风人慷慨赋同仇⑭。如何全盛金瓯日⑮,却类金缯岁币谋⑯。

①三元里:原属广东省番禺县,现划入广州市,附近有三元庙,故名。②强徒摧:强徒被摧。③作气:振作士气。④旗斑斓:参加三元里战斗的民众都高举"义兵"、"义民"的大旗,各乡都有乡旗,后又以三元庙的北帝七星旗为指挥旗。见《近代史料》1954年第一期《三元里平英团历史实调查会记录》。⑤"黑旗"句:作者自注:"夷打死仗者则用黑旗。适有执神庙七星旗者,夷惊曰:'打死仗者至矣!'"当时群众相约,以三元古庙中黑色的七星旗作为指挥"令旗",故而英军悲叹恐难生还。⑥据林福祥《三元里打仗日记》:"时天色晴明,忽而阴云四起,午刻迅雷烈风,大雨如注,日夜不息。未刻后,逆夷之鸟枪火炮,俱被雨水湿透,施放不响。"⑦田塍(chéng 成):田埂。蹢躅(zhí zhú 直竹):徘徊不进的样子。⑧阜:土山。颠挤:即"颠隮",坠落。以上四句可参阅上引同书:"且夷兵俱穿皮鞋,三元里四面皆田,雨后泥泞土滑,夷兵寸步难行,水勇及乡民,遂分头截杀。"⑨夷酋(qiú 求):指英军军官伯麦、毕霞等。貌尤丑:梁廷枏《夷氛闻记》:"伯麦身肥体健,首大如斗。"⑩"一戈"两句:指英侵略军军官伯麦、毕霞等被击毙事。舂(chōng 春):捣。长狄:古族名,春秋时狄人的一支,这里借指英侵略军。《左传·文公十一年》:"获长狄侨如,富父终甥舂其喉以戈,杀之。"郅(zhì 至)支:古时匈奴的一个部族首领,这里借指"夷酋"。《汉书·陈汤传》载,汉元帝时副校尉陈汤等围郅支单于于康居,击杀郅支,割下他的头,悬于蛮夷邸门。⑪歼:消灭。厥:其、那个。渠魁:巨魁,大头目。当时英侵略军头子义律也被围。⑫"不解"两句:指广州知府余保纯等出城为英侵略军解围并保护他们逃跑一事。枯鱼:干鱼,语出《庄子·外物》。喻指被围的垂死英军。⑬"魏绛"句:《左传·襄公四年》载,晋悼公时,山戎(部族名)无终子请和,晋大夫

魏绛力主和戎。此处借指奕山等向英人屈膝求和。且解忧：暂且解除目前之忧。⑭风人：诗人，这里是作者自指。同仇：共同的仇敌，这里是齐心御敌的意思。《诗经·秦风·无衣》："王于兴师，修我戈矛，与子同仇。"⑮金瓯(ōu 欧)：比喻疆土完整巩固。《南史·朱异传》："我国家犹若金瓯，无一伤缺。"也指国土。瓯：小盆。⑯类：像。金缯(zēng 增)岁币谋：指以输绢纳银求和的屈辱政策。缯：古代对丝织品的总称。币：钱。谋：这里指国策、方略。宋王朝对辽、金等的骚扰入侵，采取忍辱退让政策，每年输送大量绢、银以换取暂时的安定，苟延残喘。此处指 1841 年 5 月，奕山与英侵略军订立卖国投降的休战条约，答应给英方赎城费六百万元。

道光二十一年(1841)五月，英国侵略军占据我四方炮台，炮击广州，当时在广州主持军事的靖逆将军奕山派广州知府余保纯向英方求和，缴"赎城费"六百万元，赔英商馆损失费三十万元，订立《广州和约》，激起了人民的抗英义愤。这月 29 日，广州北郊的三元里遭小股英军骚扰，韦绍光等奋起击毙英军十余人。次日，三元里附近一百零三乡的人民聚集，树起了"平英团"大旗，诱敌至牛栏冈，围歼二百余人，生俘二十余人。英军司令卧乌古率大队来攻，又被击败于连山高地。少校毕霞等多人被杀伤，败回四方炮台。31 日，义军增至数万，团团围住四方炮台。英军恐慌，求救于广州官府，奕山急命余保纯出城，用欺骗、威胁等手段解散义军，英军仓皇逃出重围。后英军往寇福建、浙江、江苏，终于使清王朝签订了丧权辱国的《南京条约》。"一日纵敌，数世之患"。三元里人民的这次抗英行动，是我国近代史上第一次光辉的大规模的反侵略斗争。张维屏的这首诗以叙事为主，辅以评论，而抒情渗透于二者之中，真实地反映、热情地讴歌了这次震动中外的反侵略斗争，爱憎分明，堪称诗史。

林则徐

林则徐(1785—1850)，字少穆，一字元抚，晚号竢村老人。福建侯官(今福州)人。嘉庆十六年(1811)进士，历任江苏巡抚、湖广总督、两广总督等官。曾受命为钦差大臣，赴广东查禁鸦片，指挥"虎门销烟"。鸦片战争中为主战派首要人物。受主降派诬陷，遭革职远戍新疆伊犁。后复起用，于 1850 年任钦差大臣赴广西督理军务，病死于广东潮州途中。早期诗作多为官场酬唱及题图咏画之作。鸦片战争后，所作多抒发爱国激情，感情深沉，气势磅礴，格律严整。有《林文忠公政书》、《云左山房文抄》、《云左山房诗抄》等。

即　目①

万笏尖中路渐成②，远看如削近还平。不知身与诸天接③，却讶云从下界生④。飞瀑正拖千嶂雨，斜阳先放一峰晴。眼前直觉群山小⑤，罗列儿孙未得名⑥。

①嘉庆二十四年(1819)八月,林则徐被任命为云南乡试正考官,此诗作于赴任途经贵州时。即目:就眼前所见景物即兴而作。②万笏(hù户):比喻群山耸立。笏:古代大臣朝见天子时所执的狭长形手板,用玉、象牙或竹片制成。③诸天:本佛教语,这里犹言"九天"。④下界:人间,这里指地上。⑤群山小:用杜甫《望岳》"会当凌绝顶,一览众山小"句意。⑥儿孙:指主峰四周的无名群山。用杜甫《望岳》"西岳崚嶒竦处尊,诸峰罗列如儿孙"句意。

首联写边望山边登山情景,以下各联写立身最高峰放眼四望的所见与所感,气象峥嵘,意境雄阔,可以想见作者的抱负与眼界。

出嘉峪关感赋

严关百尺界天西,万里征人驻马蹄。飞阁遥连秦树直,缭垣斜压陇云低①。天山巉峭摩肩立,瀚海苍茫入望迷②。谁道崤函千古险,回头只见一丸泥③。

①飞阁:指关上建筑物。秦:指今陕西一带,用杜甫"两行秦树直"句意。陇:指今甘肃一带。②瀚海:指戈壁大沙漠。③崤函:即函谷关,故址在今河南灵宝县西南。古有"以一丸泥封函谷关"语,见《后汉书·隗嚣传》。

此诗作于道光二十二年(1842)十月赴伊犁途中。嘉峪关,在今甘肃酒泉西约二十六公里的嘉峪山西麓,依山而筑,居高凭险,当时为西北交通咽喉,防守要塞。诗以"严关百尺界天西"领起,中间两联极写其险要,尾联复以崤函反衬,其言外之意在于引起当权者对如此险关的百倍重视,从而加强防守。题为《出嘉峪关感赋》,盖有感而发。

龚自珍

龚自珍(1792—1841),一名巩祚,字璱人,号定盦(庵),浙江仁和(今杭州)人。出身官僚文人家庭。道光九年(1829)进士,历官内阁中书、宗人府主事、礼部主事等。后辞官南归,五十岁暴卒于江苏丹阳云阳书院。学通经史,为今文学派主要人物。主张改革内政,抵御外侮。为中国封建社会转折时期的启蒙思想家。曾与林则徐、魏源等结宣南诗社。其诗大胆抨击封建衰世的黑暗与腐朽,表现追求变革的思想感情,有深刻的社会现实内容。气势磅礴,文辞瑰丽,想象丰富,能突破格律的束缚,富有浪漫主义气息。诗作以古体为主,近体则以七绝擅场,代表作有道光十九年(1839)作的《己亥杂诗》315首。有《定盦全集》。

咏 史

金粉东南十五州①,万重恩怨属名流。牢盆狎客操全算②,团扇才人踞上游③。避席畏闻文字狱,著书都为稻粱谋④。田横五百人安在,难道归来尽列侯⑤?

①金粉:古时妇女化妆用的铅粉,这里借以形容繁华奢侈。东南十五州:泛指我国江、浙一带繁华富庶地区。②牢盆:汉代称煮盐的器具为牢盆,这里指把持盐政的官僚。狎客:善于奉承拍马、甚得主子信任的门客。操全算:指操纵政局。③团扇才人:东晋时,不学无术的王珉任中书令(掌管政府机密的官),生活腐化放荡,不懂政事,喜欢手执白团扇。此句意谓像王珉这样的人占据着官府的高位。④"避席"二句:避席:离座避开。因写文章而遭受统治者的杀害或囚禁,谓之"文字狱"。清朝为了钳制言论,曾大兴文字狱。⑤"田横"二句:田横:秦末汉初人。楚、汉相争时,曾自立为齐王。刘邦灭楚称帝后,田横带着五百部下逃入海岛。刘邦几次劝降,说:"田横来,大者王,小者乃侯耳!不来,且举兵加诛焉。"田横耻事刘邦,自杀;所部五百人也自杀(见《史记·田儋列传》)。这件事一直被誉为守节不辱的美德。作者在诗中借用这个历史故事来和当时毫无廉耻、奉承巴结的人物作对照。列侯:汉代制度,群臣异姓中有功而封侯的,称为列侯。

题为咏史,实则讽今。首联写绮丽繁华的东南地区,"名流"们只为追名逐利而导致纠缠不清的恩恩怨怨。次联写盐官的门客和腐化放荡、不懂政事的人乘时得势,操纵政局。三联写有学识的人害怕招致文字狱而不敢直抒己见,著书只不过是以此作为谋生的手段。尾联用反诘语气,慨叹士大夫毫无气节,只求升官,难道连素以气节著称的田横五百人也都跑来求官吗?此诗作于道光五年(1825)十二月,其时作者客居昆山,目睹腐朽现实而借"咏史"进行揭露,可谓切中时弊。

己亥杂诗 (录二)

浩荡离愁白日斜,吟鞭东指即天涯①。落红不是无情物,化作春泥更护花。

九州生气恃风雷,万马齐喑究可哀②!我劝天公重抖擞,不拘一格降人材③。

①吟鞭:诗人手中的马鞭。吟鞭东指:指向东南进发。②喑:哑。③不拘一格:打破常规。

己亥,即道光十九年(1839),作者四十八岁。这年春天,他离开北京回杭州,又北上接回家眷,于冬天抵江苏昆山。在这八九个月的旅程中或纪沿途见闻,或评论时政,或杂书所感,成七言绝句315首,题为《己亥杂诗》。

魏 源

魏源(1794—1857),字默深,湖南邵阳人。道光二十四年(1844)进士,曾任知县、知州。与龚自珍齐名,世称"龚魏"。讲求学术"经世致用",主张改革内政,反对外来侵略。是近代著名思想家和改良运动的先驱者之一。诗歌风格雄浑,气势奔放,多反映社会现实之作。歌颂抗英斗争,揭露昏暗政局,尤富于爱国精神。有《古微堂集》、《古微堂诗集》、《海国图志》、《圣武记》等,又编有《皇朝经世文编》。

寰 海 十 章 (录一)

城上旌旗城下盟,怒潮已作落潮声①。阴疑阳战玄黄血,电挟雷攻水火并②。鼓角岂真天上降?琛珠合向海王倾③。全凭宝气销兵气,此夕蛟宫万丈明④。

①"城上"二句:城下盟:在敌人兵临城下时订立的和约。历来人们都把城下之盟看做奇耻大辱。杜预在注解《左传》时就指出:"城下盟,诸侯所深耻。"这里指一八四一年五月,清政府和英军所订的《广州和约》。这两句的意思是,城头上还飘扬着战旗,就和敌人签订丧权辱国的条约,汹涌澎湃的抗英怒潮声变成了落潮声。②阴疑阳战:《周易正义·坤上六·文言》:"阴疑于阳必战。"意谓阴和阳是对立的双方,其矛盾发展到不可调和的程度,必发生公开的冲突。孔颖达《周易正义》云:"阴盛为阳所疑,阳乃发动,欲除去此阴,阴既强盛不肯退避,故必战也。"玄黄血:见《周易正义·坤上六》,意谓阴阳发生冲突而相伤。玄黄:杂色。这两句的意思是,英国的侵略逼得中国人民奋起自卫,浴血奋战,用水战火攻,战斗像电挟雷攻那样猛烈。③鼓角:古代作战时的战鼓和号角。这里指英军。天上降:从天而降。汉景帝时,吴楚七国诸侯王叛乱,周亚夫前往征讨时,选择了一条正确的行军路线,突然出现在敌人面前,"直入武库,击鸣鼓,诸侯闻之,以为将军从天而下也"(见《汉书·周勃传》)。琛珠:珠宝。海王:海龙王,这里指英国。这两句的意思是,难道敌人真的是神通广大、从天而降而取得胜利的吗?然而我们的珠宝还是理所当然似的倾倒给英国海王。④蛟宫万丈明:喻指英国从清投降派的屈辱投降中掠夺的珠宝发出光芒照亮了万丈海空。杜光庭《录异记》:"海龙王宅在苏州东,入海五六日程,小岛之前,阔百馀里……夜中远望,见此水上红光如日,上与天连,船人相传龙王宫在其下矣。"这两句的意思是,清朝投降派全凭赔款来消除战祸,以致英国官殿堆满了珠宝,发射出明亮的珠光宝气。

《寰海十章》作于道光二十年(1840)及二十一年,以鸦片战争为题材,谴责英国的侵略暴行,抨击清政府的投降行径,爱国激情洋溢于字里行间。这里选的是第九首。

黄遵宪

黄遵宪(1848—1905),字公度,别号人境庐主人。广东嘉应州(今梅州市)人。光绪二年(1876)中举后,历任驻日本使馆参赞、美国旧金山总领事、英国使馆参赞、新加坡总领事等职。回国后任江南洋务局总办、长宝盐法道,署理湖南按察使。参与戊戌变法活动,办《时务报》。奉命出使日本,未成行而政变起,罢归。黄遵宪是"诗界革命"的一面旗帜。论诗主张"我手写吾口",以"旧风格含新意境",表现"古人未有之物,未辟之境"。其诗多反映中国近代的重大历史事件,也有不少描写海外风物的诗篇。长于古体,形式多变,语言通俗,五古尤为出色,七绝则较为逊色。存诗一千余首。诗集《人境庐诗草》有今人笺注本。

杂　　感

　　大块凿混沌①,浑浑旋大圜②。隶首不能算③,知有几万年。羲轩造书契④,今始岁五千。以我视后人⑤,若居三代先⑥。俗儒好尊古,日日故纸研:六经字所无⑦,不敢入诗篇;古人弃糟粕,见之口流涎,沿习甘剽盗⑧,妄造丛罪愆⑨。黄土抟人⑩,今古何愚贤? 即今忽已古,断自何代前⑪? 明窗敞流离⑫,高炉蒸香烟⑬。左陈端溪砚⑭,右列薛涛笺⑮:我手写吾口,古岂能拘牵? 即今流俗语,我若登简编⑯,五千年后人,惊为古斓斑⑰。

　　①大块:大自然,大地。混沌:天地未分时浑然一体的样子。②浑浑:广大无边。大圜(yuán圆):天。圜:同"圆"。古代有"天圆地方"之说,又认为天在不停地旋转,故曰"旋大圜"。两句意为,自从天地开辟以来。③隶首:传说中黄帝时的史官,发明了数字和算术。④羲轩:伏羲和轩辕(即黄帝),二人都是传说中的上古帝王。书契:文字。⑤视:比。⑥三代:夏、商、周。两句意为,以我们与后代人相比,我们就像生活在三代以前一样。⑦六经:儒家的六部经典,即《诗》、《书》、《礼》、《易》、《乐》、《春秋》。⑧剽(piāo飘)盗:偷窃,抄袭。⑨丛:聚集。愆(qiān千):过失。两句意为,俗儒只知因循旧习,甘心抄袭;谁要是不信古而创新,他们就指责为"妄造",加上许多罪名。⑩黄土抟(tuán团)人:古代神话说,女娲用黄土揉捏作人(《太平御览》卷七十八引《风俗通》)。抟:捏聚。⑪"即今"两句:意为即以今天而言,也很快会成为过去,那么古代又到底该从什么时候算起呢? ⑫流离:即琉璃,这里借指玻璃。⑬蒸(ruò若):燃烧。⑭端溪砚:端溪在今广东高要东南,溪中产石,可制良砚,世称端砚。⑮薛涛笺:唐代女诗人薛涛,自制深红色小彩笺,写诗其上,时人称为薛涛笺。"明窗"四句:谓打开玻璃窗,点起一炉香,揭开端砚,展开稿子,准备写诗。⑯简编:书。古人著作写于竹简上,编次成册。⑰古斓斑:辞采古雅绚丽。以上四句意为,我们如果把今天流行的俗语写入诗章,到几千年以后,也会被惊叹为古雅绚丽的作品。

　　这是一首论诗诗,抨击了"尊古"之风,提出了"我手写吾口"的主张,在"诗界革命"运动中产生过一定的影响。

哀旅顺

海水一泓烟九点[①]，壮哉此地实天险。炮台屹立如虎阚[②]，红衣大将威望俨[③]。下有深池列巨舰[④]，晴天雷轰夜电闪。最高峰头纵远览，龙旗百丈迎风飐[⑤]。长城万里此为堑[⑥]，鲸鹏相摩图一啖[⑦]。昂头侧睨视眈眈[⑧]，伸手欲攫终不敢[⑨]。谓海可填山易撼，万鬼聚谋无此胆[⑩]。一朝瓦解成劫灰，闻道敌军蹈背来[⑪]。

①一泓：一片。烟九点：指九州，即中国。李贺《梦天》："遥望齐州九点烟，一泓海水杯中泻。"②阚(hǎn喊)：虎怒貌。③红衣大将：指大炮。清太宗天聪五年(1631)，红衣大炮造成，赐名"天祐助威大将军"。俨：庄严的样子。④深池：指大船坞，筑于光绪十一年(1885)。⑤龙旗：清朝国旗，旗上绣龙。飐(zhǎn展)：颤动。⑥堑(qiàn欠)：护城河，壕沟。这句意为，旅顺港犹如万里长城的护城河。⑦鲸鹏：比喻帝国主义列强。相摩：争相进迫。啖(dàn旦)：吞食。⑧睨(nì腻)：斜视。眈眈：垂目注视的样子，即"虎视眈眈"之意。⑨攫(jué决)：抓取。⑩万鬼聚谋：指列强勾结，狼狈为奸。两句意为，凭借着旅顺口的天险之势与森严壁垒，真使人相信，即使海可填平、山可撼动，列强也不敢斗胆谋取旅顺。⑪"一朝"两句：写旅顺被陷经过。当时旅顺共设炮台二十二座，大炮七八十尊；大连设炮台六座，大炮二十四尊。两处均有重兵驻守。日军从旅顺背后花园港口登陆，清军纷纷溃逃，日军遂先后占领了大连、旅顺。

辽东半岛南端的旅顺，是清末北洋舰队的重要基地，地势险要，且有三十余营重兵驻守。重野安绎著《大日本维新史》称旅顺险要，东洋无双，并引法国提督孤拔的话说：率一万吨以上铁甲舰二十艘、水雷艇三十艘攻之，非费半年时间，不能攻陷。但在中日甲午战争中，竟陷于日军之手。作者哀其陷敌而作此诗。前十四句，从自然形势的险固和防守力量的雄厚等方面反复描状，极言旅顺坚不可摧，列强屡欲伸手攫取而始终不敢轻举妄动。最后两句，突然哀其"一朝瓦解"，而以"敌军蹈背"收束全诗，笔锋陡转与形势陡转相一致，使读者为突如其来的大哀剧痛所震撼，不知所措。及至惊魂定，仔细思索，便知"敌军蹈背"而能得逞，正由于守军主帅无谋、无能，平日恃险骄纵，不考虑万全之策，顾前不顾后，居安不思危，变起仓促而无力应变，遂使旷世天险顷刻化为劫灰，哀哉！诗虽戛然而止，却引人深思，发人深省。

邻妇叹

寒霜凄凄风肃肃，邻妇隔墙抱头哭；饥寒将奈卒岁何[①]，哭声呜呜往以复[②]。典衣昨得三百钱，不堪官吏相逼促；纷纷虎狼来上门，手执官符如火速。哀鸣不敢强欢笑，笑呼阿兄呼阿叔；只鸡杯酒供一饭，断绝老翁三日粥。虎狼醉饱求无已，持刀更剜心头肉。自从今年水厄来③,空仓只有数斗谷;长男远鬻少女嫁④,剖钱见血血漉漉⑤。官吏时时索私囊,私囊不许一钱蓄。小人何能敢负租,而今更无男可鬻!明日催租人又来,眼见老翁趋入狱,呜呼,眼见老翁趋入狱!遥闻长官高堂上,红灯绿酒欢未足。

①卒岁:终岁。《诗经·豳风·七月》:"无衣无褐,何以卒岁。"②往以复:连续不断。③厄(è扼):灾害。水厄:水灾。④鬻(yù育):卖。远鬻:卖到远地。⑤漉(lù鹿):渗出。血漉漉:血淋淋。

　　列强入侵,清政府割地赔款,农民遭受的剥削压榨之惨,日甚一日。此诗以"邻妇叹"为题,当是据耳闻目睹的真人真事创作的,读之令人心惊魄悸。黄遵宪虽主张"我手写吾口",但不少诗用典过多,语语艰深,这一首是难得的例外。

夜　起

　　千声檐铁百淋铃①,雨暴风狂暂一停。正望鸡鸣天下白,又惊鹅击海东青②。沉阴曀曀何多日,残月晖晖尚几星③。斗室苍茫吾独立,万家酣梦几人醒④!

①檐铁:悬挂在屋檐下的檐马,用金属薄片制成,风吹相击而发声。淋铃:相传唐玄宗避难入蜀时,在夜雨中听见风铃声而作《雨淋铃曲》,悲凉哀绝。这里"淋铃"是檐马在风雨中所发出的悲凉的声音。②"正望"二句:鸡鸣天下白:语本李贺《致酒行》"雄鸡一唱天下白"。这里指希望局势好转,不再受帝国主义的侵略蹂躏。鹅:天鹅,这里借其谐音,指帝俄等帝国主义列强。海东青:鸟名,是一种俊鸟,产于辽东,这里用来喻指中国。全句喻指帝俄等八国联军对我国的侵略。③"沉阴"二句:用《诗经·邶风·终风》"曀曀其阴"和《旄丘》"何多日也",比喻当时局势像久阴的天气,偶然露出残月和几颗星星。曀(yì义)曀:天气阴晦。晖晖:明亮。④"斗室"二句:将自己夜起独立与"万家酣梦"相对照,暗喻变法失败,先驱者或被杀害,或革职不用,国家危亡,迫在眉睫,而酣梦者多,清醒者少。独立苍茫而听"千声檐铁"与"万家酣梦",何胜悲痛!

　　戊戌变法失败,作者被革职回梅县家居,但仍关心国事,夜深不寐。诗的内容已从诗题"夜起"中暗示出来。首联写环境变化,引起下文。次联上句承"暂一停"希望鸡鸣后天气放晴,亦即希望天下澄清,从而反跌下句。下句写八国联军入侵北京而用谐音、比拟手法,用一"惊"字,倍见沉痛。三联上句承"雨暴风狂",下句承"暂一停",仍就室外天气落墨,而比意甚明。尾联扣"夜起"抒发"万家酣梦"之时自己独立斗室的无限感慨。通首就"夜起"的感受写客观环境、写天象变化,而赋中含比,兴中含比,反映了风雨飘摇、外患频仍的时局,表现了诗人强烈的历史责任感和赤诚的爱国之心。艺术表现的高度完美,更加强了全诗的感染力。

康有为

　　康有为(1858—1927),原名祖诒,字广厦,号长素,又号更生,广东南海人,人称南海先生。光绪二十年(1894)进士,授工部主事,未赴任。早年从学朱次琦,深究今文经学。接触西方资本主义文明,并遍读译本西书,察知香港、上海工商秩序,从而形成改良主义思想。光绪十四年(1888)起先后七次上书皇帝,建议变法图强。甲午战争次年,发起赴京会试千余举子"公车上书",要求拒签和约,维新变法,遂成为"戊戌变法"领导者。变法失败后,逃亡海外,组织保皇会,反对民主革命,主张君主立宪。辛亥革命后参加张勋复辟,日趋反动。其前期诗作多反映重大事变,发抒愤郁之情,形象瑰丽,造语自然,并在运用传统诗歌形式上多有独创。后期诗作常流露对清王朝的哀悼之情。梁启超称其诗"元气淋漓,卓然称大家"。有《南海先生诗集》。

登万里长城

　　汉时关塞重卢龙①,立马长城第一峰②。日暮长河盘大漠③,天晴外部数封疆④。清时堡堠传烽静⑤,出塞山川作势雄⑥。百万控弦嗟往事⑦,一鞭冷月踏居庸⑧。

　　①卢龙:即卢龙塞,在今河北喜峰口附近。古有塞道,形势险要,为汉代以来边防重地。②长城第一峰:指八达岭,在今北京西北。③长河:指黄河。盘大漠:作者想象黄河流经西北大沙漠地带时的景象。④数:动词,计算。封疆:疆界。此句意为,天气晴朗,立于"长城第一峰"可以历历看清长城以北的疆界。⑤清时:承平之时。堡堠(hòu后):瞭望敌情的土堡。传烽静:指战事平息。传烽:古代在边境设烽火台,敌军入侵时用以报警。一台烟举,台台相递,称为传烽。⑥出塞山川:指长城脚下跨越边塞的山川。⑦百万控弦:指大队兵马。控弦:开弓。⑧居庸:居庸关,在今北京市昌平西北,长城著名关口之一。

　　光绪十四年(1888)作者入京应试不第,登居庸关,游八达岭,作此诗。首句"汉时关塞重卢龙"用一"重"字,七句"百万控弦嗟往事"用一"嗟"字,将以重兵守卫雄关的"往事"与当前"堡堠传烽静"的疏于防守作鲜明对比,则"清时"意含讽刺,不言可知。全诗写登万里长城的所见所感,意境雄阔,气象峥嵘,忧国之情溢于言外。

出都留别诸公

　　天龙作骑万灵从,独立飞来缥缈峰①。怀抱芳馨兰一握,纵横宙合雾千重②。眼中战国成争鹿，海内人才趜卧龙③。抚剑长号归去也，千山风雨啸青锋④。

①骑(jì寄)：名词，指所乘之坐骑。万灵：众神。缥缈：形容极高极远，隐隐约约，若有若无。这两句的意思是，我仿佛从天外飞来，天龙做我坐骑，众神做我随从，傲然独立于缥缈峰顶。②"怀抱"二句：怀抱馨香的兰花，指自己的道德、胸怀高洁美好。纵横于宇宙间的千里云雾之中，喻指清末的黑暗现实。③战国：齐、楚、燕、韩、赵、魏、秦七国不断征战，史称战国。这里喻指帝国主义列强。争鹿：即逐鹿。《史记·淮阴侯列传》："秦失其鹿，天下共逐之。"这里指帝国主义企图瓜分中国，互相竞争。卧龙：诸葛亮的别号。④啸：剑鸣声。青锋：剑。

光绪十四年(1888)夏，作者邀集入京应试的举子实行"公车上书"，在他写的长达五千余言的《上皇帝书》中提出了一系列变法维新的政治主张，却遭到顽固派的阻挠和诽谤。次年九月，他离开北京，作《出都留别诸公》五首，这里选的是第二首。作者自注云："吾以诸生上书请变法，开国未有，群疑交集，乃行。"

《出都留别诸公》组诗是康有为的名作，这里所选的一首吸取屈原《离骚》中的许多意象，熔想象、现实、理想于一炉，塑造了极富浪漫主义激情的抒情主人公形象，以表现其怀抱芳馨的情操和纵横宇宙、变革现实的壮志，具有极强的艺术感染力。

丘逢甲

丘逢甲(1864—1912)，字仙根，号蛰庵，又号仲阏，别号南武山人、仓海君。台湾彰化人。光绪十五年(1889)进士，官工部主事。甲午战败，清廷割弃台湾，丘与台湾士民奋起抗日保台。血战二十余昼夜，因弹尽援绝，率军离台内渡，寄寓广东创办学校，推行新学。辛亥革命时，赴南京任孙中山临时政府参议员。其诗学杜甫、陆游，所作近万首，多抒发爱国情怀，表现牺牲精神，慷慨悲壮，英气奋发，深得"诗界革命"倡导者梁启超、黄遵宪赞赏。有《岭云海日楼诗钞》等。

往　　事

往事何堪说，征衫血泪斑①。龙归天外雨，鳌没海中山②。银烛鏖诗罢，牙旗校猎还③。不知成异域，夜夜梦台湾④。

①"往事"二句：回忆抗日保台的血战。②"龙归"二句：写抗日失败，台湾沦陷。"龙"指清朝国旗黄龙旗。"龙"从天外飞来的腥风血雨中归去，指台湾主权丧失。"鳌没"用《列子·汤问》典：据传东海中有岱舆、员峤等五座山，由十五巨鳌负载。后被龙伯国人钓走六

647

鳌,于是岱舆、员峤两山便沉没于大海。此指台湾陷于日本。③"银烛"二句:写回忆中的台湾往事。鏖(áo 熬)诗:与诗友分韵赋诗或联句,互争胜负。校猎:检阅、训练部队。④"不知"二句:梦中不知台湾已沦为异域,夜夜梦见在台湾的许多往事。

　　丧权辱国的《马关条约》规定割让台湾给日本,丘逢甲组织义军抗日保台,失败后内渡大陆,定居粤东蕉岭,以雪耻复土为己任。此诗作于光绪二十二年(1896),回忆抗日保台的往事,沉郁悲壮,深挚感人。

羊城中秋

　　故乡风景想依然,月满东南半壁天。海外阴晴终有定,人间圆缺古难全①。重完破碎山河影,与结光明世界缘②。甲帐珠襦寻常梦,不知今夕是何年③!

　　①"海外"二句:化用苏轼中秋词《水调歌头》"人有悲欢离合,月有阴晴圆缺,此事古难全"词语。"海外阴晴终有定",喻指台湾形势终有定局,即台湾必将收复。"人间圆缺古难全",指亲友离散从古以来就很难避免。下句就当前说,上句则展望未来。②"重完"二句:古人认为月中有物,为大地山河之影。诗人就此发挥:如今山河破碎,月中之物也是"破碎山河影",因而决心使祖国山河统一,创造光明世界。③甲帐:甲等的帐幕。汉武帝造帐幕,以甲、乙分等级。珠襦:用珠缀串而成的短衣。二句谓昔日美好的生活时常入梦,不知这中秋之夜台湾是何情景。

　　羊城,广州市别名。客居广州,中秋月圆,神驰故乡,不能自已,因作此诗以抒怀抱。"重完破碎山河影,与结光明世界缘",壮志豪情,令人振奋。

春　愁

　　春愁难遣强看山,往事惊心泪欲潸①。四百万人同一哭②,去年今日割台湾③。

　　①潸(shān 山):流泪的样子。②四百万人:指当时台湾的总人口。作者自注:"台湾人口合闽粤籍约四百万人也。"③去年今日:光绪二十一年(1895)三月二十三日这天中日《马关条约》签订,也即清政府将台湾割让给日本之日。

　　此诗为纪念台湾割让一周年而作,悲痛忧愤,可与谭嗣同《有感一章》并读。

谭嗣同

　　谭嗣同(1865—1898),字复生,号壮飞,湖南浏阳人。湖北巡抚谭继洵之子。十一岁起,随其父遍游西北、东南各地。怀救国之志,擅文章,好任侠。曾在湖南创办时务学堂、南学会和《湘报》,鼓吹变法图强,抨击封建名教,成为维新运动中激进派领袖。光绪二十四年(1898)入京,任四品卿衔军机章京,参与领导变法。戊戌变法失败,慷慨赴死,为"戊戌六君子"之一。其诗充满爱国激情,情词激越,境界阔大,风格道劲。尤擅长写景抒情,将咏物与言志融为一体。有《谭嗣同全集》。

夜　　成

苦月霜林微有阴①,灯寒欲雪夜钟深。此时危坐管宁榻②,抱膝乃为梁父吟③。斗酒纵横天下事④,名山风雨百年心⑤。摊书兀兀了无睡⑥,起听五更孤角沉⑦。

①苦月:冷月。②危坐:端坐。管宁:三国时魏国人,以好学著称。《三国志·管宁传》注引《高士传》云:管宁"常坐一木榻,积五十余年未尝箕股(伸开大腿),其榻上当膝处皆穿。"这句写彻夜苦读的情景。③抱膝:双手抱膝而坐,沉思的样子。《三国志·诸葛亮传》注引《魏略》,说诸葛亮胸有大志,"每晨夜从容,常抱膝长啸"。梁父吟:一作"梁甫吟",乐府古调曲名。《三国志·诸葛亮传》:"亮躬耕陇亩,好为梁父吟,身长八尺,每自比于管仲、乐毅。"这句借用诸葛亮事,抒写心中的抱负。④斗酒纵横:形容豪饮的样子。斗:古代酒器。⑤名山:即名山事业,指著书立说。《史记·太史公自序》:"藏之名山,副在京师。"风雨:飘摇意,与上句"纵横"相对。这句意为,自己的著述事业还不知飘摇何处,这是我毕生的心愿。⑥兀(wù务)兀:劳苦的样子。了无睡:毫无睡意。了:全。⑦角:号角,古代军中乐器,用以报昏晓。沉:角声低落,即天将亮时。

此诗作于光绪九年(1883)之后,其时,谭嗣同在甘肃兰州读书。全诗以种种凄清夜景烘托深宵苦读和远大抱负,情景交融,格高韵远。

有 感 一 章

世间无物抵春愁①,合向苍冥一哭休②。四万万人齐下泪③,天涯何处是神州④!

①"世间"句:世间无物可以抵挡春愁的袭击。②合:应。苍冥:苍天。③四万万人:当时全中国的总人口。④神州:中国,详见前注。

此诗作于光绪二十二年(1896)春。先一年三月二十三日,清政府因甲午战败而与日本签订了丧权辱国的《马关条约》。这对谭嗣同刺激极大。他在《兴算学议》中说:"经此创巨痛深,乃始屏弃一切……当馈而忘食,既寝而屡兴,绕屋傍徨,未知所出。"因此,当又一个春天来临之际,他又激起了万斛"春愁",作了这首《有感》。前两句,写"春愁"难抑,欲痛哭问天,已极悲痛。后两句,更从个人的角度扩展到全民族的角度:"四万万人齐下泪"! 为何下泪? 就因为走遍"天涯",已经看不到完整的"神州"! 国破家亡,谁能在签订卖国条约的春天不发愁、不下泪呢?《马关条约》的签订距今已一百多年,读此诗,犹催人泪下。

狱中题壁

望门投止思张俭[①],忍死须臾待杜根[②]。我自横刀向天笑,去留肝胆两昆仑[③]。

[①]张俭:字元节,东汉末高平人,在任东部督邮时,弹劾残害百姓的中常侍侯览,侯览指使爪牙以"部党"即结党叛乱的罪名上书陷害他,逼得他只好逃亡。因为他"清心忌恶,终陷党议",因此人们都冒着危险接纳他,"望门投止,莫不重其名行,破家相容"(见《后汉书·张俭传》)。这里以张俭陷党锢遭逼害受到人们的保护事喻指维新派的遭遇。[②]杜根:字伯坚,东汉末定陵人,安帝初举孝廉,为郎中。当时邓太后临朝摄政,外戚弄权,他上书要求太后归政于安帝。太后大怒,令人把他装在布袋里在殿上摔死。执法人因知他的名望,施刑不加力,后又载出城外,待其苏醒。太后使人检视,他装死三日,目中生蛆,因得逃脱,隐身酒店当酒保。邓太后被诛后,他复职为侍御史(见《后汉书·杜根传》)。这里以杜根与太后、外戚斗争身陷狱中事喻指维新派的遭遇。[③]两昆仑:指康有为和作者自己。变法失败,康有为潜逃出京,以图东山再起,而作者则拒绝奔逃,准备牺牲。一"去"一"留",其"肝胆"都光明磊落。一说"两昆仑"指康有为和侠客大刀王五(见梁启超《饮冰室诗话》)。

谭嗣同是变法运动中最坚定、最激进的人物。戊戌变法失败,有人劝他出京避难,他说:"各国变法无不以流血而成,今日中国未闻有因变法而流血者,此国之所以不昌也。有之,请自嗣同始。"他又劝梁启超尽快出走而自己留下,理由是:"不有行者,无以图将来;不有死者,无以召后来。"

光绪二十四年(1898)九月,戊戌变法失败,谭嗣同被捕入狱。这是他在狱中写的就义诗,慷慨悲壮,表现了一位爱国者自觉地以流血牺牲来抗议封建专制、激励民众斗志的大无畏精神。

这年中秋节前二日,谭嗣同被绑赴北京菜市口刑场,当钢刀举起之际,他昂首高呼:"有心杀贼,无力回天,死得其所,快哉快哉!"这也是壮丽的诗篇,可与"我自横刀向天笑"并读。

梁启超

梁启超(1873—1929),字卓如,号任公,别署饮冰室主人,广东新会人。光绪举人,康有为弟子,维新变法运动首倡者之一,与康有为并称"康梁"。为改良主义重要思想家。戊戌变法失败后，逃亡日本，宣扬君主立宪。民国初年曾一度从政。晚年致力学术，著述宏富。他是晚清重要文学家，曾力倡"诗界革命"、"小说界革命"，创作了大量戏曲、小说、诗歌、散文。以散文成就为最大，自成新体，与康有为的文章合称"康梁体"。其诗早期学龚自珍，后期学宋人、学杜甫，以旧风格写新现实，被誉为"一代诗史"。绝大部分诗歌作于流亡国外期间，充满忧患意识，表现理想精神，热情奔放、直抒胸臆，语言明白晓畅。有《饮冰室文集》。

读陆放翁集①

诗界千年靡靡风，兵魂销尽国魂空。集中什九从军乐②，亘古男儿一放翁③。

①陆放翁集：即陆游的诗集《剑南诗稿》。②集：指陆游诗集。什九：十分之九。③亘古：从古以来。作者自注："中国诗家无不言从军苦者，惟放翁则慕为国殇（为国牺牲），至老不衰。"

此诗光绪二十五年（1899）作于日本。于陆游诗中独推从军御侮的爱国诗，又将诗风、兵魂与国魂联系起来，既具卓识，又抒发了他重振诗风，重振兵魂、国魂的雄心壮志。

太平洋遇雨

一雨纵横亘二洲①，浪淘天地入东流。却馀人物淘难尽②，又挟风雷作远游③。

①亘二洲：绵延亚、美二洲。②"却馀"句：承上句"浪淘天地入东流"而用"却馀"陡转，以"人物淘难尽"表现戊戌政变虽失败，而"人物"犹有存者，自己便是。苏轼《赤壁怀古》有"大江东去，浪淘尽，千古风流人物"之句，此反其意而用之。③挟风雷：扣题目中的"遇雨"而语意双关。风雷大作，则大地震荡，故诗中用"挟风雷"喻指胸怀大志，将大有作为。

戊戌政变失败后，作者先避难日本，旋又往游美洲。此诗即作于赴美途中，借写太平洋雨景而自抒襟抱：虽备受打击，身处逆境，而雄心勃发，勇于开拓未来。寥寥二十八字，境界阔大，情怀高远，激情洋溢，读之令人振奋。

孙　文

孙文（1866—1925），字逸仙，号中山，广东香山县（今中山市）翠亨村人。

出身于贫苦农民家庭,1892年毕业于香港西医书院。1894年创立"兴中会"后,把毕生精力贡献给推翻封建专制统治、建立资产阶级民主共和国、争取祖国独立和自由的革命事业。1911年辛亥革命胜利后,被选为中华民国临时政府大总统,但由于中外反动势力的反扑和资产阶级革命党人的软弱,他很快就被迫辞职。此后,他举行过"二次革命",反对袁世凯窃国;主持过"护法战争",反对段祺瑞践踏"临时约法"。晚年在中国共产党的帮助下改组了国民党,使旧三民主义发展成为新三民主义,采取了"联俄、联共、扶助农工"的三大政策,同中国共产党建立了反帝反封建的联盟,展开了新的革命斗争。他是伟大的爱国主义者、中国旧民主主义革命的领导者和组织者、伟大的革命先行者。著有《中山全集》。

挽刘道一

半壁东南三楚雄,刘郎死去霸图空①。尚余遗业艰难甚,谁与斯人慷慨同! 塞上秋风悲战马,神州落日泣哀鸿②。几时痛饮黄龙酒,横揽江流一奠公③。

①三楚:我国古代把从江苏淮北至湖北、湖南这"半壁东南"地区称为西楚、东楚、南楚,见《史记·货殖列传》。萍浏醴起义发生在这一地区内。霸图:指这次起义的宗旨,即"破除数千年之专制政体"、"建立民主共和"、"使地权与民平均"等。霸图空:指起义失败,宗旨不能实现。②哀鸿:哀鸣的鸿雁,比喻人民流离失所。《诗经·小雅·鸿雁》:"鸿雁于飞,哀鸣嗷嗷。"③黄龙:黄龙府,金初都城,故址在今吉林农安县境,后迁址,在今吉林宁安县南之东京城,俗称贺龙城。南宋民族英雄岳飞曾与诸将相约:"直抵黄龙府,与诸君痛饮尔!"(见《宋史·岳飞传》)这里借指推翻清王朝统治。"横揽"句:意为倾尽江中之水酿成美酒,祭奠你的英灵。

刘道一,湖南衡山人,1905年留学日本期间参加同盟会。1906年受命归国联络会党、新军,策划起义。同年十二月,在他与魏宗铨、蔡绍南等共同策划下,萍乡、浏阳、醴陵等地爆发了武装起义,声势浩大。刘道一在长沙负责与东京同盟会联系,被清政府逮捕、杀害,规模三万余人的起义也被镇压。孙中山闻讯而作此诗,为战友遇难、革命受挫抒发了巨大的哀痛。全诗气象宏阔,慷慨悲壮,表现出革命家的博大胸襟和坚定的胜利信念。

章炳麟

章炳麟(1869—1936),一名绛,字枚叔,号太炎,浙江余杭人。为近代民主革命家,曾编撰《时务报》,参与维新而被通缉;后鼓吹革命,因"苏报案"而入狱。在狱时加入光复会,出狱后前往日本参加同盟会,主编《民报》数年。辛亥革命后主编《大共和日报》，并任孙中山总统府枢密顾问。曾因反对袁世凯被幽禁，袁氏失败后始恢复自由，任护法军政府秘书长，参加护法运动。1924 年脱离孙中山改组的国民党，在苏州设章氏国学讲学会，从此以讲学为业，思想亦渐趋保守。学术成就颇巨，精通经史、小学、佛学诸门。作诗不多，主要是五言诗，多表现民族革命思想，风格浑厚苍劲，但文辞古奥难读。早期少数近体诗较为平易。有《章氏丛书》、《章氏丛书续编》等。

狱中赠邹容

邹容吾小弟[①]，被发下瀛洲[②]。快剪刀除辫[③]，干牛肉作糇[④]。英雄一入狱，天地亦悲秋。临命须掺手，乾坤只两头[⑤]。

①小弟：两人被捕时，章三十六岁，邹仅十九岁。②被发：同"披发"，即尚未束发。古代男子一般二十岁行束发礼，表示已成人。下瀛洲：指东渡日本留学。③除辫：剪去辫子。清朝统治者入关以后，强迫各族人民学习满族人留辫子。邹容剪去辫子是一种革命行动。④糇（hóu 喉）：干粮。⑤临命：临死。掺手：同"搀手"。乾坤：天地。二句意谓：愿与邹容挽起手来，同赴刑场。

邹容（1885—1905），字蔚丹（一作威丹），四川巴县人，辛亥革命时期激进的青年革命宣传家。光绪二十八年（1902）赴日本留学，大力宣传民族革命思想。次年回上海，撰写并印行《革命军》一书，章炳麟为之作序。此序发表于上海《苏报》，影响很大。清政府遂逮捕章炳麟与邹容入狱。此诗作于狱中。邹容有答诗："我兄章枚叔，忧国心如焚。并世无知己，吾生苦不文。一朝沦地狱，何日扫妖氛？昨夜梦和尔，同兴革命军。"赠、答诗并读，可以感受到生死与共、力挽危局的凛然正气。

秋　瑾

秋瑾（1875—1907），字璿卿，号竞雄，别署鉴湖女侠、汉侠女儿，浙江绍兴人。年轻时蔑视封建礼法，能文章，好剑侠。出嫁后居北京，目睹庚子事变，痛恨清廷腐败，遂于 1904 年东渡日本留学，次年参加孙中山领导的同盟会。返国后，创办《中国女报》，提倡男女平权，鼓吹民主革命，并在绍兴主持大通学堂，同徐锡麟筹建"光复军"，策划皖浙两省反清起义。事泄被捕，1907 年就义于绍兴，年仅 33 岁。工于诗文，其诗豪迈奔放，慷慨悲歌，抒写革命激情，倾吐救国之志。有《秋瑾集》。

日人石井君索和即用原韵

漫云女子不英雄[①]，万里乘风独向东[②]。诗思一帆海空阔，梦魂三岛月玲珑③。铜驼已陷悲回首④,汗马终惭未有功⑤。如许伤心家国恨,那堪客里度春风。

①漫云:不要说。②万里乘风:用宗愨"乘长风破万里浪"语意,兼指乘船东渡。③三岛:指日本。④"铜驼"句:回看祖国濒于危亡,感到悲痛。铜驼已陷:用晋朝索靖预见洛阳宫门前的铜驼将没于荆棘之中的典故,详见前注。⑤"汗马"句:惭愧尚未为祖国立下汗马功劳。汗马:指战马急驰疆场而流汗,比喻立下战功,亦泛指立功。

1904 年夏,作者东渡留学,同船的日本人石井先作了一首诗,请她赓和,她即步原韵作此诗。诗中以"英雄"自许,表现了欲挽祖国危亡的一片赤子之心,洋溢着感人肺腑的爱国深情。

黄海舟中日人索句并见日俄战争地图

万里乘风去复来,只身东海挟春雷①。忍看图画移颜色②,肯使江山付劫灰③!浊酒不销忧国泪④,救时应仗出群才⑤。拼将十万头颅血⑥,须把乾坤力挽回。

①只身:孤身一人。挟(xié 协,又读 xiá 侠):怀藏。春雷:比喻救国壮志和力量。②忍看:不忍看、怎忍看。图画:地图。移颜色:改变颜色,指我国领土被敌人侵占。③肯使:岂肯使。付:变成。劫灰:劫火之后所余的灰烬,此指战争破坏后的残迹。"劫火"是佛家语,《仁王经》:"劫火洞然,大千俱坏。"④浊酒:酒有清酒、浊酒之分,浊酒是质量较次的酒,这里泛指酒。杜甫《登高》诗:"艰难苦恨繁霜鬓,潦倒新停浊酒杯。"销:同"消"。⑤救时:拯救时局。仗:依靠。⑥拼:不顾惜。作者《赠蒋鹿珊先生言志,且为他日成功之鸿爪也》诗中有"好将十万头颅血,一洗腥膻祖国尘"之句。

秋瑾于 1904 年夏第一次赴日,1905 年春回国,同年夏第二次东渡,于黄海舟中作此诗。"日人索句",指其日本友人银澜使者请她作诗。"见日俄战争地图",乃是触发诗情的契机。1904 年至 1905 年间,日、俄为争夺朝鲜和我国东北,在我国旅顺、沈阳等地进行了一场帝国主义战争,清政府竟宣称"彼此均系友邦",自守"局外中立",听其蹂躏我国领土。俄国战败,竟将大连、旅顺的租借权转让给日本。作者看见祖国的地图变了颜色,无限悲愤,发而为诗,表现了组织英才、力挽危亡的宏图大愿。